BASTEI
LÜBBE

Wolfgang Hohlbein im Bastei Lübbe Taschenbuchprogramm:

Der Drachen-Zyklus
20 152 Bd. 1: Die Töchter des Drachen
20 306 Bd. 2: Der Thron der Libelle

Der Hexer-Zyklus – Director's Cut
28 504 Bd. 1: Die Spur des Hexers
28 505 Bd. 2: Der Seelenfresser
28 506 Bd. 3: Engel des Bösen

In Vorbereitung:
28 507 Bd. 4: Der achtarmige Tod
28 508 Bd. 5: Buch der tausend Tode
28 509 Bd. 6: Das Auge des Satans
28 510 Bd. 7: Der Sohn des Hexers
28 511 Bd. 8: Das Haus der bösen Träume

Kevin von Locksley
14 354 Bd. 1: Kevins Reise
14 392 Bd. 2: Kevins Schwur

Charity
23 243 Bd. 1: Charity – Die beste Frau der Space Force
23 248 Bd. 2: Die Sonnenbombe
23 262 Bd. 3: Die Herren der Schwarzen Festung
23 270 Bd. 4: Das Erbe der Moroni
Weitere Charity-Romane in Vorbereitung

15 074 Intruder
15 560 Anubis
14 478 Dunkel
13 871 Der Widersacher
13 421 Die Moorhexe
15 203 Der Inquisitor
14 197 Wolfsherz
13 328 Geisterstunde
20 554 Von Hexen und Drachen
21 204 Die Kinder von Troja

Wolfgang und Heike Hohlbein
20 130 Die Heldenmutter

Wolfgang Hohlbein und Bernhard Hennen
14 612 Das Jahr des Greifen

Über den Autor:
Wolfgang Hohlbein ist ein Phänomen – mit mehr als hundertsechzig Büchern und einer Auflage von über sieben Millionen Exemplaren! Einer der produktivsten Autoren fantastischer Literatur im deutschsprachigen Raum. Bekannt wurde er neben seinen fantastischen Jugendbüchern vor allem durch seinen Romanzyklus »Der Hexer«, von dem in dieser Ausgabe ein »Director's Cut« vorliegt: Die Hexer-Geschichten in chronologischer Reihenfolge, gespickt mit vielen Hintergrundinfos.

Wolfgang Hohlbein

ENGEL DES BÖSEN

BASTEI LÜBBE

BASTEI LÜBBE TASCHENBUCH
Band 28 506

1. Auflage: Oktober 2007

Bastei Lübbe Taschenbücher in der Verlagsgruppe Lübbe

Lektorat: Stefan Bauer/Ruggero Leò
Titelillustration: Dominic Harman/Agentur Schlück
Umschlaggestaltung: Gisela Kullowatz
Satz: Urban SatzKonzept, Düsseldorf
Druck und Verarbeitung: Ebner & Spiegel, Ulm
Printed in Germany
ISBN-13: 978-3-404-28506-8

Inhalt

Engel des Bösen

Vorwort

Als Wolfgang Hohlbein mit »Der Hexer« die Mythenwelt Howard Lovecrafts für den deutschen Heftroman adaptierte, stellte er sich einer großen Herausforderung. In erheblichem Umfang widersprachen Lovecrafts Protagonisten und auch die an der Grenze zwischen Horror und Science Fiction angesiedelte Dämonenwelt der GROSSEN ALTEN den im Heftroman gängigen Klischees, obwohl freilich eine Reihe von Kompromissen geschlossen werden musste.

Es begann damit, dass Robert Craven keinesfalls dem Abziehbild eines Heroen entspricht, der sich mit Begeisterung der Aufgabe stellt, die Welt von dämonischem Gezücht zu befreien. Robert ist ein Mensch, der ungefragt ein Erbe antreten muss, das er gar nicht will. Sein Kampf gegen die GROSSEN ALTEN entspringt nur dem Wunsch, selbst zu überleben. Erst als junger Mann erfährt er, dass sein Vater ein berüchtigter Hexer war und auch in ihm diese magischen Fähigkeiten schlummern. Und der Fluch, den sein Vater auf sich geladen hat, geht auch auf ihn über.

Es hat von anderen Autoren Versuche mit unterschiedlichem Ergebnis gegeben, den Cthulhu-Mythos in die Gegenwart zu verlegen. Hohlbein entschied sich für eine andere Vorgehensweise, er verlegte den Handlungszeitraum *nach hinten,* in die Zeit noch vor Lovecrafts Geburt. Die ersten Hexer-Romane spielen im Jahr 1883, oft auf den Tag genau einhundert Jahre vor Erscheinen des jeweiligen Heftes. Eine komplett in der Vergangenheit spielende Grusel-Heftserie stellte eine Neuheit auf dem deutschen Markt dar, kam aber gerade deshalb bei den Lesern gut an, wie zahlreiche Briefe gerade zu diesem Thema belegen. Nach nur acht Heften im Gespenster-Krimi erschien »Der Hexer« 1985 als eigenständige vierzehntägliche Serie.

Als ein weiterer geschickter Schachzug erwies es sich, H.P. Lovecraft selbst als Mitstreiter Roberts in die Serie einzubauen, auch wenn der echte Lovecraft zu dieser Zeit noch gar nicht gelebt hat. Das jedoch ist ein Geheimnis, das erst nach und nach im Zuge der Serie weitgehend aufgeklärt wurde.

Zwei Jahre lang erschien »Der Hexer« als eigene Serie, dann wurde er eingestellt. Möglicherweise war das Konzept für eine Heftserie doch zu ungewöhnlich, die Zyklenstruktur zu kompliziert für Gelegenheitsleser, Robert zu sehr Anti-Held für die an blonde Geisterjäger-Recken gewöhnte Leserschaft.

An den Geschichten selbst kann es schwerlich gelegen haben, denn schon kurze Zeit später feierte »Der Hexer« im Taschenbuch mit Nachdrucken der Hefte ein Comeback, und die Bücher verkauften sich ausnehmend gut, wozu wenigstens teilweise auch die inzwischen enorm gewachsene Popularität Wolfgang Hohlbeins beitrug. Erschien die Heftserie nur unter dem Pseudonym Robert Craven (der Held erzählt in Ich-Form seine eigene Geschichte), stand auf den Taschenbüchern Hohlbeins Name.

Allerdings wurde in den Taschenbüchern nur ein Teil der Hefte nachgedruckt. Erst mit der vorliegenden Edition hat der Leser die Möglichkeit, die *vollständigen* Abenteuer Robert Cravens noch einmal zu erleben.

Oder die phantastische Welt des Hexers zum ersten Mal zu betreten.

Frank Rehfeld

Dieser Band enthält die Hefte:

Der Hexer 10: Wenn der Stahlwolf erwacht
Der Hexer 11: Engel des Bösen
Der Hexer 12: Im Land der GROSSEN ALTEN

Wenn der Stahlwolf erwacht ...

Der Mann war lautlos aus den Schatten einer Seitengasse getreten, in denen er gelauert und die Straße beobachtet haben musste. Jetzt stand er reglos da wie eine grässliche Statue, die nur zu dem Zweck erschaffen worden war, jedes menschliche Leben, jedes menschliche Gefühl und jede Ähnlichkeit mit dem Wesen, nach dessen Vorbild sie gefertigt worden war, zu verhöhnen. Von den Füßen aufwärts bis zu den Schultern war er ein ganz normaler Mensch; ein massiger Mann mittleren Alters, in einfache, zerschlissene Hosen und eine schwarze Arbeitsjacke gekleidet.

Doch auf den breiten, leicht vorgebeugten Schultern ruhte der spitze, von drahtigem braunen Fell bedeckte Schädel einer Ratte!

Sekundenlang stand ich wie erstarrt da, gleichermaßen gelähmt durch den entsetzlichen Anblick wie auch auf eine Art fasziniert. Für eine Sekunde stritten zwei grundverschiedene Gefühle in meiner Brust – auf der einen Seite das nackte Entsetzen, mit dem mich der Anblick des Wesens erfüllte; auf der anderen eine absurde, fast wissenschaftliche Neugier, die beinahe stärker war als die Furcht und der Wunsch, herumzufahren und zu flüchten.

Plötzlich hob der Rattenköpfige die Hand und trat auf den zerborstenen Wagen und mich zu; im gleichen Augenblick fiel die Lähmung wie ein hastig abgestreifter Mantel von mir ab. Ich prallte zurück, stieß einen krächzenden, ungläubigen Schrei aus, stolperte und fiel der Länge nach hin. Eine Ratte schoss quiekend davon, als ich sie unter mir zu begraben drohte – nicht ohne mich im Vorbeigehen noch einmal kräftig in die Hand zu beißen –, und der Mann mit dem Rattenkopf stieß einen leisen kichernden Laut aus.

Abermals kam er näher. Der Blick seiner kleinen, matt schwarzen Rattenaugen schien sich an meinem Gesicht festzusaugen; gleichzeitig vollführten seine Hände – auch sie waren, wie ich jetzt bemerkte, nur noch *beinahe* menschlich – kleine, kompliziert anmutende Gesten. Ich hörte einen Laut, den ich erst nach Sekunden als den Schrei einer menschlichen Stimme identifizierte, gefolgt von einem fürchterlichen Scharren und Kratzen, dann einem ekelhaften Rascheln, als rieben sich zahllose kleine, weiche Körper aneinander. Hastig wandte ich den Kopf, um nach der Ursache dieses bedrohlichen Geräusches zu sehen.

Besser gesagt – ich wollte es.

Ich führte die Bewegung nicht einmal halb zu Ende.

Es war nicht so, dass mir meine Muskeln nicht mehr gehorchten oder irgendetwas sie lähmte; vielmehr hatte ich für einen kurzen, schrecklichen Moment das Gefühl, als ob hinter meiner Stirn ein zweiter, fremder Wille sei, kaum weniger stark als mein eigener und von düsterer, animalischer Art.

Zitternd und gegen meinen Willen drehte ich den Kopf wieder zurück, stemmte mich halb in die Höhe und starrte den Rattenmann an. Etwas schien mit seinem Gesicht zu passieren – vielleicht auch mit meinen Augen, das wusste ich nicht –, aber plötzlich schienen seine Züge zu verschwimmen, sich aufzulösen wie eine Maske aus weichem Wachs, irreal und unwichtig zu werden. Alles, was noch Bestand in dieser schrecklichen Persiflage eines tierischen Antlitzes hatte, waren die Augen. Augen, die größer und größer zu werden schienen, grundlosen schwarzen Schächten gleich, in denen mein Wille und meine Lebenskraft versickerten wie Wasser in der Wüste.

Verzweifelt versuchte ich mich gegen den furchtbaren Einfluss zu wehren. Mit einem kleinen, noch klar gebliebenen Teil meines Denkens begriff ich, was mit mir geschah – der Rattenmann übernahm meinen Willen, machte mich mit der puren Kraft seines Geistes zu einem hilflosen Etwas. Es war nichts anderes als das, was ich selbst schon viele Male zuvor bei anderen getan hatte; und doch vollkommen anders. Denn während ich diese furchtbare Gabe, die ich von meinem Vater geerbt hatte, nur benutzte, wenn ich selbst in Lebensgefahr war und mich verteidigen musste, würde er mich töten.

Der Gedanke gab mir noch einmal neue Kraft. Mit aller Macht stemmte ich mich gegen den geistigen Druck, und für Sekunden schien es beinahe, als hätte ich Erfolg: Sein Gesicht hörte auf, vor mir wie eine Spiegelung im kochenden Wasser zu zucken, und seine Augen schienen zu flackern; der mörderische Sog ließ nach, und ich schöpfte neue Hoffnung.

Irgendetwas berührte meinen Fuß, aber ich ignorierte das Gefühl, torkelte einen Schritt auf den Rattenmann zu und hob abwehrend die Hände vor das Gesicht. Erneut zupfte etwas an meinem Fuß, dann gruben sich messerscharfe Krallen in meine Haut, und etwas Kleines, Pelziges begann in meinem Hosenbein nach oben zu kriechen.

Sekunden später schien sich eine Speerspitze in meine Haut zu bohren, als die Ratte ihr Ziel erreichte und ihre Zähne mit aller Kraft in meinen Oberschenkel schlug. Ich brüllte vor Schmerz, krümmte mich und fiel auf die Knie. Verzweifelt hämmerte ich mit den Fäusten auf die zuckende Ausbeulung in meinem Hosenbein, schrie erneut, als sich die Zähne des Nagers dadurch noch tiefer in mein Fleisch gruben, und schlug wieder zu. Diesmal traf ich besser; die Ratte zuckte noch einmal, verlor plötzlich ihren Halt und glitt an meinem Bein hinab.

Und trotzdem hatte sie ihr Ziel erreicht.

Ich war halb wahnsinnig vor Schmerz und Ekel. Als ich diesmal den Blick hob und den schrecklichen schwarzen Augen des Rattenmannes begegnete, hatte ich seinem Willen nichts mehr entgegenzusetzen.

Es war nicht einmal mehr ein Kampf. Er fegte meinen Willen beiseite wie ein Riese ein Spielzeugschwert, kam langsam weiter auf mich zu und hob die Hände. Ich sah, dass seine Fingernägel zu langen, mörderischen Krallen geworden waren. Ein schreckliches, gieriges Hecheln drang aus seinem halb geöffneten Maul.

Noch einmal versuchte ich mich mit meinen magischen Kräften gegen ihn zur Wehr zu setzen; und wieder spürte ich, wie mein Angriff verpuffte wie ein Wassertropfen, der auf eine glühende Herdplatte fiel. Resignierend und vollkommen erschöpft ließ ich mich zurücksinken, starrte dem Rattenmann entgegen und wartete auf den Tod.

Aber der tödliche Hieb kam nicht.

Einen halben Schritt vor mir blieb der Unheimliche stehen, starrte aus seinen grundlosen Augen auf mich herab und berührte mich schließlich beinahe sanft mit einer seiner Krallenhände an der Stirn. Und –

Es war eine Welt unter einer schwarzen Sonne. Es gab kein Licht, sondern nur eine ungesunde, graue Helligkeit, die aus dem Nirgendwo kam und sich matt auf den schwarzen Wellen des erstarrten teerigen Sumpfes spiegelte, der die Oberfläche dieser absurden Welt bedeckte. Hier und da durchbrachen Dinge den gewellten Boden, schwarze Strünke wie verbranntes Buschwerk, die aber lebten und sich wie in einem unfühlbaren Wind wiegten und wanden, peitschende Bündel grauschwarzer, narbiger Tentakel.

Da war das Mädchen. Sie war schlank und schmalschultrig und hatte dunkles Haar und große, traurige Augen. Ihre Haut wirkte in dieser bizarren Umgebung blass und leblos, und ihr Mund war zu einem stummen Schrei geöffnet, ohne dass ein Laut über ihre Lippen kam.

Sie rannte. Sie lief wie von Sinnen, ohne von der Stelle zu kommen, denn wie ein grausames lebendes Etwas, das sich angeschickt hatte, sie in ihrer Qual noch zu verspotten, bewegte sich der Boden im gleichen Maße zurück, in dem sie lief. Träge stiegen gewaltige Blasen aus dem nur scheinbar festen Schwarz der Erde und zerplatzten, und immer wieder stießen Büschel vibrierender haariger Tentakel nach dem Mädchen, griffen nach ihr und zuckten im letzten Moment zurück, als scheuten sie aus irgendeinem Grund davor zurück, sie zu berühren. Das Licht flackerte, und am Himmel erschien ein absurdes aufgedunsenes Etwas, das unmöglich eine Sonne sein konnte und ein bleiches, krank machendes Schlangenlicht verströmte.

Das Mädchen blieb stehen. Wieder zuckte der Boden wie ein lebendes Wesen und erbrach Tentakel und absurde Dinge aus lebendigem blasigem Schleim, aber diesmal zeigte sie keine Furcht, sondern blickte sich mit einer sonderbaren, fast unschuldigen Neugier um. Dicht hinter ihr brach der Boden auf, und aus dem Riss, der pulsierte und schwarze Flüssigkeit absonderte, stieg ein unförmiger Klumpen schwarz schillernder Materie, wand und bog und verzerrte sich und wuchs zu einem Etwas, das auf furchtbare Weise an eine Ziege erinnerte und gleichzeitig ganz anders war; nicht von dieser Welt, vielleicht nicht einmal aus diesem Kosmos.

Das Mädchen betrachtete das Tier einen Moment lang interessiert und drehte sich weiter herum. Schließlich blieb ihr Blick auf mir haften, und obwohl ich mir der Tatsache vollkommen bewusst war, dass dies alles nicht real, sondern nur eine Art Vision sein konnte, wusste ich doch mit der gleichen Sicherheit, dass sie mich erkannte.

Dann begann sie zu reden.

»Dies ist die letzte Warnung, Sohn des Hexers«, sagte sie. Ihre Stimme klang angenehm und dunkel, genau so, wie ich mir die Stimme eines Mädchens ihres Aussehens vorgestellt hatte, und es dauerte einen Moment, bis ich begriff, dass dies genau der Grund für ihr Timbre war: Nichts in diesem bizarren Wachtraum war real. Es waren meine eigenen Ängste und Wunschträume, die die geistigen Kräfte des Rattenmannes Gestalt werden ließen.

»Die letzte Warnung«, sagte sie noch einmal und mit großem Ernst. »Was geschehen muss, wird geschehen, und es liegt nicht in deiner Macht, irgendetwas am vorbestimmten Lauf der Dinge zu ändern, Sohn des Hexers. Wisse, dass die Zeit herannaht, da ER, DESSEN NAMEN MAN NICHT AUSSPRECHEN SOLL, erwacht, und wisse, dass wir, die ihm dienen, DAS TIER erwe-

cken werden. Und wisse, dass es nicht die Sache der Menschen ist, dies zu ändern.«

Ich wollte eine Frage stellen, aber ich konnte es nicht, denn ich war – obgleich die Hauptperson dieser albtraumhaften Szene – so doch nicht mehr als ein unbeteiligter Zuschauer, der hören und sehen konnte; mehr nicht. Trotzdem schien das Mädchen zu spüren, was in mir vorging, denn plötzlich lächelte es; wenn auch nur knapp und eher mitleidig.

»Aber wisse auch«, fuhr es fort, »dass es nicht in unserem Interesse liegt, dir oder irgendeinem anderen Menschen Schaden zuzufügen. Deshalb geh. Geh, und sei Mensch, und kümmere dich um die Dinge der Menschen, und dir wird kein Leid geschehen.«

Damit wandte sie sich um und ging. Der Boden zuckte und warf Wellen, wo ihre Füße den erstarrten schwarzen Sumpf berührten. Dann begannen die Dünenlandschaft und die furchtbare krank machende Sonne am Himmel zu verblassen, und – ich fand mich unversehens in der Wirklichkeit zurück, halb über dem zertrümmerten Wagen zusammengesunken und in den Klauen des schrecklichen Ungeheuers.

Mit einem Schrei bäumte ich mich auf, sprengte seinen Griff und schlug ihm mit aller Macht die Faust ins Gesicht. Der Rattenmann stieß ein pfeifendes Keuchen aus, torkelte zurück und brach in die Knie. Langsam kippte er zur Seite, verdrehte die Augen und schlug rücklings auf dem harten Kopfsteinpflaster auf, wobei sein schwarzer Helm herabfiel und über die Straße kollerte.

Verstört starrte ich die sonderbare Kopfbedeckung mit den drei kleinen, blitzenden Messingknöpfen an. Es dauerte einen Moment, bis ich begriff, dass Rattenmänner im Allgemeinen keine schwarzen Hüte trugen, sondern diese Art von Kopfschmuck eher von den Londoner Bobbys bevorzugt wurde.

Denn niemand anders hatte ich niedergeschlagen.

Die Sonne war aufgegangen, und ihr erstes Licht hatte die Nachtkälte und die grauen Nebelschleier vertrieben; und wie jeden Morgen hatte sich in das Geräusch des Windes und das dumpfe Murmeln des nahen Meeres schon mit dem ersten Lichtschimmer das Kreischen der Möwen gemischt.

Und doch war es kein Morgen wie jeder andere.

Rings um St. Aimes war die Welt erwacht wie seit Millionen Jahren, aber der kleine, nur aus einer einzigen Straße bestehende Ort war still geblieben. Hinter den Fenstern der Stadt war nicht ein einziges Licht entzündet worden. Die Läden und Türen waren geschlossen geblieben, nirgends war Rauch aus einem Kamin gekommen, hatten Männer ihre Häuser verlassen, um zur Arbeit zu gehen, oder Frauen ihre Kinder zum Ortsausgang geleitet, wo sie sich versammelten und zur Schule im Nachbarort gingen. Es war, als hätte der Ort an diesem Morgen die rechte Zeit verpasst; als schliefe er noch.

Oder als wäre er tot.

Kilian schauderte, als er diesen Gedanken dachte. Er wusste selbst nicht genau zu sagen, warum er eigentlich wieder hierher zurückgekommen war. Nach dem, was er während der Nacht auf dem Friedhof beobachtet hatte, hätte er eigentlich davonrennen sollen, so schnell und so weit er nur konnte. Er spürte deutlich die Gefahr, das Böse, das wie eine unsichtbare schleichende Krankheit von St. Aimes und seinen Bewohnern Besitz ergriffen hatte.

Und trotzdem war da noch eine zweite Stimme in ihm gewesen; leiser als seine Furcht, unaufdringlicher. Aber ebenso mächtig. Eine Stimme, die ihm befohlen hatte, zurückzukehren und zu warten. Worauf, das wusste er nicht.

Sein Herz begann rascher zu schlagen, als er den Ort betrat, und der Blick seiner kleinen, von Schnaps und Alter trüb gewordenen Augen huschte unentwegt über die doppelte Reihe einfacher schmalbrüstiger Häuser. Da und dort bewegte sich etwas in den Schatten. Manchmal durchbrach ein Kratzen und Schaben den monotonen Singsang des Windes, und hier und da glaubte er einen kleinen pelzigen grauen Ball davonhuschen zu sehen.

»Jaja, ihr seid da, nicht wahr?«, sagte er. Seine Stimme zitterte. Er sprach eigentlich nur, um sich selbst zu beruhigen, nicht, weil er glaubte, dass sie es hörten.

»Ihr grauen Herren seid da«, fuhr er fort, während er langsam die schmale Straße entlangschlurfte, auf der Suche nach etwas, von dem er selbst nicht wusste, was es war. »Ihr spürt es auch, nicht wahr?«, fragte er. »Ihr seid schlau, viel schlauer als wir Menschen. Ihr spürt das Böse, das in der Erde lauert.«

Etwas raschelte in den Schatten neben ihm; Kilian blieb stehen und strengte seine alten Augen an, sah aber nichts als einen grauen Schemen, der auf harten Pfoten davonhuschte.

»Will er mich holen, der graue Herr?«, fragte er. Einen Moment wartete er, ob die Ratte seine Worte gehört hatte und etwa zurückkam, dann schüttelte er den Kopf und ging weiter. Vor ihm, noch zwei, drei Häuser entfernt, öffnete sich eine Tür. Eine Frau trat heraus, blieb einen Moment reglos stehen und zog dann die Tür hinter sich zu. Kilian äugte ihr misstrauisch entgegen, als sie auf die Straße hinaustrat und sich nach Westen wandte, in die Richtung, aus der er gekommen war.

Die Frau schien ihn nicht einmal zu bemerken. Ihr Blick blieb leer, und Kilian musste zur Seite treten, um nicht mit ihr zusammenzustoßen. Kopfschüttelnd sah er der Frau einen Moment lang nach, dann drehte er sich wieder herum, machte einen Schritt – und blieb abrupt wieder stehen.

Vor ihm saß eine Ratte.

Das Tier war so groß wie ein Terrier, aber viel kräftiger, und seine Augen waren von wacher, sonderbar wissender Art. Sein Maul war leicht geöffnet, sodass Kilian die Ehrfurcht gebietenden Reißzähne des kleinen Ungeheuers sehen konnte, und die Krallen scharrten unentwegt über das noch taufeuchte Kopfsteinpflaster der Straße, aber es war nichts Drohendes in dieser Geste.

»Er will mich aber doch holen, der graue Herr«, sagte Kilian. Er kicherte, völlig grundlos und mit verzerrter, bebender Stimme, und fuhr sich nervös mit der Zungenspitze über die Lippen. Die Ratte wandte sich um, trippelte ein paar Schritte die Straße herab und sah zu Kilian zurück. Ihre Barthaare zitterten.

»Ich komme«, sagte Kilian. »Aber der graue Herr muss auf mich warten. Meine Beine sind nicht mehr so jung wie die seinen.«

Die Ratte wartete geduldig, bis der Alte sich in Bewegung gesetzt und sie fast erreicht hatte, dann trippelte sie weiter.

Der Alte merkte nicht, wie sich hinter ihm mehr und mehr Türen öffneten und das halbe Hundert Einwohner von St. Aimes nacheinander auf die Straße hinaustrat und sich in westlicher Richtung in Bewegung setzte. Er bemerkte auch nicht die anderen, kleineren Wesen, die plötzlich von überall her auftauchten und auf lautlosen Pfoten in die Häuser huschten, die von ihren menschlichen Bewohnern verlassen worden waren ...

Als ich gekommen war, war die Sonne gerade aufgegangen, und das altehrwürdige Gebäude schien noch nicht ganz erwacht zu sein und blinzelte gerade seine Müdigkeit fort. Jetzt stand die Sonne hinter den blind gewordenen Scheiben des kleinen Büros fast im Zenit und verriet mir, dass es fast Mittag war. Ich fühlte mich erschöpft und ein wenig müde. Ich hatte geredet, zugehört, wieder geredet und zugehört, Fragen beantwortet und selbst welche gestellt, und irgendwann, vielleicht vor einer Stunde, vielleicht auch vor drei oder vier, hatte das Gespräch angefangen, sich im Kreise zu drehen.

Mein Gesprächspartner – ein Hüne von annähernd fünfzig Jahren – wirkte genauso müde und erschöpft wie ich, obgleich er sich Mühe gab, eine seiner Stellung entsprechende würdevolle Haltung beizubehalten. Sein Name war Wilbur Cohen – Captain Wilbur Cohen, wenn ich genau sein wollte –, und er war so etwas wie der stellvertretende Leiter der Institution, in deren Mauern ich mich befand: Scotland Yard.

Es war das zweite Mal innerhalb weniger Monate, dass ich hier zu Gast war. Ein paar der äußeren Umstände waren anders – diesmal war ich wenigstens nicht in Handschellen hergeführt worden, das Büro war ein anderes, und auch der Mann hinter dem Schreibtisch unterschied sich (nicht nur äußerlich) von Tornhill; und wenn diese Unterredung vorüber war, würde ich als freier Mann nach Hause gehen können.

Trotzdem fühlte ich mich jetzt so unbehaglich wie beim ersten Mal; vielleicht mehr.

Cohen seufzte und unterbrach so das lange, unangenehme Schweigen, das sich zwischen uns ausgebreitet hatte. »Und das ist jetzt alles?«, fragte er.

Ich nickte und hielt seinem Blick gelassen stand. »Das ist alles, Captain. Mehr kann ich Ihnen nicht erzählen.«

»Sonst wirklich nichts?«, vergewisserte sich Cohen. »Keine Leichen mehr im Keller, keine verrückten Attentäter mehr hinter Hecken, keine Ratten oder vielleicht Spinnen, die –«

»Verdammt, hören Sie auf«, unterbrach ich ihn, lauter und um mehrere Grade gereizter, als ich eigentlich vorgehabt hatte. Aber Cohens offen zur Schau gestelltes Misstrauen trieb mich schier zur Raserei. »Das ist alles, was ich Ihnen sagen kann, Captain.« Ich beugte mich vor, ließ die flache Hand auf den Tisch klatschen und setzte die beleidigteste Miene auf, die ich zustande brachte. »Wenn ich Sie daran erinnern darf, Captain – es ist reines Glück, dass meine Freunde und ich noch am Leben und nicht ebenfalls verschwunden sind. Sie tun so, als hätten Sie mich auf frischer Tat ertappt und verhaftet. Verdammt – ist es neuerdings strafbar, Opfer eines Mordanschlages zu sein?«

Mein Wutausbruch irritierte Cohen nicht im Geringsten. Und ich konnte es ihm nicht einmal übel nehmen, wenn er mir misstraute. Es war eine Menge geschehen, seit ich das Haus meines Vaters am Ashton Place bezogen hatte. Im Grunde war es nur einer ganzen Reihe mittlerer Wunder und Dr. Grays Redegewandtheit zu verdanken, dass ich bis zum heutigen Tage noch keine größeren Schwierigkeiten mit den Behörden bekommen hatte. Aber ich hatte während der letzten Stunden zunehmend das Gefühl bekommen, dass sich das in nächster Zukunft ändern würde. Selbst die englische Langmut kennt Grenzen.

»Sie nehmen also an, dass Lady McPhaerson tot ist«, sagte er.

Jetzt war meine Geduld endgültig erschöpft. »Zum Teufel!«, brüllte ich, »hören Sie auf, mir die Worte im Mund zu verdrehen, Captain! Ich nehme überhaupt nichts an! Ich weiß nur, dass wir überfallen und um ein Haar umgebracht wurden und dass Lady Audley verschwunden ist!«

Cohen lehnte sich zurück und begann den Takt einer unhörbaren Melodie auf den Armlehnen seines Stuhles zu trommeln. »Und dass Sie einen Polizisten niedergeschlagen haben, der Ihnen versehentlich zu nahe gekommen ist«, fügte er hinzu. »Was war das, Craven? Eine Kurzschlusshandlung, pure Angst oder ein unbeabsichtigter Ausrutscher?«

»Was soll das, Cohen?«, fragte ich wütend. »Wollen Sie mir irgendetwas unterstellen?«

»Natürlich nicht, Mister Craven«, antwortete er ruhig. »Aber Sie müssen zugeben, dass Ihre Geschichte ... nun, zumindest unwahrscheinlich klingt, nicht wahr? Sehen Sie, Craven, es sind ein paar Menschen ums Leben gekommen, seit Sie London mit Ihrer Anwesenheit beglücken – darunter einige Mitarbeiter Scotland Yards, und das ist etwas, das wir hier gar nicht schätzen. Und da kommen Sie mit einer Geschichte von Ratten, die am helllichten Tage eine Kutsche angegriffen haben sollen.« Er schüttelte den Kopf und schlug mit dem stumpfen Ende seine Bleistifte arhythmisch auf die Tischplatte.

»Es ist die Wahrheit, verdammt!«, erwiderte ich gereizt, beugte mich vor und streckte die Hände über den Tisch. Howard, Rowlf und ich waren verarztet worden, ehe man mich hierher brachte, aber die zahllosen kleinen Bisswunden waren noch deutlich zu erkennen.

Außerdem sah mein Rock aus, als wäre ich damit in eine Häckselmaschine geraten. »Sehen Sie mich an!«, schnappte ich. »Oder meine beiden Begleiter. Und die toten Ratten und Pferde haben Sie doch auch gesehen!«

»Das habe ich«, bestätigte Cohen ungerührt. »Aber was beweist das? Ein paar tote Ratten, ein zerstörter Wagen, zwei bis auf die Knochen blank gefressene Pferde und eine verschwundene Lady der besten Gesellschaft Londons – das ist ein bisschen viel, um mit einem Achselzucken zur Tagesordnung überzugehen, mein lieber Craven. Meinen Sie nicht auch, dass Sie mir eine Erklärung schuldig wären?«

Er schüttelte rasch den Kopf, als ich etwas sagen wollte, und seufzte hörbar. »Nein, sagen Sie es nicht, Craven. Ich weiß, dass Sie von nichts wissen und ein unschuldig Verfolgter sind. Wahrscheinlich ist alles nur eine einzige entsetzliche Verwechslung. Diese dummen Ratten haben Ihren Wagen schlichtweg mit einem Spatzennest verwechselt, das sie ausräubern wollten.« Seine Stimme troff vor Hohn.

»Wenn Sie mich irgendeiner Straftat verdächtigen, Captain«, sagte ich eisig, »dann reden Sie am besten mit meinem Anwalt weiter. Er wartet draußen.«

Cohen machte eine wegwerfende Geste. »Hören Sie mit Ihrem Rechtsverdreher auf, Craven.«

»Dr. Gray ist gewiss kein Rechtsverdreher!«

Cohen seufzte. »Ich weiß. Er ist einer der besten und teuersten Juristen des Landes. Das ist ja gerade das Schlimme.«

Er beugte sich vor, verschränkte die Hände vor sich auf dem Tisch und sah mich über den Rand seiner dünnen, goldgefassten Brille hinweg durchdringend an. »Sie sind Amerikaner, Mister Craven.«

»Das steht in meiner Geburtsurkunde«, sagte ich, »aber ich bin –«

»Ich weiß«, unterbrach mich Cohen. »Ich habe Ihre Karte studiert, Mister Craven. Trotzdem sind Sie *de jure* amerikanischer Staatsbürger.«

»Ein Ausländer«, antwortete ich gereizt. »Sagen Sie es ruhig.«

Cohen zuckte die Achseln. »Das haben Sie gesagt. Ich will ehrlich zu Ihnen sein, Mister Craven. Sie haben uns eine Menge Ärger gemacht in den letzten Monaten. Eine Menge einflussreicher ...« Er stockte, suchte einen Moment sichtlich nach den richtigen Worten und fuhr fort: »... sagen wir *Persönlichkeiten* Londons haben angefangen, sich Fragen zu stellen und gewisse Sorgen zu machen.«

»Sorgen? Was für Sorgen?«

Cohen zögerte einen Moment, starrte sekundenlang seine sorgsam manikürten Fingernägel an und schien zu einem Entschluss zu kommen. »Ich will nicht lange um den heißen Brei herumreden, Craven«, begann er mit deutlich veränderter Stimme. »Ich glaube kaum, dass Sie etwas mit dem Verschwinden von Lady McPhaerson zu tun haben, jedenfalls nicht in dem Sinne, dass ich Sie einer Straftat verdächtigen würde. Und ich fürchte, bei Ihrem Einfluss und Ihren nicht unbeträchtlichen finanziellen Mitteln dürfte es mir schwerfallen, Sie auch nur offiziell unter Anklage zu stellen.«

»Was soll ich dann noch hier?«, fragte ich wütend.

Cohen lächelte kalt. »Mir zuhören, Craven«, sagte er ruhig. «Es geht nicht darum, ob und was ich Ihnen beweisen kann. Es geht um Sie, Mister Craven. Sie verbreiten Unglück. Ich werfe Ihnen nicht vor, irgendetwas Ungesetzliches getan zu haben, aber Sie verbreiten Unglück. Die Leute, die in Ihre Nähe kommen, entwickeln einen verhängnisvollen Hang, auf dramatische Weise ums Leben zu kommen. Das müssen Sie zugeben.«

»Was wollen Sie damit sagen?«, fragte ich scharf.

»Es sind nicht meine Worte«, erwiderte Cohen gelassen. »Ich spreche im Auftrag … sagen wir, anderer. Wären Sie ein *irgendwer,* Mister Craven, würde ich Sie einfach beim Kragen nehmen und in den tiefsten Keller des Tower sperren, so lange, bis ich die Wahrheit herausbekommen hätte. Aber zufälligerweise sind Sie kein irgendwer, sondern einer der reichsten und höchstwahrscheinlich auch einflussreichsten Männer der Stadt, wenn nicht des Landes.«

»Gut, dass Sie es einsehen«, knurrte ich.

»Das ändert gar nichts«, sagte Cohen gelassen. »Nicht viel jedenfalls. Ich werde ein Auge auf Sie haben, verlassen Sie sich darauf.« Er lächelte, blickte einen Moment konzentriert aus dem Fenster, als gäbe es dort etwas ungemein Wichtiges zu sehen, und sah mich dann wieder über den Rand seiner Brille hinweg an. »Das Allerbeste«, sagte er leise, aber sehr, sehr ernst, »wäre, wenn Sie die Stadt verlassen würden, Mister Craven. Vielleicht sogar die britischen Inseln.«

Es dauerte einen Moment, bis ich begriff. »Sie … Sie wollen mich aus der Stadt werfen?«, fragte ich. »Mich des Landes verweisen? Mit welcher Begründung?«

»Mit keiner«, antwortete Cohen. »Wie gesagt – ich rede in quasi halb offiziellem Auftrag. Es gibt Leute, die es für besser halten würden, wenn Sie dem britischen Empire den Rücken kehren würden.

Natürlich verweise ich Sie weder aus der Stadt noch des Landes. Das kann ich nicht. Noch nicht.«

»Aber Sie legen mir nahe zu gehen, bevor Sie es können.«

Cohen nickte. »Ja. Was nicht ist, kann durchaus noch werden, wissen Sie? Ich würde es bedauern, wenn ich Sie in Handschellen an Bord eines Schiffes führen müsste, das in die Staaten fährt.«

Ich antwortete nicht gleich. Nicht, dass mich Cohens Worte wirklich überrascht hätten. Nach allem, was vorgefallen war, hatte ich schon damit gerechnet, in irgendeiner Zelle zu sitzen, die ich erst in fünfzig Jahren wieder verlassen konnte. Wenn überhaupt. Aber es widerstrebte mir, so kampflos beizugeben. Und ich war unschuldig.

Zumindest in juristischem Sinne.

»Überlegen Sie es sich«, sagte Cohen und stand auf. »Es hat keine Eile. Wie Sie sich denken können, muss ich Sie sowieso bitten, die Stadt in nächster Zeit nicht zu verlassen. Aber sobald die Untersuchungen abgeschlossen sind, sollten Sie meinen Vorschlag ernsthaft ins Auge fassen. Vielleicht sehe ich in ein paar Tagen bei Ihnen vorbei und hole mir Ihre Antwort ab. Es sind da sowieso noch ein paar ... Kleinigkeiten zu besprechen.«

Ich stand ebenfalls auf und starrte ihn einen Moment mit einer Mischung aus Zorn und Niedergeschlagenheit an.

»Diese ... *Persönlichkeiten,* von denen Sie gesprochen haben, Captain«, sagte ich; das Wort auf die gleiche, eigenartige Weise betonend wie er zuvor, »wer sind sie?«

Cohen schwieg, und nach ein paar weiteren Sekunden verließ ich endgültig das Büro und trat auf den Korridor hinaus.

Gray, der die ganze Zeit auf mich gewartet hatte, um sofort eingreifen zu können, falls ich doch in Schwierigkeiten geraten sollte, sprang von der unbequemen Holzbank auf und kam mir mit fragendem Gesicht entgegen. »Nun?«

»Nichts, nun«, sagte ich seufzend. »Er hat mir nahegelegt, das Land zu verlassen, oder wenigstens die Stadt.«

Gray erbleichte. »Er hat – was?«, keuchte er.

»Mir gesagt, ich solle verschwinden, ehe ich Ärger kriege«, antwortete ich. »Jedenfalls lief es darauf hinaus. Und das Schlimmste ist, er hat sogar Recht.«

Gray fegte meine Antwort mit einer wütenden Bewegung beiseite, trat an mir vorbei und streckte die Hand nach der Türklinke aus. »Warte hier auf mich«, sagte er. »Ich kläre die Angelegenheit.«

Ich hielt ihn mit einem raschen Griff zurück. »Das hat doch keinen Sinn«, sagte ich. »Cohen hat ja Recht. Ich kann nicht die Hände in den Schoß legen und so tun, als wäre nichts geschehen.«

»Natürlich nicht«, schnappte Gray. Seine grauen, von einem Netzwerk winziger Fältchen eingefassten Augen blitzten. »Aber ich kenne Cohen. Wenn er keinen Dämpfer bekommt, wird er dein Schweigen als Zeichen von Furcht auffassen und das nächste Mal einen Schritt weiter gehen. Warte unten in der Halle auf mich. Das hier dauert nur einen Moment.« Damit drückte er die Klinke herunter und stürmte in Cohens Büro, ohne sich die Mühe zu machen, anzuklopfen.

Einen Moment lang blickte ich die geschlossene Tür noch kopfschüttelnd an, dann wandte ich mich nach links und ging langsam den nur schwach erhellten Korridor zur Treppe hinab. Vermutlich hatte Gray Recht – man musste Leuten wie Cohen auf die Finger klopfen, wenn man nicht Gefahr laufen wollte, dass sie anfingen, Katz und Maus zu spielen und einem dabei die Rolle der Maus zudachten. Aber meine Fähigkeit, Konflikte auszutragen, war einfach erschöpft. Ich war müde, fühlte mich schwach, hatte Hunger und Durst, und in meinem Kopf drehte sich alles. Im Grunde wollte ich nur noch nach Hause.

Ich ging die Treppe hinunter und trat in die hohe, nach vorne offene Säulenhalle hinaus. Obwohl es für diese Jahreszeit kalt war, fühlte ich mich im Freien einfach wohler. Es war absurd – die Beamten von Scotland Yard und ich waren im Grunde Verbündete, die zusammenhalten sollten. Aber im Augenblick waren sie meine Feinde.

Fröstelnd zog ich den Mantel enger um die Schultern zusammen, trat an den Straßenrand und winkte einer Mietdroschke. Die ersten beiden Fuhrwerke rollten einfach vorbei, obgleich ich deutlich erkennen konnte, dass sie nicht besetzt waren. Aber die Kutscher hatten wohl meinen zerfetzten Mantel und den blutigen Anzug darunter gesehen und angesichts des Hauses, vor dem ich stand, einen zwar verständlichen, aber falschen Schluss daraus gezogen.

Erst der dritte Kutscher hielt an und fragte brummig nach der Adresse, zu der er mich fahren sollte. Als ich sie ihm nannte, erbleichte der Mann, denn Ashton Place gehörte zu den Orten, mit denen man Dinge wie goldene Toilettenschüsseln und diamantbesetzte Türknöpfe in Verbindung bringt. Aber an diesem Tag vermochte ich mich nicht recht über seine Verblüffung zu amüsieren.

Als sich der Wagen in Bewegung setzte, blickte ich eher zufällig aus dem Fenster und zum Gebäude von Scotland Yard zurück.

Auf der breiten Freitreppe saß eine Ratte und starrte mir nach.

Mit dem Licht des neuen Tages war das grüne Wabern und Wogen blasser geworden. Aus der gleißenden Kuppel war ein blasser Schein geworden, nicht mehr als ein sanfter, kaum noch wahrnehmbarer Hauch im hellen Glanz der Sonne. Dafür hatte das Pulsieren am Grunde des Grabes zugenommen. Aus den finsteren Schatten waren Arme geworden, ein zuckender, auf schwer zu beschreibende Weise fließender Körper mit lichtlosen Augen aus Flecken treibender Schwärze, deren Blick älter als die Welt war, die sie sahen.

Die Fremde hatte wieder am Kopfende des Grabes Aufstellung genommen, und wie während der Nacht waren Penwick und Rowland an den beiden Längsseiten der rechteckigen Grube aufmarschiert und zur Reglosigkeit erstarrt. Bizarre menschliche Statuen mit übergroßen Rattenköpfen, deren schwarze Augen das Licht der Sonne wie polierte Knöpfe widerspiegelten ...

Auch die Ratten waren wieder da, eine wirbelnde, amorphe Masse graubraunschwarzer Körper, die die drei Gestalten und das offene Grab in respektvollem Abstand umgaben.

Der Friedhof selbst war kaum wiederzuerkennen. Die meisten Grabsteine und -platten waren umgeworfen oder zerschlagen, zahllose Gräber geöffnet, die Särge darin zerborsten und mit brutaler Kraft aufgebrochen, sofern sie nicht schon von selbst verfault und bei der ersten Berührung zerfallen waren. Nur wenige Gräber waren noch unversehrt.

Lange Zeit stand die Fremde mit dem knöchernen Rattenschädel still da, dann, wie auf ein geheimes Zeichen hin, erwachte sie aus ihrer Starre, hob den Arm und stieß einen absurd klingenden Laut aus, wie ihn eine menschliche Kehle niemals zustande gebracht hätte. Am anderen Ende des Friedhofes entstand Bewegung, und zwei der Gestalten, die bisher reglos zwischen den verwüsteten Gräberreihen gestanden und zu der Fremden und ihren beiden unheimlichen Begleitern hinübergeblickt hatten, stiegen in ein aufgebrochenes Grab hinab. Ein Kratzen und Scharren wurde laut, dann das Splittern von Holz.

Die Frau in der grünen Toga hob langsam die Arme, ergriff den knöchernen Rattenschädel, den sie wie einen bizarren Helm auf dem Kopf trug, und nahm ihn ab; langsam und in einer beinahe zeremoniell anmutenden Geste. Eine vage, unruhige Bewegung ging durch die Masse der Ratten, als darunter das Gesicht einer dunkelhaarigen, jungen Frau zum Vorschein kam.

Langsam näherten sich zwei Männer dem Grab, den schlaffen, in halb vermoderte weiße Tücher eingeschlagenen Körper zwischen sich tragend, den sie aus dem erbrochenen Sarg genommen hatten. Die Ratten wichen lautlos zur Seite und bildeten eine Gasse für die beiden Männer und ihre schreckliche Last.

Sie erreichten das Grab, blieben stehen und blickten abwartend zu der Fremden hinüber. Die Frau starrte in die Grube hinab. Ihre Lippen formten ... Laute. Worte einer düsteren, vor Äonen untergegangenen Sprache, und ihre Hände vollführten kleine Gesten. Dann hob sie mit einem Ruck den Arm und deutete fordernd auf den Toten, den die beiden Männer gebracht hatten.

Es gab keinen Laut, als die beiden den Leichnam in das Grab warfen und das grüne Glühen ihn aufsaugte. Nur das Wabern und Wogen in seinem Zentrum wurde stärker, und das unbeschreibliche Etwas, das im Herzen des grünen Lichtes Gestalt anzunehmen begann, schien erneut um eine Winzigkeit lebendiger und stofflicher zu werden ...

Wieder bewegten sich die Lippen der Fremden, und diesmal war es ein Wort in der Sprache der Menschen, das sie formten. Nur ein Wort, aber immer und immer wieder. »Bald«, flüsterte sie. »Bald.«

Aus dem Grab erklang ein grässlicher, saugender Laut; wie zur Antwort. Es klang fast wie ein Schmatzen.

Howard hatte sich meinen Bericht schweigend angehört, aber ich wartete vergebens darauf, dass er antwortete oder auch nur mit dem Verziehen einer Miene auf meine Worte reagierte. Er war ein wenig blass, und in seinen Augen stand noch immer der gleiche, dumpf verzweifelte Ausdruck wie am Morgen, wenngleich er sich auch sichtlich gefangen hatte. Seine Hand lag auf dem Ledereinband des Buches, in dem er gelesen hatte, als ich zurückkam. Es war einer der Bände aus der Geheimbibliothek meines Vaters. Das *Chaat Aquadingen*. Howard wusste, wie wenig gern ich es sah, wenn er in diesem Buch las. Aber ich hatte kein Wort darüber verloren. Er kannte die Gefahr, die diese verbotenen Bücher darstellten, wahrscheinlich besser als ich. Er würde seine Gründe haben, sich derart krass über meinen Willen hinwegzusetzen.

»Ich verstehe einfach nicht, was das bedeutet«, sagte ich – zum wahrscheinlich zehnten Mal, seit ich hier herauf in die Bibliothek gekommen war.

»Es bedeutet, dass das, was du gesehen hast, kein Unfall war«, sagte Howard mit seltsam flacher, ausdrucksloser Stimme. »Die Polizei glaubt, dass die Ratten die Tollwut hatten oder der Junge sie gereizt hat, nicht?«

»Ich weiß nicht, was die Polizei glaubt«, antwortete ich rasch. Ich hatte ihm nicht viel von Cohen erzählt; wir hatten dringendere Sorgen als einen Polizeicaptain, der mich aufs Korn nehmen wollte. »Aber ich nehme es an.«

»Es stimmt nicht«, antwortete Howard. »Das war Mord, Robert. Ein kaltblütiger, berechnender Mord. Die Ratten haben diesen armen Teufel zerrissen, damit du es *siehst.*«

Seine Worte ließen mich schaudern. Ich hatte geahnt, dass es so war, aber es gab einen Unterschied zwischen Ahnen und Wissen.

»Jemand hat sie geschickt, meinst du?«, flüsterte ich stockend.

Howard nickte. »Nicht *jemand«*, sagte er betont. *»Sie.* Dieser arme Kerl musste um einer sinnlosen Machtdemonstration willen sterben; nur, um uns zu zeigen, wie groß ihre Macht ist.« In seinem Blick erschien wieder dieser Ausdruck von Vorwurf, mit dem er mich schon die ganze Zeit gemustert hatte und den ich mir nicht erklären konnte.

»Ich habe über alles nachgedacht, während du weg warst«, fuhr er fort. Er lächelte müde, zündete sich eine Zigarre an und ließ die freie Hand mit einer erschöpften Bewegung auf den Einband des *Chaat Aquadingen* hinunterfallen. »Du hast mir alles über deine … Vision erzählt?«, vergewisserte er sich. »Du hast nichts vergessen, keine Kleinigkeit? Nichts weggelassen, weil es dir unwichtig erschien?«

»Nein.« Ich schüttelte den Kopf. »Nichts. Aber es war alles so … so unwirklich. So … *falsch.*«

Der Ausdruck von Sorge auf Howards Zügen verstärkte sich noch. Müde beugte er sich in seinem Sessel vor, klappte das *Chaat* auf und ließ die dünnen Pergamentblätter zwischen Daumen und Zeigefinger hindurchrascheln, als suche er eine bestimmte Stelle, schlug das Buch dann aber mit einem Seufzer wieder zu und zog an seiner Zigarre, bis die Spitze beinahe weiß glühte.

»Er, DESSEN NAMEN MAN NICHT AUSSPRICHT ... DAS TIER ... Was, zum Teufel, hat sie damit gemeint?«, murmelte ich. »Und wer ist *sie* überhaupt? Wer ist diese Frau, die harmlose Tiere dazu bringt, Menschen zu zerfleischen?«

Howards Lippen verzogen sich zu einem dünnen, irgendwie bitteren Lächeln. »ER, DESSEN NAMEN MAN NICHT AUSSPRICHT – weißt du wirklich nicht, was das bedeuten soll? Hast du so wenig in den Schriften gelesen, die dir dein Vater hinterlassen hat?«

Ich starrte ihn an, und plötzlich hatte ich das Gefühl, von einer eisigen, unsichtbaren Hand berührt zu werden. Ein kurzer, rascher Schmerz zuckte wie eine Nadel durch mein Herz. »Du ... du meinst ...«

»Cthulhu«, sagte Howard ungerührt. »Ja. Die Zeit seines Erwachens rückt heran. Aber das«, fügte er rasch hinzu, als er mein abermaliges Erschrecken bemerkte, »muss nichts bedeuten. Diese Wesen sind es gewohnt, in anderen Zeiträumen zu rechnen als wir. Dieses Heranrücken kann durchaus noch hundert Jahre bedeuten. Oder auch tausend.«

»Oder ein paar Tage«, sagte ich finster.

»Oder ein paar Tage«, bestätigte Howard ungerührt. »Ja. Aber was mir trotzdem die größeren Sorgen bereitet, ist dieses andere, von dem das Mädchen gesprochen hat. DAS TIER.« Er sog an seiner Zigarre und stieß eine übel riechende Qualmwolke in meine Richtung.

»Ich habe versucht, die Antwort in diesem Buch zu finden«, fuhr er mit einer Kopfbewegung auf das *Chaat Aquadingen* fort, »aber leider umsonst. Es sind alle möglichen Dinge erwähnt, aber nichts, was die Bezeichnung DAS TIER trüge. Wenn wir das NECRONOMICON noch hätten –«

»Wir haben es aber nicht«, unterbrach ich ihn grob. Howard sah mich misstrauisch an. Er argwöhnte noch immer, dass ich eine weitere Abschrift dieses Buches besitzen würde, und er kam der Wahrheit damit auch näher, als mir lieb war. Aber es gibt ein paar Dinge, in denen ich nicht bereit bin, auch nur um einen Deut von meinen Prinzipien abzuweichen. Das NECRONOMICON gehört dazu.

»Schade«, sagte er schließlich.

Ich nickte. »Sehr schade«, bestätigte ich. »Aber wir werden auch so herausfinden, was diese sonderbare Warnung zu bedeuten hat.«

Die Andeutung eines Lächelns erschien auf Howards müden Zügen.

»Darf ich daraus schließen, dass du nicht vorhast, sie dir zu Herzen zu nehmen?«

»Ich habe nicht vor, Lady Audley im Stich zu lassen, wenn es das ist, was du meinst«, sagte ich. »Ich bin sicher, dass sie noch lebt, Howard. Und ich fühle mich verantwortlich für das, was mit ihr geschehen ist. Dieser Narr Cohen hat nicht einmal so Unrecht mit seinen Vorwürfen.«

Ich stand auf, ging zum Fenster und blickte durch einen Spalt in den Gardinen auf die Straße. London bot einen erbärmlichen Anblick, bedachte man, dass wir den 20. August schrieben und die Stadt eigentlich unter der Sommerhitze stöhnen sollte. Die Sonne stand zwar am Himmel und gab sich redliche Mühe, genau das zu erzielen, aber von Westen her trieben immer wieder düstere graue Wolken über die Stadt.

»Es ist ein bisschen spät, sich Vorwürfe zu machen, findest du nicht?«, fragte Howard.

Ich nickte, ohne mich zu ihm herumzudrehen, »Sicher. Trotzdem trifft mich die Schuld an allem, Howard. Ich hätte diesen Wahnsinn niemals beginnen dürfen. Alles hat auf dieser verdammten Séance ange...«

Ich sprach nicht weiter. Irgendetwas hinter meiner Stirn machte deutlich hörbar »Klick«.

Und plötzlich wusste ich es. Plötzlich hörte ich noch einmal die Worte, die Lady Audley während der unseligen Séance ausgestoßen hatte, sah ich noch einmal das Mädchen, dessen Bild mir der Rattenmann geschickt hatte, die bizarre Welt, in der es existierte, das Wesen, das es begleitet und das ich für unwichtig gehalten hatte. Plötzlich fügten sich die Puzzleteile zu einem Bild.

DAS TIER ...

Die schwarze Ziege.

Die schwarze Ziege mit den tausend Jungen ...

Wie von der Tarantel gestochen fuhr ich herum und starrte Howard an. Mein Gesicht muss eine Maske puren Entsetzens gewesen sein, denn Howard sprang auf und blickte mich erschrocken an. »Was ist los?«, fragte er.

Ich antwortete nur mit zwei Worten, aber ich sah, dass sie ihn mit der gleichen Wucht trafen wie mich.

»Shub-Niggurath!«, sagte ich. »Howard, DAS TIER ist nichts anderes als Shub-Niggurath.«

Sie lag in einem winzigen, fensterlosen Raum, der nur von einer einzelnen rußenden Petroleumlampe erhellt wurde, als sie erwachte. Ein Mann hockte auf einem Schemel neben ihrem Bett, das Gesicht von ihr abgewandt und die Ellbogen auf die Oberschenkel gestützt; in leicht vorgebeugter Haltung, als schliefe er. Die Luft roch verbraucht, und es war ein Gestank wie nach schmutzigen Tieren im Raum, den sie sich nicht gleich erklären konnte. Dann knüpfte dieser Gestank eine Verbindung zu den Bildern, die sie in ihren Albträumen gequält hatten, und plötzlich begriff sie, dass es keine Albträume gewesen waren, dass alles wahr war – der schreckliche Tod des rothaarigen Jungen, der Angriff auf die Kutsche, Ratten, die wie eine braune Flut heranstürmten und Craven und Mister Phillips und ihren armen Leibdiener verschlangen, die durchgehenden Pferde, die sich aufgebäumt und die Kutsche umgeworfen hatten, die zahllosen Ratten, die durch die Tür und Spalten in den zerborstenen Wänden hereingequollen waren, das ekelhafte Gefühl ihrer Berührung, und dann der schreckliche Mann mit dem Rattenkopf – dies alles war *wirklich* geschehen!

Lady Audley McPhaerson fuhr mit einem gellenden Schrei in die Höhe, bemerkte zu spät, dass ihre Hände zusammengebunden und mit einem kurzen Strick am Bettgestell festgeknüpft waren, und sank mit einem schmerzhaften Keuchen wieder zurück.

Der Schrei weckte den Mann neben ihr aus seiner Erstarrung. Mit einem Ruck hob er den Kopf, drehte sich im Stuhl herum und stand dann ganz auf.

Lady Audley schrie erneut, als sie sein Gesicht sah.

Es war das Gesicht einer Ratte! Der Mann war der Unheimliche aus ihrem Traum, das Ungeheuer, das plötzlich neben der Kutsche aufgetaucht war und sie aus dem zerborstenen Wagen gezerrt hatte, während die Ratten über ihren Körper krochen, sie mit ihren widerlichen Schnauzen beschnüffelten und betasteten, an ihren Kleidern und Haaren zerrten ...

Lady McPhaerson hörte erst wieder auf zu schreien, als der Rattenmann sie in die Höhe riss und ihr eine schallende Ohrfeige versetzte. Die Hysterie verging so schnell, wie sie gekommen war, aber zurück blieb ein Entsetzen, das alles übertraf, was sie in ihrem langen Leben auch nur geahnt hatte. Ihre Augen schienen vor Grauen schier aus den Höhlen zu quellen, während sie das struppige Rattengesicht des Unheimlichen betrachtete.

Und dann begann das Wesen zu sprechen; mit seltsam hoher,

quietschender Stimme, die Worte von einem fürchterlichen Rasseln und Hecheln begleitet, aber trotzdem verständliche Worte – und das war fast ein noch größerer Schock für Lady Audley als der pure Anblick des Scheusals.

»Es hat keinen Zweck, wenn Sie sich wehren«, krächzte es. »Sie fügen sich nur Schmerzen zu. Niemand wird Ihnen etwas zuleide tun, solange sie keine Dummheiten machen, Mylady.«

Mylady!, dachte Lady Audley entsetzt. Das Ungeheuer nannte sie Mylady! Bitterer Speichel sammelte sich unter ihrer Zunge. Sie schluckte ein paar Mal, um den Brechreiz niederzukämpfen, biss sich selbst auf die Zunge und wartete, bis der brennende Schmerz das Entsetzen, das ihre Sinne vernebelte, vertrieben hatte. Trotzdem zitterte ihre Stimme so heftig, dass sie alle Kraft aufwenden musste, um die wenigen Worte verständlich hervorzubringen.

»Wer ... wer sind Sie?«, wimmerte sie. »Was haben Sie mit mir vor? Wo bin ich und was –«

Der Rattenmann unterbrach sie mit einer unwilligen Geste seiner nur noch halb menschlichen Klauenhände. »Mein Name ist Penwick«, sagte er, »aber das tut nichts zur Sache. Sie werden alles erfahren, wenn die Zeit gekommen ist. Vorerst brauchen Sie keine Angst zu haben. Ich bin nur hier, um auf Sie Acht zu geben – nicht, um Ihnen irgendetwas zuleide zu tun.«

»Vorerst«, wiederholte Lady Audley leise. »Und später?«

»Sind Sie hungrig?«, fragte der Rattenmann, als hätte er ihre Frage gar nicht gehört.

Lady Audley schluckte, schüttelte kurz und abgehackt den Kopf und versuchte sich abermals aufzurichten. Diesmal ging es, wenngleich der Strick ihre Bewegungen sehr behinderte und sie sich nur zur Hälfte erheben konnte.

»Sagen Sie es nur, wenn Sie irgendwelche Wünsche haben«, krächzte Penwick. »Sie dürfen diesen Raum nicht verlassen, aber ansonsten stehe ich Ihnen jederzeit zur Verfügung.«

»Sie ... Sie könnten mir diese Fesseln abnehmen«, sagte Lady Audley mit einer Kopfbewegung auf ihre zusammengebundenen Hände.

»Das darf ich nicht.«

Lady Audley schluckte schwer. »Seien Sie nicht albern, junger ... junger Mann«, sagte sie mit allem Mut, den sie aufzubringen vermochte. »Ich bin eine alte Frau, was könnte ich schon gegen einen so starken Mann wie Sie unternehmen? Die Fesseln tun mir weh.«

Das braune Rattengesicht starrte sie drei, vier endlose Sekunden lang an, dann nickte es, eine Geste, die den Schrecken, den sein Anblick brachte, noch vertiefte, denn sie bewies Lady Audley, dass dieses grauenerregende Wesen irgendwann einmal ein ganz normaler Mensch gewesen sein musste.

»Wahrscheinlich haben Sie Recht, Mylady«, sagte Penwick. »Es ist wohl nicht nötig, dass Sie die Unbequemlichkeit noch länger ertragen. Die Tür ist ohnehin abgeschlossen, und den Schlüssel habe ich in der Tasche.« Er klopfte bezeichnend auf die rechte Seite seiner schweren Arbeitsjacke, beugte sich vor und zerriss die fingerdicken Stricke um Lady Audleys Handgelenk mit einem kurzen, kräftigen Ruck.

Lady Audley schwang mit einem erleichterten Seufzer die Beine von der Liege und rieb ihre schmerzenden Handgelenke. Ihr Blick blieb unverwandt auf Penwicks Rattengesicht geheftet.

»Wenn Sie sonst noch einen Wunsch haben ...«, sagte der Rattenmann.

Lady Audley nickte und streckte die Hand aus. »Helfen Sie einer alten Frau beim Aufstehen, junger Mann.«

Penwick trat – ganz Gentleman-Ratte – vor, ergriff ihre rechte Hand und zog sie behutsam auf die Füße. Lady Audleys gute zwei Zentner kamen zitternd und bebend in die Höhe.

Aber sie begnügte sich nicht damit, aufzustehen, sondern stieß sich mit der anderen Hand ab, verstärkte so Penwicks Zug noch – und riss das rechte Knie in die Höhe. Die Bewegung war vielleicht nicht sehr schnell und ganz bestimmt alles andere als elegant, aber hinter dem Knie, das Penwick da traf, wo es weder menschliche noch rattische Männer besonders schätzen, steckte die ganze Wucht ihrer zwei Zentner Körpergewicht.

Penwick stieß ein krächzendes, fast komisch klingendes Quietschen aus, krümmte sich – und kollidierte zum zweiten Mal mit Lady McPhaersons Knie.

Diesmal traf der Schlag sein Gesicht. Penwick quietschte erneut, warf die Arme in die Luft und kippte nach hinten. Er war bewusstlos, ehe er auf dem Boden aufschlug.

Sekundenlang stand Lady Audley da und blickte kopfschüttelnd auf den Rattenmann hinunter. Dann raffte sie ihre Röcke zusammen, ging umständlich neben ihm in die Hocke und begann seine Taschen zu durchwühlen. Penwick regte sich stöhnend. Seine Krallenhand fuhr scharrend über den Boden und hinterließ millimetertiefe Scharten in dem harten Holz. Seine Lider zitterten.

Lady Audley runzelte missbilligend die Stirn – und ließ sich nach vorne fallen. Penwick stieß keuchend die Luft aus, als ihre Knie seine Rippen knacken ließen, verdrehte die Augen – und verlor abermals das Bewusstsein.

»So ist es brav«, sagte Lady Audley, während ihre Hand in Penwicks Tasche glitt und mit einem gewaltigen, doppelbärtigen Schlüssel wieder zum Vorschein kam. »Bleib nur schön liegen, mein Junge, sonst müsste ich dir wirklich wehtun.«

Hinter ihr erklang ein leises, perlendes Lachen.

Lady Audley fuhr mit einem Schrei herum – und erstarrte.

Die Tür hatte sich lautlos geöffnet, während sie damit beschäftigt gewesen war, Penwick nach dem Schlüssel zu durchsuchen. Helles Sonnenlicht strömte in den Raum, ließ den Schein der Petroleumlampe verblassen und zeichnete die Konturen der Gestalt nach, die in der Tür erschienen war. Aber obwohl sie im Gegenlicht nicht mehr als ein tiefenloser schwarzer Schatten war, erkannte Lady Audley doch die Konturen einer schlanken, gut gewachsenen jungen Frau. Nur ihr Kopf schien irgendwie missgestaltet; eckig. Es war nicht der Umriss eines menschliches Kopfes.

Zitternd vor Schreck, aber noch immer von dem Willen erfüllt, ihr Leben so teuer wie nur möglich zu verkaufen, richtete sich Lady Audley vollends auf und spannte sich, als die Fremde auf sie zutrat.

»Wer sind Sie?«, fragte sie scharf.

Die Frau schloss die Tür hinter sich, und im weichen Licht der Petroleumlampe wurde aus dem flachen Schatten die Gestalt eines sehr jungen, leicht bekleideten Mädchens. Ihr Gesicht war hinter dem gebleichten Weiß eines knöchernen Rattenschädels verborgen.

»Du hast dich wirklich nicht verändert, Tante Aude«, sagte sie. »Nicht einmal in all den Jahren. Ich hätte mir denken sollen, dass Penwick allein nicht mit dir fertig wird.« Damit hob sie die Hände an den Kopf, nahm den bizarren Schädelhelm ab und ließ abermals dieses helle, perlende Lachen hören.

Lady Audley hatte das Gefühl, innerlich zu Eis zu erstarren. Sie hätte das Gesicht des Mädchens nicht zu sehen brauchen, um zu wissen, wem sie gegenüberstand. Es war dieses Lachen, das sie um mehr als alles andere in Erinnerung behalten hatte.

»Cindy!«, flüsterte sie mit bebender Stimme.

Es ging auf drei Uhr zu, als ich den Bahnhof erreichte. Unsere Reisevorbereitungen hatten nicht viel Zeit in Anspruch genommen; die Koffer waren noch gepackt seit dem verunglückten ersten Versuch, London zu verlassen, und wir hätten schon eher abreisen können, hätte Howard nicht darauf bestanden, Grays Rückkehr abzuwarten, um noch das eine oder andere mit ihm zu besprechen. Der weißhaarige Anwalt war eine gute Stunde nach mir eingetroffen, und auf seinem Gesicht hatte ein Ausdruck gelegen, als hätte er mit Cthulhu um seine Seele gepokert und verloren. Er hatte nicht sehr viel gesagt, aber nach dem wenigen, was ich ihm hatte entlocken können, schien der »Dämpfer«, den er Cohen hatte versetzen wollen, zu einem Bumerang geworden zu sein. Die »Persönlichkeiten«, von denen der Captain gesprochen hatte, mussten noch um einiges höher gestellter sein, als ich – und wohl auch er – bisher angenommen hatten. Es sah ganz so aus, als wäre mein »friedliches« Leben in London endgültig vorbei. Howard und er waren übereingekommen, dass Gray in meinem Haus bleiben und die Stellung halten sollte, bis wir aus St. Aimes zurück waren. Grays Einfluss und juristisches Können mochte auf jeden Fall reichen, mir bis zu unserer Rückkehr Luft zu verschaffen. Und wenn wir nicht zurückkamen, hatte Cohen ohnehin erreicht, was er wollte. Er hatte mir zwar verboten, die Stadt zu verlassen, aber ich hatte das sichere Gefühl, dass er ganz froh sein würde, wenn ich dieses Verbot missachtete und Fersengeld gab.

Trotzdem waren wir vorsichtig gewesen. Cohen war kein solcher Trottel wie Tornhill, der mir meine erste Bekanntschaft mit Scotland Yard versüßt hatte. Ich war ziemlich sicher, dass er mein Haus beobachten ließ, und so waren Howard, Rowlf und ich zu unterschiedlichen Zeiten und in verschiedenen Richtungen aus dem Haus gegangen, wobei ich mich auf Howards Drängen hin noch zusätzlich mit einem viel zu weiten Mantel und einer albernen Kapuze getarnt hatte.

Anschließend war ich eine gute Stunde kreuz und quer durch die Stadt gegangen und gefahren, durch die Markthallen und ein großes Kaufhaus gelaufen, in drei verschiedenen Kneipen gewesen, die ich allesamt durch die Hintertür verlassen hatte, und sogar über ein paar Dächer geklettert und ein Stück weit durch die Tunnel der gerade im Bau befindlichen Untergrundbahn gerannt. Nicht einmal der Urvater sämtlicher Spürhunde hätte meine Fährte jetzt noch aufnehmen können.

Jetzt war ich auf dem Bahnhof und wartete auf den Zug. Trotz der

Odyssee, die ich hinter mir hatte, blieb noch eine gute halbe Stunde Zeit, die ich damit verbrachte, möglichst unauffällig auszusehen und nach Howard und Rowlf Ausschau zu halten, die sicher längst auf mich warteten.

Ich fühlte mich nicht sonderlich wohl; trotz meiner Verkleidung und der Mühe, die ich mir gegeben hatte, einen hypothetischen Verfolger abzuschütteln, traute ich dem scheinbaren Frieden nicht. Cohen war kein Idiot. Wenn er mich beschatten ließ und wenn sein Mann ihm mitteilte, dass er meine Spur verloren hatte, würde er rasch die richtigen Schlüsse ziehen.

Das Einzige, was mich beruhigte, war die Tatsache, dass der Bahnsteig nahezu vor Menschen aus den Nähten platzte; es schien eine Unzahl von Leuten zu geben, die die Stadt verlassen wollten. Im Augenblick gab mir die Menge genügend Deckung, selbst wenn Cohen einen seiner Männer hergeschickt hatte. Und wenn wir erst einmal im Zug waren, würden wir sehen.

Eine Bewegung auf der anderen Seite des Bahnsteiges erregte meine Aufmerksamkeit. Rasch trat ich hinter eine der verwitterten Eisensäulen, die das Dach trugen, schlug die Kapuze ein wenig zurück und versuchte, über die Köpfe der dicht gedrängten Menge hinwegzuschauen.

Rowlfs hektisch gerötetes Bulldoggengesicht war unverkennbar, selbst über die große Entfernung hinweg. Er stand, beide Hände in die Jackentasche vergraben und ungeduldig mit den Füßen aufstampfend, vor der Tafel mit den Abfahrtszeiten und blickte abwechselnd auf die kleingedruckten Buchstaben und die Normaluhr, die über seinem Kopf von der Decke hing. Dann schlug er den Jackenkragen hoch und ging mit weit ausgreifenden Schritten zu der Teebude am anderen Ende des Bahnhofes hinüber. Ich überlegte einen Moment, ob ich ihm folgen sollte, entschied mich aber dann dagegen.

Die Gefahr, erkannt zu werden, war zu groß. Wenn wir uns erst im Zug trafen, waren wir auf jeden Fall sicherer.

Der Gedanke ließ mich lächeln. Ich begann mich schon zu benehmen und – was schlimmer war – so zu denken, als wäre ich auf der Flucht. Dabei waren die Männer, vor denen ich mich im Moment verbarg, meine Verbündeten. Es war zum Verrücktwerden!

Ich sah auf die Uhr, stellte fest, dass ich noch knapp dreißig Minuten Zeit bis zur Abfahrt hatte, und wandte mich fröstelnd um, um ins Bahnhofscafé zu gehen. Es brachte niemandem etwas, wenn ich eine halbe Stunde hier herumstand.

Ich betrat das Lokal, suchte mir einen Platz in der hintersten Ecke, von dem aus ich den Eingang im Auge behalten konnte, ohne sofort selbst gesehen zu werden, bestellte einen heißen Kaffee und blickte unter dem Rand meiner Kapuze hinweg zur Tür.

Nach einer Weile näherten sich Schritte meinem Tisch. Ich sah auf und griff gleichzeitig in die Tasche, um eine Münze hervorzuholen.

Aber es war nicht der Ober, den ich erwartet hatte.

Der Mann vor mir war ein Riese mit schütterem Haar, einer dünnen, goldgefassten Brille und dem grimmigsten Gesichtsausdruck, der mir jemals untergekommen war. Und diesmal trug er nicht den abgewetzten grauen Anzug, mit dem ich ihn in seinem Büro gesehen hatte, sondern die schwarze Uniform der Londoner Polizei, auf deren Schultern die Goldtressen seines Captainsranges blitzten.

»Cohen!«, entfuhr es mir. »Sie?«

Er nickte – auf eine sehr grimmige, abgehackte Weise, zog sich unaufgefordert einen Stuhl heran und ließ sich darauf nieder. Das wackelige Möbelstück ächzte unter seiner Leibesfülle, aber Cohen schien es nicht einmal zu bemerken.

Finster starrte er mich durch die halb beschlagenen Gläser seiner Brille an und scheuchte den Kellner, der mit meinem Kaffee herankam, mit einer ungeduldigen Handbewegung davon.

»Es freut mich, dass Sie sich wenigstens noch an meinen Namen erinnern, Craven«, sagte er. »Um ehrlich zu sein, hatte ich schon fast gefürchtet, dass Sie unser Gespräch vom heutigen Morgen bereits vergessen haben könnten.«

»Worauf wollen Sie hinaus, Captain?«, fragte ich.

Cohen lächelte kalt. »Nichts, Craven, nichts. Sie wollen verreisen?«

»Ich folge nur Ihrem Rat«, antwortete ich bissig. »Heute Morgen konnten Sie mich nicht schnell genug aus der Stadt herausbekommen, oder?«

Cohen seufzte. Auf seinem Gesicht erschien ein Ausdruck, der gleichzeitig gelangweilt wie ergeben wirkte. Unbemerkt blickte ich an ihm vorbei zum Ausgang. Die beiden Männer, die rechts und links der Tür standen und interessiert in ihren Zeitungen blätterten, waren mir beim Hineingehen nicht aufgefallen. Aber ich war sicher, dass ich sie bemerkt hätte, wären sie zu diesem Zeitpunkt bereits dort gewesen.

Vor allem, weil einer von ihnen seine Zeitung verkehrt herum hielt.

So viel zu dem Gedanken an Flucht.

Ich straffte mich, schlug die alberne Kapuze, die ich noch immer über dem Kopf hatte, zurück und sah Cohen herausfordernd an. »Was wollen Sie von mir, Captain?«, fragte ich noch einmal. »Sie haben mir geraten, die Stadt zu verlassen. Jetzt tue ich es.«

»Ohne Koffer?«, fragte Cohen.

Ich zuckte mit den Achseln. »Ich reise immer mit kleinem Gepäck. Also – was wollen Sie?«

»Sie haben es sehr eilig, wie?«, murmelte Cohen lauernd. »Man könnte meinen, Sie laufen vor irgendetwas davon.«

»Sie selber haben mir gesagt –«

»Ich weiß, was ich Ihnen gesagt habe, Mister Craven«, unterbrach mich Cohen. Plötzlich klang seine Stimme ganz kalt, hart und unnachgiebig wie Stahl. »Aber das war heute Morgen, Craven. Mittlerweile haben sich gewisse Dinge geändert.«

»Gewisse Dinge?«, wiederholte ich lauernd. Plötzlich war ich mir sicher, dass Cohen mit einer ganz bestimmten Absicht hier war.

»Sehen Sie, Craven, selbst Scotland Yard ist nicht so dumm, wie ihr Amerikaner zu glauben scheint«, sagte Cohen. Seine Stimme wurde triumphierend, als er sich vorbeugte und mich anstarrte. »Haben Sie schon einmal den Namen Gloria Martin gehört, Mister Craven?«

»Martin?« Ich musste meine Verwirrung nicht einmal heucheln. »Gloria Martin?«

Cohen nickte. »Ein junges Mädchen, das sich vor ein paar Wochen auf eine Zeitungsanzeige hin bei Ihnen vorstellen wollte. Jedenfalls hat sie das ihrer alten Zimmerwirtin erzählt. Und das war das Letzte, was sie jemals einem lebenden Menschen erzählt hat, Mister Craven.«

»Vor ein paar Wochen? Ich verstehe nicht ganz, worauf Sie hinauswollen, Captain. Was ... meinen Sie damit?«, fragte ich mühsam.

Cohen schnaubte, stand auf und machte eine ungeduldige Handbewegung. »Das wissen Sie ganz genau, Craven«, sagte er hart. »Ich weiß nicht, wie Sie es geschafft haben, dass die Sache damals nicht weiterverfolgt wurde. Aber als heute Morgen Ihr Rechtsverdreher bei mir war und versucht hat, mir zu drohen, habe ich mir die Akte noch einmal kommen lassen und genauer angesehen. Gloria Martin war auf dem Weg zu Ihnen, als sie verschwand.«

Eine Sekunde lang starrte ich ihn an, dann begriff ich endlich. Gloria Martin war das Mädchen, das von den Killermotten getötet worden war, die Howards wahnsinniger Logenbruder als Waffe gegen uns geschaffen hatte. Die Sache war Monate her, und ich hatte immer angenommen, dass Gray es irgendwie fertig gebracht hätte, sie zu bereinigen. Aber ich hatte nicht mit einem Mann namens Wilbur Cohen rechnen können.

»Ich verstehe nicht, was Sie meinen«, sagte ich stur.

Cohen grinste böse. »Das macht nichts, Craven«, sagte er. »Wir haben Zeit genug, uns über alles zu unterhalten. Folgen Sie mir.«

Ich widersprach nicht, sondern erhob mich gehorsam von meinem Platz. Es war völlig sinnlos, weiter mit ihm diskutieren zu wollen oder gar einen Fluchtversuch zu unternehmen; Cohen wartete nur auf einen handfesten Grund, mich in Ketten zurück zum Yard zu schleifen.

Die beiden Männer neben der Tür beendeten rein zufällig im gleichen Moment ihre Zeitungslektüre, in dem wir zwischen ihnen hindurchgingen, falteten die Blätter zusammen und folgten uns. Cohen ging im Sturmschritt neben mir her, blieb aber schon nach wenigen Schritten wieder stehen und deutete mit einer Kopfbewegung über den Bahnsteig.

Ich sah gleich, was er meinte. Rowlf und Howard war es nicht besser ergangen als mir. Rowlf stand mit geballten Fäusten und blitzenden Augen einem guten halben Dutzend unglaublich unauffällig gekleideter Männer gegenüber und schien sich noch nicht entschieden zu haben, ob er sie verdreschen oder ihnen folgen sollte, während Howard mit steinernem Gesicht zwischen zwei von Cohens Männern zum Ausgang ging.

»Sie sehen, Craven«, sagte Cohen süffisant, »dass Sie sich das ganze alberne Versteckspiel hätten sparen können.«

»Ich dachte, ich hätte Ihren Mann abgeschüttelt«, sagte ich düster.

Cohen blinzelte verwirrt. »Welchen Mann?«, fragte er. »Ich habe niemanden auf Sie angesetzt, Craven. Wir haben hier auf Sie gewartet.«

Das Gras wuchs an dieser Stelle fast hüfthoch, und Kilian hatte die Ratte längst aus den Augen verloren. Nur dann und wann raschelte es vor ihm im Gras, und manchmal bewegten sich ein paar Halme gegen den Wind. Wäre das Tier nicht immer wieder stehen geblieben und hätte kleine, pfeifende Laute von sich gegeben, hätte er seine Spur schon nach wenigen Augenblicken verloren.

Aber die Ratte achtete sorgsam darauf, ihn nicht zu verlieren. Immer wieder verhielt sie und wartete, bis er zu ihr aufgeschlossen hatte, und ein paar Mal kletterte sie sogar auf Steine oder Baumstämme hinauf, um sich dem Alten zu zeigen und ihm Gelegenheit zu geben, erneut an ihre Seite zu treten.

Kilian war völlig außer Atem, als sie die Flanke des Hügels erklommen hatte und dort auf ihn wartete. Seine alten Beine wollten nicht mehr, und seine Lungen schmerzten bei jedem Luftholen, als atme er Nadeln. Trotzdem schleppte er sich gehorsam weiter, als das ungeduldige Pfeifen der Ratte wieder ertönte.

Als er neben ihr auf der Kuppe des Hügels anlangte, brach er in die Knie. Sein Herz raste, als wolle es zerspringen, und für einen Moment begannen sich der Himmel und die grasbewachsene Küstenlandschaft vor seinen Augen wie irr zu drehen.

Die Ratte quietschte ungeduldig, trippelte ein paar Schritte davon und blieb wieder hocken. Ihr dünner, haarloser Schwanz peitschte nervös.

Kilian versuchte sich auf Hände und Knie hochzustemmen, aber seine Kräfte versagten. Er fiel, schlug schwer mit dem Gesicht auf dem Boden auf und schmeckte bitteres Blut und Galle. Für Augenblicke wurde ihm übel.

»Du musst ... langsamer gehen, Herr«, keuchte er. »Kilian ist ein alter Mann. Hat seine ... besten Jahre hinter sich. Will ja gehorchen, aber er ... kann nicht mehr so schnell.«

Die Ratte pfiff, als hätte sie seine Worte verstanden, kam plötzlich wie ein brauner Blitz zurückgeschossen und grub ihre Zähne kurz und tief in Kilians Hand. Der alte Mann schrie auf, stemmte sich mit der Kraft der Verzweiflung in die Höhe und blieb schwankend stehen, die blutende Hand gegen die Brust gepresst.

»Ich komme ja schon, Herr«, wimmerte er. »Tu dem alten Kilian nichts mehr. Ich ... will auch gehorchen.«

Die Ratte lief weiter, und Kilian taumelte hinter ihr her. In schrägem Winkel liefen sie den Hügel hinab, den sie gerade so mühsam erstiegen hatten, und nach einer Weile sah Kilian auch, was ihr Ziel war.

Es war das Grab. Nicht der Friedhof von St. Aimes, auf dem sich jetzt so schreckliche Dinge taten, sondern ein uraltes Hünengrab, das den Kelten zugeschrieben wurde, von dem man aber munkelte, dass es in Wahrheit viel, viel älter war.

Es bestand aus vier mächtigen, fast mannshohen Felsquadern, die einen flachen, roh behauenen Block trugen, in dessen Schmalseiten verwirrende Symbole und Runen eingemeißelt waren. Die ganze Anordnung war halb von Gras und ungezügelt wucherndem Buschwerk überwachsen, und die Sonne stand so, dass die vier gewaltigen Monolithen beinahe waagerechte Schatten warfen. Fast wie eine Hand, dachte Kilian schaudernd, eine vierfingrige, titanische Hand, die sich gierig nach ihm ausstreckte.

Instinktiv stockte er mitten im Schritt, aber die Ratte fuhr sofort herum, sprang an seinem Bein empor und zwickte ihn warnend in die Wade, und Kilian beeilte sich weiterzuhumpeln.

Obwohl er vor Anstrengung schweißnass war, fröstelte er, als er in den Schatten des gewaltigen Felsengrabes trat. Etwas Unheimliches, Fremdes schien von den steinernen Giganten auszugehen, etwas wie der Atem der Jahrhunderte, vielleicht Jahrtausende, die an ihnen vorübergegangen waren, ohne mehr als flüchtige Spuren in ihrer Oberfläche zu hinterlassen.

Die Ratte trippelte mit kleinen, irgendwie nervösen Schritten in den Schatten eines Felspfeilers und setzte sich auf die Hinterläufe; wie eine Katze, die es sich bequem macht. Kilian starrte sie fast eine Minute lang an, dann wandte er sich um, schlurfte ebenfalls zu einem der vier gewaltigen Felsfinger hinüber und setzte sich in den Schatten.

Dann warteten sie.

Der Wagen wartete vor dem Bahnhof. Es war ein großes, kastenförmiges Gefährt, von vier Pferden gezogen und mit kleinen, vergitterten Fenstern versehen, so stabil wie ein rollender Safe und ungefähr genauso unauffällig. Als Cohen mich mit einem süffisanten Lächeln aufforderte, hineinzusteigen und auf einer der ungepolsterten Bänke Platz zu nehmen, hatte sich bereits ein regelrechter Menschenauflauf um den Wagen gebildet, und wahrscheinlich würde es spätestens morgen das Stadtgespräch sein, dass der sonderbare Nichtstuer, der vor einem halben Jahr in der Stadt aufgetaucht war, endlich dorthin gebracht worden war, wo er hingehörte.

Cohen kletterte hinter mir in den Wagen, schloss die Tür jedoch nicht, sondern setzte sich mir gegenüber auf eine Bank und starrte mich mit unbewegtem Gesicht an. Ich sah durch die offen stehende Tür nach draußen, begegnete den neugierigen Blicken dutzender

Menschen und verspürte plötzlich das dringende Bedürfnis, mich unter der Sitzbank zu verkriechen.

»Sie begehen einen schrecklichen Fehler, Cohen«, sagte ich. Nicht, weil ich mir ernsthaft einbildete, ihn überzeugen zu können, sondern nur, um überhaupt etwas zu sagen und das Schweigen nicht übermächtig werden zu lassen.

Cohen nickte ungerührt. »Ich weiß«, sagte er. »Es ist alles nur ein furchtbarer Irrtum. Ich werde mich bei Ihnen entschuldigen, sollte es sich wirklich als solcher herausstellen. Schriftlich, wenn Sie es möchten.«

»Sie verstehen überhaupt nichts«, sagte ich zornig. »Wir sind alle in schrecklicher Gefahr, Captain.«

»Und Sie waren gerade unterwegs, um diese furchtbare Gefahr von uns abzuwenden, nicht wahr?« Cohens Augen blitzten spöttisch. »Hören Sie mit dem Unsinn auf, Craven.«

»Es ist kein Unsinn«, beharrte ich. »Aber es ist wohl zwecklos, mit Ihnen reden zu wollen.«

Cohen nickte ungerührt. »Solange es nicht um Gloria Martin geht, ja«, bestätigte er.

Ich beugte mich erregt vor und schrie ihn an: »Zum Teufel, ich habe nichts mit dem Tod dieses Mädchens zu ...«

Ich sprach nicht weiter, als ich sah, wie es in seinen Augen aufblitzte. »Tod?«, wiederholte er lauernd. »Woher wissen Sie, dass Gloria Martin tot ist, Craven?«

»Ich ... ich wollte sagen: mit ihrem Verschwinden«, stotterte ich. Am liebsten hätte ich mich selbst geohrfeigt, aber die Worte waren einmal heraus und ließen sich nicht mehr rückgängig machen. Das hieß – für einen normalen Menschen nicht mehr.

»Das wollten Sie nicht, Craven«, schnappte Cohen. »Sie sagten Tod und Sie meinten Tod. Sie wissen also etwas über Gloria Martin.« Er lächelte triumphierend. »Ich wusste, dass Sie Dreck am Stecken haben, Craven. Diesmal wird Ihnen Ihr Rechtsverbieger nicht mehr helfen, das schwöre ich Ihnen.«

»Ich habe keine Ahnung, wovon Sie überhaupt reden, Cohen«, sagte ich. Ich sprach sehr leise, und meine Stimme war fast tonlos. Cohen runzelte die Stirn, und in seinem Blick glomm ein sanftes, misstrauisches Flackern auf. Meine Stimme wurde noch flacher, geriet zu einem monotonen, einlullenden Singsang, dessen Worte im Grund bedeutungslos waren. »Ich weiß nicht, wovon Sie reden, Captain

Cohen«, sagte ich. »Ich kenne keine Gloria Martin, und ich weiß auch nicht, was ich hier soll. Wir sind doch Freunde, Mister Cohen. Ich will niemandem etwas Übles, und das wissen Sie. Wir sind Verbündete. Sie haben keinen Grund, mir zu misstrauen. Sie werden das einsehen, sobald wir Scotland Yard erreicht haben und Ihren Vorgesetzten berichten, dass ich vollkommen unverdächtig bin. Das stimmt doch, oder?«

Cohens Oberlippe begann zu zittern. Glitzernder Schweiß erschien in feinen Perlen auf seiner Stirn. Aber es war bereits zu spät. Gleichzeitig mit meinen Worten hatte ich nach seinem Geist gegriffen.

Noch versuchte etwas in ihm, sich zu wehren, aber ich spürte, dass ich den Kampf bereits halb gewonnen hatte. Gottlob war Cohen geistig nicht halb so stark, wie sein aggressives Auftreten vermuten ließ. Aber das traf man häufig bei Menschen seiner Art. Noch wenige Sekunden und er war vollends in meiner Hand.

»Ich ... bin mir nicht sicher«, murmelte er. Seine Stimme klang schleppend; ich hörte, wie schwer es ihm fiel, überhaupt zu sprechen.

»Aber Captain«, sagte ich. »Ich bitte Sie. Sie wissen genau, dass ich Recht habe. Sie werden sehen, wir werden noch gute Freunde werden. Sie und ich stehen auf der gleichen Seite. Sehen Sie das nicht ein?«

Er nickte. Sein Adamsapfel hüpfte hektisch auf und ab, und das Netz feiner kalter Schweißtropfen auf seiner Stirn wurde dichter. Ich spürte, wie sein innerer Widerstand zu zerbrechen begann. »Doch«, flüsterte er. »Sie sind ... mein Verbündeter. Ich habe ... habe mich geirrt. Aber ich werde alles klarstellen.«

In diesem Moment wurde die Tür mit einem krachenden Schlag bis an die Wand zurückgeschmettert, und Rowlf stapfte lauthals schimpfend in den Wagen hinein. Cohen fuhr wie unter einem Schlag zusammen, blinzelte ein paar Mal, als erwache er unversehens aus einem tiefen, betäubenden Schlaf, starrte mich eine halbe Sekunde lang mit blankem Entsetzen in den Augen an – und riss einen sechsschüssigen Revolver unter dem Jackett hervor. Das Knacken des Hahnes hallte wie ein Peitschenschlag in meinen Ohren wider, als er die Waffe auf mich anlegte.

»Rühren Sie sich nicht, Craven«, krächzte er. Seine Stimme bebte und drohte überzukippen, und seine Lippen zitterten so stark, dass er nicht einmal merkte, wie ihm der Speichel aus dem Mundwinkel lief. Ich habe selten ein so grenzenloses Entsetzen im Blick eines Menschen gesehen.

»Tun Sie nichts, Craven«, keuchte er. »Ich warne Sie nicht noch einmal. Versuchen Sie es nicht noch einmal.«

Rowlf starrte verdattert von mir zu ihm und dann wieder zurück. »Wasn los?«, fragte er.

»Nichts, Rowlf«, antwortete ich gepresst. »Gar nichts ist los. Vielen herzlichen Dank auch.«

»Hä?«, machte Rowlf. Aber ich achtete nicht mehr auf ihn, sondern starrte angstvoll auf die Mündung von Cohens Revolver, die unverwandt auf meine Stirn deutete. Ich wusste, dass er schießen würde, wenn ich auch nur hustete.

»Ich weiß nicht, was das gerade war, Craven«, fuhr Cohen nach einer Weile fort. »Und ich will es auch gar nicht wissen. Aber ich schwöre Ihnen, dass ich Sie erschieße, wenn Sie es noch einmal versuchen.«

Noch jemand betrat den Wagen, und als ich aufsah, erkannte ich Howard, der von zwei von Cohens Männern begleitet wurde. Auf den Gesichtern der beiden Beamten erschien ein gleichermaßen erschrockener wie fragender Ausdruck, als sie die Waffe in Cohens Hand gewahrten. Aber ihr Erscheinen entspannte auch die Situation. Cohen atmete hörbar auf, ließ den Hahn behutsam zurückschnappen und schob die Waffe wieder unter seine Jacke. Er sagte kein Wort.

Die Tür wurde geschlossen, und der Wagen fuhr an, kaum dass Howard und seine beiden Begleiter auf den unbequemen Bänken Platz genommen hatten. Die beiden Polizisten versanken in das gleiche, angespannte Schweigen, das auch von Cohen und uns Besitz ergriffen hatte, während sich der Wagen schaukelnd durch den dichten Nachmittagsverkehr quälte.

Eine Weile fuhren wir schweigend dahin, dann schienen wir die City hinter uns zu haben, denn der Wagen wurde schneller, und der Verkehrslärm, der bisher durch die Wände gedrungen war, nahm hörbar ab.

»Was war los?«, fragte Howard schließlich. Die Frage galt mir, aber er sah Cohen dabei an.

Ich wollte antworten, aber der Polizeicaptain schnitt mir mit einer befehlenden Geste das Wort ab. »Keine Unterhaltungen«, sagte er. »Sie werden nachher mehr Gelegenheit zum Reden haben, als Ihnen lieb ist.«

Howards Gesicht verdüsterte sich. »Was soll das heißen?«, fragte er scharf. »Sie können mir schlecht das Reden verbieten, Mister.«

»Und ob ich das kann«, schnauzte Cohen. Er wirkte noch immer verstört, aber er verbarg seine Unsicherheit jetzt wieder hinter einem bissigen Auftreten. »Sie werden sich noch wundern, was ich alles kann. Ich kann zum Beispiel –«

Wir erfuhren nie, was Cohen beispielsweise gekonnt hätte, denn in diesem Augenblick hielt der Gefangenenwagen mit einem so harten Ruck an, dass wir allesamt von den Bänken geworfen wurden und wild durcheinander fielen. Ein zorniger Schrei drang durch das Holz der Wände, dann das erschrockene Kreischen eines Pferdes, dann begann ein Mann zu keifen, ohne dass ich die Worte verstanden hätte.

Mühsam rappelte ich mich hoch, schob Rowlfs Fuß von meinem Gesicht herunter und versuchte, meine Beine aus dem Gewirr von Gliedern und Körpern zu entflechten, in dem sie verschwunden waren. Das Schreien draußen vor dem Wagen nahm zu, und plötzlich ging ein harter Schlag durch das Gefährt, der uns abermals zu Boden schleuderte. Diesmal dauerte es länger, bis ich mich aus dem Durcheinander befreit hatte und aufstand.

Das Erste, was ich sah, war Cohen, der auf eine Bank gestiegen war und schon wieder mit seinem Revolver herumfuchtelte. »Keine Bewegung, Craven«, sagte er drohend. »Ich werde schießen, wenn Sie auch nur einen falschen Furz lassen, das schwöre ich Ihnen!«

»Idiot«, sagte Howard gelassen.

Cohen fuhr herum, schnappte nach Luft wie ein Fisch auf dem Trockenen und wedelte mit dem Revolver vor Howards Gesicht. »Ich verbitte mir das!«, brüllte er. »Ich belange Sie wegen Beamtenbeleidigung.«

Howard seufzte, schüttelte ein paar Mal den Kopf und schnippte mit einer betont gelangweilt wirkenden Bewegung ein imaginäres Stäubchen von seiner Jacke. »Tun Sie das, Mister Cohen«, sagte er freundlich. »Aber vielleicht sehen Sie vorher nach, was da draußen passiert ist.«

Cohen starrte einen Moment lang ihn, dann die geschlossene Tür an und nickte. Umständlich kletterte er von seiner Bank herunter, ging rückwärts zur Tür und klopfte mit der Faust dagegen. Draußen ertönte wie zur Antwort ein gellender Schrei, und wieder kreischte ein Pferd. Diesmal war es eindeutig ein Schmerzensschrei.

Cohen erbleichte. Wie von Sinnen begann er mit den Fäusten gegen die Tür zu schlagen und zu brüllen, aber die einzige Reaktion auf seine Worte waren neue Schreie draußen auf der Straße und ein abermaliger dumpfer Schlag, der den Wagen traf. Dann krachte ein Schuss, gleich darauf ein zweiter, und plötzlich begannen eine ganze Menge Stimmen gleichzeitig zu kreischen. Den Geräuschen nach zu urteilen, musste dort draußen eine mittlere Schlacht stattfinden.

»Warum schließen Sie nicht auf?«, schnappte Howard. »Da draußen passiert etwas, das hören Sie doch!«

Cohen nickte nervös. »Ich kann nicht aufschließen«, sagte er. »Ich habe keinen Schlüssel. Das ist Vorschrift.«

»Dann brechen Sie sie auf!«, sagte Howard.

Cohen zögerte einen Moment, lauschte noch einmal auf das Schreien und Krachen draußen und nickte abgehackt. Mit einem heftigen Ruck drehte er sich herum und richtete den Lauf seiner Waffe auf das Türschloss. »Treten Sie zurück.«

Howard, ich und die beiden Polizisten gehorchten hastig, aber Rowlf trat mit einen ärgerlichen Knurren an mir vorbei, ergriff Cohens rechte Hand und verbog sein Gelenk, bis er mit einem Schmerzlaut die Waffe fallen ließ.

»Biste bescheuert, Mann?«, schnauzte er. »Das is ne Fünfunvierzier. Wenne mit der Wumme hier drin schießt, platzt jedem einen hier drin 's Trommelfell. Geh zurück. Ich machs schon.« Damit versetzte er Cohen einen Stoß, der ihn quer durch den Wagen und in die Arme seiner beiden Männer taumeln ließ, drehte sich mit einem Knurren herum – und rannte mit aller Gewalt gegen die geschlossene Tür.

Die Londoner Gefängniswagen schienen nicht halb so stabil zu sein, wie im Allgemeinen angenommen wurde. Oder Rowlf war noch stärker, als ich ohnehin wusste. Ich hatte erwartet, dass er die Tür im ersten Ansturm aufbrechen würde; was ich nicht erwartet hatte, war, dass das Holz wie mürbes Stroh nachgab und er regelrecht durch die Tür hindurchrannte, um – von seinem eigenen Schwung weiter vorwärtsgetragen – aus dem Wagen zu stolpern und draußen auf die Knie zu fallen. Sekundenbruchteile später stemmte er sich wieder hoch – und prallte mit einem entsetzten Keuchen zurück.

Ein Mann taumelte an ihm vorüber. Er trug die schwarze Uniform der englischen Stadtpolizei. Seine Jacke und sein Gesicht waren voller Blut, und er schrie so gellend und schrill, wie ich es selten zuvor gehört hatte. Dann drehte er sich mit einer taumelnden Bewegung herum, wankte und fiel auf die Knie. Ein schreckliches Röcheln löste seine Schreie ab.

An seiner Kehle hing ein zappelnder, pelziger brauner Ball.

Der Anblick hatte irgendetwas in ihr getötet. Lady Audley war niemals feige gewesen, und trotz – oder vielleicht gerade wegen – ihres ausgeprägten Hanges zum Okkulten und Spiritistischen hatte sie stets ein gesundes Verhältnis zum Tod und allem, was dazu gehörte, gehabt. Ein Friedhof hatte sie niemals erschreckt, sondern allenfalls mit einer vagen Trauer erfüllt.

Der Anblick dieses Friedhofes entsetzte sie.

Lady Audley fühlte sich wie in einem Traum, einem üblen, nicht enden wollenden Albtraum, in dem sie eine Gefangene ihrer eigenen Furcht war und hilflos zusehen musste, wie sie innerlich zu Eis erstarrte.

Die Grabreihen, zwischen denen hindurch Cindy sie hierher geführt hatte, waren geschändet, die Gräber aufgebrochen, Särge mit roher Gewalt zertrümmert und die Toten aus ihrer ewigen Ruhe gerissen. Da und dort lag ein Teil eines Skeletts auf dem Weg, achtlos liegen gelassen von den Männern und Frauen, die für dieses schreckliche Tun verantwortlich waren, und vereinzelt lagen auch noch Tote in den Särgen.

Auch sie würden verschwinden, dachte Lady Audley dumpf, aufgesaugt werden von diesem schrecklichen grünen Glühen und Wabern, in dessen Zentrum sich etwas Unbeschreibliches zu formen begann.

»Warum?«, flüsterte sie. Ihre Stimme war zu einem heiseren Flüstern geworden und es kostete sie all ihre Kraft, den Blick von dem Schrecklichen am Grunde des aufgebrochenen Grabes zu wenden und das dunkelhaarige Mädchen anzusehen, das auf der anderen Seite der Grube stand. »Warum, Cindy? Warum hast du das getan?«

In den Augen des Mädchens erschien ein Ausdruck, den Audley nicht zu deuten vermochte. Etwas wie ein stummes Flehen um Vergebung, aber auch Entschlossenheit und Härte – und etwas unbeschreiblich Fremdes und Böses, schlimmer als das Ding unter ihr in dem offenen Grab. Sie schauderte.

»Es musste sein«, sagte Cindy. Sie lächelte und deutete in die Grube hinab. »ER braucht Nahrung, um sich für sein Erwachen zu stärken, Tante Aude.«

»Er?« Audley blickte zitternd in das Grab hinab. Das grüne Leuchten flackerte, und der aufgedunsene schwarze Balg in seinem Zentrum schien zu pulsieren wie ein gewaltiges finsteres Herz. Zwischen den grünen Lichtschleiern wanden sich schwarze Schlangen. »Wer ist das?«

»Du würdest es nicht verstehen«, antwortete Cindy. »ER ist älter als diese Welt und weiser als das ganze Menschengeschlecht zusammen.«

Audley schluckte mühsam. »Wer ist ER?«, fragte sie noch einmal. »Der ... der Teufel?«

»Nein.« Cindy lächelte verzeihend. »Der Teufel ist eine Erfindung der Menschen, und er ist so schwach und machtlos wie sie, verglichen mit IHM. ER hat Millionen und Millionen Jahre geschlafen, und wir sind hier zusammengekommen, um IHN zu erwecken.«

Lady Audley sah auf. Ihre Augen brannten, und ihre Stimme versagte beinahe. »Wer bist du?«, flüsterte sie.

»Cindy«, antwortete das Mädchen. »Das weißt du doch.«

Audley schüttelte so heftig den Kopf, dass ihre Haare flogen. »Nein«, behauptete sie. »Du bist nicht Cindy. Du ... du siehst aus wie sie, und du sprichst wie sie und bewegst dich wie sie. Aber du bist es nicht.«

»Das stimmt«, antwortete das Mädchen. »Die, die du als Cindy gekannt hast, ist seit zwanzig Jahren tot. Und doch bin ich mehr sie, als sie selbst es jemals gewesen ist.«

Lady Audley versuchte erst gar nicht, hinter die Bedeutung dieser sonderbaren Worte zu kommen. »Warum bist du gekommen?«, fragte sie. »Was willst du von mir?«

»Vielleicht dein Verständnis«, antwortete das Mädchen ernst. »Vielleicht dein Begreifen, dass das, was getan wurde, getan werden musste, um IHN zu wecken. Sein Erwachen ist der einzige Grund für unser Hiersein.«

»Und dafür musstest du die Toten aus ihrer Ruhe reißen?«, flüsterte Audley.

»Es war der einzige Weg«, sagte Cindy. In ihrer Stimme schien echtes Bedauern zu klingen, aber der harte Unterton war noch immer darin. Sie klang, als verteidige sie sich. »Glaube mir, es musste sein. ER ist sehr hungrig, und ER wird noch hungriger sein, wenn sein äonenlanger Schlaf erst einmal vorüber ist. Es war der einzige Weg. Es ist besser«, fügte sie hinzu, »die Toten zu opfern als die Lebenden.«

Audley starrte sie aus brennenden Augen an. »Und was wird ER fressen, wenn ER erwacht ist?«, flüsterte sie.

Cindys Lächeln erlosch, und sie senkte traurig ihren Blick.

»Dich«, sagte sie.

Die Ratten waren überall.

Es war wie eine zweite, um ein Vielfaches schlimmere Ausgabe des Überfalles vom frühen Morgen, nur dass es diesmal im wahrsten Sinne des Wortes Legionen von Ratten waren, die sich wie eine braune Lawine aus allen Himmelsrichtungen zugleich auf die Straße ergossen und blindwütig die beiden Wagen und alles, was sich in und um sie herum bewegte, angriffen. Auch aus den angrenzenden Häusern drangen krachende und splitternde Geräusche und die spitzen Schreie von Menschen, und wohin ich auch sah, wogte und kribbelte es grau und braun.

Der kleine Wagen, in dem Cohens Männer vorausgefahren waren, war umgestürzt, genau wie unser Fuhrwerk am Morgen. Die beiden Zugpferde waren schon tot und unter einer zuckenden Masse aus Rattenleibern verschwunden, während die Insassen des Wagens verzweifelt um ihr Leben kämpften.

Es war eine Apokalypse. Die Ratten quollen aus Fenstern und Türen, sprangen uns aus den Schatten heraus an und kletterten aus Gullys und Regenrinnen. Die Welt schien nur noch aus ihnen zu bestehen.

Hinter mir peitschte ein Schuss, und einen halben Schritt vor meinen Füßen wurde eine Ratte in die Höhe gerissen. Aber für jedes Tier, das Cohen erschoss, schienen zehn neue aufzutauchen. Es konnte nur noch Sekunden dauern, bis uns die kribbelnde Flut überrannt haben musste.

Cohen verschoss seine letzte Patrone, schrie vor Angst und Wut und schleuderte die nutzlose Waffe in die Masse der heranstürmenden Ratten. Zwei, drei der Tiere stießen sich ab, flogen wie pelzige graue Bälle auf ihn zu, verbissen sich in seine Arme und versuchten nach oben zu klettern, um nach seiner Kehle zu schnappen.

Ich riss den Stockdegen aus seiner Umhüllung und streifte die Tiere mit einem flachen Schlag ab. Neben mir brüllte Rowlf wie ein verwundeter Löwe, hieb mit seinen gewaltigen Fäusten um sich und torkelte auf den Wagen zu. Ein halbes Hundert Ratten scherte aus der fast militärisch anmutenden Formation der Nager aus und verstellte ihm den Weg.

Ich sah nicht weiter zu, was geschah, sondern sprang mit einem Satz an Howards Seite, befreite ihn mit einem Fausthieb von einer Ratte, die sich in seinen Nacken verbissen hatte, und ließ den Stockdegen tanzen. Aber es war, als versuche man einen Ozean mit einem Sieb leerzuschöpfen. Immer mehr und mehr Ratten brandeten heran. Der Kreis halbwegs freien Bodens, in dem wir gefangen waren, schloss sich unbarmherzig enger.

Aber noch immer griffen die Ratten nicht wirklich an. Zwar bluteten wir alle – Howard, Rowlf, Cohen und ich schon wieder aus Dutzenden kleiner, schmerzhafter Wunden, aber es waren immer nur vereinzelte Tiere, die uns attackierten, fast, als wollten sie uns zeigen, welches Schicksal uns erwartete, uns aber noch nicht wirklich umbringen. Die Hauptmasse der Tiere beschränkte sich darauf, den Kreis um uns immer enger zu ziehen und auch die letzten Lücken in der Phalanx der mörderischen Nager zu schließen.

Schließlich hörten auch diese vereinzelten Angriffe auf. Die Ratten zogen sich sogar ein Stück zurück, ließen aber ein warnendes Zischen hören, als Rowlf versuchte, den bizarren Belagerungsring zu durchbrechen. Er hatte sich mit einer Latte bewaffnet, die er vom Wagen losgerissen hatte, und Dutzende der Tiere damit erschlagen. Nicht, dass er die Masse der Angreifer sichtlich geschmälert hätte …

Plötzlich wurde es still. Die Schreie und Kampfgeräusche verklangen nach und nach und auch in den Häusern, die die schmale Seitenstraße säumten, machte sich eine bedrückende Stille breit. Ich senkte den Stockdegen ein wenig, wich dichter zu Howard und Cohen zurück und sah nach vorne, zum schattenerfüllten Ende der Gasse.

Trotz seiner Schaurigkeit erleichterte mich der Anblick beinahe. Der Zweispänner war zerstört, die beiden Pferde tot und von den Ratten bereits halb aufgefressen, aber bis auf den unglückseligen Mann, der vor unseren Augen gestorben war, schien keiner von Cohens Leuten zu Tode gekommen zu sein. Wie wir standen sie einzeln oder in kleinen Gruppen inmitten winziger, frei gebliebener Kreise in der Rattenarmee, die die Straße wie ein lebender brauner Sumpf bedeckten. Keiner von ihnen war unverletzt, aber genau wie uns hatten die Ratten sie bisher verschont und nur zusammengetrieben; nicht getötet, was sie mit Leichtigkeit gekonnt hätten.

»Was … was bedeutet das?«, krächzte Cohen neben mir. Seine Stimme hörte sich an, als würde er jeden Moment zusammenbrechen. Er zitterte am ganzen Leib.

»Das«, sagte Howard betont, »möchte ich selbst gerne wissen. Aber ich fürchte, nichts Gutes.«

»Warum ... warum töten sie uns nicht?«, stammelte Cohen. Seine Augen waren so stark geweitet, dass ich ernsthaft befürchtete, sie würden ihm aus den Höhlen quellen. Speichel lief an seinem Kinn herab und vermischte sich mit dem Blut, das sein Gesicht bedeckte.

»Sie scheinen auf irgendetwas zu warten«, murmelte Howard. Sein Blick irrte unstet über die Straße.

Ja, dachte ich. Sie warteten. Und ich wusste auch, worauf. Und als wäre dieser Gedanke ein Stichwort gewesen, erschien eine Gestalt am Ende der Straße.

Hinter mir schrie Cohen wie ein Wahnsinniger auf, aber ich war nicht sonderlich überrascht, als der Mann näher kam und ich das Rattengesicht sah, das er da trug, wo menschliche Züge sein sollten. Ich sah ihn nur eine Sekunde lang an, dann drehte ich rasch den Kopf, sodass ich seine Bewegungen nur noch aus den Augenwinkeln verfolgen konnte. Ich hatte die hypnotische Macht seines Blickes einmal zu spüren bekommen. Und das war schon einmal zu viel gewesen.

Langsam kam der Unheimliche näher. Zu seinen Füßen teilte sich die Rattenarmee und schloss sich hinter ihm wieder in einer einzigen, langsamen Bewegung. Fast, dachte ich, als wäre es nur ein einzelnes, auf viele tausend Körper verteiltes Bewusstsein, das sie lenkte.

»Robert«, flüsterte Howard neben mir. »Du musst etwas tun. Ich flehe dich an, beeil dich!«

Tun?! Sekundenlang starrte ich Howard an und kämpfte gegen die Hysterie, die seine Worte in mir ausgelöst hatten. War er von Sinnen? Was sollte ich in drei Teufels Namen tun?

Der Mann mit dem Rattenkopf blieb in drei Schritten Abstand vor uns stehen und starrte mich an. Krampfhaft wich ich seinem Blick aus, aber ich spürte bereits wieder, wie sich eine unsichtbare, tastende Hand in mein Bewusstsein schob, meinen Geist auslotete und sondierte.

»Du bist gewarnt worden, Sohn des Hexers«, sagte er. Seine Stimme war ein schreckliches Zischeln, aber das nahm seinen Worten nichts von ihrer Bedrohlichkeit. »Du hättest tun sollen, was man dir sagte. Jetzt wirst du sterben.«

Eine unsichtbare Macht wollte mich zwingen, ihn anzusehen. Ich wusste, dass ich verloren war, wenn ich es tat. Der Blick seiner Augen war der Tod. Seine geistige Macht war der meinen um ein Tausendfaches überlegen. Das war nicht die Macht eines Menschen. Der Rattenköpfige war nichts als ein Werkzeug. Unser wahrer Gegner blieb unsichtbar.

»Wenn du mich töten willst, dann ... dann tu es«, sagte ich schleppend. »Aber lass die anderen gehen. Sie haben nichts damit zu tun.«

»Du hast keine Forderungen zu stellen«, sagte der Rattenmann. »Du wurdest gewarnt, und du hast diese Warnung missachtet. Jetzt stirbst du. Sieh mich an.«

Der Drang, den Kopf zu heben und ihn anzusehen, wurde immer stärker. Nur mit äußerster Mühe konnte ich ihm noch widerstehen. Aber ich spürte, wie meine geistigen Kräfte erlahmten. Verzweiflung begann sich in mir breit zu machen.

»Sieh mich an!«, donnerte der Rattenmann, und diesmal wurden seine Worte von einem geistigen Hieb solcher Macht begleitet, dass ich wie unter einem Fußtritt zusammenfuhr und auf die Knie fiel. Eine Ratte schoss quiekend heran und biss mich in den Zeigefinger, und –

HUNGER. DIE GIER NACH FRESSEN. STÄRKER ALS JEDES ANDERE GEFÜHL. EINE WELT, DIE NICHT VON BEWUSSTEM DENKEN, SONDERN VON DUMPFEN TIERISCHEN INSTINKTEN ERFÜLLT WAR. KLAR GEGLIE–

Die Ratte schoss davon, als der Unheimliche mit dem Fuß nach ihr stieß, und der geistige Kontakt brach ab. Aber obwohl er nur Bruchteile von Sekunden gewährt hatte, hatte ich in dieser Zeit Wissen aufgenommen, ein so umfassendes Wissen, als wäre das primitive Bewusstsein der Ratte mit dem meinen verschmolzen, sodass mir nun seine gesamten Erinnerungen zur Verfügung standen. Und ich begriff ...

»Steh auf!«, befahl der Rattenköpfige. »Steh auf, und sieh mich an! Ich befehle es!«

Wieder wurden die Worte von einem brutalen Hieb mentaler Energien begleitet, die wie weiß glühende Dolche in meinen Schädel zu stechen schienen. Ich krümmte mich, wimmerte vor Pein und tat so, als verlöre ich das Gleichgewicht, als ich mich auf Hände und Knie hochstemmte. Meine Rechte näherte sich der Ratte, die mich gebissen hatte, und wieder schnappten ihre Fänge nach meinen Fingern.

Diesmal war ich vorbereitet. Die Gefühle der Ratte überschwemmten mein Bewusstsein wie ein brodelnder Strom, aber anders als beim ersten Mal machten sie mich nicht hilflos. Für eine Sekunde sah ich durch die Augen der Ratte, spürte ihr dumpfes animalisches Sein wie einen Teil meiner selbst – und schlug mit aller Macht zu.

Der geistige Widerstand des Tieres zerbrach wie Glas unter einem Hammerschlag, sein Bewusstsein lag offen und hilflos vor mir, und für den Bruchteil einer Sekunde sah ich durch seine Augen, roch und schmeckte und fühlte und hörte mit seinen Sinnen, *war* ich die Ratte. Ich sah mich selbst, ein riesiges, formloses Wesen unbestimmbarer Art und unbestimmbaren Aussehens, neben mir Howard und Rowlf und Cohen, auch sie gigantisch und roh und nicht spezifiziert, sondern Teile einer unverständlichen, aber klar in nur drei Teile gegliederten Welt. In Freund und Feind und Beute.

Wir gehörten eindeutig zur dritten Kategorie.

Der Rattenmann schrie auf, als er bemerkte, was ich tat. Ich spürte, wie seine Kräfte heranrasten wie eine gewaltige Faust, die mich zerschmettern musste, und schlug im gleichen Moment selbst zu.

Es ist schwer, einen geistigen Kampf wirklich zu beschreiben. In Worte gefasst, klingt das Ringen zweier unterschiedlicher Bewusstseine undramatisch und leicht, aber es ist weder das eine noch das andere. Der Kampf dauerte nur Bruchteile von Sekunden, aber für mich vergingen Ewigkeiten. Sein Bewusstsein fiel über mich her wie ein ausgehungerter Vampir über eine Blutkonserve, versuchte mich zu verschlingen. Es war ein Gefühl ähnlich dem, das eine Maus haben musste, über die eine Herde tollwütiger Elefanten hinwegtrampelt.

Ich versuchte nicht einmal, mich zu wehren. Meine Kräfte würden nur noch Sekunden reichen, ganz egal, ob ich seine Angriffe nun abwehrte oder mich darauf beschränkte, einfach am Leben zu bleiben, und ich tat das Einzige, zu dem ich noch fähig war, konzentrierte mich auf einen einzigen, verzweifelten Gedanken. Während der Rattenmann weiß glühende Sonnen hinter meiner Stirn aufflammen ließ, verschmolz ich meinen Geist noch einmal mit dem der Ratte.

Es war ein bizarres Bild. Ich sah wieder mich selbst, auch Howard und die beiden anderen, aber ich sah uns nicht aus einem bestimmten Blickwinkel, sondern irgendwie aus allen Richtungen zugleich. Es waren nicht nur die Augen dieser einen Ratte, derer ich mich bediente.

Plötzlich begriff ich, dass ich nicht mit dem Geist dieses einen Tieres, sondern mit dem der ganzen gewaltigen Rattenarmee verschmolzen war, dass es da etwas gab, das sie verband, ein übergeordneter, mächtiger Wille, mit dem die einzelnen Ratten verbunden waren wie Marionetten an unsichtbaren Fäden.

Es ging unglaublich schnell. Die Welt kippte um und verlor ihre Farbe. Ich sah nur noch hell und dunkel in allen nur denkbaren Schattierungen, dazu alles umgekehrt. Aus Weiß wurde Schwarz, aus Schwarz Weiß, wie auf einer noch nicht entwickelten photographischen Platte. Aber ich sah noch mehr. Die Farben waren mir genommen worden, aber dafür erblickte ich einen Teil der Welt, der dem menschlichen Auge sonst verschlossen ist.

Ich sah die pulsierenden, dünnen Kraftlinien, die die einzelnen Tiere miteinander verbanden wie zuckende Bänder aus grauem Nebel, den dickeren, bebenden Strom, der aus der Stirn des Rattenmannes wuchs – und den Knotenpunkt, der wie ein nebeliges Krebsgeschwür über der grausigen Szene schwebte.

Es war, als tastete ich mich an einer unsichtbaren Halteleine entlang. Mein Geist überwand Zeit und Entfernung, und für Bruchteile von Sekunden sah ich ein Bild – ein finsteres, feuchtes Verlies tief unter den Straßen Londons, erfüllt von Tausenden und Abertausenden von Ratten, von stinkendem Unrat und Aas. Und in der Mitte dieser widerlichen Armee des Schreckens hockte sie!

Die Albinoratte. Das gewaltige, weiße Tier, das ich schon einmal erblickt hatte, durch die Augen Lady Audleys. Und hinter ihr …

Die Verbindung zerriss mit einem schmerzhaften, peitschenden Schlag. Es war wie das Zurückschnappen eines straff gespannten Lederriemens. Über mir erlosch das nebelhafte Kraftzentrum im gleichen Moment, in dem die Albinoratte mein Tasten und Suchen bemerkte und die geistige Verbindung unterbrach. Der Rattenmann brüllte wie unter Schmerzen, kippte mit haltlos rudernden Armen nach hinten und verschwand in der quirlenden Masse der Ratten.

Im gleichen Augenblick brach die Hölle los. Aus der gewaltigen, disziplinierten Rattenarmee wurden wieder zahllose einzelne Tiere, hirnlose Kreaturen ohne wirkliches Bewusstsein. Die Straße schien zu explodieren. Die Ratten flohen in Panik, griffen sich gegenseitig an und bissen nach allem, was sich bewegte. Eine braune Flutwelle schien über mich hinwegzuspülen, schleuderte mich in den Staub der Straße und riss auch Howard und Rowlf und Cohen nieder. Verzweifelt wälzte ich mich herum, schlug die Arme über den Kopf und hielt den Atem an. Messerscharfe Krallen zerrissen meinen Rücken. Ein Dutzend Bisse ließ mich aufschreien, und eine Ratte versuchte in ihrer Angst gar, unter meinen Mantel zu kriechen.

Dann war es vorbei. Der Schmerz und die ekelhafte Berührung der weichen warmen Rattenleiber vergingen, und auch das Trappeln zahlloser horniger Krallen wurde in Sekunden leiser und verklang dann ganz.

Vorsichtig nahm ich die Hände vom Kopf, wagte es, die Augen zu öffnen, und sah mich um.

Die Ratten waren verschwunden. Ein paar vereinzelte Tiere irrten noch herum, kämpften blindwütig miteinander oder rannten einfach in Panik umher, aber das bizarre Heer hatte sich in Sekunden in Nichts aufgelöst, als der lenkende Wille erloschen war und die Tiere wieder ihrem Instinkt gehorchten, der ihnen befahl, sich bei Tageslicht nicht auf die Straße zu wagen.

Eine Hand berührte mich an der Schulter, und als ich aufsah, blickte ich in Rowlfs zerschundenes Gesicht. »Alles in Ordnung, Kleener?«, fragte er.

Ich nickte, stemmte mich vollends in die Höhe und sah mich gründlicher um. Cohens Männer schienen ebenfalls mit dem Leben davongekommen zu sein. Der einzige Tote, den ich sah, war der Rattenmann.

Aus einem unbegreiflichen Grund hatten die Ratten ihn umgebracht. So gründlich, wie es vermutlich nur Ratten konnten. Wären nicht die Fetzen der schwarzen Arbeitsjacke gewesen, hätte ich ihn nicht einmal mehr erkannt ...

Einen Moment lang ertrug ich den Grauen erregenden Anblick noch, dann wandte ich mich um und ging zu Howard und Cohen zurück. Howard sah übel aus, aber er schien genau wie ich größtenteils mit einigen Kratzern und dem Schrecken davongekommen zu sein. Cohen indes hockte stocksteif aufgerichtet und mit erstarrtem, schreckverzerrtem Gesicht auf dem Boden, sabberte vor sich hin und stieß kleine glucksende Laute aus. Rasch sondierte ich seinen Geist und schüttelte beruhigend den Kopf, als Howard mich fragend ansah.

»Er ist in Ordnung«, sagte ich. »Er wird den Schock überwinden. Du musst ihm alles erklären, wenn er wieder zu sich kommt.«

Es dauerte einen Moment, bis Howard begriff. *»Ich* soll es ihm erklären?«, wiederholte er. »Was soll das heißen, Robert?«

Ich antwortete nicht gleich. Howards Blick war fast lauernd, und einen Moment lang überlegte ich, ob ich ihm von dem *Ding* erzählen sollte, das ich durch den Geist der Albinoratte erblickt hatte, entschied mich aber dann dagegen. Howard würde nur versuchen mich aufzuhalten und ich hatte keine Sekunde mehr zu verlieren. »Ich muss fort«, sagte ich. »Gleich.«

Howard ächzte, aber ich gab ihm keine Gelegenheit, irgendwelche Einwände vorzubringen, sondern ging zur Kutsche zurück und begann, das am wenigsten verletzte Tier abzuschirren. Das Pferd war halb wahnsinnig vor Angst und versuchte nach mir zu beißen. Ich griff nach seinem Geist und brach seinen Widerstand, und aus einem hysterischen Gaul wurde von einer Sekunde zur anderen ein lammfrommes Tier.

Ich hatte fast so etwas wie ein schlechtes Gewissen, denn es hat mir immer widerstrebt, dem bewussten Willen einer denkenden Kreatur Gewalt anzutun, selbst wenn es nur ein Tier war. Dann vertrieb ich den Gedanken. Mir blieb keine Zeit für solcherlei Überlegungen.

Howard erreichte mich, als ich das Pferd zur Hälfte abgeschirrt hatte, und riss mich unsanft an der Schulter herum. »Was hast du vor?«, fragte er erregt.

Ich streifte seine Hand ab und fuhr fort, das Geschirr zu lösen. »Ich muss weg«, sagte ich. »Sofort. Ich weiß jetzt, was das alles zu bedeuten hat.«

»Dann sag es mir!«, verlangte Howard.

Ich schüttelte den Kopf, löste den letzten Lederriemen und schwang mich auf den Rücken der Stute. »Das kann ich nicht«, sagte ich. »Nicht jetzt. Es geht um Sekunden, Howard.«

Ich wollte losreiten, aber Howard fiel mir wütend in die Zügel. »Ich begleite dich«, sagte er, aber wieder schüttelte ich den Kopf und schlug seine Hand beiseite.

»Das geht nicht«, sagte ich hastig. »Bitte, Howard – vertrau mir. Du musst hierbleiben. Kümmere dich um Cohen, und erkläre ihm alles, was nötig ist, sobald er wieder zu sich kommt. Du musst hierbleiben.«

»Warum?«, fragte Howard wütend.

Ich griff nach den Zügeln und zwang das Pferd, auf der Stelle kehrtzumachen, ritt aber noch nicht los, sondern sah noch einmal zu Cohen und Rowlf hinüber. »Er ist der Einzige, der dir glauben wird, nach allem, was jetzt passiert ist«, sagte ich. »Wenigstens hoffe ich das. Was wir gerade erlebt haben, war nur der Anfang, Howard. Ihr müsst ihren Anführer suchen.«

»Ihren – *was???«*, ächzte Howard.

»Das Wesen, das für das alles hier verantwortlich ist. Sucht die Albinoratte. Sie ist irgendwo in der Kanalisation, mehr weiß ich auch nicht. Sucht sie, und bringt sie um, ehe sie die ganze Stadt verwüstet.«

Ehe Howard antworten konnte, sandte ich einen lautlosen Befehl in das Gehirn der Stute. Sekunden später galoppierte ich wie von Furien gehetzt durch die Londoner Innenstadt nach Osten.

Lange, sehr lange, nachdem das Mädchen zum Ende gekommen war, das Cindys Gesicht und Cindys Körper hatte, das mit ihrer Stimme sprach und ihr Lachen lachte und doch nicht Cindy war, blieb es sehr still. Selbst das Geräusch des Windes, der von der See her blies und in den Wipfeln der hohen Ulmen spielte, die den Friedhof von St. Aimes säumten, schien gedämpfter geworden zu sein. Es war, als hielte nun auch die Natur den Atem an vor dem Schrecken, den die Worte des dunkelhaarigen Mädchens heraufbeschworen hatten.

Lady Audley starrte unverwandt in das Grab hinab. Das grüne Licht war zu einem kaum noch sichtbaren Schein herabgesunken, der schwarze, krakenarmige Ball in seiner Mitte wenig mehr als ein Schatten, aber sie spürte trotzdem das düstere, brodelnde Leben, das unter ihr heranwuchs. Obgleich seine Bewegungen schwächer wurden, wuchs die Gier, die sie wie ein saugendes Etwas in ihrer Seele spürte, mit jedem Moment.

»Warum hast du mir das alles erzählt?«, fragte sie schließlich. Sie erschrak fast vor dem Klang ihrer eigenen Stimme.

Cindy blickte sie voller Trauer und Wehmut an. »Dieser Ort ist mehr als ein Friedhof«, sagte sie. »Du wusstest es nicht, damals, als du meinen Körper hier beerdigen ließest; nur die Allerwenigsten wissen es, und die Lippen derer, die die Wahrheit ahnen, sind auf ewig verschlossen. Aber dieser Boden ist heilig. Er war geweiht, lange bevor die Christen dieses Land in Beschlag nahmen. Die Kelten setzten ihre Toten an diesem geheiligten Fleck nieder und vor ihnen andere; Völker, deren Namen und Geschichten aus dem Gedächtnis der Menschen getilgt sind.«

Audley schauderte. Die Worte des Mädchens schienen ein tiefes, längst vergessenes Wissen in ihr zu berühren, als erinnere sie sich an Dinge, die sie niemals erlebt hatte. Ihr Blick tastete an den geschändeten Grabreihen entlang und suchte die beiden gewaltigen eisernen

Wolfsfiguren, die das Tor flankierten. Sie entstammten keiner Kunstrichtung, die Lady Audley jemals gesehen hatte, und erschienen ihr gleichzeitig barbarisch und roh wie von unglaublicher Kunstfertigkeit. Und sie waren alt, unglaublich alt. Ohne dass es einer weiteren Erklärung bedurft hätte, spürte sie einfach, dass Cindy die Wahrheit sagte. Dies war ein Ort düsterer, verborgener Magie.

»Nicht einmal ich weiß, was geschähe, würde ER erwachen, ohne dass die richtigen Vorbereitungen getroffen sind«, fuhr das Mädchen fort. »Wir sind seine Diener, doch ist es auch unsere Aufgabe, über ihn zu wachen, denn ER ist anders als die anderen. ER ist schrecklich in seinem Zorn und gewaltig in seiner Macht, und doch ist ER nur wie ein Kind, das nicht weiß, was es tut, und Schaden anrichten mag, wenn niemand da ist, der seine Schritte lenkt.«

Sie stockte, und wieder war dieser fast flehende Unterton in ihrer Stimme, als sie weitersprach. »Das ist der Grund, aus dem wir dich brauchen.«

»Du verlangst ... viel«, sagte Audley stockend. Ein bitterer Geschmack breitete sich auf ihrer Zunge aus. Aber sie war ganz ruhig. Seltsam, dachte sie, wie leicht es ihr fiel, über ihren eigenen Tod nachzudenken. Sie hatte nicht einmal Angst.

»Ich verlange nichts«, sagte Cindy leise. »Was beschlossen ist, wird getan werden, so oder so. Aber es ... fiele mir leichter, wenn ich wüsste, dass du verstehst.«

Das unmerkliche Stocken in ihren Worten fiel Lady Audley auf. Sie blickte auf und sah in Cindys Gesicht. Ihre Züge waren noch immer unbewegt und starr. Aber – je mehr Lady Audley darüber nachdachte, desto fester wurde sie in ihrer Überzeugung, sich nicht geirrt zu haben – für einen kurzen Moment glaubte sie fast, eine einzelne Träne in ihrem Augenwinkel zu sehen.

Das Pferd war dem Zusammenbruch nahe, als ich Ashton Place erreichte.

Wie von Furien gehetzt war ich quer durch die Londoner Innenstadt galoppiert, ungeachtet der Flüche und Verwünschungen, die mir folgten. Durchgehende Kutschpferde und Passanten, die sich mit einem verzweifelten Satz in Sicherheit hatten bringen müssen, markierten meinen Weg. Vermutlich würde ich einen ganzen Berg Strafanzeigen auf meinem Schreibtisch vorfinden, wenn ich zurückkam.

Aber daran verschwendete ich in diesem Moment nicht einmal einen Gedanken.

Das TIER. Das war das Einzige, woran ich denken konnte. Die Bestie, die ich durch die Augen der Albinoratte gesehen hatte. *Shub-Niggurath, die schwarze Ziege mit den tausend Jungen.*

Selbst als ich das Pferd quer über den zu dieser Zeit recht belebten Ashton Place preschen ließ und eine Spur auseinanderspritzender, fluchender Menschen und einen wütend gestikulierenden Bobby hinter mir zurückließ, sah ich nur das furchtbare Bild vor mir.

Ich erreichte mein Grundstück, jagte tief über den Hals des Pferdes gebeugt durch das offen stehende Gartentor und brachte das Tier unmittelbar vor der Haustür zum Stehen. Mit einem Satz war ich aus dem Sattel, rutschte auf dem kiesbestreuten Weg aus und schlug der Länge nach hin, während das Pferd mit einem erleichterten Schnauben noch ein paar Schritte weitertrabte, ehe es stehen blieb und an einem meiner sorgsam gepflegten Rhododendronbüsche zu zupfen begann. Mein Gärtner würde einen Herzschlag bekommen.

Ich rappelte mich hoch und rannte die Treppe hinauf. Die Tür wurde aufgerissen, gerade als ich die Hand nach dem Klopfer ausstrecken wollte, und ein verblüffter Diener starrte mir entgegen. Ich stürmte an ihm vorbei, warf Hut und Mantel in Richtung der Garderobe und rannte, immer zwei, drei Stufen auf einmal nehmend, die Treppe hinauf.

»Aber Sir!«, rief er verwirrt. »Was ...«

Ich blieb auf dem letzten Absatz der Treppe stehen und wandte mich zu ihm um. »Fragen Sie nicht, Henry«, rief ich. »Dazu ist jetzt keine Zeit. Ich habe wichtige Dinge zu erledigen. Ich werde mich in der Bibliothek einschließen«, fügte ich hinzu. »Sorgen Sie dafür, dass mich niemand stört. Und später gehe ich aus dem Haus. Aber Sie brauchen nicht auf mich zu warten – es kann Mitternacht oder später werden.«

»Und morgen, Sir?«, fragte Henry.

»Ich weiß es nicht«, sagte ich und ging weiter. »Wenn Howard zurückkommt, sagen Sie ihm, dass ich mich melde, sobald ich Genaueres weiß.« Damit stürmte ich weiter. Erst als ich die Bibliothek erreicht und die Tür hinter mir abgeschlossen hatte, gestattete ich mir den Luxus, für die Dauer von vier, fünf Atemzügen die Augen zu schließen und Ordnung in meine Gedanken zu bringen.

Wenigstens versuchte ich es.

Schließlich stieß ich mich von der Tür ab, eilte durch den Raum und blieb vor dem Kamin stehen. Meine Finger tasteten über den goldgeschnitzten Rand des Ölgemäldes, das darüber hing. Ein leises Klicken erklang, und das Bild schwang wie von Geisterhand bewegt zur Seite.

Dahinter kam die wuchtige Tür eines Wandsafes zum Vorschein. Ich stellte mich auf die Zehenspitzen, um das Rad zu erreichen, stellte die Kombination ein und drückte einen weiteren verborgenen Knopf. Gleichzeitig formte ich in Gedanken die geheimen Worte, die den Schutzzauber außer Kraft setzten, mit dem ich den Safe zusätzlich versehen hatte.

Ich hatte lange genug auf der anderen Seite des Gesetzes gelebt, um zu wissen, dass er einem ernst gemeinten Versuch, ihn zu knacken, nicht standhielt. Für einen Profieinbrecher besaß ein Wandsafe wie dieser etwa die Festigkeit einer Sardinendose. Aber wer versuchte, diesen Schrank gegen meinen Willen zu öffnen, der würde sein blaues Wunder erleben. Es war nicht direkt gefährlich – aber welchem Einbrecher würde es gefallen, monatelang von einer Bande halbmetergroßer leuchtend grüner Kobolde verfolgt zu werden, die lauthals darüber diskutierten, welches seiner Verbrechen wohl das raffinierteste gewesen war?

Ich öffnete den Safe, schob seinen Inhalt zur Seite und öffnete auch das Geheimfach, das hinter dem eigentlichen Geldschrank lag. Sein Inhalt bestand aus fünf kleinen, sternförmigen Steinen aus porösem grauem Fels, so groß wie eine Münze und mit einem abstrakten Muster versehen, das so roh war, als wäre es von Kinderhand eingeschnitten.

Behutsam nahm ich einen der *Shoggotensterne* hervor, steckte ihn in die Rocktasche und schloss nacheinander das Geheimfach, den Safe und das Bild wieder.

Hinter mir ertönte ein leises Quietschen.

Eine halbe Sekunde lang war ich erstarrt vor Schrecken. Dann fuhr ich herum und riss den Stockdegen aus seiner Umhüllung.

Auf meinem Schreibtisch saß eine Ratte.

Es war ein besonders fettes, hässliches Exemplar, grau und struppig und so groß wie eine Katze. Ihre Augen glühten, und der Blick, mit dem mich die Bestie musterte, ließ mich schaudern.

Aber ich verzichtete darauf, das Tier anzugreifen. Es war nur eine einzelne Ratte, und trotz ihres beeindruckenden Äußeren stellte sie keine wirkliche Gefahr dar. Ich beschloss, mich nicht weiter um sie zu kümmern und zu tun, weshalb ich hergekommen war, ehe sämtliche Brüder, Schwestern, Onkeln, Neffen und Großtanten der Ratte auftauchten und die Sache brenzliger wurde. Zweifellos war die Ratte nur hier, um mich aufzuhalten. Ich beschloss, sie zu ignorieren.

Die Ratte war in diesem Punkt anderer Meinung. Als ich an meinem Schreibtisch vorbeiging, stieß sie ein hässliches Pfeifen aus, sprang ansatzlos vor und versuchte nach meiner Kehle zu schnappen. Ich wich zur Seite, hob meinen Degen und spießte sie auf, als sie das zweite Mal angriff.

Meine Knie begannen zu zittern, als ich mich der Standuhr näherte, und es kostete mich ungeheure Kraft, die Hand zu heben und nach dem Messingknauf zu greifen, der ihre Tür schloss. Die drei kleinen Zifferblätter, die unter und neben der großen Zeitanzeige angebracht waren, schienen mich wie höhnische Augen anzublinzeln. Das Metall des Knaufs fühlte sich eiskalt unter meinen Fingern an, und als ich die andere Hand hob und sie gegen die Tür legte, glaubte ich für Bruchteile von Sekunden eine sanfte, pulsierende Bewegung zu spüren, die das Holz erzittern ließ. Fast wie das Schlagen eines gewaltigen, großen Herzens ...

Hinter mir erklang ein Kratzen. Ich wandte den Kopf und gewahrte einen Schatten, der von außen an der Fensterscheibe scharrte. Kleine, glühende Knopfaugen starrten mich an. Dann kratzte etwas an der verschlossenen Tür; beinahe gleichzeitig rieselten Staub und Ruß aus dem Kamin, und ich hörte ein leises, irgendwie zorniges Pfeifen.

Ich hatte keine Zeit mehr zu verlieren. Mit einem entschlossenen Ruck drehte ich den Knauf herum, öffnete die Tür und spannte mich.

Nichts hatte sich verändert. Wo das komplizierte Gestänge der Uhr sein sollte, gähnte der Anfang eines schlauchförmigen, zuckenden und bebenden Ganges. Seine Wände waren rot und gelb und braun und glitzerten feucht, und ein Hauch schwüler, irgendwie organisch riechender Luft schlug mir entgegen.

Mein Magen begann zu rebellieren, als ich daran dachte, den Fuß auf diese widerlich weiche, lebendige Masse zu setzen, und vor meinem geistigen Auge erschien wie in einer blitzartigen Vision noch einmal das Bild der verkrüppelten Ratten, die diesen Stollen von der anderen Seite her betreten und auf so schreckliche Weise ums Leben gekommen waren. Aber das Kratzen und Schaben hinter mir wurde lauter. Irgendwo im Haus klirrte Glas, und fast bildete ich mir schon ein, das Trappeln zahlloser harter Pfoten zu hören ...

Nein – ich hatte keine Zeit zu verlieren. Die weiße Ratte wusste genau, wo ich war, und sie hatte Millionen Helfer, ihr Ziel zu erreichen und mich umzubringen. Dass ich sie einmal besiegt hatte, war nur ein Zufall gewesen; ich hatte sie mit Mitteln und aus einer Richtung angegriffen, mit der sie nicht gerechnet hatte. Die zweite Runde würde zu ihren Gunsten ausgehen, daran zweifelte ich keine Sekunde.

Entschlossen packte ich den Stockdegen fester, griff mit der linken Hand in die Tasche und fühlte nach dem *Shoggotenstern.* Und dann trat ich mit einem großen Schritt in die Uhr hinein ...

Cohens Gesicht war noch immer so bleich wie die weiß gestrichene Wand, vor der er saß, und das unstete Flackern in seinen Augen hatte zwar nachgelassen, war aber nicht ganz erloschen. Er hatte sich wieder gefangen; äußerlich.

»Es muss eine logische Erklärung geben«, sagte er. »Vielleicht waren die Ratten krank. Oder irgendetwas hat sie in Panik versetzt.« Seine Stimme zitterte ein wenig, während er diese Worte sprach, und es war ein Ton darin, der sie zu einem verzweifelten Flehen werden ließ. »Die Wissenschaft hat sogar einen Namen für ein solches Verhalten«, fuhr er fort. »So etwas ist schon vorgekommen; mehr als einmal.«

Howard, der auf der anderen Seite des Schreibtisches Platz genommen hatte und die Luft in Cohens Büro mit seinen schwarzen Zigarren verpestete, nickte. »Massenhysterie«, bestätigte er. »So etwas gibt es.«

»Sehen Sie!«, sagte Cohen triumphierend, und Howard fügte, im gleichen ungerührten Tonfall, hinzu:

»Bei Menschen, Cohen. Tiere haben nicht das Bewusstsein, das nötig ist, sie in eine Massenhysterie zu versetzen. Fragen Sie einen Anthropologen, wenn Sie mir nicht glauben.«

Cohen fuhr sich nervös mit der Zungenspitze über die Lippen und begann, einen Bleistift in kleine Stücke zu zerbrechen.

»Aber ganz gleich, was es ist, Cohen«, fuhr Howard fort, »müssen wir der Sache auf den Grund gehen. Sie haben gehört, was Robert gesagt hat. Wir müssen diese Albinoratte finden.«

»Wie stellen Sie sich das vor?«, schnappte Cohen. »Soll ich zu meinen Vorgesetzten gehen und sagen, dass ich Männer brauche, um ein intelligentes Tier aufzuspüren, das eine Rattenarmee unterhält, mit der es einen Angriff auf London vorbereitet?«

»Natürlich nicht«, antwortete Howard mit einem dünnen Lächeln. »Erzählen Sie ihnen einfach, was passiert ist. Berichten Sie ihnen die Tatsachen, mehr nicht. Erzählen Sie, dass eine große Masse von Ratten am helllichten Tage unsere Kutsche angegriffen und einen ihrer Leute getötet und alle anderen verletzt hat. Sie haben Dutzende von Zeugen.«

Cohen starrte ihn an, legte den zerbrochenen Bleistift aus der Hand und begann seinen Füllfederhalter auseinanderzuschrauben. Tinte lief an seiner Hand herab, während er die Bakelitkappe zerkrümelte. »Das ist verrückt.«

»Stimmt«, bestätigte Howard. »Aber ich fürchte, wir haben keine andere Wahl. Wir müssen diese Ratte finden, von der Robert gesprochen hat. Glauben Sie mir – ich weiß, wann es der Junge ernst meint und wann er Scherze treibt. Diesmal hat er es verdammt ernst gemeint.«

»Craven ist verschwunden«, gab Cohen zu bedenken. »Und niemand –«

»Niemand«, unterbrach ihn Howard mit leicht erhobener Stimme, »nimmt Ihnen die Verantwortung ab, wenn morgen hunderttausend Ratten über die Bewohner dieser Stadt herfallen und unschuldige Frauen und Kinder töten, Cohen.«

Cohen schluckte, warf den Füllfederhalter auf den Schreibtisch und riss mit fahrigen Bewegungen Blätter von seinem Tischkalender, um sie zu kleinen Bällen zusammenzupressen und davonzuschnippen. »Sie ... übertreiben«, sagte er schließlich.

»Möglich«, antwortete Howard. »Vielleicht greifen sie auch nicht offen an, sondern beschränken sich darauf, ein paar wehrlose Kinder in ihren Betten anzufallen oder die Kranken in den Hospitälern.«

Cohens Gesichtsfarbe hatte jetzt einen deutlichen Stich ins Grünliche. »Und wenn alles nur falscher Alarm war?«, fragte er, während er mit Daumen und Zeigefinger die Nieten aus seiner ledernen Schreibunterlage zog und zusammendrückte.

»Erfährt niemand etwas davon«, sagte Howard. »Sie brauchen nur das artenuntypische Verhalten der Ratten vorzubringen, Cohen. Sagen Sie, dass Sie Angst haben, sie könnten tollwütig sein, meinetwegen.«

Er beugte sich vor, schnippte seine Zigarrenasche in das Chaos auf

Cohens Schreibtisch und blies dem Captain eine blaue Qualmwolke ins Gesicht. »Wir müssen diese Bestie erwischen, Cohen, ehe wirklich ein Unglück geschieht. Ich würde vorschlagen, dass wir etwas unternehmen. Vielleicht«, fügte er nach einer winzigen Pause hinzu, »ehe Sie Ihr Büro endgültig verwüstet haben.«

Cohen blinzelte, blickte auf seine tintenverschmierten Hände herab und sah mit einem Male sehr betroffen aus. Aber dann nickte er. »Sie haben Recht, Lovecraft. Vielleicht bin ich verrückt geworden, aber wenn auch nur die geringste Chance besteht, dass Sie und Craven die Wahrheit sagen, muss ich etwas tun.«

Er überlegte einen Moment, dann stand er auf. »Und ich weiß schon den richtigen Mann, der uns helfen wird. Kommen Sie mit.«

Zeit war bedeutungslos geworden. Ein Schritt war eine Ewigkeit, hundert Meilen ein Augenblick. Es gab keine Richtungen, kein Oben, kein Unten, keinen real greifbaren Raum mehr. Der zuckende Schlund war verschwunden, im gleichen Moment, in dem sich die Tür hinter mir geschlossen hatte, und um mich herum war – nichts.

Kälte, Leere, Raum ohne wirkliche Weite, eine Welt, die zu beschreiben der menschlichen Sprache die Worte und dem menschlichen Geist die Sinne fehlten. Ein Kosmos des Wahnsinns. Dann das Gefühl des Fallens, nicht von dem Schmerz gefolgt, dessen Erwartung sich mit dieser Empfindung verknüpft, sondern nur von Unwohlsein, wenn auch von einer Stärke und Eindringlichkeit, die es fast schlimmer als wirklichen körperlichen Schmerz sein ließen.

Äonenlang – wie es mir vorkam – stürzte ich durch ein finsteres, unendliches Nichts, einen Äther, in dem dann und wann bizarre schwarze Dinge aufzutauchen schienen, gewaltige pulsierende Leiber, die mit peitschenden Armen nach mir griffen, mich aus grundlosen Augen anstarrten oder auch teilnahmslos blieben, als sei ich nicht wichtig genug, um überhaupt zur Kenntnis genommen zu werden.

Dann, nach einer Ewigkeit, tauchte ein winziger, grellweißer Punkt irgendwo in der richtungslosen Unendlichkeit auf, wuchs rasend schnell heran, wurde zu einem Ball, schließlich einer blauweißen Sonne, deren flammender Atem mich zu versengen trachtete, meine Augen verbrannte, meinen Körper in einen Mantel von Flammen badete und wuchs und wuchs und wuchs …

Für eine Sekunde sah ich Fetzen eines wolkenverhangenen Himmels, grüne Hügel und einen gewaltigen, bizarr geformten Stein, dann stürzte ich aus mehreren Metern Höhe hart zu Boden und verlor das Bewusstsein.

Ich lag auf weichem Gras, als ich erwachte, aber genau zwischen meinen Schulterblättern lag ein spitzer Stein, der unangenehm durch meine Kleidung hindurchdrückte, und jemand – oder etwas – fummelte ununterbrochen an meinem Gesicht herum. Ein warmer Wind streichelte meine Wange, und hinter meiner Stirn führten Gedanken und scheinbar zusammenhanglose, bizarre Bilder einen absurden Tanz auf.

Es war nicht so, als wüsste ich nicht mehr, warum oder wie ich hierher gekommen war – wo immer dieses »hier« sein mochte –, aber es fiel mir seltsam schwer, all die Erinnerungen und Bilder, die plötzlich aus meinem Unterbewusstsein heraufdrängten, zu ordnen und Wichtiges von Unwichtigem zu unterscheiden. Irgendwie spürte ich, dass ich nur Bruchteile von Sekunden in jener fremden, feindseligen Welt gewesen war, die hinter dem *Tor* lauerte; aber es war eine Welt gewesen, die nicht Bestandteil des menschlichen Kosmos war, und mein Verstand hatte bereits begonnen, sich in den einzigen Ausweg zu flüchten, der ihm blieb: den Wahnsinn.

Wenige Sekunden länger, dachte ich schaudernd, und ich wäre wohl wirklich wahnsinnig geworden. Ich begann zu begreifen, warum sich Howard bisher stets beharrlich geweigert hatte, mich in die Geheimnisse der *Tore* der GROSSEN ALTEN einzuweihen.

Wieder machte sich etwas an meiner Wange zu schaffen, und die Berührung war unangenehm wie die von Sandpapier. Ich blinzelte, öffnete mühsam die Augen und blickte in ein altes, zerfurchtes Gesicht.

Es konnte nicht viel Zeit vergangen sein, seit ich das Bewusstsein verloren hatte, denn die Sonne stand noch immer hoch am Himmel und trotz der bauchigen Regenwolken war es sehr warm. Ich lag so da, wie ich gestürzt war, und der Schmerz zwischen meinen Schulterblättern begann nun wirklich unangenehm zu werden.

Behutsam setzte ich mich auf. Sofort wurde mir schwindelig, und ich blieb sekundenlang mit geschlossenen Augen sitzen, bis der Anfall vorüber war.

»Alles in Ordnung, Mister?«, fragte eine Stimme neben mir.

Ich unterdrückte im letzten Moment den Impuls zu nicken, hob behutsam den Kopf und sah zur Seite.

Neben mir hockte ein unglaublich alter Mann. Er war dürr wie eine Bohnenstange, dabei aber sehr klein, sodass sein Wuchs auf den ersten Blick kaum auffiel, hatte strähniges graues Haar und noch genau drei Zähne im Mund, was seiner Aussprache nicht gerade förderlich war. Sein Gesicht sah nicht nur aus wie ein ausgetretener alter Schuh, es roch auch so.

»Ich ... glaube schon«, antwortete ich zögernd. »Wo bin ich?«

Der Alte schien enttäuscht. Einen Moment lang starrte er mich an, dann schüttelte er so nachhaltig den Kopf, dass ich fast Angst hatte, er würde ihm von den dürren Schultern fallen, und seufzte tief.

Sein Atem stank nach billigem Fusel.

»Das weiß er nicht, wie schade«, murmelte er. »Und dabei hat Kilian gehofft, er käme, um ihm und den anderen zu helfen.«

Verwirrt sah ich erst ihn an, drehte dann rasch den Kopf nach beiden Seiten und begriff endlich, dass es niemanden gab, mit dem er redete. Nun, er war alt genug, um das Recht zu haben, ein wenig sonderlich zu sein.

»Kilian sind ... Sie?«, fragte ich vorsichtig.

Der Alte nickte. »Sicher. Sicher«, kicherte er, als wäre das, was ich gesagt hatte, besonders lustig. »Und Sie sind der, den die grauen Herren geschickt haben.«

Das war keine Frage, sondern eine Feststellung. Der Begriff »graue Herren« erinnerte mich auf unangenehme Weise an etwas Bestimmtes, aber ich hielt es für besser, so wenig wie möglich zu sagen, ehe ich nicht wenigstens wusste, wo ich war.

»Aber er weiß nicht, wo er ist«, fuhr Kilian fort, als hätte er meine Gedanken erraten. »Und weiß vielleicht nicht einmal, warum er hier ist. Nun, dann muss Kilian es ihm sagen.«

Vorsichtig stand ich auf, wartete, bis sich der Alte umständlich aus seiner unbequemen Kauerstellung erhoben hatte, und sah mich noch einmal und gründlicher um.

Meine Umgebung war – gelinde ausgedrückt – sonderbar. Zur Linken erhob sich die Flanke eines vielleicht zwanzig Yard hohen, sanft ansteigenden Hügels, mit Gras und verwildertem dornigem Gestrüpp bewachsen, während sich auf der anderen Seite eine Gruppe mächtiger, im Laufe von Jahrtausenden grau und brüchig gewordener Felsen erhob, gekrönt von einem tonnenschweren Dach aus Granit.

Es war ein Hünengrab, eine jener Anlagen, wie man sie in diesem Teil Englands häufiger findet – und trotzdem war es mit nichts zu vergleichen, was ich jemals gesehen hatte.

Es war, als bildeten die vier gewaltigen Pfeiler zusammen mit ihrem steinernen Dach ein neues, übergeordnetes Muster, etwas, das sich irgendwie der menschlichen Auffassung von Geometrie entzog und nicht wirklich zu begreifen, sondern nur zu erkennen war. Als ich genauer hinsah, entdeckte ich, dass der Fels über und über mit verwirrenden Mustern bedeckt war, vor Urzeiten eingemeißelt und von Wind und Erosion zum Teil ausgelöscht.

Es waren sehr seltsame Muster. Etwas an ihnen war ... unangenehm. Ich sah wieder weg, fuhr mir nervös mit der Hand über die Stirn und begegnete dem Blick des Alten.

In seinen Augen loderte ein sonderbares Feuer, und ich spürte genau, dass er auf eine ganz bestimmte Reaktion von mir wartete, aber dann zuckte er nur die Achseln, drehte sich herum und sah zu Boden.

Hinter mir raschelte etwas. Ich schrak zusammen, fuhr herum – und griff instinktiv nach meiner Waffe, als ich den grauen Schatten zwischen den Büschen verschwinden sah.

»Eine Ratte!«, entfuhr es mir. »Zum Teufel, gibt es denn nirgends einen Ort, an dem diese Biester nicht sind?«

»Die grauen Herren tun Ihnen nichts«, sagte Kilian in einem Ton, als belehre er ein uneinsichtiges Kind. Ich drehte mich abrupt zu ihm herum und sah ihn scharf an.

»Wie haben Sie sie genannt?«, fragte ich.

»Die grauen Herren«, sagte Kilian ernst. »Hat mich hierher geführt, der graue Herr. Wollte wohl, dass der alte Kilian den Fremden findet und ihm alles zeigt. Aber ist keine gute Sache. Wäre besser, er hätte einen erfahrenen Mann geschickt, der graue Herr. Keinen dummen Jungen mit gefärbtem Haar.«

Ich fegte seine Worte mit einer unwilligen Kopfbewegung beiseite. »Das war eine Ratte«, sagte ich heftig. »Und nichts –«

Kilian unterbrach mich mit einer ärgerlichen Geste. »Ratten!«, sagte er abfällig. »Ratten leben unter der Erde und fressen tote Dinge und Abfälle. Die anderen sind Ratten. Die unten in der Stadt. Und am Friedhof. Sollte nicht über Dinge reden, von denen er nichts versteht, der junge Geck.«

Ich schluckte, löste mit einer fast schuldbewussten Geste die Hand vom Griff des Stockdegens und sah mich noch einmal um. Aber die Ratte war verschwunden, und das leise Rascheln, das ich jetzt noch hörte, war nur das Geräusch des Windes, der im Gras spielte.

Für endlose Augenblicke kreisten meine Gedanken fast ziellos. Ich wusste nicht zu sagen, was ich erwartet hatte, als ich in das *Tor* trat – einen halb schwachsinnigen Alten und ein sonderbares Hünengrab jedenfalls nicht. Aber es war auch bestimmt kein Zufall, dass das Tor ausgerechnet hier endete. Dann fiel mir etwas auf, was er gesagt und was ich im ersten Moment fast überhört hatte.

»Welche anderen haben Sie gemeint, Kilian?«, fragte ich. »In welcher Stadt und auf welchem Friedhof?«

Kilian blinzelte mich aus seinen entzündeten roten Augen an.

»Muss schon ein großes Geheimnis sein, wenn die grauen Herren einen schicken, der nichts weiß«, sagte er.

Allmählich war mein Vorrat an Geduld erschöpft. »Zum Teufel, niemand hat mich geschickt«, sagte ich grob. »Ich bin –«

Hinter mir erscholl ein halblautes Quieken. Ich brach mitten im Satz ab, fuhr herum und unterdrückte im letzten Moment den Impuls, abermals nach dem Stockdegen zu greifen.

Die Ratte hockte zwischen den beiden vorderen Stützpfeilern des Hünengrabes. Sie saß ganz ruhig da und betrachtete mich aus ihren kleinen, von böshafter Intelligenz erfüllten Augen. Ich schluckte, trat unsicher auf der Stelle und wandte mich wieder an Kilian.

Der Alte grinste dämlich. »Da staunt er, der junge Geck«, kicherte er. »Ist nicht gut, die grauen Herren zu verspotten. Sind gekommen, um uns zu warnen. Er täte besser daran, auf sie zu hören, denn sie sind klug.«

Nervös fuhr ich mir mit der Zungenspitze über die Lippen.

»Warnen?«, fragte ich. »Wovor?«

Kilian antwortete auf seine gewohnte Art – mit dem dusseligen Kichern und einem Kopfnicken. »Vor den Dingen unter der Erde«, sagte er schließlich.

»Dinge unter der Erde?« Ich wurde hellhörig. »Was meinen Sie damit? Was für Dinge?«

»Böse Dinge«, antwortete Kilian gewichtig. »Oh ja, sie wissen es, die grauen Herren. Es gibt schlimme Dinge unter der Erde, die alt sind. Ist nicht gut für Menschen, sich damit abzugeben.« Er seufzte. »Aber sie tun es.«

»Wer?«, hakte ich nach.

Diesmal zögerte Kilian. Einen Moment lang blickte er die Ratte hinter mir an, als bitte er sie um Erlaubnis, weitersprechen zu dürfen, dann nickte er abermals, drehte sich um und deutete mit einer dürren Hand den Hügel hinauf.

»Die anderen«, sagte er. »Weiß nicht, ob es gut ist, den Jungen hinzubringen. Könnte zu Schaden kommen.«

»Vielleicht überlassen Sie das mir«, entgegnete ich gereizt.

Kilian grinste dämlich, drehte sich vollends herum und begann, den Hügel hinaufzuschlurfen. Trotz seiner gebrechlichen Erscheinung ging er dabei so rasch, dass ich mich beeilen musste, ihn einzuholen, ehe er die Hügelkuppe überschritten hatte.

Ein kühler, nach Salzwasser riechender Wind schlug uns entgegen, als wir den Hang erklommen hatten, und im Süden glitzerte die blaugraue Unendlichkeit des Ozeans. Ich blieb stehen, sah mich neugierig um und deutete schließlich auf die Hand voll Häuser, die eine knappe Meile unter uns lagen und sich wohl einbildeten, ein Ort zu sein. »Was ist das?«, fragte ich.

»St. Aimes«, antwortete Kilian.

Seine Worte hätten mich nicht überraschen dürfen; aber sie taten es. St. Aimes – das war der Ort, zu dem wir Lady Audley hatten begleiten sollen, ehe dieser ganze Wahnsinn begann. Der Ort, auf dessen Friedhof ihre Nichte begraben lag. Der Kreis begann, sich zu schließen.

Und trotzdem – während ich neben Kilian den Hang hinabging, hatte ich plötzlich das sichere Gefühl, bisher nur einen Zipfel des wahren Geheimnisses in Händen zu halten …

Schon von weitem hatte das Haus sonderbar ausgesehen. Eingepfercht wie ein edles Rennpferd zwischen Ackergäulen erhob es sich wie ein Fremdkörper zwischen den schmalbrüstigen, schäbigen Mietskasernen, die das Straßenbild in diesem Teil der Stadt bestimmten. Seine Fassade aus weißem Marmor musste einmal sehr prachtvoll gewesen sein und wirkte selbst jetzt, wo Alter und Erosion ihre Spuren in ihr hinterlassen hatten, noch beeindruckend. Nicht einmal der Umstand, dass die meisten Fenster von innen mit Brettern vernagelt und der Vorgarten vollkommen verwildert war, vermochte den Eindruck nachhaltig zu stören.

»Ihr … Bekannter wohnt hier?«, fragte Howard, als der Wagen angehalten hatte und Cohen ihm mit Gesten zu verstehen gab auszusteigen.

Der Polizeicaptain hatte das Zögern in Howards Worten bemerkt und sah auf. Er war noch immer nervös, und seine Nervosität hatte noch zugenommen, je weiter sie sich von Scotland Yard entfernt und dem Haus genähert hatten.

»Er ist kein Bekannter von mir«, antwortete er knapp, stieg aus dem Wagen und wartete mit sichtlicher Ungeduld, dass Howard und Rowlf ihm folgten. Ehe einer der beiden Gelegenheit hatte, eine weitere Frage zu stellen, drehte er sich auf dem Absatz herum, eilte auf das Haus zu und stieß die schmiedeeiserne Gartentür wuchtig auf.

Howard tauschte einen erstaunten Blick mit Rowlf und beeilte sich, dem Captain zu folgen. Cohen hatte mittlerweile das Haus erreicht und den Türklopfer betätigt. Jetzt trat er ungeduldig von einem Bein auf das andere und wartete darauf, dass die Tür geöffnet wurde.

Howard trat neben ihn, beugte sich vor, um das Türschild zu lesen – und zog überrascht die Brauen zusammen.

»Cohen?«, murmelte er und sah den Captain fragend an. »Das Haus gehört –«

»Meinem Bruder«, unterbrach ihn Cohen.

Howard schwieg einen Moment und tauschte einen weiteren Blick mit Rowlf, erntete aber nur ein Achselzucken.

»Er ist auch bei der Polizei?«, erkundigte er sich vorsichtig.

Cohens Miene nach zu urteilen, musste das eine ziemlich unpassende Frage gewesen sein, denn der Captain runzelte nur die Stirn und presste wütend die Lippen aufeinander, ohne auch nur mit einer Silbe zu antworten. Wütend griff er erneut nach dem Türklopfer und ließ den schweren Messingknauf so wuchtig gegen das Holz krachen, dass die gesamte Tür erbebte.

Nach einer Weile wurden drinnen schlurfende Schritte laut, und Cohen hörte auf, die Tür zu malträtieren. Eine Kette klirrte, dann wurde die Tür geöffnet, und ein verhutzeltes Faltengesicht lugte hervor. »Sir?« Die Überraschung, die der Mann beim Anblick Cohens empfand, war nicht zu überhören.

»Ich muss meinen Bruder sprechen, Fred«, sagte Cohen knapp. »Ist er zu Hause?«

Der Butler nickte. Cohen grunzte zufrieden, schob die Tür und den Alten mit der gleichen Bewegung nach innen und bedeutete Howard und Rowlf, ihm zu folgen.

»Aber Sir!«, ereiferte sich der Butler. »Das geht doch nicht! Sie wissen doch genau, wie –«

Cohen gab einen Laut von sich, der wie das Zischen einer wütenden Riesenkobra klang, und der Alte verstummte mitten im Satz.

»Holen Sie meinen Bruder«, sagte Cohen. »Sofort.«

Der Alte starrte ihn noch eine Sekunde unsicher an, dann schloss er hastig die Tür hinter Howard und lief die Treppe hinauf, so schnell ihn seine alten Beine trugen.

Howard sah ihm stirnrunzelnd nach. Es war dunkel im Haus, sodass er seine Umgebung nur als finsteres Durcheinander von Schemen und Schatten erkennen konnte, aber das wenige, was er sah, trug nicht gerade dazu bei, seine Verwirrung zu mildern.

Sie standen in einer großen, früher sicher einmal prachtvollen Empfangshalle, die jetzt ein Opfer des Staubes und jahrzehntelanger Verwahrlosung geworden war. Die wenigen Möbelstücke, die auf dem gefliesten Boden standen, waren ausnahmslos mit Tüchern verhängt, und von den Kronleuchtern und der Decke hingen graue, staubverklebte Spinnweben fast bis zum Boden herab.

Cohen bemerkte seinen Blick. »Wenn Ihnen das hier komisch vorkommt«, sagte er leise, »dann warten Sie erst einmal, bis Sie Stanislas kennen lernen.«

»Stanniwen?«, fragte Rowlf.

Ein flüchtiges Lächeln huschte über Cohens Gesicht und erlosch wieder. »Meinen Bruder«, antwortete er. »Er ist ein wenig ... sonderbar. Sozusagen das schwarze Schaf der Familie. Wir haben schon seit Jahren keinen Kontakt mehr. Aber ich glaube, er ist der Einzige, der uns jetzt helfen kann – wenn er uns überhaupt zuhört, heißt das.«

Howard kam nicht dazu, Cohen zu fragen, was er gemeint hatte, denn in diesem Moment fiel oben im Haus eine Tür so wuchtig ins Schloss, dass der Kronleuchter zu klirren begann, und Sekunden später erschien eine Gestalt am oberen Ende der Treppe.

»Wilbur!«, polterte eine Stimme. »Fred hat es mir gesagt, aber ich konnte es nicht glauben. Du hast tatsächlich die Unverfrorenheit, hier aufzutauchen!«

Der Mann war ein Riese – gut zwei Köpfe größer als Rowlf und weitaus breitschultriger, dabei aber erstaunlich jung; allerhöchstens fünfunddreißig. Trotzdem war sein Haar schlohweiß.

»Ich muss mit dir reden, Stan«, sagte Cohen.

»Verschwinde!«, schnappte Stanislas. »Ich sage es dir nicht zweimal, Wilbur. Geh und nimm die beiden Galgenvögel mit, solange ihr noch in der Lage seid, auf euren eigenen Füßen aus dem Haus zu gehen.« Zornig ballte er die Fäuste und begann, immer drei Stufen auf einmal nehmend, die Treppe herunterzulaufen.

»Stan«, sagte Cohen verzweifelt. »Hör mir nur eine Minute zu. Es ist –«

»Du sollst verschwinden!«, brüllte sein Bruder. »Ich habe dir verboten, dieses Haus jemals wieder zu betreten!« Er erreichte das Ende der Treppe und rannte mit kampflustig erhobenen Fäusten auf seinen Bruder zu.

Rowlf stellte ihm ein Bein.

Stanislas keuchte, landete nach einem grotesk aussehenden Hüpfer der Länge nach auf den Fliesen und kam mit einem fast hysterischen Brüllen wieder auf die Füße. Seine gewaltige Faust wirbelte durch die Luft und schlug nach Rowlfs Gesicht.

Rowlf tauchte unter dem Hieb hindurch, steppte mit einer behänden Bewegung an ihm vorbei und drehte ihm den Arm auf den Rücken. Gleichzeitig legte sich seine linke Hand in Cohens Nacken und drückte mit aller Macht zu.

»Bisse jetzt venünftich, oder mussich ers grob wern?«, fragte er.

Cohen brüllte vor Zorn, bäumte sich in Rowlfs Griff auf und schlug mit der freien Hand nach hinten. Rowlf seufzte, schüttelte den Kopf und trat ihm wuchtig in die Kniekehlen. Cohen fiel vor ihm auf die Knie und gab endlich seinen Widerstand auf.

»Rowlf!«, sagte Howard scharf. »Lass ihn los.«

»Warten Sie noch!«, sagte Cohen hastig.

Rowlf runzelte die Stirn, hielt Cohens Bruder aber vorsichtshalber weiter fest und lockerte nur seinen Griff ein wenig.

Cohen trat auf seinen Bruder zu und sah ihm einen Herzschlag lang ernst in die Augen. »Ich bitte dich, Stan«, sagte er eindringlich. »Hör uns fünf Minuten lang zu. Danach gehe ich – wenn du das wirklich noch willst.«

Stanislas keuchte. »Verschwindet!«, würgte er hervor. »Noch einmal kriegt ihr mich nicht. Und wenn ich mich selbst umbringen muss.«

Cohen wollte antworten, aber Howard trat mit einem raschen Schritt zwischen ihn und seinen knienden Bruder, brachte Cohen mit einem Blick zum Verstummen und wandte sich an Stanislas.

»Ich fürchte, Sir, hier liegt ein Irrtum vor«, begann er umständlich. »Ich weiß nicht, was zwischen Ihrem Bruder und Ihnen vorgefallen ist, aber ich gebe Ihnen mein Wort, dass wir nichts damit zu tun haben.«

Stanislas starrte ihn an, als sähe er ihn zum ersten Mal. »Das ist ein Trick«, keuchte er. »Ich glaube Ihnen nicht, wer immer Sie sein mögen.«

Howard seufzte und hob die Hand. »Lass ihn los, Rowlf«, sagte er.

Rowlf zögerte einen Moment, ließ dann aber gehorsam Cohens Arm und Nacken los und trat zurück, blieb jedoch in angespannter, sprungbereiter Haltung.

Stanislas Cohen erhob sich umständlich, griff sich mit der Linken in den Nacken und blickte abwechselnd von Howard zu seinem Bruder und wieder zurück. In seinem Gesicht arbeitete es.

»Fünf Minuten«, sagte er schließlich. »Und keine Sekunde länger.«

Howard atmete erleichtert auf. »Ich fürchte, es wird länger dauern, Ihnen alles zu erklären«, begann er. »Aber vielleicht reicht die Zeit, Sie davon zu überzeugen, dass wir wirklich nicht Ihre Feinde sind, Mister Cohen. Im Gegenteil.«

Das Misstrauen in Cohens Blick flammte zu neuer Glut auf. »Was soll das heißen?«, fragte er lauernd.

»Das soll heißen, dass wir deine Hilfe brauchen, Stan«, sagte Cohen.

Sein Bruder lachte, aber es klang nicht sehr amüsiert. »Meine Hilfe?«, fragte er. »Wobei? Willst du mich wieder ins Irrenhaus bringen, oder hast du dir etwas Neues einfallen lassen?«

Cohen schluckte, verzichtete aber auf eine Antwort, und nach einer kleinen Ewigkeit wandte sich sein Bruder wieder an Howard. »Eine Minute ist bereits um«, sagte er. »Sie sollten sich beeilen.«

Howard zögerte noch einen winzigen Augenblick, dann nickte er, sog hörbar die Luft zwischen den Zähnen ein und begann zu erzählen.

Der Ort bot einen bizarren Anblick. Die Straße war leer, bar jeder Bewegung und jeder Spur von Leben, aber irgendetwas Ungreifbares, körperlos Böses schien wie ein düsterer Hauch über dem Dorf zu hängen. Ich spürte, dass die Häuser, die die schmale kopfsteingepflasterte Straße säumten, leer standen und Kilian und ich das einzig Lebendige in weitem Umkreis waren. Und doch war da noch etwas ...

»Was ist ... hier geschehen?«, fragte ich stockend. Mein Herz begann schneller zu schlagen. Das Gefühl körperlicher Bedrohung wurde stärker, mit jeder Sekunde. Aber es war anders als das, was ich zuvor kennen gelernt hatte.

Die Bedrohung galt nicht mir. Zumindest nicht mir persönlich. Es war eher, als balle sich das Unheil unsichtbar über uns zusammen, ein schreckliches Etwas, das weder zu sehen noch mit irgendeinem anderen menschlichen Sinn zu erkennen war, aber dieses ganze Land bedrohte. Vielleicht die ganze Welt.

»Sind alle fort«, antwortete Kilian mit einer Verspätung auf meine Frage und deutete mit einer Kopfbewegung nach vorne zum entgegengesetzten Ende des Ortes. »Zum Friedhof.« Er wiegte den Schädel, kniff die Augen zusammen und blinzelte zur Sonne hinauf. Ich folgte seinem Blick.

Die Sonne begann zu sinken. Wir hatten fast eine Stunde gebraucht, um den Ort zu erreichen. Kilian war immer wieder stehen geblieben und hatte sich umgesehen, als suche er etwas, und mehr als einmal hatte ich ein Rascheln und Wispern hinter mir im Gras gehört. Selbst jetzt spürte ich die Anwesenheit der Ratte. Sie war da, unsichtbar und lautlos, aber ich fühlte ihren Blick wie die Berührung unsichtbarer glühender Finger.

»Wird bald dunkel«, sagte Kilian wie im Selbstgespräch. »Ist nicht mehr viel Zeit. Ich denke, der alte Kilian sollte jetzt gehen.«

»Gehen?« Verwirrt starrte ich den Alten an. »Sie meinen –«

»Der alte Kilian hat ihn hergebracht, oder?«, fragte er mit seiner schrillen Säuferstimme. »Wie es die grauen Herren befohlen haben. Was nun geschieht, geht ihn nichts an. Ist besser, er ist nicht dabei, wenn sie tun, was getan werden soll.«

Ich verstand überhaupt nichts mehr, aber Kilian schien nicht geneigt, weitere Erklärungen abzugeben, sondern wandte sich um und begann mit erstaunlicher Geschwindigkeit die Straße hinunterzulaufen.

Er kam nicht einmal zehn Schritte weit.

Ein grauer Körper löste sich aus dem Schatten eines Hauses, schoss lautlos auf ihn zu und raste an seinem Hosenbein empor. Kilian schrie auf, kam aus dem Tritt und fiel schwer zu Boden, wobei er die Ratte unter sich begrub. Ein halb wütendes, halb schmerzerfülltes Quieken erscholl und ging im Gebrüll des alten Mannes unter.

Der Laut riss mich endlich aus meiner Erstarrung. Ich schrie ebenfalls auf, rannte los und riss meinen Stockdegen aus der Hülle.

Ein glühender Schmerz grub sich in meine Wade. Ich schrie erneut auf, kam wie Kilian aus dem Schritt und fiel wenige Schritte hinter ihm zu Boden. Der Schmerz in meinem Bein steigerte sich ins Unerträgliche. Ich wälzte mich herum und sah ein zappelndes braungraues Etwas, das sich in meine Wade verbissen hatte. Instinktiv schlug ich mit dem Stockdegen zu, schlitzte mein Hosenbein, einen Teil meiner Wade und den hässlichen Leib der Ratte auf und bemerkte eine Bewegung aus dem Augenwinkel. Blitzschnell riss ich den Degen hoch und ließ die Waffe mit einem Schmerzensschrei fallen, als sich messerscharfe Zähne in mein Handgelenk gruben.

Und plötzlich waren überall Ratten. Hunderte, wenn nicht Tausende der grässlichen Nagetiere huschten auf stahlharten Krallen heran. Aber sie griffen nicht an, sondern begannen, einen vielleicht drei Meter durchmessenden, allseits geschlossenen Kreis um mich herum zu bilden.

Vorsichtig richtete ich mich wieder auf. Die Ratten stießen ein warnendes Zischen aus, und ich erstarrte für einen Moment, ehe ich es – weitaus langsamer und vorsichtiger – wieder wagte, mich weiter zu bewegen und vollends aufzusetzen.

Der Ort hatte sich nicht verändert. Die Straße war mit den Tieren übersät, und auch hinter den Fenstern und Türen der Häuser auf der gegenüberliegenden Seite gewahrte ich jetzt huschende Bewegungen. Vorsichtig drehte ich mich herum und hielt nach Kilian Ausschau.

Der Alte lag keine zwei Schritte neben mir, noch innerhalb des frei gebliebenen Kreises, den die Ratten gebildet hatten.

Er war tot. Er lag mit dem Gesicht nach unten auf der Straße, und unter seinem Hals bildete sich eine langsam größer werdende, glitzernde Lache. Ein dumpfes Gefühl von Schuld stieg in mir empor und vermischte sich mit der Angst, die an meinen Kräften nagte.

Dann hörte ich die Schritte.

Sie waren nicht sehr laut, und es waren die Schritte eines Menschen, der sich mit großer Eleganz zu bewegen vermochte. Ich wusste, wen ich erblicken würde, noch bevor ich mich umdrehte und in das schmale, von dunklem Haar eingerahmte Gesicht des Mädchens blickte.

»Sie hätten nicht kommen sollen, Robert Craven«, sagte Cindy.

Ich wollte antworten, aber in meinem Mund war plötzlich bitterer, nach Galle schmeckender Speichel, und ich musste ein paar Mal hintereinander schlucken und tief einatmen, um mich nicht zu übergeben.

Sie war so schön wie das Bild, das ich in meinen Visionen von ihr gesehen hatte: schlank bis an die Grenzen der Zerbrechlichkeit, feingliedrig und elegant wie eine Statue aus Glas. Ihr Gesicht war wie das eines Engels.

Und so kalt wie Eis.

»Warum?«, flüsterte ich kraftlos. »Warum mussten Sie diesen harmlosen alten Mann umbringen?«

Zwischen den Brauen des Mädchens entstand eine dünne, senkrechte Falte. »Er war ein alter Narr«, sagte sie kalt. »Er hat versucht, sich gegen mich zu stellen. Genau wie Sie, Craven.« Sie schüttelte den Kopf. »Warum haben Sie meine Warnungen missachtet, Robert?«, fragte sie.

Ich antwortete nicht, sondern stand nach einem weiteren, ängstlichen Blick auf die Ratten vollends auf, nahm auch meinen Stockdegen wieder an mich und schob ihn in seine Hülle zurück. Meine Wade schmerzte so stark, dass ich kaum stehen konnte.

»Warum sind Sie gekommen, Robert?«, fragte Cindy noch einmal.

»Warum?« Ich versuchte zu lachen, brachte aber nur einen krächzenden Laut zustande. »Warum haben Sie mich von Ihren Bestien herlocken lassen, wenn Sie nicht wollten, dass ich komme? Spielen Sie keine Spielchen mit mir, Cindy oder wer immer Sie sind.« Ein absurder Trotz machte sich in mir breit und ich fügte wider besseren Wissens hinzu: »Meinetwegen bringen Sie mich um wie diesen armen Teufel da, aber behandeln Sie mich nicht wie einen Trottel.«

»Gerufen?« Das Mädchen mit Cindys Gesicht – irgendetwas in mir sträubte sich dagegen, sie auch nur in Gedanken Cindy zu nennen, denn ich spürte genau, dass ich alles andere als einen Menschen vor mir hatte – sah mich fragend an. »Niemand hat Sie gerufen, Robert. Im Gegenteil. Ich habe Ihnen mehr als eine Warnung zukommen lassen, sich aus dieser Angelegenheit herauszuhalten. Was haben Sie damit gemeint – gerufen?«

Verwirrt blickte ich erst sie, dann die quirlende Rattenarmee und dann wieder sie an. Eine dumpfe Ahnung stieg in mir empor, ohne dass ich das Gefühl zu diesem Zeitpunkt bereits in Gedanken fassen konnte. Für einen kurzen Augenblick glaubte ich noch einmal die Ratte zu sehen, die Kilian und mich hierher begleitet hatte. Irgendetwas war an ihr gewesen, das sie von den graubraunen Tieren unterschied, die die Straße wie ein lebender Teppich bedeckten. Aber ich wusste nicht zu sagen, was. Noch nicht.

»Reden Sie!«, sagte das Mädchen. Ihr Engelsgesicht verdunkelte sich vor Zorn.

Ich tat das Einzige, was mir übrig blieb – ich schwieg verstockt, und nach einer Weile gab die Fremde mit einem resignierenden Seufzer auf. »Wie Sie wollen, Robert«, sagte sie. »Es spielt auch keine Rolle mehr. Sie haben meine Warnung missachtet und müssen die Folgen tragen.«

»Wollen Sie mich Ihren Bestien zum Fraß vorwerfen?«, fragte ich trotzig.

Cindy blickte mich mit einem fast mitleidigen Blick an. »Sie sind so dumm, Robert«, sagte sie bedauernd. »So furchtbar dumm. Warum konnten Sie nicht einfach in London bleiben und –«

»Und Lady Audley ihrem Schicksal überlassen?«, unterbrach ich sie. »Oder genauer gesagt – Ihrer Willkür?«

Seltsamerweise reagierte das Mädchen nicht zornig, wie ich halbwegs erwartet hatte, sondern im Gegenteil eher traurig. Sekundenlang blickte sie mich aus ihren großen, grundlosen Augen an, dann deutete sie auf das Haus direkt hinter mir. »Gehen Sie, Robert.«

Ich gehorchte. Flankiert von annähernd zweihundert Ratten überquerte ich dic Straße, stieß die Tür auf und trat gebückt in den einzigen Raum des kleinen Hauses.

Der Anblick, der sich mir bot, ließ mich frösteln. Das Zimmer war so, wie ich es erwartet hatte – ärmlich eingerichtet und nicht sonderlich sauber. Überall waren Ratten, und der Gestank der Tiere hing wie eine Pestwolke in der Luft und nahm mir fast den Atem.

Und auf einem Stuhl an der Rückseite des Zimmers saß Lady Audley. Ihr Gesicht war bleich wie Kalk, aber sie war bei Bewusstsein und schien – wenigstens auf den ersten Blick – unverletzt zu sein. Rasch durchquerte ich den Raum und kniete neben ihrem Stuhl nieder.

»Lady Audley!«, sagte ich erschrocken. »Sie leben! Sind Sie gesund?«

Die alte Dame starrte mich an. Ihre Lippen zitterten, und in ihren Augen glitzerten Tränen. Langsam, wie unter einem inneren Zwang, hob sie die Hand, berührte meine Wange und zog die Finger so rasch wieder zurück, als hätte sie sich verbrannt.

»Robert«, murmelte sie. »Sie ... Sie hätten nicht kommen sollen.«

»Es wird alles gut«, sagte ich. »Keine Sorge, Lady Audley. Ich ... ich bringe Sie hier heraus; irgendwie.« Es war einer dieser blöden Sprüche, von denen man ganz genau weiß, wie unsinnig sie sind, aber diesmal verfehlte er seine Wirkung. Lady Audley schüttelte bloß den Kopf, berührte wieder meine Wange und lächelte traurig. Eine einzelne, glitzernde Träne lief über ihr Gesicht.

»Nichts wird gut, Robert«, sagte sie leise. »Ich werde sterben. Aber Sie ... sie wird Ihnen nichts tun. Das hat sie mir versprochen.«

Eine Sekunde lang starrte ich sie an, dann sprang ich auf und fuhr mit einer wütenden Bewegung herum. »Was haben Sie mit ihr getan, Sie ... Sie Ungeheuer?«, fragte ich wütend.

Das dunkelhaarige Mädchen blickte mich wieder mit dieser Mischung aus Trauer und Mitleid an. »Nichts, Robert«, sagte sie. »Nichts, was Sie verstehen oder akzeptieren würden. Sie ist aus freien Stücken hier.«

»Das glaube ich nicht!«

»Dann überzeugen Sie sich«, sagte Cindy. »Sie sind ein Magier, Robert – Sie können es. Bitte.«

Verwirrt blickte ich sie noch eine Sekunde lang an, dann drehte ich mich wieder zu Lady Audley um und sah auf sie herab.

Als ich in ihre Augen blickte, wusste ich, dass Cindy die Wahrheit gesagt hatte. Lady Audley stand nicht unter dem Einfluss eines fremden Geistes. Was sie sagte, entsprang ihrem freien Willen.

»Mein Gott«, flüsterte ich. »Was ... was geht hier vor?«

»Es ist alles in Ordnung, Robert«, wiederholte Lady Audley. »Was getan werden muss, wird ... wird geschehen.«

»Aber sie wird Sie umbringen!«, sagte ich verzweifelt.

Lady Audley schüttelte den Kopf. »Nicht umbringen, Robert. Opfern.«

Ich ächzte. »Aber Sie –«

»Versuchen Sie nicht, es zu verstehen, Robert«, fuhr Lady Audley mit leiser, halb gebrochener Stimme fort. »Es ist gut so, wie es kommt. So hat das Leben einer nutzlosen alten Frau schließlich doch noch einen Sinn bekommen. Es ist besser, ER nimmt mich als Sie oder irgendeinen anderen Unschuldigen.«

»ER?«

Lady Audley sprach nicht weiter, sondern starrte aus glanzlosen Augen an mir vorbei ins Leere, und so drehte ich mich wieder zu dem Mädchen unter der Tür um und ballte in hilflosem Zorn die Fäuste.

»Warum tun Sie das?«, fragte ich leise. »Warum müssen Sie diese alte Frau töten? Warum müssen Sie Unschuldige umbringen, um Ihre verdammten Ziele zu erreichen?«

»Niemand ist unschuldig, Robert«, antwortete das Mädchen.

Ich fegte ihre Bemerkung mit einer wütenden Handbewegung beiseite. »Hören Sie mit diesen leeren Sprüchen auf!«, fauchte ich. »Sie haben Menschen umgebracht, und –«

»Nicht umgebracht, Robert«, sagte sie sanft. »Geopfert. Für einen höheren Zweck.«

»Einen höheren Zweck? Wie etwa den, Shub-Niggurath zum Leben zu erwecken?«

Diesmal gelang es ihr nicht ganz, ihre Überraschung zu verbergen. »Sie wissen?«, fragte sie.

»Ich bin vielleicht ein Narr, wie Sie sagen«, antwortete ich trotzig, »aber kein dummer Narr.«

»Aber Sie sind unwissend«, entgegnete sie. »Unwissenheit kann schlimmer sein, Robert. Sie begreifen so wenig. Ich bin nicht Ihr Feind. Weder Ihrer noch der Ihres Volkes.«

»Meines ... Volkes?«, wiederholte ich gedehnt. »Was soll das heißen? Wer sind Sie?«

»Nicht die, für die Sie mich halten«, antwortete das Mädchen. »Dieser Körper ist nichts als eine Maske. Mein wahres Äußeres würde Sie erschrecken, denn ihr Menschen urteilt vorschnell.« Sie lächelte. »Obgleich ich diesem Leib vielleicht ähnlicher bin, als ich selbst bis vor kurzer Zeit ahnte. Wenn auch auf andere Art, als Sie verstehen würden. Ich wählte diesen Körper, weil er ein Quell großer magischer Macht war, als er noch lebte, und ich wählte sie ...« Sie deutete auf Lady Audley »... weil sie die gleiche magische Kraft besitzt. Sie ahnt nichts davon und hat nie gelernt, ihre Kräfte so zu benutzen und zu fördern wie Sie, Robert. Und doch wäre sie Ihnen ebenbürtig.«

Unsicher sah ich Lady Audley an. »Es ist wahr, Robert«, flüsterte sie. »Sie hat mir alles erzählt. Sie braucht einen Menschen wie mich oder Sie, um die Zeremonie zu vollziehen. Sie hätte Sie genommen, aber ich ... ich habe darum gebeten, Sie zu verschonen. Ich bin nur eine alte Frau, die ohnehin nicht mehr lange zu leben hat. Sie dagegen haben Ihr Leben noch vor sich.«

Mühsam wandte ich mich wieder um und starrte das Mädchen an. »Wer sind Sie?«, fragte ich noch einmal. »*Was* sind Sie?«

Das Mädchen lächelte. »Sie können mich Shadow nennen, wenn Sie der Name Cindy stört«, sagte sie. »Und glauben Sie mir – ich bin nicht Ihr Feind, Robert.«

»Was haben Sie vor?«, fragte ich mit zitternder Stimme.

»Sie wissen es«, antwortete Shadow. »Es muss getan werden. Nur alle tausend Jahre stehen die Sterne in der richtigen Stellung. Shub-Niggurath wird erwachen, Robert Craven. Heute Nacht, sobald der Mond am Himmel aufgegangen ist.«

Aus den fünf Minuten war eine Stunde geworden, und sie redeten noch immer. Stanislas hatte Howard, Rowlf und seinen Bruder durch einen verwahrlosten Korridor ins erste Geschoss des Hauses geführt, wo es neben einer Reihe heruntergekommener Zimmer eine Art Bibliothek gab, in der sie sich jetzt aufhielten. Fred, der grauhaarige Butler, hatte Tee gebracht, und Cohen hatte nicht einmal protestiert, als sich Howard eine seiner stinkenden Zigarren entzündet und damit begonnen hatte, die Luft im Raum zu verpesten. Howard hatte ihm fast alles erzählt, was sie erlebt hatten – angefangen von der missglückten Ratteninvasion in Roberts Arbeitszimmer über den Überfall auf ihren Wagen bis zu dem Angriff, den Wilbur Cohen selbst miterlebt hatte.

Das Einzige, was er ausgelassen hatte, war das *Tor*, durch das die Ratten gekommen waren, dies und alles, was mit den GROSSEN ALTEN zusammenhing. Cohen hatte immer wieder Fragen gestellt und alles ganz genau wissen wollen, ohne auch nur mit einer Miene zu verstehen zu geben, ob er Howards Bericht glaubte.

»Und das ist also der Grund, aus dem Sie gekommen sind«, sagte er, nachdem Howard endlich geendet hatte und erschöpft seine Zigarre ausdrückte – nur, um sich gleich eine neue anzuzünden. In seinen Augen blitzte eine Mischung aus Schrecken und kaum verhohlenem Triumph, als er seinen Bruder ansah.

»Dann glaubst du mir endlich?«, fragte er.

»Das habe ich nicht gesagt«, schnappte Wilbur. »Und wenn du es genau wissen willst, Stan, glaube ich auch nicht an irgendwelchen okkulten Kram –«

»Wie zum Beispiel Menschen mit Rattenköpfen?«, warf sein Bruder spöttisch ein, aber Wilbur fuhr – in noch schärferem Tonfall als bisher – fort:

»– sondern nur an das, was ich gesehen habe. Und das waren Ratten, ganz normale Ratten, die plötzlich aus ihren Löchern gekrochen kamen und Menschen angegriffen haben.«

»Und wie erklärst du dir das?«

»Gar nicht«, sagte Wilbur zornig. »Dass ich hier bin, ändert nichts an dem, was ich über dich denke oder für dich empfinde, Stan. Ich bin für die Sicherheit dieser Stadt und ihrer Einwohner verantwortlich, das ist alles, was mich zu interessieren hat. Ich habe gesehen, wie Ratten Menschen getötet haben, und es besteht die Gefahr, dass sie es wieder tun.«

»Robert schien ziemlich sicher zu sein«, warf Howard betrübt ein. Cohen schenkte ihm einen bösen Blick und fuhr fort: »Möglicherweise war es nichts als eine Art Massenhysterie unter den Tieren. Möglicherweise waren sie aber auch krank, und ein Vorfall wie der von heute Nachmittag wird sich wiederholen. Wir müssen das Versteck dieser Ratten ausfindig machen und sie vertreiben oder töten.«

»Ihr Bruder war der Meinung, dass Sie uns dabei helfen könnten«, fügte Howard hinzu.

Stanislas blickte abwechselnd von ihm zu seinem Bruder. »Es muss sehr ernst sein, wenn du deswegen zu mir kommst, Wilbur«, sagte er leise.

Cohen nickte. »Das ist es, Stan. Ich bitte dich um nichts als einen Waffenstillstand zwischen uns, bis diese Angelegenheit vorbei ist. Ich verspreche dir nichts.«

»Können Sie uns helfen?«, fragte Howard hastig, dem die ganze Situation immer peinlicher zu werden begann.

Einen Moment lang schien es, als hätte Cohen seine Worte gar nicht gehört, denn er starrte unverwandt seinen Bruder an, aber dann nickte er, stand auf und deutete mit einer einladenden Geste auf eine Tür in der Schmalseite des Raumes. Howard, Rowlf und Cohen erhoben sich von ihren Plätzen und folgten ihm.

Als Stanislas Cohen die Tür öffnete und mit einer einladenden Geste beiseite trat, verstand Howard, warum ihn sein Bruder hierher geführt hatte.

Der Raum hinter der Tür war eine schier unbeschreibliche Mischung aus Bücherei, Laboratorium, Werkstatt und Chaos – wobei das Chaos überwog. Überall in dem gut dreißig mal dreißig Schritt messenden Raum standen Tische der unterschiedlichsten Größe, auf denen sich Bücher, Papiere, Glaskolben, Draht- und Glaskäfige, Tiegel, Töpfe, Truhen und verwirrende Versuchsanordnungen in heillosem Durcheinander drängten. Selbst auf dem Fußboden setzte sich das Chaos fort, sodass es schwer schien, hier drinnen auch nur einen Schritt zu tun, ohne auf irgendetwas zu treten. In der Luft lag ein scharfer, durchdringender Geruch.

Der Geruch nach Ratten.

Howard ging ein paar Schritte in den Raum hinein und sah sich noch einmal und gründlicher um.

Es gab nichts in diesem Zimmer, was nicht irgendwie mit Ratten zu tun hatte.

Die Bücher, die sich schier zu tausenden neben- und übereinander stapelten, handelten von Ratten, auf den Papierfetzen, die überall herumlagen, waren hingekritzelte Zeichnungen der grauen Nager, in den Käfigen befanden sich lebende und tote Ratten. Einige Tiere lagen halb seziert auf den Tischen oder zappelten in Versuchsanordnungen, deren Sinn Howard nicht einmal zu erraten wagte.

»Das ... ist sehr interessant«, sagte er zögernd.

Stanislas stieß einen schwer zu deutenden Laut aus. »Interessant?«, wiederholte er. »Verrückt, wollten Sie sagen, nicht wahr?« Er lachte böse, als Howard schuldbewusst aufsah und vergeblich versuchte, überzeugend den Kopf zu schütteln.

»Mein verehrter Bruder hält mich für total übergeschnappt«, fuhr er fort, »und er hat in den letzten zehn Jahren nichts unversucht gelassen, auch den Rest der Welt davon zu überzeugen, dass ich in ein Irrenhaus gehöre. Aber das hier ist die Wahrheit!« Erregt trat er vollends in den Raum hinein und machte eine weit ausholende Handbewegung. »Sie denken, ich wäre verrückt, wie? Sie denken, ich glaube Ihnen nicht? Ich weiß nur zu gut, wie verdammt Recht Sie haben.«

»Die Ratten –«, begann Howard unsicher, wurde aber sofort wieder von Stan unterbrochen.

»Ich habe die letzten zehn Jahre damit verbracht, sie zu studieren«, schnappte der Hüne. »Und glauben Sie mir, ich weiß alles über sie. Ich weiß, wie sie leben. Ich weiß, was sie mögen und was sie fürchten. Ich weiß, wie sie denken. Wenn Sie jemanden suchen, der Ihnen helfen kann, diese weiße Bestie zu finden, dann mich.«

»Sie wissen, wo sie ist?«

Cohen schüttelte so heftig den Kopf, dass seine Haare flogen. »Nein«, sagte er. »Aber ich weiß, wie wir sie finden können. Ich bin der Einzige, der Sie zu ihr führen könnte.«

»Es wird ... gefährlich werden«, sagte Howard stockend.

Stanislas Cohen lachte schrill. »Gefährlich?«, kreischte er. »Sie belieben zu scherzen, wie? Es ist der reine Selbstmord, diese Bestie in ihrem Bau angreifen zu wollen. Dort unten wimmelt es von Ratten.«

Howard sah ihn scharf an. »Dort unten?«, wiederholte er. »Was meinen Sie damit? Wo?«

Cohen lachte wieder, wandte sich halb zu seinem Bruder um und blickte ihn eine Sekunde lang triumphierend an, ehe er antwortete. »Dort, wo sie lebt. Die Königin der Ratten, Lovecraft. Die wahre Herrscherin über London.«

»Fang nicht schon wieder an, Stan«, sagte Wilbur.

Cohen fuhr mit einem wütenden Zischen herum. Seine Gestalt spannte sich, als wolle er sich auf seinen Bruder stürzen. »Du glaubst mir noch immer nicht, wie?«, fragte er. »Vielleicht wirst du mir glauben, wenn du ihr Auge in Auge gegenüberstehst, Wilbur. Aber möglicherweise ist es dann zu spät.« Er ballte die Fäuste, funkelte seinen Bruder noch eine Sekunde lang zornig an und wandte sich dann wieder an Howard.

»Ich werde Sie hinbringen«, sagte er mühsam beherrscht. »Unter einer Bedingung.«

»Welche?«, fragte Howard misstrauisch.

Cohens Gesicht verzerrte sich zu einer höhnischen Grimasse. »Wir gehen allein«, sagte er. »Nur Sie und ich.«

»Das ist Wahnsinn!«, fuhr Howard auf. »Sie wissen nicht, was –«

»Ich weiß mehr als Sie, Sie Narr«, unterbrach ihn Cohen wütend. »Sie glauben, Ihr Besuch überrascht mich? Keineswegs, Lovecraft. Ich wusste die ganze Zeit, dass es eines Tages geschehen würde. Ich habe es in ihren Augen gelesen, als ich ihr gegenüberstand. Ich wusste, dass sie irgendwann damit beginnen würde, uns zu zeigen, wer der wahre Herr dieser Stadt ist. Und vielleicht dieser Welt.«

Howard schauderte, als Cohen die letzten Worte sprach. Plötzlich begriff er, dass Wilbur Cohen seinem Bruder nicht so vollkommen Unrecht getan hatte, wie dieser glaubte.

Cohen war wahnsinnig. Auf eine gefährliche, fanatische Art.

Und doch war er der Einzige, der ihnen jetzt noch helfen konnte.

Die Nacht hatte sich wie ein schwarzes Leichentuch über das Land gelegt. Mit der Dämmerung waren schwere bauchige Wolken von See her über die Küste gezogen, sodass am Himmel nicht ein einziger Stern zu sehen war, aber rings um den Mond – ein Zufall, der keiner war – war die Wolkendecke aufgerissen, sodass das bleiche Licht der silbernen Scheibe ungehindert auf den Friedhof herabfiel.

Der Gottesacker bot einen albtraumhaften Anblick. Die brusthohe Einfriedung klaffte wie eine weiße Narbe in der Nacht, und durch das offen stehende Tor drang ein flackernder, giftgrüner Schein, ein Licht von einer Farbe, wie ich es noch nie zuvor gesehen hatte. Eine unheimliche Aura lag über dem Ganzen. Ich kam mir vor wie in einem Albtraum, aus dem ich nicht erwachen konnte.

»Gehen Sie, Robert«, sagte Shadow. Sie war kurz nach Dunkelwerden wiedergekommen und hatte mich abgeholt; wozu, wusste ich nicht. Den Rest des Tages hatte ich in Gesellschaft eines halben Hunderts Ratten in dem Haus verbracht, in dem sie mich eingesperrt hatte, und die drei Worte, die sie jetzt sprach, waren seitdem die ersten überhaupt. Zögernd setzte ich mich wieder in Bewegung, ging auf das offen stehende Friedhofstor zu und blieb abermals stehen, als mein Blick auf die beiden barbarischen Statuen fiel, die das Tor flankierten.

Sie standen auf mannshohen, wuchtigen Sockeln aus weißem Marmor und hatten die Form stilisierter, auf barbarische Weise prachtvoller Wölfe. Ihre Körper waren schwarz und aus einer Art verwittertem Eisen gefertigt und irgendetwas an ihnen schien ... Ja, dachte ich schaudernd – irgendetwas an ihnen *lebte*.

Auch Shadow war stehen geblieben und musterte die beiden Statuen mit einer Mischung aus Neugier und widerwilliger Bewunderung. »Ihr Menschen seid ein sonderbares Volk«, murmelte sie.

»So?«, fragte ich, ohne den Blick von den beiden stählernen Wölfen zu lösen.

Shadow nickte. »Ihr haltet fest an uralten überkommenen Riten und Zeremonien«, sagte sie und ihre Stimme klang fast spöttisch. »Und doch verehrt ihr die gleichen Symbole wie die, die ihr für eure Feinde haltet.«

Verwirrt sah ich sie an. »Was soll das heißen?«

Shadow deutete zuerst auf die beiden Wolfsfiguren, dann auf den Friedhof, der sich dunkel dahinter erstreckte. »Dies ist eine Begräbnisstätte eurer Religion«, sagte sie amüsiert. »Aber diese Figuren sind älter. Älter als euer Volk.«

»Vermutlich ... wusste das niemand«, sagte ich stockend. »Sie haben sie aufgestellt, weil sie ...« Ich verstummte. Für einen Moment blitzte ein Wissen hinter meiner Stirn auf, das ich nicht haben konnte und das mir irgendwie von außen eingegeben zu werden schien, und für einen noch kürzeren Augenblick hatte ich die Lösung klar vor Augen. Aber der Gedanke entschlüpfte mir, noch ehe ich ihn wirklich greifen konnte, und zurück blieb nur ein Gefühl dumpfer Bedrückung.

»Weil sie was?«, fragte Shadow, als ich nicht weitersprach.

Ich schüttelte den Kopf. »Nichts«, sagte ich. »Es ... es ist nicht wichtig. Warum haben Sie mich hierher gebracht?«

Shadow antwortete nicht sofort. Wehmut spiegelte sich in ihrem Blick. »Damit Sie verstehen, Robert«, sagte sie nach sekundenlangem Schweigen. »Und vielleicht verzeihen.«

»Verzeihen? Den Mord an unschuldigen Menschen?« Ich schüttelte wütend den Kopf. »Das glauben Sie nicht wirklich.«

Statt einer direkten Antwort lächelte Shadow traurig. »Es ist schade, dass wir uns nicht unter anderen Umständen kennen gelernt haben, Robert«, sagte sie sanft. »Ich wäre gerne Ihr Freund geworden.«

Sekundenlang starrte ich sie beinahe schockiert an, dann wandte ich mich mit einer abrupten Bewegung um und ging weiter. Hinter meiner Stirn tobte ein wahrer Orkan von Gefühlen. Nicht alles davon verstand ich. Und nicht alles von dem, was ich verstand, gefiel mir.

Wir betraten den Friedhof und gingen zwischen den Grabreihen auf die Quelle des grünen Leuchtens zu. Das Gefühl, mich in einem Albtraum zu befinden, wurde mit jedem Schritt stärker in mir. Der Friedhof war verwüstet. Selbst im schwachen Licht des Mondes konnte ich erkennen, dass die meisten Gräber aufgerissen und die Särge darin erbrochen waren.

Und überall waren Ratten. Millionen von Ratten.

Nach einer Weile wurde das grüne Leuchten stärker, verschluckte schließlich den Silberschein des Mondes und tauchte die geschändeten Gräber rechts und links des Weges in unheimliche, flackernde Helligkeit.

Schließlich sah ich, woher der fürchterliche Schein kam. Er drang aus einem frisch ausgehobenen Grab ganz am Ende des Friedhofes. Mehr als ein Dutzend Menschen umstanden die rechteckige Grube und zwischen ihnen entdeckte ich Lady Audley, wie am Nachmittag bleich vor Schrecken und Angst, aber hoch aufgerichtet und unversehrt. Sie trug jetzt nicht mehr das tüllbesetzte Kleid, sondern ein grünes, mit absurden Mustern und Linien besticktes Gewand, auf dessen Brustteil der stilisierte Kopf einer Ratte abgebildet war.

Shadow bedeutete mir mit einer befehlenden Geste, das Grab zu umrunden und auf der entgegengesetzten Seite stehen zu bleiben. Als ich daran vorbeiging, fiel mein Blick in die offene Grube.

Was ich sah, ließ mich aufstöhnen.

Der Boden des Grabes war unter einem wogenden Meer grünlichen Lichtes verschwunden, Helligkeit, die wie leuchtendes Wasser einen unförmigen schwarzen Balg umströmte. Schwarze Tentakel, noch nicht ganz materialisiert, aber schon fast stofflich, bewegten sich wie träge Schlangen, und Augen voller abgrundtiefer Bosheit schienen zu mir heraufzustarren.

Shub-Niggurath. DAS TIER.

Die Bestie dort unten, das Ungeheuer, dessen Erwachen ich beiwohnen sollte, war nichts anderes als Shub-Niggurath, *die schreckliche schwarze Ziege mit den tausend Jungen,* wie sie im *Chaat-Aquadingen* genannt wurde. Ich hatte das Gefühl, innerlich zu Eis zu erstarren. Zum allerersten Male stand ich einem der gefürchteten GROSSEN ALTEN bewusst gegenüber. Ich hatte das Gefühl, direkt in den Schlund der Hölle zu schauen.

»Sie dürfen das nicht tun«, flüsterte ich. »Bitte, Shadow – wer immer Sie sein mögen, tun Sie es nicht. Dieses Ungeheuer wird ... wird uns alle vernichten.«

Ihr Blick war voller Trauer, als sie auf der anderen Seite des Grabes Aufstellung nahm und mich ansah. »Es muss sein, Robert«, sagte sie bedauernd. »Gedulden Sie sich. Sie werden verstehen.«

»Was soll ich verstehen?«, fragte ich bitter. »Dass Sie ein Ungeheuer erwecken wollen, das die ganze Welt vernichten kann?«

Sie antwortete nicht. Langsam wandte sie sich um, hob den Arm und stieß ein Wort in einer dunklen, fremdartig klingenden Sprache aus. Nicht die der GROSSEN ALTEN, aber eine andere, beinahe ebenso fremdartig klingende Sprache. Es schien noch kälter zu werden.

Langsam näherten sich zwei Menschen dem Grab. Ich sah, dass sie einen dunklen Gegenstand zwischen sich trugen, und als sie näher kamen, erkannte ich auch, was es war: eine Leiche. Ein Toter, den sie aus einem der aufgebrochenen Gräber genommen und aus seiner ewigen Ruhe gerissen hatten. Shadow trat beiseite und machte eine befehlende Geste, und die beiden Männer traten wortlos ganz an das Grab heran und warfen den Toten hinein.

Er verschwand, als er das grüne Leuchten berührte.

Und der Schattenkörper Shub-Nigguraths wurde um eine Winzigkeit fester.

»Shadow!«, sagte ich verzweifelt. »Bitte!«

Diesmal reagierte sie nicht mehr. Hoch aufgerichtet und mit beschwörend ausgestreckten Armen stand sie über dem Grab, und ihre Lippen formten lautlose Worte; Worte einer Sprache, die vor Äonen untergegangen war und jetzt wieder zu schrecklichem Leben erwachte.

Sie und die Wesen, die sie gesprochen hatten.

Mehr und mehr Männer und Frauen näherten sich dem Grab, immer zu zweit und immer einen Toten zwischen sich tragend, den sie lautlos in das grüne Wogen hinabwarfen, wo er verschwand. Opfer für Shub-Niggurath, dachte ich schaudernd. Nahrung für das Monster, das bald aus seinem äonenlangen Schlaf erwachen und das vergessene Grauen der Urzeit wieder über die Welt der Menschen bringen sollte. Und mit jedem Leichnam, der in das Grab geworfen wurde, wurde der aufgedunsene schwarze Balg der Bestie ein wenig stofflicher …

Schließlich war auch der letzte Tote im Grab verschwunden, und der schwarze Fleck im Zentrum des grünen Lichtmeeres war jetzt nur noch eine Winzigkeit davon entfernt, zu wirklichem Leben zu erwachen. Aber etwas fehlte noch.

Das letzte, entscheidende Opfer.

Das lebende Opfer, das er brauchte, um endgültig zu erwachen.

Shadow hob die Hand, und wie auf einen lautlosen Befehl hin setzte sich Lady Audley in Bewegung, trat ganz an das Grab heran und schloss die Augen. Ihre Lippen zuckten.

Und dann sah ich die Ratte.

Irgendetwas unterschied sie von den zahllosen Tieren, die zusammengekommen waren, um der fürchterlichen Zeremonie beizuwohnen. Es dauerte einen Moment, bis ich begriff, was es war.

Es war die Ratte, die Kilian begleitet hatte. Das Tier, das mich gerufen hatte. Und im gleichen Moment, in dem ich das begriff, spürte ich das Tasten. Es war wie die Berührung unsichtbarer Spinnenfinger in meinem Geist, ein Suchen und Sondieren auf dumpfer, animalischer Ebene, das ich trotzdem verstand – und auf das ich reagierte.

Die Verbindung kam so schnell zustande wie am Nachmittag, als ich mit dem Geist der Amok laufenden Ratten in London verschmolzen war; nur dass es diesmal die Ratte war, die den Kontakt herstellte. Sie war noch immer ein Tier, und trotzdem waren ihre Handlungen zielgerichtet und überlegt, denn da war ein anderer, stärkerer Geist im Hintergrund, der sie lenkte. Für Bruchteile von Sekunden sah ich durch die Augen der Ratte.

Und für Bruchteile von Sekunden sah ich Shadow so, wie sie wirklich war.

Sie war groß. Eine Frau oder zumindest ein Wesen solcher Sanftheit und Grazie, dass sie nichts anderes als eine Frau sein konnte.

Schneeweißes Haar fiel in unzähligen Locken über ihre Schultern, breitete sich wie eine Flut über das strahlende Weiß ihres Gewandes aus und berührte die gewaltigen, weit gespannten Flügel, die zwischen ihren Schulterblättern hervorwuchsen …

Ich schrie auf.

Shadows Kopf ruckte hoch und in ihren goldenen Augen flammte Schrecken, dann nackte, panische Angst. Plötzlich fuhr sie herum, stieß einen schrillen Laut aus und deutete auf die Ratte.

Im gleichen Moment erlosch die geistige Verbindung zwischen uns, und ich sah Shadow wieder so, wie ich sie sehen sollte. Die Ratte quietschte, fuhr auf der Stelle herum und versuchte verzweifelt, sich in Sicherheit zu bringen.

Sie kam nicht weit. Wie eine graue Flut stürzten sich hunderte ihrer Rassegenossen auf sie und rissen sie buchstäblich in Stücke.

Wie vor den Kopf geschlagen starrte ich Shadow an. Ich wusste, dass das, was ich gesehen hatte, die Wahrheit war. Aber ich weigerte mich, es zu glauben. »Nein«, stammelte ich. »Das … das ist nicht … nicht möglich. Das … das kann … kann nicht sein! Nicht … das. Du … du kannst kein … kein –«

»Schweig!«, schrie sie, und das Wort wurde von einem gedanklichen Hieb solcher Wucht begleitet, dass ich taumelte und mich wie unter Schmerzen zusammenkrümmte. »Sprich das Wort nicht aus!«

Ich stürzte, prallte mit dem Gesicht gegen einen Stein und verlor beinahe das Bewusstsein. Trotzdem spürte ich den Schmerz kaum. Hinter meiner Stirn tobte das Chaos, und für Sekunden balancierte ich auf der messerscharfen Trennlinie zwischen Wahnsinn und Normalität entlang. Es konnte nicht sein! Nicht, wenn nicht alles, woran Menschen jemals geglaubt hatten, falsch sein sollte!

»Iä!«, rief Shadow. Plötzlich war ihre Stimme nichts als ein widerliches Krächzen, die grausame Verhöhnung des Bildes, das ich durch die Augen der Ratte gesehen hatte. »Iä Shub-Niggurath! Ngaa-thgaa nhafth!«

Meine Hand tastete verzweifelt über den Boden, kroch in meine Jackentasche und umklammerte etwas Kleines, Hartes, ohne dass ich erkannte, was es war. Shadows Stimme fuhr fort, diese scheußlichen Töne zu produzieren, und unter uns, in der Grube, begann Shub-Niggurath langsam Gestalt anzunehmen. Wie durch einen blutigen Nebel sah ich, wie Lady Audley mit einem entschlossenen Schritt vortrat, über den Rand der Grube geriet und wie in Zeitlupe nach vorne kippte.

Ich riss den Arm hoch und schleuderte den Stein. Der *Shoggotenstern* drang in das grüne Leuchten ein, eine halbe Sekunde, ehe Lady Audley mit weit ausgebreiteten Armen in Shub-Nigguraths Rachen fiel.

Und die Zeit blieb stehen.

Es dauerte nur den tausendstel Teil einer Sekunde und trotzdem Ewigkeiten.

Das grüne Leuchten erlosch. Der schwarze Balg des GROSSEN ALTEN zuckte wie unter einem Hieb, zog sich zusammen, bebte, zitterte, versuchte vor dem verfluchten grauen Stein zurückzuweichen und wand sich unter Krämpfen.

Dann zerplatzte er. Im gleichen Moment, in dem der *Shoggotenstern* sein unheiliges Fleisch berührte, löste sich das Ungeheuer auf, verging in einer lautlosen Explosion grellweißer Helligkeit. Ein unglaubliches Brüllen erklang, ein Schrei solcher Verzweiflung und solchen Zornes, dass sich die Schöpfung selbst darunter zu krümmen schien, ein Schrei voll Abermillionen Jahre alten Hasses. Shub-Niggurath verging, und sein Sterben ließ den Himmel selbst erbeben, schleuderte Shadow und mich und alle anderen zu Boden und ließ die Erde aufstöhnen.

Und dann –

Schwarz.

Kein Körper. Kein Ding. Keine Substanz, nicht einmal nur Dunkelheit, sondern etwas wie das Böse an sich, das, was die schwarze Scheußlichkeit anstelle einer Seele trug, die Essenz des Bösen selbst. Das Prinzip des Schlechten, Zerstörerischen.

Es ging unglaublich schnell, noch schneller als das Sterben Shub-Niggurraths zuvor. Ein körperloses Etwas löste sich aus dem Chaos, das am Grunde des Grabes tobte, hüpfte wie ein Beil hoch in die Luft, sprang hierhin und dorthin, berührte Menschen und Ratten und wieder Menschen und wieder Ratten, als suche es etwas – und raste im Zickzack über den Friedhof davon.

Sekunden später erscholl vom Tor her ein ungeheuerliches Krachen und Bersten. Ein greller Blitz zerriss die Nacht und obgleich das Tor viel zu weit entfernt war, um es wirklich erkennen zu können, sah ich jedes winzige Detail des Schrecklichen, das sich dort abspielte. Die Seele des TIERES raste wie ein schwarzer Blitz aus dem Tor, berührte einen der beiden eisernen Wölfe – und verschwand darin.

Und der Stahlwolf erwachte!

Sein metallener Körper zuckte. Langsam, wie ein Wesen, das tausend Jahre geschlafen hatte und nur zögernd in die Wirklichkeit zurückfand, füllten sich seine Augen mit Leben. Seine eisernen Flanken bebten, zuckten ein paar Mal, und dann hob sich seine Brust zu einem ersten, mühsamen Atemzug.

»Nein! Herr der Welt – *nicht das!*«

Es war Shadows Stimme, die durch den tobenden Wahnsinn drang, der mein Bewusstsein zu verschlingen trachtete. Ich fuhr hoch, drehte mich herum und sah, wie sich ihr Gesicht vor Entsetzen verzerrte. Für Sekunden flackerte ihre Gestalt, und wieder glaubte ich einen gewaltigen, weißen Umriss zu erkennen, gigantische Schwingen, die wie schneeweiße Adlerflügel schlugen ... Dann zerplatzte das Bild, und Shadow war wieder sie selbst.

In ihren Augen loderte die Panik, als sie mich ansah. »Was hast du getan«, murmelte sie. »Was ... was hast du getan, du ... du ...«

»Nur das, was ich musste«, antwortete ich leise.

»Was du musstest?« Ihre Stimme brach. Sie keuchte, fiel auf die Knie und verbarg für Sekunden das Gesicht in den Händen. Als sie mich wieder ansah, waren ihre Wangen feucht vor Tränen.

»Du Unseliger«, schluchzte sie. »Warum konntest du nicht warten?«

»Worauf?«, fragte ich böse. »Dass du die Bestie erweckst?«

»Ich bin gekommen, um sie zu vernichten!«, sagte Shadow ruhig. Ihre Tränen versiegten, und plötzlich war ihre Stimme ganz leise. Aber in ihren Worten klang eine Verzweiflung, die mich innerlich erstarren ließ.

»Du wolltest ihn erwecken!«, beharrte ich, verzweifelt darum bemüht, die dumpfe Furcht, die sich in mir breitzumachen begann, niederzukämpfen.

»Um ihn zu töten«, sagte sie leise. »Du verstehst nichts, Robert. Shub-Niggurath ist mächtig, ein unsterblicher Dämon, aber alles, was erschaffen wurde, kann vernichtet werden. Im Augenblick seines Erwachens ist er verwundbar. Doch nur alle tausend Jahre stehen die Sterne günstig genug, DAS TIER zu beschwören. Tausend Jahre habe ich auf diesen Moment gewartet. Und du hast alles zunichte gemacht.«

Ich kann nicht beschreiben, was ihre Worte in mir auslösten. Keine Angst, nicht einmal Schrecken. Nur eine Lähmung und Kälte, die meine Seele selbst erstarren ließ. Länger als eine Minute starrte ich sie an, dann drehte ich ganz langsam den Kopf und blickte dorthin zurück, wo das Tor lag.

Ich konnte es nicht erkennen, aber das musste ich auch nicht.

Ich wusste auch so, dass einer der beiden Sockel, die das Tor flankierten, leer war. Dass der Stahlwolf erwacht war.

Shub-Niggurath.

DAS TIER war erwacht. Sein Körper war zerstört, aber sein Geist, dieses unsagbar finstere, zerstörerische Ding, das sein Wesen ausmachte, lebte weiter.

Einer der GROSSEN ALTEN war erwacht.

Und ich, Robert Craven, der Mann, der ihnen den Untergang geschworen hatte, hatte ihn zum Leben erweckt!

Engel des Bösen

Das rote, flackernde Licht der Fackel schien den Totenschädel in Blut zu tauchen, und die zuckenden Schatten der hin und her tanzenden Flamme füllten die leeren Augenhöhlen mit scheinbarem Leben.

Nur *scheinbar?* Howard erstarrte. Die Fackel in seiner Hand begann zu zittern. Ganz plötzlich bewegte sich der Schädel! Ein helles, schabendes Geräusch drang durch den grauen Knochen, und mit einem Male rollte der Totenschädel zur Seite, wippte noch ein paar Mal hin und her, und der Unterkiefer klappte wie zu einem hässlichen Grinsen herab.

Aus dem offen stehenden Mund des Schädels kroch eine haarige, schwarze Ratte und huschte davon.

Howard unterdrückte im letzten Moment einen Aufschrei. Die Ratte verschwand aus dem Halbkreis des Fackelscheins, aber ihre Schritte waren noch sekundenlang als leises Trappeln und Schaben zu hören. Und selbst danach bildete Howard sich noch ein, die Blicke unsichtbarer kleiner Augen aus der Dunkelheit heraus zu fühlen.

Trotz der Kälte, die den Gang wie ein gläserner Hauch ausfüllte, perlte Schweiß auf Howards Stirn, und seine Handflächen fühlten sich feucht und klebrig an. Er hielt die Fackel viel fester, als nötig gewesen wäre. Sein Blick irrte unablässig durch den niedrigen, gewölbten Stollen, saugte sich an der samtschwarzen Wand aus Dunkelheit fest, die im gleichen Tempo vor dem flackernden Fackellicht zurückwich, in der sie sich bewegten, und versuchte Umrisse zu erkennen, wo nur Schwärze und Finsternis waren.

»Wohin ... führt dieser Gang?«, fragte er. Seine eigene Stimme kam ihm fremd vor; die bizarre Akustik dieses unterirdischen Stollens verzerrte sie, und ihr Klang verriet mehr von seiner Nervosität, als ihm recht war.

Cohen, der wenige Schritte vor ihm ging und mit seinen breiten Schultern den Stollen beinahe auszufüllen schien, blieb mitten im Schritt stehen, drehte sich halb um und grinste flüchtig, ehe er antwortete. »Nach unten, Mister Lovecraft. Weiter nach unten.«

Howard wollte auffahren, aber Stanislas Cohen machte eine rasche, beruhigende Geste und fügte hinzu: »Zur Subway, um genau zu sein. Wenn auch zu einem Teil, den kaum noch jemand kennt.«

Howard sah den weißhaarigen Hünen fragend an. »Kaum noch? Wissen Sie, Cohen, ich bin Amerikaner und nur zurzeit in London, aber die Subway –«

»Ich weiß, was Sie sagen wollen«, unterbrach ihn Cohen. »Man hat gerade vor ein paar Jahren erst angefangen, die U-Bahn zu bauen.«

»Soviel ich weiß, sind gerade erst ein paar Meilen fertig«, bestätigte Howard. »Aber ein Gang, den kaum noch jemand kennt, bedingt ein ziemliches Alter.«

»Ich weiß«, antwortete Cohen. »Aber Sie werden schon sehen, was ich meine. Kommen Sie – wir haben nicht viel Zeit.«

Sie gingen weiter. Howard hielt sich dicht hinter Cohen, und trotz der Dunkelheit und der Massen von Schutt und Abfall, die den Boden bedeckten und das Gehen teilweise zu einem halsbrecherischen Abenteuer werden ließen, kamen sie schnell voran. Howards Orientierungssinn war genauso durcheinandergeraten wie sein Zeitgefühl, seit sie das unterirdische Labyrinth betreten hatten, aber sie mussten weit mehr als eine Meile zurückgelegt haben, als Cohen abermals stehen blieb, den Zeigefinger auf die Lippen legte, seine Fackel löschte und Howard mit Gesten bedeutete, es ihm gleich zu tun.

Howard legte gehorsam die Fackel zu Boden und hob den Fuß, zögerte aber, sie auszutreten. Für einen kurzen Moment glaubte er einen Totenschädel zu sehen, aus dessen leeren Augenhöhlen schwarze Ratten hervorquollen. Er schüttelte die Vorstellung ab, aber es gelang ihm nicht vollkommen; ein dumpfes, bohrendes Gefühl der Beunruhigung blieb zurück, das beinahe schlimmer war als wirkliche Angst. Die Vorstellung, hier unten schutzlos der Dunkelheit ausgesetzt zu sein, war ihm unerträglich. Aber es musste sein. Cohen hatte ihm lang und breit genug erklärt, wie licht- und geräuschempfindlich sie waren. Was ihnen beiden geschehen konnte, wenn ihr Vorhaben fehlschlug, hatte er ihm nicht erklärt.

Aber das war auch nicht nötig. Howards Phantasie reichte durchaus, es sich in allen Einzelheiten auszumalen. Leider.

»Nun machen Sie schon!«, flüsterte Cohen ungeduldig, als Howard noch immer unentschlossen von der ohnehin nur noch glimmenden Fackel und der Wand aus Schwärze hin und her blickte, die den Gang wenige Schritte vor ihnen abschloss.

Mit einem resignierenden Seufzen senkte er den Fuß auf das Ende der Fackel.

Die Dunkelheit schlug wie eine erstickende Woge über ihnen zusammen. Und danach – wie ein zweiter, noch wuchtigerer Hieb – die Furcht. Es war ein bizarres Gefühl: Für Sekunden hatte Howard seine Gedanken nicht mehr unter Kontrolle, und seine überreizte Phantasie gaukelte ihm Dinge vor, die nicht da waren – das Rascheln und Schleifen großer, pelziger Leiber, die sie in der Dunkelheit umschlichen; ein leises, irgendwie boshaftes Quieken und Zischeln, das fast übermächtige Gefühl, beobachtet, nein, schlimmer noch – *belauert* zu werden ...

Howard presste die Kiefer so fest aufeinander, dass seine Zähne hörbar knirschten. Sekundenlang blieb er noch mit geballten Fäusten und fast krampfhaft zusammengekniffenen Lidern stehen, ehe er es wagte, sich zu entspannen und vorsichtig die Augen zu öffnen.

Im ersten Moment sah er weiter nichts als undurchdringliche Schwärze, dann glaubte er einen sanften Hauch grünlichen Lichtes zu erkennen, irgendwo vor und unter ihnen, in unbestimmbarer Entfernung. Stoff raschelte, direkt neben ihm bewegte sich ein Schatten, und eine Hand berührte ihn an der Schulter.

»Alles wieder in Ordnung?«, fragte Cohen leise.

Howard nickte, dann fiel ihm ein, dass Cohen die Bewegung in der Dunkelheit schwerlich sehen konnte, und er sagte: »Ja. Aber wie ... wie kommen Sie darauf, dass irgendetwas mit mir nicht in Ordnung wäre?«

Cohen löste die Hand von seiner Schulter, richtete sich neben ihm zu seiner vollen Größe auf und lachte leise. Es klang nicht sehr belustigt. »Weil Sie halb verrückt sind vor Angst, Lovecraft«, antwortete er. »Sie brauchen es gar nicht abzustreiten. Das geht hier unten jedem so. Selbst mir. Ich war schon unzählige Male hier unten, und es ist jedes Mal genauso schlimm wie am ersten Tag.« Er schwieg einen kurzen Moment, und als er weitersprach, war seine Stimme hörbar verändert.

»Ich weiß nicht, was es ist«, sagte er. »Es muss irgendetwas mit diesen Gängen zu tun haben. Vielleicht eine Art Gas, das hier unten in der Luft liegt.« Seine Stimme hörte sich nicht so an, als glaube er selbst an die Begründung, die er sich zurechtgelegt hatte. Aber die Worte brachten Howard auf etwas anderes, das Cohen gesagt und was er schon fast vergessen hatte.

»Wie meinen Sie das – diese Gänge? Vorhin –«

»Ich weiß, was ich vorhin gesagt habe«, unterbrach ihn Cohen. »Kommen Sie, es ist viel einfacher, wenn Sie selbst sehen, was ich gemeint habe.« Er drehte sich herum, ergriff Howard am Handgelenk und führte ihn wie ein kleines Kind hinter sich her. Trotz der beinahe vollkommenen Dunkelheit bewegte er sich mit traumwandlerischer Sicherheit. Entweder, überlegte Howard, hatte er Augen wie eine Katze, oder er war schon so oft hier gewesen, dass er buchstäblich jeden Fußbreit Boden kannte. Die zweite Erklärung schien ihm wahrscheinlicher.

Howards Geduld wurde auf keine allzu harte Probe gestellt. Der sonderbare Schein nahm rasch an Intensität zu und wurde zu einem fast taghellen, sanft grünen Licht, das den gewölbten Stollen auf einer Länge von mehr als fünfzig Schritten erhellte. Und dann sah Howard auch, woher er kam: Der Gang erstreckte sich gerade vor ihnen, so weit der Blick reichte (und sicher noch ein gutes Stück weiter), aber in einer Entfernung von kaum zwanzig Schritten klaffte im Boden ein kreisrundes, gut zwei Yards großes Loch, aus dem das grünliche, sonderbar flackernde Licht drang.

Nein, verbesserte sich Howard in Gedanken. Nicht drang. Floss. Es war das einzige Wort, das ihm passend erschien. Vorhin, als er den grünen Schein das erste Mal bemerkt hatte, war er ihm nur sonderbar vorgekommen; jetzt wirkte er bedrohlich. Es war das absonderlichste Licht, das er jemals gesehen hatte. Es schien sich – obgleich Howard sehr wohl wusste, dass dies eine physikalische Unmöglichkeit war – langsam zu bewegen, träge, wie in schwerfälligen, wellenförmigen Schüben, als wäre es gar kein richtiges Licht, sondern eine Art leuchtendes Gas oder Wasser. Und es war unangenehm.

»Was ist das?«, wisperte er.

Cohen blieb abrupt stehen, drehte mit einem wütenden Ruck den Kopf und starrte ihn an. »Sie sollen still sein, zum Teufel!«, zischte er. »Wir sind ihnen sehr nahe.« Er deutete auf den Schacht, der jetzt keine drei Schritte mehr vor ihnen lag. »Können Sie klettern?«

Howard nickte. Cohen machte eine Grimasse, die wie ein unausgesprochenes wenigstens etwas aussah, ging rasch bis zum Rand des Schachtes und kniete umständlich nieder. Als Howard neben ihm anlangte, sah er, dass eine Anzahl rostiger Eisenringe an seiner gegenüberliegenden Seite in die Tiefe führte. Sie waren nicht genau untereinander, sondern versetzt angeordnet und – obgleich ihm der Abstand seltsam falsch erschien – doch so, dass man sie mit einigem Geschick als Leiter benutzen konnte. Howard vermochte allerdings nicht zu erkennen, wo sie endeten, denn das fremdartige Licht war hier sehr viel intensiver, sodass sich der Schacht schon nach wenigen Yards in wirbelnden grünen Schleiern aufzulösen schien.

Cohen nickte ihm noch einmal aufmunternd zu, ging – ohne sich dabei aus der Hocke zu erheben, was seine Art der Fortbewegung einigermaßen komisch aussehen ließ – um den Schacht herum und begann unverzüglich die Ringleiter hinabzusteigen. Howard musste ihm folgen, ob er wollte oder nicht. Aber das unangenehme Gefühl, das er dabei hatte, wurde immer stärker; mit jeder Stufe.

Seit ich das Erbe meines Vaters angetreten habe, bin ich Wesen begegnet, die sich ein Mensch, der das Glück hat, ein normales Leben zu leben, nicht einmal vorzustellen vermag; Ungeheuern, die zu beschreiben die menschliche Sprache keine Worte hat; Wesen, deren bloßer Anblick dazu angetan wäre, einen unvorbereiteten Geist zu zerbrechen. Dinge, denen das Leben nichts gilt und die nur existieren, um zu töten. Leben, das nicht einmal Leben im irdischen Sinne ist.

Seit ich das kleine Haus am westlichen Rand von St. Aimes betreten hatte, ging mir der Anblick nicht mehr aus dem Kopf; das Bild, das ich für Bruchteile von Sekunden durch die Augen der Ratte gesehen hatte.

Alles hätte ich ertragen.

Einen Dämon.

Menschen fressende Ungeheuer.

Mordgierige Bestien.

Monster.

Selbst den Teufel – an den ich längst nicht mehr glaubte – in Person.

Dies alles und vielleicht noch viel mehr hätte ich ertragen.

Aber nicht *das:* Das Bild einer strahlend weißen, göttlich schönen Gestalt, an die zwei Meter groß, von schlankem, fast zerbrechlichem Wuchs. Die Haut so zart, dass sie durchscheinend wirkte, Züge, die nur noch mit dem Wort elfenhaft zu beschreiben waren. Haar wie gesponnenes weißes Licht und dazu ein Paar gewaltiger, blendend weißer Adlerschwingen, die zwischen ihren Schulterblättern hervorwuchsen.

Das Bild eines Engels ...

»Die Sonne geht auf.« Lady Audleys Worte, so leise sie gesprochen waren, rissen mich mit fast schmerzhafter Wucht aus dem schwer zu beschreibenden Zustand zwischen Betäubung und Schock, in dem ich die vergangenen Stunden verbracht hatte. Trotzdem dauerte es noch Sekunden, ehe ich so weit in die Wirklichkeit zurückgefunden hatte, dass ich wenigstens mit einem Nicken auf ihre Worte reagieren und aufstehen konnte.

Ich fühlte mich zerschlagen und müde, so, wie man sich eben fühlt, wenn man die zweite Nacht ohne ausreichenden Schlaf hinter sich hat; und zudem so niedergeschlagen wie selten zuvor in meinem Leben. Müde trat ich neben Lady Audley an das schmale Fenster, zog die zerschlissene Gardine zurück und blinzelte aus brennenden Augen hinaus.

Der Horizont begann sich aufzuhellen. Graue Fasern hatten sich in das samtene Schwarz der Nacht gewoben, und weit draußen über dem Meer zeigte sich ein erster dünner Streifen roter Helligkeit. Von dem unaufhörlichen Regen, der ganz England während der letzten Wochen heimgesucht hatte, war nichts geblieben. Fast kam es mir wie eine grausame Ironie des Schicksals vor, dass ausgerechnet dieser Morgen seit langer Zeit wieder schön zu werden versprach.

Es konnte nämlich gut sein, dass es der letzte Morgen war, den dieses Land erlebte.

Vielleicht sogar der letzte der Welt.

Und ich war schuld daran.

Meine Gedanken mussten deutlich auf meinem Gesicht zu lesen gewesen sein, denn Lady Audley drehte sich plötzlich zu mir herum, berührte mich mit einer Hand an der Wange und lächelte. Ganz im Gegensatz zu sonst war mir ihre mütterliche Art nicht peinlich, nicht einmal lästig. Im Gegenteil. Ich war fast dankbar dafür.

»Lassen Sie den Kopf nicht hängen, mein Junge«, sagte sie sanft. »Das nutzt keinem. Ihnen am allerwenigsten.«

Ich schob ihre Hand sanft beiseite und legte den Kopf gegen die Fensterscheibe. Die Kälte des Glases tat wohl. Meine Haut fühlte sich fiebrig an und schien überall gerissen zu sein. Ich war vollkommen übermüdet, und der kleine verbliebene Rest logischen Denkens hinter meiner Stirn sagte mir, dass es in diesem Zustand nicht sehr viel brachte, über die Zukunft nachsinnen zu wollen.

»Ich weiß Ihre Fürsorge zu schätzen, Lady Audley«, sagte ich. »Aber es ist nicht gerade leicht zu verdauen, dass man –«

»Einen Fehler gemacht hat?«, unterbrach sie mich. Sie schüttelte – plötzlich wieder ganz energiegeladene Matrone – den Kopf und drohte in einer Mischung aus Spott und Ernst mit dem Zeigefinger. »Gut, Sie haben einen Fehler gemacht, einen furchtbaren Fehler vielleicht«, sagte sie, »nichtsdestotrotz aber einen verzeihlichen. Von Ihrem Standpunkt aus haben Sie richtig gehandelt, Robert. Sie konnten nicht wissen, worum es hier wirklich ging.«

»Ich hätte es wissen müssen«, widersprach ich, aber wieder schüttelte Lady Audley nur den Kopf. »Shadow hat mir alles über Sie erzählt«, fuhr sie fort. »Über Sie und Ihren Vater und Ihren Freund Howard.« Sie lächelte. »Sie müssen sich köstlich über mich amüsiert haben, als ich versuchte, Sie davon zu überzeugen, dass es so etwas wie übersinnliche Phänomene wirklich gibt. Ich hoffe, Sie sehen einer alten Frau ihre Unwissenheit nach«, sagte sie, lächelte erneut und wurde übergangslos wieder ernst. »Sie konnten nicht wissen, warum sie wirklich gekommen ist. Niemand wusste es; nicht einmal ich, bis zum letzten Moment. Sie hätten niemals hierher kommen dürfen. Aber das ist nicht Ihr Fehler.«

»Das ändert nichts an dem, was geschehen ist«, widersprach ich.

»Machen Sie das Beste daraus«, entgegnete Lady Audley. »Dieses Ungeheuer ist nun einmal erwacht, und keine Macht der Welt kann es ungeschehen machen. Umso mehr braucht Shadow jetzt Ihre Hilfe.«

Ich wollte antworten, aber in diesem Moment wurde die Tür geöffnet, und das Mädchen mit Cindys Gesicht betrat das Zimmer. Sie sah noch immer so aus wie das Mädchen, das ich vor zwei Tagen während der verunglückten Séance zum ersten Mal gesehen hatte. Trotzdem bildete ich mir für Sekundenbruchteile ein, den Umriss einer weißen, geflügelten Gestalt durch ihre Silhouette hindurchschimmern zu sehen.

»Irgendetwas stimmt nicht«, begann sie übergangslos.

»Womit?«, fragte ich. »Shub-Niggurath?«

Sie sah mich an, überlegte einen Moment und schüttelte dann entschieden den Kopf. »Nein«, antwortete sie. »Er ist fort. Ich ... würde es wissen, wenn er noch in der Nähe wäre.«

»Was dann?«

»Irgendetwas mit diesem Ort«, erwiderte Shadow hilflos. »Ich weiß nicht, was, aber ich fühle, dass irgendeine Veränderung vor sich geht. Und es ist keine Veränderung zum Guten. Ich war draußen, bei dem *Tor,* das Sie mir beschrieben haben, Robert. Es ist geschlossen.«

»Dann öffnen Sie es doch«, sagte ich unwillig.

Shadow seufzte. »Das kann ich nicht«, gestand sie. Sie lächelte unglücklich, kam einen Schritt näher und sah sich suchend um. Schließlich ließ sie sich auf einen der drei niedrigen Hocker sinken, die zusammen mit einem Tisch und einem altersschwachen Schrankbett die gesamte Einrichtung des Raumes bildeten, stützte die Ellbogen auf die Knie und verbarg für einen Moment das Gesicht in den Händen. Die Menschlichkeit dieser Geste bedrückte mich. Ich musste mir mit Gewalt ins Gedächtnis zurückrufen, dass sie alles andere als ein Mensch war.

»Was soll das heißen?«, fragte ich. »Sie haben es einmal geöffnet, um mich zu holen –«

»Das habe ich nicht«, unterbrach sie mich. »Warum hätte ich so etwas Dummes tun sollen, Robert? Haben Sie vergessen, dass ich es war, der Sie gewarnt hat, hierher zu kommen? Ich bin nicht so allmächtig, wie Sie zu glauben scheinen, Robert«, fuhr sie fort. »Im Gegenteil. Wäre ich es, hätte ich nicht die Hilfe der *anderen* gebraucht, um Shub-Niggurath zu vernichten.«

Die Art, in, der sie das Wort *andere* aussprach, ließ mich aufhorchen. »Die anderen?«, wiederholte ich. »Sie meinen die Ratten?«

Einen Moment lang zögerte sie, fast, als müsse sie über die Bedeutung des Wortes nachdenken. Dann nickte sie. »Die grauen Herren, ja«, sagte sie. »Ich glaube, Sie nennen sie so – Ratten.«

»Aber die haben mich geholt!«, protestierte ich.

»Das ist es ja gerade, was mir Sorge bereitet«, murmelte Shadow. »Das hätten sie nicht gedurft. Ich habe ihnen befohlen, Sie unter allen Umständen –«

... grau, das wie klumpig geronnene Finsternis durch Boden und Türritzen quoll, die Fenster verdunkelte und in zähen Fäden durch die Decke tropfte ...

»– zurückhalten«, schloss Shadow. »Sie hätten nie ...« Sie stockte, sah mich an und blinzelte ein paar Mal. »Was ist mit Ihnen, Robert?«, fragte sie.

Diesmal war ich es, der nicht sofort antwortete. Die Vision war plötzlich gekommen, so warnungslos und mit der Wucht eines Hammerschlages. Selbst jetzt schienen noch immer graue Spinnfäden vor meinen Augen zu schweben. Selbst ihre Stimme klang *grau*.

Shadow stand auf, kam rasch zwei, drei Schritte näher und blieb so abrupt stehen, als wäre sie gegen eine unsichtbare Wand geprallt. »Robert!«, sagte sie alarmiert. »Was haben Sie?«

Ich kam nicht mehr dazu, zu antworten. Ein dumpfes, stöhnendes Knirschen lief durch den Boden. Das Haus bebte. Die Fensterscheiben zerbarsten klirrend, Staub, Kalk und Holz regnete von der Decke, dann erzitterte das ganze Haus wie unter einem Schlag, und die Erschütterung riss uns alle drei von den Füßen.

Eine halbe Sekunde lang blieb ich benommen liegen, während das Haus und der Boden einen irrsinnigen Tanz um uns herum aufzuführen schienen. Irgendwo erklang ein grauenhaftes Knirschen und Poltern, dann ertönte ein Laut, als zerrisse über uns ein gigantisches, straff gespanntes Tuch, und etwas traf mich mit furchtbarer Wucht an der Schulter.

Der Schmerz riss mich in die Wirklichkeit zurück. Es regnete Steine und zerborstene Balken, und die Luft war so voller Staub, dass ich kaum noch zu atmen vermochte. Ich begriff, dass das Haus über unseren Köpfen zusammenbrach. Hastig griff ich nach meinem Stockdegen, stemmte mich mit verzweifelter Kraft hoch und stolperte in die Richtung, in der hinter den tanzenden Schwaden die Tür liegen musste. Irgendwo hinter mir schrie jemand. Ich blieb stehen, sah Lady Audley und ergriff ihr Handgelenk. Rücksichtslos zerrte ich sie hinter mir her aus dem Haus und ein paar Yards auf die Straße hinaus.

Keine Sekunde zu früh. Ein dritter, noch gewaltigerer Schlag traf das Haus und ließ es in den Grundfesten erbeben. Fenster und Türen zerbarsten, als wäre drinnen eine Bombe explodiert, und plötzlich neigte sich das ganze Gebäude zur Seite, erzitterte wie ein waidwundes Tier – und brach wie ein Kartenhaus in sich zusammen. Lady Audley und ich brachten uns mit einem verzweifelten Satz in Sicherheit. Eine graue Staubwolke quoll hoch und nahm uns die Sicht.

Aber es war noch nicht vorbei. Im Gegenteil. Was immer es war – es begann gerade erst.

Der Boden erzitterte weiter. Ein mahlendes Geräusch überlagerte das Krachen und Poltern des zusammenstürzenden Hauses, und plötzlich bäumte sich die gesamte Straße auf, sackte mit einem ächzenden Laut zurück und begann zu zittern.

Und dann brach die Hölle los.

Lady Audley schrie auf. Ihre Fingernägel gruben sich so tief in meine Haut, dass warmes Blut meinen Arm herunterlief, und ihre andere Hand deutete auf einen Punkt am entgegengesetzten Ende der Straße. Ihr Gesicht war eine Maske des Grauens.

Dann sah ich, was sie so entsetzt hatte: Am anderen Ende des Ortes, nur wenige hundert Schritte entfernt, wölbte sich der Boden empor. Das ausgetretene Kopfsteinpflaster zerbarst, als schlüge eine unsichtbare Gigantenfaust von unten dagegen. Steine, Erdreich und Felstrümmer flogen wie tödliche Geschosse durch die Luft. Die Straße zerbrach. Ein meterbreiter Spalt entstand, raste in irrsinnig schnellem Zickzack auf uns zu und wurde dabei breiter und breiter.

Verzweifelt zerrte ich Lady Audley mit mir und versuchte, dem heranrasenden Riss zu entgehen, stolperte und schlug der Länge nach hin. Weniger als einen halben Yard neben mir brach der Boden auseinander, und da, wo vor Sekundenbruchteilen noch massiver Stein gewesen war, klaffte plötzlich ein bodenloser Schlund.

Ein Abgrund, in den Lady Audley langsam, aber mit unbarmherziger Beharrlichkeit abzurutschen begann!

Sie schrie. Ihre Hände griffen verzweifelt ins Leere, fuhren über Stein und loses Erdreich und rutschten Zentimeter für Zentimeter ab.

Ich warf mich zur Seite und griff nach ihren Armen. Der Stockdegen entglitt meinen Fingern und verschwand in der Tiefe. Meine Hände schlossen sich mit verzweifelter Kraft um ihre Handgelenke; eine Sekunde, bevor sie vollends den Halt verlor und mit einem letzten, gellenden Schrei nach hinten kippte.

Der Ruck schien mir schier die Arme aus den Schultern zu reißen. Ich spürte, wie ich selbst den Halt verlor, über das glatte Pflaster nach vorne und auf den Abgrund zu gezerrt wurde und im letzten Moment wieder zur Ruhe kam.

Lady Audley begann wie von Sinnen mit den Beinen zu strampeln. Unter ihr zuckte und bebte der Riss wie ein gigantisches, steinernes Maul. Mein Oberkörper hing schon zur Hälfte über dem Abgrund, und Lady Audleys Gewicht zerrte wie ein Felsen an meinen Armen. Ich würde den Druck nur noch Sekunden aushalten.

»Hören Sie auf zu strampeln!«, brüllte ich verzweifelt. »Ich ziehe Sie rauf!«

Zu meiner eigenen Überraschung reagierte sie auf meine Worte und hörte tatsächlich auf, sich hin und her zu werfen. Ihr Fuß fand sogar Halt an einem vorstehenden Felsbrocken und für eine Sekunde verschwand der entsetzliche Druck wenigstens teilweise aus meinen Armen.

Ich hakte meinen Fuß irgendwo fest und begann, mit aller Kraft zu zerren. Lady Audleys Körper schien Tonnen zu wiegen, und einen Moment lang rechnete ich ernsthaft damit, dass mir schlichtweg die Hände aus den Gelenken reißen würden, aber dann spürte ich, wie sie Zentimeter für Zentimeter nach oben glitt, wobei sie selbst mit den Füßen nachhalf und sich abstützte, so gut sie konnte. Trotz des Ernstes unserer beider Lage musste ich die Kaltblütigkeit bewundern, die diese alte Frau an den Tag legte.

»Weiter so!«, keuchte ich. »Wir schaffen es! Sie sind gleich raus!«

Bis zu diesem Augenblick habe ich nie an böse Omen geglaubt. Von jetzt an tat ich es.

Denn genau in dem Moment, in dem ich die Worte aussprach, brach der Boden entlang einer gezackten, halbkreisförmigen Linie rings um mich herum auseinander, und Lady Audley und ich stürzten zusammen mit etlichen Tonnen Erdreich und Gestein in die Tiefe.

Der Abstieg war sehr mühsam, denn der Abstand der eisernen Ringe war nirgends gleich und zudem hatte die Zeit hier unten ihren Tribut gefordert: Mehrere Ringe waren zerfallen oder fehlten ganz, sodass Howards Fuß mehr als einmal ins Leere stieß und er sich auf abenteuerliche Weise zum nächsten Ring hangeln musste. Einmal verlor er gar den Halt und hing endlose Sekunden lang an nur einer Hand über dem Nichts, ehe Cohen nach oben griff und seine wild pendelnden Füße festhielt, um sie zum nächsten sicheren Ring zu schieben.

Er wusste nicht, wie lange der Abstieg dauerte; sicher nicht mehr als Minuten, die ihm aber wie Ewigkeiten vorkamen. Howard war in Schweiß gebadet, als sie endlich den Grund des bizarren Schachtes erreichten und unter seinen Füßen wieder fester Boden war. Aufatmend drehte er sich herum – und unterdrückte im letzten Augenblick einen entsetzten Aufschrei, als Cohen ihn grob beim Jackenkragen ergriff und zurückhielt.

Was er für sicheren Boden gehalten hatte, war ein kaum doppelt handbreiter, gemauerter Sims, hinter dem die Wand senkrecht abbrach und weitere dreißig, vierzig Fuß in die Tiefe führte. Der Boden darunter war von unruhiger Bewegung erfüllt. Ein widerlicher Gestank lag in der Luft und ließ das Atmen schwer werden.

Cohen bedeutete ihm mit Gesten, still zu sein, sank abermals in die Hocke und rutschte so lange hin und her, bis er auf dem Sims saß und seine Beine frei über dem Abgrund pendelten. Umständlich griff er in seine Rocktasche, förderte zwei zusammengefaltete weiße Tücher und ein kleines Fläschchen zutage, öffnete dessen Verschluss und tränkte die beiden Lappen damit, ehe er einen davon Howard reichte.

Howard schnüffelte. »Ammoniak?«, fragte er verwundert.

Cohen nickte ärgerlich, griff in seine andere Tasche und zog einen faustgroßen Glaskolben hervor, in dem eine farblose Flüssigkeit schwappte. »Wenn ich das Ding hier werfe«, flüsterte er, »dann pressen Sie sich das Tuch vors Gesicht und atmen hindurch. Auf keinen Fall nehmen Sie es herunter, ehe ich Ihnen das Zeichen gebe – verstanden?«

Howard verstand ganz und gar nicht. Aber er nickte trotzdem, sog sich die Lungen noch einmal voller Luft und presste den ammoniakgetränkten Lappen auf Cohens Zeichen hin vor Mund und Nase.

Cohen holte aus, warf den Glaskolben in die Tiefe und hob hastig sein eigenes Tuch. Irgendwo unter ihnen klirrte Glas und plötzlich war die Höhle voller pfeifender und quietschender Laute und wirbelnder Bewegung.

Selbst ohne das grüne Licht hätte Howard kaum erkennen können, was unter ihnen vorging, denn der Ammoniakgestank trieb ihm die Tränen in die Augen; seine Kehle schien zu verbrennen, und ihm wurde übel. Trotzdem presste er das Tuch mit beinahe verzweifelter Kraft gegen Mund und Nase und zwang sich, die ätzende Luft einzuatmen, denn er wusste, was Cohens Anweisung bedeutete. In dem Glaskolben musste sich irgendein Gas befinden, giftiges Gas höchstwahrscheinlich. Das Ammoniak in dem Tuch neutralisierte die tödliche Wirkung.

Wenigstens hoffte Howard, dass es das tat.

Das Pfeifen und Quietschen unter ihnen wurde allmählich leiser. In Howards Schädel begann sich langsam alles zu drehen, und seine Augen waren so voller Tränen, dass er nicht einmal sah, wie Cohen nach einer Weile sein Tuch senkte, vorsichtig die Luft einsog und ihm zunickte. Erst als ihn der weißhaarige Riese an der Schulter berührte und mit der anderen Hand in die Tiefe deutete, bemerkte er die Bewegung überhaupt und senkte auch sein Tuch.

Gierig atmete er ein halbes Dutzend Mal ein und aus. Die Luft roch noch immer scheußlich, und es war jetzt noch ein neuer, widerwärtiger Geruch hinzugekommen, aber nach dem flüssigen Feuer, das er minutenlang geatmet hatte, erschien sie ihm wie ein Labsal.

»Kommen Sie, Lovecraft«, sagte Cohen ungeduldig. »Die Wirkung hält nicht lange vor. Ich möchte sehr weit weg sein, wenn sie wiederkommen.« Er stand auf, balancierte mit traumwandlerischer Sicherheit auf dem schmalen Steg entlang und winkte Howard ungeduldig, ihm zu folgen.

Der Sims führte gut dreißig Schritte weit an der Wand entlang und endete vor einer schmalen, in kühnem Winkel in die Tiefe führenden Rampe. Howard blieb unwillkürlich stehen, als er hinter Cohen auf die erste Stufe trat und den Boden der Höhle erkennen konnte.

Er war voller Ratten.

Obgleich er den Anblick erwartet hatte, sträubte sich sekundenlang alles in ihm dagegen, weiterzugehen. Es mussten Tausende von Ratten sein, die dicht gedrängt neben- und übereinander auf den ausgewaschenen Steinen lagen, und längst nicht alle von ihnen waren tot oder gänzlich betäubt. Überall in der gewaltigen haarigen Masse zuckte und bebte es, kleine, tückische Augen starrten sie an, halb gelähmte Krallen scharrten hilflos über Stein ...

Es kostete Howard enorme Anstrengung, seinen Widerwillen zu überwinden und hinter Cohen die Treppe hinabzusteigen. Brechreiz stieg aus seinem Magen empor, als er die letzte Stufe erreichte und unter seinen Füßen plötzlich borstiges Fell und kleine zuckende Körper waren.

Cohen kniete dicht neben der Treppe nieder, griff abermals unter seine Jacke – deren Fassungsvermögen schier unerschöpflich schien – und zog zwei kleine lederne Etuis hervor und reichte Howard eines davon. »Immer nur einen winzigen Tropfen«, sagte er. »Versuchen Sie möglichst viele zu erwischen.«

Howard klappte das Etui auf. Auf dem schwarzen Samt, mit dem es ausgeschlagen war, lagen drei fingerdicke, glitzernde Injektionsnadeln. Irritiert starrte er Cohen an. »Was soll das?«, fragte er. »Ich denke, wir wollen ein paar Ratten einfangen, um –«

»Um was?«, schnappte Cohen. »Um sie sturen Beamten wie meinem Bruder zu zeigen und ihnen zu sagen, dass die Tiere gefährlich sind?« Er lachte rau. »Sie wissen so gut wie ich, was dabei herauskommen würde, Lovecraft. Nichts.«

Cohen schüttelte den Kopf, um seine Worte zu bekräftigen, nahm eine Spritze aus seinem Etui und stieß sie in den Nacken einer betäubten Ratte. »Seien Sie vorsichtig mit dem Zeug«, sagte er. »Es wäre nicht gut, wenn Sie damit in Berührung kämen.«

Howard nahm eine der Spritzen mit spitzen Fingern hervor. Hinter dem geschliffenen Glas glitzerte eine farblose Flüssigkeit. »Was ist das?«, fragte er.

»Tollwut«, antwortete Cohen trocken. Howard ließ vor Schrecken um ein Haar die Spritze fallen. »Tollwut?«, keuchte er. »Sind ... sind Sie verrückt geworden, Cohen?«

Cohen hatte mittlerweile die dritte Ratte geimpft und ergriff bereits eine weitere beim Schwanz, um ihr einen Tropfen der tödlichen Viren zu injizieren. »Keine Sorge, Lovecraft«, sagte er, ohne ihn anzusehen oder gar in seinem Tun innezuhalten. »Ich weiß ganz genau, was ich mache.«

»Das glaube ich nicht«, antwortete Howard aufgebracht. »Sie müssen verrückt sein! Sie werden die ganze Stadt –«

Cohen sah mit einem Ruck auf. »Nichts werde ich«, unterbrach er ihn wütend. »Ich bin nicht ganz so verrückt, wie mein Bruder glaubt, wissen Sie? Ich habe diesen Plan sorgfältig ausgearbeitet, und ich kann Ihnen versichern, dass ich jede Kleinigkeit bedacht habe. Dieses Serum, das Sie da in Händen halten, Lovecraft, wurde von mir entwickelt. Es ist Tollwut, das stimmt, aber eine ganz spezielle Art der Tollwut, nur für diesen einen Zweck hergestellt. Sie ist nicht ansteckend, wenn es das ist, wovor Sie Angst haben. Die Ratten, die Sie impfen, werden sterben, und jeder drittklassige Tierarzt wird feststellen können, dass sie an der Tollwut verendet sind. Aber sie werden nicht feststellen, dass es sich um eine relativ harmlose Abart dieser Krankheit handelt. Jedenfalls nicht sofort. Und wenn sie es merken, wird es zu spät sein.«

»Zu spät für wen?«, fragte Howard leise. »Für London, Cohen?«

»Für die Ratten«, erwiderte Cohen ruhig. »Es ist die einzige Möglichkeit.«

»Sie werden eine gottverdammte Panik auslösen«, prophezeite Howard, aber Cohen lachte nur.

»Kaum. Und wenn, dann höchstens in gewissen Büros und Ministerien. Was wollen Sie, Lovecraft – einen fairen Kampf oder den Kopf dieser verfluchten Albinoratte?« Er lachte böse. »Ich glaube nicht, dass dieses Monster schon einmal etwas von *Fair Play* gehört hat.«

»Wenn sie wirklich so intelligent ist, wie Sie behaupten«, sagte

Howard, obwohl er ahnte, dass seine Worte vergebens sein würden, »dann wird sie nicht darauf hereinfallen.«

»Oh doch. Sie wird, mein Wort darauf. Sie ist mächtig, aber sie konnte nur so mächtig werden, weil niemand von ihr wusste. Weil sie hier unten ungestört war. Sie wird sich wehren, natürlich. Sie hat schon Dutzende von Menschen umgebracht, sie und ihre Brut, aber das waren Männer, die nichts von der Gefahr wussten. Wenn Männer mit Gas und Gewehren und anderen Waffen hier herunterkommen, wird sie fliehen. Gerade, weil sie intelligent ist. Sie wird versuchen zu entkommen.«

»Und dann? Wollen Sie hier unten eine Schlacht beginnen?«

»Nein«, erwiderte Cohen. »Ich sagte Ihnen doch, dass ich sie kenne. Ich habe sie jahrelang studiert. Ich kenne ihr Reich, ich kenne ihre Verstecke. Ich weiß, wie sie denkt. Sie wird fliehen, und ich weiß auch wohin. Und ich werde auf sie warten. Nur ich und mein sauberer Bruder. Und Sie, wenn Sie wollen.«

Howard starrte ihn an. Er spürte, dass Cohen mit jedem einzelnen Wort die Wahrheit sagte, aber etwas in ihm weigerte sich noch immer, es zu glauben. »Das ist ... Wahnsinn«, murmelte er.

»Im Gegenteil«, behauptete Cohen. »Das ist der einzige Weg, dieser Brut beizukommen. Ich habe Jahre gebraucht, um diesen Impfstoff zu entwickeln, und Jahre, mir eine Möglichkeit auszudenken, mit diesen Bestien fertig zu werden.« Er lachte, aber in Howards Ohren hörte sich der Laut eher schauerlich an. Er war jetzt überzeugt davon, dass Cohen nicht ganz normal war. »Was glauben Sie, wie sie alle Kopf stehen werden, wenn sie hier herunter kommen und Dutzende von Ratten finden, die an der Tollwut verendet sind?«

»Aber das ist doch Irrsinn!«, protestierte Howard. »Zum Teufel, Cohen, ich bin zu Ihnen gekommen, weil ich gedacht habe, dass Sie mir helfen könnten, und nicht, um Ihnen in Ihrem Privatkrieg gegen die Ratten von London beizustehen!«

Cohen fuhr auf. »Es ist kein Privatkrieg«, schrie er aufgebracht. Wütend packte er eine Ratte, stieß ihr die Nadel seiner Spritze in die Brust und schleuderte sie zu Boden. »Schauen Sie sich um!«, brüllte er. »Was Sie hier sehen, sind keine harmlosen Nagetiere. Das sind nicht die lästigen Schädlinge, als die sie immer dargestellt werden, sondern blutgierige kleine Bestien, die nur auf den richtigen Moment warten, über diese Stadt und ihre Bewohner herzufallen! Und ihr Anführer ist der Schlimmste. Dieses weiße Ungeheuer ist kein

Tier, Lovecraft. Sie sieht vielleicht aus wie ein Tier, aber sie ist es nicht. Sie ist intelligent.« Er beugte sich erregt vor und tippte mit dem Zeigefinger gegen seine Schläfe. »Sie denkt, Lovecraft. Sie denkt. Und sie ist böse.«

»Sie ... sind ja verrückt«, murmelte Howard.

»Ich weiß, dass Sie das denken«, erwiderte Cohen kalt. »Das denken alle. Aber es stimmt nicht. Ich habe sie gesehen. Ich habe ihr gegenübergestanden. Ich habe in ihre Augen geblickt. Dieses Tier ist ein Dämon. Sie ist böse. Wir müssen sie vernichten. Oder sie vernichtet uns. Uns alle, Lovecraft.«

Er hielt inne, starrte Howard noch einen Moment lang an und fuhr dann fort, betäubte Ratten mit seinem Serum zu impfen. Als die erste Spritze geleert war, legte er sie vorsichtig in sein Etui zurück, nahm die zweite hervor und fuhr mit seinem schauerlichen Werk fort. Er verlangte nicht mehr, dass Howard ihm half, sondern leerte seinen gesamten Vorrat an Serum, verstaute das Etui sorgsam wieder in seiner Brusttasche und nahm Howard schweigend die Spritzen aus der Hand, um weiterzumachen. Howard schätzte, dass er weit über hundert Ratten infiziert hatte, als er endlich fertig und auch der Inhalt der sechsten Spritze verbraucht war.

»Jetzt schnell«, sagte er. »Wir müssen verschwinden. Die Wirkung des Gases hält nicht sehr lange an.«

Howard fuhr wie von der Tarantel gestochen hoch. »Die Wirkung?«, ächzte er. »Sind sie denn nicht ...«

»Tot?«, führte Cohen den Satz zu Ende und grinste. »Keineswegs, mein Lieber. Das würde auffallen. Ich will ihnen Tiere bringen, die an der Tollwut verendet sind und nicht an Giftgas erstickt.« Er grinste noch breiter, ging noch einmal in die Hocke und nahm drei der infizierten Tiere auf, um sie in einem Leinenbeutel zu verstauen, der aus den unergründlichen Tiefen seiner Jacke aufgetaucht war.

Sie verließen die Höhle auf dem gleichen Weg, auf dem sie gekommen waren. Wieder fühlte Howard dieses unangenehme, schwer in Worte zu fassende Gefühl des Unwohlseins, ja, beinahe Widerwillens, als sie durch den mit grünem Licht gefüllten Schacht stiegen, und wieder war es ihm, als wäre der fremdartige Schein weit mehr als Licht. Er glaubte seine Berührung auf der Haut zu spüren, zu fühlen, wie er in seine Kleider drang, in Mund und Nase und Ohren kroch und alles mit dem giftigen grünen Odem der Hölle füllte.

Wie Wasser, dachte er schaudernd.

Sie erreichten das Ende des Schachtes. Schnaubend zog sich Howard über seinen Rand, ließ sich auf die Knie sinken und blieb einen Moment hocken, um wieder zu Atem zu kommen. Cohen war bereits einige Yards vorausgeeilt und stehen geblieben. Howard konnte sein Gesicht in der unheimlichen grünen Helligkeit nicht richtig erkennen. Aber er spürte die Nervosität des weißhaarigen Riesen direkt.

Mühsam stand er auf, trat an Cohens Seite und sah stirnrunzelnd zu, wie dieser seinen Leinensack öffnete und eine der toten Ratten sorgsam auf den Boden drapierte.

»Was ist das hier unten?«, fragte er, als Cohen fertig war und weitergehen wollte. »Vorhin sagten Sie, ich würde es sehen, aber ich muss gestehen, dass ich wenig von dem, was ich gesehen habe, wirklich verstehe.«

Cohen schwang sich seinen Sack über die Schulter und nickte. »Niemand weiß das genau«, sagte er. »Diese Gänge wurden durch einen Zufall entdeckt; vor Jahren, als sie mit den ersten Grabungen für die Untergrundbahn begonnen haben. Ein halb fertig gestellter Tunnel stürzte ein, und dahinter kam der Anfang dieses Stollens zum Vorschein.« Er machte eine weit ausholende Geste und sah Howard ernst an. »Ein paar Männer sind hineingegangen, um ihn zu erkunden, aber sie kamen nicht zurück. Danach haben sie eine Rettungsmannschaft geschickt und eine weitere, die die Rettungsmannschaft retten sollte. Ein einziger Mann ist zurückgekommen. Und den haben sie für verrückt erklärt.«

Howard erbleichte. »Und das waren ... Sie?«, fragte er zaghaft.

Cohen nickte. »Ja. Niemand hat mir geglaubt – und ich muss gestehen, dass es eine Zeit gab, in der ich mich selbst gefragt habe, ob die anderen vielleicht Recht haben und ich damals schlicht und einfach den Verstand verloren habe. Aber das war nur eine Zeit. Ich bin wiedergekommen, wissen Sie? Auch, nachdem sie den Zugang vermauert und den Stollen aus den Plänen herausgestrichen haben. Ich bin wiedergekommen und habe auf eigene Faust Nachforschungen angestellt.« Er brach ab, und für einen Moment ging sein Blick an Howard vorbei ins Leere. Sein Gesicht verkrampfte sich, fast, als bereiteten ihm die Erinnerungen, die seine Worte heraufbeschworen hatten, körperlichen Schmerz. Dann hatte er sich wieder in der Gewalt.

»Dieser Stollen ist nicht der einzige«, erklärte er in verändertem

Tonfall. »Es gibt viele solcher Stollen, Meilen um Meilen, Lovecraft. Und es gibt böse Dinge hier unten.«

Er sprach nicht weiter, und Howard spürte, dass er auch keine Antwort mehr bekommen würde, wenn er versuchte nachzuhaken. Aber etwas war in Cohens Stimme gewesen, das ihm einen eisigen Schauer über den Rücken jagte. *Es gibt böse Dinge hier unten,* klangen Cohens Worte hinter seiner Stirn nach. Es war seltsam – gerade der Schrecken, den er nicht aussprach, war viel schlimmer als der, den er bezeichnet hatte ...

Sie gingen weiter. Das grüne Licht blieb ganz langsam hinter ihnen zurück, und nach einer Weile erreichten sie die Stelle, an der sie ihre Fackeln zurückgelassen hatten. Cohen kniete nieder, nahm einen der teergetränkten Stäbe auf und ließ ein Sturmfeuerzeug aufflammen. Augenblicke später wich die ewige Nacht dem roten Widerschein der Fackeln.

Howard schrie gellend auf, als er sah, was sich bisher hinter der Wand aus Schwärze verborgen hatte.

Der Sturz dauerte nur wenige Sekunden, aber für mich vergingen Ewigkeiten. Die Wände der klaffenden Erdspalte rasten neben uns in die Höhe, Lady Audleys Schrei gellte in meinen Ohren, hervorstehende Steine und Wurzelwerk schlugen wie peitschende Arme nach mir, zerrissen meine Kleider und meine Haut, der Spalt, sein nachtschwarzer Grund und der gezackte, rasend schnell dünner werdende Streifen grauroten Himmels wirbelten schneller und schneller um mich herum.

Ich hörte Lady Audley schreien, dann mich, dann einen Laut, den ich zu kennen glaubte, ohne ihn sofort einordnen zu können. Ein flüchtiger Splitter von Weiß mischte sich in das Kaleidoskop des Todes, in dem ich in die Tiefe stürzte.

Dann sah ich den Boden. Die Erdspalte war vielleicht zwanzig, dreißig Yard tief, aber ihr Grund war kein Grund, sondern die Decke einer titanischen Höhle, deren Boden mit Felsen und spitzen, wie steinerne Dolche geformten Felsnadeln gespickt abermals fünfzig oder mehr Yards unter uns lag.

Wieder gewahrte ich einen Streifen blendend heller weißer Farbe, und erneut hörte ich diesen seltsam vertrauten und doch unverständlichen Laut.

Der Boden raste auf uns zu. Lady Audley, die etwas schneller fiel als ich, begann unter mir groteske Schwimmbewegungen mit Armen und Beinen zu machen, überschlug sich und –

Etwas ergriff meine Schultern, drehte mich im Fallen herum und riss mich mit furchtbarer Wucht zurück.

Der Schmerz war unbeschreiblich. Mein Körper schien in zwei Teile gerissen zu werden. Flüssiges Feuer raste durch meine Adern. Jeder einzelne Knochen in meinem Leib schien zu brechen. Im ersten Moment war ich überzeugt, aufgeschlagen zu sein und den Vorgang des Sterbens zu erleben.

Dann teilte das Rauschen gigantischer schlagender Schwingen die Luft, und ich spürte, dass meine Beine noch immer frei über dem Abgrund pendelten. Eisige Luft streichelte meine erhitzten Wangen, und ein Paar schmaler, aber unglaublich kraftvoller Hände hatte sich unter meine Achseln geschoben und hielt mich.

Vorsichtig öffnete ich die Augen.

Ich schwebte noch immer frei in der Luft, raste aber nicht mehr in irrwitzigem Tempo dem Boden entgegen, sondern sank nach unten. Plötzlich sah ich Lady Audley.

Sie stürzte, sich immer und immer wieder überschlagend, neben mir in die Tiefe, den Mund zu einem stummen, vom Entsetzen erstickten Schrei geöffnet und die Hände hilflos nach beiden Seiten ausgestreckt. Dann schlug sie auf.

Das Geräusch war nicht sehr laut. Aber es war der fürchterlichste Laut, den ich jemals in meinem Leben gehört hatte. Ich hatte das Gefühl, ihn wie eine Welle plötzlichen, heißen Schmerzes durch meinen Körper rasen zu fühlen. Stöhnend schloss ich die Augen.

Ich spürte kaum, wie der rasende Flug zu Ende ging und ich beinahe sanft aufsetzte. Ich fühlte nicht einmal, wie ich auf Hände und Knie fiel und mir das Gesicht an einer der Felszacken aufriss. Alles, woran ich denken konnte, war dieser fürchterliche Laut und das Bild, das ich gesehen hatte. Und dass Lady Audley tot – tot, tot, tot – war. Plötzlich, in diesem Moment erst, spürte ich, wie sehr ich diese versponnene alte Frau gemocht hatte.

Jemand berührte mich an der Schulter, und als ich aufsah, erkannte ich Cindys Gesicht durch den Schleier von Tränen, der meinen Blick vernebelte.

Cindys Gesicht?

Nein – das war nicht mehr das schmale Antlitz von Lady Audleys

Nichte. Was ich sah, waren Züge, die so sanft und weiß wie aus kostbarem Porzellan modelliert waren, Augen, die die Unendlichkeit geschaut hatten, und Haar, das wie gesponnenes Sternenlicht weit über schlanke, perfekt geformte Schultern herabfiel. Und ein Paar unglaublich großer, strahlend weißer Schwanenflügel, die die Dimensionen der Höhle selbst jetzt noch zu sprengen schienen, als sie sich wieder zusammenfalteten.

»Shadow«, flüsterte ich.

Das Wesen, das bisher in Cindys Gestalt aufgetreten war, nickte sanft. Ein mildes, sehr helles Licht schien seinen Körper zu umgeben, wie eine Aura der Helligkeit, ohne dabei auch nur im Geringsten zu blenden. Selbst jetzt war es mir unmöglich, mit Sicherheit zu sagen, ob ich einen Mann oder eine Frau vor mir hatte. Vielleicht keines von beiden.

»Bist du verletzt?«, fragte sie.

Ich war nicht ganz sicher; trotzdem schüttelte ich den Kopf und versuchte auf die Beine zu kommen – wenn auch mit dem einzigen Ergebnis, dass ich sofort wieder das Gleichgewicht verlor und mich selbst wie einen Schmetterling an einer Felsnadel aufgespießt hätte, hätte Shadow nicht blitzschnell zugegriffen und mich gehalten. Behutsam stellte sie mich auf die Füße und blieb mit griffbereit ausgestreckten Händen stehen, bis sie sicher war, dass ich aus eigener Kraft stehen konnte. Vor mir, zwischen den Steinen, glitzerte etwas. Ein Kristall. Der Knauf meines Stockdegens!

Shadow folgte meinem Blick, bückte sich rasch und nahm den Stock vom Boden auf. Er war unversehrt.

»Wir müssen hier heraus«, sagte sie und reichte mir die Waffe. »Sie werden bald merken, dass wir noch am Leben sind. Ich kann nicht gegen sie kämpfen. Die Übermacht ist zu groß.« Sie streckte die Arme aus. Ihre Schwingen begannen sich zu entfalten, aber ich wich rasch zwei, drei Schritte zurück, schob den Stockdegen unter meinen Gürtel und schüttelte entschieden den Kopf.

»Lady Audley«, sagte ich. »Wir müssen nach Lady Audley sehen.«

»Sie ist tot, Robert«, sagte Shadow sanft. Seltsam – ihre Stimme klang traurig, aber ich war sicher, auf ihren Zügen nicht die geringste Spur eines echten Gefühles zu erkennen. Ihre Worte waren eine reine Feststellung.

»Warum ... warum hast du sie nicht gerettet«, stammelte ich. »Du hättest es gekonnt. Du kannst fliegen. Du hast mich auch –« Ich brach ab, als ich begriff, dass ich Unsinn redete. Es war einfach zu schnell gegangen. Für mich waren während des Sturzes tausend Ewigkeiten vergangen, aber in Wirklichkeit konnten es nicht mehr als fünf, sechs Sekunden gewesen sein. Vermutlich war es schon ein Wunder, dass sie mich hatte auffangen können.

»Es ging zu schnell«, sagte Shadow. »Ich hatte die Wahl, einen von euch zu retten. Nur einen.«

»Dann hättest du sie nehmen sollen!«, sagte ich.

Shadow lächelte traurig. »Das Gleiche hätte sie vermutlich über dich gesagt, hätte ich sie fragen können. Und du warst näher«, erklärte sie. »Die Spanne deines Lebens ist zudem noch sehr viel länger. Würdest du den großen Teil opfern, um den kleinen zu retten?«

Ein Schlag ins Gesicht hätte mich kaum härter treffen können. Ich starrte sie an, öffnete den Mund, brachte aber nur einen keuchenden Laut heraus. Es war so ... so *unmenschlich*. So kalt. Plötzlich kam mir ihre gläserne Schönheit voll zu Bewusstsein, die sterile Farbe ihrer Erscheinung.

Eis.

Das war alles, woran ich denken konnte. Sie war schön, unendlich schön, aber es war die Schönheit einer Statue, aus stahlhartem Eis geformt. Nichts in ihr lebte.

»Ich muss zu ihr«, stammelte ich. Shadow wollte nach mir greifen, aber ich schlug ihre Hand beiseite, fuhr herum und rannte im Zickzack zwischen den Felsnadeln auf die Stelle zu, an der Lady Audley aufgeschlagen war.

Ich wusste nicht, was ich erwartet hatte – einen zermalmten Körper, Blut, zersplitterte Knochen –, aber ich war fast erleichtert, sie zu sehen.

Sie lag mit dem Gesicht nach unten neben einem gut dreifach mannshohen Felspfeiler. Es sah aus, als schliefe sie nur.

»Robert!«, rief Shadow hinter mir her. »Komm zurück. Wir sind in Gefahr! Du kannst ihr nicht mehr helfen!«

Ich ignorierte sie, überwand die letzten Meter mit zwei, drei hastigen Schritten und kniete neben ihr nieder. Meine Hände zitterten, als ich sie vorsichtig auf den Rücken drehte und warmes, klebriges Blut unter den Fingern fühlte.

Lady Audley stieß einen leisen, wimmernden Laut aus und öffnete die Augen.

Sie lebte!

»Shadow!«, schrie ich. »Komm her. Sie lebt!«

Behutsam ließ ich Lady Audleys Oberkörper zurücksinken, zog nach kurzem Zögern die Jacke aus und knüllte sie zu einem Ball zusammen, den ich unter ihren Nacken schob. Lady Audleys Augen standen weit offen, aber sie waren trüb; sie sah mich nicht. Ein leises, qualvolles Wimmern kam über ihre aufgesprungenen Lippen, als ich ihren Arm berührte.

Shadow langte neben mir an, kniete ebenfalls nieder und blickte ungläubig auf Lady Audleys blutüberströmtes Gesicht herunter. »Wie ist das möglich?«, fragte sie fassungslos. »Kein Mensch kann diesen Sturz überleben!«

Ich sah auf. Dunkles Blut glitzerte in breiten, schmierigen Streifen auf der schräg abfallenden Flanke der Felsnadel, an deren Fuß Lady Audley lag. Sie musste schräg auf den Felsen geprallt und wie auf einer steinernen Rutsche daran herabgeglitten sein; das hatte die größte Wucht ihres Sturzes gebrochen.

Ich beugte mich vor, riss einen Fetzen aus meinem Hemdsärmel und versuchte, das Blut aus ihrem Gesicht zu wischen. Sie war nicht einmal sehr stark verletzt: Eine breite Platzwunde verunzierte ihre Stirn, und wie alle Kopfverletzungen hatte sie über die Maßen geblutet, aber ihr Schädel schien, soweit meine unkundigen Finger dies ertasten konnten, zumindest nicht verletzt zu sein.

»Wir müssen fort, Robert«, drängte Shadow. »Sie werden wiederkommen.«

Ich sah auf, blickte sie an, dann den gezackten Riss hoch oben in der Höhlendecke und dann wieder Shadow. »Wer sind *sie?«,* fragte ich betont.

»Die grauen Herren«, antwortete Shadow bedrückt. »Shub-Nigguraths Kinder.«

»Aber du hast gesagt –«

»Ich weiß, was ich gesagt habe«, unterbrach sie mich, noch immer mit ihrer sanften, stets freundlich klingenden Stimme, aber trotzdem hörbar ungeduldig. »Er selbst ist nicht hier. Ich würde es spüren, wäre er auch nur in der Nähe. Aber seine Kinder sind hier. Sie werden uns töten.«

Ich verstand nichts mehr. »Die grauen Herren«, murmelte ich. »Du meinst . . . sie sind –«

»Du kennst den zweiten Namen, den die ALTEN für Shub-Niggurath hatten?«, fragte sie ernst.

Ich nickte. *»Die schreckliche schwarze Ziege mit den tausend Jungen.«*

»Dann weißt du jetzt auch, was er bedeutet«, murmelte sie. »Es sind die grauen Herren. Die Wesen, die du Ratten genannt hast. Er hat sich vermehrt, Robert. Millionenfach.«

Ich schluckte ein paar Mal, um den bitteren Geschmack loszuwerden, der plötzlich auf meiner Zunge lag. Verwirrt legte ich den Kopf in den Nacken und blinzelte nach oben. Bewegten sich die Ränder des Risses nicht? Zuckten und wogten sie nicht hin und her, als lebe die Erde dort oben? Plötzlich verspürte ich einen heftigen Anflug jenes unangenehmen Gefühls, das man manchmal hat, wenn man an Insekten und Krabbelgetier denkt. Einen Moment lang verspürte ich das fast unwiderstehliche Drängen, mich am ganzen Leib kratzen zu müssen.

»Aber das ist doch unmöglich«, widersprach ich matt. »Es sind doch erst wenige Stunden, seit er erwacht ist.«

»Was ist Zeit für einen GROSSEN ALTEN?«, erwiderte Shadow geheimnisvoll. »Sie sind nicht wie ihr, Robert.« Sie sagte ganz deutlich: *ihr.* Nicht wir. »Ein Gedanke der GROSSEN währt ein Jahrtausend, und eine eurer Sekunden ist eine Ewigkeit für sie.«

»Aber die Ratten haben dir doch geholfen!«, widersprach ich.

Shadow lächelte. »Das dachte ich, Robert. Ich wurde getäuscht, so wie du. Sie waren von Anfang an auf seiner Seite. Vergiss nicht – sie waren es, die dich herlockten, damit du mein Tun vereitelst. Sie waren es, die letztlich dafür sorgten, dass ER erwachen konnte.« Sie seufzte. »Ich bin nicht allmächtig, Robert«, fuhr sie fort. »Dort, wo ich herkomme, bin ich nicht mehr als du, vielleicht sogar weniger. Ich wurde gesandt, um das Erwachen des TIERES zu verhindern, aber ich fürchte, wir haben alle Shub-Niggurath unterschätzt. Ich dachte, ihn in eine Falle gelockt zu haben. Aber in Wirklichkeit war ER es, der mich die ganze Zeit über benutzt hat. Ich habe versagt, Robert.«

Etwas in ihrer Stimme hinderte mich daran, ihr zu widersprechen. Noch einmal blickte ich nach oben, und diesmal war ich sicher, mir die zuckende Bewegung längs der Erdspalte nicht nur einzubilden. Sie kamen. Shub-Nigguraths Junge. Die Höhle, in der wir waren, musste schon seit Jahrmillionen tief unter der Erde gelegen haben, der Bodenbeschaffenheit nach eine vulkanische Blase, die entstand, als diese Welt noch jung gewesen war.

Aber den Spalt, die Zerstörungen in der Stadt und das Erdbeben hatten die Ratten geschaffen. Ich versuchte, mir die Zahl der Ratten vorzustellen, die in der Lage waren, einen zwanzig Yards tiefen Riss in die Erde zu graben und ein Haus zum Einsturz zu bringen. Es gelang mir nicht. Vielleicht war es gut so.

Ich verscheuchte den Gedanken und versuchte, mich auf das Nächstliegende zu konzentrieren.

»Wir müssen hier heraus«, sagte ich. »Kannst du uns beide tragen?«

»Nein«, antwortete Shadow. »Ich weiß nicht einmal, ob ich dich tragen kann.« Sie deutete nach oben. »Der Riss ist zu schmal. Ich kann meine Flügel nicht ganz entfalten. Und meine Kräfte würden auch nicht reichen, das Gewicht von zwei Menschen zu tragen.«

»Dann bring uns nacheinander hinauf«, verlangte ich.

Shadow schüttelte abermals den Kopf. »Sie würden dich töten, Robert, im gleichen Moment, in dem du den Boden berührst.« Sie schwieg einen Moment, dann kniete sie neben Lady Audley nieder, berührte ihre Stirn mit der Hand und schien einen Moment in sich hineinzulauschen.

»Sie wird sterben«, sagte sie. »Bald.«

»Wenn wir sie hier zurücklassen, bestimmt«, erwiderte ich mit einer Gereiztheit, die ich mir im Grunde selbst nicht richtig erklären konnte. »Ich gehe nicht ohne sie.«

»Aber sie wird sterben!«, beharrte Shadow. »So oder so.«

»Vielleicht«, antwortete ich stur. »Aber vielleicht auch nicht. Ich rühre mich nicht von der Stelle, solange sie lebt. Bring mich hinauf. Ich werde mich schon wehren, wenn sie kommen.« Ich war mir darüber im Klaren, dass ich ziemlichen Blödsinn redete. Niemand konnte sich gegen Millionen und Abermillionen von Ratten wehren. Auch ein Hexer nicht. Aber ich war nicht mehr in der Verfassung, logisch zu denken.

Einen Moment lang blickte mich Shadow mit undeutbarem Ausdruck an, dann seufzte sie, erhob sich wieder zu ihrer vollen Größe von fast zwei Metern und nickte auf sonderbar resignierende Weise. »Vielleicht gibt es noch einen anderen Weg«, sagte sie. »Wenn wir vermutlich auch alle drei sterben werden. Hilf mir.«

Gemeinsam hoben wir Lady Audley so vorsichtig wie möglich hoch, wobei Shadow wie ein startender Schwan mit den Flügeln schlug, um zusätzliche Kraft zu gewinnen. Mit einer Kopfbewegung deutete sie tiefer in die Höhle hinein.

»Dort entlang.«

Zuerst war da nur Schmerz; ein dumpfes, quälendes Pochen, als klopften harte Fingerknöchel von innen gegen seine Schädeldecke. Dann, ganz langsam, regte sich Howards Bewusstsein; der pochende Schmerz verging, und stattdessen kamen Übelkeit und ein quälendes Brennen dicht über seinem rechten Ohr, wo ihn der Schlag getroffen und seine Haut aufgerissen hatte.

Dann die Bilder.

Dunkelheit. Der plötzliche rote Glanz einer Fackel, Licht, das wie mit dünnen faserigen Fingern in den Gang stieß und sich in eine Nacht fraß, die vielleicht seit Anbeginn der Zeit währte. Er erinnerte sich, das schon fast vertraute Bild des Ganges gesehen zu haben, dann die Ratten, deren Anblick nicht einmal unerwartet kam, trotzdem aber von einem heißen Schrecken begleitet war, und dann die Männer ...

Es war die Erinnerung an das halbe Dutzend stämmiger, dunkel behaarter Männer, die Howard vollends ins Bewusstsein zurückriss und ihn mit einem erschrockenen Laut den Kopf heben und die Augen öffnen ließ. Männer mit ganz normalen, menschlichen Körpern, aber schrecklichen, zu Klauen gewordenen Händen und spitzen Rattengesichtern!

Im ersten Moment sah er nichts. Um ihn herum war ein dunkelgrauer kränklicher Schimmer unangenehmen Lichtes, und es dauerte lange, bis sich seine Augen so weit umgestellt hatten, ihn wenigstens Schemen erkennen zu lassen. Er versuchte sich zu bewegen und merkte erst jetzt, dass er in einer halb aufrechten Haltung an der Wand lehnte, Hand- und Fußgelenke gehalten von breiten, rostzerfressenen Eisenringen, die mit kaum handlangen Ketten an der Wand befestigt waren.

Er musste sehr lange in dieser Stellung hier gehangen haben, denn seine Handgelenke waren blutig aufgeschürft, und mit dem Erkennen kam der Schmerz. Seine Haut brannte wie Feuer, und sein Rücken schien mit einer Million glühender Nadeln gespickt zu sein.

Howard unterdrückte ein Stöhnen, stemmte sich in die Höhe, so weit es seine Fesseln zuließen, und drehte den Kopf nach rechts und links.

Die Kammer, in der er sich befand, war nicht groß – ein unregelmäßiges Rund von weniger als zehn Schritten Durchmesser – aber dafür so hoch, dass ihre Decke nicht sichtbar war. Fast wie ein Turm, der auf absurde Weise tief unter die Erde geraten war.

Die Rattenmänner waren nicht da, aber er war auch nicht allein. Auf der anderen Seite der Kammer, genau ihm gegenüber, lehnte eine halb zusammengesunkene Gestalt an der Wand, wie er von Ketten gehalten und offenbar ohne Bewusstsein. Cohen.

Howard hörte ein Geräusch, wandte abermals den Kopf und sah, wie sich in der scheinbar massiven Wand eine ovale, gut mannshohe Öffnung auftat. Ein Dutzend großer Ratten strömte wie eine braungraue Flut herein, gefolgt von zwei nur schemenhaft erkennbaren Gestalten mit spitzen Gesichtern, die rechts und links des Einganges Aufstellung nahmen, während die Ratten in der Kammer ausschwärmten und sinnlos durcheinander zu rennen begannen. Howard wartete darauf, dass die Rattenmänner sie ansprachen oder sonst irgendetwas taten, aber sie blieben reglos stehen, und es dauerte mindestens zehn Minuten, ehe draußen, auf dem unsichtbaren Gang, wieder Schritte laut wurden.

Etwas an ihrem Rhythmus störte Howard. Er wusste nur nicht, was.

Und als er es erkannte, hätte er um ein Haar erneut aufgeschrien.

Es war eine Ratte. Aber nicht irgendeine Ratte, sondern ein Ungeheuer, das der Urvater aller Ratten sein musste.

Sie war weiß, von einer so makellosen, strahlenden Farbe, dass ihr Anblick beinahe blendete. Ihr Körper war so groß wie der eines Schäferhundes, und zusammen mit dem nachschleifenden, nackten Schwanz musste sie gute anderthalb Meter messen. Ihre Augen hatten die Farbe geronnenen Blutes.

Und das Schlimmste war der lodernde Funke boshafter Intelligenz, der darin lauerte.

Langsam kam das Tier näher, blieb dicht vor Howard stehen und erhob sich für einen Moment auf die Hinterläufe, um ihn wie ein Hund eingehend zu beschnüffeln.

Dann drehte es sich herum, trippelte zu Cohen hinüber und untersuchte auch ihn, weitaus länger und eingehender als Howard zuvor. Schließlich hatte es seine Musterung beendet und lief zurück zur Tür, verließ die Kammer jedoch nicht, sondern blieb zwischen den beiden Rattenmännern hocken und sah abwechselnd zu ihnen hinauf.

Howard konnte nicht erkennen, was die weiße Ratte tat, aber sie schien auf irgendeine Art mit ihnen zu kommunizieren, denn einer der beiden löste sich plötzlich von seinem Platz, ging auf Cohen zu und versetzte ihm zwei, drei Schläge mit der flachen Hand ins Gesicht.

Cohen stöhnte, öffnete die Augen und versuchte sich aufzurichten, sank aber sofort wieder in sich zusammen.

»Stehen Sie auf, Mann!«, zischte der Rattenmann. Seine Stimme war kaum zu verstehen. Es klang, als versuche ein Tier zu sprechen, das nicht die notwendigen Stimmapparate dazu hatte.

Trotzdem reagierte der weißhaarige Hüne darauf. Mühsam stemmte er sich in die Höhe und hob den Kopf. Dann sah er die weiße Ratte.

Es war, als hätte er einen elektrischen Schlag erhalten. Mit einem Schrei fuhr er hoch, wurde von den Ketten zurückgerissen und warf sich einen Moment lang in sinnloser Raserei gegen die unzerbrechlichen Fesseln. Sein Gesicht verzerrte sich zu einer Grimasse des Hasses.

»Toben Sie ruhig!«, sagte der Rattenmann. »Aber es wird Ihnen nichts nutzen.«

»Du Ungeheuer!«, brüllte Cohen. Seine Stimme war hoch und schrill wie die eines Wahnsinnigen. »Du verdammte Bestie. Ich werde –«

»Nichts werden Sie«, unterbrach ihn der Rattenmann. »Sie hätten nicht herkommen sollen. Jetzt werden Sie sterben.«

»Das nützt dir nichts mehr!«, keuchte Cohen. »Es ist vorbei, du Bestie. Sie werden kommen und –«

»– und sterben«, fiel ihm der Rattenmann ins Wort. »Es ist gut, dass sie kommen, denn wir brauchen sie.« Er trat einen Schritt zurück und stellte sich so hin, dass er Howard und Cohen gleichzeitig ansehen konnte. »Sie beide werden nur die Ersten sein, deren Leben wir nehmen. Vielleicht tröstet es Sie zu wissen, dass Ihr Tod einem höheren Zweck dient.«

»Wie originell«, murmelte Howard. »Aber irgendwo habe ich das schon einmal gehört.«

Der Kopf der Albinoratte ruckte mit einer abrupten Bewegung herum. Ein schriller Pfiff ertönte.

»Ihr Galgenhumor ist unangebracht, Lovecraft«, zischelte der Rattenmann.

»Lovecraft?« Howard blinzelte verwirrt. »Sie kennen meinen Namen?«

Die Albinoratte pfiff erneut, und der Rattenmann sagte: »Nichts, was in meiner Stadt vorgeht, bleibt mir verborgen, Lovecraft. Ihre Gedanken sind ein offenes Buch, in dem ich lesen kann.«

Und plötzlich begriff Howard, dass es in Wahrheit gar nicht der Rattenmann war, der zu ihm sprach, sondern der Albino. Der Rattenmann diente ihm nur als die Stimme, die er nicht hatte.

»Das stimmt«, sagte der Rattenmann. »Sie sind ein intelligenter Mann, Lovecraft. Doch nun kommen Sie. Der Herr wartet.«

Ein letzter, befehlender Pfiff ertönte, und die beiden Rattenmänner traten gehorsam auf Cohen und Howard zu, lösten ihre Fesseln, nahmen sie in die Mitte und führten sie aus der Kammer. Die weiße Riesenratte folgte ihnen, eskortiert von einem Dutzend der großen, haarigen Tiere, die eine Art Leibwache für sie zu bilden schienen.

Einen ganz kurzen Moment lang dachte Howard an Flucht, aber er verwarf den Gedanken beinahe schneller, als er ihm gekommen war. Selbst wenn er ihren Bewachern und der Rattenarmee, die sie begleitete, entkommen wäre, hätte er keine Chance gehabt. Er wusste nicht, wo er war, er hätte nicht einmal gewusst, in welche Richtung er fliehen sollte, und wahrscheinlich lauerten in den grauen Schatten, die die gewölbten Gänge erfüllten, Millionen von Ratten.

»Auch das ist richtig«, sagte der Rattenmann zu seiner Linken. »Es wäre Selbstmord, Lovecraft.«

Howard schenkte ihm einen bösen Blick und konzentrierte sich mit aller Macht auf das Bild einer riesigen schwarzen Katze, die eine Ratte geschlagen hatte und sie genüsslich verspeiste. Die Albinoratte gab einen Laut von sich, der beinahe wie ein Lachen klang.

Das unterirdische Tunnelsystem schien kein Ende zu nehmen. Ihre Bewacher führten sie durch ein wahres Labyrinth von Stollen, Gängen, schräg abfallenden Rampen und gewaltigen, leeren Hallen, über Treppen und steile, schneckenhausartig gewundene Ebenen tiefer und tiefer in die Erde hinein. Howard versuchte, irgendetwas Vertrautes oder zumindest Bekanntes in seiner Umgebung zu entdecken, aber die Architektur dieser titanischen unterirdischen Anlage war mit nichts zu vergleichen, was er jemals gesehen hatte.

Es gab Gänge, die sich sinnlos hin und her wanden, Treppen, die im Nichts endeten oder auf so absurde Weise gebogen und in sich verdreht waren, dass es ihm unmöglich war, sie länger als wenige Sekunden anzusehen, ehe ihm schwindelig wurde, gewaltige, aus schwarzem Basalt gemeißelte Gebilde, die keinem erkennbaren Zweck dienten, einmal sogar eine Treppe, die sich an der Wand entlangwand und für dreißig, vierzig Yard unter der Decke entlangführte, dann wieder Gänge, die im Nichts endeten.

Das Bedrückende daran war aber, dass es sich nicht um die Architektur der GROSSEN ALTEN handelte.

So fremdartig sie Howard erschien, war sie doch vollkommen anders als die jener untergegangenen Dämonenrasse, die die Erde lange vor der Zeit der Menschen beherrscht hatte. Auch sie war bizarr, für menschliche Begriffe manchmal schlichtweg lächerlich oder im besten Falle sinnlos, aber sie war anders, ganz, ganz anders.

Der Gedanke, der daraus folgerte, ließ Howard innerlich aufstöhnen.

Die GROSSEN ALTEN waren nicht das einzige Volk, das die Erde vor den Menschen bewohnt hatte. Und nach der immensen Größe dieser unterirdischen Anlage zu schließen, konnten seine Erbauer den GROSSEN ALTEN an Macht nicht sehr viel nachgestanden haben.

Nach einer schier endlosen Wanderung erreichten sie eine weitere, quadratische Felskammer, die Howard bekannt vorkam. Das Licht war hier ein wenig intensiver, gleichzeitig auch von einem grünlichen, unheimlichen Schein durchdrungen. Dann sah er die toten Ratten auf dem Boden.

Es war die Höhle, in der Cohen die Tiere vergiftet hatte.

Verblüfft blieb er stehen.

Auf dem Sims, über den Cohen und er hier herabgestiegen waren, standen an die zwei Dutzend Männer. Einige von ihnen trugen die spitzen, haarigen Rattengesichter ihrer Bewacher, die anderen schienen auf den ersten Blick normal, wenngleich der grünliche Schimmer der Luft ihren Gesichtern auch etwas Gespenstisches verlieh. Aber ihre Augen waren leer.

Einer der Rattenmänner versetzte Cohen einen Stoß, der ihn nach vorn und auf die Knie fallen ließ; gleichzeitig ergriff eine haarige, unmenschlich starke Klaue Howards Handgelenk und drehte ihm den Arm auf den Rücken.

Die Albinoratte gab einen schrillen, irgendwie boshaft klingenden Laut von sich, und einer der Wächter übersetzte: »Sie sind gekommen und haben den Tod in mein Reich gebracht, Mensch Cohen. Ich könnte Sie vernichten, aber das wäre nicht genug. Sie hassen mich, weil ich es war, der Sie verletzte und Ihr Leben vernichtete. Sie wollen meinen Tod, und das kann ich verstehen. Aber mein Tod allein war

Ihnen nicht genug. Sie wollten den Untergang meines Volkes, Mensch. Sie haben den Tod zu mir gebracht, und deshalb werde ich Sie zurückschicken zu den Menschen, und Sie werden den Tod zu ihnen bringen.«

Damit beugte sich der Rattenmann hinab, griff nach Cohens Jacke und riss das schwarze Lederetui mitsamt dem Jackenfutteral heraus. Seine Klauen, die so ungeschickt aussahen, öffneten den diffizilen Verschluss und nahmen eine der kleinen Glasspritzen hervor. Auf dem Boden des fingerdicken Kolbens glitzerten noch wenige Tropfen der tödlichen Flüssigkeit, mit der sie gefüllt gewesen war.

In Cohens Augen flammte das Entsetzen auf, als er begriff, was die Worte der Ratte zu bedeuten hatten. Mit einem verzweifelten Schrei sprang er auf, schlug mit der Faust nach dem Rattenmann und brach erneut in die Knie, als der Unheimliche seinem Hieb auswich und ihm einen Stoß versetzte. »Nein!«, wimmerte Cohen. »Nicht! Nicht das! Töte mich! Mach mit mir, was du willst, aber nicht das!«

Howard starrte abwechselnd ungläubig in Cohens schreckverzerrtes Gesicht und auf die unscheinbare Spritze in der Hand des Rattenmannes. Ein furchtbarer Verdacht begann sich in ihm breitzumachen.

»Sie ... Sie haben mich belogen«, flüsterte er. »Das Serum ist ... ist nicht harmlos.«

»Nein«, sagte der Rattenmann an Cohens Stelle. »Es gibt dieses Mittel nicht, von dem er Ihnen berichtete, Lovecraft. Nur das hier.« Er hob die Spritze und drehte sie im Licht, sodass die wenigen Tropfen auf ihrem Grund wie kleine farblose Diamanten aufblitzten. »Das, was ihr Menschen Tollwut nennt.«

Und damit beugte er sich zu Cohen herab, zwang ihn herum und stieß ihm die dünne Nadel der Injektionsspritze in den Oberarm. Cohen schrie auf und warf sich nach hinten, aber gegen die unmenschlichen Kräfte seines Gegners hatte er keine Chance. Beinahe gemächlich beendete der Rattenmann sein furchtbares Werk, schleuderte die Spritze zu Boden und ließ Cohen los.

Dann drehte er sich herum, wählte eine zweite Spritze aus und kam mit wiegenden Schritten auf Howard zu.

Howard bäumte sich auf und begann sich mit verzweifelter Kraft gegen den Griff zu stemmen, der ihn hielt. Genauso gut hätte er versuchen können, die Höhle mit bloßen Händen einzureißen. Der Rattenmann kam näher, packte seinen linken, freien Arm, verdrehte ihn und stieß ihm die Nadel tief ins Fleisch.

Es tat nicht einmal sehr weh.

»Warte!« Shadow hob die Hand, bedeutete mir mit einer Geste zurückzubleiben und verschwand mit raschen, lautlosen Schritten in der Dunkelheit. Erschöpft legte ich Lady Audleys reglosen Körper zu Boden, ließ mich neben ihr niedersinken und lehnte Rücken und Kopf gegen die raue Flanke eines Felsgrates. Müdigkeit und Schwäche schlugen wie eine Woge über mir zusammen, so heftig, dass ich für Sekunden wirklich in Gefahr war, einzuschlafen.

Aber es mochte ein Schlaf werden, aus dem ich nie wieder erwachen würde, und dieser Gedanke brachte mich in die Wirklichkeit zurück. Ich schüttelte die unsichtbaren Spinnweben ab, die meinen Verstand einzuspinnen begannen, hob mühsam den Kopf und sah mich um.

Viel gab es allerdings nicht zu entdecken. Wir hatten die Höhle verlassen, und Shadow hatte mich durch ein wahres Labyrinth bizarr geformter Stollen und anderer, kleinerer Hohlräume geführt. Jetzt waren wir in einer weiteren, gewaltigen Höhle angelangt, deren Boden steil abfiel. Von irgendwoher kam Licht, obwohl ich seine Quelle nicht feststellen konnte, und der Boden wirkte, obwohl er mit zahllosen Trümmern und Lavabrocken übersät war, seltsam steril und unberührt. Es gab nicht das geringste Stäubchen, keine Brocken loser Erde, kein Zeichen von Leben. Es musste wirklich so sein, dass dieses unterirdische Labyrinth seit Anbeginn dieser Welt existierte und heute zum ersten Mal geöffnet worden war.

Der Gedanke, mich an einem Ort zu befinden, den vor mir noch kein Mensch, ja nicht einmal ein lebendes Wesen betreten hatte, erfüllte mich mit einer absurden Ehrfurcht.

Shadows Rückkehr riss mich in die Wirklichkeit zurück.

»Der Weg ist richtig«, sagte sie. »Komm.«

Mühsam nickte ich, stemmte mich auf die Knie und versuchte mir Lady Audleys zwei Zentner über die Schultern zu wuchten, aber meine Kräfte versagten. Alles in allem mussten wir an die zwei Meilen durch den unterirdischen Irrgarten gewandert sein, und die ganze Zeit über hatte ich Lady Audley getragen. Jetzt waren meine Kräfte endgültig erschöpft.

Shadow sah mir einen Moment kopfschüttelnd zu, ging neben mir in die Hocke und streckte die Hände aus. Aber statt mir dabei zu helfen, den reglosen Körper der Bewusstlosen vollends auf meine Schultern zu laden, berührte sie mit den Fingerspitzen für eine Sekunde meine Schläfen und flüsterte ein einzelnes, fremdartig klingendes Wort.

Irgendwo in meinem Innern schien sich eine Tür zu öffnen, und eine Woge neuer, prickelnder Kraft floss durch meinen Körper. Verwirrt blickte ich sie an, stand mit einer federnden Bewegung auf und hob Lady Audley in die Höhe, als wöge sie gar nichts.

»Wie hast du das gemacht?«, fragte ich verblüfft.

Shadow lächelte. »Ich habe gar nichts gemacht«, antwortete sie. »Ich habe deinem Körper nur gezeigt, wie er seine verborgenen Kraftreserven nutzen kann. Aber sie reichen nicht ewig.« Ihre Stimme wurde ein ganz kleines bisschen ernster. »Folge mir. Ich bringe dich hier heraus. Dort entlang.«

Sie deutete auf einen halbhohen, fast perfekt gerundeten Durchgang an der Seitenwand der Höhle, wandte sich um und ging, ohne sich davon zu überzeugen, dass ich ihr tatsächlich folgte. Ein kurzer, wie poliert wirkender Gang schloss sich an, danach folgte eine schier halsbrecherische Kletterei zwischen rasiermesserscharfen Felsdornen und jäh aufklaffenden Abgründen – und urplötzlich standen wir in einer weiteren, domartig gewölbten Höhle.

Der Anblick ließ mich mitten im Schritt innehalten.

Alles, was ich bisher über dieses unterirdische Labyrinth gedacht und geglaubt hatte, war falsch. Die Höhle, in der wir standen, hatte die Ausmaße einer gotischen Kathedrale – und sie war *künstlich.*

Zumindest war das mein erster Eindruck. Dann sah ich, dass die Höhle wohl natürlichen Ursprungs war, nichts weiter als eine gewaltige Luftblase, die sich im halb flüssigen Stein gebildet hatte, als dieser Kontinent entstand. Aber sie war nachträglich – mit einer Technik und einem Aufwand, den ich mir nicht einmal vorzustellen wagte – bearbeitet und erweitert worden. Die spitze Decke wölbte sich gute hundert Yards über unseren Köpfen und musste bis nahe an die Erdoberfläche heranreichen. Die Wände waren über und über bedeckt mit barbarischen, nichtsdestotrotz aber kunstvollen Reliefarbeiten, die auf geheimnisvolle Weise zu leben schienen. Zahllose, perfekt gerundete Eingänge führten aus allen Richtungen zugleich in die Höhle hinein.

Und genau in ihrer Mitte, die nadelscharfe Spitze auf den Punkt ausgerichtet, in dem die Wölbung der Decke auslief, stand der Obelisk.

Er war schwarz wie die Nacht und aus einem Material gearbeitet, das weder Metall noch Stein zu sein schien und eine Art ... schwarzes Licht ausstrahlte.

»Was ist das hier?«, fragte ich. Die bizarre Akustik der Höhle fing den Klang meiner Worte auf und warf ihn als tausendfach verzerrtes Echo zurück. Es klang wie boshaftes Hohngelächter in meinen Ohren.

»Ein Ort, an den nie wieder zurückzukehren ich mir geschworen habe«, sagte Shadow. Auch ihre Stimme zitterte, und fast glaubte ich, einen Ausdruck von Furcht auf ihren Zügen zu erkennen. Sie war neben mir stehen geblieben, unmittelbar hinter dem Ausgang und so dicht bei der Wand, dass ihre Schwingen den rauen Fels streiften. Fast, als versuchte sie, einen möglichst großen Abstand zwischen sich und den Obelisken zu bringen.

Noch einmal sah ich zu dem schwarzen Monument hinüber. Es war nicht nur dieses sonderbare, helligkeitsvernichtende Licht, was ihn so unheimlich aussehen ließ. Das Gebilde strahlte Hass und Bosheit aus wie einen düsteren Atem. Es *war* Materie gewordener Hass.

Und plötzlich glaubte ich zu wissen, wo wir waren. Wenn ich die zahllosen Um- und Irrwege, zu denen uns das Höhlensystem gezwungen hatte, in Abzug brachte, mussten wir uns eine knappe Meile von St. Aimes entfernt haben. Ich war sicher, dass über der Höhle, dort, wohin die Spitze des Obelisken wie ein ausgestreckter Zeigefinger wies, das Hünengrab lag.

»Das *Tor?«*, flüsterte ich.

Shadow atmete hörbar ein, wandte den Kopf und sah mich ernst an. Dann nickte sie. »Wir sind genau darunter«, sagte sie. »Es ist der einzige Weg.«

»Du kannst es öffnen?«

Shadow nickte, schüttelte gleich darauf den Kopf und griff mit einer fahrigen Geste in ihr gelocktes Silberhaar. Irgendetwas blitzte rot darunter, dann war es verschwunden. »Nein«, sagte sie. »Ich ... könnte es. Aber ich kann mich dem Obelisken nicht nähern. Ich bin jetzt schon viel zu dicht bei ihm. Du musst es tun.«

»Ich?« Vor Schrecken ließ ich beinahe Lady Audley fallen. Allein der Gedanke, mich dieser schwarzen, Stein gewordenen Scheußlichkeit nähern zu sollen, bereitete mir Übelkeit. »Das kann ich nicht.«

»Ich zeige dir den Weg«, sagte Shadow. »Ich werde dir helfen. Du musst nur tun, was ich dir sage. Mehr nicht. Aber du musst dich beeilen. Es ist gefährlich.«

Der letzte Satz – fand ich – war ausgesprochen überflüssig.

Behutsam legte ich Lady Audley zu Boden, richtete mich wieder auf und rückte den Stockdegen unter meinem Gürtel zurecht. Der Obelisk schien finsterer geworden zu sein. Mein Herz begann schneller zu schlagen. Ich spürte, wie meine Handflächen feucht wurden.

»Das TIER hat das Tor verschlossen und mit einem magischen Schutz versehen«, erklärte Shadow, »nachdem es diesen Weg benutzt hatte, um zu fliehen. Jeder, der jetzt versuchen würde, es zu benutzen, würde sterben. Aber es gibt einen Weg, es wieder zu öffnen.«

»Was muss ich tun?«, fragte ich.

Shadow deutete mit einer Kopfbewegung zur Spitze des steinernen Giganten. »Nur dorthinaufsteigen und den Steuerkristall berühren«, sagte sie.

»Nur dorthinaufklettern«, wiederholte ich sarkastisch. »Wenn es nicht mehr ist ...« Dann begriff ich erst, was sie gesagt hatte. »Welchen Steuerkristall?«

Wieder deutete Shadow nach oben. Diesmal war der Ausdruck auf ihren Zügen eindeutig Sorge. »Sein ... Gehirn«, sagte sie stockend. »Es ist das falsche Wort, aber es kommt der wahren Bedeutung am nächsten. Es befindet sich unter der Spitze des Obelisken. Alles, was du tun musst, ist hinaufzuklettern und es mit der Hand zu berühren. Alles andere mache ich.«

Ihre Worte erinnerten mich auf unangenehme Weise an etwas, das ich vor nicht einmal allzu langer Zeit mit einem größenwahnsinnigen Magier erlebt hatte, im Herzen des gewaltigen menschenverschlingenden Labyrinths von Amsterdam.

Ich verscheuchte den Gedanken.

»Es ist nicht so schwer, hinaufzukommen, wie es aussieht«, sagte Shadow.

Ich schenkte ihr einen bösen Blick, knurrte: »Für jemanden, der fliegen kann, sicher nicht«, und machte mich auf den Weg. Aber Shadow hielt mich noch einmal zurück.

»Warte«, sagte sie. »Du musst dich beeilen. Und noch etwas.« Sie zögerte, lächelte nervös und fuhr sich mit der Zungenspitze über die Lippen. Irgendwie ließ sie diese Geste plötzlich sehr viel menschlicher erscheinen.

»Der Wächter«, sagte sie.

»Wächter?« Das Wort gefiel mir nicht.

»Es ist das falsche Wort«, sagte sie zum wiederholten Mal, »aber ... du musst vorsichtig sein. Es ist verboten, sich dem Obelisken zu nähern. Er wird sich wehren.«

Ihre Worte ließen mir einen eisigen Schauer über den Rücken laufen. Sie sprach von diesem schwarzen Monstrum, als lebe es.

»Du läufst zu seinem Fuß und steigst hinauf«, fuhr sie fort, leise, aber mit einem so großen Ernst in der Stimme, dass ich es nicht wagte, sie zu unterbrechen. »Lauf weiter, Robert. Ganz egal, was du zu sehen oder zu hören glaubst, lauf weiter. Du darfst an nichts anderes denken und nicht stehen bleiben. Ich werde dich schützen, so gut ich kann. Und jetzt geh. Sie kommen bereits näher.«

Ich fragte mich lieber nicht, wen sie mit diesen *sie* meinen mochte, sondern machte auf dem Absatz kehrt, sammelte noch einmal Kraft – und rannte los.

Geradewegs ins Nichts hinein.

Denn dort, wo vor einer Sekunde noch massiver Fels gewesen war, klaffte jetzt ein Meilen tiefer Abgrund.

Obwohl die Höhle sehr groß war, schien sie im Moment vor Menschen aus den Nähten zu platzen.

Howard schätzte, dass sich in der bizarr geformten unterirdischen Kuppel an die zweihundert Menschen aufhalten mussten; Männer, Frauen und, zu seinem großen Entsetzen, sogar ein paar Kinder. Sie hatten sich, einen fünf-, sechsfach gestaffelten, dichten Kreis aus Leibern bildend, um einen freien Fleck in der Mitte des Raumes versammelt und standen wie in Trance da – mit geschlossenen Augen, leicht erhobenen, gespreizten Händen, einen gleichzeitig konzentrierten wie entspannten Ausdruck auf den Zügen.

Wie auf ein geheimes Kommando hin begannen sie sich an den Händen zu ergreifen, wobei sich die Kreisformation in eine eng gewundene Spirale verwandelte, bis sich die letzten Hände ineinander verflochten hatten. Dann begannen sie sich hin und her zu wiegen.

Die Bewegung war erst kaum wahrnehmbar, nur eine sanfte, rhythmische Welle, die von einem Ende der Spirale zum anderen lief. Sie wurde schneller, gleichzeitig heftiger, bis der gewaltige Kreis aus Leibern zuckte und bebte wie ein riesiges, sich in Krämpfen windendes Tier. Dann begann das Singen.

Zuerst war es nur ein Ton, ein dunkles, irgendwie Angst machendes Summen und Dröhnen, das die Luft selbst zum Schwingen zu bringen schien und ein unangenehmes Kribbeln in Howards Magen auslöste. Das Geräusch schwoll an, sank wieder herab und schwoll abermals an, immer und immer und immer wieder, bis aus dem Dröhnen ein Laut wurde, eine Silbe, fremdartig und doch auf schauderhafte Weise bedrohlich.

»Thuuuuuuul«, summte die Menge. »Thuuuuuuul.« Immer und immer wieder, stets unterbrochen von Sekunden, in denen ein tödliches Schweigen herrschte, und dann stets lauter als beim vorhergehenden Mal.

Howard bewegte sich unter dem Griff der stahlharten Rattenfäuste, so gut er konnte. Cohen und er waren getrennt worden, aber seine Bewacher hatten ihn nicht zurück in die improvisierte Gefängniszelle gebracht, wie er halbwegs erwartet hatte, sondern hierher, in diese Halle, die tief unter den Schächten und Stollen liegen musste, in denen sie angegriffen worden waren. Howard hatte versucht, sich ein Bild vom wirklichen Ausmaß dieser unterirdischen Anlage zu machen, aber seine Phantasie kapitulierte vor den gewaltigen Dimensionen der Katakombenstadt. Es mussten Meilen von Gängen sein, Meilen um Meilen, die ganz London und vielleicht ein noch größeres Gebiet unterzogen. Er glaubte jetzt zu ahnen, was Cohen gemeint hatte, als er behauptete, in Wirklichkeit seien nicht die Menschen, sondern die Albinoratte der Herr der Stadt.

Etwas im Klang der dämonischen Melodie änderte sich, und Howard sah auf. Die Menge wiegte sich weiter hin und her und rief noch immer dieses eine, schreckliche *Thuuuuuul.* Dann begann sich das Licht zu verändern.

Im Zentrum der Spirale aus Körpern, gute zwei Yards über dem frei gebliebenen Kreis, erschien ein giftgrüner Lichtball. Zuerst war er winzig wie eine Nadel, deren Kopf ein intensives Licht ausstrahlte, aber er wuchs binnen weniger Sekunden zu einem Ball und schließlich zu einer mannsgroßen, flammenden Kugel grauenhaft heller Glut. Howard schloss mit einem leisen Stöhnen die Augen, aber die Helligkeit fraß sich selbst durch seine geschlossenen Lider.

»Thuul«, intonierte die Menge. »Thuul! Thuul!« Immer und immer wieder, bis der Laut Howards Herzschlag in seinen Bann zog, seine Zähne zum Vibrieren und jeden einzelnen Knochen in seinem Leib zum Schwingen zu bringen schien. Schließlich *dachte* er sogar im Rhythmus dieses schrecklichen, immer wiederkehrenden Wortes.

Auch der Lichtball pulsierte im gleichen Takt, den die Singenden vorgaben. In seinem Inneren begann sich ein dunkler, zuerst noch formloser Umriss zu bilden. Nach einer Weile wurde er fester, und gleichzeitig sank der Ball herab, berührte den Boden und drang darin ein.

Noch einmal erbebte die Höhle unter einem gewaltigen, aus zweihundert Kehlen hervorgebrüllten »Thuuuuuul«. Der grüne Lichtball erlosch, und an seiner Stelle stand ein gewaltiges schwarzes Etwas auf dem zerfressenen Stein.

Howard keuchte vor Erstaunen, als er sah, was aus dem Flammenball hervorgetreten war.

Es war ein Wolf.

Das Tier war größer als ein Mensch, und es bestand aus Eisen!

Howards Augen weiteten sich ungläubig. Das Tier bewegte sich, wandte den Kopf hierhin und dorthin und machte einen ersten, schwerfälligen Schritt.

Aber es war kein lebendes Wesen, sondern eine Statue aus schwarzem, von Wind und Jahrhunderten verwittertem Eisen!

Die Menge teilte sich. Die ineinander verflochtene Menschenkette zerbrach, und eine Gasse entstand, durch die der Stahlwolf schritt. Howard sah, dass die verwitterten Steinfliesen unter seinem Gewicht Sprünge und Risse bekamen.

Langsam bewegte sich das Tier auf ihn zu. Howard schauderte, als er dem Blick seiner schwarzen Augen begegnete. Auch sie waren aus Metall wie der gesamte Leib des bizarren Ungeheuers, und trotzdem schienen sie von lauerndem, bösem Leben erfüllt. Und einem Ausdruck von mit Leid gepaartem Hass, der ihn innerlich aufstöhnen ließ.

Wieder teilte sich die Menge, und ein halbes Dutzend der Rattenmänner kam heran, begleitet von der Albinoratte. Rasch näherten sie sich dem Wolf, der bei ihrem Auftauchen stehen geblieben war und den Kopf gedreht hatte, blieben in einiger Entfernung stehen und senkten demütig die Häupter. Die Albinoratte stieß einen schrillen, misstönenden Pfiff aus, und aus der Menge hinter ihnen lösten sich zwei Männer und eine Frau, gingen auf den Wolf zu und knieten einen halben Meter vor ihm nieder.

Es ging fast zu schnell, als dass Howard auch nur begriff, was geschah, ehe es vorbei war. In den Händen der Rattenmänner blitzten Messer. Ein grausiger Ton erklang, und plötzlich fielen die Knienden mit durchschnittener Kehle nach vorne.

Aber das war nicht alles.

Howard konnte das, was in den nächsten Sekunden geschah, nicht in Worte fassen. Er sah nichts Außergewöhnliches – dafür spürte er umso deutlicher, wie sich etwas in dem schwarzen Monstrum regte, mit unsichtbaren Spinnenfingern zu den drei sterbenden Opfern hinabgriff und irgendetwas aus ihren Körpern saugte; im gleichen Maße, in dem das Blut aus ihren durchschnittenen Kehlen floss.

Und dann begann sich der Wolf zu verändern. Die harten, mit groben Werkzeugen geschnittenen Kanten und Winkel seines Körpers bröckelten ab, rostige Späne fielen wie blutiger Hagel zu Boden; Risse und Sprünge durchzogen den Leib des eisernen Monumentes. Im ersten Moment war es fast unmerklich, aber die Verwandlung nahm zu, je stärker der Strom unsichtbarer Kraft wurde, den das Ungeheuer aus den Körpern seiner Opfer saugte.

Dann zerbrach es.

Ein heller, peitschender Laut erscholl; ein Geräusch, als würde eine gewaltige Bronzeglocke zerspringen. Kleine, scharfkantige Metallsplitter flogen durch die Luft und verletzten Menschen und Ratten, und schließlich begann die Brust des riesigen Eisentieres zu reißen. Ein haardünner, gezackter Spalt erschien, raste wie ein schwarzer Blitz seinen Hals hinauf, über Schnauze, Stirn und Schädel des Tieres wieder zurück und den Rücken entlang. Ein fürchterliches Knirschen und Mahlen erscholl aus der Brust des eisernen Ungetümes. Schließlich brach es in zwei Teile, die klirrend zu Boden fielen.

Etwas Schwarzes, Formloses quoll aus seinem Körper.

Im ersten Augenblick hatte Howard den Eindruck, einer gewaltigen Spinne gegenüberzustehen, aber schon in der nächsten Sekunde erkannte er, dass das nicht stimmte. Das Ding schien nur aus haltlosem brodelndem Schleim zu bestehen, eine widerliche schwarze Masse, pulsierend und zuckend, die immer wieder schwarze Pseudopodien ausbildete, Füße und Arme zu formen versuchte und wieder zerfiel. Armdicke Tentakeln wuchsen aus dem menschengroßen Ball schwarzer Materie hervor, peitschten wie blinde Schlangen die Luft und wurden mit einem schmatzenden Geräusch zurückgesaugt.

Die Riesenratte stieß einen neuerlichen schrillen Pfiff aus, und wieder teilte sich die Menge hinter ihr, und ein einzelner Mann trat hervor. Sein Gesicht war bleich vor Furcht, aber er bewegte sich mit festen Schritten, und auf seinen Zügen lag ein entschlossener Ausdruck. Und der Blick seiner Augen war klar. Was immer diese Menschen dazu brachte, ihr Leben zu opfern, dachte Howard schaudernd, es war weder eine Droge noch irgendeine Form von hypnotischem Zwang. Wäre der Gedanke nicht zu schrecklich gewesen, um ihn überhaupt in Betracht zu ziehen, dann hätte er geschworen, dass sie sich freiwillig opferten.

Der Mann näherte sich dem formlosen schwarzen *Ding* bis auf wenige Zentimeter, blieb einen Moment reglos stehen und sank schließlich auf die Knie herab. Demütig senkte er das Haupt, stützte die Handflächen auf den Oberschenkeln auf und schloss die Augen.

Ein Zittern lief durch die schwarze Masse. Langsam, als hätte sie kaum noch die Kraft dazu, bildete sie einen schwarzen, nervendünnen Strang aus, der tastend wie eine blinde Schlange auf den Knienden zukroch, seine Hand berührte und ohne sichtbaren Widerstand in seine Haut drang.

Der Mann zuckte zusammen. Ein leiser, wimmernder Schmerzlaut kam über seine Lippen. Aber er versuchte nicht, die Hand zurückzuziehen.

Sekundenlang geschah nichts mehr. Dann verstärkte sich das Pulsieren und Beben der schwarzen Masse, und gleichzeitig begann der Kniende zu zittern. Der schwarze Ball vor ihm zuckte und wogte jetzt immer stärker, und schließlich kam Rhythmus in seine Bewegung; aus dem konvulsivischen Zucken und Zittern wurde ein schnelles, rasendes Pumpen.

Und der Körper seines Opfers begann in sich zusammenzufallen wie ein Ballon, aus dem die Luft entwich.

Howard schloss mit einem Stöhnen die Augen, aber was er nicht verschließen konnte, waren die Ohren. Die Geräusche, die er hörte, waren schrecklich genug, ihm zu verraten, was weiter geschah. Das furchtbare Schmatzen und Saugen wurde lauter, steigerte sich zu einem Geräusch, das sich wie eine glühende Messerklinge in sein Denken zu graben schien, und verklang dann; ganz allmählich nur.

Als er die Augen wieder öffnete, war der Mann verschwunden. Nur seine Kleider lagen noch da, und ein unregelmäßig geformter, feuchter Fleck auf den steinernen Mosaikfliesen.

Der schwarze Ball hatte sich verwandelt. Aus der formlosen Masse war ein grotesker, aufgedunsener Balg geworden, aus dem missgestaltete Tentakel und dünne, wie abgerissen wirkende Stränge wuchsen. Ein auf furchtbare Weise deformiertes, pupillenloses Auge, groß wie eine Männerfaust, starrte ihn an, darunter schnappten zwei lippenlose, mit rasiermesserscharfen Zähnen bewehrte Mäuler.

»Thuuuuul«, summte die Menge. »Thuuuuuul.«

Es war ein Laut, den Howard nie, nie wieder vergessen sollte.

Ich fiel. Rasend schnell stürzte ich in die Tiefe, schneller, tausend Mal schneller, als es normal gewesen wäre, mich immer wieder überschlagend, hilflos mit Armen und Beinen um mich schlagend und schreiend. Ich stürzte nicht einfach, sondern fühlte mich von einer unsichtbaren, unglaublich starken Macht gezogen. Angst, ungeheure, jeden Rest logischen Denkens hinwegfegende Angst schlug über mir zusammen. Ich schrie, brüllte aus Leibeskräften und spürte, wie sich mein rasender Sturz noch beschleunigte.

Dann tauchte ein heller Fleck in der wirbelnden Schwärze auf, zerfloss, formte sich neu, zerfloss wieder und wurde zu einem schmalen, in mildem weichem Licht schimmernden Gesicht. Shadows Gesicht.

Illusion, Robert, flüsterte ihre Stimme. *Es ist nicht real. Lauf weiter.*

Ihre Worte zerbrachen den Bann.

Von einer Sekunde auf die andere war das Gefühl des Sturzes fort, der Abgrund, die Leere und die schreckliche lichtlose Unendlichkeit verschwunden; ich fand mich auf den Knien liegend wieder, keine drei Schritte von der Stelle entfernt, an der Shadow wartete. Ein intensives Schwindelgefühl ließ mich stöhnen.

»Lauf weiter, Robert! Lauf doch!«

Shadows Worte drangen nur wie durch einen dichten dämpfenden Schleier an mein Bewusstsein. Trotzdem waren sie von fast hypnotischem Zwang. Ich sprang auf, taumelte einen Schritt, fiel wieder auf die Knie und stemmte mich abermals hoch. Der Obelisk schien Meilen entfernt zu sein, obgleich ich wusste, dass es in Wahrheit nicht mehr als ein Dutzend Schritte waren. Aber ich konnte plötzlich nicht mehr richtig laufen. Irgendetwas schien meine Beine festzuhalten, unsichtbare Hände, die sich in mein Fleisch krallten und feurige Bahnen aus Schmerz durch meine Muskeln jagten.

Ich sah an mir herab und schrie vor Entsetzen auf. Der steinerne Boden war an zahllosen Stellen geborsten. Dünne, mit einwärts gebogenen Dornen bewachsene Ranken waren aus dem Fels gebrochen und hatten sich um meine Beine und den Stockdegen geschlungen, und noch während ich versuchte, mit dem unglaublichen Anblick fertig zu werden, krochen mehr und mehr der dünnen, zitternden Strünke heran, tasteten nach meinen Beinen und wickelten sich wie stählerne Fesseln darum.

Mit verzweifelter Kraft riss ich meinen rechten Fuß los und tat einen Schritt. Die Ranken zerrissen, aber auf meiner Haut blieben blutige Striemen zurück, und aus dem Fels peitschten sofort neue Stränge herbei, um den Platz der Zerrissenen einzunehmen. Der nächste Schritt kostete mich unendliche Überwindung.

Illusion, hämmerte Shadows Stimme in meinen Gedanken. *Es ist alles nur Illusion!*

Die zerrenden Ranken verschwanden, und als ich erneut an mir herabsah, waren die blutenden Wunden auf meinen Beinen verschwunden. Trotzdem glaubte ich den furchtbaren Schmerz noch wie ein brennendes Echo zu spüren.

Ich taumelte weiter. Flammen erschienen wie tödliche glühende Hände in der Luft und versengten meine Haut; ich ignorierte sie, torkelte weiter und fiel, als der Boden wie ein gewaltiges steinernes Maul aufklaffte und ich vor Schrecken strauchelte. Dann regneten Steine auf mich herab, weiß glühende Felsbrocken, die beim Aufprall zerplatzten und Spritzer kochender Lava über mich ausschütteten.

Es ist nicht wirklich, Robert! Nicht wirklich!

Ich wusste nicht, ob es tatsächlich Shadows Stimme war oder irgendetwas in mir selbst, an das ich mich klammerte, um nicht vollends den Verstand zu verlieren; aber es waren diese beiden Worte, die mir die Kraft gaben, weiterzutaumeln. Es war *nicht wirklich. Nicht wirklich! Nicht wirklich!*

Immer und immer wieder hämmerten meine Gedanken diese beiden Worte. Ich dachte nicht mehr. Ich spürte kaum mehr, wie und wohin ich mich bewegte. Die Flammen, die Albtraumkreaturen, die aus dem Nichts auftauchten, die klaffenden Abgründe, der kochende Fels, alles wurde unwichtig, irreal, der Obelisk zu einem schwarzen Schatten, der irgendwo in der Unendlichkeit vor mir auf und ab tanzte. Ich dachte nur noch diese beiden Worte, das Einzige, was Sinn ergab, die einzige Wahrheit, die ich noch akzeptierte. Es war *nicht wirklich.* Alles, was ich zu erleben glaubte, war nur Illusion. *Nicht wirklich.*

Irgendwann, nach einer Million Jahre, die ich durch die Hölle gewankt war, prallte ich gegen etwas Hartes, und aus den blutigen Nebeln vor meinen Augen schälte sich die spiegelglatte Flanke des Obelisken. Keuchend ließ ich mich gegen den kalten Fels sinken, rang ein paar Sekunden lang nach Atem und drehte mich um, um zu Shadow zurückzublicken.

Sie schien Meilen entfernt. Ich konnte ihr Gesicht nicht erkennen, aber sie gestikulierte wild mit den Armen und deutete immer wieder nach oben, zur Spitze des schwarzen Obelisken hinauf, dann zurück auf den Gang, durch den wir gekommen waren. Ich verstand. Shub-Nigguraths Kinder würden nicht mehr lange auf sich warten lassen.

Mühsam drehte ich mich wieder herum, streckte die Hände aus und suchte auf der spiegelglatten Flanke des Steinpfeilers nach Halt.

Etwas Sonderbares geschah:

Ich spürte die Härte und Unnachgiebigkeit des schwarzen Materials so deutlich, als hätte ich gehärteten Stahl berührt. Und trotzdem drangen meine Fingerspitzen so mühelos in seine Oberfläche, als tauchte ich sie in dunkles Quecksilber.

Ich zögerte noch einen Moment, dann belastete ich prüfend die rechte Hand und fühlte, wie sie auf Widerstand traf. Unverzüglich begann ich mit dem Aufstieg.

Es ging erstaunlich gut. Aus der Entfernung hatte der Pfeiler glatt und gerade ausgesehen, aber seine Flanken waren leicht einwärts geneigt, sodass ich, Hand über Hand und gleichzeitig mit den Schuhspitzen Halt suchend, relativ mühelos an seiner Seite hinaufsteigen konnte. Seine Höhe musste an die dreißig Yard betragen, aber in mir war noch immer dieses fremde, kraftvolle Etwas, das Shadow mir gegeben hatte, und ich spürte die Anstrengung kaum, die ein Aufstieg wie dieser normalerweise bedeuten musste. Schon nach einer knappen Minute erreichte ich die Stelle dicht unter seiner Spitze, an der sich seine Flanken einwärts neigten, sodass ich nicht mehr klettern musste, sondern beinahe auf Händen und Knien weiterkriechen konnte. Schließlich hatte ich den Aufstieg vollends beendet.

Was von unten wie eine nadelscharfe Spitze ausgesehen hatte, war in Wirklichkeit eine quadratische, gut einen Yard messende Plattform, in deren Mitte sich eine faustgroße Vertiefung befand. Auf ihrem Grund lag ein fingernagelgroßer Diamant.

Keuchend kniete ich auf der schwarzen Plattform nieder, sah noch einmal zu Lady Audley und Shadow zurück und streckte die Hand aus, um den Kristall zu berühren.

Halt!

Shadows Gedanke traf mich wie ein Peitschenhieb. Abrupt zog ich die Hand wieder zurück, richtete mich ein wenig auf und sah zu ihr hinab.

Leere deinen Geist, Robert!, wisperten ihre Gedanken. *Du darfst an nichts denken. An gar nichts. Nicht du bist es, der den Steuerkristall berührt, sondern ich. Entspanne dich. Denke an nichts.*

Ich versuchte es. Aber wer einmal versucht hat, ganz bewusst an nichts zu denken, der weiß, wie schwer das ist. Zudem war ich aufgeregt und vollkommen erschöpft. Hinter meiner Stirn tobte das Chaos.

Robert, drängte Shadow. *Konzentriere dich. Sie kommen!*

Ich versuchte es. Aber es blieb bei einem Versuch. Statt der Leere, die ich hinter meiner Stirn schaffen wollte, sah ich die bizarrsten Bilder und Schreckensvorstellungen. Grimassen tauchten auf und zerflossen wieder, Hände schienen nach mir zu greifen und verwandelten sich in schwarze Ströme reiner Furcht, und plötzlich *verschwanden die Farben, verschwanden die Höhle und der Obelisk, und alles wurde grau und düster und –*

Es war diese Farbe, die mich zurück in die Wirklichkeit riss. Es war das gleiche Gefühl, das ich oben im Haus gehabt hatte, Sekunden, ehe der Angriff der Killerratten erfolgte, und plötzlich begriff ich, dass es nicht mein eigenes Unterbewusstsein war, das mir einen bösen Streich spielte, sondern ein weiterer, rein geistiger Angriff des Obelisken, eine Attacke auf einer Ebene, gegen die ein normaler Mensch machtlos war.

Aber zumindest in dieser Hinsicht war ich kein normaler Mensch, sondern Robert Craven, der Sohn und Erbe Roderick Andaras – der Hexer.

Und ich tat das, was ich von Anfang an hätte tun sollen.

Meine Gedanken formten Worte und Formeln, die ich irgendwann einmal gelernt und schon wieder vergessen geglaubt hatte, griffen hinaus in die Dimension der Magie und taten Dinge, die ich wohl begreifen, niemals aber wirklich in Worte fassen konnte. Unsichtbare Energieströme wurden umgelenkt, die Schnittlinien der Wirklichkeit verschoben sich, dann schien irgendetwas hinter meiner Stirn hörbar einzurasten.

Als ich die Augen öffnete, waren die Farben noch immer verschwunden, aber es war nicht mehr der Atem Shub-Niggurahts, den ich fühlte. Die Welt bestand nur noch aus Schwarz und Weiß und allen nur denkbaren Schattierungen dazwischen, dazu waren Hell und Dunkel umgekehrt, sodass ich den Obelisken plötzlich als grell weiße Säule vor einem dunklen Hintergrund sah, meine Hand dunkel vor dem Nachtschwarz des Kristalls, nach dem sie ausgestreckt war. Ein Netz leuchtender Energielinien durchzog die Höhle wie ein gewaltiges Spinnennetz. Dort, wo sich die normalerweise unsichtbaren Kraftströme kreuzten, schienen winzige grelle Sterne zu pulsieren.

Entschlossen führte ich die Bewegung zu Ende.

Ich hatte Kälte und das glatte Gefühl von Diamant erwartet, aber der Kristall war so heiß wie glühende Kohle. Der Schmerz trieb mir die Tränen in die Augen, aber ich biss die Zähne zusammen, schloss die Faust nur um so fester um den Stein und konzentrierte mich mit aller Macht auf Shadow.

Ihr Bild erschien in meinem Geist, aber es war sonderbar unscharf und matt, als läge ein unsichtbarer Schleier darüber. Ich verdoppelte meine Anstrengungen.

Der Schleier zerriss, und plötzlich sah ich ihr Gesicht so deutlich, als wäre es nur Zentimeter von mir entfernt.

Und ich sah, dass es von Angst verzerrt war.

Gib acht!, schrie ihre Stimme. *Du bist in Gefahr! Öffne das* Tor! *Um Gottes Willen, Robert – öffne das* Tor!

Das Dumme war nur, dass ich keine Ahnung hatte, wie ich das bewerkstelligen sollte. Trotzdem versuchte ich es.

Instinktiv dachte ich an ein Tor. Vor meinem geistigen Auge entstand das Bild eines mächtigen, aus eisenbeschlagenen Eichenbohlen gefertigten Burgtores, verschlossen von einem gewaltigen Riegel und dem Staub von Jahrhunderten. Mit aller Macht versuchte ich, dieses Bild zu ändern. Ich wollte das Tor offen sehen.

Ein fast unmerklicher Ruck ging durch das Bild. Der Stein in meiner Hand wurde noch heißer und irgendwo, tief unter der Ebene meines bewussten Denkens, glaubte ich ein zorniges Fauchen zu hören. Ich spürte, dass ich auf dem richtigen Wege war. Wieder konzentrierte ich mich auf das Bild eines Tores, und diesmal war der Riegel verschwunden und einer der beiden gewaltigen Flügel ganz leicht geöffnet. Ein Streifen intensiven blauen Lichtes drang zwischen den beiden Torhälften hervor.

Das zornige Fauchen in meinen Gedanken verwandelte sich in einen wütenden Schrei, und ich verstärkte meine Anstrengung noch mehr.

Langsam, ganz, ganz langsam, schwang das Tor auf.

Plötzlich änderte sich der gedankliche Wutschrei, wurde zu einem gequälten Wimmern und dann zu einem Hilferuf, der hinaus in die Unendlichkeit hallte.

Und ich spürte, wie er beantwortet wurde …

Etwas Großes, Mächtiges und unglaublich Böses näherte sich der Höhle.

Shadows Warnung erfolgte im gleichen Moment, in dem auch ich das Geräusch hörte.

Es war wie das Zerreißen einer gewaltigen Leinwand, hell und boshaft und so intensiv, dass es wie ein Schmerz in meine Gedanken schnitt. Instinktiv warf ich den Kopf in den Nacken, sah nach oben – und fühlte eisigen Schrecken in mir auffahren.

Dreißig Yards über mir, dicht unter der Decke des Felsendomes, zerriss die Wirklichkeit.

Es sah aus wie eine klaffende Wunde in der Welt, ein schwarzer, zerfranster Riss, aus dem Dunkelheit wie ein verpesteter Hauch hervorquoll. Dahinter regte sich etwas Gewaltiges, Glitzerndes, Großes.

Es war eine Spinne.

Ihr Leib war so groß wie der eines Kalbes, und jedes einzelne ihrer zehn mächtigen, behaarten Beine hatte die Dicke eines kräftigen Männerarmes. Ein Dutzend faustgroßer, gefühlloser Kristallaugen starrte voller Bosheit auf mich herab. Für die Dauer eines einzelnen, quälend langen Herzschlages hockte sie reglos am Rand der Spalte und starrte mich an, dann brach sie mit einem gewaltigen Satz vollends aus dem finsteren Riss hervor, landete geschickt auf einer der flimmernden Energielinien und raste mit unbeschreiblichem Tempo heran.

Das Tor! *Robert! UM GOTTES WILLEN – DAS TOR!!!*

Was folgte, war wie ein Vorgeschmack auf die Hölle. Die Zeit schien stehen zu bleiben und gleichzeitig rasend schnell zu vergehen. Ich sah alles zugleich und nahm trotzdem nichts davon wirklich wahr: Shadow schrie auf, bückte sich nach Lady Audley und breitete mit einer kraftvollen Bewegung die Schwingen aus. Die Spinne raste auf wirbelnden Beinen heran, die Kraftlinien des Energiegewebes wie ein überdimensionales Spinnennetz benutzend. Der Kristall in meiner

Hand verwandelte sich in eine Sonne, und das Tor vor meinem inneren Auge schwang weiter auf.

Ein dumpfes Knirschen lief durch den Boden.

Der Obelisk wankte. Ich sah das Energienetz wie unter einem Schlag erzittern, bemerkte einen Schatten aus den Augenwinkeln und griff mit meiner geistigen Macht hinauf, zertrennte die Fäden und knüpfte neue Verbindungen. Die Spinne wirbelte heran, wurde von Strängen, die plötzlich anders verliefen, abgelenkt und verfehlte mich um Haaresbreite. Ein wütendes Zischen drang an mein Ohr, dann streifte etwas widerlich Weiches meine Wange, und die Riesenspinne verschwand in der Tiefe. Aber ich wusste, dass ich sie nur für Sekunden los war.

Shadow schwebte wie eine gigantische weiße Taube auf mich zu. Ihre Schwingen zerteilten die Luft, zerrissen die Fäden des bizarren magischen Netzes und fegten mich um ein Haar von der Spitze des Obelisken herunter. Keuchend langte sie neben mir an, legte Lady Audley nicht gerade sanft auf den Boden und beugte sich vor. Ihre Hand schloss sich um meine, die den Kristall hielt.

Das *Tor* sprang mit einem peitschenden Schlag vollends auf, und dann griff irgendetwas Dunkles, Formloses, Wirbelndes nach Lady Audley, Shadow und mir und riss uns in das Nichts zwischen den Welten.

Die Kammer war klein, fensterlos und nur von einer einzelnen, rußenden Kerze erhellt. Howard war nicht wieder gefesselt worden, aber zwischen ihm und dem offenen, halbrunden Eingang hockte ein gutes Dutzend katzengroßer, schwarzer Ratten und verfolgte jede einzelne seiner Bewegungen voller Misstrauen. Der Gedanke an Flucht war vollkommen aussichtslos.

Howard kaute lustlos an dem Bissen halb verschimmelten Brotes, das man ihm gebracht hatte. Es schmeckte widerlich, und wenn er den Fehler beging, daran zu denken, was er da kaute, stieg sofort bittere Übelkeit aus seinem Magen empor. Aber es hatte ihn schon verwundert, dass man ihm überhaupt zu essen brachte. Zumindest, dachte er trübsinnig, hatten sie nicht vor, ihn verhungern zu lassen.

Howard wusste längst nicht mehr, wie lange er schon in diesem Universum ohne Licht und Himmel war. Fünf Tage, sechs, sieben – er hatte ein halbes Dutzend Mal geschlafen und hatte ebenso oft zu essen bekommen, aber er wusste, dass das nicht unbedingt ein verlässliches Maß war.

Zweimal waren Menschen in seine improvisierte Zelle gekommen, um sie vom gröbsten Schmutz zu reinigen und die Abfallgrube in ihrem hinteren Teil zu leeren, und einmal hatte man ihm sogar Wasser gebracht, damit er sich waschen konnte. Das war alles gewesen.

Sein Arm schmerzte, und seine linke Hand fühlte sich taub an und war geschwollen und rot. Während der letzten Tage war es Howards Hauptbeschäftigung gewesen, sich das Gehirn zu zermartern und auf alles zu besinnen, was er jemals über die Tollwut gehört hatte. Viel war es nicht. Wie jedermann wusste er, dass es diese Krankheit gab und dass sie so unheilbar wie tödlich verlief, aber das war auch schon beinahe alles. Er glaubte, irgendwo einmal gelesen zu haben, dass es Wochen, wenn nicht Monate dauerte, bis ihre Opfer die ersten Symptome bemerkten. Sein geschwollener Arm mochte nur von der verschmutzten Nadel herrühren, mit der er gestochen worden war; aber nicht einmal dessen war er sich sicher.

Das Einzige, was er zu wissen glaubte, war, dass sie ihn hier festhalten würden, bis seine Krankheit im letzten Stadium angelangt war. Dann würden sie ihn freilassen; ein Irrsinniger, dessen Gehirn von Viren zerstört und dessen bloße Berührung tödlich war.

Howard schauderte. Er hatte daran gedacht, sich selbst zu töten, aber er ahnte, dass seine Rattenwächter jeden Versuch dazu schon im Ansatz vereiteln würden.

Und er wusste auch nicht, ob er den Mut dazu hatte.

Das Geräusch von Schritten drang in seine Gedanken und ließ ihn aufsehen. Die Ratten wichen von der Tür zurück, und eine Gestalt trat gebückt in die Zelle. Es war keiner der Rattenmänner, wie er befürchtet hatte, sondern eine junge, verhärmt aussehende Frau, dunkelhaarig und kaum älter als zwanzig. Trotz der Spuren von Müdigkeit und Furcht, die ihr Antlitz gezeichnet hatten, wirkte sie auf die gleiche Weise entschlossen und fest wie alle, die er bisher hier unten getroffen hatte.

»Kommen Sie mit«, sagte sie.

Howard stand umständlich auf. Seine Beine waren taub vom langen, reglosen Sitzen, und sein Rücken schien in zwei Teile zerbrechen zu wollen, als er den ersten Schritt tat, aber seine Führerin wartete geduldig, bis er an ihr vorbei und aus der Zelle gegangen war, dann wies sie mit einer einladenden Geste nach links. Begleitet von einem Dutzend Ratten gingen sie los.

»Wohin führen Sie mich?«, fragte Howard, nachdem sie eine Weile durch das sinnverwirrende Labyrinth der Gänge geirrt waren.

Zu seiner Überraschung bekam er sogar Antwort. »Der Herr verlangt, Sie zu sehen«, sagte das Mädchen.

»Der Herr?« Howard versuchte vergeblich, seiner Stimme einen abfälligen Klang zu verleihen. Alles, was darin mitschwang, war eine grenzenlose Erschöpfung. »Dieses Ungeheuer von Ratte?«

Das Mädchen wandte mit einem Ruck den Kopf. Ihre Augen blitzten. »Sie ist kein Ungeheuer!«, sagte sie scharf. »Hüten Sie Ihre Zunge, Lovecraft. Sie verstehen nichts.«

»Das will ich auch gar nicht«, antwortete Howard ebenso scharf wie sie. Er wusste, wie sinnlos es war, dieses Gespräch überhaupt zu führen. Aber aus einem Grund, den er selbst nicht ganz begriff, versetzten ihn die Worte des Mädchens in rasende Wut. Vielleicht, weil es gerade ein äußerlich ganz normales, sogar sanft aussehendes Mädchen war, das sie sprach. Fast noch ein Kind.

»Was ich gesehen habe, war schon mehr als genug«, fuhr er fort.

Das Mädchen blieb stehen. Ihr Blick flammte vor Zorn. »Sie verstehen nichts«, sagte sie noch einmal. »So wie alle anderen vor Ihnen.«

»Dann erklären Sie es mir!«, verlangte Howard. »Erklären Sie mir, was das alles hier zu bedeuten hat. Erklären Sie mir, warum Sie und Ihre – wie soll ich sie nennen? Brüder und Schwestern? – warum Sie Ihr Leben wegwerfen, um ein Ungeheuer zu erwecken!«

Ein abfälliges Lächeln huschte über die Lippen des Mädchens. »Wir werfen unsere Leben nicht fort«, sagte sie heftig. »Was Sie erlebt haben, war unsere Erfüllung. Der Tag, auf den wir seit Generationen gewartet haben.«

»Ich habe nur einen scheußlichen Mord gesehen«, knurrte Howard.

»Für Sie mag es so ausgesehen haben, aber was bedeutet das?«, fragte das Mädchen. »Was bedeutet der Tod eines Einzelnen oder auch von hundert, wenn es um das Schicksal eines Volkes geht?«

»Wessen?«, fragte Howard lauernd. »Das der Menschen oder der GROSSEN ALTEN?«

Das Mädchen fuhr zusammen. Einen Moment lang war ihre Selbstsicherheit erschüttert, aber dann hatte sie sich wieder in der Gewalt. »Sie irren sich, Mister Lovecraft«, sagte sie. »Shub-Niggurath hat wenig mehr mit den GROSSEN ALTEN zu schaffen als Sie oder ich.«

»Shub-Niggurath?« Howard keuchte. »Sie ... Sie wollen sagen, dass ... dass dieses Ungeheuer ...«

»... Shub-Niggurath ist«, beendete das Mädchen den Satz und nickte. »Ja. Das TIER. *Die schwarze Ziege mit den tausend Jungen.«* Sie lächelte. »Er hat viele Namen, und jeder einzelne ist so richtig wie falsch. Aber er gehört nicht zu denen, die Sie die GROSSEN ALTEN nennen. Nicht so, wie Sie glauben.«

»Was bedeutet das?«, schnappte Howard, aber diesmal antwortete das Mädchen nicht mehr, sondern presste nur die Lippen aufeinander.

»Sie haben schon viel zu viel erfahren«, sagte sie schließlich. »Mehr, als ich hätte sagen dürfen. Kommen Sie. Er wartet nicht gerne.«

Sie gingen weiter und legten den Rest des Weges schweigend zurück. Das Mädchen führte ihn zurück in die Halle, in der er das Erscheinen Shub-Nigguraths beobachtet hatte, deutete mit einer befehlenden Geste nach vorne und entfernte sich wieder.

Howard musste all seine Kraft zusammennehmen, um weiterzugehen.

Die Halle hatte sich auf schreckliche Weise verändert. Im ersten Moment erschien sie ihm größer und düsterer als beim ersten Mal, dann sah er, dass sie sich nur geleert hatte. Statt der zweihundert Männer und Frauen, die er vor Wochenfrist gesehen hatte, befand sich nur noch ein knappes Dutzend Menschen in dem großen, kuppelförmigen Saal.

Und in seiner Mitte hockte das Ding.

Howards Magen krampfte sich zu einem stacheligen Klumpen zusammen, als er sah, auf welche Weise sich Shub-Niggurath verändert hatte.

Aus dem zuckenden Klumpen war ein elefantengroßer, aufgedunsener Balg glitzernden schwarzen Fleisches geworden, eine titanische Scheußlichkeit, die wie ein pulsierendes Krebsgeschwür in der Mitte der Halle hockte, zuckende Tentakel wie die Stränge eines feuchtschwarzen Spinnennetzes in alle Richtungen streckend, mit zahllosen, schnappenden Mäulern und mehr als einem Dutzend gewaltiger blinder Augen, die wie grässliche Blüten auf langen, glitzernden Stielen wippten. Howard wurde schlecht.

KOMM NÄHER, MENSCHENWURM!, dröhnte eine Stimme in seinen Gedanken.

Howard krümmte sich wie unter einem Schlag. Verzweifelt bemühte er sich, dem befehlenden Klang der lautlosen Stimme zu widerstehen, aber sein Wille zerbrach wie eine Glasscheibe unter dem Tritt eines Riesen. Gegen seinen Willen setzten sich seine Beine in Bewegung und trugen ihn auf den zuckenden Giganten zu. Sein Blick folgte den dünnen, glitzernden Fäden, die von seinem missgestalteten Leib ausgingen. Sie waren unterschiedlich lang und zum Teil ineinander verflochten – aber alle endeten in kleinen, schmierigen Flecken aus zerfallenem Stoff, Leder- und Metallfetzen und geborstenem Stein. Er stöhnte innerlich auf, als er begriff, dass das Opfer, dessen Zeuge er geworden war, nicht das letzte gewesen war.

Zwei Schritte vor der schwarzen Scheußlichkeit blieb er stehen. Sein Mund war voll bitterer Galle, und er spürte, dass er sich gleich übergeben würde. Trotzdem hob er den Kopf und raffte all seine Kraft zusammen, um dem Blick der gigantischen trüben Augen Shub-Nigguraths standzuhalten.

»Was ... was willst du von mir?«, stöhnte er.

NICHTS, antwortete das Ding, WAS DU MIR FREIWILLIG GEBEN WÜRDEST. ABER DAS SPIELT KEINE ROLLE. DU WIRST MIR DIENEN WIE ALLE ANDEREN.

»Wenn du mich töten willst, dann tu es«, sagte Howard trotzig.

Die Antwort bestand aus einem lautlosen, bösen Lachen in seinen Gedanken.

NARR, flüsterte die Stimme. DU WIRST STERBEN, ABER NICHT HIER UND NICHT JETZT. DEINE ZEIT IST NOCH NICHT GEKOMMEN.«

»Wer bist du?«, keuchte Howard. »*Was* bist du?«

NIEMAND, DER DIR RECHENSCHAFT SCHULDIG WÄRE, MENSCHENWURM!, dröhnte die Stimme, UND NUN KNIE NIEDER!

Howard gehorchte. Ein helles, widerwärtiges Schmatzen drang aus dem aufgedunsenen Fleischberg vor ihm, dann klaffte seine Flanke auf wie eine gewaltige schwärende Wunde, und ein dünner, peitschender Faden ringelte sich auf Howard zu.

Gelähmt und hilflos musste er ansehen, wie der Tentakel seinen Fuß berührte, an seiner Hose emporkroch und sich seinem Gesicht näherte. Ein unbeschreiblicher Ekel stieg in ihm hoch, aber die geistige Fessel Shub-Nigguraths war zu fest. Er konnte nicht einmal die Augen schließen.

Der Tentakel kroch weiter, näherte sich seinem Gesicht, berührte tastend sein Kinn, dann seine Unterlippe, zuckte zurück, kroch weiter und floss wie eine schwarze Schlange seinen Nacken hinauf. Ein dünner Schmerz bohrte sich in seinen Schädel.

ÖFFNE DEINEN GEIST!, befahl das Ding.

Und Howard gehorchte.

Um mich herum war das Nichts. Es gab kein Oben und Unten, keine Richtungen, keinen Raum, keine Zeit. Ich hatte keinen Körper mehr. Nicht einmal eine Stimme, um zu schreien.

Aber ich war nicht allein. Irgendwo in meiner Nähe war ... Leben? Nein, kein Leben, denn Leben bedeutete die Existenz eines Körpers, von Materie. Wie ich war dieses »andere« nur eine Abstraktion, die bloße Idee von Leben.

Es waren zwei, die eine schwach wie eine nur mehr glimmende, schon halb im Verlöschen begriffene Kerzenflamme, die andere gleißend und hell wie ein Stern.

Sie spürten meine Anwesenheit im gleichen Moment wie ich die ihre. Etwas näherte sich meinem Geist, tastend und unsicher zuerst, dann zielstrebiger, mit einem heftigen Gefühl der Erleichterung.

Shadow?, dachte ich.

Ich bin hier, antwortete der Engel.

Wo sind wir?, fragte ich.

Im Inneren des Obelisken, sagte Shadow. Im Nichts. Im Raum zwischen dem Raum.

Das ist keine Erklärung.

Ich weiß, antwortete Shadow. Aber du würdest die Wahrheit nicht verstehen. Auch ich verstehe sie nicht. Es ist das Nichts. Der Raum hinter dem Tor.

Dann sind wir nicht entkommen? Ist das der Tod?

Nein. Nicht der Tod. Aber vielleicht Schlimmeres. Der Tod endet. Dies ist die Ewigkeit.

Obwohl ich kaum jedes dritte Wort wirklich verstand, ließ mich das Gehörte schaudern. Der Gedanke, für alle Zeiten in dieser fürchterlichen Leere schweben zu sollen, war unerträglich.

Was ist geschehen? fragte ich. Die Spinne ...

War nur ein weiterer Wächter, sagte Shadow. Ein Dämon, den der Kristall zu Hilfe rief, als er spürte, dass er deiner Macht nicht gewachsen war. Es war nicht dein Fehler, Robert. Ich trage die Schuld. Ich hätte wissen müssen, dass die Macht eines Menschen nicht reicht, den Fluch des TIERES zu brechen. Nicht einmal die Macht eines Hexers.

Aber ich habe das Tor geöffnet!, protestierte ich.

Nur seinen Eingang, sagte Shadow sanft. Der Weg hinein in die Ewigkeit der Albträume, Robert. Du hast ihn aufgestoßen, aber der Weg hinaus blieb verschlossen.

Dann sind wir . . . gefangen?, fragte ich stockend. Für alle Ewigkeiten?

Es dauerte lange, bis Shadow antwortete.

Vielleicht, sagte sie. Wenn es mir nicht gelingt, einen Ausgang zu finden. Doch mir bleibt nicht viel Zeit. Ich darf hier nicht sein. Meine Kraft schwindet bereits.

Ich verstand nicht gleich, was sie meinte, und so fuhr sie fort: Ich bin nicht wie du, Robert. Wir El-o-hym sind so wenig von eurer Welt wie die, die du die GROSSEN ALTEN nennst. Ich kann eine Weile unter euch leben, doch meine Kraft schwindet mit jeder Stunde. Dieser Obelisk ist ein Ort, der mir verboten war. Ich hätte ihm niemals nahe kommen dürfen. Ich werde vergehen, gelingt es mir nicht, einen Ausweg zu finden.

Und wir?

Ihr werdet bleiben, antwortete Shadow. Für alle Zeiten.

Lange, sehr lange schwiegen wir beide, und ich spürte, wie Shadow irgendetwas tat, etwas, das so fremdartig und düster war, dass ich instinktiv davor zurückschreckte. Schließlich hielt sie inne. Ich spürte, wie erschöpft sie war.

Hast du einen Weg gefunden?

Vielleicht, antwortete sie matt. Ihre Stimme klang, als käme sie von weit, weit her. Ich brauche deine Hilfe. Doch zuvor muss ich Kraft sammeln. Es bleibt nicht mehr viel Zeit.

Was muss ich tun?

Denke an jemanden, den du liebst, sagte Shadow. Jemanden, der deinen Ruf hören kann. Jemanden, der dich versteht. Denke mit aller Kraft an ihn. Nur so findest du den Weg zurück in deine Welt.

Du?, *wiederholte ich.*

Du und Lady Audley.

Und . . . du?

Mach dir um mich keine Sorgen, antwortete sie, eine Spur zu hastig, wie ich fand. Mein Schicksal war besiegelt, als ich den Obelisken berührte. Aber ich werde dich retten. Dich und Lady Audley.

Ihre Worte versetzten mir einen scharfen, schmerzhaften Stich.

Du wirst sterben, sagte ich. Und es ist meine Schuld.

Unsinn.

Doch, beharrte ich. Ich habe dich gezwungen, diesen Weg zu wählen. Du hättest aus der Höhle fliehen können, hätte ich nicht darauf bestanden, Lady Audley mitzunehmen.

Es war richtig so, sagte Shadow. Sie schwieg einen Moment, und als sie weitersprach, klang ihre Stimme auf sonderbare Weise verändert.

Ihr Menschen seid seltsame Geschöpfe, sagte sie. Ihr liebt das Leben über alles, und doch opfert ihr es bedenkenlos, um das anderer zu schützen. Wo ist die Logik in diesem Verhalten?

Es ist nichts anderes als das, was du getan hast, erwiderte ich, aber erneut widersprach mir Shadow.

Es ist ein Unterschied. Für uns El-o-hym ist der Tod nicht das Ende: Ich werde diesen Körper verlieren, aber mein Selbst wird weiterleben.

El-o-hym. Es war das zweite Mal, dass sie diesen Begriff verwandte, und es war das zweite Mal, dass ich das Gefühl hatte, ihn zu kennen.

Was bist du?, fragte ich. Woher kommst du, Shadow?

Aus einer Zeit, die längst vergangen ist und doch noch nicht begonnen hat, antwortete sie geheimnisvoll. Nenne mich einen Wächter, wenn du willst. Ich wurde gesandt, um das Kommen des TIERES zu verhindern, aber ich habe versagt. Vielleicht ist das, was jetzt geschieht, meine Strafe dafür. Und nun tue, was ich dir gesagt habe. Denke an jemanden, den du kennst und liebst. Denke mit aller Macht an ihn!

Irgendwo in der allumfassenden Dunkelheit vor uns entstand ein winziger, matter Lichtpunkt, wie ein Nadelkopf aus Helligkeit. Langsam begann er zu wachsen, und obwohl ich keinen Körper hatte, spürte ich, wie etwas nach mir griff und mich auf die Quelle des Lichtes zu zog. Der Fleck wuchs.

Und was geschieht mit dir?

Nichts, was dich schrecken müsste, antwortete sie ungeduldig. Mein Körper wird vergehen, das ist alles.

Und im gleichen Moment wusste ich, dass sie log. Ich habe schon immer gespürt, ob man mir die Wahrheit sagte oder mich belog, aber noch nie hatte mich eine Lüge so angesprungen wie diese. Das ist nicht wahr!, behauptete ich. Du wirst nicht sterben. Du ... du wirst zurückbleiben, nicht wahr? Lady Audley und ich werden zurückkehren, und du wirst dafür mit immerwährender Gefangenschaft hier bezahlen.

Nein, log Shadow. Ich kann nicht zurückkehren, Robert. So oder so nicht.

Der Sog wurde stärker. Der Nadelkopf aus Licht war zu einem flammenden, rasend schnell rotierenden Rad geworden; ich bewegte mich schneller.

Ich lasse dich nicht zurück!, sagte ich.

Shadows Stimme klang beinahe verzweifelt. Du kannst nichts mehr für mich tun, Robert, sagte sie. Ich darf nicht zurück. Ich hätte niemals hierher kommen dürfen, aber es ist nun einmal geschehen, und jetzt ist mir der Rückweg verboten. Ich darf es nicht, Robert, versteh das doch!

Ich verstehe, sagte ich.

Und im gleichen Moment griff ich zu.

Selbst jetzt war Shadow noch hundert Mal stärker und mächtiger als ich, aber der Angriff überraschte sie vollkommen. Blitzschnell überwand ich ihren Willen, kämpfte den instinktiv aufflammenden Widerstand mit aller Macht nieder und zwang sie, sich in die gleiche Richtung zu bewegen, in die Lady Audley und ich gezerrt wurden.

Robert! Ihre Stimme kippte fast über vor Verzweiflung. TU ES NICHT!

Aber es war zu spät. Aus unserem anfangs sanften Dahingleiten war ein rasender Sturz geworden. Der helle Fleck wuchs zu einer lodernden Sonne heran, in die Shadow, Lady Audley und ich mit der Geschwindigkeit eines Gedankens hineingezerrt wurden.

Nacht. Ein Himmel wie eine schwarz lackierte Kuppel, bar jeden Lichtes, ohne Sterne, ohne Mond, trotzdem von einem ungesunden grauen Schein erhellt, der aus dem Nirgendwo kam und keine Schatten warf.

Howard begriff, dass es ein Traum war.

Trotzdem dauerte er an.

Anders als in einem normalen Traum wachte er nicht auf, als ihm die Tatsache, zu träumen, zu Bewusstsein kam. So, wie man sich nach dem Erwachen meist nur unscharf an das erinnert, was man geträumt hat, erinnerte er sich jetzt nur noch schemen- und bruchstückhaft an die Wirklichkeit. Er war in dem Labyrinth tief unter London gewesen, hatte die Rattenmenschen getroffen, dann das Ding, und dann …

Ein einzelnes, düster klingendes Wort echote hinter seiner Stirn: Thuuul.

Howard dachte einen Moment lang darüber nach, was dieses Wort bedeuten mochte, kam zu keinem Ergebnis und vertrieb den Gedanken. Langsam richtete er sich auf, drehte sich einmal um seine eigene Achse und sah sich um.

Das Gelände war flach, von rechtwinkeligen, sich an zahllosen Stellen kreuzenden Wegen durchzogen, zwischen denen sich flache Hügel erhoben, darauf manchmal halb mannshohe, rechteckige Blöcke, zerborstene Steine, Kreuze – ein Friedhof.

Seine Augen begannen sich an die unwirkliche Helligkeit zu gewöhnen; er sah, dass der Gottesacker schon lange vergessen und aufgegeben sein musste. Die meisten Grabsteine waren umgestürzt, die

Gräber eingesunken und von Zeit und Wetter eingeebnet; Unkraut wucherte zwischen den vergessenen Blumenrabatten.

Ohne zu wissen, warum, drehte er sich abermals um und ging zwischen den verwahrlosten Grabreihen hindurch, einem Punkt entgegen, der in diesem Traum eine ihm noch nicht bekannte, aber sicherlich wichtige Rolle spielte.

Seine Schritte lenkten ihn auf einen besonders großen, von Erosion und Alter zerfressenen Grabstein zu. Als er näher kam, sah er, dass es der Eingang einer Gruft war, schräg aus dem Boden ragend wie der Bug eines im Schlick versunkenen Schiffes. Über der zugemauerten Tür waren Buchstaben in den Stein geschlagen:

Ly-e-ett

Howard blieb stehen. Sein Blick saugte sich an den zerfallenen Lettern fest, und irgendetwas in seinem Innern schien zu gefrieren. Es war ein Wort in einer Sprache, die er nie zuvor in seinem Leben gehört oder gesehen hatte, aber der eigenen Logik der Träume folgend, verstand er es.

Er wusste, was dieses Wort bedeutete. Ly-e-ett ...

Den man den Hexer nennt ...

Als wäre dieser Gedanke ein Auslöser gewesen, begann sich die Gruft zu öffnen. Der grau gewordene Ziegelstein verblasste wie ein Trugbild, und ein unheimliches, grünblau flackerndes Licht floss wie zähflüssiges Wasser die Stufen der schmalen Steintreppe hinauf, die dahinter zum Vorschein kam. Eine Gestalt erschien, groß, unscharf wie ein Schatten, der an den Rändern zerfaserte, düster und seltsam unfertig.

»Roderick?«, flüsterte Howard. Seine Stimme bebte.

Die Gestalt kam näher, blieb auf der obersten Stufe stehen und sah ihn an. Die körperlosen Nebel vor ihrem Gesicht zerstoben, und Howard begegnete dem Blick zweier dunkler, wissender Augen.

»Roderick!«, keuchte er. »Du –«

Andara hob die Hand und machte eine abwehrende Geste, als Howard auf ihn zustürzen wollte. »Komm nicht näher, Howard«, sagte er. »Ich bin nicht wirklich. Du kannst mich nicht berühren.«

»Aber was ... was bedeutet das?«

Andara lächelte; das gleiche, stets sanfte und stets auch immer ein wenig traurige Lächeln, das Howard so gut an ihm kannte. »Du musst meinem Sohn helfen, Howard«, sagte er. »Er ist in Gefahr. In einer schrecklichen Gefahr. Du musst ihn warnen.«

Etwas blitzte hinter seinen Zügen auf, ein Schatten von Schmerz und Schrecken, der schneller verging, als Howard ihn wirklich erfassen konnte. »Robert«, sagte er noch einmal. »Hilf Robert, Howard.«

»Was soll ich tun?«, fragte Howard verwirrt. »Ich weiß ja nicht einmal, wo er ist.«

»Hilf ihm«, beharrte Andara. »Ich flehe dich im Namen unserer Freundschaft an, Howard, rette meinen Sohn!«

Und damit begann er zu verblassen. Sein Körper wurde wieder zu einem Schatten, schließlich zu einem kaum sichtbaren, dunklen Hauch. Dann war er verschwunden, und mit ihm die Tür und die Treppe, und vor Howard erhob sich wieder die massive Wand aus grauem Ziegel.

Aber Howard starrte noch lange auf die Stelle, an der er gestanden hatte. Hilf meinem Sohn, wiederholte er Andaras Worte in Gedanken. Aber was sollte er tun?

Plötzlich geschah etwas Sonderbares: Im gleichen Moment, in dem er an Robert Craven dachte, sah er sein Gesicht vor sich. Nicht wirklich, wie die Gestalt Andaras gerade, sondern vor seinem geistigen Auge, aber dafür mit fast übernatürlicher Klarheit. Roberts Gesicht, eingebettet in ein Meer von Schwärze, verzerrt vor Angst und Entsetzen. Seine Lippen bewegten sich wie zu einem stummen Schrei, und in seinen Augen flackerte das absolute Grauen.

»Robert!«, schrie Howard. Instinktiv streckte er die Hand aus, und obwohl alles, was er sah, nichts als Illusion war, reagierte Robert auf diese Geste. In seinem Blick glomm Erkennen auf.

»Hilf ... mir!«, stöhnte er.

Howard verdoppelte seine Anstrengungen. Mit aller Macht dachte er an Robert, versuchte ihn herbeizuzwingen und spürte, wie –

die Grabreihen und Wege verblassten, grau gewordener, mürber Stein nahm den Platz von lockerem Kies ein, und wo vorfallene Kreuze und Unkraut gewesen waren, lagen Kleiderfetzen und Lachen braun eingetrockneten Blutes.

Howard schrie auf. Die Vision hatte nur eine Sekunde gedauert, aber er begriff plötzlich, dass alles, was er zu sehen glaubte, nichts als Schein war. Er war noch immer in der unterirdischen Halle. Die Gruft, Andara, seine Worte – alles war nichts als Lüge gewesen. Eine geschickte Täuschung, die Shub-Niggurath seinem Geist aufgezwungen hatte. Irgendwo tief, tief in seinem Bewusstsein glaubte er ein hässliches, abgrundtief böses Lachen zu hören.

Und plötzlich begriff er auch, warum. Aber da war es zu spät.

Mein Gesicht lag in etwas Kühlem, widerlich Weichem. Fäulnisgeruch drang in meine Nase, und zwischen meinen Schulterblättern war ein quälender Schmerz. Ich versuchte zu atmen, hatte plötzlich den Mund voller feuchtem, moderig schmeckendem Erdreich und fuhr mit einem Schrei hoch.

Das Erste, was ich sah, war der Himmel.

Ein richtiger, normaler Himmel, dunkel bewölkt und vom zerbrochenen Sternendiadem der Milchstraße beherrscht. Kalter Wind schlug mir ins Gesicht. Ein Gefühl unglaublicher Erleichterung machte sich in mir breit. Ich wusste nicht, wo wir waren, aber das spielte auch keine Rolle. Die Höhle, der Obelisk und das schreckliche saugende Nichts waren verschwunden, das war alles, was wichtig war.

Der Gedanke führte einen anderen im Gefolge. Ich setzte mich auf, lauschte einen Moment in mich hinein, um mich davon zu überzeugen, dass ich nicht ernsthaft verletzt war, dann öffnete ich die Augen und sah mich neugierig um.

Dicht neben der Stelle, an der ich erwacht war, erhob sich ein vom Alter zerfressener, mannshoher Stein, in dessen oberes Drittel Zahlen, ein Namenszug und ein Kreuz eingemeißelt worden waren. Dahinter, in der herrschenden Dunkelheit nur mehr als Schatten erkennbar, erhob sich ein wuchtiger, an einen Sarkophag erinnernder Block. Dahinter weitere Steine, Kreuze, Skulpturen. Ein Friedhof.

So morbide mir der Anblick vorkam, passte er doch irgendwie zu dem, was wir erlebt hatten.

Ich richtete mich ganz auf, sah mich suchend um und gewahrte einen verkrümmten Körper, wenige Schritte neben mir. Rasch eilte ich hin und kniete nieder.

Es war Lady Audley. Sie lag in unnatürlicher Haltung da, das Gesicht eine Maske des Schmerzes, aber mit offenen Augen und bei klarem Bewusstsein. Als sie mich erkannte, versuchte sie sogar zu lächeln.

»Sprechen Sie nicht, Lady Audley«, sagte ich hastig. »Es ist alles in Ordnung.«

Mühsam bewegte sie die Lippen. Ich musste mein Ohr ganz dicht an ihren Mund heranbringen, um die geflüsterten Worte überhaupt zu verstehen. »Sind wir . . . in Sicherheit?«

Ich nickte. »Wir sind in Sicherheit.«

Ich war nicht so ganz von meinen Worten überzeugt, aber meine Erleichterung, Lady Audley am Leben und sogar bei Bewusstsein zu finden, überstieg für den Moment jedes andere Gefühl. »Versuchen Sie, still zu liegen«, sagte ich. »Ich werde mich umsehen und Hilfe holen.«

Ich wollte aufstehen, aber Lady Audley hob die Hand, umklammerte meine Finger und hielt mich mit verzweifelter Kraft fest. Die Berührung ihrer Haut war wie Eis. Ich schauderte.

»Es tut ... so weh«, flüsterte sie. »Bitte, Robert ... gehen Sie ... nicht weg.«

Ich zögerte einen Moment, dann kniete ich abermals nieder, legte die Hand auf ihre Stirn und lauschte in sie hinein.

Was ich spürte, war ein so grenzenloser Schmerz, dass ich unwillkürlich aufstöhnte. Alles in ihr war Verzweiflung und Pein – und der übermächtige Wunsch, zu leben.

So vorsichtig, wie ich nur konnte, griff ich nach ihrem Geist, blokkierte den Teil davon, der für den Schmerz zuständig war, und versuchte gleichzeitig, ihr Kraft zu geben.

Lady Audley schloss mit einem erleichterten Seufzer die Augen. »Danke, Robert«, flüsterte sie. »Ich ... dachte, ich würde es nicht mehr aushalten.«

»Es wird nicht lange wirken«, sagte ich besorgt. »Der Schmerz wird wiederkommen, Mylady. Aber Sie müssen ihn ertragen. Sie werden leben.«

Lady Audley schluckte schwer. »Wo ist ... Shadow?«, fragte sie. »Sie ist doch mitgekommen, oder?«

Ich erschrak, als ich begriff, dass sie wusste, was geschehen war. Ich hatte ihre Anwesenheit gespürt, als ich zusammen mit Shadow durch diese schreckliche Leere geglitten war, aber ich hatte nicht geglaubt, dass sie Zeuge unseres Gespräches geworden wäre.

»Ich werde nach ihr suchen«, versprach ich. »Aber zuerst muss ich Hilfe herbeiholen. Sie brauchen einen Arzt.«

Lady Audley schüttelte den Kopf und hielt meine Hand noch fester. »Suchen Sie ... Shadow, Robert«, flehte sie. »Bitte. Es ist ... wichtig. Ich spüre es.«

Einen Moment lang sah ich sie ernst an, dann nickte ich, löste behutsam ihre Finger aus den meinen und drehte mich herum. Ein sonderbares, eigentlich vollkommen unbegründetes Gefühl der Bedrückung machte sich in mir breit, als mein Blick über den dunklen, leeren Friedhof glitt. Irgendetwas Böses schien in den Schatten zu lauern. Ich wusste nur nicht, was.

Ein dunkler Umriss weit entfernt im Westen bannte meinen Blick. Im blassen Licht der Mondsichel sah er aus wie die Ruine einer mittelalterlichen Burg; mächtig und wuchtig thronte er auf einem sanft ansteigenden, kuppelförmig gewölbten Hügel, noch schwärzer als die Nacht und auf stumme Weise drohend. Ich war überzeugt davon, dass er kein Teil der Friedhofsanlage war. Er war auch zu weit entfernt.

Ich drehte mich weiter und gewahrte eine Hand voll Lichter in der entgegengesetzten Richtung. Sie waren klein und blass, aber es waren keine Sterne, sondern die Lichter einer Stadt oder doch zumindest eines größeren Anwesens. Ganz gleich, was – dort drüben waren Menschen.

Rasch überzeugte ich mich noch einmal davon, dass Lady Audley in einer einigermaßen bequemen Stellung dalag, nickte ihr noch einmal aufmunternd zu und lief los.

Der Friedhof war größer, als ich geglaubt hatte. Die wie mit einem Lineal gezogenen Wege erstreckten sich annähernd eine halbe Meile lang dahin, ehe schließlich die zerfallenen Reste einer kniehohen Bruchsteinmauer vor mir aus dem Dunkel auftauchten. Ich entdeckte ein Tor und lief schneller.

Ein grässlicher Schrei zerriss die Nacht.

Abrupt blieb ich stehen, sah mich erschrocken um und griff gleichzeitig nach dem Stockdegen, der noch immer wie ein übergroßer Dolch unter meinem Gürtel steckte. Der Schrei wiederholte sich nicht, aber mit einem Male hatte ich das Gefühl, von huschender Bewegung umgeben zu sein, trappelnde Schritte zu hören, den Blick dunkler, von Mordlust erfüllter Augen auf mir zu spüren.

Ich vertrieb die Bilder aus meinem Unterbewusstsein und rief mich in Gedanken zur Ordnung. Um mich herum war nichts außer Dunkelheit und ein paar hundert Gräber.

Und trotzdem ...

Lady Audley und ich waren nicht das einzige Leben auf diesem Friedhof, das spürte ich genau.

Plötzlich war links von mir eine Bewegung. Ein Schatten huschte durch die Nacht, viel zu groß für eine Ratte; ja, selbst zu groß für einen Menschen. Ein dunkles, schlagendes Geräusch ertönte, dann ein krächzender Laut, wie ein missglückter Schrei.

Ein Gefühl eisiger Kälte breitete sich in meinem Inneren aus. Der schlagende Laut wiederholte sich, dann hörte ich etwas, das wie das Rauschen mächtiger Flügel klang, die die Luft teilten.

»Shadow?«, flüsterte ich.

Keine Antwort. Die Schatten blieben stumm. Aber ich spürte mit jeder Sekunde deutlicher, wie ich belauert und beobachtet wurde.

Und es war irgendetwas Böses, Hinterlistiges an diesem Lauern.

Schaudernd versuchte ich, mir den rauschenden Laut noch einmal ins Gedächtnis zu rufen. Ich wusste nicht, was es gewesen war, aber ich war sicher, dass es nicht das Schlagen von Shadows Schwingen war. Es hatte sich ... ledrig angehört. Wie das Flappen übergroßer Fledermausschwingen.

Ein bitterer Geschmack breitete sich auf meiner Zunge aus. Langsam zog ich den Stockdegen aus seiner Umhüllung, schmiegte die Hand fest um den Knauf aus gesprungenem Kristall und sandte ein Stoßgebet zum Himmel, dass mir der *Shoggotenstern* in seinem Innern auch diesmal helfen möge.

Langsam, immer wieder stehen bleibend und nach rechts und links sichernd, ging ich weiter. Schatten wogten vor mir auf und ab, und die Nacht schien voller kichernder böser Stimmen.

»Shadow?«, rief ich noch einmal. »Wo bist du?«

Ich bekam keine Antwort, aber die Nacht fing meine Stimme auf und warf sie als verzerrtes Echo zurück. Es waren sonderbar hohle Echos. Sie klangen *falsch.*

Wieder blieb ich stehen. Der kalte Wind, der mir noch immer ins Gesicht blies, kam mir mit einem Male muffig und abgestanden vor. Aufmerksam sah ich mich um. Alles war unverändert, und trotzdem war irgendetwas an meiner Umgebung falsch. Obwohl mir meine Sinne das Gegenteil sagten, kam ich mir plötzlich vor wie in einer billigen Theaterkulisse.

Dann bewegte sich einer der Schatten wirklich. Ich fuhr herum, hob den Degen und unterdrückte einen erschrockenen Ruf, als ich erkannte, dass es ein Mensch war, der sich mir näherte. Er taumelte, versuchte sich an einem schräg aus dem Boden stehenden Grabstein abzustützen, verlor den Halt und fiel schwer auf den Boden. Hastig schob ich den Degen in seine Umhüllung zurück und ließ mich neben der Gestalt auf die Knie sinken.

Es war Shadow. Aber wie hatte sie sich verändert!

Ihr ehedem strahlend weißes Gewand war zerfetzt und von Schmutz und eingetrocknetem Blut besudelt. Schwarze Brandspuren verunzierten ihr Silberhaar, und ihr Gesicht war eine Maske aus Schmerz und Furcht. Sie stöhnte, versuchte meine Hand abzustreifen und stammelte Worte in einer Sprache, die ich nicht verstand. Ihr Gesicht flackerte wie ein Bild in einer nicht genau justierten Laterna Magica.

»Flieh, Robert«, wimmerte sie. »Nimm ... Audley und flieh.«

Ich schüttelte den Kopf, drehte sie entschlossen auf den Rücken und machte Anstalten, sie hochzuheben. Genauso gut hätte ich versuchen können, einen der Grabsteine wegzutragen. Ihr Körper schien Tonnen zu wiegen. Das Flackern ihres Gesichtes nahm zu. Irgendetwas anderes, Rotes, blitzte durch ihre Engelszüge.

»Flieh, Robert«, wimmerte sie. »Ich weiß nicht, wie lange ich ... noch durchhalte. Lauf ... weg.«

Ich verstand nicht, was sie meinte, und sagte es ihr, aber Shadow schien meine Worte gar nicht zu hören.

»Flieh«, stöhnte sie. »Lauf ... weg, Robert, so lange du es ... noch kannst. Lauf.«

»Ich lasse dich nicht hier!«, beharrte ich.

»Du ... weißt nicht, was du tust«, stöhnte Shadow. »Ich hätte ... den Obelisken niemals berühren dürfen. Du hättest mich nicht ... nicht mitnehmen dürfen. Lauf ... weg. So lauf doch!«

Und dann geschah etwas Grauenhaftes, Shadows Gesicht zerfloss wie eine Maske aus Wachs, die zu lange in der Sonnenhitze gelegen hatte. Ihre Haut wurde dunkel und porös, die Augen zogen sich zu schmalen, katzenähnlichen Schlitzen zusammen, aus ihrem sanften, sinnlichen Mund wurde ein schreckliches, V-förmiges Insektenmaul, die Nase wurde zu einem doppelten, widerlich pulsierenden Schlitz, und aus ihrer Stirn wuchsen zwei kleine, aufwärts gebogene Hörner!

»Du hättest auf mich hören sollen, Robert Craven«, sagte sie, während sie aufstand, die schrecklichen ledernen Fledermausflügel zu ihrer vollen Spannweite von fast fünf Metern ausstreckte und mich aus rot glühenden Augen anstarrte.

Ich hörte ihre Worte kaum.

Wie gelähmt stand ich da, unfähig, einen Muskel zu rühren oder auch nur einen klaren Gedanken zu fassen.

Das Einzige, was ich denken konnte, war, dass ich mich getäuscht hatte. Es gab etwas Schlimmeres, als einem leibhaftigen Engel gegenüber zu stehen.

Dem leibhaftigen Teufel nämlich ...

»Kommen Sie.« Wieder war es das Mädchen mit den traurigen Augen, das ihn am Arm ergriff und fortbrachte. Howard wehrte sich nicht. Er hätte auch nicht die Kraft dazu gehabt, selbst wenn er es gewollt hätte. Seine Glieder fühlten sich schwer und taub an wie aus Blei, und in seinem Nacken, dort, wo der dünne Nervenfaden seine Haut durchstochen hatte, war ein furchtbares Brennen. Farbige Kreise tanzten vor seinen Augen, und er fühlte sich so schwach, dass das Mädchen ihn stützen musste. Torkelnd verließ er die Halle und wankte neben dem Mädchen einen niedrigen, düsteren Gang hinauf. Die Luft roch faulig.

»Robert«, flüsterte er. »Was habt ihr mit . . . Robert vor?«

»Nichts«, antwortete das Mädchen. »Er ist nicht wichtig. Niemand wird ihm etwas zuleide tun.

Howard blieb stehen und hob mit einem Ruck den Kopf. Sofort begann sich der Stollen um ihn herum zu drehen. Ihm war übel. Er fühlte sich, als hätte er wochenlange Zwangsarbeit in einem Steinbruch hinter sich. Es war nicht nur dieser bizarre Traum gewesen. Shub-Niggurath hatte darauf verzichtet, ihn vollkommen zu absorbieren, wie seine anderen Opfer zuvor. Aber er hatte ihm etwas von seiner Lebenskraft genommen. Howard fühlte sich um Jahre gealtert.

»Warum habt ihr mich dann gezwungen, ihn zu rufen?«, fragte er. »Du lügst!«

»Die Kinder von Maronar lügen niemals«, erwiderte das Mädchen stolz. »Ihrem Freund droht keine Gefahr, Lovecraft. Nicht von uns. Er ist nur ein Werkzeug. So wie Sie und Cohen –«

»Und du«, schnappte Howard.

Die Spitze verfehlte ihre Wirkung. Das Mädchen nickte nur und erklärte mit großem Ernst: »Ganz recht, Mister Lovecraft. Wie ich. Wie wir alle hier.«

»Wer seid ihr?«, fragte Howard, der plötzlich eine Chance sah, mehr über dieses unterirdische Reich und seine Bewohner zu erfahren.

Aber die Mitteilsamkeit des Mädchens verging so rasch, wie sie aufgekommen war. »Sie werden alles erfahren, sobald es an der Zeit ist«, sagte sie. »Und sobald entschieden wurde, wie viel Sie wissen sollen. Ich darf nicht darüber reden.«

»Dann sag mir wenigstens deinen Namen«, bat Howard.

Das Mädchen lächelte. »Erika«, sagte sie. »Mein Name ist Erika Longfellow. Aber Namen zählen hier unten nichts.«

»Und wer verbietet dir zu reden?«, beharrte Howard. »Dieses Rattenungeheuer?«

»Die Königin?« Erika schüttelte den Kopf. »Nein. Sie ist nur ein Diener wie wir alle. Vielleicht einer, der in der Gunst der Herren ein wenig höher steht als wir, und trotzdem nur ein Werkzeug.«

»Und wer seid ihr?«

»Die Kinder Maronars«, sagte Erika. »Aber das würden Sie nicht verstehen.«

»Glaubst du?«, fragte Howard mit einem raschen, bitteren Lächeln. »Ich bin in meinem Leben mehr Sekten und –«

»Wir sind keine Sekte!«, zischte Erika aufgebracht. »Wir sind die Letzten eines Volkes, das einst mächtiger war, als Sie sich jemals vorstellen können. Was wissen Sie? Sie denken, Sie wüssten über die Geschichte dieser Welt Bescheid, aber Sie irren sich, wie alle. Maronar war, lange bevor die Zeitrechnung begann, und Maronar wird wieder sein, wenn eure Zeit längst abgelaufen ist.«

Die Worte kamen Howard seltsam eingelernt und steif vor, und er sagte es ihr.

Erika lachte hart. »Und? Wir lernen die Regeln unseres Glaubens. Was ist daran anders als bei Ihnen? Ihr betet einen Gott an, den es vielleicht nicht einmal gibt.«

»Zumindest ist es ein Gott, der seine Jünger nicht auffrisst«, sagte Howard böse.

In Erikas Augen flammte es auf. »Was wissen Sie?«, schnappte sie. »Wie viele Menschen haben ihr Leben gelassen im Namen Ihres Gottes? Wie viele Völker sind ausgelöscht worden im Zeichen des Kreuzes, wie viele Kriege wurden geführt, nur weil die einen glaubten, ihr Gott wäre ein wenig richtiger als der ihrer Nachbarn? Wir geben unsere Leben, das stimmt, aber wir tun es freiwillig, und wir wissen, dass es einem höheren Zweck dient. Maronar wird wiederkehren, und das allein zählt. Die *Thul Saduun* werden –« Sie brach abrupt ab, als sie bemerkte, dass sie schon viel mehr gesagt hatte, als ihr erlaubt war. Der Zorn in ihrem Blick wandelte sich in Bestürzung.

»Gehen wir weiter«, sagte sie hastig.

Howard gehorchte. Wie immer, wenn er sich durch das unterirdische Labyrinth bewegte, verlor er fast augenblicklich die Orientierung, aber seine Führerin bewegte sich mit traumwandlerischer Sicherheit durch die halbdunklen Stollen und führte ihn zurück zu der fensterlosen Zelle, in der er die letzte Woche verbracht hatte.

Sein Wassertrog war aufgefüllt worden, und auf dem Boden vor dem Strohbüschel, das ihm als Lager diente, lagen zwei Scheiben trockenen Brotes und eine Frucht. Ein halbes Dutzend Ratten lungerte unter der Tür herum und huschte beiseite, als Erika eine befehlende Handbewegung machte.

Howard betrat die Zelle, und das Mädchen wollte wieder gehen, aber Howard hielt es noch einmal zurück.

»Wie lange wollt ihr mich hier noch einsperren?«, fragte er.

Erika wich seinem Blick aus. »Nicht mehr sehr lange«, sagte sie schließlich. »Sobald die Rückkehr der Herren eingeleitet ist, besteht kein Grund mehr für uns, Sie festzuhalten. Dann können Sie gehen.«

»Und das glaubst du?« Howard zog eine Grimasse. »Belüg dich nicht selbst, Kindchen. Du weißt genau, dass ich die Tollwut habe, und du weißt, wie diese Krankheit endet. Ihr werdet mich festhalten, bis ich halb verrückt geworden bin und Amok zu laufen beginne. So wie Cohen.«

»Cohen war ein Verbrecher«, sagte Erika heftig. »Er wollte –«

»Das mag sein«, unterbrach sie Howard. »Vielleicht war er verrückt, Erika. Vielleicht hat er – von Ihrem Standpunkt aus – sogar den Tod verdient. Aber was ist mit denen, die er mit dieser schrecklichen Krankheit infizieren wird? Mit den Hunderten von Unschuldigen, die in Gefahr geraten?«

Das Mädchen fuhr sich nervös mit der Zungenspitze über die Lippen. »Niemand ist unschuldig«, sagte sie, aber es hörte sich so auswendig gelernt und platt an wie die Worte zuvor. Howard lachte böse.

»Natürlich nicht«, sagte er. »Ausgenommen ihr, nicht wahr? Ihr seid die wahren Erleuchteten, die Einzigen, die die Wahrheit kennen, und natürlich auch die Einzigen, die das Leben verdienen. Bei Gott, mein Kind, wenn du wüsstest, wie oft ich das schon gehört habe! Komm zu dir! Ich weiß nicht, wer oder was dieses Maronar ist oder war, aber ich weiß, wer Shub-Niggurath ist. Er ist einer der GROSSEN ALTEN, Erika. Ein Wesen, das der natürliche Feind alles Lebenden ist. Und wenn Maronar von lebenden Wesen bewohnt ist, dann ist er auch euer Feind. Er benutzt euch nur, so wie er mich benutzt hat, um Robert in eine Falle zu locken.«

»Das stimmt nicht!«, protestierte Erika. Aber ihre Stimme klang schon nicht mehr ganz so überzeugt und selbstsicher wie bisher. »Sie lügen«, fuhr sie fort.

»Bist du sicher?«, fragte Howard. »Oder denkst du das nur, weil man dir gesagt hat, dass du es denken sollst?«

Er legte eine genau bemessene Pause ein, ignorierte die Wächterratten, die mit einem drohenden Fauchen auf ihn zukamen, und streckte die Hand nach Erika aus.

»Du hast gesehen, was diese Bestie getan hat«, fuhr er fort, sehr viel leiser und mit eindringlicher, ernster Stimme. »Sie hat deine Brüder und Schwestern getötet, und sie wird auch dich vernichten, wenn du keinen Nutzen mehr für sie hast, mein Kind. Für die GROSSEN ALTEN sind wir Menschen nicht mehr als Schlachtvieh.«

»Hören Sie auf!«, schrie Erika. Aber Howard dachte nicht daran, aufzuhören; im Gegenteil. Er spürte, dass er das Mädchen in die Enge getrieben hatte. Noch ein winziger Anstoß und sie würde zusammenbrechen. Auch wenn er im Moment vielleicht keinen praktischen Nutzen davon hatte, so würde er doch vielleicht Dinge erfahren, die wichtig waren.

»Man hat euch belogen«, fuhr er fort. »Wer immer ihr seid – weder die Ratten noch die GROSSEN ALTEN stehen auf eurer Seite, Kind. Die GROSSEN ALTEN sind der Feind allen Lebens. Auch eurer.«

»Sie sollen aufhören!« Erika schrie auf, krümmte sich, als hätte er sie geschlagen – und hieb blindwütig mit der Hand nach ihm.

Howard drehte im letzten Moment den Kopf beiseite, aber er war nicht schnell genug. Erikas Fingernagel streifte seine Wange und hinterließ einen tiefen, blutenden Kratzer in seiner Haut. Howard prallte instinktiv zurück, aber er hatte nicht berechnet, wie niedrig die Tür seiner Zelle war. Wuchtig krachte er mit dem Hinterkopf gegen den Stein, brach in die Knie und fiel mit einem halblauten Stöhnen nach vorne. Seine Stirn kollidierte unsanft mit dem Boden.

Er verlor nicht das Bewusstsein, aber für Sekunden war er benommen. Er sah nur noch unscharf, wie Erika herumfuhr und mit wehenden Haaren davonlief.

Und wie sich eine der riesigen, fetten Ratten mit einem gierigen Schmatzen seinem Gesicht näherte.

»Du hättest die Warnung beachten sollen, Robert«, sagte das Wesen, in das sich Shadow verwandelt hatte. Es sprach mit einer Stimme, die mir einen eisigen Schauer über den Rücken laufen ließ. Der Blick seiner schrecklichen, mit kochendem Blut gefüllten Augen bohrte sich in den meinen. Ich hatte ein fürchterliches Gefühl körperloser Hitze, als versenge seine bloße Anwesenheit irgendetwas in meiner Seele.

»Wer ... bist du?«, stammelte ich.« Was bist du?«

»Dasselbe Wesen, als das du mich kennengelernt hast«, zischte der Dämon. »Nur seine andere Seite. Für dich spielt es keine Rolle mehr, Craven. Du hast deine Chance gehabt; du hast sie vertan. Jetzt stirbst du!«

Die Worte hätten mich warnen sollen, aber das furchtbare Geschehen hatte mich gelähmt. Ich sah die Bewegung im Ansatz und prallte zurück. Trotzdem wäre meine Reaktion fast zu spät gekommen.

Der Dämon warf sich nach vorne, breitete die Arme wie zu einer schrecklichen Umarmung aus und schlug gleichzeitig mit den Flügeln. Den zuschnappenden Klauen entging ich im letzten Augenblick; den Gigantenschwingen nicht.

Es war ein Gefühl, als wäre ich von einem Schiffssegel gerammt worden. Ein gewaltiger Hieb ging durch meinen Körper. Ich wurde von den Füßen gerissen, überschlug mich zwei, drei Mal hintereinander und riss instinktiv die Arme hoch, als ich einen der riesigen Grabsteine auf mich zurasen sah.

Der Anprall betäubte mich fast, aber gleichzeitig brach er auch den unseligen Bann, der mich bisher gelähmt hatte. Ich fiel, rollte zur Seite und sprang wieder auf die Füße.

Aber nur, um gleich darauf wieder der Länge nach im Sand zu landen. Shadows Klaue fegte wie eine Fleisch gewordene Keule heran, riss faustgroße Brocken aus dem Granit des Grabsteines und schleuderte mich abermals meterweit zurück, obgleich sie mich kaum gestreift hatte.

Ich sah den Dämon mit weit ausgebreiteten Schwingen auf mich herabstoßen und rollte mich blitzschnell zur Seite. Gewaltige, mit natürlichen Dolchen bewehrte Klauen gruben sich dort in den Boden, wo Sekundenbruchteile zuvor mein Kopf gelegen hatte.

Instinktiv trat ich zu, spürte, wie ich traf und hörte einen schrillen Schrei, der aber wohl eher Wut als Schmerz ausdrückte. Ein ungeheuerliches Flattern erklang, als sich der Dämon wie eine bizarre Riesenfledermaus ein Stück weit in die Luft erhob und abermals auf mich herabstieß.

Wieder verfehlten mich seine Klauen um Haaresbreite. Ich sprang auf, schlug seinen Arm beiseite und rannte verzweifelt los.

Sekunden später traf mich seine Schwinge mit der Wucht einer heranrasenden Dampflokomotive und ließ mich in einem grotesken Hechtsprung quer über den Weg fliegen. Ich prallte gegen einen Grabstein, der sich unter meinem Aufprall knirschend zur Seite neigte und auf dem Boden zerbrach. Etwas Kleines, matt Glänzendes hüpfte auf mich zu und blieb zwei Zentimeter neben meiner rechten Hand liegen.

Ich griff zu, ohne zu denken. Meine Finger schlossen sich um Metall, ertasteten seine Form, und irgendetwas in meinem Unterbewusstsein sagte mir, was ich tun musste.

Als Shadow das nächste Mal heranraste, wich ich nicht mehr zurück, sondern stemmte mich im Gegenteil hoch, sprang ihr einen Schritt entgegen und riss das kleine Metallkreuz in die Höhe.

Die geflügelte Teufelsgestalt schien mitten in der Luft gegen eine gläserne Wand zu prallen. Ein zorniger Schrei erscholl. Ihre Flügel schlugen so heftig, dass ich den Kopf senkte, um dem peitschenden Sturmwind zu entgehen. Aber sie kam nicht näher, sondern landete sanft drei, vier Schritte vor mir, betrachtete einen Moment das silberne Grabkreuz in meiner Hand und starrte mich dann hasserfüllt an.

»Du bist schlau, Robert Craven«, sagte sie. »Ein Kreuz.«

»Noch dazu ein silbernes Kreuz«, bestätigte ich. »Verschwinde, Shadow – oder wer immer du bist. Ich will dir nichts tun. Trotz allem nicht. Ich bin nicht dein Feind.«

Die Teufelsfratze des Ungeheuers verzog sich zu einem hämischen Lächeln. Langsam kam der Unheimliche näher, blieb ganz dicht vor mir stehen und richtete sich zu seiner vollen Größe von mehr als zwei Metern auf. In seinen Augen blitzte es.

»Du hast ziemlich romantische Vorstellungen, Robert«, sagte er spöttisch. »Bei mir wirkt das nicht, weißt du?«

Damit hob er seine schreckliche Klaue, nahm mir das Kreuz aus der Hand und zerdrückte es ganz langsam, bis nur noch ein unförmiger Metallklumpen übrig war.

Ein triumphierendes Grinsen verzerrte seine pockennarbige Fratze. »Du bist ein Narr, Robert Craven«, zischelte er. »Hast du dir wirklich eingebildet, so leicht mit mir fertig zu werden?«

Das hatte ich nicht. Nicht eine Sekunde lang. Das Einzige, worauf ich gehofft hatte, war dieser Augenblick des Triumphes, der Sekundenbruchteil der Unaufmerksamkeit, den er Shadow bescherte.

Und ich nutzte ihn!

Im gleichen Moment, in dem ihre Klaue das zermalmte Kreuz fallen ließ, schoss meine Linke vor, suchte ihr Gesicht und presste sich mit aller Kraft auf ihre Stirn. Meine Finger ertasteten ihre Augen und drückten zu.

Das Ungeheuer kreischte vor Schrecken und Schmerz, als es begriff, was ich tat. Aber seine Abwehr kam zu spät. Blitzartig griff ich nach seinem Bewusstsein und verschmolz damit.

Es war wie ein Blick in die Hölle. Sein Geist war düster und voll finsterer Dinge. Ich sah Flammen und Rauch und spürte den Hass, der sein Atem war, das Universum aus Gewalt und Töten, in dem er lebte. Aber ich sah auch das andere, helle Etwas, das tief unter dem Geist des Dämons gefangen war.

Der Dämon schrie auf und schlug nach mir. Seine Klaue legte sich um meinen Hals und drückte zu. Ich ignorierte den Schmerz und konzentrierte mich noch einmal mit aller Macht.

Ich dachte an Shadows Gesicht. Nicht das Gesicht dieses dämonischen Monsters, in das sie sich verwandelt hatte, sondern das elfenhafte Antlitz des Engels, als den ich sie kennen gelernt hatte; dachte mit aller Macht daran, konzentrierte mich wie niemals zuvor in meinem Leben, bis in meinem Geist nichts anderes mehr existierte, nur noch Platz für dieses Gesicht war.

Ein grauenhafter Schrei erklang. Shadows Schwingen schlossen sich wie die Hälften einer gigantischen Falle um mich. Der Hieb schien mir jeden einzelnen Knochen im Leibe zu zerbrechen. Ich fiel nach hinten und kämpfte für die Dauer eines endlosen Herzschlages gegen dunkle Bewusstlosigkeit.

Als sich die schwarzen Schleier vor meinem Blick hoben, bot sich mir ein bizarres Bild: Shadow war zurückgetaumelt und in die Knie gebrochen. Ihr Körper zuckte und bebte wie in einem Krampf. Schreckliche, glucksende Laute kamen über ihre Lippen, und plötzlich begann das düstere Rot ihrer Haut fleckig zu werden. Die riesigen Fledermausschwingen zogen sich zusammen, raschelnd wie verbrennendes Pergament, ihr Gesicht zerfloss, die Hörner, das schreckliche Insektenmaul und ihre Blutaugen verschwanden –

Und aus dem Teufel wurde wieder ein Engel.

Nur seine andere Seite ... hörte ich ihre Worte noch einmal. Was ich sah, waren nur zwei Seiten eines einzigen Wesens ...

Der Gedanke erschien mir zu schrecklich, um ihn zu Ende zu verfolgen. Ich schüttelte die Benommenheit ab, stemmte mich hoch und wankte auf den gefallenen Engel zu.

Shadow sah auf und hob abwehrend die Hand. Ihr Gesicht war schmerzverzerrt. »Flieh, Robert«, wimmerte sie. Ein schwerfälliges, rotes Zucken lief über ihre Züge. Etwas blitzte unter ihrem silbernen Engelshaar.

»Flieh!«, stöhnte sie. »Ich ... kämpfe gegen ihn, aber er ist ... stark. Nimm Audley und ... lauf ...«

»Ich helfe dir«, sagte ich, aber Shadow schüttelte heftig den Kopf. »Lauf!«, keuchte sie. »Lauf weg, Robert. Er wird ... dich töten. *So lauf doch weg!«*

Ich zögerte noch einen unmerklichen Augenblick, dann fuhr ich herum und rannte zu Lady Audley zurück, so schnell ich konnte.

Sie lag noch in der gleichen Stellung da, in der ich sie zurückgelassen hatte. Ihre Augen waren klar. »Was ist geschehen, Robert?«, fragte sie, als ich neben ihr niederkniete. »Ich habe Lärm gehört. Haben Sie Shadow gefunden?«

»Nein«, log ich. »Aber wir müssen weg. Rasch.« Behutsam schob ich einen Arm unter ihren Nacken, den anderen unter ihr voluminöses Gesäß und versuchte sie anzuheben.

Lady Audley schrie vor Schmerz.

Ich ließ sie zurücksinken, blickte über die Schulter in die Richtung zurück, in der Shadow – wenn sie noch Shadow war, und nicht bereits wieder diese schreckliche gehörnte Kreatur – sein musste und atmete hörbar aus.

»Es tut mir Leid, Mylady«, sagte ich, »aber ich muss Ihnen jetzt sehr wehtun. Sie können nicht hierbleiben. Es wäre Ihr Tod.«

Lady Audley lächelte tapfer. »Machen Sie nur, mein Junge«, sagte sie leise. »Ich werde es aushalten.«

Trotzdem begann sie vor Schmerzen abermals zu schreien, als ich sie hochhob, mich schwerfällig herumdrehte und mit schwankenden Schritten in die Richtung ging, in der ich den Ausweg wusste.

Wie ich den Weg bis zur Friedhofsmauer fand, wusste ich hinterher nicht mehr zu sagen. Lady Audley schien Tonnen zu wiegen, und sie wurde bei jedem Schritt schwerer. Zudem gellten ihre Schreie ununterbrochen in meinen Ohren, und ich spürte, wie ihr am ganzen Leib der kalte Schweiß ausbrach. Seltsamerweise bewegte sie sich überhaupt nicht.

Wir passierten die Stelle, an der Shadow zurückgeblieben war, und erreichten unbehelligt das Tor in der Friedhofsmauer.

Aber mehr auch nicht.

Denn hinter dem Tor war –
nichts mehr!

Howard erstarrte. Die Ratte war ganz nahe an seinem Gesicht, ihr halb geöffnetes Maul nur wenige Zentimeter vor seinen Augen, sodass er ihren warmen, nach Aas stinkenden Atem spüren konnte. Ihr nackter Schwanz peitschte wie der eines Hundes. In ihren Augen loderte die nackte Blutgier.

Howard spannte sich. Die Ratte war so wenig Herr ihrer selbst wie Erika oder irgendeines der bedauernswerten Opfer, die Shub-Niggurath in den letzten Tagen getötet hatte, aber er spürte, wie die animalischen Instinkte des kleinen Raubtieres den suggestiven Bann mehr und mehr zu überwinden begannen. Das Tier war hungrig – und es witterte sein Blut!

Millimeter für Millimeter kam die Ratte näher. Ihre spitze Schnauze näherte sich seinem Gesicht und berührte seine Haut, fuhr schnüffelnd über seine Stirn, dicht an seinem linken Auge entlang und die Wange hinab. Howard ballte die Faust und machte sich zum Zuschlagen bereit.

Plötzlich prallte die Ratte zurück. Ein schrilles, fast ängstliches Quieken drang aus ihrem Maul. Rücklings und mit fast grotesken Sprüngen wich sie vor ihm davon, bis sie gegen die Wand prallte, setzte sich auf die Hinterläufe und begann sich mit den Vorderpfoten über die Schnauze zu fahren, immer und immer wieder. Ein einzelner Blutstropfen glitzerte an ihrem Maul.

Howard setzte sich verwirrt auf. Im ersten Moment glaubte er, das Tier hätte sich verletzt, aber im gleichen Augenblick, in dem er sich bewegte, fuhren auch die anderen Ratten mit einem fast ängstlichen Pfeifen zurück und rannten aus der Zelle.

Verwirrt betrachtete Howard erst das zurückgebliebene Tier, das sich noch immer wie von Sinnen putzte und rieb, dann hob er die Hand, tastete nach seiner Wange und blickte auf das hellrote Blut, das plötzlich auf seinen Fingern war. Sein eigenes Blut, das aus dem Kratzer drang, den Erika ihm verpasst hatte!

Eine dumpfe Ahnung begann sich in Howard breitzumachen. Im ersten Augenblick erschien ihm der Gedanke zu weit hergeholt, um wahr sein zu können, aber das Verhalten der Ratten ließ keinen anderen Schluss zu.

Es war sein Blut. Sein Blut, das jetzt von Tollwutviren wimmeln musste und zu einem tödlichen Gift geworden war, das die Tiere vertrieben hatte. Die Ratten mussten die Gefahr, die von ihm ausging, instinktiv spüren. Normalerweise hätte er diesen Gedanken als lächerlich von sich gewiesen, aber die vierbeinigen schwarzen Killer, die die Katakombenstadt zu Millionen bevölkerten, waren schließlich alles andere als normale Ratten.

Kurz entschlossen griff Howard noch einmal an seine Wange, biss die Zähne zusammen, als die Berührung einen neuerlichen heißen Schmerz durch sein Gesicht schießen ließ, und streckte seine blutverschmierte Hand nach der Ratte aus.

Ein weiß glühender Schürhaken hätte kaum eine größere Wirkung haben können. Die Ratte stieß ein panikerfülltes Quieken aus, huschte in Todesangst zwischen seinen Beinen hindurch und verschwand aus der Zelle.

Sekundenlang starrte Howard dem Tier nach. Dann richtete er sich auf und hob abermals die Hände an den blutenden Kratzer auf seiner Wange.

Der Schmerz trieb ihm die Tränen in die Augen. Aber als er sein Gefängnis verließ, waren seine Hände und sein Gesicht rot von glitzerndem, frischem Blut.

Fassungslos starrte ich auf die Wand aus massiver Schwärze, die sich dort erhob, wo ich vor Minuten noch ebenes Land und die Lichter einer Stadt gesehen hatte. Der Wind hatte sich gelegt, und erst jetzt spürte ich, wie warm und stickig die Luft war.

Entsetzt fuhr ich herum und blickte in die Richtung zurück, aus der wir gekommen waren. Der Friedhof hatte sich nicht verändert, aber der Hügel mit dem sonderbaren Bauwerk darauf, den ich zuvor hinter seiner jenseitigen Umfriedung gesehen hatte, war verschwunden. Auch hinter der gegenüberliegenden Grenze des Gottesackers erstreckte sich nichts als wesenlose Schwärze.

»Illusion, Robert.« Ich hörte Shadows Worte ganz deutlich. »Es ist nichts als Illusion. Schein und Wirklichkeit sind eins. Nur zwei verschiedene Seiten eines Ganzen.«

Ich war nicht sehr überrascht, als sich die Dunkelheit teilte und eine rot glühende, geflügelte Gestalt ausspie. Flammende Blutaugen starrten auf mich herab.

»Du hattest deine Chance«, sagte der Dämon. »Du hättest gehen sollen. Aber du hast es vorgezogen, bei mir zu bleiben.«

Ich begriff nur langsam. Und als ich die Wahrheit erkannte, taumelte ich fast vor Schreck. »Dann sind wir ... nicht entkommen?«, fragte ich. »Das hier ist –«

»Das Nichts, Robert Craven. Die ewige Verdammnis, für dich, für mich,« – er deutete auf den reglosen Körper Lady Audleys, den ich noch immer in den Armen hielt – »für sie. Das andere Ich, das du kennen gelernt hast, zeigte dir den Weg, aber du musstest ja den Helden spielen und zurückbleiben.« Er lachte. Es klang hässlich. »Vielleicht wird es ganz kurzweilig werden, die Ewigkeit mit dir zu teilen, Craven.«

Behutsam legte ich Lady Audley zu Boden, richtete mich wieder auf und sah der Schreckensgestalt fest in die Augen. Ihr Blick war Hass und Bosheit, aber etwas war darin, was nicht hineingehörte.

»Dann töte mich, wenn du kannst«, sagte ich. »Töte mich, Shadow. Ich werde nicht mehr kämpfen.«

Der Dämon stieß ein wütendes Fauchen aus, hob die Krallen – und erstarrte. Sein Blick flackerte.

»Du kannst es nicht«, sagte ich ruhig. »Du warst zu lange Mensch, Shadow. Ich weiß nicht, ob die Shadow, die ich kennen gelernt habe, oder ob dies deine wahre Gestalt ist, aber das spielt auch keine Rolle mehr. Du warst zu lange Mensch, um aus purer Lust zu töten.«

Shadows Hände zitterten. Langsam näherten sich ihre schrecklichen Klauen meinem Gesicht. Aber ich spürte, dass sie nicht zuschlagen würde. Ein ganz sanfter Schimmer von Weiß glühte unter dem feurigen Rot ihrer Haut.

»Was tust du?«, keuchte sie. Ihre Stimme bebte. Das geronnene Blut ihrer Augen verblasste zu einem hellrosa Schimmer. Ihre Lederflügel knisterten. Weiße Flecken erschienen auf ihrer Haut. Sie wankte, krümmte sich wie unter einem Schlag und richtete sich mit einem Ruck wieder auf. Ihr Gesicht verzerrte sich.

»Was tust du mit mir?«, stöhnte sie noch einmal.

»Nichts«, antwortete ich ruhig. »Du selbst bist es, Shadow. Der Teil von dir, der Mensch geworden ist. Du kannst mich nicht mehr töten.«

Shadow krümmte sich. Ihr Körper begann sich immer schneller und schneller zu verwandeln, flackerte, zuckte, war Engel und Teufel, dann wieder Engel und wieder eine grauenhafte Mischung aus beiden – und wurde zu dem eines Menschen.

Im gleichen Augenblick erschütterte ein dumpfes Grollen den

Boden. Ein Laut wie ein ungeheurer Wutschrei peinigte meine Ohren, und plötzlich war die Luft voller Staub. Der Himmel erlosch. Steine regneten rings um uns zu Boden, und mit einem Male war der Friedhof verschwunden, und ich fand mich auf dem Boden einer gigantischen, fensterlosen Steinkuppel wieder.

Wir waren nicht allein. Shadow, Lady Audley und ich standen im Zentrum eines vielleicht zwanzig Schritte messenden Kreises gebückt dasitzender Männer und Frauen. Auf ihren Gesichtern lag ein angespannter Ausdruck, und alle hatten die Hände erhoben, die gespreizten Finger in unsere Richtung ausgestreckt und die Augen geschlossen. Ein kränkliches, graugrünes Licht umgab die reglosen Gestalten und bildete einen zweiten, flackernden Kreis zwischen ihnen und uns.

Von alledem aber sah ich kaum etwas. Mein Blick hing wie gebannt auf dem abscheulichen *Ding,* das wie ein ochsengroßes Krebsgeschwür hinter dem Kreis der Betenden hockte. Es war schwarz, groß und hässlich, anders konnte ich es nicht beschreiben. Peitschende Arme und wässerige, auf schwarzen Stielen wippende Augen wuchsen aus dem amorphen Klumpen hervor. Ein unbeschreiblicher Gestank drang mir wie ein Pesthauch in die Nase.

Das Schrecklichste aber war das Netz.

Mit Ausnahme des Kreises, den die Männer und Frauen um uns herum bildeten, war der Boden der Halle zur Gänze von einem engmaschigen Netz dünner schwarzer Stränge bedeckt. Im ersten Moment erinnerte es mich an ein übergroßes Spinnennetz, aber dann sah ich die Bewegung, das schwerfällige Zucken und Beben, das unablässig durch die Masse lief, die dünnen Stränge, die an den Körpern der Betenden emporgewachsen waren und überall in ihre Haut eindrangen, und begriff, dass es eine Art Nervengeflecht sein musste, ein gigantisches lebendes *Etwas,* dessen Zentrum die schwarze Masse war.

Shadow richtete sich stöhnend auf. Ihr Gesicht war bleich, und ihre Mundwinkel zuckten unablässig, als litte sie Höllenqualen, aber ihre Gestalt wirkte auch gleichzeitig viel fester und realer als zuvor. Fast war ich erleichtert, wieder einem – wenigstens äußerlich – normalen Menschen gegenüberzustehen.

»Nicht bewegen, Robert«, sagte sie, als ich mich herumdrehen und auf einen der Knienden zugehen wollte. »Er kann dir nichts tun, solange du den Kreis nicht verlässt.«

Es kostete mich unendliche Überwindung, das schwarze Ding noch einmal anzusehen. Trotzdem zwang ich mich dazu. »Was ist das?«, fragte ich.

Shadow zögerte. Ihr Gesicht verzerrte sich vor Ekel, während sie die schwarze Abscheulichkeit anstarrte. »Das TIER«, sagte sie. »Eine seiner Erscheinungsformen.«

»Nicht unbedingt die appetitlichste«, murmelte ich. Shadow lächelte schwach und wurde sofort wieder ernst. Eine langsame, kaum merkliche Bewegung lief durch den Kreis aus Körpern und Licht, der uns umgab. Ich war mir nicht sicher, aber ich hatte den Eindruck, dass er sich zusammenzog; ganz langsam, aber unaufhaltsam.

»Was geschieht hier?«, flüsterte ich.

Shadow biss sich auf die Lippen. »Ich weiß es nicht«, gestand sie. »Er ist ... nicht so stark, wie ich befürchtet habe. Im Moment kann er uns nichts tun.«

»Aber wir können auch nicht weg«, fügte ich hinzu.

Shadow nickte. »Wenn wir den Kreis verlassen, tötet er uns.«

»Und wenn nicht, auch«, fügte ich finster hinzu und deutete auf den Wall aus Licht, der uns umgab. »Er wird kleiner.«

Shadow nickte abermals. Auf ihrer Stirn glitzerte Schweiß. »Ich weiß«, murmelte sie. »Meine ... Kräfte lassen nach. Ich kann ihn noch eine Weile aufhalten, aber dann ...«

Sie sprach nicht weiter, aber das war auch nicht nötig. Es konnte noch Stunden dauern, bis Shadows Abwehr brach. Aber sie würde nicht ewig halten. Und was dann mit uns geschah, wollte ich mir lieber gar nicht erst vorstellen.

»Es ... gibt einen Weg«, sagte Shadow plötzlich. »Aber ich brauche Zeit. Nur ein paar Sekunden. Aber diese paar Sekunden wird er uns nicht geben. Er vernichtet uns im gleichen Augenblick, in dem du den Kreis verlässt.« Sie deutete auf eine der knienden Gestalten und schürzte die Lippen. »Sieh sie dir an, Robert. Hast du Lust, einer von ihnen zu werden?«

Das hatte ich ganz und gar nicht. Aber ihre Worte ließen eine verzweifelte Idee in mir erwachen. Ich starrte sie an, blickte angeekelt auf die wabbelnde Fleischmasse, die meinen Blick aus ihren gefühllosen Stielaugen erwiderte, und dann wieder in Shadows Augen. »Ich werde dir deine paar Sekunden verschaffen«, sagte ich.

Shadow wollte widersprechen, aber ich gab ihr keine Gelegenheit dazu, sondern drehte mich herum, zog den Stockdegen aus seiner

Umhüllung und sprang mit einem Satz in den Kreis der Knienden hinein.

Das Monstrum reagierte unglaublich schnell. Die beiden Männer rechts und links von mir regten sich nicht, aber das schwarze Nervengeflecht auf dem Boden zuckte wie unter einem elektrischen Schlag. Ein halbes Dutzend dünner, ölig glänzender Fäden peitschte gleichzeitig in meine Richtung.

Blitzschnell drehte ich den Degen herum und ließ den Kristallknauf wie eine Keule auf die schwarzen Stränge herunterfahren. Der *Shoggotenstern* im Inneren des mattgelben Kristalles glühte wie eine winzige Sonne auf.

Die Wirkung war so, wie ich gehofft hatte, nur tausendfach schlimmer.

Der ganze Hallenboden schien sich wie in einem Krampf zu winden. Ich fiel, rollte mich instinktiv nach hinten und zurück in den schützenden Kreis aus Licht und streifte gleichzeitig die schwarzen Fäden ab, die an meiner Kleidung klebten. Ein fürchterliches Heulen erscholl, und plötzlich schossen überall schwarze, schmierige Fontänen in die Höhe. Eine Welle intensiver Hitze schlug über mir zusammen; es roch nach verbranntem Fleisch.

Der Kreis der Betenden zerbrach, als die Männer wie von Hieben getroffen nach vorne oder zur Seite kippten. Mit hellen, peitschenden Lauten zerrissen die schwarzen Fäden, die ihre Körper eingehüllt hatten.

Und die Vernichtung lief weiter!

Wie eine Woge des Todes raste sie durch die Halle, erfasste Strang auf Strang und ließ das ganze gewaltige Netz zu einem Durcheinander aus platzenden Strängen und kochendem schwarzen Morast werden. Schließlich erreichte sie Shub-Niggurath selbst.

Die ekelhafte Fleischmasse zuckte, zog sich zusammen und begann zu pulsieren. Ihre Augen und Arme verdorrten in Sekundenschnelle. Für einen ganz kurzen Moment flammte die irrsinnige Hoffnung in mir auf, dass der Tod, den die Berührung des *Shoggotensternes* dem Netz gebracht hatte, auch seinen Herrn verschlingen würde.

Aber nur für einen Moment. Shub-Nigguraths Körper färbte sich grau und begann zu schrumpfen. Seine Haut trocknete aus und riss. Eine schwarze, widerlich stinkende Flüssigkeit quoll aus seinem Körper.

Aber er starb nicht. Wie ein gewaltiges, schlagendes Herz plusterte er sich auf, fiel abermals zusammen und begann schneller und schneller zu pulsieren. Plötzlich zuckte ein fadendünner Strang aus seinem Leib, peitschte auf einen der bewusstlos daliegenden Männer herab und schlug wie ein Pfeil in seinen Arm. Der Mann brüllte, bäumte sich auf – und zerfiel zu Staub.

Der Strang zog sich zurück, richtete sich wie eine blinde suchende Kobra auf und zuckte auf das nächste Opfer herab. Der schreckliche Vorgang wiederholte sich, und die Bestie gewann im gleichen Maße an Kraft zurück, in dem sie ihre Opfer aussaugte. Nur noch Sekunden und sie würde ihre alte Stärke zurückhaben!

Shadows Schrei ließ mich herumfahren. Sie war neben Lady Audley auf die Knie gebrochen und versuchte sie hochzuheben, aber ihre Kräfte reichten nicht aus. Verzweifelt gestikulierte sie mit beiden Händen und schrie Worte, die ich nicht verstand. Ich sprang auf, war mit einem Satz bei ihr und riss Lady Audley in die Höhe. Auch Shadow fuhr hoch, rief erneut Worte in dieser fremden Sprache und deutete wild auf einen Punkt hinter mir. Gehorsam drehte ich mich herum. Hinter mir flackerte ein Kreis aus grauem Nebel, unregelmäßig geformt und mehr als mannshoch. In seinem Zentrum glühte ein einziges, blendend weißes Licht. Ein *Tor!*

Ich dachte nicht einmal darüber nach, was ich sah, sondern reagierte nur noch auf Shadows Gesten.

Zum wiederholten Male in den letzten Tagen trat ich aus der Wirklichkeit hinaus in eine Welt aus Schweigen und Nichts.

Er wusste nicht mehr, wie er den Weg zurück gefunden hatte. Vielleicht war es reines Glück gewesen, das seine Schritte in die richtige Richtung gelenkt hatte, vielleicht so etwas wie Instinkt.

Stunde um Stunde war Howard durch das Labyrinth aus Stollen und Gängen und Treppen geirrt, blind, ziellos und halb verrückt vor Angst. Die Ratten waren vor ihm zurückgewichen, wo immer er ihnen begegnet war, aber er wusste, dass er trotzdem verfolgt wurde. Einmal war er einem der schrecklichen Rattenmenschen begegnet und hatte ihn niedergeschlagen, aber er zweifelte nicht daran, dass sie dicht hinter ihm waren.

Vor ihm schimmerte etwas Grünes. Howard taumelte blindlings weiter, prallte gegen eine Wand und sank erschöpft in die Knie. Die Umgebung begann vor seinen Augen zu verschwimmen. Er stöhnte, tastete mühsam mit den Fingern nach Halt an der rauen Wand und zog sich taumelnd wieder auf die Füße. Irgendwo in dem dumpfen Etwas, das sein Denken abgelöst hatte, war die Erinnerung an den grünen Kreis, der über ihm schimmerte. Er glaubte sich darauf zu besinnen, dass dieser Kreis wichtig war.

Blindlings griff er nach oben. Hartes Eisen war unter seinen Fingern, und der winzige Rest von Bewusstsein, der ihm geblieben war, zwang seine Hände, sich darum zu schließen und seinen Körper Stück für Stück in die Höhe zu ziehen.

Als er die Hälfte des Schachtes überwunden hatte, hörte er die Stimmen und das Geräusch von Schritten. Jemand schrie, dann peitschte ein Schuss, und Metall explodierte Funken sprühend dicht neben seiner Schulter an der Wand.

Die Schüsse gaben ihm noch einmal Kraft. Verzweifelt kletterte er weiter, überwand den senkrechten Schacht und sank erschöpft an seinem Rand zusammen. Unter ihm begannen die Metallringe zu klirren, als seine Verfolger ebenfalls mit dem Aufstieg begannen. Howard drehte mühsam den Kopf und starrte in die Tiefe. Grünes Licht füllte den Schacht aus wie gefärbtes Wasser, und ein spitzes Rattengesicht starrte voller Hass zu ihm herauf.

Howard kam schwankend auf die Füße, lief zwei, drei Schritte und fiel erschöpft auf die Knie herab.

Dicht hinter ihm erscholl ein triumphierender Schrei, und als er sich herumwälzte und zurücksah, erblickte er einen breitschultrigen Riesen mit einem schwarzen Rattengesicht, der sich brüllend aus dem Schacht zog und ein altertümliches Gewehr schwang.

Ein Schuss krachte. Zwischen den Augen des Rattenmannes war plötzlich ein kleiner, beinahe harmlos aussehender roter Kreis. Sein spitzes Rattenmaul öffnete sich, aber kein Laut kam über seine Lippen. Polternd fiel sein Gewehr zu Boden. Dann kippte er lautlos nach hinten und verschwand in der grün leuchtenden Tiefe.

Howards Bewusstsein begann zu schwinden. Er begriff, dass er gerettet war, aber dieser Umstand erschien ihm mit einem Male sonderbar unwichtig. Er wollte nur noch schlafen.

Ein Gesicht tauchte über ihm auf, breit und von roten Stoppelhaaren gekrönt, und ein Paar dunkler Augen blickte auf ihn herab. Er kannte dieses Gesicht, und wieder hatte er das Gefühl, etwas Dringendes tun oder sagen zu müssen. Aber er war so müde. So unglaublich müde. »Rühr mich ... nicht an, Rowlf«, murmelte Howard noch. »Fass mich ... nicht mit bloßen Händen an. Niemals.«

Das war alles, was er noch sagen konnte. Dann verlor er das Bewusstsein.

Er spürte nicht mehr, wie Rowlf ihn wie ein Kind auf die Arme hob und zurücktrug.

Diesmal dauerte es endlos. Wie zuvor hatte ich das Gefühl, keinen Körper mehr zu haben, bloß noch Geist und vielleicht nicht einmal mehr das zu sein. Aber anders als bei den *Toren,* die ich zuvor benutzt hatte, spürte ich das Verstreichen der Zeit wie das ruhige Dahinfließen eines mächtigen, tiefen Stromes. Jahrhunderte glitten an mir vorüber wie Sekunden, Jahrtausende wie Tage, schließlich Jahrmillionen, Ewigkeiten ...

Irgendwann war es vorbei, und aus dem Nichts wurde wieder grauer Nebel. Ich spürte die Berührung warmer Luft wie das Streicheln einer trockenen Hand, und kurz darauf war unter meinen Füßen wieder fester Boden.

Mit einem erleichterten Seufzen taumelte ich nach vorne, ließ mich auf die Knie sinken und sah zurück. Der Kreis aus grauem Nebel, aus dem ich hervorgetreten war, begann bereits zu zerfasern.

Was immer auf der anderen Seite des *Tores* sein mochte, würde mir jetzt nicht mehr folgen können. Ich war in Sicherheit.

Minutenlang hockte ich einfach da, presste die Lider aufeinander und genoss das Gefühl, noch am Leben zu sein. Erst dann wagte ich es, die Augen wieder zu öffnen und mich umzusehen.

Es war ein bedrückender Anblick.

Ich hockte dicht vor einer schier himmelhohen, senkrechten Wand aus grauem Basalt. Und rechts und links hinter mir erstreckte sich die ödeste Landschaft, die ich jemals erblickt hatte. Es war eine Ebene, so flach wie ein Brett und von einer fast weißen, unglaublich heiß vom Himmel brennenden Sonne seit Ewigkeiten ausgedörrt, denn der Boden war überall gerissen. Es gab vereinzelte Flecken von dornigem Grün, aber die schienen die Lebensfeindlichkeit meiner Umgebung eher noch zu betonen.

Ich schauderte. Wo immer ich war – es war nicht mehr die Welt, die ich kannte.

Langsam stand ich auf, wischte mir den Schweiß von der Stirn und sah mich aufmerksam nach allen Seiten um. Von Lady Audley und Shadow war keine Spur zu entdecken, aber ich spürte, dass sie irgendwo in meiner Nähe waren. Wie zuvor hatte ich Shadows Anwesenheit gefühlt, als ich das *Tor* benutzte.

Mein Blick tastete aufmerksam über die Steilwand. Sie war nicht ganz so massiv, wie es im ersten Augenblick ausgesehen hatte, sondern wies zahllose Risse und Spalten auf, ein wenig links von mir gar eine Bresche, die groß genug gewesen wäre, einem Elefanten Durchlass zu gewähren. Vielleicht waren Lady Audley und Shadow auf der anderen Seite dieser gewaltigen Felsbarriere aus dem Nichts getreten.

Ich machte einen Schritt auf den Felsdurchlass zu, gewahrte eine Bewegung schräg hinter mir und blieb stehen, um mich herumzudrehen.

Dann sah ich, was hinter mir war. Eine halbe Sekunde lang blieb ich stehen, starrte den Koloss an und fragte mich allen Ernstes, ob ich verrückt geworden war. Aber dann begann die Erde unter meinen Füßen in rasendem Takt zu vibrieren, und ich erwachte aus meiner Erstarrung, fuhr herum und begann zu rennen, so schnell wie noch nie zuvor in meinem Leben.

So schnell, wie man eben rennt, wenn man von einem leibhaftigen Tyrannosaurus Rex verfolgt wird …

Im Land der GROSSEN ALTEN

Das Ungeheuer stampfte heran – ein Berg aus Fleisch und Zähnen und grauen Panzerplatten. Die dreifingrigen, krallenbewehrten Pranken waren gierig ausgestreckt, und das gewaltige Maul klappte auf und zu wie eine überdimensionale Bärenfalle. Unter den Schritten des Giganten bebte die Erde, und in seinen kleinen, seelenlosen Augen loderte das einzige Gefühl, zu dem ein Koloss wie er überhaupt fähig war: Hunger. Und die Beute, mit der dieser Tyrannosaurus seinen Hunger zu stillen gedachte, war ich …

Ich rannte wie niemals zuvor in meinem Leben. Trotzdem schien die rettende Felswand einfach nicht näher zu kommen, und der Boden unter meinen Füßen bebte mit jeder Sekunde stärker. Ich bildete mir fast ein, den fauligen Atem der Bestie bereits wie eine klebrige Hand im Nacken zu spüren. Das Ungeheuer bewegte sich alles andere als elegant, sondern stapfte mit plumpen, ja beinahe schwerfälligen Schritten hinter mir her; aber für jemanden mit Schuhgröße zweihundertdreißig – hätte er Schuhe getragen – war es auch nicht nötig, sich schnell zu bewegen. Obwohl ich wie von Sinnen rannte und mir vor Anstrengung schier die Lungen zu platzen schienen, schrumpfte die Entfernung zwischen uns mit jedem Schritt weiter.

Ich wusste, dass ich es nicht schaffen würde.

Der Tyrannosaurus Rex stieß einen schrillen, triumphierenden Schrei aus, hob den Schwanz und kippte gleichzeitig im Laufen nach vorne, dass ich dachte, er würde mich schlichtweg unter sich begraben wollen. Aber er fiel nicht, sondern verlagerte nur sein Körpergewicht, bis sein droschkengroßer Schädel direkt über mir hing und seine Vorderpfoten nach mir grabschten.

Verzweifelt warf ich mich zur Seite, entging dem tödlichen Zuschnappen seiner Klauen im letzten Moment und entdeckte einen Felsen, der wie eine steinerne Faust aus dem Boden ragte und in der Mitte gespalten war. Blindlings spurtete ich los, hechtete in den Spalt und kroch auf Händen und Knien so tief in den geborstenen Felsen hinein, wie ich nur konnte.

Mit dem Ergebnis, nach einem knappen Meter wie ein Korken in einem zu engen Flaschenhals stecken zu bleiben.

Meine Trommelfelle schienen zu platzen, als der Raubsaurier einen neuerlichen, trompetenden Schrei ausstieß und mit dem Schwanz auf den Boden schlug. Die Erde, mein Felsenversteck und ich selbst hüpften einen guten halben Yard in die Höhe und fielen krachend zurück. Mein Hinterkopf prallte unsanft gegen den harten Fels; für einen Moment sah ich nichts als farbige Punkte und kreisende Spiralen.

Als sich das dumpfe Dröhnen zwischen meinen Schläfen legte, hörte ich das Schaben.

Genau genommen war es nicht direkt ein Schaben. Es hörte sich eher an, als zertrümmere jemand mit einem riesigen Schaufelbagger einen noch größeren Berg.

Mühsam drehte ich mich in dem schmalen, nach unten und vorn enger werdenden Spalt herum, riss mir dabei Hemd und Haut an den Schultern auf – und begegnete dem Blick eines faustgroßen, kurzsichtig blinzelnden Schlangenauges.

Vorhin, als ich den Saurier das erste Mal gesehen hatte, hatte ich den Eindruck gehabt, dass seine Augen winzig wären. Aber in einem Wasserkopf, der die Ausmaße eines mittleren Zweispänners hatte, waren auch winzige Augen von beachtlicher Größe. Und sie waren nicht ganz so kurzsichtig, wie ich es gehofft hatte.

Zumindest sah er damit genug, um mich zu erkennen.

Fast eine halbe Minute lang starrte der Saurier auf mich herab. Sein riesiger Schädel pendelte dabei wie der Kopf einer Schlange hin und her, und sein Schwanz trommelte unablässig auf den Boden. Die furchtbaren Krallen an seinen Hinterläufen rissen halbmetertiefe Furchen in das steinhart gebackene Erdreich.

Schließlich trat er ein Stück zurück, warf den Kopf in den Nacken, stieß ein ungeheuerliches Brüllen aus – und schlug mit aller Macht auf den Felsen ein, in den ich mich verkrochen hatte.

Seine Vorderklauen, lächerlich klein im Verhältnis zu seinem Körper, aber noch immer doppelt so groß wie Schaufelblätter, trafen den Fels mit der Wucht eines Vorschlaghammers. Ich sah, wie der massive Granit unter dem Hieb barst und Risse bekam. Hastig kroch ich noch ein Stück tiefer in den Felsspalt hinein und riss die Arme über den Kopf, um mein Gesicht vor dem Bombardement von Felssplittern und Steinen zu schützen, das auf mich herabregnete.

Der Saurier beugte sich vor und lugte mit einem Auge zu mir herein.

Ich zog meinen Degen, verrenkte mir in der Enge des Spaltes fast den Arm, um ihn zu heben, und stieß die dünne Klinge tief in seine Pupille. Der Saurier brüllte auf, warf den Kopf zurück und verschwand für einen Moment aus meinem Sichtfeld, aber ich hörte, wie er zu toben begann, und der Boden bockte und schüttelte sich wie bei einem Erdbeben.

Dann tauchte der Koloss wieder über mir auf. Ein dünner Blutfaden lief aus seinem linken Auge, und er blinzelte unablässig, doch er war keineswegs geblendet und noch viel weniger abgeschreckt. Im Gegenteil. Mein Hieb konnte für ihn wirklich nicht mehr als ein Nadelstich gewesen sein; aber ein sehr schmerzhafter Nadelstich, der ihn schier zur Raserei trieb.

Mit einem Schrei, der mir beinahe die Trommelfelle zerriss, beugte er sich vor, griff mit beiden Pfoten in den Felsspalt und begann zu zerren.

Der Granitblock stöhnte. Fingerbreite Risse klafften plötzlich in seiner Oberfläche, dann begann das ganze Felsgebilde zu zucken und beben – und brach krachend auseinander. Von einer Sekunde auf die andere war meine Deckung verschwunden, und ich lag auf einem Haufen zermalmter Steine, schutzlos dem Toben der prähistorischen Bestie preisgegeben.

Wahrscheinlich rettete es mir das Leben, dass das Ungeheuer für einen Moment genauso verblüfft war wie ich und nur blöde auf mich herabglotzte, statt mich zu verschlingen – was es in diesem Augenblick durchaus gekonnt hätte. Als die Erkenntnis, dass zwischen ihm und seinem Frühstück nun nichts mehr war, in sein primitives Bewusstsein drang, war ich bereits auf den Beinen und rannte weiter. Die Steilwand lag noch zwanzig Schritte vor mir. Zwanzig Schritte für mich.

Für den Saurier zwei.

Allerhöchstens.

Einen davon machte er, als ich knapp die halbe Entfernung überwunden hatte, stand unversehens wieder neben mir und versuchte mir den Kopf abzubeißen. Wieder entging ich dem Tod nur um Haaresbreite, indem ich mich in vollem Lauf zur Seite warf, ein Stück über den betonharten Boden schlitterte und nach einer verzweifelten Drehung wieder aufsprang. Der Saurier knurrte und hieb mit dem Schwanz nach mir.

Diesmal rettete mich wahrscheinlich die Tatsache, dass mein schuppiger Freund wohl an größere Beutestücke gewöhnt war. Ich duckte mich, ließ seinen Schwanz über mich hinwegpfeifen und rannte im Zickzack weiter. Die Echse blieb stehen und folgte mir mit ihrem Blick. Ihr Schädel pendelte hin und her. Offensichtlich reichten ihre Erfahrungen mit Haken schlagender Beute nicht sehr weit.

Endlich erreichte ich die Felswand und den Durchbruch, den ich kurz nach meiner Ankunft bemerkt hatte. Mit einer letzten verzweifelten Anstrengung sprintete ich los und warf mich in den Spalt. Der Tyrannosaurus brüllte, stampfte wütend mit dem Fuß auf und begann hinter mir herzuwanken. Ärgerlich trat er drei, vier Mal hintereinander gegen die Wand, dass der gesamte Berg zu wanken schien, ließ einen letzten, fast enttäuscht klingenden Laut hören – und trollte sich.

Es dauerte einen Moment, bis ich überhaupt begriff, dass ich gerettet war. Und selbst dann blieb ich noch mehrere Sekunden reglos stehen und starrte der davonwankenden Raubechse fassungslos nach. Nach der Wut, mit der sie mich verfolgt hatte, erschien es mir fast unglaublich, dass sie jetzt so schnell aufgab.

»Dieses Verhalten ist typisch für sie, Robert«, sagte eine Stimme hinter mir. »Ihr Gehirn ist kaum so groß wie eine Walnuss, weißt du? Aus den Augen, aus dem Sinn. Aber du hast trotzdem großes Glück gehabt.«

Langsam, die Hand noch immer um den Degenknauf geklammert, drehte ich mich herum; auf neue Schrecken gefasst.

Aber hinter mir stand kein weiteres Ungeheuer, sondern eine schlanke, dunkelhaarige Frau mit sanften Augen. Ein halb erleichtertes, halb amüsiertes Lächeln spielte um ihre vollen, sinnlichen Lippen.

»Shadow!«, flüsterte ich erleichtert.

»Hast du jemand anderen erwartet?«, fragte sie spöttisch.

Ich wollte antworten, bekam aber nur einen halblauten, krächzenden Ton hervor und trat einen halben Schritt auf sie zu. Ihr Anblick erleichterte mich derart, dass ich für einen Moment ernsthaft in Versuchung war, sie schlichtweg in die Arme zu schließen und an mich zu drücken; aber dann fiel mir wieder ein, wer Shadow *wirklich* war, und ich führte die Bewegung nicht zu Ende, sondern beschränkte mich auf ein erleichtertes Aufatmen und ein – wenn auch etwas verunglücktes – Lächeln.

»Shadow!«, sagte ich noch einmal. »Du kannst dir nicht vorstellen, wie froh ich bin, dich zu sehen.«

»Wieso?«, fragte sie harmlos. »War dir langweilig?«

Ich grinste säuerlich, schob den Degen in seine Umhüllung zurück und versuchte, mir den gröbsten Staub aus den Kleidern zu klopfen – was einigermaßen albern war, denn meine Hosen und mein Hemd bestanden ohnehin nur noch aus Fetzen. »Wo warst du?«, fragte ich. »Und wo ist Lady Audley?«

»Nicht weit von hier«, antwortete Shadow mit einer Kopfbewegung tiefer in den Felsspalt hinein. Sie lächelte und beantwortete meine nächste Frage, noch bevor ich sie stellen konnte. »Es geht ihr gut«, sagte sie. »Ich habe für sie getan, was ich konnte.« Sie zögerte. Ein unsichtbarer Schatten schien über ihr Gesicht zu huschen. »Viel war es allerdings nicht«, fügte sie hinzu.

»Wird sie ... sterben?«, fragte ich. Etwas in meinem Innern schien zu Eis zu gefrieren, als ich die Worte aussprach. Das Gefühl, dass ich dieser gutmütigen alten Frau entgegenbrachte, ging weit über das normale menschliche Mitgefühl hinaus. Der Gedanke, sie sterben zu sehen – und, wenn auch nur indirekt, mitschuldig an ihrem Tod zu sein –, war mir unerträglich.

»Vielleicht«, antwortete Shadow. »Vielleicht könnte ein Arzt sie retten.«

»Aber bis zum nächsten Hospital ist es ziemlich weit, nicht wahr?«, setzte ich bissig hinzu. »So ungefähr zweihundert Millionen Jahre.«

»Nicht ganz«, antwortete Shadow. »Vielleicht können wir Lady Audley helfen. Aber nicht hier. Komm mit.«

Ich nickte, sah aber noch einmal in die Richtung zurück, in der die Echse verschwunden war. Die Sonne stand wie ein Feuerrad am Himmel, und der helle, beinahe weiße Wüstenboden reflektierte ihr Licht, sodass mir beinahe augenblicklich die Tränen in die Augen schossen und ich den Blick abwenden musste.

Nicht, dass ich irgendetwas versäumte. Die Ebene, die sich jenseits des Felsdurchlasses erhob, war die mit Abstand ödeste Landschaft, die ich jemals zu Gesicht bekommen hatte. Es gab buchstäblich nichts außer betonhart zusammengebackenem und wie ein gewaltiges Spinnennetz gerissenem Erdreich und einer Hand voll stacheliger, seltsam drahtig aussehender Büsche. Wenn diese Landschaft überhaupt einen Sinn hatte, dachte ich, dann nur den, *Leere* zu demonstrieren.

Hintereinander gingen wir durch den allmählich breiter werdenden Spalt. Auch hier war der Boden hart wie Stahl, wenn auch nicht mehr von zahllosen Rissen und Sprüngen durchzogen, sondern gewellt wie ein zu Stein erstarrtes Meer. Hier und da gähnten schwarze, wie ausgestanzt wirkende Löcher im Boden, um die Shadow einen großen Bogen schlug. Ich fragte sie lieber nicht, warum, sondern tat es ihr gleich.

Die Felsspalte begann sich rasch zu einem Tal, schließlich zu einem annähernd runden, mehr als hundert Yards durchmessenden Kessel zu erweitern, dessen Wände lotrecht in die Höhe strebten und wie die Felsbarriere auf der anderen Seite von Rissen, Sprüngen und finsteren Höhleneingängen durchbrochen waren. Etwas Dunkles, mehr als Mannsgroßes erhob sich aus einer dieser Höhlen und flatterte lautlos davon, als wir näher kamen.

»Wo sind wir hier?«, fragte ich, als Shadow stehen blieb und sich umwandte. »Oder sollte ich besser fragen – wann?«

»Du wirst alles erfahren, Robert«, antwortete sie ausweichend. »Aber zuerst müssen wir hier weg. Es gibt eine Menge gefährlicher Tiere und Pflanzen hier.«

»Das habe ich gemerkt«, sagte ich säuerlich, aber Shadow blieb vollkommen ernst, deutete nur mit einer Handbewegung auf einen runden, gut mannshohen Höhleneingang und wartete, bis ich gebückt hineingetreten war.

Ein muffiger, nach Fäulnis und Verwesung riechender Lufthauch schlug mir entgegen. Trotzdem blieb ich nach ein paar Schritten stehen, atmete erleichtert ein und richtete mich auf. Ich spürte erst jetzt, wie heiß es draußen in der Sonnenglut wirklich gewesen war. Selbst im Halbschatten der Felsspalten mussten an die vierzig Grad Celsius herrschen.

Shadow drängte sich an mir vorbei, bedeutete mir mit ungeduldigen Gesten, nicht stehen zu bleiben, und lief gebückt voraus. Irgendwo in unbestimmbarer Entfernung vor uns war eine Insel flackernder Helligkeit; Brandgeruch mischte sich in den Geruch des heißen Felsens, und schließlich erreichten wir eine halbhohe, kuppelförmige Höhle, in deren Mitte ein kleines, säuberlich aufgeschichtetes Lagerfeuer brannte.

Shadow bückte sich nach einem brennenden Scheit, hielt ihn wie eine Fackel in die Höhe und gestikulierte mir, es ihr gleichzutun. Ohne uns länger als unbedingt nötig aufzuhalten, verließen wir die

Höhle durch einen anderen Ausgang und begannen im Inneren des Berges weiter in die Höhe zu klettern.

Der Tunnel führte in zahllosen Windungen und Kehren durch den Fels, und trotz des nur schwachen Lichtes glaubte ich zu erkennen, dass seine Wände stellenweise glatt und wie glasiert waren. Zudem war dieser eine Stollen nicht der einzige; wir passierten mehrere Abzweigungen und Kreuzungen, und ein paar Mal mussten wir eng an die Wand gepresst weitergehen, um nicht in einen der Schächte zu fallen, die im Boden gähnten. Der ganze Berg schien von diesen Gängen und Stollen durchzogen zu sein, dachte ich schaudernd.

Nach einer Weile tauchte ein münzgroßer Fleck hellen Tageslichtes schräg über uns am Ende des Stollens auf, und ich blieb unwillkürlich stehen. »Was ist das hier?«, fragte ich. Der gekrümmte Gang fing meine Stimme auf und warf die Worte tausendfach gebrochen und verzerrt zurück, und für einen ganz kurzen Moment hatte ich das Gefühl, dazwischen noch einen anderen Laut zu hören; ein Geräusch wie von großen, schuppigen Körpern, die über harten Stein glitten.

Shadow blieb stehen und sah mich nachdenklich an. »Ich habe doch gesagt, dass wir hier nicht bleiben können«, sagte sie, ohne direkt auf meine Frage einzugehen. »Genau genommen dürften wir nicht einmal hier sein. Aber wir haben Glück: Die Sterne stehen günstig, und es dauert noch lange, bis die Sonne untergeht. Trotzdem – komm.«

Ich verstand kein Wort von dem, was sie meinte, aber vor meinem inneren Auge entstand plötzlich das Bild eines ausgehöhlten Berges, in dessen Innerem sich blinde schwarze Riesenwürmer durch den Fels fraßen. Ich vertrieb die Vorstellung. Wenigstens versuchte ich es.

Der helle Fleck über uns wurde größer, und nach einer Weile legte Shadow ihre Fackel so zu Boden, dass sie nicht verlöschen konnte, winkte noch einmal auffordernd mit der Hand und trat vor mir aus dem Berg.

Was ich bisher für einen Berg gehalten hatte, war in Wahrheit Teil eines gewaltigen, weit über hundert Yard hohen Kraterwalles, dessen Grat so breit wie der Piccadilly-Circus und nahezu vollkommen eben war. Auch hier wirkte der Fels stellenweise, als wäre er sorgsam poliert und hinterher mit einer hauchdünnen Glasschicht überzogen worden, und auch hier gewahrte ich eine enorme Anzahl verschieden großer, runder Löcher. Es sah aus, als wäre der Berg überall angebohrt worden.

Shadow wartete, bis ich mich vollends auf die Beine erhoben und den überraschenden Anblick einigermaßen überwunden hatte, winkte mir mit der Linken, neben sie zu treten, und deutete mit der anderen Hand nach Norden. Das Bild ließ mir den Atem stocken. Das Wort *phantastisch* kann den Anblick, der sich uns bot, nur unzureichend beschreiben.

Es war nicht nur wie ein Bild aus einer fremden Welt – es *war* eine fremde, vollkommen fremde, bizarre Welt, die sich unter uns ausbreitete.

Der Krater musste einen Durchmesser von mindestens hundert Meilen haben; wahrscheinlich mehr. Sein Inneres lag tiefer als die Ebene auf der anderen Seite, und die gegenüberliegende Seite des Kraterwalles verschwamm im Dunst der Entfernung. Die Luft flimmerte vor Hitze, sodass alles, was weiter als ein paar Dutzend Schritte entfernt war, hinter einem Vorhang aus wirbelndem Wasser verborgen schien.

In der Mitte des Kraters erhob sich ein Berg. Jedenfalls dachte ich im ersten Moment, dass es ein Berg wäre. Dann erkannte ich, was es wirklich war.

Eine Stadt.

Eine *Stadt?* Nein. Es war mehr als das, mehr als ein Bauwerk, mehr als irgendetwas, das ich jemals zu Gesicht bekommen hatte. Es war ein Ungeheuer aus Stein und Gestalt gewordenen Schatten, zu groß, um allein von Menschenhand erschaffen worden zu sein, terrassenförmig angelegt und auf schwer in Worte zu fassende Weise verbogen und verzerrt, als hätte ein Gigant einen Berg genommen und so lange zusammengepresst, bis dieses gewaltige Albtraumgebilde daraus geworden war.

»Mein Gott«, flüsterte ich. »Was ist das?«

»Maronar«, antwortete Shadow.

Es dauerte drei Stunden, bis wir den Boden des Kraters erreicht hatten. Über unseren Köpfen berührte die Sonne als flammenspeiendes Feuerrad den Ringwall, aber hier unten, im Schlagschatten der gigantischen Mauer, herrschte bereits tiefste Nacht.

Erschöpft ließ ich mich gegen die Wand sinken, legte den Kopf gegen den heißen Stein und schloss die Augen. Mein Herz jagte, und meine Knie zitterten selbst jetzt noch so heftig, dass ich mich ernsthaft fragte, ob ich überhaupt noch in der Lage sein würde, weiterzugehen.

Dabei war der Abstieg nicht einmal sonderlich schwierig gewesen. Der Kraterwall war – so absurd mir die Vorstellung bei einem Gebilde von mehr als *einhundert Meilen* Durchmesser vorkam – sorgsam geglättet worden und so perfekt lotrecht, dass jeder Geometer seine helle Freude daran gehabt hätte, aber die gleiche unbegreifliche Macht, die den natürlichen Wall des Kraters in eine unübersteigbare Barriere verwandelt hatte, hatte auch dafür gesorgt, dass jedes Kind mit ein bisschen gutem Willen auf den Kraterrand hinaufgelangen konnte.

Jedenfalls hatte ich das gedacht, ehe wir den Abstieg begannen. Bis zu diesem Moment hatte ich mir auch eingebildet, vollkommen schwindelfrei zu sein und das Wort Höhenangst nicht einmal zu kennen.

Aber das war, bevor mich Shadow eine kaum handtuchbreite, in aberwitzigem Winkel mehr als eine halbe Meile in die Tiefe führende Treppe hinabgeleitete, deren Stufen glatt wie poliertes Glas waren und die auf der rechten Seite kein Geländer hatte. Ich hatte das Gefühl, um zehn Jahre gealtert zu sein. Jeder einzelne Muskel in meinem Körper war verkrampft, und meine linke Schulter war blutig gescheuert, so eng hatte ich mich während des Abstieges an den Felsen gepresst.

»Wir müssen weiter, Robert.« Shadows Stimme klang sonderbar hohl und fremd in meinen Ohren, aber es war wohl nur meine eigene Erschöpfung, die sie so verzerrt klingen ließ. Mühsam öffnete ich die Augen, blickte sie einen Moment durch einen Schleier von Tränen der Erschöpfung an und schüttelte den Kopf

»Lass mich fünf Minuten ausruhen, Shadow«, murmelte ich. Das Sprechen fiel mir schwer. Meine Zunge war geschwollen vor Durst, und mein Gaumen schien wie ein Stück trockenes Pergament reißen zu wollen. Ich konnte mich nicht erinnern, jemals im Leben so durstig gewesen zu sein. »Ich bin nur ein Mensch«, fügte ich hinzu. »Und wir Menschen brauchen ab und zu eine Pause, weißt du?«

Shadow schien widersprechen zu wollen, aber dann lächelte sie plötzlich, nickte und kauerte sich neben mich. »Gut«, sagte sie, während sie die Beine an den Körper zog, die Knie mit den Armen umschlang und den Kopf wie ich gegen den glatten Fels sinken ließ. »Es ist noch Zeit genug, bis die Sonne untergeht, und die Sterne stehen günstig.«

Ich versuchte erst gar nicht, den Sinn ihrer Worte verstehen zu wollen, sondern ließ die Lider wieder sinken und gab mich für Sekunden ganz dem köstlichen Gefühl hin, wieder festen Boden unter den Füßen zu spüren und keine Angst mehr haben zu müssen, eine halbe Meile in die Tiefe zu stürzen.

Meine Glieder wurden schwer. Die glatte Felswand in meinem Rücken, die mir während des Abstieges wie ein Feind vorgekommen war, tat plötzlich gut, und der Wind, der oben wie mit unsichtbaren Händen an meinen Kleidern gezerrt und versucht hatte, mich in die Tiefe zu reißen, streichelte mich jetzt wie eine sanfte, warme Haut. Eine wohltuende Mattigkeit breitete sich wie eine prickelnde Woge in meinem Körper aus. Ich begriff, dass ich einschlafen würde, wenn ich nicht Acht gab, und öffnete mit einem Ruck die Augen.

Ich war nicht der Einzige, an dem die Anstrengungen ihre Spuren hinterlassen hatten.

Shadow war ganz dicht an mich herangerückt und eingeschlafen. Ihr Kopf war gegen meine Schulter gesunken, das schwarze, seidige Haar hing ihr wirr ins Gesicht, ihr Atem ging schwer und langsam, aber gleichmäßig.

Behutsam hob ich die Hand, strich ihr Haar zurück und wollte sie wecken, tat es aber dann doch nicht. Ich hatte ihre Warnung keineswegs vergessen, so wenig wie die sonderbaren Röhren, die den Berg in unserem Rücken durchzogen und meine erste Begegnung mit einem Bewohner dieser Welt, aber die Sonne stand noch immer am Himmel, und ich glaubte ihren Worten entnommen zu haben, dass wir nicht in Gefahr waren, ehe es wirklich Nacht wurde. Sie musste so erschöpft sein wie ich, auch wenn sie sich alle Mühe gab, sich nichts davon anmerken zu lassen. Eine halbe Stunde Schlaf würde ihr gut tun und konnte uns kaum schaden, solange ich wach blieb und die Augen offen hielt.

Vorsichtig verlagerte ich mein Körpergewicht, streckte die Beine aus und ließ Shadows Kopf behutsam in meinen Schoß sinken. Sie bewegte sich unruhig im Schlaf, wachte aber nicht auf, sondern kuschelte sich wie ein Kind nur noch enger an mich. Die Berührung tat sonderbar wohl.

Wieder machte sich meine Erschöpfung bemerkbar, aber es war

eine wohltuende, entspannende Müdigkeit, die nur meinen Körper betraf und die ich in diesem Moment fast begrüßte. Fast ohne dass ich es selbst bemerkte, kroch meine Hand nach unten, suchte die Shadows und verschränkte sich mit ihren Fingern.

Ihre Haut war heiß und trocken, als hätte sie Fieber, und als ich ihr Gesicht genauer betrachtete, sah ich um Mund und Augen dünne, tief eingegrabene Linien, die neu waren. Sie sah so mitgenommen aus, wie ich mich fühlte, und ich spürte, wie schwer und langsam ihr Herz schlug. Für einen Moment spürte ich eine Woge heißer Zuneigung in mir aufsteigen.

Ich musste mir beinahe mit Gewalt ins Bewusstsein rufen, dass sie nur äußerlich ein Mensch war und selbst das nicht für Dauer. Ihr Gesicht und ihre Gestalt waren die Cindys, eines schlanken, höchstens zwanzigjährigen Mädchens. Sie war nicht einmal eine Schönheit, aber ihre Züge waren von jenem seltenen Liebreiz, den man nur bei sehr wenigen Frauen und auch dort nur zu einem ganz bestimmten Zeitpunkt findet; dem Moment, in dem sie nicht mehr ganz Mädchen, aber auch noch nicht ganz Frau sind. Etwas von dem Engel, der sie war, war auch in ihrem menschlichen Gesicht zu lesen.

Und doch verbarg sich hinter dieser engelsgleichen Maske auch ein Ungeheuer; ein Dämon, dem ich vor wenigen Stunden gegenübergestanden und mit dem ich um mein Leben und das Lady Audleys gekämpft hatte.

Für einen Augenblick fragte ich mich, ob ich all das wirklich erlebte oder ob es nur ein Traum war.

Ein leises Scharren drang in meine Gedanken. Ich fuhr hoch, so abrupt, dass sich Shadow im Schlaf herumdrehte und leise stöhnte, sah mich alarmiert nach beiden Seiten um und tastete mit der freien Hand nach meinem Degen.

Aber auf dem Streifen sandigen Wüstenbodens am Fuße der Felswand war nichts zu sehen. Nur der Wind spielte hier und da mit dem Sand und zeichnete kleine Wirbel hinein. Vielleicht war es nur ein Tier gewesen, das unsere Anwesenheit erschreckt hatte und das davongehuscht war. Ich ließ mich wieder zurücksinken, hielt die Hand aber vorsichtshalber auf dem Degenknauf. Die Begegnung mit dem Riesensaurier war noch lebhaft genug in meinem Gedächtnis.

Mein Blick tastete noch einmal aufmerksam über den gut dreißig Schritt breiten Streifen hellen Bodens, der der Wand wie ein Sandstrand vorgelagert war, glitt an der messerscharfen Trennlinie zwischen hell und dunkel entlang und suchte wie von selbst den titanischen Schatten Maronars, der wie eine Säule aus erstarrter Nacht in der Mitte des Kraters emporwuchs.

Maronar ...

Ich versuchte vergeblich, irgendetwas in meinem Gedächtnis zu entdecken, das mit diesem Wort in Zusammenhang stand. Shadow hatte nicht weiter erklärt, was es bedeutete, und ich hatte auch keine diesbezügliche Frage gestellt, denn der unglaubliche Anblick hatte irgendetwas in mir erstarren lassen. Von hier unten aus war das Monstrum von Stadt nur noch als Schatten zu erkennen, aber selbst dieser Schatten hatte etwas Düsteres, Fremdes und unbestimmt Drohendes an sich.

Die Wand in meinem Rücken begann zu zittern, ganz sacht nur, aber trotzdem zu deutlich, um es nicht zu spüren, und gleichzeitig hörte ich wieder dieses leise unangenehme Schaben. Es war näher gekommen; ein Laut, der mich an das Kratzen eines überdimensionalen Fingernagels über einen noch größeren Topfboden erinnerte und mir einen kalten Schauer über den Rücken jagte.

In einer Entfernung von einigen Schritten begann sich der Sand zu kräuseln. Kleine, zuckende Bewegungen gingen von einem unsichtbaren Zentrum aus und verliefen wie Wellen in gelbgefärbtem Wasser, und plötzlich begann der Sand einzusinken, als wäre dicht unter dem Boden ein Hohlraum zusammengebrochen. Ein faustgroßes Loch erschien, wuchs in einer rasenden, rotierenden Bewegung zu einem Strudel heran und wurde schließlich zu einem schwarzen, kreisrunden Schacht.

Ich sprang so abrupt auf, dass Shadow beiseite geschleudert wurde und unsanft mit dem Gesicht in den Sand fiel. Der Degen sprang wie von selbst aus seiner Hülle.

Zum dritten Mal glaubte ich dieses helle, unangenehme Schaben und Kratzen zu hören. Plötzlich kräuselte sich auch zu meinen Füßen der Sand und mit einem Male hatte ich das Gefühl, dass etwas Gewaltiges, unglaublich Machtvolles unter meinen Füßen durch den Sand kroch.

Shadow schrie auf, sprang mit einer behenden Bewegung auf die Füße und zerrte mich zurück; Sekunden, ehe der Sand dort einbrach, wo ich gerade noch gestanden hatte, und auch an dieser Stelle ein perfektes, kreisrundes Loch aufklaffte. Auf seinem Grund schien sich etwas Schwarzes, Glitzerndes zu bewegen.

»Robert!« Shadows Stimme überschlug sich fast. »Lauf!«

Die Luft war mit einem Male voll hochspritzendem Sand und Staub. Der Boden vibrierte, und das widerwärtige Schaben steigerte sich zu einem Crescendo aus kratzenden und reißenden Lauten, dass mir die Ohren schmerzten. Ich rannte los, aber der Sand unter meinen Füßen schien sich plötzlich in Wasser zu verwandeln. Ich sank bis zu den Knöcheln ein, fiel wie in einer grotesken Verbeugung nach vorne und fing den Sturz im letzten Moment ab.

Aber auch meine Hände trafen kaum auf fühlbaren Widerstand. In Sekunden sank ich bis an die Ellenbogen ein, fiel aufs Gesicht und hatte Mund und Nase voller Sand, als ich atmen wollte.

Shadow zerrte mich auf die Beine, drehte mich gewaltsam herum und gab mir einen Stoß, der mich meterweit zurücktaumeln ließ. Direkt hinter ihr klaffte der Boden auf. Etwas Schwarzes wuchs in der staubverhangenen Luft empor.

Ich weiß nicht, ob ich das, was dann geschah, überhaupt noch in der richtigen Reihenfolge mitbekam. Alles ging unglaublich schnell, und mehrere Dinge schienen gleichzeitig zu passieren. Der Sand war mit einem Male durchsetzt von runden schwarzen Löchern, und etwas Düsteres, Peitschendes wuchs am Fuß der Felswand empor wie ein Wald sich windender Riesenschlangen. Shadow schrie auf, als sich irgendetwas wie eine formlose finstere Hand um ihren Leib wickelte. Sie wurde zurückgerissen und verschwand in einer Wolke aus kochendem Staub und hochspritzendem Sand.

Dann zerteilte ein grellweißer Blitz den Tag. Ein reißender, seidiger Laut erklang, so machtvoll, dass ich die Hände gegen die Schläfen schlug und mit einem Wimmern auf die Knie fiel, und irgendetwas huschte mit der Schnelligkeit eines Gedankens schräg über mir vom Himmel herab und schlug in die brodelnde Masse aus Staub, Sand und schwarzen Dingen.

Eine halbe Sekunde später schien am Fuße der Felswand eine zweite Sonne aufzugehen. Eine Welle unglaublicher Hitze traf mich wie eine glühende Hand und schleuderte mich meterweit zurück. Weißblaues, grelles Licht drang durch meine geschlossenen Lider und lief wie brennendes Wasser an meinen Sehnerven entlang. Ich bekam keine Luft mehr. Der Boden glühte, und mein Mund schien mit weiß lodernder Lava gefüllt, als ich zu atmen versuchte. Ich grub das Gesicht in den Sand und schlug die Arme über den Kopf, aber das Licht blendete mich noch immer.

Wieder ertönte dieser reißende Laut, und eine zweite Explosion ließ die Felswand erbeben. Flüssiges Gestein eruptierte wie aus einem höllischen Geysir in die Höhe; ein winziger Spritzer davon traf mein Bein. Ich kroch blind auf Händen und Knien vor der Quelle der mörderischen Hitze davon und krümmte mich, als das Chaos zum dritten Mal zuschlug.

Diesmal hatte ich das Gefühl, die ganze Kraterwand würde bersten. Ein weltengroßer Hammer schien auf einen noch größeren Amboss zu schlagen. Meine Trommelfelle dröhnten, und mein ganzer Körper schien in einen Mantel von Flammen gehüllt zu werden. Tonnen um Tonnen von Sand und Gestein wurden in die Luft geschleudert und fielen wie tödlicher Regen herab. Ein Stein traf mich zwischen den Schulterblättern.

Es dauerte lange, bis ich begriff, dass es vorbei war, und auch dann vergingen noch Sekunden, ehe ich es wagte, ganz langsam das Gesicht aus dem Sand zu heben und zur Felswand hinüber zu blinzeln. Vor meinen Augen drehten sich noch immer feurige Kreise. Ich konnte kaum sehen.

Der Anblick war grauenhaft. Der sandige Streifen am Fuße der Kraterwand war zerfetzt und umgepflügt. An drei Stellen gähnten gewaltige, flache Krater, deren Grund mit halbflüssigem weißglühendem Gestein gefüllt war. Der Sand war zum Teil zu blindem Glas zusammengeschmolzen, und die Hitze hatte sogar den massiven Felsen reißen lassen. Von den schwarzen Dingen, die uns angegriffen hatten, war keine Spur mehr zu sehen.

Dann sah ich Shadow. Sie lag verkrümmt neben einem der Lavakrater. Ihre Kleider schwelten, und eine Schicht grauer, feinkörniger Asche bedeckte ihre Haut. Mühsam erhob ich mich auf die Füße, taumelte zu ihr und drehte sie mit zitternden Händen auf den Rücken.

Sie lebte, aber sie war schwer verwundet. Schon die vorsichtige Berührung meiner Hände musste ihr Schmerzen bereiten, denn ihr Gesicht verzerrte sich, und ihre Finger gruben sich tief in meinen Oberarm.

»Flieh, Robert«, stöhnte sie. »Lauf … weg.«

Ich ignorierte ihre Worte, lud sie mir behutsam auf die Arme und stand auf.

Besser gesagt, ich wollte es.

Denn in diesem Augenblick ertönte abermals dieser fürchterliche, reißende Laut, und einen halben Meter vor meinen Füßen brach ein Flammen speiender Vulkan auf.

Die Explosion musste mir das Bewusstsein geraubt haben, denn das Erste, woran ich mich wieder erinnere, war das Gefühl, von groben Händen in die Höhe gezerrt und unsanft über den heißen Boden geschleift zu werden. Instinktiv versuchte ich mich zu wehren, handelte mir damit einen Hieb in den Nacken ein und vergaß jeden weiteren Gedanken an Widerstand. Die gleichen Fäuste, die mich durch den Sand geschleift hatten, hoben mich ohne fühlbare Anstrengung hoch und betteten mich nicht gerade sanft auf einer harten, angenehm kühlen Unterlage.

Vorsichtig öffnete ich die Augen. Erst sah ich nichts als flimmernde Kreise und bunte, schmerzhafte Linien, denn meine Augen waren noch immer geblendet von den sonnenhellen Blitzen, die uns gerettet hatten, aber nach einigen Sekunden verschwanden die tanzenden Flecke, und ich sah die strahlend blaue Kuppel des Himmels.

Dann gewahrte ich einen Schatten, der sich über mich beugte. Schließlich zerfloss der Schatten und wurde zu einem breitflächigen Gesicht, bärtig und sonnenverbrannt und von schulterlangem, rabenschwarzem Haar eingerahmt. Eine Hand klatschte in mein Gesicht; nicht sehr fest, aber auch alles andere als sanft, und eine Stimme sagte: »Er ist wach, Herr.«

Etwas an der Art, in der er das Wort *Herr* aussprach, missfiel mir. Es klang unterwürfig, aber es war jene Art von Unterwürfigkeit, die aus Furcht geboren wird. Der Bärtige trat zurück, blieb jedoch in angespannter Haltung und so stehen, dass ich ihn sehen musste. Ich verstand die Warnung und bewegte mich besonders langsam, als ich mich hochstemmte.

Seine Vorsicht wäre überflüssig gewesen, denn das Bild, das sich mir bot, war so phantastisch, dass ich nicht einmal auf den Gedanken kam, Widerstand in irgendeiner Form zu leisten.

Ich lag auf einer gut zwei Yards durchmessenden, kreisrunden Scheibe aus glasklarem Kristall, die ohne sichtbaren Halt kniehoch in der Luft schwebte. Der Bärtige stand daneben, eine Hand erhoben, um mich im Notfall sofort packen zu können, die andere um einen kurzen, silbernen Stab gekrampft, an dessen Ende ein fingernagelgroßer, giftgrüner Kristall leuchtete.

Das Sonderbarste aber war sein Begleiter – der, den er Herr genannt hatte.

Er war sehr schlank, dabei aber über zwei Meter groß, hatte dunkles, sonderbar glänzendes Haar und ein offenes Gesicht, das ihn sicherlich auf den ersten Blick sympathisch gemacht hätte, wären seine Augen nicht gewesen.

Es waren Fischaugen.

Nicht die Art von starren, wässerigen Augen, die man manchmal bei alten Leuten findet und mit Fischaugen vergleicht, sondern matte, lidlose Kugeln ohne sichtbare Iris oder Pupille, kreisrund und so groß wie ein Six-Pence-Stück, über denen sich durchsichtige Nickhäute spannten. Auch sein Mund war schmaler als normal, und als ich genauer hinsah, erkannte ich, dass hinter seinen farblosen Lippen keine Zahne, sondern zwei Reihen messerscharfer Knochen waren. Gekleidet war er in ein absurdes, bis auf den Boden reichendes Ding, gewoben in den Farben des Wahnsinns und von beständiger, zuckender und bebender Bewegung erfüllt, als lebe es.

Sekundenlang stand er einfach da und starrte mich an, dann wandte er sich mit einem Ruck um, ging zu Shadow hinüber und kniete neben ihr nieder. Auch in seiner Hand lag ein silberner Stab mit einem grünen Kristall. Ich vermutete, dass es sich um eine Art Waffe handelte.

»Was ist mit ihr?«, fragte ich, nachdem sich der Fremde wieder aufgerichtet und herumgedreht hatte. »Lebt sie?«

Die Antwort war etwas anderes, als ich erwartet hatte. Der Mann mit dem Fischgesicht hob kaum merklich die Hand, und der Bärtige wirbelte herum und schlug mir so wuchtig mit der Faust auf den Mund, dass ich zurückfiel und einen Moment benommen liegen blieb.

»Du hast nur zu sprechen, wenn du gefragt wirst oder der Herr es dir ausdrücklich erlaubt!«, grollte er. Dabei schüttelte er eine gewaltige schmutzige Faust dicht vor meinem Gesicht, und ich zog es vor, wirklich zu schweigen; wenigstens für den Moment.

Das Fischgesicht kam näher, beugte sich neugierig über mich und trat wieder zurück. In seinen starren Augen lag ein Ausdruck, der irgendwo zwischen Ekel und Neugier zu schwanken schien. »Er sieht sonderbar aus für einen Wilden«, sagte er, mehr zu sich selbst als zu mir oder seinem Begleiter. Umständlich wechselte er seine Waffe von der Rechten in die Linke, beugte sich abermals vor und zupfte an den

Fetzen meines Hemdes. Ich sah, dass sich zwischen seinen Fingern dünne, halb durchsichtige Schwimmhäutchen spannten. »Was sind das für Kleider, Bursche? Woher kommst du?«

Ich antwortete wohl nicht schnell genug, denn der Bärtige ergriff mich roh am Arm, zerrte mich in die Höhe und versetzte mir eine Kopfnuss, dass mir der Schädel dröhnte. »Antworte gefälligst!«, raunzte er.

Ich schwieg verbissen, und der Bärtige hob die Faust, um mich erneut auf seine freundliche Art zum Reden zu ermuntern, aber das Fischgesicht hielt ihn mit einer raschen Geste zurück. »Warte, Sserith«, sagte er. »Es spielt keine Rolle, ob er antwortet oder nicht.«

»Wie freundlich«, knurrte ich. Mühsam setzte ich mich auf, wischte mir mit dem Handrücken das Blut von der Lippe und funkelte Sserith wütend an. »Wenn Sie Ihren Leibdiener noch brauchen, sollten Sie ihm Manieren beibringen«, sagte ich. »Sonst mache ich es.«

Sseriths Gesicht verfinsterte sich, aber die Lippen des Fischmannes zuckten nur amüsiert.

»Der Bursche kann ja doch reden«, sagte er. »Und er scheint sogar über eine gewisse rudimentäre Intelligenz zu verfügen.« Er schüttelte den Kopf, trat noch einen Schritt zurück und begann wie in Gedanken mit seinem Silberstab zu spielen.

»Wer bist du, Kerl?«, fragte er. »Hast du einen Namen? Wo lebt dein Stamm?«

Misstrauisch äugte ich zu Sserith hinüber und setzte mich weiter auf, bis ich mit angezogenen Knien auf der Kristallscheibe hockte. Meine Lippe blutete noch immer.

»Mein Name ist Craven«, sagte ich. »Robert Craven. Und mein Stamm«, fügte ich sarkastisch hinzu, »lebt in London. Ashton Place 9, um genau zu sein. Jedenfalls steht mein Wigwam dort, Massa.«

Mein Sarkasmus kam nicht so richtig an, aber das lag vermutlich daran, dass weder Sserith noch das Fischgesicht jemals die Worte London oder Wigwam gehört hatten. Nun ja – in zweihundert Millionen Jahren verändert sich so manches.

»Mein Name ist Dagon«, sagte das Fischgesicht vollkommen ernst, »nicht Massa. Ich nehme an, du hast von mir gehört.« Als ich nicht antwortete, zuckte er mit den Schultern und fügte hinzu: »Aber es spielt auch gar keine Rolle. Wenigstens nicht für dich. Du hast großes Glück gehabt, dass wir gerade auf Patrouille waren.« Er lachte, schüttelte den Kopf und wurde übergangslos wieder ernst.

»Ich verstehe euch Wilde nicht«, sagte er. »Warum bekämpft ihr uns und lasst euch dann freiwillig von den *Saddit* auffressen?«

Einen Moment lang starrte ich ihn durchdringend an, dann stemmte ich mich hoch, stieg vorsichtig von der Kristallscheibe herunter und deutete auf Shadow. »Ich fürchte, hier liegt ein Missverständnis vor«, begann ich. »Shadow und ich –«

Ich kam nicht weiter. Sserith hob ansatzlos die Hand und schlug mir schon wieder auf den Mund. Ich fiel zu Boden und schlug die Hände vor das Gesicht.

»Zum Teufel, was soll das?«, keuchte ich. »Ich bin weder Ihr Feind, noch gehöre ich zu den Wilden. Wer seid ihr überhaupt?«

Sserith zerrte mich auf die Füße und versetzte mir einen Stoß, der mich gegen die Scheibe taumeln ließ. Ein heftiger Schmerz zuckte durch meinen Rücken.

Sserith sah den Schlag nicht einmal, der seine Nase einbeulte. Hätte ich Zeit zum Überlegen gehabt, hätte ich mich vermutlich nicht einmal jetzt gewehrt, aber auch meine Geduld hat Grenzen, und ich konnte es noch nie vertragen, als Prügelknabe zu dienen. Meine Faust schoss vor und traf ihn ein zweites Mal auf die Nase. Sserith heulte, schlug beide Hände vor das Gesicht und fiel auf die Knie.

Ein dünner, gleißend heller Blitz zuckte vor mir durch die Luft und explodierte irgendwo in der Wüste, und ich erstarrte mitten in der Bewegung. Dagon hatte seinen Stab erhoben und zielte damit auf mich. Der grüne Kristall an seinem Ende flammte wie ein kleines, böses Auge.

»Bravo«, sagte er spöttisch. »Du weißt dich zu wehren, Robert Craven. Vielleicht tut Sserith ein kleiner Dämpfer sogar ganz gut. Aber jetzt ist es genug. Geh zurück.«

Die befehlende Geste, mit der er seine Worte unterstrich, wäre nicht mehr nötig gewesen. Ich hatte den Feuerball, der die schwarzen Ungeheuer verschlungen hatte, keineswegs vergessen.

»Sie ... Sie irren sich«, sagte ich hastig. »Ich gehöre nicht zu diesen Wilden, gegen die Sie kämpfen, Dagon. Ich weiß nicht einmal, wer sie sind!«

»Das scheint mir auch so«, sagte Dagon grimmig. Sein Stab deutete noch immer drohend auf meine Stirn. Dicht neben mir stemmte sich Sserith stöhnend wieder hoch. Wenn Dagon jetzt schoss, würde er seinen Leibwächter ebenfalls töten. Aber ich hatte das sichere Gefühl, dass ihm das nicht sehr viel ausmachen würde. Ganz vorsichtig, um ihn nicht durch eine zu schnelle Bewegung zu einer Unbedachtsamkeit zu verleiten, die vielleicht nicht er, aber ganz bestimmt ich bereuen würde, hob ich die Hände und zupfte an meinem Hemd und dem, was von meiner Weste übrig geblieben war. »Sehen Sie mich doch an!«, sagte ich. »Sehe ich aus wie ein Wilder? Shadow und ich haben nichts mit Ihrem Streit zu tun. Wir sind –«

»Schweig!«, unterbrach mich Dagon. »Du hast später Zeit genug, zu reden. Aber nicht hier, und auch nicht mit mir.« Er wandte sich an den Bärtigen. »Binde ihn, Sserith. Der Bursche ist gefährlich. Und was hat er da für einen Stab? Nimm ihn weg!«

Er deutete auf meinen Stockdegen, den ich mir unter den Gürtel geschoben hatte. Die Waffe befand sich wieder in ihrer Umhüllung, aber der beinahe faustgroße Knauf aus Kristall war unübersehbar. Voller Unbehagen dachte ich daran, wie sehr die Waffe der Dagons ähnelte. Wenn er die falschen Schlüsse zog ...

Sserith streckte die Hand nach mir aus, zerrte mir den Degen aus dem Gürtel und versetzte mir dabei rein versehentlich, wie mir sein hässliches Grinsen sagte – einen Knuff mit dem Ellbogen, der mir die Luft aus den Lungen trieb. Während ich keuchend um Atem rang, drehte Dagon den Stock zwei, drei Mal unschlüssig in den Händen, warf ihn schließlich mit einem Achselzucken hinter sich und sagte abfällig: »Spielzeug.«

Wieder machte er eine befehlende Geste, und Sserith packte mich am Kragen und zerrte mich vollends auf die Scheibe. Dann sprang er zu mir herauf und bugsierte mich unsanft an ihren gegenüberliegenden Rand. Schließlich stieg auch Dagon auf die Scheibe.

Lautlos hob sich das bizarre Gefährt bis auf Mannshöhe in die Luft, drehte sich einmal um seine Achse und begann, leicht schaukelnd wie ein Boot auf bewegtem Wasser, von der Felswand fortzugleiten.

»Shadow!«, keuchte ich. »Was ist mit Shadow? Ihr könnt sie doch nicht einfach hier lassen!«

»Sie stirbt ohnehin«, sagte Dagon kalt. »Du übrigens auch, Robert Craven, aber dein Leben kann uns noch von Wert sein. Sie mitzunehmen würde nicht lohnen.« Er lachte, und es war dieses Lachen, das mich vollends davon überzeugte, es nicht mit einem Menschen zu tun zu haben. Ich hatte niemals in meinem Leben ein so kaltes, *unmenschliches* Lachen gehört.

»Wir lassen sie liegen«, sagte er. »Als Futter für die Würmer.«

»Ihr dürft sie nicht einfach so liegen lassen!«, stöhnte ich. »Sie ist ein Mensch, Dagon!«

»Eben«, sagte er lächelnd.

Die rasende Fahrt dauerte bis lange nach Sonnenuntergang. Weder Sserith noch sein sonderbarer Herr wechselten während der ganzen Zeit ein Wort miteinander oder gar mit mir, und mein einziger Versuch, mich zu erheben und Dagon anzusprechen, wurde von Sserith mit einem rabiaten Fußtritt ziemlich unsanft im Keim erstickt.

Ich war mir nicht mehr ganz sicher, ob es wirklich klug gewesen war, ihn in seine Schranken zu verweisen. Bittere Erfahrung hatte mich gelehrt, dass es das Beste war, die Rolle des Schwachen zu spielen, solange man in Gefangenschaft war. Ein Wächter, der seinen Gefangenen fürchtet, ist weitaus schlimmer als einer, der ihn verachtet.

Aber es war ein bisschen zu spät für solcherlei Überlegungen.

Nach meinem missglückten Versuch, Dagon noch einmal in den Eisblock zu reden, den er da hatte, wo bei einem menschlichen Wesen das Gewissen war, verbrachte ich den Rest der bizarren Reise mit den beiden einzigen Dingen, die mir zu tun blieben: dem Betrachten meiner Umgebung und Grübeln.

Weder das eine noch das andere brachte mich indes sehr viel weiter.

Der Krater bot einen ebenso öden Anblick wie die Ebene hinter seinem Wall. Sein Boden lag ein gutes Stück tiefer als diese, und wo draußen steinhart verbranntes Erdreich gewesen war, lugte hier der blanke Fels durch die Staubschicht, die der Wind herangetragen hatte. Die Steine, die ich sah, wirkten allesamt unnatürlich rund und glatt; wie mit Glas überzogen, was mich auf die – sicherlich richtige – Annahme brachte, dass der Riesenkrater beim Einschlag eines Meteors entstanden sein musste.

Wahrscheinlich hatte der Stein hier gekocht wie dünnflüssiges Wasser, als der himmlische Bote wie eine Götterfaust in die Erde schlug, und wahrscheinlich war die tote Ebene ringsum ebenfalls auf die gewaltige Explosion zurückzuführen. Ich versuchte mir vorzustellen, welche Gewalten nötig waren, einen Krater von mehr als einhundert Meilen Durchmesser zu erschaffen, aber meine Phantasie kapitulierte vor dieser Aufgabe. Wahrscheinlich grenzte es schon an ein Wunder, dass nicht der ganze Planet auseinandergebrochen war.

Ganz flüchtig erinnerte ich mich an die Theorie eines gewissen Darwin, der gemeint hatte, die großen Echsen der Frühzeit könnten durchaus Opfer einer gewaltigen Naturkatastrophe geworden sein. Vielleicht hatte ich hier den Beweis, nach dem er sein Leben lang gesucht hatte.

Nicht, dass ich besonders froh über diese Entdeckung gewesen wäre ...

Während die Sonne langsam hinter dem Kraterrand versank und rings um uns das Tageslicht zu verblassen begann, raste die Kristallscheibe weiter dem Zentrum des Kraters zu. Obgleich sie sich mit der Geschwindigkeit eines schnell dahingaloppierenden Pferdes bewegte, flog sie vollkommen erschütterungsfrei und lautlos. Wenn es eine Technik war, die dieses sonderbare Gefährt antrieb, dann musste es eine sein, die der der Menschheit um Jahrtausende voraus war.

Bei Dagons ungesundem Aussehen tippte ich allerdings mehr darauf, hier Zeuge irgendeines magischen Rituals zu werden; insbesondere, wenn ich bedachte, was vorher geschehen war und auf welchem Wege wir hierhergekommen waren.

Mit neu erwachender Neugier betrachtete ich Dagon, der hoch aufgerichtet und in seinen lebenden Mantel eingehüllt am Rande der Scheibe stand und zu der allmählich heranwachsenden Stadt hinüberblickte.

Sah man von den Augen, seinen fehlenden Zähnen und den Schwimmhäutchen zwischen seinen Fingern ab, machte er eigentlich einen ganz menschlichen Eindruck. Er hätte sogar sympathisch wirken können, unter anderen Umständen. War er einer der *Thul Saduun,* von denen Shadow gesprochen hatte?

Ich wagte es nicht, ihn danach zu fragen. Sserith wartete nur darauf, dass ich unaufgefordert den Mund auftat. Er hockte neben mir und starrte in eine andere Richtung, aber ich zweifelte nicht daran, dass er sich mir mit Freuden widmen würde, wenn ich auch nur hustete.

Thul Saduun ...

Maronar ...

Dinosaurier ...

Hinter meiner Stirn purzelten die Gedanken wild durcheinander; wie Teile eines gewaltigen Puzzlespieles, die ich nicht in die richtige Reihenfolge zu bringen vermochte. Zu viele Teile des Ganzen fehlten noch. Ich vermochte nicht einmal ein Muster in dem Geschehen zu erkennen, von Logik ganz zu schweigen.

Aber ich hatte das unangenehme Gefühl, dass ich es erfahren würde; schneller und auf andere Weise, als mir lieb war.

Ich dachte an Shadow, und etwas in mir schien sich zusammenzukrampfen, als ich wieder daran dachte, wie verächtlich Dagon über sie geredet hatte. Ich hätte ihn hassen müssen für die Kaltblütigkeit, mit der er sie zum Tode verurteilt hatte.

Und trotzdem sagte mir irgendetwas, dass sie noch lebte. Der Gedanke war mit nichts zu begründen und vollkommen unlogisch nach allem, was geschehen war, aber ich wusste es mit unerschütterlicher Sicherheit.

Ganz langsam kam das gewaltige Gebilde näher, das Shadow mit Maronar bezeichnet hatte. Etwas Sonderbares geschah. In den ersten Augenblicken dachte ich, es läge am schwindenden Tageslicht oder einer Eigentümlichkeit der Schatten in diesem Riesenkrater, aber je näher wir kamen, desto mehr gestand ich mir ein, dass es etwas anderes war, etwas, wofür ich keine Erklärung fand: Obgleich wir uns der Stadt mit rasender Geschwindigkeit näherten und sie von einem Schatten rasch zu einem gewaltigen, finsteren Umriss heranwuchs, vermochte ich sie nicht deutlicher zu erkennen. Sie blieb ein wesenloser schwarzer Schemen, ein Koloss aus Finsternis und Schatten, der in beständiger, einzeln nicht wahrnehmbarer Bewegung zu sein schien.

Das Monstrum wuchs heran, bis es die Welt vor und über uns ausfüllte wie eine gewaltige Wand. Ein Hauch unheimlicher, klammer Kälte hüllte uns ein, als wir uns seinem Fuß näherten. Erst im letzten Moment sah ich das Tor.

Es war kein Eingang im herkömmlichen Sinne. In der gewaltigen Flanke des *Dinges* klaffte plötzlich ein Riss, eine Bresche, die mehr an eine zerfranste Wunde erinnerte denn an einen Eingang, und noch bevor ich wirklich begriff, was geschah, fegte die Kristallscheibe hindurch und tauchte in absolute Schwärze ein.

Aber nur für einen Moment. Ich hatte das Gefühl, durch einen niedrigen Stollen zu rasen, obwohl ich die Wände nicht sehen konnte, dann tauchte ein grünlich flirrender Punkt vor uns auf und wuchs rasend schnell heran, und plötzlich befanden wir uns im Inneren einer gewaltigen, von sanftem grünem Licht erfüllten Halle. Ihre Form war unbeschreiblich, so bizarr, dass sie unmöglich von einer menschlichen Kultur geschaffen worden sein konnte, und wo ihr Boden sein sollte, erstreckte sich ein See aus flirrender grünlicher Helligkeit.

Der Anblick erinnerte mich auf erschreckende Weise an das Grab in St. Aimes, aus dem Shub-Niggurath auferstanden war. Nur dass diese Grube tausend Mal größer war.

Dagon hob die Hand, und die Kristallscheibe fegte in kühnem Schwung über das Zentrum des Lichtsees hinweg auf die gegenüberliegende Wand der Halle zu. Auf halber Höhe zwischen ihrer Decke und dem Lichtsee – was bei den Ausmaßen dieses Bauwerkes der Höhe des Big Ben entsprach – befand sich eine gut zwanzig Fuß breite, sichelförmig an der Wand entlanglaufende Empore, auf der eine Anzahl bunt gekleideter Gestalten standen.

Unser seltsames Gefährt steuerte, langsamer werdend und dabei an Höhe verlierend, auf eine Gruppe dieser Männer zu, kam zehn Schritte vor ihnen zum Halten und setzte schließlich sanft wie eine Feder auf. Dagon sprang mit einem federnden Satz zu Boden und bedeutete Sserith und mir, ihm zu folgen. Ich beeilte mich aufzustehen, aber Sserith konnte sich die Gelegenheit nicht entgehen lassen, mir einen Stoß in den Rücken zu versetzen, der mich auf seinen Herren zutaumeln und neben ihm auf die Knie fallen ließ. Ich schenkte ihm einen bösen Blick und bekam ein gehässiges Grinsen zur Antwort.

Einer der Buntgekleideten löste sich aus seiner Gruppe und trat mit raschen Schritten auf Dagon zu.

»Wen bringst du da, Dagon?«, fragte er. »Einen Wilden?«

Er runzelte die Stirn, kam näher und stieß mich mit dem Fuß an. Gehorsam stemmte ich mich hoch und blickte ihn an.

Ich hatte ein Fischgesicht wie Dagons erwartet, aber ich wurde enttäuscht. Der Mann, dem ich gegenüberstand, schien ein ganz normaler Mensch zu sein – dunkelhaarig, mit breiten Schultern und stämmiger, schon leicht zur Fettleibigkeit neigender Statur. Gekleidet war er in die gleiche Art von schreiend buntem, lebendigem Umhang wie Dagon.

Aber ich wusste nicht, ob ich froh sein sollte, ihn zu sehen.

Er wirkte zwar menschlicher als Dagon, aber gleichzeitig auch düsterer. Etwas Finsteres, körperlos Böses schien von seiner Erscheinung auszugehen, ohne dass ich das Gefühl in Worte zu kleiden vermochte.

»Er sieht sonderbar aus«, sagte er, nachdem er mich eine Weile gemustert hatte. »Was ist er?«

Dagon zuckte mit den Achseln. »Wir haben ihn am Wall aufgegriffen, Ayron«, erklärte er, »zusammen mit einer Frau. Vielleicht seinem Weibchen.« Er zuckte abermals mit den Achseln. »Sie waren gerade dabei, sich von den *Saddit* auffressen zu lassen. Das Weibchen war zu schwer verletzt, als dass es sich gelohnt hätte, es mitzunehmen.«

Ich starrte ihn an. Für die Verachtung, mit der er über Shadow sprach, hätte ich ihn erwürgen können, aber das Gefühl heißen Zornes, das plötzlich in mir erwachte, vermischte sich mit einem eisigen, lähmenden Erschrecken, als ich begriff, warum er so sprach.

Plötzlich wusste ich, dass wir für ihn und all die anderen hier nicht mehr als Tiere waren. Vielleicht war es nicht einmal Bosheit, sondern seine Art, zu denken. Was immer er war, schien er sich so hoch über den Menschen zu dünken, dass er das Recht daraus ableitete, sie wie Dinge zu behandeln.

»Ihn können wir gebrauchen«, sagte Ayron mit einem zufriedenen Nicken. »Es war gut, dass du ihn mitgebracht hast. *Jene in der Tiefe* sind hungrig.« Ein sanftes, beinahe glückliches Lächeln huschte über seine Züge. »Der Tag rückt heran, Dagon. Die Zeichen sind deutlicher geworden.«

Dagon zögerte. »Ich weiß nicht, ob es gut wäre, ihn zu opfern«, murmelte er. »Er ist keiner von den Wilden, Ayron. Nicht so, wie –«

»Schweig!«, unterbrach ihn Ayron. »Er wird geopfert, und damit gut.«

»Aber Barlaam wird –«, begann Dagon, nur, um sofort wieder von Ayron unterbrochen zu werden:

»Barlaam wird äußerst unzufrieden mit uns allen sein, wenn es uns nicht gelingt, *jene in der Tiefe* zu besänftigen«, schnappte er. Ein düsterer, unwirklicher Klang begleitete die Worte *jene in der Tiefe* und ließ mich schaudern. »Du weißt, wie ungeduldig sie in ihrem Hunger sind, und wie schrecklich ihr Zorn ist.«

Er machte eine befehlende Geste. »Bringt ihn zu den anderen.«

Diesmal widersprach Dagon nicht mehr.

Wie immer die Rangordnung unter diesen ... Was-auch-immer sein mochte, schien er großen Respekt vor Ayron zu haben. Sein Gesichtsausdruck war finster, als er sich herumdrehte und Sserith einen befehlenden Wink gab.

»Du hast gehört, was Ayron gesagt hat. Bring ihn fort. Und krümme ihm kein Haar, oder du landest selbst in der Grube.«

Sserith war sichtlich enttäuscht. Aber er nickte nur demütig, ergriff mich beinahe sanft am Arm und führte mich weg.

Jedenfalls sah es für die anderen so aus. In Wirklichkeit brach er mir fast den Ellbogen. Tränen des Schmerzes schossen mir in die Augen, aber ich biss die Zähne zusammen und ließ mir nichts anmerken. *Diesen* Triumph wollte ich ihm nun doch nicht gönnen.

Sserith führte mich über den Steg davon bis zu einer vielleicht zehn Fuß messenden, halbrunden Ausbuchtung, die über den Lichtsee führte. Die ganze Anordnung erinnerte mich auf unangenehme Weise an die Planken, die man auf See verwendet, um verurteilte Meuterer oder andere Verbrecher über Bord zu befördern.

Und Sseriths dreckiges Grinsen verriet mir, dass ich mit meiner Vermutung der Wahrheit ziemlich nahe kam.

»Was habt ihr mit mir vor?«, fragte ich. Sseriths Grinsen wurde noch breiter. Es sah aus, als versuche er seine Ohrläppchen aufzufressen.

»Das wirst du schon merken, Robert Craven«, sagte er glucksend. »Eigentlich nichts anderes als das, was du am Wall fast selbst getan hättest, zusammen mit deinem Weibchen. Nur dass es diesmal –«

Ich sprang herum. Meine Hand krallte sich in Sseriths schmutzstarrenden Bart. Mit einem harten Ruck riss ich den Burschen herunter und drehte ihn blitzschnell herum, bis er vor mir hockte und ich ihm den freien Arm von hinten um den Hals schlingen konnte.

Sserith versuchte sich zu wehren, aber seine Lage war derart ungünstig, dass ich auch einen zehn Mal so starken Gegner ohne große Anstrengung hätte halten können.

»Sprich nicht so von ihr!«, sagte ich drohend. »Sprich nie wieder in diesem Ton von Shadow, Sserith, oder du bist der Erste, der dort hinunter fällt.«

Ich grub mein Knie zwischen seine Schulterblätter und zwang ihn so zu einer grotesken Verbeugung, bei der sein Kopf und sein Oberkörper über den Rand der Felsnase hingen. Sserith begann zu keuchen, war aber klug genug, sich nicht mehr wehren zu wollen. Er schien zu begreifen, dass ich nichts mehr zu verlieren hatte.

Eine Weile hielt ich ihn noch so, dann zerrte ich ihn an den Haaren in die Höhe, nahm meinen Arm von seinem Hals und trat zurück. Sserith zitterte am ganzen Leib. Unter der Kruste von Schmutz hatte sein Gesicht alle Farbe verloren.

»Dafür bringe ich dich um, Robert Craven«, keuchte er. »Dafür stirbst du!«

»Das beeindruckt mich nicht«, sagte ich betont gelangweilt. »Mehr als einmal kann man kaum sterben, oder?«

Sserith hustete ein paar Mal und stemmte sich taumelnd in die Höhe. Seine Augen brannten vor Zorn.

»Sei dir da nicht so sicher, du Hund«, sagte er.

Ich wollte lächeln, aber etwas an der Art, in der er die Worte aussprach, sorgte dafür, dass mir die spöttische Antwort, die mir auf der Zunge lag, im Halse stecken blieb.

Ich war mir wirklich nicht mehr sicher, dass man nur *einmal* sterben konnte.

Ich weiß nicht, wie lange ich so dasaß und dumpf vor mich hinbrütete. Vielleicht ging draußen über der Festung bereits wieder die Sonne auf, vielleicht vergingen auch nur Minuten, nachdem Sserith gegangen war und mich allein gelassen hatte. Zwei der Buntgekleideten hielten am Ende des Felsvorsprungs Wache, einer von ihnen mit einem der Blitze schleudernden Silberstäbe bewaffnet, der andere mit einem Ding, das so absurd geformt war, dass ich es nicht einmal beschreiben kann.

Neugierig sah ich zu Dagon und den anderen hinüber. Er hatte sich nicht von der Stelle gerührt, seit Sserith mich weggeführt hatte, stand auch jetzt noch da und unterhielt sich heftig gestikulierend mit Ayron. Sein lebender Mantel wogte und zitterte dabei so heftig, als spüre er seine Erregung. Auch die anderen Männer – es waren ausschließlich Männer, wie mir auffiel, keine einzige Frau – schienen immer nervöser und ungeduldiger zu werden. Immer öfter beobachtete ich, wie sich Köpfe in Richtung des gewaltigen, halbrunden Tores wandten, das auf die Empore hinausführte. Ab und zu trat einer der Männer vorsichtig an den Rand des Balkons und blickte in die Tiefe. Eine fühlbare Erwartung lag über der großen Halle.

Und es war nichts Gutes, auf das diese Männer warteten. Ich spürte ihre Angst. Nach allem, was ich erlebt hatte, fragte ich mich, wie furchtbar etwas sein musste, das diesen Männern Angst machte ...

Unschlüssig ging ich ein paar Schritte auf meinem steinernen Gefängnis auf und ab, ließ mich schließlich an seinem Rand nieder und blickte in die Tiefe. Wie zuvor sah ich nichts außer dem wabernden grünen Schein, wie ein See aus giftgrün leuchtendem Wasser, in dem es brodelte und zuckte.

Und er atmete Furcht.

Ich kann es nicht anders beschreiben. Was immer unter dem wogenden grünen Licht war, es verströmte Angst wie einen finsteren Atem, eine Angst, die vollkommen unbegründet und vielleicht deshalb so schrecklich war.

Die einzigen Male, dass ich ein solches Gefühl – wenigstens annähernd – kennen gelernt hatte, war in Gegenwart der GROSSEN ALTEN oder einer ihrer Dienerkreaturen gewesen.

War das die Erklärung?, dachte ich schaudernd. *Waren die* Thul Saduun, *von denen Shadow gesprochen hatte und die* die *Buntgekleideten ganz offenbar beschwören wollten, nur eine andere Bezeichnung für die GROSSEN ALTEN?* Aber gleichzeitig spürte ich auch, dass es nicht so einfach war. Trotz allem war das Gefühl hier *anders.*

Ich schloss für einen Moment die Augen, rutschte ein Stück von der Felskante weg und sah mich erneut in der Halle um.

Es war wie die ersten Male – die fremde, absurde Architektur des Bauwerkes schien sich auf geheimnisvolle Weise meinen Blicken zu entziehen. Da waren Formen, die in den Augen schmerzten, unmögliche Winkel, Brückenkonstruktionen und Stege, die einen Architekten in den Irrsinn getrieben hätten, Baulichkeiten, die mir Übelkeit verursachten, wenn ich sie nur ansah.

Und doch war es nicht die Architektur der GROSSEN ALTEN. Es war ... *anders.* Anders und doch gleich; nur auf andere Art anders als die andere Art der ...

Ich merkte, dass meine Gedanken begannen, sich im Kreise zu drehen. Mir schwindelte. Mit einem halblauten Stöhnen schloss ich die Augen, versuchte an nichts zu denken und ballte die Fäuste.

Als ich das nächste Mal die Augen öffnete, war die Halle nur noch fremd und bizarr, nicht mehr so irrsinnig wie zuvor.

Aber ich musste Acht geben. Wenn ich meinem Geist erlaubte, den Verlockungen dieser furchtbaren Umgebung nachzugeben, würde ich den Verstand verlieren.

Auf der Empore hinter mir entstand Bewegung. Ich wandte mich um, richtete mich auf und ging ein paar Schritte, bis einer meiner Bewacher mit seinem Silberstab fuchtelte und mir bedeutete, dass ich ihm nahe genug gekommen war. Ich schluckte einen Fluch herunter. Die Tracht Prügel, die ich Sserith verabreicht hatte, rächte sich bereits.

Schließlich tauchte eine Abordnung der Mantelmänner unter dem gewölbten Tor auf. Sie waren zu weit entfernt, als dass ich Einzelheiten erkennen konnte, aber ich sah zumindest, dass sie nicht alle menschlich waren. Manche von ihnen schienen wie Dagon Ähnlichkeit mit Fischen oder anderen Tieren zu haben, und zwei bewegten sich, als wären sie das Gehen auf zwei Beinen noch nicht richtig gewohnt – oder nicht mehr, je nachdem.

Sie bewegten sich in einer Art Prozession, immer zu zweit neben- und in drei Schritten Abstand hintereinander, näherten sich der Grube und wichen dicht vor dem Felsabsturz nach links und rechts auseinander. Es waren sehr viele, und obwohl die Empore gewaltig war, begann sich ihr Rand rasch mit Gestalten zu füllen. Auch Dagon und die anderen Magier, die bisher nur herumgestanden und geredet oder einfach wortlos gewartet hatten, reihten sich, einem Muster folgend, das ich nicht erkennen konnte, in die stumme Prozession ein.

Es mussten weit über hundert sein, die schließlich schweigend und allesamt mit geschlossenen Augen am Rande der gewaltigen Grube standen. Instinktiv blickte ich in die Tiefe. Ich hatte eine Veränderung erwartet, vielleicht das Auftauchen irgendeiner prähistorischen Scheußlichkeit, aber nichts geschah.

Unter dem Tor tauchten weitere Männer auf; keine Mantelträger, sondern schmutzstarrende Gorillas ähnlich Sserith, die mit Knüppeln oder kurzstieligen, mit Dornen versehenen Peitschen bewaffnet waren. Zwischen ihnen trottete ein gutes halbes Dutzend der sonderbarsten Gestalten, die ich jemals zu Gesicht bekommen hatte.

Im ersten Moment hielt ich sie für eine Art Menschenaffen. Sie waren von kleinem Wuchs, kaum anderthalb Meter groß, aber allesamt sehr breitschultrig und am ganzen Leib behaart. Auch ihre Art zu gehen erinnerte mich eher an das lächerliche Torkeln eines Gorillas als an den aufrechten Gang eines Menschen.

Aber dann kamen sie näher, und als einer von ihnen unter einem Peitschenhieb seines Bewachers zusammenfuhr und den Kopf hob, begegnete ich seinem Blick und wusste, dass ich allem anderen als einem Tier gegenüberstand.

Es waren Menschen.

Ihre Gesichter waren flach und stark behaart, sie hatten fliehende Stirnen und Kiefer, dazu die breiten, noch nicht sehr stark ausgeprägten Nasen ihrer äffischen Vorfahren, aber in ihren Augen glomm der körperlose Funke der Intelligenz, jenes ungreifbaren Etwas, das den Menschen vom Tier unterschied.

Es waren Menschen. Menschen in einem viel früheren Stadium

ihrer Entwicklung, als Sserith oder ich es waren, aber trotzdem Menschen.

Die beiden Magier, die mich bisher bewacht hatten, traten zur Seite, als die Urmenschen herangeführt wurden. Das Dutzend struppiger Kreaturen drängte sich Schutz suchend aneinander; manche klammerten sich mit den Händen an ihren Nebenmann und stießen kleine, tierähnliche Laute aus, andere kauerten sich hin und schlugen die Arme schützend über den Kopf.

Es wurde eng auf dem schmalen Felsstück, als der letzte von ihnen hinausgeführt worden war und sich die Reihe der Bewacher hinter ihnen wieder schloss. In einem von ihnen erkannte ich Sserith. Seine Nase und sein rechtes Augenlid waren geschwollen, und als er meinem Blick begegnete, verzog er die Lippen zu einem hämischen Grinsen, und ich sah, dass ihm ein Schneidezahn fehlte. Trotzdem schien er die ganze Situation äußerst amüsant zu finden.

Vielleicht freute er sich auch schon darauf, seine neunschwänzige Stachelpeitsche an mir auszuprobieren.

Ich drehte mich demonstrativ weg, rang mir ein Lächeln ab und trat einen Schritt auf die zusammengedrängt dastehenden Urmenschen zu.

Ihre Reaktion war anders, als ich gehofft hatte.

Die meisten schienen so verängstigt zu sein, dass sie mich nicht einmal wahrnahmen; und die, die es taten, fuhren erschrocken zusammen oder krümmten sich vor Angst, als ich auf sie zutrat. Einer versuchte gar nach mir zu schlagen und bleckte drohend die Zähne. Offensichtlich hielten sie mich für einen ihrer Peiniger – was nicht weiter verwunderlich war, denn ich ähnelte viel mehr Sserith oder einem der Mantelträger als ihnen.

Im Moment war ich allerdings alles andere als stolz auf diese Tatsache. Im Gegenteil – wenn das, dessen Zeuge ich hier wurde, der Unterschied zwischen Wilden und so genannten zivilisierten Menschen war, wäre ich lieber wild geblieben.

Aber natürlich war das Unsinn. Ich wusste ja noch nicht einmal, ob Dagon und seine Gefährten überhaupt der gleichen Rasse angehörten wie ich. Äußerlichkeiten konnten manchmal sehr täuschen.

Ein dumpfer, lang nachhallender Gongschlag ließ mich aufsehen. Aus dem Stollen trat eine weitere Prozession bunt gekleideter Männer, ebenso langsam und mit den gleichen arhythmischen Schritten wie die zuvor Angekommenen, näherte sich dem Rand des steinernen Balkons und fächerte auseinander, um auch noch die letzten Lücken in der mittlerweile dicht gedrängt stehenden Reihe der Mantelmänner zu schließen.

In ihrer Mitte ging ein etwas kleinerer, als einziger in ein nachtschwarzes, wallendes Gewand gekleideter Mann, einen sonderbar geformten, an eine Mischung aus Schwert und Zeremonienstab erinnernden Gegenstand in den Händen und das Gesicht hinter einer goldenen Maske ohne sichtbare Seh- oder Atemöffnungen verborgen.

Ein weiterer Gongschlag erklang, dann noch einer, noch einer und immer weiter, bis der vibrierende Nachhall der einzelnen Schläge zu einem gewaltigen, metallischen Sirren wurde, das die gewaltige Halle ausfüllte. Irgendetwas geschah mit dem Licht, und plötzlich hatte ich das Gefühl, ein ganz sachtes Vibrieren und Beben des Felsens unter meinen Füßen wahrzunehmen.

Erschrocken blickte ich in die Tiefe, aber das Wogen und Wallen des grünen Lichtsees unter mir hatte sich noch immer nicht geändert.

Dafür kam Bewegung in die Reihe der Mantelträger.

Es war wie ein Ballett; eine genau aufeinander abgestimmte, perfekte Folge von Bewegungen, die trotz des dumpfen Schreckens, mit denen sie mich erfüllten, nicht einer gewissen morbiden Faszination entbehrten. Es begann an der äußersten linken Seite des Balkons. Der Mann dort hob erst den linken, dann ganz langsam den rechten Arm in die Höhe, wobei sich sein lebender Mantel wie ein zuckender Schmetterlingsflügel spannte, dann nahm der Mann neben ihm die Bewegung auf, dann dessen Nebenmann und so weiter.

Langsam und gleitend lief die Bewegung durch die ganze Reihe der Magier, bis sie alle mit hoch erhobenen Armen dastanden, dann erfolgte alles in umgekehrter Reihenfolge. Schließlich begann es von Neuem. Es sah aus wie das allmähliche Öffnen und Schließen einer gewaltigen bunt schillernden Blüte.

Die Magier stimmten ein leises, allmählich an Lautstärke und Eindringlichkeit gewinnendes Summen und Raunen an, das irgendwie im gleichen Rhythmus wie die flatternde Bewegung war und sich mit dem metallischen Sirren des Gonges zu einer bizarren, erschreckenden Melodie zusammenfügte.

Dann ...

Wie fast immer, wenn ich Zeuge echten magischen Wirkens wurde, vermochte ich das Geschehen kaum zu begreifen, geschweige denn in Worte zu fassen. Etwas Unsichtbares, Körperloses schien wie ein knisterndes elektrisches Feld über der Reihe der Buntgekleideten zu entstehen, entfaltete sich wie eine riesige, ungeheuer machtvolle Aura und fügte sich dem Gesang und dem Sirren und Vibrieren des Gonges hinzu.

Plötzlich begann einer der Urmenschen wie von Sinnen zu schreien. Ich fuhr zusammen, wirbelte herum – und erstarrte.

Die Urmenschen hatten sich bis an den Rand der Felsnase zurückgedrängt und krümmten sich wie unter Hieben. Leise Schreie drangen an mein Ohr, und zwei oder drei von ihnen waren so weit an die Kante zurückgewichen, dass ich jeden Moment damit rechnete, sie abstürzen zu sehen. Aber das war es nicht, was mir schier den Atem stocken ließ und sich wie eine unsichtbare eisige Hand um mein Herz legte.

Eine der affenähnlichen Kreaturen hatte sich in die Luft gehoben und schwebte, wild mit den Beinen strampelnd und kreischend, eine Hand breit über dem Felsen!

Der Gesang der Magier wurde lauter. Aus den Augenwinkeln sah ich, wie erneut diese flatternde, gleitende Bewegung durch ihre Reihen glitt, und im gleichen Moment schwebte der Affenmann ein Stück höher, begann sich dabei um seine eigene Achse zu drehen und glitt weiter in das Nichts über dem Lichtsee hinaus. Seine Schreie steigerten sich zu einem spitzen, überschnappenden Kreischen. Schneller und schneller begann er zu kreisen und trieb dabei weiter auf den Lichtsee hinaus und gleichzeitig in die Höhe.

Dann änderte sich etwas im Rhythmus der Bewegung hinter mir, gleichzeitig wurden der Gesang der Magier und das Hallen des Gongs härter, schneller und aggressiver. Der schwebende Körper des Affenmenschen zuckte wie unter einem Peitschenhieb, bäumte sich in seiner unsichtbaren Fessel auf und *begann zu bluten.*

Ich sah keine Wunde, keinerlei sichtbare Verletzungen, aber mit einem Male war die Luft rings um ihn erfüllt von rotem Nebel, Millionen und Abermillionen winziger blutiger Tränen, die in die Tiefe zu sinken begannen.

Sie erreichten das grüne Leuchten nicht. Auf halbem Wege, vielleicht zwanzig Yards unter dem unglückseligen Opfer, begann sich der rote Nebel zu sammeln und formte sich zu einer konkaven, nach unten gewölbten Scheibe von gut zehn Yards Durchmesser.

Wieder änderte sich etwas im Summen der Männer auf der Empore. Zuerst spürte ich den Unterschied nur, ohne ihn definieren zu können. Dann begann ich Worte aus dem monotonen Singsang herauszuhören,

»Thuuuuul«, summte die Menge. *»Thuuuuul.«*

Es dauerte eine Sekunde, bis ich die beiden Worte erkannte.

Thul Saduun.

Die eisige Hand, die noch immer um mein Herz lag, drückte mit einem harten Ruck fester zu. Das Wort, das ich von Shadow gehört hatte, während ihres verzweifelten Kampfes mit Shub-Niggurath und später, ohne dass sie seine Bedeutung erklärt hätte.

»Thul!«, summte die Menge, und plötzlich klang das Wort anders – härter, fordernder, nicht mehr wie eine Bitte oder wie ein Ruf, sondern wie ein Befehl. *»Thul Saduun!«*, schrien die Magier. *»Thul Saduun!«* Immer und immer wieder.

Dann begann es tief unter uns im Herzen des grünen Leuchtens zu zucken. Etwas Großes, Rauchiges erschien in der wirbelnden Helligkeit und zerfloss wieder.

»Thul Saduun!«, brüllten die Männer. *»Thul Saduun! Thul Saduun! Thul Saduun!«*

Ein zweiter Urmensch wurde von einer unsichtbaren Hand gepackt und in die Höhe gerissen, und wieder war die Luft voller Schreie.

»Thul Saduun!«, schrien die Magier. *»Thul Saduun!«*

Die unsichtbare Hand ergriff einen dritten Affenmann, dann einen vierten, fünften, sechsten, bis das ganze Dutzend der bedauernswerten Kreaturen über dem Lichtsee schwebte.

Der Spiegel aus Blut tief unter ihnen wurde fester, bis er wie eine glänzende Scheibe zwischen den Urmenschen und dem grünen Pfuhl schwebte, glänzend, massiv wie Stahl und rasend schnell um seine eigene Achse rotierend.

Und in der Tiefe bildeten sich *Körper*…

Wie beim ersten Mal waren sie nicht wirklich zu erkennen. Ein Teil des grünen Lichtes schien sich schwarz zu färben, bildete dunkle, sich auf unbeschreibliche Weise in sich selbst windende Schläuche, faserige Stränge rauchiger Schwärze. Tastend wie blinde schwarze Würmer griffen sie nach oben, immer wieder zerfließend, als wäre ihre Existenz auf dieser Ebene des Seins nicht wirklich genug, bis sie schließlich den Spiegel aus Blut berührten und den roten Nebel gierig in sich aufzunehmen begannen.

Mehr ...

Es war kein Wort, kein gedanklicher Befehl, keine irgendwie geartete Form der Verständigung, wie ich sie jemals kennen gelernt hatte, sondern ein Gefühl unbeschreiblicher, unstillbarer Gier, das plötzlich in mir war und die Halle erfüllte.

Mehr!, schrien die Würmer, und *»Thul Saduun«* schrien die Magier, ein furchtbarer, atonaler Wechselgesang, der mich aufschreien, die Hände gegen die Schläfen pressen und in die Knie sinken ließ.

Dann griff die unsichtbare Hand nach mir.

Ich hatte gewusst, dass es geschehen würde, und trotzdem schrie ich wie von Sinnen auf, warf mich herum und begann wie in Raserei um mich zu schlagen.

Natürlich nutzte es nichts. Die Berührung war sanft wie die eines Lufthauches, aber gleichzeitig auch von übermenschlicher Stärke. Etwas Unsichtbares griff nach mir und schmiegte sich wie eine zweite, eisige Haut um meinen Körper. Ich verlor den Boden unter den Füßen, wurde sanft in die Höhe gehoben und glitt schwerelos über den Rand des Felsvorsprunges hinaus.

Hilflos musste ich mit ansehen, wie ich über den grünen Höllenpfuhl und ein Stück in die Höhe schwebte, bis ich in den grausigen Reigen der kreisenden Urmenschen eingereiht wurde.

Dann begann sich die unsichtbare Faust um mich zu schließen.

Im ersten Moment war es kaum zu spüren, nicht mehr als ein sanfter Druck, der mich von allen Seiten gleichzeitig umschloss, aber er steigerte sich rasend schnell. Ich spürte, wie mein Herz langsamer zu schlagen begann, wie sich das Blut in meinen Adern staute. Mein Blick verschleierte sich, wurde rot und wabernd, und plötzlich atmete ich roten Nebel und hatte einen bitteren Metallgeschmack auf der Zunge.

Das also war der Tod, dachte ich matt. Ich hatte überhaupt keine Angst. Mein Inneres war voller Verzweiflung und Entsetzen, aber ich hatte keine Angst.

Stattdessen spürte ich Zorn. Zorn über die Tatsache, dass mein Sterben so sinnlos sein sollte, eine ungeheure, mit jedem Moment stärker werdende Wut.

Ich handelte nicht mehr bewusst, denn die unsichtbare Gigantenfaust, die meinen Körper zusammenpresste, hatte auch meinen Willen gelähmt, sondern nur noch instinktiv. Irgendetwas in mir bäumte sich bei dem Gedanken auf, einen so sinnlosen Tod zu sterben, und das gleiche Etwas aktivierte Kräfte und Energien in meinem Unterbewusstsein, die ich mit der bloßen Kraft meines Willens niemals hätte entfesseln können.

Die *Thul Saduun* unter mir bäumten sich auf wie Würmer unter dem Stiefel eines Giganten, schrien vor Schmerz und Zorn – und schlugen mit furchtbarer Gewalt zurück.

Der Blutspiegel zerbarst.

Eine unsichtbare Riesenfaust schien unter die kreisenden Urmenschen zu fahren und sie durcheinanderzuwirbeln. Plötzlich, von einem Augenblick auf den anderen, zerbrach der furchtbare Reigen; die Luft war voller Schreie und wirbelnder Körper, und der grüne Lichtozean schien in einer Folge lautloser, unaufhörlicher Explosionen auseinanderzubersten.

Ich wurde herumgewirbelt, überschlug mich in der Luft und sah den grünen Pfuhl mit rasender Geschwindigkeit auf mich zukommen – und griff abermals mit aller geistiger Macht an.

Es war das erste Mal, dass ich das magische Erbe meines Vaters vollkommen rücksichtslos einsetzte, und es war ein Gefühl, das mich selbst vor Entsetzen aufschreien ließ.

Ich spürte, wie sich die *Thul Saduun* unter mir wie unter den Faustschlägen eines Riesen krümmten, wie unbeschreibliche Energien und Kräfte aufeinanderprallten und die Wirklichkeit zum Erzittern brachten. Unsichtbare Flammen hüllten mich ein und verbrannten jede einzelne Nervenfaser in meinem Leib, ein Blitz puren, grauenhaften Schmerzes bohrte sich in mein Bewusstsein, verwandelte die Welt in eine Hölle aus Hitze und Schmerz.

HALT!

Die Zeit blieb stehen. Die Faust löste sich von meinem Geist, und ich spürte, wie sich die furchtbare Präsenz der *Thul Saduun* aus meinem Bewusstsein zurückzog.

Noch einmal bäumte ich mich auf und sandte instinktiv Wellen meines eigenen Schmerzes auf die schwarzen Würmer unter mir herab, aber sie erreichten sie nicht mehr, denn plötzlich war da eine neue, fremde Macht, eine Mauer unbeschreiblicher magischer Energien, die meinen geistigen Hieb abfing und mich gleichzeitig vor dem Toben der schwarzen Höllenwürmer schützte.

IHN NICHT!

Tief unter mir, durch eine halbe Meile grünen Lichtes und den Abgrund zwischen den Wirklichkeiten getrennt, schrien die *Thul*

Saduun vor Enttäuschung und Wut auf, aber die unsichtbare Mauer war noch immer da, eine magische Präsenz solcher Gewalt, wie ich sie bisher nicht einmal in Gegenwart eines GROSSEN ALTEN gespürt hatte. Sie zerrte mich wie einen Spielball herab, zurück aus dem zerbrochenen Reigen der sterbenden Urmenschen und nieder auf den felsigen Grat über dem Pfuhl.

Ich sah den schwarzen Stein wie durch einen Nebel auf mich zukommen, versuchte den Sturz mit den Armen aufzufangen und verstauchte mir beide Handgelenke dabei.

Das war das Letzte, was ich spürte.

Es war weiß Gott nicht das erste Mal, dass ich aus einer Bewusstlosigkeit erwachte, aber es war das erste Mal, dass ich auf *diese* Weise in die Wirklichkeit zurückfand.

Ich erwachte nicht, sondern *wurde* erwacht, von etwas, das wie eine glühende Pranke nach meinem Bewusstsein griff und es mit purer Gewalt in die Realität zurückriss. Gleichzeitig trat mir jemand derb in die Seite, um den Vorgang etwas zu beschleunigen. Ich wusste, dass es Sserith war, noch bevor ich die Augen öffnete.

Das Erste, was ich sah, war eine goldene Gesichtsmaske von grausamem Schnitt und zwei Augen aus geschliffenem Rubin, die kalt auf mich herabstarrten. Beinahe im gleichen Moment griff die glühende Faust ein weiteres Mal nach meinen Gedanken und zwang mich, mich aufzusetzen und nach einer weiteren Sekunde vollends aufzustehen.

»Wer bist du?«

Die Stimme drang nur verzerrt hinter der goldenen Larve hervor, aber es war die mit Abstand unangenehmste Stimme, die ich jemals gehört hatte. Vorsichtshalber versuchte ich erst gar nicht, mir das dazu passende Gesicht vorzustellen.

Ein Schatten bewegte sich am Rande meines Gesichtsfeldes, und ich begriff eine halbe Sekunde zu spät, dass es Sserith war, denn ich antwortete nicht schnell genug auf die Frage des Maskierten, und mein schmuddeliger Freund tat genau das, was ich von ihm erwartete – er zog mir eins über.

Die Reaktion des Maskierten war anders, als ich erwartete. Als ich mich stöhnend zum zweiten Mal auf die Füße erhob, brach Sserith gerade zusammen, mit offenem Mund und wie ein Fisch auf dem Trockenen nach Luft schnappend.

»Wer bist du?«, fragte der Maskierte erneut.

Eine Sekunde lang starrte ich auf Sserith herab, der sich am Boden krümmte und offensichtlich noch immer keine Luft bekam, obwohl der Maskierte nicht einmal einen Finger gerührt hatte. »Craven«, antwortete ich hastig. »Mein Name ist ... Craven. Robert Craven, um genau zu sein.«

Obwohl der Blick der Rubinaugen vollkommen ausdruckslos blieb, hatte ich das sichere Gefühl, die Neugier des Maskierten erweckt zu haben. »Craven«, murmelte er. »Ein sonderbarer Name. Du gehörst nicht zu den Wilden.«

Es war keine Frage, sondern eine Feststellung. Trotzdem nickte ich. »Nein«, sagte ich. Ich zögerte eine Sekunde, sah ihn fest an und deutete dann auf Sserith, der sich noch immer am Boden wand und nach Luft schnappte. Sein Gesicht begann sich allmählich grün zu färben.

»Lassen Sie ihn leben«, sagte ich und fügte nach einer weiteren Sekunde hinzu: »Bitte.«

Der Maskierte starrte mich einen Moment lang ausdruckslos an, dann bewegte er fast unmerklich die linke Hand, und Sserith sog endlich wieder Luft in die Lungen.

»Danke«, sagte ich. »Er ist zwar ein Idiot, aber es ist nicht nötig, ihn gleich umzubringen. Und wenn schon«, fügte ich mit einem boshaften Blick in Sseriths Richtung hinzu, »dann ist das etwas, das ich selbst tun möchte.«

Wenn der Maskierte meinen Sarkasmus überhaupt verstand, dann teilte er ihn nicht, denn er schnitt mir mit einer ärgerlichen Bewegung das Wort ab und fragte: »Wer bist du? Wie kommst du hierher und von wo kommst du?«

»Das ist eine lange Geschichte«, begann ich, »und –«

Die geistige Pranke schlug erneut zu. Ich krümmte mich, taumelte zurück und wurde von starken Händen aufgefangen, als ich zu stürzen drohte.

Aber trotz der Plötzlichkeit, mit der der Hieb erfolgte, war ich vorbereitet – und ich war zornig genug, mit der gleichen Kraft zurückzuschlagen.

Genauer gesagt – ich versuchte es.

Mein geistiger Angriff zerstob wie ein gläserner Pfeil, der gegen eine Mauer aus Stahl prallt, und meine eigene Kraft schnellte wie der Rückgang einer straff gespannten Bogensehne in meinen Geist zurück und ließ mich abermals taumeln. Der Maskierte machte sich nicht einmal die Mühe, den Angriff zu erwidern.

»Du also bist der Mann, der es gewagt hat, jene in der Tiefe mit magischen Kräften anzugreifen«, sagte er ruhig.

Ich starrte ihn an. Ich hatte ihn fast mit der gleichen Wut attackiert wie zuvor die *Thul Saduun* – und fühlte mich plötzlich wie ein Mann, der seinem Gegner mit aller Gewalt die Faust unter das Kinn geschlagen und auch genau den Punkt getroffen hatte; mit dem einzigen Ergebnis, sich die Hand zu brechen.

Ich versuchte kein zweites Mal, ihn anzugreifen.

»Wer hat dich hergebracht?«, fragte der Maskierte. Als ich nicht antwortete, drehte er sich mit einer ungeduldigen Bewegung herum und deutete auf Sserith, der noch immer verkrümmt am Boden lag und keuchend ein- und ausatmete.

»Du!«, sagte er. »Sprich!«

»Dagon, Herr«, wimmerte Sserith. »Er hat ihn gefangen, aber Ayron –«

Der Maskierte schnitt ihm mit einer herrischen Geste das Wort ab und hob die Hand. »Dagon!«, befahl er. »Ayron! Kommt her!«

Die beiden Angesprochenen kamen gehorsam näher.

Dagons Fischgesicht schien mir ein wenig blasser, als ich es in Erinnerung hatte, während Ayrons Lippen zu einem schmalen, blutleeren Strich zusammengepresst waren und auf seinen Zügen ein verbissener, beinahe trotziger Ausdruck lag.

»Barlaam?«, fragte er. Seine Stimme klang unterwürfig; gleichzeitig aber auch aggressiv. Barlaam – der Mann mit der Goldmaske und dem Mantel aus gewobener Nacht – ignorierte ihn und wandte sich an Dagon.

»Ist es wahr, was diese Kreatur berichtet?«, fragte er mit einer Geste auf Sserith.

Dagon nickte. »Es ist wahr, Herr«, sagte er und fügte rasch, beinahe hastig, hinzu: »Aber es war nicht meine Idee, ihn zu töten. Ich wollte, dass Ihr ihn seht, Herr. Ayron war es, der befahl, ihn auf den Opferfels zu führen.«

Barlaam starrte ihn eine endlose Sekunde lang an, dann drehte sich die ausdruckslose Goldmaske mit einer langsamen Bewegung herum und wandte sich Ayron zu.

»Ist das wahr?«, fragte er. Seine Stimme klang so kalt, dass ich fröstelte.

Der trotzige Ausdruck auf Ayrons faltenzerfurchtem Gesicht wurde stärker. »Es stimmt«, bekannte er mit einer zornigen Geste auf die Grube. »Du weißt, wie hungrig *jene in der Tiefe* sind, und –«

»Du bist ein Magier wie ich«, unterbrach ihn Barlaam kalt. »Es muss dir klar gewesen sein, dass dieser Mann keiner der geistlosen Wilden ist, wie wir sie sonst opfern. Von einem unerfahrenen Narren wie Dagon hätte ich nichts anderes erwartet. Aber du?« Seine Stimme wurde lauernd. »Das ist jetzt der dritte große Fehler, den du dir erlaubt hast, Ayron. Einer zu viel.«

Ayron erbleichte, dann erwachte sein Trotz erneut. »Es wird immer schwerer, Opfer für das Ritual zu finden, das weißt du!«, schnappte er. »Und *jene in der Tiefe* werden immer unmäßiger in ihrer Gier. Unser letzter Versuch schlug fehl, weil nicht genügend Opfer da waren, ihren Hunger zu stillen.«

»Und dieser, weil du versucht hast, mich zu hintergehen, Ayron«, sagte Barlaam eisig. »Dieser Mann –«, er deutete auf mich, »– ist ein Träger der *Macht*. Willst du mir erzählen, du hättest es nicht gespürt? Du, ein Meistermagier wie ich?!«

»Ich habe es gespürt«, bekannte Ayron mit einer Mischung aus Trotz und wachsender Unsicherheit. Sein Blick irrte an mir und Barlaam vorbei und saugte sich an dem grünen Leuchten am Grunde des Schachtes fest. Er schluckte. Nervös fuhr er sich mit der Zungenspitze über die Lippen.

»Ich habe es gespürt«, sagte er noch einmal. »Gerade deshalb gab ich Befehl, ihn auf den Felsen zu führen. Ein solches Opfer hätte ihre Gier auf lange Zeit gestillt.«

»Um ein Haar hätte er sie getötet«, sagte Barlaam. Auch seine Stimme bebte jetzt vor Zorn. »Du Narr!«, schrie er. »Er hat ihnen Schmerz zugefügt und sie gereizt. Vielleicht wird uns das nächste Mal ihr Zorn treffen statt ihrer Hilfe. Die Arbeit von Monaten ist zunichte gemacht, durch deine Unfähigkeit.« Er stockte, starrte Ayron einen Moment lang an und fuhr leiser, aber in lauerndem Ton fort: »Aber vielleicht war es ja gar keine Unfähigkeit, Ayron. Vielleicht bist du im Gegenteil schlauer, als ich bisher geahnt habe. Vielleicht war es gerade das, was du wolltest. Ihr Zorn hätte mich getroffen und getötet, hätte ich ihnen erlaubt, mit meinem Geist zu verschmelzen, nicht wahr? Und nach meinem Tod wärest du es gewesen, der den Mantel des Meistermagiers getragen hätte.«

Ayron erbleichte. »Das ... das ist nicht wahr!«, keuchte er. Seine Hände begannen zu zittern. »Ich wollte nur helfen, Herr«, stammelte er. »Ich wollte sie besänftigen. Ich wollte ihnen ein Opfer darbieten, das sie für lange Zeit zufrieden gestellt hätte. Ich wollte –«

Barlaam schnitt ihm mit einer zornigen Geste das Wort ab.

»Vielleicht sollten wir *jenen in der Tiefe* wirklich ein besonderes Opfer darbringen, um ihren Zorn zu besänftigen«, sagte er.

Ayron begriff einen Moment zu spät, was Barlaams Worte bedeuteten. Mit einem gellenden Schrei sprang er zurück und riss instinktiv die Linke vor das Gesicht. Seine andere Hand zuckte unter den Mantel und kam mit einem der schrecklichen Silberstäbe wieder zum Vorschein.

Barlaam murmelte ein einzelnes, düster klingendes Wort. Eine zuckende, krampfartige Bewegung lief durch seinen Mantel, ein Beben und Zittern wie die Anspannung eines Raubtieres, Sekundenbruchteile, bevor es sich auf seine Beute stürzt. Ayrons Silberstab kam in einer kreiselnden Bewegung in die Höhe; der grüne Kristall an seinem Ende begann wie ein boshaftes einzelnes Auge zu leuchten.

Er führte die Bewegung nicht zu Ende.

Barlaams Mantel löste sich mit einem ledrigen Flappen von den Schultern des Mannes, glitt mit einer bizarren, irgendwie schwimmend wirkenden Bewegung auf Ayron zu und schlug über ihm zusammen. Ayrons gellender Schrei erstickte.

»Töte ihn«, sagte Barlaam ruhig.

Der schwarze Mantel begann sich zu schließen, hüllte Ayrons Körper plötzlich ein wie eine zweite Haut und zog sich weiter zusammen.

Barlaam hob die Hand.

Der Mantel zog sich mit einem Ruck noch enger zusammen, und Ayrons Schreie verstummten. Langsam hob sich der zitternde schwarze Klumpen in die Höhe, schwebte wie von Geisterhand getragen über den Abgrund und begann in die Höhe zu steigen. Roter Nebel drang aus seinem Inneren.

Ich sah nicht mehr hin, als er seine Last in die Tiefe entlud, sondern wandte mich hastig ab und sah Barlaam an.

Nach allem, was ich erlebt hatte, war sein Anblick fast eine Enttäuschung.

Er hatte die Maske abgenommen und an Dagon weitergereicht, der sie mit ehrfurchtsvoll erhobenen Händen hielt, und was ich sah, war nichts als ein alter, gebrechlicher Mann, in ein schmuckloses weißes Kleid gehüllt und mit einem Gesicht, das so alt wie diese Welt zu sein schien.

Seine Haut war grau und von zahllosen Falten und Gräben zerfurcht, der Mund schmal und blutleer wie eine Narbe und seine Augen trübe geworden. Die Hände waren wie Raubvogelklauen, dürr und gichtig, aber mit einer Unzahl schwerer, juwelenbesetzter Ringe behangen, und die dünnen Beinchen, die unter dem Saum seines Kleides hervorsahen, schienen kaum kräftig genug, das Gewicht seines Körpers zu tragen. Selbst wenn er aufrecht gestanden hätte – was er nicht tat, denn das Alter hatte seine Schultern gebeugt – hätte er mir kaum bis zur Schulter gereicht.

In Barlaams Augen blitzte es spöttisch auf, als er meinem Blick begegnete. »Erschreckt dich das Schicksal des Verräters?«, fragte er ruhig.

Ich wollte antworten, aber in meinem Hals saß plötzlich ein bitterer, harter Kloß, der mich am Sprechen hinderte.

»Das braucht es nicht«, fuhr Barlaam fort, der mein Schweigen wohl falsch deutete. »So ergeht es allen, die versuchen, mich zu hintergehen. *Jene in der Tiefe* lassen sich nicht täuschen. Ich wusste seit langem, dass Ayron danach trachtete, meinen Mantel zu tragen.« Er zuckte mit den Achseln. »Nun, er hat ihn bekommen. Doch nun zu dir.«

Sein Lächeln erlosch so schlagartig, wie es gekommen war, und plötzlich war der Blick seiner gesprungenen grauen Augen kalt und gefühllos. Mit einer befehlenden Geste riss er den Arm hoch, und der Mantel senkte sich auf ihn herab und hüllte ihn ein. Dagon reichte ihm die goldene Maske, aber Barlaam setzte sie nicht wieder auf. Sein Kopf wirkte grotesk klein über dem schwarzen Zucken und Vibrieren des Mantels. Aber mir war nicht gerade zum Lachen zumute.

»Dagon hat dich also am Kraterrand aufgegriffen«, sagte er. »Wie bist du dorthin gekommen, und was wolltest du dort? Gehörst du zu den Wilden im Norden oder zu einem anderen Stamm?«

»Das sind drei Fragen auf einmal«, sagte ich ruhig. »Welche soll ich zuerst beantworten?«

Dagon keuchte, und zu meinen Füßen krümmte sich Sserith wie unter einem Hieb. Mit einem Male war es vollkommen still in der gewaltigen Halle, und ich spürte, wie sich alle Blicke auf mich und den alten Mann richteten. Die Magier schienen den Atem anzuhalten. Offensichtlich waren sie es nicht gewohnt, dass jemand so mit ihrem Herrn sprach.

Barlaam lächelte nur. Es sah sehr hässlich aus. »Du gehörst wirklich nicht zu den Wilden«, stellte er fest. »Aber du täuschst dich, wenn du glaubst, mit mir spielen zu können. Aus welcher Zukunft kommst du, Robert Craven?«

Diesmal fehlten mir wirklich die Worte. Ich begriff nicht gleich, was er damit meinte, aus *welcher* Zukunft ich käme. Und als ich begriff, weigerte ich mich, es zu glauben.

»Ich sehe, du verstehst nicht, was ich von dir will«, sagte Barlaam mit einem resignierenden Nicken. »Vielleicht habe ich zu viel von dir erwartet. Warte.«

Seine Hand zuckte vor und tastete nach meinem Gesicht. Seine gespreizten Finger pressten sich gegen meine Schläfe und obgleich sie so dürr und gebrechlich aussahen, war ihr Griff von erstaunlicher Kraft.

Ich spürte nichts. Länger als eine Minute stand Barlaam reglos und mit geschlossenen Augen da, die Hand um meinen Schädel gelegt und die Lippen zu einem dünnen Strich zusammengepresst. Schließlich zog er die Finger zurück, trat einen Schritt von mir fort und hob mühsam die Augenlider. In seinem Blick spiegelte sich Erstaunen.

Ich schauderte. Obwohl ich absolut nichts gespürt hatte, wusste ich, dass Barlaam in meinem Geist wie in einem offenen Buch gelesen hatte. Ich fühlte mich, als wäre ich von innen nach außen gekehrt worden. Es gab absolut nichts mehr über mich, was dieser alte Mann nicht wusste.

»So ist das also«, sagte er. »Es scheint, Dagon hat mit dir einen wertvolleren Fang gemacht, als selbst Ayron ahnte.« Er lächelte, wandte mit einem Ruck den Kopf und sah zu Dagon auf. »Sein Stab«, sagte er. »Wo ist der Stab, den er bei sich hatte?«

»Stab?«, murmelte Dagon. Dann begriff er – im gleichen Moment, in dem auch ich begriff, dass Barlaam über nichts anderes als meinen Stockdegen sprach.

»Ich habe ihn ... weggeworfen«, sagte Dagon stockend. »Ich hielt ihn für wertlos –«

»Narr!«, zischte Barlaam. »Dieser Stab war alles andere als wertlos. Du wirst gehen und ihn holen. Sofort.«

Dagon nickte nervös und wollte sich unverzüglich abwenden, aber Barlaam hielt ihn noch einmal zurück.

»Warte«, sagte er. »Bringt auch den Leichnam seiner ... Gefährtin mit – falls sie tot ist«, fügte er mit einem sanften Lächeln und einem Seitenblick auf mich hinzu. »Und nehmt Robert Craven mit. Er soll euch die Stelle zeigen, an der er aus seiner Zukunft zu uns kam. Vielleicht ist das *Tor* noch nicht vollends geschlossen. Sollte es so sein, wirst du es offen halten und mich benachrichtigen, Dagon.«

Der Fischmann nickte abgehackt. Er wirkte sehr nervös.

»Und achte auf Sserith«, sagte Barlaam noch. »Diese Kreatur ist dumm genug, Craven etwas zuleide zu tun, aus purer Rachgier. Töte ihn, wenn er Craven auch nur ein Haar krümmt.«

Auf der anderen Seite des Kraters ging die Sonne auf, als wir den Schattenturm wieder verließen. Der Anblick überraschte mich. Ich war erschöpft und mitgenommen von den Ereignissen, aber ich war nicht so müde, wie ich es hätte sein müssen, nach einer ganzen Nacht ohne Schlaf. Aber vielleicht gehorchte die Zeit im Inneren des bizarren Bauwerkes anderen Gesetzen als hier draußen.

Wie auf dem Weg herein benutzten wir eine der fliegenden Kristallscheiben, wenn sie auch sehr viel größer war und außer Dagon und mir noch einem halben Dutzend weiterer Männer Platz bot.

Und wir waren nicht allein. Vor und hinter unserem Gefährt schwebten jeweils drei der kleineren, zwei Meter messenden Scheiben und bildeten, mit jeweils vier Mann besetzt, eine Art Geleitschutz. Es waren Männer wie Sserith, die uns begleiteten, Männer in schäbigen, derben Kleidern, bewaffnet mit Knüppeln, Peitschen und Dolchen, einige wenige auch mit Schwertern und zwei oder drei mit den Blitze schleudernden Silberstäben. Eine kleine Armee, dachte ich schaudernd, als wir aus dem Schatten des gewaltigen Bauwerkes herausglitten und schneller und schneller werdend nach Süden jagten. Dagon schien mit ernsthaften Schwierigkeiten zu rechnen.

Der Weg zurück zur Kraterwand dauerte gute zwei Stunden, und wie auf dem Herweg stand Dagon die ganze Zeit über hoch aufgerichtet und reglos am Rande der Kristallscheibe und starrte in die Richtung, in der unser Ziel lag. Sein Gesicht war dabei starr wie eine wächserne Maske. Ich war jetzt fast sicher, dass die Kristallscheibe nicht das Erzeugnis einer hoch entwickelten Technik war, sondern von Dagon mit magischen Kräften gelenkt wurde.

Obwohl es noch immer früher Vormittag war und der Fahrtwind unsere Gesichter peitschte, machte sich die Hitze schon nach kurzer Zeit unangenehm bemerkbar. Die Sonne kletterte rasch über den Kraterrand. Vor uns begann die Luft zu flimmern wie ein Vorhang aus glasklarem Wasser, und der Boden schien Hitze zu atmen. Meine

Kehle brannte vor Durst. Ich hatte nichts getrunken, seit ich dieses bizarre Land am Ende der Zeit betreten hatte, und auch mein Magen begann sich zu melden und erinnerte mich daran, dass die letzte richtige Mahlzeit mehrere Tage zurücklag.

Allmählich wuchs der Kraterrand heran, und die Flugscheiben wurden langsamer. Schließlich zerstob ihre geordnete Formation zu einer weit auseinander gezogenen, zerbrochenen Kette. Vor uns lag der Kraterwall, und schließlich tauchte auch die Stelle auf, an der Shadow und ich überfallen worden waren.

Ich erkannte sie sofort wieder. Schon von weitem waren die großen, kreisrunden Krater zu sehen, wo Dagons Blitze den Sand zerschmolzen hatten, und die Brandspuren zogen sich wie die Finger einer Riesenhand weit an der Felsmauer hinauf. Von Shadow war keine Spur zu entdecken.

Dagon hob die Hand, als die Felswand näher kam. Die Flugscheiben verloren an Höhe, wurden noch langsamer und setzten schließlich am Rande des sandigen Streifens auf.

Umständlich erhob ich mich und wollte von der Scheibe springen, aber Dagon hielt mich mit einer befehlenden Geste zurück. Stattdessen gab er zweien seiner Begleiter einen Wink, und die Männer verließen die Scheibe und gingen auf die Kraterwand zu.

Sie bewegten sich sehr vorsichtig; etwa wie Männer, die befürchten mussten, in Treibsand zu geraten. Einer ging voraus und stocherte immer wieder mit seinem Knüppel im Sand, ehe er einen weiteren Schritt machte, während sein Kamerad – mit einem der Silberstäbe bewaffnet – ein Stück hinter ihm ging und ihm Deckung gab. Sein Blick huschte immer wieder nervös über die Felswand.

Eine Zeit lang bewegten sich die beiden scheinbar ziellos hin und her, dann kehrten sie – sehr viel schneller und mit deutlichen Anzeichen der Erleichterung in den Gesichtern – zurück.

»Das Gelände ist sicher, Herr«, sagte einer. »Es ist früh. Wir haben Glück.«

Dagon nickte. Auch auf seinen Zügen lag ein angespannter Ausdruck. »Gut«, sagte er. »Dann beginnt. Ihr wisst, wonach ihr zu suchen habt.«

Rings um uns kam Bewegung in die Männer. Sie schwärmten aus und begannen den Sand Fuß für Fuß zu untersuchen. Einige beobachteten den Himmel, wie mir auffiel. Gab es in dieser Welt irgendeine Richtung, aus der keine Gefahr drohte?

Dagon und ich waren die Einzigen, die die Kristallscheibe nicht verließen. Eine Zeit lang blieb ich einfach unschlüssig stehen, sah dem Treiben der Männer zu und hing finsteren Gedanken nach, dann setzte ich mich wieder. Mein Rücken schmerzte, und mein Gaumen war so trocken, dass ich kaum reden konnte.

»Ich bin durstig«, sagte ich.

Dagon blickte auf mich herab, runzelte die Stirn, als müsse er ernsthaft überlegen, was das Wort überhaupt bedeutete, dann nickte er, griff unter seinen Mantel und förderte eine schmale, aus silbernem Metall gefertigte Flasche zutage. Als ich danach griff, berührte ich zufällig seine Finger. Seine Haut war kalt wie Eis und fühlte sich feucht an; trotz der mörderischen Hitze, der wir seit zwei Stunden ausgesetzt waren.

Ich setzte die Flasche an, kostete vorsichtig von ihrem Inhalt und nahm einen gewaltigen Schluck, als ich merkte, dass sie eiskaltes Wasser enthielt. Überdies schien sie die Theorie zu widerlegen, dass das Innere eines Gegenstandes nicht größer als sein Äußeres sein konnte, denn obgleich ich sehr viel trank und mir noch eine gute Hand voll Wasser ins Gesicht spritzte, nachdem ich meinen Durst gestillt hatte, war sie nicht merklich leerer geworden, als ich sie Dagon zurückreichte.

»Danke«, sagte ich. »Ich hatte schon Angst, zu verdursten.« Ich nickte dankbar, sah ihn einen Moment lang an und deutete dann zur Sonne hinauf. »Wie haltet ihr die Hitze aus?«, fragte ich. »Ich habe bisher keinen von euch essen oder trinken sehen.«

Dagon verstaute die Flasche wieder unter seinem Mantel, sah einen Moment lang zu den Männern hinüber, die den Sand absuchten, und ließ sich dann wie ich mit untergeschlagenen Beinen auf die Scheibe nieder. »Wir wissen uns zu schützen«, erklärte er.

Ich hatte nicht damit gerechnet, überhaupt eine Antwort zu bekommen, aber ich spürte auch, dass Dagons Interesse an mir zumindest im Moment größer war als sein Hochmut, und so fuhr ich fort: »Woher kommt ihr? Dieses Land scheint kaum eure Heimat zu sein.«

Dagon starrte mich aus seinen milchigen Augen an, und plötzlich lachte er. Ich hatte noch nie zuvor einen Fisch lachen sehen. »Das stimmt, Robert Craven«, antwortete er. »Diese Welt ist primitiv. Primitiv und dumm wie ihre Bewohner. Sie unterscheidet sich von Maronar, wie sich zwei Welten nur unterscheiden können.«

»Maronar ...« Ich sprach das Wort bewusst so aus, als fasziniere mich etwas an seinem Klang. »Was ist das? Deine Heimat?«

Einen Moment lang schien es fast, als fiele der Mann mit dem Fischgesicht darauf herein, denn auf seinen Lippen erschien ein dünnes, fast wehmütiges Lächeln. Aber dann wurde er übergangslos wieder ernst. Seine Haltung versteifte sich. »Du stellst zu viele Fragen, Robert Craven«, sagte er. »Es würde dir wenig nutzen, wenn ich antwortete. Ein Mann, der binnen kurzem sterben wird, braucht kein Wissen mehr.«

»Bist du da so sicher?«

Dagon lachte glucksend. »Lass dich nicht durch Ayrons Schicksal täuschen«, sagte er. »Barlaam suchte schon lange einen Vorwand, ihn beseitigen zu können, denn er war ein Verräter, süchtig nach Macht und Einfluss. Du wirst sterben, als würdiges Opfer für *jene in der Tiefe.*«

»Wer soll das sein?«, hakte ich nach. »Die *Thul Saduun?*«

Diesmal hatte ich ins Schwarze getroffen, denn Dagon fuhr wie unter einem Hieb zusammen, starrte mich einen Moment lang verwirrt an und hob dann zornig die Hand, als wolle er mich schlagen, tat es aber nicht.

»Was weißt du davon?«, fragte er. »Kennt man sie dort, wo du herkommst?«

»Vielleicht«, sagte ich achselzuckend.

Dagon fuhr auf. »Sei dir deiner selbst nicht zu sicher«, sagte er drohend. »Ich frage dich noch einmal – woher weißt du diesen Namen? Antworte!«

»Warum fragst du nicht Barlaam?«, antwortete ich trotzig.

Dagon sog scharf die Luft ein, spannte sich – und griff mit einer so blitzartigen Bewegung nach mir, dass ich in seinen Händen zappelte, ehe ich überhaupt richtig begriff, was er tat. Sein schuppenbedecktes Fischgesicht war ganz dicht vor meinen Augen.

»Vielleicht hast du Recht!«, zischte er. »Es gehört eine Menge dazu, Barlaam zu beeindrucken. Warum sehe ich eigentlich nicht einfach nach, was es ist?«

Damit presste sich seine Linke auf mein Gesicht, die Finger gespreizt, sodass er meine Schläfen berührte, wie es Barlaam zuvor getan hatte. Instinktiv begann ich mich zu wehren, aber Dagon war viel stärker, als es seine schlanke Erscheinung vermuten ließ, und schien meine Gegenwehr gar nicht zu spüren.

Dann tat er dasselbe, was Barlaam getan hatte: Er sondierte meinen Geist, drang mit einem Teil seiner unheimlichen geistigen Macht in mein Innerstes und las in meinen Erinnerungen.

Aber während der Meistermagier sanft und geschickt zu Werke gegangen war, war Dagons Sondieren eher mit der Arbeit eines Holzhackers zu vergleichen. Ich hatte plötzlich das Gefühl, dass rohe Fäuste in meinen Erinnerungen gruben, mein Bewusstsein gründlich durcheinanderwirbelten und das Unterste nach oben kehrten.

Als er mich losließ, war mir übel, und ein so starkes Schwindelgefühl packte mich, dass ich auf Hände und Knie sank und keuchend nach Luft schnappte. Eisiger Schweiß bedeckte meine Haut.

Auf Dagons Fischgesicht lag ein schwer zu definierender Ausdruck, als sich mein Blick klärte und die körperliche Übelkeit, die der geistigen gefolgt war, allmählich verebbte.

»So ist das also«, murmelte Dagon. »Kein Wunder, dass Barlaam so großen Wert darauf legt, deinen Stab zu bekommen. Und das *Tor* in deine Zukunft offen zu halten.«

»Was soll das heißen?«, fragte ich benommen. Natürlich antwortete Dagon nicht; ja, er schien meine Worte gar nicht zu hören, und auch sein Blick ging – obgleich er weiter starr auf mein Gesicht gerichtet war – geradewegs durch mich hindurch.

Mühsam setzte ich mich auf, fuhr mir mit dem Handrücken über die Stirn und spürte brennenden Schweiß in den Augenwinkeln. Wieder wanderte mein Blick nach oben, in den Himmel und zur Sonne hinauf.

Sie war mittlerweile eine gute Handbreit weit über den Kraterrand geklettert und loderte wie ein böses weißglühendes Auge am Himmel. Ich war mir nicht sicher, aber sie schien mir größer und näher als die Sonne, die ich kannte. Und sie war viel heller. Wo der normale Sonnenball eine dunkelgelbe Färbung hatte, spielte ihr Licht eher ins Weiße, und an ihren Rändern waren manchmal winzige Flammenzungen zu erkennen. Ich besaß ein gewisses Grundwissen über Astronomie, und als ich mir vorstellte, dass diese dünnen Lichtnadeln in Wirklichkeit feurige Zungen von Millionen Meilen Länge sein mussten, schauderte ich. Für einen Moment war ich mir nicht einmal sicher, noch auf der Erde zu sein. Stand nicht im NECRONOMICON, dass die *Tore* sowohl durch die Zeit wie auch durch den Raum führten? Was, wenn ich nicht nur Millionen Jahre in die Vergangenheit, sondern vielleicht auch Millionen und Abermillionen Meilen durch den Raum geschleudert worden war?

Ich verscheuchte die Vorstellung. Solcherlei Überlegungen führten zu nichts. Schon gar nicht in der Lage, in der ich mich befand.

Es dauerte annähernd eine Stunde, bis Dagons Männer damit fertig waren, den Sandstreifen vor der Felswand Zentimeter für Zentimeter abzusuchen. Es war Sserith, der schließlich zurückkam und mit einem demütigen Kopfnicken zwei Schritte vor Dagon stehen blieb.

»Nichts, Herr«, sagte er. »Der Körper der Frau ist verschwunden. Die *Saddit* müssen sie fortgeschleppt haben.«

»Und der Stab?«, schnappte Dagon. »Seine Waffe? Was ist damit? Barlaam verlangt, dass wir sie bringen.«

»Nichts«, sagte Sserith. »Wir haben alles abgesucht, Herr. Wenn sie hier war, dann hat sie jemand gefunden und mitgenommen.«

»Unsinn«, schnappte Dagon. »Wer soll hier vorbeikommen, außer –« Er brach ab, wandte mit einem Ruck den Kopf und starrte mich aus seinen kalten, gefühllosen Fischaugen an. Dann drehte er sich wieder zu Sserith um und machte eine befehlende Geste. »Ruf die Männer zurück. Schnell.«

Sserith entfernte sich hastig, ganz offensichtlich froh, so glimpflich davongekommen zu sein, nachdem er seinem Herren die schlechte Nachricht gebracht hatte, und Dagon deutete mit der Hand in die Höhe, zum Grat des Kraterwalles.

»Wir werden hinübergehen«, sagte er. »Und du wirst mir zeigen, wo die Stelle war, an der du hierhergekommen bist.«

Ich war überrascht, dass er diese Frage überhaupt stellte, nachdem Dagon mich auf seine eigene Weise *verhört* hatte. Aber ganz offensichtlich reichten seine Fähigkeiten nicht annähernd an die Barlaams heran. Er wusste viel, aber längst nicht alles. Möglicherweise hatte ich hier doch noch eine Chance, zu entkommen.

»Ich weiß es selbst nicht genau«, sagte ich.

Dagon grinste dünn. »Das macht nichts«, sagte er liebenswürdig, beugte sich vor und begann mit seinem Silberstab zu spielen. »Ich kenne Mittel und Wege, dein Gedächtnis aufzufrischen, Robert Craven.«

Ich glaubte ihm aufs Wort.

Die Männer kamen rasch zurück und nahmen wieder ihre Plätze auf den Scheiben ein. Dagon wartete ungeduldig, bis auch der Letzte auf seinem Platz war, dann trat er wieder an den Rand unserer Flugscheibe und hob die Arme. Diesmal beobachtete ich ihn genauer. Ich sah, dass seine Lippen Worte formten, ohne dass ich auch nur den mindesten Laut hörte. Im gleichen Moment hoben sich die Kristallscheiben sanft in die Höhe und begannen auf die Felswand zuzugleiten. Mein Respekt vor den Fähigkeiten des Fischmannes stieg.

Lautlos näherte sich die kleine Flotte der Wand, verharrte auf Armeslänge vor der lotrechten Barriere aus polierter schwarzer Lava – und begann langsam, aber stetig, in die Höhe zu steigen.

Dagon schloss die Augen. Mit hoch erhobenen, ausgebreiteten Armen stand er am Rande der Scheibe, noch immer lautlose Worte flüsternd und in höchster Anspannung. Die sieben Kristallscheiben rückten enger zusammen; ihr Flug wurde unregelmäßiger, stockender. Ich spürte direkt, wie viel Kraft es Dagon kostete, die kleine Flotte in der Luft und beieinander zu halten. Unser Flug wurde langsamer, je höher wir kamen.

Auch unter den Männern auf den Scheiben machten sich die ersten Anzeichen von Nervosität bemerkbar. Sie rückten enger zusammen, und mehr als ein Augenpaar richtete sich angstvoll in die Tiefe.

Dagon begann leise zu stöhnen. Feiner, glitzernder Schweiß bedeckte seine Stirn wie ein Netz, und seine Arme, die noch immer wie zu einem Gebet erhoben und ausgestreckt waren, begannen zu zittern. Unerträglich langsam kam das Ende der Felswand näher, und ich spürte, wie die Scheibe unter uns immer stärker zu zittern und zu beben begann.

Während der letzten zehn Yards rechnete ich nicht mehr damit, dass wir es schaffen würden. Dagon stand verkrümmt da, sein Gesicht eine Grimasse der Anspannung. Die Kristallscheibe hüpfte auf und ab wie ein Boot auf stürmischer See und lag einmal so schräg, dass ich den Halt verlor und über ihren Rand gestürzt wäre, hätte Sserith mich nicht am Kragen ergriffen und zurückgezerrt.

Endlich erreichten wir die Mauerkrone. Die Scheibe stieg mit einem letzten, fast befreit wirkenden Satz in die Höhe und gleichzeitig auf die Lavaebene hinaus, kippte zur Seite und kam schlitternd wie ein flach geworfener Stein zum Halten. Der Ruck war so hart, dass alle bis auf Dagon von den Füßen gerissen und auf den harten Fels hinuntergeschleudert wurden. Hinter und neben uns erklang ein nicht enden wollendes Klirren und Scheppern, als auch die anderen Fluggeräte recht unsanft aufsetzten.

Bis auf eine. Vielleicht waren Dagons Kräfte einfach nur erschöpft, vielleicht hatte er sich auch verschätzt – aber die letzte der sechs Kristallscheiben kam einen halben Yard zu früh herunter. Mit einem berstenden Schlag krachte ihr Rand auf die Felskante. Einer ihrer Männer wurde im hohen Bogen nach vorne geschleudert und überschlug sich drei, vier Mal hintereinander, ehe er reglos liegen blieb.

Die drei anderen hatten weniger Glück. Für eine halbe Sekunde lag die Scheibe reglos auf dem Fels, dann kippte sie nach hinten. Die drei Männer, die sich noch darauf befanden, verschwanden in der Tiefe.

Stöhnend schloss ich die Augen, als ich das Geräusch hörte, mit dem die Kristallscheibe fünfhundert Yards unter uns zersplitterte. Sekundenbruchteile später ertönten drei dumpfe, sonderbar weiche Laute.

Als ich die Augen wieder öffnete, begegnete ich Dagons Blick. Er wirkte erschöpft, aber der einzige Ausdruck, den ich in seinen kalten Fischaugen las, war Verachtung. Ein dünnes, grausames Lächeln spielte um seine Lippen.

»Du Monster«, presste ich hervor. »Das waren drei deiner eigenen Männer.«

»Und?«, fragte Dagon. »Es waren *Menschen.*«

Die Art, in der er das Wort aussprach, erinnerte mich an die, in der man über ekeliges Ungeziefer spricht.

»Was bist du?«, fragte ich leise. »Ein Ungeheuer, das einen Eisblock trägt, wo wir Menschen eine Seele haben?«

Meine Worte schienen Dagon aufs Äußerste zu amüsieren. »Du wärst erstaunt, wenn du die ganze Wahrheit wüsstest, Robert Craven«, sagte er. »Es ist noch nicht einmal sehr lange her, da war ich ein Mensch wie du. Na ja –« Er zuckte mit den Achseln. »– *fast* wie du. Aber das war, bevor ich meine Bestimmung erkannte.«

»Bestimmung?« Ich lachte und versuchte, es möglichst hässlich klingen zu lassen. »Welche Art von Bestimmung soll das sein?«, fragte ich. »Wenn du dir vorgenommen hast, als Kaulquappe zu enden, bist du auf dem besten Wege. Nur scheint mir –«

Ich sah den Schlag noch nicht einmal. Plötzlich war ein riesiger Schatten vor mir und dann traf etwas meinen Leib, dass ich glaubte, meine Rippen ächzen zu hören. Ich fiel, schnappte ebenso verzweifelt wie erfolglos nach Luft und krümmte mich in Erwartung eines weiteren Hiebes.

Aber er kam nicht. Stattdessen hörte ich einen klatschenden Laut, und einen Augenblick später fiel Sserith mit schmerzverzerrtem Gesicht neben mir zu Boden.

»Du hirnloser Narr!«, brüllte Dagon. »Hast du vergessen, was Barlaam gesagt hat? Ich müsste dich töten für das, was du getan hast.«

Sseriths Augen waren unnatürlich geweitet und spiegelten den

Schmerz wider, den er empfand – aber auch einen grenzenlosen Unglauben. »Aber Herr!«, keuchte er. »Er hat Euch beleidigt! Ich dachte nur –«

Dagon brachte ihn zum Verstummen. »Warum überlässt du das Denken nicht mir?«, fragte er böse. »Und jetzt steh auf und verschwinde, ehe ich dir befehle, über den Felsen zu springen, du Wurm!«

Sserith keuchte, stemmte sich in die Höhe und torkelte verkrümmt davon. Beinahe tat er mir leid. Obwohl er ein gemeiner Mistkerl war, hatte er nichts anderes getan als seine Pflicht.

»Und du«, drang Dagons Stimme scharf wie ein Peitschenhieb in meine Gedanken, »solltest dir überlegen, was du sagst. Barlaams Interesse an dir wird rasch erlahmen, glaube mir. Es liegt ganz bei dir, ob ich dich dann Sserith übergebe oder dir die Gnade gewähre, auf den Opferfels geführt zu werden.«

Der Rest des Fluges verlief weniger dramatisch, dafür aber umso ermüdender. Dagon gönnte sich und seinen Männern eine gute halbe Stunde Rast, dann bestiegen wir die Kristallscheiben und flogen weiter. Gottlob war die Kraterwand auf der der Ebene zugewandten Seite längst nicht so steil und unwegsam wie auf ihrer inneren. Dagon dirigierte seine kleine Flotte nach Westen und flog eine knappe Meile weit, bis wir einen sanften, geröllübersäten Hang erreichten, über den die fliegenden Scheiben beinahe sanft zu Tal gleiten konnten.

Ich wusste nicht genau, was ich erwartet hatte – vielleicht ein neuerliches, scharfes Verhör von Dagon, endlose Fragen, vielleicht sogar Folter. Aber der Fischmann tat nichts dergleichen, sondern wandte sich nur in die Richtung zurück, aus der wir gekommen waren, und dirigierte die Scheibe dicht am Fuße des Kraterwalles entlang.

Dann begann die Suche. Langsam, aber sehr zielstrebig, näherten wir uns der Stelle, an der ich aus den Schatten getreten war und plötzlich der Raubechse gegenübergestanden hatte.

Der Gedanke führte einen anderen, unangenehmeren im Geleit. Drinnen, hinter den Wällen des gigantischen Kraters, hatte ich mich sicher gefühlt, allein durch die relativ sorglose Art, in der sich Dagon und seine Begleiter gaben. Aber hier draußen war eine Welt, die voller unbekannter Gefahren war. Der Riesensaurier, dem ich mit knapper Not entkommen war, war mit Sicherheit nicht der einzige seiner Art – dieser Zufall wäre wohl etwas zu groß gewesen.

Mit einem allmählich stärker werdenden Gefühl der Bedrückung blickte ich mich um und hielt nach Anzeichen von Furcht oder Unsicherheit unter Dagons Begleitern Ausschau. Ich musste nicht lange suchen. Die Männer waren ruhig, aber es war eine angespannte, von Angst bestimmte Art der Ruhe, und die, die mit den furchtbaren Silberstäben ausgerüstet waren, hielten ihre Waffen fester, als nötig gewesen wäre. Immer wieder wanderten ihre Blicke in den Himmel, als befürchteten sie einen Angriff aus dieser Richtung.

Auch ich blickte nach oben, aber alles, was ich sah, war ein grellblauer Himmel und eine Sonne, deren gnadenloser Schein mir beinahe sofort die Tränen in die Augen trieb.

Mittag war längst vorüber, als wir die Stelle erreichten, an die ich mich zu erinnern glaubte. Ich erkannte den Felsblock wieder, in dessen Schutz ich mich geflüchtet hatte und der jetzt zerborsten dalag, dann den Einschnitt in der Steilwand, hinter dem Shadow auf mich gewartet hatte. Die Flugscheiben landeten; und diesmal in einer Formation, die ganz und gar nicht mehr zufällig war, nämlich die unsere in der Mitte, während die fünf verbliebenen Kristallgebilde einen weit auseinander gezogenen Kreis ringsum bildeten.

»Hier irgendwo muss es sein«, murmelte Dagon. »Nicht wahr?«

Ich antwortete nicht, aber das schien auch nicht nötig zu sein, denn Dagon sprang ohne ein weiteres Wort in den Sand hinunter und begann – mit geschlossenen Augen und ausgestreckten Armen – wie ein Blinder in der Luft herumzutasten. Sserith und drei seiner Kameraden folgten ihm, die Silberstäbe wie Gewehre in den Armen.

Endlose Minuten lang suchte Dagon weiter. Immer wieder blieb er stehen, öffnete die Augen und sah sich um, um sich zu orientieren, und immer wieder schüttelte er enttäuscht den Kopf und fuhr fort, wie ein Blinder herumzutorkeln. Dann blieb er stehen; so abrupt, als wäre er gegen ein Hindernis geprallt. Sein Kopf flog mit einem Ruck in den Nacken. Ein triumphierendes Lachen verzog seine dünnen Lippen.

»Hier ist es!«, keuchte er. »Das *Tor!* Barlaam hatte Recht – die Verbindung besteht noch!«

Er tat irgendetwas, das ich weder sehen noch verstehen konnte. Grauer, an Nebel erinnernder Rauch war plötzlich zwischen seinen Fingern, und trotz der grausamen Hitze, die wie eine Glocke über dem Land lag und jede Bewegung zur Qual werden ließ, glaubte ich, einen eisigen Lufthauch zu spüren, der aus dem Nichts kam.

Das graue Wallen und Wogen zwischen Dagons Fingern wurde stärker. Ein nebelhafter, flackernder Umriss entstand und trieb wieder auseinander. Dagon fluchte, riss mit einer fast wütenden Bewegung die Arme hoch und schrie ein einzelnes, unverständliches Wort. Ein seidiger, reißender Laut erklang, und plötzlich war der Nebel wieder da, zuckend und peitschend wie ein lebendes Wesen, das gegen einen unsichtbaren Widerstand ankämpfte, zerfloss zu einem brodelnden, von unsichtbarem Wind gepeitschten Kreis – und verging wieder.

Dagon fuhr mit einem zornigen Laut herum. Seine Rechte deutete auf mich. »Du!«, befahl er. »Komm her!«

Ich dachte nicht daran. Aber ich hatte mein Gegenüber unterschätzt. Dagon wartete eine halbe Sekunde, dann stieß er ein zorniges Knurren aus, fixierte mich aus seinen riesigen starren Fischaugen und –

Ich schrie auf. Es war nicht die unwiderstehliche, hypnotische Macht, wie ich sie in Barlaams Gegenwart gespürt hatte, sondern etwas viel Profaneres. Purer Schmerz, der ohne den Umweg über meine Nerven direkt in mein Bewusstsein projiziert wurde.

Ich brüllte, fiel auf die Knie und wäre um ein Haar ganz gestürzt, als der Schmerz so abrupt wieder aufhörte, wie er begonnen hatte.

»Komm zu mir!«, befahl Dagon erneut. Und diesmal beeilte ich mich, seinen Worten zu folgen. Dagons feuchtkalte Finger schlossen sich wie eine stählerne Klammer um meine Hand. Dann griff irgendetwas Unsichtbares nach meinem Geist und zwang ihn, Dinge zu tun, von denen ich nicht einmal gewusst hatte, dass sie möglich waren. Es war, als sauge eine gewaltige Macht die Lebenskraft aus meinem Körper.

Der Kreis aus grauem Nebel erschien erneut. Wirbelnd wie ein gewaltiges Rad entstand er dicht vor Dagon in der Luft, drehte sich schneller und schneller und schneller – und verschwand.

Stattdessen gähnte plötzlich vor uns ein Schacht in der Wirklichkeit.

Zumindest war das der erste Eindruck, den ich hatte.

Es war ein Fleck von gut zwei Metern Durchmesser, an den Rändern flimmernd und unscharf werdend. Und in seinem Inneren flackernd und flach wie das Bild einer übergroßen Laterna magica lag der Friedhof.

Ich erkannte ihn sofort wieder.

Die Gräberreihen waren verwildert und zerstört, ein schwarzer, sternenloser Himmel spannte sich wie eine Kuppel aus Stahl über ihm, und weit in der Ferne hockte ein drohender Umriss wie ein Koloss aus geronnener Nacht auf einem Hügel. Es war ein Bild, wie es sich krasser nicht von unserer Umgebung unterscheiden konnte, und doch war es ein Teil der Welt, die ich kannte.

Dagon ließ mit einem triumphierenden Lachen meine Hand los und stieß mich zurück. Das *Tor* flackerte, brach jedoch nicht zusammen, sondern gewann im Gegenteil an Schärfe und war plötzlich kein flaches Bild mehr, sondern ein Schacht, der dreidimensional und endlos in eine andere, Millionen Jahre weit entfernt liegende Welt führte.

»Es ist wahr!«, rief Dagon. »Alles ist wahr! Barlaam hatte Recht!« Er lachte wieder, aber es war ein Laut, der mich eher an das Kreischen eines Wahnsinnigen erinnerte. Plötzlich fuhr er herum, riss mich am Kragen in die Höhe und stieß mich vor sich her auf das *Tor* zu.

»Ist das deine Zukunft?«, fragte er. Sein Atem ging schnell vor Erregung, und er schrie fast. »Ist das die Welt, die ich in deinen Gedanken gesehen habe? Antworte!«

Ich nickte. Es war eine glatte Lüge, denn das, was da vor uns schwebte, war alles andere als *meine* Welt, sondern nichts als ein Trugbild, hinter dem sich etwas verbarg, was vielleicht noch viel fremder und schrecklicher war als unsere prähistorische Umgebung; aber ich hatte das sichere Gefühl, dass mir Dagon kurzerhand das Genick gebrochen hätte, hätte ich ihm in diesem Moment widersprochen.

»Dann ist es wahr!«, keuchte Dagon. »Das ist die Welt, die Barlaam uns versprochen hat. Es ist noch nicht alles zu spät! Wir werden leben. *Leben!*«

Ich verstand nicht ein Wort von dem, was er sagte, aber Dagon gab mir auch keine Gelegenheit dazu, sondern versetzte mir einen weiteren Stoß, der mich bis auf einen halben Schritt an das *Tor* heranbrachte.

»Herr«, sagte Sserith unsicher. »Ihr –«

Dagon fuhr herum. Seine Augen flammten. »Was willst du?«, zischte er. »Worauf wartest du noch? Folge mir! Folgt mir alle!«

Zwei, drei seiner Männer machten Anstalten, seinen Worten zu gehorchen, blieben aber sofort wieder stehen, als sich keiner der anderen rührte.

»Was ist los?«, fragte Dagon und begann erregt mit den Händen zu gestikulieren. »Das dort ist das Leben. Die Rettung. Folgt mir, und wir werden Götter sein!«

»Herr, Barlaam hat befohlen –«, begann Sserith zögernd, aber Dagon schnitt ihm mit einer wütenden Handbewegung das Wort ab.

»Barlaam!«, sagte er höhnisch. »Was kümmert euch Barlaam! Wie lange hält er uns alle schon hin mit Versprechungen? Wie lange wollt ihr ihm noch glauben? Folgt mir, und ich schenke euch eine Welt!«

Sserith zögerte. Seine Wangenmuskeln zuckten nervös. Ich sah, wie sich seine Finger um den Schaft des dünnen Silberstabes spannten. Einen Moment lang war er sichtlich hin und her gerissen zwischen Gehorsam und der Verlockung, die Dagons Worte bedeuten mussten. Dann schüttelte er entschieden den Kopf.

Dagon schnaubte. »Wie ihr wollt, ihr Narren«, sagte er zornig. »Dann bleibt doch, und lasst euch umbringen!«

Er fuhr herum, riss mich mit einer fast spielerischen Bewegung seiner unmenschlich starken Hände in die Höhe und stieß mich auf das *Tor* zu. »Du wirst deine Zukunft wiedersehen, Robert Craven!«, höhnte er. »Denn ich brauche dich als Führer. Geh!«

Ich wollte protestieren, aber Dagon war wie in einem Rausch. Mit einem entschlossenen Schritt trat er in das *Tor* hinein und zerrte mich hinter sich her.

Es war ein Gefühl, als kämpfe man sich durch eine Wand aus unsichtbarer Watte. Der nachtdunkle Friedhof, der scheinbar zum Greifen nahe hinter dem *Tor* gelegen hatte, war noch immer vor uns, aber mit jedem Schritt, den Dagon tat, schien er um die gleiche Distanz zurückzuweichen.

Aber er wurde auch realer.

Und mit ihm …

Es war ein beinahe unbeschreibliches Empfinden. Mit jedem Schritt, den wir uns durch das unsichtbare Nichts kämpften, wurde das Bild vor uns ein bisschen wirklicher, überzeugender, und gleichzeitig spürte ich mit jedem Schritt mehr die Falle, die dahinter lauerte, die tödliche Illusion, die uns anlockte wie die Farben einer Fleisch fressenden Blüte die Fliege. Nichts von dem, was Dagon und ich zu sehen glaubten, war *echt*.

Ich fiel ein wenig zurück – was Dagon in seiner Erregung nicht einmal zu merken schien – und ließ es zu, dass er vorauseilte, erst nur eine Hand breit, dann um mehrere Schritte.

Als er vor mir aus der anderen Seite des *Tores* trat, blieb ich stehen. Ich wusste, was geschehen würde, eine halbe Sekunde, bevor Dagon ebenfalls stehen blieb und sich umsah.

Der eisige Wind, der über den Friedhof strich und die Nacht mit unheimlichem Heulen erfüllte, verstummte. Dafür ertönte etwas wie ein dumpfer, lang nachhallender Trommelschlag, und die schwarze Kuppel, die sich über dem Friedhof spannte und bisher wie ein sternenloser Himmel ausgesehen hatte, verwandelte sich in das steinerne Dach einer ungeheuren, unterirdischen Höhle.

Ein zweiter Trommelschlag erscholl, und mit ihm wehte ein unheimlicher, vibrierender Laut heran.

Es waren Worte. Zwei Worte, die Dagon tausend Mal besser kannte als ich und tausend Mal mehr hassen musste: *»Thul!«,* dröhnte die Nacht. *»Thul! Thul Saduun. Thul Saduun. Thul Saduun!«*

Dagon keuchte. Plötzlich war der Ausdruck des Triumphes von seinen Zügen verschwunden, und stattdessen verwandelte sich sein Gesicht in eine Grimasse des Entsetzens.

»Was ist das?«, keuchte er. »Was bedeutet das, Robert Craven?«

Thul Saduun!, antwortete die Nacht. *Thul Saduun. Thul Saduun!*

Und dann erschien das *Netz*.

Es war die gleiche Falle, aus der Shadow und ich im letzten Augenblick entkommen waren: ein Gespinst grau flackernder Energielinien, die im Nirgendwo begannen und an tausend Stellen von kleinen, pulsierenden grauen Klumpen wie schlagende Herzen miteinander verbunden waren. In seinem Zentrum hockte eine riesige zehnbeinige Scheußlichkeit, ein Ding wie eine Spinne, aber tausend Mal schrecklicher.

Und im gleichen Moment, in dem es Dagon erblickte, griff es an.

Der Fischmann reagierte mit übermenschlicher Schnelligkeit. Seine Hand riss den Silberstab in die Höhe und zielte auf den Wächterdämon. Aber so schnell seine Bewegung war – die Spinne war schneller.

Wie ein wirbelnder Ball aus Beinen und schwarzem Haar raste sie heran, rannte Dagon glattweg nieder und schnappte nach ihm. Ihre Mandibeln verfehlten seinen Arm, aber sie schlossen sich um seine Waffe, rissen sie ihm aus den Fingern und zerbrachen den daumendicken Metallstab wie einen trockenen Ast.

Dagon schrie, rollte sich blitzschnell zur Seite und versuchte auf die Beine zu kommen, aber wieder war die Spinne schneller, fegte heran und begrub ihn mit ihrem gewaltigen Körper unter sich.

Ich reagierte, ohne zu denken.

Mit einem Satz war ich aus dem *Tor* und hinter den beiden ungleichen Gegnern und griff mit jenem Teil meines Geistes, das das magische Erbe meines Vaters war, nach dem Netz magischer Kräfte.

Das gewaltige Gespinst erbebte wie unter einem Hieb. Dutzende der rauchigen Stränge zerrissen und zuckten wie peitschende Schlangenarme hin und her. Das Zentrum des Netzes, jenes große, knotiggraue Gebilde, in dem die Spinne gehockt hatte, erzitterte.

Und im gleichen Moment ließ der Wächter von seinem Opfer ab, wirbelte herum und fegte auf mich zu.

Mit einem verzweifelten Satz warf ich mich nach hinten und in die Sicherheit des *Tores.*

Genauer gesagt, in die *vermeintliche* Sicherheit des Tunnels zwischen den Welten, denn die Spinne folgte mir und kam rasend schnell näher!

Etwas Großes, Flatterndes erschien hinter ihr, raste wie ein bizarrer Riesenschmetterling heran und fiel mit einem dumpfen Flappen auf das Monstrum herab. Das widerliche Tier bäumte sich auf, schlug mit seinen haarigen Beinen und versuchte nach dem bunt schillernden Etwas zu beißen, das sich wie ein klebriger Belag um seinen Leib gewunden hatte.

Dagons Mantel! Wie bei Barlaam zuvor hatte sich das bizarre lebende Kleidungsstück in die Luft erhoben und griff jetzt die Spinne an. Dagon selbst taumelte mit schreckensbleichem Gesicht hinterher, die Fäuste um den zersplitterten Rest seines Silberstabes gekrampft. Mit einem gellenden Schrei warf er sich auf das gefesselte Tier, riss den Stab in die Höhe und stieß ihn der Spinne mit aller Macht in den Leib!

Das Ungeheuer bäumte sich auf. Dagons Mantel spannte sich, bebte – und fiel mit einem Ruck vom Leib der Bestie herab. Seine Innenseite war geschwärzt und rauchte, als hätte sie glühendes Metall umspannt.

Aber auch die Spinne war verletzt. Der zerbrochene Rest des Blitzstabes hatte eine tiefe Wunde in ihren aufgedunsenen Körper gerissen. Mühsam versuchte sie sich aufzurichten, aber ihre Beine knickten unter dem Gewicht ihres Körpers weg; ein sonderbarer, klagender Ton drang aus ihrer Brust. Ich hatte bis zu diesem Moment nicht einmal gewusst, dass Spinnen in der Lage waren, Töne von sich zu geben.

Dagon kam taumelnd an meine Seite, raffte im Vorbeigehen seinen Mantel auf und wankte weiter, zurück durch den Tunnel auf den Kreis sonnendurchglühter Wüstenlandschaft zu, der an seinem hinteren Ende flackerte. Ich warf einen letzten Blick auf die Spinne, und was ich sah, brachte mich dazu, Dagon hastig zu folgen. Die vermeintlich tödliche Wunde, die das Untier davongetragen hatte, begann sich bereits wieder zu schließen!

Dicht hinter Dagon erreichte ich den jenseitigen Ausgang des *Tores* und fiel erschöpft in den Sand. Dagon keuchte. Sein Gesicht war vor Zorn und Enttäuschung verzerrt. Taumelnd kam er auf die Füße, sah sich wild um und deutete auf Sserith und den Mann daneben.

»Sserith!«, befahl er. »Dreyn! Nehmt eure Waffen, und folgt mir!«

Aber weder Sserith noch sein Begleiter rührten sich auch nur von der Stelle.

»Was soll das heißen?«, schnappte Dagon. »Habt ihr Angst, ihr Feiglinge? Dieses Tier ist nichts als ein kleiner Wächterdämon, der den Eingang beschützt. Ihr werdet ihn töten. Danach ist der Weg frei!«

Sserith sah seinen Herren mit einem sonderbaren Blick an, schüttelte kaum merklich den Kopf und atmete hörbar aus. »Es tut mir Leid, Herr«, sagte er. »Ich hatte gehofft, dass Ihr Euch anders entscheidet.« Damit richtete er seinen Stab auf Dagon und drückte mit dem Daumennagel auf sein hinteres Ende. Der grüne Kristall leuchtete in einem unheimlichen, inneren Feuer auf.

Dagon keuchte, ließ meine Hand los und trat einen Schritt auf Sserith zu, blieb aber sofort wieder stehen, als nun auch die anderen Männer ihre Waffen hoben und auf ihn anlegten.

»Was bedeutet das?«, keuchte er. »Seid ihr von Sinnen?! Ich biete euch das Leben! Ich biete euch die Chance, dem Joch *jener in der Tiefe* zu entrinnen. Folgt mir, und Barlaam wird euch nie mehr zwingen können, eure Seelen zu opfern. Wir werden Götter sein dort, wo wir hingehen!«

»Das ist möglich«, sagte der Mann neben Sserith. »Aber auch ein toter Gott ist tot, Dagon.« Dann senkte er seinen Silberstab, hob den freien Arm und machte eine komplizierte, flatternde Geste mit der Hand. Für die Dauer eines Lidzuckens schien seine Gestalt zu zerfließen wie ein Spiegelbild in Wasser, in das ein Stein geworfen wurde.

Als sie sich wieder festigte, hatte er sich verändert.

Dagon schrie vor Schrecken, als er sah, wem er gegenüberstand.

Es war Barlaam.

Sekundenlang stand Dagon reglos da; seine Augen weiteten sich, als könne er einfach nicht glauben, was er sah. Dann gab er einen keuchenden Laut von sich und prallte zurück.

»Es tut mir sehr leid«, sagte Barlaam leise. »Ich fürchtete, dass du der Verlockung nicht widerstehen würdest. Aber ich hatte gehofft, mich zu täuschen.« Er seufzte tief, schüttelte den Kopf und sah Dagon mit einer Mischung aus Zorn und mühsam unterdrückter Enttäuschung an. »Zumindest hast du getan, was ich von dir verlangte, und das *Tor* geöffnet.«

»Herr!«, stammelte Dagon. »Ihr täuscht Euch. Ich wollte nichts anderes als –«

Barlaam unterbrach ihn mit einer knappen, befehlenden Geste. »Ich weiß, was du wolltest, Dagon«, sagte er hart. »Macht. Unsterblichkeit. Reichtum. Habe ich etwas vergessen?« Er lächelte bitter, schüttelte den Kopf und beantwortete seine Frage selbst. »Nein. Du bist wie sie alle, Dagon. Alle, die ihre Seelen *jenen in der Tiefe* verschrieben haben und es nicht wagen, den letzten Schritt zu tun. Und auch du hast mich verraten.«

»Das ist nicht wahr!«, winselte Dagon. »Ich wollte nichts als –«

»Die Chance nutzen und in seine Zeit fliehen, in eine Welt, in der du sicher vor mir und jenen wärest, denen du deine Macht verdankst«, fiel ihm Barlaam ins Wort. »Das wolltest du, Dagon. So wie alle. Wie Ayron der Verräter und all die anderen, die die Macht nahmen, die ich ihnen bot, aber nicht bereit sind, den Preis dafür zu zahlen. *Jene in der Tiefe* lassen sich nicht betrügen, Dagon. Das solltest du wissen.«

Dagons Augen wurden weit vor Schrecken, aber er widersprach nicht mehr. Er musste wohl einsehen, dass jegliches Leugnen in seiner Lage nur lächerlich gewesen wäre.

»Ich habe Euch das *Tor* geöffnet«, sagte er.

Barlaam nickte. »Ich weiß. Und ich schulde dir Dank dafür. Nimm es als Zeichen meiner Großzügigkeit, dass ich dich nicht in die Grube werfen lasse, Dagon, wie es deinem Verbrechen eigentlich angemessen wäre.«

Er lächelte kalt, hob die Hand und gab dem neben ihm stehenden Mann einen Wink. »Töte sie«, sagte er. »Beide.«

Der Mann nickte, hob seinen Silberstab und legte auf Dagon und mich an. Die anderen Krieger traten zurück, um aus der Reichweite der furchtbaren Waffe zu gelangen, während Dagon vor Schrecken erbleichte und instinktiv die Hände vor das Gesicht hob.

»Barlaam!«, schrie ich verzweifelt. »Warten Sie. Es gibt da etwas, das –«

»Erschieß sie«, wiederholte Barlaam. Diesmal klang seine Stimme ungeduldig. »Fang mit Craven an.«

Der grüne Kristall am Ende des Stabes schwenkte herum und deutete genau zwischen meine Augen. Das unheimliche grüne Licht in seinem Inneren wurde stärker und begann zu pulsieren.

Plötzlich erstarrte der Mann. Seine Hände spannten sich so fest um den Stab, dass die Knöchel weiß hervortraten. Seine Augen weiteten sich. Er begann zu zittern, stand eine Sekunde lang reglos und in vorgebeugter Haltung da – und kippte, ganz langsam, wie von unsichtbaren Fäden gehalten, zur Seite.

Aus seinem Hals ragte der gefiederte Schaft eines kaum fingerlangen Pfeiles.

Eine halbe Sekunde lang starrte Barlaam aus hervorquellenden Augen auf den reglosen Körper des Mannes zu seinen Füßen, dann stieß er einen keuchenden, ungläubigen Laut aus und starrte erst Dagon, dann mich an. Ich hatte selten zuvor im Gesicht eines Menschen einen dermaßen ungläubigen, entsetzten Ausdruck gesehen wie jetzt in seinem.

Und dann brach die Hölle los.

Es ging so schnell, dass ich hinterher nicht einmal wusste, was im Einzelnen geschehen war. Ein ungeheures Brüllen erklang, und überall hinter und zwischen den Reihen von Barlaams Männern spritzte der Sand wie unter den Einschlägen unsichtbarer Artilleriegeschosse auseinander. Die Luft war plötzlich voller Staub und Sand und spitzer Schreie. Der Boden bebte, hob sich wie unter einem Hieb, platzte auseinander, und mit einem Male waren zwischen den Gestalten der Krieger noch andere, kleinere, zottige Umrisse. Eine schnelle Folge peitschender, heller Laute erklang, und irgendetwas sirrte wie eine zornige Riesenhummel dicht an meinem Ohr vorbei, bohrte sich klatschend in den Oberarm eines Kriegers und riss ihn von den Füßen.

»Das ist eine Falle!«, brüllte Barlaam. »Zurück! Flieht!«

Seine Stimme ging im Toben des Kampfes unter. Immer wieder schossen graubraune Sandfontänen in die Höhe, und mehr und mehr zottige Gestalten tauchten zwischen den Kriegern des Magiers auf, Männer mit hängenden Schultern und fliehenden Stirnen, Gesichtern wie großen Gorillas und Händen, die Keulen und kurze, aus schwarzem Stein geschnittene Schwerter schwangen. Plötzlich war die Ebene keine Ebene mehr, sondern zerfurcht von Gräben und Löchern, flachen Vertiefungen, in denen die Urmenschen geduldig gelegen hatten, eingegraben und unsichtbar, um auf den Feind zu lauern.

Barlaams Männer hatten keine Chance. Es mussten an die fünfzig Affenmenschen sein, die im wahrsten Sinne des Wortes aus dem Boden wuchsen und mit der Wut eines Volkes, das sich endlich an seinen Unterdrückern rächen konnte, über die Männer herfiel. Kein einziger von ihnen kam dazu, seinen Blitzstab einzusetzen. Es dauerte nur Sekunden, dann lag die Hälfte von Barlaams Kriegern tot oder kampfunfähig am Boden, während sich der Rest zu einem dichten, waffenstarrenden Kreis um Barlaam selbst zusammenzog.

Mich selbst schienen die Urmenschen gar nicht zu beachten – fast, als hätte ihnen jemand gesagt, dass ich nicht zu Barlaams Männern gehörte!

Wieder ertönte dieses helle, boshafte Summen, und ein ganzer Hagel von Pfeilen senkte sich wie tödlicher Regen auf das knappe Dutzend verbliebener Männer herab. Zwei, drei von ihnen sanken getroffen zu Boden, und die meisten anderen wurden mehr oder weniger schwer verletzt. Und wieder blieb ich verschont! Sollte etwa ...?

Das Licht einer neuen Sonne schien das Tageslicht zu überstrahlen. Vier, fünf der Angreifer wurden von dem unerträglich hellen Schein ergriffen und zerfielen zu Asche, und schon blitzte die tödliche Waffe ein zweites Mal auf; wieder fand der gleißende Tod seine Opfer. Diesmal verfehlte mich der dünne Blitz nur um Haaresbreite. Ich spürte einen Hauch ungeheurer Hitze wie höllischen Atem, warf mich instinktiv zurück und kroch auf Händen und Knien davon.

Eine Gestalt tauchte vor mir auf, wie ich auf allen vieren robbend und mit schreckverzerrtem Gesicht. Dagon! Blitzartig griff ich zu, zerrte ihn am Handgelenk herum und deutete heftig gestikulierend in die Richtung, aus der die Angreifer kamen. Dagon schüttelte entsetzt den Kopf, schlug meine Hand beiseite und stemmte sich in die Höhe, um auf Barlaam und die Kristallscheiben zuzutaumeln.

Ein weißblauer Blitz spaltete den Tag und fuhr wenige Handbreit vor seinen Füßen in den Boden. Dagon kreischte, brachte sich mit einem grotesk anmutenden Hüpfer in Sicherheit, als der Sand zu weiß glühender Lava wurde, und rannte mit wehendem Mantel hinter mir her.

Ein halbes Dutzend brauner, zottiger Gestalten tauchte vor uns auf – die meisten mit armlangen, dünnen Blasrohren bewaffnet, aus denen sie unablässig auf Barlaam und seine Krieger schossen.

Aber auch die Silberstäbe forderten immer mehr Opfer. Ein knisternder Blitz zuckte wie ein feuriger Finger zwischen Dagon und mir hindurch und ließ einen hausgroßen Teil der Felswand in dunkelroter Glut aufflammen. Die Hitzewelle fegte uns von den Füßen. Ich überschlug mich, hatte plötzlich Augen, Nase und Mund voller glühend heißem Sand.

Als ich wieder einigermaßen sehen konnte, blickte ich in Shadows schmales, von rabenschwarzem Haar eingerahmtes Gesicht.

»Ich dachte mir, dass du noch lebst«, hustete ich.

Shadows Lippen verzogen sich zur Imitation eines Lächelns. »Freu dich später darüber«, sagte sie hastig, während sie niederkniete und mir die Hand entgegenstreckte, um mir aufzuhelfen. »Wenn Barlaam nämlich den ersten Schrecken überwunden hat, kann sich das schnell ändern.«

Wie um ihre Worte zu unterstreichen, jagte eine weitere, knisternde Flammenzunge heran und ließ den Felsen aufglühen. Shadow zog instinktiv den Kopf zwischen die Schultern, riss mich in die Höhe und hetzte geduckt auf die Felswand zu, wobei sie mich wie ein Kind an der Hand hinter sich herzerrte.

Plötzlich züngelte ein Blitz direkt nach Shadow, streifte ihre Schulter und schleuderte sie zu Boden.

Shadow schrie auf. Ihr rechter Arm, die Schulter und ihr Haar standen in Flammen! Verzweifelt wälzte sie sich im Sand, versuchte das Feuer zu ersticken. Hastig schlug ich die Flammen aus, zerrte sie in die Höhe und hielt sie mit ausgestreckten Armen vor mich, um sie anzusehen. Ihr Haar war auf der rechten Seite von der Hitze gekräuselt, und ihr Gewand hing in Fetzen von Arm und Schulter, aber bis auf eine unangenehme Rötung ihres Gesichtes schien sie unverletzt.

»Bist du in Ordnung?«, fragte ich.

Shadow nickte mühsam. »Ja«, murmelte sie benommen. »Mir ist nur ein wenig kalt. Lass uns irgendwo hingehen, wo wir uns wärmen können.«

Verwirrt starrte ich sie an, dann gewahrte ich das spöttische Glitzern in ihren Augen und lachte befreit.

Aber nur für eine halbe Sekunde. Genau bis zu dem Moment, in dem ein sonnenheller Blitz eine halbe Tonne Fels neben uns in brodelnde Lava verwandelte.

Entsetzt blickte ich über die Schulter zurück. Das Bild hatte sich vollkommen verwandelt. Von Barlaams Männern war nur noch eine Hand voll geblieben, aber diese hatten sich auf zwei der kleineren Flugscheiben verteilt und schossen mit ihren Silberstäben auf die Urmenschen, die in heller Panik flüchteten. Die affenartigen Kreaturen bewegten sich dabei mit einer solchen Behendigkeit, dass nur noch wenige Blitze ihr Ziel trafen.

»Schnell!«, sagte Shadow. »Wir müssen weg. In die Höhlen verfolgen sie uns nicht.«

Wir kamen nicht einmal zwei Schritte weit. Plötzlich zuckten gleich zwei der weiß lodernden Blitze in unsere Richtung, kreuzten sich dicht vor Shadow und schlugen wie glühende Götterfäuste in den Boden.

Sand und Gestein verdampften. Der Druck der doppelten, ungeheuerlichen Detonation riss uns von den Füßen; glühende Tropfen regneten auf uns herunter, und es glich fast schon einem Wunder, dass weder Shadow noch ich bedeutend verletzt wurden.

Aber was Wunder anging, war ich mir bei Shadow ohnehin niemals so sicher.

»Da sind sie!«, schrie Barlaam und deutete auf Shadow und mich. »Packt sie! Craven könnt ihr töten, aber die El-o-hym will ich lebend!«

Shadow erstarrte. In ihren weit aufgerissenen, dunklen Augen spiegelte sich Schrecken. Aus den Augenwinkeln sah ich, wie eine der kleineren Kristallscheiben, mit zwei Mann besetzt, vom Boden abhob und in einem weit geschwungenen Boden auf uns zufegte.

Shadow schrie auf, wirbelte herum und rannte auf die Felswand zu. Ich folgte ihr, wie ein Hase Haken schlagend, um den Blitzen auszuweichen, die immer wieder in meine Richtung zuckten.

Wir schafften es beinahe.

Die Felswand war keine fünf Meter mehr von uns entfernt, als uns die Kristallscheibe erreichte und die beiden Männer zu Boden sprangen. Shadow überrannte den einen glattweg, aber der andere klammerte sich an ihre Beine und brachte sie zu Fall.

Als er sich auf sie werfen wollte, war ich heran.

Ich erkannte ihn erst, als ich ihn beim Kragen ergriff und in die Höhe zerrte.

Es war Sserith.

Der triumphierende Ausdruck in seinem Blick wandelte sich übergangslos in Hass, als er in mein Gesicht sah. Sein Silberstab kam hoch; der Kristall deutete auf meine Brust.

Ich schlug seinen Arm zur Seite, trat den Stab mit dem Absatz in den Staub und schmetterte Sserith die Faust unter das bärtige Kinn. Sein Körper erschlaffte. Ich ließ ihn fallen und sprang hoch, um Shadow zu Hilfe zu eilen.

Es war nicht mehr nötig.

Barlaams zweiter Krieger lag ebenso wie Sserith am Boden.

Wir rannten weiter, Barlaams wütendes Kreischen ignorierend.

Der Fels schien zu glühen, als ich dicht hinter Shadow die Kraterwand erreichte. Ein schwarzer, dreieckiger Spalt klaffte vor uns im Fels. Der Anblick gab mir noch einmal neue Kraft. Ich rannte schneller, warf mich mit einem erleichterten Keuchen hindurch und fiel prompt auf die Nase, als unter meinen Füßen plötzlich kein ebener Boden mehr war, sondern lockeres Geröll.

Shadow riss mich in die Höhe. In der Dunkelheit, die hier drinnen herrschte, konnte ich ihr Gesicht kaum erkennen, aber ich glaubte ihre Angst regelrecht zu riechen. Blindlings taumelten wir weiter.

Der Spalt erweiterte sich zu einer Höhle und wurde dann zu einem der schon gewohnten, wie glatt poliert aussehenden Schächte, der schräg in die Höhe führte. Shadow rannte, so schnell sie konnte, und ihre Hand umklammerte dabei meinen Arm so fest, dass ich mithalten musste, ob ich wollte oder nicht. Von draußen drang noch immer das helle Peitschen der Blitze und das Brüllen der Explosionen herein, jetzt gedämpft durch die Barriere aus Stein, die zwischen uns und ihnen lag.

Mein Herz begann schmerzhaft zu pochen. Ich konnte nicht mehr. Keuchend blieb ich stehen, streifte Shadows Hand ab und ließ mich gegen die Wand sinken. Vor meinen Augen kreisten farbige Ringe. Mir schwindelte.

»Wir müssen weiter«, sagte Shadow Ihre Stimme klang gehetzt. »Diese Gänge sind nicht sicher.

Das Bild eines schwarzen Riesenwurmes tauchte vor meinem inneren Auge auf, ganz kurz nur. Aber es reichte, mich meine Erschöpfung schlagartig vergessen und weitertorkeln zu lassen.

Nach und nach blieb der Kampflärm hinter uns zurück. Shadow rannte dicht vor mir her durch das labyrinthisch verzweigte System der Stollen und Gänge, sich immer wieder umsehend und ungeduldig winkend, wenn ich zurückzubleiben drohte.

Der Gang führte ein Stück weit fast waagerecht in den Berg hinein und kippte dann in steilem Winkel nach oben, sodass ich das letzte Stück auf Händen und Knien kriechend zurücklegen musste. Schließlich erreichte ich eine halbrunde, kuppelartig gewölbte Höhle.

In ihrer Mitte flackerte ein Lagerfeuer und daneben, zusammengerollt wie ein übergroßer Embryo, aber mit offenen Augen und bei klarem Bewusstsein, lag Lady Audley.

Obwohl sich der Anblick wie ein scharfer Stich in meine Brust wühlte, erleichterte er mich gleichzeitig. Ich hatte kaum mehr damit gerechnet, Lady Audley jemals wiederzusehen. Und sie lebte!

Shadow erhob sich umständlich aus der knienden Haltung, in der wir das letzte Stück des Weges zurückgelegt hatten, half mir auf die Füße und beugte sich über den Schacht, den wir hinaufgekrochen waren, wie um sich zu überzeugen, dass wir nicht verfolgt wurden.

»Wo sind die anderen?«, fragte ich.

»Sie werden kommen«, antwortete Shadow. »Nicht einmal Barlaam würde es wagen, sie in diese Höhlen zu verfolgen. Wir sind sicher hier. Wenigstens für den Moment.« Sie deutete auf Lady Audley. »Geh zu ihr. Sie will dich sprechen.«

Ich stand vollends auf, lief die paar Schritte zu Lady Audley herüber und sank wieder auf die Knie. Irgendwie brachte ich das Kunststück fertig, trotz meiner Erschöpfung und der düsteren Gedanken, die meinen Kopf füllten, zu lächeln.

»Mylady«, sagte ich. »Wie fühlen Sie sich?«

»Gut«, antwortete Lady Audley. »Wie man sich fühlt, wenn man fünfzig Yards tief gefallen ist und sich dabei jeden einzelnen Knochen im Leibe gebrochen hat.« Sie versuchte zu lachen, aber es wurde ein würgendes Husten daraus. Ihre Lippen zuckten vor Schmerz.

Ich hörte, wie Shadow neben mich trat, sah jedoch nicht auf, sondern blickte Lady Audley nur ernst an und schüttelte den Kopf. »So dürfen Sie nicht reden«, sagte ich. »Es wird alles wieder in Ordnung kommen.«

»Nichts wird in Ordnung kommen, mein Junge«, widersprach Lady Audley ernst. Sie versuchte sich aufzurichten, sank sofort wieder zurück und hob mit sichtlicher Anstrengung die rechte Hand, um ihren

Leib zu berühren. »Irgendetwas ist kaputt gegangen, hier drinnen«, sagte sie. »Ich spüre es, Robert. Aber das macht nichts. Ich habe lange genug gelebt.«

Ich wollte widersprechen, aber irgendetwas hinderte mich daran. Es schien mir nicht der richtige Augenblick für eine Lüge, selbst wenn es eine barmherzige Lüge wäre. Dazu schuldete ich Lady Audley viel zu viel.

Ich stand auf, blickte auf das kleine Lagerfeuer, dessen Schein die Höhle in ein rotschwarzes Flackern tauchte, und wandte mich wieder an Shadow. Den länglichen, schmutzverkrusteten Gegenstand, den sie in den Armen trug, erkannte ich erst jetzt.

»Mein Stockdegen«, entfuhr es mir. »Woher hast du ihn?«

Shadow lächelte, trat auf mich zu und reichte mir die Waffe. »Ich habe ihn aufgehoben, nachdem Dagon ihn fortgeworfen hatte. Gottlob hielt er es nicht für nötig, sich davon zu überzeugen, dass ich wirklich tot bin.« Sie zuckte mit den Achseln und lächelte beinahe spitzbübisch. »Mein Glück. Und sein Pech. Barlaam hätte ihn zur Belohnung auf den Platz an seiner Seite gesetzt, hätte er ihm diesen Stock gebracht. Weißt du überhaupt, was du da hast?«, fügte sie mit einer Kopfbewegung auf den Kristallknauf des Stockdegens hinzu.

»Ich glaube schon«, antwortete ich ausweichend.

»So?« Shadow runzelte die Stirn. »Ich nicht. Ich habe es selbst erst gespürt, nachdem ich ihn in Händen hielt. Dieser Gegenstand ist vielleicht die einzige Waffe auf dieser Welt, die einen der GROSSEN ALTEN vernichten kann. Woher hast du ihn?«

»Geschenkt bekommen«, antwortete ich zögernd. »Von einem ... Freund.« Ich legte den Degen zu Boden und sah mich in der Höhle um. »Was ist das hier?«, fragte ich. »Es sieht aus, als hättet ihr euch bereits häuslich eingerichtet.«

»Ein Versteck«, antwortete Shadow. »Eines von zahllosen Verstecken, die die Wilden hier im Kraterwall angelegt haben.« Sie deutete mit einer Kopfbewegung nach vorne. »Der eigentliche Eingang liegt auf der Innenseite des Kraters. Ich hätte es gerne vermieden, noch einmal durch den Berg zu gehen, aber es musste sein. Der Fels ist hier nicht sehr dick. Solange die Sonne scheint, sind wir sicher hier. Ich habe getan, was ich konnte«, fügte sie entschuldigend hinzu. »Mehr war in der kurzen Zeit nicht möglich. Aber wir werden nicht bleiben. Diese Berge sind gefährlich. Ich wäre nicht noch einmal hierhergekommen, hätte ich dich nicht suchen müssen.«

»Und wohin willst du gehen?«, fragte ich. »Der nächste Gasthof dürfte ein paar Millionen Jahre entfernt sein.«

Shadow lächelte. Es wirkte traurig, und ich spürte erst jetzt, dass in meinen Worten ein Vorwurf gewesen war, den ich nicht beabsichtigt hatte.

»Entschuldige«, flüsterte ich.

Shadow machte eine wegwerfende Handbewegung. »Du musst dich für nichts entschuldigen«, sagte sie. »Du hast Recht. Ich hätte gegen Shub-Niggurath kämpfen sollen, statt euch hierher zu bringen.«

Einen Moment lang sah ich sie betroffen an, als ich den sonderbaren Klang in ihren Worten hörte. Dann trat ich auf sie zu und legte die Hände auf ihre Schultern. Shadow wollte sich aus meiner Umarmung lösen, aber ich hielt sie rasch an den Handgelenken fest und zog sie nur noch fester an mich. Ihr Gesicht war plötzlich ganz dicht vor meinem, und trotz der roten Brandblasen, die ihr Antlitz entstellten, war es wunderschön. Ihre Lippen bebten, und ihr Atem ging plötzlich wieder so schnell, als wäre sie meilenweit gerannt. Ich spürte, wie sie unter meinen Händen zu zittern begann.

»Nicht, Robert«, murmelte sie. »Du darfst –«

Ich legte ihr den Zeigefinger auf die Lippen, schüttelte sanft den Kopf und versuchte sie noch enger an mich zu ziehen.

»Tu es nicht, Robert«, murmelte sie.

»Ich bin nicht das, wofür du mich hältst.«

»Ich weiß«, sagte ich leise. »Du bist eine El-o-hym, was immer das sein mag. Aber ich will es gar nicht wissen.«

»Du hast mich in meiner wahren Gestalt gesehen«, sagte Shadow traurig. Plötzlich verwandelte sich ihr Gesicht in eine grauenvolle Dämonenfratze, aber es war nur ein Augenblick und es war auch nicht wirklich, sondern nichts als ein Bild, das Shadow in meinen Geist projizierte.

»Lass das«, sagte ich. »Ich sagte doch: Ich will gar nicht wissen, was du einmal gewesen bist. Jetzt bist du ein Mensch.«

Ich umschlang sie mit den Armen, zog sie abermals an mich und küsste sie.

Im ersten Moment versuchte sie sich zu wehren, dann wurden ihre Lippen weich und warm – und plötzlich stieß sie mich von sich, so heftig, dass ich das Gleichgewicht verlor und gegen die Wand taumelte.

»Tu das nie wieder!«, sagte sie scharf. Ihre Augen flammten.

»Warum?«, antwortete ich beleidigt. »Hat es dir keinen Spaß gemacht?«

Shadow fegte meine Worte mit einer wütenden Bewegung zur Seite. »Du verstehst nichts«, sagte sie ärgerlich. »Ich habe schon viel zu viel Schaden angerichtet. Ich –«

»Das war nicht deine Schuld«, unterbrach ich sie, aber Shadow schien meine Worte gar nicht zu hören.

»Ich wurde geschickt, um das zu verhindern, was jetzt geschehen ist«, fuhr sie erregt fort. »Ich kam, um zu helfen, aber ich habe Unheil und Schrecken gebracht. Ich hätte euch niemals hierher bringen dürfen. Du hättest mich niemals in dieser Gestalt sehen dürfen.«

»Ich habe es aber nun einmal«, antwortete ich, löste mich von meinem Platz und trat erneut auf sie zu. »Und du bist schon lange nicht mehr das, was du warst, Shadow. Du weißt es selbst, nicht wahr? Du willst es nur nicht zugeben.«

»Ich ... verstehe nicht, was du meinst«, sagte Shadow, stockend und in einem Ton, der mir sagte, dass sie sehr wohl verstand, was ich sagen wollte. Und dass ich der Wahrheit zumindest nahe kam.

»Ich will damit sagen, dass du ein Mensch geworden bist«, sagte ich. »Zumindest zum Teil. Wäre es anders, hättest du deine wahre Gestalt angenommen und Barlaam zum Teufel gejagt – wo er hingehört.«

Ein Geräusch vom Höhleneingang her bewahrte Shadow davor, zu antworten. Verärgert fuhr ich herum – und unterdrückte einen erschrockenen Ausruf, als hintereinander ein halbes Dutzend der Urmenschen in die Höhle gekrochen kamen, einen reichlich mitgenommenen Dagon in ihrer Mitte führend.

Seine Hände waren roh auf dem Rücken zusammengebunden, und auch zwischen seinen Fußknöcheln spannte sich ein kurzer, aus Pflanzenfasern gedrehter Strick, der ihm nur kleine trippelnde Schritte erlaubte. Sein Gesicht war geschwollen.

Shadow trat rasch hinzu, deutete mit der Hand auf Dagon, dann auf mich und redete in einer eigentümlichen, guttural klingenden Sprache mit den Urmenschen. Ich verstand kein Wort, aber ich glaubte aus ihren Gesten und ihrer immer schärfer werdenden Betonung herauszuhören, dass das, was ich sah, einem Streit verdächtig nahe kam.

Schließlich versetzte einer der Urmenschen Dagon einen Stoß, der ihn quer durch die Höhle taumeln und gegen die Wand prallen ließ, bleckte mit einem Zischen sein Ehrfurcht gebietendes Gebiss und fuhr herum. Wütend stapfte er aus der Höhle. Bis auf zwei, die neben dem Eingang zurückblieben und abwechselnd mich und Dagon feindselig anstarrten, folgten ihm seine Kameraden.

Ich ging zu Dagon hinüber, richtete ihn auf und lehnte ihn gegen die Wand. Sein Gesicht zuckte, als bereite ihm die Bewegung Schmerzen.

»Warum tust du das, Robert Craven?«, fragte er mühsam. »Ich bin dein Feind.«

»Das bestreitet niemand«, sagte ich ruhig.

»Aber du hast mich gerettet, als mich der Wächter angriff.«

»Auch das bestreitet keiner«, sagte ich. »Vielleicht merkst du es dir. Ich habe etwas bei dir gut.«

Ich stand auf, ging zu Shadow zurück und sah sie fragend an. »Was geschieht mit ihm?«

Shadow zuckte mit den Achseln. »Sie werden ihn töten«, sagte sie. »Zumindest, wenn wir hierbleiben. Sie hassen ihn fast so sehr wie Barlaam, denn auf seine Art ist er schlimmer als er. Es gibt nicht viel, was er ihnen noch nicht angetan hätte.«

Dagon starrte sie wütend an, sagte aber kein Wort, sondern presste nur die Kiefer aufeinander. Sein Fischgesicht zuckte.

»Ich werde versuchen, euch hier herauszubringen«, fuhr Shadow fort, an Dagon und mich zugleich gewandt. »Obwohl du es weiß Gott nicht verdient hättest, Dagon. Aber ich brauche deine Hilfe.«

»So?«, fragte Dagon lauernd.

Shadow nickte. »Und du unsere. Du hast den Wächter gesehen, der auf der anderen Seite des *Tores* lauert. Weder du noch ich sind allein stark genug, ihn zu überwinden. Zusammen können wir es vielleicht schaffen.«

Dagon schnaubte. »Du bist von Sinnen, El-oh-hym. Selbst wenn es uns gelänge – *jene in der Tiefe* existieren auch in seiner Zukunft. Was würde es nutzen?«

»Nur ihr Name«, widersprach Shadow. »Nur ihr Name hat die Zeiten überdauert. Mehr nicht.«

»Das habe ich gemerkt«, sagte Dagon spöttisch. »Sie –«

»Ich wurde geschickt, um ihr Erwachen zu verhindern«, fiel ihm Shadow scharf ins Wort. »Ich habe versagt –«

»Nicht zum ersten Mal«, warf Dagon hämisch ein, aber Shadow fuhr unbeeindruckt fort:

»– aber noch ist nicht alles zu spät. Das *Tor* wird nur noch kurze Zeit geöffnet bleiben. Wenn es geschlossen ist, hat Barlaam keine Möglichkeit mehr, in seine Zukunft zu gelangen.«

Dagon wollte auffahren, aber ich trat mit einem raschen Schritt zwischen ihn und Shadow und erstickte den drohenden Streit im Keim. Die beiden Urmenschen rechts und links des Einganges verfolgten uns mit gerunzelter Stirn. Der Ehrfurcht nach zu urteilen, mit der sie Shadow behandelten, mussten sie uns wohl für eine Art Götter halten. Was mochten sie jetzt denken, wenn sie sahen, wie sich die Götter stritten?

»Hört auf!«, sagte ich scharf. »Ich glaube, wir haben Besseres zu tun, als uns gegenseitig Vorwürfe zu machen.« Einen Moment lang sah ich Shadow ernst an, dann drehte ich mich herum, blickte zu Dagon zurück und seufzte. »Vielleicht wäre es an der Zeit für ein paar Erklärungen«, sagte ich. »Was ist das hier? Wo sind wir, und wer sind Barlaam und seine Leute überhaupt?«

Shadow nickte betrübt, ließ sich an der Wand zu Boden sinken und umschlang die Knie mit den Armen. Die Geste sah so bedrückend menschlich aus, dass ich fröstelte. Was immer sie war – sie war schon viel mehr Mensch geworden, als sie selbst ahnen mochte.

Ich setzte mich neben sie, lehnte den Kopf gegen den harten Stein und streckte die Hand nach ihr aus, führte die Bewegung aber nicht zu Ende, als ich ihrem Blick begegnete. »Es ist eine lange Geschichte«, sagte sie.

Ich nickte auffordernd. »Erzähl sie mir. Ich habe Zeit. Ein paar hundert Millionen Jahre.«

Shadow lächelte flüchtig. »Nicht ganz«, sagte sie. »Nur bis die Sonne untergeht. Aber auch das ist Zeit genug.«

»Bis die Sonne untergeht? Was ist dann?«

»Dann kommen die *Suldit*«, sagte Dagon. »Die, die diese Höhlen geschaffen haben.«

»Wovon spricht er?«, fragte ich. »Von diesen ... Würmern?«

Shadow wurde übergangslos wieder ernst, nickte abgehackt und senkte den Blick. »Ja. Barlaams Kreaturen. Er hat sie erschaffen, als Schutz vor den Ungeheuern dieser Welt. Sie töten alles, was sich dem Berg nähert. Ich vermag uns vor ihnen zu schützen, solange die Sonne scheint. Aber wenn der Mond aufgeht, müssen wir fort.«

»Wohin wollt ihr wohl gehen?«, fragte Dagon hämisch. »Du hast recht, El-o-hym. Nicht einmal Barlaam wagt es, uns hierher zu folgen.

Aber sobald ihr aus dem Berg kommt, wird er euch erwarten. *Er* fürchtet den Mond nicht.«

Ich warf ihm einen warnenden Blick zu und wandte mich hastig wieder an Shadow. »Du wolltest von Maronar erzählen«, sagte ich, weniger aus wirklichem Interesse als vielmehr, um das erneut drohende Wortgefecht zwischen den beiden zu vermeiden. »Ich verstehe das alles nicht. Warum sprecht ihr immer von *meiner* Zukunft? Gibt es denn mehrere?«

»Unzählige«, antwortete Shadow ernst. »Die Zeit ist nichts Festes, Robert. Sie verändert sich, mit jeder Entscheidung, die du fällst, mit jedem Gedanken, den du denkst.«

»Das ist ... reichlich verwirrend«, sagte ich stockend.

Shadow nickte. »Ihr Menschen seid so dumm«, begann sie. »Ihr glaubt, eure Welt zu kennen, aber nicht einmal das stimmt.«

Sie schloss die Augen, lehnte den Kopf an die Wand und sprach mit sehr leiser, veränderter Stimme und erst nach einer merklichen Pause weiter.

»Eure Welt – die Welt der Menschen – ist nur eine von vielen, Robert«, sagte sie. »Die menschliche Rasse, wie ihr sie zu kennen glaubt, ist nicht das erste Volk, das auf ihr lebt, und sie wird nicht das letzte sein.«

»Ich weiß«, sagte ich. »Vor uns waren die GROSSEN ALTEN –«

Shadow unterbrach mich mit einem sanft tadelnden Kopfschütteln. »Das meine ich nicht«, sagte sie. »Die, die du die GROSSEN ALTEN nennst, stammen nicht von dieser Welt. Sie kamen aus den Tiefen des Alls und wären wieder dorthin gegangen, wären sie nicht besiegt und eingekerkert worden. Was ich meine, ist das Leben selbst. Das Leben eurer Welt. Vor euch und nach den GROSSEN ALTEN waren andere. Völker, die euch fremd und erschreckend vorgekommen wären, aber auch solche, die sich kaum von euch unterschieden. Es ist ein ewiges Kommen und Gehen, ein Auf und Ab ohne Ende: Kulturen können vergehen, ganze Völker können verschwinden, ohne mehr als flüchtige Spuren zu hinterlassen, aber das Leben selbst ist unzerstörbar.«

»Das ist ... unglaublich«, murmelte ich.

Shadow lächelte sanft. »Ist es das? Der Planet, den ihr Erde nennt, ist mehr als vier Milliarden Jahre alt – wer seid ihr, euch einzubilden, die Krone einer viertausend Millionen Jahre währenden Schöpfung zu sein? Wie weit reicht eure Geschichtsschreibung zurück? Zehntausend Jahre? Zwanzigtausend?«

»Nicht einmal fünf«, gestand ich. »Und selbst das nur in groben Zügen.«

»Siehst du?«, sagte Shadow. »Gemessen am Alter der Welt ist die menschliche Rasse kaum mehr als einige Sekunden alt. Es gab vor euch andere. Sehr viele andere. Manche waren primitiv und zum Untergang verurteilt, wie die Urmenschen, auf die Dagons Leute Jagd machen, andere sehr viel höher entwickelt als ihr, vielleicht weiter, als ihr es jemals sein werdet. Wer, glaubst du, waren die Götter, die die frühen Menschen angebetet haben? Die Zeit hat die meisten verschlungen. Aber ein paar haben es geschafft, selbst ihr ein Schnippchen zu schlagen.«

Ihre Worte hätten mich erschüttern müssen, aber sie taten es nicht. Ich fühlte einen sonderbaren, raschen Schauer von Ehrfurcht, aber im Grunde war es, als hätte ich etwas erfahren, das ich die ganze Zeit über zumindest geahnt hatte, tief in mir drinnen.

»Eines dieser Reiche«, fuhr Shadow fort, »war Maronar. Das Land der fliegenden Menschen. Maronar, die Magierwelt. Ihre Kultur war viel höher entwickelt als die eure, Robert, aber während ihr euch auf die Erforschung der Naturwissenschaften und die Technik verlegtet, befassten sie sich mit den Kräften, die ihr Magie nennt. Sie waren groß und mächtig, und mehr als hunderttausend Jahre lang herrschten ihre Könige in Frieden über die Welt.«

»Und dann?«, fragte ich, als sie nicht weitersprach.

»Dann kam Barlaam«, sagte Shadow. »Er und die anderen Meistermagier riefen sich zu Königen aus, und um ihre Macht zu festigen, beschworen sie Dämonen von jenseits der Zeit, die *Thul Saduun, jene in der Tiefe ...*«

»Das alles hier sieht nicht aus wie ein großes friedliches Reich«, murmelte ich. »Im Gegenteil.«

Shadow lächelte verzeihend. »Dies hier ist nicht Maronar. Die Stadt, in der du warst, ist alles, was blieb. Maronar ist lange her, selbst von hier aus gerechnet Millionen und Abermillionen Jahre. Barlaam und die anderen wurden der Kräfte, die sie heraufbeschworen, nicht mehr Herr. Die *Thul Saduun* zerstörten ihre Welt, und sie zerstörten in ihrem Toben letztendlich sie selbst. Nur Barlaam und eine Hand voll seiner Getreuen überlebten, indem sie sich und ihren Tempelberg um Jahrmillionen in die Zukunft versetzten.«

Fassungslos starrte ich erst sie, dann Dagon und dann wieder sie an. »Und nachdem all das geschehen ist, versuchen sie erneut, diese Ungeheuer zu beschwören?«

Shadow nickte ernst. »Barlaam ist besessen«, sagte sie. »Er weiß, dass er die Schuld am Untergang seines Volkes trägt, und er glaubt, alles rückgängig machen zu können.«

»Aber das ist doch verrückt!«, keuchte ich. »Alles wird sich wiederholen! Ich war dort, Shadow. Ich habe gesehen, was sie tun. Ich habe diese Ungeheuer gespürt! Er wird sie so wenig beherrschen wie das erste Mal. Sie werden ihn vernichten, ihn und alle, die bei ihm sind! Es ist völliger Irrsinn!«

»So, wie Barlaam irrsinnig ist«, mischte sich Dagon ein. Shadow sah verärgert auf, aber ich brachte sie mit einer Geste zum Schweigen und wandte mich an den Mann mit dem Fischgesicht.

»Wie meinst du das?«

»Das fragst du noch?«, höhnte Dagon. »Du hast die Grube gesehen. Du hast gesehen, wie er ihnen Menschen geopfert hat. Glaubst du, Ayron und ich wären die Einzigen, die sich vor *jenen in der Tiefe* fürchten?«

»Warum dient ihr ihnen dann?«, fragte ich.

Dagon schnaubte. »Weil wir es müssen«, sagte er. »Wir haben Barlaams Versprechungen geglaubt, und als wir begriffen, dass er den Tod über Maronar gebracht hat, war es zu spät. Der Tempelberg ist alles, was geblieben ist. Maronar ist zerstört. Nur die, die bei Barlaam blieben, konnten ihr Leben retten. Eine Hand voll Männer von einem Volk, das tausend Mal mächtiger ist, als es deine lächerliche Rasse jemals werden wird.«

»Dann löst euch von Barlaam«, sagte ich. »Wenn ihr alle so denkt, dann jagt ihn zusammen mit seinen *Thul Saduun* zum Teufel.«

Dagon starrte mich an und presste wütend die Kiefer aufeinander, antwortete aber nicht mehr. Stattdessen gab Shadow einen seufzenden Laut von sich und schüttelte den Kopf.

»Das ist sinnlos, Robert«, sagte sie. »Er ist kein Mensch, vergiss das nicht. Lass dich nicht von seinem Äußeren täuschen. Er denkt nicht wie du. Nicht einmal wie ich. Dagon ist nichts gegen Barlaam. Er und die beiden anderen Meistermagier sind mächtiger als alle anderen zusammen. Und sie haben die Macht der *Thul Saduun* auf ihrer Seite.«

Ich schauderte. Wie in einer blitzartigen Vision glaubte ich die unterirdische Höhle zu sehen, in der wir auf Shub-Niggurath gestoßen waren. *Thul Saduun* ... Das waren die beiden Worte gewesen, die seine Anhänger wie im Gebet hervorgestoßen hatten, immer und immer wieder. Der Name der Dämonen hatte die Zeiten überdauert, und ich hatte das sichere Gefühl, dass es nicht nur ihr Name war. Großer Gott, wie mächtig mussten sie sein, die Erinnerung an sich über hunderte von Jahrmillionen am Leben zu erhalten?

»Wer sind sie?«, fragte ich. »Die *Thul Saduun* – die gleichen Wesen, die wir als die GROSSEN ALTEN kennen?«

Shadow schüttelte den Kopf. »Nein. Sie ... ähneln ihnen. Sie waren ihre Diener, bis wir ...« Sie brach ab, biss sich auf die Lippen und sah beinahe erschrocken in Dagons Richtung, aber der Ausdruck auf dem Gesicht des Fischmannes blieb unverändert.

»Sie waren die Sklaven der GROSSEN ALTEN«, begann Shadow von neuem, und ich tat so, als wäre mir das unmerkliche Stocken in ihren Worten nicht aufgefallen. »Wesen, die von den Dämonen aus dem All erschaffen wurden, um ihnen zu dienen, denn sie waren wenig; zu wenig, um über eine ganze Welt zu herrschen. Du kennst die Geschichte der GROSSEN ALTEN?«

»In groben Zügen«, log ich. Shadow nickte.

»Dann weißt du, dass sie vernichtet wurden, von den ÄLTEREN GÖTTERN, die von den Sternen kamen wie sie selbst. Mit ihnen vergingen ihre Sklaven, die *Thul Saduun*. Auch sie waren unsterblich, wie jene, die sie erschaffen haben, und wie sie wurden sie verbannt in die Abgründe jenseits der Zeit.«

»Und Barlaam –«, begann ich.

»Öffnete das Gefängnis, in das sie verbannt wurden. Es waren die GROSSEN ALTEN selbst, die er rufen wollte, aber er war trotz seiner Macht unerfahren und dumm und beschwor sie: *jene in der Tiefe*. Er hat dafür bezahlt, mit dem Untergang seines Volkes. Ein schrecklicher Preis.«

Die Kälte, mit der Shadow über die Vernichtung einer ganzen Kultur sprach, ließ mich schaudern. Aber wenn ich ehrlich zu mir selbst war, dann empfand auch ich nichts als Neugier, während ich ihren Worten lauschte. Vielleicht waren hunderte von Jahrmillionen einfach eine zu große Distanz, um mehr als Neugier empfinden zu können.

Das Einzige, was mir Angst machte, war die Erinnerung an die Höhle tief unter den Straßen Londons. Und die Menschen, die ich dort gesehen hatte, auf den Knien liegend und den Namen der *Thul Saduun* immer und immer wieder rufend.

Shadow musste meine Gedanken erraten haben, denn sie schüttelte plötzlich den Kopf und versuchte, aufmunternd zu lächeln. »Es ist nicht so schlimm, wie es sich anhört, Robert«, sagte sie. »Wenn es uns gelingt, das *Tor* zu schließen, wird Barlaam für alle Zeiten hier gefangen sein. Und mit ihm *jene in der Tiefe.* Nur die GROSSEN ALTEN selbst kannten das Geheimnis der *Tore!* Es ist mit ihnen vergangen. Der Schrecken der *Thul Saduun* wird für alle Zeiten vorbei sein, wenn das *Tor* sich schließt.«

»Wenn es sich schließt«, sagte Dagon böse. »Du bist närrisch, Elohym, wenn du glaubst, du hättest wirklich eine Chance, Barlaam zu überlisten. Er wird euch erwarten, mit all seiner Macht und all seinen Kriegern, sobald die Sonne untergeht. Wie willst du an ihm vorbeikommen?«

»Ich werde es«, antwortete Shadow ernst.

»Und wie?«, erkundigte sich Dagon lauernd.

Shadow lächelte, aber es wirkte eher wie eine Grimasse. »Ich werde die *Bestie* rufen, Dagon. Und du wirst mir dabei helfen. Als Gegenleistung schenke ich dir das Leben.«

Dagon schluckte. »Die ... *Bestie?«*, murmelte er. »Du ... du weißt, was du von mir verlangst?«

Shadow nickte. »Ich weiß es, Dagon. Aber du hast keine Wahl. Der Tod ist nichts gegen das, was Barlaam dir antun wird, wenn du ihm lebend in die Hände fällst.«

Sekunden, die wie Ewigkeiten schienen, starrte Dagon die Elohym aus seinen großen, in allen Farben des Regenbogens schimmernden Augen an. Dann nickte er. Die Bewegung wirkte, als koste sie ihn all seine Kraft. »Wann?«, fragte er.

»Sobald es dunkel wird.«

Die Dämmerung tauchte die Ebene vor dem Krater in blutrotes Zwielicht, als wir die Höhle verließen. Ich wusste nicht, ob wir den gleichen Weg genommen hatten wie hinauf. Ohne Shadows Hilfe wäre ich rettungslos verloren gewesen.

Aber auch so fühlte ich mich alles andere als wohl. Während des Weges hier herunter hatte ich begriffen, was Shadow damit gemeint hatte, wir wären sicher, »solange der Mond noch nicht am Himmel stünde«.

Das ewige Halbdunkel der Stollen war gleich geblieben, aber etwas in unserer Umgebung hatte sich verändert. Etwas Unsichtbares und Finsteres schien in den Eingeweiden des Berges zu drohendem Leben erwacht zu sein. Ich konnte es nicht in Worte fassen – der Berg war plötzlich voller raschelnder und schabender Laute, aber das war nicht alles. Es war nur ein Gefühl, aber von einer Intensität, die mir schier den Atem raubte.

Ein Gefühl des Erwachens. Es war ein Gefühl, als begänne sich rings um uns herum etwas Gewaltiges, Lebendes zu regen ...

Ich versuchte den Gedanken zu verscheuchen und konzentrierte mich auf den schmalen Ausschnitt der Welt, der vor dem Spalt im Felsen sichtbar war. Vor mir ragten Dagon und Shadow wie finstere Schatten empor, und neben mir bewegte sich Lady Audley unruhig. Sie schlief, aber es war ein unruhiger, von Fieber und Albträumen geplagter Schlaf. Jeder Schritt, den ich getan hatte, musste eine Qual für sie gewesen sein. Erneut fragte ich mich, wieso sie noch lebte.

Shadow wandte sich halb um und deutete mit der Hand hinaus auf die Ebene. Ich trat zwischen sie und Dagon und blickte in die angegebene Richtung.

Barlaam und seine Männer waren im schwächer werdenden Licht des Tages nur mehr als schwarze, tiefenlose Schatten zu erkennen, die sich unablässig hin und her bewegten und Dinge taten, die ich nicht deuten konnte. Eine große Anzahl kristallener Flugscheiben hatte sich im Laufe des Nachmittags zu dem halben Dutzend gesellt, mit dem Dagon und ich angekommen waren. Sie glänzten wie übergroße silberne Münzen im roten Licht, und ich schätzte, dass die Anzahl von Barlaams Männern auf mindestens hundert gestiegen war.

Zwischen ihnen, wie ein Loch in der Wirklichkeit, gähnte das *Tor.*

Ich erschrak, als ich sah, um wie viel größer es geworden war. Ein unheimliches, hellgrünes Licht umgab es wie ein Kranz, und manchmal schienen wesenlose Dinge aus seinem Inneren zu greifen und schneller zu vergehen, als ich sie erkennen konnte.

»Was tut er da?«, flüsterte ich.

»Er versucht es zu öffnen«, antwortete Shadow, ohne den Blick von der verwirrenden Szene zu nehmen.

»Öffnen? Aber es ist offen!«

Shadow schüttelte den Kopf. »Nicht wirklich«, behauptete sie. »Es ist offen, aber es ist instabil und kann jeden Moment zusammenbrechen. Barlaam braucht Zeit, um seine Rückkehr in die Wirklichkeit vorzubereiten. Beträte er es jetzt, wäre er nichts als ein kleiner Magier. Aber er will ein Gott sein. Das ist unsere Chance.«

»Was habt ihr vor?«, fragte ich, abwechselnd sie und Dagon anstarrend. Dagon sah weg, während sich Shadow nervös mit der Zunge über die Lippen fuhr. Ihr Blick wanderte dabei unablässig, als hielt sie nach etwas Bestimmtem Ausschau.

»Worauf wartest du?«, fragte ich. »Auf die Wilden?«

Shadow verneinte. »Es wäre Mord, ihnen einen Angriff auf Barlaam zu befehlen. Aber es gibt einen anderen Weg. Alles, was wir brauchen, sind ein paar Augenblicke der Verwirrung.«

»Sie kommen«, murmelte Dagon. Shadow sah abrupt auf, und auch ich blickte konzentriert in den Himmel hinauf.

Auf dem rot gefärbten Firmament war eine Anzahl kleiner, dreieckiger dunkler Punkte erschienen. Rasch kamen sie näher, verloren dabei an Höhe und gewannen gleichzeitig Umrisse; wurden von formlosen Punkten zu Körpern, schließlich zu großen, vogelähnlichen Geschöpfen, die auf weit gespannten, ledrigen Schwingen herangesegelt kamen.

Sie flogen nicht wirklich; das konnten sie nicht. Ich hatte irgendwo einmal gelesen, dass die Pterodaktylen, die reptilischen Vorfahren unserer Vögel, nur zu einer Art Gleitflug imstande gewesen sein sollten, indem sie sich von Felsen und hohen Bäumen herunterstürzten, und ich sah den Beweis vor mir. Aber sie hatten diese Gleittechnik im Laufe von Jahrhunderten zur Perfektion entwickelt. Und ihr Angriff erfolgte mit fast militärischer Präzision.

Auch Barlaams Männer bemerkten die lautlose Armee, die sich über ihnen zusammenzog. Die Männer begannen hektisch durcheinander zu laufen. Ich hörte Barlaams Stimme Befehle schreien und sah einige Männer in den bunten Mänteln der Magier umherhasten.

Als die gewaltigen Flugechsen angriffen, zuckte ihnen ein wahres Gewitter greller, nadeldünner Blitze entgegen. Plötzlich schien der Himmel voller Flammen zu sein. Mehr als ein Dutzend der gewaltigen Reptilien wurde vom ersten Feuerschlag der Krieger getötet und fiel brennend herab, aber die anderen griffen unvermindert an. Etwas schien die instinktive Angst aller Tiere vor Feuer und Hitze zu lähmen; die verbissene Widerwehr der Magier versetzte sie nur noch mehr in Wut, und unter das Peitschen der Blitze und die erschrockenen Rufe der Männer mischten sich die gellenden, misstönenden Schreie der Reptilien.

Shadow gab mir mit einem Kopfnicken das verabredete Zeichen. Ich bückte mich, lud mir Lady Audley ächzend auf die Arme und rannte los.

Der Himmel brannte, als wir uns dem Landeplatz der Kristallscheiben näherten.

Dann durchbrach eine Pterodaktyle die Feuersperre.

Der Anblick ließ mich den Atem anhalten. Das Ungeheuer war verletzt; seine rechte Schwinge brannte wie die Bespannung eines Papierdrachen. Sein gewaltiger, schnabelbewehrter Kopf zuckte hin und her, die fürchterlichen Krallen gruben im Boden.

Einer von Barlaams Magiern sprang dem Ungeheuer mit weit ausgebreiteten Armen entgegen und begann mit heller Stimme Worte zu schreien. Aber was immer er tat – es wirkte nicht. Der Drache kreischte vor Zorn und Schmerz, bäumte sich auf und breitete seine brennenden Flügel aus. Die Bewegung wirkte langsam, durch die ungeheure Größe des Tieres beinahe träge.

Aber sie war keines von beidem. Vier, fünf von Barlaams Kriegern wurden von den gewaltigen Lederschwingen getroffen und durch die Luft geschleudert. Der Schwanz der Bestie peitschte, schlug mit einem dumpfen Hämmern auf den Boden. Noch einmal breitete das Ungeheuer die Schwingen aus, stieß sich mit seinen lächerlich kurzen Beinchen ab und versuchte in die Höhe zu kommen. Aber seine Kräfte reichten nicht aus. Mit einem fast wehleidigen Krächzen fiel es zurück und blieb zuckend liegen.

Im Zickzack rannten wir weiter, Shadow und ich einen halben Schritt hinter Dagon, der uns Deckung gab. Der Platz war ein Chaos aus zuckenden Schatten, hin und her hetzenden Männern und Feuer, das vom Himmel regnete. In dem Durcheinander, das mit dem Angriff der Reptilien ausgebrochen war, hatten wir eine gute Chance, das *Tor* zu erreichen, ohne überhaupt bemerkt zu werden.

Und doch war dies alles erst der Anfang

Wir hatten uns dem *Tor* und der riesigen leuchtenden Kristallscheibe Barlaams, die wenige Meter davor frei in der Luft schwebte, bis auf zwanzig Schritte genähert, als einer der Männer neben Barlaam plötzlich einen Schrei ausstieß und auf Dagon deutete.

Barlaam wirbelte wie von der Tarantel gestochen herum. Sein Gesicht verzerrte sich, seine Hand bewegte sich blitzartig nach oben, vollführte eine schlängelnde, rasche Geste – und eine unsichtbare Faust fegte Dagon, Shadow und mich von den Füßen. Ich fiel, verlor Lady Audley aus den Armen und warf mich instinktiv zur Seite, als etwas Großes, Brennendes wie ein glühender Meteor vom Himmel stürzte. Keuchend stemmte ich mich in die Höhe.

Die Luft war so voller Staub und Flammen, dass ich kaum zu sehen vermochte. Irgendwo links vor mir war ein finster waberndes Etwas, davor ein flackernder Kreis gleißender Helligkeit – Barlaams Scheibe und das *Tor!*

Aber wo war Lady Audley? Verzweifelt drehte ich mich einmal um meine Achse, taumelte einen Schritt in die Richtung zurück, aus der ich gekommen war.

Dagon erschien neben mir und zerrte mich mit sich. Wütend schlug ich seinen Arm beiseite, als ich Lady Audley verkrümmt am Boden liegen sah. Ich wollte sie hochheben, aber Dagon riss mich mit seiner unmenschlichen Kraft zurück. »Sie ist längst tot, du Narr!«, brüllte er über das Toben der Flammen hinweg. »Komm weiter!«

Ich versuchte mich zu wehren, aber Dagon war viel stärker als ich. Selbst als ich mit den Fäusten auf ihn einzuschlagen begann, schien er es nicht einmal zu bemerken. Irgendwo hinter uns brüllte Barlaam wie von Sinnen, und zum zweiten Mal schien eine unsichtbare Sense über die Ebene zu fahren und alles, was sich bewegte und stand, niederzumähen. Aber diesmal war der Hieb magischer Energien ungezielt. Barlaams eigene Männer wurden von den Füßen gerissen und davongeschleudert, während ich selbst nur einen Schlag spürte, aber nicht fiel.

Dann lag das *Tor* vor uns.

Und direkt davor schwebte die riesige Kristallscheibe Barlaams.

Das Gesicht des Meistermagiers war eine wutverzerrte Grimasse. Sein schwarzer Mantel zuckte und zitterte, als koche er, und seine Augen schienen zu brennen wie kleine glühende Kohlen.

»Verräter!«, brüllte er. »Du hast mich hintergangen, Dagon! Dafür wirst du einen Tod sterben, der tausendfach schlimmer ist als das Ende in der Grube! Und du, Robert Craven, wirst nicht einmal begreifen, welchen Dienst du mir erwiesen hast! Ihr Narren! Habt ihr wirklich geglaubt, mich übertölpeln zu können?«

Im gleichen Moment begann die Erde zu beben.

Zuerst merkte ich es nicht einmal, in all dem Chaos, das uns umgab. Es begann als sanftes, fast unmerkliches Zittern, das sich in Sekunden zu einem rhythmischen, schnellen Stampfen steigerte. Wie der Rhythmus von Schritten, dachte ich schaudernd. Aber wenn, dann die Schritte von etwas ungeheuerlich *Großem.*

Barlaam erstarrte für eine halbe Sekunde, wandte erschrocken den Kopf – und stieß einen gellenden Schrei aus.

Hinter dem Vorhang aus Staub und Flammen, der sich über die Ebene gesenkt hatte, erschien *die Bestie.*

Im ersten Moment dachte ich, es wäre der gleiche Saurier, dem ich am vergangenen Tag begegnet war, aber das stimmte nicht. Es war ein Tyrannosaurus wie er, aber er war mindestens doppelt so groß, uralt, narbenübersät und unbeschreiblich wild und *böse.* In seinen kleinen, matt glänzenden Augen loderte eine boshafte Intelligenz.

»Lauf, Robert!«, gellte Shadows Stimme in meinem Ohr. »Lauf weiter! Ich halte ihn auf!«

Barlaam fuhr abermals herum. Eine halbe Sekunde lang schien er unentschlossen, welchem Gegner er sich zuerst zuwenden sollte.

Eine halbe Sekunde zu lang.

Der Saurier stieß ein gellendes, ungeheuerliches Brüllen aus – und stampfte auf die Scheibe und das *Tor* zu. Sein riesiges Maul war geöffnet, die kleinen, dreifingrigen Klauen an seinen armähnlichen Vorderläufen öffneten und schlossen sich gierig, sein schuppiger Schwanz peitschte unablässig, schleuderte Felsen und Erde und Männer zur Seite und zertrümmerte vier, fünf der kleinen Kristallscheiben.

»Schießt!«, brüllte Barlaam. »Schießt ihn nieder!«

Der Mann neben ihm riss seinen Stab in die Höhe. Ein dünner Blitz züngelte nach dem Schädel des Ungeheuers. Plötzlich war der Kopf des Sauriers in eine Wolke von Flammen gehüllt, und sein Schreien steigerte sich zu einem ungeheuerlichen Schmerzgebrüll. Der Saurier wankte. Flammen und kochender schwarzer Schleim schossen aus dem weit offen stehenden Maul der Bestie. Ihre Schuppen glühten und zersprangen knackend, und der Schwanz peitschte wie ein verkohlter Baumstumpf. Die Bestie starb.

Dagon ergriff mich an der Schulter und zerrte mich hinter sich in das *Tor.* Das Letzte, was ich sah, war Barlaams schreckverzerrtes Antlitz, als der sterbende Saurier wie ein brennender Berg zurücktaumelte und ihn und seine Männer unter sich begrub.

Ich lag auf der Seite, als ich erwachte. Eine graue, ungesunde Dämmerung umgab mich, und die Luft roch schlecht, wie nach uraltem Moder und Verwesung. Mein Gesicht lag in einer Pfütze fauligen Wassers, und etwas davon war in meinen Mund gedrungen und ließ Übelkeit aus meinem Magen aufsteigen.

Mit einem Ruck hob ich den Kopf und sah mich um.

Ich erkannte die Halle sofort wieder.

Es war der Ort, an dem wir auf Shub-Niggurath gestoßen waren, die Halle, in der er seine schrecklichen Opfer gefordert und unsere phantastische Reise ihren Anfang genommen hatte.

Aber sie hatte sich verändert.

Weder von dem GROSSEN ALTEN noch von seinen Anhängern war auch nur die geringste Spur zu sehen. Eine zolldicke Staubschicht bedeckte den Boden, wo er nicht von Trümmern oder faulenden Abfällen übersät war, und durch einen Riss in der Decke drang flackernde graue Dämmerung. Nirgendwo war auch nur eine Spur von Leben zu gewahren, sah man von einigen Spinnen und Ratten ab. Es war, als hätte es die schreckliche Kreatur und ihre Jünger niemals gegeben.

Mühsam stand ich auf, wischte mir das Gesicht ab und sah mich um. Ich fror, aber das lag nicht allein an der klammen Kälte, die in der Luft hing. Shadows Worte schienen hinter meiner Stirn nachzuhalten: »... *deine Zukunft, Robert* ...«.

Vielleicht war mein erster Gedanke der Wahrheit sehr nahe gekommen. Vielleicht hatte es sie wirklich niemals gegeben. Was hatte Shadow gesagt? *Die Zeit verändert sich, Robert. Unablässig.*

ICH HATTE DIE ZUKUNFT VERÄNDERT!

Die Jünger der *Thul Saduun* hatten sich nie zusammenfinden können, weil *jene aus der Tiefe* ihres Einflusses beraubt waren. Aber ... hieß das nicht auch, dass Shub-Niggurath nie erweckt worden war ...?

Mein Blick suchte die Stelle, an der das Monstrum gelegen hatte, aber auch von ihm war keine Spur mehr geblieben. Es war vergangen, im gleichen Moment, in dem das *Tor* erloschen und der Strom finsterer Energien, der es mit den Kreaturen unter dem Tempelberg verbunden hatte, abriss.

Der Gedanke führte einen anderen im Geleit, und plötzlich hatte ich das Gefühl, einen Klumpen aus schneidendem Glas im Hals zu fühlen.

Ich erinnerte mich. Ich durchlebte noch einmal meine Reise zurück, den Weg durch die Dimensionen des Wahnsinns, die hinter dem *Tor* lauerten ...

Wieder war es anders gewesen als die Male zuvor. Das schien das Einzige zu sein, was Bestand hatte, in dieser Welt *zwischen den Welten. Der Wechsel. Ich stürzte, ein Fall ohne Ende, der in keine bestimmte Richtung ging, sondern nur aus dem puren, schrecklichen Gefühl des Fallens bestand; einer der Urängste des Menschen. Und ich stürzte auch nicht wirklich, sondern schien von einer ungeheuerlichen Gewalt durch das Nichts gesogen zu werden. Aber ich war nicht allein, und anders als die Male zuvor vermochte ich zu sehen. Dagon torkelte in einiger Entfernung zu mir durch das schwarze Nichts, die Arme weit ausgebreitet und den bunten Mantel gespannt wie eine bizarre Schwinge. Langsam, aber beharrlich, entfernte er sich von mir.*

Shadow, *dachte ich.* Wo ist sie?

Dagon wandte den Kopf, und in seinen großen Fischaugen spiegelte sich beinahe so etwas wie Mitleid. Weißt du es denn nicht?, *fragte er.*

Was?

Dass sie nicht mitgekommen ist, du Narr. Wir beide konnten gehen, konnten gemeinsam das *Tor* benutzen, aber sie blieb.

Aber warum?, *schrie ich.*

Um das *Tor* zu schließen, du Narr!, *antwortete Dagon.* Es kann nur dort versiegelt werden, wo es entstand. Sie ist zurückgeblieben.

Warum, Dagon?, *schrie ich.* Warum hat sie es mir verschwiegen?

Aber ich bekam keine *Antwort mehr. Dagon entfernte sich weiter von mir, und als ich mich das nächste Mal – nach einer Million Jahre oder einer Sekunde, wo war der Unterschied? – nach ihm umsah, war er verschwunden.*

Ich versuchte Ordnung in meine Gedanken zu bekommen, drehte mich um und ging auf die Quelle grauen Tageslichtes zu. Vielleicht war es gut so. Ich hatte einmal den Fehler gemacht, mich in das falsche Mädchen zu verlieben, und vielleicht war dieses eine Mal genug für nur ein Leben.

Als ich den Geröllhang hinaufstieg, zu dem die Westseite der Halle zusammengesunken war, drang helles Sonnenlicht durch die geborstene Decke und trieb mir die Tränen in die Augen.

Wenigstens versuchte ich mir einzureden, dass es so war.

Dagon – Gott aus der Tiefe

Vorwort

Obwohl »Der Hexer« von Anfang an eine Serie war, deren einzelne Romane stark durch einen roten Faden verbunden waren, beginnt erst mit diesem Buch der erste richtige große Zyklus; der Dagon-Zyklus, der die ursprünglichen Hefte 13 bis 21 umfasst und in den größeren, bis zum Ende der Heftserie dauernden Zyklus um DIE SIEBEN SIEGEL DER MACHT übergeht.

Streng genommen hat Robert Craven bereits im letzten Teil des vorangegangenen Buches die Bekanntschaft Dagons gemacht, als es ihn um rund zweihundert Millionen Jahre in die Vergangenheit und das zum Untergang verurteilte Reich Maronar verschlug.

Die Magier von Maronar hatten einen unheilvollen Pakt mit einer grausamen Dämonenrasse geschlossen, den *Thul Saduun,* die ähnlich mächtig wie die GROSSEN ALTEN, jedoch mit ihnen verfeindet waren. Aber die *Thul Saduun* trieben ein falsches Spiel, und Maronar wurde vernichtet. Nur wenigen gelang die Flucht. Sie versteckten sich auf der Erde, wo sie eine neue Stadt gleichen Namens gründeten, doch es schien, als hätten sie aus ihren Fehlern nichts gelernt. In ihrer Verblendung beschworen die Magier erneut die *Thul Saduun,* weil sie nur darin eine Chance für das Überleben ihres Volkes zu sehen glaubten.

Der junge Magier Dagon, ein bizarres Zwitterwesen zwischen Mensch und Fisch, erkannte, wie verhängnisvoll diese Entwicklung war. Er half Robert Craven, durch ein magisches Tor in seine Zeit zurückzukehren, und machte die Zeitreise selbst ebenfalls mit.

Unter Bedingungen, die er sich nie hätte träumen lassen, begegnet Robert ihm nun erneut, aber Dagon ist nicht mehr der unerfahrene Magierlehrling, der er in Maronar war.

Jetzt ist er ein Gott, und er verfolgt Pläne, die die Existenz der gesamten Menschheit gefährden.

Aber auch Robert steht in seinem Kampf nicht allein. Ihm zur Seite steht der legendäre Kapitän Nemo mit seinem gleichfalls legendären Unterseeboot NAUTILUS; ein technisches Wunderwerk, stark genug, es auch mit einem Fischgott aufzunehmen ...

Frank Rehfeld

Dieser Band enthält die Hefte:

Der Hexer 13: Der Clan der Fischmenschen
Der Hexer 14: Dagon – Gott aus der Tiefe
Der Hexer 15: Wo die Nacht regiert

Der Clan der Fischmenschen

Im letzten Licht des Tages betrachtet, das bereits von den ersten grauen Streifen der Dämmerung durchdrungen wurde, sah der See aus wie ein gewaltiger, runder Spiegel. Obwohl das rote Licht des Sonnenunterganges den Eindruck von Wärme erweckte, strahlte die Wasserfläche einen Hauch eisiger Kälte aus, und das kaum hörbare Plätschern, mit dem die Wellen gegen das Boot schlugen, klang in Jennifers Ohren wie das Wispern höhnischer, heller Stimmen.

Aber vielleicht kam die Kälte auch aus ihr selbst, und vielleicht war das, was sie für ein böses Flüstern hielt, nur das Echo ihrer eigenen Angst.

Sie wusste, dass sie die Nacht nicht überleben würde.

Zum wahrscheinlich hundertsten Male, seit man sie in das kleine, ruderlose Boot gelegt und in die Mitte des Sees hinausgezogen hatte, versuchte sie sich aufzusetzen und zerrte dabei mit aller Kraft an den Fesseln, und zum ebensovielten Male war es vergebens. Die fingerdicken Hanfstricke waren fachkundig angelegt; von Männern, die wussten, was sie taten. Sie waren nicht einmal sehr fest, aber Jennifers Hand- und Fußgelenke waren trotzdem blutig gescheuert und schmerzten. Zu oft hatte sie versucht, sich von ihren Fesseln zu befreien.

Es war ihr nicht einmal gelungen, sich aufzusetzen.

Durch ihr verzweifeltes Hin- und Herwerfen in Bewegung gesetzt, begann das Boot auf den Wellen zu schaukeln. Jennifer erstarrte vor Schreck und hielt für einen Moment sogar den Atem an. Das Boot schaukelte noch einen Moment weiter. Jennifer wusste sehr wohl, dass es noch nicht an der Zeit war, nicht, solange die Sonne nicht vollends versunken und der Mond wie eine silberne Scheibe am Himmel aufgegangen war, aber es war nur ein Teil von ihr, der das wusste: der logische, überlegende Teil. Die andere Jennifer, das Mädchen, das wusste, dass es sterben würde und vor Angst halb wahnsinnig war, hörte Geräusche unter dem Plätschern der Wellen, die es nicht gab: ein dumpfes Brausen und Rauschen, als stiege ein kolossaler finsterer Körper aus den eisigen Tiefen des Lochs empor, ein schweres mühsames Atmen, das Plätschern, mit dem gewaltige flossenbewehrte Arme die Fluten teilten. War da nicht ein Reiben und Schaben unter dem Boot, ein Laut, der sie an das Kratzen horniger Fingernägel erinnerte? Klang der Rhythmus der Wellen nicht plötzlich anders, als wäre ein großer Körper irgendwo in der Nähe des Bootes aufgetaucht und störe das sanfte Hin und Her des Wassers?

Mit aller Macht kämpfte das schwarzhaarige Mädchen die aufsteigende Panik nieder, schloss die Augen und presste die Lider so fest aufeinander, dass es wehtat und farbige Kreise vor ihren Augen erschienen. Ihr Herz schlug noch immer wie rasend, aber zumindest im Moment hatte sie sich noch weit genug in der Gewalt, die Panik ein letztes Mal zurückzudrängen.

Als sie die Augen öffnete, war der See wieder normal. Die Geräusche, die sie umgaben, waren die des Wassers, mehr nicht, und das Einzige, vor dem sie Angst haben musste, war ihre eigene Furcht.

Aber sie wusste, dass das nicht so bleiben würde. Der Anteil von Grau in der Farbe des Himmels war größer geworden, und hinter den Wolken war eine verwaschene helle Scheibe aufgetaucht.

Der Mond. Bald würde das Licht der Sonne vollends erlöschen, der Mond würde herrschen wie ein böses kaltes Auge, und kurz darauf würde *er* erscheinen.

Dann würde sie sterben.

Jennifer dachte es ganz kalt. Sie war vor drei Wochen neunzehn geworden – eigentlich noch ein Kind, wenn man ihren Eltern glauben wollte –, und vielleicht war sie einfach zu jung, um zu begreifen, was das Wort »Tod« bedeutete. Sie hatte keine Angst davor. Sie hatte ihre eigene Philosophie, schon seit langer Zeit, und alles, was sie empfand, war eine gelinde Neugier, ob – und wenn ja, was – es danach geben würde.

Aber sie hatte panische Angst vor dem Sterben, vor dem, was *er* mit ihr tun würde, vor dem, was kommen würde, obwohl sie gar nicht wusste, was. Aber das war ja gerade das Schlimme. Die Ungewissheit. Die Schrecken, die ihr die eigene Phantasie vorgaukelten.

Sie spürte, wie sich das hektische Pochen ihres Herzens beruhigte, sah noch einmal in den Himmel und stellte voller Schrecken fest, dass sich in das Grau jetzt ein sanfter Schimmer von Schwarz gemischt hatte. Noch Minuten – und die ersten Sterne würden wie kleine Leuchtkäfer am Himmel erscheinen, und dann –

Wieder wollte Panik wie eine graue Woge aus ihrem Inneren aufsteigen – und wieder kämpfte sie das Gefühl nieder.

Aber diesmal kostete es sie sehr große Anstrengung, und zurück blieb eine Furcht, die wie das Fieber einer Krankheit in ihren Eingeweiden wühlte.

Es wurde jetzt rasch dunkel. Von Westen – vom Meer her – trieben schwarze Wolken wie rauchige Fäuste heran, und obgleich sie so lag, dass ihr der Bootsrand den Blick auf den See verwehrte, wusste sie, dass seine Oberfläche jetzt gekräuselt und vom Wind zu einem Muster aus Millionen ineinander laufender Kreise gemacht wurde. Es hatte einmal eine Zeit gegeben – und sie lag noch nicht einmal sehr lange zurück – da hatte sie diesen Anblick geliebt. Manchmal war sie sogar die drei Meilen vom Dorf her heraufgekommen, nur um diesen flüchtigen Augenblick zwischen Dämmerung und Nacht zu erleben, den kurzen Moment, in dem sich Licht und Dunkelheit zu einer verzauberten Welt vermischten.

Aber das war gewesen, bevor sie das Geheimnis von Loch Firth kennengelernt hatte.

Bevor die Angst Einzug in ihr Leben gehalten hatte.

Ein eisiger Windhauch strich säuselnd über den See, und wieder schaukelte das Boot wie von unsichtbaren Händen bewegt auf den Wellen. Diesmal war sich Jennifer nicht mehr sicher, ob das Kratzen und Schaben, das sie zu hören glaubte, wirklich nur ihrer Einbildung entsprang. Sie hatte gehört, dass er erst kommen würde, wenn der Mond vollends aufgegangen war, aber wer sagte ihr, dass das stimmte? Vielleicht war er schon da, lauernd und unsichtbar, verborgen hinter den dichter werdenden Schatten der Nacht und auf eine Gelegenheit wartend, sie zu packen und zu sich herabzuziehen in die eisigen schweigenden Tiefen seines Reiches.

Noch einmal bäumte sich Jennifer mit aller Kraft gegen die Fesseln auf, zerrte und zog mit aller Macht an den verdrillten Hanfschnüren, die ihre Gelenke banden.

Dann riss einer der Stricke. Plötzlich waren ihre Füße frei und schlugen hart gegen den Bootsrand. Die Erschütterung ließ das kleine Schiffchen noch stärker schaukeln. Ein Schwall eisigen Wassers schwappte über seine niedrige Bordwand, durchnässte Jennifer bis auf die Haut und drang ihr in Mund und Nase.

Aber der Schock, mit dem das Wasser wie eine Hand in ihr Gesicht klatschte, wirkte wie eine Ohrfeige. Jennifer hustete, setzte sich umständlich auf und spie Wasser und bittere Galle aus. Jetzt, da ihre Beine frei waren, konnte sie auch die Stricke abstreifen, die sie am Boden des

Bootes gehalten hatten. Mit der Kraft der Verzweiflung warf sie sich herum, schüttelte die Hanfschnüre ab und hob die gefesselten Hände an den Mund. Wie besessen zerrte sie mit den Zähnen an ihren Fesseln, riss sich dabei die Lippen blutig und spürte den Schmerz nicht einmal.

Irgendwo hinter ihr erscholl ein helles, lang anhaltendes Platschen.

Jennifer erstarrte. Ihr Herz schien für eine schreckliche, endlose Sekunde auszusetzen und dann schneller und unrhythmisch weiterzuhämmern. Entsetzt fuhr sie herum. Ein heller, halb erstickter Schrei kam über ihre Lippen, während der Blick ihrer geweiteten Augen über den See raste. Die Nacht war vollends hereingebrochen, und der See erstreckte sich wie eine Ebene aus stumpfem Silber vor ihr, tausende Mal größer, als sie ihn in Erinnerung hatte. Schatten huschten über seine Oberfläche, und plötzlich waren da Wellen, die nicht sein durften, eine Bewegung, die anders und machtvoller war als die des Windes. Etwas am Schaukeln des Bootes änderte sich, der See schien zu beben, und mit einem Male spürte sie, wie sich etwas Großes, unglaublich Machtvolles dem Boot näherte.

Jennifer schrie. Plötzlich war der Rest ihrer Selbstbeherrschung dahin, alles, was sie noch empfand, waren Angst und Grauen und eine Panik, die jeden vernünftigen Gedanken erstickte. *Er* war da!

Das Boot erzitterte, als irgendetwas unten gegen seinen Rumpf stieß. Jennifer schrie abermals, stemmte sich in die Höhe – und ließ sich über die Bordwand fallen.

Das Wasser schlug wie eine eisige Decke über ihr zusammen. Sie wusste, dass sie es nicht schaffen würde, im gleichen Moment, in dem sie ins Wasser eintauchte und die Kälte fühlte. Sie war eine ausgezeichnete Schwimmerin, aber ihre Hände waren noch immer gefesselt und das Wasser war so kalt, dass sich jeder einzelne Muskel in ihrem Körper zu verkrampfen schien.

Blindlings warf sie sich herum, strampelte mit den Beinen und bekam den Kopf über Wasser. Sie wollte atmen, aber die Kälte lähmte sie. Ihr Mund stand weit offen, aber sie bekam keine Luft, und die schwarze Tiefe unter ihr schien sie herabzuziehen wie eine unsichtbare Faust.

Und dann berührte etwas ihren Fuß.

Die Berührung brach den Bann. Jennifer schrie auf, bekam für eine halbe Sekunde Luft und tauchte abermals unter. Bitter schmeckendes, eisiges Wasser drang in ihren Mund. Sie kam mit einer verzweifelten Anstrengung noch einmal an die Wasseroberfläche.

Das Ufer lag wie ein schwarzer Tuschestrich in der Nacht vor ihr, Meilen entfernt, wie es ihr vorkam. Vielleicht nur ein paar hundert Fuß in Wirklichkeit, aber genauso gut hätten es zehntausend Meilen sein können. Ihre Kräfte erlahmten bereits. Die aneinander gebundenen Hände schienen sie wie Zentnerlasten in die Tiefe zu zerren, und die Kälte kroch auf unsichtbaren Spinnenbeinen in ihren Körper. Selbst wenn ihre Hände nicht gefesselt gewesen wären, würde sie ertrinken, lange bevor sie das rettende Ufer erreichte.

Und trotzdem erschien ihr dieser Gedanke mit einem Male verlockend. Vielleicht war es besser so. Ein schneller Tod, eine Minute der Agonie, nach der sie in das große Vergessen sinken würde, *seinem* Zugriff und dem Schrecken, den *er* für sie bereithielt, entzogen. Vielleicht war der Tod die Erlösung, die einzige Flucht vor *ihm,* die ihr blieb.

Es kostete sie all ihre Kraft, es zu tun. Sie hatte nicht geglaubt, dass es so schwer sein würde. Aber sie hatte auch nicht geglaubt, dass sie den Mut aufbringen würde.

Sie atmete aus, hob die Hände aus dem Wasser und über den Kopf und ließ sich in die Tiefe sinken.

Dunkelheit und Kälte umgaben sie wie ein schweigendes Grab. Sie spürte, wie sie in die Tiefe sank, tiefer und tiefer hinab in das eisige Schweigen des Sees, wie das Wasser in ihren Mund und ihre Nase drang. Farbige Kreise erschienen vor ihren Augen, und irgendwo in ihrer Brust erwachte ein sonderbares Gefühl der Endgültigkeit. Fast fühlte sie Triumph. Sie würde sterben, aber sie war *ihm* entkommen.

Plötzlich war etwas neben ihr. Etwas Großes, das unsichtbar hinter der Schwärze des Wassers gelauert hatte, und plötzlich fühlte sie sich gepackt und in die Höhe gerissen. Eine weiche, starke Hand schmiegte sich um ihren Hals, zerrte sie nach oben und zwang ihren Kopf über die Wasseroberfläche. Sie sah nichts, nichts außer kochendem Wasser und Schatten, die ihrer eigenen Phantasie entsprangen, aber sie spürte, wie irgendetwas an ihrem Leib entlang tastete, auf ihren Magen drückte und sie zwang, wieder zu atmen. Verzweifelt trat sie unter Wasser um sich, spürte einen weichen, schwammigen Widerstand und schrie erneut auf, als sie von unsichtbaren Händen in die Höhe gehoben und gehalten wurde, sodass sie atmen musste, ob sie wollte oder nicht.

Etwas tastete nach ihren Händen, glitt beinahe sanft über die Stricke, die ihre Gelenke aneinanderbanden – und zerriss sie. Dann war der Widerstand verschwunden, das unsichtbare Etwas, das sie gerettet und befreit hatte, versank wieder in der Tiefe des Sees, und sie spürte wieder die saugende Kraft des eisigen Wassers.

Instinktiv warf sie sich nach vorn, machte mit Armen und Beinen ungeschickte Schwimmbewegungen und atmete tief und gierig ein. Der See drehte sich vor ihren Augen wie in einem irrsinnigen Tanz, die schwarzen Regenwolken am Himmel schienen zu kochen, und die Kälte betäubte sie fast, aber irgendwo in ihrem halb erloschenen Bewusstsein hatte sich der Gedanke festgesetzt, dass sie gerettet war, dass *er* ihr Opfer nicht wollte. *Er* hatte sie berührt und begutachtet und abgelehnt, und sie würde weiterleben, wenn es ihr gelang, das Ufer zu erreichen, bevor die Kälte sie vollends lähmte.

Allmählich fanden ihre Muskeln wie von selbst in den gewohnten Rhythmus der Schwimmbewegungen. Sie bewegte sich schneller und atmete gezwungen ruhig ein und aus. Das Ufer kam näher, zwar langsam, aber sichtbar. Noch hundert dieser unendlich mühsamen Schwimmzüge, und sie war gerettet.

Der Wind frischte auf, als sie noch zwanzig Yards vom Ufer entfernt war. Das Wasser kräuselte sich stärker, und plötzlich fuhr eine Bö wie eine unsichtbare Faust unter die Wolken und zerriss die schwarze Decke, die sie über dem See gebildet hatten. Groß und rund wie ein bleiches, pupillenloses Riesenauge stand der Mond am Himmel.

Jennifer begriff den grausamen Irrtum, dem sie erlegen war, erst, als sie die Bewegung unter sich spürte und das Wasser vor ihr zu schäumen begann. Aber ihr blieb nicht einmal mehr Zeit, zu schreien.

Es waren die gleichen, unmenschlichen starken Hände, die sie gerettet hatten, die sie jetzt in die Tiefe zogen.

Vor den Fenstern des Hauses am Ashton Place dämmerte der Morgen. Der große, von einer doppelten Reihe sorgsam gestutzter Bäume gesäumte Platz in einem der vornehmsten Londoner Wohnviertel lag noch verschlafen da. Hinter einigen Fenstern brannte bereits Licht, meistens in den unteren, halbwegs im Keller liegenden Räumen, in denen die Dienerschaft das Frühstück vorbereitete oder einfach noch eine Weile plauderte, bis ihre Herrschaften erwachten und der gewohnte Tagesablauf beginnen würde. Hier und da kräuselte sich dünner grauer Rauch aus den Kaminen, aber sonst zeigte sich nirgends eine Spur von Bewegung. Über dem sorgsam gekehrten Kopfsteinpflaster des Platzes lag ein klammer Nebelhauch wie ein letzter Gruß der Nacht. Nicht einmal die Tauben, die normalerweise als Erste mit ihrem unablässigen Gurren und Schimpfen die Sonne begrüßten, waren an diesem Morgen zu sehen. Es war, als hätte der Tag verschlafen.

Das leise Geräusch der Tür drang wie ein Laut aus einer anderen Welt in meine düsteren Gedanken und ließ mich aufsehen. Es war Mary, meine Haushälterin. Sie sah so übernächtigt aus, wie ich mich fühlte, aber auf ihren bleichen Zügen lag ein Lächeln, und der Anblick der dampfenden Kaffeekanne, die sie zusammen mit zwei Tassen und einer silbernen Zuckerschale auf einem Tablett vor sich hertrug, hob meine Stimmung wenigstens um eine Kleinigkeit.

Ich raffte mich dazu auf, ihr Lächeln zu erwidern, ließ die Gardine fahren und trat vom Fenster zurück. Erst jetzt fiel mir auf, wie kühl es im Zimmer war. Obwohl der Kalender erst Ende September anzeigte, wurden die Nächte bereits empfindlich kalt, und das Feuer im Kamin war heruntergebrannt, während ich am Fenster gestanden und hinausgestarrt hatte. Fröstelnd ging ich vor dem fast erloschenen Kamin in die Knie, legte ein neues Scheit in die Glut und rieb die Hände ineinander.

»Sie haben wieder nicht geschlafen, Robert«, sagte Mary vorwurfsvoll. Porzellan klirrte, und als ich aufstand und mich herumdrehte, war sie gerade dabei, die zweite Tasse mit dampfend heißem Kaffee zu füllen.

»Doch«, log ich. »Ich bin nur früh aufgestanden.« Ich setzte mich, griff nach der Tasse und nippte vorsichtig an dem heißen Getränk. Mary ließ sich auf den zweiten Stuhl vor dem kleinen Tischchen nieder und sah mich mit einer Mischung aus Vorwurf und Sorge an. Ich war froh, dass sie da war. Mary Winden war viel mehr für mich als eine Haushälterin oder ein weiblicher Majordomus. Sie war einer der ganzen wenigen Menschen, für die ich Zuneigung empfand und die dieses Gefühl erwiderten.

»Sie haben kein Auge zugetan«, sagte sie streng. »Das Licht hat die ganze Nacht gebrannt –«

»Ich schlafe oft bei Licht«, sagte ich, aber Mary fegte meine Worte mit einer fast ärgerlichen Handbewegung zur Seite.

»– und ich habe während der ganzen Nacht Ihre Schritte gehört«, fuhr sie unbeeindruckt fort. »Sie bringen sich um, Robert, ist Ihnen das klar?«

»Und wenn«, murmelte ich. »Ich glaube nicht, dass es ein großer Verlust für die Menschheit wäre.« Ich lächelte schief, als ich sah, wie es in Marys Augen aufblitzte, beugte mich vor und nippte wieder an meinem Kaffee. Das Getränk war so heiß, dass ich seinen Geschmack nicht einmal spürte, und ich hatte in den letzten Tagen zu viel davon in mich hineingeschüttet, als dass er noch eine irgendwie geartete belebende Wirkung gehabt hätte.

»Macht es Ihnen großen Spaß, sich in Selbstmitleid zu ergehen?«, fragte Mary plötzlich. »Oder ist es einfach nur Feigheit?«

»Wie ... meinen Sie das?«, fragte ich verwirrt. Marys plötzliche Aggressivität überraschte mich. Ich hatte sie als zwar energische, aber doch durch und durch sanftmütige Frau kennengelernt, über deren Lippen kaum je ein böses Wort kam.

»Das wissen Sie sehr gut, mein Junge«, sagte sie scharf. »Seit nahezu zwei Wochen verbarrikadieren Sie sich in diesem Zimmer, leben nur von Kaffee und Tabletten und richten sich selbst zugrunde.« Mit einer zornigen Geste deutete sie auf die Bücher und Manuskripte, die sich in fast meterhohen Stapeln auf dem Boden, dem Schreibtisch und jedem nur erdenklichen freien Fleck gesammelt hatten.

»Ich weiß nicht, was Sie da tun«, fuhr sie fort, »aber was immer es ist, Sie werden es nicht zu Ende führen, wenn Sie sich vorher umbringen.«

»Was ich tue?« Ich leerte meine Tasse und hob abwehrend die Hand, als Mary nachschenken wollte. »Ich suche, Mary«, sagte ich. »Ich suche nach einem Hinweis, einer Möglichkeit –«

»Suchen Sie sich ein Bett und schlafen Sie sechsunddreißig Stunden aus«, fiel mir Mary ins Wort. »Vielleicht haben Sie dann mehr Erfolg.«

Ich starrte sie an, aber mit Augen, die seit Tagen kaum mehr Schlaf gefunden haben und vor Müdigkeit ständig von selbst zufallen wollen, starrt es sich schlecht, und Mary hielt meinem Blick gelassen stand. Ich konnte ihr nicht einmal böse sein. Sie meinte es gut, und sie wusste ja nicht, wonach ich suchte, und warum.

Nun, was das *wonach* anging, wusste ich es selbst nicht einmal. Einen Hinweis. Irgendeine versteckte Andeutung, vielleicht nur ein Wort, dessen Bedeutung mir bis jetzt entgangen war.

»Sie verstehen das nicht, Mary«, murmelte ich.

»Glauben Sie?«, fragte sie gereizt. »Sie scheinen zu glauben, dass in meiner Brust ein Stein ist, wo das Herz sein sollte. Wofür halten Sie mich – für blind oder herzlos? Sie sind seit zwei Wochen zurück, und seit der gleichen Zeit sind Howard und Rowlf verschwunden. Und warum auch immer, Sie geben sich die Schuld daran.«

Ich verzichtete auf eine Antwort. Es wäre ziemlich lächerlich gewesen, Mary belügen zu wollen. Aber sie kannte nur einen Teil der Wahrheit. Es stimmte, dass ich mir die Schuld an Howards Verschwinden gab, denn letztendlich war ich es gewesen, der ihn auf die Spur der Albinoratte gesetzt hatte, auf eine Expedition, von der weder er noch Rowlf zurückgekehrt waren. Aber das war es nicht allein. Es gab da noch zwei Namen, zwei Gesichter, die mir nicht aus dem Sinn gingen: Lady Audley McPhaerson und Shadow.

Ich hatte versucht, sie zu vergessen, mit aller Macht, aber ich hatte eher das Gegenteil erreicht. Ihr Anblick schien allgegenwärtig. Der Gedanke, Schuld an ihrem Tod zu sein, war unerträglich. In den letzten Tagen hatte das Bild ihrer beiden Gesichter und der stumme Vorwurf in den Blicken, mit denen sie mich anzustarren schienen, begonnen, mich selbst in meine Träume zu verfolgen. Das war der wirkliche Grund, weswegen ich kaum noch schlief.

Ich hatte Angst davor.

Angst, alles noch einmal zu erleben, die schreckliche Szene am Fuße des Kraterwalles noch einmal durchleben zu müssen, immer und immer und immer wieder. Lady Audley hatte mir vertraut, bis zum letzten Moment, und sie war in meinen Armen gestorben. Und Shadow hatte ihr Leben geopfert, um meines zu retten. Es war nicht einmal das erste Mal, dass so etwas geschah.

»Sie müssen endlich aufhören, sich selbst zu quälen, Junge«, fuhr Mary fort, als ich auch nach einer Weile noch keine Anstalten machte, zu antworten. »Mit Selbstvorwürfen helfen Sie niemandem. Auch Howard und Rowlf nicht.«

»Es sind keine Selbstvorwürfe, Mary«, antwortete ich ernst. »Ich wollte, sie wären es. Aber es ist die Wahrheit. Es ist ein Fluch, Mary. Mein Fluch.«

»Unsinn«, widersprach sie, aber diesmal ließ ich ihre Worte nicht gelten.

»Es ist kein Unsinn«, sagte ich, heftiger, als nötig gewesen wäre. »Ich weiß nicht, was es ist, aber ich scheine Unglück zu verbreiten wie ein tollwütiger Hund seine Krankheit. Jeder, mit dem ich zusammentreffe, kommt auf die eine oder andere Weise zu Schaden oder verschwindet.«

»Sie haben Pech gehabt, Robert«, begann Mary, aber ich ließ sie nicht weiterreden.

»Pech?!« Ich schrie fast. »Pech, Mary? Ein Pech, wie es Priscylla hatte, als sie den Fehler beging, sich ausgerechnet in mich zu verlieben? Oder Shannon, der dumm genug war, mich zu retten, statt mich umzubringen? Oder Lady McPhaerson, die so verrückt war, zu glauben, ich könnte ihr helfen. Ausgerechnet ich?« Ich ballte die Faust, schüttelte ein paar Mal hintereinander den Kopf und ließ die Hand so fest auf den Tisch klatschen, dass die Kaffeetassen zu klirren begannen. Erschrocken setzte ich mich wieder auf und wischte die Kaffeetropfen, die auf die Platte geraten waren, mit dem Jackenärmel fort. Mary runzelte tadelnd die Stirn.

»Das hat nichts mehr mit Pech zu tun, Mary«, sagte ich, etwas leiser, aber noch immer sehr erregt. »Sehen Sie denn nicht das System darin? Ich selbst scheine immun zu sein, aber wer immer längere Zeit in meiner Nähe ist, geht auf die eine oder andere Weise zugrunde.«

»Bis jetzt fühle ich mich noch ganz lebendig«, konterte Mary.

»Und was ist mit Ihrer Tochter?«, fragte ich spitz. Meine Worte taten mir fast augenblicklich leid, denn ich sah, wie Mary zusammenfuhr und heftig die Lippen aufeinander presste. Ich kam mir gemein vor. Es ist nicht besonders tapfer, alte Wunden aufzureißen. Schon gar nicht bei einem der wenigen Menschen, die wirklich uneingeschränkt auf meiner Seite standen. Aber auch das schien irgendwie dazuzugehören. Ich bezeichne mich nicht als Heiligen, nicht einmal als besonders guten Menschen, aber ich wache auch nicht jeden Morgen mit dem festen Vorsatz auf, jeden, der mir über den Weg läuft, vor den Kopf zu stoßen. Und trotzdem tat ich es immer wieder, ohne es zu wollen.

»Es tut mir leid«, sagte ich leise.

Mary winkte ab. »Schon gut, Robert. Sie haben ja Recht. Vielleicht sollte ich mich nicht in Dinge mischen, die mich nichts angehen.«

Ihre Worte trafen mich wie glühende Pfeile. Ich hatte ihr wehgetan, sehr weh, und das war so ungefähr das Letzte, wonach mir der Sinn stand.

»Wie ... geht es Ihrer Tochter überhaupt?«, fragte ich.

Mary versuchte zu lächeln, aber es wirkte sehr gezwungen. »Gut«, sagte sie. »Sie hat letzte Woche geschrieben. Das Internatsleben scheint ihr zu bekommen.« Aber ihr Blick war starr, als sie diese Worte sprach, und was immer sie dabei sah – ich war es nicht. Plötzlich stand sie auf und begann beinahe hektisch Tassen und Kanne wieder auf ihr Tablett zu laden.

Ich griff nach ihrer Hand und hielt sie fest. »Es tut mir leid, Mary«, sagte ich. »Verzeihen Sie.«

Ich hatte halbwegs damit gerechnet, dass sie ihre Hand zurückziehen würde, aber sie tat es nicht, sondern hielt meine Finger im Gegenteil nur noch fester und schenkte mir ein warmes, verzeihendes Lächeln. »Schon gut, Robert«, sagte sie. »Wir sind beide nervös. Ich habe Howard auch gemocht, wissen Sie?« Sie setzte das Tablett noch einmal ab und sah mich fragend an. »Was hat dieser Cohen gesagt?«

»Nichts, was uns weiterhelfen würde«, murmelte ich. »Sie haben seinen Bruder und die meisten dieser Rattenanbeter gefunden. Nur von Howard und Rowlf ist keine Spur zu entdecken. Aber sie suchen weiter.«

Mary wollte etwas erwidern, aber in diesem Moment erscholl die Türglocke, und ich fuhr wie unter einem Hieb zusammen. In den letzten Tagen reagierte ich extrem auf alles Unerwartete. Meine Nervenkraft war wirklich am Ende.

»Wer mag das sein?«, wunderte sich Mary. »Um diese Zeit? Es ist nicht einmal fünf.«

Ich zuckte mit den Schultern, ging zur Tür und strich mir automatisch mit den Händen über die Jacke, obgleich das bei einem Gehrock, den ich seit vier Tagen nicht vom Leibe genommen und in dem ich stundenweise geschlafen hatte, ein recht aussichtsloses Unterfangen war.

Charles, der die Stelle des alten Henry als Majordomus eingenommen hatte, war bereits an der Tür, als ich in die Halle kam.

Das helle Licht blendete meine überreizten Augen, sodass ich den morgendlichen Besucher nur als finsteren Umriss sehen konnte, als Charles die Tür öffnete. Aber mehr war auch nicht nötig, denn ich erkannte ihn im gleichen Moment, in dem er die Hand an den Hut hob und Charles begrüßte. Ich würde seine Stimme niemals im Leben vergessen, denn er war dabei gewesen, als dieser ganze schreckliche Albtraum begann.

Abrupt blieb ich stehen und starrte den stämmigen, in einen zerschlissenen grauen Mantel gekleideten Mann an. »Bannermann!«

Der ehemalige Kapitän der *Lady of the Mist* nickte, nahm seinen Hut ab und trat an Charles vorbei ins Haus. Als er näher kam, sah ich, dass er sich verändert hatte; weitaus stärker, als es in den über zwei Jahren seit unserer letzten Begegnung normal gewesen wäre. Er wirkte bleich, was noch an der frühen Stunde oder einer Nacht mit zu wenig Schlaf liegen mochte. Aber er hatte auch abgenommen, und in seinem Gesicht waren tiefe, scharf wie Narben gezeichnete Linien erschienen, die ich damals nicht bemerkt hatte. Ein stummer Vorwurf lag in seinem Blick, dazu ein Ausdruck von Schmerz, der sich über unzählige lange Monate hineingegraben haben musste.

Ich wurde mir der Tatsache bewusst, dass ich ihn anstarrte, löste mich mit einem verlegenen Lächeln von meinem Platz an der Treppe und streckte ihm die Hand entgegen. Bannermanns Haut fühlte sich kalt und klebrig an, als hätte er Fieber.

»Bannermann!«, sagte ich noch einmal. »Kapitän Bannermann – welche Freude, Sie endlich wiederzusehen. Welcher Wind hat Sie zurück nach London getrieben?«

Bannermann starrte mich an, und als ich seinem Blick begegnete, schauderte ich. Es war der Blick eines Verzweifelten.

»Ich brauche Ihre Hilfe, Craven«, antwortete er.

Thruman setzte das Fernrohr ab und schob es zusammen, ohne den Blick vom Meer zu nehmen. Der Sturm, der das kleine Küstenpatrouillenschiff während der letzten zwei Tage und drei Nächte gebeutelt hatte, war mit dem ersten Licht des Tages zu einer zwar noch immer steifen, aber nicht mehr gefährlichen Brise abgeflaut, und verglichen mit dem grauen Schäumen und Toben, durch das die *Silver Arrow* während der vergangenen beinahe sechzig Stunden gestampft war, lag das Meer fast ruhig da.

Wirklich ruhig war es aber nicht. Jemandem, der zum ersten Mal in seinem Leben einen Fuß auf die Planken eines Schiffes gesetzt hätte, wäre das Schaukeln und Wiegen der *Arrow* wie ein wütendes Aufbäumen vorgekommen, und der Wind riss noch immer eisiges Salzwasser von der Meeresoberfläche hoch, und hüllte das Schiff in eine Wolke aus Kälte und alles durchdringender Feuchtigkeit.

Kapitänleutnant Thornton Thruman nahm das alles nur am Rande wahr; mit einem winzigen Teil seines Bewusstseins, der beinahe unabhängig von seinem normalen Denken und Handeln funktionierte.

Sein Hauptaugenmerk galt dem Meer, genauer gesagt, einer ganz bestimmten Stelle – weniger als eine halbe Seemeile leewärts der *Arrow.*

Thruman sah sich unschlüssig um, winkte seinen Ersten Offizier heran und zog das Glas wieder auseinander, als der Mann einen Schritt neben ihm stehen blieb, die Absätze zusammenknallte und zackig salutierte. Thruman zog eine Grimasse.

»Hören Sie gefälligst mit dem Quatsch auf, Mister Spears«, sagte er. »Wir sind hier nicht auf der Seeakademie und auch nicht im Hafen. Hier – schauen Sie lieber, und sagen Sie mir, was Sie sehen.«

Spears griff gehorsam nach dem Glas und blickte konzentriert in die Richtung, in die der ausgestreckte Arm des Kapitäns deutete. Thruman beobachtete aufmerksam seinen Gesichtsausdruck. Zuerst waren die Züge des IO schlaff und blass wie immer, dann, ganz plötzlich, erschien ein zuerst überraschter, dann beinahe erschrockener Ausdruck darauf. Thruman unterdrückte im letzten Moment ein zufriedenes Nicken, als Spears das Glas absetzte und nun mit bloßem Auge nach Osten starrte.

»Was ist das?«, murmelte er.

Thruman hob die Schultern. »Das weiß ich so wenig wie Sie, Mister Spears«, antwortete er. »Zuerst hielt ich es für ein Tier. Es haben sich schon Wale in diese Gewässer verirrt.«

»Ich weiß.« Spears nickte, ohne den Blick von dem grauschwarzen Schatten zu nehmen, der immer wieder hinter den Wellen verschwand und erneut auftauchte, ein ewiges Auf und Ab, das eine beinahe einschläfernde Wirkung auf jeden Betrachter hatte. »Aber dafür ist es zu groß. Ich kenne mich da aus, Sir.«

»Ich weiß. Deshalb habe ich Sie gerufen. Sie haben früher auf einem Walfänger gearbeitet, nicht wahr? Was könnte das sein?«

Spears wiegte unschlüssig den Kopf. »Ich habe keine Ahnung, Sir«, gestand er schließlich. »Es muss fast doppelt so groß sein wie der längste Blauwal, von dem ich je gehört hatte. Das Ding ist mindestens vier Mal so groß wie die *Arrow.* Vielleicht ein Riff, ein Felsen, der nicht auf den Karten verzeichnet ist.«

Thruman blickte ihn eine endlose Sekunde lang an, dann schüttelte er den Kopf und deutete auf den monströsen Schatten hinaus. »Es bewegt sich, Spears.«

Spears erschrak sichtlich. »Sind Sie ... sicher, Sir?«, fragte er. »Ich meine, die See ist unruhig, und –«

»Ich bin sicher«, sagte er betont. »Ich beobachtete dieses Ding schon die halbe Nacht hindurch. Es bewegt sich. Es hält immer den gleichen Abstand zur *Arrow,* Spears.« Er atmete ein, ganz in der Art, als wolle er weiterreden, besann sich aber dann anders und nickte nur bekräftigend. »Ich irre mich nicht, Spears. Das Ding bewegt sich. Mit der exakt gleichen Geschwindigkeit wie wir.«

Es gab etwas, was er nicht aussprach. Es war nicht nur die Größe dieses Dinges, die ihn beunruhigte. Er war sicher, dass es keiner der anderen bemerkt hatte, denn das knappe Dutzend Männer, das die gesamte Besatzung des kleinen Schoners bildete, hatte während der Nacht alle Hände voll zu tun gehabt, das Schiff gegen den Sturm zu legen und der berüchtigten Steilküste nicht zu nahe zu kommen. Aber er hatte es gesehen. Den Schatten. Seine Bewegung, gleichzeitig träge wie elegant, ein ungeheuer machtvolles Pflügen und Gleiten immer dicht unter der Wasseroberfläche. Und das Licht. Drei- oder viermal hatte er einen schwachen, aber trotzdem deutlichen Lichtschein gesehen, einen Punkt grünlichgelber, flackernder Helligkeit dicht unter der Wasseroberfläche.

Aber das sprach er lieber nicht aus.

»Seetang«, sagte Spears plötzlich.

Thruman schrak aus seinen Gedanken hoch, blinzelte einen Moment verstört und sah den IO fragend an. »Wie meinen Sie das?«

»Es kommt vor«, antwortete Spears, noch immer aus eng zusammengekniffenen Augen nach Osten starrend. »Nicht in diesem Teil der Welt und auch nicht sehr häufig. Aber es kommt vor. Manchmal bilden sich gewaltige schwimmende Inseln aus Seetang, so groß wie eine Stadt. Haben Sie schon einmal von der Sargasso-See gehört?«

Thruman lächelte verzeihend. »Ich bin in Ihren Augen vielleicht nur ein Süßwassermatrose, IO«, sagte er. »Aber ich kann lesen.«

Der Offizier schluckte nervös, schien plötzlich nicht mehr zu wissen, wohin mit seinen Händen, und rettete sich in ein gequältes Lächeln. »Es tut mir leid, Sir. Ich wollte Sie nicht beleidigen.«

Thruman winkte ab. »Schon gut. Sie denken also, es könne sich um Seetang handeln?«

»Ich ... weiß nicht, Sir«, stotterte Spears, der über seine eigene Idee plötzlich gar nicht mehr so glücklich zu sein schien wie noch vor Sekunden. »Das Ding muss an die siebzig Yards messen.«

»Vielleicht wäre das eine Erklärung«, murmelte Thruman. »Sie haben den letzten Befehl aus London erhalten, nehme ich an. Wir sollen nach allem Ungewöhnlichen Ausschau halten. Es sind mehrere kleine Schiffe verschwunden seit dem Winter.«

Spears antwortete nicht, und nach einer Weile fuhr der Kapitän fort: »Diese Sargasso-See, Mister Spears ... man sagt, dass schon Schiffe hineingeraten und so vom Tang umschlungen worden sind, dass sie nie wieder herauskamen. Stimmt das?«

»Ich habe keine Ahnung«, gestand Spears. »Aber wenn Sie meine persönliche Meinung hören wollen ...«

»Das will ich«, sagte Thruman, als der IO nicht weitersprach.

»Seemannsgarn«, sagte Spears. »Eine kleine Segeljolle kann sich vielleicht darin verfangen, oder ein Ruderboot. Aber kein Schiff wie die *Arrow.* Nicht einmal eines der Fischerboote, die hier verschwunden sein sollen.« Er deutete mit einer Kopfbewegung auf die Steilküste Schottlands, die auf der anderen Seite des Schiffes wie ein weißer Kreidestrich zwischen Himmel und Meer sichtbar war. »Die Küste hier ist für ihre Strömungen und Tücken bekannt.«

»Ich weiß«, sagte Thruman seufzend. »Aber trotzdem ... Befehl ist Befehl. Lassen Sie beidrehen, Mister Spears. Wir nehmen Kurs auf diese Erscheinung. Mal sehen, ob sie unserem Dieselmotor davonläuft.«

Spears salutierte hastig, fuhr herum und lief, schräg gegen den Wind geneigt, zur Brücke zurück. Thruman hörte ihn Befehle brüllen. Wenige Augenblicke später begann sich die stumpfe Nase mit einer täuschend langsamen Bewegung nach Osten zu drehen, genau auf den gewaltigen, langgestreckten Umriss eine halbe Meile entfernt zu. Kurz darauf begann das Deck unter seinen Füßen sanft zu beben, als das Patrouillenboot Fahrt aufnahm.

Ganz langsam kam der Schatten näher. Es war wie die Male zuvor – er entfernte sich von der *Arrow* und schien dabei ein Stück tiefer unter die Meeresoberfläche zu gleiten, aber Thrumans Rechnung schien aufzugehen. Der vollen Kraft der beiden supermodernen Dieselmotoren, die im Bauch der *Arrow* tuckerten, hatte die Erscheinung nichts entgegenzusetzen. Langsam, sehr sehr langsam, aber trotzdem unaufhaltsam, verringerte sich die Entfernung zwischen dem Patrouillenschiff und dem sonderbaren Ding.

Aus dem zerfaserten, scheinbar formlosen Schatten, der das Schiff die ganze Nacht über begleitet hatte, wurde ein langgestreckter, gewaltiger Umriss. Thruman erschrak insgeheim, als er sah, dass Spears Schätzung eher zu vorsichtig gewesen war. Der Schatten war so breit, wie die *Arrow* vom Bug bis zum Achtersteven maß, und dabei gut fünf Mal so lang wie sein Schiff. Mindestens achtzig Meter, schätzte er, wenn nicht mehr. Es gab auf der ganzen Welt kein Tier, das so groß war.

Keines, das der Wissenschaft bekannt gewesen wäre, verbesserte er sich in Gedanken. Die Meere waren groß und selbst heute noch zum Teil unerforscht, und in ihren lichtlosen Tiefen mochten Geschöpfe leben, die sich selbst die gewaltigste Phantasie nicht vorzustellen vermochte. Was, wenn das Ding da vorne nun keine schwimmende Tanginsel war, sondern ein Meeresungeheuer, das sie mit ihrer beharrlichen Verfolgung reizten? Er hatte Spears vorhin mit voller Absicht nicht die ganze Wahrheit gesagt. Zwei von den Schiffen, die in den letzten Wochen in diesem Teil Schottlands gesunken oder schlichtweg verschwunden waren, waren größer als die *Arrow* gewesen. Weitaus größer.

Aber es gab etwas, was sie nicht gehabt hatten.

Mit einer entschlossenen Bewegung drehte sich Thruman von der Reling weg, machte Spears oben auf der Brücke mit einer Handbewegung auf sich aufmerksam und deutete dann zuerst auf den Schatten, dann auf die wuchtige, mit wasserdichten Planen abgedeckten Haubitze am Bug des Schiffes. Spears schien einen unmerklichen Moment zu zögern, dann nickte er übertrieben pantomimisch, damit Thruman die Bewegung auch sah, und löste das Sprechrohr neben sich aus der Halterung.

Nicht einmal zwei Minuten später erschienen drei Männer an Deck, eilten zum Bug und begannen, das Geschütz feuerbereit zu machen. Das hochspritzende Wasser durchnässte sie in wenigen Augenblicken bis auf die Haut, aber sie waren Männer, die wussten, was sie taten, und jeden Handgriff hunderte Mal geübt hatten.

Die Entfernung zwischen den fliehenden Schatten – denn anders konnte man sein Verhalten beim besten Willen nicht mehr benennen – und der *Arrow* war auf weniger als zweihundert Yards zusammengeschmolzen, als die Haubitze feuerbereit war. Aber Thruman zögerte noch. Sie waren dem Ding sehr nahe gekommen, und was er sah, verstörte ihn zutiefst. Es war ein Gigant, ein titanisches langgestrecktes Etwas wie ein ins Absurde vergrößerter Delfin, ohne sichtbare Flossen oder andere Fortbewegungsmittel, der sich trotzdem mit fast unglaublicher Schnelligkeit zu bewegen wusste. Wenn es ein Tier war, dachte er, dann musste es stark genug sein, ein Schiff wie die *Arrow* schlichtweg zu zermalmen.

Wenn er ihm die Chance dazu ließ. Für einen Moment dachte er noch an das halbe Dutzend Schiffe, das mitsamt seiner Besatzungen spurlos verschwunden war, dann hob er den Arm, sah den Mann an der Haubitze auffordernd an – und senkte mit einem Ruck die Hand.

Mit einem dumpfen Krachen entlud sich die Waffe. Das Geschoss raste in einer langgestreckten Parabel auf den Schatten zu, brach gischtend durch die Wasseroberfläche und traf ihn dicht hinter der Stelle, an der sein Schädel sitzen musste; wenn er so etwas wie einen Schädel besaß. Einen Sekundenbruchteil später blitzte es zwanzig Fuß unter dem Meer grell auf, und dann nahm ein wahrer Vulkan von hochspritzendem Schaum und Wasser und wirbelnden silbernen Luftblasen Thruman und den anderen die Sicht.

Es war ein Blattschuss. Ein Treffer wie aus dem Lehrbuch, wie er genauer nicht mehr sein konnte. Ein dumpfer, berstender Ruck ging durch den Rumpf des Schiffes, und irgendetwas Gigantisches, Graues, schien sich hinter dem Vorhang aus kochendem Schaum aufzubäumen. Plötzlich begann das Meer zu zittern. Ein ungeheuerlicher Schatten huschte unter der *Arrow* hindurch, vollführte eine fast unmögliche Drehung und versank wie ein Stein. Die gewaltige Masse des Ungeheuers reichte, für Sekunden einen Sog zu erzeugen, der selbst die *Arrow* in Bewegung setzte. Das kleine Küstenboot legte sich auf die Seite, wurde nach vorne und herab gesogen und begann sich wie ein Kreisel zu drehen, ehe die Kraft der Dieselmotoren den Sog des Wassers brach und es stampfend und bockend zum Stillstand brachte.

Mühsam rappelte sich Thruman auf. Der plötzliche, mehrfache Ruck hatte nicht nur ihn von den Füßen gerissen, aber keiner seiner Männer schien ernsthaft verletzt zu ein, wie er mit einem raschen Blick feststellte. Einer von ihnen war sogar schon wieder dabei, die Haubitze neu zu laden, falls das Monstrum ein zweites Mal auftauchen sollte.

Allmählich beruhigte sich das hektische Schaukeln und Zittern des Schiffes. Das Meer schäumte noch immer, und aus der Tiefe stiegen unablässig große, glitzernde Luftblasen empor und zerplatzten rings um die *Arrow* – aber von dem Ungeheuer war keine Spur mehr zu sehen. Die Granate musste es auf der Stelle getötet und zurück in das eisige dunkle Grab geschleudert haben, aus dem es auferstanden war.

Und gleichzeitig wusste Thruman, dass es nicht so war. Die Haubitze war eine gewaltige Waffe; ihre Granaten mochten in ihrer Wirkung fürchterlich genug sein, einen Elefanten zu töten, vielleicht sogar einen von Spears Blauwalen. Aber ein Lebewesen von der fünffachen Größe der *Arrow?* Wie ein Jäger, der einer noch unsichtbaren Beute auflauert, spürte er einfach, dass das Ungeheuer noch da war, tief unter ihnen, verborgen und versteckt, aber lauernd.

Plötzlich erbebte das Schiff unter seinen Füßen wie unter einem Hammerschlag, er hörte Schreie, ein gewaltiges Rauschen und Klatschen, als breche etwas Riesiges unmittelbar hinter der *Arrow* durch die Meeresoberfläche, fuhr herum – und erstarrte vor Entsetzen.

Das Letzte, was Kapitänleutnant Thruman in seinem Leben sah, war eine haushohe, wie eine Wand aus Glas nach vorn geneigte Bugwelle, hinter der ein gewaltiger, schwarzgrau glänzender Schatten heranraste und die *Arrow* unter sich zermalmte.

Wir waren hinaufgegangen – nicht in die Bibliothek, denn nach vier Tagen, in denen ich mich darin eingeschlossen und praktisch ununterbrochen gearbeitet hatte, glich sie eher einem Trümmerhaufen als einem bewohnbaren Zimmer –, und Mary hatte uns frischen Kaffee gebracht, dazu ein Tablett mit belegten Broten, über die Bannermann ohne ein weiteres Wort hergefallen war, als wäre er ausgehungert. Und obwohl ich vor Neugierde schier aus den Nähten platzte, hatte ich mich geduldet und die Zeit genutzt, ihn eingehend zu mustern.

Sein Anblick erschütterte mich. Ich hatte Bannermann als zwar ernsten, aber durchaus lebensbejahenden Menschen in Erinnerung, als einen Mann, der vielleicht nicht glücklich war mit dem Platz, den ihm das Schicksal zugewiesen hatte, aber das Beste daraus zu machen verstand.

Jetzt saß ich einem körperlichen und seelischen Wrack gegenüber. Mein erster Eindruck, dass er krank sei, war falsch gewesen. Die dunklen Linien in seinem Gesicht waren Spuren, die Sorge und Not hineingegraben hatten, und das Feuer in seinen Augen brannte vor Verbitterung. Seine Hände zitterten unentwegt, und obwohl er vier oder fünf Tassen Kaffee in sich hineinschüttete, blieben seine Lippen trocken und rissig. Ich war nicht sehr überrascht, als er sein Frühstück beendet hatte und mich um einen Whisky bat.

Schweigend stand ich auf, füllte ein Glas und nahm vorsichtshalber die Flasche gleich mit zurück zum Tisch. Bannermann leerte den ersten Drink, schenkte sich das Glas erneut – und bis unter den Rand – voll und trank beinahe gierig. Als er meinen Blick bemerkte, stockte er für einen Moment. Aber nur für einen Moment.

»Wie lange trinken Sie schon?«, fragte ich, als er sich den dritten Whisky eingoss.

Bannermann sah mich ernst an, nahm einen gewaltigen Schluck und drehte das Glas in den Fingern. »Seit ein paar Wochen«, sagte er. »Ich habe noch nicht viel Übung darin. Aber ich lerne es schon.« Er sah auf, starrte mich einen Moment lang an und verzog die Lippen zu einem schmerzlichen Lächeln. »Ich habe versucht, mich zu Tode zu trinken. Aber es geht nicht.«

Als er das Glas das nächste Mal ansetzte, griff ich nach seiner Hand und drückte sie herunter. Bannermann grunzte unwillig und versuchte meine Hand abzustreifen, aber ich schüttelte nur den Kopf, beugte mich vor und nahm ihm Glas und Flasche weg.

»Sie wollten etwas von mir«, sagte ich. »Schon vergessen, Bannermann?«

Bannermann griff nach dem Glas und funkelte mich ärgerlich an, als ich abermals abwehrte. »Zum Teufel, geben Sie die Flasche her, Craven«, raunzte er. »Ich brauche einen Schluck!«

Ich blieb stur. »Warum sind Sie gekommen, Bannermann?«, fragte ich scharf. »Wollen Sie meine Hilfe oder meinen Whisky?«

»Beides«, murmelte Bannermann.

»Das geht nicht. Sie können die Flasche haben und damit verschwinden – oder Marys vorzüglichen Kaffee trinken und mit mir reden. Entscheiden Sie sich.« Ich verkorkte die Flasche, stand umständlich auf und trug sie fort. Bannermanns Augen schienen zu brennen, als ich zurückkam. Seine Finger spannten sich so fest um die Tischkante, als wolle er das Möbelstück zerbrechen. Plötzlich nickte er.

»Sie haben Recht. Entschuldigen Sie, Craven. Es tut mir leid.«

»Was ist geschehen?«, fragte ich. »Was ist mit Ihnen passiert, Kapitän?«

Bannermann schürzte die Lippen. »Vergessen Sie den Kapitän«, sagte er. »Ich bin es nicht mehr.«

»Sie haben abgeheuert?«, fragte ich überrascht.

Bannermann lachte rau. »Nicht direkt. Ich habe mein Kapitänspatent zwar noch, aber es gibt im ganzen Empire keinen Reeder mehr, der mir noch sein Schiff anvertrauen würde.« Er schwieg einen Moment, und wieder schien sein Blick geradewegs durch mich hindurchzugehen. Seine Kiefer pressten sich aufeinander.

»Ich bin am Ende, Craven«, sagte er. »Erledigt. Ich habe mein Schiff verloren. Mein Name steht ganz oben auf allen schwarzen Listen, die Sie sich denken können. Ich habe versucht, einen Job zu finden, aber niemand will mich mehr.«

Einen Moment lang blickte ich ihn verständnislos an. »Ich begreife nicht ganz, wovon Sie reden«, gestand ich schließlich. »Dr. Gray sagte mir, er hätte die Sache in Ordnung gebracht, und –«

»Ich spreche nicht von der *Lady«*, unterbrach mich Bannermann. »Ihr Anwalt hat sein Wort gehalten. Das Seegericht hat mich freigesprochen.«

»Das will ich hoffen«, murmelte ich. »Der Spaß hat mich genug Geld gekostet.«

»Geld?« Bannermann runzelte die Stirn.

Ich nickte. »Aber natürlich. Warum, glauben Sie wohl, hat die Reederei nicht auf einer vollständigen Aufklärung der Sache bestanden? Ich habe die *Lady of the Mist* bezahlt, bis auf den letzten Penny. Ganz abgesehen davon waren Sie unschuldig.«

»Wen interessiert das schon?«, murmelte Bannermann.

»Ich werde mit Ihrer Reederei sprechen«, sagte ich. »Ich bin sicher, in dieser Angelegenheit etwas für Sie tun zu können. Schlimmstenfalls«, fügte ich mit einem nicht ganz echt klingenden Lachen hinzu, »kaufe ich Ihnen ein Schiff.«

Bannermann starrte mich an, und ich begriff, dass ich wieder einmal das Falschestmögliche überhaupt gesagt hatte. In diesen Dingen begann ich ein gewisses Talent zu entwickeln.

»Geld«, murmelte er. »Sie gehören wohl auch zu den Menschen, die glauben, alles mit Geld erreichen zu können, wie?« Er spie das Wort hervor, als wäre es eine Obszönität. »Zum Teufel, Craven, wenn ich Geld von Ihnen haben wollte, hätte ich Ihnen einen Brief geschrieben. Ich bin hier, weil ich am Ende bin. Ich ... ich kann nicht mehr. Ich weiß nicht mehr, was ich tun soll. Wenn es mir nicht gelingt, meine Unschuld zu beweisen, finde ich nicht einmal mehr einen Job als Parkwächter. Wissen Sie, was einem Kapitän passiert, der zweimal hintereinander sein Schiff und den größten Teil seiner Mannschaft verliert? Sie könnten die gesamte englische Flotte kaufen, Craven. Niemand würde mehr unter meinem Kommando fahren.«

»Was ist passiert?«, fragte ich zum zweiten Mal.

Bannermann starrte mich an und schwieg, und nach einigen Sekunden stand ich auf, schenkte ihm noch einen Whisky ein. Seine groben Finger spannten sich so fest um das Glas, dass ich fürchtete, es würde zerbrechen. Aber er schüttete den Alkohol wenigstens nicht mehr in sich hinein wie Wasser, sondern trank langsam und fast bedächtig.

»Lesen Sie keine Zeitung?«, fragte er plötzlich.

Ich verneinte. »Fast nie. Warum?«

»Sie wüssten, warum ich hier bin, täten Sie es«, antwortete Bannermann. »Es war vor ... vor zweieinhalb Monaten. Ich habe ziemlich schnell wieder ein Kommando bekommen, nach der Geschichte mit der *Lady,* wissen Sie? Nichts Besonderes, nur ein altersschwacher Schoner, der Bananen und Taranteln von Britisch Kolumbien nach Aberdeen brachte, aber es war ein Kommando. Wir waren dicht unter der Küste, keine zwei Stunden mehr vom Hafen entfernt, als wir in einen Sturm gerieten. Nicht besonders schlimm, aber heftig genug, um draußen zu bleiben. Ich wollte ... abwarten, bis das Schlimmste vorbei war, und dann in aller Ruhe in den Hafen einlaufen.« Er stockte, trank wieder einen kleinen Schluck und fuhr sich nervös mit der Zungenspitze über die Lippen.

»Ich habe das Schiff verloren«, sagte er plötzlich. »Außer mir ist nur ein einziger Mann der Besatzung mit dem Leben davongekommen. Wir sind gesunken.«

»Der Sturm?«, fragte ich leise.

Bannermann starrte mich an, trank nervös und schüttelte plötzlich den Kopf. »Nein. Sie ... Sie sind der Einzige, dem ich es erzählen kann. Der Einzige, der mir glauben würde. Ich habe versucht, die Wahrheit zu sagen, aber sie halten mich für verrückt. Sie glauben, ich wäre ein Feigling und Versager. Sie denken, ich hätte alles erfunden, um mich zu rechtfertigen.«

»Was sollen Sie erfunden haben?«, fragte ich.

»Das Ungeheuer«, antwortete Bannermann.

»Was?« Verwirrt starrte ich ihn an.

»Ich weiß nicht, was es war«, begann Bannermann mit leiser, stockender Stimme. Sein Blick wich dem meinen aus, und seine Finger fuhren in einer unablässigen Folge kleiner, unbewusster nervöser Bewegungen über den Rand des Glases, das ich ihm gereicht hatte. Seltsamerweise trank er nicht mehr. Es schien ihm zu genügen, es in der Hand zu halten. »Zuerst dachten wir, es wäre ein Wal. Sie verirren sich manchmal in diese Gewässer, wissen Sie?«

Ich nickte, obwohl ich es ganz und gar nicht wusste, aber Bannermanns Frage war ohnehin rein rhetorisch gewesen.

»War es einer?«, fragte ich.

Bannermann lachte, hob nun doch das Glas an die Lippen, trank einen mächtigen Schluck und hustete. »Nein«, sagte er, nachdem sich sein Atem wieder beruhigt hatte. »Es ... es kam näher, und da konnten wir sehen, wie groß es war. Viel größer als unser Schiff. Viel zu groß für einen Wal. Mein Gott, Craven, ich ... ich habe niemals ein Lebewesen gesehen, das so verdammt groß war.«

»Wie groß?«, fragte ich betont. »So groß wie –«

»Wie das Ding, das die *Lady* vernichtet hat?«, führte er den Satz zu Ende.

Ich nickte, und Bannermann schüttelte den Kopf.

»Nein. Es war größer, viel größer. Achtzig Yards, schätze ich. Wenn nicht mehr. Und es bewegte sich unglaublich schnell. Es ... es kam näher wie ein Torpedo.«

»Sind Sie sicher, dass es ein Lebewesen war?«, fragte ich.

Bannermann lachte rau. »Was soll es sonst gewesen sein?«, fragte er. »Es hat das Schiff ein paar Mal umkreist. Es war riesig, groß wie ein Berg, aber es hat sich so elegant bewegt wie ein Delfin. Ein paar Mal ist es untergetaucht und wieder hochgekommen. Und dann ... dann ...« Er stockte, leerte sein Glas mit einem hastigen Zug und hielt es mir hin. Ich schüttelte den Kopf.

»Was dann?«, fragte ich.

»Dann hat es das Schiff gerammt«, sagte Bannermann. Seine Stimme begann zu zittern, und als ich in seine weit aufgerissenen Augen blickte, begriff ich, dass er in diesem Moment alles noch einmal erlebte.

»Es ... es ging alles so schnell«, sagte er. »Ich weiß nicht einmal, was wirklich passiert ist. Es gab einen Schlag, und dann brach das Schiff auseinander, einfach so, wie von einer Breitseite getroffen. Ich selbst stand vorne am Bug, als es passierte, zusammen mit McGillycaddy.«

»McGillycaddy?«, unterbrach ich ihn.

»Der Mann, von dem ich Ihnen erzählt habe, Craven«, antwortete Bannermann. »Der einzige Überlebende, außer mir. Mein Zahlmeister. Wir wurden über Bord geschleudert, aber ich konnte deutlich sehen, wie das Ungeheuer das Schiff in die Tiefe gerissen hat. Es ... es ist nichts übrig geblieben, Craven, buchstäblich nichts. Nicht einmal Trümmer.«

»Und die Besatzung?«, fragte ich.

Bannermanns Miene verdüsterte sich. »Tot«, sagte er. »Sie müssen ertrunken sein. Ertrunken oder von diesem Monstrum verschlungen.«

Er sprach nicht weiter, und auch ich schwieg eine ganze Weile. Bannermann war niemand, der mit dem Entsetzen Scherze trieb. Und ich konnte ihm ansehen, dass er nicht log. Nein – er glaubte an das, was er sagte.

Was nicht hieß, dass es die Wahrheit war.

»Was geschah weiter?«, fragte ich schließlich.

»Wir wurden gerettet«, sagte Bannermann. »Ich weiß selbst nicht genau, wie, aber McGillycaddy und ich schafften es, dem Ungeheuer zu entgehen. Ein Fischerboot kam und holte uns raus. Ich bin dann zur Hafenverwaltung gegangen.«

»Aber niemand hat Ihnen geglaubt«, sagte ich.

Bannermann nickte. »Natürlich nicht«, sagte er. »Niemand hat dieses Ding gesehen oder jemals von einem solchen Wesen gehört. Ich hätte es selbst nicht geglaubt, wäre ich an ihrer Stelle gewesen.«

»Aber Sie hatten einen Zeugen«, erinnerte ich. »Diesen MacGullgally –«

»McGillycaddy«, half Bannermann aus. »Lachen Sie nicht – er heißt wirklich so. Er war meine ganze Hoffnung. Er hat das Ding genauso gesehen wie ich; sogar noch deutlicher. Aber er ist verschwunden. Ich habe nach ihm gesucht, aber niemand hat ihn gesehen, seit wir an Land gegangen sind. Wahrscheinlich ist er vor Angst halb verrückt geworden und hat sich irgendwo verkrochen.«

»Und was geschah weiter?«

»Nichts«, murmelte Bannermann. »Es wird eine offizielle Untersuchung geben, heißt es. Aber ich kann mir denken, wie sie ausgeht. Sie haben keinen Hehl daraus gemacht, dass sie mir nicht glauben. Seither laufe ich durch die Gegend und versuche einen Job zu bekommen. Aber niemand gibt mir einen. Sie jagen mich davon, wenn sie nur meinen Namen hören, Craven. Sie behandeln mich wie einen Aussätzigen.«

»Und was wollen Sie jetzt von mir?«, fragte ich sanft.

Bannermann starrte mich aus brennenden Augen an. »Ihre Hilfe, Craven«, sagte er. »Sie sind der Einzige, der mir helfen kann. Sie …

Sie wissen, dass es solche Dinge gibt. Sie haben Einfluss. Sie ... Sie sind –«

»Ein Hexer?«, unterbrach ich ihn scharf. »Sprechen Sie es ruhig aus. Was erwarten Sie von mir? Dass ich mit den Fingern schnippe und einen Zauberspruch sage, der alles wieder in Ordnung bringt?«

Meine Worte waren von unangemessener Schärfe, und ich bereute sie beinahe sofort wieder. Ich lächelte entschuldigend. »Tut mir leid, Kapitän«, fuhr ich fort. »Aber im Ernst: Was glauben Sie, sollte ich tun? Ich weiß, wie man das Wort Schiff schreibt, und damit hört meine Erfahrung mit der christlichen Seefahrt auch schon auf!«

»Sie sind der Einzige, der mir helfen kann«, murmelte Bannermann. »Craven – ich beschwöre Sie! Ich bin erledigt, wenn es mir nicht gelingt, zu beweisen, dass dieses Ungeheuer existiert.«

»Und Sie glauben, ich könnte es?« Ich seufzte, schüttelte den Kopf und senkte für einen Moment den Blick. »Es tut mir leid, Bannermann«, fuhr ich fort. »Selbst, wenn ich wollte – ich kann London nicht verlassen. Nicht im Moment.«

»Ich brauche Ihre Hilfe, Craven«, flehte Bannermann. Er klang verzweifelt. »Sie ... Sie schulden es mir.«

Mit einem Ruck sah ich auf. Bannermanns Blick flackerte wie der eines Wahnsinnigen, aber er war trotzdem so fest, dass ich es nach einer Weile war, der das stumme Duell aufgab und wegsah.

Sie schulden es mir. Seine Worte schienen auf unheimliche Weise hinter meiner Stirn nachzuhallen.

O ja, ich schuldete es ihm. Ich schuldete ihm mehr, als ich ihm jemals geben konnte. Sein Leben hatte sich geändert, im gleichen Moment, in dem ich hineingetreten war.

Vielleicht hatte er Recht. Ich hatte in den letzten Monaten immer nur genommen. Ich schuldete nicht nur Bannermann etwas, sondern beinahe jedem, mit dem ich in Berührung gekommen war, seit ich aus den Staaten nach England übergesiedelt war. Vielleicht war es an der Zeit, dass ich anfing, meine Schulden zurückzuzahlen.

Kälte umgab sie, eine Kälte, wie sie sie nie zuvor im Leben gespürt hatte, und gleichzeitig ein eigentümliches Gefühl des Schwebens und Gleitens. Irgendetwas Körperloses schien sie zu berühren, überall zugleich und doch nirgends, und als sie die Augen öffnete, war das Einzige, was sie sah, eine fast stoffliche Dunkelheit.

Wieso lebte sie noch?

Sekundenlang überlegte Jennifer ernsthaft, ob das der Tod war, verwarf diesen Gedanken aber rasch wieder. Obwohl alles fremd und Furcht einflößend in seiner Unverständlichkeit war, war es auf der anderen Seite doch wieder zu profan, zu *lebendig*, als dass es das Reich jenseits des Sterbens sein konnte.

Sie versuchte sich zu erinnern, aber die Bilder hinter ihrer Stirn wirbelten ziellos durcheinander und weigerten sich, eine sinnvolle Folge zu ergeben. Sie war über Bord gestürzt und hatte versucht zu schwimmen, und dann waren die Hände gekommen und hatten sie herabgezerrt, hinunter in das Schweigen und die Eiseskälte des Sees.

Aber wieso lebte sie? Schon die Kälte und der Druck, der auf dem Grund dieses Meilen tiefen Schachtes herrschen musste, hätten sie töten müssen, wäre sie nicht vorher schon ertrunken.

Wieder wurde sie sich der Kälte und des Gefühles einer unsichtbaren, aber sehr kraftvollen Berührung bewusst, und plötzlich erinnerte sie sich auch wieder, woher sie diese Empfindung kannte.

Schwimmen. Es war das Gefühl, in eiskaltem, unbewegtem Wasser zu sein.

Erschrocken hob sie die Hand ans Gesicht. Sie fühlte den Widerstand, als ihre Finger das Wasser teilten und ihre eiskalte, nasse Haut berührten, über ihre Wangen und ihr Kinn glitten, die Lippen ertasteten ...

Ihr Herz schien mit einem schmerzhaften Schlag aus dem Takt zu geraten, als sie begriff, dass sie unter Wasser war, tief unten auf dem Grunde von Loch Firth, hunderte und aberhunderte von Fuß unter seiner eisigen glitzernden Oberfläche. Sie schwebte frei in einem grenzenlosen schwarzen Nichts, eingeschlossen von Wasser – Wasser, das ihren Mund füllte, das sie töten würde!

Jennifer unterdrückte im letzten Moment den Impuls zu schreien. Ihre Gedanken überschlugen sich, Todesangst überschwemmte den winzigen Rest klaren Bewusstseins, der ihr geblieben war. Sie fuhr hoch, spürte, wie sie in der sanften Umarmung des Wassers zu schweben begann, und stieß mit der Schulter gegen muschelverkrusteten Stein. Verzweifelt presste sie die Kiefer aufeinander, hielt den Atem an, um bloß den winzigen Rest kostbarer Luft, der noch irgendwo in ihren Lungen sein musste, nicht zu verschwenden, tastete im Dunkeln um sich und fühlte rauen Fels – die Decke einer unterseeischen Höhle, in die sie hineingezerrt worden war!

Wie von Sinnen fuhr sie herum, drehte sich fünf-, sechsmal um ihre eigene Achse und machte ziellose Schwimmbewegungen, prallte gegen eine Wand, wurde zurückgetrieben und griff abermals mit den Händen in die Schwärze. Plötzlich war der Stein verschwunden, der Fels wich eisigem, leicht bewegtem Wasser, und nach einigen hastigen Schwimmzügen sah sie einen verschwommenen hellen Fleck vor sich. Licht! Das Licht der Sonne, das grünlich durch die Wassermassen über ihr drang!

Mit aller Macht kraulte sie los.

Das Mädchen dachte in diesem Moment nicht mehr logisch. Hätte es Zeit zum Überlegen gefunden, wäre ihm rasch klar geworden, dass es gar nicht mehr leben durfte. Seit ihrem Erwachen waren Minuten vergangen, Minuten, in denen sie längst hätte ertrinken müssen, und sie brauchte noch einmal endlose Minuten, um das Ende des unterseeischen Tunnels zu erreichen und sich mit einer kraftvollen Bewegung abzustoßen, dem grünlichen Licht und der Luft unendlich weit über ihr entgegen.

Ihr Herz hämmerte wie rasend. Sie atmete noch immer nicht, und der Druck auf ihre Brust stieg ins Unermessliche, aber sie schwamm weiter, widerstand mit aller Macht dem Impuls, den Mund zu öffnen und tief einzuatmen, denn sie wusste, dass es den Tod bedeutete, betete, dass der winzige Rest von Luft in ihren Lungen noch einige Sekunden reichen würde, und durchstieß die Wasseroberfläche mit solcher Macht, dass sie fast bis zu den Hüften aus den eisigen Fluten herausschoss und klatschend zurückfiel. Ihr Gesicht geriet abermals unter Wasser, und sie konnte noch immer nicht atmen, aber der Sekundenbruchteil hatte immerhin gereicht, ihr zu zeigen, dass das Ufer nur wenige Schwimmzüge entfernt lag.

Sie verlangte ihrem Körper noch einmal das Letzte ab und fühlte plötzlich rauen, mit spitzem Lavagestein durchsetzten Kies und Sand unter Knien und Brust.

Sie richtete sich auf, taumelte mit letzter Kraft ans Ufer und brach auf dem feuchten Sand in die Knie. Mit einem erleichterten Schrei öffnete sie die Lippen und sog die lebensrettende Atemluft in die Lungen.

Es ging nicht.

So sehr sie sich auch anstrengte – sie konnte nicht atmen. Ihre Kehle war wie zugeschnürt, und der Druck auf ihre Brust wuchs ins Unerträgliche.

Vor Jennifers Augen begann die Welt zu verschwimmen. Sie fiel, rollte sich instinktiv herum und hob den Kopf so, dass ihr Gesicht über Wasser geriet, riss noch einmal mit aller Macht den Mund auf und versuchte, Luft in ihre Lungen zu füllen. Aber es ging noch immer nicht.

Schwarze Nebel begannen vor ihren Augen zu wogen. Sie spürte, wie ihre Kräfte erlahmten. Ihr Körper schien plötzlich Tonnen zu wiegen. Langsam sank sie zurück. Das Wasser stieg an ihren Wangen empor, umspülte ihr Gesicht wie eine seidige, streichelnde Hand, berührte ihre Lippen und floss, zuerst nur tropfenweise, dann schneller und schneller, in ihren Mund.

Das ist der Tod, dachte sie. Das Schicksal hatte sie nicht verschont, sondern sich nur einen letzten Scherz mit ihr erlaubt, ein winziger Funke von Hoffnung, dem eine umso größere Enttäuschung folgte.

Jennifer gab endgültig auf. Die schwarzen Schleier vor ihren Augen verdichteten sich, und die Kraft floss jetzt so rasch aus ihrem Körper, als wäre irgendwo eine unsichtbare Schleuse geöffnet worden. Ein furchtbarer Schmerz pochte unterhalb ihres Herzens.

Irgendwo hatte sie einmal gelesen, dass es schneller ginge, wenn man sich nicht wehrte und den Kampf auf diese Weise abkürzte.

Mit aller Macht überwand sie den instinktiven Impuls, den Atem anzuhalten, öffnete noch einmal den Mund und sog das Wasser tief in die Lungen.

Und im gleichen Moment konnte sie atmen.

Zwei Tage und endlose Stunden voller Kopfschmerzen verursachender Diskussionen später standen wir vor dem Büro der *Scotia*-Reederei in Aberdeen. Wir waren nicht sofort aufgebrochen, wie Bannermann halbwegs gehofft haben mochte, sondern ich hatte einen weiteren Tag darauf verwandt, den ehemaligen Kapitän der *Lady of the Mist* in Marys Obhut zu entlassen, damit sie aus dem Wrack, als das er in meinem Haus erschienen war, wieder einen Menschen machte. Ich meinerseits hatte die Zeit genutzt, mich gründlich auszuschlafen und gleichzeitig das, was man gemeinhin *Beziehungen* nennt (und was in Wahrheit in den meisten Fällen schlichtweg *Geld* heißt) spielen zu lassen, um mehr über den geheimnisvollen Schiffsuntergang und seine Begleitumstände zu erfahren. Meine Anstrengungen hatten sich gelohnt. Ich hatte einiges in Erfahrung gebracht, was selbst Bannermann überrascht hätte. Nur ergab alles noch keinen rechten Sinn.

»Glauben Sie wirklich, es nutzt etwas?«, fragte Bannermann. Es war nicht das erste Mal, dass er diese Frage – wenigstens dem Sinn nach – stellte, seit wir den Zug verlassen und eine Mietdroschke zum Hafen genommen hatten. Und ich spürte auch, was sich dahinter verbarg.

Er wollte nicht hierher. Nicht zu dieser Reederei, und schon gar nicht in den Hafen. Hinter seinem gefassten Äußeren war er halb verrückt vor Angst.

»Irgendwo müssen wir anfangen, oder?«, sagte ich achselzuckend. Ich lächelte aufmunternd, drehte mich herum und wollte die kurze Eisentreppe hinaufsteigen, die zum Büro der *Scotia* hinaufführte, aber Bannermann hielt mich mit einem übermäßig kräftigen Griff am Ärmel zurück.

»Ich ... möchte nicht mit«, sagte er. »Es wäre mir lieb, wenn ...«

»Wenn Sie hier warten können?« Ich löste seine Hand von meiner Jacke und schüttelte entschieden den Kopf. »Kommt nicht in Frage, Bannermann. Sie wollten, dass ich Ihnen helfe, und ich tue es gern. Aber Sie müssen mich schon begleiten.«

Ohne auf seine Reaktion zu warten, wandte ich mich endgültig um, lief das halbe Dutzend Stufen hinauf und öffnete die Tür, ohne anzuklopfen. Bannermann folgte mir zögernd.

Das Büro der *Scotia* überraschte mich. Das Haus, zu dem Bannermann mich geführt hatte, war alles andere als vornehm gewesen, und sein Zugang lag in einem heruntergekommenen Hinterhof, der nach faulendem Fisch und Pferdemist stank. Ich hatte einen winzigen, mit schmuddeligen Aktenschränken und verstaubten Regalen vollgestopften Raum erwartet, in dem mich ein kurzsichtiger Angestellter mit abgewetzten Ärmelschonern begrüßte, aber das genaue Gegenteil war der Fall. Hinter den blinden Scheiben der ärmlichen Tür lag ein großzügig angelegter, beinahe kostbar eingerichteter Salon, der durch ein Oberlicht mit bunt getönten Scheiben hell erleuchtet war. Eine Anzahl großvolumiger Blumenkübel schufen eine behagliche Atmosphäre, und auf einem marmornen Sockel gleich neben dem Eingang stand das Modell eines prächtigen Viermasters. Auf der anderen Seite des Raumes, gut fünfzehn Schritte entfernt, thronte der gewaltigste Schreibtisch, den ich jemals zu Gesicht bekommen hatte. Der Mann dahinter war wenig kleiner als Rowlf, aber hinter dem monströsen Möbel schien er zu den Dimensionen eines Zwerges zusammenzuschrumpfen.

Beim Geräusch der Tür sah er auf, musterte erst mich, dann Bannermann mit unverhohlener Neugier und zauberte schließlich ein ebenso berufsmäßiges wie kaltes Lächeln auf seine Züge.

»Meine Herren?«, fragte er. »Was kann ich für Sie tun?«

Ich wartete, bis Bannermann die Tür hinter uns wieder geschlossen hatte, räusperte mich übertrieben und ging mit festen Schritten durch den Raum. Die Blicke des Riesen folgten uns, und etwas an der Art, in der er Bannermann und mich abwechselnd ansah, gefiel mir nicht. Trotzdem lächelte ich, so freundlich wie ich nur konnte, blieb einen halben Schritt vor seinem Schreibtisch stehen und angelte eine Visitenkarte aus meiner Westentasche.

»Mein Name ist Craven«, sagte ich, während ich die Karte vor ihm auf den Tisch legte. »Robert Craven. Wenn Sie die Freundlichkeit besäßen, mich und meinen Partner bei Mister Jameson anzumelden?«

Der Vierschrötige musterte mich einen Moment stirnrunzelnd, griff mit spitzen Fingern nach meiner Karte und drehte sie ein paar Mal in der Hand, ehe er sie scheinbar achtlos in der Jackentasche verschwinden ließ. »In welcher Angelegenheit?«

»In einer geschäftlichen«, antwortete ich, schon eine Spur schärfer. »Warum melden Sie mich nicht einfach Ihrem Boss? Meine Zeit ist kostbar, wissen Sie?«

Der Mann starrte mich an, und die Herablassung in seinem Blick machte kaum noch verhohlener Wut Platz. Aber meine Rechnung ging auf – nach einer weiteren Sekunde erhob er sich und verließ das Zimmer durch eine ledergepolsterte Tür hinter seinem Schreibtisch.

Ich wandte mich an Bannermann. »Wer ist der Kerl?«

Der Kapitän zuckte mit den Achseln. »Ich habe keine Ahnung. Einer von Jamesons Angestellten. Er liebt es, sich mit solchen Muskelpaketen zu umgeben.« Er lächelte nervös. »Ziehen Sie jetzt bloß keine falschen Schlüsse, Craven. Jameson ist ein gefährlicher Mann. Er wird nicht sehr erbaut sein, mich zu sehen.«

Ich wollte antworten, aber in diesem Moment kam der Riese schon zurück und deutete mit einer knappen Handbewegung auf die offenstehende Tür hinter sich. »Mister Jameson erwartet Sie«, sagte er kurz angebunden.

Ich bedankte mich mit einem übertrieben freundlichen Kopfnicken – was mir einen zyankaligeschwängerten Blick des Vierschrötigen einbrachte – winkte Bannermann, mir zu folgen, und trat durch die Tür.

Der Raum dahinter war so groß wie die Empfangshalle, entsprach aber schon mehr meiner Vorstellung eines Reedereibüros. Es gab den obligatorischen Schreibtisch und die ebenso obligatorischen Schiffsmodelle, dazu aber auch eine kleine, bequem aussehende Sitzecke, auf die der Riese jetzt deutete.

»Mister Jameson kommt sofort«, knurrte er. »Nehmen Sie Platz.«

Wir gehorchten. Der Riese musterte mich noch einen Augenblick lang missgelaunt, drehte sich auf dem Absatz herum und trollte sich. Bannermann sah ihm mit offenkundiger Besorgnis nach. Ich sah ihm an, dass er es längst bereute, mich um Hilfe gebeten zu haben. Wahrscheinlich wünschte er sich jetzt weit, weit weg.

Es dauerte lange, bis Jameson kam. Sein *sofort* zog sich drei, vier, fünf Minuten hin, und schließlich stand ich auf und begann, eigentlich ziellos, im Raum auf und ab zu gehen. Nur um mir die Zeit zu vertreiben, besah ich mir die Schiffsmodelle, die auf kunstvoll geschnitzten Sockeln im Raum standen.

Es waren wirklich sehr prachtvolle Modelle. Wer immer sie angefertigt hatte, musste ein wahrer Künstler sein, denn sie zeigten jede noch so winzige Einzelheit ihrer Vorbilder. Vor allem das Modell eines gewaltigen, dreimastigen Kriegsschiffes zog mich in seinen Bann.

Sein Original musste ein wahrer Gigant sein; ein Ungeheuer mit fünf Reihen übereinander angeordneter Geschütze auf jeder Seite, zwei gewaltigen, unter der Wasserlinie angebrachten Schaufelrädern und einem mächtigen Schornstein mittschiffs, der die Dampfturbine unter Deck verriet. Wie ich schon zu Bannermann gesagt hatte, verstand ich nichts von Schiffen und wusste mit Mühe und Not, dass das britische Empire die unumstritten größte Seemacht der Welt war. Trotzdem wunderte es mich ein wenig, noch nie von diesem Giganten der Meere gehört zu haben.

Dann fiel mein Blick auf das Messingschildchen daneben, das seinen Namen zeigte.

Das Schiff hieß *DAGON*.

Sekundenlang stand ich wie benommen da, starrte auf das kaum fingergroße Schildchen und versuchte, die fünf furchtbaren Buchstaben wegzublinzeln, aber es ging nicht. Der Name stand da, unauslöschlich in Messing geätzt.

»Gefällt Ihnen das Modell?«

Die Stimme drang unangenehm schneidend in meine Gedanken, und ich wusste, dass mir ihr Besitzer nicht gefallen würde, noch bevor ich mich umdrehte und Jameson wie einen fetten Buddha unter der Tür stehen sah. In seinen kleinen, in fettig glänzende Wülste eingelassenen Augen stand ein misstrauisch lauernder Ausdruck, und das Lächeln auf seinen Zügen war nicht echt. Er war ungefähr so hoch wie breit.

Automatisch nickte ich. »Es ist ... beeindruckend«, sagte ich. »Unter welcher Flagge fährt es?«

Jamesons Lächeln wurde wehmütig. »Unter keiner, fürchte ich.« Er zuckte mit den Achseln, schloss die Tür hinter sich und watschelte auf seinen kurzen Beinen näher. Irgendwie erinnerte er mich an eine bärtige Qualle. »Was Sie da sehen, Mister Craven«, sagte er, »ist eine kleine Marotte von mir. So eine Art Traum, wissen Sie? Ich habe mir immer gewünscht, einmal ein solches Schiff bauen zu können, aber ich fürchte, es wird stets ein Traum bleiben.« Er kam näher und strich mit seinen kurzen, dicken Wurstfingern beinahe liebkosend über den geschnitzten Achtersteven der DAGON.

»Was ... bedeutet der Name?«, fragte ich stockend. Es fiel mir noch immer schwer, den Blick von dem kleinen polierten Messingschildchen zu nehmen. Die fünf Buchstaben schienen mich verhöhnen zu wollen.

Jamesons Lächeln wurde ein wenig unsicherer. »Dagon?«, wiederholte er. »Nichts. Nichts, was irgendeine Bedeutung hätte, jedenfalls. Er geht auf eine alte Legende zurück. Ein Meeresgott, den die Maori verehren.« Er lächelte noch einmal, nahm plötzlich die Hand vom Mast des Schiffsmodelles und wurde übergangslos ernst.

»Was verschafft mir die Ehre Ihres Besuches, Mister Craven?«, fragte er.

»Ich«, antwortete Bannermann an meiner Stelle.

Jameson erstarrte, drehte sich mit einer sonderbar mühsamen, abgehackten Bewegung herum und stieß ein ersticktes Keuchen aus.

»Bannermann!«, krächzte er. »Sie ... Sie wagen es, hierherzukommen?«

»Wie Sie sehen, ja.« Bannermann schob trotzig das Kinn vor und trat einen Schritt auf Jameson zu. »Es gibt da ein paar Dinge zwischen uns, die noch zu klären sind«.

»Ich wüsste nicht, was!«, schnappte Jameson. Plötzlich war der Ausdruck auf seinen feisten Zügen nur noch blanke Wut. »Ich habe Ihnen verboten, jemals wieder hierherzukommen, Bannermann«, sagte er. »Und ich dachte, ich hätte mich deutlich genug ausgedrückt.«

Ich sah, wie sich Bannermanns Hände zu Fäusten ballten, und trat rasch zwischen ihn und den Reeder, um das Schlimmste zu verhindern. »Kapitän Bannermann ist auf meine Bitte hin hier«, sagte ich schnell. »Er wollte es nicht, aber ich habe darauf bestanden, dass er mich begleitet, Mister Jameson.«

Jameson funkelte mich an. »Ich weiß nicht, wer Sie sind oder was Sie wollen, Craven«, sagte er leise. »Aber Sie sollten sich Ihre Freunde besser aussuchen.«

Sein überheblicher Ton brachte mich in Rage. Ich schluckte die noch halbwegs freundlichen Worte, die mir auf der Zunge gelegen hatten, herunter, bedachte ihn mit einem Blick, der einen Geysir zum Gefrieren gebracht hätte, und fuhr in hörbar kälterem Ton fort: »Gut, Jameson, vielleicht ist es besser, wenn wir gleich zur Sache kommen. Ich bin hier, um die Vorgänge zu untersuchen, die zum Untergang von Kapitän Bannermanns Schiff führten.«

»Untersuchen?« Jameson lachte hässlich. »Da gibt es nichts zu untersuchen, Craven. Und wenn, dann werden sich andere Stellen darum kümmern.«

»Die gleichen, die verhindert haben, dass gegen Kapitän Bannermann offiziell Anklage erhoben wurde, Jameson?«, fragte ich.

Es war ein Schuss ins Blaue, aber er traf. Jameson erbleichte, und aus den Augenwinkeln sah ich, wie Bannermann ebenfalls überrascht zusammenfuhr und mich verwirrt ansah. Aber das war noch lange nicht die einzige Überraschung, die ich parat hatte. Manchmal ist es ganz nützlich, über weit reichende Verbindungen zu verfügen.

»Was wollen sie damit sagen?«, fragte Jameson unsicher.

»Nichts«, antwortete ich. »Aber ich verfüge über gewisse ... sagen wir: Kontakte zu offiziellen Stellen. Ihr Bananenfrachter ist nicht das einzige Schiff, das in den letzten Monaten in diesen Gewässern gesunken ist, nicht wahr? Wenn meine Informationen richtig sind, hat Ihre Gesellschaft in den letzten drei Monaten genau so viele Schiffe verloren. Alle drei unter ungeklärten Umständen.«

Jameson atmete hörbar ein. Sein Blick irrte unstet zwischen Bannermann und mir hin und her. Ich spürte, dass ich ihn in die Enge getrieben hatte.

»Was ... was geht Sie das an?«, schnauzte er schließlich.

»Eigentlich nichts«, antwortete ich. »Vielleicht frage ich mich einfach, warum Ihnen als Besitzer der *Scotia-Reederei* so wenig daran gelegen ist, die genauen Umstände aufzuklären, unter denen Ihre Schiffe gesunken sind. Im Grunde bräuchte mich das nicht einmal zu interessieren, aber ich habe prinzipiell etwas dagegen, jemanden für Dinge bezahlen zu lassen, an denen er unschuldig ist. Vor allem, wenn es sich dabei um einen Freund handelt.«

Jameson wand sich wie ein getretener Hund. »Das sind unhaltbare Anschuldigungen, Craven«, krächzte er. »Sie können nichts von dem beweisen, was Sie da behaupten.«

»Was habe ich denn behauptet?«, fragte ich lauernd.

Jameson starrte mich an, fuhr sich nervös mit dem Handrücken über die Lippen und schluckte schwer. Dann hatte er sich wieder in der Gewalt.

»Verschwinden Sie«, sagte er. Plötzlich klang seine Stimme ganz kalt. »Machen Sie, dass Sie wegkommen, Craven, bevor ich Sie hinauswerfen lasse.«

Bannermann wollte auffahren, aber ich brachte ihn mit einer raschen Geste zum Verstummen, hob meinen Spazierstock und stubste Jameson damit spielerisch in den Bauch. »Ich gehe«, sagte ich. »Aber ich verspreche Ihnen, dass ich wiederkomme, wenn ich nicht innerhalb von vierundzwanzig Stunden von Ihnen höre, Jameson.«

Jameson starrte aus geweiteten Augen auf die Spitze meines Spazierstockes. Sein Adamsapfel hüpfte hektisch auf und ab. »Ich verstehe nicht, was Sie von mir wollen«, sagte er.

»Ich glaube, Sie verstehen recht gut«, antwortete ich kalt. »Und wenn nicht, werden Sie vielleicht verstehen, wenn die Behörden Ihnen die gleichen Fragen stellen. Zum Beispiel die Frage nach dem Verbleib eines gewissen McGillycaddy. Oder die, warum es fast ausschließlich Schiffe Ihrer Gesellschaft sind, die auf so sonderbare Weise verschwinden, Jameson.« Ich lächelte, zog meinen Stock zurück und maß ihn mit einem kalten Blick.

»Aber wie gesagt, Mister Jameson, das alles geht mich nichts an. Überlegen Sie sich, wie Sie Kapitän Bannermann rehabilitieren können, und ich bin bereit, die ganze Angelegenheit zu vergessen. Ich gebe Ihnen genau vierundzwanzig Stunden Zeit zum Nachdenken. Guten Tag, Mister Jameson.«

Damit wandte ich mich um, bedeutete Bannermann mit einer Kopfbewegung, mir zu folgen, und wandte mich zur Tür.

Sie wurde aufgerissen, noch bevor wir sie erreicht hatten, und die hünenhafte Gestalt von Jamesons »Portier« erschien wie eine lebende Barriere unter der Öffnung. Ich zweifelte keine Sekunde daran, dass er jedes Wort mit angehört hatte.

»Geben sie die Tür frei, Sir«, sagte ich steif.

Der Riese grinste kalt, baute sich breitbeinig vor mir auf und hob die Fäuste.

Eine Sekunde später hockte er, nicht mehr ganz so breitbeinig, vor mir auf dem Boden, presste die Hände auf eine Stelle zwei Handspannen unterhalb seines Magens und schnappte röchelnd nach Luft. Bannermann betrachtete stirnrunzelnd seinen Fuß. Der Wucht nach, mit der er zugetreten hatte, musste er ihn sich halbwegs verstaucht haben.

Ich bedachte Bannermann mit einem tadelnden Blick, schüttelte unmerklich den Kopf und wandte mich noch einmal an Jameson. »Vierundzwanzig Stunden, Mister Jameson«, sagte ich, »keine Sekunde länger. Denken Sie daran. Sie finden uns im Hotel *Four Seasons.*«

Er war sehr sicher, den *Ruf* gehört zu haben. Es war nicht an der Zeit und es waren auch nicht die richtigen Umstände, aber die Stimme war unverkennbar gewesen, die dumpfe, unausgesprochene Drohung darin schlimmer als normal, das Drängen ungeduldiger.

Es war Nacht, als McGillycaddy Loch Firth erreichte. Der Mond stand wie eine angeknabberte Dreiviertel-Scheibe am Himmel, und die Schatten der Wolken lieferten sich ein stummes Rennen auf der silbernen Oberfläche des Sees.

McGillycaddy spürte den Hauch eisiger Kälte, der vom Wasser emporwehte wie ein Gruß aus einer anderen, düsteren Welt. Diese Kälte, das wusste er, war nichts Natürliches. Es war das Zeichen *seiner* Anwesenheit. *Er* war hier, unsichtbar, aber so deutlich zu spüren wie die Spannung vor einem Gewitter.

McGillycaddy atmete tief und gezwungen ruhig ein, straffte die Schultern und ging weiter, bis seine Füße dicht vor der Wasserlinie waren. Jetzt fiel ihm auch der Geruch auf: ein strenges, fremdes Aroma wie nach Seetang und Salz, ein Geruch, der nicht hierher gehörte. Lautlos nickte der hochgewachsene Schotte. Ja, *er* war hier. Es gab keinen Zweifel.

Zeit verging. McGillycaddy wusste nicht, wie viel. Der Mond wanderte ein Stück weiter über den Himmel, und das lebende Bild der Wolken über ihm änderte sich unablässig, aber er wusste hinterher nicht zu sagen, ob es Minuten oder Stunden gewesen waren. Auch das war ein untrügliches Zeichen für *seine* Anwesenheit. Die Zeit schien immer ein bisschen anders zu laufen, wenn er da war.

Irgendwann, nach endlosen Ewigkeiten, begann sich das Wasser in der Mitte des Sees zu kräuseln. Es sah aus, als wäre ein unsichtbarer Stein in die eisigen Fluten geworfen worden; kleine, kreisförmige Wellen liefen über den silbernen Spiegel des Sees, verebbten wieder und wurden von neuen abgelöst, immer schneller und schneller und schneller. Schließlich schien das Wasser zu kochen. Blasiger Schaum brach sich sprudelnd seinen Weg an die Oberfläche, und dann stieg etwas Dunkles, Formloses aus dem See, fiel mit einem hörbaren Klatschen wieder zurück und schoss dicht unter der Wasseroberfläche auf das Ufer zu, dunkel und langgestreckt, einem riesigen Raubfisch gleich.

McGillycaddy unterdrückte die Angst, die aus seinem Inneren emporkriechen wollte. Er verachtete die Angst, obgleich er es liebte, Angst und Schrecken zu verbreiten. Es war nicht logisch, aber Götter scheren sich einen Dreck um Logik.

Der dunkelhaarige Mann trat ein paar Schritte vom Ufer zurück, verschränkte die Hände zu einer sonderbar betenden Haltung vor der Brust und senkte das Haupt. Wenige Meter vor ihm, einen halben Steinwurf vom Ufer entfernt, begann das Wasser zu schäumen, und etwas Großes, Dunkles wuchs in der Nacht empor.

»Herr«, murmelte McGillycaddy.

Das Wesen betrachtete ihn eine Weile stumm. McGillycaddy gab sich fast krampfhaft Mühe, es nicht anzuschauen, wie immer, wenn er ihm gegenüberstand, und wie immer verlor er den Kampf. Nach einer Weile hob er den Kopf und starrte in die beinahe faustgroßen, in allen Farben des Regenbogens schimmernden Augen seines Gegenübers.

Sein freier Wille zerbrach unter dem Blick der starren Fischaugen wie eine Nussschale unter dem Tritt eines Giganten, und alles in ihm war Furcht und Panik und Grauen, aber anders als sonst war er nicht nur gekommen, um sein Opfer zu holen.

»Du hast lange gebraucht.«

McGillycaddy fuhr zusammen wie unter einem Peitschenhieb. Seine Stimme war unangenehm, kalt und schneidend wie Glas und von einem metallischen, beinahe körperlich schmerzenden Schnarren begleitet. Der Wind drehte sich und trug einen flüchtigen Hauch seines Geruches mit sich, eines Geruches nach See und Tiefe und unbezähmbarer Wildheit. So ähnlich, dachte McGillycaddy schaudernd, musste ein Haifisch riechen.

»Ich bin gekommen, so schnell ich konnte«, verteidigte er sich. »Es wird immer schwerer, Herr. Die ... die Geschehnisse sind nicht unbemerkt geblieben. Es sind Soldaten an der Küste gesehen worden. Ein Kriegsschiff ist gekommen.«

»Ich weiß«, antwortete *er* kalt. »Es wurde versenkt.«

McGillycaddy erschrak. »Versenkt?«, keuchte er. »Das hätte nicht geschehen dürfen. Sie werden andere Schiffe senden, und –«

»Ich habe dich nicht gerufen, um mit dir zu diskutieren«, unterbrach *er* ihn zornig, »sondern um dir meine Befehle mitzuteilen.«

McGillycaddy schluckte mühsam. Sein Blick tastete unsicher über die schlanke, von schuppiger grüner Haut überzogene Gestalt seines Gegenübers. Die dünnen Schwimmhäutchen, die seine Arme mit dem Körper verbanden, glitzerten im Licht des Mondes wie bizarre Fledermausflügel. »Ja, Herr«, flüsterte er demütig.

»Der Augenblick der Entscheidung naht heran«, fuhr *er* mit leicht erhobener Stimme fort. »Unsere Feinde sind auf uns aufmerksam geworden. Die Zeit des Versteckens und Verbergens ist vorüber. Du wirst in die große Stadt am Meer gehen und ihnen sagen, dass sie sich bereit halten sollen. Ich erwarte sie zum verabredeten Zeitpunkt am Strand.«

»Aber Herr«, entfuhr es McGillycaddy. »Die Vorbereitungen sind noch –«

»Schweig!«, donnerte *er*. «Du hast gehört, was ich gesagt habe. Geh, und richte meine Befehle aus.«

Damit verschwand *er*. Anders als *sein* Auftauchen geschah es vollkommen undramatisch. Die Nacht schien die schlanke, grünschimmernde Gestalt aufzusaugen, und plötzlich war der See wieder ein See und die Nacht nichts weiter als die Abwesenheit des Tages.

Und trotzdem hatte McGillycaddy das Gefühl, dass ein kleiner Teil in ihm gestorben war, als er sich umwandte und mit steifen Schritten zum Dorf zurückging.

Die Droschke war verschwunden, als wir das Gebäude verließen. Ich hatte dem Fahrer zwei Pfund und den Auftrag gegeben, auf uns zu warten, um uns zum Hotel zurückzufahren, aber dem Mann schien wohl der Spatz in der Hand lieber zu sein als die Taube auf dem Dach; er hatte das Geld genommen und sich getrollt, und Bannermann und ich konnten sehen, wie wir zurückkamen. Ich schluckte einen Fluch herunter, sah mich suchend um und ging los, als Bannermann mit einer stummen Kopfbewegung nach rechts deutete.

Es war kühl, und die grauen, halb verfallenen Häuser, die die heruntergekommene Straße säumten, schienen die Kälte noch zu verstärken, als hätten sie den eisigen Seewind wie riesige steinerne Schwämme in sich aufgesaugt und gäben ihn nun ganz allmählich wieder frei.

Trotz der noch frühen Stunde war kaum ein Mensch auf der Straße zu sehen, und Bannermann und ich beschleunigten unwillkürlich unsere Schritte. Wir waren eine gute halbe Stunde mit der Droschke unterwegs gewesen – was bedeutete, dass wir mindestens die dreifache Zeit zurück zum Hotel brauchen würden, wenn es uns nicht gelang, ein Fuhrwerk aufzutreiben.

Bannermann sah sich immer wieder nervös um, und auch ich konnte mich eines gewissen Gefühls der Unruhe nicht erwehren; einer Unruhe, die durch nichts begründet war, aber mit jedem Moment an Intensität zunahm. Einen Moment lang versuchte ich mir einzureden, dass es schlichtweg an unserer Umgebung lag – die Gegend war nicht dazu angetan, einen Fremden sofort in unlöschbare Liebe zu Aberdeen entbrennen zu lassen. Wie fast alle Hafenviertel der Welt war sie eher schmutzig und heruntergekommen, und sie entbehrte auch ganz jenes abenteuerlichen Flairs, der zum Beispiel Städte wie Marseille oder Algier auszeichnet. Das einzige Flair, das sie hatte, war die Erwartung, hinter der nächsten Ecke eins über den Schädel zu bekommen und seiner Habseligkeiten beraubt zu werden.

Aber das war es nicht. Ich war in einer Gegend wie dieser aufgewachsen und trotz allem hier noch viel mehr zu Hause als in meinem piekfeinen Haus am Ashton Place; und auch Bannermann war nicht gerade ein Feigling.

Nein – es war das Gefühl, belauert zu werden.

Wir sahen oder hörten niemanden, aber die Schatten schienen voller unsichtbarer Bewegung zu sein, die leeren Fensterhöhlen voller unsichtbarer Augen und das Heulen des Seewindes erfüllt von lautlos flüsternden Stimmen. Es hatte begonnen, nachdem wir das Büro der *Scotia* verlassen hatten. Und es wurde mit jedem Moment stärker.

Schließlich fasste Bannermann das Gefühl in Worte: »Irgendetwas stimmt hier nicht, Craven.«

Ich blieb stehen, sah erst ihn und dann die lauernden Schatten beiderseits der Straße an, und nickte schließlich. »Das Gefühl habe ich auch. Wir sollten –«

Ich sprach nicht weiter. Einer der Schatten hinter Bannermann hatte sich bewegt; nicht sehr stark, aber doch deutlich genug, dass ich sicher war, mich nicht getäuscht zu haben. Ein dunkles Augenpaar blitzte.

»Was ist los?«, fragte Bannermann, dem mein Stocken natürlich auffiel.

»Nichts«, antwortete ich hastig. Metall schimmerte in der Schwärze der Gasse hinter dem Kapitän. Ein Messer? »Ich musste nur an etwas denken, das Jameson gesagt hat.« Ich lächelte aufmunternd, ging einen Schritt auf ihn zu und hob meinen Stock, aber ganz bewusst in einer Art, als würde ich in Gedanken damit spielen.

»War das eigentlich die Wahrheit, was Sie Jameson gesagt haben?«, fragte er. »Das mit den verschwundenen Schiffen?«

»Zum Teil«, sagte ich. »Zum anderen auch nur eine Ahnung – aber ich schätze, ich bin der Wahrheit ziemlich nahe gekommen. Ich habe einiges herausgefunden, bevor wir aus London abgereist sind, wissen Sie? Hier – schauen Sie selbst.« Damit griff ich in die Rocktasche, zog den säuberlich zusammengefalteten Bericht hervor, den mir mein Mittelsmann kurz vor unserer Abfahrt hatte zukommen lassen, trat einen weiteren Schritt auf Bannermann zu und hielt ihm das Blatt hin.

Als er danach griff, warf ich mich vor.

Es war ein ziemlich plumpes Ablenkungsmanöver gewesen, aber es erfüllte seinen Zweck. Mit einem Zwei-Meter-Satz warf ich mich in die finstere Gasse, sah einen Schatten vor mir und griff instinktiv zu. Meine Hände schrammten über reißendes Metall, ich fühlte einen kurzen Schmerz, dann klirrte das Messer zu Boden, eine halbe Sekunde später gefolgt von seinem Besitzer, der aus ungläubig aufgerissenen Augen abwechselnd auf seine leeren Hände und mich starrte.

Ich begriff eine Sekunde zu spät, dass ich einen Fehler begangen hatte. Mein Angriff hatte den Burschen so vollkommen überrascht, dass er nicht einmal auf die Idee kam, sich zur Wehr zu setzen oder mich gar seinerseits anzugreifen.

Seine sieben oder acht Kameraden, die hinter ihm im Schatten der Gasse gelauert hatten, schon.

Von einer Sekunde auf die andere sah ich mich von finsteren, zerlumpten Gestalten umringt. Sie waren mit Knüppeln, Messern oder anderen Mordwerkzeugen bewaffnet, einer schwang sogar einen altertümlichen Vorderlader, und der Lärm, der plötzlich hinter mir laut wurde, sagte mir deutlich, dass auch Bannermann nicht mehr allein auf der Straße stand.

Eine Falle!, schoss es mir durch den Kopf. Diese ganze Straße war nichts als eine einzige verdammte Falle!

Mir blieb keine Zeit, meinen Leichtsinn weiter zu verfluchen, denn das halbe Dutzend Schläger griff beinahe augenblicklich an.

Mit einem entsetzten Hüpfer brachte ich mich in Sicherheit, als einer der Kerle einen mit rostigen Nägeln verzierten Knüppel in meine Richtung schwang, tauchte unter einem ungeschickten Faustschlag eines anderen hindurch, packte seinen Arm und riss den Kerl wie einen lebenden Schild an mich heran.

Es war ein aussichtsloser Kampf. Die Enge der Gasse behinderte die Burschen, und ich bin alles andere als ein Schwächling. Aber einer gegen acht ist auch alles andere als ein faires Verhältnis. Binnen Sekunden prasselten Schläge und Püffe auf mich herunter und ließen mich zurücktaumeln. Etwas traf mich an der Schulter und ließ mich zusammenbrechen.

So hart der Schlag war, er rettete mir das Leben, denn plötzlich schien dicht hinter mir eine Kanone abgefeuert zu werden, und eine halbe Sekunde später schlug etwas eine Handbreit über mir in die Wand. Ein Hagelschauer von Staub und Steinsplitter überschüttete mich, und mit einem Male war die Gasse voller Schreie.

Hustend richtete ich mich auf, packte einen der Schatten und stieß ihn gegen die anderen. Zwei, drei Männer stürzten in einem Knäuel ineinander verstrickter Leiber zu Boden.

Als sich der brodelnde Pulverdampf lichtete, bot sich mir ein schreckliches Bild. Der Mann, der das Gewehr gehabt hatte, hockte mit schmerzverzerrtem Gesicht auf dem Boden, schrie unentwegt und starrte auf seine geschwärzten Finger. Rechts und links von ihm krümmten sich drei seiner Kameraden und pressten die Hände auf die Wunden, wo sie Splitter der explodierten Waffe getroffen hatten, und ein anderer lag ein Stück hinter ihnen und regte sich gar nicht mehr. Vielleicht war es doch keine so gute Idee gewesen, mit einer Waffe auf mich zu schießen, die wahrscheinlich noch aus den Beständen der *Mayflower* stammte und wohl schon damals alt gewesen sein musste.

Trotzdem war es nichts als eine Verschnaufpause, die mir gegönnt war, denn mit Ausnahme des Bewusstlosen und des Mannes mit den angesengten Fingern erhoben sich die anderen bereits wieder auf die Füße und kamen torkelnd, aber nichtsdestotrotz zu allem entschlossen, auf mich zu.

Blitzschnell zog ich meinen Stockdegen aus seiner Umhüllung, sprang rücklings aus der Gasse und rannte dabei fast Bannermann über den Haufen, der sich mit Händen und Füßen gegen zwei finster aussehende Gestalten wehrte. Ich stieß einen zu Boden und zog dem zweiten mit dem Kristallknauf meines Degens den Scheitel gerade.

»Danke!«, keuchte Bannermann. »Das war in letzter Sekunde. Ich fürchte, ich werde langsam alt.«

»Bedanken Sie sich später«, sagte ich und deutete hinter ihn. »Wenn Sie es dann noch können.«

Bannermann fuhr mit einem halb unterdrückten Fluch herum. Auch auf der anderen Seite der Gasse waren Männer aufgetaucht – vier oder fünf abenteuerlich aussehende Gestalten, ebenfalls mit Knüppeln, Messern und anderen Schlagwerkzeugen bewaffnet. Und im gleichen Moment tauchten auch die Männer aus der Gasse hinter uns auf. Es waren weniger geworden, aber das tröstete mich nicht mehr. Es macht keinen großen Unterschied, ob man zu zweit gegen zwölf oder vierzehn Gegner steht.

Hastig wichen wir zurück, bis wir in der Mitte der beiden ungleichen Gruppen standen. Die Männer kamen jetzt langsamer näher. Sie wussten, dass sie jetzt keinen Grund mehr hatten, sich zu beeilen. Die Straße war auf beiden Seiten abgeriegelt. Wir hatten keine Möglichkeit mehr, ihnen zu entkommen. Als sich uns die beiden Reihen bis auf zwei Schritte genähert hatten, blieben sie stehen.

Drohend hob ich meinen Degen – gegen eine zwölffache Übermacht eine eher lächerliche Geste. Trotzdem machte keiner der Burschen Anstalten, wirklich anzugreifen.

Schließlich trat einer von ihnen vor, hob die Hände und schüttelte rasch den Kopf, als ich mit dem Degen fuchtelte.

»Hören Sie auf, Craven«, sagte er. »Wir wollen nichts von Ihnen. Verschwinden Sie.«

Verwirrt starrte ich ihn an. »Sie kennen mich?«

Der Mann grinste, aber es sah nicht sehr humorvoll aus. Er war einen guten Köpf kleiner als ich und so dürr, dass ich mich fragte, wieso er nicht bei der ersten unvorsichtigen Bewegung in der Mitte durchbrach. Aber er strahlte irgendetwas Gefährliches aus.

Plötzlich begriff ich. »Jameson«, sagte ich. »Ihr gehört zu Jamesons Leuten.«

»Nicht direkt«, antwortete der Dürre. »Mister Jameson war so freundlich, uns zu benachrichtigen, dass dieser Kerl –«, er deutete mit einem schmutzigen Zeigefinger auf Bannermann, »– wieder hier ist. Der Informationsfluss läuft hier ganz gut, müssen Sie wissen.«

»Was wollen Sie von uns?«, fragte ich. Ich zögerte, senkte behutsam den Degen und griff, ganz langsam, um die Männer nicht durch eine unbedachte Geste zum Angriff zu verleiten, unter meine Jacke. In den Augen des Dürren blitzte es spöttisch auf, als ich meine Brieftasche hervorzog und sie ihm hinhielt. »Wenn Sie auf unser Geld aus sind, nehmen Sie es. Es ist nicht nötig, uns dafür umzubringen.«

»Sie täuschen sich, Craven«, sagte der Dürre scharf. »Wir sind keine Straßenräuber, sondern ehrliche Männer. Wir wollen Ihr Geld nicht. Wir wollen ihn.«

Wieder deutete er auf Bannermann, und der Ausdruck, der dabei in seinen Augen stand, ließ mich schaudern.

»Was soll das heißen?«, fragte ich.

Der Mann lächelte kalt. »Fragen Sie Ihren Freund, Craven.«

Ich musterte ihn noch einen Moment scharf, hob noch einmal drohend den Degen und wandte mich an Bannermann. »Was meint er damit, Kapitän?«

Bannermann schluckte nervös. Er war bleich geworden, und seine Hände, obwohl zu Fäusten geballt, zitterten. »Er hat Recht, Craven«, murmelte er. »Gehen Sie, solange Sie es noch können. Sie wollen nichts von Ihnen. Ich hätte nicht hierherkommen sollen.«

»Das bist du aber, Bannermann«, schnauzte der Dürre. »Wir haben dich gewarnt. Jetzt ist es zu spät.«

»Was wollen Sie von ihm?«, fragte ich betont. Die Reihe schob sich drohend ein Stück näher, aber der Dürre hielt sie mit einer raschen Handbewegung zurück.

»Wir wollen nichts *von* ihm, Craven. Wir wollen *ihn.*« Plötzlich verzerrte sich sein Gesicht zu einer Grimasse.

»Dieser Mann war Kapitän eines Schiffes, Craven. Eines Schiffes, auf dem unsere Freunde und Brüder und Väter gefahren sind. Er hat sie im Stich gelassen. Er ist wie ein Feigling geflohen und hat seine Leute jämmerlich ersaufen lassen, statt sich wie ein Mann zu benehmen und –«

»Und mit seinem Schiff unterzugehen?«, unterbrach ich ihn. »Machen Sie sich nicht lächerlich, Mann. Wir leben im neunzehnten Jahrhundert, nicht mehr im Mittelalter!«

Der Dürre fegte meine Worte mit einer wütenden Bewegung beiseite. »Das hat keiner verlangt!«, schnappte er. »Niemand ist unfehlbar, auch ein Kapitän nicht. Aber er hat schon einmal ein Schiff verloren, mit Mann und Maus. Jeder Mann mit einem Funken Anstand im Leib hätte die Konsequenzen gezogen und nie wieder einen Fuß auf ein Schiff gesetzt. Er nicht. Im Gegenteil – er musste eine zweite Mannschaft in den Tod führen.«

»Das ist doch Unsinn!«, begehrte ich auf. »Kapitän Bannermann wurde in einer ordnungsgemäßen Seegerichtsverhandlung freigesprochen –«

»Seegericht!«, unterbrach mich der Dürre. »Ihr verdammtes Seegericht interessiert mich nicht. Da kriegt ja doch nur der Recht, der das meiste Geld hat!« Er spie aus. »Wir Seeleute haben unsere eigenen Gesetze, Craven. Ein Kapitän darf sich jeden Fehler erlauben, aber er muss dazu stehen. Und er darf nicht feige sein.«

»Bannermann ist unschuldig«, sagte ich. Allmählich kam mir die ganze Situation mehr als nur absurd vor – da stand ich, in einem der verrufensten Viertel von Aberdeen, den Degen in der Faust und einer zwölffachen Übermacht gegenüber, und diskutierte mit ihnen, als wäre ich im Gerichtssaal!

Mein Gegenüber schien ähnlichen Gedanken nachzuhängen, denn er trat meinen noch immer drohend erhobenen Degen ignorierend – auf mich zu, schob kampflustig das Kinn vor und deutete fordernd auf Bannermann.

»Wir werden ihn mitnehmen, Craven«, sagte er. »Und dann werden wir unsere eigene Seegerichtsverhandlung führen.«

»Das glaube ich nicht«, sagte ich ruhig.

Der Dürre atmete scharf ein, öffnete den Mund, um zu antworten – und erstarrte.

Es hatte eine Weile gedauert, bis sich meine Aufregung wieder soweit gelegt hatte, dass ich in der Lage war, die notwendige Konzentration aufzubringen. Aber jetzt spürte ich, wie sein instinktiv aufflammender geistiger Widerstand beinahe sofort zusammenbrach. Einen Moment lang wehrte er sich noch, aber es war ein lautloser, nach außen hin vollkommen unbemerkt bleibender Kampf, und schon nach zwei oder drei Sekunden erlosch das trotzige Feuer in seinen Augen vollends.

»Sie werden Kapitän Bannermann nichts antun«, sagte ich und fügte, mit erhobener Stimme und deutlich lauter, hinzu: »Und auch Sie nicht, meine Herren. Niemand von Ihnen. Bannermann und ich werden jetzt gehen, und Sie werden uns weder daran hindern noch auf irgendeine andere Weise behelligen. Haben Sie das verstanden?«

Der Dürre starrte mich aus großen Augen an, schluckte hörbar und nickte, wenn auch langsam und mühevoll, als wäre die Bewegung gar nicht seine eigene.

»Sie werden vergessen, was hier geschehen ist«, fuhr ich fort. »Sie haben Bannermann und mich niemals gesehen. Sie kennen nicht einmal unsere Namen. Ist das klar?«

Wieder nickte der Dürre, und wieder spürte ich, wie schwer ihm die Bewegung fiel.

Etwas war anders als sonst. Es ist mir noch nie leicht gefallen, einem anderen Menschen meinen Willen aufzuzwingen, schon gar nicht in einer Situation wie dieser und schon gar nicht, wenn ich gleich einem Dutzend Gegner gegenüberstand. Und trotzdem unterschied es sich drastisch von den wenigen Malen, da ich die Gabe, die mir mein Vater gegen meinen Willen vererbte, eingesetzt hatte. Ich sprach sehr langsam, beinahe schleppend, und ich spürte, wie meine Handflächen feucht wurden vor Anstrengung. Ein dumpfer, lastender Druck, der mit jeder Sekunde stärker wurde, war hinter meiner Stirn. Mit einem Male sah ich die Gesichter des Dürren und seiner Kumpane nur noch wie durch einen nebeligen Vorhang. Meine eigenen Worte klangen seltsam verzerrt in meinen Ohren, als befände ich mich plötzlich nicht mehr unter freiem Himmel, sondern in einer Höhle. Ich vernahm ein dumpfes Rauschen und Pochen, das ich erst nach einer Weile als das Geräusch meines eigenen Blutes identifizierte.

Ich verdoppelte meine Anstrengungen, fühlte, wie auch der unsichtbare Widerstand wuchs – und plötzlich war er verschwunden.

Wer oder was immer sich gegen meinen hypnotischen Angriff gewehrt hatte, es hatte aufgegeben.

Wenigstens dachte ich das für die Dauer einer Sekunde.

Genau bis zu dem Moment, in dem mir der Himmel auf den Kopf fiel.

Jennifers zweites Erwachen war so qualvoll wie das erste; vielleicht schlimmer, ahnte sie doch, dass der Albtraum längst nicht zu Ende war. Es war wie beim ersten Mal – ein Gefühl des Gleitens und Streichelns überall an ihrem Körper, Kälte, das Empfinden, schwerelos zu sein. Nur eines war anders.

Sie empfand es jetzt als angenehm.

Es dauerte einen Moment, bis Jennifer der Unterschied zu Bewusstsein kam. Beim ersten Mal, als sie in der finsteren Höhle unter dem See erwacht war, waren all diese Empfindungen fremd und erschreckend gewesen.

Jetzt waren sie vertraut, so wie die Berührung der Luft auf der Haut, das Atmen oder das Gefühl, sich in frisch gemähtes Heu zu legen.

Behutsam öffnete Jennifer die Augen. Es war nicht dunkel wie beim ersten Mal; trotzdem hatte sie Mühe, zu sehen, denn es war ein Licht ganz anderer Art, als sie es jemals erlebt hatte. Es war viel milder als der Schein der Sonne, und es kam aus keiner bestimmten Quelle, sondern war einfach da, als leuchte die Luft – das Wasser! – um sie herum. Sie blinzelte, fuhr sich, einer Gewohnheit folgend, die jetzt sinnlos geworden war, mit dem Handrücken über die Augen, richtete sich auf und spürte, wie sie den Halt verlor und schwerelos in die Höhe und zur Seite zu treiben begann. Instinktiv griff sie mit den Händen um sich, erreichte aber damit nicht mehr, als sich nun noch zusätzlich in Drehung zu versetzen und wie ein lebender Kreisel zuerst gegen die Decke, dann gegen die Wand zu stoßen, ehe sie ganz langsam zu Boden sank.

Ein leises, sonderbar hallendes Lachen erklang. Jennifer fuhr hoch, verlor dadurch schon wieder den Halt und klammerte sich im letzten Augenblick an einem Stein fest.

Wieder erscholl das Lachen, und diesmal identifizierte sie seine Herkunft. Behutsam drehte sie den Kopf in die Richtung, aus der das Geräusch erschollen war, und blinzelte durch das sanft leuchtende Wasser.

Sie sah erst jetzt wirklich, wo sie war. Es war eine Höhle wie beim ersten Mal, aber sie war größer, viel, viel größer. Die Decke, gewölbt wie die eines gotischen Domes, spannte sich gute fünf Meter über ihr, und zwei der vier Seitenwände waren so weit entfernt, dass sie in der grünen Unendlichkeit des Wassers verschwammen. Grün und grau verkrustete Steine bedeckten den Boden, und in einiger Entfernung erhob sich ein Umriss, der ihr irgendwie künstlicher Natur zu sein schien, ohne dass sie ihn erkannte.

Auf der anderen Seite, vielleicht zehn, vielleicht auch dreißig Schritte entfernt – es war sehr schwer, unter Wasser die richtige Entfernung abzuschätzen, wie sie überrascht feststellte –, gab es einen bogenförmigen, etwa mannshohen Durchgang, hinter dem das dunklere Wasser des Sees wogte. Davor, nur als flacher schwarzer Schatten zu erkennen, schwebte eine menschliche Gestalt.

Unwillkürlich hob sie die Hand, um ihr zuzuwinken, verlor durch die abrupte Bewegung wieder den Halt und prallte ziemlich unsanft gegen die Wand, um ganz langsam wieder zu Boden zu sinken.

»Du musst vorsichtig sein«, sagte eine Stimme. Die gleiche Stimme, die vorher gelacht hatte, aber sie war jetzt deutlicher, lauter und sehr viel näher. Sie klang nicht sehr angenehm. Ihr Ton erinnerte Jennifer an das Knirschen von brechendem Metall.

»Es dauert eine Weile, bis man sich daran gewöhnt hat, weißt du?«, fuhr die Stimme fort. »Aber wenn du es erst einmal gelernt hast, wirst du sehen, wie frei du dich bewegen kannst.«

»Wer ... wer sind Sie?«, fragte Jennifer. Auch ihre Stimme klang fremd in ihren Ohren; dumpf und hallend und fast ohne hohe Töne. Die Stimme eines Menschen, der unter Wasser spricht, dachte sie schaudernd.

»Wer sind Sie und wieso ... wie komme ich hierher? Wo bin ich?«

»Du wirst alles erfahren, wenn es an der Zeit ist«, antwortete der Fremde. Jennifer war jetzt sicher, dass es ein Mann war, obgleich sie ihn noch immer nur als schwarzen Schatten vor dem noch tieferen Schwarz des Sees erkennen konnte.

»Jetzt komm.«

Der Mann hob die Hand, und fast ohne ihr Zutun setzte sich Jennifer auf und begann ungeschickte Schwimmbewegungen zu machen. Dann geschah etwas Seltsames. Plötzlich, von einer Sekunde zur anderen, wurden ihre Bewegungen eleganter, die ungeschickten Stöße zu einem eleganten Gleiten und Fließen, als fände ihr Körper in einen Rhythmus, den er schon immer gekannt und nur für eine Weile vergessen hatte. Leicht und schnell wie ein Fisch glitt sie auf den Fremden zu.

Als sie näher kam, wurde aus dem flachen Schatten ein Körper, aus dem dunklen Wabern und Wogen vor dem Hintergrund des Wassers ein Gesicht.

Es war kein menschliches Gesicht, aber es war auch nicht abstoßend. Jennifer erschrak nicht. Alles, was sie fühlte, war eine gelinde Verwunderung. Und Neugier.

Der Mann war sehr groß. Seine Haut war rau und von zahllosen winzigen Schuppen bedeckt wie die eines Fisches, und zwischen seinen Fingern und Zehen spannten sich dünne, halb durchsichtige Schwimmhäutchen, genau wie zwischen den Armen und dem Leib. Wenn er mit ausgebreiteten Armen schwamm, dachte Jennifer mit einem Gefühl widerwilliger Bewunderung, musste er aussehen wie ein gewaltiger, in allen Farben schimmernder Rochen.

Das Sonderbarste aber war sein Kopf. Sein Gesicht glich viel mehr dem eines Fisches als dem eines Menschen, und von seiner Stirn aus zog sich ein stacheliger, aber offensichtlich sehr weicher Kamm über Kopf und Nacken und verschwand auf seinem Rücken. Seine Augen waren so groß wie Kinderfäuste und schillerten in allen Farben des Regenbogens.

»Wer bist du?«, fragte sie, noch immer ohne Angst. Alles, was sie empfand, war Bewunderung für dieses fremdartige, wunderschöne Wesen.

»Auch das wirst du später erfahren«, sagte der Fremde. Seine Stimme klang noch immer wie Metall, aber der unangenehme Unterton schien daraus verschwunden, und plötzlich begriff Jennifer, dass das Verziehen seiner dünnen Fischlippen nichts anderes als ein Lächeln bedeutete.

Sie erwiderte es, verhielt, das Gefühl der Schwerelosigkeit genießend, dicht vor dem Fremden im Wasser und machte eine weit ausholende Geste, die die gesamte Höhle einschloss. »Das hier ist dein Reich?«, fragte sie.

Der Fischmann nickte. »Ein Teil davon. Bald wird es auch dir gehören.«

Jennifer begriff nicht gleich. Der Fremde lächelte wieder sein eigentümliches Fischlächeln, kam näher und streckte die Hand aus. Erst als seine schlanken Finger Jennifers Brust berührten, wurde sie sich überhaupt der Tatsache bewusst, dass sie nackt war.

Noch einen Tag zuvor, in jenem anderen, ihr plötzlich fremd erscheinenden und unendlich weit zurückliegenden Leben, wäre sie vor Scham gestorben. Jetzt erschien es ihr ganz natürlich, mit nichts anderem als streichelndem Wasser bekleidet und seinen Blicken preisgegeben zu sein. Die Berührung seiner Finger war sanft und doch gleichzeitig fordernd, und sie spürte das Verlangen dahinter.

Etwas in ihr erwiderte es. Es war nichts, was sie kannte, sondern die Frau, die tief in dem Mädchen, das sie bis zu diesem Moment gewesen war, gewartet hatte. Ihre Lippen begannen zu zittern, als sich seine Hand vor ihrer Brust löste und ganz sanft an ihrem Körper hinabglitt.

Dann zog er die Finger zurück, abrupt und mit einem raschen, bedauernden Kopfschütteln.

»Noch nicht«, sagte er. »Wir müssen Geduld haben.«

»Geduld?«

Der Mann mit dem Fischgesicht lächelte. »Du wirst meine Braut«, sagte er. »Und die Mutter meines Kindes. Aber noch ist es nicht soweit. Komm.«

Jennifer nickte, griff nach seiner ausgestreckten Hand und schwamm Seite an Seite mit ihm hinaus in die lockende Schwärze jenseits des Höhleneinganges.

Jemand weckte mich auf. Er tat es auf die direkteste und wohl auch Erfolg versprechendste Weise, die er kannte:

Mit einem Eimer Wasser.

Prustend setzte ich mich auf, fuhr mir mit dem Handrücken über die Augen und sah einen riesigen Schatten, der wie ein Berg auf zwei Beinen über mir aufragte. Instinktiv griff ich nach meiner Waffe.

»Das ist nicht nötig, Mister Craven«, sagte eine dunkle Stimme.

Ich zog die Hand zurück, blinzelte nochmals nach oben und erkannte ein breites, kantig geschnittenes Gesicht, das sich über einer dunkelblauen Marineuniform erhob. Stahlblaue Augen musterten mich mit einer Mischung aus Sorge und unterdrücktem Spott.

»Wir stehen auf Ihrer Seite, mein Freund«, fuhr der Fremde fort. »Und so, wie es aussieht, haben Sie Verbündete bitter nötig.« Er grinste, beugte sich vor und streckte mir die Hand entgegen, um mir auf die Füße zu helfen. Sein Griff war sehr fest.

Verwirrt sah ich mich um. Ich konnte nicht sehr lange bewusstlos gewesen sein, denn ich befand mich noch auf der gleichen Straße, in der Bannermann und ich in den Hinterhalt von Jamesons Schlägern geraten waren. Von den Wegelagerern war keine Spur mehr zu sehen. Dafür gewahrte ich fast ein Dutzend Marinesoldaten, die mit angelegten Gewehren im Halbkreis um mich und mein Gegenüber herumstanden und sich bemühten, möglichst finster auszusehen.

Wen ich nicht sah, war Bannermann.

»Wer ... wer sind Sie?«, fragte ich stockend. »Und wo ist Bannermann?«

»Mein Name ist Spears«, antwortete mein Gegenüber. »Fregattenkapitän Jerry Spears vom Marinegeheimdienst Ihrer Majestät.« Er salutierte – eher spöttisch als militärisch präzise – lächelte flüchtig und wurde sofort wieder ernst. »Wir sind leider eine Minute zu spät gekommen, Mister Craven. Ich fürchte, Kapitän Bannermann befindet sich in den Händen der Männer, die Ihnen aufgelauert haben.«

»Dann müssen wir ihn befreien!«, sagte ich erschrocken. »Wir –«

Spears machte eine Handbewegung, die mich zum Verstummen brachte. »Immer mit der Ruhe, Craven«, sagte er. »Seien Sie froh, dass wir Sie rausgehauen haben.« Er runzelte die Stirn, sah mich von oben bis unten an und schüttelte den Kopf. »Nach allem, was ich über Sie gehört habe, hätte ich Sie nicht für so dumm gehalten. Ich schätze, ich werde mir einen mächtigen Rüffel von meinem Vorgesetzten einhandeln. Aber was geschehen ist, ist geschehen.«

»Wer sind Sie überhaupt?«, fragte ich verstört. Ich begriff nichts mehr. »Sie sind doch nicht zufällig aufgetaucht, oder?«

Spears zögerte einen Moment. »Was wollen Sie hören?«, fragte er dann. »Eine glaubhafte kurze Ausrede, oder die unglaubhafte und sehr lange Wahrheit?«

»Die Wahrheit«, grollte ich. Spears schien es zu lieben, in möglichst langen und komplizierten Sätzen zu reden.

»Wie Sie wollen«, sagte Spears. »Aber dann lassen Sie uns irgendwo hingehen, wo es sich besser redet.«

Es war wie ein Rausch. Ein Taumel von Gefühlen, die sie nie zuvor kennen gelernt hatte, außer bei den wenigen Gelegenheiten, da sie ihren Körper mit den eigenen Händen erforschte, aber da war es anders gewesen. Sie war sich schmutzig und besudelt vorgekommen, und stets war das Gefühl dabei gewesen, etwas Verbotenes und

Schlechtes zu tun. Jetzt empfand sie nichts dabei, nichts als Glück und das unvergleichbare Empfinden, frei zu sein. Alles, was sie empfand, war neu und berauschend, und doch war es, als hätte sich etwas in ihr schon immer danach gesehnt, als entdecke sie einen Teil ihres Selbst, von dem sie bisher überhaupt nicht gewusst hatte, dass er existierte. Seine Berührungen setzten sie in Brand, erweckten ein verzehrendes, unlöschbares Feuer in ihr. Sie spürte die Berührung seiner glatten, unmenschlich starken Arme, seine Küsse, das Streicheln seiner Hände auf ihrer Haut, auf dem Rücken, ihren Schultern, ihrer Brust, überall, auch an Stellen, an die sie bisher nicht einmal zu denken gewagt hatte, seine Küsse, die ihren Mund, ihre Augen, ihr Gesicht und schließlich jeden Quadratzentimeter ihres Körpers bedeckten.

Als er sie schließlich nahm, war es wie ein Schritt in eine neue Welt. Plötzlich waren Gefühle in ihr, die zu beschreiben ihr die Worte fehlten, ein Taumel von Sinnlichkeit, der sie davonzuspülen schien. Sie war er, und er war sie; für Sekunden, die sich zu Ewigkeiten dehnten, waren sie ein Wesen. Sie spürte seinen schlanken, kräftigen Körper, seine Umarmung, die so fest war, als wolle er sie zermalmen, die gleichzeitig weh und unglaublich wohltat, sein Verlangen und Begehren, das von ihr erwidert wurde, ohne und fast gegen ihren Willen.

Irgendwann war es vorbei. Jennifer wusste nicht, wie viele Minuten oder auch Stunden vergangenen waren. Es war ihr auch gleich. Nichts zählte mehr als die Erinnerung an dieses berauschende, unglaublich schöne Gefühl, seine Berührung, seine Wärme, das Empfinden, eins mit ihm zu sein. Da war ein winziger Teil in ihr, der ihr zuflüstern wollte, dass es falsch und gotteslästerlich sei, was sie getan hatte, dass er kein Mensch, sondern ein unbeschreiblich fremdes Wesen war, und das, was immer aus dieser Vereinigung erwachsen mochte, nur von Übel sein konnte. Sie verscheuchte den Gedanken.

Allmählich begann sie die Welt um sich herum wieder wahrzunehmen, und erst jetzt, fast, als hätte bisher ein Schleier über ihren Gedanken gelegen, der nur ganz allmählich zerriss, erinnerte sie sich wieder, wie sie hierher gekommen waren. Sie waren geschwommen, zuerst durch die schweigende Schwärze des Sees, dann durch schier endlose Stollen und Tunnel voll leuchtendem Wasser und sonderbaren Dingen, und schließlich hatte er sie hierher geführt, in ein phantastisches Reich tief auf dem Grund des Sees.

Sie öffnete die Augen, setzte sich auf und sah sich um. Er war nicht da, aber sie fühlte seine Nähe, als wäre sie jetzt wirklich ein Teil von ihm.

Ein paar Mal rief sie nach ihm, bekam aber keine Antwort und begann schließlich, ihre Umgebung auf eigene Faust zu erforschen. Das Gebäude, in dem sie war, war nur Teil einer gewaltigen, in ihren ganzen Dimensionen nicht überschaubaren Anordnung mehr oder weniger verfallener Häuser und Säulenhallen, die den Grund des Sees fast vollständig bedeckte.

Jennifer blieb eine Weile vor dem halb niedergebrochenen Eingang des Kuppelhauses stehen, wandte sich unschlüssig nach rechts und links und schwamm schließlich los, auf kein bestimmtes Ziel zu. Das Wasser spielte mit ihrem Haar und streichelte ihren Körper, und allein diese Berührung ließ abermals einen wohligen Schauer der Erinnerung durch ihren Leib fließen. Das Bizarre ihrer Situation kam ihr nicht einmal zu Bewusstsein. Alles, was vorher gewesen war, war vergessen. Sie war glücklich, und das allein zählte.

Eine Zeitlang schwamm sie ziellos zwischen den geborstenen Säulen und Wänden der versunkenen Stadt hin und her, spielte mit Fischen, die zutraulich näher kamen, oder ließ sich einfach in der Strömung treiben. Schließlich gewahrte sie einen Schatten, weit entfernt, fast am Rande der Stadt.

Neugierig schwamm sie darauf zu. Der Schatten wuchs heran und wurde zu einem Schacht, der senkrecht in den Meeresboden hineinführte und sich in Dunkelheit verlor. Jennifer spürte einen raschen Schauer eisiger Kälte, als sie sich ihm näherte. Salzgeschmack war auf ihren Lippen. Der Schacht musste eine Verbindung zum Meer hin haben, dachte sie überrascht.

Plötzlich glaubte sie eine Bewegung in der Schwärze tief unter sich zu erkennen. Etwas Dunkles, Glitzerndes wogte dort, und für einen ganz kurzen Moment spürte sie ein Gefühl, das an Furcht grenzte, aber es nicht wirklich war.

Sie verscheuchte es. Konnte es in diesem unterseeischen Märchenreich irgendetwas Schlechtes oder gar Gefährliches geben?

Jennifer drehte sich mit einer eleganten Bewegung herum und schwamm los. Die versunkene Stadt und der Grund des Sees blieben über ihr zurück, und Kälte und Dunkelheit begannen sie einzuweben wie das Netz einer unsichtbaren Spinne.

Wieder sah sie die Bewegung, und diesmal war sie so deutlich, dass sie sicher war, sich nicht getäuscht zu haben. Sie hielt inne, sah zu dem kleinen runden Fleck trübgrüner Helligkeit über sich hinauf und erschrak, als sie erkannte, wie tief sie bereits in den Schacht vorgedrungen war, ohne es zu bemerken.

Die Bewegung wiederholte sich abermals, und Jennifer sah, dass sie von mehreren Stellen zugleich kam, als huschten tief unter ihr finstere Dinge über den Grund des Schachtes. Allmählich begann das Gefühl von Furcht in ihr stärker zu werden, aber im gleichen Maße nahm auch ihre Neugier zu; sie zögerte noch einen Moment, wandte sich dann entschlossen nach unten und schwamm weiter.

Der Grund kam rasch näher, und im gleichen Maße, in dem sich ihre Augen an das sonderbar schwarze Licht hier unten gewöhnten, erkannte sie mehr Einzelheiten.

Das Bild traf sie wie ein Schlag.

Im ersten Moment glaubte sie, eine Anzahl großer, schwarz glänzender Würmer über den felsigen Boden kriechen zu sehen, dann erkannte sie, dass es andere Wesen waren; Wesen, wie sie sie noch nie zuvor gesehen hatte und die sie trotzdem auf fürchterliche Weise an irgendetwas erinnerten.

Sie ähnelten gewaltigen, augenlosen Kaulquappen. Ihre Leiber waren so groß wie die von Menschen, versehen mit gewaltigen, schwimmflossenbewehrten Froschbeinen und meterlangen Drachenschwänzen. Sie hatten keinen erkennbaren Kopf, sondern nur einen aufgedunsenen schwarzen Leib, in dessen Vorderseite ein fürchterliches, dicklippiges Froschmaul klaffte. Ihre Arme schienen Jennifer lächerlich klein im Verhältnis zum Rest des Körpers, aber sie endeten in Furcht einflößenden, dreifingrigen Klauen.

Der furchtbare Anblick lähmte das Mädchen so sehr, dass sie die Gefahr in der sie schwebte, erst bemerkte, als etwas schleimig und tastend über ihre Beine fuhr.

Jennifer fuhr mit einem Schrei herum, trat blindlings nach dem schwarzen Ding, das sich an ihren Fuß geklammert hatte, und schrie abermals auf, als sich hornige Krallen in ihre Haut gruben.

Der Tritt schleuderte das Ungetüm davon, aber er trieb auch sie selbst zur Seite und ließ sie gegen die Wand des Schachtes prallen. Ihr Kopf stieß gegen einen hervorstehenden Stein. Für Sekunden war sie benommen.

Als sie wieder klar sehen konnte, hatte sich der Anblick verändert. Aus einer kleinen, nicht einmal sonderlich tiefen Wunde in ihrer Wade sickerte Blut und verteilte sich wie eine rosige Wolke rings um sie im Wasser – und sein Geruch schien die Kaulquappenmonster auf fast magische Weise anzuziehen! Von überall her strömten sie herbei, mit rohen, tollpatschig aussehenden Bewegungen, schnüffelnd wie große blinde Hunde. Ihre Schwänze peitschten das Wasser und die kleinen, dreifingrigen Klauen vollführten schnappende Bewegungen. Der ganze Meeresgrund schien zu schwarz glänzendem schrecklichem Leben erwacht zu sein.

Eines der Ungeheuer kam näher. Jennifer fuhr erschrocken zusammen, presste sich gegen den Fels und hielt instinktiv den Atem an. Das Monster glitt mit plumpen Schwimmbewegungen zu ihr hinauf, sog das Wasser durch sein riesiges Fischmaul ein und bewegte sich ruckhaft von rechts nach links und wieder zurück.

Und jedes Mal kam es um ein winziges Stückchen näher ...

Mit einem kleinen, klar gebliebenen Teil ihres Bewusstseins begriff Jennifer, dass die schwarzen Monster blind waren. Der Blutgeruch schien sie anzulocken, und wahrscheinlich orientierten sie sich an Bewegungen, wie Fledermäuse an unhörbaren Schallwellen. Aber sie konnten nicht sehen.

Sie hatte eine winzige Chance. Wenn sie die Nerven behielt, dann konnte sie mit dem Leben davonkommen.

Die Riesenquappe kam unerbittlich näher. Ihr dicklippiges Maul schnappte wie eine Falle, und Jennifer sah die scharfen Zähne dahinter. Jennifer glaubte die Wildheit der Bestie regelrecht zu spüren.

Mit angehaltenem Atem wartete sie, bis das Wesen ganz dicht heran war. Dann trat sie zu.

Ihre Ferse traf den Schädel des Monstrums eine Handbreit über dem Maul. Es war ein unbeschreiblich ekelhaftes Gefühl, ein Empfinden, als trete sie in fauliges Obst, glitschig und Übelkeit erregend, aber dann traf ihr Fuß auf harten Knochen, der sich unter der Gummihaut des Wesens verbarg.

Die Bestie wurde zurückgeschleudert. Sofort wirbelte sie herum und drang mit gierig schnappendem Maul erneut auf sie ein, aber Jennifer wartete nicht, bis sie abermals heran war, sondern stieß sich mit aller Macht vom Felsen ab und schwamm mit kräftigen Stößen in die Höhe.

Unter ihr schien ein Vulkan auszubrechen. Wie eine Woge aus schwarzem Morast erhob sich die Masse der Horrorkaulquappen. Klauen und Haifischgebisse schnappten nach ihr, das Wasser brodelte, als würde es kochen, und plötzlich lösten sich zwei, drei, vier der schwarzen Bestien aus der zitternden Masse und jagten zur ihr hinauf. Jennifer warf sich verzweifelt zur Seite, trat und schlug um sich und spürte, wie hornige Krallen ihre Beine ergriffen und sie in die Tiefe zu zerren versuchten.

Dann jagte ein grünsilberner Blitz heran, ergriff ihre verzweifelt ausgestreckten Arme und riss sie in die Höhe, aber Jennifer schrie und trat und schlug weiter um sich, selbst, als sie der Schacht längst wieder frei gegeben hatte und unter ihnen wieder die versunkene Stadt lag. Nur ganz langsam beruhigte sie sich, und es dauerte noch länger, bis aus den Bildern des Schreckens, die ihr ihre eigene Furcht vorgaukelte, wieder sein Gesicht wurde, das Fischgesicht mit den großen, regenbogenfarbigen Augen.

»Es ist alles in Ordnung«, sagte er. »Du bist in Sicherheit. Beruhige dich.« Seine Hand streichelte ihr Haar, und die Berührung tat gut. Jennifer schluchzte verzweifelt, warf sich an seine Brust und umschlang ihn mit den Armen, presste sich so fest an ihn, wie sie nur konnte. Sie war noch immer halb wahnsinnig vor Angst, aber jetzt war er da, und seine Nähe versprach Schutz und Sicherheit.

»Es ist meine Schuld«, sagte er sanft. »Ich hätte dich nicht allein lassen sollen. Es gibt Gefahren hier unten, weißt du? Aber jetzt ist alles in Ordnung. Du bist nicht mehr in Gefahr.« Er schob sie sanft von sich, legte die Hand unter ihr Kinn und zwang sie mit sanfter Gewalt, ihn anzusehen. »Aber du darfst nie wieder dorthinunter gehen, verstehst du?«

Sie nickte. Tränen füllten ihre Augen und vermischten sich mit dem Meerwasser, das sie umgab. Aber die Angst schwand, jetzt, wo sie in seiner Nähe war. »Was ... was waren das für Ungeheuer?«, fragte sie stockend.

Er lächelte. »Keine Ungeheuer«, sagte er. »Sie sind nicht böse. Sie wissen es nicht besser. Du musst ihnen vergeben, mein Liebes. Sie sind Kinder, die noch nicht gelernt haben, zu unterscheiden.«

»Kinder?«

Das Wort brachte irgendetwas in ihr zum Erstarren. Eine furchtbare Ahnung stieg in ihr empor, aber der Gedanke war zu schrecklich, um ihn zu Ende zu denken. Plötzlich war seine Umarmung nicht mehr sanft und beschützend, sondern nur noch stark. Kalt. Kalt wie Eis.

»Wessen ... Kinder?«, fragte sie stockend.

Sein Lächeln wurde noch breiter. Aber mit einem Male kam es ihr vor wie ein höhnisches Grinsen.

»Meine, mein Liebling«, sagte er.

Für die Dauer einer Sekunde setzte ihr Herz aus. Und plötzlich glaubte sie seine Worte noch einmal zu hören, so deutlich, als flüstere er sie ihr ins Ohr, in diesem Moment.

Du wirst meine Braut, hatte er gesagt. *Und die Mutter meiner Kinder.*

Jennifer begann zu schreien.

»Wir haben Jameson schon lange im Verdacht«, sagte Spears ernst. »Aber bisher konnten wir ihm nichts beweisen. Offiziell, heißt das.«

»Und inoffiziell?«

Spears lächelte, hob seine Tasse zum Mund, wobei er den kleinen Finger geziert abspreizte, trank einen winzigen Schluck und sah mich über den Rand der Tasse hinweg durchdringend an.

»Das spielt keine Rolle«, sagte er schließlich. »Jameson ist nur ein kleiner Fisch, wissen Sie? Der Strohmann, sozusagen.«

»Strohmann für wen?«, fragte ich.

Spears setzte seine Tasse ab und schmatzte hörbar. Er schien den schlechten Tee, den uns sein Adjutant gebracht hatte, mit Wein zu verwechseln. »Wenn ich das wüsste, wäre ich nicht hier«, sagte er. »Und außerdem ein Stück weiter. Die Sache ist nicht so leicht zu erklären, Craven. Eigentlich dürfte ich Ihnen kein Sterbenswörtchen verraten. Aber ...«

»Aber?«, fragte ich, als er nicht weitersprach.

Der Fregattenkapitän zögerte einen Moment. Schließlich stand er – ohne zu antworten – auf, zündete sich eine Zigarre an und trat ans Fenster. Wir befanden uns im zweiten Stock eines nach außen hin vollkommen normalen Mietshauses, nicht mehr als drei oder vier Straßenzüge vom Büro der *Scotia* entfernt. Wie gesagt – das Haus war nach außen hin ganz normal. In seinem Inneren schon nicht mehr ganz. Ich hatte nicht alle Räume gesehen, aber ich schätzte, dass sich zusammen mit Spears Truppe an die fünfzig Marinesoldaten in dem Haus aufhalten mussten, und es schienen mir ausnahmslos ausgesuchte Leute zu sein. Leute von der Art, der man ansieht, dass sie zu kämpfen versteht. Möglicherweise täuschte ich mich auch – aber in diesem Moment war ich sicher, es mit allem anderem als normalen Marineinfanteristen zu tun zu haben.

Das Einzige, was den Eindruck, mich inmitten einer Eliteeinheit zu befinden, störte, war Spears. Er schien mir ein wenig zu jung und unausgereift, um einen solchen Einsatz zu leiten.

»Sie haben ... gewisse Erkundigungen eingezogen, bevor Sie London verlassen haben, Mister Craven«, sagte er plötzlich.

Ich sah auf. »Sie sind gut informiert«, gestand ich.

Spears lächelte. »Das ist mein Beruf«, antwortete er. »Ich frage mich nur, was der Ihre ist, Craven.« Er trat vom Fenster zurück, schnippte eine Zigarrenasche zielsicher einen Finger breit neben den Aschenbecher und klappte eine lederne Schreibmappe auf, die zwischen uns auf dem Tisch lag. Neugierig beugte ich mich vor.

Ich war nicht sehr überrascht, auf dem obersten Blatt in fetten Buchstaben meinen Namen zu lesen. Was mich überraschte, war der Umfang des Papierstapels, den er bedeckte.

Spears bemerkte meinen befremdeten Blick und lächelte. »Das hier kam heute Morgen mit einem Kurier«, sagte er. »Es enthält eine Menge interessanter Dinge, glauben Sie mir. Was es nicht enthält, ist die Antwort auf die Frage, die mich im Moment am allermeisten interessiert.«

»Und die wäre?«, fragte ich harmlos.

»Schlicht und einfach die, was Sie hier zu suchen haben«, antwortete Spears. Plötzlich war er ganz ernst. Er beugte sich vor, legte die Zigarre aus der Hand, stützte sich mit beiden Fäusten auf der Tischplatte ab und sah mich aus seinen durchdringenden blauen Augen an.

»Wenn Sie jetzt sagen, es wäre Zufall, lasse ich Sie von meinen Leuten ins Meer schmeißen«, sagte er. Und so, wie er es sagte, glaubte ich ihm. »Also?«

»Bannermann«, antwortete ich. »Ich bin wegen Bannermann hier. Er bat mich um Hilfe.«

»Hilfe?«, schnappte Spears. »Wobei?«

»Zum Teufel, was soll das?«, antwortete ich scharf. »Sie wissen so gut wie ich, wobei. Dieser saubere Jameson versucht, irgendetwas zu vertuschen, und Bannermann ist der, den er dafür über die Klinge springen lassen will. Zufällig ist Bannermann aber auch ein Freund von mir.« Wütend stand ich auf, ging um den Tisch herum und baute mich drohend vor Spears auf. Wenigstens versuchte ich es. Aber bei einem Mann, der fast einen Kopf größer war als ich, fiel es mir schwer.

»Bannermann ist kein Freund von Ihnen, Craven«, sagte Spears ruhig. »Sie haben sich in Ihrem ganzen Leben nur genau einmal vorher gesehen, vor mehr als zwei Jahren. Aber lassen wir das. Was wollen Sie hier?«

»Das Gleiche könnte ich Sie fragen«, schnappte ich.

Spears seufzte. »Begreifen Sie denn nicht, Craven?«, fragte er. »Zum Teufel ich habe hier auf dem Tisch –«, er pochte mit den Fingerknöcheln auf den Papierstapel mit meinem Namen obenauf, »– das dickste Bulletin, das ich jemals über einen einzelnen Mann gesehen habe, und es enthält ungefähr hundert Mal mehr Fragen als Antworten. Sie sind ein recht geheimnisumwitterter Mann, Craven – vorsichtig ausgedrückt. Alles, was ich von Ihnen verlange, ist eine ehrliche Antwort auf die Frage, ob ich Ihnen vertrauen kann oder nicht.«

»Das ist eine ziemlich blöde Frage«, entfuhr es mir. »Was soll ich darauf antworten – nein?«

Spears starrte mich an. Für einen Moment blitzte Zorn in seinem Blick auf, aber dann begannen seine Mundwinkel zu zucken, und plötzlich lachte er. »Entschuldigen Sie, Craven«, sagte er. »Es war wirklich eine dumme Frage. Aber es geht hier um viel. Vielleicht um die Sicherheit des Empires.«

Vielleicht um die Sicherheit der Welt, fügte ich in Gedanken hinzu. Aber das sprach ich vorsichtshalber nicht laut aus.

Spears seufzte, schüttelte abermals den Kopf und trat wieder ans Fenster. Schweigend sog er an seiner Zigarre, blickte auf die Straße hinunter und wippte dabei auf den Zehenspitzen. Nach einer Weile trat ich neben ihn. Das Zimmer lag so, dass der Blick über die Dächer des Hafenviertels bis aufs Meer hinausfiel. Auch das war mit Sicherheit kein Zufall.

»Ich bin seit mehr als sechs Wochen hier«, sagte Spears plötzlich. »Die ganze Zeit über ist nichts passiert, Craven. Und kaum tauchen Sie auf, wird ein Mann auf offener Straße entführt, und Jamesons Speichellecker schwärmen aus wie die Ameisen.« Er schüttelte den Kopf, drückte seine Zigarre am Glas der Scheibe aus und sah mich durchdringend an.

»Was wissen Sie über Jameson und seine Bande?«, fragte er.

»Nicht sehr viel«, gestand ich. Das war nicht ganz die Wahrheit, aber auch nicht wirklich gelogen. Außerdem hätte es bis zum nächsten Morgen gedauert, ihm zu erzählen, was ich zu ahnen glaubte; und warum.

»Sie haben Nachforschungen angestellt«, erinnerte er. »Ich habe in meinen Unterlagen eine Kopie des Berichtes, den Ihr Verbindungsmann Ihnen zugestellt hat, ehe Sie hierher gekommen sind. Warum helfen Sie mir nicht, kostbare Zeit zu sparen, und erzählen mir, was Sie sonst noch wissen?«

»Nicht sehr viel«, wiederholte ich. »Ich weiß nicht einmal, ob alles, was in diesem Bericht steht, auch der Wahrheit entspricht.«

»Beinahe«, sagte Spears. »Bis auf ein paar unwesentliche Details.« Er atmete hörbar ein, wandte sich wieder zum Fenster und deutete durch die beschlagene Scheibe nach Osten.

»Es begann vor ein paar Monaten«, sagte er.

»Was?«

»Die Schiffe«, sagte Spears. »Es sind Schiffe verschwunden, Craven. Zuerst nur wenige – ein Fischerboot hier, ein altersschwacher Kahn mit Sommerfrischlern da ... Nicht besonders viel, aber immerhin mehr als gewöhnlich. Vor einem Vierteljahr verschwand dann die *Brigitta Daranda,* ein Kohlefrachter, der für die *Scotia* fuhr. Es hieß, es wäre im Sturm gekentert, aber es gab im Umkreis von fünfhundert Seemeilen nicht einmal eine starke Brise. Danach sank die *Cassiopeia,* ein Zehntausend-Bruttoregistertonnen-Segler, auch unter der Flagge der *Scotia.* Schließlich das Schiff ihres Freundes Bannermann, die *Poseidon.* Und das war erst der Anfang.«

Der letzte Satz hatte bitter geklungen, und als ich Spears ansah, sah ich, dass seine Lippen zu einem dünnen, blutleeren Strich zusammengepresst waren.

»Das waren noch nicht alle?«, fragte ich.

Spears schüttelte heftig den Kopf. »Nein. Es gab natürlich eine Untersuchung. Ganz gegen die öffentliche Meinung sitzen nämlich in den Ministerien in London nicht nur Vollidioten, wissen Sie? Ein paar von ihnen sind durchaus in der Lage, bis drei zu zählen.« Er lächelte flüchtig und fuhr fort. »Es ging weiter. Die Untersuchung verlief im Sande, aber die geheimnisvollen Havarien hörten nicht auf. Bis heute ist ein gutes Dutzend Schiffe dort draußen verschwunden.«

»Ein *Dutzend?!«* Ich erschrak. »Ein Dutzend Schiffe?«, wiederholte ich ungläubig. »Und niemand hat davon erfahren?«

»Sie haben es selbst gesagt, Craven«, antwortete Spears ernst. »Bis auf eines waren es ausschließlich Schiffe der *Scotia*-Reederei. Und aus einem Grund, den ich noch nicht kenne, ist die stark daran interessiert, nichts davon an die Öffentlichkeit dringen zu lassen.«

»Ein Racheakt?«, vermutete ich. »Vielleicht die Konkurrenz?«

»Kaum«, antwortete Spears. »Wir haben jeden, der auch nur entfernt in Frage käme, durchleuchtet.«

Seine Antwort gab mir endlich Gelegenheit, die Frage loszuwerden, die mir schon die ganze Zeit auf der Zunge brannte. »Welche Rolle spielen Sie in dieser Sache, Spears?«, fragte ich. »Sie und Ihre Leute. Was hat der Geheimdienst damit zu tun, wenn jemand Jameson und seine Firma fertigmacht?«

Spears lachte humorlos. »Sie machen mir Spaß, Craven«, sagte er. »Wenn es dort draußen jemanden oder etwas gibt, der in der Lage ist, ein Dutzend Schiffe spurlos verschwinden zu lassen, dann interessiert das die Marine mit Sicherheit. Ich sagte es bereits – es ist gut möglich, dass die Sicherheit des Empires selbst bedroht ist.«

»Dieses eine Schiff, das nicht zur *Scotia* gehörte –«, begann ich.

»War ein Kriegsschiff Ihrer Majestät«, sagte Spears. »Die *Silver Arrow.* Sie war nicht sehr groß, Craven, aber gut genug bewaffnet, es mit jedem dahergelaufenen Piraten aufnehmen zu können.« Er ballte zornig die Fäuste. »Wir haben nicht einmal mehr eine Planke von ihr gefunden.«

Ich starrte ihn an, aber ich sah ihn gar nicht. Vor meinen Augen stand plötzlich das Bild eines kunstvoll angefertigten, großen Schiffsmodelles. Das Modell eines Kriegsschiffes, groß wie eine schwimmende Stadt und stark genug bewaffnet, es mit einer ganzen Flotte aufnehmen zu können. Und mit einem kleinen Messingschildchen am Bug, auf dem sein Name stand: *Dagon.*

Der Ausdruck auf Jamesons Gesicht war immer betroffener geworden, mit jedem Wort, das er hörte. Feinperliger kalter Schweiß bedeckte seine Stirn, trotz der unangenehmen, klammen Kälte, die in dem unterirdischen Gewölbe herrschte. Seine Handflächen waren feucht, und sein Blick irrte unstet zwischen dem bärtigen Gesicht McGillycaddys und dem schwarzen glitschigen *Ding* hin und her, das neben und hinter ihm in den stinkenden Abwässern schwamm, die das Siel füllten. Von Zeit zu Zeit glaubte er, ein leises Schlürfen und Schmatzen zu vernehmen, und im gleichen Rhythmus stiegen blubbernde Luftblasen aus dem schlammigen Wasser. Jameson versuchte krampfhaft an etwas anderes zu denken, um sich nicht übergeben zu müssen.

»Ich ... finde die Idee nicht besonders gut«, sagte er stockend. Die gewölbte Decke des Tunnels fing seine Worte auf und warf sie als verzerrtes Echo zurück, und wie zur Antwort bewegte sich die schwarze Scheußlichkeit hinter McGillycaddy unruhig. Ein langer, stachelbewehrter Schwanz zuckte wie der Kopf einer Schlange aus dem Wasser und fiel klatschend zurück. Jamesons Magen begann sich zu einem schmerzhaften Knoten zusammenzuziehen.

»Ich kann mich nicht erinnern, dich nach deiner Meinung gefragt zu haben«, antwortete McGillycaddy scharf.

Jameson fuhr wie unter einem Hieb zusammen, aber irgendwie brachte er es fertig, McGillycaddys Blick standzuhalten und ein zweites Mal mit dem Kopf zu schütteln. »Darum geht es nicht«, sagte er stockend. »Wir ... wir sind noch nicht soweit. Wir brauchen noch Monate, um –«

McGillycaddy unterbrach ihn mit einer wütenden Handbewegung. »Du hast genau zwei Tage!«, sagte er heftig. »Nicht mehr.«

»Aber das ist vollkommen unmöglich!«, keuchte Jameson. »Allein die –«

»Unmöglich?«, unterbrach ihn McGillycaddy. »Nun, wenn es wirklich unmöglich ist, Jameson, dann schlage ich vor, du begleitest mich und sagst es *ihm* selbst. Ich bin sicher, dass *er* dir nichts antun wird, wenn du die Wahrheit sagst.« Er lachte böse. »Du weißt doch – *er* ist hart, aber nicht ungerecht.«

Jameson erbleichte noch mehr. Seine Zunge fuhr nervös über die Lippen, die trotz der mit Feuchtigkeit gesättigten Luft mit einem Male trocken und rissig waren. Für eine Sekunde saugte sich sein Blick an dem widerlichen schwarzen Etwas hinter McGillycaddy fest.

Schließlich nickte er. »Wir werden es versuchen.«

McGillycaddy schüttelte den Kopf. »Nicht *versuchen,* Jameson. Ihr werdet es tun.«

Jameson nickte. »Wir werden da sein«, sagte er. »Aber es ist gefährlich. Die Soldaten sind noch immer in der Stadt.«

»Es ist euch nicht gelungen, ihr Misstrauen zu besänftigen?«, fragte McGillycaddy. »Du hattest Zeit genug.«

»Es ... es war alles in Ordnung«, stammelte Jameson hastig. »Sie haben keine Ahnung, dass wir von ihrer Anwesenheit wissen. Sie wären gegangen, wenn nicht ...« Er brach ab, biss sich auf die Lippen und senkte hastig den Blick.

»Wenn nicht?«, wiederholte McGillycaddy. »Wenn nicht was, Jameson?«

Der dickleibige Reeder begann unruhig von einem Fuß auf den anderen zu treten. Plötzlich schien er nicht mehr zu wissen, wohin mit seinen Händen. »Wenn Bannermann nicht aufgetaucht wäre«, stieß er schließlich hervor.

Eine einzelne, endlose Sekunde lang starrte McGillycaddy Jameson nur an. Sein breitflächiges, bärtiges Gesicht verzerrte sich zu einer Grimasse. »Bannermann?«, keuchte er. »Bannermann ist hier? Hier in Aberdeen?«

»Er kam heute Morgen«, bestätigte Jameson leise. »Zusammen mit einem Fremden, einem Mann namens Raven oder so ähnlich.«

»Du Idiot!«, zischte McGillycaddy »Du verdammter Trottel! Ich hatte dir befohlen, Bannermann zu erledigen! Er hätte niemals hierher zurückkehren dürfen. Verdammt – er hätte Aberdeen nicht lebend verlassen dürfen!«

»Ich hatte alles in die Wege geleitet«, verteidigte sich Jameson. »Ich konnte ihn nicht umbringen lassen, ohne noch mehr Aufsehen zu erregen. Himmel, McGillycaddy – glaubst du denn, es wäre niemandem aufgefallen, dass fast unsere gesamte Flotte innerhalb eines Vierteljahres abgesoffen ist? Bannermann hätte den Untergang der *Poseidon* nicht überleben dürfen.«

McGillycaddy tat so, als überhöre er den Vorwurf in Jamesons Worten. »Er hat es aber!«, schnappte er. »Und ich gab dir den Befehl, ihn zu –«

»Du hast mir nichts zu befehlen!«, sagte Jameson in einem schwachen Anflug von Trotz.

In McGillycaddys Augen blitzte es auf. »Nein?«, fragte er lauernd. »Nun, vielleicht hast du sogar Recht, Jameson. Wäre es dir lieber, in Zukunft deine Befehle gleich von *ihm* zu erhalten?«

Jameson erbleichte noch weiter. »So ... so war das nicht gemeint«, stammelte er. »Es ist nur ... ich ... ich habe es nicht gewagt, ihn zu töten, nachdem diese verdammten Soldaten anfingen, hier herumzuschnüffeln. Ich hatte alles genau geplant, McGillycaddy. Es war alles in Ordnung! Ich habe es so gedreht, dass jeder Bannermann die Schuld am Untergang der *Poseidon* gab. Früher oder später hätte er selbst der Sache ein Ende bereitet und uns noch einen Gefallen damit getan. Alles war in bester Ordnung, bis dieser Raven oder Craven aufgetaucht ist!«

McGillycaddy schwieg einen Moment. Seine Kiefer mahlten, und seine Unruhe schien sich auf das formlose schwarze Etwas hinter ihm im Wasser zu übertragen, denn seine Bewegungen wurden hektischer.

»Wer ist dieser Kerl?«, fragte er schließlich.

Jameson zuckte die Schultern. »Ich weiß es nicht«, gestand er. »Irgendein Freund von Bannermann, vermute ich. Er kommt aus London. Und er schien sehr gut informiert zu sein.«

»Was hast du getan?«, fragte McGillycaddy.

»Nichts«, antwortete Jameson. »Ich habe ihn fortgeschickt. Er will wiederkommen.«

»So«, sagte McGillycaddy, »will er das? Nun, das werden wir sehen. Vielleicht finde ich einen Weg, ihn davon abzuhalten. Hat er gesagt, in welchem Hotel er wohnt?«

»Im ... im *Four Seasons«*, sagte Jameson stockend. »Aber da ist er nicht.«

McGillycaddy blinzelte, legte den Kopf auf die Seite und sah Jameson durchdringend an. »Und wo«, fragte er betont, »ist er jetzt?«

Jameson druckste herum. »Bei Spears«, sagte er schließlich.

McGillycaddy erbleichte. »Spears? Bei ... bei den Soldaten?«

»Ja«, gestand Jameson. »Ich habe Clanston und ein paar seiner Jungs hinter Bannermann und ihm hergeschickt. Bannermann haben sie erwischt, aber dann kamen die Soldaten dazwischen, und –«

»Du hast *WAS?«*, brüllte McGillycaddy. Von der Ruhe, die er bisher trotz allem bewahrt hatte, war nichts mehr geblieben. »Willst du damit sagen, dass dieser Craven jetzt bei Spears ist und sich vermutlich glänzend mit ihm unterhält?«

»Was sollte ich denn tun?«, wimmerte Jameson. »Spears' Leute waren in der Überzahl, und sie waren bewaffnet. Und selbst wenn nicht – hätte ich eine Schlacht mit der Marine anfangen sollen?«

McGillycaddys Lippen begannen zu zittern. »Du Idiot«, sagte er. »Du hirnverbrannter, dämlicher Idiot! Du lässt Bannermann am hellichten Tage entführen und lässt es auch noch zu, dass der einzige Zeuge schnurstracks zu Spears rennt! Bei allen Seeteufeln – einen besseren Vorwand kann sich Spears doch gar nicht mehr wünschen, dich hochzunehmen!«

»Das wird er nicht tun!«, stammelte Jameson. »Er ... er wird abwarten. Und selbst wenn nicht, kommt er zu spät. Selbst wenn ...«

»Selbst wenn er es tut«, fiel ihm McGillycaddy ins Wort, »ändert das nichts mehr, Jameson. Nicht für dich.«

Jameson erstarrte. Es schien ein paar Sekunden zu dauern, bis ihm die Bedeutung von McGillycaddys Worten wirklich zu Bewusstsein kam.

»Es war nicht meine Schuld!«, wimmerte er. »Ich ... ich habe ...«

»Versagt«, sagte McGillycaddy kalt.

»Bitte!«, stöhnte Jameson. Seine Augen wurden rund vor Angst, während sich sein Blick an dem schwarz glänzenden Etwas hinter McGillycaddy festsaugte. Das brackige Abwasser, das den gewaltigen Körper bedeckte, schien stärker zu wogen und brodeln. »Das ... das kannst du nicht tun«, stammelte er. »Ich habe alles getan, was ich konnte. Woher sollte ich wissen, dass –«

McGillycaddy hob die Hand, und Jameson brach mit einem krächzenden Schrei ab.

»Du hast versagt«, sagte McGillycaddy noch einmal. Plötzlich war jedes Gefühl aus seiner Stimme verschwunden. Sie war kalt wie Stahl. »Du warst schon immer ein Narr, Jameson, aber ein nützlicher Narr. Jetzt hast du einen Fehler zu viel begangen. Du weißt, was das bedeutet.«

»Nein!«, stöhnte Jameson. »Bitte, ich ... ich will alles tun, was du willst. Ich gehe zu Spears und stelle mich ihm. Damit wird er sich zufrieden geben, ganz bestimmt. Bis er merkt, was wirklich passiert, ist es längst zu spät. Ich gehe gleich zu ihm, wenn du es willst.«

»Du wirst nirgendwo mehr hingehen«, sagte McGillycaddy leise. Seine Hand vollführte eine rasche, kaum merkliche Bewegung.

Jamesons Schrei ging im Klatschen und Rauschen des hochspritzenden Wassers unter. Der braune Schlick hinter ihm schien zu explodieren. Etwas Gigantisches, Schwarzes erhob sich wie ein Schatten aus einer längst vergessenen Zeit hinter dem Schotten aus dem brackigen Wasser, klatschte gegen die niedrige Decke des gewölbten Tunnels – und schoss auf Jameson zu.

Jameson reagierte im letzten Moment. Mit einem verzweifelten Schrei warf er sich zur Seite, spürte einen Schlag gegen Hüfte und Schulter und verlor auf dem glitschigen Boden den Halt. Hart schlug er auf, wälzte sich mit einer Behendigkeit herum, die man einem Mann seiner Statur kaum zugetraut hätte, und sprang auf die Füße.

Er führte die Bewegung nicht zu Ende.

Plötzlich war das aufgedunsene Etwas über ihm, warf ihn zurück und presste ihn gegen den schmierigen Stein. Jameson schrie, stieß das Ding mit der Kraft der Verzweiflung von sich und brüllte ein zweites Mal, als sich scharfe Zähne durch seine Hose gruben und sein Bein aufrissen. Blind vor Angst und Schmerz trat er um sich, spürte, wie er etwas Weiches traf, und kam endlich auf die Füße.

Jameson wirbelte herum, stieß McGillycaddy zur Seite und rannte los, verfolgt von den Dämonen der Furcht und einem grässlichen, platschenden Geräusch, als schleife ein riesiges Stück nassen Leders über den Stein. Ein fürchterliches Lachen erscholl, und dann – schon weit entfernt – hörte er ein letztes Mal McGillycaddys Stimme.

»Lauf nur, Jameson!«, schrie der Schotte. »Lauf zu deinem Spears. Vielleicht hilft er dir ja!«

Jameson torkelte weiter. Seine Lungen begannen zu stechen, und der gewölbte Gang verschwamm immer wieder vor seinem Blick, aber die Angst gab ihm schier übermenschliche Kräfte. Immer wieder glitt er auf dem glitschigen Stein aus und schlug schmerzhaft zu Boden, und immer wieder sprang er hoch und torkelte weiter. Wie von Furien gehetzt rannte er durch den unterirdischen Gang, erreichte eine Abzweigung und warf sich blindlings nach rechts. Vor ihm war ein heller Fleck. Tageslicht!

Der Anblick gab ihm noch einmal zusätzliche Kraft. Jameson verdoppelte seine Anstrengungen, fiel abermals hin und spürte die raue Kante einer Stufe unter den Fingern, als er sich hochstemmte.

Dann hörte er das Geräusch. Ein Schleifen und Gleiten wie von nassem Fleisch, ein Laut, als versuchten kleine Arme und Beine einen viel zu schweren Körper über den Stein zu schieben.

Jameson sprang auf die Füße und rannte, immer drei, vier Stufen auf einmal nehmend, die Treppe hinauf. Der helle Fleck vor ihm wurde größer, wurde zu einem Ausschnitt des Himmels, und plötzlich fühlte er einen kalten Luftzug im Gesicht. Noch einmal raffte er alle Kräfte zusammen, warf sich nach vorne – und prallte gegen die rostigen Stäbe des mannshohen Gitters, das den Stollen vor ihm abschloss.

Jamesons Herz schien auszusetzen. Eine Sekunde lang starrte er aus hervorquellenden Augen auf das Hindernis, das zwischen ihm und dem rettenden Tageslicht lag, dann begann er mit aller Macht an den rostigen Stäben zu rütteln.

Hinter ihm, schon am Fuße der Treppe, klang ein grässliches Schlürfen und Schmatzen auf, ein Laut, der ihm schier das Blut in den Adern zum Gerinnen brachte. Und während er wie von Sinnen schrie und ebenso verzweifelt wie vergeblich an den fingerdicken Eisenstäben zerrte, wurde er lauter, immer lauter und lauter …

Äußerlich hatte sich nichts an dem pompös eingerichteten Büro verändert. Alles schien noch immer eine Spur zu groß und zu prachtvoll, und alles übte noch immer die gleiche, eher protzige als beeindruckende Wirkung auf mich aus. Und doch … Ich konnte den Unterschied nicht in Worte fassen, aber er war da.

Spears sah mich fragend an, und ich deutete mit einer ebenfalls stummen Kopfbewegung auf die Durchgangstür zu Jamesons Büro. Spears nickte, drehte sich herum und gab zweien seiner Männer mit Handzeichen zu verstehen, den Raum zu durchqueren und das Büro zu durchsuchen.

Ich wusste, was sie finden würden.

Nichts. Das Gebäude war leer, vom Keller bis zum Dach. Es ist nicht so, dass ich die Anwesenheit von Menschen direkt spüre – nicht, wenn ich mich nicht mit aller Macht darauf konzentriere –, aber hier fühlte ich ihre *Abwesenheit*. Es gab in diesem Haus nichts Lebendes, sah man von Spears und seinen Leuten ab. Die Leere schien mir direkt entgegenzuschreien. Aber ich schwieg und wartete geduldig, bis die beiden Marineinfanteristen zurückkamen. Es wäre einfach zu umständlich gewesen, Spears erklären zu wollen, woher ich meine Überzeugung nahm.

Es dauerte annähernd zehn Minuten, bis sich die beiden Männer wieder bei uns einfanden. Einer der beiden verließ ohne ein Wort das Haus und gesellte sich zum Rest der kleinen Streitmacht, die das Gebäude umstellt hatte, während der andere nur stumm mit dem Kopf schüttelte und mit angelegtem Gewehr neben der Tür Aufstellung nahm.

Spears zog eine Grimasse. »Nichts«, sagte er. »Die Vögel sind ausgeflogen.«

»Was haben Sie erwartet?«, fragte ich. »Dass Jameson mit einem unterschriebenen Geständnis in seinem Büro auf uns wartet?« Ich lachte leise, deutete mit einer Kopfbewegung auf die jetzt offen stehende Tür und ging los, ohne auf Spears zu warten. Der Fregattenkapitän folgte mir.

Das Büro war leer, und damit meine ich nicht nur die Abwesenheit von Jameson. Die Regale waren leergeräumt, Schranktüren standen offen und zeigten uns sorgsam geleerte Fächer, und selbst die Schubladen des gewaltigen Schreibtisches waren halb herausgezogen und von allem Inhalt befreit. Ich stöhnte enttäuscht, als mein Blick auf den verwaisten Sockel neben dem Schreibtisch fiel.

»Nun, Craven?«, fragte Spears bissig. »Wo ist jetzt Ihr famoses Schiff?«

Zornig drehte ich mich herum und schluckte im letzten Moment die ärgerliche Antwort herunter, die mir auf der Zunge lag. »Heute Mittag war es jedenfalls noch da«, knurrte ich. »Sie müssen es weggeschafft haben.«

Spears kam näher, sah sich lange und eingehend um und wandte sich schließlich wieder an mich. »Warum geben Sie nicht zu, dass Sie sich geirrt haben, Craven?«, fragte er. »Sie sagen selbst, dass Sie ein Schiff kaum von einem Rollschuh unterscheiden können.«

»Dieses Schiff schon«, sagte ich wütend. »Sie haben es nicht gesehen, Spears.«

»Natürlich nicht«, antwortete Spears. »Und nach allem, was Sie mir erzählt haben, werde ich es auch niemals sehen. Ein solches Schiff gibt es nicht.«

»Dass Sie es nicht kennen, muss nicht heißen, dass es nicht existiert, oder?«

»Nicht zwangsläufig«, antwortete Spears. »Aber doch sehr wahrscheinlich. Ich kenne mich mit Schiffen aus, vergessen Sie das nicht. Und ein Schiff, wie Sie es mir beschrieben haben, ist technisch erstens nicht machbar und zweitens vollkommen unsinnig.«

»Unsinnig?«, wiederholte ich.

Spears nickte. »Unsinnig«, bestätigte er. »Glauben Sie mir, Craven – im Zeitalter der Panzerschiffe und Kanonenboote sind solche Schiffe nicht mehr gefragt.«

»Sie haben es nicht gesehen!«, wandte ich zornig ein.

Spears machte ein Gesicht, als versuche er zum achten Mal, mir zu erklären, warum zwei und zwei nicht Mittwoch ergeben können. »Das ist auch gar nicht nötig«, sagte er geduldig. »Ich kann mir ganz gut vorstellen, was Sie gesehen haben. Es ... gab einmal Pläne für solche Schiffe. Vor zwei- oder dreihundert Jahren«, fügte er rasch hinzu, als ich triumphierend auffahren wollte. »Damals wäre ein Fünfmaster mit dreihundert Geschützen auf jeder Seite eine unbesiegbare Waffe gewesen«, fuhr er fort. »Aber sie sind nie gebaut worden. Die technischen Probleme waren unlösbar.«

»Heute sind sie es nicht mehr!«

»Sicher«, sagte Spears. »Bloß wäre ein solches Schiff viel zu plump und schwerfällig. Ich gebe zu, dass es mit einer Breitseite halb Aberdeen in Schutt und Asche legen könnte, aber diese Riesenpötte sind ungefähr so schnell und wendig wie ein arthritischer Walfisch.« Er lächelte. »Was nutzt Ihnen eine schwimmende Festung, wenn ein Kreuzer wie die kleine *King George* ihr den Fangschuss geben kann?«

»*King George?«,* fragte ich.

»Mein Schiff«, antwortete Spears, tippte mit dem Zeigefinger gegen die Offiziersstreifen an seiner Schulter und grinste. »Dachten Sie, ich habe die Dinger fürs Fahrradfahren bekommen? Es kreuzt draußen vor der Küste, und es ist nicht besonders groß, aber glauben Sie mir – dieses Schiff allein wäre durchaus in der Lage, mit Ihrer famosen *Dagon* fertig zu werden.«

»Wie die *Arrow?*«, fragte ich giftig.

Spears Lächeln gefror, und mit einem Male hatte ich das Gefühl, etwas ziemlich Dummes gesagt zu haben. »Ich weiß nicht, was die *Arrow* zerstört hat«, sagte er leise und mit seltsam zitternder, ja, beinahe hasserfüllter Stimme. »Aber ich schwöre Ihnen, dass derjenige, der dafür verantwortlich ist, bezahlen wird. Und wenn es das Letzte ist, was ich in meinem Leben tue.«

Er brach ab, starrte mich einen Herzschlag lang an und fuhr sich nervös mit der Hand über das Kinn; fast, als merke er erst jetzt, was er eigentlich gesagt hatte, und bereue es.

»Verzeihen Sie, Spears«, sagte ich. »Ich wollte Sie nicht verletzen.«

Spears winkte ab. Die Bewegung wirkte gezwungen. »Schon gut, Craven«, sagte er. »Sie können es nicht wissen. Mein ... mein Bruder war auf der *Arrow.«*

»Das tut mir leid«, murmelte ich.

Spears starrte mich noch eine Sekunde lang an, dann drehte er sich abrupt herum und begann nach seinen Männern zu brüllen. Ein ziemlich bleicher Marinesoldat erschien unter der Tür, und Spears fuhr ihn an: »Durchsucht das Haus. Jeden einzelnen Raum. Ich will alles, was ihr findet, hier haben, verstanden? Jedes Stück Papier, jeden Fetzen. Und beeilt euch.«

»Was versprechen Sie sich davon?«, fragte ich, als wir wieder allein waren.

»Was haben Sie sich davon versprochen, mich hierher zu schleifen?«, fauchte Spears ärgerlich.

»Zum Beispiel Kapitän Bannermanns Leben«, antwortete ich ruhig.

Spears sog hörbar Luft ein, aber statt zu explodieren, wie ich halbwegs erwartet hatte, senkte er plötzlich den Blick, ging zum Schreibtisch hinüber und setzte sich auf dessen Kante.

»Verzeihen Sie, Craven«, sagte er. »Ich war unbeherrscht.« Plötzlich lächelte er, wenn auch sehr wehmütig. »Es scheint, als wäre unsere Rettungsaktion ein glatter Fehlschlag gewesen, wie? Wenn Ihnen eine gute Ausrede einfällt, die ich in meinen Bericht schreiben kann, lassen Sie sie mich wissen. Sieht so aus, als hätte ich es gründlich verpatzt.«

»Es war nicht Ihre Schuld«, sagte ich. »Ich fürchte, ich bin Jameson ein bisschen zu heftig auf die Zehen getreten. So, wie es hier aussieht, muss er mit Packen begonnen haben, ehe ich richtig aus dem Haus war.«

»Es scheint so«, sagte Spears. »Aber keine Sorge – ganz so leicht lässt sich der Geheimdienst Ihrer Majestät nicht austricksen. Es gibt eine ganze Menge Leute hier in der Stadt, denen ich in den nächsten Tagen die eine oder andere unangenehme Frage stellen werde. Und wenn er auch nur einen Zeh ins Wasser steckt, läuft er der *King George* direkt vor die Kanonen.«

Seine Worte hätten mich aufmuntern müssen, aber sie taten es nicht. Spears war sicher ein Mann, der viel von seinem Handwerk verstand. Aber wenn die dumpfe Ahnung, die von mir Besitz ergriffen hatte, auch nur zu einem geringen Teil zutraf, dann hatte er es mit Gegnern zu tun, von deren Existenz er bisher nicht einmal in seinen schlimmsten Träumen gewusst hatte.

Kanonen nutzten nicht viel gegen Magier und Dämonen.

Etwas von meinen Gedanken musste ziemlich deutlich auf meinem Gesicht zu lesen gewesen sein, denn Spears sah mich plötzlich scharf an und fragte: »Was haben Sie, Craven? Habe ich etwas Falsches gesagt? Oder gibt es etwas, was ich nicht weiß?«

»Weder noch«, antwortete ich hastig. »Es ist nur –« Weiter kam ich nicht, denn in diesem Moment wurde die Tür hinter uns abermals aufgerissen, und der immer noch bleiche Marinesoldat stürmte herein. Spears fuhr wie von der Tarantel gestochen herum. Mit einem Male war er wieder ganz Konzentration und gespannte Aufmerksamkeit.

»Was gibt es?«, schnappte er.

»Jameson«, antwortete der Mann. Sein Atem ging schnell, als wäre er gerannt, und trotz der schlechten Beleuchtung im Raum konnte ich erkennen, wie blass er war. Seine Lippen zitterten. »Wir haben

Jameson gefunden. Aber er ist ...« Er stockte, suchte einen Moment sichtlich nach Worten und fuhr sich hektisch mit dem Handrücken über das Gesicht, als gelte es, unsichtbare Spinnweben fortzuwischen.

»Verdammt noch mal! Mann – reden Sie!«, schnauzte Spears, als der Soldat nicht weitersprach. »Was ist mit Jameson?«

»Am ... am besten sehen Sie ihn sich selbst an, Sir«, antwortete der Mann mit zitternder Stimme. »Er liegt ... draußen. Auf der anderen Hofseite.«

Spears sog scharf die Luft ein, wie um den Mann abermals anzufahren. Aber das hörte ich schon kaum noch, denn ich war bereits herum und an dem Soldaten vorbei aus dem Zimmer gestürzt.

Das Gurgeln und Rauschen des Wassers war das einzige Geräusch hier unten. Von irgendwoher kam Licht und brach sich auf feuchtem Stein und der braunen Oberfläche des Kanals, aber wie alles hier unten wirkte es schmutzig; wenn McGillycaddy sich nur lange genug darauf konzentrierte, dann glaubte er es sogar zu riechen. Und es war kein guter Geruch: nach Fäulnis und Abfällen und Verwesung, wie alles hier unten.

McGillycaddy fühlte sich nicht wohl. Es lag nicht nur an seiner Umgebung – er war diesen Weg unzählige Male gegangen; das Labyrinth aus Abwässerkanälen und Stollen tief unter den Straßen Aberdeens war ihm so vertraut, dass er sich mit geschlossenen Augen zurechtgefunden hätte. Es lag auch nicht an dem, was er getan hatte. Für McGillycaddy zählte ein Menschenleben wenig, zumal, wenn es sich um das eines Verräters handelte. Er hatte mehr als einmal töten lassen und selbst getötet. Es war nicht einmal die Art, auf die es geschehen war. Er kannte *seine* Diener zur Genüge, um – wenn er sich schon nicht an ihren Anblick gewöhnt hatte, was unmöglich war – so doch wenigstens damit fertig zu werden.

Es war das Gefühl der Erwartung, das ihn quälte.

Bald, in wenigen Stunden schon, würde er den Augenblick der Erfüllung erleben. Der Moment, von dem er die letzten dreißig Jahre geträumt hatte.

McGillycaddy hatte den allergrößten Teil seines Lebens darauf verwandt, sich auf diesen Moment vorzubereiten, jedes Detail, jede Einzelheit zu planen, jeden Schritt hundert Mal zu überdenken, jeden auch nur im Entferntesten vorstellbaren Fehler aufzuspüren und auszumerzen. Es war sein Lebensinhalt gewesen, sein Leben überhaupt.

Jetzt hatte er Angst davor.

Es fiel ihm schwer, es sich selbst gegenüber zuzugeben, und trotzdem war es so: Er fürchtete den Augenblick beinahe mit der gleichen Macht, mit der er ihn bisher herbeigesehnt hatte.

Das Wasser zu seinen Füßen begann zu brodeln, und ein dunkler, mehr als mannslanger Körper zeichnete sich unter den braun schillernden Fluten ab. Der Anblick erinnerte McGillycaddy daran, dass es noch etwas zu tun gab, ehe es soweit war.

Lautlos erhob er sich aus der unbequem hockenden Stellung, in der er dagesessen und seinen Gedanken nachgehangen hatte, wandte sich nach rechts und huschte davon, in den Schutz der Schwärze hinein, die den Gang ausfüllte.

Das schwarze Ding im Wasser folgte seiner Bewegung wie ein dämonischer Schatten.

Inmitten des Hofgevierts gähnte ein Loch im Boden. Es war gezackt und unregelmäßig und sonderbar eckig, wo die Pflastersteine herausgebrochen und in die Tiefe gestürzt waren, und ein durchdringender Gestank nach faulem Wasser und Abfällen drang daraus empor, dazu das gedämpfte Rauschen und Klatschen von Wasser, das tief an seinem Grunde floss. Aber das registrierte ich kaum. Wie versteinert stand ich da und starrte auf den verkrümmten Körper Jamesons, der sich mit letzter Kraft aus dem Loch herausgezogen und gestorben war, ehe er die Bewegung vollends zu Ende hatte führen können.

Seine eleganten Kleider waren zerfetzt und durchtränkt von schmutzigem Wasser, und auf seinen erstarrten Zügen lag noch der Ausdruck des unbeschreiblichen Grauens, das er in seinen letzten Sekunden empfunden haben musste.

Er hatte keine Haare mehr.

Ich erwachte erst aus meiner Erstarrung, als ich Spears Schritte hörte und die Marinesoldaten, die den gezackten Krater im Boden und mich umstanden, hastig beiseite traten, um dem Kapitänleutnant Platz zu machen. Spears langte keuchend neben mir an, fuhr beim Anblick des Toten sichtlich zusammen und ließ sich auf die Knie sinken.

Als er nach dem Toten greifen wollte, fiel ich ihm in den Arm. »Nicht«, sagte ich hastig. »Rühren Sie ihn nicht an.«

Spears blinzelte, verzichtete aber zu meiner eigenen Überraschung darauf, mich anzufahren, sondern wandte sich stattdessen in scharfem Ton an einen seiner Männer. »Was ist hier passiert?«, schnappte er. »Wo kommt er her?«

Der Mann versuchte seinem Blick auszuweichen, aber es gelang ihm nicht. »Ich ... weiß es nicht, Sir«, gestand er.

»Was soll das heißen?«, fauchte Spears. »Sie hatten Wache hier, Mann! Tote fallen nicht vom Himmel!«

»Das nicht«, antwortete der Mann. »Aber aus der Erde. Das ... das Loch war plötzlich da. Ich habe nur ein Krachen gehört, und als ich hinsah, war der Boden eingesunken, und er lag da. Genau so.«

Spears sog hörbar die Luft ein, schluckte ein paar Mal und sah dann erst den Toten, dann mich an. »Was zum Teufel geht hier vor?«, flüsterte er.

Ich zuckte mit den Achseln. »Das weiß ich so wenig wie Sie«, antwortete ich. »Aber irgendetwas stimmt hier nicht. Vielleicht wäre es besser, wenn wir hier verschwinden. Alle.«

Spears lachte spöttisch, wurde aber sofort wieder ernst, als ich zornig den Kopf schüttelte und einen der herausgebrochenen Steine aufhob. »Sehen Sie sich das an, Spears«, sagte ich. »Dort unten muss ein Abwasserkanal oder sonst was sein, aber die Decke ist mindestens einen Meter dick. Dieses Loch hat kein Mensch aufgebrochen.«

»Unsinn«, sagte Spears. Aber seine Stimme klang nicht annähernd so selbstsicher. Verstört betrachtete er den gut zehn Inches dicken Pflasterstein, den ich unter seiner Nase schüttelte, beugte sich vor und lugte in die Tiefe. Es war nicht zu erkennen, was unter uns lag, aber meine Schätzung war wohl eher zu vorsichtig als zu optimistisch gewesen.

»Sehen Sie sich den Toten an«, sagte ich. »Irgendetwas stimmt nicht mit ihm – milde ausgedrückt.«

Spears wurde noch eine Spur blasser und sah abermals auf Jamesons bleiches Gesicht herab. Dem Toten fehlten nicht nur die Haare, sondern auch Wimpern und Augenbrauen. Und als ich ihn genauer betrachtete, fiel mir auf, dass auch seine Zähne und Fingernägel verschwunden waren. Dabei war nicht die allerkleinste Wunde zu erkennen.

»Was zum Teufel hat ihn getötet?«, murmelte Spears verstört. Wieder blickte er in die Tiefe. »Vielleicht irgendein Zeug dort unten. Irgendeine Chemikalie oder …« Er sprach nicht weiter, sondern streckte abermals die Hand aus, berührte vorsichtig Jamesons Arm und hob ihn hoch.

Der Anblick war entsetzlich. Spears hatte Jamesons Arm dicht unterhalb des Ellbogengelenkes ergriffen und wollte ihn anheben, aber es war, als versuche er einen leeren Schlauch zu heben. Jamesons Unterarm und Hand fielen mit einem widerlichen weichen Klatschen zurück auf den Stein.

Als wäre kein Knochen mehr darin, dachte ich schaudernd. Und mit einem Male fiel mir auch auf, wie sehr Jameson sich verändert hatte. Alles an ihm war schwammig und auf schwer zu beschreibende Weise weich. Ich war sicher, dass er regelrecht auseinandergeflossen wäre, hätten wir versucht, ihn hochzuheben.

»Teufel!«, keuchte Spears und ließ Jamesons Arm so abrupt los, als wäre er plötzlich glühend heiß. »Was bedeutet das?«

»Ich habe keine Ahnung«, gestand ich. »Aber was immer es ist – wir sollten machen, dass wir wegkommen. Es … es ist noch in der Nähe.«

Spears sah mit einem Ruck auf. Ich konnte direkt sehen, wie es hinter seiner Stirn zu arbeiten begann. Dann nickte er plötzlich auf sonderbar steife, abgehackte Weise und stand mit einem Ruck auf. »In Ordnung«, sagte er. »Wir ziehen ab. Sammeln!«

Das letzte Wort hatte er mit hoch erhobener Stimme gerufen, und wo es nicht mehr verstanden wurde, gaben andere Männer den Befehl weiter. Binnen weniger Minuten sammelten sich die zwei Dutzend Bewaffneter, die uns begleitet hatten, auf dem kleinen, gepflasterten Innenhof. Spears blickte ungeduldig über die Doppelreihe blaugekleideter Marinesoldaten, nickte schließlich und wollte sich zum Tor wenden, blieb dann aber noch einmal stehen und sah erneut zu den Männern hinüber.

»Johnson fehlt«, sagt er. »Zum Teufel, wo bleibt der Kerl? Johnson! Korporal Johnson, sofort hierher!«

Spears wiederholte seinen Befehl noch vier- oder fünfmal, aber er bekam keine Antwort.

»Verdammt!«, murmelte er. »Wo steckt der Kerl? Fredkins, Leroy – sucht ihn. Aber ein bisschen dalli, wenn ich bitten darf!«

Die beiden Angesprochenen verschwanden lautlos wieder im Haus, um ihren Kameraden zu suchen, während sich die anderen dichter um uns zusammenzudrängen begannen. Obwohl der Hof groß genug war, der gut dreifachen Anzahl von Männern Platz zu bieten, wichen sie alle rein instinktiv so weit wie nur möglich von der aufgebrochenen Stelle und Jamesons Leichnam weg. Selbst ich vermochte mich einer dumpfen Bedrückung nicht zu erwehren. Immer wieder ertappte ich mich dabei, aus zusammengekniffenen Augen auf die aufgedunsene Leiche und das finstere Loch hinter ihr zu blicken. Meine Hand strich nervös über den Griff meines Stockdegens.

Schließlich kamen die beiden Soldaten zurück. Sie waren totenblass, und das Gesicht des einen war zu einer Grimasse verzerrt, während der andere mühsam um seine Fassung rang. Ich war nicht der Einzige, der wusste, was sie sagen würden, noch bevor sie uns erreichten.

»Johnson ist tot, Sir«, stammelte einer der Soldaten. »Er liegt ... im Keller. Und er ist ...«

»Was ist er?«, fauchte Spears, als der Mann nicht weitersprach.

»Tot«, wiederholte der Soldat. Seine Stimme zitterte so heftig, dass das Wort kaum zu verstehen war. »Genau wie Jameson. Er ist ... etwas hat ihn ... mein Gott!«

Spears starrte ihn einen Herzschlag lang an, ballte die Fäuste und blickte zum Haus hinüber. Seine Kiefer mahlten. Als er sprach, konnte man seiner Stimme anhören, wie viel Mühe es ihn kostete, sich noch zu beherrschen.

»Im Keller? Wo genau?«

Der Soldat machte eine vage Kopfbewegung hinter sich. »Unten. Im ...« Er stockte, suchte einen Moment sichtlich nach Worten und setzte erneut an: »Es gibt eine Treppe nach unten, Sir. Zur ... Kanalisation. Er muss dort unten ... er hat ...«

Spears schnitt ihm mit einer befehlenden Geste das Wort ab, als er abermals zu stammeln begann. »Okay«, sagte er laut, trat einen Schritt zur Seite und deutete mit einer befehlenden Geste auf den ausgezackten Krater auf der anderen Seite des Hofes. »Korporal Jennings – Sie nehmen zehn Mann und steigen dorthinab. Die anderen kommen mit mir.«

»Sind Sie verrückt?«, entfuhr es mir, aber Spears ließ mich nicht zu Wort kommen, sondern fuhr wie von der Tarantel gestochen herum und fauchte mich an:

»Halten Sie den Mund, Craven! Das hier geht Sie nichts an. Es ist mir ziemlich egal, wer Jameson umgebracht hat, und warum. Aber wenn einer meiner Männer getötet wird, dann will ich wissen, wer es war. Und er wird dafür bezahlen. Vorwärts, Jennings! Die anderen folgen mir. Und Sie, Craven«, fügte er, nach einer winzigen Pause und wieder an mich gewandt, hinzu, »werden entweder hierbleiben und Ihrer Wege gehen oder mitkommen und meinem Befehl gehorchen.«

Eine Sekunde lang starrte ich ihn an, dann nickte ich fast unmerklich und setzte mich in Bewegung, auf das Haus zu.

Der Tote sah aus wie Jameson, aber die Tatsache, dass er halb über den ersten Stufen der Treppe zusammengebrochen war, machte das Bild tausend Mal schlimmer, denn sein Körper war wie eine haltlose Stoffpuppe die Stufen herabgerutscht; es sah aus, als hätte er zusätzliche Gelenke in Armen und Beinen, dort, wo seine Glieder die Konturen der steinernen Treppe nachzeichneten. Seine Augen standen offen, wie die Jamesons, aber wo im Blick des Reeders ein grenzenloses Entsetzen gestanden hatte, las ich in seinem nur Erschrecken und Unglauben. Jameson hatte gewusst, was ihn tötete, er nicht.

Die Männer bewegten sich lautlos wie Schatten in die Tiefe, und obgleich sie sich instinktiv bemühten, ihrem toten Kameraden nicht näher zu kommen, als unbedingt nötig, gingen sie in militärischer Präzision, die Waffen schussbereit in den Händen und mit gespannter Aufmerksamkeit. Fast gegen meinen Willen musste ich Spears und seinen Leuten Anerkennung zollen. Obwohl ich in solcherlei Dingen kaum Erfahrung hatte, spürte ich doch, dass ich mich inmitten einer Eliteeinheit befand. Der Mann, dessen Leichnam wir passierten, war zweifellos Opfer eines überraschenden Angriffes geworden. Wer immer versuchte, diese Männer auf die gleiche Weise zu überrumpeln, würde eine sehr unangenehme Überraschung erleben.

Was nicht bedeutete, dass ich mich etwa sicher fühlte.

Die Treppe führte auf einer Strecke von vielleicht zehn Yards steil in die Tiefe, knickte dann nach rechts ab und endete in einem gekrümmten, nicht ganz mannshohen Stollen, der bis auf einen schmalen Sims an der rechten Seite mit widerlich stinkendem Abwasser gefüllt war. Die Luft fühlte sich schleimig an, und der Geruch nach Fäulnis und Fäkalien, der von den braunen Fluten aufstieg, nahm uns schier den Atem.

Spears wartete, bis der letzte Mann den Fuß der Treppe erreicht hatte, deutete mit einer befehlenden Geste nach rechts, wo sich der Stollen in finsteren Schatten verlor, und entzündete eine Rumkorff-Lampe. Der bleiche Schein riss eine mannsbreite Spur aus Helligkeit in die Schwärze des Tunnels, aber das Licht schien die Dunkelheit dahinter eher noch zu verstärken. Das Wasser schoss gurgelnd zu unseren Füßen dahin, dunkle, formlose Dinge mit sich reißend.

Fast mit Gewalt löste ich meinen Blick von dem Anblick und sah in die andere Richtung. Ein Stück hinter uns, zwanzig, allerhöchstens dreißig Schritte entfernt, fiel blasses Licht durch ein gezacktes Loch in der Gangdecke. Darüber bewegten sich Schatten. Spears Leute, die durch den zweiten Eingang in das Kanalsystem einzudringen versuchten. Die Decke hatte eine Dicke von drei, vielleicht sogar vier Yards. Welche unglaublichen Gewalten waren nötig, diese Schicht aus Felsen und Erdreich zu durchstoßen?

Aber ich behielt meine Überlegungen auch diesmal für mich und sah Spears nur nachdenklich an. Der Fregattenkapitän rief seinen Leuten ein paar militärische Kommandos zu, die ich nicht verstand. Augenblicke später setzte sich der kleine Trupp, im Gänsemarsch und hintereinander auf dem schmalen Steinsims, dem bleichen Schein der Lampe folgend, in Bewegung.

Der Kanal zog sich eine gute halbe Meile gerade wie mit einem Lineal gezogen dahin, dann vollführte er eine scharfe Wendung nach rechts und mündete in einen größeren Gang; aus dem schmalen schnell fließenden Bach neben uns wurde ein reißender Strom stinkenden braunen Wassers, und der Gestank wurde noch übermächtiger. Ich hatte das Gefühl, kaum mehr atmen zu können, und aus meinem Magen kroch langsam, aber unaufhaltsam, eine dumpfe Übelkeit empor. Im flackernden Licht der Lampen konnte ich erkennen, dass auch Spears Männer bleich geworden waren.

Plötzlich erscholl irgendwo weit vor mir ein Schrei. Der Lichtkegel von Spears Lampe begann einen Moment wild auf und ab zu hüpfen, strich an der Decke und den Gangwänden entlang und richtete sich schließlich auf die Wasseroberfläche.

Unter den braunen Fluten war ein mächtiger, dunkler Umriss zu erkennen. Er war größer als ein Mensch, von länglicher Form und ungeheuer massig. Und er bewegte sich gegen die reißende Strömung!

»Was ist das?«, brüllte Spears. »Fredkin – schießen Sie!«

Ich begriff den Inhalt von Spears Worten eine Sekunde zu spät. Im auf und ab hüpfenden Schein der Lampe konnte ich erkennen, wie der Angesprochene das Gewehr an die Wange riss und zielte. Aber mein Warnschrei ging bereits im Krachen des Schusses unter.

Der Lärm war unbeschreiblich. Der gekrümmte Gang fing das Krachen des Schusses auf und warf es tausendfach verstärkt zurück. Ein Bersten und Peitschen erscholl, als wäre direkt neben uns eine Kanone abgefeuert worden, und der gesamte Stollen schien zu beben.

Unmittelbar über dem dunklen Umriss spritzte das Wasser hoch. Das Ding zuckte, sackte wie von einem Faustschlag getroffen ein Stück in die Tiefe – und schoss wie ein schwarzer Blitz auf das Ufer und die Männer zu!

Die Soldaten begannen zu feuern. Über, neben und vor dem schwarzen Etwas explodierte die Wasseroberfläche unter dem Einschlag Dutzender von Geschossen, aber die Wirkung war gleich Null. Der Schatten kam rasend schnell näher, prallte mit einer Wucht, die ich durch den Stein hindurch spüren konnte, gegen das gemauerte Ufer, und –

Es ging zu schnell, um Einzelheiten zu erkennen. Braunes, zähflüssiges Wasser spritzte bis unter die Gangdecke und besudelte die Soldaten, stinkender Schaum schoss wie eine Fontäne in die Höhe, und inmitten des Chaos war plötzlich etwas Dunkles, Formloses, einer riesigen schwarzen Qualle gleich und mit dünnen Ärmchen und Tentakeln das Wasser peitschend. Das Krachen der Schüsse, die entsetzten Schreie der Männer und das Klatschen und Rauschen des auseinander spritzenden Wassers vermischten sich zu einer höllischen Melodie.

Die Bestie war größer als ein Mensch, aber ihre Form war auch jetzt noch nicht wirklich zu erkennen. Sie ähnelte einer ins Groteske überzeichneten Kaulquappe, hatte weder Augen noch andere sichtbare Sinnesorgane, dafür aber ein Maul, an dem jeder Mörderhai seine helle Freude gehabt hätte. Ein langer, stachelbesetzter Drachenschwanz peitschte aus dem Wasser und riss vier oder fünf der Männer von den Füßen.

Eine ganze Salve von Schüssen krachte. Trotz der großen Entfernung konnte ich sehen, wie die Kugeln in den schwammigen Balg der Bestie schlugen – und ohne Wirkung blieben!

Das Ungeheuer fuhr mit einem zornigen, blubbernden Laut herum. Sein gewaltiges Maul klaffte auf, und ein dünner, fadenähnlicher

Tentakel peitschte in die Höhe, wickelte sich wie ein Seil um den Arm eines Soldaten und riss ihn nach vorne. Der Mann fiel auf die Knie und ließ sein Gewehr fallen. Verzweifelt versuchte er sich irgendwo festzuklammern, aber so dünn der Tentakel war, so kräftig schien er zu sein. Unaufhaltsam wurde der Mann nach vorne gezogen, bis sein Oberkörper halbwegs im Wasser hing.

Spears war mit einem Schrei bei ihm. In seinen Händen blitzte ein Messer. Ungeachtet der Gefahr, in der er sich selbst befand, riss er den Mann mit aller Gewalt zurück und ließ die Klinge auf den dünnen, ölig glänzenden Strang niedersausen.

Sie federte zurück, als hätte er auf ein Stahlseil geschlagen, wurde ihm aus der Hand geprellt und klatschte ins Wasser. Spears fluchte, warf sich mit aller Gewalt zurück und zerrte den Soldaten dabei mit sich.

Aber nur für einen Moment. Die Riesenqualle bäumte sich auf, schlug ärgerlich mit den kleinen verkrüppelten Händchen in die Luft und sank mit einem Klatschen zurück. Der unglückselige Soldat wurde mitgezerrt, fiel vollends ins Wasser und versank.

Als sich Spears keuchend wieder aufrichtete, war ich neben ihm. Alles war so furchtbar schnell gegangen, dass ich noch kaum richtig begriff, was geschehen war. Seit dem Augenblick, in dem der erste Schuss gefallen war, war wenig mehr als eine Minute vergangen, und doch war – daran zweifelte niemand – jetzt einer der Männer tot, und eine Anzahl weiterer blutete aus Wunden, die sie beim Angriff des Monsters davongetragen hatten.

Spears kam fluchend hoch und zog seine Pistole, obwohl er sehr gut wissen musste, wie wenig die Waffe gegen den unheimlichen Angreifer nutzte.

Ein Schrei aus einem Dutzend Kehlen warnte uns. Spears und ich fuhren herum, gerade noch zurecht, um den schwarzen Schatten erneut wie einen lebenden Torpedo durch das schlammige Wasser auf uns zuschießen zu sehen. Spears hob seine Pistole und feuerte, und gleichzeitig begannen auch seine Männer wieder zu schießen.

Es nutzte so wenig wie beim ersten Mal. Das Ungeheuer jagte heran, bäumte sich auf und schoss mit einem grotesken Sprung aus dem Wasser.

Direkt in meinen Degen hinein.

Ich hatte die Waffe im gleichen Augenblick hochgerissen, in dem das Monstrum aus dem Wasser schnellte. Die Klinge durchstieß die schwarze Haut der Bestie ohne fühlbaren Widerstand, schnitt eine armlange Wunde in ihre Flanke und trennte eines der kleinen Ärmchen ab, ohne dass ich auch nur einen Ruck gefühlt hatte. Aus dem wütenden Glucksen und Schnattern des Ungeheuers wurde mit einem Male ein lautes Schmerzgebrüll. Wie ein Sack voll nassem Leder klatschte es zwischen Spears und mir auf den Stein.

Dann starb es.

Es ging ganz schnell. Ausgehend von der Stelle, an der mein Degen sie berührt hatte, verlor seine Haut ihren feuchten Glanz, wurde trocken und rissig wie altes Leder und zerfiel zu grauem Staub. Ein pestilenzartiger Gestank nahm uns den Atem, und plötzlich klang ein Zischen auf, als streue man Schießpulver ins Feuer. Weniger als dreißig Sekunden nach dem Angriff war von dem Ungeheuer nur ein Häufchen grauer Asche übrig.

Es zerstob, als Spears mit dem Fuß hineinstieß.

»Mein Gott, Craven«, murmelte er. »Was ... was war das? Was war das für eine Kreatur, und was ... was haben Sie getan?«

Seine Augen wurden rund, während er abwechselnd mich, meine Waffe und den schmierigen grauen Fleck auf dem Boden anstarrte, zu dem die Bestie zerfallen war.

Das *Ding*, von dem ich nun wusste, dass es nichts anderes als eine *Shoggote* gewesen war ...

»Es würde zu lange dauern, Ihnen alles zu erklären«, sagte ich hastig. »Später, Spears. Jetzt müssen wir hier weg.«

Spears schluckte nervös. Sein Blick huschte unstet über die quirlende Wasseroberfläche. »Sie ... Sie glauben, es wären noch mehr von diesen ... *Dingern* hier?«, flüsterte er.

Ich wollte antworten, aber dann gewahrte ich eine Bewegung aus dem Augenwinkel, fuhr herum und deutete stattdessen stumm in die Richtung, aus der wir gekommen waren.

Auch Spears hatte das Geräusch gehört. Eine Sekunde lang starrte er aus schreckgeweiteten Augen in die Schwärze des Ganges, dann bückte er sich, hob seine Lampe auf, ließ den Strahl wie eine bleiche einfingrige Hand über das Wasser tasten und richtete ihn schließlich in den Gang.

Oder – genauer gesagt – dorthin, wo vor Augenblicken noch nichts anderes als der Abwasserkanal gewesen war.

Natürlich war das Wasser noch immer da.

Aber es war kaum mehr zu erkennen, zwischen der Flut braunschwarzer, augenloser Kaulquappenmonster, die sich auf uns zuwälzten wie eine lebende Lawine!

»Um Gottes willen!«, keuchte Spears. Seine Hände begannen zu zittern, so stark, dass der Lichtstrahl über den Kanal und den Fluss zu hüpfen begann. Eine Sekunde lang sah es so aus, als würde er nun vollends die Kontrolle über sich verlieren, dann hatte er sich wieder in der Gewalt.

»Zurück!«, brüllte er. »Alles zurück. Schießen hat keinen Sinn! Lauft!«

Sein Befehl wäre kaum mehr nötig gewesen, denn der schreckliche Anblick allein hatte gereicht, unter den Männern beinahe eine Panik ausbrechen zu lassen. Einige vereinzelte Schüsse krachten noch, und zwischen der Phalanx der heranschießenden Ungeheuer stob das Wasser hoch wie unter Faustschlägen, aber die meisten Männer taten instinktiv das Einzige, was überhaupt Sinn hatte – sie liefen, als wäre der Teufel höchstpersönlich hinter ihnen her.

Auch Spears und ich setzten uns in Bewegung, wenn auch als Letzte und in gehörigem Abstand. Der Degen in meiner Hand verlieh mir ein Gefühl trügerischer Sicherheit, wenngleich ich mir vollends darüber im Klaren war, dass mich auch diese Waffe nicht gegen eine solche erdrückende Übermacht schützen würde.

Verzweifelt sah ich mich im Laufen um. Wir rannten wie von Sinnen, aber die Bestien holten unbarmherzig auf. Trotz ihres plumpen Äußeren bewegten sie sich elegant wie Fische im Wasser. Und es waren viele, sehr viele. Ich schätzte, dass auf jeden unserer Männer gut drei oder vier der schwarzen Bestien kamen.

Mir blieb keine Zeit, weiter über unsere Chancen nachzudenken, denn die erste Riesenquappe war bereits heran. Ein augen- und nasenloser Schädel brach schäumend aus der braunen Brühe hervor. Im Laufen versetzte ich ihm einen Hieb mit dem Degen, verlor dadurch fast den Boden unter den Füßen und nickte Spears dankbar zu, als er mich im letzten Moment zurückriss. Das Ungeheuer zerfloss unter Wasser zu einer Wolke aus grauem Schlamm, aber schon nahm ein neues seinen Platz ein; ein dünner, ölig glänzender Strang zuckte nach Spears, wickelte sich wie eine Peitschenschnur um seinen Hals und schnappte zurück, als ich ihn mit dem Degen durchtrennte. Blitzschnell wirbelte ich herum, tötete einen dritten *Shoggoten* mit einem raschen Hieb und brachte mich mit einem verzweifelten Sprung in Sicherheit, als eine der schwarzen Riesenkreaturen aus dem Wasser schnellte und mit einem widerlichen Platschen neben mir auf den Sims fiel.

Sie lebte nicht lange genug, um nach mir schnappen zu können.

Die nächsten Minuten waren die reine Hölle. Spears und ich vollführten einen wahren Veitstanz, um den schnappenden Mäulern und Klauen, den peitschenden Schwänzen und den immer wieder hochzüngelnden tödlichen Tentakelzungen der Bestien zu entgehen – und mein Degen wütete unter den Bestien. Ich schätzte, dass ich mehr als ein Dutzend der schrecklichen Ungeheuer vernichtete, aber ihre Zahl war schier endlos. Aus dem hinteren Teil des Ganges, dort, wo Spears Leute waren, gellten Schreie und das unterbrochene Stakkato von Gewehrsalven, als würden schwere Körper ins Wasser gerissen.

Allmählich begann sich der Angriff der *Shoggoten* auf Spears und mich zu konzentrieren. Immer mehr und mehr der Quallenwesen erschienen im Wasser, und obwohl ich den Degen jetzt mit beiden Händen führte und wie wild um mich schlug, war der Augenblick abzusehen, an dem mich eine der Bestien erwischen oder meine Kräfte einfach erlahmen würden.

Plötzlich erscholl ein urgewaltiges Krachen. Felsbrocken und Schmutz regneten von der Decke, und mit einem Male zuckte ein blauweißer, greller Blitz hinter uns auf. Instinktiv duckte ich mich, als ein wahres Bombardement von Steinen und Kalk auf Spears und mich herabregnete. Aus dem Augenwinkel sah ich einen dünnen Faden auf mich herabstoßen, schlug mit dem Degen danach und spürte, wie ich traf.

Es war der letzte *Shoggote,* den ich vernichtete.

Als das Zittern des Bodens und der Steinhagel aufhörten, hatten sich die Ungeheuer zurückgezogen. Irgendetwas hielt die Bestien davon ab, Spears und mich abermals anzugreifen – obgleich wir beide auf dem Boden lagen und in diesem Moment hilflos gewesen wären.

Eine Sekunde später zuckte ein zweiter, noch hellerer Blitz auf und verwandelte den Stollen in ein grässliches Schwarzweiß-Gemälde. Ein vielstimmiger, gellender Schrei klang auf – und plötzlich kamen Spears' Männer zurückgerannt, manche aus tiefen Wunden blutend und verfolgt von einer schwarzen, brodelnden Flutwelle.

Ich begriff, warum die Ungeheuer von ihrem Angriff abgelassen hatten. Obgleich sie nicht viel mehr als geistlose Protoplasmaklumpen waren, mussten sie doch über eine Art Selbsterhaltungstrieb verfügen.

Sie hatten schlicht und einfach das Gleiche getan, was auch ein General tun würde, der begriff, dass er zu hohe Verluste hatte. Sie hatten auf Verstärkung gewartet.

Der zweite Trupp *Shoggoten* musste am unteren Ende des Kanals auf uns gewartet haben. Und er war womöglich noch größer als der erste. Wenn sich die beiden furchtbaren Armeen vereinigten, dann würden sie das Dutzend Männer und mich schlichtweg überrollen, Degen hin oder her. Auch diese Waffe konnte immer nur an einer Stelle zuschlagen.

Spears richtete sich mühsam neben mir auf und half mir auf die Beine. Er war bleich und in seinen Augen loderte die Angst. Trotzdem wirkte er gefasst.

»Das war's dann wohl, Craven«, sagte er leise. »Sieht so aus, als würden wir in ein paar Sekunden erfahren, ob es ein Leben nach dem Tode gibt.«

Ich antwortete nicht, sondern starrte verbissen auf den Kanal hinaus. Spears Männer waren mittlerweile herangekommen und hatten einen dichten Kordon um uns gebildet, eine Mauer aus Gewehren, deren Läufe drohend auf die mächtigen schwarzen Schatten unter uns herabdeuteten.

»Liefern wir ihnen wenigstens einen guten Kampf, Craven«, sagte Spears leise. »Und noch etwas. Ich –«

»Nicht, Spears«, unterbrach ich ihn. »Ich mag keine großen Abschiedsszenen. Stellen Sie sich vor, wie peinlich es sein kann, wenn wir es überleben.«

Spears starrte mich einen Moment unverstehend an, dann lächelte er und konzentrierte sich wieder auf den Kanal.

Die zweite *Shoggoten-Welle* raste heran, eine Armee menschengroßer schwarz glitzernder Schatten, die durch das Wasser pflügten wie lebende Torpedos und unter die Masse der wartenden Ungeheuer fuhr, ohne ihr Tempo merklich zu verringern.

Es dauerte Sekunden, bis ich begriff, dass irgendetwas nicht so war, wie es sein sollte.

Die Bewegung der dunklen Körper im Wasser war einzeln nicht zu erkennen, aber es war etwas an ihrer Gesamtheit, was mich alarmierte. Der zweite, rasend schnell heranschießende Trupp *Shoggoten* schien nicht mit dem ersten zu verschmelzen, sondern wie eine gewaltige dunkle Faust unter ihn zu fahren. Es war wie eine Folge lautloser, optischer Explosionen; dunkle Körper trafen auf schwammige schwarze

Umrisse, Knäuel von Leibern bildeten sich und stoben auseinander, und plötzlich begannen sich drei, vier *Shoggoten* unmittelbar vor uns aufzulösen, zerfaserten einfach zu Wolken grauschwarzen Schleimes und vergingen im Wasser.

»Sie ... sie kämpfen gegeneinander!«, keuchte Spears. Seine Augen weiteten sich vor Unglauben.

Der Kampf war bizarr. Trotz der Verbissenheit, mit der er geführt wurde, war er nahezu lautlos. Die neu hinzugekommenen Wesen fuhren unter die *Shoggoten,* griffen sie zu zweit oder zu dritt an.

Und wo immer die *Shoggoten* auf ihre unheimlichen Gegner stießen, verloren sie den Kampf.

Ich missachtete die Gefahr, in der ich schwebte, trat so dicht an das Ufer heran wie möglich und starrte aus angestrengt zusammengekniffenen Augen in das tobende Chaos.

Die neu aufgetauchten Wesen waren keine *Shoggoten!* Sie hatten die Form und Proportion von Menschen, waren aber viel größer und massiger, und ihre Körper waren tiefschwarz wie die ihrer furchtbaren Feinde, bewaffnet waren sie mit langen, eigentümlich gezackten Stöcken, mit denen sie nach den Quallenwesen stießen und sie gleich reihenweise in verkochenden Schlamm verwandelten. Wie immer es auch zuging, mussten ihre Waffen eine ähnliche Wirkung auf die Protoplasmawesen haben wie mein Stockdegen.

Schon nach wenigen Sekunden waren die Reihen der *Shoggoten* sichtbar gelichtet, und mehr und mehr der unheimlichen Bestien wandten sich zur Flucht. Der Kampf dauerte nicht einmal eine Minute.

Schließlich fuhren die wenigen überlebenden Quallenungeheuer wie auf ein gemeinsames Kommando hin herum und suchten ihr Heil in der Flucht. Aber ihre Gegner ließen nicht von ihnen ab, sondern verfolgten sie mit der gleichen Verbissenheit, mit der sie sie bekämpft hatten. Das Brodeln und Zischen des Wassers wanderte langsam nach links aus, und noch immer starben *Shoggoten,* getroffen von den tödlichen Zackenstäben ihrer Feinde.

Aber nicht alle der unheimlichen Wesen verfolgten die Bestien. Spears berührte mich erschrocken am Arm und deutete nach rechts, und ich sah, wie drei der sonderbaren Gestalten mit eleganten Schwimmstößen ans Ufer kamen und sich schwerfällig auf den steinernen Sims hinaufzogen. Spears Männer wichen instinktiv vor ihnen zurück, und ich sah, wie sich einige Gewehre auf die schwarz glitzernden Gestalten richteten und sich Finger nervös um Abzüge spannten.

Ich konnte den Männern ihre Furcht nicht einmal übel nehmen, denn die drei Gestalten wirkten alles andere als Vertrauen erweckend.

Es waren Riesen.

Der kleinste von ihnen musste eine gute Hand breit über zwei Meter messen, und seine Schultern waren so breit, dass er schon fast missgestaltet wirkte. Seine Haut glänzte wie poliertes schwarzes Eisen, und wo sein Gesicht sein sollte, schimmerte ein riesiges, spiegelndes Auge im Licht der Lampe. Seine Hände waren dreifingrige Klauen, in denen die gezackte Harpune eher wie ein Spielzeug aussah.

Dann machte er einen Schritt, und es war diese Bewegung, die die Illusion zerplatzen und mich erkennen ließ, wem ich wirklich gegenüberstand.

Es waren Menschen. Menschen in wuchtigen, aus Eisen und zähem schwarzen Leder gefertigten Tauchmonturen. Jetzt, als sie aus dem Wasser heraus waren, hatten ihre Bewegungen alle Eleganz verloren und wirkten eher plump. Ich dachte schaudernd daran, wie schwer ein solcher Anzug an Land sein musste.

Der vorderste der drei gepanzerten Riesen trat vor, legte umständlich seine Harpune zu Boden und hob die rechte Hand zum Kopf. Ein leises Quietschen erscholl, als er die wasserdichte Glasplatte löste, die seinen Helm schloss.

Dahinter kam ein schmales, von einem wild wuchernden Vollbart bedecktes Gesicht zum Vorschein. Ein Paar eisgrauer, wacher Augen musterte die Männer, blieb einen Moment an Spears Gesicht haften und richtete sich dann auf mich. Es war sonderbar, aber ich begann beinahe sofort, mich unter dem Blick dieser Augen unwohl zu fühlen.

Dann begann der Mann zu sprechen. Seine Stimme klang verzerrt und hohl unter dem wuchtigen eisernen Helm hervor, und trotzdem erschien sie mir in diesem Moment unendlich wohltönend, denn es war wenigstens eine menschliche Stimme.

»Nun, Monsieur, mir scheint, wir sind gerade noch zum rechten Zeitpunkt gekommen. Hatten Sie Verluste?«

Spears, an den die Frage gerichtet war, fuhr sichtlich zusammen. »Einen … einen Mann«, antwortete er stockend. »Vielleicht mehr. Aber wenn Sie eine Minute später erschienen wären …«

Der Mann in der Tauchermontur winkte ab und kam mit schwerfällig taumelnden Bewegungen näher. »Meine Mannschaft wird sich um diese Missgeburten kümmern, mein Wort darauf, Monsieur«, sagte er. »Trotzdem wäre es wohl angeraten, wenn Sie und Ihre Männer diesen ungastlichen Ort schnellstmöglich verlassen würden. Ich habe ein Boot, wenige hundert Meter flussab. Es wäre mir eine Ehre, wenn Sie uns begleiten würden. Überdies gibt es die eine oder andere Information, die ich Ihnen zukommen lassen und die auf Ihr Interesse stoßen könnte.«

Spears starrte das Gesicht hinter der Tauchermaske verwirrt an. Wahrscheinlich war er noch nie auf jemanden gestoßen, der sich noch komplizierter und umständlicher ausdrücken konnte als er. Aber der Fremde gab ihm keine Zeit, seiner Verwirrung Herr zu werden, sondern fuhr, mit einem fragenden Blick in meine Richtung, fort: »Monsieur Craven, nehme ich an?«

Instinktiv nickte ich. »Sie ... kennen mich?«

Ein flüchtiges Lächeln huschte über die ausgemergelten Züge hinter der Tauchermaske und erlosch wieder. »Wir hatten das Vergnügen leider noch nicht persönlich, mein lieber junger Freund, aber ich darf mich rühmen, schon eine Menge über Sie und Ihre tolldreisten Streiche gehört zu haben.« Er lächelte noch einmal, kam näher und streckte mir die dreifingrige Metallklaue seines Anzuges wie zur Begrüßung hin. Ich widerstand im letzten Moment der Versuchung, sie zu schütteln. Wahrscheinlich hätte er mir glatt die Hand abgerissen.

»Ich soll Ihnen Grüße ausrichten, Monsieur«, fuhr der Fremde fort. »Von einem gemeinsamen Freund. Aber vielleicht bereden wir das später, in meiner Kabine und bei einem guten Glas Portwein?«

»Gern«, stotterte ich, noch viel zu perplex, um etwas anderes sagen zu können. »Aber von welchem gemeinsamen Freund sprechen Sie? Und wer sind Sie überhaupt?«

»Mein Name ist Nemo«, sagte der Fremde. »Kapitän Nemo.«

»Nemo?« Ich starrte ihn an. »Sie sind –«

»Warum unterhalten wir uns nicht später darüber!«, unterbrach mich Nemo, und irgendetwas war in seiner Stimme, was mich aufhorchen ließ. Sie klang ... ja, alarmiert. Alarmiert und zugleich besorgt. Und ich hatte das sichere Gefühl, dass es nicht allein die Anwesenheit der *Shoggoten-Monster* war, die ihn ängstigte. Fast gegen meinen Willen nickte ich.

»Gehen wir.«

Vier Stunden später verließen wir das unterirdische Labyrinth wieder. Der Mann in der Tauchermontur deutete nach vorn, dorthin, wo sich das Wasser in einem gewaltigen steinernen Becken sammelte, einen künstlichen Katarakt überwindend und durch schräg gegen die Strömung geneigte eiserne Gitterkonstruktionen fließend.

Es musste auf Mitternacht zugehen, denn der Mond, der dann und wann hinter den tief hängenden Regenwolken hervorlugte, stand nahezu im Zenit, und die Stadt lag wie eine dunkle, formlose Masse hinter uns. Ein geradezu atemraubender Gestank stieg von der Oberfläche des Sammelbeckens auf und verpestete den kühlen Salzwasserhauch, der vom Meer heraufwehte.

Trotzdem erschien mir die übel riechende Luft wie ein kühler Frühlingshauch, nach den mehr als vier Stunden, die ich unter der Erde und bis zu den Knien in Abwässern watend zugebracht hatte. Mehr als einmal während dieser Zeit hatte ich ernsthaft zu zweifeln begonnen, ob wir das Tageslicht überhaupt noch einmal wiedersehen würden. Selbst das schlammverkrustete Becken unter uns kam mir im Moment wunderschön vor, war es doch wenigstens ein Teil der Welt, die ich kannte.

Ich fühlte mich schmutzig wie niemals zuvor in meinem Leben; und ich war es auch. Alles an mir schien irgendwie zu kleben, und auf meiner Zunge lag ein Geschmack, als hätte ich versehentlich eine Kuh am falschen Ende geküsst. So absurd es war, sehnte ich mich nach vier Stunden, die ich größtenteils im Wasser watend verbracht hatte, nach nichts mehr als nach einer Badewanne voller Wasser. Voll *sauberem* Wasser allerdings.

Etwas zwickte mich in den Ellbogen, und die Berührung erinnerte mich daran, dass wir noch lange nicht außer Gefahr waren und zwischen mir und der Badewanne noch ein ganzes Becken voller Schlamm und vielleicht noch ein paar Dinge mehr lagen, an die ich lieber nicht denken wollte.

Ich sah auf, begegnete Nemos ernstem, beinahe besorgt wirkendem Blick und sah in die Richtung, in die die dreifingrige Eisenklaue seines sonderbaren Anzuges deutete. Auf der anderen Seite des Sammelbeckens, dicht hinter der Stelle, an der das Wasser ein letztes, gemauertes Wehr durchfloss und sich gurgelnd und schäumend ins offene Meer ergoss, bewegten sich Schatten. Meine Augen hatten Mühe, mit dem silbergrauen Zwielicht der Nacht zurechtzukommen, aber ich musste die Schatten auch nicht wirklich erkennen, um zu wissen, wer dort drüben auf uns wartete. Die Bewegungen der Männer wirkten plump und ungelenk, und dann und wann brach sich ein verirrter Lichtstrahl auf ihren Gestalten und ließ sie wie schwarz polierten Stahl aufblitzen.

»Ihre Männer?«, flüsterte ich.

Nemo nickte; jedenfalls nahm ich an, dass das kurze Beben seiner schwerfälligen Tiefsee-Montur ein Nicken sein sollte. »Oui«, sagte er. »Ein wenig zu spät, aber besser spät als gar nicht.« Er seufzte und blickte zum Mond hinauf. Ich war mir nicht sicher, denn sein Gesicht war hinter der schmalen Öffnung des Taucherhelmes nur undeutlich zu sehen, aber ich glaubte, einen raschen Ausdruck von Sorge über seine Züge huschen zu sehen.

»Was haben Sie?«, fragte ich.

Nemo fuhr zusammen, sah mich einen ganz kurzen Moment lang fast schuldbewusst an und rettete sich in ein Lächeln. »Nichts«, log er. »Kommen Sie, mein Freund. Das Boot wartet.«

Hinter uns wurde die Nacht lebendig, als nach und nach auch die anderen Mitglieder unserer verunglückten Expedition aus dem Kanal kamen. Der kleine Trupp bot einen genauso seltsamen wie bemitleidenswerten Anblick. Spears Männer – mit ihm selbst an der Spitze – sahen ungefähr so aus, wie ich mich fühlte, nämlich grässlich. Das Dutzend Marinesoldaten wankte mehr ins Freie, als dass es ging. Kaum einer von ihnen war ohne Blessuren davongekommen, und alle waren sie über und über mit Schmutz und glitzerndem Schlamm bedeckt. Und Nemos Männer boten keinen besseren Anblick. Ihre Unterwasserpanzer waren mit Schlamm und fauligem Tang bedeckt, und die Last der Kleidungsstücke, für ein anderes Element als die Luft geschaffen, ließ ihre Träger gebeugt und schleppend gehen wie uralte Männer.

Nemo und ich traten zur Seite, um die Männer passieren zu lassen. Der Platz auf dem schmalen, auf einer Seite von einem rostigen Gitter begrenzten Sims über dem Sammelbecken wurde eng, als auch der letzte aus dem Kanal heraus war, und zwei von Spears Männern brachen schlichtweg vor Entkräftung zusammen.

Auch ich spürte Müdigkeit wie eine betäubende Woge durch meine Glieder kriechen. Jetzt, als die Anspannung allmählich von mir abfiel, verlangte mein Körper den Preis für die Stunden der Anstrengung. Was ich fühlte, war die normale, körperliche Erschöpfung, die mit der Erleichterung, einer drohenden Gefahr entronnen zu sein, einhergeht. Aber gleichzeitig fühlte ich auch, dass es noch lange nicht vorbei war. Nemos Eingreifen hatte uns zweifellos das Leben gerettet, aber wir hatten nur ein kleines Scharmützel gewonnen, nicht einmal eine Schlacht.

Geschweige denn den Krieg.

Mühsam blinzelte ich die Müdigkeit weg, lehnte mich schwer gegen das eiserne Schutzgitter und starrte auf das rechteckige Wasserbecken herab. Das Licht war sehr schwach, aber ich konnte erkennen, dass die Männer dort unten einen dunklen, lang gestreckten Körper heranzogen; das Boot, von dem Nemo gesprochen hatte. Ein Licht begann zu blitzen, sorgsam gegen das Land hin abgeschirmt, sodass ich selbst von hier oben aus nur seinen rhythmischen Widerschein auf dem Wasser ausmachen konnte. Neugierig hob ich den Blick und sah in östliche Richtung, dorthin, wo sich hinter der Schwärze der Nacht das Meer verbarg. Mein Verdacht bestätigte sich: Nach einer Weile antwortete weit draußen auf dem Meer ein winziger Leuchtpunkt auf das Flackern der Lampe. Plötzlich bedauerte ich, dass Morsealphabet niemals gelernt zu haben.

»Ihr Boot?«, fragte ich, an Nemo gewandt, aber ohne den Blick vom Meer zu nehmen.

Der Mann in dem schwerfälligen Unterwasserpanzer antwortete nicht auf meine Frage, und als ich mich nach einer Weile doch zu ihm umwandte, bemerkte ich, dass sein Blick besorgt über Spears zusammengekauerte Gestalt huschte. Der Fregattenkapitän war auf die Knie gesunken, wie die meisten seiner Männer, und rang nach Atem. Ich glaube nicht, dass Nemo meine Worte überhaupt vernommen hatte, denn ich hatte sehr leise gesprochen, und das Gurgeln und Rauschen des Wassers übertönte ohnehin fast jeden anderen Laut. Trotzdem wiederholte ich meine Frage nicht noch einmal, sondern sah Nemo nur stirnrunzelnd an und begnügte mich mit dem unmerklichen Nicken, das er mir schließlich zur Antwort gab.

»Vorwärts«, sagte Nemo plötzlich laut. »Wir müssen weiter. Schaffen Ihre Männer den Abstieg noch, Kapitän Spears?«

Der Fregattenkapitän sah auf, starrte Nemo einen Moment lang aus dunklen, vor Erschöpfung und Müdigkeit trüb gewordenen Augen an und rang sich ein mattes Nicken ab. Nemo streckte ihm die Hand entgegen, um ihm auf die Füße zu helfen, aber Spears ignorierte die Geste, griff mit zitternden Fingern nach dem rostigen Eisengitter neben sich und zog sich aus eigener Kraft in die Höhe. »Wo ... wo sind wir überhaupt?«, murmelte er. »Noch in Schottland oder bereits auf der anderen Seite des Erdballes?«

Nemo lachte leise. »Keine Sorge, Kapitän. Wir sind nur ein paar Meilen von Aberdeen entfernt. Aber dieser Weg erschien mir am sichersten, die Kanalisation zu verlassen. Sie werden einsehen, dass meine Leute und ich ein ... äh, gewisses Aufsehen erregt hätten, hätten wir die Stadt auf dem Landwege zu verlassen versucht.«

Spears starrte ihn an und presste die Lippen aufeinander. Ich konnte direkt sehen, wie es hinter seiner Stirn arbeitete. Aber zu meinem und wohl auch Nemos Erstaunen ging Spears nicht weiter auf seine Worte ein, sondern drehte sich herum und begann ohne ein weiteres Wort, die rostzerfressene Eisenleiter hinunterzusteigen, die zum Rande des Sammelbeckens führte. Konnte es wirklich sein, dass er nicht wusste, wem er gegenüberstand?

Wieder fing ich einen Blick Nemos auf, und wieder gewahrte ich diese sonderbare Mischung aus Sorge und angespannter Bereitschaft auf seinen Zügen. Er schien so deutlich wie ich zu spüren, dass mit Spears irgendetwas nicht stimmte.

Nemo und ich waren die Letzten, die den gemauerten Sims verließen. Der Kanal mündete – aus einem Grund, den allerhöchstens die Architekten dieser Anlage und vermutlich nicht einmal sie kannten – gute fünf Meter über dem riesigen Schlammbecken, sodass die Leiter dicht neben einem schäumenden Wasserfall entlang führte und das rostige Eisen schlüpfrig und glatt war, als wäre es mit Schmierseife überzogen. Nach dem kräftezehrenden Marsch durch die Unterwelt Aberdeens überstieg diese letzte Kletterpartie beinahe meine Kräfte. Ich wankte, als ich unten ankam, und hätte Nemo nicht wortlos zugegriffen und mich gestützt, dann hätte mein Ausflug wohl in einem Schlammbad seinen krönenden Abschluss gefunden. Nicht, dass das noch einen großen Unterschied gemacht hätte.

Ich schenkte ihm einen dankbaren Blick, trat naserümpfend ein Stück von der ölig glänzenden Brühe im Becken zurück, und schlurfte mit hängenden Schultern hinter ihm her.

Es war ein ziemlich zerschlagener Haufen, der schließlich das Meeresufer erreichte. Ein paar von Spears Männern ließen sich erschöpft auf die Knie sinken oder warfen sich gar der Länge nach in die eiskalte Brandung, um den Schlamm und das stinkende Wasser abzuwaschen, während Nemos Leute wie durch Zufall ein Stück zurückblieben und sich im Halbkreis hinter den Marinesoldaten aufstellten.

Auch von Nemo selbst hatte eine fühlbare Anspannung Besitz ergriffen. Von der Erschöpfung, die ich ihm noch vor Augenblicken angemerkt hatte, war keine Spur mehr geblieben.

Auf ein Zeichen des Kapitäns hin kam das Boot, das ich von oben aus gesehen hatte, näher. Ich erkannte jetzt, dass es weitaus größer war, als ich bisher geglaubt hatte. Gute zwanzig Fuß lang und mit einem – wenn auch im Moment zurückgelegten – Mast. Es musste mehr als zwei Dutzend Männern Platz bieten und war schon fast eine kleine Pinasse. An seinem Heck befand sich ein sonderbarer Aufbau, den ich in der herrschenden Dunkelheit zwar nicht genau erkennen konnte, der aber einen irgendwie bizarren Eindruck machte, gezackt und dabei geschwungen, sodass er dem ganzen Boot etwas von einem Haifisch zu verleihen schien, trotz seiner plumpen Form. Bemannt war das Schiff nur mit drei Matrosen, die die gleichen schwerfällig wirkenden Monturen trugen wie Nemo und seine Leute.

Auch sie waren bewaffnet. Und ich war ziemlich sicher, dass es kein Zufall war, dass die Spitzen ihrer Zackenharpunen auf die Gruppe erschöpfter Marinesoldaten am Ufer deuteten.

»Bitte, meine Herren – gehen Sie an Bord«, sagte Nemo. Seine Stimme klang ungeduldig, fast gereizt.

Spears sah auf. Auf seinen Zügen mischten sich Überraschung und Müdigkeit mit einem langsam aufkeimenden, immer stärker werdenden Schrecken.

»Was soll das heißen?«, fragte er. »Wieso –«

»Bitte, Kapitän«, unterbrach ihn Nemo. »Befehlen Sie Ihren Leuten, an Bord der Pinasse zu gehen. Meine Zeit ist knapp bemessen.«

Spears schluckte krampfhaft. Seine Hand senkte sich auf die Pistolentasche an seiner Seite, aber er führte die Bewegung nicht zu Ende, als Nemos Harpune hochruckte.

»Begehen Sie jetzt bitte keinen Fehler«, sagte Nemo ruhig. »Ich bin nicht Ihr Feind.«

Spears keuchte. »Was soll das bedeuten?«, fragte er noch einmal.

»Nicht das, was Sie denken«, antwortete Nemo ruhig. »Ich muss Sie lediglich bitten, mich an Bord meines Schiffes zu begleiten.«

»Ihr Schiff?« Spears schüttelte verwirrt den Kopf. Entweder, dachte ich, begriff er wirklich nicht, was hier vor sich ging, oder er versuchte bewusst den Idioten zu spielen, um Nemo zu täuschen. »Was soll der Unsinn?«, fragte er. »Meine Männer und ich müssen zurück in die Stadt!«

Nemo seufzte. »Seien Sie vernünftig, Spears«, sagte er, beinahe sanft, aber trotzdem mit einer hörbaren Spur von Ungeduld. »Sie wissen so gut wie ich, dass ich das nicht zulassen kann. Gehen Sie an Bord. Bitte.«

»Dann sind wir Ihre Gefangenen?«, fragte Spears.

Nemo seufzte. »Das Wort Gäste wäre mir lieber, Kapitän, aber wenn Sie Wert darauf legen – bitte.«

»Aber warum?«, fragte Spears verwirrt. »Wir kämpfen auf der gleichen Seite, Nemo. Sie und ich –«

»Verdammt noch mal, Spears, halten Sie endlich den Mund!«, unterbrach ich ihn ärgerlich. »Begreifen Sie immer noch nicht, wer dieser Mann ist?«

Spears starrte erst mich, dann Nemo an, öffnete den Mund, wie um etwas zu sagen, brachte aber nur ein halb ersticktes Krächzen hervor. Plötzlich wurden seine Augen rund vor Schrecken.

»Nemo«, murmelte er. »Sie ... Sie sind Kapitän Nemo?! *Der* Nemo?«

Statt einer direkten Antwort senkte Nemo seine Harpune und trat ein paar Schritte auf Spears zu. Sein ausgestreckter Arm deutete nach Osten, auf das Meer hinaus.

Ein Stück vor der Küste, vielleicht eine halbe Seemeile entfernt, begann das Wasser zu schäumen. Zuerst war es nur ein leichtes Kräuseln der Oberfläche, als spiele der Wind mit den Wellen, dann wurden die Blasen größer und mächtiger, und mit einem Male übertönte ein gewaltiges Rauschen den monotonen Rhythmus der Brandung. Immer stärker und stärker schäumte das Meer, und plötzlich, als wäre an seinem Grund ein unterseeischer Vulkan ausgebrochen, schoss eine gewaltige Fontäne aus Wasser und weißem Schaum in die Luft, erhob sich bis auf dreißig, vierzig Yards Höhe und fiel zurück, als blase ein riesiger Wal Wasser ab.

Dann erschien der Gigant.

Trotz seiner ungeheuerlichen Größe hatte sein Auftauchen etwas fast Schwereloses. Majestätisch wie ein Wal, aber vier Mal so groß, durchbrach er die Wasseroberfläche, sank mit einem gewaltigen Rauschen und Krachen zurück und kam schaukelnd zur Ruhe; ein Riese wie ein finsterer Meeresgott, aber aus schwarzem Stahl gefertigt. Eine doppelte Reihe winziger, gelb erleuchteter Bullaugen an seiner Flanke zauberte hüpfende Lichtflecke auf das Wasser, und plötzlich strahlte an seinem Bug ein helles, gleißendes Licht auf, tastete wie ein suchender Finger über das Meer und erlosch wieder.

Aber so kurz der Scheinwerferstrahl auch nur geleuchtet hatte, sein Licht hatte ausgereicht, mir den Namenszug zu zeigen, der in geschwungenen goldenen Lettern unter dem zwanzig Yards langen Rammsporn am Bug des Giganten prangte:

NAUTILUS.

Dagon – Gott aus der Tiefe

Der Raum war nicht sehr viel größer als eine Gefängniszelle, zwei Schritte in der Breite und kaum doppelt so lang, dazu so niedrig, dass ich mich nicht einmal vollends aufrichten konnte, wollte ich nicht mit dem Kopf gegen die sanft gekrümmte Decke stoßen.

Aber er war sehr viel behaglicher eingerichtet. Die Wände, aus härtestem Stahl geschmiedet, lugten nur hier und da hinter kostbaren Vorhängen und Gobelins hervor, und auf dem Boden lag ein wolkenweicher Teppich. Ein buntbestickter Diwan nahm fast die Hälfte des vorhandenen Platzes ein, und vor der gegenüberliegenden Wand, gleich neben einer niedrigen, halbrunden Tür, war ein niedriger, kunstvoll gedrechselter Tisch am Boden verschraubt, auf dem noch die Reste des üppigen Mahles standen, das mir einer von Nemos Männern vor Stundenfrist gebracht hatte; dazu eine Flasche des köstlichsten Champagners, der mir jemals untergekommen war.

Auf einem Wandbord daneben standen eine kostbare, goldgeschnittene Bibel und zwei kleine metallene Kistchen, von denen eine eine Anzahl teurer Havanna-Zigarren und die andere drei Lagen likörgefüllter Pralinés enthielt. Mein Gastgeber schien großen Wert darauf zu legen, für mein körperliches und seelisches Wohl zu sorgen.

Was nichts daran änderte, dass die Kammer ein Gefängnis war. Ein sehr komfortables Gefängnis vielleicht, aber trotzdem nicht mehr.

Es gab kein Fenster, und die Tür hatte auf der Innenseite keinen Griff, sondern nur einen runden Knauf, an dem ich ziehen konnte, bis ich schwarz wurde. Es *war* ein Gefängnis.

Missmutig wälzte ich mich auf dem Diwan von einer Seite auf die andere, knuffte das bestickte Seidenkissen zu einem Ball zusammen und versuchte vergeblich, das Gefühl der Übelkeit zu ignorieren, das in gleichmäßigen Wellen aus meinem Magen emporstieg. Mir war schlecht wie selten zuvor in meinem Leben.

Aber die Übelkeit, die mich quälte, kam weder von dem zu reichlichen Essen noch von der Flasche Champagner, die ich fast zur Gänze geleert hatte, sondern resultierte einzig aus dem beständigen Stampfen und Schaukeln, das begonnen hatte, als ich diesen Albtraum von Schiff betrat, und seither – von einer einzigen, kurzen Unterbrechung abgesehen – nicht mehr aufgehört hatte.

Ich war seekrank.

Ich habe Schiffe nie gemocht, sondern ihnen immer ein natürliches Misstrauen entgegengebracht; seit ich denken konnte, ist mir stets alles, was sich nicht auf festem Boden oder wenigstens Rädern oder Schienen bewegt, irgendwie suspekt gewesen. Aber seit ich an Bord der NAUTILUS war, hatte ich angefangen, sie zu hassen.

Dabei war das beständige Schaukeln und Wiegen des Bodens nicht einmal sehr schlimm. Immerhin befanden wir uns gute zehn Faden *unter* der Oberfläche des Meeres, sodass das Schiff vom Wellengang weitgehend unberührt blieb, aber die Strömung war hier, nahe der schottischen Küste, selbst unter Wasser so stark, dass sich das Boot beständig mit der Kraft seiner Maschinen gegen den Druck des Wassers stemmen musste.

Wenigstens war das die Erklärung, die ich mir selbst zurechtgebastelt hatte, in den Stunden, die ich wach auf dem Diwan gelegen, die Decke angestarrt und versucht hatte, der Übelkeit in meinen Eingeweiden Herr zu werden.

Ich wusste nicht einmal, wie lange ich mich an Bord dieses phantastischen Schiffes befand. Trotz allem war ich eingeschlafen, kaum dass mich Nemo unter Deck gebracht und mir meine Kabine gezeigt hatte; und der Schwere meiner Glieder nach zu urteilen, die ich nach dem Erwachen verspürte, musste es ein sehr langer Schlaf gewesen sein.

Seitdem lag ich hier, starrte die Decke mit der runden, elektrischen Lampe darunter an und wartete; worauf, wusste ich selbst nicht. Kapitän Nemo hatte auf keine meiner Fragen – und es waren ihrer eine Menge gewesen! – wirklich geantwortet, sondern sich in geheimnisvollen Andeutungen ergangen, nach denen ich mich verwirrter fühlte als vorher.

Ein metallisches Schaben von der Tür her ließ mich aus meinen düsteren Gedanken auffahren. Ich blinzelte, setzte mich mit einem Ruck auf dem Diwan auf und sank gleich wieder zur Seite, als mein Magen die unvorsichtige Bewegung mit einem neuerlichen Schub saurer Galle in meinen Mund quittierte. Das wuchtige Schott glitt mit einem hörbaren Quietschen zur Seite, und ein hochgewachsener Mann im blau-weiß gestreiften Bordhemd des Schiffes und schwarzen

Hosen trat gebückt durch die Öffnung. Es war der gleiche Mann, der mir vor Stundenfrist das Essen gebracht hatte.

Schweigend wartete er, bis ich mich – weitaus langsamer und vorsichtiger als beim ersten Mal – erhoben hatte, trat zur Seite und machte eine einladende Handbewegung auf den Gang hinaus. Ich trat an ihm vorbei und rammte mir prompt den Schädel an der niedrigen Kante des Schotts an. Die Mundwinkel des Matrosen zuckten verdächtig, aber als er meinem finsteren Blick begegnete, verbiss er sich mit Macht das Grinsen, das mein Missgeschick ihm aufdrängen wollte, sondern beeilte sich, sich an mir vorbeizuschieben und gebückt vorauszugehen.

Trotz meiner Übelkeit, die jetzt, als ich auf dem schwankenden Boden auch noch gehen musste, noch weiter zunahm, erweckte der Anblick sofort meine Neugier. Der Gang war so niedrig, dass auch ein sehr viel kleinerer Mann als ich schwerlich hätte aufrecht gehen können. Alles an Bord dieses phantastischen Schiffes war irgendwie eng und klein. Seine Wände, die leicht einwärts gebogen waren, wie um der Krümmung des Rumpfes zu folgen, waren mit schweren, goldbemalten Tapeten und Stoffen verziert, nur hier und da lugte eine Leitung oder ein sonderbares technisches Gerät hervor, aber auch diese verkleidet und kaschiert, so gut es ging. Wie in meiner Kabine verbreiteten wundersame elektrische Lampen unter der Decke mildes, nahezu schattenloses Licht, und wie dort lagen auf dem Boden weiche Teppiche, gegen die selbst die Bodenbeläge meines gewiss nicht ärmlichen Hauses in London schäbig ausgesehen hätten. Wäre das rhythmische Pochen der schweren Maschinen nicht gewesen, die tief unter uns im Leib des Schiffes wie gewaltige stählerne Herzen schlugen, hätte ich eher angenommen, mich in einem feudalen Landhaus zu befinden, nicht in einem Schiff, das zehn Faden unter der Wasseroberfläche die Meere durchkreuzte.

Der Gang schien wie eine gewaltige stählerne Aorta durch die gesamte Länge des Schiffsrumpfes zu gehen, denn wir legten eine Distanz von gut fünfzig Schritten zurück, ehe der Matrose vor einem weiteren halbrunden Schott stehen blieb und mit einer auffordernden Handbewegung zur Seite wich. Die zollstarke Panzertür glitt nahezu lautlos nach oben, als ich darauf zutrat, und gab den Blick auf eine eng gewundene, metallene Treppe frei, die dahinter gleichzeitig nach unten und in die Höhe führte.

Mein schweigsamer Führer lächelte auffordernd, trat zurück und wies mit einer Handbewegung nach oben, wie um mir mit Gesten zu verstehen zu geben, dass ich weitergehen sollte, ohne auf ihn zu warten. Wahrscheinlich, überlegte ich, war er des Englischen nicht mächtig und versuchte sich auf diese Weise verständlich zu machen.

Die Sicherheitstür fiel hinter mir zu, kaum dass ich den Fuß auf die erste Stufe der Eisentreppe gesetzt hatte. Instinktiv blieb ich stehen, sah kurz nach oben und beugte mich dann über das schmale Geländer, um in die Tiefe zu blicken. Viel gab es allerdings nicht zu sehen. Die Treppe endete nach drei, vier weiteren engen Windungen in einem winzigen, runden Raum, dessen Wände von vier niedrigen gepanzerten Türen durchbrochen waren, ähnlich der, durch die ich selbst gerade gekommen war. Der Boden war dort unten nackt, und auch an den Wänden sah das unverkleidete Eisen des Schiffsrumpfes hervor, übersät mit einer Unzahl sinnverwirrenden technischen Gerätes. Das rhythmische Pochen des stählernen Pulsschlages dieses Giganten der Meere schien dort unten lauter zu sein, und als ich mich darauf konzentrierte, vermeinte ich ein ganz sanftes Vibrieren unter meinen Füßen zu spüren. Dort unten mussten die geheimnisvollen Maschinen liegen, die die NAUTILUS antrieben.

Ich ging weiter. Ganz sicher wartete man oben auf mich, und solange ich nicht wirklich wusste, auf welcher Seite der Herr dieses geheimnisvollen Schiffes stand, hatte es wenig Sinn, sein Misstrauen zu wecken.

Das Messer fühlte sich kalt in ihrer Hand an, kalt und glatt wie Eis und sonderbar schwer; und obwohl die schmale, auf beiden Seiten geschliffene Klinge noch immer sorgsam unter einem Streifen dunklen Stoffes verborgen war, damit sich kein Lichtstrahl auf dem Stahl brach und sie etwa im letzten Moment verriet, glaubte sie den Metallgeschmack auf der Zunge zu fühlen.

Sie wusste, dass sie sterben würde. Die Klinge unter ihrer Schürze, um die sich ihre rechte Hand mit fast verzweifelter Kraft krallte und die für einen anderen bestimmt war, würde auch sie töten.

Aber das war ihr egal. Sie war ohnehin schon tot. Sie war vor drei Tagen gestorben, innerlich, und dass sie noch weiterlebte und atmete und sprach und dachte, war eigentlich nur noch ein bloßer Reflex, ein blindes Weiterfunktionieren ihres Körpers ohne Sinn und Zweck. Sie war gestorben, als sie das kleine Zimmer unter dem Dach ihres

Hauses betreten und Jennifers Bett leer vorgefunden hatte. Als sie begriffen hatte, was das unbenutzte weiße Laken bedeutete. Ihr Leben hatte jeden Sinn verloren, im gleichen Augenblick, in dem sie ans Fenster getreten war und den Vollmond wie ein höhnisch blinzelndes Auge am Himmel stehen gesehen hatte.

Seitdem war sie tot, aber niemand hatte es bemerkt; niemand aus der Stadt, keiner ihrer Nachbarn und Freunde, keiner von *ihnen,* nicht einmal ihr eigener Mann, den sie seit diesem Moment mit der gleichen Inbrunst hasste, wie sie ihn all die Jahre zuvor geliebt hatte. Etwas in ihr war gestorben, und wenn sie jetzt noch weiterlebte, dann nur zu dem einzigen Zweck, Rache zu üben. Sie würde McGillycaddy töten. Erst ihn, dann James, den Mann – selbst in Gedanken weigerte sie sich jetzt, ihn weiter als *ihren* Mann zu bezeichnen, geschweige denn als Jennifers Vater –, den Mann, der sein eigenes Fleisch und Blut verraten hatte, um es einer blasphemischen Gottheit zu opfern. Und dann so viele von ihnen, wie sie erwischen konnte, ehe sie sie überwältigten und töteten.

Vielleicht – auch dessen war sie sich vollkommen im Klaren – würden sie sie auch nicht töten, sondern etwas Schlimmeres mit ihr tun, aber selbst das war ihr egal. Es gab nichts mehr von Wichtigkeit. Nichts außer dem Stück rasiermesserscharfem beißendem Stahl in ihrer Hand.

Das Haus wirkte sonderbar kalt, als sie Jennifers Zimmer verließ und auf den schmalen, fensterlosen Korridor hinaustrat. Unten, in der Stube, hörte sie James mit den anderen reden, aber sie achtete nicht auf die Worte, denn auch sie hatten keine Bedeutung mehr, sondern ging mit ruhigen Schritten ins Schlafzimmer hinüber und betrachtete sich noch einmal kritisch in dem großen Spiegel, der neben dem Bett aufgestellt war.

Es war ein kostbarer Spiegel, in goldbemalte Holzschnitzereien gefasst und aus dem allerfeinsten Kristallglas geschliffen. Wie jedes Teil hier im ganzen Haus hatte sie ihn mit großer Sorgfalt und Liebe ausgewählt, und wie alles in diesem Haus war er etwas, um das sie die meisten anderen Frauen beneidet hätten. Bis vor drei Tagen war er ihr ganzer Stolz gewesen.

Jetzt war das alles unwichtig geworden.

Kritisch musterte Several Borden ihre Erscheinung. Nein, es fiel nicht auf, dass sie die rechte Hand unter der Schürze trug. Sie hatte ihr bestes Kleid angezogen, wie immer, wenn sie zu einer Versammlung gingen, dazu eine Schürze aus Brüsseler Stickerei, über der der Schal wie ein modisches Accessoire wirkte; nicht wie das Versteck, in dem sie den tödlichen Dolch trug. Niemand würde etwas merken.

Und auch ihr Gesicht wirkte gefasst und glatt und schön wie immer. Für ihre vierzig Jahre war sie noch immer eine sehr schöne Frau. Es war kein Wunder gewesen, dass sie einen der reichsten Männer des Ortes hatte heiraten können. Es war ihr auch ganz selbstverständlich vorgekommen, ein Leben in einem – wenn auch bescheidenen – Luxus und frei aller Sorgen führen zu können. Bis jetzt. Bis zu jenem schrecklichen Moment vor drei Tagen, in dem sie begriffen hatte, wie furchtbar hoch der Preis war, den sie letztendlich dafür zahlen musste.

Langsam wandte sie sich um, schloss die Schlafzimmertür hinter sich und wandte sich zur Treppe. Sie hörte das Geräusch der Tür, kurz bevor sie die Treppe hinuntergekommen war, und als sie die Stube betrat, sah sie gerade noch das geschauspielerte Lächeln auf James' Zügen erlöschen, mit dem er den letzten Besucher verabschiedet hatte.

»Several, Liebling«, begrüßte sie ihr Mann. »Du bist schon fertig. Wie schön.« Er kam auf sie zu, schloss sie kurz und heftig in die Arme und küsste sie auf die Wange. Several hatte das Gefühl, sich übergeben zu müssen. Aber ihr Gesicht blieb ausdruckslos wie Stein.

»Ich bin bereit«, sagte sie ruhig. »Und ich glaube, es wird auch Zeit. Die Versammlung beginnt bald.«

James nickte, eilte zum Kamin und klopfte seine Pfeife über den Flammen aus. »Ich weiß«, sagte er. »Aber ich komme nicht mit.«

Several erschrak so sehr, dass sie nur mit Mühe den geschauspielert gleichmütigen Ausdruck auf ihren Zügen halten konnte. »Du kommst nicht mit?«, wiederholte sie. »Du weißt, dass McGillycaddy –«

»Gesagt hat, dass alle kommen müssen, ich weiß«, unterbrach sie James und stand auf. »Aber er weiß Bescheid. Es reicht aus, wenn du gehst und mich vertrittst. Und ich komme ja nach.« Er lächelte aufmunternd, eilte geschäftig durch das Zimmer und stellte den rechten Fuß auf die Tischkante, um seinen Schuhriemen zu binden.

»Wohin ... gehst du?«, fragte Several stockend. Ihre Gedanken überschlugen sich fast. Er *musste* mitgehen. Nach McGillycaddy selbst war er der Zweite, der bezahlen musste. Er vor allem. »Ich ... ich möchte nicht allein gehen«, fügte sie hinzu.

James sah auf, lächelte und beugte sich dann wieder über seinen

Schuh. »Ich komme so rasch nach, wie ich kann«, versprach er. »Und ...« Er stockte wieder, als der Schuhriemen unter seinen Fingern zerriss, runzelte ärgerlich die Stirn und versuchte, die abgerissenen Enden zusammenzuknoten.

»Warum eigentlich nicht?«, sagte er plötzlich. »Es sollte eigentlich eine Überraschung sein, aber was soll's? Ich fahre zur Bahnlinie hinunter, um Jennifer abzuholen.«

»Jennifer?« Several erschrak, als sie den fast hysterischen Ton in ihrer eigenen Stimme vernahm. Aber James war so sehr mit seinem Schuhriemen beschäftigt, dass er nichts zu bemerken schien.

»Sie ... Sie kommt zurück?«, sagte sie stockend. Ihr Herz schien auszusetzen. Dann begriff sie, und ein Gefühl eisiger Kälte begann sich in ihrem Inneren auszubreiten.

James nickte. »Ja. Ich habe dir doch gesagt, dass sie in ein paar Tagen wieder hier ist. Du hast dich umsonst gesorgt, Liebling. Schließlich ist Aberdeen nicht aus der Welt, und ein Mädchen von neunzehn Jahren kann ganz gut einmal für drei Tage allein bleiben.«

Lautlos trat Several hinter ihren Mann. Er musste ihre Annäherung bemerken, aber natürlich dachte er sich nichts dabei. Ihre Augen füllten sich mit heißen Tränen. Für wie dumm hielt er sie? Wie sehr musste er sie verachten, wenn er glaubte, sie selbst jetzt noch belügen zu können?

»Sie ... Sie kommt zurück?«, fragte sie noch einmal.

James nickte, ohne von seinem Schuh aufzusehen, riss ein weiteres Stück des mürbe gewordenen Schnürsenkels ab und fluchte leise. »Warum sollte sie nicht kommen?«, fragte er. »In ein paar Stunden seid ihr wieder zusammen, du wirst sehen.«

Several begann zu weinen, lautlos und ohne dass sich in ihrem Gesicht auch nur ein Muskel rührte. Sie hatte ihr Sterben gespürt, vor drei Tagen.

»Ja«, sagte sie leise. »Bald sind wir wieder zusammen, James. Wir alle.«

Vielleicht ahnte er jetzt, was der sonderbare Ton in ihrer Stimme zu bedeuten hatte, denn er hielt plötzlich in seinem Tun inne und richtete sich auf. Aber wenn, dann kam diese Erkenntnis zu spät.

Several stieß ihm den Dolch mit solcher Wucht in den Rücken, dass die Klinge abbrach.

Ich war schon fast daran gewöhnt, dass die Tür am oberen Ende der Treppe wie von Geisterhand aufschwang, kaum dass ich mich ihr näherte. Dahinter lag ein Gang, der etwas größer und heller erleuchtet war als der untere und womöglich noch verschwenderischer eingerichtet. Ich konnte noch immer nicht aufrecht gehen, ohne mir den Kopf an der Decke zu stoßen, aber trotzdem hatte ich das Gefühl, plötzlich freier atmen zu können.

Vielleicht war es auch nur das Wissen, mich ein paar Yards näher an der Wasseroberfläche zu befinden. Es war nicht gerade ein erhebender Gedanke, unter dem Meer zu sein, eingeschlossen in einen schwimmenden Sarg, der allen Naturgesetzen und jeglicher Logik zu spotten schien.

Seit ich erwacht war, nagte eine unbestimmte Furcht an meinen Gedanken. Der eine, streng logisch funktionierende Teil meines Bewusstseins sagte mir, dass die NAUTILUS nichts als das Erzeugnis einer fortgeschrittenen Technik war, die ich nicht verstand, die aber sichtlich funktionierte, denn wenn nicht, wäre ich wohl kaum noch in der Lage gewesen, diesen Gedanken zu denken. Aber es gab noch einen anderen Teil in mir, dem es reichlich egal war, was Logik und gesunder Menschenverstand sagten; einen Teil, der nicht von der fürchterlichen Vision abzubringen war, das Schiff jeden Moment wie einen Stein absinken und zehntausend Klafter tief auf dem Grunde des Meeres zerschellen zu fühlen.

Solche und ähnliche Gedanken schossen mir durch den Kopf, während ich durch den gewölbten Gang schritt.

Dann hörte ich die Musik.

Zuerst war es nicht viel mehr als ein Summen, ein Ton, der fast im Grollen der Schiffsmaschinen unterging, aber er schwoll rasch an und übertönte bald den Motorenlärm, wechselte, schwoll an und sank wieder herab und schwoll wieder an. Dann wusste ich, was es war.

Orgelmusik.

Vor Überraschung blieb ich stehen.

Was ich hörte, war eine Kantate von Johann Sebastian Bach, frei und mit erstaunlichem musikalischen Gespür intoniert auf einer aufs Allerfeinste gestimmten Kirchenorgel. Zehn Faden unter dem Meer!

Verwirrt ging ich weiter und blieb vor einer weiteren Tür stehen, die auf die schon bekannte Weise in der Decke verschwand, kaum dass ich bis auf Armeslänge herangekommen war – und blieb abermals stehen, als wäre ich gegen ein unsichtbares Hindernis geprallt.

Nach allem, was ich in den letzten Stunden erlebt und gesehen hatte, hatte ich geglaubt, gegen jede Überraschung gefeit zu sein. Aber ich sah mich getäuscht.

Hinter der Tür lag ein schmaler, von einem kunstvoll geschmiedeten eisernen Gitter begrenzter Balkon, hinter dem sich ein weitläufiger, äußerst geschmackvoll eingerichteter Salon erstreckte. Seine Größe mochte gute zehn auf zwanzig Schritt betragen, und die Decke, von der ein gewaltiger, elektrisch betriebener Lüster hing, wölbte sich gute drei Yards über mir.

An der linken Seite, gleich neben dem Eingang, stand eine großzügig bestückte Bar, daneben in gemütlicher Unordnung eine Chaiselongue und zwei kleine, behaglich aussehende Sessel. Es gab Bücherregale und große hölzerne Gefäße voller wuchernder tropischer Pflanzen, und an den Wänden hingen kunstvoll gerahmte Gemälde. Ein Salon wie dieser hätte ebenso gut in jedes vornehme Londoner Stadthaus gepasst.

Beinahe, heißt das. Es gab zwei Dinge, die den auf den ersten Blick so normalen Eindruck störten. Das eine war eine gewaltige Orgel, die die gesamte gegenüberliegende Wand einnahm und aus der die Musik ertönte, die ich vernommen hatte, gespielt von einem schmalschultrigen, dunkelhaarigen Mann, der mit dem Rücken zur Tür saß und so in sein Spiel versunken schien, dass er mein Eintreten nicht einmal bemerkte.

Das andere war das Fenster.

Oder das, was ich im ersten Moment für ein Fenster gehalten hatte.

Es war rund wie ein Bullauge, aber mehr als mannshoch und aus gut fünf Inches starkem, leicht nach außen gewölbtem Glas gefertigt. Dahinter lag die Unendlichkeit.

Der Anblick war im wahrsten Sinne des Wortes atemberaubend, denn für Augenblicke vergaß ich sogar, Luft zu holen, so sehr schlug mich das fantastische Bild in seinen Bann.

Die NAUTILUS bewegte sich tief unter der Wasseroberfläche, genau auf der Trennlinie zwischen Licht und ewiger Nacht, sodass es aussah, als glitte sie lautlos auf der Oberfläche eines zweiten, tintenschwarzen Meeres entlang, das sich unter der des bekannten Ozeanes verbarg. Ein unwirkliches, blausilbernes Licht drang durch den flackernden, immer wieder in blitzende weiße Splitter zerbrechenden Himmel, den das Meer dreißig oder vierzig Yards über uns bildete, und in einiger Entfernung konnte ich einen gewaltigen Schwarm silbern glitzender Fische erkennen, der das Unterseeboot wie im Spiel begleitete.

»Gefällt Ihnen, was Sie sehen, mein junger Freund?«

Ich fuhr zusammen und merkte erst jetzt, dass die Orgelmusik aufgehört und sich Nemo zu mir umgewandt hatte. Ein sanftes, gleichzeitig stolzes wie auch irgendwie trauriges Lächeln lag auf seinen schmalen Zügen, als er aufstand und auf mich zukam.

Widerstrebend nickte ich. Seine Worte hatten den Zauber zerstört, und obwohl ich genau wusste, wie unlogisch es war, verspürte ich für einen Moment einen tiefen Groll auf ihn. Mit einem Mal war die Übelkeit wieder da, und mit ihr kamen all die finsteren Gedanken zurück, mit denen ich mich seit meiner Ankunft auf dem Schiff getragen hatte.

Noch einmal sah ich zu dem blau erleuchteten Riesenbullauge hinüber, dann drehte ich mich vollends zu ihm um und nickte knapp. »Es ist beeindruckend«, sagte ich kurz angebunden und fügte mit einer raschen, meine ganze Umgebung einschließenden Handbewegung hinzu: »So wie alles hier, Kapitän Nemo. Aber ich weiß nicht, ob ich wirklich Ihr lieber junger Freund bin.«

Nemo seufzte. Auf seinem Gesicht mischte sich Enttäuschung mit einem fast resignierenden Ausdruck, als hätte er etwas gehört, was er erwartet hatte. Kopfschüttelnd kam er näher, streckte die Hand aus und berührte mich mit einer fast väterlichen Geste an der Schulter, aber ich entwand mich seinem Griff, trat rasch einen Schritt zurück und starrte ihn finster an.

Nemo hielt meinem Blick einen Moment lang stand, schüttelte abermals den Kopf und deutete auf die Bar neben der Tür. »Darf ich Ihnen ein Glas guten Portwein anbieten, mein Freund?«, fragte er.

»Sie dürfen mir eine Erklärung anbieten«, sagte ich übellaunig. Nemo fuhr unter meinen Worten sichtlich zusammen, und für einen ganz kurzen Moment tat er mir beinahe leid; er machte den Eindruck eines Mannes, der einem gestrauchelten Kind auf die Füße helfen wollte und zum Dank einen Tritt vor das Schienbein bekommen hat. Aber dann meldete sich meine Übelkeit wieder, und das Gefühl ließ mich jegliche Gewissensbisse vergessen.

»Was hat das alles hier zu bedeuten?«, fauchte ich. »Was soll diese Entführung? Wo bringen Sie mich hin, und warum?«

Nemos Gesichtsausdruck wurde noch betroffener. »Sie enttäuschen mich, Robert«, sagte er. »Ich habe Sie keineswegs entführt. Wenn ich mich recht erinnere«, fügte er in leicht beleidigtem Tonfall hinzu, »habe ich Ihnen und Ihren Freunden das Leben gerettet.«

»Das bestreitet niemand«, antwortete ich ärgerlich. »Und ich bin Ihnen dankbar dafür, Nemo. Aber warum haben Sie Spears und mich dann gezwungen, an Bord dieses Schiffes zu gehen? Ich muss zurück nach Aberdeen. Ein Freund von mir ist in Gefahr.«

»Ich weiß«, antwortete Nemo traurig. »Sie reden von Kapitän Bannermann.«

Ich blinzelte überrascht. »Sie wissen davon?«

Nemo lachte leise. »Es gibt nicht viel, was ich nicht weiß, mein lieber junger Freund«, sagte er. Allmählich begann er, mir mit seinem Junger-Freund-Gesülze ernsthaft auf die Nerven zu gehen. Aber ich schluckte die wütende Entgegnung, die mir auf der Zunge lag, im letzten Moment herunter und starrte ihn nur an.

»Kapitän Bannermanns Schicksal ist einer der Gründe für Ihr Hiersein, Robert«, fuhr Nemo fort. »Er ist längst nicht mehr in Aberdeen. Sie hätten dort ohnehin nicht mehr viel für ihn tun können.«

»Und Spears?«, fauchte ich.

Diesmal wirkte Nemo ehrlich betroffen. Einen Moment lang starrte er mich an, und seine Augen wurden dunkel vor Schmerz, dann wandte er sich mit einem Ruck um, ging zum Fenster und blieb mit hinter dem Rücken verschränkten Händen vor dem gewaltigen Bullauge stehen.

»Warum fragen Sie das?«, sagte er plötzlich, sehr leise und in verändertem Tonfall. »Macht es Ihnen Freude, mir Schmerz zu bereiten?«

Ich setzte zu einer neuerlichen, wütenden Entgegnung an, aber plötzlich bekam ich keinen Ton mehr hervor. Mit einem Male kam ich mir gemein vor. Ich bedauerte meine Worte.

»Es ... tut mir leid, Nemo«, sagte ich stockend. »Ich wollte Sie nicht verletzen. Aber es ist alles so verwirrend.«

Er seufzte, drehte sich halb herum und sah mich mit einem sonderbaren Blick an. Das blaue Licht, das durch das riesige Fenster hereinfiel, zeichnete huschende Schatten auf seine Züge und ließ die Falten darin tiefer erscheinen, als sie waren; beinahe wie dünne, mit einem Messer eingeschnittene Narben. »Ich weiß, mein Junge«, sagte er.

»Für Sie muss das alles hier sehr verwirrend sein. Aber glauben Sie mir – es ist für alle Beteiligten am besten so.«

»Sie wissen, warum Spears und seine Leute nach Aberdeen gekommen sind?«, fragte ich.

Nemo nickte betrübt. »Ich weiß es, Robert. Ich weiß auch, dass er mich hassen muss wie den Teufel. Und ich kann es ihm nicht einmal verdenken. Ich habe seinen Bruder getötet.«

Er sprach nichts anderes aus als das, was ich die ganze Zeit über geahnt hatte. Trotzdem erschrak ich so heftig, dass Nemo rasch hinzufügte: »Es war nichts als ein Unfall, Robert, das müssen Sie mir glauben. Ein bedauerliches Missverständnis, für das es keine Entschuldigung gibt, aber trotzdem nicht mehr. Zu gegebener Zeit werde ich die Verantwortung dafür übernehmen. Aber im Moment gibt es Wichtigeres zu tun.«

»Haben Sie die *Silver Arrow* versenkt?«, fragte ich, sehr leise und mit nur mühsam beherrschter Stimme. »Und auch all die anderen Schiffe?«

Nemo nickte. »Ja. Im Falle der *Silver Arrow* war es ein Missverständnis, wie ich bereits sagte.«

Er sprach nicht weiter, aber das erschien mir in diesem Moment auch nicht notwendig. Das, was er nicht sagte, war weitaus schlimmer als alles, was er hätte sagen können.

»Dann ... dann ist das Seeungeheuer, das seit drei Monaten vor der Küste kreuzt und Schiffe verschlingt –«

»Die NAUTILUS«, bestätigte Nemo. »Ja. Aber es ist nicht so, wie Sie jetzt vielleicht glauben, Robert.« Er seufzte, trat einen Schritt auf mich zu und senkte die Rechte in die Tasche seiner blauen Kapitänsjacke. Als er die Hand wieder hervorzog, hielt sie einen schmalen, mit einem roten Siegel verschlossenen Briefumschlag.

»Lesen Sie, Robert«, sagte er. »Danach werden Sie verstehen.«

Zögernd griff ich nach dem Brief, drehte ihn zweimal in den Händen und erbrach dann das Siegel, das mir ohnehin nichts sagte.

Dafür sagte mir die Handschrift, in der der säuberlich zusammengefaltete Brief abgefasst war, umso mehr.

Es war Howards Schrift!

Verstört sah ich auf und starrte Nemo an. Ein sanftes Lächeln glomm in den dunklen Augen des Kapitäns auf. »Lesen Sie, Robert«, sagte er noch einmal. »Ich schenke uns derweil einen guten Tropfen ein.«

Während er zur Bar eilte und geschäftig mit Gläsern und Flaschen zu hantieren begann, faltete ich mit zitternden Händen das Blatt auseinander und überflog hastig seinen Inhalt, der nur aus wenigen Zeilen bestand.

Mein lieber Robert, stand da, in Howards fast unleserlicher, aber dafür auch beinahe unnachahmlicher krakeliger Handschrift. *Mir bleibt keine Zeit, dir an dieser Stelle alle Erklärungen zu geben, die notwendig und angebracht wären. Wenn du diese Zeilen liest, halte ich mich an einem Ort auf, von dem es mir unmöglich ist, direkten Kontakt mit dir aufzunehmen; überdies mögen sich die Dinge anders entwickeln, als es im Moment den Anschein hat. Ich überlasse es also meinem Freund Nemo, dir das Nötige zu erklären und dich einzuweisen.*

Vertraue ihm.

Howard.

Ich las den Brief dreimal hintereinander, faltete ihn zusammen, starrte Nemo an, hob das Blatt noch einmal in die Höhe und las seinen Inhalt ein viertes Mal.

Nemo lächelte, aber er brachte selbst jetzt das Kunststück fertig, dabei noch irgendwie traurig auszusehen. »Nun?«, fragte er.

Ich setzte zu einer Antwort an, schüttelte aber dann bloß den Kopf, steckte den Brief in die Tasche und ging zur Bar hinüber. Nemo reichte mir schweigend ein Glas mit Portwein, das ich in einem Zug leerte.

»Erzählen Sie«, sagte ich.

Es war dunkel geworden, als sie das Haus verließ. Sie hatte James' Leiche in die Kammer geschleift, wo sie sicher gefunden werden würde, aber nicht sofort, sodass ihr Zeit genug blieb, ihr Vorhaben auszuführen. Anschließend hatte sie sich gründlich gesäubert und ein neues Kleid angezogen. In ihrer Hand lag jetzt eine andere Waffe, eines von James' Jagdmessern: eine schwere, nur auf einer Seite geschliffene Klinge, plump und schwerfällig im Vergleich zu dem Dolch, mit dem sie ihren Mann umgebracht hatte. Vielleicht die richtige Waffe, um McGillycaddy zu töten.

Sie fühlte nicht einmal Triumph. Der Mord an James war etwas gewesen, das getan werden musste und das sie nicht berührt hatte; und so würde es auch mit McGillycaddy sein. Vielleicht, dachte sie müde und mit einer sonderbaren Klarsicht, war ihre Art zu denken jetzt nicht mehr ganz menschlich. Vielleicht war sie selbst jetzt – auf ihre Weise – zu einem ebensolchen Ungeheuer geworden wie McGillycaddy und seine dämonischen Anhänger. Aber wenn, dann hatten sie sie dazu gemacht.

Die Nacht breitete sich wie eine schwarze Decke über der Küste aus, während sie den schmalen, steinigen Pfad zum Gut hinaufging. Es gab eine Straße, eine knappe halbe Meile weiter westlich, auf der sie leichter und schneller vorangekommen wäre, aber sie wollte keinem der anderen begegnen. Sie wusste nicht, ob sie sich gut genug in der Gewalt haben würde, nicht das Messer zu ziehen und jeden zu töten, der sich ihr in den Weg stellte. Aber sie durfte es nicht.

Ein scharfer Wind kam auf, als sie die Steilküste erreichte und sich nach Norden wandte, zum Gut und dem See hin, der selbst in der Nacht wie ein mattes silbernes Auge zu erkennen war. Die Luft roch nach Regen, und vom Meer wehte das schwache Echo eines entfernten Gewitters herüber. Ganz automatisch glitt ihr Blick über die unendliche, schwarz daliegende Fläche.

Several stockte mitten im Schritt.

Die See war nicht mehr leer. Ein Stück von der Küste, vielleicht eine halbe Meile entfernt, vielleicht weniger, war ein gewaltiger Schatten erschienen, formlos und dunkel in der Nacht, nicht mehr als ein Klumpen aus Schwarz vor dem noch tieferen Schwarz des Meeres, aber zu gleichmäßig geformt, um der Schatten einer Wolke sein zu können, und viel zu groß für ein Tier. Ein Schiff. Es kam ihr sonderbar vor, dass sich ein Schiff so nahe an die berüchtigte Steilküste heranwagen sollte, noch dazu bei einer Witterung wie dieser.

Dann dachte sie den Gedanken ein zweites Mal, und es war, als bohre sich ein glühender Dolch in ihre Brust.

Ein Schiff!

Es gab nur ein Schiff, das es wagen würde, in einer Nacht wie heute so nahe an die Küste heranzukommen, nur ein einziges Schiff, das einen Grund hatte, ein solches Risiko einzugehen.

Zehn, zwanzig endlose schwere Herzschläge lang stand Several Borden reglos wie eine Statue da und starrte auf den monströsen schwarzen Schatten herab, der da aus dem Meer aufgetaucht war. Etwas bewegte sich tief unter ihr und auf halber Strecke zwischen dem Schiff und der Küste. Das Licht reichte nicht aus, sie erkennen zu lassen, was es war, aber das war auch nicht nötig. Sie wusste es.

Er! Er war gekommen, *er* selbst! Immer wieder und wieder und wieder hämmerten ihre Gedanken dieses eine, schreckliche Wort, und mit jedem Male schien die Kälte in ihrem Inneren tiefer zu werden.

Several erwachte mit einem Ruck aus ihrer Erstarrung, wandte sich um und begann geduckt den Weg zurückzulaufen, den sie gekommen war. Ihre Hand schloss sich so fest um das Messer, dass das grobe Leder ihre Haut aufriss und Blut an ihrem Arm hinablief.

Sie merkte es nicht einmal.

«Wo ist Howard?«, fragte ich. »Und was sind das für geheimnisvolle Anweisungen, die Sie mir geben sollen?«

Nemo hob besänftigend die Hand, um meinen Redefluss zu unterbrechen, schenkte mir Portwein nach und nippte an seinem eigenen Glas, ehe er antwortete. »Immer eines nach dem anderen«, sagte er. »Zuerst möchte ich wissen, ob Sie mir vertrauen. Es ist wichtig.«

Ich starrte ihn an. Nemo hielt meinem Blick scheinbar gelassen stand, und sein Gesicht blieb dabei so ausdruckslos wie immer. Aber ich war nicht unbedingt darauf angewiesen, im Gesicht meines Gegenübers zu lesen, um herauszubekommen, ob er mir die Wahrheit sagte oder nicht.

»Sind Sie wirklich ein Freund von Howard?«, fragte ich.

Nemo blinzelte, als hätte er nicht verstanden, was ich meinte. »Natürlich«, sagte er. »Sie haben den Brief gelesen, oder?«

Er sprach die Wahrheit. Ich wusste es im gleichen Moment, in dem ich die Frage ausgesprochen hatte.

»Wo ist er?«, fragte ich. »Und warum kann er nicht selbst kommen?«

»An einem Ort, über den Ihnen mehr zu sagen mir verboten ist«, antwortete Nemo. »Bitte, geben Sie sich damit zufrieden, Robert.«

»Zufrieden?« Ich musste an mich halten, um nicht loszuschreien. »Sie wissen, dass er krank ist.«

Nemo nickte. Es wirkte traurig. »Das ist einer der Gründe für sein ... Weggehen. Wenn auch nicht der wichtigste. Ich soll Ihnen sagen, dass Sie sich keine Sorgen zu machen brauchen. Seine Krankheit kann geheilt werden. Ich kann Sie nur bitten, mir zu glauben. Er ist in Gefahr, aber es ist nicht die Krankheit, vor der Sie solche Angst haben, mein Junge, sondern eine Gefahr, die uns alle bedroht. Vielleicht sogar die ganze Welt. Ich kann Ihnen jetzt nicht alles erklären, denn manche Zusammenhänge sind mir selbst noch nicht ganz klar, und das Allermeiste wissen Sie bereits.«

»Ich weiß überhaupt nichts«, fauchte ich. Nemos Geheimnistuerei begann mir ernsthaft auf die Nerven zu gehen. »Ich weiß, dass Kapitän Bannermann entführt wurde und die *Scotia* keine so harmlose Reederei ist, wie alle Welt zu glauben scheint, und –«

»Und um das herauszufinden, haben Sie sich und ein Dutzend tapferer Männer in Lebensgefahr gebracht«, unterbrach mich Nemo ruhig.

Ich starrte ihn an. Die Bedeutung – die wahre Bedeutung seiner Worte ging mir nur ganz allmählich auf. Ich begriff, dass Nemo ein Mann von viel zu feiner Art war, den Vorwurf, der sich hinter seinen Worten verbarg, direkt auszusprechen. Aber ich hörte ihn trotzdem. Und er tat weh. Sehr weh.

»Ich verstehe«, sagte ich. »Sie wollen sagen, dass alles nicht passiert wäre, hätte ich meine Nase nicht in Dinge gesteckt, die mich nichts angehen.«

Nemo lächelte. »Ich hätte es etwas weniger drastisch ausgedrückt, mein Junge – aber bitte. Ja, wir wissen schon seit Monaten über Jameson und seine sogenannte Reederei Bescheid, aber wir haben abgewartet. Wir wollten nicht Jameson selbst. Er war nur ein ganz kleines Licht, ein zweitklassiger Betrüger, der im Grunde nicht einmal wusste, was er tat.« Sein Lächeln wurde schmerzlich. »Ein winziges Rädchen im Getriebe, das nach Belieben ersetzbar war. Wie sich gezeigt hat.«

»Dann wäre alles nicht passiert«, murmelte ich. »Bannermann wäre nicht entführt worden, und Ihre Pläne –«

»Der Schaden ist nicht so groß, wie es auf den ersten Blick den Anschein hat«, sagte Nemo. »Im Gegenteil. Ihr Auftauchen hat sie nervös gemacht. Vielleicht fangen sie jetzt an, Fehler zu machen.«

»Vielleicht bringen sie Bannermann auch um«, fügte ich hinzu. Meine Worte müssen sehr düster geklungen haben, denn Nemo sah mich einen Moment lang mit undeutbarem Ausdruck an, seufzte plötzlich und streckte die Hand aus, um mich mit einer fast väterlichen Geste an der Schulter zu berühren. Sein Griff war überraschend stark.

»Was geschehen ist, ist geschehen«, sagte er sanft. »Es nutzt weder uns, noch Kapitän Bannermann, wenn wir uns gegenseitig irgendwelche Schuld zuschieben. Außerdem lebt er noch.«

Ich sah auf. »Sind Sie sicher?«

Nemo setzte zu einer Antwort an, schwieg dann aber einen Moment und seufzte nur: »Ich hoffe es«, gestand er. »Meine ... Männer haben ihn aus den Augen verloren. Aber wir wissen, wohin sie ihn gebracht haben.«

»Dann müssen wir ihn befreien!«, sagte ich erregt.

Nemo schüttelte den Kopf. »Es tut mir leid, Robert«, sagte er. »Aber das ist etwas, was Sie allein tun müssen. Ich kann auf keinen Mann verzichten, so wie die Dinge liegen. Und die NAUTILUS wird für ... für eine andere Aufgabe gebraucht.«

Das fast unmerkliche Stocken in seinen Worten fiel mir auf, aber ich tat so, als hätte ich es überhört. Ich hatte eine ziemlich feste Vorstellung von dem, was er mit einer »anderen Aufgabe« meinte.

»Wo ist er?«, fragte ich, als Nemo auch nach einer Weile noch nicht weitersprach.

»Bannermann?« Nemo wies mit einer Kopfbewegung auf das Bullaugen-Fenster. »Nicht sehr weit von hier. Ich bringe Sie zur Küste, so nahe heran wie möglich und –«

»So nahe wie möglich wo heran?«, unterbrach ich ihn.

Nemo zögerte. Seine Gelassenheit verflog zusehends. Ganz offensichtlich hatte das ganze Gespräch bisher nur einem einzigen Zweck gedient – nämlich mich möglichst schonend auf das vorzubereiten, was er wirklich von mir wollte. Ich verbiss mir im letzten Moment die scharfe Bemerkung, die mir auf der Zunge lag. Manchmal vergaß ich, wie schwer es für meine Mitmenschen sein musste, sich mit einem Mann zu unterhalten, den man nicht belügen konnte.

»Nach Firth'en Lachlayn«, sagte Nemo schließlich, nachdem er eine Weile herumgedruckst hatte.

»Was ist das?«, fragte ich. »Eine Halskrankheit?«

Nemo lächelte pflichtschuldig. »Nein«, sagte er. »Der Ort, an dem ihr ... nun, sagen wir: Hauptquartier liegt.« Er fuhr sich nervös mit der Zungenspitze über die Lippen, verkroch sich für endlose Sekunden hinter den Rand seines Portweinglases und fuhr, hörbar nervöser und beinahe gehetzt, fort: »Aber Sie haben nicht viel Zeit, Robert. Ich wollte, es wäre anders, aber Sie haben erlebt, wozu sie fähig sind. Wir müssen diese Brut auslöschen, ehe noch mehr Unschuldige sterben.«

Ich nickte. Nicht, dass ich auch nur ein Wort verstand, aber ich hatte das bestimmte Gefühl, dass ich das auch nicht sollte. »Sie meinen diese *Shoggoten-Bestien?«* vermutete ich.

Nemo nickte. »Wir wissen, wo ihre Brutstätte ist«, sagte er. »Und wir werden sie vernichten. Es gibt noch etwas, das getan werden muss, aber danach wird die NAUTILUS Kurs auf Loch Firth nehmen und diese Brut auslöschen, ein für allemal.«

Er sah mich an, und er tat es auf jene ganz bestimmte Art und Weise, auf die man jemanden ansieht, von dem man eine bestimmte Reaktion erwartete. Nemo wartete wohl allerdings eher auf ein Stichwort.

Ich tat ihm den Gefallen.

»Ich nehme an, der Ort, an dem Bannermann gefangen gehalten wird, ist identisch mit dieser ... Wie haben Sie sie genannt? Brutstätte?«

Nemo nickte.

»Und ich nehme weiter an«, sagte ich so ruhig ich konnte, »Sie werden keine Rücksicht darauf nehmen, wenn Bannermann oder ich noch da sein sollten, wenn Sie zuschlagen?«

»Das kann ich nicht, Robert«, murmelte Nemo. »Es ... es steht zu viel auf dem Spiel. Wir dürfen kein Risiko eingehen. Wenn auch nur ein einziges dieser Ungeheuer entkommt ...«

Er sprach nicht weiter, sondern schwieg, aber er tat es auf eine sehr vielsagende Weise. Und es war ein sehr beredtes Schweigen. Ein Schweigen, das die Erinnerung an einen nach Abfällen und Fäulnis riechenden Schacht in mir wachrief, die Erinnerung an brackiges braunes Wasser und große, augenlose Kaulquappenmonster, an schnappende Haifischgebisse und die Todesschreie von Menschen.

Ich nickte. »Wie viel Zeit habe ich?«

»Vierundzwanzig Stunden, Robert«, sagte Nemo. »Nicht einmal ganz vierundzwanzig Stunden.«

Der Wind war kälter geworden; böig, schneidend und auf schwer in Worte zu fassende, aber dafür umso deutlicher fühlbare Weise boshaft. Es kam Several viel weniger wie das Heulen des Seewindes vor, sondern mehr wie das Wimmern gefangener Seelen. Die eisigen Böen, die wie unsichtbare Messer in ihr Gesicht schnitten, ihr Haar peitschten und ihr die Tränen in die Augen trieben, kamen ihr wie Hiebe unsichtbarer Krallen vor, das Heulen und Pfeifen, mit dem sich die Luft an den Felsvorsprüngen und Graten der Küste brach, wie das düstere Versprechen auf Tod und endlose Qual, die sie erwartete, wenn sie nicht von ihrem Tun abließ.

Sie verscheuchte den Gedanken. Sie war noch immer ganz ruhig, und alles, was sie in sich fühlte, waren eine sonderbare, körperlose Kälte und Entschlossenheit, aber Gedanken wie diese mochten die Furcht mit sich bringen, die Dämonen der Angst, die sie ihr Leben lang gepeinigt hatten und die keineswegs vollends besiegt waren. Sie durfte es ihnen nicht erlauben, abermals Gewalt über sie zu erlangen. Nicht in diesem Moment. Später, wenn alles getan war, war Zeit genug, Angst zu haben.

Beinahe lautlos näherte sie sich der Stelle, an der das Boot die Küste erreichen musste. Several kannte jeden Fußbreit Bodens der unwegsamen Steilküste genau; sie wusste, dass es auf Meilen hin nur eine einzige Stelle gab, an der ein Boot das Land erreichen konnte, ohne Gefahr zu laufen, von den wütend gegen den Kreidefelsen anrennenden Wogen zerschmettert zu werden. Der gewaltige schwarze Schatten draußen auf dem Meer war wieder verschwunden, so lautlos und rasch, wie er aufgetaucht war, aber der kleinere Schatten, den er geboren hatte, war noch da, näherte sich, auf und ab hüpfend und im Zickzack dem willkürlichen Kurs folgend, den ihm die Wellen aufzwangen, dem Fuß der gewaltigen Kreidemauer.

Several ergriff das Messer fester. Für einen ganz kurzen Moment überkamen sie Zweifel – was, wenn das Messer, das für sterbliches Fleisch gedacht war, *seine* Haut nicht zu durchschneiden vermochte? Was, wenn sie *ihn* nicht töten konnte, weil *er* unsterblich war und nur ein Gott einen Gott zu vernichten wusste? Was, wenn *er* bereits wusste, dass sie hier oben stand, bereit, *ihn* zu töten, und sich darauf vorbereitete?

Plötzlich fiel ihr ein, dass James einmal, als er betrunken und vom Punsch redselig geworden war, wie im Scherz erwähnt hatte, dass *er* sich ohne Worte und über große Entfernung zu verständigen wusste, und mit einem Male sah sie wie in einer blitzartigen Vision das Bild von Männern auftauchen, Männern mit Fackeln und Gewehren und Stricken, die *seinen* Ruf gehört hatten und kamen, um sie zu fassen, lange, ehe sie ihre Rache vollziehen konnte.

Several erhob sich ein Stück aus dem Gebüsch, in dem sie Schutz gesucht hatte, und sah zum Land zurück. Der Schatten des Gutes ragte wie eine finstere Trutzburg vor dem Nachthimmel empor, durch das Spiel der Schatten und Wolken und ihre eigene Angst zu einem bizarren, grausigen Etwas verzerrt, eine dreifingrige gemauerte Klaue, die gierig nach dem Himmel zu greifen schien, als wolle sie den Mond herabzerren und zermalmen.

Aber es war nur ein Schatten. Nichts regte sich dort drüben, nichts mit Ausnahme des Lichtes, das durch die Fenster im Erdgeschoss schien und flackerte, wenn sich jemand davor bewegte.

Nein – *er* wusste nicht, dass sie hier war. Niemand wusste es, niemand würde es merken, bis es zu spät war. Sie wandte ihre Aufmerksamkeit wieder dem Meer und dem winzigen langgestreckten Schatten darauf zu.

Langsam kam das Boot näher, wie ein trockener Ast auf den Wellen auf und ab hüpfend.

»Dort hinauf?« Auf dem Gesicht meines Gegenübers war keine Reaktion auf meine Worte abzulesen, denn es lag nicht nur hinter einem Schleier aus rabenschwarzer Finsternis, sondern zusätzlich hinter einer runden, auf der äußeren Seite verspiegelten Glasscheibe verborgen, die zu seinem wuchtigen Taucherhelm gehörte. Aber meine Stimme muss wohl ziemlich entsetzt geklungen haben, denn der Mann nickte übertrieben und lachte; ein Laut, der vom Metall seines Helmes sonderbar verzerrt wurde.

»Es ist nicht so schwer, wie es aussieht«, antwortete er. Seine behandschuhte Rechte deutete nach hinten, dorthin, wo sich die Steilküste sieben oder acht Meilen weit lotrecht in den Himmel erstreckte. Jedenfalls kam es mir so vor. Im schwachen Licht des Mondes war die Wand nicht als solche zu erkennen. Die Welt schien am Ende des kaum drei Schritte breiten Sand- und Geröllstreifens einfach aufzuhören.

Misstrauisch äugte ich in die angegebene Richtung hinüber. Vielleicht hatte der Mann ja sogar Recht; aber nach vierundzwanzig Stunden, in denen meine Seekrankheit von Minute zu Minute schlimmer geworden war, wäre es mir schon schwer erschienen, einen Bordstein hinaufzusteigen.

Geschweige denn eine hundert Fuß hohe Felswand ...

Der Matrose richtete sich auf, hob beide Hände an den Helm und drehte die wuchtige Metallkugel nach links. Etwas klickte, dann hob er den ganzen Taucherhelm ab, setzte ihn vor sich in den Sand und fuhr sich mit den gespreizten Fingern der Rechten wie mit einem Kamm durch das Haar.

Ich sah, dass er noch sehr jung war; kaum so alt wie ich. Irgendwie schien mir sein jugendhaft glattes Gesicht nicht zu der monströsen

Taucherausrüstung zu passen, die er trug. Ich hatte eine Art bärtigen Piraten mit Augenklappe oder etwas ähnlich Abenteuerliches erwartet. Aber schließlich sah ich selbst kaum besser aus. Nemo hatte darauf bestanden, dass ich eine seiner Tiefsee-Ausrüstungen anlegte, bevor ich die NAUTILUS verließ. Abgesehen davon, dass mir ihre gut zwei Zentner Gewicht zu einem unfreiwilligen Konditionstraining verhalfen, hatte ich bisher keinen tieferen Nutzen in diesem Befehl entdeckt.

»Die Küste ist nicht so unwegsam, wie es aussieht«, sagte der Matrose noch einmal. »Es gibt sogar einen Weg nach oben. Nicht besonders komfortabel, aber man kann ihn gehen. Die Leute hier in der Gegend haben ihn früher zum Schmuggeln benutzt«, fügte er hinzu.

Ich hörte kaum zu. Auch ich hatte meinen Helm abgeschraubt und unter den Arm geklemmt – eine Haltung, die vielleicht leger aussah, aber äußerst unbequem war. Der kalte Wind, der von See her gegen die Küste fauchte, tat gut, denn unter dem luftdicht schließenden Kupferhelm hatte eine furchtbare Hitze geherrscht. Auf meiner Stirn perlte noch immer Schweiß, und in meinen Eingeweiden schien ein ganzes Bataillon *Shoggoten* gegeneinander zu kämpfen. Nemo hatte mir Tabletten gegeben, die meine Seekrankheit linderten. Angeblich. Ich dachte lieber nicht daran, wie schlimm ich mich wohl ohne sie gefühlt hätte.

Der Matrose sah mich noch einen Moment lang ernst an, dann nickte er zum Abschied, setzte seinen Helm wieder auf und schob das Boot zurück ins Meer. Lautlos und von der gleichen, geheimnisvollen Kraft angetrieben, die auch die NAUTILUS bewegte, drehte sich sein stumpfer Bug nach Osten. Unter dem Heck begannen weiße Luftblasen aufzusteigen und sich mit dem Schaum der Brandung zu vermischen, dann setzte sich das Boot in Bewegung und glitt leicht wie ein Fisch zurück ins Meer. Kurz, bevor es außer Sicht kam, hob der einsame Mann in seinem Heck noch einmal die Hand und winkte, und die Bewegung erfüllte mich mit einem sonderbaren Schaudern, Trotz der erstickenden Wärme im Inneren des Taucheranzuges fröstelte ich plötzlich.

Mit einem Ruck wandte ich mich um, trat dicht an die Felswand heran und begann den Taucheranzug abzulegen. Es war eine umständliche und ebenso Zeit wie Kraft raubende Aufgabe, denn obgleich mir Nemo jeden Handgriff, der dazu nötig war, erklärt hatte, war ich in solcherlei Dingen nicht geübt und stellte mich alles andere als geschickt an. Ich benötigte annähernd eine halbe Stunde, mich des Unterwasserpanzers zu entledigen und meine eigenen Kleider, die ich in einem wasserdichten Beutel mitgebracht hatte, wieder anzuziehen; und dann noch einmal die halbe Zeit, den sperrigen Anzug zu einem Bündel zu verschnüren und am Fuß der Felswand zu vergraben.

Es musste auf Mitternacht zugehen, als ich endlich fertig war und den Aufstieg in Angriff nahm. Ich fand den Weg, von dem der Matrose gesprochen hatte, beinahe auf Anhieb, aber es war nur auf den unteren dreißig, vierzig Fuß wirklich ein Weg – danach wurde er zu einer abenteuerlichen Kletterpartie, bei der ich mehr als einmal wie eine vierbeinige Spinne senkrecht an der Wand hinaufsteigen musste, mit Händen und Füßen in winzigen Felsspalten Halt suchend und verzweifelt darum bemüht, nicht in die Tiefe zu blicken.

Auf den letzten zehn Yards verließen mich beinahe meine Kräfte. Mir wurde übel, und für einen Moment begannen sich der Himmel und das pechschwarz daliegende Meer um mich zu drehen; ich spürte, wie ich den Halt zu verlieren begann, presste mich mit verzweifelter Kraft an den rauen Fels und wartete mit angehaltenem Atem, bis der Anfall vorüber war.

Langsam kletterte ich weiter. Nach einer Ewigkeit tauchte die zerbröckelte Kante der Steilwand vor mir auf. Vorsichtig löste ich meine linke Hand von ihrem Halt, griff nach einem dürren Strauch, dessen Wurzeln tief genug im Fels verkrallt zu sein schienen, um mir Halt zu bieten, und zog mich mit einem entschlossenen Ruck vollends auf den Felsen hinauf.

Ich hatte die Bewegung noch nicht halb zu Ende geführt, als der Busch auseinandergerissen wurde. Ein Schatten wuchs gigantisch und drohend zu mir empor, und ein verirrter Lichtstrahl spiegelte sich auf Metall. Instinktiv rollte ich zur Seite und riss die Hände vor das Gesicht. Das Messer schrammte über meine Handflächen, raste meinen Arm hinauf und züngelte nach meinem Hals. Verzweifelt bog ich den Kopf zur Seite, trat nach den Beinen des plötzlich aufgetauchten Angreifers und spürte, wie der Dolch an meiner Wange hinaufglitt und verschwand, als der Fremde von den Füßen gerissen wurde.

Blitzartig wälzte ich mich herum und stemmte mich auf Hände und Knie hoch.

Gerade zurecht, um das Knie zu sehen, das nach meinem Gesicht stieß. Ich kippte ein zweites Mal zur Seite – und hatte plötzlich nichts mehr als hundert Fuß eisige Luft unter mir!

Verzweifelt streckte ich die Arme aus, bekam die Felskante zu fassen und krallte mich mit aller Gewalt fest. Der Ruck schien mir die Arme aus den Gelenken zu reißen. Ich spürte, wie meine Beine wie ein übergroßes Pendel durch die Luft schwangen, versuchte mich auf den Anprall vorzubereiten und keuchte abermals vor Schmerz, als mir der Schlag die Knie bis in den Magen hinauftrieb.

Über mir erscholl ein gellender Schrei. Ich warf den Kopf in den Nacken, sah den Dolch auf meine rechte Hand herunterstoßen und griff blindlings mit der anderen zu. Meine Finger krallten sich in rauen Stoff und rissen mit aller Macht daran.

Zum zweiten Mal ging der unheimliche Angreifer zu Boden. Das Messer verfehlte meine Hand um Haaresbreite. Ich klammerte mich mit aller Macht an sein Fußgelenk und zog mich Stück für Stück wieder auf die Felswand zurück.

Aber ich hatte vergessen, dass der andere zwei Füße hatte. Den einen hielt ich umklammert und benutzte ihn als Kletterseil. Der andere stieß in mein Gesicht, kaum dass ich die Nase über den Felsen streckte. Ich schluckte die Verwünschung, die mir auf der Zunge lag, zusammen mit einem Stück Zahn herunter und stemmte mich weiter in die Höhe.

Der nächste Tritt ließ meine Lippe aufplatzen. Mit einem wütenden Knurren warf ich mich vor, begrub den Angreifer halbwegs unter mir und presste ihn allein mit meinem Körpergewicht zu Boden. Das Messer blitzte auf. Ich duckte mich, schlug dem Burschen so wuchtig vor das Handgelenk, dass das Messer davonflog und klirrend in der Dunkelheit verschwand, rutschte blitzschnell noch einmal ein Stück nach vorne, nagelte seine Oberarme mit den Knien am Boden fest und schlug ihm mit dem Handrücken ins Gesicht.

Ein eher ärgerliches als schmerzhaftes Keuchen antwortete mir, und eine halbe Sekunde später wand sich der Kerl mit einer beinahe unmöglich erscheinenden Bewegung unter mir weg, versetzte mir einen Stoß in die Seite und rammte mir gleich darauf das Knie zwischen die Oberschenkel.

Es dauerte fast eine Minute, bis sich die flimmernden Kreise vor meinen Augen soweit beruhigt hatten, dass ich wenigstens wieder einigermaßen sehen konnte.

Gut genug zumindest, um die hoch aufgerichtete Gestalt zu erkennen, die vor mir stand und den Dolch wieder mit beiden Händen umklammert hielt.

Der Anblick ließ mich auch den letzten Rest von Rücksicht vergessen. Blitzartig ließ ich mich zur Seite fallen und trat mit dem rechten Fuß nach seinen Beinen, dass er das Gleichgewicht verlor und nach vorne kippte.

Ich gab ihm keine zweite Chance, sondern packte ihn grob am Haar und riss ihn auf die Füße. Der Bursche stieß ein helles Zischen aus, trat nach meinem Schienbein und wand sich wie eine Raubkatze in meinen Händen. Ich versetzte ihm eine Maulschelle, dass er glauben musste, Big Ben in seinem Schädel schlagen zu hören. Seine einzige Reaktion bestand darin, dass er versuchte, mir die Augen auszukratzen. Wütend packte ich ihn an den Jackenaufschlägen.

Entweder war er kleiner, als ich gedacht hatte, oder mein Griff war in der Hast nicht sicher genug. Gleich wie, ich erwischte ihn nicht am Kragen, sondern ein Stück tiefer – und was ich unter dem groben Stoff seiner Bluse fühlte, war ganz und gar nicht die haarige Männerbrust, die ich mit dem Bild eines heimtückischen Messerstechers assoziierte!

Vor Überraschung ließ ich meinen Gefangenen fahren, packte aber sofort wieder zu, zerrte ihn auf die Füße und zwang ihn, den Kopf so zu drehen, dass ich sein Gesicht im Mondlicht erkennen konnte.

Die nächsten zehn Sekunden brachte ich damit zu, das Gesicht der schmalen Gestalt anzustarren, die in meinen Händen zappelte.

»Um Gottes willen«, murmelte ich. »Sie ... Sie sind ja eine Frau!« Instinktiv lockerte ich meinen Griff wieder.

Meine Gefangene starrte mich an, schürzte wütend die Lippen – und knallte mir das Knie ein zweites Mal in eine ganz besonders empfindliche Stelle.

Das Klirren, mit dem die Tür hinter ihm ins Schloss fiel, erinnerte Spears an das Geräusch, mit dem ein gewaltiger steinerner Deckel auf den Rand eines Sarkophages krachen mochte. Trotz allem war er freundlich behandelt worden; weniger wie ein Gefangener, als vielmehr wie ein Gast; ein gern gesehener Gast noch dazu.

So ähnlich, glaubte er sich zu entsinnen, waren auch Nemos Worte gewesen.

Der Gedanke an das schmale, von einem überdimensionierten

Vollbart sonderbar in die Länge gezogene Gesicht Nemos weckte den Zorn wieder in ihm. Während der letzten Stunden – Spears wusste nicht, wie viele es waren, denn sie hatten ihm auch seine Uhr weggenommen – hatte er den Kapitän der NAUTILUS beinahe vergessen; bei all dem Sonderbaren und Erstaunlichen, das ihm begegnet war. Er wusste nicht, wo er war, aber er glaubte zu spüren, dass sich dieses *wo* tief unter der Wasseroberfläche verbarg. Er fühlte das Meer, die zahllosen Tonnen Salzwasser, die den schwarzen Felsen über seinem Kopf bedeckten und geduldig an den Wänden nagten. Spears hatte den größten Teil seines Lebens auf oder wenigstens an der See verbracht. Irgendwie war er zu einem Teil von ihr geworden. Ja, er fühlte seine Nähe.

Neugierig sah er sich um. Der Raum, in den sie ihn gebracht hatten, war wenig größer als die Zelle, in der er die ersten vierundzwanzig Stunden seiner Gefangenschaft verbracht hatte, aber behaglicher eingerichtet. Wie alles hier waren die Wände aus schwarzem Lavagestein, vor dem das kostbare Mobiliar sonderbar deplaciert wirkte. Es gab einen Tisch, auf dem ein Glas und eine bereits entkorkte Glycolflasche standen, daneben eine Silberschale mit Weintrauben, dahinter, einladend mit seidenen Kissen drapiert, eine zierliche Chaiselongue. Von der Decke hing ein gewaltiger, elektrisch betriebener Lüster, und neben der Tür, genau gegenüber der Couch, hing ein gewaltiger, goldgefasster Spiegel.

»Was soll ich hier?«, fragte Spears, nachdem er sich rasch, aber sehr gründlich, umgesehen hatte.

»Sie werden hier warten«, antwortete der Mann, der ihn abgeholt und hierher gebracht hatte. Er war ein Riese, mehr als sieben Fuß groß und mit einem Gesicht, das von zahllosen Schlägereien gezeichnet war, auf dem aber sonderbarerweise trotzdem ein beinahe sanfter Ausdruck lag. Er war nicht bewaffnet, aber seine Fäuste waren wenig kleiner als Kokosnüsse, und Spears hatte den Gedanken, ihn angreifen und überwältigen zu wollen, nach einer halben Sekunde wieder fallen gelassen.

»Auf wen?«, fragte er.

Der Riese lächelte. »Kapitän Nemo wird mit Ihnen sprechen«, sagte er. »Setzen Sie sich. Wenn Sie irgendetwas brauchen, rufen Sie. Ich warte draußen vor der Tür.« Damit wandte er sich um, öffnete die zollstarke Eisentür und trat gebückt auf den Korridor hinaus.

Spears starrte ihm finster nach. Während der ersten Stunden seiner Gefangenschaft hatte er getobt und immer wieder danach verlangt, Nemo zu sehen. Jetzt hatte sich seine Wut gelegt, aber er fühlte etwas anderes, eine sonderbare Art finsterer Entschlossenheit, die ihn selbst erschreckt hätte, hätte er darüber nachgedacht. Nemo ... Der Mann, der für den Tod seines Bruders und zahlloser Unschuldiger verantwortlich war!

»Warum nehmen Sie nicht Platz, Kapitän Spears?«

Die Stimme kam aus dem Nichts. Spears fuhr erschrocken zusammen, hob instinktiv die Fäuste und sah sich wild um. Aber er war allein. Und es gab in der Kammer nichts, was groß genug gewesen wäre, einen Menschen zu verstecken.

»Bitte, mon capitaine«, sagte die Stimme, die er nun als die Nemos identifizierte. »Seien Sie so gütig, auf der Chaiselongue Platz zu nehmen. Es redet sich besser.«

»Wo sind Sie?«, keuchte Spears. »Was zum Teufel soll dieser Humbug?«

Nemo lachte leise. Es war ein perlender, ganz leicht verzerrt klingender Laut, der aus keiner bestimmten Richtung zu kommen schien, sondern das kleine Zimmer zur Gänze ausfüllte. Spears schauderte. Wenn Nemo sich vorgenommen hatte, ihn zu verunsichern, dann hatte er es geschafft.

Verwirrt drehte er sich noch einmal im Kreis, zuckte schließlich trotzig die Achseln und ließ sich so wuchtig auf die kleine Couch fallen, dass das Holzgestell des Möbels hörbar ächzte.

»Oh, bitte, mein Freund – seien Sie etwas behutsamer«, sagte Nemos Stimme. »Diese kleine Kostbarkeit diente bereits dem großen Napoleon Bonaparte als Ruhemöbel.«

Spears fuhr verärgert hoch, wandte den Blick – und erstarrte.

Der riesige Spiegel neben der Tür hatte sich verändert. Auf dem geschliffenen Kristallglas war nicht mehr das Spiegelbild des Zimmers zu sehen, sondern das überlebensgroße Portrait Kapitän Nemos.

Und dieses Bild bewegte sich!

Spears Augen weiteten sich vor Unglauben, als er sah, wie ein sanftes Lächeln über die Züge Nemos huschte und sich seine Lippen bewegten, als er sprach.

»Nun, mon ami, ich hoffe, Sie sind mit Ihrer Unterbringung zufrieden. Es war mir leider in der Kürze der Zeit nicht möglich, Ihnen und Ihren Leuten den Komfort angedeihen zu lassen, der Ihnen zukäme. Bitte, nehmen Sie meine Entschuldigung in aller Form an.«

»Was ... was ist das?«, krächzte Spears. »Das ... das ist unmöglich. Das ist ... Zauberei!«

Nemo verzog das Gesicht, als hätte er unversehens in einen sauren Apfel gebissen. »Aber ich bitte Sie, mein Freund«, sagte er. »Was Sie sehen, hat so wenig mit Zauberei zu tun wie die NAUTILUS selbst.«

»Aber das ist ... unmöglich!«, krächzte Spears. Er stand auf, machte einen Schritt auf den verzauberten Spiegel zu und streckte die Hand aus, führte die Bewegung aber nicht zu Ende. Seine Finger verharrten zitternd wenige Zentimeter vor dem überlebensgroßen Bild.

»Berühren Sie es ruhig«, sagte Nemo. »Nur keine Furcht. Ihnen geschieht nichts.«

Spears schluckte, streckte den Arm weiter aus und fühlte glattes, kaltes Glas. Aber wieso bewegte sich das Portrait wie ein lebendes Gesicht?

Verwirrt zog er die Hand wieder zurück und starrte Nemo an. »Was wollen Sie?«, fragte er. »Ich habe verlangt, mit Ihnen zu sprechen, nicht irgendwelche Taschenspielertricks vorgeführt zu bekommen.«

»Seien Sie versichert, dass es sich um alles andere als einen Taschenspielertrick handelt«, sagte Nemo lächelnd. »Leider reicht unsere Zeit nicht aus, Ihnen alles zu erklären ...«

»Ich wüsste nicht, was Sie mir erklären könnten!«, unterbrach ihn Spears. »Sie sind ein Mörder, Nemo. Sie und Ihr verdammtes Schiff sind für den Tod zahlloser unschuldiger Menschen verantwortlich. Sie ... Sie haben meinen Bruder umgebracht!«

Nemo schwieg einen Moment, und der Ausdruck von Spott in seinen Augen erlosch und machte einer deutlichen Betroffenheit Platz. »Vielleicht haben Sie sogar Recht«, sagte er plötzlich. »Ich kann nicht verlangen, dass Sie mich verstehen, Kapitän. Ich kann Ihnen nur versichern, dass es ein bedauerlicher Unfall war, der zum Untergang der *Silver Arrow* geführt hat.«

Spears keuchte. »Dann geben Sie es zu? Dann ... dann haben Sie wirklich all diese Schiffe versenkt?«

»Ja.« Nemo nickte. »Es war Notwehr, Kapitän. Die *Arrow* hat das Feuer auf uns eröffnet, und wir –«

»Das Feuer!« Spears schrie fast. »Das Feuer mit einer kleinen Haubitze! Wenn Ihr famoses Schiff auch nur halb so gut ist, wie Sie behaupten, warum sind Sie dann nicht einfach weggetaucht? Wie kann ein kleiner Kreuzer wie die *Arrow* einem Giganten wie der NAUTILUS gefährlich werden?« Wütend ballte er die Fäuste und trat abermals auf den Spiegel zu. »Ich will mit Ihnen reden!«, schrie er. »Mit Ihnen selbst! Kommen Sie her! Ich will, dass Sie mir in die Augen sehen, wenn Sie mir sagen, dass Sie meinen Bruder aus Notwehr getötet haben!«

Nemo seufzte. »Das ist im Augenblick leider nicht möglich, mein Freund«, sagte er bedauernd. »Ich befinde mich mehrere Dutzend Seemeilen von Ihrem Standort entfernt, müssen Sie wissen, und –«

»Lüge!«, kreischte Spears. »Das alles ist nichts als ein übler Trick. Sie wollen mich beeindrucken, um von der Tatsache abzulenken, dass Sie ein Mörder sind.«

Nemo schüttelte den Kopf und antwortete mit seiner sanften, noch immer geduldig klingenden Stimme, aber Spears hörte gar nicht mehr hin. Plötzlich war alles ganz klar. Er wusste sehr wohl, dass es unmöglich war, über eine Distanz von mehreren Dutzend Meilen mit einem Menschen zu sprechen. Wie hatte er jemals auf diesen billigen Jahrmarktstrick hereinfallen können – ein gebogener Spiegel, der von einer Seite durchsichtig war und das Bild des dahinter Stehenden vergrößerte, ein paar geschickt aufgestellte Lampen, die dem Ganzen einen unheimlichen Effekt gaben. Für wie leicht zu beeindrucken hielt ihn Nemo!?

»Sie verdammter Mörder!«, brüllte er. »Aber Sie entkommen mir nicht. Jetzt bezahlen Sie!« Damit wirbelte er herum, riss den Tisch in die Höhe und schleuderte ihn mit aller Macht gegen den Spiegel. Nemos gellender Schrei ging im Bersten und Splittern von Glas unter.

Ein greller Blitz blendete Spears. Der Spiegel zerbarst, aber dahinter kam kein verstecktes Kabinett zum Vorschein, sondern ein kaum handtiefer Hohlraum voller bunter Leitungen und Drähtchen, dazwischen gläserne Röhren und eine Unzahl unverständlicher technischer Dinge.

Dann zuckte ein zweiter Blitz auf, tauchte die Kammer in blauweißes, flackerndes Licht und zerfetzte die metallenen Eingeweide des Spiegels. Spears prallte mit einem überraschten Schrei zurück, als ein Hagel von Glassplittern auf ihn niederprasselte. Das Licht flackerte, ging aus und gleich darauf wieder an.

Und im gleichen Moment glitt die Tür zur Seite.

Spears überlegte nicht mehr. Wie von Sinnen fuhr er herum,

duckte sich unter den zupackenden Klauen des Riesen weg, der hereingestürzt kam, um seinem Toben ein Ende zu bereiten, und versetzte ihm einen Stoß vor die Brust. Der Mann taumelte, kämpfte einen Moment mit wild rudernden Armen um sein Gleichgewicht – und fiel mit einem erstickten Schrei in den zerborstenen Rahmen hinein.

Seine Hände berührten eines der glänzenden Kupferkabel, die wie metallene Gedärme aus dem Spiegel gequollen waren.

Ein grelles, unheimliches Licht glomm plötzlich auf. Spears hörte ein Zischen, und mit einem Male verzerrte sich das Gesicht des Mannes vor Schmerz. Sein Körper zuckte wie unter dem Hieb einer unsichtbaren Peitsche. Winzige, blau glühende Flämmchen rasten seine Hand und den Arm hinauf. Er schrie, versuchte sich zurückzuwerfen und die Hand von dem Kabel zu lösen, aber seine Finger schienen an dem glänzenden Metall festzukleben.

Dann zerriss ein neuerlicher, noch grellerer Blitz die zerstörten Innereien des Spiegels vollends, und wieder erlosch das Licht.

Diesmal dauerte es mehrere Sekunden, ehe es wieder aufleuchtete.

Aber da war Spears schon nicht mehr im Zimmer.

Ich versuchte aufzustehen, aber es klappte nicht gleich. Der einzige Gedanke, der mir überhaupt noch die Kraft gab, mich hochzustemmen, war der, dass unter Umständen mein Leben davon abhängen mochte, vor der dunkelhaarigen Frau auf die Beine zu kommen, die neben mir im Gras lag.

Ich erinnerte mich kaum, sie niedergeschlagen zu haben. Ich hatte für Augenblicke das Bewusstsein verloren, nach ihrem heimtückischen Kniestoß, aber meine antrainierten Reflexe hatten mich im letzten Moment noch zurückschlagen lassen.

Wäre es nicht so, dachte ich mit einer Mischung aus Erleichterung und mühsam zurückgehaltenem Zorn, dann würde ich wohl jetzt mit durchschnittener Kehle hier liegen; vielleicht auch schon hundert Fuß tiefer auf den tödlichen Felsriffen vor der Küste.

Vorsichtig stand ich auf, atmete ein paar Mal tief und gezwungen ruhig durch und ließ mich dann neben der Bewusstlosen abermals auf die Knie sinken.

Behutsam drehte ich sie auf den Rücken und betrachtete ihr Gesicht im schwachen Licht des Mondes. Es war ein schmales, sehr gepflegtes Gesicht, das Gesicht einer Frau Mitte Vierzig, dessen beinahe aristokratischer Schnitt nicht so recht zu dem groben Sackleinenkleid passen wollte, das sie trug. Ein sanfter Zug lag um ihren Mund, und obwohl ihr Gesicht auf der linken Seite dunkel und angeschwollen und ihre Oberlippe aufgeplatzt waren, konnte ich erkennen, dass sie sehr schön sein musste. Instinktiv streckte ich die Hand aus und wischte das Blut aus ihrem Mundwinkel.

Ihre Bewusstlosigkeit konnte nicht sehr tief gewesen sein, denn schon die sanfte Berührung meiner Finger reichte, sie aufzuwecken. Ein spürbares Zittern ging durch ihren Körper, dann flogen ihre Lider mit einem Ruck auf, und ich begegnete dem Blick zweier dunkler Augen.

Ich zog rasch die Hand zurück, denn nach allem, was geschehen war, hätte es mich nicht sehr gewundert, wenn sie versucht hätte, mir die Finger abzubeißen.

Meine Gefangene versuchte sich aufzurichten, aber ich stieß sie zurück, schüttelte den Kopf und bemühte mich, ein möglichst finsteres Gesicht aufzusetzen. »Bleiben Sie liegen«, sagte ich streng.

Ihr Blick verfinsterte sich um weitere Nuancen. Dann erschien ein neuer Ausdruck darin.

»Sie ... Sie gehören nicht zu ihnen«, sagte sie.

»Nein«, antwortete ich. »Ich weiß zwar nicht, wen Sie meinen, aber bei Ihrem Benehmen gehöre ich schon aus Prinzip nicht dazu. Von wem reden Sie?«

»Wer sind Sie?«, fragte die dunkelhaarige Frau. »Sie ... Sie sind aus dem Meer gekommen. Ich habe es gesehen. Wer sind Sie?«

Ich seufzte, richtete mich ein wenig auf und ließ es zu, dass auch sie sich aufsetzte, blieb aber weiterhin angespannt. »Mein Name ist Craven«, sagte ich. »Robert Craven. Und wer sind Sie? Und warum«, fügte ich nach einer winzigen Pause hinzu, »haben Sie versucht, mich umzubringen?«

»Nicht Sie«, antwortete die Frau. *»Ihn.* Aber Sie sind nicht *er.*«

Verwirrt schüttelte ich den Kopf, stand vollends auf und trat rasch einen Schritt zurück. »Hören Sie, Miss –«

»Borden«, antwortete die dunkelhaarige Frau. »Several Borden.«

Ich nickte. »Miss Borden. Ich weiß nicht, wen Sie meinen. Ich möchte nur wissen, warum Sie versucht haben, mich zu töten. Ist das Ihre Art, Fremde zu empfangen?«

Wenn Several Borden meinen schwachen Versuch, Humor zu

demonstrieren, überhaupt bemerkte, so reagierte sie nicht darauf. Sie starrte mich nur an, stand dann plötzlich und mit einer so raschen Bewegung auf, dass ich instinktiv ein weiteres Stück zurückwich, und blickte zum Meer hinab.

»Ich habe auf *ihn* gewartet«, murmelte sie. »Aber *er* ist nicht gekommen. Ich habe versagt.« Plötzlich, ganz warnungslos, begann sie zu schluchzen, drehte sich herum und warf sich gegen mich, diesmal aber nicht mehr, um mich anzugreifen, sondern um das Gesicht an meiner Brust zu verbergen und hemmungslos zu weinen.

Hilflos ließ ich sie eine Weile gewähren, dann legte ich behutsam die Hände auf ihre Schultern, schob sie ein Stück von mir fort und sah ihr in die Augen.

»Beruhigen Sie sich«, sagte ich. »Sie sind nicht mehr in Gefahr. Es ist alles gut.«

Meine Stimme wurde immer leiser, aber es waren auch nicht die Worte, auf die es ankam. Ich spürte ihre Erregung, den grenzenlosen Schmerz, der wie ein vergifteter Pfeil in ihrer Seele wühlte, die Verzweiflung, die stärker war als jedes andere Gefühl in ihr, und so behutsam ich konnte, drang ich in ihr Bewusstsein ein und sandte dabei beruhigende Impulse aus. Es dauerte lange, denn ich war in solcherlei Dingen nicht sehr geübt; ich habe seit jeher eine fast panische Furcht davor empfunden, in den Geist eines anderen Menschen einzudringen, selbst wenn es nur war, um ihm zu helfen. Es gibt Bereiche der menschlichen Seele, die niemanden etwas angehen, ganz gleich, unter welchen Umständen. Aber ich spürte auch, dass ihre Verzweiflung besonderer Natur war. Es war ein Gefühl solcher Macht, wie ich es selten zuvor gespürt hatte. Ich war sicher, dass sie sterben würde, wenn ich sie sich selbst überließ.

Ich war in Schweiß gebadet, als sich Severals Atem langsam beruhigte. Ihre Tränen versiegten ganz allmählich, und wie in einer bizarren Rückkoppelung fühlte ich plötzlich einen Hauch ihrer eigenen Verzweiflung in mir. Dann war es vorbei; sie hob den Blick, wischte sich mit dem Handrücken die Tränen aus den Augen und versuchte zu lächeln, brachte aber nur eine Grimasse zustande. Für den Moment hatte sie ihren Schmerz vergessen, das wusste ich. Aber er war noch da, tief in ihr, schlafend. Er würde wiederkommen. Bald.

»Was ... was haben Sie getan?«, fragte sie stockend.

»Nichts«, antwortete ich. »Nichts, was jetzt wichtig wäre. Ist alles wieder in Ordnung?«

Für eine halbe Sekunde erwachte der Schmerz wieder in ihren Augen, aber dann nickte sie. Trotzdem klang ihre Stimme matt und niedergeschlagen, als sie antwortete: »Ja. Ich … o mein Gott, ich habe versucht, Sie umzubringen!«

»Nicht mich«, antwortete ich rasch. »Ich war nur zur falschen Zeit am falschen Ort.« Ich lächelte, drehte mich halb herum und sah auf die See herab, wie Several zuvor. Aber mit Ausnahme einer gewaltigen schwarzen Fläche vermochte ich nichts zu erkennen. Wenn Several mich wirklich von hier oben aus gesehen hatte, musste sie weitaus bessere Augen haben als ich.

»Ich … ich dachte, Sie wären einer von *ihnen«*, stammelte Several. »Es … es tut mir leid. Ich … ich wollte nicht …«

»Einer von *ihnen?* Wer sind *sie?«*

Severals Mundwinkel begannen zu zucken. *»Sie* haben meine Tochter umgebracht«, flüsterte sie. *»Sie* … *sie* haben mir meine Jennifer weggenommen. *Sie* haben sie getötet.« Ihre Stimme war ganz kalt. Da war nichts von dem Hass und Zorn, die ich zu hören erwartet hatte. Nicht einmal Verbitterung. Nur Kälte.

»Warum erzählen Sie mir nicht, was geschehen ist?«, fragte ich. »Vielleicht kann ich Ihnen helfen.«

Several schüttelte den Kopf. »Niemand kann mir helfen«, flüsterte sie, viel weniger an mich als zu sich selbst gewandt. »Sie ist tot. *Sie* haben sie ermordet.«

»Deshalb wollten Sie mich töten?«, fragte ich leise. »Sie dachten, ich wäre einer von den Männern, die Ihre Tochter getötet haben?«

»Sie sind keine Männer!«, antwortete Several heftig. *»Sie* sind Ungeheuer. Verdammte Bestien sind sie, keine Menschen mehr. *Sie* … *sie* haben sie ermordet. O Gott, *sie* haben mein Kind ermordet. *Sie* …« Ihre Stimme versagte, und ich spürte, wie schon wieder die Tränen in ihre Augen schossen und sich Schmerz und Verzweiflung in ihr breitzumachen begannen. Diesmal ließ ich es zu, denn es war eine andere Art von Schmerz; nur noch der grauenhafte, aber natürliche Schmerz einer Mutter, die ihr Kind verloren hat, nicht mehr diese furchtbare Kälte, die irgendwo am Grunde ihrer Seele lauerte. »Diese Bestien«, schluchzte sie. »Sie und ihr gottverdammter Fischgott!«

Das Wort traf mich wie ein Schlag.

Ich fuhr zusammen, stieß sie abermals auf Armeslänge von mir fort und hielt sie so fest an den Schultern, dass ihre Lippen vor Schmerz zuckten. Ich merkte es nicht einmal.

»Was haben Sie da gesagt?«, keuchte ich. »Fischgott? Wie haben Sie das gemeint? Von wem reden Sie?«

»Von *ihnen«,* wimmerte Several. Ihre gerade erst mühsam zurückgewonnene Selbstbeherrschung zerbröckelte, und ich sah ein Feuer in ihren Augen aufflammen, das mich frösteln ließ. *»Sie* haben meine Tochter umgebracht!«, hauchte sie. »James hat sie getötet. Er ... er selbst hat sie zum See gebracht, um sie diesem Monstrum zu opfern wie ein Stück Vieh. Sein eigenes Kind! Aber er hat bezahlt. Ich habe ihn getötet. Ich habe ihn umgebracht, so wie ich sie alle umbringen werde, jeden Einzelnen von ihnen, jeden, jeden, jeden ...« Plötzlich begann sie zu kreischen, warf sich auf mich und schlug wie von Sinnen mit den Fäusten auf meine Brust ein, immer wieder spitze, abgehackte Schreie und unartikulierte Laute ausstoßend.

Ich ließ sie eine Zeit lang gewähren, dann ergriff ich vorsichtig ihre Hände, drückte sie herunter und presste sie an mich. »Es ist gut«, murmelte ich. »Weinen Sie ruhig, wenn es Sie erleichtert. Ich verstehe Sie.«

Eine halbe Sekunde lang schien es wirklich, als würde sie sich beruhigen, aber plötzlich machte sie sich aus meiner Umarmung frei, prallte zurück und funkelte mich voller Zorn an. »Sie verstehen überhaupt nichts!«, keuchte sie. »Niemand kann das verstehen. *Die ... sie* haben sie umgebracht. *Sie* haben sie diesem ... diesem Ungeheuer zum Fraß vorgeworfen. Ihr eigener Vater hat sie geopfert, nur weil diese ... diese Bestie es verlangt hat.«

Es dauerte eine Weile, bis ich wirklich begriff, was sie meinte. »Sie ... sie vollziehen Menschenopfer?«, keuchte ich.

Several nickte. »Er verlangt es«, sagte sie. »Zweimal im Jahr, bei der Sommer- und Wintersonnenwende. Immer sind es Mädchen, und immer ...« Ihre Stimme versagte und wieder flossen Tränen über ihr Gesicht.

»Ich werde *sie* vernichten«, flüsterte sie. »Für meine Tochter, Mister Craven. *Sie* werden bezahlen.«

»Rache ist kein gutes Motiv«, sagte ich leise. »Sie können Blut nicht mit Blut abwaschen. Niemand kann das.«

Several lächelte schmerzlich. »Vielleicht. Aber *sie* werden bezahlen, Robert. Und wenn schon nicht aus Rache, dann wenigstens, um diesem Wahnsinn ein für allemal ein Ende zu bereiten. Es sind zu viele Menschen gestorben, seit dieses Monstrum aus dem Meer aufgetaucht ist. Viel zu viele. Ich werde *sie* auslöschen.«

Unter beinahe allen anderen denkbaren Umständen wären mir ihre Worte lächerlich vorgekommen. Ich selbst hatte einen Vorgeschmack dessen bekommen, was den erwarten mochte, der sich gegen Jamesons Herren und ihre furchtbaren Kreaturen stellte. Selbst Nemo mit seinem phantastischen Schiff war mehr als nervös gewesen. Und da stand sie nun, eine schwache, beinahe waffenlose Frau und schwor diesem mächtigen Clan den Untergang.

Und doch wusste ich einfach, dass sie am Ende Erfolg haben würde.

»Ich werde *sie* vernichten, Robert«, sagte sie noch einmal.

Diesmal widersprach ich nicht mehr, sondern berührte sie an der Schulter und fragte ganz leise: »Brauchen Sie Hilfe dabei, Several?«

Er hatte längst die Orientierung verloren. Als das Licht wieder angegangen war, hatte sich Spears in einem schier endlosen, nur von wenigen schmalen Lampen erhellten Gang wiedergefunden, der in schrägem Winkel nach unten führte und von dem in unregelmäßigen Abständen Türen abzweigten, die aber allesamt verschlossen gewesen waren. Schließlich hatte er das Ende des Stollens erreicht.

Die Halle war gigantisch. Spears zweifelte nicht daran, dass es sich um eine natürlich entstandene Höhle handelte, die nur nachträglich von Menschenhand behandelt und hier und da vielleicht erweitert worden war. Ihre Decke, die gewölbt wie ein Dom und aus dem gleichen, Licht schluckenden schwarzen Lavamaterial wie die gesamte unterseeische Anlage war, musste sich weit mehr als hundert Fuß über seinem Kopf befinden.

Obwohl der riesige Raum von einer Vielzahl elektrischer Lampen erleuchtet war, herrschten doch Bereiche von Schwärze oder grauer flackernder Schatten vor. Direkt hinter dem Felsvorsprung, hinter dem Spears Deckung gefunden hatte, verlief ein gut zwanzig Fuß breiter, sorgsam geglätteter Lavastreifen, hinter dessen gegenüberliegendem Rand sich das Wasser eines riesigen, unbewegt daliegenden Sees erstreckte. In einiger Entfernung schob sich eine metallene Konstruktion ein gutes Stück weit auf das Wasser hinaus, spinnenbeinig und dürr und von einem doppelten kunstvoll geschmiedeten Geländer begrenzt: eine Art Landungssteg. Dahinter, schon fast im Zwielicht der Höhle verschwunden, reckte sich eine Art Kran in die Höhe, dazu gab es andere, verwirrend erscheinende Dinge und Gerätschaften, wie sie Spears noch nie zuvor gesehen hatte.

Trotzdem wusste er mit ziemlicher Sicherheit, was der Sinn dieser sonderbaren Anlage war. Es war ein Hafen. Die Höhle war zu gut zwei Drittel mit Wasser gefüllt, und obwohl es keinen sichtbaren Ausgang gab, war Spears überzeugt davon, am Rande eines gigantischen, unterseeischen Hafenbeckens zu stehen. Kein Zweifel – er hatte den geheimnisumwitterten Heimathafen der NAUTILUS gefunden, die Basis, zu der das phantastische Schiff immer wieder zurückkehrte. Spears verstand plötzlich, wieso es niemals gelungen war, die NAUTILUS zu stellen.

Eines der Lichter auf der anderen Seite des Beckens begann zu flackern, und als Spears sich vorsichtig ein Stück weit hinter seiner Deckung hervorschob und hinüberlugte, sah er, wie sich in der rauen Felswand ein gewaltiges metallenes Tor öffnete. Ein breiter Streifen greller Helligkeit fiel in die Höhle und spiegelte sich auf dem Wasser, dann drängten Männer auf den geglätteten Lavastreifen hinaus, der das Becken wie eine Straße zu zwei Dritteln umspannte.

Spears erschrak. Er hatte bisher keinen Menschen getroffen und auch keinen Alarm gehört, aber er zweifelte nicht daran, dass seine Flucht schon lange bemerkt worden war. Kamen diese Männer, ihn zu suchen? Oder hatten sie gar mit ihren an Zauberei grenzenden technischen Mitteln seinen genauen Standpunkt schon ermittelt und amüsierten sich im Stillen über seine Naivität, im Ernst zu glauben, aus dieser unterseeischen Trutzburg entkommen zu können?

Spears schalt sich in Gedanken einen Narren. Wäre es so, wäre er kaum so weit gekommen. Hastig zog er sich tiefer hinter sein Felsversteck zurück und beobachtete die Männer.

Es waren viele; dreißig, vielleicht vierzig Mann, die aus dem Tor kamen und zum Teil am Rande des Hafenbeckens Aufstellung nahmen, zum Teil Beschäftigungen nachgingen, die er über die große Entfernung nicht genau zu erkennen vermochte. Sein Blick wanderte nach rechts und tastete über das schwarz daliegende Wasser des Hafenbeckens.

Nach einer Weile begann sich das Bild zu verändern. Zuerst war es kaum merklich; nicht mehr als ein ganz sanftes Zittern, das über die Wasseroberfläche glitt, aber schon nach Sekunden begannen Wellen zu entstehen, dann erschienen die ersten sprudelnden Luftblasen, und wenige Augenblicke später sah Spears den Schatten.

Obwohl er halbwegs darauf vorbereitet gewesen war, erschrak er zutiefst. Das Schiff glitt wie ein ins Gigantische vergrößerter Haifisch durch das Becken, lautlos, aber von einer Spur sprudelnder weißer Luftblasen begleitet, verharrte weniger als fünf Meter vor dem Ufer und begann zu steigen. Das Wasser kochte, Strudel und sprudelnde kleine Geysire bildeten sich, Wellen erschienen aus dem Nichts und schlugen klatschend gegen den Lavastrand, und plötzlich war das ganze gewaltige Becken von brodelnder Bewegung und dem Rauschen gewaltsam beiseite gepressten Wassers erfüllt.

Spears Atem stockte, als die NAUTILUS auftauchte. In der Nacht zuvor, als Nemo ihn und seine Männer gezwungen hatte, ihn zu begleiten, hatte er das Schiff nur als Schatten gesehen – und schon dieses Bild war bizarr genug gewesen.

Jetzt lag die NAUTILUS fast zum Greifen nahe vor ihm, grell angestrahlt von zahllosen elektrischen Lampen, die im gleichen Augenblick an der Höhlendecke aufgeflammt waren.

Das Schiff war ein Gigant. Spears schätzte seine Länge auf weit mehr als zweihundert Fuß, und dabei war der gigantische, halb unter der Wasserlinie liegende Rammsporn am Bug noch nicht einmal mitgerechnet.

Und es sah nicht aus wie ein Schiff.

Es sah eigentlich nichts ähnlich, was der Fregattenkapitän vorher zu Gesicht bekommen hatte. Es sah nicht einmal technisch aus. Wenn überhaupt, dann erinnerte die NAUTILUS Spears an eine absurde Mischung aus Hai, Krokodil und einem vorsintflutlichen Seeungeheuer. Sein gewaltiger, buckliger Leib war übersät mit metallenen Warzen und Vorsprüngen, und die beiden gewaltigen Bullaugen-Fenster im vorderen Drittel des flachen Turmes erinnerten ihn an Augen, hinter denen ein teuflisches Feuer glomm.

Plötzlich verstand Spears, warum die wenigen Berichte, die er erhalten hatte, allesamt von einem Seeungeheuer sprachen; nicht von einem Schiff. Die NAUTILUS war aus Stahl und den Erzeugnissen einer unverständlichen Technik gefertigt, aber das änderte nichts daran, dass sie in Wahrheit ein Seeungeheuer war; wenn auch ein von Menschenhand geschaffenes. Aber das machte sie vielleicht nur umso gefährlicher. Der Rammsporn an ihrem Bug erschien lächerlich in einer Zeit der Kanonen und Torpedos; aber als Spears das Schiff aus nächster Nähe sah, wusste er, welch furchtbare Waffe er trotz allem darstellte. Dieser stählerne Gigant mit seinem sägezahnübersäten Leib musste jedes noch so große Schiff, auf das er traf, glattweg in zwei Teile spalten.

Spears rief sich in Gedanken zur Ordnung und schmiegte sich

enger an den Felsen. Die NAUTILUS glitt nahezu lautlos auf das Ufer zu, verharrte einen Moment und drehte sich dann mit einer Eleganz, die ihrer Größe und ihrem auf den ersten Blick grobschlächtigen Äußeren Hohn sprach, auf der Stelle, bis ihr Turmaufbau mit einem hörbaren Klicken in eine Haltevorrichtung einschnappte, die am Ende des spinnenbeinigen Landungssteges angebracht war. Das Riesenschiff schaukelte leicht. Wasser perlte von seiner blauschwarzen Panzerhaut, und plötzlich öffnete sich an der Schmalseite seines Turmes eine runde Luke.

Spears unterdrückte im letzten Moment einen zornigen Schrei, als er den Mann erkannte, der gebückt aus dem Inneren des Schiffes trat und dann mit schnellen Schritten über den Laufsteg an Land ging. Nemo! Niemand anderes als Kapitän Nemo selbst, der Mann, der am Tode seines Bruders und zahlloser anderer unschuldiger Männer Schuld trug. Für die Dauer eines Herzschlages musste Spears mit aller Gewalt gegen das Bedürfnis ankämpfen, einfach hinter seiner Deckung hervorzuspringen und sich auf die schmalschultrige Gestalt zu stürzen.

Dann war es vorbei. Spears Herzschlag beruhigte sich wieder, und der rasende Zorn in seinem Inneren machte kalter Überlegung Platz. Selbst, wenn es ihm gelänge, Nemo zu erreichen – er war unbewaffnet und würde in Sekundenschnelle überwältigt sein. Und er wollte auch nicht Nemos Tod.

Nicht nur. Wenn er Nemo vernichtete, das wusste er, dann würde ein anderer kommen und seinen Platz einnehmen. Nein – er musste dieses ganzes Rattennest ausräuchern, die unterseeische Festung und die NAUTILUS zerstören.

Und er wusste auch schon, wie er es anfangen würde.

Lautlos wartete er, bis Nemos Gestalt in der Menge der anderen verschwunden war. Aus dem Schiff kamen noch mehr Männer, und andere gingen an Bord, Kisten oder große, in Segeltuch eingeschlagene Ballen mit sich tragend; und nach einer Weile öffnete sich im hinteren Teil des Schiffes eine stählerne Klappe, dann begann der Kran zu summen, und Kiste auf Kiste verschwand im schier unersättlichen Leib des Bootes.

Spears wartete beinahe eine Stunde, und selbst, als die Ladearbeiten beendet waren und sich die Männer wieder zurückgezogen hatten, blieb er noch lange hinter seinem Felsen, lauschte und beobachtete und wartete, bis er ganz sicher war, allein zu sein.

Dann erhob er sich hinter seiner Deckung, huschte geduckt zum Ufer und ließ sich ohne zu zögern in das eiskalte Wasser sinken.

Er verursachte nicht das geringste Geräusch, als er auf den dunklen Leib des Riesenschiffes zuschwamm ...

Die Lichter bewegten sich wie ein Schwarm kleiner feuriger Leuchtkäfer durch die Nacht, einen großen, doppelt geschwungenen Kreis am Ufer des Sees bildend und manchmal in einer sonderbar rhythmisch wirkenden Bewegung auf und ab hüpfend. Das still daliegende Wasser von Loch Firth warf ihren Schein gebrochen zurück, aber anders, als normal gewesen wäre, vertrieb das gelbrote Licht die Dunkelheit nicht von der Oberfläche des Sees. Die winzigen Lichtpunkte, die sich auf dem Wasser spiegelten, wirkten wie gelb hineingestanzte Löcher in einer Masse aus verflüssigter Finsternis.

Ich war sicher, dass dieser Eindruck nicht nur meiner überreizten Phantasie entsprang; oder dem, was Several mir erzählt hatte. Irgendetwas ging von diesem See aus. Etwas Finsteres und Böses und – und das war vielleicht das Schlimmste – Bekanntes. Ich konnte das Gefühl nicht einordnen. Es gelang mir nicht, es mit irgendetwas zu assoziieren, aber ich wusste einfach, dass ich es schon einmal gespürt hatte; vor nicht einmal allzu langer Zeit. Und ich wusste, dass es keine angenehme Erinnerung sein würde.

»Was machen sie da?«, flüsterte ich.

Several, die einen halben Meter neben mir im Schutze des gleichen Busches lag, ballte in stummem Zorn die Fäuste. »*Sie* beten«, antwortete sie. »Jedenfalls nennen *sie* es so. *Sie* flehen den Tag herbei, an dem *er* aus dem Meer kommen soll.«

»Und dann?«, fragte ich.

Severals Gesicht verfinsterte sich noch weiter. »*Sie* werden alle sterben«, sagte sie. »*Er* hat ihnen das gelobte Land versprochen, ewiges Leben und unermesslichen Reichtum und Macht. Aber ich weiß, dass es eine Lüge ist. *Sie* werden alle sterben, genau wie meine Jennifer.«

Besorgt sah ich sie an, aber in ihrem Gesicht war nicht die geringste Regung zu erkennen. Überhaupt war sie fast unnatürlich ruhig und gefasst, bedachte ich den seelischen Druck, unter dem sie stand. Trotzdem – oder vielleicht gerade deshalb – musste ich vorsichtig sein.

Seit dem Moment, in dem ich sie auf so wenig erbauliche Weise kennen gelernt hatte, waren mehr als vier Stunden vergangen. Im

Osten begann sich der Himmel bereits wieder aufzuhellen, und wir waren etwa drei Meilen von der Stelle entfernt, an der ich die Küste erstiegen hatte.

Several hatte fast die gesamte restliche Nacht damit zugebracht, auf meine Fragen zu antworten. Es war viel, was sie mir gesagt hatte, und nichts von alledem hatte mir gefallen. Und trotzdem, so schrecklich mich ihre Geschichte auch anrührte, ließ sie sich in wenige, für mich nicht einmal besonders überraschende Worte zusammenfassen.

Die Einwohner von Firth'en Lachlayn frönten einem Dämonenkult. Wir schrieben das Jahr 1885, und ich befand mich inmitten eines Landes, das mit Fug und Recht von sich behaupten konnte, eines der kulturell und zivilisatorisch am weitesten entwickelten dieser Erde zu sein; und unter mir, keine fünfhundert Yards entfernt, tanzten zwei Dutzend halbnackter Männer und Frauen am Ufer eines Sees entlang, stießen unheimliche Laute aus und versuchten, eine dämonische Gottheit zu beschwören!

»Wie lange geht das noch so?«, fragte ich, ohne den Blick vom See und den tanzenden Lichtpunkten zu nehmen.

»Bis die Sonne aufgeht«, antwortete Several. »Ich ... glaube zumindest, dass *sie* dann aufhören werden.«

»Sie glauben?«

Several hob den Kopf und sah mich mit einem fast entschuldigenden Lächeln an. »Ich war nie dabei«, sagte sie. »Wir ... wir Frauen durften nicht mitkommen, wenn sie *ihn* gerufen haben. *Sie* sagten, dass das eine Männersache ist. Etwas, bei dem Frauen nichts zu suchen haben.« Plötzlich begann ihre Stimme zu zittern. »Wir waren nur gut, um ihre dreckigen Begierden zu stillen; hinterher. Sie sind wie die Tiere, wenn sie nach Hause kommen. Nicht nur James. Ich habe mit den anderen Frauen gesprochen. Sie haben es uns verboten, aber wir haben es trotzdem getan. Sie waren alle so. Tiere! Nichts als widerliche, gierige Tiere.«

Alarmiert sah ich zu ihr hinüber, aber ihr Gesicht verriet noch immer keine Regung. Dann fiel mir etwas auf, unten am Seeufer.

»Ein paar von *ihnen* sind Frauen«, sagte ich.

Several nickte abgehackt. »Heute sollte es anders sein«, sagte sie. »Ich weiß nicht warum, aber James sagte, dass alle ihre Frauen mitbringen sollten. Etwas Besonderes würde geschehen, haben sie gesagt.« Ihre Hand machte sich selbstständig und kroch in die Tasche ihres groben Kleides, in der sie das Messer verwahrte. Aber sie führte die Bewegung nicht zu Ende, und als sie meinen besorgten Blick bemerkte, lächelte sie nur und schüttelte ganz sachte den Kopf.

»Keine Angst, Robert. Ich werde keine Dummheiten machen.«

Ich antwortete nicht darauf, nahm mir aber vor, sie noch genauer im Auge zu behalten. Insgeheim bereute ich bereits, Several mitgenommen zu haben. Ich wusste selbst nicht so recht, was ich hier wollte; nicht genau. Es war eine jener Situationen, in denen es sinnlos gewesen wäre, Pläne zu schmieden. Alles, was ich tun konnte, war, den Dingen ihren Lauf zu lassen und entsprechend zu reagieren. Vielleicht war es dabei nicht unbedingt das Klügste, eine lebende Zeitbombe wie Several bei mir zu haben.

Eine Zeit lang sah ich dem Treiben am Seeufer noch zu, dann robbte ich vorsichtig rücklings aus dem Gebüsch hervor, richtete mich auf Händen und Knien hoch und kroch zu dem verschnürten Bündel mit meiner Ausrüstung zurück. Ich war noch einmal zum Meer hinabgestiegen und hatte einen Teil der Dinge geholt, die mir Nemo mitgegeben hatte. Natürlich nicht alles – der Unterwasserpanzer wäre viel zu schwer gewesen, ihn über Meilen mitzuschleppen – und so hatte ich mich auf Helm, Schwimmflossen und das wuchtige, mit kupfernen Stabilisierungsflossen versehene Atemgerät beschränkt. Und selbst sein Gewicht hatte meine Kräfte beinahe überstiegen.

Several langte neben mir an und sah neugierig zu, wie ich das Bündel auspackte und seinen Inhalt vor mir im Sand verteilte. Sie hatte bisher nicht gefragt, warum ich noch einmal die gefährliche Kletterpartie zum Strand hinab gewagt und mich mit einem Zentner Gepäck abgeschleppt hatte; jetzt regte sich ihre Neugier.

»Was ist das?«, fragte sie.

Ich zögerte einen Moment. Es wäre mir ein Leichtes gewesen, ihr irgendwelchen Unsinn zu erzählen. Aber es bestand kein Grund dazu.

»Eine Apparatur, mit deren Hilfe man unter Wasser atmen kann«, antwortete ich. »Wenigstens für eine Weile.«

»Unter Wasser atmen?« Several sah mich an, blickte dann zum See zurück und presste die Lippen aufeinander. »Sie ... wollen dort hinunter?«

»Nicht unbedingt«, antwortete ich. »Wenn ich ehrlich sein soll, gibt es ein paar tausend Dinge, die ich im Moment lieber täte. Aber ich fürchte, mir bleibt keine andere Wahl.«

»Und Ihr ... Freund?«

»Bannermann?« Ich zuckte mit den Achseln, hielt für einen Moment in meinem Tun inne und sah zum Haus hinüber, das wie ein schwarzes Ungeheuer auf der anderen Seite des Sees thronte. Several hatte es als *Gut* bezeichnet, und vermutlich war es das auch – aber auf mich wirkte es eher wie eine Festung, finster und groß und jede einzelne Linie seiner Architektur abstoßend und feindselig. Selbst jetzt war es nur als Schatten zu erkennen, aber hinter einem guten halben Dutzend seiner Fenster brannte Licht.

»Wenn er hier ist, ist er dort drüben«, fuhr ich nach sekundenlangem Schweigen fort. »Aber es ist vollkommen unmöglich, unbemerkt dort hineinzukommen. Selbst für mich.«

Wieder schwieg Several einen Moment, dann deutete sie auf die Tauchermaske. »Damit würde es gehen.«

»Wie meinen Sie das?«

»Es gibt eine Verbindung zwischen dem See und dem Haus«, erklärte Several. »Einen Kanal. Er endet im Keller des Gutshauses, unter dem großen Saal, in dem sie ihre Beschwörungen abhalten.«

»Sind Sie sicher?«

Several nickte. »James hat davon erzählt«, sagte sie. »Er sagte, dass sie ihm oft dort unten geopfert haben. Manchmal sind seine Diener durch den Kanal gekommen, und manchmal ist *er* selbst auf diesem Wege erschienen, um seine Befehle zu überbringen. Aber ich weiß nicht, wo sein Eingang ist. Irgendwo auf der anderen Seite.« Sie machte eine vage Handbewegung zum Haus hinüber.

Meine Gedanken überschlugen sich fast. Allein die Vorstellung, in diesen See hinabzutauchen und einen finsteren Stollen, von dem ich nicht einmal genau wusste, wo er war, entlangzuschwimmen, krampfte mir den Magen zusammen. Aber so, wie die Dinge lagen, war dies der einzige Weg, unbemerkt ins Haus zu gelangen.

Ich hätte nicht gezögert, geradewegs durch die Vordertür zu marschieren, hätte ich es hier nur mit ein paar Fanatikern zu tun gehabt. Aber unter uns am See tanzten mindestens dreißig Personen im Kreis, und ich schätzte, dass sich im Haus noch einmal die gleiche Anzahl von Männern und Frauen aufhielt; nach allem, was mir Several erzählt hatte. Und mindestens einer von ihnen – das wusste ich seit meiner eigenen schmerzhaften Erfahrung in Aberdeen – verfügte über geistige Kräfte, die den meinen nicht sehr viel nachstanden.

»Werden Sie hier warten?«, fragte ich.

Several nickte, aber sie tat es ein wenig zu schnell, für meinen Geschmack. Ich lächelte mit gespielter Erleichterung, als würde ich ihr glauben, hob die Hand und berührte mit den Fingerspitzen ihre Schläfe. Als Several begriff, was ich tat, war es zu spät. Ihr freier Wille war ausgeschaltet, und die instinktive Abwehr, die ihr Bewusstsein gegen die suggestiven Impulse aufbaute, zerbrach schon nach wenigen Sekundenbruchteilen.

»Sie werden hier warten, Several«, sagte ich. »Sie werden sich nicht von der Stelle rühren, ganz gleich, was auch geschieht – außer Sie müssen fliehen. Haben Sie das verstanden?«

Several nickte. Ihre Lippen zitterten, und ihre Augen waren plötzlich groß vor Schrecken. »Was ... was tun Sie, Robert?«, flüsterte sie.

»Nichts, was Sie beunruhigen muss«, antwortete ich ausweichend. »Ich möchte nur nicht, dass Ihnen irgendetwas zustößt, das ist alles. Sie werden warten, bis ich oder Kapitän Bannermann zurück sind. Wenn bis Mittag keiner von uns kommt, gehen Sie ins Dorf zurück und vergessen, dass Sie mich jemals getroffen haben.«

Wieder nickte sie, und als ich diesmal ihrem Blick begegnete, las ich Furcht darin.

Der Anblick versetzte mir einen tiefen, schmerzhaften Stich, denn es war ein Gefühl, das ich nur zu oft in den Blicken anderer las. Und es war vielleicht das Einzige, woran ich mich niemals würde gewöhnen können. Von allen Gefühlen, die man mir entgegenbrachte, war die Angst immer das Stärkste gewesen.

Ich verscheuchte den Gedanken, sah noch einmal zum See und dem Haus auf der anderen Seite hinüber und begann entschlossen mein Hemd aufzuknöpfen. Die Nachtluft begann sich unangenehm bemerkbar zu machen, denn jetzt, in der Stunde zwischen vier und fünf, waren die Temperaturen bereits empfindlich tief gesunken, und als ich bis auf die Hosen nackt war und den schweren Oxygentank überstreifte, zitterte ich am ganzen Leib.

Several half mir, das komplizierte Gewirr von Schläuchen und Leitungen anzubringen und den Helm überzustreifen. Es war keiner der wuchtigen Kugelhelme, wie sie Nemos Leute trugen, sondern eine leichtere Ausführung, nur für geringe Wassertiefen gedacht, aber von bizarrem Äußeren. Mit etwas Glück, dachte ich spöttisch, würde man mich ebenfalls für ein Seeungeheuer halten, sollte ich zufällig entdeckt werden.

Aber vielleicht war es besser, es nicht darauf ankommen zu lassen ...

Vorsichtig erhob ich mich hinter meiner Deckung und begann, gebückt und die dicht an dicht wachsenden Sträucher als Deckung nutzend, die Uferböschung hinabzulaufen. Severals Versteck fiel rasch hinter mir zurück, und auch das misstönende Geheul der Fischanbeter wurde leiser; ihre Fackeln waren nicht mehr als bloße Stecknadelköpfe in der Dunkelheit, als ich das Ufer erreichte.

Ich zögerte noch einmal, nachdem ich niedergekniet war und die großen Schwimmflossen aus Kautschuk übergestreift hatte, denn vom Wasser stieg ein eisiger Hauch empor, der mir einen Vorgeschmack auf die Kälte lieferte, die mich erwartete. Aber dann schob ich die letzten Bedenken beiseite und ließ mich entschlossen ins Wasser gleiten.

Es war nicht so kalt, wie ich erwartet hatte.

Es war ungefähr fünfzigmal kälter.

Sekundenlang blieb ich mit angehaltenem Atem stehen, dann zwang ich mich, weiterzugehen, ließ mich nach vorne sinken und machte einen ersten, mühsamen Schwimmzug. Meine Glieder schienen in Sekunden zu Eis zu erstarren, und wo meine Muskeln sein sollten, waren plötzlich knotige Stricke, die zu nichts weiter nutze waren, als wehzutun. Aber ich zwang mich, mit ruhigen, kraftvollen Bewegungen weiterzuschwimmen, atmete tief und gezwungen langsam ein und aus und versuchte verzweifelt, weder an die Kälte noch an den namenlosen Schrecken zu denken, der am Grunde des schwarzen Wassers auf mich lauern mochte.

Der See schien kein Ende zu nehmen. Ich schwamm ein Stück weit weg vom Ufer. Nemo hatte mir erklärt, dass das Atemgerät mich für etwa eine Stunde am Leben erhalten konnte – was eine halbe Stunde bedeutete, die ich allerhöchstens unter Wasser bleiben durfte, ehe ich den Rückweg antrat. Um den Stollen zu suchen, Bannermann zu befreien und wieder zurückzukommen, keine sehr lange Zeit. Ich musste mit jedem Atemzug geizen.

Das war der letzte Gedanke, den ich an Nemos Atemgerät verschwendete, denn genau in diesem Moment packte etwas meine Füße und zerrte mich mit furchtbarer Kraft in die Tiefe!

Spears hatte Durst. Seine Lippen waren so trocken, dass sie bei der geringsten unvorsichtigen Bewegung rissen, und seine Kehle schmerzte.

Die Situation war beinahe absurd – er war umgeben von Wasser, Millionen und Abermillionen Tonnen von Wasser, aber er würde verdursten, wenn er nicht bald hier heraus kam; was immer dieses *hier* darstellen mochte.

Wenn er seiner inneren Uhr vertrauen konnte, so war er seit mehr als fünf Stunden in dieser ganz aus Stahl gebauten Kammer. Es musste eine Art Maschinenraum sein, wenn er auch von Maschinen beherrscht wurde, von denen Spears nie zuvor gehört hatte. Es gab gewaltige, schwarze Monstrositäten aus Stahl, eine Unzahl von Kolben, Gestängen und Rädern, die sich in sinnverwirrendem Hin und Her bewegten, elektrische Kabel, die vor Anspannung summten, und verschiedenfarbige Lichter, die ihm wie kleine bunte höhnische Augen aus der Dunkelheit zublinzelten. Der Raum war vielleicht zwanzig Schritte lang und an die zehn Fuß hoch, die Wände nach unten hin gekrümmt wie der Rumpf des Schiffes und aus mannshohen, mit wuchtigen Nieten miteinander verbundenen Stahlplatten geschaffen. Ein dumpfes, rhythmisches Hämmern erfüllte die Luft wie düsterer Pulsschlag.

Es war der Maschinenraum der NAUTILUS, so viel war ihm klar. Er war auf der Suche nach einem Versteck hierhergekommen, nachdem er sich an Bord des Schiffes geschlichen hatte, und in den ersten zwei Stunden hatte es so ausgesehen, als hätte er das perfekte Versteck gefunden.

Aber danach war ein Matrose gekommen und hatte irgendetwas an den Maschinen getan, das Spears nicht verstand, und als er gegangen war, hatte er das zollstarke Schott am vorderen Ende des Raumes hinter sich verriegelt. Kurz darauf waren die Maschinen wie von Geisterhand bewegt angesprungen und hatten mit ihrem monotonen Hämmern begonnen.

Vor Spears innerem Auge entstand die furchtbare Vision einer NAUTILUS, die sich auf eine endlose Fahrt unter den Meeren begab, Tage, vielleicht Wochen, in denen sie niemals auftauchen würde. Und vielleicht Wochen, in denen niemand hierherkam, weil die geheimnisvollen Maschinen des Unterwasserschiffes ohne die Hilfe von Menschen funktionierten.

Die Vision beinhaltete noch mehr. Sie zeigte ihm ein Gesicht, aufgedunsen und bleich, die Zunge wie ein geschwollener Fremdkörper aus dem Mund hängend, in den Augen der Wahnsinn, der seinen Geist verwirrt hatte, ehe das Ende kam. Das Gesicht eines Verdursteten.

Sein Gesicht.

Er wusste, dass er gegen die zollstarken Metallwände hämmern konnte, solange er wollte, ohne dass auf der anderen Seite auch nur der mindeste Laut zu hören sein würde. Es war gut möglich, dass er in sein eigenes Grab gestiegen war, als er dieses Versteck fand.

Spears spürte, dass er in Panik zu geraten drohte, ballte so heftig die Fäuste, dass es wehtat, und biss sich auf die Zunge. Der Schmerz vertrieb die aufsteigende Panik. Wenigstens für den Moment hatte er sich wieder in der Gewalt.«

Unschlüssig begann der hochgewachsene Fregattenkapitän, in dem lang gestreckten Raum auf und ab zu gehen. Für einen Moment überlegte er, auf die gleiche Weise aus seinem selbstgesuchten Gefängnis auszubrechen wie schon einmal: Wenn es ihm gelang, eine der Maschinen zu beschädigen, würde jemand kommen und nachsehen.

Aber er verwarf den Gedanken so schnell, wie er gekommen war. Die Maschinen hier waren anders; Kolosse aus Stahl, denen er mit bloßen Händen keinen nennenswerten Schaden zufügen konnte. Und vor den elektrischen Kabeln hatte er mehr als nur Respekt, seit er mit angesehen hatte, was die harmlos aussehenden Kupferleitungen anrichten konnten. Ganz flüchtig dachte er an den Mann, der vor seinen Augen in den zerborstenen Spiegel gestürzt war. Ob er tot war? Wenn ja, durfte Spears kaum mehr auf Nemos Großzügigkeit rechnen.

Er verscheuchte auch diesen Gedanken. Wenn er nicht rasch hier herauskam, durfte er auf gar nichts mehr rechnen, außer auf einen langen, qualvollen Tod. Irgendwie erschien ihm der Gedanke an einen Seemann, der verdurstete, lächerlich.

Wieder verging Zeit – Ewigkeiten für Spears, in Wahrheit vielleicht nicht mehr als eine Viertelstunde – und plötzlich hörte er ein Geräusch, das nicht in das monotone Wummern der Maschinen passte: ein helles, metallisches Scharren von der Tür her.

Spears reagierte sofort. Blitzartig ließ er sich in eine Lücke zwischen zwei der gewaltigen Maschinenblöcke fallen, presste sich in den Schatten und blickte mit angehaltenem Atem zur Tür. Mit einem metallischen Scharren glitt das gewaltige Panzerschott zur Seite, und ein breitschultriger Matrose betrat den Maschinenraum, eine Werkzeugkiste und einen ölverschmierten Putzlappen in den Händen.

Spears wartete mit angehaltenem Atem, bis der Mann ganz dicht vor seinem Versteck war. Dann sprang er ihn an.

Der Matrose reagierte mit unglaublicher Schnelligkeit. Aber Spears war noch schneller. Mit einer einzigen zornigen Bewegung riss er den Mann aus dem Gleichgewicht und zu sich herab und schlug ihm die Handkante gegen den Hals. Der Matrose sank in seinen Armen zusammen und erschlaffte.

Spears schleifte ihn ächzend in die Nische, die ihm selbst als Versteck gedient hatte, ließ ihn zu Boden sinken und überzeugte sich hastig davon, dass er auch wirklich nur bewusstlos und nicht ernsthaft verletzt war. Dann band er dem Mann den Gürtel ab, fesselte seine Hände und suchte eine einigermaßen saubere Stelle des Putzlappens, die er als Knebel verwenden konnte. Schließlich öffnete er die Werkzeugkiste und nahm einen armlangen Schraubenschlüssel heraus, der eine passable Keule abgab. Er hatte nicht vor, irgendjemanden zu verletzen oder gar zu töten, aber er würde sein Leben so teuer wie möglich verkaufen, sollte er gestellt werden.

Spears gab sich keinen Illusionen hin. Seine Chancen, die NAUTILUS lebend zu verlassen, waren gleich Null. Das Fehlen des Mannes würde auffallen, aber mit etwas Glück würde die Zeit bis dahin reichen.

Und wenn nicht... nun, wenn nicht, brauchte er sich keine Gedanken mehr über seine Zukunft zu machen.

Gebückt, die rechte Hand um den Schraubenschlüssel gekrampft und zu allem entschlossen, verließ Spears den Maschinenraum und machte sich auf die Suche nach der Brücke des Schiffes. Dort würde er Nemo finden, und das war alles, was noch für ihn zählte.

Wie ein Stein wurde ich in die Tiefe gezerrt! Rings um mich herum schien das Wasser zu kochen; glitzernde Luftblasen und graubrauner Schlamm, der in brodelnden Wogen vom Grunde des Sees hochgewirbelt wurde, nahmen mir die Sicht, und ich konnte im letzten Moment den instinktiven Impuls unterdrücken, den Mund zu öffnen und nach Luft zu schnappen. Die Hand, die sich um mein Fußgelenk gekrallt hatte, zerrte mich mit unbarmherziger Kraft in die Tiefe, und für einen Moment hatte ich den Eindruck, etwas Gewaltiges, Finsteres vor mir durch das Wasser schießen zu sehen.

Blindlings trat ich aus, traf irgendetwas Schwammiges, Weiches und kam frei. Aber nur für einen Moment. Dann klammerte sich die Hand ein zweites Mal um meinen Fuß, mit einem Ruck, der mir fast die Beine aus den Gelenken und mich abrupt drei, vier Meter weit in die Tiefe riss. Der Schmerz ließ mich aufschreien, und plötzlich hatte ich den Mund voller Wasser, und meine kostbare Atemluft stieg in glitzernden Blasen nach oben.

Wie von Sinnen begann ich um mich zu treten, traf erneut auf Widerstand und kam frei. Wieder schoss ich zur Wasseroberfläche hinauf – und wieder packten mich diese furchtbar starken Hände, Sekunden, ehe ich oben war, und zerrten mich mit einem Ruck in die Tiefe. Ich spürte, wie meine Kräfte zu erlahmen begannen. Flüssiges Feuer füllte meine Lungen, und in meinem Schädel war plötzlich ein furchtbares, immer stärker werdendes Dröhnen und Hämmern.

Verzweifelt angelte ich nach dem Kautschukschlauch des Atemgerätes, nahm ihn zwischen die Zähne, schluckte das eiskalte Wasser, das meinen Mund füllte, herunter und atmete tief ein.

Wenigstens wollte ich es.

Aber aus dem Schlauch kam keine Luft. So sehr ich auch sog, der rettende Sauerstoffstrom blieb aus!

Panik begann meine Gedanken zu verwirren. Wer oder was immer mein Gegner war, er dachte nicht daran, sich zum Kampf zu stellen, sondern beschränkte sich darauf, mich von der rettenden Luft fernzuhalten und die Natur den Rest erledigen zu lassen. Meine Lungen schmerzten unerträglich. Vor meinen Augen rotierten grell bunte Feuerräder, und ich spürte, wie meine Kräfte rasend schnell nachließen. Irgendetwas Finsteres, Mächtiges begann sich hinter meinen Gedanken aufzubauen. Hier also, fünf Meter unter der Wasseroberfläche, würde mein Leben ein unrühmliches Ende finden, nur wegen eines verklemmten Ventils oder eines defekten Schalters, den ...

Hätte ich noch die Zeit dazu gehabt, hätte ich mich selbst geohrfeigt. So nutzte ich das letzte bisschen Kraft, das mir verblieben war, um die Hand zu heben und den kleinen Messingschalter an meinem Helm umzulegen, den mir Nemo gezeigt hatte.

Und aus dem Kautschukschlauch zwischen meinen Zähnen ergoss sich ein Strom herrlich kühlen, belebenden Sauerstoffs.

Trotzdem behielt ich die Nerven. Wer oder was auch immer unter mir war – ich war ziemlich sicher, es eher mit einem *was* zu tun zu haben als mit einem *wer* – es war ein Wesen, dessen ureigenstes Element das Wasser war. Ich durfte keinen offenen Kampf riskieren, umso weniger, als es hier nicht allein um mein Leben ging. So strampelte ich noch einige Sekunden weiter wie wild mit den Beinen, warf mich herum und schlug wie in Agonie ins Wasser, bis ich meine Bewegungen immer langsamer und müder werden ließ. Schließlich hörte ich ganz auf, mich zu regen.

Ich muss eine ziemlich perfekte Wasserleiche abgegeben haben, als ich diesmal zur Oberfläche hinauftrieb, denn der unheimliche Angreifer beschränkte sich darauf, mich beinahe sanft an den Beinen zu berühren und ganz sachte herabzuziehen. Es war ein unbeschreiblich ekelhaftes Gefühl – seine Hände fühlten sich schwammig und weich und kalt wie die eines Toten an, aber ich beherrschte mich weiter und ließ mich treiben, Arme und Beine pendelnd wie eine Leiche. Dass meine rechte Hand wie zufällig zum Gürtel glitt und am Griff des zweischneidigen Tauchermessers hängen blieb, schien meinem Gegner nicht einmal aufzufallen.

Langsam sanken wir tiefer, ins eiskalte klare Wasser des Sees hinaus. Obwohl über mir Nacht und das Wasser so schwarz wie Tinte war, konnte ich plötzlich sehen, und der Anblick war so phantastisch, dass ich für einen Moment sogar die Gefahr vergaß, in der ich schwebte.

Unter mir, eine viertel Meile westlich und zahllose Yards tiefer, lag eine Stadt.

Oder das, was einmal eine Stadt gewesen war. Ich sah zerbrochene Säulen, niedergestürzte Wände und kühn geschwungene Bögen, zerfallene Arkadengänge und die Reste bizarrer, ehedem sicherlich riesiger Gebäude. Alles war von einem unheimlichen, blass grünen Schimmer überlagert, ein Licht, das nicht von dieser Welt war und das mir trotzdem auf grausige Weise bekannt vorkam. Und dann …

Es war nur ein Augenblick, nur ein Bruchteil einer Sekunde, aber ich war vollkommen sicher, einen Menschen zu sehen. Eine Frau, jung, schlank, dunkelhaarig, vollkommen nackt und ohne irgendwelche technische Gerätschaften, die ihr das Atmen ermöglichten! Elegant wie ein riesiger blasser Fisch tauchte sie hinter einer zerborstenen Säule auf und verschwand gleich darauf im Inneren eines noch halbwegs erhaltenen Gebäudes.

Fünfhundert Fuß unter Wasser.

Ein unsanfter Ruck an meinem rechten Bein riss mich abrupt in die Wirklichkeit zurück. Vorsichtig, um nicht durch eine Bewegung, die eine Wasserleiche kaum hätte ausführen können, aufzufallen, drehte ich mich herum und starrte an mir herab. Ich war nicht einmal sehr überrascht, als ich sah, was mich da gepackt und in die Tiefe gezerrt hatte.

Es war kein Mensch, sondern ein Wesen, das den grässlichen *Shoggoten-Monstern* ähnelte, mit denen es Spears und ich in den Abwässerkanälen Aberdeens zu tun bekommen hatten. Aber anders als sie wirkte es weitaus eleganter, irgendwie ... fertiger.

Sein Körper war größer als der eines ausgewachsenen Menschen, aber wo die Bestien, die Spears und mich attackiert hatten, halbfertige verkrüppelte Beinchen und einen Larvenschwanz trugen, hatte es gewaltige, flossenbewehrte Froschbeine. Sein Schwanz war abgefallen, und dicht unter dem riesigen Maul wuchsen zwei muskulöse Arme hervor, mit denen es mich wie einen Sack hinter sich herschleifte, dicht über den mit Lavatrümmern übersäten Seeboden und auf einen klaffenden, finsteren Riss zu.

Es kostete mich mehr als nur Überwindung, weiterhin den Toten zu spielen, als die Bestie plötzlich meinen Fuß losließ, sich umdrehte und ich ihren Schädel sehen konnte. Er wirkte gewaltig, abstoßend und monströs – und dort, wo bei den Monstern in Aberdeen eine schwarze konturlose Fläche gewesen war, grinste mich die diabolische Karikatur eines menschlichen Gesichtes an: ein gigantisches, gefletschtes Maul unter einem doppelt senkrechten Nasenschlitz, darüber zwei beinahe faustgroße, gelb leuchtende Augen hinter durchsichtigen Nickhäuten. Und jetzt, als es näher kam, sah ich auch noch mehr Unterschiede zu den mir bekannten *Shoggoten*-Monstern. Sein Leib war nicht glatt, sondern seltsam gerippt und in der Mitte eingeengt, und es gab sogar die Andeutung eines Halses. Es sah aus, wie ...

Der Gedanke war so grässlich, dass ich mich weigerte, ihn zu Ende zu denken. Mit einer Bewegung, die seinem plumpen Äußeren Hohn sprach, schob sich die Bestie ganz über mich und streckte die Arme aus. Ihr schwarzer, aufgedunsener Leib senkte sich wie ein ekeliger Ballon auf mich herab. Eine doppelte Reihe tödlicher Haifischzähne blitzte in dem schwarzen Wasser auf und dann berührten ihre widerwärtigen Hände meine Brust und meinen Hals, glitten tastend daran hinauf und fingerten über das geriffelte Metall meines Taucherhelmes.

Die Berührung des kühlen Messings war das letzte Gefühl, das das Monstrum in seinem Leben hatte; mit Ausnahme vielleicht der fünf Inches scharfen Stahls, die ich ihm in den Leib stieß.

Mit einem ungeheuren Brüllen bäumte sich die Bestie auf, warf sich herum – und zerplatzte zu einer Wolke wirbelnden grauschwarzen Schleimes. Der Druck der lautlosen Explosion schleuderte mich davon. Ich prallte gegen Stein, schrammte mit dem Rücken über scharfkantige Lava und riss angstvoll die Hände vor das Gesicht, um meine Maske und den empfindlichen Atemschlauch zu schützen, von denen mein Leben abhing. So schnell ich konnte, paddelte ich davon, blind, die Hände nach vorne ausgestreckt und das Messer kampfbereit haltend, tauchte aus der brodelnden Wolke heraus und schoss in die Höhe.

Aber meine Angst war unbegründet. Das Ungeheuer, das unter mir auf die unappetitliche Art seiner Rasse vergangen war, war das einzige gewesen. Vermutlich hatte ich seinen Weg nur rein zufällig gekreuzt. Trotzdem blieb ich auf der Hut, als ich weiterschwamm, denn die Chance, eine zweite Begegnung mit einem dieser Monster lebend zu überstehen, war ziemlich klein. Ich machte mir in diesem Punkt nichts vor – dass ich den *Shoggoten* erledigt hatte, war pures Glück gewesen. Schließlich hatte er kaum damit rechnen können, von einer Wasserleiche angegriffen zu werden. Wie der Kampf ausgegangen wäre, hätte er mich ernsthaft angegriffen, statt nur meinen Taucherhelm zu begrabschen, wagte ich mir gar nicht erst auszumalen.

Unschlüssig drehte ich mich einmal um meine Achse, musterte einen Moment lang die versunkene Stadt tief unter mir und wandte mich dann der Höhle zu, in die der *Shoggote* mich hatte zerren wollen. Es fiel mir schwer, zu glauben, dass es sich nur um *sein* Esszimmer handeln sollte. Hatte Several nicht gesagt, dass manchmal auch *seine* Diener durch die unterseeische Verbindung ins Haus kamen?

Vorsichtig schwamm ich los, hielt dicht vor dem klaffenden, wie ein aufgerissenes steinernes Maul geformten Höhleneingang an und wechselte das Messer von der Rechten in die Linke. Jetzt bedauerte ich es, nicht doch die ganze Ausrüstung mitgenommen zu haben, die mir Nemo gegeben hatte, denn dazu hatte auch eine Lampe gehört, die unter Wasser funktionierte. Aber es half wohl wenig, einmal gemachten Fehlern nachzutrauern.

Ich ließ mich tiefer sinken, bis ich den mit scharfkantigen Lavabrocken übersäten Boden berührte, streckte vorsichtig die rechte Hand aus und glitt in die Höhle hinein, jeden Moment darauf gefasst, von einer weiteren Missgeburt von Kaulquappe angegriffen zu werden.

Die Höhle war leer. Auf dem Boden lagen graue, flockig aufgelöste Dinge, deren genaues Aussehen zu erkennen sich meine Eingeweide weigerten, und an ihrem hinteren Ende schimmerte ein grünliches, unheimliches Licht; die gleiche Art unheimlicher Helligkeit, die ich auf dem Grunde des Sees erblickt hatte, wenn auch weniger intensiv, sondern zu verschwommenen Flecken geronnen, zwischen denen Finsternis und die namenlosen Schrecken meiner eigenen Furcht lauerten. Mit klopfendem Herzen schwamm ich weiter, verhielt noch einmal, um mich angstvoll umzusehen, und drang schließlich in den helleren Bereich der Höhle vor.

Es war ein Gang. Seine Wände waren so von Schmieralgen und Wasserpflanzen überwuchert, dass ich erst auf den zweiten Blick begriff, mich nicht mehr in einer natürlich entstandenen Höhlung, sondern in einem von Menschen- oder Was-auch-immer-Hand erschaffenen Stollen zu befinden. Zwischen den Pflanzen wucherten kleine, unregelmäßige Flecken einer sonderbar körnigen Substanz, von denen das grüne Licht ausging. Neugierig hielt ich inne und berührte einen der Flecken mit der Messerspitze. Dort, wo der geschliffene Stahl seine Oberfläche ritzte, erlosch das Licht, und ein graues Etwas quoll wie wolkiges Blut aus dem Schnitt.

Ich erinnerte mich, gelesen zu haben, dass es eine gewisse Art von Tiefseepflanzen gibt, die ein natürliches Licht erzeugen und so die ewige Nacht am Grunde des Meeres erhellten. Dies musste eine dieser Pflanzen sein – wenngleich ich nicht verstand, was sie hier, in einem See in Schottland, zu suchen hatte.

Ich schwamm weiter. Es gab Wichtigeres zu klären als dieses Geheimnis.

Je tiefer ich in den Gang eindrang, desto spärlicher wurde der Pflanzenbewuchs, und bald glitt ich durch einen mannshohen, von flackerndem, grünem Licht erhellten Stollen mit roh gemauerten Wänden, übersät mit Schriftzeichen, unverständlichen Hieroglyphen und barbarischen Basreliefs, die seltsam unangenehm anzuschauen waren und Dinge zeigten, die mein Verstand nicht erfassen konnte. Vergeblich versuchte ich, die Zeit abzuschätzen, die ich jetzt unter Wasser war. Ich wusste nur, dass es lange war und ich bald umkehren musste, sollte mein Luftvorrat noch für den Rückweg reichen.

Dann fand ich den Saal.

Der Stollen hörte unvermittelt auf, und vor mir erstreckte sich ein gewaltiger, wassergefüllter Saal von fünfeckigem Grundriss, dessen Wände von einem Spinnennetz der grünen Leuchtalgen bedeckt waren. Genau in seiner Mitte und von einer doppelten Reihe barbarischer Dämonenskulpturen bewacht, erhob sich eine Art steinerner Altar, wie der Raum selbst fünfeckig und mit verwirrenden Symbolen und Schriftzeichen bedeckt. Seltsamerweise war er der einzige Fleck in diesem unterseeischen Tempel, der von den Leuchtalgen verschont geblieben war. Er strahlte etwas Düsteres aus. Ich konnte das Gefühl nicht in Worte fassen – aber es war mir unmöglich, ihn länger als wenige Sekunden anzusehen. Irgendetwas in mir weigerte sich, das schwarze Monstrum zur Kenntnis zu nehmen.

Vorsichtig schwamm ich weiter in den Saal hinein, sah mich um und blickte schließlich nach oben. Auch die Decke war von den grünen Algen bedeckt, aber in ihrer Mitte – und sicherlich nicht durch Zufall – war ein fünfeckiger Fleck von doppelter Mannsgröße frei geblieben. Neugierig schwamm ich darauf zu, berührte ihn mit der Messerspitze und fand keinen Widerstand. Die Messerspitze verschwand vor meinen Augen und tauchte wieder auf, als ich die Hand senkte.

Es dauerte einen Moment, bis ich den verwirrenden Effekt begriff. Das Verschwinden meines Messers hatte nichts mit Magie oder Zauberei zu tun, sondern war nichts als eine ganz normale, optische Täuschung. Der fünfeckige Bereich von Finsternis war nichts anderes als ein Schacht, der nicht mit Wasser, sondern mit Luft gefüllt war. Ein Schacht, der in die Höhe führte.

Ich hatte das Gut gefunden.

Vor dem riesigen runden Fenster wogte die Nacht. Die beiden großen Bugscheinwerfer der NAUTILUS waren eingeschaltet und stachen grelle Lichtbahnen aus der Schwärze, wie zwei klaffende Risse in einer Wand aus Finsternis. Manchmal tauchten blitzende Punkte im Schein des grellen elektrischen Lichtes auf; Fische, die angelockt durch das Licht herangekommen waren und flohen, als der Gigant sich näherte. Trotzdem vermochte das Licht die Schwärze nicht vollkommen zu vertreiben; die Helligkeit war vergänglich, nicht mehr als ein schwacher Hauch aus einer fremden Welt, der das immer währende Dunkel hier unten, eine halbe Meile unter der stürmischen Oberfläche des Meeres, nicht durchdringen konnte. Vom Anbeginn der Zeit an hatte die Nacht hier unten regiert, und sie würde es tun, solange sich dieser Planet drehte und seine Ozeanbecken mit Wasser gefüllt waren. Trotz allem war die NAUTILUS ein Fremdkörper, der nur geduldet war, und trotz ihrer phantastischen technischen Möglichkeiten, trotz der doppelt zollstarken Panzerung ihres Rumpfes und der gewaltigen Maschinen, die wie ein stählernes Herz tief in ihrem Leib schlugen, war sie verwundbar und vergänglich wie alles, was Menschenhand geschaffen hatte.

Auf dem Kontrollpult vor Nemo leuchteten zwei kleine, gelbe Lampen auf. Nemo schrak aus seinen Gedanken hoch, warf einen raschen Blick auf ein sonderbar geformtes Kontrollinstrument neben sich und legte rasch hintereinander drei Schalter um. Innerlich rief er sich zur Ordnung. Seine Gedanken begannen sonderbare Wege zu gehen, wenn er nicht Acht darauf gab; Wege, die ihn erschreckten und die falsch waren. Vielleicht war er von allen lebenden Menschen der, der die Meere und ihre Geheimnisse am besten kannte. Aber er kannte auch ihre Gefahren, und es waren nicht nur der unvorstellbare Druck und die tückischen Strömungen hier unten. Das Schlimmste waren die Schwärze und die Einsamkeit.

»Wie lange noch?«

Die Stimme klang seltsam verzerrt, als wäre es ein Kehlkopf aus Stahl, der sie formte, und sie rief unheimliche Echos in dem großen Salon hervor und fügte den namenlosen Gespenstern in der Dunkelheit vor den Bullaugen weitere Schrecken hinzu. Nemo schauderte und wandte rasch den Blick vom Fenster.

»Wir sind da«, antwortete er. »Sieh.« Seine Hand wies hinaus. Die beiden grell weißen Lichtbahnen der Scheinwerfer waren nicht mehr leer. An ihrem Ende, nur noch wenige hundert Yards entfernt, hatte glitzernder schwarzer Fels das Wogen der Wassermassen abgelöst; eine gewaltige, scheinbar endlos weit in die Höhe strebende Wand aus Lava und Sedimentgestein, mit Algen und Tang und großen Büschen sonderbar farbloser Tiefseepflanzen bewachsen.

Nemo betätigte ein paar weitere Schalter. Im ersten Moment war keine Reaktion zu bemerken, aber dann änderte sich etwas im bis dahin gleichmäßigen Pochen der Maschinen; das Schiff schwankte einen Moment und fand dann in sein gleichmäßiges Gleiten zurück. Aber es war langsamer geworden. Sehr viel langsamer.

Im Zentrum des Lichtscheines, dort, wo sich die beiden gewaltigen Strahlen kreuzten, erschien eine Öffnung. Zuerst schien es nur ein Spalt, aber als die NAUTILUS näherkam, erkannte man, dass es sich in Wahrheit um einen gewaltigen, klaffenden Riss im Felsen handelte, den Beginn eines Stollens, der so tief in den Fels hineinführte, dass sich das Licht der Scheinwerfer verlor, ohne auf ein weiteres Hindernis zu stoßen.

Die NAUTILUS verlor rasch an Geschwindigkeit. Als sie den Anfang des Tunnels erreicht hatte, war das gewaltige Schiff kaum mehr schneller als Fußgänger. Trotzdem drosselte Nemo seine Geschwindigkeit noch weiter, bis der gigantische stählerne Hai nahezu reglos auf der Stelle schwebte.

»Du willst es wirklich tun?« Obwohl die Stimme noch immer fremd und verzerrt klang, hörte Nemo deutlich den Unterton von Sorge, der darin mitschwang. Trotzdem hantierte er fast eine Minute weiter an seinen Kontrollen, bis er sicher war, dass sich das Schiff nicht mehr bewegte und reglos vor der Felswand hing, mit seinen gewaltigen Schrauben den Druck der Strömung ausgleichend. Das Pochen der Maschinen klang jetzt fast wütend.

Nemo wandte sich um und sah zu der Gestalt neben sich hoch.

Der Anblick, der sich ihm bot, hätte ihn nicht erschrecken dürfen, aber er tat es. Der Mann trug einen Unterwasserpanzer, einen der wuchtigen, vollkommen luftdicht abgeschlossenen Anzüge, wie sie auch er selbst und seine Männer benutzten, wenn sie die NAUTILUS unter Wasser verlassen mussten. Der einzige Unterschied war der wulstige Kautschukschlauch, der aus dem Rücken des Anzuges hervorwuchs und die gepanzerte Gestalt wie eine bizarre Nabelschnur mit einem Ventil in der Wand verband.

Nein, es war nicht der Anzug, der Nemo erschreckte; auch nicht das bärtige, ausgemergelt wirkende Gesicht mit den brennenden Augen hinter der runden Sichtscheibe des Helmes. Es war das Wissen, warum der Mann diesen Anzug trug, hier, in der Zentrale der NAUTILUS, warum er Luft aus einem speziellen Tank atmete und warum seine verbrauchte Luft durch ein versiegeltes Rohr direkt ins Meer hinausgeblasen wurde. Nemo fröstelte. Es verging fast eine Minute, bis er merkte, dass er noch nicht auf die Frage geantwortet hatte.

»Uns bleibt keine andere Wahl«, murmelte er. »Ich täte es nicht, hätten wir mehr Zeit, aber so ...« Er sprach nicht weiter, sondern ließ den Satz unbeendet in der Luft hängen, aber der Mann in der Tiefseemontur schien auch so zu wissen, was er sagen wollte, denn er nickte, kam mit einem sonderbar schwerfälligen, tapsigen Schritt näher und stützte die gepanzerten Handschuhe auf der Kante von Nemos Kontrollpult auf.

»Ob er es geschafft hat?«, murmelte er.

»Robert?« Nemo zuckte mit den Achseln, lächelte plötzlich und nickte. »Sicher. Wenn auch nur die Hälfte von dem stimmt, was du mir über ihn erzählt hast ...« Er schüttelte den Kopf und starrte einen Moment auf den Schacht, der wie ein gigantisches steinernes Maul in der Wand vor der NAUTILUS klaffte. »Er erinnert mich an seinen Vater«, murmelte er. »Die beiden sind sich ähnlicher, als ich dachte.« Plötzlich runzelte er die Stirn, drehte sich in seinem Stuhl herum und blickte das Gesicht hinter dem Taucherhelm an.

»Warum hast du mir verboten, ihm die Wahrheit zu sagen?«

Der Mann in der Tiefseemontur schwieg einen Moment. Dann lächelte er, aber es sah aus wie eine Grimasse. »Es ist das Beste so, Nemo«, sagte er. »Glaube mir. Was hätte es genutzt, ihm alles zu erklären? Er hätte nur versucht, mir zu helfen, und wertvolle Zeit vergeudet.«

Nemo schwieg, aber der Ausdruck auf seinem Gesicht sagte sehr deutlich, was er von den Worten seines Gegenübers hielt, und nach einer Weile fuhr der Mann in der Tiefseemontur fort: »Es hat keinen Sinn, Wasser in ein durchlöchertes Fass zu gießen, Nemo. Es ist aus, und du weißt es.«

Nemo schnaubte. »So? Aus, mein lieber Freund, ist es erst dann, wenn du tot bist – das waren deine eigenen Worte, erinnerst du dich?«

Der andere machte eine wegwerfende Handbewegung. »Das war etwas anderes«, sagte er. »Zum Teufel, Nemo – ich bin doch längst tot. Ich bin nur zu stur, es zuzugeben.« Er lachte, aber der wuchtige Helm, den er trug, machte ein Geräusch daraus, das wie ein unterdrückter Schrei klang. »Wäre es nicht so bitter ernst, würde ich es für einen gelungenen Scherz halten, Nemo. Mit einer Frau namens Lyssa hat alles angefangen, und eine Krankheit des gleichen Namens bringt mich jetzt um. Ist das wirklich noch ein Zufall?«

Nemo starrte ihn an, setzte dazu an, etwas zu sagen, schürzte aber dann nur die Lippen und wandte sich mit einem Ruck wieder seinen Kontrollen zu. Wieder begannen die Maschinen der NAUTILUS zu dröhnen, als er mit raschen, fast zornig wirkenden Bewegungen eine Anzahl Schalter auf seinem Pult umlegte.

Wenige Augenblicke später glitt das gigantische Unterwasserschiff in den Felsspalt hinein. Nemo hörte, wie sich die gepanzerte Gestalt neben ihm umwandte und mit schwerfälligen Schritten aus dem Salon ging, aber er sah ihr nicht nach, sondern starrte verbissen aus dem Fenster aus fingerdickem Glas.

Die beiden Scheinwerferstrahlen glitten über glitzernden Fels und scharfkantige Lava, rissen Schemen aus noch dunklerem Schwarz aus der Finsternis und tasteten über gewaltige Risse und Schlünde, die tiefer in den Leib der Erde hineinführten.

Aber an ihrem Ende war noch immer Dunkelheit.

Es überstieg fast meine Kräfte, aus dem Schacht herauszuklettern, denn es hatte weder eine Leiter noch Steigeisen oder sonst eine Möglichkeit gegeben, an der gemauerten Wand hinaufzukommen außer der, mich mit den Füßen auf der einen Seite und dem Rücken auf der anderen abzustützen und wie ein Bergsteiger in einem Kamin Fuß über Fuß hinaufzuklettern. Wer einmal versucht hat, sich auf diese Weise nur fünf Minuten im Türrahmen zu halten, weiß, wovon ich rede.

Ich war so erschöpft, dass ich minutenlang liegen blieb und keuchend nach Atem rang, ehe ich überhaupt wieder die Kraft fand, meine Umgebung bewusst wahrzunehmen. Mühsam stemmte ich mich hoch, löste mit zitternden Fingern die Verschlüsse meines Taucherhelmes und schob das klobige Messingding nach oben.

Ich war in einem Raum, der sich schwer mit wenigen Worten beschreiben ließ – einer sonderbaren Mischung aus Keller, Altarraum und Rumpelkammer. Unmittelbar vor dem fünfeckigen Schacht, aus dem ich hervorgekommen war, stand ein klobiges schwarzes Ding, das ein kleinerer Bruder des Altars unter mir zu sein schien, und der Boden, auf dem ich lag, war mit kabbalistischen Zeichen und unverständlichen Runen übersät. Neben dem Altar stand ein Paar verrosteter Kerzenständer von mehr als Manneshöhe, und auf der anderen Seite des Raumes führte eine gemauerte Treppe zu einer Tür zehn oder fünfzehn Fuß über mir, direkt unter der Decke des Ziegelsteingewölbes.

Aber es gab auch überall deutliche Anzeichen von Verfall und Alter – von der Decke hingen Spinnweben wie schwere graue Vorhänge, überall in Ritzen und Nischen hatte sich Staub gesammelt, der von der Feuchtigkeit zu einer schmierigen grauen Schicht zusammengebacken worden war, und unter der Treppe stapelten sich Kisten und Fässer und verrottete Bündel in heillosem Durcheinander. Und auf dem Boden – waren frische Fußspuren!

Ich vergeudete einige weitere Minuten damit, mich gründlich umzusehen ohne mich indes von der Stelle zu rühren, dann streifte ich die Schwimmflossen ab, befreite mich aus dem Haltegeschirr des Oxygentanks und ging, sorgsam darauf bedacht, meine Füße nur in die vorhandenen Spuren zu setzen und so meine Anwesenheit nicht gleich zu verraten, sollte jemand zufällig hier herunterkommen, auf die Treppe zu. In dem Tohuwabohu daneben fand sich rasch ein Versteck für meine Ausrüstung. Ich behielt nur das Messer, als ich mich umwandte und die Treppe hinauflief.

Fortuna war weiter auf meiner Seite, denn die Tür war nicht verschlossen. Dafür quietschte sie gotterbärmlich, als ich vorsichtig die Klinke herunterdrückte und durch den entstandenen Spalt lugte.

Vor mir lag ein niedriger, fensterloser Gang mit gewölbter Decke, der nach knapp zehn Schritten vor einer weiteren, nur angelehnten Tür endete, durch deren Ritzen der flackernde Lichtschein einer Fackel fiel. Ich vernahm gedämpftes Stimmengemurmel, dann ein helles, plötzliches Klirren, dem ein raues Lachen und das wütende Keifen einer Frauenstimme folgten.

Ich zögerte einen Moment, sah mich noch einmal aufmerksam im Keller um und schob die Tür schließlich ganz auf, als ich keinen weiteren Ausgang zu entdecken vermochte. Die Tür quietschte noch lauter. Eigentlich war es ein Wunder, dass man das Geräusch in dem angrenzenden Raum nicht hörte.

Geduckt schlich ich durch den Gang, die Hand auf das Messer gelegt. Der flüchtige Optimismus, der von mir Besitz ergriffen hatte, als ich aus dem Wasser stieg, bekam einen gehörigen Dämpfer, als ich die Tür an seinem Ende erreichte und durch den Spalt sah.

Der Raum dahinter war womöglich noch schmutziger als der untere Keller, hatte aber gleich drei Ausgänge und ein – wenn auch vergittertes – Fenster auf der einen Seite. Auf einer Anzahl umgedrehter Kisten, die als Tisch- und Stuhlersatz dienten, saßen drei Männer und eine Frau, zwei davon mit dem Rücken zu mir, die anderen so, dass sie mich sehen mussten, wenn ich auch nur die Nase aus der Tür steckte.

Ein halbes Dutzend Kerzen und eine fast heruntergebrannte Fackel verbreiteten schummeriges Licht, die Luft war verräuchert und stank nach kaltem Tabaksqualm, und zwischen den vieren kreiste eine bauchige Wermutflasche. Die Frau – sie war überraschend jung und hätte, wäre sie sauber gewaschen und anders als in Fetzen gekleidet gewesen, wahrscheinlich sogar gut ausgesehen – kicherte ununterbrochen vor sich hin und wankte beständig von rechts nach links, und auch die drei anderen schienen kaum weniger betrunken zu sein.

Schweren Herzens richtete ich mich auf, trat einen halben Schritt zurück und zog das Messer aus dem Gürtel. Ich hätte weiß Gott einen anderen Weg bevorzugt, Bannermann zu finden, aber so, wie die Dinge lagen, musste ich an diesen vieren vorbei, ganz egal, wie.

Dann drehte einer der Männer, die mit dem Rücken zur Tür saßen, den Kopf, und als ich sein Gesicht sah, schmolzen meine Skrupel auf einen kümmerlichen Rest zusammen. Es war einer der Schläger, die Bannermann und mich in Aberdeen überfallen und den Kapitän entführt hatten!

Mit einem wütenden Tritt schmetterte ich die Tür auf und sprang in den Raum.

Die drei Männer fuhren in einer fast synchronen Bewegung hoch und wirbelten herum, während das Mädchen vor Schrecken nach hinten kippte und lallend liegen blieb. Der Dürre, den ich aus Aberdeen kannte, stieß ein zorniges Grunzen aus, zauberte ein Klappmesser aus der Tasche und ließ es aufschnappen.

Eine halbe Sekunde später wiederholte er selbst die Bewegung in umgekehrter Richtung, denn mein Knie kollidierte ziemlich unsanft mit seinem Magen. Beinahe gleichzeitig schlug ich den zweiten mit dem Ellbogen nieder, fuhr herum – und konnte mich gerade noch rechtzeitig ducken, um der mit aller Macht geschleuderten Wermutflasche zu entgehen, die der dritte nach mir schleuderte!

Die Flasche zerbarst mit einem lauten Knall an der Wand hinter mir und fast im gleichen Moment drang der dritte Mann auf mich ein. Er war so betrunken, dass er kaum auf den Füßen zu stehen vermochte. Ich wich seinen wirbelnden Fäusten mit Leichtigkeit aus, sprang ein Stück zurück und versetzte ihm eine Gerade auf die Nase, die wahrscheinlich selbst Rowlf gefällt hätte.

Ihn nicht.

Der Kerl verharrte mitten im Schritt, starrte mich eine halbe Sekunde lang aus runden Augen an und hob dann langsam die Hand ans Gesicht. Verblüfft starrte er auf das Blut, das aus seiner Nase lief, schniefte ein paar Mal und hob abermals die Fäuste.

»Na warte, Bursche«, lallte er. »Das haschte nischt umschonscht gemacht.«

Mir blieb keine Zeit, ihn darüber aufzuklären, dass ich keinen

Penny für den Hieb verlangte, denn er hob die Arme, blies mir seine gewaltige Alkoholfahne ins Gesicht und drosch mit aller Macht auf mich ein.

Ich wich seinen Hieben aus, trat ihm nacheinander vor beide Knie und hämmerte ihm die Fäuste in den Magen, aber der Kerl hatte entweder die Konstitution eines Walfisches oder war einfach zu betrunken, um meine Hiebe überhaupt zu spüren. Schritt für Schritt trieb er mich vor sich her, ununterbrochen auf mich einschlagend und dabei aus Leibeskräften brüllend. Schließlich stand ich mit dem Rücken zur Wand.

Der Kerl grunzte triumphierend, ballte eine gewaltige schmutzige Faust vor meinem Gesicht und schlug zu.

Ich duckte mich im letzten Moment. Seine Faust krachte gegen die Wand, dass ich den Stein knirschen hörte, und diesmal schien sogar sein Spatzengehirn so etwas wie Schmerz zu registrieren, denn er jaulte auf, klemmte die Hand unter die Achselhöhle und hüpfte auf einem Bein davon. Ich trat es ihm unter dem Leib weg.

Als ich mich umwandte, waren mein dürrer Freund aus Aberdeen und sein Kamerad schon wieder auf den Beinen und läuteten die zweite Runde ein. Der Dürre hatte sein Messer wieder ergriffen, und die Art, in der er damit in der Luft herumfuchtelte, sagte mir deutlich, dass er ein Könner im Umgang mit dieser Waffe war.

Schritt für Schritt, leicht nach vorne gebeugt und mit gespreizten Beinen, wich ich vor den beiden zurück. Der Dürre wechselte mit einem hämischen Kichern sein Messer ein paar Mal von der Rechten in die Linke und zurück, während sein Kumpan unentwegt die Hände schloss und öffnete. Hinter mir stemmte sich auch der dritte Kerl schon wieder auf die Füße.

Ich musste zu einer Entscheidung gelangen. Im Grunde zweifelte ich nicht einmal daran, mit den dreien fertig zu werden; ich hatte nicht umsonst einen großen Teil der letzten Jahre damit verbracht, alle möglichen Arten der Selbstverteidigung zu erlernen, und die drei waren so betrunken, dass auch ein weniger geschulter Mann als ich eine gute Chance gegen sie gehabt hätte. Aber ich hatte weder Zeit noch Lust, mich auf einen langen Kampf einzulassen. Ich war hier, um Bannermann zu befreien, nicht um mich mit Betrunkenen zu prügeln.

Als der Dürre angriff, wartete ich bis zum letzten Moment. Sein Messer zuckte in einem gemeinen Stich von unten herauf nach meiner Brust, aber ich hatte eine Gemeinheit wie diese erwartet, packte sein Handgelenk, verdrehte es und kugelte ihm den Daumen aus, als er das Messer fallen ließ. Der Dürre kreischte, aber ich ließ seine Hand nicht los, sondern packte ihn im Gegenteil mit der Linken an der Schulter, benutzte ihn als Angelpunkt und stieß ihn mit aller Kraft von mir.

Der Dürre taumelte nach hinten, wie ich es gehofft hatte, fiel gegen seine Kameraden und riss sie von den Füßen.

Ich gab den beiden keine Chance, noch einmal aufzustehen, sondern setzte ihnen nach und betäubte sie mit zwei gezielten Schlägen. Dann wandte ich mich um, ging zu dem Dürren hinüber und riss ihn auf die Füße. Der Mann wimmerte, machte aber keinen Versuch mehr, mich anzugreifen. Vielleicht boxt es sich mit einem verrenkten Daumen auch nicht sehr gut.

»Hören Sie auf, Craven!«, flehte er.

»Sie wissen also noch, wer ich bin. Gut. Dann wissen Sie ja auch, warum ich hier bin, nicht?«

Der Mann fuhr zusammen wie unter einem Hieb. Plötzlich war in seinen Augen nur noch Angst. »Was wollen Sie?«, keuchte er. »Ich ... ich habe nur einen Befehl ausgeführt. Ich habe nichts gegen Sie, Craven. *Er* hat mich gezwungen. *Er* zwingt uns alle. *Er* bringt uns um, wenn wir *seinen* Befehlen nicht gehorchen!«

»Was glaubst du wohl, was ich mit dir mache, wenn du mir nicht sagst, wo Bannermann ist?«, drohte ich. »Sprich endlich, Kerl! Ich weiß, dass ihr ihn hierher gebracht habt!«

Es war sonderbar – aber im gleichen Augenblick, in dem ich Bannermanns Namen erwähnte, hörte der Dürre auf zu zittern. Ein sonderbar fragender Ausdruck erschien in seinen Augen, und plötzlich war etwas Lauerndes darin, das ich mir nicht erklären konnte.

»Bannermann?«, vergewisserte er sich.

Ich nickte, stieß ihn wütend gegen die Wand und ballte die Faust vor seinem Gesicht. »Sprich endlich, Kerl!«, sagte ich. »Ich finde ihn auch alleine, aber ich schwöre dir, dass du dann mehr als nur einen verrenkten Daumen hast!«

»Aber aber, Robert Craven«, sagte eine Stimme hinter mir. »Du enttäuschst mich. Es ist doch eigentlich gar nicht deine Art, Schwächeren mit Gewalt zu drohen.«

Eine einzige, endlose Sekunde lang blieb ich wie versteinert stehen. Dann ließ ich den Dürren fahren, wirbelte herum und stieß einen krächzenden Schrei aus!

Es war noch nicht lange her, dass ich ihn das letzte Mal gesehen hatte; nicht einmal ganz zweihundert Millionen Jahre und zwei Wochen, um genau zu sein. Aber selbst wenn es zehn Mal so lange gewesen wäre, hätte ich das schmale, grausam geschnittene Gesicht mit den riesigen Fischaugen und den Kiemenschlitzen am Hals nicht vergessen.

So wenig wie seine sonderbare Art zu reden; seine Stimme, die kaum der eines Menschen glich, und den gnadenlosen Ausdruck in seinem Blick, die zu Schwimmflossen gewordenen Hände und die silbergrüne Schuppenhaut, die selbst im düsteren Licht des Kellers wie polierter Smaragd glänzte.

»Dagon!«, keuchte ich.

Langsam, Yard für Yard und unendlich vorsichtig, glitt die NAUTILUS durch den Tunnel. Rings um sie herum war Stein, jahrmillionenalter Fels, der noch nie das Licht der Sonne gesehen hatte und dessen Kanten und Grate gierig darauf lauerten, ihren empfindlichen Leib zu fassen und aufzureißen. Manchmal tauchten nebelige Dinge im Licht der beiden Scheinwerfer auf und verschwanden wieder, ehe sie wirklich sichtbar wurden.

Obwohl die Temperaturen im Salon eher niedrig waren, war Nemo in Schweiß gebadet. Er wusste, dass die bizarre Fahrt bisher nicht länger als eine halbe Stunde dauerte, aber er hatte das Gefühl, seit Wochen am Steuerpult des Schiffes zu sitzen, jeder einzelne Nerv bis zum Zerreißen gespannt, jeder Muskel so verkrampft, dass er schmerzte.

Aus brennenden Augen starrte er auf den runden, tellergroßen Bildschirm, auf dem ein Bild des Tunnels zu sehen war, wie man es wohl vom Bug der NAUTILUS aus erblicken konnte. Das Boot verfügte über zwei unabhängige Ruderanlagen, die eine oben im Turm der NAUTILUS, die andere hier unten im Salon.

Nemos Finger huschten wie kleine, von eigenem Leben erfüllte Wesen über die verwirrende Anordnung von Schaltern und Hebeln vor ihm. Unendlich behutsam steuerte er das Schiff, so vorsichtig wie nie zuvor in seinem Leben und von dem quälenden Wissen erfüllt, dass schon ein kleiner Fehler, eine Winzigkeit zu viel Schub, eine einzige Umdrehung der gewaltigen Heckschraube zu viel oder zu wenig, ein Zoll, wenn eines der Ruder falsch geneigt war, das Ende bedeuten konnte. Das schwarze Wasser rings um die NAUTILUS schien unbewegt, aber seine Instrumente verrieten ihm, dass das Gegenteil der Fall und der unterseeische Tunnel in Wahrheit von einer reißenden Strömung erfüllt war. Ein Fehler und die entfesselten Wassermassen würden das Schiff gegen den Felsen drücken und zermalmen.

Die Fahrt ging weiter. Eine Stunde verging, dann noch eine, und noch immer war kein Ende dieses endlos langen Stollens zu sehen. Und noch immer waren Nemos Nerven bis zum Zerreißen gespannt.

Er merkte nicht einmal, wie die Tür am hinteren Ende des Salons aufging und eine hünenhafte Gestalt in den Raum huschte und hinter einem Vorhang verschwand.

»Du?«, murmelte ich fassungslos. »Du bist ...« Ich begann zu stammeln, brach ab und starrte den hochgewachsenen Mann – Mann? – mit dem Fischgesicht hilflos an.

»Ich«, bestätigte Dagon. Ein dünnes, schwer zu deutendes Lächeln spielte um seine farblosen Lippen. »Ich wusste, dass du kommst, Robert Craven«, sagte er. »Ich wusste es im gleichen Moment, in dem ich deinen Namen hörte. Ich habe auf dich gewartet.«

Ich antwortete noch immer nicht. Der Anblick des Fischmannes hatte mich mehr als nur erschüttert. »Du?«, wiederholte ich fassungslos. »Du bist ... das Oberhaupt dieser ... dieser Sekte?«

Dagon schüttelte sanft den Kopf, eine Geste, die sein nicht menschliches Äußeres auf grausige Art zu betonen schien. »Nicht ihr Oberhaupt, Robert Craven«, sagte er. »Ihr Gott.« Er lachte, hob die Hand und gab dem Dürren einen Wink. »Entwaffne ihn.«

Der Bursche riss mir das Messer aus der Hand und versetzte mir einen Knuff, der mir die Luft aus den Lungen trieb. Dagon machte eine ärgerliche Handbewegung. »Lass das!«, befahl er scharf.

»Du hast dazugelernt«, murmelte ich. »Als wir uns das letzte Mal begegnet sind, warst du nicht so zart besaitet.«

Dagon lächelte. »Es hat mich einen guten Mann gekostet, zu lernen, dass man jemanden wie dich entweder töten oder zum Freund gewinnen muss«, antwortete er. »Das Zweite wäre mir lieber.«

»Du musst verrückt sein«, antwortete ich impulsiv. »Du –«

»Warum hörst du mir nicht erst zu, ehe du urteilst, Robert Craven?«, unterbrach mich Dagon. »Möglicherweise interessiert dich mein Vorschlag ja.«

»Vielleicht«, sagte ich, »wenn er darin besteht, dass du dich in eine Schiffsschraube wirfst.«

Dagon lachte. »Du hast Humor«, sagte er. »Gut. Du wirst ihn brauchen. Komm.« Er wandte sich um, winkte mir befehlend mit der Hand ihm zu folgen, und trat auf die Tür zu, durch die ich selbst den Raum betreten hatte. Plötzlich begriff ich, dass er mir gefolgt sein musste.

Der Riese mit dem Walnussgehirn begann sich zu regen, als ich mit einem großen Schritt über ihn hinwegstieg. Stöhnend hob er den Kopf, starrte mich aus seinen vom Alkohol verschleierten Augen an und lallte ein paar unverständliche Worte.

Dagon verzog angeekelt das Gesicht. »Ihr Menschen seid ein sonderbares Volk«, sagte er, während er den Riesen angewidert musterte. »Auf der einen Seite vollbringt ihr ganz Erstaunliches, und auf der anderen Seite benehmt ihr euch schlimmer als die Tiere.«

Ich zog es vor zu schweigen, denn ich konnte ihm schwerlich widersprechen. Dagon schüttelte den Kopf und ging weiter. Ich revidierte meine Meinung über den Unterschied zwischen ihm und seinen Leuten um ein gehöriges Stück, während ich ihm folgte.

Wir gingen den Gang zurück und betraten den Keller. Er war nicht mehr leer. Ein gutes halbes Dutzend Männer kniete in sonderbar anmutender Haltung vor dem Altar, und schon bevor Dagon die Tür öffnete, hörte ich das dumpfe Auf und Ab ihrer Stimmen, mit dem sie eine Art barbarisches Gebet zu intonieren schienen. Keiner von ihnen sah auf, als Dagon, der Dürre und ich die Treppe hinabgingen, und ich hatte das sichere Gefühl, eine Woge der Furcht durch den Raum rasen zu fühlen. Was immer Dagon für diese Männer war, er war kein gnädiger Gott.

Dagon blieb am Fuße der Treppe stehen und deutete mit einer befehlenden Geste auf den Gerümpelhaufen, in dem ich meinen Lufttank versteckt hatte.

»Nimm dein Atemgerät«, sagte er. »Du wirst es brauchen, dort, wo wir hingehen.«

Ich blickte unsicher zu dem fünfeckigen Schacht hinter dem Altar. Der Gedanke, ein zweites Mal in diesen grässlichen See hinabtauchen zu sollen, erfüllte mich mit eisigem Schrecken. Aber ich war nicht in der Situation, irgendwelche Wünsche anmelden zu können.

Gehorsam zog ich den Tank hervor, band ihn um und stülpte den Helm über, ließ den Sauerstoffschlauch aber noch, wo er war. Der

Tank war allerhöchstens noch zur Hälfte gefüllt; ich musste sparsam damit umgehen.

Dagon beobachtete mich interessiert. Als ich fertig war, streckte er die Hand aus und befühlte vorsichtig das geriffelte Metall meiner Maske. »Erstaunlich«, sagte er. »Ich komme nicht umhin, euch Respekt zu zollen, Robert Craven. Ihr seid ein einfallsreiches Volk.«

Ich hätte ihm gerne bewiesen, wie einfallsreich ich sein konnte, aber der Dürre stand weniger als einen Schritt hinter mir, und wahrscheinlich wartete er nur auf einen Vorwand, mir sein Messer in den Rücken zu stoßen; außerdem hatte ich am eigenen Leibe erfahren, wie ungeheuer stark Dagon war. So beließ ich es bei einem bösen Blick, den Dagon wahrscheinlich nicht einmal registrierte.

»Aber ihr seid auf dem falschen Weg«, fuhr der Fischgott fort. »Glaube mir, Robert Craven. Die Technik ist nichts als eine Krücke. Sie mag erstaunliche Dinge vollbringen, aber letztendlich ist sie eine Sackgasse.« Er seufzte, bedachte mich mit einem mitleidigen Blick und deutete mit einer Kopfbewegung auf den Schacht. »Geh.«

Ich rührte mich nicht von der Stelle. »Wohin bringst du mich?«, fragte ich.

»An einen Ort, an dem du besser verstehen wirst«, erwiderte Dagon geheimnisvoll. »Du wirst deinen Freund wiedersehen.«

»Bannermann?«, entfuhr es mir. »Er ist dort unten? Lebt er?«

»Natürlich«, antwortete Dagon. »Ich sehe, du begreifst noch weniger, als ich bisher annahm. Ich bin nicht dein Feind. Weder der deine noch der deines Volkes.«

Ich schenkte ihm einen weiteren bösen Blick, ging ohne ein weiteres Wort um den Altar herum und sprang in den Schacht.

Ich hatte vergessen, wie kalt das Wasser war. Der Schock raubte mir für einen Moment den Atem. Hastig klemmte ich das Mundstück des Oxygenschlauches zwischen die Zähne, öffnete das Ventil und atmete ein paar Mal tief durch. Dicht neben mir durchbrach Dagon die Wasseroberfläche, ungleich eleganter und leichter als ich selbst, sank ein Stück tiefer und bedeutete mir mit Gesten, ihm zu folgen. Für einen ganz kurzen Moment spielte ich ernsthaft mit dem Gedanken, ihn anzugreifen, als er sich umwandte und auf den Stollen zuglitt, der mich hierher geführt hatte. Aber nur für einen Moment. Hatte ich schon an Land keine gute Figur gegen Dagon abgegeben, würde er mich hier, in seinem ureigensten Element, wahrscheinlich schneller überwältigen, als ich bis drei gezählt hätte.

Aber das war nicht der einzige Grund.

Im ersten Moment weigerte ich mich selbst, es mir einzugestehen – aber Dagons Worte hatten etwas in mir ausgelöst. Ich würde niemals sein Verbündeter oder gar sein Freund werden, das musste auch ihm klar sein – aber war er wirklich mein Feind? Was wusste ich denn über ihn, über ihn und diesen verhexten See und seine Sekte, außer dem Wenigen, was ich von Nemo erfahren hatte und was ich mir selbst zusammenreimen konnte? Nach allem, was ich mit Dagon erlebt hatte, fiel es mir schwer zu glauben, dass er wirklich auf der Seite unserer Feinde stand. Die GROSSEN ALTEN – und erst recht die *Thul Saduun – jene in der Tiefe* –, denen er und die anderen Magier von Maronar gedient hatten, mussten seine Feinde sein, denn er hatte sie verraten, und ...

Ich merkte, dass ich dabei war, mich zu vergaloppieren, und schob den Gedanken beiseite. So, wie die Dinge lagen, blieb mir wohl nichts anderes übrig, als mir zumindest anzuhören, was er zu sagen hatte.

Während wir durch den unterseeischen Stollen zurückschwammen, versuchte ich meine Herzschläge zu zählen, um wenigstens einen ungefähren Anhaltspunkt für die Zeit zu haben, die mir verblieb, bis mein Luftvorrat erschöpft war. Zu meiner Überraschung schlug mein Puls weniger als vierhundert Mal – was in Anbetracht der großen körperlichen Anstrengung, der ich mich ausgesetzt sah, kaum fünf Minuten sein konnten – bis wir die Höhle und kurz darauf das offene Wasser des Sees erreichten. Selbst, wenn ich auf dem Herweg die doppelte Zeit gebraucht hatte, verblieben mir somit noch gute fünfzehn Minuten Atemluft. Wenn Dagon nicht vorher auf die Idee kam, mich in einen Zustand zu versetzen, in dem ich mit atembarer Luft nicht mehr viel anfangen konnte ...

Im Moment jedenfalls dachte er noch nicht daran, mich zu *Shoggoten-Futter* zu verarbeiten, sondern schwamm an meine Seite, berührte mich an der Schulter und deutete mit dem anderen Arm in die Tiefe, auf den grün leuchtenden Grund des Sees. Ich nickte. Es hätte mich gewundert, wenn Dagon ein anderes Ziel als die versunkene Stadt gehabt hätte.

Der Wasserdruck begann sich unangenehm bemerkbar zu machen, als wir tiefer kamen: In meinen Ohren war plötzlich ein schmerzhaftes Rauschen, und ein unsichtbarer Ring legte sich um meine Brust und zog sich ganz langsam, aber unbarmherzig zusammen.

Aber als wir uns der versunkenen Stadt näherten, bemerkte ich von alledem kaum noch etwas.

Der Anblick war schlichtweg phantastisch. Was beim ersten Mal den Eindruck einer Ruinenlandschaft auf mich gemacht hatte, entpuppte sich beim Näherkommen als eine gewaltige, zu großen Teilen noch vollends unversehrt erhaltene Anlage, die in mir Assoziationen zu Atlantis und Lemuria wachrief und mich selbst die bedrohliche Lage, in der ich mich befand, vergessen ließ.

Die Stadt hatte die Größe einer mittleren Ortschaft, und sie war nach Regeln einer Architektur erbaut, wie ich sie niemals zuvor gesehen hatte. Das Erstaunlichste war, dass es eine menschliche Architektur gewesen sein musste, denn die Proportionen und Linien waren, obzwar fremd und ungewohnt, doch nicht die unangenehmen bizarren Linien der GROSSEN ALTEN, und auch die Maße der Fenster, Treppen und Türen entsprachen in etwa denen, die menschliche Bewohner bevorzugt hätten.

Es gab gewaltige, quaderförmige Blöcke, zu regelmäßigen Straßen geordnet und manchmal mit spitzen, jetzt jedoch ausnahmslos zerborstenen Türmchen versehen, dazwischen Pyramiden, Kegelstümpfe und schlanke, an Muscheln erinnernde Gebilde, die mit grazilen Brücken ohne Geländer miteinander verbunden waren. Wir schwammen über einen phantastischen Park aus Wasserpflanzen, dann über eine Ansammlung kleiner kuppelförmiger Gebäude ohne Fenster oder Türen, dann wieder zwischen tangverkrusteten Säulen und gewaltigen, terrassenförmigen Anlagen hindurch.

Dann überquerten wir das Loch.

Mir fiel kein besserer Ausdruck ein, den schwarzen, wie ausgestanzt wirkenden Pfuhl zu beschreiben, der jäh unter uns aufklaffte. Ein Strom eisigen Wassers ließ mich schaudern, und als ich in die Tiefe blickte, glaubte ich, eine dunkle, quirlende Masse zu erkennen, schwarze Dinge, die wie bizarre Kaulquappen hin und her schossen und immer wieder mit grotesk wirkenden Hüpfern Höhe zu gewinnen versuchten, stets aber von irgendetwas zurückgesaugt wurden. Der Schacht war gewaltig. Ich schätzte seinen Durchmesser auf mindestens zweihundert Yards. Seine Tiefe war nicht einmal zu erahnen. Ich atmete innerlich auf, als wir ihn überquert hatten und wieder fester Boden unter uns war.

Plötzlich deutete Dagon auf eine steinerne Pyramide etwa hundert Yards unter und vor uns und begann rasch in die Tiefe zu gleiten. Ich folgte ihm, obwohl er sich nicht einmal die Mühe machte zurückzublicken. Es hätte auch wenig Sinn gemacht, hätte ich versucht, ihm davonzuschwimmen. Und mein Luftvorrat war zu wertvoll, um ihn bei einem sinnlosen Fluchtversuch zu vergeuden. Es mochte sein, dass ich ihn noch bitter nötig hatte.

Als wir näher kamen, sah ich mehr Einzelheiten des Pyramidenhauses. Anders als die mir bekannten Pyramiden hatte sie fünf Seiten, was einen erstaunlichen optischen Effekt ergab; und auch das mächtige Tor, auf das Dagon zuschwamm, war fünfeckig, wie eine etwas verunglückte Bienenwabe, und nicht ganz im Lot. Vermutlich war es nicht ganz einfach, hier unten eine Wasserwaage zu benutzen.

Dunkelheit hüllte uns ein, als wir in die Pyramide eindrangen, und für eine Weile sah ich Dagon nur als schwarzen Schatten vor mir. Dann erschien vor uns ein blass grünes Leuchten, und wenige Augenblicke später fand ich mich in einem weitläufigen, fünfeckigen Saal wieder, dessen Wände von Massen der grünen Leuchtalgen überwuchert waren.

Dagon deutete nach oben, stieß sich mit einer eleganten Bewegung ab – und durchbrach die Wasseroberfläche, die wie ein grünsilberner Himmel zwei Yards über meinem Kopf hing.

Ich wollte ihm folgen, aber in diesem Moment gewahrte ich eine Bewegung neben mir, drehte mich wassertretend herum – und blickte in eines der hübschesten Gesichter, das ich jemals gesehen hatte.

Es war ein Mädchen, achtzehn, allerhöchstens neunzehn Jahre jung, schlank bis an die Grenzen der Zerbrechlichkeit und von wunderbarem Wuchs. Ich konnte das beurteilen, denn bis auf das schulterlange schwarze Haar, das ihren Kopf wie eine duftige Wolke umschwebte, trug sie keinen Fetzen am Leib.

Sie schwamm ein Stück neben mir, hielt mit grazilen Bewegungen der Arme und Beine die Schwebe und musterte mich ebenso neugierig wie ich sie. Plötzlich begriff ich, dass es das gleiche Mädchen war, das ich vorhin gesehen hatte, als ich die unterseeische Stadt zum ersten Mal erblickte.

Und als ich in ihre Augen sah, begriff ich noch etwas, denn es waren Augen, die ich kannte.

Die Augen ihrer Mutter.

Das Mädchen neben mir war niemand anders als Jennifer Borden. Severals Tochter.

Die NAUTILUS war zur Ruhe gekommen. Ihre Maschinen liefen noch immer, ein düsteres, an- und abschwellendes Rauschen und Hämmern, das den Leib des stählernen Gebildes wie donnernder Pulsschlag erfüllte, aber ihre Kraft reichte jetzt nur noch, den Sog der Strömung auszugleichen und das Unterseeboot schwerelos wenige Yards über dem Grund des Tunnels zu halten.

Nemos Augen brannten vor Anstrengung. Er fühlte sich müde, erschöpft wie selten zuvor in seinem Leben; und alles, was er wollte, war schlafen. Aber es würden noch sehr viele Stunden vergehen, bis er seinem Körper die Ruhe gewähren konnte, nach der er schrie.

Sein Blick saugte sich an dem winzigen Fleck fahl grüner Helligkeit fest, der auf dem flimmernden Bild-Spiegel erschienen war. Die Scheinwerfer des Schiffes waren erloschen, aber das grüne Leuchten, eine halbe Meile vor dem Schiff, schien dünne Spinnenfinger aus Licht in den Stollen zu schicken, und davor bewegten sich ... Dinge.

Nemos Zunge fuhr nervös über seine Lippen. Vielleicht war es zum ersten Male in seinem Leben, dass er wirkliche Angst empfand. Aber vielleicht war das, was er da spürte, auch etwas anderes. Er wusste, wie gering ihrer aller Chancen waren, aber das war es nicht. Er war es gewohnt, sein Leben zu riskieren.

Seine Finger suchten einen winzigen Schalter auf dem Pult und legten ihn um. In einem anderen, luftdicht abgeschlossenen Raum des Schiffes erwachte ein kleines Tonübertragungsgerät mit einem scharfen Knacken zum Leben, und ein Mann hob den Kopf und richtete den Blick seiner vom Fieber geröteten Augen gegen die Decke.

»Wir sind da«, sagte Nemo. Seine Stimme zitterte. »Du willst es wirklich tun?«

Der andere antwortete nicht, aber sein Schweigen war beredt genug. Nemo atmete hörbar ein, schloss für einen Moment die Augen und ballte die Fäuste.

»Dann macht euch bereit«, sagte er nach einer Weile. »Und viel Glück, mein Freund.«

Er wartete nicht, ob eine Antwort aus dem winzigen Lautsprecher auf seinem Pult kam, sondern schaltete das Gerät ab, straffte sich sichtbar und begann, plötzlich wieder ganz ruhig und womöglich noch angespannter als bisher, in rascher Folge Schalter und Hebel umzulegen.

Tief unter ihm, im Bauch des gigantischen Stahlfisches, öffnete sich ein Schott ins Meer. Der Luftdruck in der kleinen Metallkammer erhöhte sich, um zu verhindern, dass Wasser über den Rand der Öffnung ins Boot eindrang, und zwölf urtümlich aussehende Gestalten schlossen mit geübten Bewegungen die Sichtfenster ihrer Taucherhelme.

Zuerst langsam, dann immer schneller und schneller werdend, setzte sich die NAUTILUS in Bewegung. Ihre Maschinen begannen zu dröhnen, und die gewaltige Schiffsschraube an ihrem Heck peitschte das Wasser zu blasigem weißem Schaum.

Auf dem Weg hierher hatte sich die NAUTILUS wie ein geduldiges Tier angeschlichen, groß und leise und unendlich behutsam, aber mit jedem Handgriff Nemos erwachten ihre titanischen Kräfte mehr, mit jedem Schalter, den er umlegte, brüllten ihre Motoren lauter auf, erwachten phantastische Gerätschaften und Apparaturen in ihrem geheimnisvollen Leib.

Als das Schiff wie ein gigantischer blauschwarzer Torpedo auf das Ende des Stollens zuschoss, hatte es nicht mehr viel mit der NAUTILUS gemein, die Nemo und seine Männer in die unerforschten Tiefen der Meere getragen hatte.

Sie war jetzt eine Kampfmaschine; ein Monstrum aus Stahl und geballter Kraft, das nur noch zu einem einzigen Zweck existierte:

Zerstören!

«Du glaubst, *jene in der Tiefe* wären tot?«, fragte Dagon. Er hatte gewartet, bis ich meine Atemausrüstung abgelegt und das Kunststück fertiggebracht hatte, in dem gewaltigen, luftgefüllten Hohlraum unter der Spitze der Pyramide einen einigermaßen trockenen Platz zu finden, auf den ich mich setzen konnte, aber ich sah seinem Gesicht an, dass seine Geduld sich dem Ende zuneigte.

»Ich glaube gar nichts«, antwortete ich verstört. »Wo ist Bannermann?«

»An einem sicheren Ort«, antwortete Dagon unwirsch. »Du wirst ihn sehen, bald. Aber zuerst muss ich wissen, woran ich mit dir bin. Ich verstehe, wenn du mich hasst, denn ich habe versucht, dich zu töten.«

»Aber nicht doch«, sagte ich großzügig. »Das Leben ist langweilig, wenn einem keiner danach trachtet, Dagon.«

Dagon zog die linke Augenbraue hoch – was bei seinem absurden Gesicht einen reichlich lächerlichen Eindruck machte – und überging meine Bemerkung. »Hör mir zu«, sagte er, »und dann entscheide, auf welcher Seite du stehen willst.« Er trat einen Schritt zurück, hob die Hand und machte eine Geste, die den ganzen Raum einschloss. »Was du hier siehst, sind die Reste meines Reiches«, sagte er. »Ich hätte die Macht gehabt, mich zum Herrscher über diese Welt aufzuschwingen, Robert Craven, aber ich habe es nicht getan.«

»Wie edel«, sagte ich spöttisch.

Dagon fauchte wütend. »Ich hatte meine Gründe, es nicht zu tun«, sagte er. »So, wie ich meine Gründe habe, mein verborgenes Dasein jetzt aufzugeben. Ich habe dich gesucht, Robert Craven, jemanden wie dich. Ich brauche dich.«

»So?«, fragte ich. »So wie dieses Mädchen dort unten?« Ich deutete auf das grünlich schimmernde Wasser, das ein Drittel des Raumes ausfüllte, und fügte zornig hinzu. »Oder die anderen, die du umgebracht hast?«

»Keiner von ihnen ist tot«, schnappte Dagon. »Aber das gehört nicht hierher. Hör mir zu, Robert Craven, und du wirst begreifen, welche Gefahr uns allen droht.« Er legte eine dramatische Pause ein, wandte sich um und wiederholte seine weit ausholende Handbewegung.

»Du weißt, wie ich hierher gelangte«, sagte er.

Ich nickte, obwohl er die Bewegung nicht sehen konnte. »Ich erinnere mich schwach«, sagte ich.

»Das *Tor,* das ich mit deiner Hilfe fand«, begann Dagon, »brachte mich hierher, in eure Welt, aber es brachte mich nicht in deine Zeit, Robert Craven. Als ich hierher gelangte, war euer Volk noch jung. Für dich mögen erst wenige Wochen vergangen sein, seit du Maronar und die, die von ihm geblieben sind, gesehen hast, aber ich, Robert Craven, bin seit mehr als fünftausend Jahren hier.«

Ich starrte ihn an. Fünftausend Jahre! Es gab keinen Beweis für Dagons Worte, aber ich spürte einfach, dass er die Wahrheit sprach. Alles um mich herum strahlte Alter aus wie eine finstere Aura.

»Fünftausend Jahre!«, murmelte ich.

Dagon drehte sich herum, sah mich an und nickte. »Fünftausend Jahre, Robert Craven«, bestätigte er. »Eine sehr lange Zeit. Ich war ein Gott, als ich hierher kam. Die Menschen in diesem Land beteten mich an. Sie knieten vor mir und verehrten mich, und sie gaben mir alles, was ich wollte.« Plötzlich lächelte er, aber es war ein sehr trauriges Lächeln. »Sie errichteten diese Stadt, Robert Craven, nur um mir zu huldigen. Ich hätte mich zum Herren der Welt aufschwingen können.«

Die bissige Antwort, die mir auf der Zunge lag, blieb mir im Halse stecken. »Und warum«, flüsterte ich, »hast du es nicht getan?«

Dagon seufzte. »Aus einem Grund, den du nur zu gut kennst, Robert Craven«, antwortete er. »Aus Angst.«

»Angst?« Diesmal war ich ehrlich erstaunt. »Vor wem?«

»Vor den Wesen, vor denen ich floh, als du mir das *Tor* zeigtest«, antwortete Dagon, und wieder spürte ich, dass er die Wahrheit sprach. »*Jene in der Tiefe* sind mächtig, und sie sind schrecklich in ihrem Zorn. Ich habe sie verraten, denn sie waren es, die das *Tor* benutzen wollten, durch das ich ging.«

»Aber sie sind seit fast zweihundert Millionen Jahren tot!«, widersprach ich.

Dagon lachte. Es klang nicht sehr amüsiert. »Wie können sie sterben, wo sie niemals gelebt haben, Rovert Craven?«, sagte er. »Du begreifst nichts. Du bist ein Mensch – und die Menschen sind so dumm wie überheblich. Sie sind Götter, finstere, böse Götter, für die ein Menschenalter weniger als ein Gedanke zählt! Während all dieser Zeit, Rovert Craven, hatte ich Angst. Angst, von ihnen gefunden zu werden, denn ihre Rache würde fürchterlich sein. Fünftausend Jahre lang hatte ich Angst!«

Ich schauderte. Plötzlich – und mit solcher Macht, dass ich außerstande war, mich dagegen zu wehren – verspürte ich nichts als Mitleid mit Dagon. Fünftausend Jahre voller Angst ... Ich versuchte es mir vorzustellen, aber ich konnte es nicht.

»Und jetzt haben sie dich gefunden«, murmelte ich. Plötzlich war mir kalt, furchtbar kalt, denn ich begriff, was Dagons Nicken bedeutete. Wenn sie ihn gefunden hatten – dann hatten sie auch uns gefunden.

»Warum gerade jetzt?«

Dagon schwieg einen Moment, dann lächelte er. »Es war einer von euch, Robert Craven, der das uralte Siegel brach und dreizehn der GROSSEN ALTEN in eure Zeit holte. *Jene in der Tiefe* sind ihre Diener, doch täusche dich nicht ob dieses Wortes, denn auch die Diener von Göttern sind Götter, tausende Male schlimmer, als du es dir auszumalen vermagst.«

»Und was geschieht jetzt?«, fragte ich mit heiserer Stimme.

»Ich spüre ihr Nahen, Rovert Craven«, sagte Dagon. »Noch sind sie nicht hier; die Siegel sind ungebrochen, und der uralte Bann hält sie zurück. Aber etwas hilft ihnen. Eine Macht, die ich nicht zu deuten vermag, aber die stärker wird.«

»Aha«, sagte ich.

Dagon seufzte. »Ich sehe, du verstehst nicht«, sagte er. »Ich will es dir erklären, denn es ist wichtig, dass du alles weißt. Deine Sorgen sind unbegründet, Robert Craven«, sagte Dagon. »Ich war niemals daran interessiert, die Herrschaft über diese Welt zu übernehmen, und ich bin es auch jetzt nicht. Ich werde gehen. Ich werde fliehen und nur wenige meiner Anhänger mitnehmen. Du siehst, dass ich nicht euer Feind bin.«

Ich dachte an eine Frau, die ihre Tochter verloren und ihren eigenen Mann getötet hatte, an Bannermann und ein halbes Dutzend Marinesoldaten, die in den Abwässerkanälen Aberdeens auf grausame Weise ums Leben gekommen waren; an Jameson, der einen fürchterlichen Tod erlitten hatte, an zahllose Mütter, die um ihre Söhne und Töchter geweint hatten, fünftausend Jahre lang, und schwieg.

Dagon schien meine Gedanken zu erraten, denn der Ausdruck auf seinen Zügen verhärtete sich. Als er weitersprach, klang seine Stimme ganz sachlich. Und so kalt wie Eis.

»Sie kommen, Robert Craven. Ich könnte gehen und euch und eure Welt dem Schicksal überlassen, aber ich habe mich entschieden, euch zu warnen, damit ihr der Gefahr Herr werden könnt.«

»Das ist sehr großzügig von dir, Dagon«, sagte ich böse. »Und vielleicht schaffen wir dir dabei ganz nebenbei noch die lästige Konkurrenz vom Hals, wie?«

Dagon schnaubte. »Wenn du die Wahl hättest, Robert Craven«, sagte er ärgerlich, »würdest du rasch begreifen, dass ich das kleinere von zwei Übeln bin. Aber du hast keine Wahl. Jene fremde Macht, die ich nicht kenne, hat mit der Suche nach den SIEBEN SIEGELN begonnen. Hat sie sie erst einmal gefunden, gibt es keine Möglichkeit mehr, *jene in der Tiefe* daran zu hindern, in eure Zeit zu gelangen. Bilde dir nicht ein, gegen sie kämpfen zu können, Robert Craven. Verhindere, dass die SIEGEL gebrochen werden, oder du verlierst deine Welt. Du und deine Freun –«

Dagon kam nicht mehr dazu, mir zu erklären, was meine Freunde und ich zu tun hatten, denn der Rest seines Satzes ging in einem ungeheuren Dröhnen und Krachen unter, das die gesamte Pyramide unter unseren Füßen erbeben ließ. Ein dumpfes, mahlendes Knirschen lief durch den uralten Fels, und plötzlich gähnten in der Decke zahllose fingerbreite, gezackte Risse, aus denen sich ein gurgelnder Wasserfall auf uns ergoss.

Spears' Herz schlug langsam, so mühevoll, als müsse es gegen einen unsichtbaren Widerstand ankämpfen, und er spürte, wie seine Kräfte mit jeder Minute mehr nachließen. Er war müde, und es war eine ganz andere Müdigkeit, als er sie jemals zuvor verspürt hatte; eine Müdigkeit, der ein Schlaf folgen würde, aus dem er nie wieder erwachte.

Das Schiff erbebte ununterbrochen unter seinen Füßen, und sein Rücken schmerzte unerträglich, denn er stand seit mehr als einer Stunde reglos hinter dem Volant im Salon der NAUTILUS und wagte sich nicht weiter zu bewegen, als nötig war, um durch einen schmalen Spalt in dem Samtstoff hinauszuschauen.

Der Salon war voller Männer, die Dinge taten, die er nicht verstand. Das Schiff zitterte und bebte ununterbrochen, und manchmal liefen dumpfe, dröhnende Schläge durch seinen Rumpf. Vor den gewaltigen Bullaugenfenstern war ein grünes, unheimliches Licht erschienen; ein Licht, in dem es von Zeit zu Zeit grell aufblitzte, und manchmal glaubte er gewaltige schwarze Schatten auf das Schiff zurasen zu sehen.

Spears begriff, dass sich die NAUTILUS in einer Schlacht befand.

Er verstand nicht, wogegen sie kämpfen mochte, hier, zahllose Fuß unter dem Meeresspiegel, aber er wusste, dass seine Chance heran war; gleich, wie der bizarre Kampf ausging.

Bald. Sehr bald.

Seine Hand schloss sich fester um den wuchtigen Schraubenschlüssel.

Das Wasser schoss mit ungeheurer Wucht herein und verwandelte den fünfeckigen Raum von einem Sekundenbruchteil auf den anderen in ein Chaos aus Lärm, weiß schäumender Gischt und tobenden Wogen. Ich sah kaum noch, wie Dagon von der brodelnden Flut erfasst und davongeschleudert wurde, dann erreichte die brodelnde Flutwelle auch meinen Standort, riss mich von den Füßen und wirbelte mich wie ein Spielzeug herum. Ich sah einen Schatten auf mich zurasen, dann traf irgendetwas meinen Rücken, trieb mir die Luft aus den Lungen und ließ mich für Sekunden das Bewusstsein verlieren.

Ich muss wohl instinktiv die Luft angehalten haben, denn ich erwachte durch die Atemnot. Der Raum war noch immer von chaotisch brodelnden Wassermassen erfüllt, die mich wie ein trockenes Blatt nach Belieben hin und her schleuderten, aber über mir war ein fünfeckiges Stück silbergrünen Himmels. Ich schwamm darauf zu, durchstieß mit dem Kopf die Wasseroberfläche und atmete gierig ein.

Schwärze umgab mich. Aus der Tiefe drang das schwache Licht der Leuchtalgen empor, aber über mir war nichts als absolute Finsternis, und als ich den Arm hob, fühlte ich rauen Stein dicht über meinem Kopf. Ich war in einer Luftblase gefangen, die sich dicht unter der Spitze des Pyramidenbaues gebildet hatte.

Zwei, drei Minuten verharrte ich Wasser tretend auf der Stelle und wartete, bis sich mein Atem wieder einigermaßen beruhigt hatte. Rings um mich herum schäumte und brodelte das Wasser noch immer, und in unregelmäßigen Abständen erzitterte der ganze gewaltige Bau wie unter den Hieben eines unsichtbaren Riesen. Ich begriff nicht, was geschehen war – ein unterseeisches Beben vielleicht, vielleicht aber auch ...

Vielleicht hatte Dagon sich getäuscht, und *jene in der Tiefe* waren ihm schon näher gekommen, als er geglaubt hatte.

Ich verscheuchte den Gedanken. Zuerst einmal musste ich hier heraus. Die Luftblase war nicht sehr groß, und selbst wenn die Wände den unablässigen Stößen und Erschütterungen weiter standhielten, würde der Sauerstoff nur noch für wenige Minuten reichen. Ich musste Nemos Oxygentank finden, wenn ich das Tageslicht jemals wiedersehen wollte!

Entschlossen sog ich die Lungen voller Luft, tauchte unter und schwamm gegen die brodelnde Strömung an. Meine Augen, jetzt nicht mehr vom Glas einer Tauchermaske geschützt, begannen fast sofort zu schmerzen, und ich sah im grünen Schein der Algen nur verschwommen. Dazu kam, dass sich der Raum vollkommen verändert hatte. Ein Teil der Wände war eingestürzt, sodass ich den See und die versunkene Stadt durch die gewaltigen Breschen erkennen konnte, das Wasser hatte Schlamm und Fetzen von Tang und Algen hereingetragen, und überall lagen Trümmer herum.

Und von meinem Atemgerät war keine Spur zu sehen.

Ich blieb so lange unter Wasser, wie ich nur konnte. Erst als meine Lungen zu platzen drohten und ich nichts mehr sah außer flammenden Feuerrädern, tauchte ich auf, atmete ein paar Mal tief ein und aus – und tauchte zum zweiten Mal hinab.

Unter mir blitzte Metall im wogenden Grün. Ich warf mich herum, stemmte mich mit aller Gewalt gegen die noch immer sehr starke Strömung und erreichte mit letzter Kraft den Hallenboden.

Aber das Blitzen von Metall war nicht mein Atemgerät gewesen. Zwischen den zerborstenen Steinen lag ein kinderhandgroßes, in der Form eines fünfstrahligen Sternes gearbeitetes Amulett aus purem Gold. Wäre ich nicht unter Wasser gewesen, hätte ich vor Enttäuschung aufgeschrien. Trotzdem schloss ich die Hand um das Amulett und nahm es mit, als ich zum zweiten Mal zu meiner Luftblase hinauftauchte.

Wahrscheinlich war es Einbildung, aber in diesem Moment war ich sicher, dass die Luft bereits merklich verbrauchter schmeckte und ich tiefer und mühsamer einatmen musste, um wieder zu Atem zu kommen. Das Gebäude bebte noch immer unter mir, und plötzlich erscholl ein peitschender Knall und ein fingernagelgroßes Stück Stein brach aus der Wand direkt vor meinem Gesicht, gefolgt von einem weißen, gischtenden Wasserstrahl, der mit ungeheurer Wucht hereinbrach. Verzweifelt warf ich den Kopf herum, um nicht getroffen zu werden, denn ich wusste, welchen Schaden Wasser anrichten konnte, wenn es unter einem so enormen Druck stand.

Als ich diesmal in die Tiefe tauchte, wusste ich, dass es mein unwiderruflich letzter Versuch war. Die Luftblase würde nicht mehr da sein, wenn ich das Oxygengerät nicht fand und erneut auftauchte.

Ich schwamm, wie nie zuvor in meinem Leben. Das Wasser griff immer wieder mit unsichtbaren Fäusten nach mir, versuchte mich gegen die Wände zu schmettern und wirbelte mich herum, aber ich kämpfte mich tiefer herab, starrte wild hierhin und dorthin und zermarterte mir das Gehirn nach der Stelle, an der ich den Tank abgelegt hatte. Aber unter mir war nichts. Nichts außer zerborstenem Fels und wirbelndem Schlamm.

Meine Kräfte begannen zu erlahmen. Der Druck auf meinen Lungen wurde unerträglich, und in meinen Eingeweiden erwachte ein wühlender, immer schlimmer werdender Schmerz. Noch Sekunden, und ich würde den Mund öffnen und das tödliche Wasser einatmen und …

Ein Schatten schoss auf mich zu. Schlanke, unmenschlich starke Hände ergriffen mich an den Schultern, zerrten mich herum und ein Stück weiter in die Tiefe. Etwas blitzte silbern und golden vor mir auf, und plötzlich war bitter schmeckender Kautschuk zwischen meinen Lippen, und ein Strom köstlich kühler Atemluft vertrieb die flammende Lava aus meinen Lungen.

Aber es dauerte noch Sekunden, ehe der helle Fleck vor meinen Augen zu Dagons Gesicht gerann. Ich fühlte mich schwach wie ein neugeborenes Kind und hatte kaum die Kraft, die Arme zu heben, als er den Oxygentank auf meinen Rücken wuchtete und die Halteriemen festzuzurren versuchte. Nur ganz langsam wich die Benommenheit aus meinem Kopf.

»Alles in Ordnung?«

Es dauerte einen Moment, bis ich begriff, dass es Dagons Stimme war, die ich vernahm – bis ich begriff, dass es überhaupt eine menschliche Stimme war. Natürlich kann man unter Wasser reden – warum auch nicht? –, aber die allerwenigsten Menschen haben jemals die verblüffenden akustischen Effekte erlebt, die dies mit sich bringt.

Ich nickte, suchte mit den Füßen festen Halt, hob die Hände, ergriff Dagons Kopf – und schlug ihn so wuchtig gegen einen Felstrümmer, wie ich konnte. Der Fischmann erschlaffte in meinem Griff, ohne auch nur den Versuch einer Gegenwehr gemacht zu haben. Sein Kopf fiel haltlos zur Seite, und aus einer Platzwunde an seiner Schläfe quoll wolkiges Blut und färbte das Wasser um ihn herum rosa.

Natürlich war er nicht tot. Schon einen normalen Menschen hätte der Schlag allerhöchstem betäubt, und Dagon war alles andere als ein Mensch, geschweige denn ein normaler Mensch. Wahrscheinlich würde er schon in wenigen Augenblicken wieder aufwachen und so übler Laune sein wie ein Haifisch mit Zahnschmerzen.

Aber mit etwas Glück reichte diese Frist. Wenn ich erst einmal aus diesem verrückten Gebäude heraus und auf dem Weg nach oben war, hatte ich eine Chance.

Ich fuhr im Wasser herum, streckte die Arme aus und paddelte auf einen mannshohen Riss in der Wand zu, so schnell ich konnte.

Die Stadt war in Chaos versunken. Alles war voller hochgewirbeltem Schlamm und Erdreich, das Wasser schien zu kochen, und ein großer Teil der Gebäude, die ich auf dem Herweg beobachtet hatte, war jetzt eingestürzt. Eine Unzahl dunkler, kaulquappenähnlicher Umrisse flitzte in heillosem Durcheinander herum, und gerade, als ich das Gebäude verließ und mich auf den Weg nach oben machen wollte, blitzte es schräg hinter mir grell auf, und ein weiteres Bauwerk barst in einer brodelnden Schaumexplosion auseinander. Die Druckwelle schleuderte mich herum, warf mich um ein Haar gegen einen zerborstenen Pfeiler und trug mich dann ein gutes Stück in die Höhe.

Und dann sah ich die NAUTILUS.

Wie ein bizarres Seeungeheuer schwebte sie über der Stadt, ein Gigant aus Stahl und Glas, aus dem der Tod auf die versunkene Tempelstadt und ihre Bewohner herunterregnete. Sie hing, schwerelos wie ein bizarrer Ballon, gute hundert Yards über dem gewaltigen Krater, der im Meeresboden gähnte, in einen Kranz grellen, elektrischen Lichtes getaucht und dünne Scheinwerferstrahlen wie gleißende Finger in alle Richtungen schießend.

Ein Dutzend Männer in wuchtigen Tiefseemonturen hatte das Schiff verlassen und machte mit seinen Harpunen Jagd auf die Kaulquappenmonster, und eine weitere Anzahl gepanzerter Gestalten sank gerade in diesem Moment in den Krater, große, gewehrähnliche Instrumente in den Händen, aus denen sie auf das wimmelnde schwarze Leben an seinem Grunde schossen. Immer wieder blitzte es am Bug der NAUTILUS grell auf, und ich gewahrte dunkle, fast mannslange Körper, die an der Spitze sprudelnder weißer Schaumbahnen aus dem Schiff fegten und in die Stadt einschlugen.

Torpedos! Ich hatte von diesen Waffen gehört, teuflischen Erfindungen, die niemals hätten gebaut werden dürfen. Jetzt sah ich sie zum ersten Mal in meinem Leben wirklich im Einsatz, und obwohl es nicht menschliche Bestien waren, gegen die sie abgeschossen wurden, ließ mich der Anblick schaudern. Das Böse wird nicht besser, wenn man es gegen sich selbst richtet.

Wie von Sinnen schwamm ich los, direkt auf den gewaltigen schwarzblauen Leib der NAUTILUS zu. Rings um mich herum versank das unterseeische Reich Dagons im Chaos, aber ich versuchte, es zu ignorieren, und näherte mich dem Unterseeboot.

Aber auch Dagons Kindern.

Als ich näher kam, wuchsen die dunklen Punkte, die die NAUTILUS wie ein Schwarm wütender Bienen attackierten, zu gewaltigen, kaulquappenähnlichen Monstern und ich sah, dass eine große Anzahl von Nemos Tauchern in einen wilden Kampf mit den Bestien verstrickt war. Ihre metallenen Panzer schützten sie zwar gegen die mörderischen Gebisse der Ungeheuer, aber die Zahl der schwarzen *Shoggoten-Kreaturen* schien unerschöpflich.

Dann sah ich etwas, was mich den Kampf vor mir vergessen ließ.

Jennifer.

Die Explosion, die die Pyramide zerstört hatte, musste sie aus dem Gebäude geschleudert haben. Sie war bei Bewusstsein und regte sich, aber ihre Bewegungen waren fahrig und ziellos; wahrscheinlich war sie halb benommen. Und sie trieb direkt auf die NAUTILUS und die Unzahl von *Shoggoten* zu, die das Schiff umgaben.

Ich reagierte, ohne zu denken. Mit wenigen Schwimmzügen war ich bei ihr und ergriff das Mädchen bei den Hüften. Jennifer fuhr zusammen, wirbelte herum und begann um sich zu schlagen. Sie musste halb wahnsinnig vor Angst sein und schien nicht einmal zu begreifen, dass ich gekommen war, um sie zu retten!

Es tat mir beinahe mehr weh als ihr, aber ich hob den Arm, ballte die Hand zur Faust und betäubte sie mit einem Hieb unter das Kinn. Das Mädchen erschlaffte in meinen Armen.

Noch einmal warf ich einen Blick zur NAUTILUS und dem bizarren Kampf, den sie ausfocht, hinauf. Dann drehte ich mich um, lud mir Jennifer sicher auf beide Arme und begann zur Oberfläche emporzuschwimmen, so schnell ich konnte.

Das Schiff erbebte wie im Sturm. Immer wieder dröhnte der Rumpf wie unter gewaltigen Hammerschlägen und das Wummern der Maschinen war längst im Gellen zahlloser Alarmklingeln untergegangen. In die kühle Frischluft im Salon hatte sich ein beißender Gestank gemischt, und vor den beiden Sichtfenstern tanzten bizarre schwarze Schatten einen höllischen Totentanz.

Auf dem Pult vor Nemo war eine große Anzahl roter und gelber Lampen zu flackerndem Leben erwacht, und in den letzten Minuten war seine Bewegung immer fahriger und schneller geworden; Spears hatte gesehen, dass er ein paar Mal Fehler gemacht hatte, denn er hatte seine Ruhe verloren und fluchte manchmal halblaut in seiner Muttersprache vor sich hin. Der Kampf schien sich seinem Höhepunkt zu nähern.

Unendlich langsam hob Spears die Hand, zog den Volant zur Seite und trat aus seinem Versteck heraus. Während der letzten zwanzig Minuten hatte er ein halbes Dutzend Male dazu angesetzt, sein Vorhaben in die Tat umzusetzen, und genauso oft im letzten Moment wieder gezögert, denn stets war entweder ein Mann hereingekommen oder hatte Nemo aufgesehen oder war sonst etwas passiert, was es zu riskant erscheinen ließ, sein Versteck zu verlassen.

Jetzt war sein Moment gekommen. Die Männer, die bisher hektisch im Salon auf und ab gelaufen waren oder unverständliche Dinge getan hatten, waren gegangen. Das runde Metallschott am anderen Ende des Raumes war geschlossen, und Nemo war allein mit nur einem Mann seiner Besatzung zurückgeblieben.

Spears zweifelte nicht daran, dass dieses Alleinsein nur wenige Augenblicke dauern würde; aber mehr brauchte er nicht.

Lautlos trat er hinter das geschwungene Kommandopult, hob seine Schraubenschlüssel-Keule – und schlug zu. Das Werkzeug traf den Matrosen neben Nemo im Nacken. Noch in der gleichen Bewegung zuckte die Keule herum, streifte Nemos Schläfe und landete auf seiner linken Schulter. Der Kapitän der NAUTILUS schrie auf, kippte aus seinem Sitz und krümmte sich auf dem Boden.

Spears schrie triumphierend auf, schwang seine Waffe und setzte ihm nach, aber Nemo reagierte schneller, als Spears es ihm zugetraut hätte. Sein Fuß zuckte hoch, traf den Sessel und schleuderte ihn direkt vor Spears Füße.

Spears stolperte, kämpfte einen Moment lang mit wild rudernden Armen um sein Gleichgewicht und fiel schließlich der Länge nach hin. Der Schraubenschlüssel entglitt seiner Hand und flog scheppernd über den Metallboden davon.

Aber der Wahnsinn gab Spears schier übermenschliche Kräfte. Mit einer blitzartigen Bewegung sprang er wieder auf die Beine, setzte seiner Waffe nach, riss sie in die Höhe – und erstarrte.

Der Salon war nicht mehr leer. Die Tür hatte sich nicht geöffnet, dessen war sich Spears vollkommen sicher – aber vor dem Kommandopult Nemos waren urplötzlich zwei Gestalten erschienen.

Gestalten, die geradewegs aus einem Albtraum entsprungen zu sein schienen!

Die kleinere von ihnen musste an die zwei Meter messen, während die andere noch gute zwei Handspannen größer war, dabei so breitschultrig, dass sie schon fast missgestaltet wirkte. Ihre Körper waren schwarz, besetzt mit schimmernden Riemen und kleinen, kupferfarbenen blitzenden Knöpfen; und wo ihre Hände sein sollten, prangten fürchterliche, dreifingrige Krallen aus Stahl.

Das Schlimmste aber waren die Köpfe: gewaltige, metallen blitzende Kugeln mit einem einzigen, riesenhaften Auge, das fast die gesamte Gesichtsfläche einnahm, dafür aber ohne Mund, Nase oder andere sichtbare Sinnesorgane. Zwei dicke, gewundene schwarze Schläuche verbanden die beiden Horrorgestalten mit der Wand.

Spears prallte entsetzt zurück, sah sich nach einem Fluchtweg um und hob den Schraubenschlüssel, als die größere der beiden Gestalten einen Schritt in seine Richtung machte und die fürchterlichen Hände ausstreckte. »Weg!«, kreischte er. »Keinen Schritt weiter!«

»Mach keen Scheiß nicht, Jungchen«, sagte die Gestalt. Ihre Worte klangen grauenhaft: verzerrt und hechelnd und wie die boshafte Karikatur einer menschlichen Stimme. Spears fuhr wie unter einem Hieb zusammen, machte einen Schritt zur Seite und blieb abrupt wieder stehen, als die zweite Albtraumgestalt seine Bewegung nachvollzog und nun ebenfalls die Hände hob. Das bisschen, was von seinem klaren Verstand übrig geblieben war, zerbrach vollends.

»Verschwindet, ihr Teufel!«, wimmerte er. »Verschwindet! Geht! Lasst mich!«

»Nu hör schon auf«, sagte die größere der beiden Gestalten. »Keiner will dir was nich tun, ehrlich. Du machst doch alles bloß schlimmer, wennen wilden Max spieln tust.« Damit trat er vor; trotz seines plump anmutenden Äußeren so schnell, dass Spears die Bewegung nicht mehr rechtzeitig registrierte. Die dreifingrige Stahlklaue schloss sich um Spears' Handgelenk und hielt es mit unbarmherziger Kraft fest.

Spears schrie auf, warf sich herum und schleuderte seinen Schraubenschlüssel mit aller Macht an dem Riesen vorbei in Nemos Kommandopult. Das schwere Werkzeug traf die empfindlichen Schalter und Geräte und zertrümmerte sie. Funken stoben auf. Irgendetwas explodierte und löste einen Hagel kleiner scharfkantiger Glas- und Metallsplitter aus, und plötzlich schoss eine Stichflamme aus dem Pult und zerbarst unter der Decke des Salons.

Als Spears mit einem hysterischen Kreischen im Griff des Riesen in der Tiefseemontur zusammensank, lief ein tiefer, stöhnender Laut durch den Leib der NAUTILUS. Irgendwo tief in ihren stählernen Eingeweiden erscholl eine dumpfe Explosion, wie ein verspätetes Echo auf die erste Detonation in Nemos Pult.

Und langsam, ganz, ganz langsam begann sich die NAUTILUS auf die Seite zu legen und gleichzeitig tiefer zu sinken ...

Im schwachen Licht des noch jungen Tages betrachtet, wirkte die Stadt düster und unheimlich. Die Häuser waren wie kleine graue Schatten, buckeligen Tieren gleich, die sich ihrer Hässlichkeit bewusst waren und sich schamhaft aneinander drängten.

Die Straßen waren leer.

Natürlich wusste ich nicht, ob und wie viele Menschen sich in den Häusern aufhalten mochten, aber auf den Straßen und dem kleinen, halbrunden Marktplatz zeigte sich seit einer halben Stunde – seit ich meinen Beobachtungsposten auf der Kuppe des Hügels bezogen hatte – nicht eine Seele. Und ich glaubte auch nicht, dass sich hinter den blind gewordenen Scheiben der kleinen Häuser noch Menschen aufhielten. Meine Überzeugung war schwer zu begründen und noch viel schwerer zu beweisen, aber es ist mit Städten wie mit Menschen – man spürt, ob man einem Lebenden oder einem Toten gegenübersteht. Firth'en Lachlayn war tot. Ein gemauerter Leichnam, mehr nicht.

Behutsam ließ ich die Zweige des dürren Busches, hinter dem ich Deckung gesucht hatte, zurückgleiten, richtete mich auf Händen und Knien hoch und kroch noch ein Stück weit, ehe ich es endlich wagte, mich aufzurichten und – wenngleich noch immer geduckt – zu der flachen Senke zu eilen, in der ich Several und ihre Tochter zurückgelassen hatte.

Obwohl ich lange weggeblieben war, schien sich Several nicht einen Deut gerührt zu haben, sondern saß noch immer so da, wie ich sie verlassen hatte: zusammengesunken und nach vorne gebeugt, als träge sie eine unsichtbare Last auf den Schultern, den Kopf ihrer Tochter im Schoß geborgen und die rechte Hand auf ihrer Stirn. Das Gesicht des Mädchens war bleich wie das einer Toten. Sie atmete, aber man musste schon sehr genau hinsehen, um zu erkennen, dass sich ihre Brust hob und senkte.

Several sah auf, als ich neben ihr niederkniete. Sie sagte nichts, aber der Ausdruck in ihren Augen sprach Bände.

»Keine Sorge, Several«, sagte ich. »Sie wird wieder gesund. Ganz bestimmt.« Meine Worte klangen in meinen eigenen Ohren wie böser Hohn. Das Mädchen hatte das Bewusstsein nicht wiedererlangt, seit ich sie an Land gebracht hatte. Und ich spürte, wie ihre Lebenskraft von Stunde zu Stunde nachließ. Das Gefühl war ebenso wenig zu begründen wie das, welches ich beim Anblick der Stadt gehabt hatte, und ebenso heftig. Es war etwa so, als säße ich neben einem Feuer, das langsam erlosch. Und ich war vollkommen hilflos.

»Wir … müssen weiter«, sagte ich. »Sie haben recht, Several – die Stadt ist ruhig.«

»Sie sind alle am Meer«, murmelte Several. Ihre Stimme klang flach und tonlos, als spräche sie im Traum. Sie sah mich an, aber ihr Blick ging geradewegs durch mich hindurch. Sie hatte kaum drei Sätze gesprochen, seit ich zurückgekommen war. »Sie werden nicht wiederkehren, ehe die Sonne untergeht.«

Ich nickte, stand auf und drehte mich weg. Ich hatte dieser Frau versprochen, ihr zu helfen; aber das Einzige, was ich für sie getan hatte, war, ihr ihre sterbende Tochter in die Arme zu legen.

»Wir müssen los«, sagte ich. Meine Stimme klang rau. Ich versuchte mir einzureden, dass es an den Anstrengungen der vergangenen Nacht lag.

Several erhob sich umständlich und lud sich den reglosen Körper ihrer Tochter auf die Arme. Ich wollte ihr helfen, aber Several trat mit einem zornigen Kopfschütteln zurück und warf mir einen Blick zu, der mich kein zweites Mal versuchen ließ, auch nur in die Nähe ihrer Tochter zu kommen.

Ich ging voraus, als wir den Hügel überwanden und die schmale, kaum befestigte Straße zum Ort hinunter erreichten. Der Wind hatte nachgelassen, sodass der Salzwassergeruch vom Meer her nicht mehr ganz so durchdringend war, und die Straße war abschüssig, was das Gehen leichter machte. Trotzdem schien der Weg hinunter nach Firth'en Lachlayn kein Ende zu nehmen. Meine Knie wurden weich, und das Gewicht des Oxygengerätes, das ich noch immer auf dem Rücken trug, drückte mich unbarmherzig nach vorne.

Das Gerät war im Grunde nutzlos; die Sauerstoffpatrone war so leer, wie es nur ging, und ich hatte die letzten fünfzig Fuß zur Oberfläche hinauf mit angehaltenem Atem zurücklegen müssen. Aber irgendetwas hatte mich davon abgehalten, den Apparat einfach liegen zu lassen, was das Logischste gewesen wäre. Es mochte sein, dass ich Nemos Geräte noch dringend nötig hatte.

Der Wind legte sich vollends, als die ersten Häuser beiderseits der Straße auftauchten, aber der unheimliche Odem, der unsichtbar über der Stadt lag, schien eher noch an Intensität zu gewinnen. Die Stadt war nicht nur von ihren Bewohnern verlassen. Das Leben selbst war aus ihr geflohen.

Several blieb stehen, als wir den Marktplatz erreichten, und deutete mit einer Kopfbewegung auf ein schmuckes, zweigeschossiges

Haus auf der gegenüberliegenden Seite des kopfsteingepflasterten Gevierts. Es war kein besonders prächtiges Haus, aber inmitten der schäbigen Hütten wirkte es trotzdem wie ein Diamant im Kohlekasten. Trotzdem wurde das ungute Gefühl, das von mir Besitz ergriffen hatte, mit jedem Augenblick stärker. Ich spürte die Leere der Stadt rings um uns herum noch immer, und das Gefühl war sogar heftiger geworden.

Und gleichzeitig fühlte ich mich beobachtet, ja, mehr noch – belauert. Die grauen blinden Scheiben rings um mich herum schienen mich anzustarren wie dämonische Augen. Mit einem Male fror ich.

Wir überquerten den Platz und betraten das Haus. Eine kleine, nur halb erleuchtete Diele nahm uns auf.

Several deutete mit einer Kopfbewegung zur Treppe. »Ich bringe Jennifer in ihr Zimmer«, sagte sie. »Warten Sie hier, Robert.«

Ich sah erst sie an, dann das reglose Mädchen in ihren Armen, aber ich versuchte nicht noch einmal, ihr meine Hilfe anzubieten, sondern wartete reglos, bis sie gegangen war, dann überquerte ich die Diele und trat in den daran anschließenden Wohnraum.

Er war groß, und durch ein nur angelehntes Fenster auf der Südseite strömten frische Luft und Licht herein. Die Einrichtung war sehr sparsam, aber mit großer Liebe ausgewählt, und vor der gegenüberliegenden Wand thronte ein gewaltiger offener Kamin, der selbst jetzt, als kein Feuer darin brannte, noch eine spürbare Behaglichkeit verbreitete.

Wenigstens hätte er es getan – hätte nicht der Tote davor gelegen.

Der Anblick traf mich wie ein Hieb.

Es war weiß Gott nicht der erste Tote, den ich in meinem Leben sah. Er war nicht einmal auf besonders grausame Weise getötet worden oder gar verstümmelt, sondern lag, mit dem Gesicht nach unten und die Hände in den Teppich gekrallt, vor dem Kamin, als würde er schlafen.

Trotzdem stand ich wie vor den Kopf geschlagen da und blickte auf den Leichnam herunter. Den Leichnam von Severals Mann, den sie mit eigenen Händen umgebracht hatte.

Ich hatte es gewusst. Several hatte mir alles erzählt. Aber etwas in mir hatte sich geweigert, ihr auch nur zuzuhören.

Erst als ich die Schritte hinter mir hörte und die Tür ins Schloss fiel, wurde ich mir der Tatsache bewusst, dass ich minutenlang wie versteinert dagestanden und den Toten angestarrt haben musste. Selbst jetzt fiel es mir noch schwer, mich herumzudrehen und Several anzusehen.

Meine Gefühle müssen ziemlich deutlich auf meinem Gesicht abzulesen gewesen sein, denn Severals Blick verhärtete sich. Dann fragte sie: »Sind Sie hungrig, Robert?«

Hungrig? Ihre Frage traf mich beinahe noch härter als der Anblick des Toten. Diese Frau stand vor dem Leichnam ihres Mannes und fragte mich, ob ich hungrig sei!!!

»Ich ... nein«, sagte ich stockend. »Danke.«

Several nickte, ging an mir vorbei und blieb vor dem Fenster stehen. Ihr Gesicht spiegelte sich als verzerrter heller Fleck auf dem Glas. Aber ich erkannte trotzdem, dass es vollkommen ausdruckslos war. Wie Stein.

»Wie ... geht es Jennifer?«, fragte ich, weniger aus wirklichem Interesse, als mehr, um das quälend werdende Schweigen zu durchbrechen.

»Sie schläft«, antwortete Several. Ihre Stimme klang flach und ausdruckslos. Aber es war etwas darin, das mich schaudern ließ.

»Sie wird sterben, Robert«, sagte sie plötzlich.

»Unsinn«, widersprach ich. »Sie ist krank, aber sie wird wieder gesund werden, Several. Es gibt Ärzte, die –«

»Sie wird sterben«, unterbrach mich Several, »Ich weiß es. Und es ist gut so.«

Ich starrte sie an. »Was ... was haben Sie gesagt?«

»Es ist gut so«, wiederholte Several. Noch immer war ihre Stimme ausdruckslos, und als sie sich herumdrehte und mich wieder ansah, war ihr Gesicht zu einer Maske erstarrt.

»Dieses Mädchen dort oben im Zimmer ist nicht mehr meine Tochter«, fuhr sie fort. »Sie sieht so aus wie sie und sie spricht mit ihrer Stimme, aber sie ist nicht mehr Jennifer. Ich weiß nicht, was diese Teufel mit ihr gemacht haben oder wie sie es getan haben oder warum, aber sie ist nicht mehr Jennifer.«

Ich wollte widersprechen, senkte aber nur betreten den Blick.

Vielleicht hatte sie Recht. Ich hatte Jennifer aus Dagons Palast befreit, fünfhundert Yards unter der Wasseroberfläche. Sie hatte Wasser geatmet! Was Dagon mit ihr getan hatte, überstieg vielleicht die menschliche Vorstellungskraft – aber es konnte sein, dass sie schon viel mehr zu seiner Art gehörte als zu unserer.

»Was werden Sie tun?«, fragte Several. Ihr Blick schien geradewegs durch mich hindurchzugehen.

»Sie wissen, was ich tun muss«, sagte ich. »Dort oben in diesem Gut werden Menschenopfer vollzogen. Ich werde diesen Wahnsinnigen das Handwerk legen, das verspreche ich.«

Aber das war es nicht, was sie meinte, und ich wusste es. »Sie werden die Behörden verständigen«, sagte sie. »Von dem Mord, den ich begangen habe.«

Ich wich ihrem Blick aus, als ich antwortete: »Ich fürchte, ich muss es tun«, murmelte ich. »Aber keine Sorge – man wird Verständnis dafür haben, was Sie getan haben. Die Richter werden milde sein.«

Das war gelogen, und wir wussten es beide. Die englische Gerichtsbarkeit verzeiht keinen Mord, ganz gleich, aus welchen Motiven er geschehen ist. Die einzige Milde, die Several vielleicht erfahren konnte, war die, den Rest ihres Lebens in einem Irrenhaus zu verbringen, statt gehenkt zu werden. Ich wusste nicht, was schlimmer war.

Aber ich sprach nichts davon aus, sondern wechselte mein Gepäck von der rechten Schulter auf die linke, nickte ihr noch einmal zum Abschied zu und machte mich auf den Weg zur Küste, wo das Boot warten würde, das mich zur NAUTILUS zurückbrachte.

Der Wind frischte auf, als ich die Stadt verließ, und mit einem Male war mir kalt.

Sehr kalt.

Wo die Nacht regiert

Jenseits des zollstarken Glases herrschte immer währende Nacht. Manchmal bewegten sich Schatten durch die Finsternis, große Dinge, die sich dem Auge nicht genau zu erkennen gaben, aber bedrohlich und böse wirkten. Dann wieder war es die Schwärze selbst, die sich bewegte: ein schwerfälliges mühsames Wogen und Gleiten, als wäre sie selbst ein sonderbares, finsteres Ding.

Nemo schauderte. Es war kalt geworden im Salon der NAUTILUS; so kalt, dass sein Atem als flüchtiger grauer Nebel vor seinem Gesicht erschien. Das Wasser, das zu Millionen und Abermillionen Tonnen auf dem stählernen Leib der NAUTILUS lastete, saugte die Wärme aus dem Schiff.

Aber es war nicht allein die Kälte, die ihn frösteln ließ. Sie würden nicht erfrieren. Sie würden tot sein, lange bevor die Temperaturen an Bord der NAUTILUS so tief gesunken waren, dass ein Leben an Bord des verlorenen Schiffes unmöglich wurde …

Seufzend trat Nemo von der riesigen, runden Scheibe zurück, die wie ein übergroßes Auge die Stahlwandungen des Schiffes durchbrach, schlug die Hände um die Oberarme und wandte sich mit einem Ruck ab. Die beiden Männer, denen er die letzten Stunden schweigend zugesehen hatte, waren gegangen; er war allein im Salon des Schiffes. Allein mit sich und seinen Gedanken; seiner Furcht.

Seltsam – er hatte niemals Angst gehabt, obgleich er nicht das erste Mal in einer Situation war, aus der es scheinbar keinen Ausweg mehr gab und in der jeder andere aufgegeben hätte.

Jetzt hatte er Angst; mehr Angst als je zuvor in seinem Leben.

Und er durfte sie weniger zeigen als je zuvor.

Wieder blickte sich der schlanke, ausgezehrt wirkende Mann in der Zentrale des Schiffes um, warf einen neuerlichen Blick auf das runde Sichtfenster und trat dann an das hufeisenförmige Pult, an dem die beiden Mechaniker die letzten Stunden wie besessen gearbeitet hatten.

Nicht, dass es einen sichtbaren Erfolg gehabt hätte; im Gegenteil. Das mit Schaltern, Knöpfen und verwirrend aussehenden Skalen und

Anzeigeinstrumenten übersäte Pult war ein einziges Chaos. Was Spears mit seinem sinnlosen Angriff nicht zerstört hatte, das hatten die beiden Mechaniker herausgenommen oder zum Teil demontiert. Die Abdeckplatte mit den schweren messingfarbenen Nieten war zerborsten; aus dem gezackten Loch quollen bunte Leitungen und Drähte wie mechanische Eingeweide. Wie um das Bild perfekt zu machen, war eine Leitung geborsten: Dunkles Öl tropfte aus den zerrissenen Enden wie dickflüssiges Blut. Das Gehirn der NAUTILUS war zerstört. Vielleicht für immer.

Die beiden Mechaniker hatten kaum ein Wort geredet; mit Ausnahme der Bemerkungen, die sie ab und zu austauschten, oder der gelegentlichen Bitten an ihn, das eine oder andere Instrument zu betätigen, damit sie seine Funktion prüfen konnten. Aber er hatte in ihren Gesichtern gelesen.

Und was er gesehen hatte, entsetzte ihn. Trotzdem hatte er sich beherrscht und die bohrenden Fragen, die ihm auf der Zunge lagen, heruntergeschluckt. Die beiden Mechaniker verstanden ihr Handwerk, wie alle seine Leute. Wenn es jemanden gab, der aus dem Gewirr von zerborstenem Glas und Metall wieder eine funktionstüchtige Maschinerie machen konnte, dann sie.

Das leise Scharren eines aufgleitenden Schottes riss ihn aus seinen Gedanken. Nemo fuhr hoch, drehte sich mit einer fast schuldbewussten Bewegung um und lächelte unwillkürlich, als er die beiden ungleichen Gestalten in den monströsen Tauchermonturen erblickte, die den Salon betreten hatten. Die größere von beiden trat ohne ein weiteres Wort zum Aussichtsfenster und blickte hinaus, während die andere, kleinere, einen flüchtigen Blick auf das zertrümmerte Steuerpult warf und dann auf ihn zuging,

»Nun?«

Nemo registrierte das Dutzend unausgesprochener Fragen, das sich hinter dieser einen verbarg. Er seufzte, schüttelte den Kopf und ließ sich mit einer erschöpften Bewegung in den Sessel fallen. »Wir müssen abwarten«, sagte er stockend. »Sie werden es schaffen.«

Der Mann in der Tauchermontur legte den Kopf auf die Seite. Selbst hinter dem spiegelnden Glas des Helmes war der besorgte Ausdruck auf seinen Zügen unübersehbar. »Ist es das, was sie sagen – oder was du hoffst?«

Nemo lachte leise. »Macht das einen Unterschied?«

Der Mann in der Tiefseemontur blickte ihn an, dann schüttelte er den Kopf und lachte seinerseits. »Nein«, murmelte er. »Ich hätte es nur gerne gewusst, das ist alles.«

»Wir haben eine gute Chance«, antwortete Nemo, nachdem er eine Zeitlang an dem Riesen in der Tauchermontur vorbei in die Unendlichkeit jenseits des Glases geblickt hatte. »Unsere Lebensmittel reichen für Monate, und die Lufttanks sind voll.«

Der Mann in der Tauchermontur antwortete nicht gleich, aber der Ausdruck in seinen dunklen, von einem Netz winziger Fältchen umgebenen Augen, wurde noch besorgter. »Wie lange reicht unsere Atemluft?«

Nemo seufzte. »Eine Woche. Vielleicht acht Tage.«

»Nur soviel Zeit wernse uns nich lassn«, nuschelte der Mann am Fenster.

Nemo wollte widersprechen, aber er kam nicht dazu, denn im gleichen Moment ging ein tiefer, knirschender Laut durch das Schiff, gefolgt von einer spürbaren Erschütterung, die die Gläser auf dem Tisch vibrieren ließ.

Keiner der drei sagte ein Wort, aber jeder wusste, was der andere dachte. Es war nicht das erste Mal, dass sie diesen Laut hörten. Einen Laut, der an das Geräusch erinnerte, mit dem gewaltige Zähne über den stählernen Rumpf der NAUTILUS scharren mochten ...

Das Boot war nicht gekommen.

Ich war zurück zur Küste gegangen und hatte den gefährlichen Abstieg über die Steilwand ein zweites Mal gewagt, aber seither waren mehr als zehn Stunden vergangen, und der Ozean war leer geblieben; Nemos Boot, das mich spätestens zur Mittagsstunde wieder abholen sollte, war nicht aufgetaucht. Jetzt befand ich mich auf dem Rückweg nach Firth'en Lachlayn. Und zu Severals Haus.

Der Ort hatte sich abermals verändert, als ich den Hügel überwand und die kleine Ansammlung niedriger Häuser unter mir liegen sah. Hinter den meisten Fenstern brannte jetzt Licht, und auf dem rechteckigen Platz im Zentrum der Stadt flackerte ein gewaltiges Feuer, dessen Schein die hereinbrechende Dämmerung über der Stadt mit Blut durchwob.

Ich näherte mich der Stadt sehr vorsichtig, denn ich konnte nicht darauf hoffen, einfach hineinspazieren zu können, ohne dass mich jemand erkannte. Firth'en Lachlayn war ein Ort von gut hundert Seelen: groß genug, um als Fliegendreck auf einer Landkarte auftauchen zu können, aber klein genug, dass jeder den anderen kannte.

Mein Gepäck hatte ich unweit des Ortsrandes in einem Gebüsch versteckt und trug jetzt nur noch meinen Stockdegen bei mir. Diesmal hatte ich alles von Nemos Ausrüstung mitgenommen, was ich tragen konnte – darunter auch vier Reservepatronen für das Oxygengerät. Der Gedanke, noch einmal in diesen verfluchten See hinabsteigen zu sollen, ließ mich schier zu Eis erstarren, aber ich hatte das sichere Gefühl, es zu müssen. Nemo war kein Mann, der mich einfach vergessen würde. Wenn er nicht kam, dann *konnte* er nicht kommen.

Flüchtig dachte ich an das letzte Bild, das ich von der NAUTILUS in Erinnerung hatte: ein Tod und Vernichtung speiendes Ungeheuer, das wie ein Rachegott über der unterseeischen Stadt erschienen war. Der Gedanke, dass diesem Ungeheuer aus Stahl und geballter Kraft irgendetwas zugestoßen sein sollte, erschien mir schlichtweg absurd.

Aber schließlich war Dagon ein Gott.

Ich verscheuchte den Gedanken, richtete mich hinter meiner Deckung auf und ging, schnell, aber nicht so hastig, dass ich bei einem eventuellen Beobachter Misstrauen erwecken konnte, weiter. Die ersten Häuser tauchten rechts und links der Straße auf, und in das entfernte Murmeln der Brandung mischte sich ein anderes, dunkleres Raunen, wie das Murren einer großen Menschenmenge. Ich dachte an das Feuer, das ich von der Höhe aus beobachtet hatte, und schauderte.

Langsam näherte ich mich dem Zentrum des Dorfes. Das Stimmengemurmel nahm zu, und nach einer Weile gewahrte ich den blutig roten Widerschein des Feuers wie flackernde dünne Linien, die die Kanten und Dächer der Häuser nachzeichneten.

Abermals blieb ich stehen. Several Bordens Haus lag auf der anderen Seite des Marktplatzes, aber es war der einzige Ort, an den ich gehen konnte; wenigstens im Moment. Ich war mir bis zu dem Augenblick, in dem ich mir eingestanden hatte, dass das Boot nicht mehr kommen würde, nicht einmal der Tatsache bewusst gewesen, dass diese halb verrückte Frau in weitem Umkreis der einzige Mensch war, von dem ich Hilfe erwarten konnte. Ich hatte nicht einmal das Geld für eine Bahnkarte, um nach Aberdeen zurückzukehren. Geschweige denn nach London. Und unabhängig davon konnte ich unmöglich hier weg, ehe ich nicht wusste, was mit Bannermann geschehen war. Oder mit der NAUTILUS.

Misstrauisch sah ich mich um, aber ich war noch immer allein. Die Straße lag leer und dunkel vor mir, und selbst in den Häusern, in denen Licht brannte, rührte sich niemand. Offenbar war die gesamte Bevölkerung des Ortes auf dem Marktplatz zusammengekommen, um – ja, was eigentlich? – zu tun? Ich ging weiter, wechselte auf die andere Straßenseite, denn die Schatten waren dort ein wenig tiefer, und näherte mich dem Marktplatz.

Ich war auf vieles vorbereitet gewesen, aber das, was ich schließlich sah, ließ mich trotzdem abrupt innehalten. Die gesamte Einwohnerschaft von Firth'en Lachlayn war auf dem Platz zusammengeströmt! Ich sah an die zweihundert Personen: Männer, Frauen, aber auch Kinder und alte Leute, die kaum noch die Kraft zu haben schienen, auf den Füßen zu stehen. Einige der Frauen trugen sogar Säuglinge auf den Armen. Im Zentrum des Platzes loderte ein gewaltiges Feuer. Der Scheiterhaufen war auf gut doppelte Mannshöhe aufgetürmt worden, und die Flammen loderten noch dreimal so hoch. Funken stoben in glühenden Schwärmen aus dem brennenden Stapel, und selbst die Luft schien von einem rötlichen Glühen erfüllt zu sein. Es sah aus, als brenne der Himmel über der Stadt.

Vorsichtig trat ich auf den Platz hinaus, achtete aber sorgsam darauf, im Schatten zu bleiben, sodass ich von den Leuten vor mir, deren Augen ohnehin an das grelle Licht des Feuers gewöhnt waren, nicht gesehen werden konnte. Mir war nicht ganz klar, was diese Männer und Frauen taten; eine Anzahl von ihnen hatte sich an den Händen ergriffen und bildete einen weiten Kreis um das Feuer, als warteten sie auf ein geheimes Zeichen, um einen Tanz zu beginnen. Andere wiederum standen einfach da und blickten in die Flammen oder zu Boden, und noch immer hörte ich diesen dumpfen an- und abschwellenden Singsang.

Es war kein Lied; keine Worte. Nicht einmal klar formulierte Laute, sondern nur ein düsteres Summen, das einem eigenen, schwer zu bestimmenden Rhythmus folgte. Ich hatte das Gefühl, diesen Rhythmus kennen zu müssen. Eine sonderbare Stimmung der Erwartung lag über dem Platz.

Ich wich noch weiter in die Schatten zurück, sah mich sichernd nach allen Seiten um und begann den Platz zu umrunden. Ich benötigte dafür wohl nicht mehr als zwei, allerhöchstens drei Minuten;

aber als ich das Haus der Bordens erreichte, hatte ich das Gefühl, Stunden unterwegs gewesen zu sein. Ich war in Schweiß gebadet, obwohl es jetzt, nach Sonnenuntergang, wieder kalt geworden war.

Vorsichtig trat ich ein und schob die Tür hinter mir ins Schloss. Das Haus war still, und das Raunen der Menschenmenge draußen auf dem Marktplatz war nur noch als dumpfes Murmeln zu vernehmen. Es war dunkel. Die Tür zum Wohnraum stand offen, aber es brannte kein Licht.

Ich erreichte den Wohnraum – und blieb abermals wie versteinert stehen.

Der Tote lag noch immer vor dem Kamin. Jemand hatte ihn auf den Rücken gedreht, sodass ich sein Gesicht wie einen hellen Fleck in der grauen Dämmerung erkennen konnte, aber ansonsten lag er noch so da, wie ich ihn in Erinnerung hatte. Der Gedanke, dass Several den Tag in diesem Haus verbracht hatte, zusammen mit ihrem toten Mann, ließ mich frösteln.

Dann sah ich die Gläser auf dem Tisch, und plötzlich fiel mir auch der Tabaksgeruch auf, der in der Luft lag. Es war Pfeifentabak, einer von der billigen Sorte, die wie verbranntes Wildschwein riecht, und es war mehr als ein halbes Dutzend Gläser, in denen zum Teil noch die Reste von Weinbrand standen. Und plötzlich fielen mir noch mehr Einzelheiten auf, die ich im ersten Moment übersehen hatte: das große Ölgemälde neben der Tür hing schief, ein Stuhl war umgestürzt und der Teppich an einer Ecke zu unordentlichen Wellen aufgeschoben. Alarmiert wandte ich mich um, ging in die Diele und lauschte mit angehaltenem Atem.

Das Haus war nicht so still, wie ich im ersten Augenblick geglaubt hatte. Das dumpfe Raunen der Menschenmenge draußen auf dem Platz übertönte alle anderen Laute, aber wenn ich mich anstrengte, konnte ich Stimmen hören. Die Stimmen von zwei, drei Menschen, die irgendwo über mir miteinander redeten. Vorsichtig begann ich die Treppe hinaufzugehen. Die altersschwachen Stufen ächzten unter meinem Gewicht, und meine überreizten Nerven ließen mich das Geräusch zehn Mal lauter hören, als es in Wirklichkeit war. Trotzdem blieb ich stehen und nahm meinen Stockdegen zur Hand, zog die Waffe aber nicht aus ihrer Umhüllung, sondern drehte sie so herum, dass ich den kinderfaustgroßen Knauf als Keule benutzen konnte.

Die Stimmen wurden lauter, als ich den Treppenabsatz erreicht hatte und abermals stehen blieb, und ich identifizierte sie jetzt als die von zwei Männern, die sich unterhielten. Ab und zu hörte ich ein gedämpftes Lachen.

Ich ging weiter, erreichte die Tür, hinter der ich die Stimmen vernahm, und ließ mich behutsam in die Hocke sinken, um durch das Schlüsselloch zu spähen.

Was ich sah, ließ meinen Puls um das Doppelte schneller schlagen. Ich erblickte einen kleinen Ausschnitt eines hell erleuchteten, liebevoll eingerichteten Schlafzimmers: ein Bett, einen Teil eines Stuhles, von dem zwei übereinander geschlagene Beine baumelten, einen Spiegel, in dem sich die Tür und ein Teil der danebenliegenden Wand spiegelten ...

Auf dem Bett lag eine gefesselte Frau.

Es dauerte einen Moment, bis ich Several erkannte.

Ihr Kleid war zerrissen. Sie war mit einem zusammengedrehten Taschentuch geknebelt worden. Das Haar hing ihr wirr in die Stirn, und ich sah, dass ihr Gesicht geschwollen war, als wäre sie geschlagen worden, und ihre Arme waren auf die gemeinste Art und Weise auf den Rücken gebogen und zusammengebunden worden, die ich je gesehen hatte. Der Anblick ließ eine Woge heißer Wut in mir emporsteigen. Instinktiv wollte ich aufspringen, die Tür aufstoßen.

Dann sah ich etwas, was mich noch einmal innehalten ließ. Das Beinpaar, das ich zum Teil erkennen konnte, war nämlich in Bewegung gekommen; der Mann stand auf, beugte sich flüchtig über Several und wandte sich dann um, um zur Tür zu gehen.

Ich kannte ihn. Es war der Dürre, den ich schon zweimal getroffen hatte, einmal in Aberdeen, als er die Bande anführte, die Bannermann und mich überfiel, das zweite Mal oben im Gut, und zwar mitten auf die Nase. Sein Gesicht war noch immer geschwollen, und der trübe Glanz seiner Augen sagte mir, dass er schon wieder betrunken war. Ich spannte mich, aber er öffnete die Tür nicht, sondern lehnte sich lässig daneben an die Wand und grub eine Zigarre aus seiner Tasche.

»Diese Warterei geht mir auf die Nerven«, hörte ich seine Stimme. »McGillycaddy hat uns versprochen –«

»Ich weiß selbst, was er gesagt hat«, erwiderte die Stimme eines zweiten Mannes. Ich konnte ihn durch das beschränkte Sichtfeld des Schlüsselloches nicht sehen, aber ich hörte seine Schritte, als er ungeduldig im Zimmer auf und ab zu gehen begann. »Er wird schon kommen.«

»Ja«, knurrte der Dürre säuerlich und riss ein Streichholz an. »Fragt sich bloß, wann. Zum Teufel, was habe ich Dagon eigentlich getan, dass ich ständig die Drecksarbeit kriege, während die anderen –«

Ich hörte nicht mehr zu, sondern warf einen letzten Blick durch das Schlüsselloch in den Spiegel. Der Dürre stand neben der Tür, eine qualmende Zigarre zwischen den Lippen – was bei seinem Hungerleidergesicht absolut lächerlich aussah – und die Arme lässig vor der Brust verschränkt. Er stand so perfekt da, als hätte ich ihn dorthin gestellt.

Behutsam richtete ich mich auf, drehte den Türknauf, bis ich ein leises Klicken hörte – und trat mit aller Macht vor das Schloss.

Die Tür flog wie von einer Kanonenkugel getroffen auf, und ich hechtete in den Raum.

Es ist schwer, sich auf einen Gegner vorzubereiten, den man nicht sieht, aber ich hatte den Vorteil der Überraschung auf meiner Seite. Der zweite Mann stand am Fenster und hatte offenbar interessiert das Geschehen auf dem Marktplatz verfolgt. Jetzt wirbelte er herum und riss instinktiv die Fäuste hoch.

Er kam nicht einmal dazu, die Bewegung zu Ende zu führen. Mit einer blitzartigen Rolle kam ich auf die Füße, boxte ihm in den Magen und schlug ihm die Handkante in den Nacken, als er sich krümmte. Noch bevor er auf dem Teppich aufschlug, wirbelte ich herum, um mich dem Dürren zuzuwenden.

Es war nicht mehr nötig.

Die Tür schwang, von der Wucht des Aufpralles zurückgetrieben und vibrierend wie das Blatt eines Fuchsschwanzes, wieder zu und gewährte mir den Blick auf ein Bild, das ich sicherlich genossen hätte, wäre die Situation etwas weniger ernst gewesen. Der Dürre stand noch immer so da, wie ich ihn im Spiegel gesehen hatte: mit verschränkten Armen, eine Zigarre im Mund und weit aufgerissenen Augen. Nur hatte sein Gesicht alle Farbe verloren und die Zigarre war zu einem guten Stück in seinen Hals gekrochen, während der zermalmte Rest wie eine braune Blüte, aus der grauer Rauch und Funken quollen, zwischen seinen Zähnen hervorlugte. Dann kippte er nach vorne, stocksteif wie ein Brett und mit noch immer vor der Brust verschränkten Armen.

Hastig drehte ich mich wieder herum und beugte mich über Several. Sie war bei Bewusstsein und starrte mich an, aber in ihren Augen loderte ein Feuer, das mich schaudern ließ. Ich drehte sie vorsichtig herum, löste die Stricke, die ihre Handgelenke hielten, drehte sie wieder auf den Rücken und nahm ihr den Knebel aus dem Mund.

»Alles in Ordnung?«, fragte ich.

Es war eine ziemlich dumme Frage, denn es war ganz und gar nichts in Ordnung, was ich sehr deutlich sah, aber Several nickte trotzdem, versuchte sich aufzurichten und sank wieder zurück, als ihre Arme unter ihrem Körpergewicht nachgaben.

»Bleiben Sie liegen«, sagte ich. »Das Blut muss erst wieder richtig zirkulieren.«

»Jenny«, wimmerte Several. »Meine kleine Jenny. Sie ... sie ...«

»Was ist passiert, Several?«, fragte ich. »Bitte – ich weiß, dass es schwer für Sie ist, aber ich muss wissen, was geschehen ist.«

Several schien meine Worte überhaupt nicht zu hören. Sie warf sich auf dem Bett hin und her und stammelte immer wieder den Namen ihrer Tochter.

Schließlich ergriff ich sie an den Schultern, drängte sie mit sanfter Gewalt auf das Bett zurück und legte die rechte Hand auf ihre Stirn, sodass ich mit Daumen und kleinem Finger ihre Schläfen umfasste und mein Zeige- und Ringfinger auf ihren geschlossenen Augen lagen. Ich war nervös, und es fiel mir schwer mich zu konzentrieren, aber es gelang mir immerhin, sanfte beruhigende Impulse in ihren Geist zu senden, und nach einigen Minuten beruhigte sich ihr rasender Herzschlag; ihr Atem begann allmählich wieder normal zu werden, und sie hörte sogar auf zu zittern. Aber wie beim ersten Mal, als ich sie auf diese Weise vor einem Zusammenbruch bewahrt hatte, spürte ich auch jetzt, dass ich das Grauen in ihr nur betäubt, nicht etwa vertrieben hatte. Ich war nicht sehr erfahren in solchen Dingen.

»Also«, begann ich von neuem. »Was ist geschehen, Several? Sind diese Männer gekommen und haben Ihre Tochter entführt?«

Several starrte mich eine Ewigkeit lang an, und ich begann schon zu befürchten, dass meine Hilfe diesmal umsonst gewesen war. Aber dann schüttelte sie den Kopf und stemmte sich mühsam auf die Ellbogen hoch.

»Jennifer«, sagte sie matt. »Sie ... sie ist aufgewacht, Robert. Sie ist erwacht, nachdem Sie gegangen waren. Sie ... sie ist erwacht. Aber sie war nicht mehr sie selbst. Sie war ... o Gott, mein armes Kind. Diese Bestien! Was haben sie mit Jennifer gemacht?!«

»Erzählen Sie«, bat ich.

Several nickte, setzte sich ein wenig weiter auf und warf einen raschen Blick auf den Bewusstlosen unter dem Fenster. »Sie ist aufgewacht, kurz ... kurz nachdem Sie gegangen waren, Robert«, begann sie von neuem. »Sie ... sie hat mich niedergeschlagen und ist weggelaufen. Und danach sind diese beiden gekommen, und ... und noch andere. McGillycaddy und die anderen vom ... vom Clan.« Sie stockte, als die Erinnerung an das Geschehene sie wieder zu übermannen drohte. In ihren Augen schimmerten plötzlich Tränen. Aber dann gab sie sich einen sichtbaren Ruck, sah auf und fuhr mit mühsam beherrschter Stimme fort: »Sie ... sie haben mich geschlagen und gesagt, dass ich meinen Mann ermordet hätte und dass ich dafür büßen müsse. Dann haben sie mich hier heraufgebracht und sind wieder gegangen. Alle bis auf ... bis auf die beiden. Aber McGillycaddy hat gesagt, dass sie wiederkommen werden, sobald die Sonne aufgegangen ist, und dass ... dass ich dann dafür bestraft werde, was ich getan habe.«

»Und ... Ihre Tochter?«, fragte ich vorsichtig.

»Sie ist fort«, murmelte Several. »Sie ... sie ist wieder zu *ihm* gegangen, Robert.«

»Ihm?«

»Zu Dagon«, schluchzte Several. »Ich weiß es, Robert. Sie gehört *ihm*. Sie hat es mir gesagt, ehe sie ging. Sie ... sie ist ...«

Plötzlich warf sie sich zur Seite, vergrub das Gesicht in den Kissen und weinte; beinahe lautlos, aber sehr heftig. Diesmal ließ ich sie gewähren. Vielleicht war es besser, wenn sie ihren Tränen freien Lauf ließ.

Ich stand auf und kniete neben dem Dürren nieder. Several hatte gesagt, dass sie wiederkommen würden, wenn die Sonne aufging, was uns zu einer gewissen Gnadenfrist verhalf. Aber ich wollte sicher gehen. Und es gab da noch ein paar Punkte, die zu klären waren.

Ich drehte den Kerl auf den Rücken, zwängte seine Zähne auseinander und grub so viel Zigarre aus seinem Mund, wie ich konnte. Er röchelte, rang keuchend nach Luft und spie halb aufgelösten Tabak aus. Sein Blick flammte vor Hass, als er mich ansah.

Als er die Hand hob, versetzte ich ihm eine Ohrfeige. Er versuchte kein zweites Mal, nach mir zu schlagen.

»Ich hoffe, wir verstehen uns jetzt«, grollte ich, wobei ich mir Mühe gab, so finster wie möglich dreinzublicken. »Dir passiert nichts, wenn du vernünftig bist. Wenn nicht ...«

Ich sprach nicht weiter, aber das war auch nicht nötig. Unausgesprochene Drohungen sind meist wirkungsvoller als ausgesprochene. Der Dürre nickte hastig, spuckte ein weiteres Stück Zigarre aus und betastete mit den Fingerspitzen seine verbrannten Lippen. Wahrscheinlich würde er sich jetzt das Rauchen abgewöhnen, dachte ich spöttisch.

»Sie werden mir nun ein paar Fragen beantworten«, sagte ich.

»Werd' ich nicht«, sagte der Dürre trotzig. »Von mir aus schlagen Sie mich tot. Ich sage kein Wort.«

»Ach?«, antwortete ich. Einen Moment lang blickte ich ihn nachdenklich an, dann zauberte ich ein gehässiges Grinsen auf meine Lippen. »Ich werde Sie nicht schlagen, mein Freund«, sagte ich freundlich. »Ich werde Sie nur fesseln und dann weggehen. Aber Mrs. Borden bleibt hier.«

Der Dürre erbleichte noch weiter. »Das … das können Sie nicht tun!«, krächzte er.

»Ich kann«, antwortete ich. »Mein Wort darauf. Also?«

Einen Moment lang starrte der Dürre aus weit aufgerissenen Augen in Severals Richtung, dann nickte er abgehackt, schluckte ein Stück aufgeweichten Tabak herunter und blickte zu mir hoch. »Was wollen Sie wissen?«

Nemo war sich nicht sicher, aber das Schwarz vor dem kleinen Bullauge schien tiefer geworden zu sein, und aus dem gelegentlichen Gleiten und Huschen körperloser Schatten dort draußen war ein beständiges Wogen geworden, ein Auf und Ab wie von substanzlosen Schemen, als wäre die Finsternis selbst von bösem, dräuendem Leben erfüllt. Er war nicht mehr im Salon, denn die Mechaniker hatten angefangen, nicht nur das Pult, sondern auch die Fußbodenplatten abzubauen, um nach beschädigten Leitungen und Kabeln zu suchen, sodass er hierher geflohen war, in den Kartenraum der NAUTILUS.

Nicht, dass es hier für ihn irgendetwas zu tun gegeben hätte, was von praktischem Nutzen war. Die Karten und Pläne, die Lageskizzen und Gezeitenbücher, die den niedrigen Kartentisch in scheinbarem Chaos bedeckten, all diese Papiere, in denen Geheimnisse und Dinge verzeichnet waren, von denen die allermeisten Menschen nicht einmal zu träumen wagten, waren nutzlos geworden, seitdem das mechanische Herz der NAUTILUS aufgehört hatte zu schlagen.

Der Gedanke erfüllte ihn mit Zorn. Er hatte ein Leben hinter sich, das bewegter und abenteuerlicher war, als es sich der Großteil der Menschheit auch nur vorzustellen wagte. Er hatte Dinge geschaut und Geheimnisse gelüftet, die älter als die menschliche Rasse waren, und er hatte den Grund der Ozeane betreten, acht Meilen tief unter der Oberfläche des Meeres; er hatte mit dem großen Kraken gekämpft, der Bestie, die nur alle hundert Jahre einmal an die Meeresoberfläche kam, um ihr Opfer zu fordern und die Legenden der Menschen neu zu beleben. Und all das sollte vorüber sein, nur wegen eines Irren mit einem Schraubenschlüssel?

Wütend fegte er die Karten vom Tisch, drehte sich herum und trat wieder an das kaum handtellergroße Bullauge.

Was er sah, ließ ihn erstarren.

Wo vorher nur wogende Schwärze gewesen war, bewegte sich ...

Es war Nemo unmöglich zu erkennen, was sich dort außerhalb der NAUTILUS bewegte, aber es war unglaublich groß und finster, und es schien eine körperlich spürbare Aura des Bösen auszustrahlen.

Und es kam näher. Langsam, aber mit der unaufhaltsamen Kraft einer Naturgewalt ...

Zwei, drei Sekunden lang starrte der Kapitän der NAUTILUS das finstere Ding in der Schwärze an. Dann fuhr er herum und war mit einem Sprung bei der Tür. Seine Hand krachte auf einen großen, feuerroten Schalter herab.

Eine halbe Sekunde später gellten die stählernen Räume und Gänge der NAUTILUS wider vom misstönenden Schrillen der Alarmglocken.

Es war wie eine getreuliche Wiederholung der Szene vom Marktplatz, nur dass der Scheiterhaufen viel kleiner und es im Höchstfalle zwei Dutzend Menschen waren, die einen barbarischen Tanz rings um die lodernden Flammen aufführten. Aber auch hier hörte ich den dumpfen Singsang, und wieder hatte ich das unangenehme Gefühl, dass mir diese Leute etwas sagten. Nur war ich noch immer nicht in der Lage, ihre Botschaft zu verstehen,

»Die Stallungen liegen auf der Rückseite«, murmelte Frane – der Dürre – neben mir. Ich hatte mich entschlossen, den Burschen mitzunehmen; einerseits, weil er mich fast auf Knien darum angefleht hatte, nicht allein mit Several zurückbleiben zu müssen, andererseits aber auch, um sicherzugehen, dass er mich nicht doch in eine Falle laufen ließ. Aber ich hatte dafür gesorgt, dass er nicht auf die Idee kommen würde, mich zu hintergehen, wenn die Gelegenheit gerade günstig war; freilich, ohne dass er es selbst ahnte. Manchmal war es wirklich von Vorteil, ein paar Tricks zu kennen, die andere wohl mit Zauberei bezeichnet hätten. Mühsam riss ich mich von dem gleichzeitig erschreckenden wie faszinierenden Bild am Ufer des Sees los, sah Frane einen Moment lang an und blinzelte dann zum Gut hinauf, das in der immer dunkler werdenden Nacht wie ein massiger Schatten über dem See thronte. Bisher hatte ich das Gebäude immer nur im Dunkeln zu Gesicht bekommen. Ich fragte mich, wie es wohl bei Tageslicht aussehen würde. Wahrscheinlich ganz normal. Der wahre Schrecken verbirgt sich meist hinter der Maske des Normalen.

»Gehen wir?«, fragte Frane. Er wirkte nervös, was ich gut verstehen konnte. Nach allem, was er mir erzählt hatte, hatte er allen Grund, nervös zu sein. Ich allerdings auch.

Ich nickte auf seine Frage, stand auf und verhielt dann noch einmal mitten in der Bewegung. Irgendetwas hatte sich geändert an der Szene unten am Ufer.

»Warten Sie noch«, sagte ich. Frane nickte nervös und sah wieder zum Gut hinauf. Er schien etwas sagen zu wollen, schwieg dann aber doch. Er konnte mir gar nicht widersprechen, selbst wenn er es gewollt hätte. Aber das wusste er nicht. Und bei seinem Intelligenzquotienten würde es auch noch eine ganze Weile dauern, bis ihm auffiel, dass ihm selbst der größte Blödsinn, den ich von mir gab, einleuchtend erschien.

Und so genau wusste ich selbst nicht, was ich überhaupt dort oben im Gut zu finden hoffte. Frane war sehr redselig geworden, nachdem ich ein wenig nachgeholfen hatte, aber er war nur ein kleiner Handlanger, dem man offenbar nur gesagt hatte, was er unbedingt wissen musste, und das war nicht viel. McGillycaddy hatte ihm aufgetragen, bis zum Sonnenaufgang auf Several aufzupassen; dann würde er zurückkommen und sie alle zum Strand führen. Was sie dort unten tun sollten, wusste Frane allerdings nicht, und nachdem ich mich eine Weile mit ihm unterhalten hatte, konnte ich McGillycaddy sogar verstehen. Jemandem wie Frane hätte ich allerhöchstens die Uhrzeit anvertraut. Vielleicht.

Aber das Gut war der einzige Ort, an dem ich überhaupt ansetzen konnte. Die einzige Alternative dazu war, noch einmal in diesen verfluchten See hinabzutauchen – und mir fielen auf Anhieb ungefähr zehntausend Dinge ein, die ich lieber getan hätte.

Ich blickte wieder auf den See hinab. Diesmal war ich sicher, dass ich eine Bewegung gesehen hatte.

In der Mitte des riesigen, blass silbernen Spiegels begann sich das Wasser zu kräuseln, zuerst langsam, dann stärker und stärker, bis die Oberfläche des Sees zu Millionen blitzender Spiegelscherben zerbrochen war. Dann erschien der Schatten.

Es war mir unmöglich, ihn zu beschreiben. Es war ein ... ein Ding, groß, monströs und missgestaltet, ein Gigant ohne klar umrissene Form. Wie ein Berg wuchs er aus den schäumenden Wogen empor, bäumte sich zu ungeheurer Größe auf und fiel mit einem urgewaltigen Rauschen wieder zurück. Eine gewaltige, weiß gekrönte Woge breitete sich kreisförmig von der Mitte des Sees her aus und brach sich klatschend an den Ufern.

»Gott!«, keuchte Frane neben mir. »Wass issn das?«

»Halten Sie den Mund«, sagte ich alarmiert. Frane nickte geflissentlich und schwieg. Fast tat er mir leid.

Das Ding war wieder so weit ins Wasser gesunken, dass es nur als monströser Schatten zu erkennen war. Es war riesig, größer als ein Wal, und schien in beständiger fließender Bewegung, als wäre es in Wahrheit nur eine Wolke aus zerfließendem Grau, die sich rein zufällig zu dieser Form zusammengeballt hatte. Dann teilte es sich.

Es sah aus wie das Teilen einer ins Absurde vergrößerten Amöbe. Ein Teil der zerfaserten Schwärze trennte sich von der gigantischen Hauptmasse ab und begann, pulsierend wie ein bizarres schlagendes Riesenherz, auf das Ufer und den Scheiterhaufen zuzugleiten.

»Er kommt!«, kreischte eine Stimme unter mir. »Unser Herr hält sein Versprechen. Er schickt uns seinen mächtigsten Diener, um uns zu zeigen, wie gewaltig seine Macht ist.«

»McGillycaddy!«, keuchte Frane. »Das ist McGillycaddy. Sehen Sie!«

Ich versuchte es, aber gegen den gelborange leuchtenden Hintergrund des Scheiterhaufens war die Gestalt des Schotten nur als Umriss zu erkennen. Trotzdem konnte ich ein Schaudern nicht unterdrücken, als ich ihn dort unten stehen sah; mit hoch erhobenen Armen und gespreizten Beinen, einem dämonischen Priester bei einer urtümlichen Beschwörung gleich.

Aber vielleicht war der Unterschied gar nicht so groß.

Langsam kam der monströse Schatten näher. »Seht!«, brüllte McGillycaddy. »Seht hin, meine Kinder! Seht, wie unser Herr jene bestraft, die es wagen, mit Feuer und Schwert in sein Reich einzudringen!«

Im gleichen Moment erreichte der Schatten das Ufer. Erst glaubte ich, eine Art riesiger schwarzer Qualle zu sehen, aber dann zerfloss sein Körper, formte sich neu, wurde zu einem Gewebe, dann zu einer klumpigen Zusammenballung schwärzlich geronnener Dinge ...

Dafür konnte ich umso besser erkennen, was er gebracht hatte.

Einen Menschen. Einen Menschen in einem monströsen, aus schwarzem Kautschuk und messingfarbenem Metall gefertigten Anzug. Einen von Nemos Männern!

Die Leiche eines seiner Männer, genauer gesagt. Der schwere, aus zähem Gummimaterial gefertigte Anzug war zerrissen, die Schläuche, die ihn mit dem Oxygentank auf seinem Rücken verbanden, hingen in Fetzen herunter, und das runde Sichtfenster des Messinghelmes war zerborsten. Ich konnte nicht genau erkennen, was dahinter war, aber es war rot und weiß und erinnerte mich nicht unbedingt an ein menschliches Gesicht.

»Seht!«, kreischte McGillycaddy noch einmal. »Dies ist nur einer der Frevler, aber die anderen werden sein Schicksal teilen, ehe die Sonne aufgegangen ist. Und so wie ihnen wird es allen ergehen, die versuchen, uns aufzuhalten!«

Entsetzt starrte ich auf die reglose Gestalt im Taucheranzug. Das schwarze Etwas im Wasser zog sich zurück, aber auf einen Wink McGillycaddys hin kamen zwei seiner Männer herbei und hoben den Toten hoch, um ihn wie in einem grausigen Triumphzug an Land zu tragen und ins Feuer zu werfen. Es war ein furchtbarer Anblick: seine Arme und Beine pendelten, als wäre kein Knochengerüst mehr in seinen Gliedern. Ich musste an einen gleichartigen Körper denken, den ich in den Abwässerkanälen von Aberdeen gesehen hatte ...

»Irgendetwas ist schiefgegangen«, murmelte ich. »Das ... das ist einer von Nemos Männern.«

Frane sah mich irritiert an. »Nemo?«, vergewisserte er sich. »Etwa ... etwa *der* Nemo?«

Jetzt war ich an der Reihe, erstaunt zu sein. Ich hatte von einem Mann von Franes Bildungsstand kaum erwartet, dass er den Namen Nemo kannte. Trotzdem nickte ich. »Genau dieser, Frane«, antwortete ich: »Aber er dürfte gar nicht mehr hier sein. Nicht, wenn ...«

Ich sprach nicht weiter, denn der Gedanke, der aus dem schrecklichen Bild folgerte, war so furchtbar, dass ich für einen Moment mit beinahe verzweifelter Macht versuchte, ihn wegzuleugnen. Natürlich half es nichts. Und natürlich war es die einzig logische Erklärung dafür, dass die NAUTILUS nicht zu dem verabredeten Treffen gekommen war.

»Ich muss dorthinunter«, sagte ich.

Frane erbleichte. »Wohin? In ... in den See?«

Ich nickte. »Ja. Ich ... ich muss nachsehen, was passiert ist.«

»Sie sind wohl verrückt geworden!«, keuchte Frane. »Was glauben Sie, dort unten ausrichten zu können? Sie –«

Ich schnitt ihm mit einer Bewegung das Wort ab, drehte mich herum und deutete mit einer Kopfbewegung zur Stadt zurück. »Sie gehen zurück zu Mrs. Borden«, sagte ich, während ich bereits begann, mein Hemd aufzuknöpfen. »Sie warten genau bis eine Stunde vor Sonnenaufgang. Wenn ich bis dahin nicht zurück bin, dann bringen Sie sie aus der Stadt. Wenn es sein muss, gegen ihren Willen. Haben Sie das verstanden?«

Frane starrte mich an, schluckte ein paar Mal heftig und nickte schließlich. Ich wusste, dass er gehorchen würde. Typen wie Frane sind zwar im Allgemeinen kaum fähig, ohne Schwierigkeiten weiter als bis acht zu zählen, aber dafür sind sie leicht zu beeinflussen. Wenigstens für eine Weile.

»Helfen Sie mir!«, befahl ich. Frane bückte sich gehorsam nach dem Atemgerät, wuchtete es hoch und hielt es so lange, bis ich die ledernen Riemen übergestreift und die Schnallen verschlossen hatte. Dann zog ich mir den leichten Helm über, überzeugte mich davon, dass die frischen Sauerstoffpatronen angeschlossen und zwei Ersatzpatronen sicher in meinem Gürtel verstaut waren, und schlüpfte zum Schluss in die Schwimmflossen.

Nicht einmal hundert Schritt von McGillycaddy und seinen tanzenden Anhängern entfernt ließ ich mich ins Wasser gleiten.

Das Meer war sehr ruhig an diesem Abend. Fast ein bisschen zu ruhig für Lawrences Geschmack. Über den Wellen, die kaum handhoch und so träge wie geschmolzenes Blei waren, lag ein blassgrauer Hauch von Nebel, und obgleich die Sicht im Grunde klar war, schien doch alles, was weiter als drei-, vierhundert Yards entfernt war, wie hinter einem unsichtbaren Schleier zu verschwimmen.

Lawrence mochte Abende wie diese nicht. Er kannte sie zu gut, diese Tage, an denen das Meer wie gelähmt dalag – wie in der Ruhe vor dem Sturm.

»Kapitän?«

Lawrence drehte sich herum, als er die Stimme seines Adjutanten vernahm, zwang ein berufsmäßiges Lächeln auf seine Lippen und wurde übergangslos wieder ernst. »Ja?«

Stayley druckste einen Moment herum. Lawrence sah ihm an, wie schwer es ihm fiel, zu sagen, weswegen er gekommen war. »Es ist ... wegen der Mannschaft, Sir«, begann er schließlich.

Lawrence runzelte die Stirn. »Was ist mit der Mannschaft, Stayley?«, fragte er.

»Sie wird allmählich unruhig, Sir«, antwortete sein Adjutant.

»So?«, sagte Lawrence. »Wird sie das? Und wie äußert sich diese ... Unruhe?«

Stayley antwortete nicht direkt auf seine Frage, sondern blickte einen Moment aus dem Fenster, wo sich das Mondlicht auf den schwarzen Felsen der Steilküste wie auf poliertem Stahl spiegelte. »Wir sollten nur einen Tag in dieser Bucht bleiben, Sir«, murmelte er. »Jetzt ist es fast eine Woche.«

»Unser genauer Befehl lautet, so lange hier zu bleiben, bis wir Nachricht von Kapitänleutnant Spears bekommen«, sagte Lawrence strenger, als vielleicht nötig gewesen wäre. Er konnte Stayley nur zu gut verstehen, und erst recht die Mannschaft. Die kleine, halb hinter einer vorspringenden Felsnase verborgen liegende Bucht, nur wenige Meilen nördlich von Aberdeen, war ein vorzügliches Versteck, selbst für einen Kreuzer von der Größe der *King George*. Von See aus war sie praktisch unsichtbar, und die mächtigen Felsbarrieren schützten das Schiff selbst vor dem schlimmsten Sturm. Aber es war etwas – Lawrence suchte vergeblich in Gedanken nach einer passenden Bezeichnung –, etwas Unheimliches an dieser Bucht. Die lotrechten, vollkommen schwarzen Felsen strahlten selbst bei Tage etwas Düsteres aus, und Lawrence hatte sie ein paar Mal schon mit Stein gewordener Nacht verglichen.

Trotzdem sagte er: »Wir sind nicht hier, um uns zu amüsieren, Mister Stayley, sondern weil wir einen Befehl ausführen. Und wenn irgendein Mitglied der Mannschaft anderer Auffassung sein sollte, dann schicken Sie es zu mir. Ich werde dem Betreffenden gerne den Unterschied zwischen einem Seemann und einem Mitglied der Marine Ihrer Majestät erklären.«

Stayley erbleichte, nickte beinahe übertrieben hastig und drehte sich auf dem Absatz herum, um die Brücke zu verlassen. Aber er machte nur einen einzigen Schritt, und auch nur, um sofort wieder stehen zu bleiben und aus zusammengekniffenen Augen auf den schmalen Ausschnitt offenen Meeres zu blicken, der zwischen den zyklopischen Felsen sichtbar war.

»Was haben Sie?«, fragte Lawrence.

»Ich ... weiß nicht, Sir«, antwortete Stayley. »Für einen Moment dachte ich, ich hätte etwas gesehen.«

»Dort draußen?« Lawrence trat neben ihn, runzelte die Stirn und blickte ebenfalls in die dunstig graue Dämmerung hinaus. Es dauerte einen Moment, aber dann sah er es auch: Es war nicht mehr als ein Schatten, ein gewaltiges, körperloses Etwas, das in unbestimmbarer Entfernung hinter der grauen Nebelwand aufgetaucht war, aber es war zu deutlich, um eine bloße Täuschung sein zu können.

»Was ist das, Sir?«, fragte Stayley verstört.

Statt einer Antwort wandte sich Lawrence um, holte seinen Feldstecher und trat erneut an die Scheibe. Aber seltsamerweise wurde der Schatten nicht deutlicher, als er durch das Glas sah.

»Ich weiß es nicht«, gestand er schließlich. Er senkte das Glas, biss sich nachdenklich auf die Lippen und starrte dann wieder in die graue Unendlichkeit hinaus. Irgendetwas am Anblick dieses monströsen ... Dinges berührte ihn, berührte ihn auf sehr unangenehme Art und Weise, ohne dass er das Gefühl irgendwie begründen konnte.

»Es ist viel zu groß für ein Schiff«, murmelte Stayley. In seiner Stimme war ein Beben, das Lawrence aufhorchen ließ. Alarmiert senkte er sein Glas ein zweites Mal und sah seinen Adjutanten an. Stayley starrte aus weit aufgerissenen Augen in den Nebel hinaus. Sein Gesicht war bleich, und Lawrence sah, dass sich seine Hände zu Fäusten geballt hatten und zitterten. *Er spürt es auch!*, dachte er erschrocken.

»Unsinn, Leutnant«, sagte er streng. »Was soll es anderes sein als ein Schiff? Vielleicht ein Seeungeheuer oder der fliegende Holländer?« Er lachte, aber es klang gepresst und nicht sehr überzeugend. »Rufen Sie die Offiziere auf die Brücke, Mister Stayley. Und dann beordern Sie die Freiwachen zurück. Wir nehmen Fahrt auf. Ich möchte mir dieses sonderbare Schiff aus der Nähe betrachten.«

Stayley nickte nervös und eilte zur Tür, aber Lawrence rief ihn noch einmal zurück. »Noch etwas, Mister Stayley«, sagte er, zögernd und beinahe gegen seinen Willen. »Geben Sie Befehl, dass der Maat volle Gefechtsbereitschaft anordnen soll. Sicher ist sicher«, fügte er mit einem nervösen Lächeln hinzu.

Das Wasser war so kalt, dass ich für ein paar Sekunden ernsthaft befürchtete, erfrieren zu müssen. Meine Muskeln waren wie gelähmt, und die Luft, die aus dem Tank auf meinem Rücken strömte, schien wie flüssiges Feuer in meiner Kehle zu brennen. Ich sank, weniger durch meine eigenen Bewegungen als vielmehr durch das Gewicht des Oxygentankes in die Tiefe gezerrt, in steilem Winkel nach unten, und ich schätzte, dass ich gute hundert Fuß unter der Oberfläche war, ehe es mir gelang, meine Muskeln zu einer ersten, mühsamen Schwimmbewegung zu zwingen, mit der ich wenigstens mein hilfloses Trudeln auffangen konnte.

Der See hatte sich verändert. Das grüne Leuchten, das noch am Morgen seinen ganzen Boden erfüllt hatte, war zu einem fleckigen blassen Muster geworden, in dem gewaltige, wie hineingefressen wirkende Löcher gähnten. Tangfetzen und aufgewirbelter Morast trieben wie wolkige große Gebilde durch das Wasser, und ein paar Mal glaubte ich festere, dunkle Körper zu erkennen, die jedoch niemals so nahe kamen, als dass ich mich bedroht fühlte.

Ich sah mich aufmerksam nach dem finsteren Etwas um, das ich vom Ufer aus gesehen hatte, konnte jedoch nirgends auch nur eine Spur davon erkennen – was nicht hieß, dass es nicht da war. Das Wasser war so finster, dass ich praktisch in sein Maul hineinschwimmen konnte, ehe ich es überhaupt bemerkte.

Hastig verscheuchte ich den Gedanken und schwamm schneller. Allmählich begannen mir meine Muskeln wieder zu gehorchen, und das Gewicht meines Atemgerätes tat ein Übriges, mich rasch in die Tiefe sinken zu lassen.

Je weiter ich mich dem Seeboden näherte, desto deutlicher wurden die Spuren der gewaltigen Schlacht, die hier vor Tagesfrist geschlagen worden war. War die Ruinenstadt bei meinem ersten Hiersein noch nahezu unbeschädigt gewesen, so schien jetzt im wahrsten Sinne des Wortes kein Stein mehr auf dem anderen zu stehen. Die Häuser und Paläste waren zerstört, die Brücken und Straßen zerfetzt und zu gewaltigen Haufen chaotisch aufeinandergetürmter Trümmer geworden, und im vordem noch fast glatten Seeboden gähnten jetzt gewaltige, ausgezackte Krater.

Und dann sah ich die NAUTILUS.

Sie befand sich unweit der Stelle, an der ich sie das letzte Mal gesehen hatte, als sie Feuer und Tod auf die Stadt Dagons spie. Aber aus dem Tod bringenden Giganten war ein Leichnam geworden. Jedenfalls war das der erste Eindruck, den ich hatte.

Das Schiff lag auf dem Meeresboden, halb auf der Seite, den Bug mit dem gezackten Rammsporn tief in den weichen Schlamm gegraben. Mit einer einzigen Ausnahme waren sämtliche Lichter erloschen, und neben der Backbordseite bewegte sich etwas Finsteres, Großes. Sie sah aus wie ein stählerner Riesenhai, der sich auf den Meeresboden gelegt hatte, um zu verenden.

Seltsamerweise konnte ich nicht die geringste Beschädigung an ihrem Rumpf feststellen, selbst als ich mich dem Schiff näherte und auf seine andere Seite schwamm. Die stählernen Panzerplatten hatten ihren bläulichen Glanz verloren und wirkten jetzt matt und blind, aber der Rumpf der NAUTILUS selbst schien nicht den geringsten Kratzer aufzuweisen.

Dafür sah ich die Toten. Drei, dann vier und schließlich fünf von Nemos Männern, die mit zerfetzten Taucheranzügen und zertrümmerten Helmen in der Nähe des Schiffes trieben, vom Gewicht ihrer Ausrüstungen auf dem Meeresgrund gehalten und zum Teil aufrecht stehend wie furchtbare Statuen. Die Strömung bewegte sie hin und her, sodass es aussah, als streckten sie verzweifelt die Arme nach dem Schiff aus.

Behutsam näherte ich mich dem Schiff – wohlweislich auf der dem finsteren Etwas abgewandten Seite –, hielt in einigem Abstand inne und besah mir die NAUTILUS genauer. Aber auch jetzt war nicht die Spur irgendeiner Beschädigung zu erkennen.

Ich näherte mich dem Schiff bis auf Armeslänge und schwamm an seinem Rumpf entlang, bis ich das große Bullauge vor mir sah, hinter dem Nemos Salon lag. Ich paddelte heftig mit den Beinen, um den Sog der Strömung auszugleichen, der mich vom Schiff wegtreiben wollte, näherte mich mühsam der gewaltigen gebogenen Scheibe und schlug so heftig mit den Fäusten dagegen, wie ich nur konnte. Die Schläge dröhnten geisterhaft laut durch den Rumpf des Schiffes. So kristallklar das Glas des Bullauges von innen war, so schwer war es, von außen in das Schiff hineinzusehen; ich erkannte nicht mehr als verschwommene Umrisse. Aber immerhin bewegten sie sich, was mir bewies, dass an Bord des Schiffes zumindest noch ein paar Überlebende waren.

Als sie meine Faustschläge hörten, kam hektische Bewegung in die Gestalten hinter der Scheibe. Drei, vier von ihnen näherten sich dem Bullauge und begannen heftig zu gestikulieren, und in einer der Gestalten glaubte ich Nemo zu erkennen, war mir aber nicht sicher.

Ich schlug noch einmal mit der flachen Hand gegen das Glas, streckte die Arme nach beiden Seiten aus und hob die Handflächen nach außen, um anzudeuten, dass ich nicht wusste, was ich tun sollte. Nemo schien die Geste zu verstehen, denn er begann seinerseits heftig zu gestikulieren, deutete nach unten und dann zum Heck des Schiffes und schließlich verstand ich. Immerhin hatte er mir die NAUTILUS nicht umsonst ganz genau gezeigt, bevor ich von Bord gegangen war. Offenbar wollte er mich auf die Schleuse aufmerksam machen, die unterhalb des Schiffes angebracht war und ein Aussteigen unter Wasser möglich machte. Selbst jetzt, wo die NAUTILUS mit deutlicher Schlagseite dalag, musste sie noch zu passieren sein.

Ich nickte übertrieben heftig, um Nemo zu bedeuten, dass ich verstanden hatte, deutete in die gleiche Richtung wie er und wollte mich entfernen, aber Nemo fuhr fort, zu gestikulieren und wie wild mit den Händen zu fuchteln, sodass ich noch einmal zurückschwamm und das Gesicht gegen die Scheibe presste.

Nemo schüttelte den Kopf, dass seine schütteren Haare flogen. Immer wieder deutete er auf den Boden, manchmal auch auf die Decke oder die Wände, schüttelte den Kopf und machte hektische Gesten, deren Bedeutung ich nicht verstand. Er wollte mir irgendetwas sagen, das war klar, aber ich begriff einfach nicht, was. Annähernd fünf Minuten blieb ich wassertretend vor dem Bullauge hängen, während Nemo auf der anderen Seite versuchte, die Weltmeisterschaft im Grimassenschneiden zu gewinnen, dann schüttelte ich entschieden den Kopf, drehte mich herum und begann zum Heck der NAUTILUS zurückzuschwimmen.

Ich schlug seine Warnung keineswegs in den Wind, sondern nahm sie sehr ernst. Aber so aufmerksam ich mich auch umsah, es schien nichts zu geben, was mir irgendwie gefährlich werden konnte. Ich sah nicht einmal einen Fisch. Der See schien in weitem Umkreis um die gestrandete NAUTILUS wie ausgestorben.

Wieder fiel mir die mattschwarze Färbung des Schiffsrumpfes auf. Das blau schimmernde Metall, aus dem das phantastische Schiff gebaut war, war blind und farblos geworden, und zwar überall, nicht etwa nur hier und da, was auf die Spuren einer Explosion hingedeutet hätte. Neugierig – und wider besseres Wissen – schwamm ich dicht an den Rumpf der NAUTILUS heran und streckte die rechte Hand aus.

Der Stahl des Schiffsrumpfes glänzte noch wie früher, aber er war zur Gänze unter einer dünnen, lederartigen schwarzen Schicht verschwunden, die das Schiff wie eine zweite Haut aus Gummi überzog und sich jeder Kante, jedem Vorsprung und jeder Niete anpasste.

Und eine Sekunde später wusste ich auch, wovor mich Nemo hatte warnen wollen.

Im gleichen Augenblick, in dem meine Finger die schwarze Schicht berührten, lief eine zuckende Bewegung durch die Masse und etwas wie ein fingerloser Arm schnappte hoch und schmiegte sich sanft, aber trotzdem sehr kraftvoll, um mein Handgelenk.

Verzweifelt warf ich mich zurück, aber so dünn und weich das schwarze Material aussah, so zäh war es in Wirklichkeit. Mein Arm saß so unverrückbar in der Masse fest, als wäre er angewachsen.

Und dann sah ich etwas, was mir schier das Blut in den Adern gerinnen ließ ...

Die schwarze Gallerte umschloss meine Hand und einen Teil meines Unterarmes wie ein widerlicher Handschuh, aber sie gab sich nicht damit zufrieden, mich einfach festzuhalten, sondern kroch langsam, aber unaufhaltsam, an meinem Arm empor!

Ich schrie auf und begann wie von Sinnen mit den Beinen zu strampeln – mit dem einzigen Ergebnis freilich, dass meine Füße den Schiffsrumpf berührten und ich plötzlich auch dort festklebte. Ich bäumte mich auf, zerrte und zog mit aller Gewalt, kam aber keinen Millimeter frei, sondern spürte im Gegenteil, wie das ekelige Zeug immer schneller an meinem Arm und den Beinen emporfloss. Plötzlich musste ich an die toten Männer denken, die ich auf dem Meeresgrund gesehen hatte, vermeintlich vom Gewicht ihrer Anzüge gehalten, vielleicht aber auch von etwas anderem ...

Plötzlich bemerkte ich einen Schatten, fuhr herum, soweit es meine unglückliche Lage zuließ, und – war ich schon übergeschnappt vor Angst? Ich traute meinen Augen nicht, als ich die breitschultrige Gestalt in dem Taucheranzug erkannte, die sich mir mit hektischen Schwimmbewegungen näherte.

Der Mann gestikulierte heftig mit den Armen und obwohl ich die Bedeutung seiner Gesten in diesem Moment nicht begriff, tat ich wohl instinktiv das Richtige, indem ich aufhörte, mich zu bewegen, denn er nickte zufrieden, löste einen gläsernen Behälter von seinem

Gürtel und schraubte etwas auf sein oberes Ende, das wie eine übergroße Injektionsspritze aussah. Er schwamm in weitem Bogen um mich herum, hielt in respektvollem Abstand zum Rumpf des Schiffes inne und hob sein sonderbares Instrument.

Als er es betätigte, schoss eine Wolke einer gelblichen Flüssigkeit heraus, verteilte sich im Meerwasser und senkte sich als feiner Nebel auf den schwarzen Überzug der NAUTILUS.

Wo sie ihn berührte, begann das Zeug zu verdorren, wurde grau und schrumpelig und löste sich in Sekundenschnelle in grauen schmierigen Schleim auf. Mein Retter nickte zufrieden, schwamm abermals um mich herum und betätigte seine sonderbare Waffe erneut, wobei er die Strömung ausnutzte, um die Flüssigkeit auf eine möglichst große Fläche zu verteilen.

Dann berührte etwas von dem gelben Zeug meine Haut.

Und ich schrie vor Schmerz.

Es war nur ein Spritzer, den ich abbekam, aber er brannte sich wie glühendes Eisen in meinen Arm und hinterließ eine sixpencegroße, heftig blutende Wunde.

Es war Säure, nichts anderes als Säure, was der Mann auf das schwarze Etwas spritzte, eine Säure, die scharf genug war, selbst den Rumpf der NAUTILUS anzugreifen, wo sie ihn durch die hässlichen Lücken, die plötzlich in dem schwarzen Überzug klafften, berührte.

Dann begannen meine Hände zu schmerzen. Zuerst war es nur ein Brennen, aber es steigerte sich in Sekunden zur Raserei, sodass ich abermals vor Pein aufschrie. Der schwarze Überzug, der mich hielt, begann grau und brüchig zu werden, denn die Säure tötete nicht nur da, wo sie die Plasmamasse unmittelbar berührte, sondern schien sich in ihr weiterzufressen, aber im gleichen Maße, in dem er zerfiel, steigerte sich auch der Schmerz in meiner Hand, und als der schreckliche schwarze Handschuh schließlich abfiel, war meine Hand bis hinauf zum Ellbogen rot von meinem eigenen Blut.

Ich war halb besinnungslos, als der Taucher mich unter den Armen ergriff und mit einem heftigen Ruck losriss. Wie in Trance registrierte ich, wie er mich ein gutes Stück fort von der NAUTILUS und gleichzeitig nach unten zog, zu ihrem Heck und der Tauchkammer hin.

Meine Sinne schwanden, kurz nachdem wir in das Schiff eingedrungen und in die halb geflutete Schleuse geschwommen waren. Aber sie schwanden trotz allem nicht schnell genug, um mich nicht das Gesicht meines Retters erkennen zu lassen. Seines und das der zweiten, ebenfalls in einen Unterwasseranzug gehüllten Gestalt, die in der Kammer auf uns gewartet hatte.

Es waren die Gesichter von zwei Menschen, die ich nur zu gut kannte.

Die von Howard Phillips Lovecraft und seines Leibdieners Rowlf.

Das Haus war still. Die Geräusche, die von der Straße hereindrangen und düstere Geschichten erzählten, klangen gedämpft und sonderbar unwirklich; selbst das Licht wirkte blass und seine Schatten länger und tiefer, als normal war.

Several dachte einen Moment lang fast interessiert über die sonderbare Verfassung nach, in der sie sich befand. Ihr Zustand war ... erschreckend. Auf der einen Seite sah sie ihre Lage ganz klar, mit fast wissenschaftlicher Präzision. Auf der anderen war sie halb von Sinnen vor Angst und Entsetzen. Aber es war eine ganz andere Art von Angst, als sie sie bisher gekannt hatte. Eine Art Taubheit des Geistes, die ihr logisches Denkvermögen zur gleichen Zeit zu lähmen wie zu schärfen schien. Es war verwirrend.

Sie sah zur Uhr. Es war fast elf, und der Gesang vom Marktplatz her war im Laufe der letzten Stunde immer lauter und lauter geworden. Wenn die Mitternacht herankam, würde er zu einem dröhnenden Chor geworden sein, dem fanatischen Schreien aus hunderten und aberhunderten von Kehlen, mit dem sie *ihn* riefen.

Several runzelte verwirrt die Stirn, als ihr die Bedeutung dieses Gedankens klar wurde. Woher wusste sie das? Woher wusste sie mit einem Male Dinge, die sie gar nicht wissen konnte?

Sie kam zu keinem befriedigenden Ergebnis und verschob die Lösung dieses neuerlichen Rätsels auf später; wie die so vieler. Robert hatte gesagt, dass sie bis kurz vor Sonnenaufgang warten sollte, ohne das Haus zu verlassen, und irgendetwas war an seiner Art zu reden gewesen, was es ihr unmöglich machte, nicht zu gehorchen.

Sie stand auf und wollte zum Fenster gehen, aber noch bevor sie es erreichte, hörte sie die Tür im Erdgeschoss und blieb wieder stehen. Eine Stimme sagte etwas, das sie nicht verstand, und kurz darauf polterten die schweren Schritte von zwei oder auch drei Männern die Treppe herauf. Several drehte sich zur Tür. Seltsam – sie hätte Angst haben müssen, aber sie fühlte nichts, nicht einmal Erschrecken.

Nicht einmal, als die Tür aufging und die hochgewachsene Gestalt unter der Öffnung erschien. In ihr war nur ein sonderbares Gefühl, als wäre etwas eingetroffen, worauf sie schon lange gewartet hatte.

»Komm mit mir, Several«, sagte McGillycaddy.

Several gehorchte.

Ich hatte das Gefühl, nicht sehr lange ohne Bewusstsein gewesen zu sein. Ich fror erbärmlich, und nach der Kälte war das Nächste, was ich fühlte, ein brennender Schmerz, als hätte ich einen nadelgespickten Handschuh über die rechte Hand gestreift. Ich blinzelte, unterdrückte ein Stöhnen und öffnete vorsichtig die Augen.

Mildes elektrisches Licht erfüllte den Raum, in dem ich mich befand. Knapp zwei Meter über meinem Kopf spannte sich eine leicht gebogene Decke aus poliertem Metall, und rechts von meinem Bett war ein rundes, jetzt allerdings sorgsam mit einem schweren samtenen Vorhang abgedecktes Bullaugenfenster.

Der Anblick ließ meine Erinnerungen schlagartig zurückkehren. Erschrocken setzte ich mich auf – und fiel ziemlich unsanft wieder in die Kissen zurück, als mir jemand einen Stoß vor die Brust versetzte. Eigentlich war es kein wirklicher Stoß, sondern nur ein sanfter Schubser, aber benommen, wie ich war, ließ er eine Woge rasender Wut in mir aufsteigen.

»Bleiben Sie liegen, junger Mann«, sagte eine Stimme neben mir. Zornig wandte ich den Kopf und blickte in ein streng geschnittenes Gesicht mit fast schwarzer Haut und kurzem krausen Haar.

»Was soll das?«, fragte ich ärgerlich.

»Was das soll, kann ich Ihnen erklären«, unterbrach mich mein Gegenüber. »Ich habe mir die Freiheit genommen, Ihnen eine Injektion zu geben, die Ihre Schmerzen lindert. Aber Sie sollten noch zehn Minuten warten, bis das Medikament wirkt. Sonst wird Ihnen nämlich so übel wie noch nie zuvor in Ihrem Leben, mein Freund.«

Verwirrt starrte ich den Farbigen an, dann grub ich den Arm unter der Bettdecke hervor und hob ihn vor die Augen. Meine rechte Hand war unter einem weißen Verband verschwunden, der sich fast bis zum Ellbogen hinaufzog und so stramm angelegt war, dass ich nicht einmal einen Finger bewegen konnte. Und er tat verdammt weh.

»Wer sind Sie?«, fragte ich, schon etwas friedlicher gestimmt. »Und was ist geschehen?«

Mein Gegenüber lächelte freundlich. »Mein Name ist Oobote«,

sagte er. »Ich bin Arzt. Und ich denke, ich hole Ihnen jemanden, der Ihnen alles viel besser erklären kann.« Er stand auf, ließ seine Injektionsspritze nachlässig in der Tasche seines weißen Kittels verschwinden und ging zur Tür, blieb aber noch einmal stehen und sagte: »Aber tun Sie sich selbst und dem armen Matrosen, der diesen Raum sauber halten muss, einen Gefallen und bleiben Sie liegen, Mister Craven.«

Damit verschwand er, und ich blieb allein zurück. Neugierig sah ich mich um. Ich war nicht in der Kabine, in der ich mich bei meinem ersten Besuch auf der NAUTILUS aufgehalten hatte. Diese Kammer war größer und sehr viel kostbarer eingerichtet. Das Bett, in dem ich erwacht war, schien handgeschnitzt und musste mindestens hundert Jahre alt sein, und in den Bildern, die die Metallwände zierten, glaubte ich einige alte Meister zu erkennen, obgleich ich alles andere als ein Kunstkenner war. Die Einrichtung war spärlich, aber erlesen genug, dem Buckingham-Palast zur Zierde zu dienen. Ich vermutete, dass es sich um Nemos Privatkabine handelte.

Ich wartete etwa zehn Minuten, bis das halbrunde Metallschott wieder zur Seite glitt und den Weg für Nemo freigab. Der schlanke Kapitän der NAUTILUS lächelte übertrieben, als er meinem Blick begegnete, kam näher und streckte die Hand aus, ließ den Arm aber sofort wieder sinken, als sein Blick meine bandagierte Rechte streifte. Hinter ihm ertönte ein dumpfes »Klang«.

Abrupt sah ich auf – und stieß überrascht die Luft zwischen den Zähnen hervor. Der dröhnende Laut war das Krachen gewesen, mit dem der Messinghelm eines Mannes im Taucheranzug gegen den niedrigen Türsturz geprallt war.

»Das ist doch …« Ich vergaß die Warnung des Arztes, setzte mich abrupt auf und fiel um ein Haar in Nemos Arme, als mir prompt schwindelig wurde. Mühsam rappelte ich mich hoch, stützte mich auf den unverletzten linken Arm und starrte das Gesicht hinter der runden Helmscheibe an.

»Rowlf«, murmelte ich. »Wie zum Teufel …«

Ich sprach nicht weiter, denn in diesem Moment erschien eine zweite, ebenso abenteuerlich gekleidete Gestalt hinter Rowlf in der Türöffnung, bewies aber – gewarnt durch sein Geschick – mehr Umsicht und bückte sich tief unter der Tür hindurch.

Es war Howard! Die Vision, die ich gehabt hatte, kurz bevor mir die Sinne schwanden, war keine Vision gewesen!

»Nun, mon ami«, sagte Nemo freundlich, »wenn Sie sich kräftig genug fühlen, können wir vielleicht reden.«

Ich hörte nicht einmal hin, sondern starrte nur abwechselnd Rowlf und Howard an, die wie zwei Gestalten aus einer anderen Welt in ihren monströsen Unterwassermonturen vor meinem Bett standen und auf mich herabblickten.

»Aber ... aber wie ... wie kommt ihr hierher?«, stammelte ich. »Was ... was bedeutet das alles?«

»Sei froh, dass wa hier sin«, polterte Rowlf auf seine unnachahmlich freundliche Art. »Wenn nich, wärse nämlich jetz Fischfutter, weisse?«

»Du ... du hast mich gerettet«, murmelte ich. »Du warst der Mann, der mich von diesem Zeug befreit hat.«

Rowlf nickte. »Warich«, sagte er. »Dich kamma wirklich nichn Moment alleinlassn, ohne dasse inne Bredouille geräts, wie?«

Verwirrt starrte ich ihn an, dann wandte ich mich an Howard. Ich erschrak, als ich sein Gesicht hinter der spiegelnden Helmscheibe erkannte. Howard hat niemals wie das blühende Leben ausgesehen, sondern schon immer einen leicht kränklichen Eindruck gemacht – aber jetzt sah er aus wie der Tod auf Latschen. Sein Gesicht war bleich, die Wangen eingefallen, und seine Stirn glänzte fiebrig. Unter seinen Augen lagen tiefe, schwarz umrandete Ringe, und seine Haut glänzte wie Wachs.

»Du bist krank!«, sagte ich erschrocken. »Mein Gott, du bist ja –«

Howard unterbrach mich mit einer fast ängstlich wirkenden Handbewegung. Ich hatte das sichere Gefühl, dass es ihm unangenehm war, über dieses Thema zu reden. »Später«, sagte er. »Ich erkläre dir alles, Robert, aber im Moment ist keine Zeit dazu.«

Ich brannte vor Neugier und Ungeduld, aber etwas sagte mir, dass Howards Worte wirklich so ernst gemeint waren, wie sie sich anhörten, und so wandte ich mich wieder an Nemo.

»Was ist passiert?«, fragte ich. »Wieso liegt die NAUTILUS noch hier, und was ist mit Dagon?«

Nemos Gesicht verdüsterte sich. »Dagon hat wenig damit zu tun«, sagte er düster. »Ich fürchte, die Hauptschuld an unserem Unglück liegt bei mir.«

»Sie haben Dagon unterschätzt«, vermutete ich.

Nemo lachte, aber es klang nicht besonders amüsiert. »Unterschätzt?« Er schüttelte heftig den Kopf. »Keineswegs, mein Junge. Dagon trägt nicht die Schuld an unserer Havarie.«

»So?«, frage ich zweifelnd. »Ich kann mich täuschen, aber ich hatte den Eindruck, dass Ihr neuer Tarnanstrich von Dagon ausgeführt wurde.«

Howard lachte leise, während mich Nemo einen Moment irritiert anstarrte, bis er begriff, was ich meinte. »Ach das«, sagte er. »Natürlich – diese Kreatur gehört zu ihm. Aber wir wussten davon und wären längst nicht mehr hier gewesen, wenn alles nach Plan verlaufen wäre.«

»Und was hat Ihre Pläne gestört?«, fragte ich.

»Spears«, antwortete Nemo ernst.

»Spears? Aber wieso?«

»Ich ließ ihn zu meiner unterirdischen Basis bringen«, erklärte Nemo, »um mich später mit ihm zu unterhalten. Aber ich fürchte, ich habe ihn unterschätzt, Robert, und genau das ist mir passiert. Ich dachte, er wäre vernünftig genug, abzuwarten, bis ich zu ihm komme, und ich dachte, meine Sicherheitsmaßnahmen wären ausreichend, ihn zu halten, selbst wenn er einen Ausbruchsversuch unter –«

Ich unterbrach Nemo mit einem Seufzen. Ich hatte vergessen, dass er wohl der mit Abstand schwatzhafteste Mensch war, den ich kannte. »Sagten Sie nicht, dass wir keine Zeit zu verlieren haben?«, fragte ich.

Nemo blickte mich fast betroffen an, dann nickte er. »Natürlich«, sagte er. »Sie haben vollkommen Recht, Robert. Ich muss mich kurz fassen. Also, um zum Wichtigsten zu kommen: Es gelang Spears, aus seiner Unterkunft zu entfliehen. Das allein wäre noch keine Katastrophe gewesen, obgleich er einen meiner Männer getötet hat, denn meine Basis liegt hundert Yards unter dem Meeresspiegel. Aber dann geschah etwas, was niemals hätte geschehen dürfen.«

»Und was?«, fragte ich, als Nemo nicht weitersprach, sondern mich nur gewichtig ansah.

Nemo atmete tief ein. »Es gelang ihm, sich an Bord der NAUTILUS zu schleichen«, sagte er. »Niemand hat es bemerkt. Er war hier, als wir in den See einliefen und Dagon und seine Kreaturen angriffen.«

Wieder sprach er nicht weiter, aber diesmal war es keine rein rethorische Pause; er starrte an mir vorbei, und seine Lippen pressten sich zu einem schmalen Strich zusammen. Die Erinnerung musste ihm sehr unangenehm sein.

»Er muss den Verstand verloren haben«, murmelte er. »Er schlich sich in die Zentrale, nahm einen Schraubenschlüssel und zertrümmerte das Steuerpult.«

»Mit einem Schraubenschlüssel?«, vergewisserte ich mich. »Sie wollen sagen, dass ein einzelner Mann mit einem ordinären Schraubenschlüssel ein Wunderschiff wie die NAUTILUS außer Gefecht setzen konnte?!«

Nemo nickte betrübt. »Ich fürchte, es ist so. Es war eine Verkettung unglücklicher Zufälle, die niemand einkalkulieren konnte, aber Tatsache ist, dass die NAUTILUS seit annähernd sechzehn Stunden bewegungsunfähig ist.«

»Aber Ihre Mechaniker kriegen sie doch wieder flott, oder?«, fragte ich.

Nemo nickte. »Das ist nicht das Problem. Der Schaden ist groß, zumal Spears' Angriff einige Kurzschlüsse hervorgerufen hat, die wiederum andere Teile des Schiffes in Mitleidenschaft zogen, aber es ist nicht so schlimm, dass wir hier nie wieder wegkämen. In acht, spätestens zehn Stunden ist die NAUTILUS wieder manövrierfähig; zumindest notdürftig.«

»Wo liegt dann die Schwierigkeit?«, fragte ich.

Diesmal war es Howard, der antwortete. »Du kennst sie, Robert. Du hast selbst schon mittendrin gesteckt. Hätte Rowlf dich nicht befreit ...« Er sprach nicht weiter, aber das war auch nicht nötig.

»Diese ... Masse, in der das Schiff steckt?«

Howard nickte. »Ja. Wir wissen nicht, was es ist, und wir wissen nicht einmal, wie Dagon es lenkt – wenn er das überhaupt tut – aber es wird uns nicht so viel Zeit lassen. Es erschien vor vier oder fünf Stunden und begann das Schiff einzuhüllen.«

»Was tut es?«, fragte ich. »Außer harmlose Passanten aufzufressen?«

Howard lächelte flüchtig. »Das wissen wir nicht. Ich glaube nicht, dass es sich um ein denkendes Wesen handelt, wenn es das ist, was du meinst. Es ... es scheint eine Art Protoplasma-Masse zu sein, die nichts anderes tut als sich fortzubewegen und zu fressen. Es greift die Schiffshülle an.«

Ich starrte ihn an. »Aber der Rumpf der NAUTILUS ist aus Stahl!«, keuchte ich.

»Und trotzdem greift ihn dieses Zeug an«, sagte Nemo düster. »Am Heck, wo die Panzerung dünner ist, sind bereits einige kleinere Lecks entstanden. Noch halten unsere Schotten, aber ich weiß nicht, wie lange noch. Ich befürchte, uns bleiben nicht mehr als zwei, allerhöchstens drei Stunden. *Wenn* überhaupt.«

»Und was tut ihr dagegen?«, fragte ich, an Howard gewandt.

Howard sah mich ernst an. »Wir haben versucht, etwas zu tun, Robert«, sagte er leise. »Gleich als wir es bemerkten. Hast du die Toten draußen gesehen?«

Ich nickte.

»Es war ein halbes Dutzend meiner besten Männer«, murmelte Nemo. »Wir haben alles ausprobiert: Sprengstoff, Gift, Messer, Dieselöl – alles, was Sie sich denken können. Aber was immer diese Masse darstellt, sie scheint völlig unempfindlich gegen jede bekannte Waffe zu sein.«

Einen Moment lang sah ich ihn an, dann hob ich demonstrativ meinen bandagierten Arm in die Höhe. »Nicht ganz«, sagte ich. »Sonst würde ich wohl kaum noch leben.«

»Die Säure?« Howard schüttelte resigniert den Kopf. »Vergiss es, Junge. Sie tötet die Masse zwar ab, aber wir haben nicht genug, um ihr auch nur ernsthaften Schaden zufügen zu können. Das, was Rowlf dabei hatte, war unser gesamter Vorrat.«

»Wovon?«, fragte ich.

»Königswasser«, erklärte Howard. »Hast du schon einmal davon gehört?«

Ich schüttelte den Kopf, und Howard fuhr mit einer Kopfbewegung auf meinen Arm hin fort: »Du kannst von Glück sagen, dass du nur einen tausendfach verdünnten Spritzer abbekommen hast. Es ist die gefährlichste Flüssigkeit, die es überhaupt gibt. Salzsäure ist das reinste Erfrischungsgetränk dagegen. Außer Glas zerstört sie alles. Aber wir haben nicht genug davon.«

»Und auch keine Möglichkeit, sie herzustellen?«

»Die NAUTILUS ist ein Unterseeboot, kein schwimmendes Chemielabor«, sagte Nemo gereizt. Dann lächelte er und fuhr sich mit einer fahrigen Geste durch das Gesicht. »Entschuldigen Sie, Robert«, sagte er. »Ich bin ... nervös.«

»Schon gut.« Ich richtete mich weiter auf, schwang vorsichtig die Beine vom Bett und atmete erleichtert auf, als es mir gelang, die Füße auf den Boden zu setzen, ohne dass mir schwindelig oder übel wurde. »Was habt ihr jetzt vor?«, fragte ich.

»Es gibt noch ein oder zwei Dinge, die wir versuchen werden«, antwortete Howard. »Fühlst du dich kräftig genug, uns in den Salon zu begleiten?«

»Natürlich.« Ich lächelte zuversichtlich, stand auf und wäre prompt auf die Nase gefallen, hätte mich Rowlf nicht aufgefangen.

»Soll ich dir tragn?«, fragte er grinsend.

Ich schenkte ihm einen bösen Blick, schlug seinen Arm beiseite und riss mir dabei den Knöchel an seinem Anzug auf. Rowlfs Grinsen wurde noch breiter, aber er war diplomatisch genug, wenigstens so zu tun, als hätte er es nicht bemerkt.

Mühsam bückte ich mich nach der trockenen Hose, die auf einem Stuhl neben dem Bett hing, schlüpfte hinein und angelte nach dem dazugehörigen Hemd, gab den Versuch, es mit nur einem Arm überzustreifen, aber schon bald wieder auf. Ich fröstelte. Zum ersten Male fiel mir auf, wie kalt es hier drinnen war.

Nemo stand ebenfalls auf und half mir, das Hemd über die Schultern zu hängen. Ich bedankte mich mit einem Kopfnicken, wandte mich an Howard und wies mit der unverletzten Hand zur Tür. »Wir können«, sagte ich.

Die See war noch ruhiger geworden, obgleich Lawrence dies vor einer halben Stunde noch für unmöglich gehalten hätte. Der grauschwarze Ozean lag jetzt glatt wie ein See aus geschmolzenem Pech da, und selbst die Bugwelle, die die mit voller Kraft laufende *King George* hinter sich herschleppte, schien viel kleiner und müder zu sein, als normal gewesen wäre. Und es war still, unheimlich still. Das rhythmische Dröhnen der gewaltigen Dieselmotoren im Rumpf des Schiffes schien das einzige Geräusch auf der ganzen Welt zu sein. Nicht einmal das Klatschen der Wellen war zu hören.

Dafür war der Nebel dichter geworden. Und es war der sonderbarste Nebel, den Lawrence jemals erlebt hatte.

Er bewegte sich. Es war nicht so, dass ihn der Wind vor sich hertrieb – das war schlechterdings unmöglich, denn es wehte kein Wind – aber er schien sich auf fast magische Weise im gleichen Tempo von der *King George* zu entfernen, in dem der Kreuzer ihm näher zu kommen versuchte; eine große, an den Rändern zerfaserte Wolke, die vom Himmel gefallen schien und auf dem Meer tanzte. Und in ihrem Zentrum, als wäre dieser graue Schleier ein schützender Schirm, den es um sich herum errichtet hatte, befand sich das Schiff.

Obgleich sie näher gekommen waren, vermochte es Lawrence noch immer nicht richtig zu erkennen. Er sah nur, dass es groß war, unglaublich groß, und dass es sich trotz seiner gigantischen Ausmaße mit erstaunlicher Eleganz und Leichtigkeit bewegte. Und vollkommen lautlos.

»Sir?«

Lawrence wandte den Blick, als er die Stimme seines Adjutanten hörte. »Was gibt es denn, Stayley?«, fragte er ungeduldig. Er war nervös, wie alle hier auf der Brücke; wie alle auf dem Schiff. Aber er war der Einzige, der dies nicht zeigen durfte.

»Ich glaube, wir holen langsam auf«, sagte Stayley.

Lawrence nickte. Während der letzten Minuten war der Abstand zwischen der *King George* und dem geisterhaften Schiff spürbar geringer geworden. Lawrence wusste nicht, ob das daran lag, dass ihre modernen Maschinen dem Dutzend seltsam gezackter Segeln, das an den drei riesigen Masten prangte, überlegen waren, oder ob der Kapitän des anderen Schiffes *wollte, dass* sie ihn einholten. Er wusste vor allem nicht, welche Möglichkeit ihm lieber gewesen wäre, hätte er eine Wahl gehabt.

»Ich weiß«, antwortete er knapp. »Wir halten unser Tempo.« Damit wandte er sich um, blickte noch einmal zu dem verschwommenen Schatten weit vor der *King George* hinüber und verließ dann mit energischen Schritten die Brücke.

Die kalte Nachtluft schien ihm wie eine eisige Hand ins Gesicht zu schlagen, als er die schmale Eisenleiter zum Deck hinunterging. Zwei Matrosen, die ihm entgegenkamen, salutierten eilfertig, aber Lawrence bemerkte es nicht einmal, sondern stürmte grußlos an ihnen vorüber und eilte zum Bug.

Die beiden gewaltigen Buggeschütze der *King George* schienen wie mahnend ausgestreckte Riesenfinger auf den tanzenden Schatten zu deuten, als Lawrence das vordere Ende des Schiffes erreichte. Ihm war mit einem Male kalt, und jetzt, als er nicht mehr das schützende Glas des Brückenfensters zwischen sich und dem gewaltigen Schiff hatte, fühlte er sich auf sonderbare Weise ausgeliefert und schutzlos. Irgendetwas körperlos Drohendes umgab das Schiff.

Er hob seinen Feldstecher und fingerte sekundenlang nervös an der Feineinstellung herum, aber das Ergebnis war immer das Gleiche: Der monströse Schatten kam zwar näher, aber er wurde nicht deutlicher. Es war, als wäre außer dem Nebel noch etwas zwischen ihm und diesem Schiff, etwas, das aufs Gründlichste verhinderte, dass er es genauer erkennen konnte.

Plötzlich schien ein deutlicher Ruck durch den Schatten zu gehen, und als Lawrence sein Glas senkte, sah er, dass die Nebelwand ein gutes Stück näher gekommen war und jetzt schnell auf die *King George* zuglitt. Das fremde Schiff hatte seine Geschwindigkeit abermals gedrosselt.

Lawrence drehte sich herum und winkte einen Matrosen heran. »Gehen Sie zur Brücke«, sagte er. »Sie sollen auf halbe Fahrt heruntergehen. Und dann bringen Sie mir eine Flüstertüte. Und beeilen Sie sich.«

Der Mann entfernte sich hastig, und Lawrence blickte wieder auf die Nebelwand.

Mit einem Mal hatte er Angst. Das Gefühl war ganz plötzlich da, von einer Sekunde auf die andere und so warnungslos wie ein Raubtier, das ihn aus einem Versteck heraus ansprang, aber es war so heftig, dass er sich kaum dagegen wehren konnte. Der Nebel wogte und waberte hin und her, und je näher die *King George* der brodelnden Wand aus Grau und huschender Bewegung kam, desto stärker wurde die Furcht, die Lawrence verspürte. Es war, als flüstere ihm der Nebel zu, wegzubleiben, auf der Stelle kehrtzumachen und zu verschwinden, so lange er es noch konnte.

Er versuchte den Gedanken zu verscheuchen, aber es ging nicht. *Geh weg!,* flüsterte die Stimme des Nebels hinter seinen Gedanken. *Geh weg, Mensch! Geh! Fliehe diesen Ort, der den deinen nur Unglück bringt!*

Lawrence biss sich so heftig auf die Lippen, dass sie zu bluten begannen. Der Schmerz ließ ihn aufstöhnen, aber er vertrieb auch die bizarren Visionen und schuf wenigstens für einen Moment wieder Klarheit hinter seiner Stirn.

Aber die Stimme blieb; leiser zwar, doch noch immer verständlich, und für einen ganz kurzen Augenblick war Lawrence ernsthaft versucht, auf ihre Warnung zu hören und das Kommando zum Beidrehen zu geben.

Dann kam der Matrose zurück und reichte ihm die Flüstertüte, und seine Ankunft riss Lawrence endgültig in die Wirklichkeit zurück.

Gebannt blickte er nach vorne.

Die *King George* hatte bereits merklich an Tempo verloren, aber ihr stählerner Bug pflügte das Meer noch immer mit der Geschwindigkeit eines Rennpferdes, und die Grenze des unheimlichen Nebels kam rasch näher.

Als das Schiff in ihn hineinglitt, geschah etwas Merkwürdiges. Lawrence war sich nicht sicher, es wirklich zu sehen, aber für einen Moment hatte er den Eindruck, dass der zollstarke Stahl des Rumpfes durchsichtig wie Glas würde, und für einen noch kürzeren Moment verspürte er ein heftiges, unangenehmes Kribbeln, als berührten ihn tausende unsichtbarer winziger tastender Finger, überall am Körper zugleich. Dann war es vorbei, und im gleichen Moment sah er das Schiff.

Der Nebel schien wirklich eine Art Schutzwall gewesen zu sein, denn kaum hatte die *King George* seine Grenze passiert, konnte Lawrence das unbekannte Schiff in normaler Schärfe erkennen. Und auch die warnende Stimme hinter seiner Stirn hörte abrupt auf zu flüstern.

Das Schiff war ein Gigant.

Es war mehr als zehn Mal so groß wie die *King George,* hatte drei riesige, scheinbar bis in den Himmel reichende Masten und eine Unzahl Segel, die, gewaltigen Schwimmhäuten gleich, prall gebläht an den Masten zerrten, obgleich sich nicht der leiseste Windzug rührte. Seine Bordwände ragten hoch wie ein Mietshaus aus dem Wasser, und weit über seinem Kopf konnte Lawrence die – jetzt allerdings geschlossenen – Luken einer gleich fünffachen Reihe von Geschützen erkennen, die das Schiff zu einer schwimmenden Festung machen mussten. Nirgends an Bord dieses schwimmenden Riesen war auch nur das mindeste Licht zu sehen, und trotz der prall geblähten Segel und der bis zum Zerreißen gespannten Taue war es noch immer unheimlich still.

Lawrence hob seinen Feldstecher und blickte mit klopfendem Herzen zu dem Riesenschiff auf. Das Gerät funktionierte jetzt wieder einwandfrei; Lawrence sah jede noch so winzige Einzelheit des Schiffes, als läge es auf Armeslänge vor ihm: der hölzerne Rumpf, der ihn auf skurrile Weise an eine chinesische Dschunke erinnerte und dessen Planken so sorgsam bearbeitet waren, dass es fast aussah, als wäre er aus einem einzigen Stück gearbeitet; die gigantischen Masten, die so dick sein mussten, dass drei Männer sie nicht umfassen konnten; die Decksaufbauten, die aus seiner ungünstigen Position heraus betrachtet seltsam geduckt und klein erschienen und zum Heck hin in einem gewaltigen Turm ausliefen, und schließlich den Namenszug, der in übermannsgroßen goldenen Lettern am Bug prangte: DAGON.

Lawrence setzte sein Glas ab und runzelte die Stirn. Dieser Namenszug berührte etwas in ihm, tief in seiner Seele, und er tat es auf sehr unangenehme Art und Weise. Aber er wusste nicht, was es war.

Langsam glitt die *King George* näher an den schwimmenden Giganten heran, und das unangenehme Gefühl in Lawrence nahm an Intensität zu. Er versuchte sich einzureden, dass er keinen Grund hatte, Angst zu haben. Die *King George* war ein Zwerg gegen die DAGON, aber das Schiff war trotz seiner imposanten Erscheinung nicht viel mehr als ein schwimmender Anachronismus, der zwei- oder auch dreihundert Jahre zu spät kam, während die *King George* das Nonplusultra der englischen Seemacht darstellte. Sie war eine verbesserte – und größere – Ausführung der berühmt-berüchtigten Kanonenboote, auf deren Macht ein Großteil der britischen Seeüberlegenheit beruhte, und sie war gut bewaffnet, es selbst mit diesem Giganten aufzunehmen, wenn es sein musste. Sicher, gegen die DAGON wirkte sie klein und verloren – aber schließlich war auch ein Piranha nicht sonderlich groß.

Trotzdem wurde das nagende Gefühl von Furcht in Lawrence immer stärker, je weiter sie sich dem Riesenschiff näherten.

Die *King George* wurde langsamer und drehte längsseits, und schließlich war aus dem Dröhnen der Dieselmotoren ein leises Tuckern geworden, als das Schiff – ein Hecht neben einem Wal – längs der DAGON auf den Wellen schaukelte.

Lawrence hob die Flüstertüte an die Lippen. »Kapitän der DAGON!«, rief er. »Hier spricht Kapitän Lawrence von der *HMS King George.* Sie befinden sich in britischen Hoheitsgewässern. Drehen Sie bei und identifizieren Sie sich.«

Das Instrument verzerrte seine Stimme so sehr, dass er sie selbst kaum wiedererkannte, und es schien Lawrence, als schlucke der Nebel noch einen großen Teil ihres Klanges, bis nur noch düstere, unheimliche Töne übrig blieben, die kaum mehr Ähnlichkeit mit einer menschlichen Stimme hatten.

Er schob den Eindruck auf seine Nervosität und wiederholte seine Durchsage; drei-, vier-, fünf-, schließlich sechsmal, ohne dass auch nur die geringste Reaktion erfolgte. Die DAGON folgte weiter unbeirrbar ihrem Kurs, und die *King George* lief neben ihr her wie ein Jagdhund neben einem Elefanten.

Lawrence ließ seine Flüstertüte sinken und hob die rechte Hand. Die Matrosen hinter ihm hatten nur auf dieses Zeichen gewartet. Für gute zwei Minuten schien sich das Deck der *King George* in einen wimmelnden Ameisenhaufen zu verwandeln, während sich das halbe

Dutzend großer Zwillingsgeschütze auf den riesigen Leib der DAGON ausrichtete. Dann kehrte wieder Ruhe ein.

Kapitän Lawrence hob sein Instrument erneut. »DAGON!«, rief er, so laut er konnte. »Dies ist die letzte Warnung. Nehmen Sie Fahrt weg, oder ich lasse das Feuer eröffnen.«

Wieder verging fast eine Minute, dann erschien hinter der Reling des Riesenschiffes, etwa auf der Höhe der *King George,* eine Gestalt. Sie war zu weit entfernt und zu hoch über Lawrence, als dass er Einzelheiten erkennen konnte, aber er hatte das sichere Gefühl, dass der Mann direkt auf ihn herabsah; nicht etwa auf das Schiff oder die drohend ausgerichteten Kanonen, sondern auf ihn.

Aber das war auch alles, was geschah. Die DAGON jagte weiter, und mit Ausnahme der einen Gestalt hinter der Reling zeigte sich nicht eine Spur von Leben auf ihrem Deck.

Lawrence schauderte. Womit hatte er das Schiff verglichen, vorhin, bei seinem ersten Gespräch mit Stayley? Mit dem fliegenden Holländer? Vielleicht war dieser Vergleich gar nicht so lächerlich gewesen.

»Sie da oben!«, schrie er. »Können Sie mich verstehen? Antworten Sie!«

Der Mann antwortete nicht. Er rührte sich nicht einmal, sondern stand starr wie eine Statue da, nicht mehr als ein Schatten in der Nacht. Lawrence rief noch ein halbes Dutzend Mal in allen Sprachen, die er kannte – und das waren eine ganze Menge, denn er hatte genug Jahre seines Lebens auf See und in den verschiedensten Häfen verbracht, um aus sehr vielen Sprachen einige Brocken aufzuschnappen –, aber die Gestalt reagierte nicht auf eines seiner Worte.

Schließlich hob Lawrence schweren Herzens den linken Arm, stieß die Faust zweimal hintereinander rasch nach oben und senkte sie wieder.

Eines der Buggeschütze stieß ein ohrenbetäubendes Donnern und eine meterlange, Funken sprühende Flammenzunge aus, und eine halbe Sekunde später explodierte dicht vor dem hochgereckten Bugspriet der DAGON die See.

Der Warnschuss war so knapp platziert, dass Lawrence für einen Moment fürchtete, er hätte die DAGON getroffen. Aber das Schiff jagte ungerührt weiter.

»Das war die letzte Warnung!«, schrie Lawrence. »Der nächste Schuss ist gezielt. Sie haben genau eine Minute Zeit, die Segel zu streichen und beizudrehen!«

Erschöpft ließ er sein Sprechinstrument sinken, fuhr sich nervös mit der Zungenspitze über die Lippen und warf einen raschen Blick nach rechts und links. Seine Männer standen an den Geschützen, wohin sie geeilt waren, als er das Schiff in Gefechtsbereitschaft versetzen ließ, und er wusste, dass sie seinem Befehl Folge leisten würden, wenn er die DAGON wirklich unter Beschuss nehmen würde. Aber ihre Gesichter wirkten bleich und verkrampft, und Lawrence las die gleiche Angst in ihren Augen, die er auch selbst verspürte. Viele von ihnen waren altgediente Marinesoldaten und hatten auf zahlreichen Kriegsschauplätzen ihren Mann gestanden, aber keinem war je etwas wie die DAGON begegnet. Und auch in Lawrence sträubte sich etwas bei dem Gedanken, das Feuer auf diesen Giganten eröffnen zu sollen. Er wusste nicht, ob er es wirklich tun würde, wenn der Kapitän dieses bizarren Schiffes auch seine letzte Warnung missachtete.

Die Minute war längst um, aber Lawrence wartete weiter. Selbst wenn man dort oben sofort auf den Warnschuss reagierte, würde es bei einem solchen Riesenschiff wohl seine Zeit dauern, bis irgendetwas von dieser Reaktion sichtbar wurde. Eine weitere Minute verstrich, dann noch eine und noch eine und noch eine, und schließlich begriff Lawrence, dass das Schiff nicht anhalten würde.

Dann ...

Es begann beinahe unsichtbar. Etwas an der DAGON veränderte sich, ohne dass Lawrence gleich zu sagen vermochte, was. Irgendetwas geschah mit den Schatten, und mit einem Male schien der Nebel wieder dichter zu werden und die Umrisse des Schiffes aufzulösen.

Es dauerte endlose Sekunden, bis Lawrence begriff, was wirklich vorging. Der Nebel blieb, wie er war – aber die DAGON begann zu verblassen!

Ihre Konturen wurden schwächer. Die gewaltigen, erdfarbenen Segel schienen mit einem Male durchsichtig zu werden, sodass der sternenübersäte Nachthimmel dahinter sichtbar wurde, dann begannen ihre Umrisse zu zerfließen, als nage der Nebel wie unsichtbare Säure an dem Schiff und löse es auf.

Und dann verschwand sie.

Von einer Sekunde auf die andere war die DAGON verschwunden wie ein Spuk, und mit ihr der unheimliche Nebel. Nur noch die Nacht und das Meer und die *King George* waren da.

Und ein hundert Fuß tiefes und zehnmal so langes Loch in der Meeresoberfläche, wo das Geisterschiff gewesen war.

Kapitän Lawrence hatte nicht einmal mehr genug Zeit, zu erschrecken, ehe die Wassermassen mit einem urgewaltigen Krachen über der Lücke zusammenschlugen, die die DAGON hinterlassen hatte.

Der Sog erfasste die *King George* wie eine unsichtbare Riesenfaust, drückte sie zehn, zwanzig Yards tief unter die Wasseroberfläche und zermalmte sie.

Der Salon der NAUTILUS hatte sich drastisch verändert. Aus dem gepflegten Etablissement, das mehr in ein Pariser Luxushotel passte als in ein Unterwasserschiff, war ein Chaos geworden, in dem nichts mehr an dem Platz war, an dem ich es das letzte Mal gesehen hatte. Selbst die Fußbodenplatten waren herausgerissen worden, sodass ich aufpassen musste, wo ich hintrat, wollte ich mir nicht noch ein gebrochenes Bein einhandeln.

»Gemütlich haben Sie es, Nemo«, sagte ich.

Nemo lächelte, deutete auf einen Stuhl und machte eine einladende Bewegung mit der Hand. Ich folgte der Geste, wandte mich jedoch sofort wieder um, um nach Howard und Rowlf zu sehen, die gleich hinter mir den Salon betreten hatten.

Die beiden standen vor der gegenüberliegenden Wand, wo es neben einem weiteren, jetzt jedoch geschlossenen Schott zwei tassengroße Ventile gab, an die Rowlf jetzt mit geübten Bewegungen einen spiralförmig gewundenen Schlauch anschloss, dessen anderes Ende er an Howards Anzug befestigt hatte. Mir fiel erst jetzt auf, dass die beiden keine Atemgeräte trugen, obgleich ihre Anzüge vollkommen geschlossen waren und ich aus eigener Erfahrung wusste, dass die monströsen Monturen absolut luftdicht schlossen. Mit einer Mischung aus Neugier und Bedrückung sah ich zu, wie Howard die Prozedur anschließend bei Rowlf wiederholte. Dann kamen die beiden auf mich zu, die Schläuche wie bizarre Nabelschnüre hinter sich herziehend, machten jedoch keinerlei Anstalten, sich zu setzen – was in den Unterwasseranzügen wohl auch schwerlich möglich gewesen wäre.

»Was bedeutet das alles, Howard?«, fragte ich. »Warum tragt ihr an Bord der NAUTILUS diese Anzüge?«

Howard drehte den Kopf und blickte noch einmal zu Nemo und den beiden Mechanikern hinüber, als müsse er sich erst davon überzeugen, dass noch genug Zeit sei, ehe er antwortete.

»Es muss sein, Robert«, sagte er schließlich. »Es ist die einzige Möglichkeit für Rowlf und mich, uns überhaupt an Bord des Schiffes zu bewegen.«

»Aber warum zum Teufel?«, fuhr ich auf. »Was ist –«

Howard unterbrach mich mit einer Handbewegung. »Warte. Ich erkläre dir alles. Soviel Zeit ist noch.« Er seufzte, tauschte einen besorgt wirkenden Blick mit Rowlf aus und begann auf seine leise, präzise Art zu erzählen. Einen Teil von dem, was er zu berichten hatte, wusste ich bereits. Der andere, schrecklichere Teil war mir neu – der Teil, in dem er berichtete, wie er von den Anhängern der Albinoratte mit dem Tollwutserum infiziert worden war, an dem sich auch Rowlf angesteckt hatte, als er ihm helfen wollte.

Als er zu Ende gekommen war, starrte ich ihn fast eine Minute lang erschüttert an.

»Rowlf und ich sind nicht aus London geflohen, weil wir Angst hatten«, schloss er. »Aber wir konnten nicht bleiben. Sie hätten uns in eine Klinik eingesperrt, bis wir gestorben wären. Aber es gab noch zu viel zu tun. Und du warst nicht da.«

»Aber ihr ... Nemo hat gesagt, dass ...«

»Ich weiß, was Nemo gesagt hat«, unterbrach mich Howard. »Ich habe ihm verboten, dir die Wahrheit zu sagen.«

»Aber warum?«

»Weil ich dich kenne, Robert. Du hättest alles stehen und liegen lassen und versucht, Rowlf und mir zu helfen, statt dich um Wichtigeres zu kümmern.«

»Wichtigeres als dein Leben?«

Howard nickte. »Ein Menschenleben zählt nichts, Junge. Nicht in dem Spiel, das wir spielen.«

Ich starrte ihn an. »Wie ... wie lange habt ihr noch zu ...«

Howard zuckte mit den Achseln. »Ein paar Tage, eine Woche ... vielleicht zwei. Ich weiß es nicht. Die Abart der Tollwut, mit der Cohen experimentiert hat, ist besonders bösartig, Robert. Wir tragen diese Anzüge nicht zum Vergnügen. Eine einzige Berührung von Rowlf oder mir kann sie übertragen. Selbst unsere Atemluft wirkt ansteckend.«

»Aber es muss eine Möglichkeit geben!«, protestierte ich. »Nemo kann ...«

»Nemo kann nicht zaubern«, sagte Howard sanft. »Glaube mir, wir haben alles versucht, aber es gibt keine Heilung. In ein paar Tagen wird die Krankheit in ihr letztes Stadium treten. Bis dahin müssen wir Dagon unschädlich gemacht haben.«

Die Gleichmütigkeit, mit der er über seinen eigenen Tod sprach, erschütterte mich. Ich ignorierte seinen letzten Satz.

»Und wie … wie wird dieses letzte Stadium aussehen?«, fragte ich stockend.

Howard hob abermals die Schultern.

»Das weiß niemand. Cohen hat die Viren verändert, ich weiß nicht, wie sie wirken, auch Doktor Oobote nicht. Ich kann dir nur sagen, wie das letzte Stadium der normalen Tollwut aussieht. Depressionen, Angstzustände, schließlich eine panische Angst vor Wasser oder jeder anderen Flüssigkeit. Dann Krämpfe, schließlich Agonie und der Tod. Aber so weit wird es nicht kommen.«

Ich wusste, was er mit seinen letzten Worten meinte. Aber ich weigerte mich einfach, den Gedanken zur Kenntnis zu nehmen.

Plötzlich lächelte Howard. »Irgendwann müssen wir alle einmal sterben, oder? Und ich habe viel länger gelebt, als mir zusteht. Aber jetzt bist du an der Reihe. Wo bist du gewesen? Du warst tagelang verschwunden.«

Es fiel mir schwer, aber ich begann gehorsam zu erzählen, wie es mir ergangen war, seit ich das fehlerhafte *Tor* in meinem Haus am Ashton Place benutzt hatte. Howard hörte schweigend zu, aber der Ausdruck auf seinem Gesicht wurde immer besorgter. Als ich fertig war, stand ein Flackern in seinen Augen, das mir gar nicht gefiel.

»Und du bist ganz sicher, dass es der gleiche Dagon ist, den du in …«

»In der Vergangenheit getroffen habe, ja«, führte ich den Satz zu Ende. »Er ist mir gefolgt, Howard. Durch das *Tor*, durch das ich zurückkam. Und ich fürchte, nicht nur er.«

»Die *Thul Saduun.*« Howard wiederholte das Wort ein paar Mal, leise und nur für sich, aber es verlor dadurch nichts von seinem unheimlichen Klang.

»Ja.«, fügte ich säuerlich hinzu. »Als ob wir nicht genug mit den GROSSEN ALTEN zu schaffen hätten.«

»Ich bin mir nicht sicher, ob das ein solch großer Unterschied ist«, murmelte Howard. »Wir sollten –«

In diesem Moment erschien Nemo hinter ihm, und Howard brach mitten im Wort ab und sah den Kapitän der NAUTILUS fragend an.

»Wir sind soweit«, sagte Nemo.

Howard nickte, drehte sich mit einer schwerfällig wirkenden Bewegung herum und starrte zum Fenster.

»Was habt ihr vor?«, fragte ich.

»Ich sagte Ihnen doch, dass wir noch ein oder zwei Dinge ausprobieren werden, ehe wir aufgeben«, erwiderte Nemo mit einem flüchtigen Lächeln. »Wir wollen sehen, wie Dagons Kreatur eine anständige Ladung elektrischer Energie schmeckt. Achtung!«

Es ging so schnell, dass ich kaum mitbekam, was geschah. Ein dumpfes, knisterndes Rauschen lag plötzlich in der Luft. Das Licht flackerte, aber dafür sah ich einen unheimlichen, blauen Glanz, der das Meer jenseits des Bullauges aufglühen ließ. Irgendetwas Schwarzes, Formloses huschte an der riesigen Panzerglasscheibe vorbei.

»Es funktioniert!«, schrie einer der Männer. »Es stirbt, Kapitän!«

Mit Ausnahme von Howard und Rowlf, die durch die schweren Anzüge behindert waren, waren wir fast alle gleichzeitig am Fenster.

»Scheinwerfer an!«, befahl Nemo, und plötzlich erwachten im Rumpf des Schiffes ein halbes Dutzend runder weißer Augen zu grell leuchtendem Leben.

Das blendende Licht gewährte uns den Ausblick auf ein Bild, das so furchtbar wie faszinierend war.

Der schwarze Überzug, der die NAUTILUS wie eine furchtbare Haut eingehüllt hatte, war an zahllosen Stellen gerissen. Die Masse war grau und schrumpelig geworden wie abgestorbene Haut, und überall stiegen Wolken einer grauen, widerlichen Flüssigkeit hoch und verteilten sich im Wasser. An zahlreichen Stellen war das Metall des Schiffsrumpfes wieder zum Vorschein gekommen, und gerade, als ich hinaussah, löste sich ein gut zwanzig Fuß großes Stück der furchtbaren Masse und sank zum Meeresboden hinab, wo es zerfiel.

Aber ich sah noch mehr.

Einer der gewaltigen Scheinwerfer war herumgeschwenkt und schnitt eine grelle Lichtbahn in die Schwärze auf dem Meeresgrund. Und an seinem Ende hockte das DING.

Es war der gigantische Schatten, den ich vom Ufer aus beobachtet hatte

Eine riesige, formlose Masse aus geronnener Schwärze, ohne feste Umrisse, pulsierend wie ein übergroßes dämonisches Herz. Oberschenkelstarke Tentakel und Arme wuchsen gleich zu Dutzenden aus dem finsteren Klumpen, verzweigten sich immer und immer wieder und verwandelten den Meeresgrund in weitem Umkreis um das

Monstrum in ein finsteres Spinnennetz, in dem es immer wieder pulsierte und zuckte, als wäre jeder Teil dieser titanischen Scheußlichkeit für sich wiederum von eigenem Leben erfüllt Der Anblick ließ mich an einen Haufen wimmelnder schwarzer Ameisen denken, oder ein Nest sich windender, schleimiger Würmer. Ein unangenehmer Geschmack begann sich in meinem Mund auszubreiten, und aus meinem Magen kroch Übelkeit empor.

Auf einen Befehl Nemos hin schwenkte der Scheinwerferstrahl herum und folgte dem Netz. Mehr und mehr der schwarzen Scheußlichkeit tauchte im grell weißen Licht des Scheinwerfers auf. Der Meeresboden schien durchdrungen von dem furchtbaren Etwas. Selbst wo es nicht zu sehen war, zeichneten sich gewundene Linien unter dem feinkörnigen Sand ab, und hier und da wuchsen ganze Nester mattschwarzer peitschender Tentakel wie furchtbarer Tang aus dem Boden. Keiner von uns war überrascht, als wir sahen, dass es sich in gerader Linie auf die NAUTILUS zuzog. Ein Teil davon war grau geworden und abgestorben, aber der allergrößte Teil war unbeschadet. Und das Netz begann sich zu erneuern, so schnell, dass man zusehen konnte. Die Bestie stieß die abgestorbenen Teile einfach ab und ersetzte sie durch neue Stränge und Fäden, die wie blind tastende Würmer auf die NAUTILUS zukrochen.

Schließlich konnte der Scheinwerfer nicht weiterschwenken und leuchtete einen Teil des Bodens vielleicht zehn Fuß vor dem Rumpf der NAUTILUS ab. Das schwarze Netz wuchs mit fantastischer Schnelligkeit weiter, verließ den Bereich grellweißer Helligkeit und näherte sich dem Schiff. Ich glaubte das Geräusch zu hören, mit dem es die Panzerplatten der NAUTILUS berührte.

»Verdammt«, murmelte Nemo. »Es ... es erneuert sich.«

»Und wenn wir es wiederholen?«, schlug ich vor. »Vielleicht gibt es auf, wenn wir Ihm jedes Mal eins verpassen, wenn ...«

Ich sprach nicht weiter, als ich Nemos Blick begegnete. Wäre es so einfach, dann wäre Nemo wohl schon von selbst auf diese Idee gekommen.

»Unsere Batterien sind halb leer«, sagte er schließlich. »Und so, wie dieses Vieh aussieht, verträgt es wohl auch die zehnfache Ladung.« Er seufzte, schüttelte den Kopf und ballte in hilfloser Wut die Fäuste. »Wir hätten warten sollen«, murmelte er, »bis die NAUTILUS wieder voll manövrierfähig ist. Vielleicht hätte die Zeit gereicht, ihm zu entkommen.«

»Kaum«, sagte Howard. »Außerdem bleibt uns nicht soviel Zeit.« Er hob die Hand und klopfte Nemo wenig sanft mit der Stahlklaue des Taucheranzuges auf die Schulter. Der Kapitän der NAUTILUS verzog schmerzhaft das Gesicht, gab aber keinen Laut von sich.

»Es gibt noch eine andere Möglichkeit«, sagte Howard.

Nemo starrte ihn an, und ich sah, wie sich seine Augen vor Schrecken weiteten; nur für eine Sekunde, dann hatte er sich wieder in der Gewalt. Aber nicht schnell genug, dass ich es nicht bemerkte.

»Ich weiß«, murmelte er. »Aber wenn es nicht funktioniert ...«

»Ist auch nichts verloren«, unterbrach ihn Howard.

»Wovon redet ihr beide eigentlich?«, mischte ich mich ein. »Ich meine – es geht mich ja vielleicht nichts an, aber es würde mich doch interessieren. Nur so ...«

Nemo lächelte pflichtschuldig. »Wir ... werden die NAUTILUS räumen«, sagte er stockend.

Das war gelogen. Das hieß – es war die Wahrheit, das spürte ich, denn es ist ein Teil meines magischen Erbes, stets zu wissen, ob mir mein Gegenüber die Wahrheit sagt oder nicht, aber gleichzeitig hatte ich auch das absolut sichere Gefühl, dass Nemo mir etwas verschwieg. Etwas Wichtiges. Ich wandte mich an Howard.

»Warum klärst du deinen Freund nicht darüber auf, dass man mich nicht belügen kann?«, sagte ich.

Nemo fuhr wie unter einem Hieb zusammen, während Howard mich mit einem beinahe traurigen Blick bedachte. »Er sagt die Wahrheit, Robert«, sagte er. »Keinem von uns gefällt der Gedanke, aber wir werden das Schiff evakuieren und versuchen, uns in den Anzügen nach oben durchzuschlagen.«

Ich schnitt ihm mit einer ärgerlichen Geste das Wort ab. »Davon rede ich nicht«, sagte ich scharf. »Ihr verschweigt mir etwas, Howard.«

»Wie kommst du darauf?«, fragte Howard steif. »Kannst du neuerdings auch Gedanken lesen?«

Die Schärfe seiner Worte setzte mich in Erstaunen. Und dann begriff ich. Die Lösung war so einfach, dass ich mich für eine Sekunde fragte, warum ich nicht gleich darauf gekommen war. Howard hatte es mir ja praktisch gesagt; wenn auch, ohne es selbst zu wissen.

Ohne ein weiteres Wort drehte ich mich herum und stürmte aus dem Salon. Wäre eine Tür dagewesen, hätte ich sie hinter mir zugeworfen.

Das Feuer war lange nicht mehr so gewaltig wie zu Anfang. Die Flammen schlugen noch immer fünfzehn, zwanzig Fuß hoch in die Luft und tauchten den Himmel über der Stadt in blutiges Rot, aber die Männer von Firth'en Lachlayn hatten aufgehört, Reisig und trockenes Holz nachzuwerfen, und der Scheiterhaufen war dabei, sich selbst zu verzehren. Wenn die Sonne aufging, würde nur noch ein kleiner Haufen rauchender Asche an das gewaltige Feuer erinnern, das hier gebrannt hatte.

Aber es würde niemand mehr da sein, der ihn sehen konnte.

Der Platz hatte sich geleert. Von den gut zweihundert Personen, die noch vor Stundenfrist in weitem Umkreis um das Feuer gestanden hatten, war nur noch ein Bruchteil da, und auch diese begannen langsam, einer nach dem anderen, zu gehen.

Frane presste sich Schutz suchend in den Schatten eines Hauses, fuhr sich nervös mit der Zungenspitze über die Lippen und spähte aus eng zusammengekniffenen Augen zu dem zweistöckigen Gebäude auf der anderen Seite des Platzes hinüber. Er hätte seine rechte Hand für einen Schluck Schnaps gegeben, aber Craven hatte gesagt, dass er auf die Borden aufpassen sollte, und das war wichtiger. Frane verstand nicht ganz, wieso die Worte dieses sonderbaren Mannes mit der weißen Strähne im Haar eine solche Wichtigkeit für ihn hatten – immerhin war Craven ihr Feind, und noch vor wenigen Stunden hätte er ihm mit Freuden die Kehle durchgeschnitten – aber es war ihm einfach unmöglich, sich dem Befehl zu widersetzen.

Es war ihm nicht einmal möglich, wirklich darüber nachzudenken, warum das so war. Jedes Mal, wenn er es auch nur versuchte, schien ein unsichtbarer Besen durch seinen Kopf zu fahren und seine Gedanken gründlich durcheinanderzuwirbeln.

So wie jetzt.

Frane blieb reglos stehen, bis der Schwindelanfall vorüber war, dann trat er mit einem entschlossenen Schritt aus dem Schatten heraus und begann den Platz zu überqueren. Niemand nahm Notiz von ihm – warum sollten sie auch? –, und er erreichte das Haus der Borden unbehelligt.

Als er die Tür öffnen wollte, trat ihm McGillycaddy entgegen. Der hochgewachsene, schwarzbärtige Schotte hatte im Schatten gewartet, sodass Frane ihn nicht hatte sehen können, und der Ausdruck auf seinem Gesicht war alles andere als freundlich.

»Wo bist du gewesen?«, fuhr er Frane an, ohne sich mit einer Begrüßung aufzuhalten. »Loyd und du hattet Befehl, auf die Borden aufzupassen.«

»Ich weiß«, erwiderte Frane trotzig und mit aller Kraft darum bemüht, sich seinen Schrecken nicht zu deutlich anmerken zu lassen. »Dieser Craven ist gekommen, und –«

»Das weiß ich selber«, schnauzte McGillycaddy.

»Habt ihr ... habt ihr die Borden wieder eingefangen?«, fragte Frane stockend.

McGillycaddy nickte. »Das war nicht nötig. Aber ich habe dich gefragt, wo du gewesen bist.«

Etwas im Klang seiner Worte ließ Frane aufhorchen. McGillycaddys Stimme klang lauernd. Auf eine boshafte, warnende Art lauernd. Franes Gedanken überschlugen sich. Wenn sie die Borden wieder eingefangen hatten, musste er damit rechnen, dass McGillycaddy alles wusste. Er musste vorsichtig sein.

»Craven hat mich gezwungen, ihm den Weg zum See zu zeigen«, sagte er. »Aber ich konnte ihm entkommen.«

»Wo ist er jetzt?«, schnappte McGillycaddy. »Im Gut?«

Frane schüttelte den Kopf. »Im See«, antwortete er. »Er ist hinuntergetaucht, mit so 'nem komischen Apparat. Er sagte, dass er damit unter Wasser atmen kann.«

Ein hässliches Lächeln huschte über McGillycaddys Gesicht. »In den See, so?«, wiederholte er. »Nun, dann wird man sich um ihn kümmern. Dieser Narr nimmt uns sogar die Arbeit ab, ihn zu erledigen. Gut.« Er überlegte einen Moment. »Warte hier«, sagte er dann. »Es wird Zeit, dass wir zur Küste kommen, aber vorher habe ich noch eine Aufgabe für dich.«

Er drehte sich herum und verschwand im Haus, und Frane blieb allein zurück. Seine Hände zitterten, und eine lautlose Stimme in seinen Gedanken flüsterte ihm zu, dass er sich herumdrehen und verschwinden sollte, solange er das noch konnte.

Aber er blieb. Schließlich war da noch Cravens Befehl, die Borden in Sicherheit zu bringen.

Seine Geduld wurde nicht lange strapaziert. Nach wenigen Augenblicken schon kam McGillycaddy zurück, von zwei seiner Anhänger begleitet – und Several Borden, die mit steinernem Gesicht zwischen den beiden Männern einherging.

Auf einen Wink McGillycaddys hin überquerten sie den Platz, blieben aber dicht neben dem Scheiterhaufen noch einmal stehen.

McGillycaddy blickte sich suchend um, schüttelte den Kopf und begann mit leiser Stimme zu einem seiner beiden Begleiter zu sprechen.

Langsam und mit Bewegungen, die wie zufällig aussehen sollten, näherte sich Frane Several Borden. Die Frau blickte ihn an, aber in ihren Augen stand nicht das geringste Erkennen. Der Schock, abermals in die Hände der fanatischen Dagon-Anbeter gefallen zu sein, musste sie betäubt haben.

Frane blieb stehen, drehte sich so, dass McGillycaddy sein Gesicht nicht sehen konnte, und berührte Several Borden an der Hand, um ihre Aufmerksamkeit zu erregen.

»Lassen Sie sich nichts anmerken«, wisperte er. »Aber ich bin auf Ihrer Seite. Craven schickte mich. Ich bringe Sie hier weg. Wir hauen ab, sobald keiner hersieht. Haben Sie das verstanden?«

Several Borden drehte ganz langsam den Kopf. Auf ihrem Gesicht erschien ein verwunderter Ausdruck. »Aber warum sollte ich das?«, fragte sie laut.

Frane fuhr zusammen wie unter einem Hieb. »Sind Sie verrückt?«, keuchte er. »McGillycaddy wird Sie hören!«

Several blinzelte verwirrt, dann drehte sie sich herum, deutete auf Frane und sagte laut: »Dieser Mann ist in Cravens Auftrag hier, McGillycaddy. Er will, dass ich mit ihm fliehe.«

Frane schrie vor Schrecken auf, wirbelte herum – und erstarrte, als ihm einer von McGillycaddys Männern den Weg vertrat. Dann ergriffen starke Hände seine Arme und drehten sie auf den Rücken. Eine Hand krallte sich in sein Haar und riss seinen Kopf in den Nacken.

»So?«, sagte McGillycaddy lächelnd. Er kam näher, blieb in zwei Schritten Entfernung stehen und grinste hämisch. »Du bist also in Cravens Auftrag hier, wie? Hast du dich entschlossen, die Seiten zu wechseln, oder hast du mittlerweile auch noch den letzten Rest deines bisschen Verstandes versoffen?«

»Bitte!«, keuchte Frane. »Craven hat ... hat mich gezwungen. Ich hatte keine Wahl!«

McGillycaddy lachte hässlich. »Das ist dein Pech, Frane«, sagte er. »Du hättest eben aufpassen müssen. Jedenfalls war es dein letzter Fehler.« Das Lächeln auf seinen Zügen erlosch übergangslos. Plötzlich hob er den Arm und deutete auf die beiden Männer, die Frane hielten.

»Werft ihn ins Feuer«, sagte er.

Frane schrie auf. Wie von Sinnen begann er um sich zu treten und gegen den Griff der beiden Männer anzukämpfen. Aber sie waren stark.

Viel zu stark für Frane.

Ich ging nicht in Nemos Kabine zurück, wie er wohl erwartete, sondern stürmte geradewegs hinunter zum Heck der NAUTILUS. Hinter meiner Stirn schienen die Gedanken wild durcheinanderzuwirbeln; ich hatte Mühe, mich überhaupt auf den Weg zu konzentrieren, und noch viel mehr Mühe, mir darüber klar zu werden, was ich eigentlich wollte.

Nun, so genau wusste ich das selbst nicht in diesem Moment. Das Einzige, was ich wusste, war, dass ich den Teufel tun und in meine Kabine gehen und abwarten würde, was geschah. Es war so einfach und offensichtlich, dass ich von selbst auf den Gedanken hätte kommen müssen. Was hatte Howard gesagt? »... schließlich Agonie und der Tod. Aber so weit wird es nicht kommen ...«.

Natürlich nicht. Aber ich hatte die Bedeutung dieser Worte erst begriffen, als ich das Erschrecken in Nemos Gesicht sah.

Ich wusste nicht, was Howard und Rowlf vorhatten, aber was immer es war – sie würden es beide nicht überleben. Die Entscheidung lag auf der Hand, für jemanden, der so kühl und präzise zu denken pflegte wie Howard. Es gab an Bord der NAUTILUS zwei Menschen, deren Stunden ohnehin gezählt waren – warum also sollten sich diese beiden nicht opfern, um die anderen zu retten? Der Gedanke war sogar logisch. Aber ich dachte gar nicht daran, bei dieser unmenschlichen Logik mitzuspielen. Schließlich war es Howard gewesen, der mich gelehrt hatte, niemals aufzugeben, ganz gleich, wie schlecht die Karten auch gemischt schienen.

Ich erreichte die Tauchkammer, bückte mich unter der niedrigen Tür hindurch und atmete erleichtert auf, als ich den kuppelförmigen Raum menschenleer fand. Wasser war durch die Luke eingedrungen und hatte die Kammer mehr als zur Hälfte geflutet. Rasch verriegelte ich das Schott hinter mir, watete durch das eiskalte Wasser zur gegenüberliegenden Wand und begann einen der schweren Unterwasseranzüge aus seiner Halterung zu lösen. Meinen Stockdegen hatte ich in Nemos Kabine zurückgelassen, aber ich verwarf den Gedanken, zurückzugehen und ihn zu holen. Howard kannte mich mindestens ebenso gut wie ich ihn. Ich konnte von Glück sagen, wenn er aus meinem dramatischen Abgang nicht bereits die richtigen Schlüsse gezogen hatte und sich auf dem Weg hier herunter befand, um mich von meinem Tun abzuhalten.

Mühsam legte ich den klobigen Unterwasseranzug an, überzeugte mich davon, dass das Atemgerät auf seinem Rücken mit frischen Oxygenpatronen gefüllt war, und schraubte den Helm auf. Es war ein sonderbares Gefühl, im Inneren dieser zweiten, zähen Haut zu stecken.

Tausend Gründe, aus denen mein Vorhaben gar nicht gut gehen konnte, schossen mir durch den Kopf, während ich Stück für Stück meine Ausrüstung vervollständigte. Ich verwarf sie alle. Ich hatte das sichere Gefühl, dass unser aller Leben ohnehin keinen Penny mehr wert war, wenn wir Dagon nicht aufhielten.

Als ich fertig war, war ich in Schweiß gebadet, denn im Inneren des Anzuges herrschte eine geradezu mörderische Hitze, und hinter meiner Stirn war noch immer ein unangenehmes, wenn auch nicht mehr sehr heftiges Schwindelgefühl. Meine Knie zitterten, als ich zur Mitte der Kammer ging und mich in den runden Schacht fallen ließ, der nach draußen führte.

Die Schwärze schien zugenommen zu haben. Um mich herum war vollkommene Dunkelheit. Ich merkte nicht einmal, dass ich die NAUTILUS verließ, bis unter meinen Füßen plötzlich der feine Sand des Seebodens war.

Ich zögerte einen Moment, versuchte mich zu erinnern, in welche Richtung ich gehen musste, und tastete mich blind durch das tintenschwarze Wasser.

Der Rumpf der NAUTILUS wölbte sich wie ein Berg aus Stahl über mir. Meine Augen begannen sich langsam an die Dunkelheit zu gewöhnen, und ich nahm meine Umgebung wenigstens in Schemen wieder wahr.

Ich stolperte ein paar Schritte weiter – sorgsam darauf bedacht, nicht mit dem Rumpf der NAUTILUS und seinem tödlichen Überzug in Berührung zu kommen, blieb stehen und sah mich abermals um.

Dagons Kreatur hatte bereits wieder damit begonnen, das Schiff einzuhüllen. Da und dort lugte noch der bläuliche Stahl seiner Panzerung hervor, aber der größte Teil der NAUTILUS war bereits wieder unter dem stumpfen Schwarz des Monstrums verschwunden; das Schiff wirkte pockig, als wäre es krank.

Und dann sah ich etwas, was mich noch mehr erschreckte.

Über dem schwarzen Teppich, der die NAUTILUS einhüllte, begann sich ein engmaschiges Netz zu bilden. Im ersten Moment glaubte ich, es wären Teile der Kreatur, die sich so formierten, um sich später auf das Schiff herabzusenken, aber dann sah ich, dass das nicht stimmte.

Als ich die Bedeutung meiner Beobachtung begriff, brach mir der kalte Schweiß aus.

Das Amöbenmonster war nicht halb so stumpfsinnig, wie wir alle angenommen hatten. Es musste sehr wohl begriffen haben, dass der elektrische Schlag, den die NAUTILUS ihm versetzt hatte, seine Umklammerung – und sei es nur für Minuten – sprengte. Dieses zweite Netz war ein teuflischer Plan, ein Entkommen der NAUTILUS zu verhindern.

Ich sah, dass es an keiner Stelle mit der ersten, völlig geschlossenen Haut verbunden war, die die NAUTILUS hielt. Selbst wenn es Nemos Leuten gelang, das Schiff zu reparieren, und selbst wenn sie den Klammergriff des Monstrums ein zweites Mal mit einer elektrischen Entladung sprengten, würde sich dieses Netz blitzartig auf die NAUTILUS herabsenken und die verbrannten Teile des Gewebes ersetzen ...

Ich drehte mich um, ging zehn, fünfzehn Schritte weit von dem reglos daliegenden Schiff weg und stieß mich mit den Beinen ab. Es war schwerer, als ich erwartet hatte, in dem klobigen Anzug zu schwimmen. Sein Gewicht wollte mich immer wieder hinabzerren, und meine Arme und Beine wurden durch die Kautschukumhüllung stark behindert.

Ganz langsam entfernte ich mich von der NAUTILUS und ihrem schrecklichen Wächter. Meine Augen begannen sich an das herrschende Halbdunkel zu gewöhnen, und je weiter ich mich der versunkenen Stadt näherte, desto zahlreicher wurden die unzerstört gebliebenen Flecken der grünen Leuchtalgen, so dass ich mich schon bald wieder zu orientieren vermochte.

Nicht, dass das besonders viel nutzte. Ich hatte nämlich noch immer keine Ahnung, wohin ich überhaupt wollte. Ich wusste nur, dass ich Dagon finden musste.

Dann stand ich am Rande des gewaltigen Schachtes, aus dem die NAUTILUS aufgetaucht war, und obwohl die Temperatur im Inneren der Tauchermontur noch immer unangenehm hoch war, schauderte ich.

Ich hatte das Gefühl, direkt in einen Höllenpfuhl zu blicken.

Der Durchmesser des Kraters – denn um nichts anderes handelte es sich – betrug eine gute viertel Meile. Seine Wände fielen lotrecht ab, bis sie sich in unbestimmter Entfernung in Dunkelheit und Nacht verloren. Aber vor ihnen ...

Irgendetwas bewegte sich dort unten.

Ich wusste nicht, was, denn es war nur ein Wogen noch dunklerer Schwärze vor einem finsteren Hintergrund, aber ich sah deutlich, dass der Krater von wimmelnden Leben erfüllt war.

Die warnende Stimme in meinem Inneren missachtend, ließ ich mich über den Kraterrand gleiten und sank in die Tiefe.

Es war wie eine Reise in die Nacht. Licht und Wirklichkeit blieben über mir zurück, aber der Kraterboden kam nicht näher, denn der Schacht führte senkrecht in die Erde hinein, und er schien kein Ende zu nehmen. Aber ich näherte mich dem wimmelnden Etwas, und trotz des immer schwächer werdenden Lichtes erkannte ich es jetzt deutlicher.

Es waren Körper. Lang gestreckte, klumpige schwarze Dinge, die mit grotesk wirkenden Bewegungen durch das finstere Wasser glitten. Ab und zu versuchte einer von ihnen, nach oben zu schwimmen, aber es gelang ihm nie; auf halber Höhe sank er regelmäßig zurück und fing sich mit plumpen Schwimmbewegungen wieder.

Dann war ich tief genug, sie wirklich zu erkennen.

Es waren die Kaulquappenmonster, denen ich schon mehrmals begegnet war. Aber sie waren anders als diese, und obwohl ich den Unterschied nicht genau zu erkennen vermochte, schwamm ich weiter auf sie zu, wobei ich mir Mühe gab, nahe an der Wand in Deckung zu bleiben.

Ein überaus nutzbringendes Verhalten bei Lebewesen, die keine Augen haben und sich auf andere Weise orientieren, dachte ich spöttisch.

Eine der Bestien näherte sich mir, und ich verharrte reglos auf der Stelle, bis ich sie genauer sehen konnte. Das Biest war weitaus kleiner als das, welches ich oben im See getötet hatte, selbst kleiner als die, die Spears und mich in den Abwasserkanälen von Aberdeen überfallen hatten.

Und es wirkte irgendwie ... unfertig.

Ja, das war der richtige Ausdruck. Sein aufgeblähter Balg war schwarz wie ein Sack und glatt, ohne Augen-, Nasen- oder Ohrenöffnungen, und das furchtbare Maul mit dem Haifischgebiss war noch nicht mehr als ein dünner Schlitz, als hätte jemand mit einem Messer in die widerliche Masse geschnitten. Zwischen seinen lächerlich kurzen Froschbeinen ragte der Rest eines halb verkümmerten Schwanzes hervor.

Es ist ein Jungtier, dachte ich verblüfft. So wie dieses eine wirkten auch die anderen Bestien, die ich sah, mehr oder weniger unfertig. Einige schienen nur aus schwarzen, aufgeblasenen Hautsäcken zu bestehen, andere wiederum sahen wirklich aus wie gewaltige Kaulquappen, rund und augenlos und mit einem hektisch peitschenden Schwanz; und wieder andere ähnelten dem Ungeheuer, das mich am Tage zuvor als Frühstück auserkoren hatte.

Ich hatte die Brutstätte der Ungeheuer gefunden! Der schwarze Krater war nichts anderes als Dagons Kindergarten!

Einen Moment lang starrte ich noch auf die schreckliche wimmelnde Brut unter mir, dann drehte ich mich herum und begann mit plumpen Bewegungen wieder nach oben zu schwimmen.

Wieder näherte ich mich der Stadt oder dem, was Nemos Angriff davon übrig gelassen hatte. Erst als ich in das Labyrinth aus zerborstenen Mauern und zusammengestürzten Gebäuden eindrang, kam mir die ganze Tragweite der Zerstörung zu Bewusstsein, die die NAUTILUS angerichtet hatte.

Es schien buchstäblich kein Stein mehr auf dem anderen zu stehen. Zwischen den zerborstenen Wänden gähnten gewaltige Krater. Die Häuser und Brücken waren wie Spielzeuge durcheinander gewirbelt worden. Ein einziger, nicht einmal zu Ende geführter Angriff der NAUTILUS hatte ausgereicht, alles zu zerstören, was fünftausend Jahre lang den Angriffen der Natur und der Zeit standgehalten hatte.

Es war sonderbar – es war unzweifelhaft meine Partei, die diese Vernichtung angerichtet hatte –, aber das Bild erfüllte mich mit einer Mischung aus Niedergeschlagenheit und Wut. Obwohl diese ganze unterseeische Stadt keinem anderen Zweck als der Anbetung einer dämonischen Gottheit gedient hatte, empfand ich es einfach als falsch, sie zerstört zu sehen.

Es war nicht richtig, dass Menschen die Macht haben sollten, so etwas zu tun. Vielleicht, dachte ich zornig, war der nächste Schritt der, dass sie Waffen entwickelten, mit denen sie diesen ganzen Planeten in die Luft zu sprengen vermochten.

Ich verscheuchte den absurden Gedanken, sah mich suchend um

und gewahrte die Tempelpyramide, in der ich Dagon das letzte Mal gesehen hatte, in einer Entfernung von einer knappen halben Meile – genauer gesagt das, was davon übrig war.

Das gewaltige Gebäude war zur Hälfte eingestürzt, und auch in den stehen gebliebenen Wänden gähnten riesige, wie hineingefressen wirkende Löcher. Der Boden um die Pyramide war in weitem Umkreis mit Trümmern und pulverisiertem Stein bedeckt. Nemo musste mehrere seiner furchtbaren Torpedos direkt auf dieses Gebäude abgeschossen haben.

Ich schwamm weiter, wobei ich vorsichtshalber die zu dem Anzug gehörende Harpune zur Hand nahm und entsicherte.

Aber meine Vorsicht war überflüssig. Schon in der Nähe des Schiffes war mir aufgefallen, wie tot und ausgestorben der See wirkte; nur hatte ich es da auf das schwarze Ungeheuer geschoben, das alles in seiner Reichweite befindliche Leben vernichtet haben mochte.

Aber auch hier, fast eine Meile von der NAUTILUS entfernt, rührte sich nicht das kleinste Anzeichen von Leben. Dabei war der See voll von Fischen und anderem Getier gewesen, als ich das erste Mal hier herabgetaucht war. Jetzt schien ich durch ein ausgestorbenes Gewässer zu schwimmen. Hier unten regierten nur die Nacht und das Schweigen.

Meine Handflächen wurden feucht vor Erregung, als ich mich dem Gebäude näherte. Der dreieckige Eingang war zusammengestürzt, sodass es dort kein Durchkommen mehr gab, aber die Löcher in den Wänden waren groß genug, einen Riesenhai hindurchzulassen. Ich wechselte die Harpune von der rechten in die linke Hand, tastete mich mit der Rechten an den zerborstenen Felsen entlang und drang zum zweiten Mal ins Innere von Dagons Pyramide ein.

Auch hier drinnen rührte sich nichts. Die einzige Bewegung war der Schlamm, den ich durch meine eigenen Schwimmbewegungen aufwirbelte. Ich schwamm durch fast vollkommene Finsternis, und zwei- oder dreimal stieß ich so heftig mit dem Helm gegen ein Hindernis, dass ich ernsthaft befürchtete, den Anzug zu beschädigen.

Dann erreichte ich einen größeren Raum. Die Wände wichen zurück und schufen einen gewaltigen, fünfeckigen Saal, der fast vollkommen von den grünen Leuchtalgen erfüllt war. In seiner Mitte thronte ein finsterer, schwarzer Altar.

Es war ein getreuliches Ebenbild der Kammer, die ich unter McGillycaddys Gut gefunden hatte. Und diesmal beschloss ich, sie näher zu untersuchen. Nach einem letzten, sichernden Blick in die Runde steckte ich meine Harpune ein, schwamm zu einer dar Wände hoch und begann die Zeichen und Bilder zu betrachten, die sie bedeckten.

Das meiste davon war mir unverständlich; Worte in einer Sprache, die untergegangen war, lange ehe das römische Reich entstand, ja, lange vor Troja und Hellas.

Aber dafür verstand ich die Bilder.

Sie waren fünftausend Jahre alt, aber sie erzählten eine Geschichte, die auch jetzt noch nichts von ihrem Schrecken verloren hatte. Dagons Geschichte, vor zweitausend Generationen in den Fels geschlagen und für die Ewigkeit aufbewahrt.

Dagon war erschienen, als dieses Land von primitiven Volksstämmen bewohnt gewesen war, Menschen, für die Blitz und Donner mächtige Götter und eine Sonnenfinsternis schreckliches Unheil bedeuteten.

Er war als Gott erschienen, und sie hatten ihn verehrt wie einen Gott. Sie hatten ihm Menschen- und Tieropfer gebracht, Erntegaben und die Schätze, die sie ihrem Land entrissen hatten. Sie hatten ihn als Gott verehrt, und er hatte ihnen – wie es sich für einen richtigen Gott gehörte – das Paradies versprochen.

Bis zu diesem Punkt war die Geschichte Dagons ganz genau so, wie ich sie erwartet hatte. Und dann änderte sie sich. Schlagartig.

Es war schwer, die zum Teil verwirrenden Bilder in die richtige Reihenfolge zu bringen und ihre Botschaft zu entziffern, aber es gelang mir, und was ich aus den steinernen Fresken las, ließ mich schaudern.

Dagons Versprechen auf das Paradies und das ewige Glück waren ungleich deutlicher als etwa die der Bibel oder des Korans. Er versprach ihnen ein neues Land, eine Welt, in der sie allein und glücklich zu leben vermochten, ohne Feinde, ohne Furcht, ohne Krankheiten oder feindliche Götter.

Und er sagte ihnen sogar, wie sie dorthin kommen würden.

Zwischen den steinernen Fresken, die Menschen, Tiere, bizarre Rituale oder einfach nur unverständliche Dinge zeigten, tauchte immer wieder ein Bild auf. Ein Schiff. Ein Schiff, das ich kannte.

Ich hatte es gesehen; zumindest ein naturgetreues Modell davon.

Das Modell eines bizarren, dreimastigen Schiffes, groß wie ein schwimmender Berg und mit einem goldenen Namenszug am Bug.

Das Modell der DAGON.

Es war mehr als ein Modell, das begriff ich plötzlich. Mehr als ein Fetisch, den er seinen Jüngern hingeworfen hatte, damit sie ihn anbeteten. Sie bauten dieses Schiff.

Und sie bauten es mit Blut.

Lange Zeit – sicherlich eine Viertelstunde – blieb ich in der Altarkammer und starrte die Bilder an, und das Entsetzen, das sich in meinem Inneren ausbreitete, wurde immer schlimmer. Dagon musste geherrscht haben wie ein Dämon, blutrünstiger und schlimmer als der Teufel. Auf den Fresken waren Massenopferungen abgebildet, Zeremonien, bei denen nicht hunderte, sondern gleich tausende unschuldiger Opfer hingeschlachtet worden waren, dazu andere, schlimmere Dinge, die mein Verstand als wahr anzuerkennen sich weigerte.

Ich fühlte mich wie betäubt, als ich mich schließlich von dem furchtbaren Anblick losriss und aus der Kammer schwamm. Die Bedeutung des fünfeckigen schwarzen Steines in ihrer Mitte war mir jetzt klar. Wie hatte ich jemals auch nur eine Spur von Menschlichkeit an diesem Dämon zu entdecken geglaubt? Wie hatte ich jemals – auch dessen gestand ich mir ein – auch nur einen Hauch von Sympathie für dieses Monster empfinden können? Dagon war schlimmer als der Teufel.

Erst als ich die Pyramide wieder verließ und in die zerstörte Stadt zurückschwamm, wachte ich aus dem Zustand dumpfer Benommenheit auf, in den ich beim Betrachten der Bilder versunken war.

Fast gewaltsam riss ich meine Gedanken in die Wirklichkeit zurück, sah mich um und schwamm auf den noch am wenigsten zerstörten Teil der Stadt zu. Ich war nicht hier, um über Dagons Grausamkeiten nachzusinnen, sondern um ihn aufzuhalten.

Um ihn zu töten.

Es war kalt geworden. Mit dem Tag war auch die Wärme gegangen, und hier, eine halbe Meile vor der Küste, fielen die Temperaturen doppelt so schnell wie an Land. Von der See stieg eine unsichtbare Welle eisiger Luft auf, und das Holz des Bootes fühlte sich an wie erstarrtes Eis.

Gorney schlang die Decke enger um die Schulter und hielt die Hände dicht vor den Mund, um hineinzublasen. Seine Finger waren erstarrt, und das einzige Gefühl, das überhaupt noch darin war, war Schmerz. Zum wohl hundertsten Male in dieser Nacht presste er die Augenlider zusammen und blickte zu den vier leuchtend rot gestrichenen Schwimmern hinüber, die die Position des Netzes anzeigten und träge auf dem tintenschwarzen Wasser lagen. So träge wie jetzt lagen sie seit Sonnenuntergang dort, und Gorney befürchtete, dass sich dieser Zustand auch bis zum nächsten Morgen nicht ändern würde.

Das Schicksal war gegen ihn.

Gorney hatte es schon hundert Mal bereut, an diesem Abend herausgefahren zu sein, um zu fischen. Die Nächte wurden jetzt schon empfindlich kalt, und während der letzten Wochen hatten sich die Geschichten gemehrt, die von sonderbaren Dingen berichteten, die hier draußen vor sich gehen sollten. Lichter, die manchmal erschienen, ein unheimlicher Nebel, den es nicht geben durfte, ein Schiff, das immer verschwand, wenn jemand versuchte, sich ihm zu nähern … Gorney hatte nichts von alledem geglaubt. Er war zwar alt, aber noch nicht so alt, dass man ihn mit Geschichten vom Klabautermann erschrecken konnte. Er hatte alle Warnungen ignoriert und war allein und nach Dunkelwerden hinausgefahren, um noch einmal sein Glück zu versuchen.

Jetzt bereute er es. Der Platz, an den er gefahren war, war nur wenigen bekannt, und das war auch gut so. Es war einer der ergiebigsten Fischgründe, ein Ort, von dem er normalerweise selbst im Winter oder bei Sturm nicht mit leerem Netz zurückgekommen wäre.

Bis jetzt.

In den letzten fünf Stunden hatte sich nicht ein einziger Fisch gezeigt. Es war, dachte er schaudernd, als hätte irgendetwas das Leben in weitem Umkreis aus dem Meer vertrieben.

Aber da war kein Etwas. Er war allein. Allein mit sich, der Nacht und seinen Gedanken, die immer nur um einen einzigen Punkt kreisten.

Er würde das Boot verlieren. Am nächsten Morgen, pünktlich Schlag acht würde der Mann von der Bank kommen, und wenn er dann nicht wenigstens einen Teil seiner rückständigen Raten begleichen konnte, würde er ihm das Boot wegnehmen. Kent, der Bankdirektor, bei dem er vor zwei Tagen noch einmal vorgesprochen hatte, hatte in diesem Punkt keinen Zweifel aufkommen lassen. Wenn er nicht zahlte – wenigstens etwas – würden sie ihm das Boot wegnehmen und ihn als Bettler zurücklassen.

Das war auch der Grund, aus dem Gorney hier herausgekommen war; nachts und bei stürmischem Wetter, alle Warnungen missachtend und alle Erfahrungen, die ihm ein Leben als Küstenfischer beschert hatte, in den Wind schlagend.

Aber das Risiko hatte sich nicht gelohnt. Seine Netze waren leer, und sie würden es auch bleiben. In weitem Umkreis zeigte sich nicht das geringste Leben. Und war da nicht ein Geräusch im Singen des Windes, das nicht hierher gehörte, ein Schatten, der ein wenig zu massiv war, um wirklich noch ein Schatten zu sein?

Gorney schalt sich im Stillen einen alten Narren, aber es half nichts. Die Vorstellung hatte sich in sein Gehirn eingenistet und vergiftete sein Denken, und plötzlich, von einer Sekunde auf die andere, glaubte er mehr und mehr Geräusche und Dinge zu hören und zu sehen. Das dorthinten, was war das? Eine Nebelbank? Wirklich nur eine Wolke, die auf das Meer herabgesunken war, oder ...

Dann sah er es.

Es war ein Schiff, aber es war ein Albtraum von einem Schiff, ein Gigant, schwarz und mit Segeln, die wie dämonische Krallen nach dem tief hängenden Himmel schlugen und Narben in die Bäuche der Wolken rissen, umgeben von brodelnden Schwaden eines unheimlichen Nebels wie höllischem Atem.

Gorney wollte schreien, aber er konnte es nicht. Der Anblick lähmte ihn. Er spürte, wie das Boot unter seinen Füßen erbebte, als sich die schäumende Flutwelle des heranrasenden Riesenschiffes an seinen Flanken brach, spürte die Luft, die wie eine fauchende Woge vor dem Schiff entlangraste, spürte die eisige Berührung des Nebels auf der Haut und sah das Schiff größer werden, größer und größer und größer, bis es nichts mehr gab außer diesem Albtraumschiff, ein schwarzer Gigant, der wie eine Wand aus stahlharter Nacht auf ihn und sein winziges Schiffchen zuraste.

Und dann gab es nicht einmal mehr das.

Der Vorrat an atembarer Luft in meinen Tanks war nahezu erschöpft, aber ich hatte noch immer keine Spur von Dagon gefunden – und auch kein anderes Leben. Der See war ausgestorben.

Ich fühlte mich ratlos und dazu erschöpft und müde wie schon lange nicht mehr, denn das Gewicht des Anzuges zehrte unbarmherzig an meinen Kräften.

Ich hatte den See einmal zur Gänze durchquert und das gegenüberliegende Ende der versunkenen Stadt erreicht, ohne meinem Ziel auch nur ein Stück näher gekommen zu sein. Jetzt stand ich auf den Ruinen eines zusammengesunkenen Kuppelbaues und sah mich um. Als ich das letzte Mal hier gewesen war, hatte es hier von Leben gewimmelt, aber seither war nicht nur die Stadt unter mir zerstört worden, sondern –

Die Bewegung war blitzschnell, nur ein Huschen, das ich am Rande meines Gesichtsfeldes wahrnahm. Ich fuhr herum, starrte angestrengt in die Richtung und griff vorsichtshalber nach meiner Waffe.

Dann sah ich es wieder.

Es war keine Bewegung, sondern beinahe das Gegenteil.

Ein Flecken der grünen Leuchtalgen war verblasst. Und noch während ich hinsah, erlosch ein weiteres, hausgroßes Stück der lebenden Lichtquelle, so abrupt, als hätte man eine Kerze ausgeblasen.

Ich zögerte einen Moment, dann nahm ich Schwung und zwang meine protestierenden Muskeln noch einmal, das Zentnergewicht des Anzuges zu tragen. So rasch ich konnte, schwamm ich auf den zerrissenen Flickenteppich aus Grün und Schwarz zu und verlor dabei allmählich an Höhe.

Als ich genau über ihm war, erlosch ein weiteres Stück der grün leuchtenden Algenmasse. Und diesmal sah ich, was es war.

Aus dem See, aus der Richtung, in der die NAUTILUS und die Riesenamöben waren, kroch ein mannsdicker schwarzer Strang heran, glitzernd und sich windend wie ein gigantischer Wurm. Sein Ende war zerfasert wie eine ins Absurde vergrößerte Seeanemone. Dutzende, wenn nicht hunderte von verschieden dicken Strängen tasteten in alle Richtungen.

Und wo sie die Leuchtalgen berührten, erlosch deren Licht. Die Pflanzenmasse wurde stumpf und unansehnlich, begann zu zerfließen und ihre Form zu verlieren, bis ... ja, dachte ich entsetzt – bis sie sich in etwas verwandelt hatte, das der schwarzen Masse glich.

Dann begriff ich, warum dieser See plötzlich auf so unheimliche Weise tot und ausgestorben wirkte.

Das Leben hatte ihn nicht verlassen. Es hatte sich verwandelt!

Um ein Haar hätte mich mein Entsetzen selbst das Leben gekostet, denn der peitschende Strang schien meine Nähe zu wittern wie ein Bluthund die Beute: Ein gut oberarmdicker Strang der grässlichen Masse spaltete sich ab, zuckte mit einer schlängelnden Bewegung nach oben und versuchte sich um meine Beine zu wickeln. Im letzten Moment wich ich ihm aus, machte ein paar hastige Schwimmbewegungen, um aus seiner unmittelbaren Reichweite zu kommen, und hielt in sicherem Abstand wieder inne. Der schwarze Schlangenarm zuckte noch eine Weile hin und her und senkte sich dann wieder auf die Masse der Leuchtalgen herab, um damit fortzufahren, sie zu absorbieren.

Ich wollte mich umwenden, um vollends wegzuschwimmen, tat es aber dann doch nicht, als mir etwas auffiel. Der Strang kam aus der Dunkelheit, aus der ungefähren Richtung, in der die NAUTILUS und die gewaltige Hauptmasse des *Dinges* lagen – und wenn ich die schwarze Linie in Gedanken verlängerte, kam ich auf einen Punkt, der ziemlich genau am Rande des Kraters liegen musste.

Und plötzlich wusste ich, wo ich Dagon finden würde. Es war der einzig logische Ort.

Hastig kontrollierte ich noch einmal meinen Luftvorrat – er reichte noch für gute zehn Minuten, und das war mehr Zeit, als ich vermutlich brauchte –, zog meine Harpune aus dem Gürtel und schwamm los.

»Ist er fort?«

Howards Stimme drang nur verzerrt unter dem geschlossenen Helm hervor, und die bizarre Akustik der halb mit Wasser gefüllten Tauchkammer verzerrte sie noch mehr, bis sie kaum noch Ähnlichkeit mit einer menschlichen Stimme hatte.

Nemo schauderte. »Ja«, sagte er, leise und ohne Howard oder seinen hünenhaften Begleiter direkt anzusehen. »Wie du gesagt hast.«

»Dann ist es gut«, murmelte Howard. »Ich hoffe, er hat Glück.«

»Dagon hat ihn hier heruntergelassen«, sagte Nemo. »Er wird ihn auch wieder gehen lassen.«

Howard sah ihn an und schien etwas sagen zu wollen, aber dann nickte er bloß, wandte sich um und streckte auffordernd die Hand in Rowlfs Richtung aus. »Das Kabel.«

»Seid bloß vorsichtig«, sagte Nemo warnend, als Rowlf das armdicke, mit schwarzem Kautschuk isolierte Kabel aus seiner Halterung löste und Howard reichte. »Eine Berührung, und ...«

Er sprach nicht weiter, aber das war auch nicht nötig. Die beiden Männer vor ihm wussten so gut wie er, wie gefährlich der so harmlos aussehende, schwarze Schlauch war.

»Viel Glück«, sagte Nemo leise.

Aber das hörten weder Howard noch Rowlf unter ihren geschlossenen Helmen. Und wenige Sekunden später war Nemo allein in der Tauchkammer.

Aber er blieb noch lange und reglos stehen und starrte auf das glitzernde Wasser herab, in dem die beiden ungleichen Männer verschwunden waren. Er fragte sich, ob er sie jemals wiedersehen würde.

Und wenn, dann in welcher Welt …

Der Weg war nicht weit, aber er wurde zu einem Albtraum. Der See unter mir war schwarz, durchdrungen von glitzernden schwarzen Strängen, die den Sand wie ein grässliches Spinnennetz bedeckten, furchtbares Nicht-Leben, das sich gegen alle Naturgesetze bewegte und immer wieder wie in Krämpfen zuckte und zitterte. Vielleicht hätte ich den Anblick ertragen, hätte ich nicht gewusst, was es war, das ich da unter mir sah.

So aber war es furchtbar.

Ich war in Schweiß gebadet, als ich den Krater erreichte, ein gutes Stück von der Stelle entfernt, an der ich das erste Mal hinuntergetaucht war. Der schwarze Hauptstrang der Amöbenmasse ringelte sich zwanzig Fuß unter mir dahin und verschmolz mit der Schwärze am Grunde des Schachtes, und unter ihm bewegten sich Dagons Kinder. Ich packte meine Waffe fester und ließ mich ein zweites Mal in die Tiefe fallen.

Der Protoplasmastrang führte schier endlos weit in die Tiefe hinab. Ein paar Mal kamen mir Kaulquappenmonster nahe, aber die Bestien zogen sich jedes Mal hastig wieder zurück, wenn ich meine Harpune hob, als spürten sie die Gefahr, die von der Waffe ausging. Nun, ich hatte gesehen, wie furchtbar Nemos Harpunen unter Dagons Kreaturen gewütet hatten, und konnte die Bestien verstehen. Schon die geringste Berührung der Harpunenspitze löste sie auf wie eine tödliche Säure. Auch das war etwas, wonach ich Nemo vergessen hatte zu fragen.

Aber im Moment gab es Wichtigeres. Ich gab mich damit zufrieden, Dagons Killerquappen mit der Harpune auf Distanz zu halten, und folgte dem Protoplasmastrang.

Wie ich erwartet hatte, verschwand er nach einer Strecke von einer guten viertel Meile in einer Höhlenöffnung, die jäh in der Kraterwand aufklaffte, und wie ich gehofft hatte, war der Felsspalt groß genug, dass ich hineinschwimmen konnte, ohne mit der tödlichen Masse in Berührung zu kommen.

Trotzdem begann mein Herz wie rasend zu hämmern, als ich in den Tunnel eindrang, nicht einmal einen Meter über der schwarzen Amöbenmasse und in dem sicheren Bewusstsein, dass meine erste falsche Bewegung zugleich auch meine letzte sein würde.

Der Tunnel zog sich etwa hundert Schwimmstöße weit waagerecht dahin, knickte plötzlich nach oben weg und wurde zu einem senkrechten Schacht, der so steil in die Höhe führte wie der Schacht zuvor hinab. Ich folgte ihm.

Es gab ein paar mehr als nur unangenehme Augenblicke, als der Stollen plötzlich so eng wurde, dass ich mich auf Handbreite an dem schwarzen Killergewebe vorbeitasten musste, um überhaupt noch von der Stelle zu kommen, aber dann verbreiterte sich der Schacht jäh, und mit einem Male schwamm ich in einem gewaltigen, nur zur Hälfte mit Wasser gefüllten Saal, fünfeckig wie beinahe alles hier unten und von grün leuchtenden Algen erfüllt.

Erleichtert schwamm ich die letzten Yards nach oben, durchstieß die Wasseroberfläche und sah mich misstrauisch um. Der schwarze Strang, der jetzt viel mehr Ähnlichkeit mit einer finsteren Wurzel als mit einer Schlange hatte, wand sich wenige Yards neben mir aus dem Wasser, kroch ein Stück weit die Wand empor und verschwand in einem weiteren, allerdings nicht mehr mit Wasser gefüllten Tunnel.

In respektvollerem Abstand zu meinem bizarren Wegweiser kletterte ich aus dem Wasser und ließ mich auf dem schmalen felsigen Sims, der den Raum umgab, zu Boden sinken. Meine Hände zitterten so heftig, dass ich Mühe hatte, mein Atemgerät auszuschalten und den Helm abzuschrauben.

Die Kälte traf mich wie ein Fausthieb.

Die Luft war wie Eis, und bei den ersten Atemzügen glaubte ich, meine Lungen würden verbrennen. Minutenlang blieb ich hocken und wartete, bis die Schmerzen und die Schwäche wenigstens halbwegs vorüber waren, dann fuhr ich fort, den Anzug abzulegen.

Ich brauchte sehr lange dazu, und als ich endlich, zitternd vor Kälte und Kraftlosigkeit, am Eingang des Tunnels stand, fühlte ich mich nackt und schutzlos. Obwohl ich gesehen hatte, wie wenig Sicherheit die Monturen gegen Dagons Leben fressendes Ungeheuer boten, hatte mir das bizarre Kleidungsstück doch ein Gefühl des Schutzes gegeben.

Ich verscheuchte auch diesen Gedanken, nahm meine Harpune zur Hand und betrat den Gang.

Er war nicht sehr lang. Schon nach wenigen Dutzend Schritten teilte sich der Stollen in zwei unterschiedlich große Gänge auf. Der schwarze Strang verschwand in dem kleineren, während der andere Stollen leer zu sein schien und an seinem Ende ein verlockendes Licht leuchtete. Ich dachte an die Geschichte, in der der Teufel den Weg zur Hölle mit Gold gepflastert hatte, zuckte mit den Achseln – und betrat den breiteren Gang.

Nach einer Weile hörte ich Stimmen, und als ich mich dem hellen Fleck am Ende des Ganges näherte, erkannte ich, dass er in einem weiten, domartig gewölbten Saal endete. Seine Architektur ähnelte der der unterseeischen Stadt; alles war fünfeckig und mit Hieroglyphen und Fresken bedeckt, was mich in meiner Überzeugung bestärkte, mich in einer unterirdischen Fortsetzung der Tempelstadt zu befinden.

Dann sah ich Dagon.

Er stand, mit dem Rücken zu mir und tief über einen altarähnlichen – und natürlich fünfeckigen – Steinblock gebeugt, da, und ein Stück neben ihm stand ein nacktes, dunkelhaariges Mädchen. Jennifer.

Ich blieb am Ende des Ganges stehen, presste mich in den Schatten und sah mich um. Mit Ausnahme Dagons und Severals Tochter schien niemand in dem riesigen Saal zu sein, aber ich blieb misstrauisch. Es war beinahe zu leicht gewesen, hierherzukommen.

Aber so sehr ich mich auch umsah, wir waren allein. Vielleicht rechnete Dagon nicht damit, dass es jemandem gelingen könnte, an seinem höllischen Wächter vorbei bis zu diesem Punkt vorzudringen.

Vielleicht, dachte ich schaudernd, gab es außer mir und den Männern an Bord der NAUTILUS auch kein Leben mehr im See.

»Das ist richtig, Robert Craven«, sagte Dagon laut und drehte sich herum. »Und bald wird es nur noch dich geben.«

Ich erstarrte. Die Harpune in meiner Hand ruckte nach oben und deutete auf Dagons Kopf, aber die Geste schien nicht den geringsten Eindruck auf ihn zu machen, denn sein Lächeln wurde eher noch breiter.

»Du enttäuschst mich schon wieder, Robert Craven«, sagte er sanft.

»Ein Mann wie du sollte wissen, dass es sinnlos ist, sich an jemanden heranschleichen zu wollen, der in deinen Gedanken lesen kann.«

»Dann … dann wusstest du, dass ich komme?«

Dagon seufzte. »Ich hätte dich schon vernichten können, als du diese lächerliche Maschine verlassen hast, du Narr«, sagte er. »Glaubst du wirklich, du wärst bis hierhin gekommen, wenn ich dich nicht beschützt hätte?« Er schüttelte den Kopf, trat einen Schritt auf mich zu und streckte fordernd die Hand aus. »Und jetzt gib mir diese alberne Waffe, bevor du noch jemanden damit verletzt«, sagte er.

Für einen ganz kurzen Moment war ich beinahe versucht zu gehorchen. Aber dann trat ich stattdessen zurück, presste mich mit dem Rücken gegen die Wand, um vor einem Angriff von hinten sicher zu sein, und richtete die Spitze der Harpune genau auf sein Gesicht.

»Bleib stehen, Dagon«, sagte ich.

Dagon gehorchte. Auf seinem Gesicht erschien ein fast mitleidiger Ausdruck. Aber es war auch eine Spur von Unsicherheit in seinem Blick, die mir nicht entging.

»Was soll der Unsinn?«, fauchte er. »Ich habe dich bis zu diesem Punkt kommen lassen, weil ich mit dir reden will. Außerdem«, fügte er unwillig hinzu, »kann mich eine von Menschenhand geschaffene Waffe ohnehin nicht verwunden.«

Er wollte weitergehen, blieb aber sofort wieder stehen, als ich drohend mit der Harpune zu fuchteln begann.

»Du bist ein lebendes Wesen, nicht?«, sagte ich lauernd. »Du magst die Macht eines Gottes haben, Dagon, aber dein Leib besteht aus Fleisch und Blut. Wenn du unsterblich wärest, dann wäre all dies hier nicht nötig gewesen.«

Ich war nicht sicher, ob das wirklich so ganz der Wahrheit entsprach, aber Dagons Reaktion nach zu schließen, musste ich ihr zumindest näher gekommen sein, als ihm lieb war. Dagon wurde blass vor Zorn, rührte sich aber nicht von der Stelle, sondern starrte mich nur aus hasserfüllten Augen an.

Dafür drehte sich Jennifer herum, sah mich an, lächelte – und trat mit einem raschen Schritt zwischen mich und den Fischgott.

»Was tun Sie?«, schrie ich. »Gehen Sie aus der Schusslinie!«

Jennifer lächelte noch freundlicher, schüttelte den Kopf und kam langsam auf mich zu. »Sie werden nicht schießen, Robert«, sagte sie. »Dann würden Sie nämlich mich treffen, und das wollen Sie doch ganz bestimmt nicht, oder?«

Damit trat sie auf mich zu, drückte die Spitze der Harpune mit dem Zeigefinger zur Seite und nahm mir die Waffe mit sanfter Gewalt aus den Händen.

Dagon begann zu lachen. Sehr laut und sehr ausdauernd.

Es war zu kalt für diese Zeit des Jahres, aber wie oft in besonders kalten Nächten war die Sicht über die Maßen gut. Es ist schwer, auf dem offenen Meer, das dem Blick keinen Widerstand bietet, Entfernungen zu schätzen, aber der Horizont schien weiter entfernt als normal.

Und zwischen ihm und der Küste war das Schiff.

Es bewegte sich lautlos, einem Schatten gleich und halb verborgen hinter brodelnden grauen Nebeln, die es begleiteten wie unwirklicher Atem. Seine Segel waren, obgleich nahezu Windstille herrschte, gebläht, seine schaumige Bugwelle hoch wie ein kleines Schiff.

Niemand bemerkte den gigantischen Dreimastsegler, der sich der Ostküste Schottlands näherte, schnell und lautlos wie ein Schatten.

So, wie niemand die einsame Gestalt auf seinem Vorderdeck bemerkte, die hoch aufgerichtet hinter der Reling stand und nach Osten sah.

Es war ein Mann; aber vielleicht auch nur etwas, das die Form und das Aussehen eines Menschen angenommen hatte. Es war alt, uralt. Älter als das älteste Wesen auf dieser Welt, ja, älter als das Leben auf diesem Planeten selbst; vielleicht älter als die Sonne, die diese kleine Welt beschien. So genau wusste es das nicht mehr. Irgendwann, vor hundert oder zweihundert Millionen Jahren vielleicht, hatte es vergessen, wann und wo es geboren war, und irgendwann, in weiteren zwei- oder dreihundert Millionen Jahren, würde es auch dieses kurze Zwischenspiel in seinem nach Äonen zählenden Leben vergessen haben.

Und trotzdem. Wäre es in der Lage gewesen, Humor zu empfinden, hätte es vielleicht gelacht. Es war gewohnt, in Zeitspannen zu denken, die die Vorstellung der Menschen sprengten, aber jetzt empfand es Ungeduld.

Es hatte zu lange gewartet auf diesen Moment. So lange, dass ihm die wenigen Stunden bis Sonnenaufgang wie eine Ewigkeit vorkamen, das rasende Pflügen des Schiffes durch das Meer wie ein quälend langsames Kriechen.

Bald, dachte es. Bald war es soweit. Bald war der Moment gekommen, auf den es so lange wartete, der Augenblick, auf den es sich seit zweimal hundert Millionen Jahren vorbereitet hatte. Der Grund seiner Existenz in dieser Ebene des Seins.

Und den es fürchtete wie nichts anderes.

Bald.

Sehr bald.

Die DAGON raste weiter.

»Du bist ein verdammter Narr, Robert Craven«, sagte Dagon zornig. »Glaubst du wirklich, ich habe dich so weit kommen lassen, nur um dich zu töten?« Er spie das letzte Wort beinahe aus. »Ich habe es dir schon einmal gesagt – ich bin nicht dein Feind. Im Gegenteil. Ich trage dir an, mit mir zusammenzuarbeiten.«

»Und ich habe schon einmal abgelehnt«, erwiderte ich trotzig.

Dagon schürzte abfällig die Lippen. »Du redest über Dinge, über die du nicht voreilig entscheiden solltest«, sagte er. »Es mag sein, dass du nicht mehr die Wahl hast.«

»So?«, fragte ich, in einem trotzig herausfordernden Ton, der ganz und gar nicht dem entsprach, was ich fühlte. Und der Dagon keine Sekunde zu täuschen vermochte, wie ich an dem boshaften Lächeln sah, das über sein Fischgesicht huschte.

Er nickte. »Ich hoffe, du bist nicht so närrisch, auf Hilfe zu rechnen, Robert Craven«, sagte er. »Deine Freunde werden tot sein, ehe die Sonne aufgeht. Es sei denn ...«

»Es sei denn, was?«, fragte ich, als er nicht weitersprach. Vermutlich war das ganz genau die Reaktion, die er hatte haben wollen, aber ich war einfach zu erschöpft, um noch Spielchen zu spielen.

»Es sei denn, du tust, was ich von dir verlange«, sagte er.

»Und was wäre das?«

Dagon lachte. »So gefällst du mir schon besser. Es sind zwei Dinge. Das eine wirst du ohnehin tun, wie ich die Sache sehe, deshalb lohnt es sich nicht, darüber zu streiten. Du wirst verhindern, dass die SIEBEN SIEGEL erbrochen werden, schon aus eigenem Interesse.«

»Dazu müsste ich erst einmal wissen, wo und was diese SIEBEN SIEGEL überhaupt sind«, antwortete ich.

Dagon verzog die Lippen. »Glaubst du, ich hätte sie nicht schon längst, wenn ich wüsste, wo sie zu finden sind oder wie sie aussehen?«, schnappte er. »Finde es heraus, Hexer. Aber bedenke, dass dir nicht viel Zeit bleibt.« Plötzlich erlosch das gehässige Grinsen auf seinen Zügen, und als er weitersprach, klang seine Stimme so ernst, dass ich mich eines Schauderns nicht erwehren konnte.

»Es ist wichtig, Robert Craven«, sagte er leise. »Vielleicht hängt das Überleben deines gesamten Volkes davon ab, dass es dir gelingt. Die SIEBEN SIEGEL müssen geschlossen bleiben. Finde und vernichte sie, ehe ein anderer es tut und millionenfaches Unheil über euch schickt.«

»Und ... das andere?«, fragte ich stockend. Es fiel mir schwer, Dagon weiter anzusehen. Seine Worte hatten etwas in mir berührt, von dem ich bis zu diesem Moment nicht einmal gewusst hatte, dass es da war. *Die SIEBEN SIEGEL ...*

»Ich möchte mein Eigentum zurück«, antwortete Dagon, in sehr viel kälterem, befehlenderem Ton als zuvor. »Das Amulett, das du gestohlen hast, als dieser Narr Nemo meinen Palast angriff.«

Es dauerte Sekunden, bis ich überhaupt begriff, was er meinte. Dann erinnerte ich mich. Dagon meinte den fünfstrahligen goldenen Stern, den ich in seinem Palast gefunden und eingesteckt hatte.

»Ich habe es nicht hier«, sagte ich zögernd. »Es ist noch an Bord der NAUTILUS. Ich hielt es nicht für wichtig.«

»Nicht für wichtig?!« Dagon keuchte. »Du Narr – es ist wichtiger als alles, was du dir vorstellen kannst. Ohne dieses Amulett –«

»Wird aus deiner Flucht nichts, wie?«, unterbrach ich ihn.

Dagon starrte mich an und sagte kein Wort, aber sein Schweigen allein war Antwort genug.

Wie hatte ich nur so blind sein können? Dagon hatte jede Spur von Leben aus diesem See getilgt – hatte ich mir wirklich eingebildet, durch pures Glück noch am Leben zu sein? Oder vielleicht gar, weil er mich aus irgendwelchen Gründen besonders nett fand und deshalb verschonte? Nein – die Lösung war viel einfacher. Dagon brauchte etwas, zu dem nur ich ihm verhelfen konnte. Das Amulett.

Andaras Amulett.

Ich wusste nicht, woher dieser Gedanke kam. Er war plötzlich da, so unvermittelt, als hätte er in einer finsteren Ecke meines Bewusstseins gewartet, um im rechten Moment hervorzuspringen, und obgleich ich nicht den geringsten Beweis dafür hatte, wusste ich doch, dass es die Wahrheit war.

Der fünfstrahlige goldene Stern, den ich in seinem Palast gefunden hatte, war nichts anderes als das Amulett meines Vaters. Der magische Talisman, der zusammen mit der *Lady of the Mist* in den Fluten des Meeres versunken war, als wir vor der Küste Schottlands von *Yog-Sothoth* angegriffen wurden.

Dagon starrte mich weiter schweigend an, aber der Ausdruck auf seinem Gesicht sprach Bände.

»Es ist also die Wahrheit«, sagte ich. »Es ist das Amulett meines Vaters, nicht wahr? Du hast es gefunden, du oder eine deiner Kreaturen, nachdem das Schiff versunken war.« Und plötzlich begriff ich, welchen weiteren, furchtbareren Gedanken diese Erkenntnis mit sich brachte. Meine Stimme zitterte, als ich weitersprach.

»Wahrscheinlich warst du sogar dabei, Dagon. Du hast es gesehen, nicht wahr? Du hast tatenlos zugesehen, wie diese Bestie die *Lady* in die Tiefe gezogen hat und zahllose Menschen tötete. Du ... du hast zugesehen, wie mein Vater umgebracht wurde.«

»Ich konnte nichts tun«, verteidigte sich Dagon. »*Yog-Sothoth* ist ein Gott.«

»Wie du!«, sagte ich zornig. »Du konntest nichts tun! Du konntest diese Männer ertrinken lassen, ohne einen Finger zu rühren. Und du verlangst, dass ich dir helfe? Du musst verrückt sein!«

»Ich verlange nur mein Eigentum zurück«, sagte er.

»Dieses Amulett gehört dir nicht«, antwortete ich. »Es gehörte meinem Vater.«

»Er hat es gestohlen, wie alle anderen, die es zuvor besaßen!«, schnappte Dagon. »Wie alles, was angeblich ihm gehörte, Robert Craven. Dieser Mann, den du deinen Vater nennst, hat sich alles zusammengestohlen, was er haben wollte, selbst seine magische Macht.«

»Nun, dann seid ihr euch ähnlicher, als ich dachte«, erwiderte ich böse.

Dagon schien antworten zu wollen, aber dann presste er nur die Lippen aufeinander und machte eine ungeduldige, herrische Handbewegung. »Genug davon!«, sagte er. »Du wirst mir dieses Amulett bringen, oder alle deine Freunde werden sterben.«

»Ich habe es nicht hier«, antwortete ich. »Es ist an Bord der NAUTILUS.«

»Dann hole es«, verlangte Dagon.

Ich blickte ihn an, lächelte – und schüttelte den Kopf. »Nein.«

Dagon atmete hörbar aus. Sein Gesicht verzerrte sich vor Wut, aber ich sprach ungerührt weiter. Nicht nur das Wissen um das Amulett war plötzlich in mir. Es war, als wäre ein Schleier von meinen Gedanken genommen worden, etwas, das mich bisher daran gehindert hatte, mit der gewohnten Schärfe zu denken. »Ich werde es nicht tun, Dagon. Nicht ohne eine Gegenleistung von dir.«

»Du Narr!«, keuchte der Fischgott. »Du wagst es, Forderungen zu stellen? Ich könnte mir nehmen, was ich will, und dich vernichten, so mühelos, wie ich eine Fliege zertrete!«

»Das kannst du eben nicht«, erwiderte ich ruhig. »Du könntest mich töten, und wahrscheinlich könntest du auch die NAUTILUS zerstören und dir holen, was du willst. Aber du hast nicht mehr genug Zeit dazu, Dagon. Deine Macht ist begrenzt, das hast du selbst gesagt.« Ich deutete hinter mich, in die Richtung, in der der See und die NAUTILUS lagen. »Deine Kreatur kann die NAUTILUS zerstören«, fuhr ich fort, »aber das würde dir nichts nutzen. Du brauchst nicht nur das Amulett. Du brauchst mich.«

Dagon starrte mich an. Er schwieg, aber wie zuvor spürte ich, dass ich ins Schwarze getroffen hatte.

Schließlich schürzte er wütend die Lippen und ballte die Faust, als wolle er mich schlagen, tat es aber natürlich nicht. »Ein interessanter Gedanke«, sagte er böse. »Warum warten wir nicht, bis die NAUTILUS zerstört ist, und probieren es aus?«

»Weil du nicht so viel Zeit hast«, antwortete ich und seufzte. »Versuche nicht, mich zu übertölpeln, Dagon. Spielst du Schach?«

Der plötzliche Gedankensprung schien sein Heringsgehirn zu überfordern, denn er starrte mich nur mit offenem Mund an.

»Tätest du es«, fuhr ich unbeeindruckt fort, »wüsstest du, wie man diese Situation nennt, mein Freund. Ein klassisches Patt.«

»Glaubst du?«, fauchte Dagon. Er hatte fast jede Ähnlichkeit mit einem menschlichen Wesen verloren. Jetzt, als er wütend war und die Kontrolle über sich zu verlieren begann, sah ich ihn vielleicht zum ersten Male als das, was er wirklich war: ein Ungeheuer, das mehr zufällig in einen Körper geschlüpft war, der dem eines Menschen ähnelte. Vielleicht war er irgendwann einmal ein Mensch wie ich gewesen, aber wenn, dann musste es sehr lange her sein.

»Keiner von uns kann dem anderen etwas antun, und keiner kommt weiter ohne den anderen«, fuhr ich fort. »Warum hören wir nicht auf, uns wie Kinder zu benehmen, Dagon? Dieses Amulett ist wertlos für dich. Du brauchst mich. Ich weiß nicht, wie, aber Andara hat etwas damit getan, was es schützt. Nur in meinen Händen kann es das tun, wozu du es brauchst. Was gibt es dir? Die Gewalt über dein Schiff?«

Dagon nickte abgehackt. »Was verlangst du?«, fragte er.

»Das Leben der Männer an Bord der NAUTILUS«, antwortete ich. »Freiheit für mich und die Bewohner von Firth'en Lachlayn.«

»Mehr nicht?«, schnappte Dagon höhnisch.

Ich nickte. »Doch. Bannermann und dieses Mädchen da.« Ich deutete auf Jennifer, die ein Stück abseits stand und bisher wortlos zugehört hatte. Obwohl ich sie nicht direkt ansah, bemerkte ich, wie sie bei meinen Worten erschrak.

Dagon lachte. »Du bist ein Narr, Robert Craven. Ich kann dir nichts geben, was mir nicht gehört. Dieses Mädchen ist freiwillig bei mir. Sie ist zurückgekommen, als du sie fortgebracht hast, und sie würde wieder zurückkommen, ganz gleich, wie oft du sie wegbringst. Du glaubst, ich hätte diese Menschen gezwungen, mir zu dienen?« Er schüttelte den Kopf. »O nein. Sie tun es freiwillig.«

»Und sie lassen sich freiwillig umbringen?«

Dagon schnaubte. »Ich bin nicht verantwortlich für das, was McGillycaddy tut, Robert Craven. Er ist ein Mensch, und es ist nicht meine Sache, wenn ein Mensch den Menschen Gewalt antut. Ist es meine Schuld, dass ihr ein Volk seid, das der Verlockung der Macht nicht gewachsen ist? Die Männer und Frauen, die mit mir an Bord der DAGON gehen werden, folgen mir aus freien Stücken.«

»Sie folgen deinen Versprechungen!«, behauptete ich. »Lügen, mit denen du sie gefügig gemacht hast, damit sie dir dienen!«

»Es sind keine Lügen, Robert.«

Ich erstarrte, drehte mich halb herum und blickte Jennifer an. Sie war näher gekommen und sah mir mit großem Ernst in die Augen. »Es sind keine Lügen, Robert«, wiederholte sie. »Dagon hat uns eine neue Welt versprochen, ein Land ohne Furcht und Unterdrückung. Eine Welt ganz für uns allein. Wir folgen ihm freiwillig.«

Ich war verwirrt, aber es waren weniger Jennifers Worte, die mich verstörten, als vielmehr das, was ich dabei spürte.

Sie glaubte an das, was sie sagte. Ich versuchte, in ihren Geist einzudringen, und es fiel mir erstaunlich leicht.

Da war kein Zwang. Bisher hatte ich stets angenommen, dass Dagon seine Jünger geistig gefesselt hatte, ähnlich wie ich es mit Frane tat, aber das stimmte nicht, zumindest nicht in Jennifers Fall. Sie war völlig Herr ihrer selbst. Was sie sagte und tat, entsprach ihrem freien Willen.

»Aber es ... es wird *seine* Welt sein, Jennifer«, sagte ich stockend. »Er braucht euch dort, damit ihr ihm dient und ihn verehrt.«

»Und?«, fragte Jennifer. »Was ist so schlimm daran, Robert? Jedes Volk dient irgendeinem Gott, jede menschliche Gesellschaft verehrt irgendeine Macht.«

»Das ist etwas anderes!«, sagte ich heftig, aber wieder schüttelte Jennifer nur den Kopf, und wieder spürte ich, wie ich ein Stück Boden verlor.

»Wieso?«, fragte sie. »Nur weil euer Gott unsichtbar ist, vielleicht nur ein Prinzip? Wer sagt dir, dass der Gott der Moslems oder der Christen besser oder schlechter ist als Dagon? Was verlangt er mehr als Jehova oder Allah? Welche Schreckenstaten sind in seinem Namen getan worden, die schlimmer wären als die, die im Namen Gottes vollbracht wurden?«

Ich musste an die Templer denken und schwieg. Noch weigerte ich mich, den Gedanken zu akzeptieren, aber ich begann bereits zu spüren, dass diese Weigerung nicht lange Bestand haben würde. Waren nicht die Reiche der Christenheit – und auch die der anderen großen Religionsgemeinschaften – auf Fundamenten aus Blut und Tränen errichtet worden?

Dann fiel mir der Denkfehler auf.

»Es gibt einen Unterschied, Jennifer«, sagte ich. »Gott, Buddha und Allah sind Prinzipien der Gerechtigkeit. Erst die Menschen haben Schlechtes in ihrem Namen getan. Dagon ist ein Mensch, der sich dämonischer Kräfte bedient.«

»Selbst wenn«, sagte Jennifer kopfschüttelnd. »Es ändert nichts, Robert. Du verlangst unsere Freiheit, und doch ist es gerade diese Freiheit, die er uns versprochen hat. Er wird uns in eine neue Welt führen. Wir müssen ihm dienen und ihn verehren, aber das ist ein geringer Preis.«

»Ich hoffe, du täuschst dich nicht«, sagte ich leise.

Jennifer machte eine weit ausholende Bewegung mit dem Arm. »Sieh dich doch um, Robert«, sagte sie. »Du hast diese Stadt gesehen, bevor die NAUTILUS kam und sie zerstörte. Sie wurde von Menschen geschaffen, die Dagon liebten, so wie wir ihn lieben. Du hast gesehen, wie großartig sie war. Glaubst du, Menschen würden so etwas vollbringen, nur aus Furcht? Die Kraft, die dazu nötig ist, gibt nur die Liebe.«

Ich widersprach nicht mehr. Es wäre sinnlos gewesen. Und vielleicht hatte Jennifer sogar Recht. Das Leben, das meine Freunde und ich führten, war nicht der richtige Maßstab. Ich war reich und im Grunde ledig aller Sorgen – aber was erwartete die Bewohner der kleinen Küstenstadt? Was hatten sie von der kurzen Spanne Lebens zu erwarten, die ihnen verblieb, außer sechzehn Stunden harter Arbeit am Tag, außer einem Leben voller Furcht vor Krankheiten und Kriegen und dem Alter?

Was hatten sie zu verlieren?

Dagon musste meine Gedanken gelesen haben, denn er trat in genau diesem Moment zwischen uns und deutete mit der Hand nach oben, zur Höhlendecke. »Überzeuge dich selbst, Robert Craven«, sagte er. »Du wirst mich begleiten, morgen früh, wenn die Sonne aufgeht. Geh hin und frage jeden Einzelnen, der an Bord der DAGON geht, ob er zurückbleiben will. Ich werde niemanden zwingen, gegen seinen freien Willen mit mir zu kommen. Sie alle handeln aus freien Stücken.«

Er schwieg für eine ganz genau berechnete Zeitspanne, schüttelte abermals den Kopf und legte den Arm um Jennifers Schultern. »Ich bin nicht euer Feind, Robert Craven«, sagte er. »Ich hätte gehen und euch eurem Schicksal überlassen können, aber ich habe euch gewarnt, obgleich ihr alles zerstört habt, was ich geschaffen habe. Ich werde meinen Diener zurückrufen und die NAUTILUS freilassen, aber ich kann dir nicht geben, was mir nicht gehört.«

»Und Bannermann?«, fragte ich.

»Er wartet an Bord der DAGON auf uns«, antwortete Dagon. »Wenn es sein Wunsch ist, wird er zu dir zurückkehren. Nun – wie hast du dich entschieden?«

Ich schwieg; für eine sehr, sehr lange Zeit.

Und obwohl ich ganz genau wusste, dass ich in diesem Moment vielleicht den größten Fehler meines Lebens beging, nickte ich schließlich.

Obwohl er es noch vor Augenblicken für unmöglich gehalten hatte, schien es Howard, als wäre das Wasser rings um die NAUTILUS noch finsterer geworden. Der armdicke Strahl der Lampe, die er an seinem Helm befestigt hatte, verlor sich schon nach wenigen Schritten in trübschwarzer Finsternis, und die See war von kleinen, treibenden Flecken erfüllt, als wäre die Albtraumbestie nun dabei, selbst das Wasser zu verwandeln.

Ein zweiter, trüber Lichtfleck tauchte wenige Schritte neben ihm aus dem Schatten des Schiffes auf, und als Howard den Blick hob, erkannte er Rowlfs breitflächiges Gesicht hinter der runden Sichtscheibe des Helmes. Ein bitterer Zug lag um die Lippen seines Leibdieners und Freundes, und seine Bewegungen wirkten noch abgehackter und steifer, als es der unpraktische Anzug ohnehin nötig machte. Das gewundene Kabel in seinen Händen sah aus wie eine schwarze Schlange, die ein Kupfergebiss gebleckt hatte.

Howard hob langsam den Arm und deutete in die Richtung, in der er Dagons Kreatur wusste, und Rowlf antwortete mit einem übertriebenen Nicken darauf. Nebeneinander schwammen sie los.

Es war nicht nur eine Täuschung gewesen, das sah er, als sie sich mit schwerfälligen Schwimmbewegungen vom sandigen Boden des Sees lösten und sich von der NAUTILUS entfernten. Das Wasser war nicht mehr klar, sondern von Millionen und Abermillionen winziger, körniger Partikel durchsetzt, die wie tanzende Stäubchen im Wind aussahen. Vermutlich war es wirklich so, wie er gedacht hatte: Auch im kleinsten Wassertropfen war noch eine Unzahl lebender Organismen zu finden. Dagons Mörderkreatur musste auch sie in schwarzes Protoplasma verwandelt haben.

Der Gedanke ließ Howard frösteln. Wenn sie der Entwicklung nicht Einhalt geboten, dann würde bald dieser ganze See zu einer gewaltigen, auf unheimliche Art lebenden Teermasse geworden sein. Und vielleicht würde die Entwicklung sogar weitergehen, dunkle Arme bis ins Meer oder gar auf das Land erstreckend, bis ...

Howard zwang sich, an etwas anderes zu denken, schwamm dichter an Rowlfs Seite und starrte nach vorne, in die Dunkelheit.

Er wusste nicht, wie viel Zeit verging – sicher nicht mehr als wenige Minuten, denn die gewaltige Kreatur war nur einen Steinwurf von der NAUTILUS entfernt gewesen, als er sie das letzte Mal gesehen hatte –, aber für ihn vergingen Ewigkeiten, bis er schließlich den riesigen aufgedunsenen Körper der Bestie vor sich sah.

Der Anblick löste ein heftiges Ekelgefühl in Howard aus. Das *Ding* – er weigerte sich selbst in Gedanken, es ein Wesen zu nennen – war auf die Größe eines Fischkutters angeschwollen und schien zu pulsieren, obwohl er nirgends wirklich eine Bewegung wahrzunehmen vermochte. Ein unglaubliches Gewirr mannsdicker Stränge bedeckte den Seeboden in weitem Umkreis, und da und dort glaubte Howard klumpige Verdickungen zu erkennen, die ihrerseits wiederum zuckten und bebten, als wären nun schon andere Teile des furchtbaren Netzes zu grausigem Leben erwacht.

Vielleicht kamen sie schon zu spät, dachte er. Vielleicht reichte es schon nicht mehr, die Bestie zu zerstören, weil schon Dutzende da waren, zahllose schwarze Junge des Ungeheuers, die wie eine Herde gefräßiger Monster über die Welt herfallen würden, unaufhaltsam, unzerstörbar, unsterblich ...

Rowlf berührte ihn am Arm und deutete nach unten. Die dünnen, schimmernden Kupferdrähte, mit denen seine Tauchermontur genau wie die Howards überzogen war, gaben ihm das Aussehen eines bizarren mittelalterlichen Ritters.

Sie waren genau über dem Ungeheuer, einem gigantischen Berg schwarzen zuckenden Fleisches, und unter ihnen schien ein ganzer Wald peitschender Fangarme zu wogen. Der Anblick erschreckte Howard. Er hatte hilflos zusehen müssen, wie Dutzende dieser furchtbaren Tentakel Nemos Männer gepackt und getötet hatten. Vielleicht würden sie nicht einmal in die Nähe des Monsters kommen.

Trotzdem signalisierte er Rowlf, tiefer zu gehen, und ließ sich gleichzeitig ebenfalls auf den bebenden Fleischberg herabsinken. Die Tentakelarme des Ungeheuers begannen stärker zu peitschen, als fühlten sie die Nähe der Beute. Ein übler Geschmack breitete sich auf Howards Zunge aus. Die Luft schien plötzlich bitterer zu sein. Er fror. Was war das?, dachte er. Angst vor dem Tod? Kaum. Er hatte ihm so oft ins Auge geblickt, dass er seinen Schrecken vor ihm verloren hatte, beinahe jedenfalls. Er wusste, dass Rowlf und er keine Chance hatten, lebend an Bord der NAUTILUS zurückzukommen, aber welche Rolle spielte das jetzt noch? Was Nemo mit dem Wort Opfer bezeichnet hatte, war nichts anderes als das Ergebnis einer rationalen Überlegung. Für Rowlf und ihn war es ein Unterschied von wenigen Stunden, bestenfalls Tagen. Für die Männer an Bord der NAUTILUS ging es um mehr.

Kurz bevor sie den zuckenden Tentakelwald erreichten, stoppten sie ihre Sinkbewegung, und Howard drehte sich schwerfällig im Wasser um. Langsam hob er die Hand an die Lampe, richtete den Strahl in die Richtung, in der er die NAUTILUS vermutete, und schaltete den Lichtstrahl zweimal kurz hintereinander aus und wieder ein.

Es dauerte lange, bis die Antwort erfolgte, so lange, dass Howard bereits zu befürchten begann, sie wären zu weit entfernt oder das trübe Wasser hätte ihr Signal geschluckt, aber dann blitzte der große

Turmscheinwerfer der NAUTILUS zweimal hintereinander auf, und Howard drehte sich wieder herum und nickte Rowlf zu. Zwei Minuten, hatte Nemo gesagt. Eine verdammt kurze Zeit. Und doch eine Ewigkeit.

Rowlf signalisierte mit der Hand, und Howard schwamm noch dichter an ihn heran und ergriff das Kabel kurz hinter der Stelle, an der Rowlf den schwarzen Schlauch gepackt hielt. Im ersten Moment spürte er nichts, aber dann ging ein fühlbarer Ruck durch das Kabel, und plötzlich schienen die beiden Kupferelektroden an seinem Ende in sanftem, bläulichem Licht aufzuglühen.

Howard drehte sich herum, bis sein Helm den Rowlfs berührte und sie so miteinander sprechen konnten. »Jetzt!«, sagte er.

Wie Steine fielen sie in die Tiefe.

Gleich Dutzende der schwarzen Tentakel griffen nach ihnen, ringelten sich um ihre Arme und Beine oder zogen sich wie tödliche Schlingen um ihre Leiber zusammen – und starben ab.

Es war ein bizarrer, erschreckender Vorgang. Die schwarzen Schlangenarme zuckten wie unter Schmerzen, kaum dass sie die Anzüge der beiden Männer berührt hatten, wurden grau und rissig – und zerfielen zu Staub, der sich im aufgewühlten Wasser wie brodelnder Schlamm verteilte.

»Es funktioniert!«, brüllte Rowlf. »Es geht, H.P.! Das Viech krepiert!«

Howard antwortete nicht, denn er brauchte jedes bisschen Atem, das er hatte, um weiter in die Tiefe und auf den zuckenden Balg der Bestie zuzuschwimmen. Wo die Kupferelektroden oder die mit elektrischer Energie geladenen Anzüge der beiden Männer die schwarze Masse berührten, starb diese sofort ab – aber die Bestie war groß, so unglaublich groß!

Und sie schien die Gefahr zu spüren, die von den beiden Männern und ihrem tödlichen Mitbringsel ausging, denn mit einem Male hörten ihre Angriffe auf, so unvermittelt, wie sie begonnen hatten. Der Wald peitschender Arme teilte sich unter ihnen wie der Kopf einer grotesken schwarzen Seeanemone und versuchte, ihrer Berührung auszuweichen.

Howard schrie triumphierend auf, warf sich nach vorne und zerrte das Kabel hinter sich her, die stromgeladene Spitze wie einen Speer nach unten stoßend.

Eine zuckende, wellenförmige Bewegung lief durch den Berg aus wogender Schwärze, als die Kreatur versuchte, vor dem tödlichen Kabel zurückzuweichen.

Sie war nicht schnell genug. Wie ein lebendes Geschoss krachte Howard auf sie herab, versank fast bis zu den Hüften in der widerwärtigen Masse – und stieß das Kabel mit aller Macht nach unten.

Es war wie ein Weltuntergang.

Ein ungeheurer, blauweißer Blitz zerfetzte den Körper der Albtraumkreatur. Howard und Rowlf wurden von einer unsichtbaren Riesenfaust gepackt und zurückgeschleudert. Dort, wo das Kabel den *Riesenshoggoten* berührte, schien ein Vulkan aus schwarzem und grauem Schlamm zu eruptieren. Die Bestie bäumte sich auf, hob sich in ihrer ganzen Größe vom Seeboden hoch und fiel mit einer schwerfälligen Bewegung wieder zurück, während das Blitzen und Zischen in der grässlichen Wunde, die Howard ihr geschlagen hatte, anhielt und mehr und mehr ihres unheiligen Protoplasmas unter den tödlichen Stromschlägen der NAUTILUS verkochte.

Der See brodelte. Plötzlich zuckten haarfeine, tausendfach verästelte Blitze aus der gewaltigen Kreatur hervor, griffen wie spinnenfüßige Lichtwesen nach ihren Ausläufern und Armen und rasten daran entlang, eine Spur aus Tod und Vernichtung hinterlassend. Überall in dem Netz aus Schwärze und finsterem Protoplasma, das das Ungeheuer über den Meeresboden geworfen hatte, blitzte es auf. Der Sand explodierte an zahllosen Stellen, erbrach Flammen und Schaum und grauen zerkochenden Schleim, während die schiffsgroße Hauptmasse des Ungeheuers noch immer wie in furchtbaren Krämpfen zuckte.

Und dann war es vorbei. Das peitschende Kabel kam zur Ruhe, und das Gewitter aus Flammen und blauweißen Entladungen erlosch, als der Zufluss elektrischen Stromes von der NAUTILUS aufhörte. Die zwei Minuten waren um, die Batterien des Unterwasserschiffes leer.

Aber der furchtbare Vorgang, einmal in Gang gekommen, hörte nicht auf. Howard sah, wie mehr und mehr der schwarzen Stränge verdorrten, zuerst grau wurden und sich dann in wirbelnden Schwaden auflösten, wahrend der gewaltige Leib der Kreatur noch immer zitterte und bebte. Seine nachtschwarze Farbe war längst einem fleckigen Grau gewichen, aus dem Wolken wie grausiger Rauch quollen.

»Es stirbt, Rowlf!«, keuchte Howard. »Bei Gott, es hat funktioniert! Es stirbt!

Das Ende kam schnell. Lautlos, wie sich ein Tintenfleck in Löschpapier ausbreitet, griff die graue Farbe auf den Leib der gigantischen

Bestie über, bis aus dem lebenden Albtraum ein dampfender grauer Klumpen geworden war, der immer schneller in sich zusammenfiel.

»Es stirbt, Rowlf«, sagte Howard noch einmal. »Wir ... wir haben es getötet. Und wir leben noch.«

Seltsamerweise antwortete Rowlf nicht, sondern starrte an ihm vorbei auf einen Punkt jenseits der NAUTILUS.

Und als sich Howard herumdrehte und seinem Blick folgte, wusste er auch, warum.

Der See war noch immer in Aufruhr. Das Blitzen und Explodieren hatte aufgehört, aber an hunderten und aberhunderten von Stellen quollen Wolken aus grauem Schleim aus dem Boden, und hier und da zuckte noch ein Stück des grausigen Gewebes, während der graue Tod heranraste. Trotzdem hatte sich die Sicht wieder geklärt.

Gut genug zumindest, um die NAUTILUS zu erkennen, die wie ein gestrandeter Riesenwal ein Stück entfernt auf dem Meeresgrund lag. Sie und den gewaltigen schwarzen Krater, der nur wenige hundert Yards hinter ihr im Boden gähnte.

Aus seinem gewaltigen Schlund erhoben sich Körper. Sie waren noch sehr weit entfernt und schienen dadurch winzig, aber Howard wusste es besser. Er hatte diese kaulquappenähnlichen Ungeheuer zu deutlich gesehen, um sich auch nur eine Sekunde lang selbst belügen zu können.

Dagons Kinder, die gleich zu hunderten aus dem Leib der Erde quollen und sich wie ein Schwarm blutgieriger Riesenpiranhas auf die NAUTILUS stürzten.

Die Tauchkammer der NAUTILUS war leer, als ich aus dem Wasser stieg. Das Licht, das schon bei meinem Weggehen nurmehr sehr blass gewesen war, war zu einem trübe blauen Flackern geworden, und als ich den Helm abstreifte, sprang mich die Kälte an wie ein Raubtier. Die Batterien des Schiffes mussten nahezu erschöpft sein.

Mühsam befreite ich mich von dem Atemgerät auf meinem Rücken, legte es zu Boden und warf Helm und Handschuhe hinterher, behielt den Anzug aber an. Ich hatte nicht vor, lange zu bleiben. Und das Risiko, in meinem abenteuerlichen Aufzug aufzufallen, musste ich eben eingehen.

Ich hatte schon die Hand erhoben, um die Tür zu öffnen, aber dann drehte ich mich noch einmal herum und ging zurück, um den

Helm und die Metallhandschuhe wieder überzustreifen. Die Chance war zwar mehr als dürftig, aber mit etwas Glück konnte ich darauf setzen, mit Howard oder Rowlf verwechselt zu werden, die ja schließlich auch ihre Anzüge an Bord des Schiffes trugen. Die Unbequemlichkeit, die Zentnerlast der Tauchermontur bis in Nemos Kabine hinauf zu schleppen, musste ich in Kauf nehmen.

Der Gang war verlassen, als ich die Tür öffnete, aber das kam mir nur gelegen. Wahrscheinlich war jede Hand an Bord der NAUTILUS mit Reparaturarbeiten beschäftigt, und wenn ich sehr viel Glück hatte, würde ich das Schiff vielleicht sogar wieder verlassen können, ohne überhaupt gesehen zu werden. So schnell es mir in der schweren Taucherausrüstung möglich war, eilte ich durch den Gang, schlich die gewendelte Metalltreppe nach oben und betrat Nemos Privatkabine. Sie war leer, wie ich gehofft hatte, und das Glück schien mir sogar noch holder zu sein, als ich zu träumen gewagt hatte, denn ich fand das Bündel mit meinen Kleidern praktisch auf Anhieb.

Andaras Amulett lag obenauf.

Ich stutzte. Ich war ziemlich sicher, das vermeintlich nutzlose Schmuckstück in die Tasche gesteckt und nicht wieder hervorgezogen zu haben. Natürlich konnte es sein, dass Nemo oder Howard es gefunden und begutachtet hatten, aber wenn, warum hatten sie es dann nicht zurückgesteckt oder gleich ganz mitgenommen, sollten sie ihm irgendeine Bedeutung zugemessen haben?

Und plötzlich fiel mir noch mehr auf. Ich hatte bisher nicht sehr gründlich auf meine Umgebung geachtet, aber nach allem, was ich über Nemo wusste, schien er ein sehr ordentlicher Mensch zu sein.

Seine Kabine war ein einziges Chaos.

Die Schubladen der Schränke waren zum Teil geöffnet worden, ihr Inhalt über den Boden verstreut, selbst das Bettzeug herausgerissen und zerfetzt. Jemand hatte die Kabine durchsucht.

Verwirrt nahm ich das Amulett auf, schob es in eine Tasche meines Anzuges und richtete mich wieder auf. Was mochte hier geschehen sein? Welchen Grund sollte Nemo oder einer seiner Leute haben, die Kabine auf diese Weise zu durchsuchen?

Ich beschloss, die Lösung dieses weiteren Rätsels auf später zu verschieben, wandte mich um und verließ den Raum wieder. Erneut fiel mir die Stille auf, die von der NAUTILUS Besitz ergriffen hatte. Das dumpfe Dröhnen der Maschinen, das mich bisher wie die Lebensäußerungen des Schiffes begleitet hatte, war verstummt.

Aber das war es nicht allein.

Das Schiff war still. Vollkommen still!

Abrupt blieb ich stehen, blickte einen Moment unentschlossen zum unteren Ende der Treppe hinab – und drehte mich noch einmal um, um zum Salon des Schiffes zu gehen. Meine Schritte dröhnten unheimlich in dem niedrigen Metallkorridor; das Geräusch schien die Stille zu betonen, statt sie zu vertreiben; und das leise Scharren, mit dem das halbrunde Schott der Zentrale vor mir aufglitt, klang wie ein kreischender Schrei in meinen Ohren.

Der Salon war leer.

Und er bot ein ebenso chaotisches Bild wie Nemos Kabine.

Es waren nicht nur die Spuren der Reparaturarbeiten, die ich sah. Teile der Einrichtung waren zertrümmert worden, auf dem Boden lagen zerbrochenes Glas und Stofffetzen und die Reste zertrümmerter Möbel.

Und direkt vor dem großen Aussichtsfenster stand Dagon.

Jede Spur von Freundlichkeit war aus seinem Fischgesicht gewichen. Sein Blick war kalt wie Eis, als er mich ansah.

»Du warst schnell«, sagte er anerkennend. »Beinahe hätten wir es nicht geschafft.«

Ich schwieg. Das Gefühl, einen nicht wiedergutzumachenden Fehler begangen zu haben, breitete sich in mir aus. »Also ... hast du doch gelogen«, sagte ich mühsam.

Dagon lächelte geringschätzig. »Nein«, sagte er. »Ich weiß, dass es sinnlos wäre dich belügen zu wollen. Ich habe ... nun sagen wir, einen Teil der Wahrheit weggelassen.« Er trat auf mich zu und streckte die Hand aus. »Du hast das Amulett?«

Ich tat so, als hätte ich seine Frage gar nicht gehört. »Wo ist Nemo?«, fragte ich. »Und seine Männer? Wo sind Rowlf und Howard?«

»An einem sicheren Ort«, antwortete Dagon. »Du wirst sie wiedersehen, sobald du getan hast, was ich verlange. Du hast nicht wirklich erwartet, dass ich allein deinem Wort vertraue, oder?«

Ich antwortete nicht, aber seine Worte schienen wie böser Hohn hinter meiner Stirn widerzuhallen. Ich hatte ihm vertraut. Ich Narr.

»Was ... soll ich tun?«, fragte ich stockend. Es fiel mir schwer, überhaupt zu reden. Ich hätte schreien mögen, aber es hätte nicht viel genutzt. Wie hatte ich so wahnwitzig sein können, dieser ... Kreatur auch nur eine Sekunde lang zu glauben?

»Du tust mir Unrecht, Robert Craven«, sagte Dagon, der meine

Gedanken las. Seine Stimme klang beinahe traurig. »Ich halte mein Wort. Nemo und die anderen werden frei sein. Sobald wir an Bord des Schiffes gegangen sind.«

»Wir?«

Dagon nickte. »Du wirst mich begleiten«, antwortete er. »Das ist meine Bedingung. Ich brauche dich.« Seine Hand wies auf die Tasche meiner Montur, in der ich Andaras Amulett trug. »Dieses Ding allein ist nutzlos für mich. Nur ein Träger der MACHT kann seine Kräfte entfesseln. Jemand wie du.«

»Ich weiß ja nicht einmal, welche Macht du meinst«, antwortete ich leise. »Geschweige denn, was ich tun muss.«

Dagon winkte ab. »Ich werde es dir zeigen, wenn der Moment gekommen ist. Aber du musst es freiwillig tun. Du musst mir aus freien Stücken folgen, und die Kräfte, die du mir zur Verfügung stellst, müssen freiwillig für mich wirken. Ich will dir nichts vormachen, Robert Craven: Du könntest mich vernichten, mit Andaras Amulett. Du könntest es jetzt, und du kannst es erst recht, wenn wir an Bord des Schiffes sind.«

»Warum erzählst du mir das?«, fragte ich.

Dagon sah mich sehr ernst an. »Weil ich will, dass du weißt, woran ich bin, Robert Craven. Und du auch. Wir sind beide stark genug, einander zu vernichten, aber keiner könnte es, ohne den eigenen Tod in Kauf zu nehmen. Ich für meinen Teil halte nicht sehr viel von solchen Geschäften. Nun?«

»Und wenn ich mich weigere?«, fragte ich. »Möglicherweise ist mir mein eigenes Leben nicht so viel wert wie dir das deine?«

»Humbug«, schnappte Dagon. »Du vergisst immer wieder, dass ich weiß, was du denkst, Robert Craven. Aber ich habe mit deiner Narrheit gerechnet. Deine Freunde befinden sich in meiner Gewalt. Vielleicht bist du wirklich verrückt genug, dein eigenes Leben fortzuwerfen ... aber das deiner Freunde?« Er lachte böse und schüttelte den Kopf. »Gib mir dein Wort, mich an Bord der DAGON zu begleiten, und sie können gehen. Wenn nicht, überlasse ich sie ihnen.«

Damit hob er die Hand, und hinter einem Vorhang trat ... etwas hervor.

Ich hatte Furchtbares erwartet, aber der Anblick überstieg selbst meine Vorstellungskraft.

Das Wesen sah aus wie eine grässliche Kreuzung zwischen einem Menschen und einer Kaulquappe. Es war eines von Dagons Kindern, aber es war in einem Entwicklungsstadium, das viel fortgeschrittener war als das derer, die ich bisher zu Gesicht bekommen hatte.

Es war größer als Rowlf und bewegte sich auf zwei kräftigen, froschartigen Beinen vorwärts. Sein Körper war gerippt wie die Kautschukschläuche meines Atemgerätes, und der monströse Schädel wuchs ohne sichtbaren Hals direkt daraus hervor: eine Furcht erregende Halbkugel mit einem geschlitzten Maul, zwei dünnen, wie senkrechte Wunden wirkenden Nasenöffnungen und beinahe faustgroßen, gelblichen Augen. Dicht unter dem Schädel wuchsen zwei Arme aus seinem Balg, lang und kräftig wie die von Gorillas und in Furcht einflößenden Krallen endend.

Das Schlimmste aber war der Blick seiner Augen. Es waren, trotz allem, die Augen eines denkenden Wesens, keiner stumpfsinnigen Kreatur. In dem gelben Glühen der riesigen Pupillen loderte eine tückische, berechnende Intelligenz.

Ich unterdrückte mit Mühe ein Stöhnen. »Ist ... ist das das Paradies, das du Jennifer und ihren Leuten versprochen hast?«, fragte ich.

Dagon schürzte die Lippen. »Was geht es dich an?«, fragte er. »Ich sehe, mein Diener hat seine Wirkung auf dich nicht verfehlt. Nun – wie entscheidest du dich?«

Ich wollte antworten, aber Dagon schüttelte den Kopf und sprach schnell weiter: »Bedenke, dass ich deine Gedanken lese, bevor du antwortest, Robert Craven. Du kannst mich nicht belügen oder hintergehen. Deine Freunde werden frei sein, wenn du es willst. Oder sie werden sterben. Einen schlimmeren Tod, als du ihn dir auch nur vorstellen kannst.«

»Du ... du Ungeheuer«, murmelte ich.

Dagon lächelte. »Danke für das Kompliment. Aber das ist keine Antwort, mit der ich etwas anfangen kann.«

Ich schwieg verbissen, aber im Grunde wusste Dagon die Antwort bereits. Ich konnte Nemo und seine Männer nicht in die Hände dieser ... dieser Kreaturen fallen lassen. Selbst wenn es mein eigenes Leben kostete.

»Und ... Howard?«, fragte ich.

»Was soll mit ihm sein?«, fragte Dagon. »Er wird frei sein, wie die anderen. Oder tot.«

»Du weißt genau, was ich meine«, sagte ich mühsam. »Rowlf und er sind dem Tode geweiht. So oder so. Ich verlange ihr Leben, wenn ich dir helfen soll.«

»Du hast nichts zu verlangen«, sagte Dagon kalt. »Es ist nicht meine Schuld, wenn sie sterben.«

»Aber du kannst es verhindern!«, begehrte ich auf. »Du hast die Macht, aus lebenden Wesen Kreaturen wie diese zu machen. Du hast die Macht, Menschen Wasser atmen zu lassen.«

»Das ist richtig«, sagte Dagon. »Aber ich habe nicht die Macht, den Tod zu besiegen. Ich –«

»Hilf ihnen«, unterbrach ich ihn. »Rette sie, oder wir gehen alle zusammen zum Teufel. Ich meine es ernst, Dagon.«

Und in diesem Moment meinte ich es wirklich so. Dagon erkannte es im gleichen Augenblick, in dem er meine Gedanken las. Ich dachte weder an Nemo, noch seine Männer, noch an Several oder die Bewohner von Firth'en Lachlayn, sondern nur noch an Howard und Rowlf, die beiden einzigen Menschen auf der Welt, die mir geblieben waren. Und ich wusste, dass Dagon die Macht hatte, ihnen zu helfen. Er war vielleicht kein Gott, sondern wirklich nur der Dämon, als den ich ihn Jennifer gegenüber bezeichnet hatte, aber wenn dies ein Unterschied war, dann einer, der vom Standpunkt der Menschen aus nur rhetorischer Natur sein konnte. Seine Macht war die eines Gottes.

Dann nickte er. »Gut«, sagte er. »Der Handel gilt. Das Leben der Männer auf der NAUTILUS und deiner beiden Freunde gegen deines. Schlag ein, Robert Craven – das macht ihr Menschen doch so, um einen Handel zu besiegeln, oder?«

Und damit trat er auf mich zu und streckte mir seine schwimmhautbewehrte Hand entgegen.

Nach einer Ewigkeit löste ich mich von meinem Platz unter der Tür, ging auf ihn zu und ergriff seine Hand. Das Gefühl war nicht einmal so unangenehm, wie ich erwartet hatte: Seine Haut war trocken und kühl und fühlte sich viel mehr wie die einer Schlange an als die eines Fisches.

»Es gilt, Robert Craven«, sagte er noch einmal.

Ich nickte. »Es gilt«, bestätigte ich.

Und dabei hatte ich das immer stärker werdende Gefühl, meine Seele einem Wesen verschrieben zu haben, das tausend Mal schlimmer als der Teufel war.

Wer den Tod ruft

Vorwort

Die Bedrohung durch den Fischgott Dagon nimmt allmählich konkrete Züge an. Das gigantische Schiff, das seinen Namen trägt und mit dem er sich und seine Anhänger in einer fremden Welt vor den *Thul Saduun* in Sicherheit bringen möchte, ist fertig gestellt und zum Aufbruch bereit.

Robert Cravens Lage hingegen ist denkbar ungünstig. Zwar hat er erfahren, dass seine Freunde Howard Lovecraft und dessen Diener Rowlf noch leben, doch sind sie unheilbar an der Tollwut erkrankt und eine Gefahr für jeden, mit dem sie zusammentreffen, sodass sie sich nur in Nemos hermetisch abgeschlossenen Tauchanzügen bewegen können. Die NAUTILUS ist beschädigt, liegt manövrierunfähig auf dem Grund des Meeres und wird von einem gigantischen *Shoggoten* bedroht. Und um seine Freunde zu retten, bleibt Robert selbst nichts anderes übrig, als sich ebenfalls an Bord der DAGON zu begeben und den Fischgott auf seiner Reise ins Ungewisse zu begleiten.

Aber noch andere Mächte haben ein gefährliches Interesse an der DAGON entwickelt. Inzwischen weiß Robert um die Gefahr durch die SIEBEN SIEGEL DER MACHT, von denen die GROSSEN ALTEN in ihren Kerkern jenseits der Wirklichkeit gebannt werden. Und eines der SIEGEL befindet sich an Bord der DAGON!

Necron schickt seine Drachenkrieger unter der Führung von Roberts früherem Freund Shannon aus, es unter allen Umständen an sich zu bringen, während ein geheimnisvolles Wesen dies unter allen Umständen verhindern will. Um sich und das Leben der Menschen an Bord der DAGON zu retten, beginnt der Hexer ein gefährliches Spiel, bei dem er zwischen allen Fronten steht.

Mit knapper Not gelingt es ihm, von Bord des Schiffes zu fliehen. Es verschlägt ihn zurück ins Jahr 1883 und auf eine kleine Vulkaninsel namens Krakatau, wo er nicht nur erneut auf Dagon trifft, sondern auch auf eine Gruppe fanatischer Tempelritter. Hier, an den Flanken des Vulkans, wird sich im nächsten Buch in einem wahrhaft »feurigen« Zyklus-Finale sein Kampf um die Zukunft der Menschheit entscheiden …

Frank Rehfeld

Dieser Band enthält die Hefte:

Der Hexer 16: Die Prophezeiung
Der Hexer 17: Gefangen im Dämonen-Meer
Der Hexer 18: Wer den Tod ruft

Die Prophezeiung

Der Bug des Schiffes deutete ins Nichts. Zeit und Raum hatten ihre Bedeutung verloren, seit ich das steil aufragende Achterkastell der DAGON betreten und das Gesicht in den Wind gedreht hatte, um zu sehen, wohin wir fuhren. Hinter und neben uns war die ölglatte See nördlich des englischen Kleinkontinents, aber vor dem Schiff, dort, wo eigentlich Norden sein sollte, war – *nichts.*

Es war mir unmöglich, einen anderen Ausdruck dafür zu finden, ein anderes Wort für die wirbelnden grauweißen Schemen, die dort tobten, wo der Himmel und das Meer sein sollten.

Es hatte begonnen, nachdem die DAGON die Küste verlassen und Kurs auf das offene Meer genommen hatte. Zuerst war es nicht mehr als eine dünne, mit bloßem Auge kaum sichtbare Linie gewesen, wie ein Haar, das senkrecht über den Horizont gelegt worden war, so dünn, dass es sich dem Blick zu entziehen schien, wenn man versuchte, es genauer zu betrachten.

Dann war es gewachsen.

Aus dem Haar war eine klar erkennbare Linie geworden, aus der Linie eine Schlucht, die in der Wirklichkeit klaffte, und zum Schluss ein gewaltiges, alles verschlingendes Maul, das ein Viertel des Horizontes einnahm. Brodelnde weiße Nebelschwaden quollen wie wolkiges Blut aus dieser Wunde, die allein düstere Magie geschlagen hatte, und mit ihnen wehte ein Hauch unheimlicher Kälte heran, der durch meine Kleider und meine Haut drang und irgendetwas in mir zum Erstarren brachte.

Es fiel mir schwer, den Blick von dem Etwas zu lösen, auf das die DAGON zusteuerte. So sehr mich der Anblick erschreckte, so sehr faszinierte er mich zugleich.

Vor uns lag eine andere Welt.

Vielleicht nicht direkt, sondern nur der Weg dorthin, die Bresche, die Dagon mit seiner erschreckenden Magie in die Barriere zwischen den Wirklichkeiten geschlagen hatte, um sich und den seinen den Weg zu ebnen.

Mit aller Gewalt riss ich mich von dem Anblick los und stieg die steile Treppe zum Hauptdeck hinunter. Ich habe Schiffe niemals besonders gemocht, und das, was ich auf der NAUTILUS und jetzt auf ihrem schrecklichen Gegenspieler erlebt hatte, trug nicht dazu bei, meine Abneigung gegen alles, was schwimmt, zu verringern. Dazu kam, dass ich mich alles andere als wohl fühlte, unabhängig von der Furcht, die der Anblick des Dimensionsrisses in meine Seele gepflanzt hatte. Ich hatte während der letzten fünf Tage so viel Schlaf bekommen wie ein ehrlicher Christenmensch normalerweise in einer Nacht, und obwohl ich eine alles andere als schwächliche Konstitution habe, begann mein Körper nun nachhaltig die Ruhe zu monieren, die ich ihm vorenthalten hatte. Ich hätte meinen rechten Arm für eine Stunde Schlaf gegeben. Aber gleichzeitig wusste ich auch, dass ich keine Ruhe finden würde – wie konnte ich auch!

Müde machte ich ein paar Schritte, blieb stehen und blinzelte aus entzündeten Augen über das Deck. Die DAGON war groß, das mit Abstand größte Schiff, das ich jemals gesehen hatte, wahrscheinlich das größte Schiff, das jemals auf den Weltmeeren gefahren war, und ihr Hauptdeck erstreckte sich wie drei aneinander gelegte Fußballplätze vor und unter mir, unterbrochen von zahllosen Aufbauten, deren Bedeutung ich nur zum allergeringsten Teil kannte, und auf mehreren neben- und übereinanderliegenden Ebenen angeordnet. Die gigantischen, erdfarbenen Segel blähten sich über mir, obgleich die See noch immer fast windstill war, und das Gewirr aus Kabeln und Drahtseilen, das sie hielt, war so straff gespannt, dass ich das Summen des belasteten Materials hören konnte.

Trotzdem war ich allein auf Deck.

Die knapp zweihundert Männer und Frauen, die zusammen mit Dagon an Bord des gleichnamigen Schiffes gekommen waren, waren irgendwo in seinen unergründlichen Tiefen verschwunden, und ich hatte wenig Lust, mit einem von ihnen zusammenzutreffen. Mit Ausnahme Jennifers hatte ich mit niemandem mehr geredet, und mir stand auch nicht der Sinn danach, denn es wäre ein Gespräch gewesen, das ohnehin keinen Sinn hatte. Die Menschen, die Dagon folgten, waren Fanatiker, und es hat noch niemals zu irgendetwas anderem als Zorn und Kopfschmerzen geführt, mit einem Fanatiker diskutieren zu wollen. Außerdem hatte ich keine sonderliche Lust, mit McGillycaddy zusammenzutreffen – wer unterhält sich schon gerne mit einem Mörder?

Trotzdem bereute ich meinen Entschluss, an Deck zu kommen, in diesem Moment schon fast wieder. Die unnatürliche Kälte war unter Deck zwar genauso unangenehm zu spüren wie hier und die DAGON war groß genug, trotz der sicherlich zwanzig Knoten, mit der sie die Wellen pflügte, ruhig wie ein Stein im Wasser zu liegen, sodass mich sogar die Seekrankheit verschonte, unter der ich normalerweise schon litt, wenn ich nur Wasser rauschen hörte. Aber es war etwas anderes, das mich erschreckte.

Es war die Einsamkeit.

Ich habe sie normalerweise nie gefürchtet; im Gegenteil. Ich schätze das Alleinsein sehr, aber die Stille an Deck der DAGON hatte etwas Unheimliches. Es war keine wirkliche Stille; keine Stille der Geräusche. Das Schiff war voll von Lauten – dem Knarren der Maste und Spieren, dem gelegentlichen Flappen der Segel, das sich anhörte wie das langsame Schlagen gigantischer lederner Flügel, dem Sirren und Singen der straff gespannten Kabel und Taue, dem Klatschen der Wellen, die an den haushohen Flanken des Schiffes zu weißem Schaum zerbarsten – und trotzdem, so absurd es mir selbst in diesem Moment vorkam, war das Schiff *still*. Es war eine Stille jenseits des Hörbaren, ein Schweigen, als wäre ein Stück der Wirklichkeit um mich herum erloschen. Dafür war etwas anderes da. Etwas, das weder mit Worten noch mit Gedanken zu beschreiben war und das mich tief erschreckte. Es war, als wisperten die Schatten, als erzählten die Dunkelheit und das Schweigen düstere Geschichten; Geschichten von verbotenen Dingen und verfluchten Orten, an denen dieses Schiff gewesen war und zu denen es wieder fuhr ...

Mühsam schüttelte ich den Gedanken ab, drehte mich auf dem Absatz herum, um nun doch wieder nach unten zu gehen – und erstarrte.

Am Fuße der Treppe lag ein Mann.

Ich war absolut sicher, dass er vor wenigen Augenblicken noch nicht dort gelegen hatte – schließlich war ich vor weniger als einer Minute selbst die steile Holztreppe hinuntergestiegen –, ebenso wie ich vollkommen sicher war, keine Schritte gehört zu haben.

Aber jetzt war er da.

Und er war tot.

Ich hätte die dunkle Blutlache, die sich langsam unter seinem Körper ausbreitete, nicht einmal zu sehen brauchen, um das zu wissen. Man erkennt einen Toten, wenn man ihn sieht.

Der Mann lag verkrümmt da, mit dem Gesicht in der größer werdenden Pfütze seines eigenen Blutes, die rechte Hand um den Griff eines armlangen Säbels geschlossen und die andere zu einer Kralle verkrümmt, als hätte er in seinen letzten Sekunden versucht, sich an die harten Planken des Schiffsrumpfes zu klammern.

Zehn, fünfzehn Sekunden lang stand ich vollkommen reglos da und starrte den Toten an. Es war nicht der Anblick der Leiche, der mich so erschreckte – der Anblick eines Toten, der noch dazu auf gewaltsame Weise ums Leben gekommen ist, ist niemals sehr erbaulich, und er gehört wohl zu den wenigen Dingen, an die man sich nie gewöhnen kann –, aber es war etwas an ihm, was diesen Schrecken überdeckte und mich mit schierem Entsetzen erfüllte.

Seine Kleidung.

Der Mann trug einen schwarzen Umhang, bestickt mit dünnen, silbernen Fäden, die die Umrisse eines stilisierten Drachen abbildeten, darunter ebenfalls schwarze Hosen und eine Art lose fallender Bluse in der gleichen Farbe, dazu Stiefel und Handschuhe und eine turbanähnliche Kopfbedeckung, an der ein Tuch befestigt war, das sein Gesicht bis auf einen knapp fingerbreiten Streifen über den Augen bedeckte. Alles an ihm war schwarz.

Ich kannte diese Kleidung. Ich war Männern wie ihm begegnet, vor nicht einmal sehr langer Zeit; die mir trotzdem vorkam, als läge sie Ewigkeiten zurück. Und ich hatte zu allen mir bekannten Göttern gebetet, sie nie, nie wiedersehen zu müssen.

Einen Moment lang versuchte ich mit aller Gewalt, mir einzureden, dass ich mich täuschte, dass meine Erinnerungen und meine überreizten Nerven mir einen bösen Streich spielten. Aber ich sah rasch ein, dass das nicht stimmte.

Der Gedanke war völlig widersinnig; das Geschehen hier hatte keinerlei Beziehung zu ihnen und selbst wenn, hätten sie nicht hier sein dürfen. Aber der Tote war da, und alles Leugnen brachte ihn nicht fort. Es gab nur eine Gruppe von Menschen auf der Welt, die sich auf diese Weise zu kleiden pflegten.

Necrons Drachenkrieger!

Ich starrte den Toten an, unfähig, irgendetwas anderes zu denken als diese beiden Worte, unfähig, etwas anderes zu empfinden als Erschrecken und Unglauben und Zorn und einen langsam aufkeimenden, immer stärker und stärker werdenden Hass.

Necron.

Wenn es einen Namen auf der Welt gab, der für mich alles Schlechte und Böse und Verabscheuungswürdige versinnbildlichte, dann diesen.

Necron, der geheimnisumwitterte Herr der Drachenburg.

Der Meistermagier, Herr des Bösen und aller dunklen Kräfte.

Und der Mann, der mir den einzigen Menschen genommen hatte, den ich jemals wirklich geliebt hatte ...

Meine Priscylla.

Es war wie ein Schlag in den Magen, schnell, warnungslos und so hart, dass ich mich für Sekunden krümmte, als hätte ich wirklich einen Hieb bekommen, der mir den Atem nahm.

Die Vergangenheit hatte mich eingeholt, endgültig und in einem Moment, in dem ich am allerwenigsten damit gerechnet hatte. Der Tote vor mir war mehr als ein Toter, mehr als das Opfer eines heimtückischen Mordes. Er war ein Fanal, ein boshafter Wink des Schicksals, mit dem es mir mit aller Brutalität zeigte, wie wenig ich ihm hatte davonlaufen können. Der Anblick seiner schwarzen Kleidung und das, was sie für mich bedeutete, ließ die Vergangenheit auferstehen, die Bilder, die ich mit aller Macht aus meinem Bewusstsein zu verdrängen versucht hatte, und plötzlich begriff ich, dass alles, was ich seither erlebt und getan hatte, all diese verrückten und haarsträubenden Abenteuer, alle Gefahren, in die ich mich kopfüber gestürzt hatte, nur diesem einen Zweck gedient hatten – dem Vergessen.

Ich hatte versucht, meine Vergangenheit zu begraben, sie mit einem Gebirge aus Gefahren und Abenteuern zu erschlagen. Aber das ging jetzt nicht mehr. Der Tote lag vor mir, und er war real.

Nachdem die erste Woge von Zorn und Hass – der in Wahrheit wohl nur ein Ausdruck meiner eigenen Hilflosigkeit sein mochte – vorüber war, begannen mir tausend Fragen durch den Kopf zu schießen. Wie kam der Mann hierher? Und – und das war das Wichtigste – warum?

Zögernd kniete ich nieder, drehte ihn auf den Rücken und besudelte mir dabei die Hände mit seinem Blut.

Als ich in sein Gesicht blickte, hätte ich um ein Haar aufgeschrien.

Er war tot, aber seine Kehle war nicht durchschnitten worden, wie ich bisher angenommen hatte. Was ich sah, waren nicht die Spuren eines Messers, sondern Wunden, wie sie nur furchtbare Raubtierfänge schlagen konnten. Schaudernd drehte ich mich in der Hocke um, löste das Schwert aus seinen schlaffen Fingern und hielt die Klinge ins Licht. Auf dem rasiermesserscharfen Stahl war nicht der kleinste Blutstropfen zu sehen. Der Drachenkrieger war nicht einmal dazu gekommen, sich zu wehren. Ich hatte Männer wie ihn im Kampf erlebt und wusste, wozu sie fähig waren. Ein Wesen, das einen solchen Krieger derart rasch und auf so furchtbare Weise zu töten vermochte, musste zehn Mal gefährlicher als ein Tiger sein.

Als ich an diesem Punkt meiner Überlegungen angekommen war, hörte ich Schritte. Gleichzeitig legte sich ein riesiger, verzerrter Schatten auf den Körper des Toten.

Mit einem Schrei wirbelte ich herum, sprang in die Höhe, hob gleichzeitig das Schwert – und brach die Bewegung im letzten Moment wieder ab, als ich den Mann erkannte, der hinter mir aufgetaucht war. »Bannermann!«

Der ehemalige Kapitän der *Lady of the Mist* nickte, lächelte auf die flüchtige, unechte Art, in der man lächelt, um jemanden zu begrüßen, und wurde sofort wieder ernst. Sein Blick huschte über das bleiche Gesicht des Toten; glitt über die noch immer zum Schlag erhobene Klinge in meiner Hand und blieb auf meinem Gesicht haften.

Hastig senkte ich das Schwert und trat einen halben Schritt vom Leichnam des Drachenkriegers fort. »Verzeihen Sie«, sagte ich mit einer Kopfbewegung auf die beidseitig geschliffene Klinge. »Das ... das galt nicht Ihnen. Ich bin ein wenig nervös.«

Bannermann schien meine Worte gar nicht zu hören. »Haben Sie ihn getötet?«, fragte er leise.

Ich starrte ihn an, blickte dann erschrocken auf das Schwert in meiner Hand und meine blutigen Finger und ließ die Klinge hastig zu Boden fallen. »Nein«, sagte ich. »Er ... er lag plötzlich da. Ich weiß nicht, wer ihn umgebracht hat. Ich weiß nicht einmal, wer er ist.«

Bannermann musterte mich noch einen Moment lang stirnrunzelnd, ging dann ohne ein weiteres Wort vor dem Toten in die Hocke und untersuchte mit kundigen Bewegungen die Wunde an seinem Hals. Als er fertig war, waren seine Finger ebenso blutbesudelt wie meine.

»Nein«, sagte Bannermann, nachdem er sich wieder aufgerichtet hatte. »Sie haben ihn nicht getötet. Das war kein Mensch.«

»Danke, dass Sie es mir bestätigen«, sagte ich, schärfer, als ich eigentlich beabsichtigt hatte. Aber Bannermanns Worte hatten mich mit einem Zorn erfüllt, den ich mir selbst nicht so recht zu erklären vermochte. Ich begann erst jetzt zu spüren, wie nervös ich war.

»Wo kommt dieser Mann her?«, fragte Bannermann. »Er war nicht bei den Leuten, die heute Morgen an Bord gekommen sind. Ich hätte ihn bemerkt.«

»Zum Teufel, das weiß ich nicht«, antwortete ich gereizt. »Ich weiß ja nicht einmal, wer –« Ich stockte, sah Bannermann einen Herzschlag lang beinahe misstrauisch an und begann dann, in verändertem Tonfall, von neuem: »Wo kommen Sie überhaupt her, Bannermann? Was tun Sie an Bord dieses Schiffes?«

»Ich bin schon eine ganze Weile hier«, antwortete Bannermann eine Spur zu rasch. »Reden wir später darüber. Im Moment –« Er deutete auf den Toten. »– gibt es Wichtigeres. Wir müssen herausfinden, was ihn umgebracht hat. Und warum.« Er seufzte, kniete abermals neben dem Leichnam nieder und begann rasch und methodisch, seine Taschen zu durchsuchen. Seine Ausbeute war mager – der Krieger trug genug Waffen bei sich, um eine kleine Armee auszurüsten, aber das war auch schon alles. Bannermann schüttelte enttäuscht den Kopf und stand wieder auf. »Nichts.«

»Was haben Sie erwartet?«, fragte ich spöttisch. »Einen Passport und eine gültige Schiffspassage, erster Klasse und Einzelkabine?«

»Nein«, antwortete Bannermann ungerührt. »Ein schriftlicher Marschbefehl von Necron hätte gereicht.«

Eine Sekunde lang starrte ich ihn nur an, und schon wieder stieg eine Woge heißen, vollkommen unbegründeten Zornes in mir empor. Dann senkte ich betreten den Blick.

»Verzeihen Sie, Bannermann«, sagte ich. »Ich bin nervös. Nehmen Sie mich nicht zu ernst.«

Bannermann winkte ab. »Schon gut, Craven. Dazu ist im Moment wirklich keine Zeit. Helfen Sie mir.«

Er bückte sich nach dem Toten, griff schnaufend unter seine Arme und machte eine ungeduldige Kopfbewegung, als ich zögerte, seine Beine zu ergreifen.

»Was haben Sie vor?«, fragte ich, ohne mich von der Stelle zu rühren.

»Wir müssen ihn fortschaffen«, sagte Bannermann. »Fassen Sie an.«

Ich reagierte noch immer nicht. »Was soll das heißen?«, fragte ich. »Wir müssen den anderen Bescheid sagen und –«

»Und eine kleine Panik auslösen, wie?«, fiel mir Bannermann ins Wort. »Natürlich werden wir die anderen warnen, Craven. Aber was glauben Sie, was hier los ist, wenn jemand zufällig hier heraufkommt und diesen Mann findet, so, wie er aussieht? Helfen Sie mir, ihn über Bord zu werfen.«

Zwei, drei Sekunden lang blickte er mich auffordernd an, dann stieß er ein zorniges Schnauben aus, lud sich den leblosen Körper des Drachenkriegers allein auf die Arme und trug ihn, schwankend, aber sehr schnell, zur Reling.

»Zum Teufel, Bannermann, warten Sie!«, rief ich. »Ich –«

Es war zu spät. Bannermann hob den schwarz verhüllten Leichnam ächzend über die Reling und ließ ihn los. Wie ein Stein stürzte er in die Tiefe. Bannermann grunzte zufrieden, kam zurück und bückte sich nach den Waffen, die er aus der Kleidung des Toten gezogen hatte. Nacheinander schleuderte er alles über Bord und behielt nur einen zweischneidigen Dolch und eine Anzahl kleiner, fünfzackiger Wurfsterne zurück, die er mir reichte.

»Was soll ich damit?«, fragte ich verwirrt.

Bannermann winkte ungeduldig mit der Hand. »Stecken Sie sie ein, Craven. Vielleicht sind Sie bald froh, überhaupt eine Waffe zu haben. Was immer diesen Mann getötet hat, ist noch an Bord, vergessen Sie das nicht. Und jetzt kommen Sie. Ich denke, wir sollten Dagon berichten, was hier geschehen ist.«

Der Raum um Necron war still wie immer. Die Geräusche der Außenwelt hatten hier keine Bedeutung, und die gleiche Macht die ihn vor dem Griff der Zeit schützte, bewahrte ihn auch vor den Geräuschen des Draußen, vor seinen Lauten und Störungen, vor jedem Einfluss, der das Unwandelbare hätte wandeln können.

Und doch hatte sich etwas geändert, hier, wo nichts verändert werden durfte, dachte Necron schaudernd. Wie alle wirklich großen Veränderungen war sie noch nicht sichtbar, begann sie lautlos und unsichtbar, beinahe unbemerkt. Niemand würde sie spüren, bis es zu spät war, niemand mit Ausnahme einiger weniger Berufener. Oder Verfluchter.

Necron wusste selbst nicht zu sagen, zu welcher Gruppe er gehörte. Manchmal, in all den ungezählten Jahren, die er gelebt hatte, hatte er begonnen zu zweifeln, hatte mit dem Schicksal gehadert und sich gewünscht, der Verlockung der Macht nicht nachgegeben zu haben, in diesem einen, einzigen Moment vor so langer Zeit, der sein Leben so vollkommen geändert hatte. Seines und das zahlloser anderer Männer und Frauen ...

Ein Schatten bewegte sich vor ihm; nicht wirklich, nicht so, als bewege sich wirklich etwas in der großen, stillen Kammer. Es war nur ein Huschen von Dunkelheit, ein flüchtiger, zeitloser Augenblick, als griffe ein Finger aus Finsternis aus den Dimensionen jenseits der Nacht hervor und richte sich drohend auf ihn, aber Necron verstand die Warnung. Er hatte den GROSSEN ALTEN einmal zu hintergehen versucht, und Cthulhu würde keinen zweiten Verrat dulden. Nicht einmal einen Moment des Zweifels.

Gehorsam wandte er seine Gedanken von solcherlei verbotenen Dingen ab und ging mit gemessenen Schritten zur anderen Seite der Kammer, wo zwei übermannslange, rechteckige Behältnisse aus Glas auf schwarzen Marmorsockeln aufgestellt waren.

Seine harten, grausamen Gesichtszüge spiegelten sich verzerrt in dem glasklaren Kristall, als er sich über den ersten beugte und das Gesicht des schlafenden Mädchens darin musterte. Er hatte es oft getan in den letzten Monaten, zahllose Male, und doch hatten die schmalen, beinahe eingefallen wirkenden Züge dieses kindlichen Wesens nichts von ihrem Geheimnis verloren. Necron konnte es sich nicht erklären, aber das Antlitz der schlafenden Frau faszinierte ihn; weit mehr, als es beim Anblick einer schönen Frau normal gewesen wäre.

Was ihn so in seinen Bann schlug, war das ... Geheimnis, das ihre Züge zu verbergen schienen.

Necron richtete sich auf und wandte sich dem zweiten Kristallsarg zu. Unter dem spiegelnden Deckel lag die entkleidete Gestalt eines jungen Mannes, schlank, aber so wohlproportioniert, wie sie nur sein konnte, das Gesicht kantig und hart, dabei aber von einer offenen, freundlichen Art; ein Gesicht, zu dem man sofort Zutrauen fassen musste. Ein Jungengesicht, trotz der harten Züge, die um Kinn und Mund lagen. In Necron löste es nichts anderes als eine Woge brodelnden Zornes aus. *Shannon!*, dachte er hasserfüllt.

Sein bester Schüler. Seine größte Hoffnung seit so vielen Jahrhunderten.

Und seine größte Enttäuschung.

Was hätte er darum gegeben, ihn vernichten zu können, ihn bezahlen zu lassen für den zweifachen Verrat, den er begangen hatte!

Aber er durfte es nicht. Noch nicht.

Mit einer entschlossenen Bewegung drehte sich Necron herum, ging zu einem niedrigen Tisch auf der anderen Seite des Raumes und kam kurz darauf zurück, einen braunen Lederbeutel in der Hand. Seine Lippen formten lautlose Worte, während er den Beutel öffnete und mit spitzen Fingern eine winzige Prise eines grauen Pulvers hervornahm, um es über den Sarg zu streuen.

Etwas Sonderbares geschah: Als wäre der Deckel aus stahlhartem Kristall gar nicht vorhanden, glitt das Pulver hindurch, senkte sich leicht wie fallender Schnee auf das Gesicht des bewusstlosen Mannes und schien in seine Haut einzudringen wie Wasser in einen Schwamm.

Necron trat zurück, knotete sorgfältig seinen Beutel wieder zu und wartete. Es dauerte lange – zehn, fünfzehn, schließlich zwanzig Minuten, aber dann begann sich die leblose Gestalt unter dem spiegelnden Kristall zu verändern; erst langsam, dann immer schneller und schneller. Seine Haut verlor ihre leichenhafte Blässe, wurde dunkler und nahm einen kräftigen, beinahe gesunden Farbton an, und schließlich hob sich seine Brust in einem ersten, noch mühsamen Atemzug.

Necron machte einen halben Schritt auf den Sarg zu und brach die Bewegung im letzten Moment wieder ab. Er musste sich gedulden. Er hatte so lange gewartet – was machten da wenige Minuten?

Trotzdem wurde die Zeit für ihn zur Qual, bis der Junge endlich die Lider hob. Sein Blick war noch trüb, es war der Blick eines Menschen, der aus einem tiefen, unendlich tiefen Schlaf erwachte und sich nicht gleich in der Wirklichkeit zurechtfand. Er versuchte die Hand zu heben, aber seine Kraft reichte nicht.

Mit einem entschlossenen Schritt trat Necron an den Kristallsarg heran und berührte den Deckel. Seine Lippen formten ein einzelnes, düster klingendes Wort, und wie von Geisterhand bewegt schwang die mannslange Kristallscheibe nach oben und zur Seite.

»Steh auf«, sagte Necron befehlend.

Shannon gehorchte. Seine Bewegungen waren ungelenk und steif wie die eines Kindes, das noch nicht richtig gelernt hatte, seinen Körper zu beherrschen, aber bereits während er aus dem gläsernen Sarg stieg und sich nach den bereitgelegten Kleidern bückte, auf die Necron schweigend deutete, wurde aus dem abgehackten Rucken seiner Glieder mehr und mehr ein fließendes, ungemein elegantes Gleiten. Als er sich schließlich herumdrehte und seinen Herrn ansah, schien seine Gestalt Kraft zu verströmen wie eine unsichtbare, dafür aber umso deutlicher fühlbare Aura. Necron spürte einen flüchtigen Anflug von Stolz, als er die schlanke Gestalt des jungen Mannes betrachtete, die Art von Stolz, die ein Vater beim Anblick seines wohlgeratenen Sohnes empfinden mochte oder ein Künstler beim Betrachten seines bisher besten Kunstwerkes. Shannon war *sein* Geschöpf, ganz allein. Er hatte ihn zu sich genommen, als er nicht einmal alt genug gewesen war, aus eigener Kraft zu stehen, und alles, was dieser junge Magier wusste, all die unglaublichen Kräfte, die tief in ihm schlummerten und die er zum allergrößten Teil noch nicht einmal selbst entdeckt hatte, jedes bisschen Wissen, stammte von ihm. In einem gewissen Sinne war Shannon viel mehr Necron als Shannon, vielleicht mehr als Necron selbst.

Und trotzdem würde er ihn zerstören müssen, wenn alles vorbei war. Selbst in Gedanken scheute Necron vor dem Wort *töten* zurück, denn für ihn war Shannon immer ein Werkzeug gewesen, erst in zweiter Linie ein Mensch, wenn überhaupt. Er hatte zweimal versagt, und er würde wieder versagen, wenn er nicht sehr Acht gab. Und Necron wusste, dass irgendwann der Tag kommen würde, an dem Shannon seine wahre Macht begriffen und sich ihrer zu bedienen gelernt hatte. Vielleicht würde er dann nicht mehr stark genug sein, seiner Herr zu werden. Aber bevor es soweit war, würde er ihn zerstören; ein Werkzeug, eine Waffe, die furchtbar in ihrer Wirkung war, und trotzdem misslungen. Er würde eine neue bauen. Einen neuen Shannon, irgendwann einmal. Er hatte Zeit.

Trotzdem stimmte ihn der Gedanke auf sonderbare Weise traurig. Obwohl er Shannon ob seines zweifachen Verrates hasste, gab es noch einen Rest von Zuneigung in ihm, eine Sympathie, die mit den Jahren gewachsen war und sich jeder Logik entzog.

Necron vertrieb den Gedanken und drehte sich mit einem Ruck um. Auf einen stummen Wink seiner Hand hin folgte ihm Shannon. Sie gingen zu einem niedrigen, mit Büchern und vom Alter brüchig gewordenen Pergamentrollen übersäten Tisch; Necron deutete mit einem dürren Finger auf eine Karte, die ausgerollt und an den Ecken mit Steinen beschwert worden war. Die Linien und Symbole darauf zeigten keine bekannte Landschaft dieser Welt und hätten auf jeden anderen den Eindruck eines sinnlosen, aber sonderbar düster wirkenden Gekritzels gemacht. Für den, der sie zu lesen verstand, waren sie die Konturen der Wirklichkeit, die Gezeitenströmungen zwischen den Welten.

»Der Moment ist gekommen«, sagte Necron. »Der Verräter Dagon flieht, Shannon, und mit ihm die, die ihm anhängen. Er hat sein Versteck verlassen und sich auf den Weg in eine andere Welt gemacht.« Er lächelte dünn. »Du weißt, was das bedeutet.«

Shannon nickte. Er antwortete nicht, denn er war nicht dazu aufgefordert worden, aber Necron wusste, dass er jedes Wort verstand.

»Du wirst gehen«, fuhr er fort. »Ich gebe dir noch einmal die Chance, dich zu bewähren, Shannon. Das, wonach wir so lange gesucht haben, befindet sich an Bord seines Schiffes. Nimm sechs Krieger deiner Wahl und hole es.«

Shannon nickte gehorsam, und Necron ließ mit einem neuerlichen, triumphierenden Lächeln die Hand auf die brüchige Karte klatschen. »Das erste der SIEBEN SIEGEL DER MACHT!« Seine Stimme zitterte vor Erregung. »Bring es mir, Shannon, und dein Verrat sei dir vergeben. Du weißt, wie viel davon abhängt.«

Shannon nickte abermals, trat einen halben Schritt von dem mit Karten und Büchern übersäten Tisch zurück und fragte: »Wann soll ich aufbrechen?«

»Jetzt gleich«, antwortete Necron. »Und beeile dich, denn du hast nicht viel Zeit. Ich werde diesen Fischgott bestrafen für das, was er unseren Herrn angetan hat«

»Was werdet Ihr tun, Herr?«, fragte Shannon.

Necron blickte ihn scharf an. In dem Ausdruck in Shannons großen, wasserklaren Augen war kein Falsch, kein Verrat, nicht einmal Zweifel – aber er hatte ihm nicht befohlen, diese Frage zu stellen. Hastig verstärkte er die geistige Fessel um Shannons Geist um eine Winzigkeit. Nicht so viel, dass seine Fähigkeit, logisch zu denken und blitzschnelle Entscheidungen zu fällen, in irgendeiner Form beeinträchtigt worden wäre, aber doch genug, auch noch den letzten Rest seines freien Willens zu ersticken. Dann antwortete er trotzdem.

»Das Schiff wird vernichtet, Shannon. Und mit ihm Dagon und alle, die bei ihm sind. Ich werde beginnen, sobald du fort bist. Du hast vier Stunden Zeit. Nicht mehr.«

Auf Shannons Gesicht war nicht die geringste Regung zu erkennen, als er nickte.

Necron deutete auf den Glassarg, in dem der junge Magier gelegen hatte. »Deine Waffen liegen bereit. Nimm sie, und dann geh.«

Shannon nickte abermals, wandte sich um und ging mit schnellen Schritten durch den Raum, um Necrons Befehl auszuführen. Als er fertig war und sich wieder umwenden wollte, streifte sein Blick die schlafende Mädchengestalt in dem zweiten Kristallsarg. Er stockte.

»Wer ist sie?«, fragte er. »Sie ... ist sehr schön.«

Necron starrte ihn an. »Niemand, für den du dich zu interessieren hättest«, sagte er scharf. »Und nun geh – du hast deine Befehle.«

Gehorsam wandte sich Shannon um, durchquerte den Raum und zog die Tür hinter sich zu, ohne sich auch nur noch ein einziges Mal umzudrehen. Aber der Ausdruck in Necrons Augen war um eine weitere Winzigkeit besorgter geworden. Er hatte die Fessel um Shannons Geist so eng zusammengezogen, wie es nur ging, wollte er ihn nicht zu einer zwar gehorsamen, aber vollkommen nutzlosen Puppe machen; und trotzdem war es ihm nicht gelungen, eine hundertprozentige Kontrolle über Shannon zu erlangen. Vielleicht würde ihm das nie mehr gelingen. Vielleicht war Shannon schon jetzt stärker, als er selbst zu hoffen gewagt hätte.

Aber für das, was er tun musste, konnte das nur von Vorteil sein. Und wenn er zurückkam, dachte Necron entschlossen, würde er ihn zerstören.

Es war sonderbar – aber der Seegang war unter Deck der DAGON weitaus stärker zu spüren als oben. Die Treppe schien wie ein lebendes Wesen unter meinen Füßen zu beben und zu hüpfen, und wenn ich nicht Acht gab, dann versuchte sie mich abzuwerfen wie ein bockendes Pferd. Meine Knie zitterten, als ich endlich die letzte Stufe überwunden hatte und stehen blieb, um auf Bannermann zu warten.

Gegen das hell erleuchtete Rechteck des Aufganges war seine Gestalt nur als Schatten zu erkennen. Er bewegte sich mit der Leichtigkeit des erfahrenen Seemannes über die schwankenden Stufen, aber gleichzeitig strahlten seine Bewegungen eine ungemeine Kraft und Geschmeidigkeit aus.

»Wohin?«, fragte ich, als er neben mir angelangt war.

Bannermann deutete mit einer Kopfbewegung nach vorne, tiefer in die künstliche Nacht hinein, die das Innere der DAGON beherrschte. »Dort hinunter. Er ist bei den anderen, in den Passagierkabinen.«

Ich folgte ihm; schweigend und in einigem Abstand. Alles war so schnell gegangen, dass ich bis zu diesem Augenblick kaum Zeit gefunden hatte, auch nur einen einigermaßen klaren Gedanken zu fassen. Und nichts schien einen Sinn zu ergeben; das Hiersein eines Drachenkriegers ebenso wenig wie das plötzliche Auftauchen Bannermanns.

Ich beschloss, wenigstens eine dieser Fragen zu klären, und holte mit einigen raschen Schritten auf. »Wie lange sind Sie an Bord dieses Schiffes?«, fragte ich.

Bannermann hob andeutungsweise die Schultern. »Keine Ahnung, Craven. Ich ... erinnere mich kaum. Ich bin in einer schmierigen Kaschemme aufgewacht, nachdem Frane und seine Schläger mich überwältigt haben, und danach ...« Er stockte, suchte einen Moment vergeblich nach Worten und schüttelte den Kopf. »Ich weiß es einfach nicht. Vielleicht haben sie mir irgendein Zeug gegeben, damit ich mich nicht richtig erinnere. Da war ein Boot, und ich glaube, für eine Weile war ich in einem Haus.« Er sah mich an. »Aber die nächste klare Erinnerung ist die DAGON. Ich bin seit ein paar Tagen hier, aber es ist verdammt schwer zu sagen, wie lange genau.« Er lächelte. Es wirkte hilflos. »Die Zeit scheint hier anders abzulaufen, verstehen Sie?«

»Ja«, sagte ich und schüttelte den Kopf. Bannermann lächelte erneut.

»Ich kann es auch nicht genau sagen«, fuhr er fort. »Manchmal bin ich stundenlang herumgelaufen, und es schien überhaupt keine Zeit vergangen zu sein, dann wieder ...« Er stockte abermals. »Ach verdammt, wie soll ich Ihnen etwas erklären, das ich selbst nicht verstehe?«

Nun, zumindest in diesem Punkt verstand ich ihn, sehr gut sogar. Mir erging es ja auch nicht sehr viel besser.

»Und Sie?«, fragte er, als hätte er meine Gedanken gelesen. »Wie kommen Sie hierher, Craven? Was haben Sie mit diesen Verrückten aus Firth'en Lachlayn zu schaffen?«

»Nichts«, antwortete ich ausweichend. »Ich bin aus ... aus einem anderen Grund hier.«

Bannermann nickte. »Die NAUTILUS.«

Überrascht blieb ich stehen. »Woher wissen Sie davon?«

»Ich weiß eine Menge«, antwortete Bannermann lächelnd. »Ich hatte nicht sehr viel zu tun in den letzten Tagen. Und Dagon ist ein redseliger Bursche.«

»Sie kennen ihn?«

»Warum nicht?«, erwiderte Bannermann. »Ich weiß, dass Sie ihn für ein Ungeheuer halten, und wahrscheinlich haben Sie verdammt

Recht damit, Craven. Aber er ist trotzdem ein Mensch. Ein ziemlich einsamer Mensch.« Plötzlich trat ein sonderbarer Ausdruck in seine Augen. »Wissen Sie, dass er mich gefragt hat, ob ich nicht bei ihm bleiben will?«

»Und was haben Sie geantwortet?«, fragte ich.

»Noch nichts«, sagte Bannermann, ohne mich dabei anzusehen. »Die DAGON ist ein phantastisches Schiff. Und sie werden Seeleute brauchen, dort, wo sie hingehen.«

»Sind Sie verrückt, Bannermann?«, entfuhr es mir. »Reicht es nicht, dass diese Wahnsinnigen dort unten mit offenen Augen in ihr Unheil rennen?«

»Wer sagt das?«, erwiderte Bannermann ruhig. »Woher wollen Sie wissen, dass nicht Sie es sind, der sich irrt, und diese Menschen Recht haben?« Er lachte, aber es klang alles andere als amüsiert. »O ja, Craven, ich kann mir sehr gut vorstellen, was Sie jetzt denken. Aber Sie begehen einen Fehler, wenn Sie von sich auf alle anderen schließen. Nicht jeder hat so viel zu verlieren wie Sie. Die meisten dieser Leute sind ihr Leben lang bitterarm gewesen, und der einzige Luxus, den sie jemals kennen gelernt haben, war der, einmal ein paar Tage ohne Angst zu leben oder keinen Hunger zu haben.«

»Sie übertreiben, Bannermann«, sagte ich.

Bannermann machte eine zornige Handbewegung. »Mag sein, aber es ist trotzdem so. Wieso maßen Sie sich an, diesen Menschen das letzte bisschen Hoffnung zu nehmen, das ihnen geblieben ist?«

»Und McGillycaddy?«, fragte ich.

Bannermanns Gesicht verdüsterte sich. »Er und seine Mörderbande sind Verbrecher«, sagte er. »Kriminelle, die die Macht ausgenutzt haben, die ihnen gegeben wurde. Früher oder später werden sie ihre gerechte Strafe erhalten. Diese Menschen dort unten haben noch nicht gelernt, wie es ist, ohne Furcht zu leben. Aber sie werden es lernen.«

Ich sah ihn ungläubig an. »Das ... hört sich an, als hätten Sie sich bereits entschlossen, was Sie Dagon antworten werden«, murmelte ich.

Bannermann antwortete nicht, aber er wich meinem Blick auch nicht aus, sondern starrte mich so fest und beinahe trotzig an, dass schließlich ich es war, der sich umwandte und schnell weiterging.

Als ich die Treppe hinunter zum Passagierteil in Angriff nehmen wollte, hielt mich Bannermann noch einmal zurück. »Hören Sie, Craven«, begann er. »Ich denke, es ist besser, wenn Sie noch niemandem sagen, was dort oben vorgefallen ist. Wir sollten eine Panik vermeiden.«

Ich widersprach nicht. Das war nicht der wahre Grund, das spürte ich genau, aber ich glaubte auch zu wissen, dass Bannermann seine Gründe hatte, so zu handeln. Und, verdammt, ich musste allmählich aufhören, hinter jedem Gesicht und jedem freundlichen Wort Verrat und Betrug zu wittern. Wenn ich schon anfing, meinen eigenen Freunden zu misstrauen, konnte ich gleich aufgeben!

»Und noch etwas«, sagte Bannermann, als ich weitergehen wollte. »Sagen Sie McGillycaddy und seiner Bagage noch nicht, dass ich hier an Bord bin. Er hat nämlich keine Ahnung, und ich möchte noch eine kleine Überraschung für ihn vorbereiten.«

Das *Tor* hatte sich wieder geschlossen. Wo vor Sekunden noch das grünliche Flimmern der Ewigkeit gewogt und Schatten aus dem Nirgendwo in die Welt der Lebenden gegriffen hatten, war jetzt wieder eine massive, aus uralten rissigen Bohlen gefertigte Tür. Das einzige Auffallende an ihr war das komplizierte, aus Gold und edlen Steinen gefertigte Siegel, das dort prangte, wo ihr Schloss sein sollte.

Shannon und die sechs Krieger waren gegangen, um im gleichen Augenblick an einem Ort, mehr als zehntausend Meilen entfernt und auf der anderen Seite der Welt, wieder aufzutauchen.

Necron taumelte.

Es war ihm niemals leicht gefallen, nur kraft seines Willens ein *Tor* zu öffnen, etwas, wozu andere wochenlange Beschwörungen und die kompliziertesten Vorbereitungen nötig gehabt hätten. Aber heute war es ungleich schwerer gewesen; ein Vorhaben, das selbst seine Kräfte beinahe überstieg und ihn ausgelaugt und bis an die Grenze echten körperlichen Schmerzes erschöpft zurückließ.

Die wuchtige Eichenholztür und die graue, spröde gewordene Wand, in die sie eingelassen war, begannen vor seinen Augen zu verschwimmen, und auf seiner Zunge lag ein widerlicher Geschmack wie nach Kupfer. Sein Herz jagte. Dabei war es nicht einmal so sehr die Anstrengung gewesen, das Siegel zu öffnen. Aber er hatte das *Andere* gespürt, den fremden Einfluss, der plötzlich da war wie eine unsichtbare Hand, die seinen Griff sprengen und das *Tor* in etwas Anderes, Fremdes verwandeln wollte.

War es schon soweit?

Er hatte sehr lange auf diesen Augenblick gewartet, aber jetzt, als er heran war, musste er sich eingestehen, dass er nichts über ihn wusste. Die Sterne standen günstig, und alle Zeichen sagten, dass dies der Moment war, aber keines von ihnen sagte ihm, was er tun musste, welche Gefahren ihm auf dem Weg begegnen mochten und wie er ihnen widerstehen konnte.

Schaudernd wandte sich der alte Mann um und ging zurück zu seinem Tisch, auf dem der Stapel von Büchern und Pergamenten weiter gewachsen war. Auch sie halfen ihm nicht weiter. Selbst die ältesten der alten Schriften schwiegen, und selbst im NECRONOMICON selbst, dem Buch der Bücher, war nichts über die SIEBEN SIEGEL DER MACHT zu finden, nicht mehr, als er ohnehin wusste: dass es sie gab und dass er sie brauchte, wollte er nicht scheitern und einen furchtbaren Preis dafür zahlen.

Sein Blick suchte die Schatten, die wie finstere Spinnentiere in den Ecken nisteten. Natürlich waren sie leer, und natürlich waren sie nichts weiter als die Abwesenheit von Licht – und trotzdem erfüllten sie ihn mit einer unglaublichen Furcht, wusste er doch, was sich dahinter verbarg.

Du bist noch nicht fertig, wisperten die Schatten, *da ist noch etwas, das du tun musst.*

Necron nickte. Er war sich nicht sicher, ob er die Stimme wirklich gehört hatte oder ob sie seiner Phantasie entsprang, aber das blieb sich gleich. Ob er zu ihm sprach oder nicht, er war da, körperlos und unsichtbar, überall zugleich und doch nirgends, und nicht die geringste seiner Handlungen, nicht der geheimste seiner Gedanken konnte seiner Aufmerksamkeit entgehen.

Fast hätte er gelacht. Was würden sie wohl denken, all die Unzähligen, die sich vor Furcht krümmten, wenn sie auch nur seinen Namen hörten? Was würden sie sagen, wenn sie wüssten, dass auch ihm, Necron, dem Herrn der Schatten und der Nacht, dem Mann, dessen Name Furcht und Tod war, die Angst ein wohlvertrauter Freund war? Dass auch er seine Tage in Furcht verbrachte; Furcht vor einem Wesen, das so schrecklich war, dass sein bloßer Anblick einen normalen Menschen um den Verstand gebracht hätte?

Aber sie wussten es ja nicht.

Necron atmete tief ein, beugte sich wieder über das aufgeschlagene Buch und begann mit seinem dürren Zeigefinger die Linien auf dem brüchigen Pergament abzufahren. Die Buchstaben, die er sah, gehörten zu keiner bekannten Sprache, zu keiner Schrift, die irgendein anderer Mensch auf der Welt zu entziffern in der Lage gewesen wäre. Für ihn waren sie so klar wie gedruckte Worte. Nur tausend Mal furchtbarer in ihrer Bedeutung.

Selbst er zögerte, als sein Finger die gesuchte Zeile fand und unter den unheiligen Worten verharrte. So mächtig er war, hatte er bisher nie gewagt, diesen Fluch auszusprechen, den Bann zu lösen und den UNAUSSPRECHLICHEN zu befreien.

Aber sein Zögern währte nur einen Augenblick. Was getan werden musste, duldete keinen Aufschub. Seine Feinde waren listig und schlau, und Necron hatte nie zu denen gehört, die den Fehler begingen, ihre Gegner zu unterschätzen. Er konnte sich keinen Fehler leisten. Wenn er versagte, dann erwartete ihn ein Schicksal, das hundert Mal schlimmer war als die Hölle der Christen.

Mit einem entschlossenen Ruck stand er auf, legte beide Hände mit gespreizten Fingern auf die aufgeschlagenen Buchseiten und begann Worte zu sprechen. Worte in einer uralten, seit Millenien vergessenen Sprache.

Worte, die scheinbar ohne die geringste Wirkung blieben. Hier, tief unter den natürlich gewachsenen Grundmauern der Drachenburg, war dem auch so.

Aber zehntausend Meilen entfernt und auf der anderen Seite der Welt stießen sie die Tore des Chaos auf.

Das, was Bannermann als *Passagierkabine* bezeichnet hatte, war in Wirklichkeit ein gewaltiger, beinahe schiffsgroßer Saal, dessen Decke sich gute fünfzig Fuß hoch spannte und gewölbt wie die einer Katakombe war. Die knapp zweihundert Männer und Frauen, die im ersten Licht des Morgens an Bord der DAGON gegangen waren, saßen verteilt auf einer Anzahl hölzerner Stühle und Bänke, die sich vergeblich bemühten, dem Raum einen Anstrich von Wohnlichkeit zu verleihen. Er war zu groß dafür, und das nackte Holz seiner Wände ließ mich eher an einen Viehtransporter denken denn an ein Schiff, in dem Menschen in eine neue Welt reisen wollten.

Ich vertrieb den Gedanken, blieb unter der Tür stehen und sah mich aufmerksam um. Von Jennifer und ihrer Mutter war keine Spur zu entdecken, wie ich mit einem leisen Gefühl der Enttäuschung feststellte. Dafür entdeckte ich McGillycaddy und seinen Schlägertrupp.

Es waren nicht einmal sehr viele. Nachdem Frane verschwunden war – ich hatte einen Teil des Morgens damit zugebracht, vergeblich nach ihm Ausschau zu halten – blieben McGillycaddy ein knappes halbes Dutzend Männer. Es war mir ein Rätsel, wie es diese Hand voll Krimineller jemals geschafft hatte, ein ganzes Dorf zu tyrannisieren.

Aber selbst jetzt verbreiteten sie noch Furcht wie einen üblen Geruch. Obwohl der Saal gewaltig war, waren zweihundert Menschen doch mehr als genug, ihn zu füllen; an den meisten Tischen herrschte drückende Enge, und nicht wenige hatten sich in Ermangelung eines Sitzplatzes auf dem Fußboden oder den Tischplatten niedergelassen. Aber McGillycaddy und seine Kumpane saßen allein, inmitten eines unregelmäßigen Kreises leer gebliebener Stühle und Bänke.

McGillycaddys Gesichtsausdruck nach zu schließen, schien er dieses Gefühl der Macht sichtlich zu genießen.

Rasch näherte ich mich dem Tisch, den er mit seinen Kumpanen besetzt hatte, starrte demonstrativ an ihm vorbei und ging weiter, in Richtung auf die zweite, etwas schmalere Tür, die tiefer ins Schiff hineinführte.

Ich war nicht sonderlich überrascht, als McGillycaddy sich im letzten Moment herumdrehte und das Bein vorstreckte, sodass ich entweder einen größeren Schritt machen oder darüber fallen musste, wäre ich weitergegangen.

Ich tat keines von beiden, sondern blieb stehen.

»Wo wollen Sie hin, Craven?«, fragte er lauernd. »Da hinten ist absolut nichts, was Sie interessieren dürfte.«

Einen Moment lang überlegte ich ernsthaft, ihn schlichtweg zu hypnotisieren, um mir so freie Bahn zu verschaffen.

McGillycaddy hatte viel von seinem unheimlichen Flair verloren. In der Nacht am See, während er im Schein des Scheiterhaufens gestanden und mit hoch erhobenen Armen seine Beschwörungsformel rezitiert hatte, war er selbst mir unheimlich und mächtig erschienen, viel weniger Mensch als ein Dämon, den die Nacht ausgespieen hatte. Jetzt machte er auf mich nur noch den Eindruck eines gemeinen Verbrechers. Und mehr war er wohl auch nicht. Der Gedanke, ihm zu suggerieren, dass er in Wirklichkeit ein Kaninchen war, um ihn dann zur allgemeinen Belustigung mit komischen Sprüngen durch die Messe hüpfen zu lassen, gefiel mir immer besser. Aber dann verwarf ich ihn wieder. Für solcherlei Spielereien war im Moment weiß Gott keine Zeit.

»Geben Sie den Weg frei«, sagte ich steif. »Ich muss zu Dagon.«

»Ach?«, sagte McGillycaddy. »Das müssen Sie? Davon hat er mir nichts gesagt.«

Allmählich begann meine Geduld nachzulassen. Behutsam streckte ich einen geistigen Fühler aus und tastete sein Bewusstsein ab. »Es gibt etwas, was er wissen muss«, sagte ich. »Und zwar sofort!«

McGillycaddy schüttelte stur den Kopf. »Glaub ich nicht«, sagte er und grinste. »Er weiß alles, was auf diesem Schiff vorgeht, Craven. Hauen Sie ab, ehe ich ungemütlich werde.«

Nein, dachte ich zornig. Ein Kaninchen war ein zu hübsches Tier. Einen Moment lang musterte ich McGillycaddy durchdringend, dann fand ich den passenden Vergleich und verstärkte meinen geistigen Druck ein wenig. McGillycaddy zuckte zusammen. Seine Augen wurden rund vor Schreck. Er wollte aufstehen, aber stattdessen fiel er plötzlich nach vorne, presste das Gesicht gegen die raue Tischplatte und begann lautstark zu schnüffeln, wobei er grunzende Laute ausstieß. Seine Kumpane starrten ihn mit wachsender Verwirrung an, während McGillycaddy vergeblich versuchte, mit einem nicht vorhandenen Schweineschwanz zu wedeln.

»Hör mit dem Unsinn auf, Robert Craven!«, sagte eine scharfe Stimme.

Gehorsam entließ ich McGillycaddy aus der Vorstellung, ein Schwein zu sein, drehte mich um und stieg über sein noch immer vorgestrecktes Bein hinweg, wobei ich ihm ganz aus Versehen kräftig auf die Zehen trat. Die Tür hatte sich geöffnet, und unter der Öffnung war eine hochgewachsene, fischgesichtige Gestalt erschienen.

»Wieso Unsinn?«, fragte ich. »Ich wollte ihm nur helfen, auch so auszusehen, wie er sich benimmt.«

Ich war nicht ganz sicher – aber für einen Moment glaubte ich beinahe, ein amüsiertes Lächeln über Dagons fremdartige Züge huschen zu sehen. Aber er wurde sofort wieder ernst. »Komm«, sagte er nur.

Verfolgt von McGillycaddys zyankalitriefenden Blicken verließ ich den Raum und ging hinter Dagon durch einen schier endlosen, niedrigen Gang. Ich versuchte nicht, mir den Weg einzuprägen, denn das war auf der DAGON ziemlich sinnlos. Ich war mir nicht einmal sicher, ob dieses phantastische Gebilde überhaupt ein Schiff war oder nur etwas, dem Dagon aus Gründen, die ich nicht einmal zu erraten mochte, dieses Aussehen gegeben hatte.

Wir gingen eine Treppe hinauf, durchquerten einen mit Kisten und Säcken vollgestopften Raum und betraten eine kleine, überaus prachtvoll eingerichtete Kabine, die im Heck des Schiffes liegen musste, denn durch drei gewaltige, mit farbigem Bleiglas versehene Fenster an der Rückseite fiel helles Tageslicht herein.

Wir waren nicht allein – auf einem mit seidenen Kissen drapierten Diwan links der Tür saß Jennifer, nicht mehr nackt, wie ich sie unter Wasser gesehen hatte, sondern mit einem goldbestickten Umhang bekleidet und über und über behängt mit den kostbarsten Schmuckstücken. Und beiderseits der Fenster hockten zwei von Dagons Kaulquappenkreaturen wie riesige schwammige Kröten.

Dagon winkte ungeduldig mit der Hand, die Tür zu schließen, ging zu einem Stuhl unter dem Fenster und ließ sich hineinfallen. Mir fiel auf, wie fahrig seine Bewegungen wirkten und wie fiebrig der Glanz seiner Augen war. Entweder war er nervös, dachte ich – oder krank.

»Was willst du?«, fragte Dagon. »Ich habe dir gesagt, dass ich dich rufen werde, wenn du gebraucht wirst.«

Einen Moment lang starrte ich ihn verwirrt an. Er musste doch wissen, weshalb ich gekommen war. In diesem Punkte hatte McGillycaddy durchaus Recht – was immer auf diesem Schiff vorging, konnte Dagon nicht verborgen bleiben. Immerhin las er meine Gedanken.

Aber sein Blick sagte mir, dass das nicht stimmte. Er hatte keine Ahnung!

»Es ist ... etwas geschehen«, sagte ich stockend. »Oben an Deck.«

»So?«, fragte Dagon lauernd. »Was?«

Verwirrt blickte ich erst ihn, dann Jennifer und dann wieder ihn an, fuhr mir nervös mit der Zungenspitze über die Lippen und setzte von neuem an. »Ich war oben, Dagon. Ich wollte mich umsehen, und –«

»Hast du gefunden, wonach du gesucht hast?«, unterbrach mich Dagon.

»Zum Teufel, ich habe einen Toten gefunden!«, fuhr ich auf. »Einen Mann, der auf diesem Schiff absolut nichts zu suchen hat! Einen von Necrons Drachenkriegern!«

Fünf, zehn, fünfzehn Sekunden lang starrte mich Dagon schweigend an, und es war ein Blick, unter dem ich mich zunehmend unwohler zu fühlen begann. »Einen Toten?«, wiederholte er schließlich. »So. Und wie kommt es, dass ich nichts davon weiß?«

Jetzt war ich an der Reihe, perplex zu sein. Dagon sagte die Wahrheit. Es war verrückt – er las meine Gedanken, so mühelos, wie ich ein Buch zu lesen imstande war, aber er wusste nichts von dem Toten, den ich gefunden hatte.

Plötzlich verzerrte sich sein Gesicht vor Zorn. »Versuche nicht, mich zu betrügen, Robert Craven!«, sagte er mit einer Stimme, die mehr dem Zischeln einer wütenden Schlange ähnelte als der eines Menschen. »Wir haben eine Abmachung getroffen, und obwohl ich es nicht einmal nötig hätte, halte ich mich daran. Deine Freunde sind frei, und ich habe ein Übriges getan und dem Narren Lovecraft und seinem Begleiter ein neues Leben geschenkt. Jetzt halte auch du deinen Teil. Oder versuche wenigstens, ein bisschen intelligenter zu sein, wenn du mich schon belügen willst«, fügte er hämisch hinzu.

»Aber ich ... ich habe ihn gesehen!«, verteidigte ich mich. »Er war da, und irgendetwas hat ihn auf furchtbare Weise umgebracht, Dagon. Etwas, das noch an Bord des Schiffes ist. Ich habe ihn berührt, mit eigenen Händen, und –«

Ich hob die Arme, streckte Dagon beinahe anklagend die Hände entgegen und sprach nicht weiter. Ich erinnerte mich gut an das furchtbare Gefühl, als ich den Toten angefasst hatte. An die widerliche Wärme und Klebrigkeit seines Blutes, das meine Finger verschmierte.

Aber davon war jetzt keine Spur mehr zu sehen. Meine Hände waren sauber, als hätte ich sie stundenlang geschrubbt.

Der Raum musste sich tief im Leib des Schiffes befinden, denn unter dem hölzernen Gitter, das den Boden bildete, schwappte Wasser, und die Luft schmeckte abgestanden und bitter. Dann und wann war ein dumpfes, stöhnendes Ächzen zu hören, das aus den Wänden zu dringen schien.

Der Kreis grünlicher Helligkeit war da aufgeflammt, wo bis vor Sekunden noch undurchdringliche Schwärze gewogt hatte, ein mannsgroßes Rad flirrenden grünen Lichtes. Der Vorgang war lautlos, aber es schien, als fauche ein körperloser Wind aus dem Riss in der Wirklichkeit hervor, der Kälte mit sich brachte, den Hauch einer anderen Welt.

Die Männer waren nacheinander aus dem *Tor* getreten, so lautlos und schnell, wie sie sich immer zu bewegen pflegten, mit der Eleganz von Raubkatzen. Die eine oder andere Bewegung wirkte noch nicht ganz koordiniert, und hier und da glaubte Shannon ein schmerzhaftes Flackern in einem Blick zu bemerken, Schweißtropfen auf einer halb von schwarzem Tuch verhüllten Stirn trotz der beißenden Kälte, das Zittern einer behandschuhten Hand.

Auch Shannon fühlte ein starkes körperliches Unwohlsein, etwas, das sich wie ein Schmerz in seinen Gliedern eingenistet hatte. Der Durchgang durch das Tor war anders gewesen als die Male zuvor. Die Schmerzen, die Kälte und das furchtbare Gefühl eines nicht enden wollenden Sturzes durch das Nichts waren wie immer gewesen, aber etwas hatte sie begleitet, etwas wie ein Schatten aus den Dimensionen des Irrsinns, die sie durchschnitten hatten. Für einen kurzen Moment ergriff die Angst von seinem Herzen Besitz.

Der grüne Kreis hinter der Reihe seiner Krieger begann sich rascher zu drehen, verwandelte sich in ein Flammen speiendes Rad, das dünne feurige Finger bis zur Decke und den Wänden schickte. Auch das war nicht normal, wusste Shannon. Er wartete.

Ewigkeiten schienen zu vergehen, Ewigkeiten, die in Wahrheit nur Minuten waren, aber so, wie die *Tore* den Raum verzerrten, verbogen und verwandelten sie auch die Zeit. Schließlich begann das helle Zentrum des Lichtkreises zu vibrieren. Etwas Dunkles, Körperloses erschien wie die Pupille eines Dämonenauges im Zentrum des Rades und wuchs rasend schnell heran.

Es war wie ein brodelnder Ball aus Nebel, der lautlos aus dem *Tor* herausglitt, flackernd und ohne fest umrissene Konturen. Ein dünner, rauchiger Strang begann aus dem Ball hervorzuwachsen, tastete sich ziellos wie ein blinder Wurm durch die Luft und näherte sich Shannons Gesicht.

Der junge Magier musste sich mit aller Macht beherrschen, als der Nebelfaden seine Stirn berührte. Er spürte ... Kälte. Zorn. Den Willen, zu töten. Schlimmer, zu *vernichten*. Alles zu zerstoren, was Bestand hatte, nicht nur das Leben, sondern die Materie selbst zu zerstören, bis nur noch Chaos zurückblieb.

Dann etwas wie ein Tasten. Ein Suchen und Sondieren und Erkennen, dann ein plötzliches, beinahe schmerzhaftes Zurückziehen des fremden Etwas, das seinen Geist durchleuchtet hatte.

Der Strang aus Nebel und Nichts löste sich von seinem Gesicht, tastete weiter blind umher und berührte den ersten seiner Männer. Shannon sah die Furcht in seinen Augen aufflammen, als er die Berührung des UNAUSSPRECHLICHEN spürte, aber so wie bei ihm zuvor, zog sich der Arm nach einer kleinen Weile zurück, glitt weiter, berührte den nächsten Krieger, den übernächsten ...

Als es vorbei war, waren sie sicher. Das Wesen hatte sie als Verbündete erkannt. Shannon wusste es mit der gleichen, durch nichts begründeten Sicherheit, mit der er wusste, was dieser Ball aus brodelnder Schwärze bedeutete.

Aber es war eine Sicherheit, die nicht lange währte. Vier Stunden, hatte Necron gesagt. Vier Stunden, das SIEGEL zu finden und zu holen. Dann würde mit dem UNAUSSPRECHLICHEN das Chaos über dieses Schiff hereinbrechen.

Und über alles und jeden, der sich an Bord befand. Mit einem Ruck drehte sich Shannon herum und begann lautlos auf den Ausgang zuzuhuschen. Seine Männer folgten ihm, und kurz nachdem sie den Raum verlassen hatten, begann das *Tor* endgültig zu erlöschen, der Ball aus dunklem Nebel zu verblassen.

Lautlos folgte er den sieben schwarz verhüllten Gestalten der Drachenkrieger. Er war jetzt unsichtbar.

Aber da, wo er entlangglitt, begann sich die Wirklichkeit zu verändern ...

Ich war wieder an Deck gegangen. Die Kälte hatte zugenommen und die brodelnde Wand aus Nebel, der Riss in der Wirklichkeit, auf den die DAGON zusteuerte, war breiter geworden, eine klaffende Schlucht, die das Schiff und alles, was darauf war, verschlingen würde.

Trotzdem zog ich den Anblick dem der Menschenmenge unter Deck des Schiffes vor. Ich wusste, dass ich mich irrte, aber mich erinnerten die gut zweihundert Männer und Frauen im Rumpf der DAGON immer mehr an eine Schafherde, die sich widerstandslos zusammentreiben lässt, um zur Schlachtbank zu ziehen. Was, dachte ich, wenn Dagon gelogen hatte? Wenn nicht eine neue Welt, sondern der Tod oder Schlimmeres auf diese Menschen wartete?

Der Gedanke, der daraus folgerte, war furchtbar.

Wenn es – so war, dann trug ich die Schuld am Tode von zweihundert Menschen, denn all seine Macht hätte Dagon nichts genutzt, wäre ich nicht freiwillig an Bord dieses Schiffes gekommen.

Meine Hand glitt beinahe von selbst in die rechte Tasche meines Rockes, schloss sich um das goldene Amulett und zog es hervor. Es fühlte sich kühl an, sehr schwer und so glatt, als wäre es sorgsam poliert worden, dabei war seine Oberfläche alles andere als eben, sondern von verwirrenden Linien und Mustern zerfurcht.

Die Vorstellung, dass dieses so harmlos aussehende Stück Edelmetall über das Schicksal eines ganzen Dorfes entscheiden sollte, erschien mir lächerlich. Dagon hatte mir bisher – trotz meiner bohrenden Fragen – nicht gesagt, welche Bewandtnis es mit diesem Amulett hatte.

Ich drehte das scheinbar nutzlose Ding ein paar Mal in den Händen, seufzte tief und wollte es wieder wegstecken, als ich eine Bewegung wahrnahm. Als ich mich umdrehte, erkannte ich Bannermann, der offensichtlich hier oben auf mich gewartet und bisher hinter einem der mächtigen Masten gestanden hatte. Jetzt trat er auf mich zu, lächelte flüchtig und deutete mit der Hand auf den goldenen Stern in meinen Fingern.

»Ist es das?«, fragte er.

»Was?«

»Andaras Amulett«, antwortete Bannermann.

Ich nickte, machte Anstalten, es vollends einzustecken, aber Bannermann streckte fordernd den Arm aus, und nach kurzem Zögern ließ ich den goldenen Stern in seine Hand fallen.

»Woher wissen Sie davon?«, fragte ich.

Bannermann strich fast behutsam mit den Fingerspitzen über die dünnen Linien, die in das Gold graviert worden waren. »Ihr Vater hatte es bei sich, als wir mit der *Lady* Schiffbruch erlitten haben«, sagte er. »Ich erinnere mich daran. Ich bin zwar alt, aber mein Gedächtnis funktioniert noch ganz gut.« Er lächelte, hielt den goldenen Stern in die Sonne und reichte ihn mir dann zurück. »Außerdem hat mir Dagon erklärt, dass er ihn braucht«, fügte er hinzu.

»Wozu?«, fragte ich.

Bannermann zuckte mit den Achseln. »Sind Sie hier der Hexer oder ich?«, fragte er in halb scherzhaftem, halb ernstem Ton. »Vielleicht reicht es schon, wenn es an Bord ist.« Er seufzte, drehte sich herum und blickte aus zusammengekniffenen Augen in den wogenden Nebel vor dem Bugspriet des Schiffes. »Wahrscheinlich sogar«, fuhr er fort, leise und ohne mich dabei anzusehen. »So, wie ich diesen wandelnden Hering einschätze, würde er es nicht zulassen, von irgendjemandem abhängig zu sein. Von Ihnen schon gar nicht.«

Ich antwortete nicht. Bannermanns bewusst scherzhafter Ton täuschte mich keine Sekunde. Er hatte nicht nur auf mich gewartet, um Konversation zu machen, sondern aus einem ganz bestimmten Grund.

Plötzlich drehte er sich herum, sah mich durchdringend an und fragte ganz leise: »Warum haben Sie es getan, Robert?«

»Was?«, erwiderte ich verwirrt.

Bannermann deutete mit einer fast zornigen Geste auf die Tasche, in der ich den goldenen Stern hatte verschwinden lassen. »Sie wissen, dass Dagon dieses Amulett braucht«, sagte er. »All seine Vorbereitungen und Zauberkunststückchen hätten ihm nichts genutzt ohne dies. Vielleicht wäre er jetzt schon tot.«

Ich wollte widersprechen, aber ich konnte es nicht, denn in Bannermanns Worten lag ein unüberhörbarer Vorwurf, der sich wie eine glühende Messerklinge in meine Brust bohrte.

»Was ... was soll das, Bannermann?«, stammelte ich hilflos. »Vor nicht einmal einer halben Stunde haben Sie praktisch das Gegenteil behauptet. Sie waren es, der –«

»Ich weiß, was ich gesagt habe, Craven«, unterbrach mich Bannermann zornig. »Und was die Leute aus Firth'en Lachlayn betrifft, bleibe ich dabei. Aber das war nicht der Grund, aus dem Sie hier sind. Sie hatten es in der Hand, Dagons Flucht zu verhindern. Sie hatten es in der Hand, ihn zu vernichten, ihn und seine ganze schwarze Brut.« Er schüttelte den Kopf, drehte sich wieder herum und starrte in den grauen Nebel, aber nur, um sich nach Sekunden erneut an mich zu wenden. Seine Stimme klang verändert, als er weitersprach. »Verzeihen Sie, Craven. Ich wollte Sie nicht verletzen. Es war wegen Howard und Rowlf, nicht wahr?«

»Gibt es irgendetwas, was Sie nicht wissen?«, fragte ich.

Bannermann lächelte. »Nicht viel«, gestand er. »Aber ich verstehe nicht alles von dem, was ich weiß. Wie kommt es, dass Sie das Leben von zweihundert Männern und Frauen aufs Spiel setzen, um das von zwei Männern zu retten?«

»Sagten Sie nicht selbst, dass sie nicht in Gefahr sind?«, fragte ich trotzig.

Bannermann nickte. »Natürlich. Aber das konnten Sie nicht wissen, als Dagon Sie vor die Alternative stellte.«

»Ich habe ihr Leben nicht aufs Spiel gesetzt«, verteidigte ich mich. »Ich habe –«

»Nicht einmal daran gedacht, als Sie sich entschieden«, unterbrach mich Bannermann. »Nicht wahr?«

Ich starrte ihn an, ballte in hilflosem Zorn die Fäuste – und nickte. Bannermann hatte Recht. Als ich Dagon gegenüberstand und die Alternative hatte, ihn aufzuhalten oder das Leben meiner Freunde zu retten, hatte ich an nichts anderes gedacht als an Howard und Rowlf, die beiden einzigen Freunde, die mir geblieben waren.

»Was soll das, Bannermann?«, murmelte ich betroffen. »Ein Verhör? Zu einem Tribunal fehlen Ihnen noch ein paar Mann.«

»Kein Verhör«, verbesserte mich Bannermann sanft. »Ich versuche mir nur darüber klar zu werden, was in Ihrem Kopf vorgeht, Craven. Ich versuche, Ihre Beweggründe zu begreifen. Ihr Handeln ist nicht logisch.«

»Das Wort Freundschaft haben Sie wohl noch nie gehört, wie?«, fragte ich böse.

»Doch«, antwortete Bannermann, »Aber ich verstehe nicht, warum Sie –«

Der Rest seines Satzes ging in einem urgewaltigen Dröhnen unter, das die DAGON erschütterte.

Es ging unglaublich schnell, und Dutzende von Dingen schienen gleichzeitig zu geschehen:

Über dem Schiff erlosch der Himmel. Wo gerade noch strahlender Sonnenschein gewesen war, erstreckte sich plötzlich eine nachtschwarze Kuppel aus Licht schluckender Finsternis, durchzuckt von Blitzen, die wie spinnenfingrige blauweiße Hände über den Himmel rasten. Rings um die DAGON begann das Meer zu kochen, warnungslos, von einer Sekunde auf die andere. Haushohe Gischtwolken stoben auf, Wogen, höher als die Bordwand des Schiffes, rasten über die See, und mein erschrockener Aufschrei ging im ununterbrochenen Krachen und Bersten apokalyptischer Donnerschläge unter. Ein ungeheures Wimmern und Heulen erfüllte die Luft, und hoch über unseren Köpfen blähten sich die gewaltigen Segel der DAGON mit einem Schlag, der das Schiff bis in den letzten Winkel erzittern ließ.

Dann traf die erste Riesenwelle das Schiff, hob es wie ein Spielzeug in die Höhe und ließ es mit furchtbarer Gewalt zurück in das ihr folgende Wellental stürzen.

Die Erschütterung riss uns beide von den Füßen. Hilflos kugelte ich über das Deck, sah Bannermann wie eine gewichtlose Puppe durch die Luft fliegen und mit einem markerschütternden Schlag gegen den Mast prallen, krachte selbst gegen einen Decksaufbau und kämpfte eine Sekunde lang mit aller Macht gegen die schwarze Bewusstlosigkeit, die von mir Besitz ergreifen wollte.

Als ich aufstehen wollte, ergriff mich eine Sturmböe. Ich rollte über das Deck und versuchte mich irgendwo festzuklammern, kam erst am Fuße der Treppe, die zum Achterdeck hinaufführte, zur Ruhe.

Für eine Sekunde.

Dann hob die nächste Woge die DAGON in die Höhe, drehte das ganze gewaltige Schiff wie einen Spielzeugkreisel einmal um seine Achse und ließ es wieder fallen. Ein ungeheures Knirschen und Bersten erklang. Ich hörte einen Schrei, spürte einen weiteren, knochenbrechenden Schlag, versuchte auf die Füße zu kommen und fiel nach vorne, als sich die DAGON wie ein bockendes Pferd unter mir aufbäumte und ihr Deck wie eine hölzerne Faust nach mir schlug.

Erneut ertönte dieses fürchterliche Krachen und Splittern, und plötzlich sah ich einen Schatten, fühlte mich an den Armen ergriffen, in die Höhe und zur Seite gerissen.

Keine Sekunde zu früh!

Zum dritten Male erklang dieser schreckliche Laut, wütender und lauter als die Male zuvor, und plötzlich regneten dort, wo ich vor einer Sekunde noch gelegen hatte, mannsgroße Holztrümmer zu Boden. Dann schien der Himmel selbst auf das Schiff niederzustürzen, als sich die gebrochene Spiere endgültig aus ihrer Halterung löste und herabfiel, gewaltige Fetzen des zerrissenen Segels mit sich zerrend. Tonnenschwere Holztrümmer krachten auf das Deck und zermalmten die Planken; der Platz vor der Treppe war plötzlich ein zerfetzter, bodenloser Krater, und noch immer hielt das Bombardement aus Trümmern, zerrissenen Seilen und Tuchfetzen an.

Bannermann schleifte mich mit sich, bis wir im Windschatten des Hauptmastes und wenigstens für den Moment außer Gefahr waren. Die DAGON erbebte weiter unter den furchtbaren Schlägen, die ihre Planken trafen, und selbst der turmhohe Mast, in dessen Schutz mich Bannermann gezerrt hatte, begann unter der Belastung zu ächzen. Ununterbrochen zuckten Blitze vom Himmel, und die Donnerschläge erfolgten jetzt so schnell, dass sie zu einem einzigen, nicht enden wollenden Rollen und Krachen geworden waren.

»Was bedeutet das, Bannermann?«, schrie ich über das Heulen des Sturmes hinweg. Ich wusste nicht einmal, ob Bannermann meine Stimme hörte, aber dann hob er den Arm, deutete nach vorne, und ich folgte der Geste mit Blicken – und schrie entsetzt auf.

Nicht nur der Himmel war verschwunden, sondern auch der brodelnde Nebel, auf den die DAGON wie ein Geschoss zugefegt war. Nun erstreckte sich dort die unendliche Fläche eines sturmzerfetzten Meeres, graues, kochendes Wasser, auf dem häusergroße Schaumflocken wie tanzende Dämonen wirbelten.

Aber das war es nicht, was mein Herz schier zum Stocken brachte.

Weit vor der DAGON, fast vor der brodelnden grauweißen Linie des Horizontes, klaffte ein Loch im Meer.

Ein Strudel.

Ein gewaltiges, allen Naturgesetzen spottendes Gebilde, als hätte jemand einen riesigen Korken aus dem Meeresboden gezogen, aus dem das Wasser jetzt schneller und schneller abfloss; ein Sog wie ein unter die Wasseroberfläche gesunkener Taifun, Meilen um Meilen groß und so tief wie die Hölle.

Und die DAGON schoss wie ein Pfeil auf diesen gigantischen Strudel zu!

Er war verwirrt. Mehr noch: überrascht und für den Moment aus der Fassung gebracht. Er hatte geahnt, dass der Angriff überraschend kommen und mit aller Macht geführt sein würde. Aber er hatte nicht damit gerechnet, dass der Feind so weit gehen würde.

Zorn breitete sich in ihm aus, als er begriff, was wirklich geschehen war. Für einen Moment war er versucht, aus seinem Versteck zwischen den Schatten hervorzutreten und mit seiner ganzen Macht zurückzuschlagen. Aber der Augenblick verging so rasch, wie er gekommen war.

Er musste vorsichtig sein. Auch wenn der Feind nur ein sterblicher Mensch war, so hatte er doch mächtige Verbündete, Wesen, die ihm an Stärke und Klugheit gleichkamen, vielleicht sogar stärker waren, denn anders als er kannten sie weder Rücksicht noch Skrupel. Und das Geschehen auf der DAGON war nur ein winziger Teil des Puzzles, nicht mehr als ein Zug in einem nach Äonen zählenden Spiel. Wenn er seine Maske zu früh fallen ließ, würde er verlieren. Die anderen wussten nicht von ihm, ahnten nicht einmal, dass es ihn gab, und diese Unwissenheit war sein größter Trumpf. Wenn er ihn zu früh ausspielte, mochte es sein, dass er seine letzte Chance verschenkte, ehe der wirkliche Kampf überhaupt begann.

Aber es gab etwas anderes, was er tun konnte …

Ich hörte die Schreie, lange ehe ich die Treppe hinunterstürzte und den Mannschaftsraum betrat: spitze, gellende Schreie, wie sie Menschen nur in höchster Not ausstoßen, Menschen, die Todesangst ausstehen. Das Schiff erbebte noch immer wie unter einer ununterbrochenen Folge furchtbarer Hammerschläge, und ich torkelte mehr die Treppe hinunter, als dass ich ging. Zwei-, dreimal verlor ich das Gleichgewicht und schlitterte haltlos weiter, verletzte mich aber wie durch ein Wunder nicht ernsthaft, sondern fügte der stattlichen Sammlung von Beulen und Schrammen auf meinem Körper nur einige weitere Exemplare hinzu.

Die Messe bot ein Bild des Chaos, als ich durch die Tür stolperte. Die gewaltigen Erschütterungen, die die DAGON in ihren Grundfesten erbeben ließen, hatten Tische und Bänke durcheinandergewirbelt und zertrümmert und harmlose Möbel in tödliche Geschosse verwandelt.

Nicht wenige Männer und Frauen lagen blutend und stöhnend da, und die, die unverletzt geblieben waren, rannten in wilder Panik durcheinander und vergrößerten so das Chaos noch. Ein unbeschreiblicher Lärm erfüllte den Saal.

Mühsam arbeitete ich mich durch die wild durcheinander tobende Menschenmenge vor, stieg über einen zertrümmerten Tisch, unter dem ein reichlich mitgenommener McGillycaddy hervorlugte, und stieß die Tür auf, die zu Dagons Kabine führte. Der Gang dahinter war halb eingestürzt; ein Teil der Decke war heruntergebrochen und versperrte den Weg, und durch einen handbreiten, klaffenden Riss in der Seitenwand schoss schaumiges Salzwasser herein. Der Boden unter meinen Füßen bebte wie ein waidwundes Tier.

Torkelnd erreichte ich die Tür, hinter der ich Dagons Kabine wusste, rüttelte einen Moment lang vergeblich an der Klinke und warf mich schließlich mit aller Macht dagegen. Das Holz ächzte unter meinem Anprall, gab aber erst beim dritten Versuch wirklich nach; zusammen mit den Resten der zerborstenen Tür taumelte ich in den Raum.

Um ein Haar wäre es mein letzter Schritt geworden.

Ich sah die Klinge heranfegen, versuchte eine Abwehrbewegung zu machen und verlor auf dem bockenden Boden das Gleichgewicht. Mit haltlos rudernden Armen kippte ich nach hinten, rollte mich instinktiv zur Seite und hörte die Klinge dort in den Boden krachen, wo ich zuvor noch gelegen hatte.

Ein spitzer, gellender Schrei erscholl, und mit einem Male verschwand der Schatten über mir und machte einem Knäuel ineinander verstrickter Arme, Beine und sonstiger Extremitäten Platz.

Mühsam rappelte ich mich auf, blinzelte die Benommenheit weg und blickte eine halbe Sekunde lang verstört auf das entsetzliche Bild, das sich mir bot.

Aus der ehemals prachtvollen Kabine war ein Trümmerhaufen geworden. Zwei der drei Fenster waren zerbrochen, sodass Gischt und eisiger Wind hereinfauchten, das Mobiliar war zertrümmert, und neben dem thronartigen Stuhl, auf dem Dagon gesessen hatte, lag der furchtbar zugerichtete Kadaver eines seiner Kaulquappenmonstren.

Das zweite Ungeheuer kämpfte einen verzweifelten Kampf mit dem schwarz verhüllten Mann, der mich angegriffen hatte – einem von Necrons Drachenkriegern!

Es war ein Kampf, den es nicht gewinnen konnte. Die Bestie hatte den Mann in einem für sie günstigen Moment angefallen, gerade, als er sich auf mich konzentrierte und sie für Sekunden nicht beachtete, aber der Augenblick der Überraschung war vorüber. Der Drachenkrieger wich dem schnappenden Maul des Monstrums mit einer fast spielerisch wirkenden Bewegung aus, schlug ihre Klauenhände beiseite und sprang mit einem Satz zurück. Das Schwert in seiner Hand funkelte wie ein gefangener Blitz.

Ich sah den Hieb nicht einmal, so schnell war er, aber Dagons Monsterkreatur prallte mitten in der Bewegung zurück, hob mit einem fürchterlichen Gurgeln die Hände an den Schädel – und kippte ganz langsam nach hinten, während sich Necrons Killer bereits wieder umwandte, um mir endgültig den Garaus zu machen.

Hastig wich ich zurück, bis ich mit dem Rücken an der Wand stand. Der Schwarzgekleidete kam näher, nicht sehr schnell, aber mit fließenden, gleitenden Bewegungen, die deutlich zeigten, wie sehr er seinen Körper unter Kontrolle hatte. Die Spitze seines Schwertes richtete sich auf mein Gesicht und folgte jeder meiner Bewegungen wie eine stählerne Schlange.

Verzweifelt sah ich mich nach einer Fluchtmöglichkeit um. Es war lange her, dass ich einem Mann wie ihm gegenübergestanden hatte, aber die Erinnerung daran war trotzdem noch zu lebhaft, um mich den Gedanken an einen Kampf mit dem Maskierten sofort wieder verwerfen zu lassen. Diese Männer waren einfach ein paar Klassen zu gut für mich.

Ich wich ein Stück zur Seite, hob ein zerbrochenes Stuhlbein auf und schwang es wie eine Keule.

Der Drachenkrieger machte eine fast spielerische Bewegung mit dem Schwert, und aus meinem Knüppel wurde ein kaum drei Inches langer Stumpf. Dann stieß er zu.

Es war wohl eine Kombination aus schierem Glück und der Kraft, die mir die Verzweiflung gab, dass es mir gelang, dem Stich auszuweichen. Die Klinge fuhr mit einem hässlichen Ratschen über meine Rippen und bohrte sich tief in die Wand neben mir.

Instinktiv griff ich zu, umklammerte die Hand des Drachenkriegers und hielt sein Gelenk fest. Gleichzeitig trat ich nach ihm; eine Kombination, die nicht gerade den englischen Boxregeln entsprach, aber im allgemeinen sehr wirkungsvoll war.

Diesmal nicht.

Der Mann nahm den Tritt hin, ohne auch nur mit der Wimper zu zucken, ließ plötzlich sein Schwert los und schlug mir hart mit dem Handrücken über den Mund. Ich sackte in mich zusammen, ließ mich zur Seite kippen, entging so im letzten Moment einem gemeinen Fußtritt und revanchierte mich auf die gleiche Weise. Der Drachenkrieger fiel nach hinten, kam mit einer Rolle wieder auf die Füße und senkte die Hand unter sein Gewand. In seinen Fingern glitzerte ein fünfzackiger, metallener Stern mit rasiermesserscharfen Kanten.

Hinter mir peitschte ein Schuss.

Necrons Killer erstarrte mitten in der Bewegung. Seine Augen wurden rund vor Staunen, und plötzlich färbte sich das schwarze Tuch, das sein Gesicht verbarg, rot. Er wankte. Der Wurfstern fiel zu Boden und blieb zitternd in den Planken stecken. Ganz langsam brach er in die Knie, hob die Hände an das Gesicht und fiel nach vorne.

Als ich mich aufrichtete, begegnete ich McGillycaddys hässlichem Grinsen. Er stand breitbeinig unter der Tür, eine Winchester-Büchse in den Händen haltend, deren Lauf jetzt mit einer raschen Bewegung herumruckte und sich genau auf mein Gesicht richtete.

»Eigentlich hätte ich warten sollen, bis er dich endlich hat, Craven«, sagte er. »Aber vielleicht kann ich das ja nachholen. Was ist hier passiert? Wo sind Dagon und die Schlampe, die er bei sich hat?«

Ich verlängerte die Liste der Dinge, die ich ihm antun wollte, in Gedanken um einige Punkte, stemmte mich mühsam hoch und ging in großem Bogen um den Toten herum. McGillycaddys Gewehr folgte meiner Bewegung getreulich, aber ich wusste, dass er nicht schießen würde. Zornig trat ich auf ihn zu, drückte die Winchester herunter und funkelte ihn an.

»Warum haben Sie ihn erschossen, Sie Idiot?«, fauchte ich.

»Hätte ich vielleicht warten sollen, bis er Ihnen einen neuen Scheitel gezogen hätte?«, fragte McGillycaddy trotzig.

Ich fegte seine Worte mit einer ärgerlichen Handbewegung zur Seite. »Eine Kugel in die Schulter hätte genügt, McGillycaddy. Aber es macht Ihnen Spaß zu töten, nicht?«

McGillycaddy schob trotzig die Unterlippe vor. »Der Kerl wollte Sie umbringen, Craven«, sagte er. »Was ist das überhaupt für einer? Wo kommt er her?«

»Warum fragen Sie ihn nicht?«, sagte ich wütend.

Ein betroffener Ausdruck erschien auf McGillycaddys Gesicht. Aber er fing sich sofort wieder, hob sein Gewehr und versetzte mir einen unsanften Stubser in die Rippen. Als Revanche trat ich ihm auf die Zehen, als ich an ihm vorbeiging und die Kabine verließ, und McGillycaddy verpasste mir einen weiteren Stoß in den Rücken. Ich war klug genug, das Spielchen nicht fortzuführen.

Das Chaos im Mannschaftsraum hatte sich ein wenig gelegt, als ich zusammen mit McGillycaddy zurückkam. Die DAGON schwankte noch immer wie ein winziges Ruderboot, aber zumindest hatten die furchtbaren Schläge aufgehört; das Schiff schien seinen eigenen Rhythmus im Sturm gefunden zu haben. Die Katastrophe war nicht ganz so schlimm, wie es zuerst ausgesehen hatte. Zahlreiche Männer und Frauen waren verletzt, und es schien einige gebrochene Arme und Beine gegeben zu haben. Aber niemand war tot oder lebensgefährlich verwundet.

»Was geht dort oben vor?«, fragte McGillycaddy mit einer Kopfbewegung nach oben zur Treppe und dem Oberdeck. »Werden wir angegriffen?«

»Warum schauen Sie nicht nach?«, fragte ich patzig. McGillycaddy schürzte die Lippen, warf sein Gewehr auf den Tisch und funkelte mich an. »Okay, Craven«, sagte er wütend. »Es geht auch ohne Sie. Ich wollte Ihnen eine Chance geben. Stanley ist auf dem Weg nach oben und sieht nach. Wenn er zurückkommt, wissen wir ohnehin Bescheid. Wo ist Dagon?«

»Ich habe Ihnen schon einmal gesagt, dass ich es nicht weiß«, fauchte ich. »Jennifer und er sind verschwunden. Aber das ist jetzt nicht so wichtig. Wir müssen das Schiff verlassen!«

McGillycaddy starrte mich an, als zweifle er ernsthaft an meinem Verstand. Wahrscheinlich tat er es. »Was haben Sie gesagt?«, fragte er blöde.

»Kennen Sie sich hier aus?«, fragte ich. »Wissen Sie, ob es Rettungsboote gibt?«

»Sind Sie übergeschnappt?«, murmelte McGillycaddy. »Warum sollten wir die DAGON verlassen – nur wegen ein bisschen Seegang? Sie –«

»Zum Teufel, es ist mehr als ein bisschen Seegang«, unterbrach ich ihn aufgebracht. »Die DAGON wird untergehen!«

McGillycaddy keuchte. »Das meinen Sie nicht ernst, Craven«, sagte er. »Dagon würde uns nicht im Stich lassen. Keine Macht der Welt kann diesem Schiff gefährlich werden.«

»Warum gehen Sie nicht nach oben und sehen nach?«, schlug ich vor.

Eine endlose Sekunde lang starrte McGillycaddy mich an, dann fuhr er herum, riss mit einer wütenden Bewegung sein Gewehr vom Tisch und deutete zum Ausgang. »Genau das werden wir tun, Craven. Und Sie kommen mit.« Er fuhr herum. »Phers, Hunter – ihr kommt mit uns. Die anderen bleiben hier.«

Die beiden Angesprochenen traten gehorsam an unsere Seite, als wir den Raum abermals durchquerten und zur Treppe gingen. Phers stieß die Tür auf, trat gebückt hindurch – und blieb mitten im Schritt stehen, erstarrt wie eine lebensgroße, steinerne Puppe.

»Was ist los?«, fauchte McGillycaddy ungeduldig. »Warum gehst du nicht weiter, Kerl?« Unwillig packte er Phers bei der Schulter und riss ihn herum. Im nächsten Moment brach ein halb erstickter Laut über seine Lippen.

Das Gesicht seines Gefolgsmannes hatte sich in eine blutige Maske verwandelt. Seine Augen waren weit geöffnet, aber er war bereits tot.

Aus seiner Stirn ragte ein fünfzackiger Metallstern ...

»Hier entlang!« Dagon deutete ungeduldig auf einen niedrigen, halb hinter aufgerollten Tauen und Segeltuch verborgenen Durchgang. »Schafft Platz! Rasch!«

Die beiden menschengroßen Froschkreaturen, denen der Befehl galt, machten sich eifrig daran, das Hindernis beiseite zu schaffen, während Dagon ungeduldig von einem Fuß auf den anderen trat und immer wieder in den dunklen Gang zurückblickte, aus dem sie gekommen waren.

Fast ein Dutzend seiner Diener – alle, die ihn an Bord dieses Schiffes begleitet hatten und noch lebten – waren zurückgeblieben, um seine Flucht zu decken. Trotzdem wusste er nicht, ob die Zeit reichen würde.

»Beeilt euch!«, drängte er ungeduldig. Aus dem Gang hinter ihm erscholl ein furchtbarer röchelnder Laut, gefolgt von einem widerlichen Reißen, als schnitte Stahl durch Seide. Dagon schauderte. Er wusste, wie stark und schnell seine Diener waren – schließlich hatte er sie zu dem einzigen Zweck erschaffen, zu kämpfen –, aber gegen die unheimlichen Männer in den schwarzen Kleidern waren sie hilflos wie Kinder. Ein einziger von ihnen hatte vor seinen Augen ein halbes Dutzend seiner Diener getötet.

»Was bedeutete das, Dagon?«, wimmerte Jennifer neben ihm.

»Warum bleibst du nicht zurück und findest es heraus?«, schnappte Dagon wütend. »Niemand zwingt dich, mit mir zu kommen!«

»Aber wieso fliehen wir?«, fragte Jennifer. Ihre Augen waren weit vor Schrecken. Sie zitterte. »Du kannst sie nicht alle zurücklassen! Du musst kämpfen, Dagon – du … du musst sie beschützen!«

Ungeduldig wandte Dagon den Blick. Die beiden krötenähnlichen Wesen hatten das Hindernis fast beiseite geräumt, und hinter dem niedrigen Durchgang war ein weiterer, allerdings vollkommen leerer Raum zum Vorschein gekommen. Vor seiner Rückwand war ein fünfzackiger Stern auf den Boden gemalt worden. Seine Linien schienen zu flimmern, als wären sie nicht real, sondern nur Illusionen aus Licht.

»Bitte, Dagon! Du bist ein Gott. Du kannst nicht alle im Stich lassen, die dir vertraut haben!«

Widerwillig blickte Dagon auf das schwarzhaarige Mädchen herab. »Es gibt nichts, was ich für sie tun könnte«, sagte er. »Es tut mir leid, Jennifer. Ich kann mein Leben retten und deines, wenn du willst. Aber das ist alles.«

Das war nicht die Wahrheit, und sie wussten es beide. Es waren nicht die Drachenkrieger, vor denen er floh. Nicht einmal sie hätten ihm wirklich gefährlich werden können, hätte er sie mit seiner ganzen dämonischen Macht angegriffen. Es war das, was mit ihnen gekommen war, vor dem er davonlief. Das Chaos, das nach der DAGON griff und sie vernichten würde. Sie und alles, was an Bord war.

»Wir müssen fliehen, Jennifer«, sagte er noch einmal und sehr viel sanfter jetzt. »Es tut mir leid, aber das ist der einzige Weg. Wir ... wir haben zu lange gewartet. Der Feind ist auf uns aufmerksam geworden. Die DAGON wird untergehen.«

Jennifer erbleichte. »Und ... die anderen?«, fragte sie stockend. »Meine Mutter und ... und alle, die dir vertraut haben? Du kannst sie nicht im Stich lassen.«

»Ich kann nichts für sie tun!«, sagte Dagon wütend. »Sie sterben so oder so. Willst du mit ihnen sterben? Oder mir folgen und leben?«

Jennifer starrte ihn aus brennenden Augen an, drehte sich herum und blickte auf das sanft leuchtende Pentagramm in der angrenzenden Kammer. »Das ist ... eines der *Tore,* von denen du mir erzählt hast, nicht wahr?«, fragte sie. Dagon nickte. »Warum ... warum können die anderen es nicht benutzen? Du kannst sie retten, Dagon!« Der letzte Satz klang wie ein Schrei.

Statt einer Antwort deutete Dagon stumm auf den Gang, aus dem sie gekommen waren. Der Kampflärm war näher gerückt. Er konnte spüren, wie seine Diener starben, während sie versuchten, die unheimlichen Angreifer aufzuhalten. »Geh und hole sie«, sagte er.

»Halte sie auf!«, flehte Jennifer. »Bitte, Dagon – ich weiß, dass du es kannst. Du ... du hast die Macht dazu. Sie brauchen nicht lange. Sie ... sie können alle gerettet werden.«

Dagon starrte sie an, blickte für einen endlosen Moment in den Gang – und wandte sich mit einem Ruck um. Gebückt trat er durch die Tür, stieß eine seiner Dienerkreaturen grob beiseite und drehte sich noch einmal um, um zu Jennifer zurückzublicken.

»Begleitest du mich?«

Jennifer schwieg. Tränen füllten ihre Augen. Sie hatte kaum die Kraft, den Kopf zu schütteln.

Mit einem abfälligen Laut ging Dagon weiter und trat entschlossen ins Zentrum des Pentragrammes hinein.

»Dagon!« Jennifers Stimme überschlug sich beinahe. »Ich flehe dich an – lass uns nicht im Stich!« Mit einem verzweifelten Schrei warf sie sich vor, stürzte hinter Dagon her und streckte die Arme aus, wie um ihn festzuhalten.

Aber es war zu spät. Die dünnen Linien des Pentragrammes begannen wie lebende Schlangen aus giftgrünem Licht zu zucken, und plötzlich war da, wo vor Sekunden noch nichts gewesen war, eine Barriere aus flirrenden, wie die Fäden eines gewaltigen Spinnennetzes ineinander verwobenen Linien. Jennifer prallte mit einem Schrei zurück, als sie die Hitze spürte, die von der Erscheinung ausging.

Das Leuchten nahm noch zu, und im gleichen Maße begann die Gestalt des Fischgottes an Realität zu verlieren. Jennifer wandte geblendet den Blick und wich vor der Woge glühender Hitze zurück.

Erst als das Brennen auf ihrem Gesicht aufhörte, wagte sie es, die Hände herunterzunehmen und behutsam die Augen zu öffnen.

Das Netz aus Licht war erloschen. Aus der Flammen speienden Erscheinung auf dem Boden war wieder eine harmlos aussehende, nicht einmal besonders kunstfertig ausgeführte Zeichnung geworden.

»Warum?«, wimmerte Jennifer. »Warum hast du uns verlassen, Dagon? Warum lässt du uns im Stich? Wir ... wir haben dir vertraut. Wir lieben dich doch!«

Aber die Stille antwortete nicht. Dagon war verschwunden.

Für endlose Sekunden starrte Jennifer weiter aus brennenden Augen dorthin, wo der Mann – das Wesen, das sie geliebt hatte – gestanden hatte, dann drehte sie sich mit hölzern wirkenden Bewegungen um und sah wieder zur Tür.

Die beiden grässlichen Geschöpfe, die Dagon und sie hierher begleitet hatten, begannen immer nervöser hin und her zu laufen. Ihre furchtbaren Mäuler schnappten wie die von Hunden, und ihre Klauenhände öffneten und schlossen sich ununterbrochen. Vielleicht begannen auch sie allmählich zu begreifen, dass ihr Herr sie im Stich gelassen hatte wie alle, die ihm vertraut hatten.

Der Kampflärm aus dem Gang nahm zu, und plötzlich torkelte die verkrümmte Gestalt eines Krötenmannes durch die Tür, über und über mit schwarzem Blut besudelt und leise, wimmernde Schmerztöne ausstoßend. Mit letzter Kraft taumelte er auf das Pentagramm zu, brach in die Knie und kippte nach vorne. Seine Krallenhände gruben sich in das Holz zwischen den darauf gemalten Linien, als versuche er noch im letzten Augenblick verzweifelt, seinem Herrn zu folgen.

Hinter ihm erschienen drei der Schwarzgekleideten.

Es war das erste Mal, dass Jennifer die Männer, deren bloßer Anblick genügt hatte, Dagon so sehr in Panik zu versetzen, wirklich sah. Bisher hatte sie sie nur als Schatten wahrgenommen, Schatten, die töteten und sich derart schnell bewegten, dass das menschliche Auge ihnen kaum zu folgen vermochte.

Und plötzlich glaubte sie zu verstehen, warum Dagon diese Männer so fürchtete. Es war nicht ihr Äußeres – sicher, sie wirkten unheimlich und bedrohlich in ihren schwarzen Kleidern, aber trotz allem doch immer noch menschlich –, sondern etwas, das unsichtbar und körperlos mit ihnen zu kommen schien wie ein eisiger Hauch.

Die beiden zurückgebliebenen Froschkreaturen versuchten die Männer anzugreifen. Sie kamen ihnen nicht einmal nahe. Einer der drei machte eine blitzartige Bewegung mit der Hand, und die erste Kaulquappenkreatur sank in sich zusammen, die Hände um den Dolch gekrampft, der plötzlich aus ihrer Brust ragte. Die andere starb, ehe sie den Boden berührte; gefällt von einem Schwerthieb, der so schnell kam wie ein Blitz.

Mit einem ängstlichen Keuchen wich Jennifer vor den drei Männern zurück, bis sie das gegenüberliegende Ende der Kammer erreicht hatte und nicht weiterkonnte. Die drei musterten sie kalt. Jennifer wusste, dass sie sterben würde.

Einer der drei Männer hob plötzlich die Hand an den Kopf und löste das schwarze Tuch, das sein Gesicht verhüllte. Jennifer sah, dass er noch sehr jung war; kaum mehr als ein Knabe, keinesfalls älter als sie selbst. Um seinen Mund lag ein sonderbar sanfter, weicher Zug, der nicht so recht zu dem blutigen Schwert in seiner Hand passen wollte.

Einen Moment lang musterte er sie schweigend, dann drehte er sich herum, stieß die tote Froschkreatur mit dem Fuß beiseite und begann die Linien des Pentagrammes mit den Fingerspitzen nachzufahren. Die Augen hielt er dabei geschlossen, als lausche er in sich hinein. Schließlich schüttelte er den Kopf und stand wieder auf.

»Er ist entkommen«, sagte er.

Einer der beiden anderen sah ihn an. »Kannst du das *Tor* öffnen?«

Der junge Mann nickte. »Ich könnte es«, antwortete er. »Aber es wäre sinnlos. Das SIEGEL ist noch hier an Bord. Ich fühle seine Nähe.« Er zögerte einen winzigen Moment. »Holen wir es.«

Sein Kamerad nickte, trat einen Schritt auf Jennifer zu und hob sein Schwert, aber der Mann mit dem Kindergesicht fiel ihm rasch in den Arm und schüttelte den Kopf. »Sie nicht«, sagte er.

»Aber –« Der andere wollte widersprechen, aber der Schwarzgekleidete schnitt ihm mit einer herrischen Geste das Wort ab.

»In wenigen Stunden wird dieses Schiff ohnehin untergehen«, sagte er. »Lass ihr diese Zeit noch. Es macht keinen Unterschied.«

Damit trat er auf Jennifer zu, hob die Hand und berührte sie beinahe sanft an der rechten Seite des Halses.

Shannon fing das Mädchen auf, als es das Bewusstsein verlor.

Mit einem gellenden Schrei ließ McGillycaddy den Körper seines toten Kumpans fallen, riss sein Gewehr hoch und begann zu schießen; wild und ungezielt und so schnell hintereinander, dass die peitschenden Explosionen der Winchester zu einem einzigen, trommelfellzerreißenden Krachen verschmolzen. Der Lauf des Gewehres ruckte hierhin und dorthin und stach grell orangene Blitze in die Dunkelheit, und trotz des ohrenbetäubenden Krachens konnte ich das helle Klatschen hören, mit dem die Kugeln über uns in die Wände und die Treppenstufen fuhren.

Mit einem Satz trat ich neben ihn und versuchte ihm die Büchse zu entringen, aber die Panik gab McGillycaddy schier übermenschliche Kräfte. Er schüttelte mich ab, versetzte mir einen Kolbenstoß und schoss weiter, bis das Magazin der Winchester leer war.

»Hören Sie ... auf«, keuchte ich, halb gegen die Wand gesunken und die Hände über dem schmerzenden Leib verkrampft. Ich bekam kaum Luft. McGillycaddys Hieb hatte mir eine Rippe geprellt, mindestens. Trotzdem sprach ich weiter, denn ich sah, dass sich McGillycaddy keineswegs beruhigt hatte. Im Gegenteil. Seine Finger gruben in den Taschen seiner groben Arbeitsjacke und förderten eine Hand voll Patronen zutage, die er zitternd in den Kolben des halbautomatischen Gewehres schob.

»Hören Sie endlich auf, Sie verdammter Idiot!«, würgte ich hervor. »Diesen Männern ist mit Gewehren nicht beizukommen, begreifen Sie das nicht?«

McGillycaddy fuhr herum. Seine Augen waren unnatürlich geweitet, und der Blick, den ich darin las, erinnerte mich an den eines Wahnsinnigen. »Das wollen wir sehen!«, keuchte er. »Das werden wir ja sehen, Craven. Kommen Sie – wenn Sie sich trauen!«

Damit stürmte er los, beide Hände um das Gewehr gekrallt und immer zwei, drei Stufen auf einmal nehmend. Sein Kumpan Hunter folgte ihm, wie durch Zauberei plötzlich eine großkalibrige Faustfeuerwaffe in den Händen haltend, und nach sekundenlangem Zögern stolperte auch ich hinter den beiden her und die Treppe hinauf. McGillycaddy war ein Mörder, der den Tod wahrscheinlich hundert

Mal verdient hatte – aber letztendlich war er ein Mensch, und ich konnte ihn nicht tatenlos in den Untergang laufen lassen.

Der Sturm hatte noch an Gewalt zugenommen, als wir das Deck erreichten. Der Wind schlug mir mit solcher Macht entgegen, dass ich strauchelte und gegen die Wand fiel, kaum dass ich hinter McGillycaddy und Hunter aus der Tür gekommen war, und der Himmel hatte sich vollends in ein Gitterwerk ununterbrochen flackernder Blitze verwandelt, die das Deck der DAGON zu einem Chaos aus Schatten und Finsternis und jäh aufflammenden blauen Flächen werden ließen. McGillycaddy stand verkrümmt und breitbeinig wenige Schritte vor mir und schrie irgendetwas, aber das Heulen des Sturmes riss ihm die Worte von den Lippen und trug sie davon, lange ehe ich sie hören konnte.

Aber ich sah auch so, was er meinte. Auf halber Strecke zwischen dem Achteraufbau und dem Mast lag ein Toter. Der Mann, den McGillycaddy hinaufgeschickt hatte, um nach dem Rechten zu sehen. Ich erkannte ihn allerdings nur noch an seiner Kleidung.

Der Kopf fehlte!

Mir wurde übel.

McGillycaddy ergriff mich grob bei den Schultern, riss mich herum und deutete wild gestikulierend aufs Meer hinaus.

Der Strudel war näher gekommen, sehr, sehr viel näher. Statt eines kleinen grauen Kreises sich rasend schnell drehenden Wassers gähnte er jetzt wie ein bodenloser Schacht vor der DAGON im Meer, und durch das furchtbare Zischen der Blitze und den ununterbrochen rollenden Donner war ein tiefer, grollender Laut zu hören, als stürzten tief unter unseren Füßen ganze Gebirge zusammen. Und plötzlich fiel mir auch auf, um wie viel schneller die DAGON geworden war. Ihre Segel waren noch immer zum Zerreißen gespannt, aber noch schneller zerrte sie die Strömung vorwärts. Das Schiff schoss mit der Geschwindigkeit eines Schnellzuges auf den rasenden Strudel zu.

»Was ist das?«, brüllte McGillycaddy neben mir. »Zum Teufel, Craven – was bedeutet das?«

Ich schüttelte den Kopf, deutete auf meine Ohren und dann zurück zum Treppenaufgang – und McGillycaddy verstand. Schräg gegen den Wind gelehnt, kämpften wir uns zur Tür zurück und blieben auf der obersten Stufe stehen. Das Heulen des Sturmes war auch hier noch ohrenbetäubend, aber es hatte zumindest so weit abgenommen, dass wir uns – wenn auch halbwegs schreiend – verständigen konnten.

»Was ist das, Craven?«, fragte McGillycaddy erneut.

»Das, was ich Ihnen zeigen wollte«, antwortete ich. »Die Rettungsboote – erinnern Sie sich?«

McGillycaddy starrte mich betroffen an. »Aber das ... das ist unmöglich«, stammelte er. »Dagon hat versprochen –«

»Ich weiß nicht, was er Ihnen versprochen hat, McGillycaddy«, unterbrach ich ihn böse. »Ich weiß nur, dass von Ihrem sogenannten Gott keine Spur mehr zu sehen ist. Und dass das Schiff in spätestens zwei Stunden in diesen Strudel fallen wird, wenn wir unsere Geschwindigkeit nicht herabsetzen oder den Kurs ändern.«

»Das können wir nicht«, brüllte McGillycaddy »Ich ... verdammt, Craven, niemand hier an Bord hat eine Ahnung, wie man dieses Schiff steuert.«

»Wissen Sie wenigstens, ob es Rettungsboote gibt?«, fragte ich.

McGillycaddy starrte mich an, schluckte ein paar Mal hart und schüttelte den Kopf. Sein Gesicht färbte sich ganz langsam grau. »Nein«, gestand er. »Ich habe ... keine Ahnung. Niemand hat das. Wir ... wir haben Dagon vertraut, Craven.«

Ich schluckte die scharfe Antwort, die mir auf der Zunge lag, im letzten Moment herunter. »Dann müssen wir sie suchen«, sagte ich. »Kommen Sie.«

Ohne auf seine Antwort zu warten, stürzte ich die Treppe hinunter und lief zurück in den Mannschaftsraum.

Die Panik, die unter den verängstigten Bewohnern von Firth'en Lachlayn ausgebrochen war, hatte sich gelegt. Die Männer und Frauen saßen in kleinen Gruppen oder einzeln da, ängstlich zusammengedrängt oder in den vermeintlichen Schutz eines umgestürzten Tisches gekauert; und statt des Chores aus schreienden und durcheinander rufenden Stimmen hatte sich eine fast geisterhafte Stille über der Menge ausgebreitet. Aber es war eine Stille, die mich fast ebenso erschreckte wie die Panik zuvor.

Ich kannte diese Art der Stille. Ein Funke, ein unbedachtes Wort genügte, um diese zweihundert Menschen in einen durchgehenden Mob zu verwandeln.

Oder ein Idiot wie McGillycaddy.

Rasch lief ich bis zur Mitte des Saales, sprang auf einen Tisch und hob die Arme. »Hört mir zu!«, rief ich.

Fast augenblicklich verstummten auch die letzten gemurmelten Worte, und mit einem Male fand ich mich in dem unbehaglichen Gefühl, von mehr als zweihundert Augenpaaren angestarrt zu werden.

»Hört mir zu«, sagte ich noch einmal. »Es ist etwas geschehen. Die DAGON ist in einen Sturm geraten.« Ich brach ab, sah mich rasch und nervös um und bemerkte, dass McGillycaddy und Hunter unter der Tür erschienen waren. Zu meiner Erleichterung blieb McGillycaddy jedoch stehen und sah mich nur aus eng zusammengekniffenen Augen an. Das Gewehr in seinen Händen deutete in meine Richtung, zielte jedoch nicht direkt auf mich.

Ein wenig leiser, aber noch immer mit erhobener Stimme und jedes Wort genau überlegend, sprach ich weiter: »Wir müssen das Schiff verlassen, und zwar sehr schnell. Aber es besteht kein Grund zur Panik. Niemand ist in Gefahr, wenn wir die Nerven behalten.«

Das war wahrscheinlich die dreisteste Lüge seit der Erfindung des Kommunismus, aber ich habe schon immer sehr überzeugend lügen können – und ich hatte noch ein paar Tricks auf Lager, die mir halfen.

Es war schwer; so schwer, dass der Saal vor meinen Augen zu verschwimmen begann und ich vor Anstrengung taumelte. Nie zuvor hatte ich versucht, eine so große Menschenmenge geistig zu beeinflussen, nicht einmal mit dem Gedanken gespielt, dass so etwas überhaupt möglich war.

Jetzt musste ich es.

Ich spürte die Panik, die meine Worte auslöste, wie eine unsichtbare Woge knisternder elektrischer Energie durch den Raum fegen und nach den Herzen der Männer und Frauen greifen, graue, gestaltlose Furcht, die jedes bisschen verbliebenen klaren Denkens hinwegfegen wollte. Mit aller Macht stemmte ich mich dagegen, versuchte meinen Geist zu öffnen und beruhigende Impulse in zweihundert Gehirne gleichzeitig zu senden ... und spürte, wie mein Versuch jämmerlich scheiterte. Es war, als wolle ich eine Flutwelle mit bloßen Händen aufhalten.

Dann ...

Etwas berührte meine Stirn, glitt sanft über meine Haut und drang in meinen Schädel ein. Das Gefühl war ganz real, als würde mich wirklich eine unsichtbare kühle Hand berühren, und auf schwer zu fassende Weise freundlich. Es ging sehr schnell. Die unsichtbaren Finger tasteten weiter, schienen sanft in meinem Gehirn zu graben, als suchten sie nach etwas ganz Bestimmtem, und hinter meiner Stirn explodierte eine Nova aus purer Energie. Eine Kraft, die die Grenzen des Vorstellbaren überstieg und sich mit der meinen verband.

Ich fühlte, wie der Strom beruhigender Impulse auf ein Tausendfaches seiner normalen Macht anschwoll. Plötzlich war es kein verzweifelter Versuch mehr, die brodelnde Panik aufzuhalten, sondern ein ungeheurer Strom von Kraft, so mächtig, dass sich die Männer und Frauen rings um mich herum wie unter einem Hieb duckten. Ich sah, wie der Ausdruck von Furcht auf ihren Gesichtern erlosch, überall zugleich zuerst Betroffenheit, dann Verwirrung und dann einer fast erschrockenen Ruhe Platz machte. Von einer Sekunde auf die andere war es still; unheimlich still.

»Hört mir zu«, sagte ich noch einmal, noch immer erfüllt von dieser sanften und doch unbeschreiblich mächtigen Kraft, die nicht die meine war. »Wir müssen die Rettungsboote suchen. Alle Männer, die nicht verletzt und jünger als sechzig Jahre sind, folgen McGillycaddy und mir an Deck. Die anderen und die Frauen und Kinder bleiben hier und rühren sich nicht, bis wir sie holen. Ganz egal, was geschieht.«

Niemand widersprach, aber wie in einer einzigen, synchronen Bewegung erhoben sich an die achtzig Männer und begannen dem Ausgang zuzuströmen.

Nicht einer erreichte ihn.

Ich spürte die Gefahr und wirbelte auf meinem improvisierten Podest herum, aber mein warnender Schrei kam zu spät.

Hinter McGillycaddy und Hunter erschien eine Gestalt, groß, so schwarz wie die Nacht und warnungslos wie ein Schatten. Ein Schwert blitzte auf.

Der Mann neben McGillycaddy kam nicht einmal mehr dazu, einen Schrei auszustoßen.

Ein dumpf pochender Schmerz und der Geschmack nach Blut war in Jennifers Mund, als sie erwachte. Sie versuchte die Augen zu öffnen, aber es ging nicht; und als sie sich hochstemmen wollte, bohrte sich ein dünner Schmerz wie eine glühende Nadel in ihren Nacken.

Länger als eine Minute blieb Jennifer reglos liegen, lauschte auf ihren eigenen rasenden Herzschlag und wartete, bis der rasende

Schmerz in ihrem Nacken nachgelassen hatte. Dann versuchte sie ein zweites Mal, die Lider zu heben.

Diesmal ging es.

Der Raum hatte sich verändert. Das sanfte grünliche Glühen, das aus dem Zentrum des Pentagrammes gekommen war und ihn erhellt hatte, war bis auf einen kaum fingernagelgroßen Fleck aus Licht erloschen, und sie sah wenig mehr als düstere, konturlose Umrisse. Vorsichtig stemmte sie sich hoch und erhob sich in eine halb kniende, halb hockende Position. Ihr Atem ging schwer, und die Stelle an ihrem Hals, an der sie der Schwarzgekleidete berührt hatte, fühlte sich noch immer taub an.

Allmählich begannen sich ihre Augen an das schwache Licht zu gewöhnen; sie erkannte jetzt mehr von ihrer Umgebung. Dicht neben ihr lag der Kadaver einer Krötenkreatur. Jennifer rückte instinktiv ein Stück davon weg, suchte mit der linken Hand an der Wand Halt und stemmte sich in die Höhe. Ihre Knie zitterten und schienen kaum kräftig genug, das Gewicht ihres Körpers zu tragen.

Abermals streifte ihr Blick den fünfzackigen Drudenfuß auf dem Boden, und ihre Augen füllten sich mit Tränen. *Warum, Dagon,* dachte sie. *Warum hast du mich verlassen? Warum hast du alle verraten, die dir vertraut und ihr Leben in deine Hand gegeben haben?*

Der münzgroße Fleck hellgrünen Lichtes schien ihr zuzublinzeln wie ein höhnisches Auge. Jennifer ballte in stummem Zorn die Faust und beugte sich über das Pentagramm.

Der flirrende Lichtpunkt im Zentrum des gezeichneten magischen Symboles war nicht nur Licht.

Es war ein Stein. Ein Stein aus Smaragd oder grünlichem Glas, der seinerseits wiederum die Form eines fünfzackigen Sternes hatte – selbst seine Proportionen stimmten ganz genau mit denen des Pentagrammes überein – und wie in einem unheimlichen inneren Feuer glühte. Eine lautlose Stimme schien Jennifer davor zu warnen, diesen Stein zu berühren oder ihm nur nahe zu kommen, aber sie ignorierte sie, beugte sich noch weiter vor und ergriff den Edelstein mit einer entschlossenen Bewegung.

Er war warm. Nicht heiß, wie sie angesichts seines glühenden Herzens fast erwartet hatte, aber auch nicht kalt, wie es Edelsteine im Allgemeinen waren, sondern warm wie ein Stück lebenden Fleisches und ebenso weich und anschmiegsam. Seine Berührung war auf schwer zu beschreibende Weise unangenehm.

Trotzdem ließ Jennifer den Stein nicht los, sondern richtete sich auf, ließ ihren Fund in einer Tasche ihres bestickten Mantels verschwinden und drehte sich herum, um sich auf die Suche nach den anderen zu machen.

McGillycaddy brachte sich mit einem verzweifelten Hüpfer in Sicherheit, als das Schwert des Drachenkriegers – in der gleichen, kreiselnden Bewegung, mit der es Hunter getötet hatte – herumfuhr und nach seinem Hals züngelte. Er entging der tödlichen Klinge um Haaresbreite, aber ihre Spitze streifte seine Wange und riss sie auf. Er taumelte, fiel zu Boden, presste die rechte Hand auf das Gesicht und kroch vor dem schwarz gekleideten Angreifer zurück.

Der Drachenkrieger stieß ein Fauchen aus, das beinahe wie das einer zornigen Katze klang, ergriff seine Waffe mit beiden Händen und setzte ihm nach.

Im gleichen Moment griff ich ihn an.

Ich war zu weit entfernt, um McGillycaddy körperlich zu Hilfe eilen zu können, aber ich schlug mit aller geistiger Macht zu; der gleichen, ungebändigten Kraft, mit der ich Augenblicke zuvor die panikerfüllte Menge beruhigt hatte.

Zumindest versuchte ich es.

Die fremde Macht in meinem Geist war verschwunden. Die helfende Hand hatte sich zurückgezogen, so sanft und rasch, dass ich es nicht einmal bemerkt hatte, bis jetzt. Als ich es merkte, war es zu spät.

Es war ein Gefühl, als hätte ich mit der bloßen Faust auf Stahl geschlagen, nur auf geistiger Ebene. Hinter meiner Stirn schien eine Sonne aus purem Schmerz aufzuflammen. Eine betäubende Woge raste durch meine Glieder, ließ mich taumeln und haltlos vom Tisch herunterstürtzen. Ich schlug mit dem Gesicht auf, spürte den neuerlichen Schmerz nicht einmal und versuchte mich herum und in die Höhe zu stemmen, aber meine Arme gaben unter dem Gewicht meines Körpers nach, und hinter meiner Stirn war ein weißglühender Rechen dabei, mein Gehirn leer zu fegen.

Trotzdem zeigte mein Angriff Wirkung, wenn auch längst nicht in der Form, die ich erhofft hatte.

Der Drachenkrieger hielt mitten in der Bewegung inne, mit der er McGillycaddy den Schädel hatte spalten wollen, fuhr herum und machte eine Bewegung mit der Hand, die ich kaum sah.

Dafür spürte ich sie umso deutlicher, denn der Schmerz hinter meinen Schläfen flammte zu furchtbarer Agonie auf – und erlosch. Und im gleichen Moment wusste ich, wem ich gegenüberstand. Ich erkannte ihn eine Sekunde, ehe der Mann sich vollends herumdrehte und mich anstarrte, eine Sekunde, ehe ich dem Blick seiner wasserklaren großen Augen begegnete, Augen von der Farbe eines freundlichen Sommerhimmels, in denen eine Weisheit zu schlummern schien, die nicht zu dem Jungengesicht passte, in das sie eingebettet waren.

Shannons Augen.

Eine einzige, endlose Sekunde lang starrten wir uns an. Die Waffe in Shannons Händen, noch immer zum Schlag erhoben, begann zu zittern, und in die Härte in seinem Blick mischte sich eine grenzenlose Verwirrung. Er wirkte hilflos. Für Augenblicke wusste er nicht, was er tun sollte.

Dafür wusste es McGillycaddy um so besser.

Mit einer Bewegung, die ich einem Mann seiner Statur gar nicht zugetraut hätte, sprang er auf die Füße, federte auf Shannon zu und trat nach ihm.

Shannons Reaktion war so schnell, wie ich sie von ihm erwartet hatte, und trotzdem nicht rasch genug. Das Schwert in seiner Hand hackte nach McGillycaddys Gesicht, aber im gleichen Moment versetzte ihm der Schotte einen zweiten gemeinen Tritt. Shannon keuchte, torkelte einen halben Schritt und krümmte sich.

McGillycaddy stieß ihm den Gewehrkolben in den Rücken.

Shannon schrie auf und fiel auf die Knie. Das Schwert entglitt seinen Fingern und flog scheppernd davon.

McGillycaddy stieß ein fast hysterisch klingendes Kreischen aus, setzte dem Gestürzten nach und schwang seine Winchester wie eine Keule.

Als er zuschlagen wollte, war ich hinter ihm. Meine Handkante krachte auf seinen rechten Oberarm herab und lähmte ihn. McGillycaddy keuchte, fuhr mit verzerrtem Gesicht herum und stieß mit dem Gewehrlauf nach mir. Ich wich dem Hieb aus, lähmte auch seinen anderen Arm mit einem blitzschnellen Schlag und versetzte ihm eine Backpfeife, die ihn rücklings taumelnd auf sein feistes Hinterteil fallen ließ. McGillycaddy begann vor Wut und Schmerz zu heulen, doch ich beachtete ihn gar nicht mehr, sondern wandte mich wieder Shannon zu.

Aber der junge Magier war nicht mehr da. Die wenigen Sekunden, die ich mit McGillycaddy beschäftigt gewesen war, hatten ihm gereicht, sein Schwert aufzuraffen und zu fliehen. Alles, was ich noch von ihm sah, war ein Schatten, der auf der Treppe verschwand.

Enttäuscht drehte ich mich wieder herum, hob McGillycaddys Gewehr auf und riss den Schlagbolzen heraus. Dann drehte ich die Waffe herum und warf sie ihm so heftig vor die Füße, dass er abermals zurückfiel und vor Schrecken aufschrie.

»Sie verdammter Idiot!«, brüllte ich. »Haben Sie in Ihrem Schädel auch noch für irgendetwas anderes Platz als für das Wort *schießen,* Sie Blödmann? Das war vielleicht unsere letzte Chance!«

McGillycaddy starrte mich an, gab ein glucksendes Geräusch von sich und presste die Hände gegen das Gesicht. Zwischen seinen Fingern sickerte dunkles Blut hervor, aber der Anblick tat mir nicht im Geringsten leid.

»Sind ... sind Sie verrückt geworden, Craven?«, wimmerte er. »Der Kerl hat Hunter umgebracht, und er wollte auch mich töten!« Er stemmte sich in die Höhe und kam torkelnd näher, die Hände immer noch gegen die Wangen gepresst. »Verdammt noch mal, Craven – auf welcher Seite stehen Sie eigentlich?«, brüllte er.

Die wütende Antwort, die mir auf der Zunge lag, blieb mir im wahrsten Sinne des Wortes im Halse stecken. Plötzlich begriff ich, wie recht McGillycaddy hatte – von seiner Warte aus. Woher sollte er wissen, dass ich Shannon kannte – und dass ich ihn als Freund kennen gelernt hatte! Woher sollte er wissen, warum ich verhindern wollte, dass er Shannon tötete?

»Sie stehen auf ihrer Seite!«, behauptete McGillycaddy. Seine Stimme schnappte fast über. »Ich habe es gewusst«, behauptete er. »Sie sind ein Verräter. Sie ... Sie arbeiten mit ihnen zusammen. Diese Mörderbande gehört zu Ihnen, Craven!«

Ich ohrfeigte ihn, aber diesmal blieb der Schlag ohne Wirkung. McGillycaddy krümmte sich wimmernd, aber nur, um ein paar Schritte zurückzutorkeln und mit hoch erhobener Stimme loszubrüllen: »Sie gehören dazu, Craven! Diese Mörderbande und Sie stecken unter einer Decke!«

Plötzlich war es wieder still. Unheimlich still. Ich glaubte geradezu zu spüren, wie sich aller Aufmerksamkeit auf McGillycaddy und mich richtete, wie sich die Blicke von zweihundert Augenpaaren wie glühende Dolche in meinen Rücken bohrten.

»Das … das ist Unsinn«, sagte ich stockend. »Ich kenne diesen Mann, das stimmt, aber –«

»Sie geben es also zu!«, kreischte McGillycaddy. »Sie wollen uns alle umbringen, Craven! Sie stecken mit ihnen unter einer Decke.«

Die Stille war einem drohenden, an- und abschwellenden Raunen und Wispern gewichen – und dem Schleifen von hunderten von Füßen, die einen langsam enger werdenden Kreis um McGillycaddy und mich herum bildeten. Ich glaubte die Feindseligkeit, die plötzlich in der Luft lag, regelrecht zu riechen.

»Lassen Sie es mich erklären, McGillycaddy«, sagte ich beinahe verzweifelt. »Es ist nicht so, wie Sie glauben. Ich kenne diesen Mann von früher, aber ich habe nichts mit ihm zu schaffen. Ich –«

McGillycaddy stieß einen Schrei aus, packte mich warnungslos bei den Rockaufschlägen und wollte mich zu Boden schleudern, aber ich war zu schnell für ihn. Mit einem blitzschnellen Hieb sprengte ich seinen Griff und stieß ihn grob von mir. Aber seine Hand zerriss meine Rocktasche.

Etwas klirrte dicht neben mir auf den Boden, und McGillycaddys Augen wurden rund vor Erstaunen. Hastig senkte ich den Blick – und unterdrückte im letzten Moment ein entsetztes Stöhnen.

Das Klirren kam von den drei kleinen, fünfzackigen Wurfsternen, die aus meiner zerrissenen Tasche gefallen waren. Die *Shuriken* des toten Drachenkriegers, die Bannermann aufgehoben und mir gegeben hatte, weil ich besser damit umzugehen wusste als er.

Es konnte sein, dass diese drei Wurfsterne jetzt mein Schicksal besiegelten …

McGillycaddy bückte sich nach einem der Sterne und hob ihn auf. Zwei, drei Sekunden lang starrte er den Wurfstern aus hervorquellenden Augen an, dann drehte er sich herum, ging zu dem Toten neben der Tür und beugte sich über ihn.

Als er zurückkam, hielt er einen zweiten *Shuriken* in der Hand. Einen, dessen scharfe Kanten rot vom Blut des Toten waren.

»Und was ist das, Craven?«, fragte er lauernd. Obwohl er sehr leise sprach, war ich sicher, dass seine Worte bis in den hintersten Winkel des Raumes verstanden wurden. »Was ist das für eine Waffe? So etwas habe ich noch nie gesehen.« Plötzlich trat er auf mich zu, packte mich bei den Rockaufschlägen und fuchtelte so dicht vor meinem Gesicht mit dem blutigen Stern herum, als wolle er mir die Augen ausstechen. Ich machte nicht einmal den Versuch, mich zu wehren. Hätte ich auch nur die Hand gehoben, hätte mich die Menge hinter mir in Stücke gerissen, das wusste ich.

»Sie haben nichts mit ihnen zu tun, wie?«, brüllte er. »Sie tragen nur ihre Waffen bei sich! Und wie war das vorhin, als ich einen von ihnen abgeknallt habe? Wieso leben Sie noch, so, wie diese Männer kämpfen, Craven?«

»Ich ... ich kann das erklären«, sagte ich verzweifelt. Gleichzeitig versuchte ich, McGillycaddy geistig zu beeinflussen, aber diesmal ließ mich mein magisches Erbe im Stich. Vielleicht war ich zu aufgeregt. Vielleicht gab der Zorn McGillycaddy auch zusätzliche Kraft und machte ihn unempfindlich gegen meinen lautlosen Angriff.

»Erklären!«, kreischte er. »Das glaube ich gerne. Sie werden uns so lange und so viel erklären, bis wir alle tot sind, wie? Ich pfeife auf Ihre Erklärungen, Craven!«

Er versetzte mir einen Stoß, der mich rücklings gegen den Tisch warf und halb zusammenbrechen ließ, packte mich abermals bei den Rockaufschlägen und zerrte mich grob in die Höhe. Sein Gesicht hatte sich hektisch gerötet, und in seinen Augen loderte ein triumphierender Ausdruck.

Und plötzlich begriff ich, dass er mich umbringen würde, ganz gleich, was ich sagte. Im Grunde war es McGillycaddy vollkommen egal, ob ich wirklich zu den maskierten Mördern gehörte oder nicht. Er hasste mich, weil er instinktiv spürte, dass ich seine Machtposition gefährdete. Und ich hatte ihm den besten Vorwand gegeben, sich meiner zu entledigen, den er sich nur wünschen konnte.

»Seien Sie vernünftig, McGillycaddy!«, flehte ich. »In zwei Stunden wird dieses Schiff mit Mann und Maus untergehen, und –«

McGillycaddy schlug mir auf den Mund. »Nun, dann werden wir wenigstens noch zwei Stunden länger leben als Sie, Craven!«, sagte er. »Es wird mir ein persönliches Vergnügen sein, Ihren Henker zu spielen!«

Er schlug mich erneut und diesmal so hart, dass meine Lippe aufplatzte und ich einen Schmerzenslaut nicht mehr unterdrücken konnte.

»Alles war gut, bis Sie gekommen sind!«, keuchte er. »Sie haben das Unglück über uns gebracht, Craven. Seit Sie aufgetaucht sind, verfolgen uns Tod und Chaos. Sie sind schuld, wenn dieses Schiff untergeht. Sie –«

»Das ist nicht wahr«, unterbrach ihn eine leise Stimme.

McGillycaddy ließ meine Rockaufschläge los und fuhr mit einem wütenden Keuchen herum, und auch ich versuchte, die Nebel vor meinen Augen wegzublinzeln und an ihm vorbeizublicken.

Der dicht geschlossene Kreis aus Männern und Frauen, der McGillycaddy und mich umgab, hatte sich geteilt, um einer schlanken, in einen mit verwirrenden kabbalistischen Zeichen bestickten Umhang gehüllten Gestalt Platz zu machen. »Du?«, entfuhr es McGillycaddy. »Woher kommst du? Und wo ist Dagon?«

»Fort«, antwortete Jennifer. Ihre Stimme klang schleppend, flach und kraftlos, als müsse sie sich zu jedem einzelnen Wort zwingen, und als sich mein Blick klärte, sah ich, dass ihr Gesicht zu einer Maske aus Furcht und Verbitterung erstarrt war. Ihr Blick streifte mein Gesicht, aber ich bezweifelte, dass es wirklich ich war, was sie sah.

»Was soll das heißen, fort?«, fauchte McGillycaddy. »Und was mischst du dich ein?«

Jennifer löste sich mit einer gezwungen wirkenden Bewegung von ihrem Platz und kam ein paar Schritte auf McGillycaddy und mich zu. »Er ist fort, McGillycaddy«, wiederholte sie, und plötzlich klang ihre Stimme bitter und voller Verzweiflung. Sie deutete auf mich, sah McGillycaddy aber weiter unverwandt an. »Ich weiß nicht, was dieser Mann getan hat, McGillycaddy – aber er trägt nicht die Schuld an dem, was hier geschieht.«

»Wovon zum Teufel redest du überhaupt?«, brüllte McGillycaddy.

»Von Dagon«, antwortete Jennifer leise. »Er ist fort.«

McGillycaddy starrte sie an. »Fort? Was heißt das?«

»Er ist geflohen, McGillycaddy«, sagte Jennifer leise. »Er ... er hat uns im Stich gelassen. Uns alle. Er ... er sagte, ich könne mit ihm gehen, aber für euch ...« Ihre Stimme brach fast. Tränen schimmerten in ihren Augen, und ihre Hände gruben sich tief in den Stoff ihres Gewandes, als brauche sie irgendetwas, woran sie sich verzweifelt festklammern konnte. »Er sagte, ihr alle werdet sterben, McGillycaddy. Die DAGON wird untergehen.«

»Fort?«, echote McGillycaddy mit zitternder Stimme. Sein Gesicht hatte alle Farbe verloren. »Aber warum? Ich meine, er ... er hat versprochen, uns ...«

»Er hat gelogen, McGillycaddy«, sagte Jennifer leise. »Er hat uns alle belogen. Er hat uns das Paradies versprochen, aber wir werden sterben, weil er ... weil er feige war und vor den Maskierten davongelaufen ist.«

»Du hast sie gesehen?«, mischte ich mich ein. McGillycaddy fuhr mit einem Ruck herum, als ich neben ihn trat, aber zu meiner eigenen Überraschung unterbrach er mich nicht, sondern nickte Jennifer im Gegenteil auffordernd zu, zu antworten.

Sie nickte. Die Tränen liefen jetzt schneller über ihre Wangen. »Ja«, sagte sie. »Sie ... sie haben uns verfolgt, Dagon und mich und seine Diener. Sie ... sie haben alle getötet, nur mich nicht.«

»Wie viele waren es?«, fragte ich.

»Nicht viele«, antwortete Jennifer. »Drei, vielleicht vier. Bestimmt nicht viel mehr.«

»Haben sie gesagt, was sie wollen?«, fragte McGillycaddy.

Jennifer schüttelte den Kopf, dann nickte sie plötzlich. »Ich bin nicht sicher«, sagte sie. »Aber einer sagte etwas von ... von einem Siegel.«

»Einem Siegel?« Plötzlich glaubte ich Dagons Worte noch einmal zu hören, so deutlich, als stünde er hinter mir und spräche sie noch einmal: *Die SIEBEN SIEGEL dürfen nicht erbrochen werden, Robert Craven.* «Bist du sicher?«

Wieder dauerte es Sekunden, ehe Jennifer nickte. »Einer von ihnen sagte es«, murmelte sie. »Er ... er sagte, dass es noch an Bord der DAGON ist. Und ... und dass sie es holen wollten, ehe das Schiff sinkt.«

McGillycaddy starrte mich an. »Wissen Sie, was das bedeutet?«, fragte er lauernd.

Ich schüttelte den Kopf, aber ich merkte gleich, dass ich McGillycaddy nicht überzeugt hatte.

»Die SIEBEN SIEGEL«, murmelte er. Plötzlich legte er den Kopf auf die Seite und maß mich mit einem langen Blick. »Da war doch so ein komisches Amulett, oder?«, fragte er leise. »Dieses Ding, das Sie bei sich haben und ohne das wir nicht fahren konnten.«

»Das hat damit nichts zu tun«, sagte ich hastig. »Und selbst wenn –«

McGillycaddy hörte nicht weiter zu, sondern löste das Problem auf seine eigene Art – er packte mich, verdrehte mir den Arm und griff zielsicher in die Tasche meines Gehrockes, in der ich Andaras Amulett trug. Mit einem zufriedenen Grunzen zog er den goldenen Stern hervor, stieß mich von sich und drehte das Schmuckstück in den Händen. »Dahinter sind sie also her«, murmelte er. »Wenn das alles ist, was sie haben wollen, warum geben wir es ihnen nicht?«

»Nein!«, entfuhr es mir. »Das dürfen Sie nicht, McGillycaddy! Sie wissen ja nicht, was Sie tun!«

McGillycaddy schürzte abfällig die Lippen. »Möglich«, sagte er. »Aber ich weiß ziemlich genau, wozu ich keine Lust habe – nämlich umgebracht zu werden, wegen eines ... Amulettes.« Er schloss die Faust um den Stern und deutete mit einer Kopfbewegung zur Treppe. »Sollen sie es haben, wenn sie uns dann in Ruhe lassen.«

»Um Gottes willen, nicht!«, keuchte ich. »Sie ahnen nicht, was –«

Ich sprach nicht weiter. Einer von McGillycaddys Schlägern trat hinter mich und schlug mir so heftig mit der Faust in den Nacken, dass mir schwarz vor Augen wurde.

Es dauerte nur ein paar Sekunden. Ich war nicht wirklich bewusstlos, aber meine Knie gaben nach, und für Augenblicke war ich benommen. Als sich die rauchigen Spinnenfinger der Bewusstlosigkeit wieder zurückzogen, war McGillycaddy verschwunden, und statt seiner erblickte ich das höhnische Grinsen eines seiner Speichellecker.

Mühsam stand ich auf, tat so, als wolle ich meinen schmerzenden Nacken massieren, und schlug dem Burschen die geballte Faust unter das Kinn. Aus dem gehässigen Grinsen wurde eine Grimasse, dann erschlafften seine Züge, und er sank bewusstlos zu Boden.

Ich fuhr herum, stieß einen weiteren Mann zur Seite und stürzte hinter McGillycaddy her, so schnell ich konnte. Niemand hielt mich auf.

Necron wartete. Der Sand in der kristallenen Uhr, die er vor sich aufgestellt hatte, war noch nicht zur Hälfte durchgelaufen, und er wusste, dass er sich gedulden musste, denn selbst für Shannon und die sechs Krieger, die er mitgenommen hatte, war die Aufgabe schwer, wenn nicht unerfüllbar. Trotzdem ertappte er sich immer wieder dabei, abwechselnd auf den blitzenden Strom monoton fließenden Goldstaubes in der Uhr und die geschlossene Eichentür zu starren, die sich öffnen und das *Tor* freigeben würde, wenn es an der Zeit war.

Bald, dachte er. Bald.

Er wusste, dass er noch nicht gewonnen haben würde, selbst wenn Shannon erfolgreich war und das SIEGEL brachte. Es war nur der erste Schritt, der erste Zug in einem Spiel, dessen Regeln selbst ihm noch nicht ganz klar waren. Aber wie ein geübter Schachspieler wusste er auch, dass der erste Zug der wichtigste sein mochte, dass er sich gerade jetzt keinen Fehler erlauben durfte.

Necron riss den Blick von der so harmlos aussehenden Eichentür los und sah auf die beiden kristallenen Särge an der Wand davor.

Für einen Moment war ihm, als hätte sich das bleiche Gesicht des schlafenden Mädchens darin verändert, als wirke es plötzlich lebendiger, rosiger. Und gleichzeitig finsterer, voll einer unausgesprochenen Drohung, die düsterer war, als selbst er nachempfinden konnte.

Dann lächelte er. Unsinn, dachte er spöttisch. Der Zauber war stark, den er über das Mädchen geworfen hatte. Hundert Mal stärker, als nötig gewesen wäre, eine Sterbliche zu bannen.

Und trotzdem – als er sich wieder umwandte und den langsam rinnenden Goldstaub seiner Uhr betrachtete, hatte er das unbehagliche Gefühl, als ob sie ihn anstarrte.

Er drehte sich nicht noch einmal herum, um sich zu überzeugen, dass es nicht so war und ihm nur seine Nerven einen Streich spielten.

Aber es kostete ihn große Kraft, es nicht zu tun.

Der Strudel war wieder näher gekommen, und sein Dröhnen übertönte jetzt selbst das Lärmen des Sturmes und die Donnerschläge: ein tiefes, ununterbrochen anhaltendes Donnern und Krachen wie das Geräusch eines gigantischen Wasserfalles. Die DAGON schoss mit der Geschwindigkeit eines Pfeiles dahin, eingehüllt in himmelhohe Wolken aus Schaum und sprühender Gischt, die Segel gebläht und Masten und Tauwerk bis an die Grenzen ihrer Belastbarkeit gespannt. Ich konnte direkt spüren, wie das Schiff unter meinen Füßen vor Anspannung zitterte.

Dann sah ich McGillycaddy. Er rannte ein gutes Stück vor mir über das Deck der DAGON, direkt auf den gewaltigen Hauptmast zu, der sich gute hundert Schritte vor mir in den Himmel reckte. Von Shannon oder den anderen Drachenkriegern war keine Spur zu entdecken.

Ich drehte das Gesicht aus dem Wind und rannte los, so schnell ich konnte. McGillycaddys Vorsprung war beträchtlich, aber auf einem Schiff war selbst dieses Wort relativ. So gigantisch die DAGON war, es gab nicht viel Platz auf ihrem Deck, um mir davonzulaufen, wollte er nicht über Bord springen und sein Glück schwimmend versuchen.

Das tat er natürlich nicht. Dafür tat er etwas anderes, etwas, womit ich ebenso wenig gerechnet hatte. Ohne auch nur einen Sekundenbruchteil innezuhalten, raste er auf den Hauptmast zu und begann wie eine übergroße vierbeinige Spinne in seiner Bespannung emporzuklettern!

Als ich den Mast erreichte, war er schon gute fünfzig Fuß über mir. Und er stieg wie von Sinnen weiter.

»McGillycaddy!«, brüllte ich mit vollem Stimmaufwand. »Kommen Sie zurück! Das ist doch Selbstmord!«

Aber wenn McGillycaddy meine Worte über dem Grollen des Strudels und dem Heulen des Taifunes überhaupt hörte, so ignorierte er sie. Im Gegenteil – er sah zu mir herab, verzog das Gesicht zu einer Grimasse und verdoppelte seine Anstrengung noch. Der Wind warf ihn wild hin und her. Ich fragte mich, woher dieser Mann die Kraft nahm, sich überhaupt noch an dem feuchten Tauwerk zu halten.

Eine Sekunde später war ich ziemlich sicher, die Antwort am eigenen Leibe herauszufinden, denn ich sah etwas, was mich vor Schrecken zusammenfahren ließ.

Hoch über McGillycaddy stand eine schwarz gekleidete Gestalt in den Spieren, breitbeinig und – so, als wäre der Höllensturm in Wahrheit nicht mehr als ein laues Lüftchen – aufrecht und nur mit einer Hand am Hauptmast Halt suchend.

Ich schluckte einen Fluch herunter, versuchte mir einzureden, dass alles ganz einfach sei und gar nichts passieren konnte, wenn ich nur die Nerven behielt und nicht nach unten sah – und begann hinter McGillycaddy herzuklettern.

Wenn ich bedachte, dass ich es noch vor einer halben Minute für unmöglich gehalten hatte, war es sogar relativ einfach. Der Sturm versuchte mich abwechselnd in die Seile zu pressen und in die Tiefe zu reißen, das vom Regen hart und kalt gewordene Hanf des Tauwerkes riss meine Hände auf, und die Erschütterungen, die die DAGON beutelten, setzten sich bis in die Mastspitze hinein fort und gaben mir das Gefühl, auf einem tollwütigen Elefanten zu sitzen – aber ich kam von der Stelle, wenn auch langsamer als McGillycaddy und mit wesentlich weniger Eleganz.

Er erreichte den Schwarzgekleideten, als ich kaum die halbe Strecke hinter mich gebracht hatte. Beinahe.

Der Sturm beutelte mich weiter, und als wolle irgendein boshafter Windgeist verhindern, dass ich wirklich sah, was geschah, erbebte die DAGON in diesem Moment unter einem gewaltigen Hieb, der das Tauwerk unter meinen Händen in eine vibrierende Bogensehne verwandelte, die sich nach Kräften bemühte, mich nach Grönland zu schießen.

Im gleichen Moment erschien der Schatten hinter dem Drachenkrieger. Es ging unglaublich schnell, und ich hatte alle Hände und Füße voll damit zu tun, nicht wie ein lästiges Stäubchen von der

DAGON ins Meer geschnippt zu werden. Ich sah nicht mehr als einen Schemen, der buchstäblich aus dem Nichts erschien und mit der Gestalt des Drachenkriegers verschmolz. Für eine Sekunde wurde aus den beiden Umrissen einer. Dann erscholl ein markerschüttender, grässlicher Schrei, und der Drachenkrieger kippte wie eine achtlos fallengelassene Puppe nach hinten und verschwand lautlos in der Tiefe.

Aber so schnell er auch fiel, war er doch nicht schnell genug, dass ich nicht noch einen letzten Blick auf ihn erhaschen konnte.

Er hatte keinen Kopf mehr.

Sekundenlang blieb ich mit verkrampften Muskeln in den Tauen hängen, mit aller Macht gegen die Übelkeit und die grauenhafte Furcht kämpfend, die von mir Besitz ergreifen wollten. Als ich es endlich wieder wagte, die Augen zu öffnen und nach oben zu blicken, war die Spiere leer. Der Schatten, der den Drachenkrieger getötet hatte, war so blitzartig verschwunden, wie er aufgetaucht war.

Dafür entdeckte ich McGillycaddy, nur noch zwei, drei Yards unterhalb der Stelle, an der Necrons Krieger auf ihn gewartet hatte. Ich flehte zu allen mir bekannten Göttern, dass es nicht Shannon gewesen war, dessen Tod ich beobachtet hatte.

»Kommen Sie zurück, McGillycaddy!«, schrie ich. »Es hat keinen Sinn mehr, sehen Sie das ein!«

McGillycaddy kletterte beharrlich weiter, zog sich mit einer tollpatschig wirkenden Bewegung auf die Spiere hinauf und versuchte aufzustehen. Mein Herz schien zu stocken, als ich sah, wie er mit seitlich ausgestreckten Armen auf die Spiere hinauslief und an ihrem Ende stehen blieb. Der Sturm schlug mit unsichtbaren Fäusten nach ihm. Er wankte, stand einen Moment in einer geradezu grotesk nach hinten gebeugten Haltung mit wild rudernden Armen und durchgedrückten Knien da und fand sein Gleichgewicht im letzten Moment wieder.

Wie von Sinnen kletterte ich weiter, dabei jede Sekunde selbst in Gefahr, von der unsichtbaren Hand des Sturmes vom Mast gepflückt und in die Tiefe geschleudert zu werden. »McGillycaddy!«, schrie ich immer wieder. »Kommen Sie zurück, um Gottes willen!«

Ich hatte seine Höhe fast erreicht, als er mich endlich zu bemerken schien. Mit einer wütenden Bewegung fuhr er herum, stieß ein zorniges Heulen aus und kam auf mich zugerannt, so schnell, als liefe er über eine vierspurige Chaussee, nicht über einen kaum handbreiten, noch dazu runden und vom Regen schlüpfrig gewordenen Balken. Er musste den Verstand verloren haben.

Er sagte kein Wort, aber sein Gesicht war vor Hass und Zorn verzerrt, und auch als er den Mast – und somit mich – schon fast erreicht hatte, machte er nicht die mindesten Anstalten, auch nur langsamer zu laufen.

Ich sah seinen Tritt kommen und versuchte mich dagegen zu wappnen, aber ich hatte McGillycaddys Heimtücke wohl unterschätzt. Ich hatte damit gerechnet, dass er nach meinem Gesicht treten würde – was zwar verdammt schmerzhaft, aber nicht weiter gefährlich war, wenn man wusste, wie man einen solchen Angriff zu nehmen hatte.

Stattdessen trat McGillycaddy nach meinem Hals.

Im letzten Moment gelang es mir, den Kopf zur Seite zu drehen und dem Tritt so den größten Teil seiner Wucht zu nehmen, aber das reichte nicht aus. Sein Stiefel schrammte über meine Haut; mir wurde schwarz vor Augen. Ich bekam keine Luft mehr. Meine Finger lösten sich von den nassen Tauen, und plötzlich begann ich den Sog der Tiefe zu spüren.

McGillycaddy stieß ein triumphierendes Kreischen aus. »Jetzt bist du dran, Craven!«, keuchte er. »Diesmal erledige ich dich. Und wenn es das Letzte ist, was ich tue.« Er ließ ein wahnsinniges Lachen ertönen und trat abermals nach mir. Diesmal erwischte mich sein Fuß dicht über dem Auge, und der Schmerz explodierte wie eine Bombe in meinem Schädel und ließ mich ein wenig weiter auf den schwarzen Abgrund zugleiten, der sich hinter meinen Gedanken aufgetan hätte. Ich bekam immer noch keine Luft und meine Hände begannen langsam, aber unbarmherzig, von ihrem schlüpfrigen Halt abzurutschen. Der nächste Tritt, den mir McGillycaddy versetzte, würde der letzte sein.

Aber er kam nicht.

Aus McGillycaddys Triumphschrei wurde ein überraschtes Keuchen, und plötzlich erkannte ich eine zweite, hoch aufgerichtete Gestalt hinter McGillycaddy.

Im ersten Augenblick dachte ich, es wäre das *Ding*, das den Drachenkrieger getötet hatte, aber dann flammte ein besonders greller Blitz in unmittelbarer Nähe der DAGON über den Himmel, und das blauweiße, schattenlose Licht gewährte mir einen Blick auf ein schmales, von dunklem Haar eingerahmtes Frauengesicht. Aber das war doch unmöglich!

»Du!?« McGillycaddy fuhr mit einem zornigen Keuchen herum und hob die Fäuste. »Was willst du hier?«

»Dich«, sagte Several Borden leise.

McGillycaddy keuchte, trat einen Schritt auf die schlanke Gestalt zu und blieb wieder stehen, als er ihrem Blick begegnete. Irgendetwas war darin, was ihn erstarren ließ; eine Entschlossenheit, die durch nichts mehr zu erschüttern war. Ein Ausdruck, wie er vielleicht nur in den Augen von Menschen zu finden ist, die mit ihrem Leben abgeschlossen und nichts mehr zu verlieren haben.

»Ich habe auf dich gewartet, McGillycaddy«, sagte Several. »Du wirst jetzt bezahlen. Für Jennifer, für meinen Mann, für Frane – für alle, die du umgebracht hast. Und für mich.« Sie machte einen Schritt auf McGillycaddy zu und hob die Hände.

Ich begriff eine Sekunde zu spät, was sie mit ihren Worten meinte. »Nein!«, brüllte ich. »Tun Sie es nicht, Several! Er ist es nicht wert!«

Aber weder Several noch McGillycaddy hörten meinen Schrei. Mit einem sanften Lächeln auf den Zügen trat Several auf McGillycaddy zu, umschlang ihn mit beiden Armen – und ließ sich zur Seite fallen.

McGillycaddy brüllte wie von Sinnen, klammerte sich mit beiden Händen in das Tauwerk, das den Mast umspannte, und versuchte Several mit dem Knie von sich zu stoßen. Er verlor den Halt. Sein rechter Fuß glitt auf dem schlüpfrig gewordenen Holz ab. Er fiel, rutschte auch mit dem anderen Fuß weg und hing für endlose Sekunden nur noch an den Händen. Ich glaubte seine Knochen unter der Belastung ächzen zu hören.

Und dann tat er etwas, was mich vor Schrecken erstarren ließ. Er löste die linke Hand von ihrem Halt, ballte sie zur Faust – und schlug sie Several ins Gesicht. Für eine Sekunde hing er nur noch mit einer Hand in den Seilen, Severals und sein eigenes Gewicht mit einem einzigen Arm haltend.

Dann schlug er ein zweites Mal zu.

Severals Lippen öffneten sich zu einem letzten, lautlosen Schmerzensschrei. Und dann war sie verschwunden.

Lautlos stürzte sie in die Tiefe.

Ich schloss die Augen und wandte mich ab, als sie an mir vorüberfiel. Der Sturm stieß ein gellendes, fast triumphierendes Heulen aus, und für einen Moment erschien es mir, als klatsche der rollende Donner Beifall zu dem, was er sah.

Aber das furchtbare Geräusch, mit dem sie hundert Fuß unter mir auf das Deck der DAGON prallte, hörte ich trotzdem.

Jennifer saß mit steinernem Gesicht neben dem Leichnam ihrer Mutter, als ich das Deck wieder erreichte. Ein gnädiges Schicksal hatte sie so liegen lassen, dass die furchtbaren Verletzungen, die ihr der Sturz zugefügt haben musste, nicht zu erkennen waren. Sie blutete nicht einmal. Aber der Ausdruck erstarrten Entsetzens auf ihren Zügen ließ mich schaudern.

Dicht hinter McGillycaddy trat ich neben sie. Meine Knie zitterten. Der Sturm hatte an Wut gewonnen mit jedem Yard, den ich weiter in die Tiefe gestiegen war, und während der letzten Minuten hatte ich allen Ernstes damit gerechnet, mich zu Tode zu stürzen. Meine Hände bluteten und meine Arme waren taub vor Anstrengung. Woher ich die Willenskraft genommen hatte, McGillycaddy nicht kurzerhand vom Mast zu werfen, wusste ich selbst nicht mehr.

Jennifer war nicht die Einzige, die McGillycaddy und mir an Deck gefolgt war. Ein gutes halbes Hundert Menschen war an Deck der DAGON gekommen, bildete einen dichten, allseits geschlossenen Kreis um die Tote und ihre Tochter und schirmte sie vor den tosenden Winden ab. Niemand sprach, und als McGillycaddy und ich näher kamen, wich die Menge schweigend zur Seite und machte uns Platz. Aber ich sah das Entsetzen in ihren Gesichtern, die furchtbare Enttäuschung und die Angst, die nach ihren Herzen gegriffen hatte und jedes andere Gefühl betäubte. Natürlich – sie hatten den Strudel gesehen wie ich. Aber der Schrecken, den sie empfanden, musste tausend Mal schlimmer sein. Sie hatten ihrem Gott vertraut – und waren so grausam enttäuscht worden.

Jennifers Augen waren voller Tränen, als sie aufsah und erst mich und dann McGillycaddy anblickte. »Warum?«, fragte sie leise. Ihre Stimme klang tonlos.

McGillycaddy schürzte trotzig die Lippen. »Du hast es doch gesehen, oder?«, schnappte er. »Sie wollte mich umbringen.«

»Halten Sie den Mund, McGillycaddy«, sagte ich.

Der Schotte fuhr herum, starrte mich an und stemmte trotzig die Fäuste in die Hüften. »Warum sollte ich?«, fragte er wütend. »Sie waren doch dabei, Craven. Sagen Sie ihr, wie es war. Sagen Sie ihr, dass –«

»Sie sollen den Mund halten!«, sagte ich. Eine kalte, bodenlose Wut kroch in mir empor.

»Ich denke ja nicht daran!«, brüllte McGillycaddy. »Diese Schlampe wollte mich umbringen. Sie hat dort oben gewartet, um sich zusammen mit mir in die Tiefe zu stürzen. Sie wollte mich ermorden, so dramatisch wie möglich –«

Das reichte! McGillycaddy sah meine Faust nicht einmal kommen. Der Hieb war so heftig, dass ich für Sekunden beinahe fürchtete, ihn umgebracht zu haben. Aber dann erhob er sich, blinzelte den Schmerz fort und fuhr sich mit dem Handrücken über seine aufgeplatzte Lippe. Sein Blick tastete über die reglose Gestalt der toten Frau. Aber er besaß wenigstens jetzt genug Klugheit, den Mund zu halten. Ich bin an sich kein jähzorniger Mensch, aber hätte er jetzt auch nur noch einen Ton von sich gegeben, hätte ich ihn umgebracht. McGillycaddy schien das zu spüren.

»Es tut mir leid, Jennifer«, sagte ich leise. »Ich ... ich konnte nichts tun.«

Jennifer versuchte zu lächeln, aber es misslang. »Es war nicht Ihre Schuld, Robert«, sagte sie matt. »Sie ... sie wollte sterben, glaube ich. Sie hat sich versteckt, um McGillycaddy aufzulauern, aber ich ... ich dachte nicht, dass ...« Sie sprach nicht weiter, sondern begann plötzlich heftiger zu weinen. Ich streckte die Arme aus, um sie beruhigend an mich zu ziehen, aber Jennifer wich mir aus, erhob sich plötzlich und deutete mit einer Kopfbewegung nach vorne.

»Was ist das?«, fragte sie.

Für einen Moment war ich so betroffen, dass ich nicht einmal antworten konnte. Dann begriff ich. Der Strudel und der heulende Sturm interessierten sie nicht wirklich. Es war nur ihre Art, mit dem Schmerz fertig zu werden; ihn zu betäuben.

»Werden wir sterben?«

Eine einzige, endlose Sekunde lang starrte ich sie an, dann stand ich ebenfalls auf und sagte entschlossen: »Nein. Nicht, wenn ich es verhindern kann.«

Jennifer sah mich fragend an, aber ich sprach nicht weiter, sondern wandte mich um, riss McGillycaddy grob an den Rockaufschlägen in die Höhe und zerrte das Amulett aus seiner Tasche. Ohne ein weiteres Wort fuhr ich herum, stieß einen Mann beiseite, der nicht rasch genug Platz machte, und stürmte zum Achterdeck hinauf.

Eine leise, bohrende Stimme hinter meinen Gedanken begann zu flüstern, dass es Wahnsinn war, was ich tun wollte, dass das Leben von zweihundert Menschen nichts war gegen das Leid und das Unheil, das vielleicht über die Welt hereinbrechen würde, wenn Necron in den Besitz dieses Amulettes kam. Aber ich lief eher noch schneller. Zum Teufel – was scherte mich dieses *vielleicht;* ich war ein Mensch und keine Maschine, die nach streng logischen Gesichtspunkten entscheidet. Niemand konnte von mir verlangen, kalt lächelnd zuzusehen, wie zweihundert unschuldige Menschen einen grausamen Tod fanden!

Ich erreichte das Achterdeck, drehte mich wieder zum Bug und bildete mit den Händen einen Trichter vor dem Mund.

»Shannon!«, schrie ich, so laut ich konnte. »Shannon, ich weiß, dass du mich hörst. Zeige dich! Ich will mir dir reden!«

Im ersten Moment erfolgte keinerlei sichtbare Reaktion. Dann bewegte sich etwas in den Schatten jenseits der wartenden Menge, und eine Gestalt, gekleidet in die Farben der Nacht und von schlankem Wuchs, trat auf das Deck des Schiffes heraus. Hinter ihm erschien ein zweiter Drachenkrieger, dann ein dritter, vierter, fünfter.

»Was willst du?«, fragte Shannon.

Sekundenlang starrte ich ihn an, und wieder glaubte ich, die flüsternde, drängende Stimme zu hören, die mir zuschrie, das Amulett lieber über Bord zu werfen, statt es diesen Männern auszuliefern. Ich ignorierte sie.

So rasch ich konnte, lief ich die Treppe wieder herab und ging auf die fünf Schwarzgekleideten zu. Der Wind bauschte ihre Umhänge, und es sah aus, als bewegten sich die aufgestickten Drachen ungeduldig.

In Shannons Blick zeigte sich nicht das geringste Erkennen, als ich vor ihm stehen blieb. Es war kaum der Blick eines Menschen, dachte ich schaudernd, sondern der einer Puppe. Was immer Necron mit ihm gemacht hatte – er schien jedes bisschen freien Willen, jede menschliche Empfindung, jedes Erinnern aus seinem Bewusstsein getilgt zu haben. Aber schon seine nächsten Worte belehrten mich eines Besseren.

»Es ist lange her, Robert«, sagte er, sehr leise und in einem Tonfall, der irgendwie bedauernd klang.

»So lange, dass du alles vergessen hast?«, fragte ich.

Shannon schüttelte kaum merklich den Kopf. »Ich habe nichts vergessen«, sagte er. »Nichts von dem Schmerz, den ich dir zu verdanken habe, Robert. Nichts von dem Entsetzen, das ich ertragen musste, weil ich dachte, einen Freund in dir gefunden zu haben.« Er lächelte, aber es wirkte kalt. »Diesmal weiß ich, wer du bist, Hexer. Du bringst das SIEGEL?«

Ich nickte überrascht. »Woher –«

Shannon unterbrach mich mit einer ungeduldigen Handbewegung. »Ich kenne dich, Robert«, sagte er. »Besser als du selbst vielleicht. Du bist keiner, der das Leben zweihundert Unschuldiger opfern würde aus rationalen Überlegungen heraus. Nicht einmal das eines Einzigen.«

»Und du?«

Shannon antwortete nicht, sondern streckte stattdessen fordernd die rechte Hand aus, und nach einem letzten, sekundenlangen Zögern trat ich auf ihn zu und ließ Andaras Amulett hineinfallen. Shannon hob es an die Augen, drehte es hin und her – und warf es mir mit einem zornigen Fauchen vor die Füße.

»Du beleidigst mich, Robert«, sagte er heftig. »Dieses Ding ist nutzlos für uns. Ein Stück Tand, mehr nicht. Glaubst du wirklich, mich so leicht hinters Licht führen zu können?«

Verwirrt bückte ich mich nach dem goldenen Stern, hob ihn auf und starrte abwechselnd ihn und Shannon an. »Aber das ... das ist alles, was ich dir geben kann«, murmelte ich. »Ich sage die Wahrheit, Shannon! Ich weiß nicht, was du sonst –«

»Das SIEGEL!«, unterbrach mich Shannon hart. »Wir sind hier, um das SIEGEL zu holen, Robert. Das erste der SIEBEN SIEGEL DER MACHT. Es befindet sich an Bord dieses Schiffes, und es ist mein Auftrag, es zu bringen. Das da –«, er deutete auf das Amulett in meiner Hand, »– ist es jedenfalls nicht.«

»Dann ... dann weiß ich nicht, was du willst«, murmelte ich verstört.

Shannon sah mich einen Moment lang scharf an. Plötzlich nickte er. »Ich glaube dir, Robert«, sagte er. »Du bist niemand, der lügen würde, wenn das Leben anderer auf dem Spiel steht. Aber das SIEGEL ist hier. Dagon hat es an Bord genommen, denn ohne es wäre dieses Schiff nutzlos für ihn. Wir werden es finden, oder niemand wird dieses Schiff lebend verlassen.«

»Aber ich weiß nicht einmal, wie es aussieht!«, begehrte ich auf.

»Dann suche es«, sagte Shannon kalt. »Und beeile dich, Robert. Du hast nicht mehr viel Zeit.«

Ich starrte ihn an, atmete hörbar aus und deutete auf den Höllenstrudel, der sich vor dem Bug der DAGON drehte. »Ist das dein Werk?«

»Das meines Herrn«, antwortete Shannon.

»Er wird dieses Schiff vernichten«, murmelte ich.

Shannon nickte, so ungerührt, als sprächen wir über das Wetter, nicht über das Leben von zweihundert Männern, Frauen und Kindern. »Ja«, sagte er. »Dieses Schiff und alle, die an Bord sind. Es gibt kein Entkommen, Robert. Und du kannst dir die Mühe sparen, nach Rettungsbooten zu suchen. Selbst wenn es welche gäbe, würdet ihr dem Sog nicht entrinnen.« Er lächelte kalt. »Es sei denn, du findest das SIEGEL und bringst es mir.«

Das war gelogen, und Shannon wusste, dass ich die Lüge erkannte, das spürte ich im gleichen Moment, in dem er die Worte aussprach. Der Strudel würde das Schiff verschlingen; so oder so.

Trotzdem nickte ich, nachdem ich das Amulett wieder in der Tasche hatte verschwinden lassen. »Wie viel Zeit bleibt uns?«

»Nicht viel«, antwortete Shannon. »Knapp zwei Stunden.«

»Versprichst du mir, uns in Frieden zu lassen, bis ... bis es soweit ist?«

Shannon nickte. »Wenn du das SIEGEL suchst, ja.«

»Keinen Toten mehr?«

»Keine Toten mehr, bis auf einen. Aber zweihundert, wenn du versuchst, mich zu betrügen, Hexer.«

Und jetzt – endlich – begriff ich.

Ohne ein weiteres Wort wandte ich mich um und ging zu der wartenden Menge zurück. Fragende Gesichter erwarteten mich, Augen, in denen eine bange Hoffnung glomm, und Lippen, die es nicht wagten, sich zu öffnen, um die Frage zu stellen, die ihnen allen auf den Zungen brannte.

Ich ignorierte sie alle, ging auf Jennifer zu und wies mit einer Kopfbewegung zur Treppe.

»Du hast gesagt, Dagon wäre geflohen«, sagte ich.

Jennifer nickte.

»Warst du dabei?«

Wieder nickte sie, und ich fuhr fort, so leise, dass außer ihr und McGillycaddy, der unmittelbar hinter ihr stand, niemand die Worte verstand: »Kannst du mir den Ort zeigen?«

Jennifer erschrak sichtlich, aber dann nickte sie ein drittes Mal, wenn ich auch sah, wie schwer es ihr fiel.

»Gehen wir«, sagte ich.

Er war verwirrt. Die Abgesandten des Feindes handelten nicht logisch. Er war bereit gewesen einzugreifen, sollten sie versuchen, den Hexer zu töten. Aber sie hatten ihn nicht zu vernichten versucht, sondern ihm im Gegenteil geholfen. Niemand außer ihm hatte es bemerkt, denn er war in der Lage, hinter die Dinge zu blicken und die wahre Absicht zu erkennen, aber der Mann, der geschickt worden war, das SIEGEL zu holen und den Sohn des Hexers umzubringen, handelte ganz klar gegen seinen Befehl.

Lautlos zog er sich wieder zurück, schlüpfte wieder in die Maske, in der er sich zeigen konnte, ohne Aufsehen zu erregen, wurde vom Ungeheuer zum Menschen.

Er wartete.

Die Kälte war hier unten fast unerträglich. Der Boden, über den wir gingen, schien unter unseren Schritten zu knistern, und jeder Atemzug brannte in meiner Kehle, als atmete ich klein geriebenes Glas. Meine Finger waren so gefühllos geworden, dass ich kaum die Lampe halten konnte. Selbst das Licht, das sie verströmte, wirkte kalt.

»Das ist es«, sagte Jennifer leise. Ihre Stimme echote unheimlich in der kleinen Kammer, und die Wände, die mit einer hauchdünnen glitzernden Schicht aus Raureif überzogen waren wie mit einer eisigen Haut, schienen einen Teil ihres Klanges zu verschlucken, bis nur noch die dumpfen, düsteren Töne übrig blieben.

Es war keine wirkliche Kälte, die uns schaudern ließ, das spürte ich. Es war dieses Zeichen, auf das Jennifer deutete. Ein mannsgroßes, mit seltsamen Farben gemaltes Pentagramm auf dem Boden, genau im mathematischen Zentrum der Kammer.

»Was soll das sein?«, fragte McGillycaddy ungeduldig. Seine Stimme klang ebenso verzerrt und düster wie die Jennifers, aber anders als bei ihr hörte ich auch noch eine deutliche Spur von Furcht in seinen Worten. Im Grunde war McGillycaddy nichts als ein erbärmlicher Feigling.

»Ich weiß es nicht«, antwortete Jennifer. »Er ... er ist hineingetreten, und dann war er verschwunden. Da war ein Licht, und ...« Sie brach ab, sah mich beinahe hilflos an und machte einen Schritt auf das magische Symbol zu. Hastig ergriff ich sie am Arm und zog sie zurück.

»Berühren Sie es nicht«, sagte ich warnend. Ich schob sie ein Stück zur Seite, bedeutete auch McGillycaddy und den beiden Männern, die uns begleitet hatten, zurückzuweichen, und näherte mich dem Pentagramm behutsam.

Nichts geschah, als ich die düster flackernden Linien des fünfeckigen Sternes berührte. Ich spürte weder körperlich noch auf geistiger Ebene irgendeine Veränderung. Trotzdem wusste ich mit ziemlicher Sicherheit, was ich vor mir hatte.

Langsam ging ich bis zu seinem Zentrum, ließ mich in die Hocke sinken und tastete mit den Fingerspitzen über den Boden. Ich fühlte nichts als eisiges Holz. Aber meine Überzeugung, es mit nichts anderem als mit einem *Tor* zu tun zu haben, wuchs eher noch.

»Etwas fehlt«, murmelte ich. Beinahe ohne dass ich selbst es bemerkte, zog ich Andaras Amulett aus der Tasche und legte es ins Zentrum des Pentagrammes. Aber die erhoffte Wirkung blieb aus. Das *Tor* blieb verschlossen.

Ich wandte mich an Jennifer. »Versuchen Sie sich zu erinnern«, sagte ich. »Er muss irgendetwas getan haben. Irgendein Wort, ein Gegenstand, eine bestimmte Bewegung ...«

Jennifer blickte mich an, schüttelte den Kopf – und fuhr plötzlich zusammen wie unter einem Hieb. Ihre Hand glitt in eine Tasche ihres Umhanges und förderte einen kleinen, grün glitzernden Stein zutage.

»Das hier habe ich gefunden«, sagte sie. »Es lag auf dem Boden.«

Ich stand auf, nahm ihr den Stein aus der Hand und betrachtete ihn eingehend. Er fühlte sich glatt wie Glas an und bestand aus einem grünlichen Material, in das verwirrende Symbole eingeritzt waren. Seine Form entsprach genau der des Pentagrammes. Und plötzlich wusste ich auch, woran er mich noch erinnerte, ebenso wie Andaras Amulett und das Pentagramm selbst. Abgesehen von seiner Größe und Farbe hätte er ein *Shoggoten-Stern* sein können. Selbst die Linien auf seiner Oberfläche waren identisch.

»Was ist das?«, fragte McGillycaddy.

»Der Schlüssel«, antwortete ich. »Der Schlüssel, der das *Tor* öffnet.«

»Tor?« McGillycaddy glotzte mich blöde an. »Was soll das heißen?«

Ich wollte antworten, aber ich kam nicht dazu, denn in diesem Moment wurde die Tür aufgestoßen und eine weitere Gestalt betrat den Raum. Ich glaube, ich war der Einzige, der nicht überrascht war. Im Gegenteil – etwas hätte gefehlt, wäre er nicht gekommen.

»Etwas, das Sie niemals begreifen würden, McGillycaddy, selbst wenn wir es Ihnen erklärten«, sagte Bannermann ruhig.

McGillycaddy ächzte. Sein Unterkiefer klappte herunter. Von einer Sekunde auf die andere verlor sein Gesicht alle Farbe. Er sah plötzlich aus wie ein Mann, der einem leibhaftigen Gespenst gegenübersteht.

»Bannermann!«, keuchte er. »Aber das ... das ist doch vollkommen ... das ist ...« Er wimmerte, riss schützend die Arme vor das Gesicht und taumelte zurück, als hätte er einen Schlag bekommen. »Das ist unmöglich!«, wimmerte er. »Sie sind tot! Tot! Ich weiß das! Sie ... Sie sind –«

»Das ist nicht Bannermann, McGillycaddy«, sagte ich ruhig.

Bannermann – das Wesen, das aussah wie Bannermann – lächelte. »Nein«, sagte er ruhig. »Den Menschen Bannermann gibt es nicht mehr. Er hat ihn getötet.« Er deutete auf McGillycaddy, der sich abermals wie unter einem Hieb krümmte und den vermeintlichen Bannermann aus hervorquellenden Augen anstarrte. »Schon vor Tagen, Robert. Wie lange wissen Sie es schon?«

»Dass Sie nicht Bannermann sind?« Ich zuckte mit den Achseln. »Nicht so lange, wie ich es müsste«, gestand ich. »Ich hätte es im ersten Moment bemerken müssen. Sie haben Fehler gemacht.«

»Ich weiß«, gestand das Bannermann-*Ding*. »Ich hätte Ihnen den Toten nicht zeigen dürfen. Aber ich wollte Sie warnen.«

»Sie konnten nicht wissen, dass diese Männer im Auftrage Necrons hier sind«, bestätigte ich. »Der echte Bannermann weiß nicht einmal, dass es einen Mann dieses Namens gibt. Wer sind Sie?«

»Ein Freund«, antwortete Bannermann. »Wenn das, was Sie mir über das Wort Freundschaft erzählt haben, die Wahrheit ist.«

»Ein Freund?«, wiederholte ich. »Oder ein Feind meiner Feinde? Das ist ein Unterschied.«

Bannermann schien einen Moment über die Bedeutung meiner Worte nachzudenken, dann machte er eine wegwerfende Geste und deutete zuerst auf das Pentagramm, dann auf den grünen Stein in meiner Hand. »Sie wissen, was Sie dort haben«, sagte er.

Ich nickte. »Den Schlüssel zu diesem *Tor«,* sagte ich.

»Und das SIEGEL«, fügte Bannermann hinzu. »Die Männer, die Necron gesandt hat, werden wissen, wo es ist, im gleichen Moment, in dem Sie das *Tor* öffnen. Sie werden kommen und es holen. Das darf nicht sein.«

Er sprach nicht weiter, aber ich hörte das, was er sagen wollte, so deutlich, als hätte er es gesagt: »Ich werde es verhindern.«

Mit einer fast trotzigen Bewegung schloss ich die Faust um das

SIEGEL. »Was erwarten Sie?«, fragte ich. »Dass ich zusehe, wie zweihundert Menschen sterben, nur wegen dieses Steines?«

»Es ist weit mehr als *nur* ein Stein«, sagte Bannermann sanft. »Sie wissen das, Robert.«

»Ich weiß überhaupt nichts«, sagte ich. »Ich weiß nicht einmal, was diese SIEBEN SIEGEL sind, geschweige denn, was sie bewirken. Ich weiß nur, dass dieses *Ding* die einzige Möglichkeit darstellt, das Leben der Menschen hier an Bord zu retten. Erwarten Sie, dass ich zusehe, wie sie sterben?«

Bannermann starrte mich an, und für einen Moment – einen winzigen, zeitlosen Moment nur, aber mit fast übernatürlicher Klarheit – glaubte ich ihn zu sehen, wie er wirklich war: ein Gigant, drei Meter groß und mit weit gespannten, ledernen Flügeln, dämonenköpfig und mit Augen, die die Ewigkeit geschaut hatten. Eine Bestie. Das Ungeheuer, das den Drachenkrieger getötet hatte.

Aber ich sah noch mehr. Im gleichen Moment, in dem ich seine wahre körperliche Erscheinungsform sah, spürte ich seine *Macht*. Eine Macht, die die Grenzen des Vorstellbaren sprengte. Die gleiche, unbeschreibliche Kraft, die mir geholfen hatte, mehr als zweihundert Menschen gleichzeitig geistig zu beeinflussen.

»Sie können es«, behauptete ich. »Sie können das *Tor* öffnen, ohne den Stein zu benutzen.«

»Das kann ich nicht«, behauptete Bannermann, aber ich fegte seinen Einwand mit der Hand beiseite und sagte noch einmal: »Sie können es. Selbst ich habe einmal ein *Tor* aufgestoßen, und ich bin nichts gegen Sie. Ich habe Ihre Macht gespürt, vergessen Sie das nicht.«

Lange blickte mich das Wesen mit Bannermanns Körper an, und ich spürte die Verwirrung, die meine Worte hinter seiner Stirn hervorriefen.

»Sie haben Recht«, sagte er plötzlich. »Ich könnte es. Aber sie würden trotzdem spüren, dass ich es tue. Sie würden kommen.«

»Dann halte ich sie auf«, sagte ich impulsiv.

Bannermann lachte. »Sie? Ein einzelner Mann gegen fünf von ihnen?«

»Ich und McGillycaddy und seine vier Freunde«, bestätigte ich.

McGillycaddy ächzte. »Hören Sie mal, Craven!«, keuchte er. »Wenn Sie glauben, dass meine Männer und ich –«

»Ich glaube«, unterbrach ich ihn scharf, »dass Sie daran interessiert sind, von hier wegzukommen.« Ich musterte ihn kalt. »Sie haben die Wahl, McGillycaddy«, sagte ich. »Sie können mir helfen und den anderen und sich selbst so zumindest eine Chance geben, zu überleben. Oder Sie können hierbleiben und die Minuten zählen, bis das Schiff in den Strudel stürzt. Oder Shannon auftaucht und Ihnen die Kehle durchschneidet.«

McGillycaddy erbleichte noch mehr. »Das ... das ist Erpressung«, stammelte er. »Sie wissen, dass wir keine Chance haben. Nicht gegen diese Männer.«

»Ich will nicht behaupten, dass sie sehr groß ist«, sagte ich. »Aber wir haben eine Chance. Damit.« Ich hob die Faust, in der ich das SIEGEL trug, und sah Bannermann an. Er nickte.

»Ihr seid ein sonderbares Volk«, sagte er plötzlich. »Du hast gegen Götter gekämpft, um dein Leben zu retten. Und jetzt bist du bereit, es wegzuwerfen, um das anderer willen, die du nicht einmal kennst.«

»Vielleicht ist das der Unterschied zwischen uns«, murmelte ich. Nun – werden Sie es tun?«

Das Bannermann-Wesen seufzte. »Ja«, sagte es schließlich. »Aber du weißt, dass du nicht nur gegen menschliche Feinde kämpfst? Die Macht, die dieses Schiff vernichten wird, kennt kein Erbarmen. Nicht einmal ich bin in der Lage, sie aufzuhalten.«

»Das verlange ich nicht«, antwortete ich. »Wir haben zwei Stunden. Mehr als genug Zeit, die Leute durch das *Tor* in Sicherheit zu bringen. Was danach geschieht, werden wir sehen.«

»Das werden wir«, sagte Bannermann

Aber was er damit wirklich sagen wollte, das verstand wohl nur ich.

»Er hat es gefunden«, sagte Shannon.

Er und die vier Krieger, die ihm verblieben waren, befanden sich in einem kleinen, fensterlosen Raum weit vorne am Bug des Schiffes. Sie saßen auf dem Boden, mit untergeschlagenen Beinen und nach vorne geneigt, die Hände ineinander verschränkt, sodass sie einen unregelmäßigen Kreis mit fünf Eckpunkten bildeten. Aber stärker als ihre Körper berührten sich ihre Geister, bildeten ein Zentrum pulsierender Kraft und sandten unsichtbare, tastende Finger hinaus in die Tiefe des Schiffes. Shannon sah das, was in der kleinen Kammer am anderen Ende der DAGON vorging, so deutlich, als stünde er daneben.

Mit ihm sahen es die vier anderen Krieger. Und er spürte ihr Erschrecken, als sie die Dämonengestalt durch Robert Cravens Augen erblickten.

»Scheijtan!«, entfuhr es einem der Männer.

Shannon sah den Krieger strafend an. »Schweigt«, schnappte er. »Dies ist nichts, was uns anginge!«

Der Mann sah auf. Ein trotziger Funke erwachte in seinem Blick. »Sie haben das SIEGEL!«, sagte er zornig. »Worauf warten wir noch? Holen wir es!«

Shannon wollte widersprechen, aber dann fühlte er, dass jedes weitere Wort das Misstrauen der Krieger nur weiter schüren würde, nickte stattdessen und löste seine Finger aus denen seiner beiden Nachbarmänner, um aufzustehen. Lautlos wie Schatten erhoben sich auch die vier anderen Krieger.

»Warten wir noch«, sagte er, als der erste den Raum verlassen wollte. »Noch ist Zeit, bis das Schiff vernichtet wird. Lassen wir ihm Zeit, so viele wie möglich in Sicherheit zu bringen.«

»Wozu?«, fragte der Krieger, der bereits vorher gesprochen hatte. »Unser Befehl ist, das SIEGEL zu holen.«

»Der Sohn des Hexers wird es mir ausliefern«, widersprach Shannon. »Ich habe sein Wort.«

»Was geht uns das Leben der anderen an!«, fauchte der Drachenkrieger. »Sollen sie sterben. Du wirst weich, Shannon. Vielleicht hat Necron nicht gut daran getan, dir den Befehl zu überlassen.« Seine Hand legte sich auf den Gürtel, zwei Finger breit neben den Griff des Schwertes, das daraus hervorsah. Shannon verstand die wortlose Warnung.

Er nickte. »Du hast recht, Kahrim«, sagte er. »Gehen wir.«

Diesmal war es wirklich ein Exodus. Die Männer und Frauen, die an Bord der DAGON gegangen waren, hatten nur das Allernotwendigste mitgenommen, das, was sie tragen konnten, im Vertrauen auf ihren Gott und darauf, dass er ihnen in der neuen Welt, die er ihnen versprochen hatte, alles geben würde, was sie brauchten. Aber ihr Gott war geflohen, und jetzt konnten sie nicht einmal mehr das mitnehmen. Ich sah die Angst in den Gesichtern derer, die zwischen Bannermann und Jennifer ins Zentrum des zu neuem Leben erwachten, lodernden Pentagrammes traten.

Der Vorgang wirkte selbst auf mich erschreckend: Es ging schnell und nahezu lautlos – ein kurzes Flackern von Licht, eine Woge intensiver Hitze, und das Zentrum des Sternes war wieder leer, der Körper, der hineingetreten war, entmaterialisiert, um irgendwo, zahllose Meilen entfernt und am Ende aller Hoffnungen, wieder aufzutauchen. Bannermann hatte versprochen, sie zurück nach Firth'en Lachlayn zu bringen, dem Ort, aus dem sie fortgegangen waren, und ich wusste, dass er sein Versprechen halten würde.

Aber es würde nicht mehr derselbe Ort sein, in den sie zurückkamen. Es würde ein Ort ohne Hoffnung sein, ein Ort der Enttäuschung und Bitterkeit und Leere. Sie hatten mit jeder Faser ihres Seins an das geglaubt, was ihnen Dagon versprochen hatte. Sie hatten ihm ihr Leben und ihre Zukunft anvertraut. Und alles, was sie bekommen hatten, war eine Lüge gewesen.

»Sie kommen«, sagte Bannermann plötzlich. Er stand, hoch aufgerichtet und so reglos wie eine Statur aus bemaltem Fels, neben dem *Tor,* in sonderbar verkrampfter, unnatürlicher Haltung, die Stirn mit Schweiß bedeckt und einen fast fiebrigen Glanz in den Augen. Seine Lippen bewegten sich kaum, als er sprach. Ich konnte die Anstrengung, die es für ihn bedeutete, das *Tor* nur Kraft seines bloßen Willens offen zu halten, beinahe spüren; eine Anstrengung, die selbst die Kräfte dieses unheimlichen Wesens beinahe überstieg.

Wenigstens hoffte ich es.

Ich bildete mir nicht ein, der geistigen Macht dieses Wesens wirklich gewachsen zu sein. Ich besaß ein wenig Übung darin, meine Gedanken abzuschirmen und das, was mich wirklich bewegte, hinter der Maske des Banalen und Unwichtigen zu verbergen. Jemanden wie Dagon, der trotz allem nur ein Mensch war, der gelernt hatte, sich das Übernatürliche zunutze zu machen, vermochte ich auf diese Weise vielleicht zu täuschen, aber kaum ein Wesen wie das, das in Bannermanns Körper geschlüpft war.

Trotzdem war es meine einzige Chance. Und die einzige Chance der zweihundert Männer und Frauen, die in einer schier endlosen Kette an mir vorüberprozessierten, um in der flammenden Umarmung des *Tores* zu verschwinden.

Ich nickte McGillycaddy und seinen vier Genossen zu und ging zum Ausgang, blieb aber noch einmal stehen, um zu Bannermann zurückzublicken. Etwas an seiner Gestalt hatte sich verändert. Er wirkte nicht mehr echt; eine Kopie, perfekt bis ins Äußerste, aber trotzdem eine Kopie, die nicht wirklich zu überzeugen vermochte.

Die Anstrengung, das *Tor* offen zu halten, musste den allergrößten Teil seiner Kräfte beanspruchen.

»Ich werde nicht auf Sie warten können, Craven«, sagte er. »Ich weiß nicht einmal, ob meine Kraft reicht, das *Tor* lange genug aufzuhalten.«

Vermutlich hätte es eine ganze Menge kluger Sachen gegeben, die ich hätte sagen können; und ebenso alberner. So beließ ich es bei einem letzten, nichtssagenden Kopfnicken, drehte mich um und schob mich hinter McGillycaddy durch die Tür.

Der Schotte ergriff sein Gewehr fester, als brauche er etwas, woran er sich klammern konnte, und hielt mir eine großkalibrige Pistole hin, die er aus der Rocktasche zog. Ich schüttelte den Kopf.

»Danke«, sagte ich. »Die brauche ich nicht. Geben Sie sie einem Ihrer Männer. Sie passt besser zu ihnen.«

Wenn McGillycaddy die Spitze verstand, so ignorierte er sie. Stirnrunzelnd steckte er die Pistole wieder ein und fuhr sich mit dem Handrücken über die Lippen. »Fünf gegen sechs«, sagte er. »Das ist Mord.«

»Wieso?«, fragte ich, ohne ihn anzusehen. »Wir sind in der Überzahl.«

McGillycaddy schnaubte. »Sie wissen ganz genau, dass diese Männer nichts anderes als seelenlose Killer sind«, stieß er hervor.

»Richtig«, antwortete ich. »Würdige Gegner für Sie, nicht wahr?«

McGillycaddy verzichtete auf eine Antwort.

Das Schiff begann sich zu verändern. Shannon hatte den Unterschied bemerkt, als sie auf das Deck hinausgetreten waren. Die Veränderung war noch nicht sichtbar, nicht real: Alle Dinge schienen, wie sie gewesen waren, und gleichzeitig ... *anders.*

Die Masten der DAGON kamen ihm vor wie Spinnenbeine, groß und hässlich, das Schiff wie ein gewaltiges pulsierendes Ding, das Heulen des Windes wie ein Chor wutverzerrter gellender Stimmen. Ihre Zeit lief ab.

Necron hatte sie gewarnt, und nach allem, was Shannon über den UNAUSSPRECHLICHEN gehört und gelesen hatte, nahm er diese Warnung sehr, sehr ernst. Das Schiff näherte sich dem Sog, und mit ihm näherte es sich dem Zentrum *seiner* Macht, dem Chaos, das vor dem Beginn der Welt gewesen war und nach ihrem Ende sein würde.

Die Vernichtung der DAGON war nur der Anfang. Das Schiff würde zerstört werden, sich in ein unglaublich fremdes, lebensvernichtendes *Etwas* verwandeln, lange ehe es den wirbelnden Mahlstrom erreichte und darin zerschmettert wurde. Auch sie würden mit ihm untergehen, wenn sie sich dann noch an Bord befanden.

Einer der Männer blieb plötzlich stehen und deutete mit dem Schwert nach vorne. »Er kommt, Shannon«, sagte er. »Er hat das SIEGEL bei sich.«

»Ich weiß«, nickte Shannon.

»Aber er ist nicht allein«, fuhr der Krieger fort. »Es sind andere bei ihm. Bewaffnete. Ich spüre den Willen zum Kampf in ihnen.«

»Und?«, fragte Shannon. »Wir werden sie töten. Nur das SIEGEL ist wichtig.« Er deutete mit der Hand zum Achterdeck hinunter und fuhr mit leicht erhobener Stimme fort: »Geht. Vernichtet alle, die sich euch in den Weg stellen, aber rührt den Siegelträger nicht an. Er gehört mir.«

»Sie fliehen, Shannon«, widersprach Kahrim. »Der Sohn des Hexers hat ein *Tor* geöffnet, durch das sie flüchten.«

»Sie werden nicht schnell genug sein«, sagte Shannon überzeugt. »Sobald das SIEGEL in unserer Hand ist, wird dieses Schiff dem Chaos anheimfallen.«

Er hatte keinerlei Beweis dafür, dass es wirklich so war, und doch spürte er, wie nahe er der Wahrheit mit seinen Worten kam. Schon jetzt war die Nähe des Chaos wie ein übler Geruch zu spüren. Er wusste, dass es einzig die Anwesenheit des SIEGELS auf diesem Schiff war, die den UNAUSSPRECHLICHEN noch davon abhielt, sich mit seiner ganzen Macht auf die DAGON zu stürzen und sie zu zerstören.

Der Gedanke, der daraus folgerte, ließ ihn schaudern. Aber er hatte keine Wahl.

»Weiter«, sagte er befehlend. Kahrim hielt seinem Blick noch einen Sekundenbruchteil lang stand, dann drehte er sich um und ging mit raschen Schritten hinter den anderen her. Shannons Hand kroch ein Stück weiter auf das Schwert in seinem Gürtel zu. Niemand merkte es.

Es war unheimlich still. Durch die offen stehende Tür am anderen Ende der Halle wetterleuchtete der blaue Widerschein des Gewitters, und ich konnte spüren, wie sich die DAGON unter unseren Füßen wand wie ein waidwundes Tier. Es war noch kälter geworden. Und etwas war geschehen, das ich nicht in Worte zu fassen vermochte, dafür aber umso deutlicher spürte.

Das Fremde war stärker geworden. Viel stärker.

Bisher hatte ich angenommen, es wäre die Nähe des geheimnisvollen Wesens, das in Bannermanns Gestalt geschlüpft war, die ich fühlte, aber das stimmte nicht. Es gab noch etwas anderes; etwas, das sehr viel mächtiger war und gleichzeitig düsterer und fremdartiger, kein Geist wie der des Bannermann-Wesens, sondern etwas wie eine dunkle Macht, ein vernunft- und seelenloses Prinzip des Bösen, das sich wie ein Pesthauch über der DAGON ausgebreitet hatte und an Stärke gewann, mit jedem Atemzug, den ich tat. Es war, als näherten wir uns dem Zentrum eines unsichtbaren Gewitters.

War es das, wovor Bannermann mich hatte warnen wollen, als er sagte, dass ich nicht nur gegen menschliche Gegner, kämpfen würde?, dachte ich. *Dieses fremde, erschreckende Ding, das seine Klauen nach der DAGON ausgestreckt hatte wie eine unsichtbare Spinne?*

Ich schauderte.

»Da drüben ist was«, sagte McGillycaddy nervös. Sein Finger spielte am Abzug der Winchester, was mich besorgt aufblicken ließ. Ich war längst nicht mehr sicher, dass es eine gute Idee gewesen war, ihn und seine vier Schlägertypen mitzunehmen. Aber ich hatte gesehen, dass er trotz allem auch ein Mann war, der mit der Waffe umzugehen wusste und sich seiner Haut zu wehren verstand. Und gegen Shannon und seine vier Begleiter konnte ich jedes bisschen Unterstützung gebrauchen, das ich bekommen konnte.

Außerdem hatten wir einen gewissen Vorteil. Der einzige direkte Weg hinunter in den unteren Teil der DAGON führte durch den Raum, in dem wir uns verschanzt hatten. Shannon und seine Krieger mussten hier vorbei – und unser Gewehr und die vier Pistolen, mit denen McGillycaddys Leute bewaffnet waren, machten einen Gutteil ihrer Überlegenheit wieder wett. Auch Berufskiller wie die Drachenkrieger waren nicht gegen Kugeln gefeit.

Unter der Tür, auf die McGillycaddy gedeutet hatte, regte sich jetzt tatsächlich etwas. Ich war nicht sicher, ob es ein Mensch war oder nur ein Schatten, den das verwirrende Lichtspiel der Blitze draußen hervorrief, schob mich aber sicherheitshalber ein Stück weiter in die Deckung des umgeworfenen Tisches. Wir hatten eine notdürftige Barrikade errichtet, vor der auf eine Strecke von gut zwanzig Schritten nichts war, hinter dem auch nur eine Maus Deckung gefunden hätte. Wenn Shannon hier vorüber wollte, musste er sich etwas einfallen lassen.

Nicht, dass ich etwa daran zweifelte, dass er es tun würde.

»Da sind sie!«, brüllte McGillycaddy, riss sein Gewehr hoch und schoss, so schnell, dass ich nicht mehr dazu kam, ihn zurückzuhalten.

Von einer Sekunde auf die andere verwandelte sich der Raum in ein Chaos aus peitschenden Schüssen, grellen Mündungsblitzen und Pulverdampf. Ich sah die geduckte Gestalt eines Drachenkriegers unter der Tür auftauchen und die Kugeln rechts und links von ihm in das Holz klatschen. Dann erschienen ein zweiter, dritter, vierter und fünfter Mann, lautlos wie Schatten und ebenso schnell und wendig in ihren Bewegungen. Beinahe schneller, als das Auge ihnen zu folgen vermochte, huschten sie in den Raum und warfen sich hinter den umgestürzten Möbelstücken in Deckung. Nicht eine einzige Kugel traf ihr Ziel.

Schließlich hörte McGillycaddy auf, wie ein Besessener zu schießen, und senkte sein Gewehr. Auch seine vier Kameraden stellten das Feuer ein.

»Sie verdammter Narr«, sagte ich zornig. »Konnten Sie nicht warten?«

»Wozu?«, gab McGillycaddy patzig zurück. »Wir haben sie in Deckung getrieben, oder?«

»Ja«, knurrte ich, »und dabei unser Versteck verraten und die Hälfte unserer Munition nutzlos verpulvert.«

Auf McGillycaddys Gesicht erschien ein betroffener Ausdruck. Verstört blickte er mich einen Moment lang an, dann lugte er wieder über den Rand unserer Deckung zum anderen Ende des Saales hinüber.

Irgendetwas bewegte sich dort drüben, aber es war nicht genau auszumachen, was. Die Größe des Saales, die uns bisher von Vorteil erschienen war, entpuppte sich nun als Handicap, denn auf ein Ziel, das sich so schnell und lautlos zu bewegen vermochte wie ein Drachenkrieger, war ein sicherer Schuss auf diese Distanz unmöglich.

»Nicht schießen«, sagte ich in jenem gehetzten, hellen Flüsterton, den man nur mehrere Schritte weit vernehmen konnte. »Erst, wenn ihr ein wirklich sicheres Ziel habt.«

Die Schwarzgekleideten kamen näher. Ein Huschen hier, ein

Scharren und Schleifen dort – das war alles, was wir sahen und hörten.

Plötzlich erwachte einer der Schatten zu rasendem Leben. Etwas polterte, und mit einem Male sprang ein Drachenkrieger hinter seiner Deckung hervor, stieß einen gellenden Kampfschrei aus und raste im Zickzack auf uns zu.

McGillycaddy schrie auf, sprang hinter dem umgestürzten Tisch in die Höhe und feuerte dreimal hintereinander.

Jeder Schuss traf.

Aber der Mann rannte weiter.

McGillycaddy keuchte ungläubig, riss seine Waffe abermals in die Höhe und schoss noch einmal; und im gleichen Moment begannen auch die anderen vier zu feuern.

Der Drachenkrieger begann zu taumeln, wie von Fausthieben getroffen, und ich sah, dass er mindestens sieben-, achtmal getroffen wurde.

Aber er lief noch immer weiter, torkelte in einer fast unmöglichen Haltung auf uns zu und fiel schließlich auf die Knie. McGillycaddy brüllte triumphierend, richtete sich vollends hinter seiner Deckung auf und schoss noch einmal auf ihn. Der Drachenkrieger bäumte sich auf, griff sich mit beiden Händen an den Schädel und fiel nach hinten.

McGillycaddy starb eine Sekunde nach ihm.

Etwas Kleines, Silbernes fegte wie ein rasendes Rad aus Licht durch die Luft, prallte gegen den Lauf seines Gewehres, kippte um seine Mittelachse und rollte McGillycaddys Arm hinauf, eine schnurgerade Spur blutender Wunden hinterlassend, erreichte seine Schulter und zerfetzte die Jacke. McGillycaddy brüllte vor Schmerz und Schrecken, ließ seine Waffe fallen und taumelte zurück, die Hand auf den blutenden Arm gepresst.

Ein zweiter *Shuriken* raste heran und tötete ihn auf der Stelle.

Und plötzlich schien der Saal voller finsterer Gestalten zu sein. Ich wusste, dass es nur noch vier waren, Shannon mitgezählt, aber sie schienen überall zugleich zu sein; Männer, die unter den grellen Mündungsflammen der Revolver hindurchtauchten und einen irrsinnigen Tanz zwischen den einschlagenden Kugeln aufführten. Der Mann neben mir brach plötzlich zusammen, und von der anderen Seite der Barriere her erscholl ein gellender Schrei, der mir sagte, dass Shannons Krieger auch dort die provisorische Sperre durchbrochen hatten.

»Zurück!«, schrie ich und sprang auf, ohne abzuwarten, ob einer der Männer meinen Befehl gehört hatte oder darauf reagierte. Etwas Helles wirbelte auf mich zu; ich duckte mich, verspürte einen heftigen, schneidenden Schmerz an der Schulter und rannte im Zickzack weiter. Hinter mir peitschten noch immer Schüsse.

Wie von Sinnen hetzte ich auf die Tür los, sah mich im Laufen um und verdoppelte meine Anstrengung, als ich sah, dass gleich zwei der schwarzgekleideten Gestalten meine Verfolgung aufgenommen hatten.

Keuchend erreichte ich die Tür, packte sie im Vorübergehen und warf sie hinter mir wuchtig ins Schloss, um wenigstens eine einzige Sekunde herauszuschinden.

Dann traf etwas meine verletzte Schulter und riss mich herum. Ich strauchelte, sah die Wand auf mich zurasen wie eine hölzerne Faust und versuchte den Anprall mit den Händen abzufangen.

Ich war nicht schnell genug.

Etwas war nicht so, wie es sein sollte. Es hatte lange gedauert, bis er es gemerkt hatte, denn die Anstrengung, das Tor *offen zu halten, überstieg beinahe seine Kräfte; nur ein ganz geringer Teil seines Bewusstseins konnte sich um die Dinge kümmern, die um ihn herum vorgingen.*

Und als er es merkte, war es zu spät.

Mit einem lautlosen Wutschrei versuchte er, seinen Geist aus den komplizierten Verstrickungen des Energienetzes zu lösen, das das Tor *geöffnet hielt, um sich denen zuzuwenden, die ihn zu betrügen versuchten.*

Es ging nicht.

Er war so erstaunt, dass er für einen Moment beinahe die Kontrolle über das Tor *verlor und Gefahr lief, selbst mit hineingesaugt zu werden. Hastig stabilisierte er das filigrane Energiemuster wieder, konzentrierte sich und versuchte erneut, seinen Geist von dem Gebilde zu lösen.*

Er konnte es nicht. Etwas hielt ihn fest, mit solcher Kraft, dass selbst seine Macht nicht reichte, die Umklammerung unsichtbarer Energien zu sprengen.

Dann spürte er, was es war.

Andaras Amulett!

Der fünfstrahlige goldene Stern, den der Sohn des Magiers dort zurückgelassen hatte, wo das SIEGEL, der grüne Jadestein, den Craven jetzt bei sich hatte, liegen sollte. Er hatte ihn schon vorher bemerkt, ihm aber keinerlei Beachtung geschenkt, in dem sicheren Glauben, Robert Craven hätte ihn schlichtweg vergessen.

Jetzt begriff er, dass es nicht so war.

In die kochende Wut in seinem Innern mischte sich eine schwache Spur widerwilliger Bewunderung. Es kam selten vor, dass es einem anderen gelang, ihn zu täuschen, und nie zuvor war es einem Sterblichen gelungen, ihn über seine wahren Absichten im Unklaren zu lassen.

Bis jetzt.

Sein Zorn wurde stärker, aber er begriff auch, dass er hilflos war. Der Sohn des Hexers hatte dafür gesorgt, dass er das Tor so *lange offen hielt, bis auch der letzte Mann von Bord war. Bis dahin musste er sich gedulden.*

Aber sein Zorn wuchs, mit jeder Gestalt die in das flimmernde Pentagramm stieg und verschwand.

Es waren nicht mehr sehr viele.

Ich spürte, dass ich nicht lange bewusstlos gewesen sein konnte. Etwas Schweres lag auf mir, als ich erwachte, und der süßliche Geruch von Blut stieg mir in die Nase. Mühsam drehte ich mich so weit herum, bis ich die Hände unter den reglosen Körper schieben konnte, und wuchtete ihn von mir herunter.

Ein blasser, grauer Lichtschein erfüllte den Gang. Das Gewicht, das auf mir gelegen hatte, war ein Körper gewesen, und der süßliche Geruch kam von dem Blut, das mein Gesicht und meine Brust besudelt hatte. Es war nicht mein Blut, und der reglose Körper war der eines Drachenkriegers, erschlafft im Tode, die Augen geöffnet und erfüllt von grenzenlosem Entsetzen.

Hinter ihm lag ein zweiter Drachenkrieger – auch er tot.

Stöhnend richtete ich mich auf, drehte mich herum und erblickte einen dritten Toten, auch er in das matte Schwarz der Drachenkrieger gekleidet und mit dem gleichen ungläubig entsetzten Ausdruck in den Augen wie seine beiden Kameraden.

Sekundenlang starrte ich die drei Toten an. Dann zog ich mein Taschentuch hervor und versuchte, mir das Blut aus dem Gesicht zu wischen. Erst dann bemerkte ich die vierte, vollkommen schwarz gekleidete Gestalt, die noch aufgerichtet am Ende des Ganges stand.

»Hast du sie getötet?«, fragte ich leise.

Shannon nickte. »Ja.«

»Warum?«

»Sie hätten nicht gewartet«, antwortete Shannon. »Sie wollten deinen Tod und den der anderen.«

»Es ... es waren deine Kameraden«, sagte ich stockend. Der Anblick der Toten erfüllte mich weder mit Erleichterung noch mit Triumph, sondern nur mit kaltem Entsetzen.

Shannon fegte meine Worte mit einer Handbewegung beiseite. »Das waren sie nicht«, behauptete er. »Sie waren Männer, die dem gleichen Herrn dienten wie ich. Nicht mehr. Hast du das SIEGEL?«

Ich nickte, griff in die Tasche und zog den kleinen, flimmernden Stein hervor, gab ihn Shannon aber noch nicht, sondern blickte sekundenlang auf das so harmlos aussehende Stück Kristall herab.

»War es das wert?«, fragte ich leise.

Shannon trat einen Schritt auf mich zu und streckte fordernd die Hand aus. »Es ist eines der SIEBEN SIEGEL DER MACHT«, sagte er, als wäre das allein Erklärung genug. »Hundert Mal mehr Menschen sind gestorben um den Besitz eines dieser SIEGEL willen. Gib es mir.«

Ich gehorchte. Shannon schloss die Hand um den Stein und ließ ihn beinahe achtlos in der Tasche verschwinden.

»Ich habe mein Wort gehalten«, sagte ich. »Hältst du deines auch?«

»Zweifelst du daran?«, fragte Shannon.

»Nein«, antwortete ich. »Aber ich verstehe dich nicht. Warum bist du geblieben?«

»Aus dem gleichen Grund, aus dem ich noch immer hier bin«, antwortete Shannon. Seine Stimme klang ein ganz klein wenig gereizt. Ich versuchte auf geistigem Wege mit seinem Bewusstsein Verbindung aufzunehmen, aber das Ergebnis war so, wie ich es erwartet hatte – als würde ich gegen eine Wand aus Stahl rennen.

Shannon verzog abfällig die Lippen. »Lass das Robert«, sagte er. »Du weißt, wie sehr ich dir überlegen bin. Wir haben eine Abmachung. Ich werde bleiben, bis der letzte Mensch die DAGON verlassen hat. Aber versuche nicht, mich zu betrügen.«

»Das versuche ich nicht«, sagte ich hastig. »Ich ... ich versuche nur herauszufinden, wer du eigentlich bist. Wir waren einmal Freunde, beinahe jedenfalls.«

»Freunde?« Shannon schüttelte den Kopf ... »Das waren wir nie, Robert. Ich war schwach, und ich wurde dafür bestraft. Wir dienen verschiedenen Herren.«

»Dann sage dich von ihm los!«, sagte ich heftig. »Necron wird dich benutzen, solange du ihm dienlich sein kannst, und dann töten. Komm zu mir. Ich ... ich brauche einen Freund wie dich.«

»Das ist unmöglich, Robert«, sagte Shannon leise. »Ich werde gehen, sobald deine Leute in Sicherheit sind. Ich muss es.«

Mit einer fast verzweifelten Geste deutete ich auf die drei Toten. »Necron wird dich vernichten, wenn er erfährt, was du getan hast!«, sagte ich.

»Das wird er so oder so«, antwortete Shannon. »Es macht keinen Unterschied mehr.«

»Warum hast du es getan? Warum ... warum stellst du dich gegen deine eigenen Leute, um dann noch zu ihm zurückzukehren? Das ergibt keinen Sinn!«

»Dieses Schiff wird zerstört werden, Robert«, antwortete Shannon leise. »Im gleichen Moment, in dem ich es verlasse. Nur die Anwesenheit des SIEGELS schützt euch noch vor dem Zorn dessen, den Necron entfesselt hat. Du hast den Strudel gesehen und den Sturm. Dies alles ist sein Werk. Und er kann tausend Mal Schlimmeres tun. Ich musste sie töten, um das Leben deiner Freunde zu retten.«

»Und du behauptest, auf der anderen Seite zu stehen?« Ich schrie die Worte fast. »Du stellst dich gegen deinen Herrn und tötest deine eigenen Krieger, um uns zu retten, und du behauptest noch immer, auf Necrons Seite zu stehen? Komm zu uns, Shannon.«

Shannons Blick wirkte auf unbestimmte Weise traurig.

»Das kann ich nicht, Robert«, sagte er sanft. »Was ich getan habe, hat nichts mit Ungehorsam zu tun. Mein Auftrag war, das SIEGEL zu holen, nicht zweihundert Unschuldige zu töten. Ich werde gehen, sobald der Letzte von Bord ist. Es dauert nicht mehr lang.«

»Du wirst sterben, Shannon«, sagte ich.

»Vielleicht«, erwiderte Shannon. »Aber welche Rolle spielt ein Leben in dem Spiel, in das wir hineingezogen wurden, Robert? Diese Sache hier ist längst nicht mehr eine Angelegenheit der Menschen. Es ist ein Krieg der Götter, Robert.«

»Ein Krieg der Götter!« Ich spie die Worte beinahe aus. »Und geopfert werden Menschen, wie? Shannon, das kann nicht dein Ernst sein. Vernichte dieses verdammte SIEGEL, und sage dich von Necron los, ich ... ich flehe dich an!«

»Vernichten?« Shannon lächelte, als hätte ich etwas furchtbar Dummes gesagt. »Wie kann ein Mensch vernichten, was ein Gott schuf?«, fragte er. »Die SIEBEN SIEGEL, sind Dinge, die älter sind als unser Volk, Robert. Keine Macht dieser Welt kann sie zerstören.«

»Was bedeuten sie?«, fragte ich. »Welche Macht geben sie Necron,

Shannon? Wird er die Welt beherrschen, wenn er ihrer habhaft geworden ist? Ist es das, was du willst? Dass dieses Ungeheuer in Menschengestalt noch mehr Leid und Tod verbreiten kann?«

Shannon lächelte abermals. »Du verstehst nichts, Robert«, sagte er. »Necron ist ein Narr, der untergehen wird, sobald er die SIEGEL erbrochen hat. Nicht mehr als ein Werkzeug, genau wie du und ich. Es sind die wahren Herren, die hinter den SIEGELN warten.«

»Die GROSSEN ALTEN.«

»Sie haben viele Namen«, antwortete Shannon. »Keiner von ihnen ist richtig und keiner falsch. Auch ich weiß nicht viel über die wahre Bedeutung der SIEGEL. Ich glaube, selbst Necron kennt nur einen kleinen Teil des Geheimnisses, doch auch er weiß schon mehr, als für einen sterblichen Menschen gut wäre.« Er stockte, sah mich einen Herzschlag lang an und lächelte abermals auf diese sonderbar traurige Art. »Ich muss jetzt gehen, Robert. Und auch du solltest gehen, wenn du dieses Schiff noch lebend verlassen willst. Denke daran – wenn das SIEGEL nicht mehr hier ist, gibt es nichts mehr, was die DAGON noch schützt.«

»Warte noch!«, sagte ich, als sich Shannon umwenden und fortgehen wollte. Er blieb stehen und sah mich an.

»Ja?«

»Sehen wir uns wieder?«, fragte ich.

Shannon schüttelte den Kopf. »Nein. Den Ort, zu dem ich gehe, hat noch kein Mensch lebend verlassen, der nicht unter Necrons Schutz stand. Versuche nicht, mir zu folgen. Es wäre dein Untergang.« Und damit wandte er sich endgültig um und ging, und nach einer Weile drehte auch ich mich herum und machte mich auf den Weg nach unten, wo das *Tor* auf mich wartete.

Und ein Wesen, das in den Körper Kapitän Bannermanns geschlüpft war und mich vielleicht töten würde.

Der Raum war leer. Das Flammen und Lodern des Pentagrammes war auf ein sanftes, kaum noch wahrnehmbares Glühen herabgesunken, und von den zweihundert Männern und Frauen, die noch vor Stundenfrist eine schier endlose Kette davor gebildet hatten, war nicht mehr die geringste Spur zu sehen. Selbst die toten Drachenkrieger und die Kadaver von Dagons Kreaturen waren verschwunden.

Dafür war *ES* da.

Es war nicht mehr Bannermann, aber es glich auch nicht mehr dem hornköpfigen Dämon, als der es mir einmal gegenübergetreten war und in dessen Gestalt es die beiden Drachenkrieger getötet hatte, sondern offenbarte sich mir als gigantische, krakenköpfige Scheußlichkeit, ein Ding, drei Meter groß und schwammig wie eine grässliche Ausgeburt eines Fiebertraumes, beinahe formlos, übel riechend wie Aas und mit gelben, böse starrenden Augen ohne sichtbare Pupille oder Iris. Und irgendetwas sagte mir, dass dies seine wahre Gestalt war.

»Du Narr«, sagte es. Die Stimme war leise, schneidend wie geschliffener Stahl und erscholl direkt in meinen Gedanken. »Du hast mich betrogen, Robert Craven.«

»Ich musste es«, antwortete ich. Meine Stimme versagte mir fast den Dienst. Es fiel mir unglaublich schwer, die gigantische Scheußlichkeit anzublicken.

»Du musstest es? Warum?« Die lautlose Stimme klang zornig. »Ich stehe auf deiner Seite, Robert Craven. Ich kämpfe gegen dieselben, gegen die auch du kämpfst. Ich bin dein Freund!«

»Das bist du nicht«, antwortete ich, so fest ich konnte. »Du hast nie verstanden, was dieses Wort bedeutet. Du bist ein Feind meiner Feinde, aber das macht dich nicht zu meinem Freund. Du kämpfst einen Kampf, der nicht unser Kampf ist, und du kämpfst ihn auf unserer Welt.«

»Du verdammter Narr!«, sagte das Ungeheuer. »Du weißt ja nicht, was du getan hast. Du hast Necron das erste der SIEBEN SIEGEL DER MACHT ausgehändigt. Warum?«

»Weil ich Shannon mein Wort gegeben hatte«, antwortete ich. »Hast du es vergessen? Keine Toten mehr. Das Leben der Männer und Frauen an Bord der DAGON gegen das SIEGEL.«

»Dein Wort!«, keuchte der Unheimliche. »Du verschenkst das SIEGEL um deines *Wortes* wegen? Das verstehe ich nicht.«

»Vielleicht kannst du das auch nicht«, antwortete ich. »Möglicherweise ist das der Unterschied zwischen uns und euch.«

Das Wesen antwortete nicht, aber seine zahllosen dünnen Arme begannen erregt zu peitschen. Eine wogende, einzeln nicht zu erkennende Bewegung lief durch seinen aufgedunsenen Leib.

»Ich sollte dich töten«, sagte es.

»Warum tust du es nicht?«

Die gelben Höllenaugen starrten mich an, und ich glaubte fast so etwas wie Erstaunen darin zu lesen. »Weil es keinen Nutzen hätte«, antwortete der Dämon schließlich. »Du kannst gehen!« Einer der dünnen schwarzen Tentakelarme deutete auf das Pentagramm. »Aber zuvor will ich dir noch etwas sagen!«

Ich sah den schwarzen Giganten an. Als er weitersprach, klang seine Stimme hohl und drohend, und seine Worte waren nicht einfach nur Worte, sondern eine düstere, unheilvolle Prophezeiung, deren wahre Bedeutung ich erst viel, viel später erkennen sollte.

»Du wirst leben, Robert Craven«, sagte er. *»Aber merke dir dies. Du hast mehr getan, als mich zu hintergehen, mehr, als du jetzt bereits ermessen kannst. Du hast das erste der SIEBEN SIEGEL DER MACHT in die Hände des Feindes geschenkt, das SIEGEL, das es ihm ermöglicht, auch die anderen zu finden und in seinen Besitz zu bringen. Du hast das Schicksal deiner Welt in die Waagschale, geworfen, Robert Craven. Bete zu deinen Göttern, dass du stark genug bist, sie zu euren Gunsten zu senken. Denn wenn es nicht gelingt, wird eure Welt untergehen. Und merke dir noch dies, Robert Craven: Du hast mich betrogen und wenn ich auch deine Gründe verstehe, so bin ich doch kein Gott der vergibt. Wenn wir uns wiedersehen, werden wir Feinde sein.«*

Dann packte mich einer der schwarzen Schlangenarme, wickelte sich wie ein Lasso um meinen Körper und schleuderte mich ins flammende Herz des Pentagrammes hinein.

Gefangen im Dämonen-Meer

Es war wie an den Abenden zuvor und doch wieder anders: Die unheimlichen, tanzenden Lichter weit draußen auf See waren heller, der sonderbare Singsang, der mit dem Wind heranwehte, lauter, der Hauch von Kälte, der sich wie ein Dieb vom Meer herangeschlichen hatte, deutlicher geworden. Und mit der Nacht kamen die Boote. Sehr sonderbare Boote; Boote, wie sie Eldekerk nie zuvor erblickt hatte. Boote mit seltsamen, knöchernen Gestalten, Wesen mit zu großen Köpfen und zu dürren Gliedern, mit Haut wie aus Stahl oder poliertem Holz und mit Gesichtern, die nicht die von Menschen waren.

Es war das zwölfte oder dreizehnte Mal, dass Eldekerk diese seltsamen Boote und ihre noch seltsameren Insassen beobachtete, aber der Anblick hatte nichts von seinem Schrecken verloren.

Und nichts von seiner furchtbaren Faszination.

Jop Eldekerk war ein Mann von gut fünfzig Jahren, den ein Schicksal, gegen das der Lebensweg eines Marco Polo langweilig erschienen wäre (so erzählte er es selbst jedenfalls gerne) bis nach Krakatau verschlagen hatte; auf eine Insel in der Sundastraße, so klein und unbedeutend, dass sie auf den meisten Karten Indonesiens nicht einmal zu finden war.

Aber wenn auch das meiste von dem, was Eldekerk über seine Abenteuer zu erzählen wusste, schlichtweg erfunden war, so hatte er doch genug erlebt, um zu wissen, dass es Dinge gab, in die man seine Nase besser nicht hineinsteckte, wollte man nicht Gefahr laufen, sie zu verlieren – unter Umständen mitsamt des dazugehörigen Kopfes. Und das, was er jetzt seit annähernd zwei Wochen Abend für Abend nach Sonnenuntergang beobachtete, gehörte ganz eindeutig zu diesen Dingen.

Diese sonderbaren Boote, die Lichter, die Geräusche und die seltsamen Knochenmänner machten ihm Angst.

Und gleichzeitig faszinierten sie ihn so, dass er jeden Abend sein Fernglas und die Bergstiefel hervornahm und sich wieder auf den Weg hier heraus machte.

Eldekerk verstand sein Tun in diesem Punkt selbst nicht so recht.

Im Grunde war er ein ganz vernünftiger Mann – wäre er es nicht gewesen, hätte er in seinem Leben als Weltenbummler und Abenteurer kaum ein so stattliches Alter erreicht, ohne mehr als zwei Finger und ein halbes Ohr einzubüßen – und normalerweise hätte er um etwas, das derart fremd und bedrohlich wirkte, einen Bogen geschlagen, so groß wie der Wendekreis des Krebses. Überdies nahm er sich jeden Morgen, wenn er erschöpft und todmüde in seine kleine Hütte zurückkam und auf sein Bett fiel, fest vor, nicht noch einmal zur Küste hinunterzugehen.

Und jeden Abend, wenn die Zeit kam, brach er wieder auf. Es war wie ein Zwang, etwas, das stärker war als seine Vernunft und ihn immer wieder aufs Neue dazu brachte, die lebensgefährliche Kletterei in Kauf zu nehmen, um den kleinen Felsüberhang über der Küste zu erreichen, von dem aus er der unheimlichen Prozession zusehen konnte. Und da war noch etwas.

Es war ihm unmöglich, darüber zu sprechen.

Gleich am ersten Morgen hatte er es versucht, an dem Morgen, der der Nacht folgte, in der er sich hierher verirrt und die bizarren Knochenboote zum ersten Mal gesehen hatte. Er hatte versucht, mit seinen Freunden darüber zu reden und von dem Sonderbaren zu berichten, aber es war ihm nicht gelungen. Seine Kehle war wie zugeschnürt gewesen. Alles, was er hervorgebracht hatte, war ein albernes Kichern.

Der Wind drehte sich, fuhr raschelnd durch das dichte, tropische Unterholz, in dem Eldekerk Schutz gesucht hatte, und trug den düsteren Singsang, der das Erscheinen der Boote begleitete, für einen Moment stärker heran. Eldekerk schauderte. Das Geräusch erinnerte ihn an den dumpfen Wechselgesang mittelalterlicher Mönche, die ein Opfer zur Inquisition begleiteten. Eldekerk wusste nicht, warum – aber ganz genau das war das Bild, das seine Phantasie zu diesen Tönen erschuf.

Er versuchte die Vorstellung zu vertreiben, aber es gelang ihm nur zum Teil. Sie blieb und gesellte sich der Angst hinzu, die der Anblick des guten Dutzends niedriger Boote ohnehin in ihm wachrief.

Die sonderbare Prozession kam näher, so nahe, dass Eldekerk sie nun fast schon mit bloßem Auge als Schiffe erkennen konnte. Beim ersten Mal hatten sie kaum hundert Meter zurückgelegt, ehe sie verschwanden, am zweiten gut die doppelte Distanz, dann einen halben Kilometer, einen ganzen …

Eldekerk wusste nicht, was geschehen würde, wenn sie die Küste erreichten. Der Felssims, auf dem er lag, wuchs wie ein von der Hand der Natur erschaffener Balkon gute zehn, zwölf Meter ins Nichts hinaus, sodass er den dreißig Meter tiefer gelegenen Küstenstreifen nicht erkennen konnte. Aber er glaubte auch nicht, dass sie die Küste *heute* erreichen würden. Es gab zwei Dinge, die dagegen sprachen.

Das eine waren Eldekerks – zugegeben beschränkte – Mathematikkenntnisse. Er hatte versucht, die Strecke abzuschätzen, die noch zwischen der gespenstischen Flotte und der Küste lag, und die allabendliche Verdopplung des Weges, den sie zurücklegte. Wenn er sich nicht geirrt hatte, dürften sie die Küste frühestens in der folgenden Nacht erreichen.

Das andere war der Mond.

Eldekerk war kein abergläubischer Mensch, ganz und gar nicht. Er wusste nur, dass es Dinge gab, die mit dem Wissen und der Logik der Menschen nicht unbedingt zu erklären waren. Diese Flotte und ihre gespenstischen Steuermänner gehörten dazu. Als Eldekerk sie das erste Mal gesehen hatte, war Neumond gewesen. Jetzt fehlte noch ein Finger breit, aus dem Mond ein vollkommen gerundetes, fettes Auge zu machen, das vom Himmel blinzelte.

Er war sehr sicher, dass die Gespensterflotte die Küste Krakataus genau bei Vollmond erreichen würde.

Das erste Boot näherte sich der Stelle, die Eldekerk in Gedanken errechnet hatte. Hastig stemmte er sich auf die Ellbogen hoch, fuhr sich mit Daumen und Zeigefinger über die Augen, die vom langen angestrengten Starren zu schmerzen begonnen hatten, und setzte sein Fernglas wieder ab.

Der lang gestreckte Schatten wuchs zu einem grotesken Boot heran, in dem ein noch groteskeres Wesen stand, das es mit einer langen, irgendwie *lebendig* aussehenden Stange von der Stelle stakte. Aber Eldekerk hatte an diesem Abend weder einen Blick für das abstruse Knochengesicht des Mannes, noch für sein seltsames Boot. Mit angehaltenem Atem und zitternd vor Spannung wartete er.

Seine Geduld wurde auf eine harte Probe gestellt.

Der Knöcherne stakte das Boot noch zehn, vielleicht zwölf Stöße weiter und zog seine Stange dann ein.

Einen Augenblick später begann das Boot zu verblassen.

Eldekerk hatte einmal zugesehen, wie ein Fotograf eine seiner Platten in ein Chemiebad legte und auf dem scheinbar leeren Stück

Metall nach und nach ein Bild erschien, wie aus dem Nichts. Der Vorgang, den er jetzt beobachtete, war genauso, nur umgekehrt. Langsam, ganz langsam, als stehle eine unsichtbare Macht dem Schiff dort draußen seine Realität, löste sich das seltsame Gefährt auf. Seine Farben verblassten. Es wurde durchsichtig, schien für einen kurzen Moment zu zerfließen wie ein Spiegelbild in klarem Wasser, in das jemand einen Stein geworfen hatte – und war fort.

Das Fernrohr in Eldekerks Hand suchte das nächste Boot. Lautlos glitt es heran, erreichte die Stelle, an der das erste verschwunden war – und verblasste ebenfalls.

Der Vorgang wiederholte sich noch ein gutes Dutzend Mal, dann war der Ozean wieder so leer, wie vor dem Erscheinen der seltsamen Flotte, und auch die Lichterscheinungen und Geräusche waren verschwunden.

Aber Eldekerk hatte genug gesehen. Er wusste jetzt, dass er sich nicht getäuscht hatte. Morgen, wenn der Mond aufging, würden sie die Küste erreichen.

Und er, Jop Eldekerk, würde dort unten sein, um auf sie zu warten.

Das Schiff war nicht besonders groß – ein Zweimastsegler von kaum hundertfünfzig Fuß Länge mit schmuddeliger Takelage, einem Rumpf, der unter dem Gewicht der Algen und Muscheln, die sich im Laufe der Jahre daran geklammert hatten, schier zu zerbrechen drohte, und einer Besatzung, die geradewegs aus einem Buch über die Piraten des siebzehnten Jahrhunderts entsprungen zu sein schien.

Und trotzdem war es für mich der schönste Anblick, den ich jemals gehabt hatte.

Aber vermutlich wäre es jedem an meiner Stelle so ergangen, wenn er sich unversehens fünfundzwanzig Yards unter der Wasseroberfläche wiedergefunden, mit letzter Kraft nach oben gestrampelt und – nachdem er wieder zu Atem gekommen war – festgestellt hätte, dass er sich mitten im freien Ozean befand, außer Sichtweite des nächsten Landes und nur in der Gesellschaft eines Dutzends ausgehungerter Haie.

Was die Haie anging, hatte ich Glück gehabt – die Tiere verspürten entweder keinen Appetit auf frischen Engländer, oder sie waren hinter einer anderen Beute hergewesen, denn sie verschwanden nach wenigen Augenblicken und tauchten auch nicht wieder auf. Aber damit hatte meine Glückssträhne auch ziemlich abrupt geendet.

Wie viele Stunden ich in dem eisigen Salzwasser geschwommen war, wusste ich nicht, aber es mussten *viele* gewesen sein, denn als ich aufgetaucht war, hatte die Sonne nahezu im Zenit gestanden, und als ich das Segel der *Van Helsing* wie einen weißen Eisberg am östlichen Horizont auftauchen sah, neigte sich der Tag bereits seinem Ende entgegen.

Ebenso wenig, wie ich wusste, woher ich den Willen genommen hatte, mich immer wieder über Wasser zu halten, wenn meine Kräfte zu erlahmen drohten. Vielleicht war es auch nur Trotz gewesen – und wohl auch ein Gutteil Zorn. Nachdem ich meinen ersten Schrecken und das darauf folgende Entsetzen überwunden hatte, hatte ich eine Wut verspürt, wie selten zuvor in meinem Leben. Was hatte mein geheimnisvoller Mitkämpfer gesagt, ehe er mich von Bord der dem Untergang geweihten DAGON rettete? *Du hast mich betrogen, und wenn ich auch deine Gründe verstehe, so bin ich doch kein Gott, der vergibt. Wenn wir uns wiedersehen, werden wir Feinde sein.*

Nun – was den zweiten Teil seiner Prophezeiung anging, wusste ich jetzt, dass er Recht hatte. Jemanden dergestalt von Bord eines sinkenden Schiffes zu retten, indem man ihn mutterseelenallein mitten in den Pazifischen oder sonst einen Ozean schmeißt, ist eine höchst sonderbare Art der Lebensrettung. Wäre die *Van Helsing* nicht wie ein rettender Engel erschienen, wäre ich jämmerlich ersoffen.

Aber selbst jetzt fühlte ich mich mehr tot als lebendig. Ein einäugiger Matrose hatte mich aus dem Wasser gefischt (alles andere als sanft, aber bei seinem Aussehen war ich ja schon froh, dass er keinen Enterhaken dazu benutzt hatte), während ein Dutzend kaum weniger abenteuerlich aussehender Typen an der Reling gestanden und mich angegafft hatten, als hätten sie noch niemals einen Ertrinkenden gesehen.

Dann hatte man mich in eine winzige Kabine verfrachtet, mir die Kleider vom Leibe gerissen und mich in eine stinkende Decke gewickelt. Anschließend hatte mir jemand, den ich anhand seiner vor Fett triefenden Kleider und seiner schmuddeligen Finger als Smutje einstufte, einen Becher mit einer nicht näher definierbaren Flüssigkeit gebracht, die heiß wie die Hölle war und außer meinen Geschmacksnerven auch die mörderische Kälte abtötete, die sich in meinen Gliedern eingenistet hatte.

Jetzt befand ich mich in der Kapitänskajüte – beziehungsweise dem möblierten Schweinestall, der sich an Bord der *Van Helsing* so schimpfte –, hockte auf einem dreibeinigen Schemel und vertrieb mir die Wartezeit auf den Kapitän dieses Seelenverkäufers damit, mich ganz meiner Seekrankheit hinzugeben. Wenn ich an früherer Stelle einmal behauptet habe, dass ich Schiffe und überhaupt alles, was schwimmt, nicht mag, so nehme ich das hiermit zurück.

Ich hasse sie.

Mit jeder Faser meiner Seele.

Das dumpfe Zuschlagen der Tür steigerte den wummernden Schmerz in meinem Hinterkopf noch ein wenig, und dann stiefelte ein Männchen um mich herum, das so ziemlich das perfekteste Gegenteil dessen darstellte, was ich mir unter dem Kapitän der *Van Helsing* vorgestellt hatte. Oder überhaupt irgendeines Schiffes, das größer als fünf Zoll war.

Kapitän De Cruyk – den Namen hatte ich aufgeschnappt – war ungefähr so groß wie ich (in diesem Augenblick jedenfalls; und ich saß vornüber gebeugt auf einem niedrigen Stuhl!), aber genauso breit. Sein Gesicht glänzte ölig und erinnerte mich an das eines äußerst missgelaunten Buddhas, wurde jedoch von einem sorgsam toupierten Haarschopf gekrönt. Seine Nase sah aus, als hätte sie schon einmal Bekanntschaft mit einem Stuhlbein gemacht, denn sie war in der Mitte deutlich eingekerbt, und seine Augen blickten mit einer Mischung aus angeborener Aggressivität und Feigheit auf mich herab, die mich instinktiv vorsichtig werden ließ. Als er an mir vorüberging, streifte mich ein Hauch von Pomade, der mir fast den Atem verschlug.

»Sie sind also Craven«, begann er ohne Umschweife, nachdem er um seinen Schreibtisch herumgetrippelt war und sich in einen Stuhl hatte fallen lassen, der besonders hoch sein musste, denn er war auf einmal ein gutes Stück größer als ich.

»Das bin ich«, antwortete ich wahrheitsgemäß. »Und Sie müssen Kapitän De Cruyk sein. Ich danke Ihnen, dass Sie mich aus dem Wasser gefischt haben.«

De Cruyk machte eine großspurige Geste. »Nicht der Rede wert, Craven.«

So, wie er es sagte, klang es, als täte er Tag für Tag nichts anderes, als ertrinkende Amerikaner aus dem Wasser zu fischen. Aber ich beließ es bei einem zustimmenden Nicken und sah ihn nur fragend an. Etwas an De Cruyks Freundlichkeit störte mich. Sie wirkte *falsch.*

»Wo kommen Sie her, Mister Craven?«, fuhr De Cruyk nach einer Weile fort. »Von welchem Schiff?«

Einen Moment lang dachte ich daran, mir irgendeinen Namen aus den Fingern zu saugen, aber dann fiel mir der Rat ein, den mir Howard einmal gegeben hatte: Wenn man schon lügen muss, dann immer so dicht an der Wahrheit wie möglich. Die Wahrscheinlichkeit, sich zu verplappern, ist dann kleiner.

»Von der DAGON«, antwortete ich.

De Cruyk runzelte die Stirn. »Sonderbarer Name. Ein amerikanisches Schiff?«

Ich nickte hastig, und De Cruyk fuhr fort, als wäre dies Erklärung genug: »Was ist passiert?«, fragte er. »Ist das Schiff gesunken, oder sind Sie über Bord gefallen?«

»Ich ... fürchte, Letzteres«, gestand ich mit gespielter Zerknirschung. Meine Gedanken überschlugen sich schier. De Cruyks Fragen schrien geradezu nach einer Falle, und seine Freundlichkeit war so falsch wie die Edelsteine in seinen Ringen.

»Wo?«, schnappte er.

»Wo?« Ich tat so, als verstünde ich ihn nicht.

»Wo«, bestätigte De Cruyk. »Wo ist es passiert?«

Ich schluckte ein paar Mal, um Zeit zu gewinnen. »Nun«, sagte ich schließlich, »ich stand am Heck, auf der rechten Seite. Ich glaube, ihr Seeleute sagt Backbord dazu – oder war es Steuerbord?«

De Cruyks Gesichtsausdruck verdüsterte sich wie eine Lampe, die an ihrem eigenen Ruß erstickt. »Wollen Sie mich auf den Arm nehmen?«, fragte er.

»Keineswegs«, versicherte ich hastig. Meine Gedanken rasten. Wie zum Teufel sollte ich ihm erklären, wo ich die DAGON verlassen hatte? Irgendwo an der Küste Englands, sicher – aber das *Tor* konnte mich genauso gut zwei wie *zweitausend* Meilen weit transportiert haben!

»Ich weiß es wirklich nicht, Kapitän«, versicherte ich mit gespielter Zerknirschung. »Ich verstehe nichts von Seefahrt oder Nautik, müssen Sie wissen. Wir waren lange unterwegs, und ich war die meiste Zeit über in meiner Kabine. Die Seekrankheit, Sie verstehen? Und ich war mehr als zwölf Stunden lang im Wasser. Vielleicht ... wenn Sie mir auf der Karte zeigen, wo wir jetzt sind ...«

Ich weiß, es klingt unglaublich – aber De Cruyk fiel tatsächlich darauf herein! Eine Sekunde lang starrte er mich durchdringend an, dann riss er eine Schublade seines Schreibtisches auf und förderte eine fleckige Seekarte zutage, die er vor mir auf dem Tisch ausbreitete.

»Genau hier«, sagte er und tippte mit einem fetten Zeigefinger auf eine Stelle dicht an ihrem Rand.

Hätte er mir den gleichen Finger in diesem Moment ins Auge gestochen, wäre ich kaum überraschter gewesen.

Meine Geografiekenntnisse waren niemals besonders gut, aber die Küstenlinie, die die Karte zeigte, war zu markant, um sie nicht zu erkennen. Außerdem standen die Namen der beiden großen Inseln, die sie zeigte, in verschnörkelten Buchstaben überdeutlich am unteren Rand der Karte.

SUMATRA und *JAVA*

Ich hatte mich getäuscht; das *Tor* hatte mich weder zwei noch zweitausend Meilen transportiert, sondern viel weiter.

Ich befand mich mitten in Indonesien.

»Das ist ... weiter, als ich dachte«, gestand ich stockend, und fügte hastig hinzu: »Ich muss wohl länger krank gewesen sein, als ich geglaubt habe.«

»Wohin wollten Sie, Mister Craven?«, fragte De Cruyk lauernd.

»Nach ... nach China«, improvisierte ich rasch. »Die DAGON war auf dem Wege nach Peking.«

»Peking, so?« wiederholte De Cruyk. Ich nickte.

»Peking hat keinen Hafen«, sagte De Cruyk ruhig.

»Das weiß ich«, antwortete ich. »Ich wollte ja auch nur sagen, dass ich auf dem Wege nach Peking war, und ... und ...« Ich sprach nicht weiter, als mich De Cruyks Blick traf. Für jemanden, der ein so gestörtes Verhältnis zu Schiffen hat wie ich, ist es vielleicht nicht sehr ratsam, einen Seemann belügen zu wollen.

»Mister Craven, Sie machen es mir nicht leicht«, sagte De Cruyk kopfschüttelnd. »Wahrhaftig nicht. Für einen Mann, den ich vor einer Stunde aus dem Meer gefischt habe, sind Sie nicht sehr hilfsbereit.« Er seufzte, faltete seine Karte wieder zusammen und zog stattdessen etwas aus seiner Schublade, das ich nach kurzem Hinsehen als die aufgeweichten Reste meines Reisepasses identifizierte. Natürlich – man hatte mir ja meine Kleider weggenommen, und es war nur logisch, dass sich De Cruyk informierte, wen er da aus dem Meer gefischt hatte.

»Das ist Ihr Pass, nehme ich an«, sagte er, während er scheinbar interessiert in dem aufgeweichten Dokument blätterte.

»Wenn es drin steht – ja«, gab ich beleidigt zurück. Seltsamerweise lächelte De Cruyk bloß.

»Nun, Mister Craven«, begann er lauernd, »wenn dies hier wirklich Ihr Reisepass ist und Sie immer noch behaupten, von Bord eines Schiffes gefallen zu sein, das auf dem Wege nach China war«, er lachte leise, »dann lassen Sie mich Ihnen erzählen, wie ich die Sache sehe.«

»Bitte«, sagte ich kalt.

De Cruyk klappte meinen Pass zusammen und legte ihn vor sich auf den Tisch. »Meinen Namen kennen Sie«, begann er. »Aber was Sie vielleicht nicht wissen, ist, dass die *Van Helsing* kein gewöhnliches Handelsschiff ist.«

»O doch«, sagte ich. »Das ... ist mir nicht entgangen.«

De Cruyk verstand die Gehässigkeit sehr wohl, aber aus irgendeinem Grunde zog er es vor, nicht darauf einzugehen, sondern fuhr in unverändertem Ton fort: »Sehen Sie, Mister Robert Craven oder wie immer Sie heißen mögen, die *Van Helsing* ist im Auftrage der ostindischen Gesellschaft unterwegs, um die Küsten Indonesiens vor solchen Subjekten wie Ihnen zu schützen.«

»Die ... die ostindische Gesellschaft?«, wiederholte ich ungläubig. »Einen Moment, De Cruyk. Soviel ich weiß, hat Ihre Gesellschaft schon seit –«

»Mehreren Jahren keinen Anspruch mehr auf Indonesien«, unterbrach mich De Cruyk hart. »Das wollten Sie doch sagen, oder?«

Ich nickte.

»Sie haben Recht«, fuhr De Cruyk fort. »Und auch wieder nicht. Es ist richtig, dass meine ... Auftraggeber nicht mehr offiziell die Schirmherren dieser Insel sind, obgleich es den Eingeborenen hier weiß Gott besser ging, als sie noch unter unserem Schutz standen. Aber das bedeutet nicht, dass Indonesien jetzt zum Freiwild für Piraten, Betrüger und Plünderer geworden ist. Die Sundainseln sind noch immer eine niederländische Kronkolonie.«

»Und?«, fragte ich, obgleich mir allmählich klar zu werden begann, worauf De Cruyk hinauswollte.

»Sehen Sie, Craven – die *Van Helsing* ist kein Kriegsschiff und ich bin kein Offizier, aber der Unterschied ist nicht so gewaltig, wie Sie vielleicht hoffen. Meine Männer und ich kennen uns in diesen Gewässern viel besser aus als die Soldaten in der Garnison. Wir unterstützen sie dann und wann.«

»Und wobei, wenn ich fragen darf?«

»Nun«, antwortete De Cruyk lauernd, »unter anderem dabei, kriminelle Elemente von den Inseln fernzuhalten. Wie Sie!«

Ich schluckte die wütende Antwort, die mir auf der Zunge lag, herunter, und fragte so ruhig wie möglich: »Was bringt Sie auf diese Idee, Kapitän De Cruyk? Glauben Sie, ich hätte versucht, von England aus nach Indonesien zu schwimmen?«

De Cruyk machte eine wegwerfende Handbewegung. »Die Geschichte ist alt, Craven«, sagte er. »Männer wie Sie haben wir schon zu Dutzenden aus dem Meer gefischt. Sie kommen in kleinen Booten und denken, sie könnten uns entkommen, weil wir ihre Nussschalen nicht bemerken. Die Gewässer hier sind tückisch. Sie wären nicht der Erste, der ersoffen wäre, ehe er das Land auch nur sieht. Aber seien Sie versichert, Craven, wir wissen, wie wir mit Typen wie Ihnen umzugehen haben.«

»Sie ... Sie sind ja verrückt, De Cruyk!«, keuchte ich. »Ich bin amerikanischer Staatsbürger, und habe es nicht nötig, mich von einem Käsefresser wie Ihnen beleidigen zu lassen!«

De Cruyk erbleichte, schluckte aber auch diese neuerliche Beleidigung ohne ein Wort herunter.

»Amerikanischer Staatsbürger, so?«, sagte er.

Ich nickte heftig. »Genau. Und ich verlange, an Land und zur Botschaft meines Landes gebracht zu werden, Kapitän De Cruyk.«

De Cruyk seufzte. »Sie sind nicht nur ein Gauner, Craven«, sagte er, »Sie sind auch noch dumm. Nehmen Sie einen guten Rat von mir an, auch wenn es sehr lange dauern wird, bis Sie in die Verlegenheit geraten, ihn anzuwenden: Wenn Sie sich das nächste Mal einen Pass fälschen lassen, sehen Sie ihn sich genauer an, ehe Sie gutes Geld dafür ausgeben.«

»Einen ... einen Pass fälschen?«, murmelte ich. »Ich verstehe nicht, was Sie wollen, De Cruyk! Dieser Pass ist so echt, wie es nur geht!«

»Ach?« De Cruyk seufzte, klappte den Pass auf und hielt ihn mir aufgeschlagen unter die Nase. »Echt, wie?«, fragte er. »Dann haben Sie die Güte, Craven, und lesen Sie mir das letzte Einreisedatum in das Königreich Britannien vor.« Ich verstand immer weniger, worauf er hinauswollte, aber ich tat ihm den Gefallen. »Der 16. April 1885«, sagte ich.

»Sind Sie sicher?«, vergewisserte sich De Cruyk. »Kein Lesefehler? Das Licht hier ist nicht besonders gut.«

»Zum Teufel, ich bin sicher!«, schrie ich. »Was soll das eigentlich?«

De Cruyk zeigte sich von meinem plötzlichen Wutausbruch nicht im Geringsten beeindruckt. »Der 16. April 1885 also«, wiederholte er. »Nun gut, Craven. Über diesen Punkt haben wir schon einmal Einigkeit erzielt.« Er grinste, klappte den Pass zu und stand auf, um zur gegenüberliegenden Wand zu gehen. »Und nun«, sagte er, »haben Sie die Güte und werfen einen Blick auf meinen Bordkalender. Ich versichere Ihnen, dass er korrekt geführt wird. Vielleicht lesen Sie das Datum vor?«

Ich fuhr herum – und erstarrte.

Selbst wenn ich es gewollt hätte, hätte ich De Cruyks Befehl in diesem Moment nicht nachkommen können, denn das, was ich sah, schnürte mir im wahrsten Sinne des Wortes die Kehle zu.

De Cruyks Kalender war genauso wie sein ganzes Schiff – schmutzig und zerrissen und mit zahllosen Flecken übersät.

Aber das Datum darauf war trotz allem noch gut zu erkennen.

Es zeigte den 9. März *1883!*

Irgendetwas an diesem Mann kam Eldekerk seltsam vor. Er wusste nicht, was, aber da war etwas. Etwas ... ja, etwas, das ihn warnte. Der Anblick eines Fremden an sich war nichts Besonderes, nicht einmal hier, in der winzigen Hafenstadt an der Westküste Krakataus, denn die Sundastraße gehörte zu den am stärksten frequentierten Seewegen in diesem Teil der Welt, und seit die Gesellschaft ihre gierigen (aber auch schützenden) Krallen von Indonesien gezogen hatte, verschlug es die abenteuerlichsten Typen hierher. Männer, die auf das schnelle Glück hofften und in den meisten Fällen nur einen schnellen Tod fanden. Eldekerk hatte weiß Gott schon abenteuerliche Erscheinungen gesehen, seit er vor vier Jahren sein Domizil hier aufgeschlagen hatte. Und trotzdem ...

Vielleicht war es gerade die Unauffälligkeit seiner Erscheinung, die Eldekerk so unangenehm aufstieß. Der Mann war durchschnittlich groß, von normalem Wuchs und Gehabe, vielleicht ein bisschen zu selbstbewusst, und hatte eines jener Gesichter, von denen man glaubt, sich jederzeit daran erinnern zu können, die aber wie durch Geisterhand sofort aus der Erinnerung verschwinden, sobald sie sich abwenden. Das einzig Auffällige an ihm war vielleicht noch seine Kleidung.

Jeder Fetzen, den er am Leibe trug, war schwarz. Eldekerk war sogar sicher, dass er schwarze Unterwäsche trug. Und er interessierte sich für ihn, Eldekerk.

Es war unschwer zu übersehen. Der Mann war bereits da gewesen, als Eldekerk die heruntergekommene Hafenkneipe betreten und ein Bier bestellt hatte, eine finstere, schweigende Gestalt, die an einem kleinen Tisch in einer schattigen Ecke hockte, ein Glas mit Fruchtsaft in der Hand hielt – ohne auch nur ein einziges Mal daran zu trinken – und ihn anstarrte.

Zuerst hatte sich Eldekerk einzureden versucht, dass er es sich nur einbildete. Er kannte den Mann nicht, und er war niemand, für den sich ein Fremder interessieren würde. Aber er hatte seine Blicke gespürt, die ganze Zeit über, während er an der Theke saß und Bier trank und dem Kauderwelsch des Wirtes zuhörte, der irgendwann vor zehn Jahren einmal seine Muttersprache vergessen haben musste und manchmal in einem Satz drei verschiedene Dialekte benutzte, sodass Eldekerk niemals genau zu sagen wusste, mit wem oder worüber er überhaupt redete. Er hatte den Blick der dunklen, durchdringenden Augen gespürt wie die Berührung einer unsichtbaren Hand, eisig und unangenehm, und ein paar Mal hatte er aufgesehen und zu dem Fremden hinübergeblickt.

Der Mann hatte seinem Blick standgehalten, und das war etwas, was Eldekerk noch mehr verstört hatte. Eldekerk hatte es zur Perfektion entwickelt, andere anzublicken und damit zu verunsichern; ein Trick, den ihm einmal ein malayischer Pirat gezeigt hatte und der so gut wie immer funktionierte – er sah sein Gegenüber nicht an, sondern starrte gebannt auf einen Punkt über dessen Nasenwurzel, sodass er seinen Blick nicht ertragen musste, der andere aber den Eldekerks. Es gab wenige Menschen, die es ertrugen, minutenlang ausdruckslos angestarrt zu werden.

Der Fremde gehörte dazu.

Schließlich – es war beinahe Abend, und die allmählich langer werdenden Schatten sagten ihm, dass es Zeit wurde, nach Hause zu gehen und seine Ausrüstung zusammenzupacken – signalisierte er dem Wirt, ein letztes Bier zu bringen und die Rechnung zu machen. Als er in die Tasche griff, um sein abgewetztes Portemonnaie hervorzuziehen, trat eine schlanke Gestalt neben ihn, drückte seine Hand mit sanfter Gewalt nach unten und legte einen Schein auf die Theke.

»Sie gestatten, dass ich Ihre Rechnung übernehme, Mijnheer Eldekerk?«

Eldekerk blinzelte verwirrt. Es war der Fremde in der schwarzen Kleidung. Er lächelte jetzt, aber so vollkommen kalt und falsch, dass es Eldekerk noch viel weniger gefiel als sein unverschämtes Starren zuvor. Aber irgendetwas hinderte ihn daran, dem Kerl die Antwort zu geben, die er verdiente. Nach einer Weile nickte er.

»Danke«, murmelte er verstört. »Aber ...«

Der Fremde machte eine rasche, irgendwie befehlende Geste mit der Hand, und Eldekerk verstummte mitten im Satz. »Nicht hier«, sagte er leise. »Ich muss mit Ihnen reden, Mijnheer. Können wir zu Ihnen nach Hause gehen?«

Abermals war es Eldekerk unmöglich, sich dem zwingenden Ausdruck der hellen, wasserklaren Augen seines Gegenübers zu widersetzen, und abermals nickte er, obgleich er in Wahrheit alles andere lieber getan hätte, als diesen unheimlichen Fremden auch noch mit sich nach Hause zu nehmen.

»Dann kommen Sie«, sagte der Schwarzgekleidete. »Sie haben ja nicht mehr viel Zeit, oder?«

Eigentlich hatte es Eldekerk nicht für möglich gehalten – aber seine Verwirrung steigerte sich noch. Dieser Mann schien Dinge zu wissen, die er einfach nicht wissen *konnte.*

Sie verließen das Wirtshaus, und der Fremde schlug ganz selbstverständlich die Richtung ein, in der Eldekerks Haus lag. Sie gingen schnell, der Schwarzgekleidete zwei Schritte voraus, Eldekerk stumm und wie unter Hypnose hinter ihm her, bis ins Innerste verstört, aber unfähig, auch nur mit einer Silbe zu protestieren.

Erst als sie die schäbige Hütte nahe des Ortsrandes betreten und Eldekerk die Tür hinter sich geschlossen hatte, fiel die sonderbare Lähmung wenigstens zum Teil von ihm ab.

»Wer zum Teufel sind Sie?«, fragte er. »Woher kennen Sie mich, und was wollen Sie eigentlich von mir?«

Der Fremde lächelte, lehnte sich gegen die Tür und verschränkte die Arme vor der Brust. Bei jedem anderen hätte die Geste nichtssagend oder allenfalls großspurig gewirkt. Bei ihm wirkte sie drohend. Eldekerk verspürte einen kurzen, heftigen Anflug von Furcht.

»Woher ich Sie kenne und wer ich bin, spielt keine Rolle, Mijnheer Eldekerk«, sagte der Fremde. »Mein Name ist Shannon, das mag fürs Erste genügen. Ich habe Ihnen einen Vorschlag zu machen.«

»Was für einen Vorschlag?«, schnappte Eldekerk. »Ich bin nicht interessiert.«

»Sie haben ihn ja noch gar nicht gehört«, sagte Shannon lächelnd.

»Das brauche ich auch nicht«, antwortete Eldekerk, weit heftiger, als angemessen erschienen wäre. Plötzlich, von einer Sekunde auf die andere, als hätte irgendetwas, das nun nicht mehr da war, bisher seinen Willen gelähmt, flammten Zorn und Furcht vor diesem unheimlichen Fremden in ihm auf. Er wollte nicht zuhören, was er zu sagen hatte. Er wollte überhaupt nichts hören.

»Gehen Sie«, sagte er. »Verschwinde Sie! Sofort! Ich will nichts hören. Ich will nur, dass Sie gehen. Hauen Sie ab, oder –«

»Oder?«, fragte Shannon lächelnd.

Eldekerk schluckte krampfhaft, starrt den schlanken jungen Mann an – und zog sein Klappmesser aus der Tasche. »Raus hier«, sagte er.

Er bekam nicht einmal richtig mit, was geschah. Shannon tat *irgendetwas,* und der nächste klare Eindruck, den Eldekerk hatte, war der, auf dem Rücken zu liegen und nach Luft zu schnappen, während Shannon das Klappmesser in der Hand hielt und noch immer so freundlich lächelte wie zuvor.

Und noch kälter.

»Sind Sie jetzt bereit, mir zuzuhören?«, fragte Shannon ruhig.

Eldekerk antwortete nicht. Aber das schien der Fremde auch nicht erwartet zu haben.

Die Arrestzelle des Garnisonshauptquartiers unterschied sich kaum von der an Bord der *Van Helsing* – auch sie war klein, fensterlos und so niedrig, dass ich nicht einmal aufstehen konnte, ohne mir den Schädel an der Decke einzurennen, und an den Wänden klebte an Stelle von Verputz der eingetrocknete Dreck von zehn Jahren. Mindestens. Der einzige wohltuende Unterschied war, dass der Boden nicht ununterbrochen schwankte.

De Cruyk hatte nicht länger mit mir diskutiert, sondern mich kurzerhand in die Bilge seines famosen Schiffes sperren lassen, wo ich geblieben war, bis die *Van Helsing* den Hafen anlief. Wie lange das gedauert hatte, wusste ich nicht – ich war irgendwann eingeschlafen und erst wieder erwacht, als mich grobe Hände zuerst auf die Füße und dann von Bord des Schiffes zerrten.

Mein Körper hatte eine Menge Schlaf nachzuholen, und er nahm sich das Versäumte. Ich vermutete, dass ich einen ganzen Tag verschlafen hatte, denn der Abend dämmerte bereits wieder, als ich von

Bord der *Van Helsing* und hierher in die so genannte Garnison gebracht wurde.

Meine Hoffnungen, damit aus meiner misslichen Lage befreit zu sein, wurden jedoch grausam enttäuscht. De Cruyk hatte mich in die Obhut eines vierschrötigen Marineoffiziers überstellt, der meine energisch vorgebrachte Forderung, dem amerikanischen Konsul vorgeführt zu werden, mit einem Lachkrampf quittiert hatte. Seitdem befand ich mich hier in der Arrestzelle, und wenn kein Wunder geschah, würde ich es wohl auch noch sehr lange Zeit bleiben.

Nun, was das Wunder anging – ich war durchaus in der Lage, eines zu bewirken; oder zumindest etwas, das einem normalen Menschen so vorgekommen wäre. Hätte ich es wirklich gewollt, hätte mir De Cruyk mit Freuden sein Schiff geschenkt und wäre als Pfadfinder bis China vorausgeschwommen. Aber ich wollte nicht.

Ich hatte gute Gründe, so zu handeln. Die Zeit, die ich schwimmend im Meer und anschließend hier in der Arrestzelle verbracht hatte, war lang genug gewesen, um über alles nachzudenken. Ich wusste weniger denn je, worum es sich bei dem geheimnisvollen Wesen handelte, das mir auf der DAGON beigestanden hatte; es gab Dutzende, wenn nicht Hunderte von mehr oder weniger einleuchtenden Erklärungen, und ich hatte sie alle der Reihe nach erwogen und wieder verworfen.

Das Einzige, was mir klar geworden war: Es konnte sich nicht gerade um einen Freund Necrons und der GROSSEN ALTEN handeln – was nicht automatisch bedeutete, dass es auch *mein* oder der Freund der Menschheit war. Und noch etwas war mir bewusst geworden, im gleichen Moment, als ich den Kalender in De Cruyks bewohnbarer Mülltonne gesehen hatte: Es konnte kein Zufall sein, dass mich mein geheimnisvoller Retter mitten im Meer, auf der anderen Seite der Welt und noch dazu mehr als zwei Jahre in der Vergangenheit abgesetzt hatte, nicht einmal böser Wille. Wäre es ihm darum gegangen, mich für den vermeintlichen Verrat zu bestrafen, hätte er andere – und sicherlich wirkungsvollere – Methoden gefunden.

Nein, hinter dieser scheinbaren Willkür steckte Absicht. Ich wusste bloß noch nicht, welche. Aber ich würde es herausfinden.

Genau betrachtet hatte ich keine große Alternative dazu. Selbst wenn ich im Besitz gültiger Papiere und ausreichender Barmittel gewesen wäre, die zigtausend Meilen bis London zu überwinden – es gab noch eine zweite Entfernung, eine Distanz, über die mir alle Freibriefe der Welt und alles Geld nicht hinweggeholfen hätten.

Die Kleinigkeit von zwei Jahren, die ich mich in der Vergangenheit befand ...

Unruhig rutschte ich auf dem feuchten Steinboden der Zelle hin und her, versuchte meine Gedanken auf ein weniger unangenehmes Thema zu lenken und gleichzeitig eine etwas weniger unbequeme Stellung zu finden. Das eine misslang so kläglich wie das andere. Schließlich, nach einer kleinen Ewigkeit, wie es mir schien, hörte ich draußen auf dem Gang die schweren Schritte von Militärstiefeln, und kurz darauf wurde der Riegel auf der anderen Seite der Tür zurückgeschoben. Ein schmaler Lichtstreifen fiel in die Zelle.

Ich versuchte aufzustehen, knallte prompt mit dem Kopf gegen die Decke und hörte ein kurzes, schadenfrohes Lachen, dann ergriffen mich grobe Hände und zerrten mich unsanft auf den Gang hinaus. Ein Stoß in den Rücken ließ mich vorwärtstaumeln.

Meine Begleitung bestand aus drei Männern – dem Offizier, der mich bereits hierher gebracht hatte, und zwei Soldaten in der dunkelblauen Uniform der niederländischen Marine. Schweigend eskortierten sie mich durch das Gebäude, über einen kleinen, an allen Seiten von Mauern umschlossenen Hof und einen weiteren fensterlosen Gang entlang, bis mein Führer schließlich vor einer schmucklosen Tür stehen blieb und anklopfte. Er wartete allerdings keine Antwort ab, sondern öffnete die Tür nach sekundenlangem Zögern und bedeutete mir mit stummem Handzeichen, einzutreten.

Der Raum, der uns aufnahm, stellte eine wohltuende Abwechslung in dem Schmutz und Verfall dar, den ich bisher vorgefunden hatte. Nicht, dass er in irgendeiner Form ordentlich oder gar sauber gewesen wäre – aber das Chaos hielt sich in Grenzen. Mit einigem gutem Willen konnte man ihn sogar als wohnlich bezeichnen. Er schien eine Mischung aus Offizial, Salon und Bibliothek zu sein, und die Einrichtung war so bunt zusammengewürfelt, dass ich erneut an ein Piratennest denken musste.

Der Offizier deutete mit einer Kopfbewegung auf einen schlanken Mann, der wie er die hier obligatorische dunkelblaue Uniform trug – nur dass seine derartig mit Orden und Litzen übersät war, dass er damit glatt einen Klempnerladen hätte eröffnen können. Er hockte in lässiger Haltung hinter einem Schreibtisch, auf dem außer einem siebenarmigen Kerzenleuchter nur noch eine Flasche mit Rotwein und drei Gläser standen. Gehorsam näherte ich mich dem Tisch und blieb in zwei Schritten Abstand stehen. Ich hörte, wie die beiden Soldaten hinter mir den Raum verließen und die Tür schlossen. Der Offizier blieb zurück, trat auf einen stummen Wink des Mannes hinter dem Schreibtisch neben mich und zog einen rostigen Schlüssel aus der Tasche, mit dem er meine Handschellen löste.

Aufatmend rieb ich mir die wunden Handgelenke. »Danke«, sagte ich. »Das ist ... sehr nett von Ihnen.«

Der Mann hinter dem Schreibtisch lächelte. »Aber ich bitte Sie, Mister Craven – wir sind schließlich zivilisierte Menschen und keine Wilden. Ich nehme doch nicht an, dass Sie versuchen werden, zu fliehen?« Sein Lächeln wurde um eine Spur freundlicher, als er auf den Offizier neben mir deutete. »Sergeant Roosfeld ist seit sieben Jahren ungeschlagener Boxmeister der Garnison. Aber nehmen Sie doch Platz.«

Ich gehorchte, nachdem ich einen weiteren unsicheren Blick auf Roosfeld geworfen hatte. Der Mann hinter dem Schreibtisch beugte sich vor, füllte eines der Gläser und hielt es mir hin. »Mein Name ist Tergard, Mister Craven«, sagte er. »Ich bin das, was Sie wahrscheinlich den kommandierenden Offizier nennen würden. Wenigstens im Moment.« Er seufzte. »Ich denke, es ist an der Zeit, dass wir uns unterhalten.«

Zögernd griff ich nach dem Glas, nippte daran und spürte plötzlich, wie ausgedörrt meine Kehle war. Mit einem einzigen Zug leerte ich das Glas und nickte, als Tergard die Flasche hob und mich fragend ansah. Mit einem Lächeln füllte er mein Glas erneut. Etwas blitzte im Licht der Kerzen auf, als er die Hand bewegte. Ich sah genauer hin – und ließ um ein Haar mein Glas fallen.

»Was haben Sie, Craven?«, fragte Tergard.

»Nichts«, versicherte ich hastig. »Ich ... ich bin nur ein wenig erschöpft. Verzeihen Sie.«

Tergard winkte großzügig ab. »Aber ich bitte Sie. Ich weiß, wie unbequem unsere Zellen sind.«

»Ich habe schon in besseren Hotels verweilt«, bestätigte ich.

Tergard lachte pflichtschuldig, lehnte sich in seinem Stuhl zurück und sah mich mit einer Mischung aus Neugier und Herablassung an. Es war ein Blick, den ich kannte. Und der mich dazu brachte, meine etwas voreilig gefasste Meinung über ihn noch einmal zu überdenken.

»Sie wissen, warum ich Sie habe rufen lassen?«, begann er nach einer Weile.

»Ich fürchte es«, bestätigte ich. »Aber um es gleich zu sagen, hier liegt ein –«

»Ein furchtbares Missverständnis vor, ich weiß, ich weiß«, unterbrach mich Tergard. »Roosfeld hat mir alles berichtet. Sie müssen De Cruyk vergeben, Craven. Er ist nützlich, aber leider auch ein gottverdammter Idiot.« Er seufzte. »Die Welt ist voller Idioten, Mister Craven«, sagte er. »Es tut gut, zur Abwechslung einmal einen vernünftigen Menschen zu treffen. Sie sind doch vernünftig, nehme ich an?«

Ich war mir nicht ganz sicher, ob ich wirklich begriff, worauf er hinauswollte. Zögernd nickte ich. »Dieser Kapitän De Cruyk –«

»Ich sagte bereits, De Cruyk ist ein Narr«, unterbrach mich Tergard, eine Spur schärfer als das Mal zuvor. Der Ausdruck in seinen Augen erinnerte mich plötzlich an Eis. »Er ist ein guter Seemann, aber er kann einen Elefanten nicht von einer Maus unterscheiden, wenn man ihm den Unterschied nicht erklärt.«

»Dann ... dann glauben Sie nicht, dass ich ...«

»Dass Sie ein Betrüger sind?« Tergard lächelte. »Ein Abenteurer, der versucht, unsere Blockade zu durchbrechen? Aber natürlich nicht.«

»Welche Blockade?«, fragte ich.

Tergard tat so, als hätte er meine Frage nicht gehört. »Sie sind keiner von diesen Abenteurern, Craven«, sagte er. »Das Meer spült sie zu Dutzenden hier an, und Sie können mir glauben, ich erkenne sie auf zehn Kilometer. Nein, Craven. Keine Sorge. Ich halte Sie keineswegs für einen Abenteurer.«

Er legte eine kleine, genau berechnete Pause ein, nippte an seinem Glas und sagte im gleichen freundlichen Plauderton: »Ich denke, dass Sie ein verdammter britischer Spion sind, Craven.«

Ich starrte ihn an. »Ein ... was?«, murmelte ich.

Tergard stellte sein Glas mit spitzen Fingern auf den Tisch zurück, schlug die Beine übereinander und sah an mir vorüber. »Roosfeld«, sagte er leise.

Ich sah den Schlag kommen und versuchte mich zu spannen, aber meine Reaktion kam zu spät. Roosfelds Faust traf mich dicht unter dem rechten Auge, ließ mich mitsamt dem Stuhl nach hinten kippen und halbwegs durch den Raum schlittern, ehe ich endlich zur Ruhe kam.

Als ich mich aufrichten wollte, traf mich sein Fuß haargenau auf die gleiche Stelle. Diesmal war ich klug genug, liegen zu bleiben.

»Nun, Mister Craven«, sagte Tergard leise. »Beseitigt das Ihre Verständigungsprobleme? Oder soll Roosfeld Ihrem Gehör noch einmal auf die Sprünge helfen?«

Stöhnend versuchte ich mich in die Höhe zu stemmen. Mein Schädel dröhnte, als hätte mich ein Pferd getreten, und in meinem Mund war ein Geschmack wie nach Blut und hilflosem Zorn. Mir war übel. Roosfeld musste mich wie ein Kind auf die Füße stellen.

»Ich ... habe verstanden, Tergard«, murmelte ich. »Aber Sie irren sich. Ich bin kein Spion.«

Roosfeld knurrte und holte zu einem neuen Schlag aus, aber Tergard hielt ihn mit einer raschen Handbewegung zurück. Roosfeld gab ein fast enttäuschtes Schnauben von sich, hielt mich mit der linken Hand am Kragen fest und stellte mit der anderen den Stuhl wieder auf, um mich hineinzustoßen.

»Natürlich sind Sie kein Spion, Craven«, sagte Tergard spöttisch. »Woher auch?«

»Verdammt, ich weiß nicht, wovon Sie reden, Tergard«, stöhnte ich. »Bis vor wenigen Stunden wusste ich nicht einmal, dass es diese Insel gibt!«

Tergard gab Roosfeld einen Wink ...

Als ich wieder zur Besinnung kam, schüttelte Tergard in einer Art den Kopf, als unterhielte er sich mit einem störrischen Kind. »Warum machen Sie es sich und mir nicht leichter, Craven?«, fragte er.

»Ich will meinen Konsul sprechen«, murmelte ich.

Tergard seufzte. »Sie missverstehen Ihre Lage, mein Freund«, sagte er liebenswürdig. »Wir sind hier nicht in England, nicht einmal in irgendeiner eurer Kolonien. Roosfeld kann Sie zu Tode prügeln, wenn ich es sage, und niemand würde auch nur eine Träne deswegen vergießen.« Er stand auf, kam um seinen Tisch herum und beugte sich so dicht zu mir herab, dass ich seinen Atem im Gesicht spüren konnte. Seine Hand berührte meine Schulter, und wieder sah ich das Blitzen von Gold und Emaille und blutig rotem Rubin an seinem Ringfinger.

»Ich mache Ihnen einen Vorschlag, Craven«, sagte er. »Sie werden mir jetzt alles erzählen – wer Sie geschickt hat, was Sie herausfinden wollten und wer Ihre Kontaktleute auf den Inseln sind, und wenn ich Ihre Angaben überprüft habe und merke, dass Sie die Wahrheit gesagt haben, können Sie als freier Mann diese Insel verlassen.«

»Auch als Lebender?«, stöhnte ich.

Tergard lachte. Der Druck seiner Hand verstärkte sich um eine Winzigkeit. »Sie gefallen mir, Craven. Ich würde Sie wirklich ungern Roosfeld überlassen, obwohl er es mir sicher übel nehmen wird, wenn ich es nicht tue. Er schlägt gerne, müssen Sie wissen.«

»Sie ... Sie irren sich, Tergard«, stöhnte ich. »Ich kann Ihnen nichts sagen. Ich bin kein Spion. Verdammt, ich bin nicht einmal Engländer! Was zum Teufel sollte ich hier suchen?«

Tergard richtete sich mit einem zornigen Fauchen auf. Seine Augen blitzten. »Spielen Sie nicht den Narren, Craven!«, sagte er. »Ihr verdammten Briten seid auf Indonesien scharf, seit diese Inseln entdeckt wurden. Glauben Sie, wir wären so dumm, nicht zu wissen, welcher Dorn die Tatsache, dass das große englische Empire seine Fahne hier nicht hissen konnte, in eurem Auge ist? Sie sind nicht der Erste, Craven, der versucht, sich hier einzuschleichen und Unruhe unter der Bevölkerung zu schüren. Und Sie werden nicht der Erste sein, der diesen Versuch bereut, das verspreche ich Ihnen.«

»Ihre Politik interessiert mich nicht im mindesten, Tergard«, sagte ich. »Ich bin weder Engländer, noch arbeite ich für das Empire oder überhaupt irgendeine Regierung. Schicken Sie ein Telegramm an das amerikanische Konsulat in London und lassen Sie meine Identität überprüfen, wenn Sie mir nicht glauben.«

»Craven, Craven«, seufzte Tergard. »Sie enttäuschen mich. Sie wissen genau, dass das Monate dauern kann.«

»Ich habe Zeit«, antwortete ich patzig.

Tergards Lächeln gefror. »Nun, wenn das so ist«, sagte er lauernd, »wir auch. Aber ich denke, es wird nicht nötig sein, so lange zu warten. Wir werden sicherlich einen Weg finden, der Wahrheit auf andere Weise auf die Spur zu kommen, nicht wahr, Roosfeld?«

Der Angesprochene grinste. »Sicher. Geben Sie mir zwei Stunden, und er erzählt Ihnen alles, was Sie wissen wollen.« Er kicherte und ballte wie in wilder Vorfreude seine gewaltigen Fäuste. Seine Gelenke knackten.

»Nun, Craven?«, fragte Tergard.

Ich starrte ihn an und schwieg, und nach einer Weile schüttelte Tergard in gespielter Enttäuschung den Kopf und trat einen Schritt zurück.

»Wie Sie wollen, Craven«, sagte er. »Ich wollte Ihnen nur unnötige Schmerzen ersparen. Wir sehen uns in zwei Stunden.«

Roosfeld riss mich so heftig von meinem Stuhl empor, dass mir schon wieder schwindelig wurde.

Die Nacht war fast so hell wie der Tag. Die Sonne war vor Stunden untergegangen, aber der Mond verströmte silbernes, mildes Licht. Selbst die Sterne, die von einem nahezu wolkenlosen Himmel herabschienen, schienen an diesem Tage mehr Leuchtkraft zu haben, als bemühe sich die Natur nach Kräften, die gespenstische Szene zu beleuchten.

Eldekerk war erschöpft. Seine Hände waren blutig aufgescheuert, und seine Schultern schmerzten. Es war schwer gewesen, die fünfzig Meter Seil hinabzusteigen, so schwer, dass er auf den letzten Metern ernsthaft damit gerechnet hatte, abzustürzen. Er war sehr sicher, den Weg hinauf nicht mehr aus eigener Kraft zu schaffen. Die fünfzig Jahre, die er auf dem Buckel hatte, machten sich bemerkbar.

Sein Blick streifte die dunkel gekleidete Gestalt des Fremden, der wieder hinter einem Felsen Deckung gesucht hatte und gebannt auf das Meer hinaus starrte, und in die Furcht, die die Nähe Shannons noch immer mit sich brachte, mischte sich eine schwache Spur von Neid. Der schlanke Fremde war das Seil mit der Leichtigkeit einer Spinne herabgeglitten. Nicht einmal sein Atem ging spürbar schneller. Im Gegenteil; die Anstrengung, die Eldekerk fast an den Rand des Zusammenbruches gebracht hatte, schien ihm direkt Freude bereitet zu haben.

»Wie lange noch?«, fragte Shannon, ohne den Blick vom Meer zu nehmen.

Eldekerk sah zum Mond hinauf, ehe er antwortete. »Nicht mehr lange, wenn sie um die gleiche Uhrzeit kommen wie sonst.«

»Warum sollten sie nicht?«, fragte Shannon. Seine Stimme klang amüsiert.

Eldekerk antwortete nicht, sondern schob sich wie Shannon ein Stück weiter hinter seiner Deckung in die Höhe und blickte auf den Ozean hinaus. Das Meer lag da wie eine endlose Ebene aus geschmolzenem Pech, nachtschwarz und Licht fressend. Ein spürbarer Hauch von Kälte ging von seiner Oberfläche aus und ließ Eldekerk frösteln.

»Warum ... musste ich mitkommen?«, fragte er plötzlich. »Ich habe Ihnen doch alles gesagt, was Sie wissen wollten.«

»Sie wären doch ohnehin hergekommen, oder?«, fragte Shannon, ohne ihn anzublicken. »Da ist es doch praktischer, wenn wir zusammen gehen.« Plötzlich wandte er doch den Blick. »Außerdem kann es sein, dass ich Ihre Hilfe brauche.«

Eldekerk fuhr sich nervös mit der Zungenspitze über die Lippen. Wobei sollte er diesem unheimlichen Fremden schon helfen? Es gab absolut nichts, was Shannon nicht besser und zehn Mal schneller hätte tun können. Nein, dachte er schaudernd. Der wahre Grund war ein ganz anderer.

»Sie ... Sie wollen mich umbringen, nicht?«, fragte er plötzlich.

Shannon lachte leise. »Sie einzig dazu hierher zu bringen, wäre eine ziemliche Verschwendung von Zeit und Kraft, finden Sie nicht?«, fragte er. »Seien Sie nicht albern.«

Einen Moment lang sah er Eldekerk scharf an, dann drehte er sich herum, lehnte sich mit dem Rücken gegen den Felsen, hinter dem sie Deckung gesucht hatten, und ließ seinen Blick über das schmale, sichelförmig gebogene Strandstück gleiten. Eldekerk war überrascht gewesen, wie groß der Strand war, der sich unter dem Felsüberhang verbarg. Der lotrecht abstürzende Fels verbreiterte sich pyramidenförmig an seiner Basis, und der Strand, von oben aus unsichtbar, war einen guten halben Kilometer lang, wenn auch an keiner Stelle breiter als zehn Meter. Die dunklen Flutmarkierungen an der Felswand hinter ihnen verrieten Eldekerk, dass er manchmal unter der Wasserlinie liegen musste. Der Gedanke, noch hier zu sein, wenn die Flut kam, ließ ihn schaudern.

»Was ist das?«, fragte Shannon plötzlich und deutete auf eine Stelle schräg hinter Eldekerk. Eldekerk drehte sich ebenfalls um und blickte einen Moment lang konzentriert in die angegebene Richtung, ehe er mit den Schultern zuckte.

Zwanzig, vielleicht fünfundzwanzig Meter hinter ihrem Versteck gähnte ein Spalt in der Form eines auf die Spitze gestellten Dreieckes in der Wand, gut doppelt mannshoch und an der breitesten Stelle sicherlich fünf Meter messend.

»Ich weiß es nicht«, gestand er. »Eine Höhle, vermute ich.«

»Gibt es viele Höhlen hier?«, fragte Shannon.

»Auf den Inseln?« Eldekerk nickte. »Sehr viele. Manche führen direkt bis zum Krater hinauf, sagt man. Aber es ist nicht sehr ratsam, hineinzugehen.«

»Warum?«, fragte Shannon.

Eldekerk deutete mit einer Kopfbewegung in die Richtung, in der

der Gipfel des Hauptkraters in der Nacht verborgen war. »Gas«, sagte er. »Gas und Lava. Der Krakatau ist ein aktiver Vulkan, vergessen Sie das nicht. Manche von diesen Höhlen sind so voller Gas, dass ein falscher Furz reicht, sie in die Luft fliegen zu lassen.«

Shannon lächelte flüchtig, drehte den Kopf – und ließ sich mit einer so raschen Bewegung in den Schutz des Felsens fallen, dass Eldekerk erschrocken zusammenfuhr. Abrupt blickte er zum Meer hinüber.

Es war wie in den Nächten zuvor, aber sehr viel näher.

Zuerst erschien das Licht, wobei sich Eldekerk nicht einmal mehr sicher war, ob es überhaupt *Licht* in dem Sinne des Wortes war, den er kannte. Es begann als sanftes, kaum merkliches Glühen über der Wasseroberfläche, wie leuchtender Nebel, der aus dem Nichts kam und sich in trägen, spielerisch auf und ab wogenden Schwaden verteilte.

Dann kamen die Geräusche; der dumpfe, anschwellende Singsang und das unheimliche Heulen, das irgendetwas in ihm berührte und zum Schwingen brachte, und schließlich die Boote.

Eldekerk hatte sie noch nie so nahe gesehen wie dieses Mal, nicht einmal durch das Glas seines Fernrohres. Sie erschienen wenig mehr als einen Kilometer vor der Küste und näherten sich rasch, vorangetrieben von den langen, knöchernen Stangen ihrer Insassen und einem Wind, der so plötzlich aufgetaucht war wie die Boote und den Atem einer fremden, unglaublich düsteren Welt mit sich brachte.

Eldekerk stöhnte auf, als er die Boote zum ersten Male *wirklich* sah. Es war ein Bild, wie es kein Albtraum schrecklicher hervorbringen konnte.

Die Boote waren keine wirklichen Boote, sondern unbeschreibliche Zwitter aus erstarrter Furcht und gigantischen, *lebenden* Dingen – die Rümpfe lang gestreckt und flach, übersät mit stacheligen Auswüchsen und runden, glänzenden Dingen, die sich dem Auge nicht wirklich zu erkennen gaben, drachenköpfig und schrecklich, die Segel riesige flappende Hautlappen, glänzend wie Leder und absurd geformt, nicht an den Masten befestigt, sondern aus ihnen *hervorgewachsen*, die Ruder gewaltige lederne Flossen, von einem Knochengerüst wie dem einer Fledermaus durchzogen und lautlos das Wasser peitschend.

Und dann sah er etwas, was ihn um ein Haar aufschreien ließ:

Eines der bizarren Boote war nahe genug herangekommen, dass er die knöcherne Gestalt in seinem Heck erkennen konnte. Seinen Leib, der nicht aus Fleisch und Blut, sondern aus einer dunklen, hornartigen

Masse bestand, ein Gesicht ohne Augen und Mund und Nase, nichts als eine glatte, gebogene Fläche, und seine Beine, die *unmittelbar aus dem Rumpf des bizarren Schiffes hervorwuchsen ...*

»Mein Gott«, flüsterte Eldekerk. »Was ... was ist das?«

Shannon gebot ihm mit einer hastigen Geste zu schweigen. »Ich weiß es nicht«, sagte er. »Aber wenn es das ist, was ich fürchte ...« Er brach ab, richtete sich ein wenig auf und sah nervös zu dem dreieckigen Spalt im Felsen zurück. Eldekerk folgte seinem Blick und registrierte mit plötzlichem Schrecken, dass die Höhlenöffnung genau dort lag, wo die Drachenschiffe landen würden, behielten sie ihren bisherigen Kurs bei. Und dass sie vollkommen deckungslos und für jeden überdeutlich sichtbar sein mussten, der daraus hervortreten sollte.

Shannon schien zu dem gleichen Schluss zu kommen, denn er deutete mit einer stummen Kopfbewegung auf eine Felsgruppe gut fünfzig Meter weiter westlich, in der sie ausreichende Deckung sowohl zum Meer als auch zum Land hin haben würden. Geduckt schlichen sie los.

Eldekerks Herz raste, als wolle es zerspringen, als sie die feucht glänzenden Lavatrümmer erreichten. Nervös suchte sein Blick die stumme Prozession der Drachenschiffe.

Sie waren näher gekommen. Das erste befand sich weniger als fünf Meter vom Strand entfernt und hatte an Tempo verloren, während die anderen weiter heranglitten. Zwischen ihnen brodelte die See, und Eldekerk erkannte eine gewaltige Zahl kopfgroßer, in allen Farben des Regenbogens schimmernder Kugeln, die plötzlich auf den Wellen zwischen den bizarren Booten hüpften. Ein geheimnisvolles Licht ging von ihnen aus.

»Was ist das, Shannon?«, flüsterte er.

»Still!«, zischte Shannon. »Schauen Sie.«

Wieder deutete seine Hand auf den Spalt in der Felswand. Er war jetzt nicht mehr leer. Ein blasses, aber irgendwie unheimliches rotes Glühen zeichnete seine Konturen nach; Licht, das aus dem Inneren der Wand kam und in Eldekerk die Erinnerung an Flammen und Hitze wachrief. Licht, das die Umrisse eines Mannes beleuchtete, der lautlos in der Höhlenöffnung erschienen war und den Albtraumbooten schweigend entgegenblickte.

Dann machte er einen Schritt und trat ins helle Licht des Mondes hinaus.

Als Eldekerk sein Gesicht sah, begann er wie von Sinnen zu schreien.

Es musste auf Mitternacht zugehen, wenn ich den Stand des Mondes und der Sternbilder richtig deutete, und über der Garnison lag eine fast unheimliche Stille. Die Hütte, in die Roosfeld und seine beiden Männer mich geschleift hatten, lag ein wenig abseits des eigentlichen Lagers, noch innerhalb der Umzäunung, aber gute zweihundert Yards von den niedrigen Baracken der Soldaten und dem etwas größeren, festungsähnlichen Hauptteil der Anlage entfernt. Ich konnte mir lebhaft vorstellen, warum.

Roosfeld gab mir einen Stoß, der mich quer durch den Raum taumeln und vor der gegenüberliegenden Wand auf die Knie fallen ließ. Wir waren wieder allein; der Niederländer hatte seine beiden Begleiter fortgeschickt und die Tür hinter sich geschlossen; und die Männer hatten den Schlüssel von außen herumgedreht. Der Raum war kahl. Die Wände bestanden aus nacktem, unverputztem Stein und der Boden aus festgestampftem Lehm. Außer der Tür gab es nur noch ein winziges, vergittertes Fenster, aber durch das löchrige Dach fiel genug Licht herein, mich sehen zu lassen. Es gehörte nicht sehr viel Phantasie dazu, sich auszurechnen, welchem Zweck dieses Gebäude diente.

Langsamer, als nötig gewesen wäre, stemmte ich mich in die Höhe, ließ mich gegen die Wand sinken und hob die Hand zum Kopf, als fiele es mir schwer, nicht gleich wieder zusammenzubrechen. Roosfeld lachte hässlich.

»Sie sind ein verdammter Trottel, Craven«, sagte er, während er seine Jacke aufknöpfte. Darunter trug er nichts außer einem mottenzerfressenen weißen Hemd, das sich über seinen mächtigen Muskeln spannte.

»Wirklich«, fuhr er fort. »Sie hätten sich eine Menge Ärger ersparen können. Zwei Stunden sind eine lange Zeit, Craven. Ich schwöre Ihnen, Sie werden nach Tergard schreien, ehe ein Viertel davon vorbei ist.« Grinsend knüllte er seine Jacke zusammen, warf sie in eine Ecke und kam mit wiegenden Schritten näher.

Ich wich zurück, so weit ich konnte, aber schon nach wenigen Schritten hatte er mich in die Ecke gedrängt. Ich hatte eine ziemlich konkrete Vorstellung davon, was er tun würde, sollte ich versuchen, an ihm vorbeizuschlüpfen.

»Sie werden sehen, dass ich euer britisches Fairplay schätze, Craven«, sagte er grinsend. »Ich bin kein Unmensch, wissen Sie? Ich überlasse Ihnen sogar den ersten Schlag.« Er näherte sich mir bis auf zwei Schritte, stemmte die Fäuste in die Hüften und hob den Kopf, wie um mir sein Kinn zu präsentieren. Es war ein beeindruckender Anblick. Wenn einen ein Kinn von den Dimensionen – und zweifellos auch der Festigkeit – eines Ambosses beeindruckt.

»Danke«, sagte ich gepresst. »Ich verzichte.«

Roosfeld zuckte mit den Achseln. »Wie Sie wollen, Craven«, sagte er. »Ich habe nur fair sein wollen. Aber so –«

Der Schlag kam so schnell, dass ich ihn kaum sah, obwohl ich damit gerechnet hatte. Im letzten Moment wich ich Roosfelds Faust aus, riss die Arme in die Höhe und fing den Hieb mit den Handballen ab. Es war ein Gefühl, als hätte ich einen Dampfhammer mit bloßen Händen aufzuhalten versucht. Ich taumelte, fiel haltlos gegen die Wand und steppte im letzten Moment zur Seite, als Roosfeld mit einem gemeinen Kniestoß nachsetzte.

Sein Knie kollidierte, von den ganzen mehr als zwei Zentnern seines Körpergewichts getrieben, mit der Wand. Roosfeld keuchte – allerdings wohl mehr vor Wut als vor Schmerz – fuhr mit einem ärgerlichen Zischen herum und schlug mit der flachen Hand nach mir.

Ich fing seinen Arm auf, knickte in den Hüften ein und drehte mich gleichzeitig halb um meine Achse. Roosfeld wurde von seinem eigenen Schwung von den Füßen gerissen, kugelte über meinen plötzlich gekrümmten Rücken und landete unsanft auf dem Boden.

Aber nur, um sofort wieder aufzuspringen. In seinen Augen stand eine Mischung aus Staunen und langsam aufkeimender Wut. »So ist das also«, sagte er. »Unser kleiner Spion ist ein ganz schlauer, wie? Wenn du die harte Tour bevorzugst, Craven – das kannst du haben!«

Ich duckte mich, hob die linke Hand schützend vor den Leib und ließ die andere langsam vor meinem Gesicht kreisen. Meine Nerven waren bis zum Zerreißen angespannt. Roosfeld war ein Gegner, der nicht zu unterschätzen war. Ich hatte ihn überrascht mit einer Gegenwehr – und vor allem einer Art der Gegenwehr – die er nicht erwartet hatte. Jetzt war er gewarnt. Und wenn er mich zu fassen bekam, war es um mich geschehen.

»Seien sie vernünftig, Roosfeld«, sagte ich. »Niemandem ist gedient, wenn einer von uns ernsthaft verletzt wird.«

Roosfeld reagierte ganz genau so, wie ich erwartet hatte – er griff mich an. Aber niemand sollte hinterher sagen, dass ich ihn nicht gewarnt hätte.

Wie ein zorniger Bulle stürmte er heran. Ich hatte das Gefühl, den Boden unter seinen Schritten beben zu spüren.

Ich tat so, als wolle ich ihm ausweichen, sprang plötzlich auf ihn zu und ließ mich rücklings zu Boden fallen. Mein linkes Bein vollführte eine halbkreisförmige, blitzschnelle Bewegung und traf seine Kniekehle. Roosfeld fiel, wälzte sich herum – und verlieh dem Tritt, den ich auf sein Kinn gezielt hatte, so noch mehr Wucht.

Trotzdem kamen wir beinahe gleichzeitig auf die Füße.

Roosfelds Gesicht hatte alle Farbe verloren. Seine linke Augenbraue war aufgeplatzt. Blut lief über sein Gesicht. »Du Schwein!«

»Hören Sie endlich auf!«, sagte ich schwer atmend. Ich begann die Anstrengung des kurzen Kampfes bereits zu spüren. Mein Puls raste. Ich würde nur noch Augenblicke durchhalten. »Hören Sie auf, Roosfeld!«, sagte ich noch einmal. »Oder Sie zwingen mich, Sie ernsthaft zu verletzen. Sie ... Sie sind kein Gegner für mich. Ich kann es mir nicht leisten, Sie zu schonen.«

Roosfeld kreischte vor Wut, warf sich nach vorne und stolperte über mein blitzschnell vorgestrecktes Bein. Aber seine Hand umklammerte mein Gelenk und riss mich ebenfalls von den Füßen. Ich fiel, sah Roosfeld auf mich herabstürzen und rollte mich blindlings zur Seite. Roosfeld verfehlte mich, aber seine Faust traf meine Rippen und trieb mir die Luft aus den Lungen.

Der Schmerz brachte mich an den Rand der Bewusstlosigkeit. Mit einer Bewegung, die nur noch von meinen Reflexen und nicht mehr von bewusstem Denken gesteuert wurde, sprang ich auf die Füße, torkelte zwei, drei Schritte weit und drehte mich herum, als ich Roosfelds wütenden Schrei hinter mir vernahm.

Der Niederländer schlug meine schützend hochgerissenen Hände beiseite und schmetterte mich gegen die Wand. Ich brachte mich mit einer instinktiven Drehung aus seiner Reichweite und trat nach seinem Knie.

Ich traf. Roosfeld ging zu Boden, robbte auf mich zu und versuchte meine Füße zu packen.

Ich trat ihm auf die Finger, sprang mit drei, vier raschen Schritten bis zur gegenüberliegenden Wand zurück und nutzte die Zeit, bis sich Roosfeld abermals erhoben hatte, um wenigstens einigermaßen zu Atem zu kommen. Für einen Moment schien sich der kleine Raum vor meinen Augen zu drehen. Ich konnte es mir nicht leisten, den Kampf auch nur noch eine Minute währen zu lassen.

Roosfeld stürmte heran, mit hoch erhobenen, geballten Fäusten, das Gesicht zu einer Fratze verzerrt. Ich sprang zur Seite, wich einem Fausthieb aus, packte seinen Arm und verdrehte ihn nach hinten.

Der Niederländer brüllte noch lauter, fiel auf den Rücken und wälzte sich herum, die Hand auf den verrenkten Arm gepresst. Einen Moment lang lag er schreiend da, strampelte mit den Beinen und warf sich hin und her, dann stemmte er sich auf die Knie hoch. Ich sprang auf ihn zu, packte ihn mit der Linken am Kragen und schmetterte ihm den Handballen der Rechten unter das Kinn. Roosfeld keuchte, verdrehte die Augen und erschlaffte unter meinen Händen.

Länger als eine Minute blieb ich über ihn gebeugt hocken, atmete keuchend und wartete, dass die Welt aufhörte, sich um mich herum zu drehen. Die Luft, die ich atmete, schien mit Glassplittern gespickt, und in der Übelkeit, die aus meinem Magen emporkroch, war der Geschmack von Blut. Meine Rippen schmerzten höllisch.

Langsam beruhigte sich mein hämmernder Pulsschlag, und die Welt verwandelte sich von einem Mosaik aus Schwärze und blutig roten Schlieren wieder halbwegs zur Normalität zurück. Vorsichtig richtete ich mich auf, massierte meine schmerzenden Rippen und wischte mir mit dem Handrücken das Blut aus dem Gesicht. Dann kniete ich neben Roosfeld nieder, drehte ihn auf den Rücken und untersuchte ihn, so gut es mir möglich war.

Er war ohne Bewusstsein, aber er lebte. Seine Stirn fühlte sich heiß an, und über seinem rechten Ellbogen begann sich das Hemd dunkel zu färben. Für die nächsten Wochen, dachte ich mit grimmiger Befriedigung, würde er keine wehrlosen Männer mehr zusammenschlagen.

Ich stand wieder auf, blieb noch einen Moment mit geschlossenen Augen stehen und wandte mich dann zur Tür. Ich hörte nicht den geringsten Laut, als ich das Ohr gegen das morsche Holz presste und lauschte. Aber ich war sicher, dass die beiden Soldaten noch draußen standen.

Entschlossen trat ich einen Schritt von der Tür zurück, hob den Arm und klopfte. Es vergingen nur Sekunden, bis ich Kies unter harten Stiefelsohlen knirschen hörte, dann klirrte ein Schlüssel im Schloss.

»Was treibst du da drinnen, Roosfeld?«, fragte eine tiefe Stimme. »Du machst einen Lärm, als wäre ein ganzes Bataillon Kaffer bei dir. Du weißt doch, dass Tergard ihn lebendig zurückhaben –«

Die Tür schwang auf, und der Rest des Satzes blieb dem Soldaten im Halse stecken, als er mich erkannte.

Ich gab ihm genau eine halbe Sekunde Zeit, mit seinem Schrecken fertig zu werden. Dann schlug ich ihn nieder, sprang mit einem Satz aus dem Haus und versetzte auch seinem Kameraden einen Kinnhaken, der ihn für mindestens zwei Stunden außer Gefecht setzen musste.

Hastig sah ich mich um, aber das Gelände rings um die Hütte war frei, so weit ich sehen konnte. Roosfeld und seine beiden Männer waren die Einzigen gewesen, die zu dieser nachtschlafenden Zeit noch auf den Beinen waren.

Einen Moment lang musterte ich den Drahtverhau, der das gesamte Gelände der Garnison umschloss und dicht hinter der Hütte entlangführte. Natürlich gab es Wachen, und ein Stück weiter westlich ragte sogar das Holzgerippe eines Wachturmes in den Nachthimmel, aber trotzdem wäre es kein nennenswertes Problem gewesen, aus dem Lager zu entkommen. Bis Roosfeld oder einer der beiden anderen erwachte, konnte ich schon meilenweit weg sein.

Aber ich wandte mich nicht dem Zaun zu. Stattdessen huschte ich zurück zum Hauptgebäude. Ich hatte noch etwas zu erledigen.

Eine harte Hand lag auf seinem Mund, als Eldekerk erwachte, und das Erste, was er sah, waren Shannons Augen, in denen ein warnender Ausdruck stand. Er wollte sich aufrichten, aber der Fremde drückte ihn grob zurück und legte den Zeigefinger auf die Lippen.

»Alles wieder in Ordnung?«, fragte er. »Sie werden nicht schreien?«

Eldekerk signalisierte mit den Augen ein Nicken, und Shannon zog nach abermaligem kurzem Zögern seine Hand zurück; Eldekerk atmete tief ein. »Was … was ist passiert?«, flüsterte er.

»Ich musste Sie betäuben«, antwortete Shannon ebenso leise. »Sie haben geschrien. Aber das war nicht Ihre Schuld. Ich hätte Sie warnen müssen. Es tut mir leid. Mein Fehler.«

Die Worte weckten die Erinnerung wieder. Eldekerk fuhr zusammen, richtete sich mit einem Ruck auf und starrte nach rechts, dorthin, wo die furchtbare Erscheinung gewesen war.

Aber der Höhleneingang war jetzt leer. Nur das unheimliche rote Glühen aus dem Inneren des Berges war geblieben. Als er den Blick wandte und zum Meer sah, erkannte er, dass auch die Schiffe verschwunden waren.

»Wie lange war ich bewusstlos?«, murmelte er.

»Nicht lange«, antwortete Shannon. »Eine halbe Stunde – ungefähr.«

»Wo sind die Schiffe?«, flüsterte Eldekerk. »Und dieses ... diese Kreatur. Mein Gott, Shannon – was war das? Das ... das war doch kein Mensch.«

Shannon lächelte, aber er tat es auf eine so sonderbare Art, dass Eldekerk erneut einen raschen, eisigen Schauer von Furcht verspürte. »Ja und nein«, antwortete er geheimnisvoll. »Es ... würde zu weit führen, Ihnen jetzt alles erklären zu wollen. Sie werden es verstehen, später. Kommen Sie.«

Er stand auf und zog Eldekerk auf die Füße. Eldekerk blieb stehen, als er begriff, in welche Richtung ihn Shannon ziehen wollte.

»Sie ... Sie wollen doch nicht dort hineingehen?«, keuchte er. Seine Augen weiteten sich vor Schrecken, während er den Höhleneingang anstarrte. Er war jetzt sicher, dass das rote Glühen im Inneren des Berges zugenommen hatte. Roch die Luft nicht schon ganz sacht nach verbranntem Fels? Und war das Zittern unter seinen Füßen wirklich nur das Beben der Brandung?

»Ich will und ich muss«, antwortete Shannon ruhig. »Und Sie werden mich begleiten.«

»Ich denke nicht daran«, keuchte Eldekerk. »Ich bleibe hier, und wenn Sie mich totschlagen.«

»So?«, fragte Shannon ruhig. »Warum werfen Sie nicht einen Blick auf die See, ehe Sie antworten, Eldekerk?«

Eldekerk gehorchte. Und es dauerte nur Sekunden, bis er begriff, was Shannon gemeint hatte.

Der Strand war deutlich schmaler geworden. Fast die Hälfte des feinkörnigen weißen Sandes war bereits unter nachtschwarzem Wasser verschwunden, und mit jeder Woge, die heranrollte und sich wieder zurückzog, fraß die See ein weiteres Stück Land. Die Flut kam. In einer halben Stunde würde der Strand unter Wasser stehen, und in einer weiteren Stunde würde der Ozean den Fels mehr als zwei Meter hoch umspülen. Einen ganz kurzen Moment lang dachte er daran, am Seil wieder nach oben zu klettern. Aber er wusste im gleichen Augenblick, dass er es nicht schaffen würde.

»Sie haben das gewusst«, sagte er vorwurfsvoll. »Sie wussten, dass ich nicht wieder hinaufsteigen kann und dass wir in diese Höhle müssen.«

»Nein«, antwortete Shannon. »Ich hatte vor, Ihnen zu helfen. Aber das da ist wichtiger.« Er deutete auf die Höhle, und aus irgendeinem Grunde – warum, wusste er selbst nicht – glaubte ihm Eldekerk.

Erst zwei Schritte vor dem Höhleneingang blieben sie stehen. Shannon bedeutete ihm mit Gesten, zurückzubleiben, lief geduckt die steile Geröllhalde hinauf, die zur Höhle emporführte, und verschwand für Augenblicke im Inneren des Berges. Als er zurückkam, hob er den Arm und winkte Eldekerk, ihm zu folgen. Der Holländer gehorchte widerspruchslos.

Ein Schwall trockener, nach Wärme und glühendem Fels riechender Luft schlug ihnen entgegen, als sie die Höhle betraten. Das Licht, das draußen nur ein schwacher rötlicher Glanz gewesen war, reichte hier drinnen aus, mehrere Dutzend Schritte weit zu sehen, und Eldekerk erkannte, dass sich der dreieckige Spalt schon nach wenigen Metern zu einer gewaltigen, halbrunden Höhle erweiterte, deren Boden zu glatt war, um auf natürliche Weise entstanden zu sein.

Dann sah er die Stufen.

Sie waren sehr breit und hoch, als wären sie für größere als menschliche Füße gemacht worden, und führten in Schwindel erregendem Winkel zu einem weiteren Gang, der tiefer in den Leib des Berges hineinführte und von rötlicher Glut erfüllt war. Ein dunkles, unheimlich Dröhnen wehte Eldekerk und Shannon entgegen.

»Keinen Laut mehr«, wisperte Shannon. »Und bleiben Sie immer dicht hinter mir, ganz gleich, was geschieht.«

Eldekerk nickte nervös, presste sich dicht hinter dem Schwarzgekleideten an den Fels und ging mit klopfendem Herzen weiter.

Das Rauschen der Brandung blieb hinter ihnen zurück, als sie die steile Felstreppe hinaufgingen, aber dafür nahm das dunkle Dröhnen allmählich an Lautstärke zu, und nach einer Weile begann Eldekerk den Rhythmus darin zu erkennen. Es war nicht einfach nur ein Laut, es waren Worte, immer wieder die beiden gleichen, an- und abschwellenden Worte, wenngleich auch welche, die er noch niemals gehört hatte.

»Thuuuuul«, dröhnten die Stimmen. *»Thul Saduun! Thul Saduun!«*

In Tergards Amtszimmer brannte noch Licht, als einzigem Raum in dem gesamten Komplex, aber obwohl ich annähernd fünf Minuten mit dicht an die Tür gepresstem Ohr gelauscht hatte, hatte ich nicht das geringste Geräusch gehört. Tergard war allein. Wenn nicht – nun, dieses Risiko musste ich eingehen.

Behutsam richtete ich mich auf, warf einen letzten sichernden Blick in den leeren Gang hinter mir und packte das Gewehr fester, das ich dem Posten abgenommen hatte, der jetzt auf einer Bank neben dem Haupteingang lag und noch ein wenig tiefer schlief als in dem Moment, in dem ich ihn angetroffen hatte. Dann drückte ich die Klinke nach unten, warf mich mit der Schulter gegen die Tür und sprang mit einem Satz in den Raum, das Gewehr bereits im Anschlag.

Tergard saß noch immer in der gleichen Haltung da, in der er mit mir gesprochen hatte.

Und er wirkte nicht halb so überrascht, wie ich erwartete.

Genau genommen wirkte er kein bisschen überrascht. Er machte sich nicht einmal die Mühe, das Weinglas aus der Hand zu stellen.

»Keine Bewegung, Tergard«, sagte ich drohend, schob die Tür hinter mir zu und drehte mich blitzschnell um meine Achse. Der Gewehrlauf vollführte die Bewegung getreulich mit, aber es gab niemanden, den ich damit hätte beeindrucken können. Niemanden außer Tergard. Und der war ungefähr so beeindruckt, als zielte ich mit einem Kochlöffel auf ihn.

»Was haben Sie mit Roosfeld gemacht, Craven?«, fragte er ruhig. »Ich hoffe doch, Sie haben ihn am Leben gelassen. Ich brauche ihn noch.«

»Als nützlichen Idioten?«, fragte ich scharf.

Tergard lächelte. »Nicht ganz. Roosfeld hat seine kleinen Spleens, das gebe ich zu, aber er ist ganz und gar kein Idiot. Lebt er noch?«

»Ich bin kein Mörder wie Sie, Tergard«, sagte ich zornig. »Wenn ich hier heraus bin, können Sie gehen und ihn aufsammeln. Ich hoffe, Sie haben einen guten Arzt im Lager.«

»Sie setzen mich immer mehr in Erstaunen, Craven«, sagte Tergard lächelnd. »Was glauben Sie mit diesem melodramatischen Auftritt erreichen zu können?« Er deutete mit einer Kopfbewegung auf die Flinte in meiner Hand. »Diese Waffe nutzt Ihnen nicht sehr viel, mein lieber Freund. Ein einziger Schuss und Sie haben die gesamte Garnison auf dem Hals. Was also glauben Sie erreichen zu können?«

»Zumindest das, nicht zusammengeschlagen zu werden«, knurrte ich. »Sie werden mir jetzt ein paar Fragen beantworten, Tergard. Und vor allem werden Sie mir zuhören.«

»So?«, fragte Tergard lauernd. »Werde ich?«

Wütend stapfte ich auf ihn zu, blieb dicht vor dem Schreibtisch stehen und schlug ihm das Weinglas mit dem Lauf des Gewehres aus der Hand. Tergard runzelte die Stirn und sah mich strafend an. »Sie sind kein sehr geduldiger Mensch, Craven«, stellte er fest.

»Nein«, bestätigte ich. »Aber ich bin auch kein Spion, Tergard. Ich möchte, dass Sie das wissen, ehe ich gehe. Ich bin genau das, was ich Ihnen gesagt habe.«

»Und um mir das zu sagen, sind Sie zurückgekommen?«, fragte Tergard spöttisch. Seine Ruhe begann mir ernstlich auf die Nerven zu gehen. Ich bin auch zuvor Männern begegnet, die sich von einer Waffe, die auf ihre Stirn zielt, nicht besonders irritieren lassen. Aber selten jemandem wie Tergard, den dieser Zustand allerhöchstens zu amüsieren schien.

»Nicht nur«, sagte ich. »Ich möchte ein paar Antworten. Ehrliche Antworten. Und ich rate Ihnen, mich nicht zu belügen. Ich würde es merken, *Bruder* Tergard.«

Diesmal brachte ich ihn doch aus dem Konzept. Eine Sekunde lang starrte er mich wortlos an, und seine Augen wurden groß vor Überraschung, dann fragte er: »Woher wissen Sie es?«

Ich deutete auf den Ring, den er an der rechten Hand trug. »Ihre eigene Eitelkeit hat Sie verraten, Tergard. Sie sollten Ihren Logenring nicht in aller Öffentlichkeit tragen.«

Tergard zog die Brauen zusammen, starrte einen Moment auf seine rechte Hand mit dem weiß-roten Ring, der überdeutlich das Symbol der Tempelherren – ein gleichschenkeliges rotes Balkenkreuz auf weißem Grund – zeigte, und seufzte hörbar.

»Mein Kompliment, Mister Craven«, sagte er. »Ich dachte wirklich nicht, dass Sie von der Bruderschaft wüssten.«

»Ich weiß noch viel mehr, Tergard«, sagte ich zornig. »Aber leider nicht genug. Was bedeutet das alles hier? Diese so genannte Garnison ist so wenig eine Niederlassung der niederländischen Armee wie Sie ein Offizier oder De Cruyk ein holländischer Kapitän ist! Was bedeutet das alles?«

»Warum warten Sie nicht ab, Craven?«, fragte Tergard trotzig. »Möglicherweise erfahren Sie alles noch eher, als Ihnen lieb ist, Sie jämmerlicher Narr.«

Seine Worte erschöpften meine Geduld endgültig. Ein anderer an meiner Stelle hätte Tergards blödes Grinsen jetzt vielleicht mit dem Gewehrlauf beendet, aber ich wusste eine bessere Methode. Das, was ich vom ersten Moment an hätte tun sollen, statt meine Zeit damit zu vertrödeln, mich mit Tergard zu streiten.

Mit aller hypnotischen Macht schlug ich zu.

»Sie werden mir jetzt alles sagen, Tergard«, sagte ich leise und mit der monotonen, fast ausdruckslosen Stimme, die die suggestive Macht meines geistigen Angriffes noch verstärkte. Ich sah den Schrecken in Tergards Gesicht, als er begriff, was ich tat. Dann erschlafften seine Züge.

»Sie werden mir erzählen, was auf dieser Insel vorgeht!«, befahl ich. »Was stellt diese so genannte Garnison dar? Was wollen Sie hier? Was zum Teufel interessiert die Tempelherren an einer Gewürzinsel am Ende der Welt?«

»Nichts, was Sie auch nur das Geringste anginge, mein Junge«, sagte Tergard ruhig.

Es dauerte fast eine Sekunde, bis ich begriff.

Die Antwort, die ich bekommen hatte, war ganz und gar nicht die, die ein Mann gegeben hätte, der unter meinem hypnotischen Bann stand.

Aber das tat er auch nicht.

Sein Schrecken, seine plötzliche Resignation, das scheinbare Nachgeben, selbst das so typische Erschlaffen seiner Gesichtszüge, das alles war nichts als eine Täuschung gewesen. Tergard war meinem geistigen Angriff keine Sekunde erlegen. Dass er so tat als ob, war nur eine weitere Bosheit, um mich noch einmal in Sicherheit zu wiegen, eine Sicherheit, in der er mich nur umso härter treffen konnte.

Ich fühlte seinen Gegenangriff kommen, aber mir blieb nicht einmal Zeit, auch nur den Versuch einer Gegenwehr zu starten. Tergards Bewusstsein fiel über mein Denken her wie ein hungriger Löwe über ein Kaninchen und löschte es aus.

Der letzte Gedanke, den ich hatte, war der, dass ich wirklich zu der Kategorie von Menschen zählte, über die Tergard vor Stundenfrist so ausgiebig philosophiert hatte.

Zu den Idioten.

Man musste schon ein kompletter Idiot sein, sich auf einen geistigen Zweikampf mit einem *Master* des Tempelordens einzulassen …

Die Höhle war so groß, als wäre der Berg über ihren Köpfen nur eine dünne Schale, und von blutig rotem, flackerndem Licht erfüllt. Mörderische Hitze lag wie der erstickende Griff einer unsichtbaren Riesenfaust in der Luft, ließ die Konturen aller Dinge, die weiter als vier, fünf Schritte entfernt waren, verschwimmen und Eldekerks Hals schmerzen. Selbst der Felsen, hinter dem er lag, war glühend heiß.

Seine Augen tränten. Vergeblich versuchte er, Einzelheiten dessen zu erkennen, was sich unter ihm und Shannon abspielte. Da waren Menschen, sehr viele Menschen, aber sie waren nur als verschwommene Umrisse zu erkennen, denn das hintere Viertel der Höhle war von weiß glühender Lava erfüllt, dem Blut des Berges, das hier wie in einer gewaltigen steinernen Wunde zutage trat.

Er begriff nicht, was er sah.

Und selbst wenn er es begriffen hätte, hätte er sich geweigert, es zu begreifen.

Unter ihm starben Menschen.

Eldekerk konnte gegen das grelle Licht der glühenden Lava nicht ausmachen, was im Einzelnen geschah, aber das Wenige, was er sah, war schlimm genug.

Da waren die Betenden: eine Gruppe von zwanzig, vielleicht mehr Gestalten, die in einem unregelmäßigen Kreis am Rande des Lavasees hockten und immer wieder dieses fürchterliche, monotone *Thul Saduun! Thul Saduun!* hören ließen, wobei sie sich im Takt ihres eigenen Gesanges hin und her wiegten.

Vor ihnen, im gedachten Schnittpunkt des Halbkreises, den ihre Körper bildeten, stand eine weitere kleinere Gruppe von Menschen, aufrecht und stumm und sonderbar reglos, als wären sie erstarrt. Obgleich sie unmittelbar am Ufer des lodernden Lavasees standen, rührte sich nicht einer von ihnen. Die mörderische Hitze, die der geschmolzene Stein ausstrahlte, schienen sie nicht zu spüren.

Und dann der Mann.

Obwohl Eldekerk ihn nicht erkennen konnte, war er sicher, dass es die gleiche grauenhafte Gestalt war wie die, die er am Strand gesehen hatte. Er war froh, ihn nur als Schatten ausmachen zu können.

Der Mann *(Mann?!)* stand zwischen dem Halbkreis der Betenden und der zweiten Gruppe von Männern, mit hoch erhobenen, wie beschwörend ausgestreckten Armen und ebenfalls vollkommen reglos. Das grelle Gegenlicht der Lava schien seinen Körper mit flammenden Linien aus unerträglicher Helligkeit nachzuzeichnen. Und von Zeit zu Zeit ...

Er hatte es mit eigenen Augen gesehen, zweimal, seit er dicht hinter Shannon in diese furchtbare Höhle geschlichen war, und trotzdem sträubte sich irgendetwas in ihm jetzt noch, zu glauben, was sich dort unten abspielte.

Eine der Gestalten, die bisher reglos am Ufer des Feuersees gestanden hatte, löste sich plötzlich aus ihrer Starre – *und warf sich mit weit ausgebreiteten Armen in den Lavasee!*

Eldekerk schloss stöhnend die Augen. In seiner Brust schien sich eine unsichtbare Stahlfeder zu spannen, stärker und stärker und immer stärker, bis der Druck unerträglich wurde. Er spürte, dass er gleich anfangen würde zu schreien.

»Gehen wir«, flüsterte Shannon in diesem Moment. »Ich habe genug gesehen. Schnell.«

Eldekerk wollte aufstehen, aber er war wie gelähmt; Shannon musste ihn wie ein Kind auf die Füße ziehen und vor sich her über den weißen Fels schieben, bis sie die Höhle verlassen hatten und wieder im Inneren des Stollens waren. Erst dann fiel die Lähmung ganz langsam von ihm ab.

Plötzlich begannen seine Hände zu zittern, und in seiner Kehle war ein stacheliger Kloß, der ihn zu ersticken drohte.

»Mein Gott!«, stöhnte er. »Was war das? Shannon, sie ... sie bringen Menschen um. Mein Gott, sie ... *sie opfern Menschen!*«

»Ich weiß«, sagte Shannon. Seine Stimme war ganz leise, aber erfüllt von einem Zorn, der Eldekerk frösteln ließ. »Und sie werden noch Schlimmeres tun, wenn wir sie nicht aufhalten, Eldekerk.«

»Wir?« Eldekerk hätte beinahe geschrien. »Aber was ... was sollen wir gegen ... gegen diese ...«

Shannon schnitt ihm mit einer raschen Handbewegung das Wort ab. »Später«, sagte er hastig. »Jetzt müssen wir sehen, dass wir hier herauskommen. Und zwar schnell. Kommen Sie!«

So rasch sie konnten, verließen sie die Höhle, verfolgt vom dumpfen, an- und abschwellenden Singsang des *Thul Saduun!*, das in Eldekerks Ohren plötzlich einen ganz anderen, fürchterlichen Klang angenommen hatte.

Der Strand war vollends verschwunden, als sie den Ausgang verließen, sodass sie durch fast brusthohes Wasser waten mussten, um die Stelle zu erreichen, an der das Seil hing. Eldekerk wollte danach greifen, aber Shannon schüttelte nur den Kopf, sprang mit einem Satz an dem Hanfstrick hoch und begann geschickt wie ein Affe in die Höhe zu klettern. Er brauchte kaum zehn Minuten, um fünfzig Meter Höhenunterschied zum Sims hinauf zu überwinden.

»Binden Sie sich das Seil um, Eldekerk!«, klang seine Stimme von oben herab. »Ich ziehe Sie rauf. Aber Sie müssen mir helfen!«

Eldekerk nickte, obgleich Shannon die Bewegung in der Nacht und über die große Entfernung hinweg mit Sicherheit nicht erkennen konnte, knotete sich den Strick zweimal um Brust und Hüften und zog daran. Sekunden später straffte sich das Seil, als Shannon von oben daran zog. Eldekerk stemmte die Beine gegen die Wand und begann zu klettern.

Obwohl Shannon den Großteil seines Körpergewichts abfing und ihn mehr die Wand hinaufzog, als dass er wirklich kletterte, überstieg die Anstrengung beinahe seine Kräfte. Sein Atem ging pfeifend und unregelmäßig, als er neben Shannon anlangte, und seine Knie zitterten so stark, dass er erst nach Minuten die Kraft fand, sich aufzurichten und einige Schritte von der Simskante zurückzutreten.

»Geht es noch?«, fragte Shannon besorgt.

Eldekerk nickte. »Es ... muss. Ich bin ein alter Mann, wissen Sie?«

Shannon lächelte zur Antwort, nahm das Seil auf und wickelte es sorgsam zusammen, um es unter einem Busch zu verstecken. Eldekerk hatte das unangenehme Gefühl, dass er das nicht nur tat, um sich nicht damit abschleppen zu müssen, sondern weil er fest damit rechnete, zurückzukommen und es ein weiteres Mal zu benutzen.

»Gehen wir«, sagte Shannon, als er fertig war.

Nebeneinander drangen sie in den Busch ein. Wolken waren aufgezogen, und das dichte Blätterdach des Dschungels dämpfte das Licht des Mondes noch mehr, sodass sie sich nurmehr vorantasten konnten, aber Shannon schien über die Augen einer Katze zu verfügen. So rasch, als wäre es heller Tag, eilte er vor Eldekerk durch den Busch.

Plötzlich blieb er stehen, und als auch Eldekerk anhielt, hörte er Schritte, darunter die gemurmelten Gespräche von zwei oder mehr Menschen. Shannon gestikulierte ihm, leise zu sein, und Eldekerk nickte. Nach allem, was er erlebt hatte, stand auch ihm nicht mehr der Sinn nach einer weiteren unverhofften Begegnung.

Aber sein Schrecken wandelte sich in Erleichterung, als er die beiden Gestalten vor sich auf dem Waldweg auftauchen sah und ihre Uniformen erkannte.

»Das sind Soldaten, Shannon!«, sagte er erleichtert. »Soldaten von der Garnison. Sie werden uns helfen!«

Beim Klang seiner Worte waren die beiden stehen geblieben, und Eldekerk sah, wie einer zu seinem Gewehr griff. Rasch hob er den Arm, winkte beruhigend und sagte laut: »Nicht schießen! Ich bin es, Eldekerk!«

Die Hand, die nach dem Gewehr hatte greifen wollen, erstarrte mitten in der Bewegung. Der Soldat kam einen Schritt näher, kniff misstrauisch die Augen zusammen und sah erst Eldekerk, dann Shannon und dann wieder ihn an.

»Eldekerk?«, fragte er. »Was tun Sie hier, um diese Zeit? Und wer ist das da bei Ihnen?«

»Ein Freund«, sagte Eldekerk hastig. »Euch beide schickt der Himmel. Ihr müsst uns helfen!« Rasch trat er auf die beiden Soldaten zu. Shannon folgte ihm, machte einen Schritt zur Seite und musterte die beiden Männer stumm.

»Wobei müssen wir euch helfen?«, fragte einer der Soldaten lauernd. »Beim Schmuggeln?«

»Nein«, sagte Shannon ruhig. »Beim Sterben.«

Metall blitzte in seiner Hand. Eldekerk fuhr zusammen, aber er kam nicht einmal mehr dazu, einen Schrei auszustoßen.

Mit einer Bewegung, die schneller war, als seine Augen ihr folgen konnten, trat Shannon auf die beiden Soldaten zu und zog sein Schwert durch.

Der Käfig war nicht viel größer als ein aufrecht stehender Sarg. Er stand auf der Ladefläche eines niedrigen Eselkarrens, und die rostigen Handschellen, die an seinen Seiten befestigt waren, bekundeten seinen Verwendungszweck auf äußerst nachdrückliche Weise.

Das obskure Gefährt erinnerte mich an Abbildungen der Käfigwagen, mit denen die Verurteilten während der französischen Revolution zum Schafott gebracht worden waren. Nur dass es noch unmenschlicher aussah.

Ich lag auf dem Rücken, halb in fauligem Stroh vergraben, im hinteren Drittel einer Scheune. Ich erinnerte mich kaum, wie ich hierher gekommen war. Irgendwann, nach einer Ewigkeit, die nur aus Schwärze und der vagen Erinnerung an Schmerz bestand, hatten mich zwei von Tergards Männern unter den Armen ergriffen und hierher geschleift, in einen kleinen, zur Westseite hin offenen Schuppen gleich neben dem Tor der so genannten Garnison.

Dann war Roosfeld gekommen.

Ich wusste nicht, wie viel Zeit seither vergangen war, aber es mussten Stunden sein, denn der Himmel begann sich bereits grau zu färben, und aus dem nahen Dschungel wehte ein ganzer Chor kreischender und schimpfender Vogelstimmen herüber.

Ich klammerte mich an dieses Geräusch, als einzige Verbindung, die noch zwischen der wirklichen Welt und dem Universum aus Furcht und Schmerzen bestand, in das Roosfeld mich hineingeprügelt hatte.

Das Schlimme waren nicht einmal die Schmerzen gewesen, sondern das, was Tergard getan hatte. Es war nicht das erste Mal, dass ich einen Angriff auf rein geistiger Ebene erlebte, aber nie war es so schlimm gewesen wie jetzt. Der Templer hatte meinen Geist von unten nach oben gekehrt, in verbotenen Bereichen meines Selbst gegraben und Dinge zutage gefördert, von denen ich selbst nicht wusste, dass sie da waren.

Und dann hatte er mein Gehirn genommen und es wie einen feuchten Aufwischlappen ausgewrungen. Das war der einzige Vergleich, der mir dazu einfiel, und auch er war mehr als unzureichend. Ich fühlte mich ... leer. Ausgesaugt und müde, als hätte Tergard meine Lebenskraft gestohlen wie ein bizarrer geistiger Vampir.

Kein Mensch erträgt es, wenn seine geheimsten Gedanken und Wünsche ans Tageslicht gezerrt und aller Augen präsentiert werden. Für endlose Minuten hatte ich nur noch den Wunsch gehabt zu sterben, um dem unbeschreiblichen Gefühl der Scham zu entfliehen, mit dem Tergards Tun mich erfüllt hatte.

Der Tempelherr hatte in meinem Gehirn geblättert wie in einem Buch. Es gab buchstäblich nichts mehr, was er nicht von mir wusste.

»So ist das also«, sagte er, nachdem er mich eine Zeit lang schweigend angestarrt hatte. In seiner Stimme schwang eine Mischung aus Erstaunen und Unglaube. Aber sein Blick war hart und erbarmungslos wie zuvor.

»Ich muss sagen, ich habe Ihnen wirklich Unrecht getan, Craven«, murmelte er. »Sie sind kein Spion.«

Ich wollte antworten, aber mir fehlte die Kraft dazu, und vermutlich hätte Tergard mir auch gar nicht zugehört. Obgleich er sich alle Mühe gab, nach außen hin weiter so gelassen und ruhig zu erscheinen wie bisher, spürte ich doch, wie sehr ihn das, was er von und über mich in Erfahrung gebracht hatte, innerlich aufwühlte. »Nein«, sagte er noch einmal. »Ein Spion sind Sie nicht.« Er lachte leise. »Nicht einmal Ihr Pass ist gefälscht, so unglaublich es klingt. Wenn ich Sie jetzt nach Amerika zurückschicken würde, dann könnten Sie sich glatt selbst begegnen. Eine amüsante Vorstellung, nicht wahr?« Übergangslos wurde er wieder ernst. »Aber keine Sorge, mein lieber Freund – ich werde Sie nicht in die Verlegenheit bringen.«

»Nein?«, würgte ich hervor. »Wollen Sie Ihrem ... Gorilla den Spaß nicht verderben?« Meine Stimme bebte. Es war nurmehr kindlicher Trotz, der mir überhaupt noch die Kraft gab, zu sprechen.

»Roosfeld?« Tergard lachte erneut. »Aber nicht doch, Craven. Er hat seinen Spaß gehabt, meinen Sie nicht auch? Was den verstauchten Arm anbelangt, ist er wohl quitt mit Ihnen.«

Mühsam wandte ich den Kopf und blinzelte zu Roosfeld hinauf, der breitbeinig über mir stand. Sein rechter Arm hing in einer Schlinge, und der Ausdruck auf seinen Zügen schien zu sagen, dass man über diesen Punkt durchaus geteilter Meinung sein konnte. Roosfeld war noch nicht mit mir fertig. Noch lange nicht.

»Keine Angst, Craven«, sagte Tergard, als er meinen Blick bemerkte. »Roosfeld wird Ihnen nichts mehr antun. Wir haben eine viel bessere Methode, mit Leuten wie Ihnen fertig zu werden.«

Ich stemmte mich mit letzter Kraft in die Höhe und fiel zurück, als Roosfeld mir in die Seite trat.

»Roosfeld!«, sagte Tergard scharf. »Ich habe gesagt, dass du ihn in Frieden lassen sollst. Mister Craven genießt unsere volle Gastfreundschaft.« Er warf dem grobschlächtigen Sergeanten einen strafenden Blick zu, schüttelte den Kopf und beugte sich in gespielter Besorgnis zu mir herab.

»Sie dürfen es ihm nicht übel nehmen, Craven«, sagte er. »Die Größe seines Gehirnes steht leider in diametralem Gegensatz zu der seiner Muskeln. Ich versichere Ihnen, dass Ihnen ab sofort kein Haar mehr gekrümmt werden wird.« Er deutete auf den Wagen mit dem Käfigaufsatz. »Ich habe sogar unsere Staatskalesche für Sie anspannen lassen, um Sie in unser Gästequartier zu bringen. Ich bin sicher, Sie werden sich dort wohl fühlen.« Er beugte sich noch weiter herab. »Bring ihn weg, Roosfeld«, sagte er leise.

Der Sergeant knurrte zustimmend, riss mich unsanft auf die Füße und beförderte mich mit Stößen und Knüffen auf den Eselskarren zu, bugsierte mich in den Käfig und kettete meine Handgelenke an. Als er mich losließ, sank ich sofort zusammen, bis mein Sturz von den rostigen Eisenringen um meine Gelenke gestoppt wurde.

Roosfeld warf den Käfig zu, verschloss ihn mit einem einfachen Riegel und trat um den Wagen herum, um vorne auf den Bock zu steigen.

»Wohin ... bringen Sie ... mich?«, stöhnte ich. Die Welt begann sich um mich herum zu drehen. Mir wurde übel, und ich spürte, dass ich nun endgültig das Bewusstsein verlieren würde.

»An einen Ort, an dem Sie sich sicherlich wohl fühlen werden«, antwortete Tergard hämisch. »Sie wollten doch wissen, was das alles hier bedeutet, nicht wahr? Nun, mein lieber Craven, jetzt, nachdem ich so viel über Sie weiß, ist es nur fair, wenn auch Sie endlich aufgeklärt werden. Nur noch ein bisschen Geduld. Sie werden sehen, dass es sich lohnt. Und wer weiß – vielleicht sehen Sie sogar bald einen alten Freund wieder. Aber jetzt habe ich noch eine Kleinigkeit zu erledigen – mit Ihnen ...«

Sein höhnisches Lachen verfolgte mich hinüber in den Bereich der Dunkelheit, als meine Sinne schwanden.

»Warum haben Sie das getan?« Eldekerks Stimme war fast ausdruckslos. Es fiel ihm schwer, überhaupt zu sprechen. Seit sie den Dschungel verlassen hatten und wieder in seinem Haus am Stadtrand waren, waren dies die ersten Worte überhaupt, die er sprach. Er wusste nicht einmal mehr wirklich, wie er zurückgekommen war. Nach dem brutalen Mord an den beiden Soldaten war er in eine Art Trance gefallen; ein Schock, der nicht seinen Körper, wohl aber seinen Geist lähmte. Es war weniger die unmenschliche Kälte, mit der Shannon gehandelt hatte, als vielmehr die vollkommene Sinnlosigkeit seines Tuns.

»Warum, Shannon?«, fragte er noch einmal, als der Schwarzgekleidete nicht sofort antwortete. »Die beiden hätten uns helfen können.«

Statt einer Antwort ging Shannon zielsicher zu dem Wandschrank, in dem Eldekerk seinen schmalen Vorrat an Alkohol aufbewahrte, und kam mit einem randvollen Whiskyglas zurück. »Trinken Sie«, sagte er, als er Eldekerk das Glas in die Hand drückte. Eldekerk starrte ihn an, schluckte nervös und setzte das Glas an die Lippen. Der Whisky war pur und brannte wie Feuer in seiner Kehle. Aber er half. Seine Hände hörten nach wenigen Augenblicken auf zu zittern, wenn auch in seinem Inneren, jetzt, als die Lähmung allmählich von ihm abzufallen begann, ein wahrer Vulkan von Gefühlen tobte.

»Sie glauben also, die beiden hätten uns geholfen?«, fragte Shannon ruhig. »Ich fürchte, das ist ein Irrtum, Mijnheer Eldekerk. Im Gegenteil. Ich habe sie getötet, weil sie uns sonst getötet hätten.«

»Aber das ist doch Unsinn«, widersprach Eldekerk, obwohl er zu spüren glaubte, dass Shannon die Wahrheit sprach. »Warum sollten sie uns töten?

»Warum sollten sie überhaupt dort sein?«, sagte Shannon anstelle einer Antwort. »Haben Sie sich das schon einmal überlegt? Es gibt dort oben absolut nichts von Interesse. Weder eine Ansiedlung, noch einen strategisch wichtigen Punkt, noch irgendetwas von Wert. Und die Garnison ist fast dreißig Kilometer entfernt.« Er schüttelte den Kopf, nahm Eldekerk das leere Glas aus den Fingern und füllte es erneut. »Nein«, sagte er, als er zurückkam. »Diese beiden waren aus einem ganz bestimmten Grund dort oben, Eldekerk. Um nach uns Ausschau zu halten.«

»Nach uns?«, murmelte Eldekerk ungläubig.

»Oder nach Männern *wie* uns«, schränkte Shannon ein. »Leuten, die neugierig sind und vielleicht Dinge entdeckt haben, die sie nichts angehen. Glauben Sie mir – die beiden hätten nicht gezögert, uns zu erschießen, wenn Sie ihnen gesagt hätten, was wir entdeckt haben.«

»Aber das ist doch Unsinn!«, widersprach Eldekerk, allerdings mehr aus purer Gewohnheit denn aus Überzeugung. »Die ... die Garnison ist zu unserem Schutz da!«

»Glauben Sie?«, fragte Shannon ruhig. »Und wenn ich Ihnen sage, dass diese so genannte Garnison so viel mit der niederländischen Krone zu tun hat wie mit einem Maori-Priester?«

»Aber ... aber wieso?«, stammelte Eldekerk. »Was wollen Sie damit sagen, und ... und was ... mein Gott, Shannon – sie opfern Menschen dort unten! Was sollen wir tun, wenn uns nicht einmal die Garnison hilft?«

»Es gibt eine Möglichkeit«, antwortete Shannon, so rasch, dass Eldekerk plötzlich sicher war, dass er nur auf dieses Stichwort gewartet hatte. »Aber ich brauche Ihre Hilfe, Jop. Hören Sie zu ...«

Natürlich hatte ich es mir vorgenommen, und natürlich gelang es mir nicht, mir den Weg zu merken, den wir nahmen. Der Eselskarren verließ die Garnison und wandte sich nach Osten, direkt auf das steil aufstrebende, mehr als zweitausend Meter hohe Zentralmassiv der Insel zu, und schon nach kurzer Zeit verschlang uns der Dschungel.

Der Weg war nur ein besserer Trampelpfad, auf dem selbst das robuste Gefährt Schwierigkeiten hatte, durchzukommen, und die Kronen der gewaltigen Urwaldriesen vereinigten sich über unseren Köpfen zu einem verfilzten, nahezu undurchdringlichen Blätterdach, sodass der Karren oft wie durch einen Tunnel zu fahren schien, in dem das helle Sonnenlicht zu einem schwachen, dunkelgrünen Schimmer gedämpft war.

Wir fuhren zwei Stunden, dann hielt Roosfeld an, sprang vom Bock herunter und trat an meinen Käfig. In seinen Augen stand ein Ausdruck sadistischer Befriedigung, während er mich musterte. Langsam löste er eine Feldflasche von seinem Gürtel, zog den Korken mit den Zähnen heraus und nahm einen tiefen Zug. Seine Lippen glänzten feucht, als er die Flasche absetzte und mich wieder ansah.

»Hast du auch Durst?«, fragte er

Ich nickte. Roosfeld sprang mit einem federnden Satz zu mir hoch, hielt die Feldflasche dicht vor die Stäbe des Käfigs und grinste. »Nimm«, sagte er.

Ich starrte ihn durch die Gitterstäbe an. Die Handschellen hielten meine Arme fest, dass ich kaum die Finger bewegen konnte, geschweige denn nach der Flasche greifen. Und selbst wenn es mir möglich gewesen wäre, so wären die Abstände zwischen den Gitterstäben viel zu klein gewesen, um die Flasche hindurchzuziehen.

Roosfeld hielt die Flasche eine gute Minute lang vor mein Gesicht, dann zuckte er mit den Achseln, verkorkte sie wieder und schüttelte den Kopf. »Wenn du nicht willst ...«, sagte er. »Aber das macht nichts. Es ist nicht mehr weit. Nur noch sieben, acht Stunden und du kriegst so viel zu trinken, wie du magst.« Er kicherte. »Ich weiß natürlich nicht, ob wir dir mit französischem Sekt dienen können, Craven.«

»Schwein«, sagte ich leise. Meine Lippen waren geschwollen und aufgeplatzt. Ich konnte kaum sprechen. Dennoch fügte ich – von einem fast kindlichen Trotz beseelt, von dem ich sehr wohl wusste, dass er mir nur schaden konnte, hinzu: »Dafür wirst du bezahlen, Roosfeld, das schwöre ich dir. Ich bringe dich um!«

Meine Drohung machte keinen sonderlichen Eindruck auf Roosfeld. »So?«, sagte er. »Tust du das? Na, da bin ich gespannt, wie du das anstellen willst – mit gefesselten Händen und ohne Waffen.«

Zwei, drei Sekunden lang starrte ich ihn hasserfüllt an, dann schloss ich für einen Moment die Augen, zwang mich mit aller Gewalt zur Ruhe und raffte das letzte bisschen Kraft zusammen, das mir geblieben war. Mit aller Macht konzentrierte ich mich.

»Sieh mich an, Roosfeld«, sagte ich.

Roosfeld grinste, blickte mir in die Augen – und erstarrte. Das Grinsen auf seinen Zügen gefror.

»Und jetzt«, fuhr ich fort, »mach den Käfig auf und binde mich los.« Ich unterstützte den Befehl mit aller suggestiver Macht, die mir verblieben war. Die körperlichen Schmerzen und das, was Tergard getan hatte, hatten auch an meinen geistigen Kräften gezehrt, aber für einen Mann von Roosfelds intellektueller Qualität würde der verbliebene Rest noch immer reichen.

Aber Roosfeld rührte sich nicht, sondern blickte mich weiter blöde an.

»Du sollst den Käfig aufmachen!«, befahl ich. »Sofort.«

Roosfeld blinzelte, senkte die Hand auf den Schlüsselbund an seinem Gürtel – und trat einen halben Schritt vom Käfig zurück. Langsam, ganz langsam wandelte sich der geistlose Ausdruck auf seinen Zügen in ein widerwärtiges Grinsen.

»Nein, Massa«, sagte er. »Roosfeld böser Junge. Roosfeld Hexer nicht gehorchen, sonst Roosfelds Freunde mit ihm schimpfen. Und das Massa nicht wollen, oder?«

Ich erstarrte, während Roosfeld mich eine weitere Sekunde lang mit diesem anzüglichen Grinsen musterte, plötzlich den Kopf in den Nacken warf und aus Leibeskräften zu lachen begann.

Und plötzlich begriff ich, was Tergard gemeint hatte, als er sagte, es gäbe *noch eine Kleinigkeit zu erledigen.*

Diese Kleinigkeit waren meine mentalen Kräfte gewesen.

Was sonst?, dachte ich verzweifelt. Roosfelds Schläge mussten mein Denkvermögen wirklich arg in Mitleidenschaft gezogen haben, dass ich mir wirklich eingebildet hatte, ihn so einfach übertölpeln zu können.

Gott im Himmel, Tergard wusste *alles* von mir! Natürlich hatte er wissen müssen, dass ich seinen Speichellecker mühelos zu meinem Sklaven machen konnte, wenn ich erst einmal aus seiner Reichweite war. Und natürlich hatte er dafür gesorgt, dass das nicht geschah.

Auf die einfachste – und nachdrücklichste – Weise.

Indem er mir meine Hexer-Kräfte genommen hatte!

Es wurde wieder Abend, bis wir das Lager erreichten. Der Weg hatte fast die ganze Strecke hindurch mehr oder weniger steil bergauf geführt, und ein paar Mal hatte ich den schroffen Gipfel des Krakataus sehen können, des titanischen Vulkanes, von dem diese Insel ihren Namen hatte. Er war näher gekommen, sehr viel näher.

Die Garnison hatte an der Küste gelegen, zwar an einer Steilküste, aber trotzdem nahezu auf Höhe des Meeresspiegels, während das Lager gute tausend Meter hoch lag.

Und es glich einer Festung; mehr, als es das Garnisonshauptquartier tat.

Es lag, gut vor neugierigen Blicken verborgen, in einem schroffen Bergeinschnitt, der die Flanke des Krakataus spaltete wie ein Axthieb der Götter, und hatte die ungefähre Form eines lang gestreckten Rechteckes, wobei seine hintere, schmalere Seite den natürlichen Konturen des Berges folgte und die gewachsene Geografie der schwarzen Lava in ihre Verteidigungsaufgabe einbezog.

Eine gut dreifach mannshohe Wehrmauer, zum allergrößten Teil aus Lavatrümmern errichtet, umgab ein Areal von sicherlich mehr als drei Quadratmeilen. Das Tor, niedrig und gewölbt und einem zehn Yards langen überdachten Gang gefolgt, sodass es zu einem leicht zu verteidigenden Tunnel wurde, war von zwei wuchtigen Türmen flankiert. Zwischen deren Schießscharten lugten die Läufe zwar antiquierter, aber nichtsdestotrotz Ehrfurcht gebietender Zwölfpfünder hervor. Im Inneren dieser ersten, nach außen gerichteten Wehranlage erhob sich eine zweite, kaum weniger hohe und von Stacheldraht und rostigen Eisenspitzen gekrönte Wand. Dahinter lag das eigentliche Lager – ein rechteckiger Platz, um den sich ein Dutzend niedriger, strohgedeckter Hütten erhob.

Ein unbeschreiblicher Gestank schlug mir entgegen, als der Eselskarren durch das innere Tor rumpelte und sich den Baracken näherte. Roosfeld ließ seine Peitsche knallen, um die erschöpften Tiere noch einmal zu größerer Schnelligkeit anzutreiben, und wie zur Antwort flammte in der vordersten Baracke ein gelbliches Licht auf, und Sekunden später wurde eine Tür geöffnet. Ein Mann trat heraus.

Sein Anblick traf mich wie ein Schlag.

Er trug nicht die Uniform der niederländischen Marine. Auch nicht die zerschlissenen Lumpen, in die die Wächter gekleidet waren, die draußen auf der äußeren Mauer patrouillierten, sondern ein knielanges, weißes Gewand, auf dessen Brust ein flammend rotes Balkenkreuz prangte, darunter ein Kettenhemd, schwarze wollene Hosen und ebenfalls schwarze Schaftstiefel. An seiner Hüfte blinkte ein fast armlanges, beidseitig geschliffenes Schwert.

Roosfeld lenkte den Eselskarren auf ihn zu, brachte die Tiere mit einem brutalen Ruck an den Zügeln zum Stehen und sprang vom Bock. Der Templer begrüßte ihn mit einem Nicken, ging an ihm vorbei und blickte interessiert, aber ohne die geringste Spur von Mitleid, zu mir herauf.

»Ein neuer Mann«, stellte er fest. »Wieso nur einer, Roosfeld? Bruder Tergard weiß doch, dass wir mehr Nachschub brauchen.«

»Der da ist was Besonderes«, knurrte Roosfeld. Umständlich öffnete er den Gitterkäfig und ließ die Verschlüsse der Handschellen aufschnappen, die meine Arme hielten.

Der Weg hier herauf hatte meine letzten Kräfte aufgezehrt. Roosfeld schleifte mich rücklings aus dem Käfig und warf mich kurzerhand vom Karren. Wie durch einen nebligen Schleier registrierte ich, wie der Templer neben mir in die Hocke sank und meinen Kopf anhob, um mir ins Gesicht zu sehen.

»Er sieht schlimm aus«, sagte er. »Warst du das?«

Roosfeld grunzte und deutete mit der Linken auf seinen bandagierten Arm. »Das Schwein hat mir den Arm ausgerenkt«, sagte er. »Er kann von Glück sagen, dass Tergard mir verboten hat, ihm den Schädel einzuschlagen.«

»Nun, sehr viel fehlt nicht mehr daran«, sagte der Templer kopfschüttelnd. Ein deutlicher Ausdruck von Ärger erschien auf seinem Gesicht, als er sich aufrichtete und an Roosfeld wandte.

»Was soll ich mit einem halb toten Mann?«, fauchte er. »Bruder Tergard weiß ganz genau, dass ich nur gesunde und kräftige Männer gebrauchen kann. Krüppel und Sterbende habe ich selbst genug hier.«

»Der da ist nicht zur Arbeit bestimmt«, antwortete Roosfeld. »Tergard will, dass du ihn nach unten bringst, wenn er sich ein bisschen erholt hat.« Er lachte leise. »Ich soll dir sagen, dass er besonderen Wert darauf legt, dass er nach unten kommt.«

»Warum?«, fragte der Templer.

»Warum fragst du nicht Tergard?«, fauchte Roosfeld. »Er glaubt, dass er sich besonders über ihn freuen wird. Frag mich nicht, warum. Mir sagt man ja nichts. Ich darf die Knochen für euch hinhalten, aber das ist auch alles.«

Der Tempelherr blickte ihn einen Moment lang scharf an, dann schüttelte er den Kopf, ging abermals neben mir in die Hocke und sah mir ins Gesicht.

»Können Sie aufstehen?«, fragte er. In seiner Stimme lag mit einem Male eine Freundlichkeit und Wärme, die ich von allen möglichen Reaktionen am allerwenigsten erwartet hätte.

Ich nickte, stemmte mich mit den Händen halbwegs in die Höhe und sank keuchend zurück. Ich hatte nicht mehr die Kraft, aufzustehen. Jeder einzelne Muskel in meinem Körper war paralysiert.

Der Tempelherr seufzte, richtete sich wieder auf und klatschte in die Hände. Wenige Augenblicke später hörte ich Schritte, dann ergriffen mich harte Hände unter den Achseln und stellten mich auf die Beine.

»Bringt ihn in eine Zelle«, sagte der Tempelherr. »Und sagt dem Wundscher, dass er sich um ihn kümmern soll.«

Die beiden Männer schleiften mich wie eine leblose Last über den Platz und auf eines der barackenähnlichen Gebäude zu. Wieder wurde mir schwarz vor Augen, und was danach geschah, weiß ich nicht mehr.

Eine Zeit lang herrschte Dunkelheit um mich herum, dann wurde eine Tür geöffnet, jemand kam herein und machte sich an mir zu schaffen. Es tat sehr weh, aber kurz darauf verschwanden die Schmerzen fast völlig, und aus dem Gefühl quälender Erschöpfung wurde eine beinahe wohltuende Mattigkeit.

Die Verlockung, einzuschlafen, wurde fast übermächtig. Aber ich durfte ihr nicht nachgeben. Nicht, wenn ich eine Chance haben wollte, jemals lebend aus diesem Lager herauszukommen. Ich hatte keine Ahnung, was Roosfeld und der Templer mit *unten* gemeint hatten, aber was immer es war, es würde meinen Tod bedeuten, dessen war ich sicher.

Halb in Trance hob ich die Hand und hielt den Arzt am Arm zurück, als er sich von meiner Pritsche erhob und gehen wollte. »Bleiben ... Sie«, murmelte ich. »Ich muss mit ... jemandem sprechen.«

»Sie müssen schlafen«, widersprach der Arzt und löste mit sanfter Gewalt meine Hand von seinem Arm. »Und zwar mindestens sechsunddreißig Stunden.« Er blickte mich mit deutlicher Sorge an und schüttelte den Kopf. »Wissen Sie, dass Sie tot sein müssten?«

»Ich muss mit ... mit jemandem reden«, beharrte ich, obgleich ich kaum die Kraft hatte, die Augen offen zu halten und zu reden. »Bitte.

Es ist ... wichtig. Schicken Sie den Mann, der ... der hier zu bestimmen hat.«

»Das ist unmöglich.«

»Aber es muss sein!« Mit einer Kraft von der ich selbst nicht mehr wusste, woher ich sie nahm, stemmte ich mich auf die Ellbogen hoch. »Sagen Sie ihm, dass Bruder Balestrano mich schickt.«

Der Arzt starrte mich an, öffnete den Mund, wie um etwas zu sagen – und erbleichte. »Welchen ... Namen haben Sie da genannt?«, fragte er stockend.

»Balestrano«, wiederholte ich. »Spielen Sie nicht den Narren. Sie wissen ganz genau, wen ich meine. Das Oberhaupt eures Ordens.«

Der Mann zögerte noch einen Moment, drehte sich dann ohne ein weiteres Wort um und stürmte aus der Zelle.

Erschöpft sank ich auf mein hartes Lager zurück. Es war ein verzweifelter Versuch gewesen, aber er schien zum Erfolg zu führen. Der Name des Ordensoberhauptes der Tempelherren war eines der bestgehüteten Geheimnisse dieser Bruderschaft, wie ich wusste. Jemanden, der ihn kannte, konnte man nicht einfach ignorieren.

Es dauerte nicht lange, bis die Tür zu meiner Zelle ein weiteres Mal geöffnet wurde und der Mann eintrat, den ich schon draußen auf dem Hof gesehen hatte. Auf seinen Zügen lag ein halb erstaunter, aber auch alarmierender Ausdruck. Er wartete, bis die Wachen die Tür hinter ihm wieder geschlossen und von außen verriegelt hatten, dann trat er an meine Pritsche, setzte sich auf ihren Rand und sah mir in die Augen.

»Reden Sie«, sagte er einfach.

Es hätte nicht sehr viel gegeben, womit er mich in größere Verlegenheit hätte bringen können, denn außer dem Namen Balestranos wusste ich sehr wenig über die Templer; zumindest nichts, was mir im Moment weiterhelfen konnte. Und ich hatte das sichere Gefühl, dass meine nächsten Worte über mein weiteres Leben entscheiden konnten. Oder meinen Tod.

Mein Gegenüber nahm mir die Entscheidung ab. »Balestrano«, murmelte er. »Woher kennen Sie diesen Namen, Craven?«

»Ich kenne nicht nur seinen Namen«, antwortete ich. »Ich kenne ihn persönlich.«

»Ach?«, sagte der Templer. Sein lauernder Ton hätte mich warnen müssen, aber ich war viel zu erschöpft, um auf solcherlei Feinheiten zu achten.

»Ich ... ich stehe auf Ihrer Seite«, fuhr ich stockend fort. »Das müssen Sie mir glauben. Sie und ich kämpfen gegen die gleichen Feinde. Ich weiß nicht, warum Tergard mich hierher geschickt hat, aber er begeht einen furchtbaren Fehler. Balestrano und ich sind Freunde. Ich ... ich habe ihm das Leben gerettet. Er schuldet mir etwas. Und Sie –«

»Die gleichen Feinde?« Der lauernde Ausdruck auf den Zügen des Templers verstärkte sich. »Wovon reden Sie, Craven?«

»Von den ... den ALTEN«, antwortete ich verstört. »Vielleicht haben Sie einen anderen Namen dafür. Den GROSSEN ALTEN. Cthulhu und seine Bande, und all die anderen.«

»Wir haben in der Tat einen anderen Namen für jene Wesen«, bestätigte der Templer. »Aber ich weiß, von wem Sie reden, Mister Craven.« Plötzlich wurde das Lächeln in seinen Augen eisig.

»Aber wer sagt Ihnen«, fuhr er leise fort, »dass wir gegen sie kämpfen?«

Ich starrte ihn an. Langsam, ganz langsam, aber mit furchtbarer Wucht, begann sich mir die Erkenntnis aufzudrängen, dass ich einen Fehler begangen hatte.

Einen furchtbaren Fehler.

Der Tempelherr starrte mich sekundenlang ausdruckslos an, dann stand er mit einem Ruck auf, wandte sich um und klatschte in die Hände. Die Tür wurde geöffnet, und die beiden Männer, die mich hergebracht hatten, betraten den Raum.

Der Mann in der Uniform der Tempelritter deutete mit einer Kopfbewegung auf mich. »Bereitet alles vor«, sagte er. »Er kommt nach unten. Noch heute Nacht.«

Die Nacht war so still, dass Shannon meinte, seinen eigenen Herzschlag hören zu können. Vom nahen Dschungel her wehten die normalen Geräusche des Urwaldes herüber: das Rascheln des Windes in den Baumwipfeln, das gedämpfte Knacken und Huschen in den Zweigen, die Laute der Nachtjäger und ihrer Beute, das gelegentliche Knistern von Holz, wenn sich einer der tausend Jahre alten Baumriesen regte.

Nichts von alledem schien hier real zu sein. Der schwarze Gigant hinter dem Lager beherrschte alles. Selbst die normalen Geräusche der Nacht und der Natur schienen ehrfurchtsvoll zu verstummen im Angesicht dieses Riesen aus Lava und erstarrter Unendlichkeit.

Shannon legte den Kopf in den Nacken und blinzelte zum Gipfel des Krakatau hinauf. Obgleich sich der Himmel mit schweren, tief hängenden Wolken bezogen hatte und die Nacht fast vollkommen finster war, konnte er die nahezu waagerecht abgeschnittene Spitze des Berges deutlich erkennen; eine mit Feuer gezeichnete Linie, über der der Himmel zu brennen schien. Je nachdem, wie der Wind stand, konnte man die Hitze des im Moment vielleicht schlafenden, aber keineswegs erloschenen Feuers im Inneren des Berges selbst hier unten spüren wie die Berührung einer warmen, unsichtbaren Hand.

Shannon konzentrierte sich wieder auf die äußere Begrenzungsmauer des Lagers, die wie ein noch tieferer Schatten vor dem Schwarz des Lavahanges emporragte. Dann und wann blitzte ein Licht hinter ihren Zinnen auf, und manchmal drangen die leisen Schritte der Wachen an sein Ohr, die dort oben in der Nacht patrouillierten.

Er gab sich keinen Illusionen hin. Selbst für ihn würde es schwer – wenn nicht unmöglich – sein, unbemerkt in diese Festung einzudringen. Mit den Männern dort oben war nicht zu spaßen, denn sie waren nicht die Halsabschneider und Mörder, als die sie den meisten anderen wegen ihres bewusst zerlumpten Äußeren erschienen wären, sondern Krieger. Männer, die genau wie er ein Leben lang zu dem einzigen Zweck ausgebildet worden waren, zu kämpfen.

Shannon wartete, bis eine Wolke am Mond vorbeizog und die ohnehin schlechte Sicht nahezu auf Null herabsank, dann erhob er sich hinter dem Felsen, hinter dem er Deckung gesucht hatte, und huschte, geduckt und lautlos, auf die Festungsmauer zu. Geschickt umging er dabei die beinahe unsichtbar angebrachten Stolperdrähte und Fallen, die das Nahen eines Fremden verraten sollten, presste sich dicht neben dem Tor an die Wand und lauschte minutenlang mit geschlossenen Augen.

Die Schritte eines Postens kamen näher und entfernten sich wieder, ohne zu stocken, ohne dass ihr Rhythmus anders gewesen wäre als normal. Shannon lauschte gebannt, denn er wusste, dass sich etwas im Schritt des Mannes verändert hätte, hätte er von seinem Hiersein gewusst, ganz gleich, wie sehr er sich beherrschte und in welchem Maße er sich Mühe gab, sich nichts anmerken zu lassen.

Als der Posten vorbei und seine Schritte in der Nacht verklungen waren, war Shannon sicher, dass ihn bisher niemand entdeckt hatte. Lautlos richtete er sich auf, suchte mit Fingern und Zehen festen Halt in den Fugen der Wand und kletterte geschickt in die Höhe.

Dicht unterhalb der Zinnen verhielt er, reglos wie eine übergroße, vierbeinige Spinne, und wartete erneut.

Minuten vergingen. Dann kamen die Schritte des Postens abermals näher. Shannon wartete, bis der Mann unmittelbar über ihm angekommen war, dann raffte er alle Kraft zusammen, federte in die Höhe und setzte mit einem Salto über die Zinnen hinweg.

Der Wächter kam nicht einmal mehr dazu, einen Schrei auszustoßen. Shannons Fuß traf sein Kinn mit der ganzen Wucht seines Sprunges und brach sein Genick.

Shannon fing den Toten auf. Vorsichtig ließ er ihn zu Boden gleiten, sah sich rasch nach beiden Seiten um und streifte dem Toten dann die zerlumpte Jacke ab, in die er gekleidet war. Hastig zog er das Kleidungsstück an, hob den Toten in die Höhe und warf ihn über die Mauer. Der Aufprall des reglosen Körpers dröhnte wie ein Kanonenschlag in Shannons Ohren, aber er war sicher, dass der Wind und die Nacht das Geräusch verschlucken würden.

Noch einmal sah er sich um, um sicherzugehen, dass niemand auf ihn aufmerksam geworden war, dann lief er – schnell, um die Zeit, die er mit dem kurzen Kampf verloren hatte, auszugleichen – in die gleiche Richtung weiter, in die der Wächter gegangen war, und reduzierte sein Tempo dann auf das des normalen Rundganges des Postens.

Nach einer Weile erreichte er das Ende der Mauer. Wie er gehofft hatte, tauchte auf der anderen Seite des Wehrganges ein zweiter Posten auf.

Der Mann hob die Hand zum Gruß, blieb einen Moment lang stehen und wandte sich um.

Drei Sekunden später war er tot.

Shannon schlich weiter. Noch zweimal traf er in den nächsten zehn Minuten auf Wächter, die auf ihrem einsamen Streifzug durch die Nacht waren.

Dann war er sicher, dass es in diesem Teil der Festung niemanden mehr gab, der seine Anwesenheit verraten konnte.

Äußerlich unterschied sich das strohgedeckte Gebäude nicht im Geringsten von den anderen Baracken, die sich um den Hauptplatz des Lagers gruppierten.

In seinem Inneren war es ein Tor zur Hölle.

Hinter dem Eingang lag ein winziger, fensterloser Raum, in dessen gegenüberliegender Wand eine wuchtige Eisentür war. Aber selbst durch das zollstarke Material hindurch war die erstickende Hitze zu fühlen, die auf der anderen Seite herrschte.

Der Templer war zurückgekommen, nachdem die beiden Männer mich gepackt und hierher geschleift hatten. Er trug jetzt nicht mehr sein Ordensgewand, sondern ein schmuckloses, knöchellanges Hemd von blutroter Farbe, auf dessen Brust- und Rückenteil verwirrende kabbalistische Symbole aufgestickt waren, und das Schwert an seiner Seite hatte einem sonderbar geformten Schlüssel Platz gemacht, mit dem er jetzt die Eisentür öffnete. Seine Lippen formten dabei unhörbare Worte und auf seinen Zügen lag ein Ausdruck angespannter Konzentration.

Und Angst.

Er gab sich alle Mühe, das Gefühl zu verbergen, aber ich hatte die Zeichen der Furcht zu oft in den Augen von Menschen gelesen, um es nicht zu erkennen. Was immer sich auf der anderen Seite der Eisentür befand, erfüllte den Tempelritter mit panischer Furcht.

Das Schloss sprang mit einem metallischen Klacken auf. Ein Schwall erstickender Hitze und blutig rotes, flackerndes Licht fielen in den winzigen Raum.

Der Templer trat zurück, gab meinen beiden Bewachern einen Wink und zog den Schlüssel mit deutlichen Zeichen der Erleichterung aus dem Schloss. Die beiden Männer zerrten mich hoch, stießen mich durch die Tür und blieben wieder stehen.

Ich blinzelte geblendet. Der Raum hinter der Metalltür war vollkommen leer, aber im Boden gähnte ein gut fünf Yards durchmessendes, kreisrundes Loch, das mit lodernder roter Helligkeit wie mit blutigem Wasser gefüllt war. Die Hitze war nahezu unerträglich. In der Luft lag der Geruch nach brennendem Stein.

Hinter uns betrat der Tempelherr den Raum. Auf einen stummen Wink seiner Hand hin stieß mich einer der Männer auf die Knie herab und hielt mich fest, während sein Kamerad meine Hände band und mir anschließend auch noch eine Fußfessel anlegte, die es mir bestenfalls gestattete, winzige Schritte zu machen.

»Was zum Teufel haben Sie vor?«, stöhnte ich, nachdem mich der Bursche wieder auf die Füße gezerrt und etwas näher an den brodelnden Höllenpfuhl herangestoßen hatte.

Der Templer starrte mich einen Herzschlag lang an, trat mit gekünstelt wirkenden, langsamen Schritten um den Schacht herum und nahm an seinem gegenüberliegenden Rand Aufstellung. Langsam hob er die Hände, schloss die Augen und murmelte ein einzelnes, düster klingendes Wort.

Die rote Glut erlosch.

Von einer Sekunde auf die andere, so abrupt wie eine Kerze, die urplötzlich ausgeblasen wurde, verblasste die rote Glut, und die erstickende Hitze wich einem zwar noch immer heißen, aber nach der Höllenglut doch beinahe wohltuenden Luftzug.

Dann begannen sich die Schatten zu bewegen.

Im ersten Moment war es kaum zu bemerken. Das wogende Dunkel am Grunde des Schachtes vertiefte sich ein wenig, die Schatten im Raum um uns herum wurden schwärzer, etwas bewegte sich dort, wo sich nichts bewegen durfte – und aus der Tiefe stieg eine Gestalt empor.

Ich unterdrückte im letzten Moment einen Schrei, als das Wesen den Rand des Schachtes erreichte.

Auf den ersten Blick glich die Erscheinung einem Menschen. Auf den zweiten nicht mehr.

Es hatte zwei Beine, zwei Arme, einen Leib und einen Kopf, aber damit hörte die Ähnlichkeit zu einem menschlichen Wesen auch schon auf.

Seine Haut war glatt, porenlos und glänzend wie Stahl oder poliertes Holz und von nachtschwarzer Farbe, die Glieder dünn und hart wie metallene Stöcke, zwischen denen sich die Gelenke deutlich als kugelförmige Verdickungen abzeichneten. Seine Hände erinnerten mich an Spinnen. Und sein Kopf ...

Es hatte einen Kopf, aber wo sein Gesicht sein sollte, glänzte nur eine schimmernde, vollkommen konturlose Fläche, wie ein geschlossenes Visier in einem Anzug aus Stahl. Das Wesen strahlte etwas Düsteres, körperlos Bedrohliches aus.

Sein gesichtsloser Schädel wandte sich in meine Richtung, und obwohl es keine Augen oder sonstige sichtbare Sinnesorgane besaß, hatte ich für Sekunden das unangenehme Gefühl, durchdringend gemustert und eingeschätzt zu werden. Dann drehte es sich zu dem Templer um.

Der Mann duckte sich wie unter einem Hieb und deutete mit einer überhasteten Bewegung auf mich.

»Wir grüßen dich, o Bote *jener in der Tiefe*«, sagte er. »Sei bedankt, dass du unserem Ruf gefolgt bist, und nimm diesen Sterblichen als Opfer für deine Herren.«

»Nur einer?«

Die Stimme des Wesens klang, als versuche jemand mit Stimmbändern aus Stahl zu sprechen. Der Templer nickte hastig und machte eine demütige Geste.

»Sobald die Sonne ein zweites Mal versunken ist, bringen wir mehr«, sagte er. »Ich verspreche es. Wir halten das Wort, das wir deinen Herren gaben. Jener dort ist etwas Besonderes. *Jene in der Tiefe* werden zufrieden sein, denn er zählt für fünfzig andere.«

Für endlose Sekunden starrte ihn das Wesen mit seinem furchtbaren, augenlosen Gesicht an, dann drehte es sich – noch immer scheinbar schwerelos über dem Schacht schwebend – herum und streckte seine schrecklichen Spinnenhände nach mir aus …

Shannon hatte die innere Mauer erreicht, ohne entdeckt oder aufgehalten zu werden. Sie war niedriger als die äußere Wand und leichter zu ersteigen. Und es gab weniger Wächter hier, deren Aufmerksamkeit sich zudem nach innen richtete, auf das Areal aus niedrigen Hütten, in denen die Gefangenen untergebracht waren.

Shannon hatte ihren Rundgang studiert und war zu dem Schluss gekommen, dass ihm mehr als genug Zeit blieb, die Mauer zu überwinden und in den Schatten einer der Hütten zu huschen, ehe der Mann zurückkam, dessen Schritten er gerade lauschte. Er hatte den Vorteil des Unerwarteten auf seiner Seite.

Die Männer wähnten sich sicher durch die zweite, nach außen gerichtete Verteidigungslinie in ihrem Rücken. Und sie hatten auf die zu achten, die versuchten, aus dem Lager herauszukommen, nicht hinein. Es würde nicht nötig sein, sie zu töten.

Shannon dachte diesen Gedanken ohne das geringste Gefühl. Es war eine Entscheidung, die von rein logischen Gesichtspunkten diktiert wurde: Jeder Mann, den er ausschaltete, bedeutete die Gefahr, entdeckt zu werden, ganz gleich, wie vorsichtig und schnell er zu Werke ging.

Es war die gleiche, gefühllose Logik, die ihn bewogen hatte, die Posten draußen auf der äußeren Mauer auszuschalten. Er empfand nichts bei dem Gedanken, fast ein halbes Dutzend Männer getötet zu haben, denn sie waren Feinde gewesen, und der suggestive Befehl, mit dem Necron sein Denken gelähmt hatte, besagte einwandfrei, dass Feinde ausgeschaltet werden mussten. Shannon – der *wirkliche* Shannon – hätte sich bei diesem Gedanken vor Grauen gekrümmt, aber der Mann, der jetzt lautlos über die Zinnen der Mauer stieg und auf der anderen Seite hinunterhuschte, hatte wenig mit dem jungen Magier gemein. Necrons Wille beherrschte ihn vollkommen. Er war wenig mehr als eine Maschine, ein Automat, der ein bestimmtes Ziel hatte und dies unerbittlich verfolgte.

Es gab einen Punkt, über den er nicht hinaus konnte, nicht einmal unter dem Einfluss von Necrons Willen, aber der Herr der Drachenburg hatte aus seinen Fehlern gelernt und Sorge getragen, dass Shannon diese Entscheidung erspart bleiben würde.

Er wartete, bis der Wächter über ihm ein weiteres Mal vorbeigegangen war und seine Schritte verklangen, dann lief er los, geduckt und die langsam wandernden Schatten der Wolken als Deckung ausnutzend. Als der Posten das nächste Mal vorbeikam, war er längst mit dem Schatten einer der Baracken verschmolzen.

Shannons Blick glitt suchend über die scheinbar gleichförmigen Gebäude, bis er gefunden hatte, wonach er suchte. Es war das einzige Gebäude, in dem noch Licht brannte, und es war – obgleich auf den ersten Blick kein Unterschied zu bestehen schien – nicht ganz so verfallen und verdreckt wie die anderen Baracken.

Lautlos überquerte er den Platz, wartete das nächste Vorübergehen des Postens ab und richtete sich auf, das Ohr dicht gegen das rohe Holz der Tür gepresst. Das Haus war nicht leer. In dem Raum hinter der Tür unterhielten sich zwei oder mehr Männer; er hörte das Klirren von Glas, dann das Scharren hölzerner Stuhlbeine auf festgestampftem Lehmboden, das Rascheln von Stoff.

Mit einer entschlossenen Bewegung drückte Shannon die Türklinke herunter und trat ein.

Direkt neben der Tür stand ein Mann, sehr groß, in der zerlumpten Kleidung, wie sie die Wächter trugen, ein Gewehr in den Händen und eine zerkaute Zigarre im Mundwinkel. Ihm gegenüber, auf den beiden Stühlen, deren Scharren Shannon gehört hatte, saßen zwei weitere Männer, der eine in eine blaue Uniform gekleidet und mit einem bandagierten Arm, der andere in einem höchst sonderbaren Gewand, das an das eines dämonischen Priesters erinnerte. Keiner der beiden war bewaffnet.

Auf der anderen Seite des Zimmers, mit lässig vor der Brust verschränkten Armen, ein Gewehr mit einem aufgepflanzten Bajonett neben sich stehend, lehnte ein zweiter Wächter an der Wand. Shannon brauchte weniger als eine Sekunde, dies alles zu erfassen und zu handeln.

Der Posten neben der Tür starb, ohne die Gefahr auch nur wirklich zu erfassen. Sein Kamerad auf der anderen Seite des Zimmers reagierte um eine Winzigkeit schneller – und falsch.

Vielleicht hätte er eine Chance gehabt, hätte er den Sekundenbruchteil genützt und sich in Sicherheit gebracht, denn nicht einmal ein Mann wie Shannon vermochte an zwei Orten gleichzeitig zu sein. So aber versuchte er nach seiner Waffe zu greifen, um den Eindringling zu erschießen.

Er kam nicht einmal mehr dazu, das Gewehr zur Gänze zu heben. Shannon federte mit einem kraftvollen Satz über den Tisch hinweg, schlug seine Arme herunter, riss ihm das Gewehr aus den Händen und stieß mit dem Bajonett zu. Der Mann sank zu Boden.

Shannon wirbelte herum und hob das Gewehr, schoss jedoch nicht. Ein Schuss hätte das ganze Lager alarmiert, und gegen eine zwanzig- oder mehrfache Übermacht hätte wohl auch er keine Chance gehabt. Und selbst wenn – er war nicht hier, um ein Blutbad anzurichten, sondern aus einem anderen Grund.

So zog er die Waffe dem ersten der beiden verbliebenen Männer blitzschnell über den Schädel. Noch während er zusammenbrach, drehte Shannon die Waffe herum und legte auf den letzten Gegner an.

Dessen Reaktion kam selbst für Shannon überraschend.

Er tat überhaupt nichts.

Reglos und mit einem Ausdruck, der – wenn überhaupt – so allerhöchstens verwundert und eine Spur anerkennend wirkte – saß er da und blickte Shannon ruhig in die Augen. Seine Hände lagen flach nebeneinander auf dem Tisch, so, wie sie gewesen waren, als Shannon den Raum betrat.

»Sie werden nicht schießen«, sagte er überzeugt.

Shannon starrte den sonderbar gekleideten Mann misstrauisch an. Seine Ruhe warnte ihn. Es war die Ruhe eines Mannes, der sich unerschütterlich in Sicherheit glaubte.

»Sind Sie so sicher?«, fragte er.

Der andere nickte. Ein leises Lächeln stahl sich auf seine Züge, während er – ganz langsam, um Shannon nicht zu einer Unbesonnenheit zu verleiten – aufstand und die Hände vom Tisch nahm.

»Das bin ich«, sagte er. »Aus zwei Gründen, mein Freund. Der erste ist der, dass Sie zweifellos ein intelligenter Mann sind; anders wäre es Ihnen kaum gelungen, bis hierher zu kommen. Sie wissen, dass Sie verloren sind, wenn Sie auch nur einen Schuss abgeben. Der andere ist, dass ich Sie kämpfen gesehen habe.«

»Was soll das heißen?«, fragte Shannon lauernd. Instinktiv wappnete er sich, falls der andere etwa versuchen sollte, ihn auf geistigem Wege anzugreifen, denn auch damit rechnete er jederzeit, nach allem was er auf dieser verfluchten Insel bisher gesehen hatte.

»Sie sind ein Krieger«, sagte der andere. »Wie ich. Sie werden keinen feigen Mord begehen, wenn Sie Ihrem Gegner eine faire Chance gewähren könnten, oder?« Er lächelte abermals. »Geben Sie sie mir.«

Ganz langsam senkte Shannon das Gewehr, überzeugte sich mit einem raschen Blick in die Runde davon, dass keiner der drei anderen im Moment eine Gefahr für ihn bedeutete, und legte die Waffe neben sich auf den Tisch. Es war Wahnsinn, was er tat, aber der andere hatte Recht – er war ein Krieger, ein Mann, der erbarmungslos tötete, wenn es sein musste. Aber er war kein Mörder.

»Ich bin nicht hier, um mit Ihnen zu kämpfen«, sagte er.

»Sondern?«, fragte der andere.

»Sie haben jemanden hier im Lager«, antwortete Shannon. »Einen Fremden. Er wurde heute gebracht.«

»Von wem reden Sie?«

»Von einem Mann mit einer weißen Haarsträhne«, antwortete Shannon mit einer Spur von Ungeduld. »Sie wissen genau, wen ich meine. Geben Sie ihn mir, und ich verschwinde so schnell, wie ich gekommen bin.«

Einen Moment lang schien der andere ernsthaft über seinen Vorschlag nachzudenken, dann schüttelte er mit einem bedauernden Seufzen den Kopf. »Sie wissen, dass das nicht geht«, sagte er. »Wer ist dieser Craven? Ein Freund von Ihnen?«

»Das spielt keine Rolle«, sagte Shannon und trat einen Schritt auf den anderen zu. Seine Hände waren leicht geöffnet und pendelten scheinbar locker neben seinen Hüften. Er wirkte äußerlich entspannt, aber in Wahrheit war jeder Muskel seines Körpers bis zum Zerreißen angespannt. Und er wusste, dass der andere sich nicht täuschen ließ.

Langsam wich der Mann in der bestickten Robe bis zur gegenüberliegenden Wand zurück, griff mit der Linken an seinen Kragen und löste die Spange, die das bizarre Gewand hielt. Darunter trug er nichts als schwarze, knöchellange Hosen und einen metallenen Gürtel, in dem ein Dolch blitzte. Rasch zog er die Waffe aus der Scheide, warf sie achtlos in eine Ecke und sah Shannon herausfordernd an.

»Ich könnte um Hilfe rufen«, sagte er.

»Aber das werden Sie nicht tun«, vermutete Shannon.

Der andere nickte. »Nein, mein Freund. Ich weiß nicht, wer Sie sind, und ich weiß auch nicht, wer Sie geschickt hat. Aber Sie waren fair zu mir. Ich bin es auch.«

Shannon nickte. Er hatte keine andere Reaktion erwartet.

Zwei, drei Sekunden lang musterte er sein Gegenüber noch schweigend, dann hob er die Hände, verlagerte sein Körpergewicht um eine Winzigkeit und griff an.

Die Höhle war so groß wie ein unterirdischer Dom und vom blutig roten Widerschein brennender Lava erfüllt. Die Hitze war unbeschreiblich. Die Luft, die ich atmete, schien zu brennen. Ich war schweißgebadet. Das Licht war so grell, dass es mir die Tränen in die Augen trieb, als ich versuchte, das gegenüberliegende Ufer des zischenden Lavasees zu erkennen, an dessen Ufer mich der Gesichtslose abgesetzt hatte.

Trotzdem sah ich nicht weg, sondern zwang meine schmerzenden Augen, weiter offen zu bleiben, denn es mochte sein, dass es lebenswichtig für mich war, mir den Weg zu merken. Der Schacht hatte nicht sehr weit in die Tiefe geführt – zehn, im Höchstfalle fünfzehn Yards, bis er sich plötzlich zu einem gewaltigen klaffenden Riss erweitert hatte, der die Decke des unterirdischen Domes spaltete.

Mein dämonischer Begleiter hatte mich sanft wie eine Feder abgesetzt und war verschwunden, ohne dass ich zu sagen gewusst hätte, wohin oder auf welche Weise, denn während der ersten Momente waren meine Augen von dem lodernden roten Schein hier unten dermaßen geblendet gewesen, dass ich so gut wie blind war.

Als ich wieder sehen konnte, waren die anderen gekommen – ganz normale Menschen wie ich, keine knöchernen Dämonenwesen, aber Menschen in einem wahrhaft bemitleidenswertem Zustand. Es war ein gutes halbes Dutzend Männer, das mich umringt und mir auf die Füße geholfen hatte.

Keiner von ihnen konnte mehr als hundert Pfund wiegen.

Sie waren nicht etwa zwergenwüchsig oder verkrüppelt, aber auf eine Weise ausgemergelt, wie ich sie niemals zuvor bei lebenden Menschen gesehen hatte. Ihre Gesichter waren so eingefallen, dass sich die Haut über den Knochen spannte und sie eher wie Totenschädel aussahen denn wie die Gesichter lebender Menschen. Ihre Haut war unter den verkohlten Lumpen, die sie trugen, narbig und von Pusteln und eiternden Geschwüren übersät, und viele von ihnen trugen hässliche, zum Teil noch nicht einmal verheilte Brandwunden, die ein deutliches Zeugnis davon abgaben, dass sie schon sehr lange hier unten leben mussten.

Obwohl sie zu sechst waren, erfüllte mich ihr Anblick eher mit Mitleid als mit Schrecken. Selbst in meinem momentanen Zustand wäre ich vermutlich mit ihnen fertig geworden, hätte ich einen Fluchtversuch gewagt.

Aber ich wagte ihn nicht. Ich zweifelte nicht daran, dass der Knöcherne nicht allzu weit entfernt war und eingreifen würde, sollte ich ernsthaften Widerstand leisten. Und selbst wenn es mir gelungen wäre zu fliehen – wohin sollte ich wohl gehen? Ich befand mich mitten in den Eingeweiden eines aktiven Vulkanes, und der einzige Weg nach draußen, den ich kannte, begann dreißig Yards über meinem Kopf. Unerreichbar.

So ließ ich es also geschehen, dass mich meine bizarre Eskorte am Ufer des Lavasees entlangtrieb, obgleich der glühende Atem der Lava meine Haut versengte und mir die Tränen in die Augen trieb.

Wir umrundeten den See aus flüssigem Stein. Als wir uns der jenseitigen Höhlenwand näherten, sah ich, dass sie keineswegs so massiv war, wie es von weitem den Anschein gehabt hatte – in der titanischen Wand aus schwarz verbrannter Lava klafften zahllose Risse und Spalten, viele davon groß genug, um der Eingang zu anderen Höhlen oder Stollen sein zu können. Aus manchen drang düsteres rotes Licht, das mir sagte, dass das feurige Blut des Berges auch jenseits der steinernen Barriere kochte. Meine Bewacher trieben mich auf einen dieser Risse zu, blieben jedoch stehen, kurz bevor wir ihn erreichten. Einer von ihnen bedeutete mir mit einer befehlenden Geste zu warten, wechselte ein paar Worte in einer mir nicht geläufigen Sprache mit seinen Kameraden und verschwand geduckt in dem anschließenden Gang.

Schon nach wenigen Augenblicken kam er zurück, begleitet von einem zweiten, etwas weniger ausgemergelten Burschen, der mit raschen Schritten auf mich zutrat, die Hand unter mein Kinn legte und meinen Kopf hin und her drehte, um mich zu mustern wie ein Pferdehändler ein Tier, das ihm zum Kauf angeboten wurde.

Wäre ich ein Pferd gewesen, hätte er mich wahrscheinlich nicht gekauft, denn seine Reaktion schien mir alles andere als erfreut. Ich verstand die Sprache, in der er und die Hungerleidertypen sich unterhielten, nicht, aber der Tonfall und die Gesten, mit denen er seine Worte begleitete und immer wieder auf mich deutete, sagten mir genug. Einen Moment lang schien beinahe ein Streit zwischen ihm und den Männern, die mich hergebracht hatten, zu entbrennen, dann beendete er die Diskussion mit einer heftigen Geste, packte mich an der Schulter und stieß mich mit erstaunlicher Kraft vor sich her.

Das halbe Dutzend Männer blieb hinter uns zurück, als wir in den Gang eindrangen. Der Stollen war nicht künstlich geschaffen, sondern durch unterirdische Spannungen im Fels entstanden, denn seine Wände waren unregelmäßig geformt und roh; von der Decke hingen messerscharfe Stalaktiten aus Lava, und ein paar Mal klafften im Boden finstere Risse, die mein neuer Bewacher behutsam umging. Aus einigen davon drangen flackerndes rotes Licht und Hitze.

Ich fühlte mich mit jedem Schritt unbehaglicher. Es lag nicht allein an der Tatsache, dass ich ein Gefangener war – ein ziemlich hilfloser Gefangener noch dazu im Moment –, sondern mehr an meiner Umgebung. Ich glaubte die Wut der Lava, die überall um uns herum den Berg erfüllte, beinahe körperlich zu spüren. Der Krakatau war ein tätiger Vulkan, das hatte ich auch vorher gewusst – aber was ich nicht gewusst hatte, war die ungeheuerliche Wut, mit der sein brodelndes Herz schlug. Manchmal hatte ich das Gefühl, den Boden unter meinen Füßen vor Anspannung beben zu fühlen. Es war, als liefe ich auf – nein, verbesserte ich mich in Gedanken – *in* einer ungeheuerlichen Bombe, deren Zündschnur bereits brannte ...

Ich versuchte den Gedanken zu verdrängen, aber die schreckliche Vorstellung wurde dadurch eher noch schlimmer. Ich hatte den Krakatau gesehen, einen anderthalb Meilen hohen Giganten, aus dessen Krater das lodernde Rot der Höllengluten strahlte, die in seinem Inneren tobten. Aber einen Berg zu sehen und zu glauben, die kochende Lava unter Meilen und Meilen von Fels begraben zu wissen, und dann in seinem Inneren zu sein und zu erkennen, dass seine Schale in Wahrheit nur wenige Yards dick war, das waren zwei grundverschiedene Dinge.

Ob die wahnsinnigen Templer über mir überhaupt wussten, dass sie ihr Lager auf einem Pulverfass errichtet hatten, dessen Deckel aus Chinapapier bestand?

Irgendwann, nach einer Ewigkeit, wie es mir schien, erreichten wir das Ende des Stollens und betraten eine weitere gigantische Halle.

Der Anblick ließ mich so abrupt stehen bleiben, dass mein Bewacher die Bewegung zu spät registrierte und unsanft von hinten gegen mich prallte. Mit einem zornigen Knurren stieß er mir die Faust zwischen die Schulterblätter, und ich stolperte weiter.

Die Höhle war kaum weniger groß als die, durch die ich dieses brennende Labyrinth betreten hatte, wenn auch niedriger und nicht zur Hälfte von kochender Lava erfüllt.

Und sie war ein Labyrinth.

Und das nicht im übertragenen Sinne, sondern wortwörtlich.

Wir waren nicht ebenerdig aus dem Stollen gekommen, sondern in halber Höhe der Höhle, gute acht Yards über dem Boden. Der Weg setzte sich vor uns fort, wenn auch nur noch als obere Basis einer lotrechten Mauer, die in zahllosen Windungen und Kehren durch den gewaltigen Hohlraum führte.

Sie war nicht die Einzige; es schien Dutzende, wenn nicht Hunderte dieser senkrechten, wie glatt poliert wirkenden Wände zu geben, die sich immer wieder kreuzten, parallel liefen oder mit anderen verschmolzen, sodass die untere Hälfte der Höhle zu einem gewaltigen Labyrinth unterschiedlich geformter, aber gleich hoher Hohlräume wurde, von denen einige mit zischender Lava gefüllt waren. Keiner von ihnen war mit einem der anderen verbunden, und in manchen glaubte ich Bewegungen zu erkennen, dann und wann drang etwas wie ein Stöhnen oder ein verzweifelter, aber halb erstickter Schrei über das beständige Grollen und Zischen der Lava. Ich hatte selten ein perfekteres Gefängnis gesehen.

Und ein Gefängnis war es wahrhaftig, wie ich schon im nächsten Augenblick voller Schrecken bemerkte. Mein Bewacher trieb mich mit groben Stößen an, sodass ich weitergehen musste, wollte ich nicht Gefahr laufen, auf der kaum zwanzig Zoll breiten Mauerkrone den Halt zu verlieren und in die Tiefe zu stürzen. Wir passierten einige leere Kammern, gingen rasch an einer vorbei, deren Boden geborsten war, sodass rote Lava wie kochendes Blut durch die gezackten Risse strahlte und übel riechende Gase meine Lungen reizten, und erreichten schließlich eine Stelle, an der eine grobe Strickleiter in eine der finsteren Kammern herabführte. Mein Bewacher deutete darauf, dann auf mich und hob drohend die Faust, als ich nicht schnell genug reagierte und die Leiter hinabstieg.

Irgendetwas sagte mir, dass es besser war, sich nicht auf einen Kampf einzulassen, und so ließ ich mich auf Hände und Knie herab, angelte vorsichtig mit dem Fuß nach der obersten Sprosse der grob geknüpften Strickleiter und begann in die Tiefe zu klettern. Ich hatte den Boden der Kammer kaum erreicht, als die Leiter auch schon eingezogen wurde und der Mann, der mich hergebracht hatte, verschwand.

Unbehaglich sah ich mich um. Das düstere rote Licht, das den oberen Teil der Höhle wie der Widerschein eines dämonischen brennenden Himmels erfüllte, reichte kaum bis zu mir herab, und meine Augen, von dem ununterbrochenen Wechsel zwischen greller Helligkeit und absoluter Finsternis ohnehin gereizt, begannen abermals zu tränen.

Immerhin sah ich genug, um zu erkennen, dass der Boden der Kammer nicht so glatt und eben war, wie es von oben den Anschein gehabt hatte, sondern gewellt wie eine zu Stein erstarrte Brandung und von zahllosen Rissen und Schrunden durchzogen. Und er war warm.

Vorsichtig, mit der linken Hand wie ein Blinder an der Wand entlangtastend, begann ich mein Gefängnis einmal zu umrunden. Aber das Ergebnis war mehr als enttäuschend. Es gab hier unten nichts als schwarze, erkaltete Lava. Und den Gedanken, an der Wand emporsteigen zu wollen, verwarf ich beinahe schneller, als er mir gekommen war.

Enttäuscht ließ ich mich an der Wand zu Boden sinken, zog die Knie an den Körper und schloss die Augen. Müdigkeit griff wie eine unsichtbare warme Hand nach mir, und selbst das Klopfen und Pochen der zahllosen Prellungen und Hautabschürfungen, die ich davongetragen hatte, sank auf ein fast erträgliches Maß herab. Die Wärme des Bodens tat gut.

Ich muss wohl eingeschlafen sein, denn als ich erwachte, fühlten sich meine Augenlider taub und geschwollen an, und auf meiner Zunge lag ein unangenehmer Geschmack.

Und es war das Gefühl, angestarrt zu werden, das mich geweckt hatte.

Abrupt sah ich auf.

Auf der Mauer über mir stand eine Gestalt, hoch aufgerichtet, schlank und von fast menschlichen Proportionen, ihre Konturen eingerahmt vom flimmernden roten Widerschein der Lava, sodass es aussah, als brenne sie.

Und obgleich er gegen das rote Gegenlicht über mir nur ein Schatten war und ich weder sein Gesicht noch irgendwelche anderen Einzelheiten sehen konnte, erkannte ich den Mann so deutlich, als stünde er neben mir.

Und im gleichen Moment wusste ich endgültig, dass mein Hiersein ganz und gar kein Zufall war.

»Dagon«, flüsterte ich.

Aus dem Schacht drangen Hitze und rotes Licht und der Atem von Magie wie ein übler Gestank. *Etwas* lauerte an seinem Grund, von dem Shannon nicht wusste, was es war, dessen Anwesenheit er jedoch überdeutlich spürte und das ein fast körperlich spürbares Empfinden von Gefahr verströmte. Alles in ihm sträubte sich dagegen, diesem Höllenpfuhl auch nur nahe zu kommen. Es war, als wehe mit der Hitze der brennenden Steine noch etwas anderes heran, etwas, das einen Teil seiner Seele verbrannte.

Shannon schauderte, als er an die Bilder dachte, die er im Geist des sterbenden Tempelritters gesehen hatte. Die Gedanken des Mannes hatten sich verwirrt und wie oft in den letzten Sekunden eines Lebens hatte er wohl Schein und Wirklichkeit nicht mehr auseinanderzuhalten gewusst. Aber Shannon hatte *gespürt,* wie viel von dem namenlosen Schrecken, den er im Bewusstsein des Templers gelesen hatte, echt war.

Was er erfahren hatte, hatte selbst ihn erschreckt, aber es hatte auch viel erklärt, was ihm vorher ein Rätsel gewesen war. Er würde seine Pläne ändern müssen, denn weder Necron noch er hatten damit rechnen können, auch noch auf eine zweite, fast ebenso gefährliche Gruppe von Feinden zu stoßen.

Shannon richtete sich behutsam auf, näherte sich dem Rand der Grube und beugte sich vor, so weit er konnte, ohne dabei Gefahr zu laufen, das Gleichgewicht zu verlieren. Obgleich er dem Bewusstsein des sterbenden Templers alle Informationen entnommen hatte, die er haben wollte, wusste er doch nicht, was ihn dort unten erwartete, denn im Geist des Mannes war jenseits dieses flammenden Kreises aus

Licht und Wärme ein Entsetzen gewesen, das Shannon noch jetzt schaudern ließ.

Aber er war nicht auf solcherlei Informationen angewiesen. Schließlich war er ein Magier, und seine eigenen Kräfte wurden noch verstärkt durch die seines Herrn, die sich mit den seinen verbunden hatten.

Shannon trat einen halben Schritt zurück, richtete sich auf und schloss die Augen. Als er die Lider wieder hob, hatte sich die Welt für ihn verändert.

Hell und dunkel waren vertauscht. Wo gerade noch Licht gewesen war, wogten Schatten in den verschiedensten Abstufungen von Grau und Schwarz, und der hell lodernde Schacht hatte sich in ein finsteres Loch verwandelt, das Schwärze verstrahlte.

An seinem Grunde pulsierte ein Licht. Es war nicht größer als Shannons Faust, strahlte aber mit der Helligkeit einer winzigen Sonne, zuckend wie ein dämonisches Herz und eingesponnen in ein Netz heller, scheinbar sinnlos ineinander verstrickter Linien, die, wie Shannon wusste, aus purer Energie bestanden, den unbekannten Kräften der Natur, die die Unwissenden Magie nannten.

Und er spürte, dass das *Etwas* dort unten um seine Anwesenheit wusste.

Nervös fuhr sich Shannon mit der Zungenspitze über die Lippen, atmete hörbar ein und aus und konzentrierte sich abermals.

Licht und Dunkel kehrten sich erneut um, die Farben waren wieder, wie sie sein mussten, und der lodernde Stern magischer Energien verblasste zu einem finsteren, schlagenden Herz, das von der roten Lavaglut verschlungen wurde.

Hinter ihm wurde die Tür geöffnet. Nacheinander betraten drei Männer den Raum, dann wurde die Tür geschlossen und ein Riegel vorgelegt. Shannon rührte sich nicht, sondern stand weiter reglos da. Nur auf seinen Lippen lag ein angespannter, beinahe verkrampfter Ausdruck.

Zwei der drei Männer traten neben ihn und nahmen ihn in die Mitte, während der Dritte den Schacht umrundete, auf seiner gegenüberliegenden Seite stehen blieb und langsam die Arme hob. Seine Lippen begannen Worte aus einer Sprache zu murmeln, die älter war als das Leben auf dieser Welt.

Das rote Licht am Grunde des Schachtes begann sichtbar stärker zu pulsieren, fast als antworte es auf die gemurmelten Beschwörungen.

Shannons Stirn begann sich mit Schweiß zu bedecken. Seine Lippen bebten stärker.

Am Grunde des Schachtes erschien ein Schatten, zerfasert und inmitten des grausamen roten Lichtes aufgelöst wie in Säure, stieg höher und nahm dabei mehr und mehr Form an, bis er zur boshaften knöchernen Karikatur eines Menschen geworden war, der schwerelos über dem brennenden Abgrund schwebte und Shannon aus nicht vorhandenen Augen anstarrte. Schließlich drehte er sich zu dem Tempelherren in der roten Robe um und hob beinahe anklagend die Hand.

»Was willst du?«, fragte er.

Shannon unterdrückte mit aller Macht ein Stöhnen. Seine Knie begannen zu zittern. Die Anstrengung ließ seinen Atem schneller gehen. Aber er durfte sich nicht bewegen, wenn er eine Chance haben wollte!

»Verzeiht, wenn wir dich ein zweites Mal rufen«, sagte der Templer demütig. Sein Gesicht war unbewegt wie immer, aber das Funkeln von Angst in seinen Augen war zu einem lodernden Feuer geworden. »Wir bringen ein zweites Opfer für *jene in der Tiefe.*«

»Und wieder nur eines«, versetzte der Knöcherne.

»Du hast mehr versprochen. Du kennst das Abkommen!«

Der letzte Satz klang eindeutig drohend, und der Templer fuhr zusammen, fuhr sich nervös mit der Hand über das Kinn und wich dem Blick des Knöchernen aus.

»Sobald die Sonne aufgeht«, versprach er. »Wir halten unser Wort. Nimm diesen einen, um den Hunger deiner Herren zu stillen, und sage ihnen, dass wir bald mehr bringen.«

»Gut«, antwortete der Knöcherne mit seiner furchtbaren, unmenschlichen Stimme. »Dieser eine mag genügen für den Augenblick. Doch nicht länger! Haltet Wort, denn ihr wisst, wie unersättlich *jene in der Tiefe* in ihrem Hunger sind!«

Ohne eine Antwort abzuwarten, drehte er sich herum, streckte die Hände aus und hob Shannon so spielerisch in die Höhe, als wäre er gewichtlos.

Sein Griff tat weh. Shannon biss die Zähne aufeinander, um einen Schmerzlaut zu unterdrücken, und kämpfte verzweifelt darum, seine Konzentration aufrecht zu halten. Der Knöcherne hob ihn hoch und begann langsam in die Tiefe zu sinken.

Es dauerte weniger als eine Minute, bis sie den Grund der Höhle erreichten, die unter dem Schacht klaffte, aber für Shannon schienen Ewigkeiten zu vergehen. Als ihn der Knöcherne absetze, taumelte er vor Erschöpfung, verlor den Halt und fiel kraftlos auf die Knie herab. Die Höhle begann sich vor seinen Augen zu drehen. Die Anstrengung, das Trugbild der drei Männer aufrechtzuerhalten, war fast über seine Kräfte gegangen. Aber es war ihm gelungen, den Unheimlichen zu täuschen.

Sekundenlang blieb er zitternd und in Schweiß gebadet hocken und wartete, bis sich seine Kräfte wieder regeneriert hatten. Dann richtete er sich auf.

Er war nicht mehr allein. Der Knöcherne war verschwunden, aber dafür war ein halbes Dutzend Männer erschienen, die Shannon jetzt schweigend umringten. Einen Moment lang überlegte er, ob er sie töten sollte, verwarf den Gedanken aber wieder. Er würde noch früh genug kämpfen müssen: Je länger er die Herren dieses chthonischen Labyrinthes in dem Glauben ließ, ein willenloser Sklave wie alle anderen zu sein, die hier heruntergebracht wurden, desto größer waren seine Chancen, sein Ziel zu erreichen.

Aber es schien, als hätte Shannon seine Feinde unterschätzt, denn er hatte diesen Gedanken kaum gedacht, als die sechs Männer wie auf ein gemeinsames Kommando hin beiseite wichen und der Knöcherne wieder auftauchte. Seine Bewegungen wirkten schneller, irgendwie *aggressiver* als bisher.

»Du!«, sagte er, während er mit seiner vierfingrigen Spinnenhand auf Shannon deutete. »Bleib stehen.«

Shannon tat so, als gehorche er, ganz das hypnotisierte willenlose Opfer, das all die anderen gewesen waren, die die Templer hier herabschickten, aber seine Konzentration reichte nicht mehr. Für eine Sekunde glaubte er rauchige Linien aus grauem Licht zu sehen, die aus einem unsichtbaren Zentrum unter der Höhlendecke herauswuchsen und die gigantische Felskuppel durchzogen. Eine davon endete zwischen den Schulterblättern des Knöchernen.

»Dieser Mensch ist ein Verräter«, krächzte der Unheimliche. »Vernichtet ihn!«

Shannon reagierte einen Sekundenbruchteil vor den Männern. Als sie vorstürzten, tat er so, als wiche er zurück, steppte im letzten Moment zur Seite und ließ den ersten über sein vorgestrecktes Bein stolpern. Blitzartig wirbelte er herum, schlug einen weiteren Mann nieder und hebelte einen dritten aus, sodass er wie ein lebendes

Geschoss durch die Luft flog und dabei zwei weitere seiner Kameraden von den Füßen riss. Der letzte verbliebene Gegner ergriff lautlos die Flucht, als sich Shannon herumdrehte.

Shannon sah den Hieb kommen, aber nicht einmal seine Reaktion reichte aus, ihm vollends auszuweichen. Die Spinnenhand des Knöchernen traf ihn wie ein Keulenschlag, riss ihn von den Füßen und ließ ihn meterweit über den Boden schlittern, geradewegs auf den Rand des zischenden Lavasees zu. Im letzten Moment fand er Halt an einer Felszacke, nutzte seinen eigenen Schwung, um wieder auf die Füße zu kommen, und fuhr herum.

Der Knochenmann drang lautlos auf ihn ein, mit erhobenen Armen und die Finger gespreizt. Shannon duckte sich unter einem wütenden Hieb weg, packte den linken Arm des Knöchernen und riss mit aller Macht daran. Gleichzeitig traf sein Fuß das Knie des unheimlichen Angreifers.

Der Knöcherne taumelte an ihm vorüber, fiel auf die Knie herab und rang mit wild rudernden Armen um sein Gleichgewicht. Shannon ließ seine Hand los, drehte sich mit einem gellenden Schrei blitzartig einmal um seine Achse und schlug mit der ganzen Wucht der Drehung zu.

Ein trockenes Knacken erklang. Der gesichtslose Schädel des bizarren Wesens begann zu zittern, neigte sich zur Seite – und fiel herab.

Verblüfft starrte Shannon auf den zersplitterten Stumpf, der einmal der Hals des unheimlichen Wesens gewesen war.

Er war leer.

Die bizarre Erscheinung war nichts als eine leere Hülle, ein schwarzes Ding aus Horn oder Chitin, wie das Außenskelett einer Spinne, aber es umschloss keinen Körper!

Und es schien unverwundbar, denn noch während Shannon verstört auf das unglaubliche Bild starrte, stemmte sich der kopflose Torso wieder in die Höhe, wandte sich um und kam mit weit ausgebreiteten Armen und schwerfällig wie ein angreifender Bär wieder auf ihn zu. Die Klauen des Unheimlichen zuckten nach seinem Gesicht.

Im letzten Moment warf sich Shannon zurück. Der Hieb verfehlte ihn, aber der Unheimliche setzte sofort nach, bekam seine Hand zu packen und umklammerte sie.

Shannon schrie vor Schmerz, als sich die Krallenhand des Knöchernen wie ein Schraubstock um seine Finger schloss. Mit aller

Macht versuchte er seinen Arm loszureißen, aber das Wesen verfügte über Kräfte, die die eines Menschen weit überstiegen. Seine freie Hand hackte nach Shannons Gesicht und riss seine Wange auf.

Shannon warf sich zurück, um einem weiteren Hieb auszuweichen, und schmetterte dem Knöchernen das Knie in den Leib. Ein heller, knackender Laut erklang, und im Brustkorb des Dinges erschien ein verworrenes Muster aus Rissen.

Shannon ließ auch den letzten Rest von Rücksicht fahren, jetzt, da er wusste, dass er es nicht mit einem lebenden Gegner zu tun hatte. Mit aller Kraft warf er sich herum, verdrehte den Arm des Knöchernen und trat nach dessen Ellbogen.

Wieder erscholl dieses schreckliche, knackende Geräusch, und mit einem Male war seine Hand frei, der Arm des Knöchernen dicht über dem Ellbogengelenk abgebrochen. Keuchend wich Shannon zwei, drei Schritte zurück – und erstarrte.

Der Unheimliche folgte ihm nicht, wie er erwartet hatte, sondern stand einfach nur reglos da. Dann begann sich sein Körper zu regenerieren!

Abermals glaubte Shannon einen raschen Schatten von Grau zu sehen, wie eine Woge der Kraft, die aus dem unsichtbaren Zentrum des magischen Gewebes hervorschoss und in den Leib des unheimlichen Wesens strömte. Ein helles Knistern wie das Rascheln von trockenem Pergament drang aus der bizarren Gestalt, und vor Shannons ungläubig geweiteten Augen begannen sich die Risse und Sprünge in seinem Leib zu schließen. Dann wuchs sein zerborstener Arm nach. Dort, wo sein Kopf gewesen war, begannen sich graue Schemen zu formen.

Shannon schrie auf, warf sich mit einem Satz nach vorne und packte das bizarre Wesen. Der Knöcherne versuchte nach seinem Gesicht zu schlagen, aber seine Bewegungen waren langsam und fahrig, als erwache er aus einer Trance und wusste seinen Körper noch nicht vollkommen zu beherrschen. Mit verzweifelter Kraft stemmte Shannon den schwarz glitzernden Leib des Dinges in die Höhe, drehte sich herum – und schleuderte ihn im hohen Bogen von sich, direkt in den See aus weiß glühender Lava hinein!

Eine gewaltige Flammenzunge schoss in die Höhe, als das Ungeheuer in den verflüssigten Stein klatschte und unterging. Shannon sprang mit einem Satz zurück, als glühende Tropfen wie kleine tödliche Geschosse auf ihn niederregneten. Die Lava brodelte. Ihre Oberfläche, schon halb zu krumiger hellroter Glut erstarrt, war zerrissen, und dort, wo der Knöcherne versunken war, lohte ein kreisrunder Fleck greller Weißglut.

Dann tauchte eine Hand aus seinem Zentrum.

Shannon erstarrte schier vor Entsetzen, als er sah, wie sich ein dunkler Körper unter der glühenden Lava abzuzeichnen begann. Die Spinnenhand versank wieder, aber nur, um Augenblicke später erneut aufzutauchen, gefolgt von einem Arm, einem grotesken gesichtslosen Schädel und den knochigen Schultern des furchtbaren Wesens. Flammen umhüllten seinen Körper, und die Hitze schien sprunghaft zu wachsen, als versuche die Lava mit aller Macht, das Opfer nicht wieder herzugeben, das ihr einmal dargebracht wurde.

Aber die unheimlichen Gewalten, die den Knöchernen am Leben erhielten, waren stärker. Langsam, als wate er durch einen zähen Sumpf, bewegte er die Arme und begann mit grotesken Bewegungen auf den Rand des Lavatümpels zuzuschwimmen.

Shannon wartete nicht, bis er ihn erreicht hatte, sondern fuhr herum und rannte los, so schnell er konnte.

»Ich habe dich gewarnt, Robert Craven«, sagte Dagon leise. Seine Stimme klang fremd; anders, als ich sie in Erinnerung hatte. Etwas war daraus verschwunden, als hätte er nun auch noch den letzten Rest seiner Menschlichkeit verloren. »Du hättest nicht kommen sollen.«

»Du hättest die, die dir vertraut haben, nicht im Stich lassen sollen«, antwortete ich trotzig.

Dagon starrte auf mich herab, und obwohl ich sein Gesicht noch immer nicht erkennen konnte, war ich sehr sicher, nicht die geringste Spur von Mitleid oder auch nur irgendeines anderen menschlichen Gefühles darauf zu entdecken.

»Was ist das hier?«, fragte ich. »Hast du neue Opfer gefunden, die deinen Lügen glauben, Dagon? Oder hast du dies alles nur erschaffen, um mir ein würdiges Ende zu bereiten?«

»Du überschätzt deinen Wert, Robert Craven«, antwortete Dagon. »Und deine Macht.«

»So wie du?«

Dagon schüttelte den Kopf und gab einen Laut von sich, der vielleicht ein Lachen sein mochte. »O nein, mein Freund«, sagte er leise. »Es gab eine Zeit, da habe ich mich überschätzt, doch sie ist lange her.

Was auf dem Schiff geschah, hat mir gezeigt, wie gering ich bin, verglichen mit ihnen. Ich bin ein Nichts. Es hätte in ihrer Macht gestanden, mich zu vernichten, die ganze Zeit über.«

»Ihnen?«, murmelte ich. »Du ... du meinst –«

»Jene in der Tiefe«, unterbrach mich Dagon. »Die *Thul Saduun*, Robert Craven. Ihre Macht ist unendlich. Es hat lange gedauert, doch jetzt habe ich begriffen. Und bereut.«

»Bereut?« Ich schrie fast. »Dagon, du bist von Sinnen. Diese Wesen werden dich vernichten, sobald du getan hast, was sie von dir wollen!«

»Das werden sie nicht«, widersprach Dagon ernsthaft. »Ich habe gefehlt, und ich werde Buße tun. Deshalb lebe ich noch. Dies alles hier dient *ihrer* Größe und *ihrem* Weiterleben. Du hättest nicht kommen sollen.«

Ich ignorierte den letzten Satz und starrte zu ihm hinauf. »Du willst damit sagen, dass du sie erwecken willst«, sagte ich. »Die Dämonen, vor denen du dich fünftausend Jahre lang verborgen hast, Dagon!«

»Nicht verborgen«, widersprach Dagon. »Sie wussten die ganze Zeit über, wo ich bin, und es war kein Tag, an dem sie mich nicht hätten zertreten können, wie ich einen Wurm zertrete. Was sind fünftausend Jahre für einen Gott, Robert Craven? Jetzt ist der Augenblick gekommen, meine Schuld zu bezahlen.« Er machte eine entschiedene Bewegung, mit der Hand. »Genug. *Sie* sind ungeduldig, und der Moment rückt heran. Du wirst sterben, Robert Craven. Jetzt.«

Er trat einen Schritt vom Rande der Grube zurück und hob die Hand. Ich hörte Geräusche, ohne sie deuten zu können, dann erschienen zwei der Jammergestalten, die ich schon zuvor gesehen hatte, und traten in eindeutig demutsvoller Haltung vor den Fischgott. Sie trugen etwas zwischen sich, das ich gegen das grelle Licht nicht identifizieren konnte, aber es war größer als ein Männerkopf und rund. Auf einen stummen Wink ihres Herrn hin traten sie ganz dicht an den Rand der Grube heran, hoben den Gegenstand mit fast zeremoniellen Bewegungen hoch – und warfen ihn in die Tiefe. Ich sprang im letzten Moment beiseite, um nicht getroffen und womöglich erschlagen zu werden.

Das runde Ding stürzte auf den Felsboden und platzte mit einem widerlichen Geräusch auseinander.

Ein Schwall mörderischer Hitze trieb mich zurück. Aus dem Inneren des eiähnlichen Gegenstandes drang ein helles, loderndes Licht, in dessen Zentrum sich irgendetwas Finsteres wand und bewegte. Die Hitze nahm mir schier den Atem und ließ mich taumeln. Ich wich bis an den gegenüberliegenden Rand der Grube zurück, presste mich gegen die Wand, so fest ich konnte, und hob schützend die Hände vor das Gesicht.

Aus dem Inneren des dämonischen Eies floss Lava, weiß flammender Stein, heiß wie das Blut einer Sonne und so flüssig wie Wasser. Und darin *bewegte sich etwas.*

»Jetzt wirst du mein wahres Geheimnis kennen lernen, Robert Craven«, sagte Dagon kalt. »Das Geheimnis *jener in der Tiefe.* Aber es wird dir nichts mehr nutzen. Du –«

Dagon brach mitten im Satz ab, wandte mit einem Ruck den Kopf und starrte eine Sekunde gebannt in die Richtung, aus der ich gekommen war. Dann hob er den Arm und deutete befehlend in die gleiche Richtung. Seine beiden Begleiter fuhren herum und rannten los, und nach einer weiteren Sekunde wandte sich auch Dagon um und verschwand.

Aber mir blieb keine Zeit, mich weiter um Dagon und seine Sklaven zu kümmern, denn aus dem Inneren des aufgeplatzten Dämoneneies drang ein hässliches, lautes Zischen, und eine neue Hitzewelle streichelte mein Gesicht wie eine glühende Hand.

Trotz des grausam hellen Lichtes starrte ich erneut auf das fürchterliche Geschehen. Der Inhalt des Eies hatte sich auf dem Boden verteilt und bildete eine gut fünf Fuß messende, rot glühende Pfütze. Die Lava kühlte rasch ab, sodass sich auf ihrer Oberfläche bereits eine rote, krumig geronnene Haut gebildet hatte, aber die Bewegung in ihrer Mitte, dort, wo die Reste der zerborstenen Schale lagen, hatte nicht aufgehört.

Dann erkannte ich, was es war.

Im Zentrum der sicherlich mehr als tausend Grad Fahrenheit messenden Lava zuckte ein armlanger, glühender Wurm! Sein Körper glühte heller als die brodelnde Masse, die ihn geboren hatte, und sein vorderes, augenloses Ende zitterte wie der Schädel einer Schlange hin und her, mit pendelnden, suchenden Bewegungen. Dann hörte er auf sich zu bewegen. Sein Kopf – ich vermutete zumindest, dass dieses Ende sein Kopf war – deutete wie ein ausgestreckter Finger auf mich. Und plötzlich begann er auf mich zuzukriechen. Der Boden begann zu dampfen, als er die Lavapfütze hinter sich ließ; eine Spur dunkelroter, wabernder Glut blieb zurück, wo er über den erstarrten Fels kroch.

Ich erwachte erst aus meiner Starre, als die unglaubliche Erscheinung schon gut die Hälfte der Grube durchquert hatte und sich die Hitze, die sie ausstrahlte, quälend bemerkbar zu machen begann. Mit einem Schrei sprang ich zur Seite, rannte zum anderen Ende der Grube und presste mich gegen die Wand.

Der Lavawurm erstarrte. Einen Augenblick blieb er reglos liegen, dann erhob er sich ein Stück und begann erneut mit diesen pendelnden, suchenden Bewegungen.

Und kroch abermals auf mich zu.

Es war wie in einem Albtraum. Das Ungeheuer war nicht schnell, sondern bewegte sich beinahe träge über den Boden, aber ganz gleich, wohin ich auch auswich, folgte es mir, stur wie ein Automat, und scheinbar ohne das Wort Ungeduld oder Ermüdung zu kennen, während meine eigenen Kräfte schon nach wenigen Minuten nachzulassen begannen.

Hinzu kam, dass die Temperaturen langsam, aber unerbittlich stiegen, denn dort, wo der Wurm entlangkroch, begann der Boden zu glühen. Und er kühlte nicht etwa wieder ab. Die Glut blieb, sodass der Boden der Grube schon bald von einem Wirrwarr glühender, sich überschneidender und kreuzender Linien bedeckt war. Der Augenblick, in dem es nichts mehr geben würde, wohin ich ausweichen konnte, war abzusehen.

Meine Gedanken überschlugen sich. Was ich sah, war vollkommen unmöglich – ein lebendes, sich bewegendes Wesen, dessen Körpertemperatur der von geschmolzener Lava entsprach; ein Schlag ins Gesicht aller Naturgesetze. Aber es war Realität – und es kam näher. Ich musste aus dieser Fallgrube heraus, ganz gleich, wie! Aber ihre Wände waren acht Yards hoch und so glatt wie poliertes Glas.

Wieder kam der Wurm näher. Seine Bewegungen waren um eine Winzigkeit schneller geworden; fahriger, als ließe seine Geduld allmählich nach, und das Stück Boden, das noch nicht zu heiß war, um darauf stehen zu können, schmolz unbarmherzig zusammen! Noch wenige Minuten und das Ungeheuer hatte mich in eine Ecke getrieben wie eine Katze eine Maus. Wenn es mich berührte ...

Über mir erscholl ein gellender Schrei. Abrupt hob ich den Kopf.

Auf dem Rand der Fallgrube waren drei Gestalten erschienen, schwarze Schatten, von denen ich nichts weiter erkennen konnte, als dass sie miteinander kämpften!

»Halte durch, Robert!«, schrie eine Stimme. »Ich hole dich raus!«

Der Schrei gab mir noch einmal neue Kraft. Ich wartete, bis der Höllenwurm so dicht an mich herangekommen war, dass ich vor Hitze aufstöhnte, raffte all meine verbliebene Kraft zusammen und setzte mit einem verzweifelten Sprung über die satanische Kreatur hinweg.

Ein wütendes Zischen erscholl. Die Bestie zuckte hoch, als versuche sie mich noch im Sprung zu erreichen. Ihr glühender Körper streifte mein Bein.

Ein furchtbarer Schmerz zuckte bis in meine Hüfte hinauf. Ich fiel, überschlug mich und prallte gegen die Wand. Flammen schlugen aus meiner Hose. Ich stemmte mich hoch und schlug sie mit bloßen Händen aus.

Abermals erscholl über mir ein Schrei, und plötzlich war eine der drei Gestalten verschwunden. Sekunden später taumelte die zweite, riss die Arme in die Luft, stürzte nach hinten und prallte dicht neben dem glühenden Wurm auf den Boden! Mit einem Zischen bäumte sich die Kreatur auf wie eine angreifende Kobra – und warf sich mit einem Satz auf die reglose Gestalt!

»Robert! *Fang!*«

Der Schrei ließ mich aufblicken. Ich sah einen Schatten auf mich zufliegen, griff instinktiv zu und fühlte ein Seil unter meinen Fingern.

Der Ruck, mit dem das Tau straffgezogen wurde, riss mir schier die Arme aus den Gelenken. Hastig versuchte ich mit den Beinen Halt an der Wand zu finden, um meinen geheimnisvollen Retter zu unterstützen, aber das schien ihm zu langsam zu gehen. Wie eine leblose Last zerrte er mich die Mauer hinauf, ergriff mich schließlich unter den Achseln und stellte mich mit einem Ruck auf die Füße.

Und in diesem Moment erkannte ich ihn.

»Shannon!«

Der junge Drachenkrieger machte eine hastige Bewegung mit der Hand, als ich weitersprechen wollte. »Jetzt nicht, Robert«, sagte er. »Wir müssen raus hier! Schnell!« Achtlos ließ er das Seil fallen, mit dem er mich aus der Grube gezogen hatte, und gab mir einen Stoß, der mich weitertaumeln ließ.

Trotzdem wandte ich noch einmal den Blick und sah in die Grube hinab.

Der Anblick ließ mich aufstöhnen.

Der unglückselige Mann, den Shannon in die Tiefe gestoßen hatte, war verschwunden, und statt seiner brodelte eine gewaltige Lache aus glühender Lava auf dem Boden, in dessen Zentrum sich ein schreckliches, wurmähnliches *Etwas* wand, fünf Mal so groß wie die Kreatur, die aus dem Ei gekrochen war.

Und plötzlich begriff ich den Sinn dieses ganzen schrecklichen Labyrinthes ...

Shannon gab mir keine Gelegenheit, meinem Entsetzen Ausdruck zu verleihen, sondern packte mich am Arm und rannte los.

Hinter uns erklang ein ganzer Chor wütender Stimmen, und als ich mich umsah, erkannte ich mehr als ein Dutzend zerlumpter Gestalten, die aus allen Richtungen zugleich auf uns zustürzten, angeführt von Dagon selbst. Trotz der großen Entfernung glaubte ich zu erkennen, dass seine riesigen Fischaugen vor Zorn leuchteten.

Wir kämpften uns bis zum Ende der Labyrinthhöhle durch, und Shannon stürzte wahllos in den ersten Gang, der sich in der Felswand auftat. Hitze und Licht blieben hinter uns zurück, aber das wütende Grölen der Verfolger blieb.

Der Weg schien kein Ende zu nehmen. Ich wusste längst nicht mehr, wie Shannon das Kunststück fertigbrachte, in der fast vollkommenen Finsternis nicht die Orientierung zu verlieren; vielleicht wusste er auch selbst nicht, wohin wir eigentlich rannten, sondern stürzte nur ziellos weiter. Gleich wie – irgendwann, sicher nach einer Viertelstunde oder länger, verklang der Chor der Verfolger allmählich hinter uns, und schließlich blieb Shannon stehen, ließ meine Hand los und wandte sich schwer atmend um, um in den Gang zurückzublicken.

Ich taumelte vor Erschöpfung. Meine Lungen brannten, und mein Herz hämmerte so hart, als wolle es zerspringen. Ich ließ mich auf einen Felsen sinken und barg das Gesicht in den Händen.

»Ich glaube, wir haben sie abgeschüttelt«, sagte Shannon. In seiner Stimme schwang ein deutlicher Unterton von Sorge, ja beinahe Angst. Mühsam hob ich den Blick, fuhr mir mit dem Handrücken über die Augen und versuchte zu sprechen, brachte aber nur ein unverständliches Krächzen hervor.

Shannon sah auf mich herab, lächelte flüchtig und starrte dann wieder in den Gang zurück. Es sah aus, als lausche er, aber ich war sicher, dass er in Wirklichkeit etwas ganz anderes tat.

»Wo ... wo zum Teufel kommst du her?«, presste ich schließlich hervor.

»Spielt das eine Rolle?«, fragte Shannon lächelnd. »Ich bin hier, das reicht, oder?«

»Nein«, antwortete ich keuchend. Jedes Wort fiel mir schwer. »Du –«

»Ich gehöre nicht mehr zu Necron, wenn es das ist, was du fürchtest«, unterbrach mich Shannon. Plötzlich grinste er und sah mehr denn je wie ein zu groß geratener Junge aus. »Ich habe gekündigt. Seine Arbeitsbedingungen haben mir nicht mehr zugesagt.«

Ich starrte ihn an. Sein bewusst scherzhafter Ton täuschte mich keine Sekunde. »Du bist geflohen?«, fragte ich.

Shannon nickte. Sein Lächeln erlosch. »Ja«, sagte er. »Ich hatte keine Wahl. Necron hätte mich getötet, hätte ich es nicht getan. Ich brauche deine Hilfe, Robert.«

»Oh.« Ich lächelte, aber es wurde wohl eher zu einer Grimasse. »Bisher hatte ich eher das Gefühl, dass es genau umgekehrt ist. Was zum Teufel bedeutet das alles hier?«

Shannon schwieg einen Moment, und als er weitersprach, schwang in seiner Stimme ein Ernst mit, der mich frösteln ließ.

»Ich bin nicht nur geflohen, weil ich um mein Leben fürchtete, Robert«, sagte er. »Das Leben eines Einzelnen zählt so wenig. Aber hier geht es um mehr. Nicht einmal nur um Dagons *Thul Saduun* oder den Bestand dieser Insel. Vielleicht um das Überleben der ganzen menschlichen Rasse.«

»Du übertreibst«, sagte ich matt, aber Shannon schüttelte abermals den Kopf und sprach mit dem gleichen, Angst machenden Ernst weiter. »Ich wünschte, es wäre so, Robert«, sagte er. »Necron und Dagon sind wahnsinnig. Sie kennen die Gefahr, mit der sie spielen, aber sie missachten sie. Die GROSSEN ALTEN und *jene in der Tiefe* sind Feinde, Robert, und es ist eine Feindschaft, die älter ist als unsere Welt.«

Seine Worte ließen mich schaudern. Ich wusste nicht, ob er die Wahrheit sprach oder nicht, denn Tergards Bann lähmte meine magischen Fähigkeiten noch immer. Und trotzdem ließ mich schon der bloße Gedanke an das, was Shannon da andeutete, innerlich zu Eis erstarren.

»Auf dieser Insel –«, begann ich.

»Befindet sich das zweite der SIEBEN SIEGEL DER MACHT«, führte Shannon den Satz zu Ende, als ich nicht weitersprach. »Ja. Wenn es Dagon gelingt, es zu brechen, werden die *Thul Saduun* erwachen, Robert. Und dann wird etwas geschehen, gegen das der Kampf, den wir beide bisher gekämpft haben, nichts als ein beschaulicher Spaziergang ist. Die ALTEN werden es nicht dulden, dass ihre uralten Feinde zu neuer Macht auferstehen.« Er schwieg, um seine Worte auf die gehörige Weise wirken zu lassen, und fuhr, noch leiser und mit noch größerem Ernst, fort: »Es wird einen Krieg der Götter geben, Robert. Sie haben diese Welt schon einmal verwüstet. Sie haben schon einmal zerstört, was die Natur in Jahrmilliarden geschaffen hat.«

Ich wollte antworten, aber ich konnte es nicht. Shannons Worte ließen eine fürchterliche Vision in mir entstehen: die Vorstellung, Dagons *Thul Saduun,* diese fürchterlichen chthonischen Feuergeschöpfe, zu Millionen und Abermillionen aus der Erde brechen zu sehen, sie diese Insel, das Meer, die benachbarten Eilande und schließlich die Kontinente überfluten zu sehen. Ja, Shannon hatte Recht – es *würde* einen Krieg geben, eine Auseinandersetzung, die die menschliche Vorstellungskraft um ein Tausendfaches überstieg.

Einen Krieg der Götter.

Und so, wie es aussah, gab es nur zwei Menschen auf der Welt, die ihn verhindern konnten.

Ich kämpfte die Schwäche nieder, die noch immer in meinen Gliedern nistete, stand unsicher auf und sah Shannon an. »Kennst du den Weg hinaus?«, fragte ich.

Shannon nickte.

Es war ein sonderbar vertrautes Gefühl, als wir nebeneinander weitergingen; ein Gefühl, das ich zu lange vermisst hatte und das trotz des kalten Entsetzens, das mich gepackt hatte, auf seltsame Weise wohl tat.

Das Gefühl, einen Freund gefunden zu haben.

Wer den Tod ruft

Die Puppe war klein; nicht größer als eine Faust, dazu so roh gefertigt, dass man kaum ihre menschlichen Umrisse erkennen konnte. Leib, Arme und Beine bestanden aus Sackleinen, das mit groben Stichen zusammengenäht war, der Kopf eine ungleichmäßige Kugel, auf die ungelenk die Züge eines menschlichen Gesichtes gemalt worden waren. Auffällig war das Haar der Puppe: ein Bündel schwarz gefärbten Strohs, in das, beginnend vom Haaransatz über dem linken Auge, eine weiße, blitzförmig gezackte Strähne eingeflochten war ...

Der Mann mit der Holzmaske betrachtete die Voodoo-Puppe lange und ausgiebig. Er war sehr groß; kein Riese, aber doch so hochgewachsen, dass er zwischen den kleinen, braungebrannten Gestalten der Eingeborenen auffiel. Seine Gestalt war ganz von einem bunt bestickten, bis auf die Knöchel reichenden Zeremoniengewand verhüllt, das Gesicht verborgen hinter der hölzernen Maske, die die angedeuteten Züge einer Raubkatze trug. Selbst die Hände steckten in braunen, durch aufgenähte Pumakrallen zu stilisierten Pranken gewordenen Handschuhen. Aber es waren nicht nur seine Kleidung und seine Größe, was ihn von den Majunde-Kriegern unterschied. Etwas umgab diesen Mann wie eine Mauer aus unsichtbarem Glas, isolierte ihn und machte ihn gleichzeitig zu ihrem Herrn.

Der Mann war ein Magier, ein Mensch, der gelernt hatte, die verborgenen Kräfte der Schöpfung zu entdecken und zu nutzen. Und es waren finstere, durch und durch böse Kräfte, derer er sich bediente. Kräfte, die jetzt, obgleich er noch immer reglos wie eine hölzerne Statue stand, in die winzige grobe Puppe in seinen Händen flossen. Kräfte, die Tod und Vernichtung brachten.

Denn die sechs Majunde-Krieger und ihr Magier waren nur zu einem einzigen Zweck hierher gekommen, an diesen verbotenen Ort im Inneren des Kraters, einen Ort, der mit seinem roten Licht und der wabernden Hitze der Hölle näher war als der Erde.

Sie waren hier, den Tod zu beschwören.

Den Tod für einen Mann, dessen Haar die gleiche, weiß gezackte Strähne trug wie die kleine Voodoo-Puppe ...

Es war hell geworden, bis wir den kleinen Ort an der Südküste Krakataus erreicht hatten, und die letzten zehn Minuten waren mir vorgekommen wie ein verzweifelter Spießrutenlauf. Der Dschungel hatte uns Deckung gegeben, denn er wuchs wie eine behäbige grüne Armee bis dicht an den Ortsrand heran, und sein Unterholz überwucherte noch einen Teil der kleinen Gärten, die die verfallenen Häuser säumten, sodass wir diesen Teil des Weges relativ sicher hinter uns gebracht hatten.

Den Rest nicht mehr.

Eldekerks Haus lag am entgegengesetzten Ende des Ortes, eine kleine, eingeschossige Hütte, die letzte in einer langen Reihe gleichartiger ärmlicher Behausungen, die das hintere Drittel der einzigen Straße säumten.

Shannon und ich waren wie die Diebe von Schatten zu Schatten gehuscht, und mehr als einmal hatten wir uns in eine offene Tür oder hinter einen Busch geduckt und mit angehaltenem Atem gewartet, bis die Straße vor uns wieder frei war. Meiner Schätzung nach waren nicht mehr als zwölf Stunden vergangen, seit wir aus Dagons unterirdischem Labyrinth entkommen waren, aber ich wusste, wie gefährlich die Männer waren, mit denen wir es zu tun hatten.

Tergard wäre kein *Master* des Templerordens gewesen, wenn er nicht in diesem Moment bereits gewusst hätte, dass ich entkommen war. Und wenn er nicht in diesem Moment bereits Himmel und Hölle in Bewegung gesetzt hätte, mich wieder einzufangen.

Wir waren an die fünfzehn Meilen von seinem dämonischen Gefangenenlager entfernt, und zudem lag das gewaltige Massiv des Krakatau zwischen ihm und dem kleinen Ort. Trotzdem war ich fast sicher, dass es auch hier genügend Augen und Ohren gab, die nur darauf warteten, dass ich mich zeigte.

Ich atmete erleichtert auf, als wir die Hütte endlich erreicht hatten und Shannon die Tür hinter mir ins Schloss drückte; nicht nur, weil ich meinen gequälten Körper endlich auf einen Stuhl fallen lassen und ihm ein wenig Ruhe gönnen konnte.

Wir waren allein. Der Tag hatte noch nicht ganz Einzug in den winzigen Raum gehalten; die Schatten überwogen, und die vorgelegten Läden ließen nur schmale Streifen des Sonnenlichtes herein, aber es war zumindest hell genug, mich erkennen zu lassen, wie erbärmlich die Hütte war. Die Einrichtung bestand nur aus ein paar roh zusammengezimmerten Möbeln, der Boden war festgestampfter Lehm und von der Decke baumelte eine Petroleumlampe an einem rußgeschwärzten Draht.

Irgendwie war ich enttäuscht. Shannon hatte mir von Jop Eldekerk erzählt, dem alt gewordenen Abenteurer, den es hierher nach Krakatau verschlagen hatte und der vielleicht unser einziger Verbündeter war. Aber ich hatte etwas anderes erwartet. Was, wusste ich selbst nicht.

»Ich denke, wir sind hier erst einmal in Sicherheit«, sagte Shannon, nachdem er durch den Raum gegangen war und sorgfältig alle Läden überprüft hatte. »Wenigstens für den Moment.« Er lächelte aufmunternd, ging zu einem kleinen Schrank an der Südseite und kam mit einem Zinnbecher und einer Flasche zurück, der ein scharfer Geruch entströmte, als er den Korken herauszog. Schweigend schenkte er den Becher voll und reichte ihn mir.

Ich trank, ohne erst lange zu überlegen, welche Art von Flüssigkeit die Flasche enthielt. Als ich aufgehört hatte zu husten, füllte Shannon den Becher erneut, aber diesmal nippte ich nur daran und sah fragend zu ihm auf. »Du nicht?«

Shannon verneinte. »Ich trinke niemals Alkohol«, sagte er. »Aber dir wird er guttun.« Plötzlich war wieder dieser Ausdruck von Sorge in seinem Blick. »Fühlst du dich besser?«, fragte er.

Impulsiv wollte ich nicken, beließ es aber dann bei einem Achselzucken und trank einen weiteren Schluck. Mittlerweile glaubte ich, das Getränk als Rum zu identifizieren, wenngleich als einen Rum, der zu mindestens hundertzehn Prozent aus purem Alkohol bestand. Aber obgleich mir die Brühe schier die Kehle wegzuätzen schien, breitete sich eine Woge wohltuender Wärme in meinem Magen aus. Ich musste vorsichtig sein. In dem desolaten Zustand, in dem ich mich befand, würde mich ein zweites Glas dieses Teufelsgebräus glattweg umhauen. Beinahe hastig stellte ich den Becher auf den Tisch zurück.

»Wo ist dein Freund?«, fragte ich.,

»Eldekerk?« Shannon deutete mit einer vagen Kopfbewegung nach Norden. »Oben in den Bergen – wenn ihn Tergards Leute nicht erwischt haben, heißt das. Wir treffen ihn später.« Er räumte die Flasche weg, kam zurück und ließ sich vor mir auf ein Knie herabsinken. »Zieh dein Hemd aus. Ich will dich untersuchen.«

»Später?«, hakte ich nach, begann aber gehorsam mein Hemd aufzuknöpfen. Shannon war kein Arzt, aber ich hatte am eigenen Leibe erfahren, wie hilfreich und lindernd die Berührung seiner Hände sein konnte; und im Moment hätte ich wahrscheinlich auch die Hilfe einer tibetanischen Kräuterhexe angenommen, so miserabel, wie ich mich fühlte. »Was soll das heißen, später?«

»Wir bleiben nicht hier«, antwortete Shannon, während seine Hände bereits geschickt über meinen Leib huschten und hier und da verharrten. Es tat weh, aber ich biss tapfer die Zähne zusammen.

Shannon schüttelte den Kopf. »Du siehst schlimm aus«, sagte er. »Bist du geschlagen worden?«

Seine Worte weckten die Erinnerung an Roosfeld wieder in mir; mein Gesicht verdüsterte sich. Aber es war weniger die Erinnerung an die körperlichen Misshandlungen, als vielmehr die Erniedrigung, die mich aufstöhnen ließ, als Shannons Finger weiter über meine geprellten Rippen tasteten.

»Wer war es?«

»Ein Mann namens Roosfeld«, antwortete ich und fügte, mit einem etwas verunglückten Lächeln, hinzu: »Er hat mir wohl den verrenkten Arm übel genommen.«

Shannon sah auf. »Ein ziemlich großer Mann mit einem Schlägergesicht und einer Narbe über dem Auge?«, fragte er.

Ich nickte überrascht. »Du kennst ihn?«

»Ich ... bin ihm begegnet«, antwortete Shannon ausweichend. »In den nächsten Wochen wird er niemanden mehr so zurichten. Wenn er's überlebt. Keine Sorge.«

Es dauerte einen Moment, bis ich begriff, was Shannon mit seinen Worten meinte. Und als es mir klar wurde, erschrak ich. Shannons Worte waren so kalt und gefühllos, als spräche er über einen Käfer, den er zertreten hatte. Einen Moment lang zweifelte ich beinahe daran, dass dies wirklich der Shannon war, den ich kennen gelernt zu haben glaubte. Der junge Magier, der mir in Arkham und später noch einmal in Amsterdam das Leben gerettet hatte, war vielleicht mein Feind gewesen; aber trotz allem ein Mensch voller Wärme und Freundlichkeit. Kein eiskalter Zyniker.

Aber dann verscheuchte ich den Gedanken. Es war lange her, seit wir das letzte Mal als Freunde miteinander geredet hatten. Und Shannon hatte nicht darüber gesprochen, aber ich ahnte, dass das, was Necron ihm angetan hatte, schlimmer sein musste als die paar Schläge, die ich von Roosfeld erhalten hatte. Es gibt für jeden Menschen eine Grenze, jenseits derer er einfach zerbricht. Vielleicht war Shannon ihr zu nahe gekommen.

»Halt jetzt still«, sagte er. »Es wird wehtun, aber danach fühlst du dich besser.«

Er stand auf, legte die linke Hand auf mein Herz und spreizte die Finger der Rechten, um sie auf mein Gesicht zu legen. Ich kam nicht einmal mehr dazu, ihn zu fragen, was er vorhatte.

Er hatte Recht – es *tat* weh, höllisch weh sogar, aber hinterher fühlte ich mich keineswegs besser.

Jedenfalls nicht sofort.

Ich wurde erst einmal ohnmächtig.

Die Hitze der Erde war hier unten deutlicher zu spüren. Wie ein erstickender Hauch drang sie aus dem Boden, ließ die Luft knistern und zähflüssig wie heißen Sirup werden und überzog die Grate und Risse der geborstenen Lava mit einer unsichtbaren, schmierigen Schicht.

Und etwas an ihr hatte sich verändert. Sie schien ... aggressiver geworden zu sein. Drängender. Drohender.

Dagon war sicher, sich die Veränderung nicht nur einzubilden. Alles hier war anders geworden, auf eine nicht greifbare, düstere Art bedrohlicher und lebensfeindlicher.

Aber er wusste auch den Grund dieser Veränderung. Die Zeit rückte heran. Bald würde das *Tor* aufgestoßen werden, hinter dem *sie* seit Jahrmillionen warteten, geduldig und zeitlos wie die Unendlichkeit, aus der sie vor Äonen gekommen waren, um zusammen mit ihren Herren diesen kleinen Stern am Rande der Galaxis zu besitzen. Noch war es nicht soweit, aber der Tag rückte heran, und bald schon würde er die Stunden zählen können, bis der Augenblick der Erfüllung gekommen war. Wenn die *Thul Saduun* erwachten!

Dagon hatte Angst vor jenem Moment. Er gab es nicht zu, nicht einmal sich selbst gegenüber, aber tief in seinem Inneren fürchtete er den Augenblick ihres Erwachens, denn einst hatte er sie betrogen – oder es zumindest versucht – und er war nicht ganz sicher, ob sie wirklich die gefühllosen Götter waren, die das Wort Vergeltung nicht kannten und für die Verrat nur eine logische Folgerung aus gegebenen Umständen war. Möglicherweise würden sie ihn bestrafen.

Er vertrieb den Gedanken und wandte sich wieder an das bizarre Wesen, das zu treffen er hergekommen war.

Die Gestalt ähnelte einem Menschen, aber es war eine Ähnlichkeit, die nur einer oberflächlichen Musterung standgehalten hätte. Sie war groß, über die Maßen schlank und schimmerte, als wäre sie aus poliertem schwarzem Holz oder Horn gefertigt. Wo ihr Gesicht sein sollte, befand sich nur eine ebene, vollkommen glatte Fläche. Winzige Spritzer erstarrter Lava klebten auf ihren Gliedern und ihrem lang gestreckten Leib.

Dagon verspürte einen neuerlichen, deutlichen Schauer von Furcht, als er das Wesen betrachtete. Alle, auch die, die ihn als Gott verehrten und ihm Sklavendienste taten, glaubten, dass er, Dagon, ihr Herr war, der Herr der furchtbaren Schatten, die mit der Nacht aus dem Meer kamen und den Tod brachten.

Es war genau umgekehrt. So, wie die Sterblichen ihn fürchteten, fürchtete er *sie,* die gesichtslosen Schrecken des Meeres, von denen die Legenden der Eingeborenen sagten, dass sie Seelen derer waren, die die See verschlungen hatte, und von denen er wusste, dass die Wahrheit tausend Mal schlimmer war. Er fürchtete sie, obwohl – oder vielleicht auch gerade weil – sie ihm halfen und sie Diener *jener in der Tiefe* wie er waren. Vielleicht, weil er sich bis zu diesem Moment nicht darüber klar geworden war, wer die wichtigere Rolle spielte, ob er oder *sie* entbehrlich sein würden, wenn *sie* erwacht waren. Oder vielleicht auch beide.

»Es wird Zeit«, sagte das Hornwesen. Seine Stimme ließ Dagon schaudern, denn er hörte den Befehl, der sich hinter diesen so harmlos klingenden Worten verbarg.

Dagon nickte, drehte sich um und klatschte in die Hände, und in die Gruppe der Betenden, die im Halbkreis um den lodernden Lavasee herum niedergekniet waren, kam Bewegung. Acht der Männer erhoben sich, verließen die Höhle und kamen wenige Augenblicke später zurück, zwei kleine, bronzebraun gebrannte Gestalten mit Peitschenhieben vor sich hertreibend.

Dagon stutzte. »Nur zwei?«, fragte, er. »Wo sind die anderen?«

Einer der Männer trat vor und senkte demütig den Blick. Sein Atem ging schnell, aber Dagon war nicht sicher, ob es nur an der erstickenden Wärme lag, die hier unten herrschte und seine Sklaven auszehrte, sodass ihm keiner länger als wenige Wochen zu Diensten war, ehe auch er starb oder geopfert wurde.

»Nun?«, fragte er noch einmal und in weitaus schärferem Tonfall.

»Es ... sind nicht mehr da, Herr«, antwortete der Mann. Diesmal hörte Dagon die Furcht in seinen Worten überdeutlich.

»Was soll das heißen?«, fauchte er. »Es wurden Männer gebracht in den letzten Tagen.«

»Sie sind ... nicht mehr da, Herr«, antwortete der Sklave im Flüsterton. »Die *Mächtigen* sind hungrig, Herr. Und seit dem letzten Morgen kamen keine Männer mehr.«

»Es ...« Dagon ballte zornig die Fäuste und starrte den Mann einen Herzschlag lang zornig an. Dann fuhr er herum und wandte sich an die schwarz schimmernde Horngestalt.

»Ist das wahr?«, fauchte er.

»Es ist wahr«, antwortete das Wesen.

»Und warum erfahre ich das erst jetzt?«

»Es ist deine Aufgabe, dafür zu sorgen, dass genügend Sterbliche da sind«, entgegnete das Wesen kalt, und fast glaubte Dagon, so etwas wie ein hämisches Lachen in dem konturlosen Gesicht zu sehen. »Wir haben getan, was wir mussten. Die Nacht rückt heran!«

Dagon erschauderte. Mit der Nacht würden die Boote kommen, die Boote, die neue *Ssaddit* brachten, die Höllenwürmer, die nötig waren, um *ihr* Kommen vorzubereiten. Und sie würden hungrig sein.

Mit einem zornigen Ruck wandte er sich um, hob den Arm und deutete auf die beiden kleinwüchsigen Gestalten, die seine Sklaven gebracht hatten. »Ihr!«, sagte er fordernd. »Kommt her!«

Einer der beiden reagierte sofort, während der andere wie unter einem Hieb zusammenfuhr und ihn aus vor Angst geweiteten Augen anstarrte. Dagon machte eine ungeduldige Bewegung mit der Hand, und der Ausdruck von Furcht im Blick des Eingeborenen erlosch. Willenlos wie eine Puppe kam der Mann näher und blieb am Rande des Lavasees stehen, so nah, dass der flüssige Stein beinahe seine Füße berührte. Er schien die Hitze nicht einmal zu spüren.

Dagon wandte sich zum See und hob die Arme. Dann schloss er die Augen.

Für endlose Minuten geschah nichts. Dann, ganz sanft zuerst, als zitterte der ganze See wie unter einer inneren Spannung, begann die Oberfläche des Flammentümpels zu beben. Kreise wie von ins Wasser geworfenen Steinen bildeten sich und verliefen wieder. Schließlich begann die Lava zu brodeln, als stünde ein Ausbruch bevor.

In der Mitte des Sees erschien ein lang gestreckter, weiß glühender Körper, massig wie ein Wal und lang wie der Mast eines Schiffes. Mit einer eleganten, fließenden Bewegung teilte er die tausend Grad heißen Fluten und tauchte wieder unter, eine zitternde, zischende Welle hinter sich herziehend, aus der erstickende Dämpfe und die Hitze der Hölle emporstiegen.

Dagon glaubte die Gier zu spüren, die das Wesen erfüllte, als es das Leben am Ufer des brennenden Sees witterte ...

Es musste Mittag sein, als ich erwachte. Im Inneren der Hütte herrschte noch immer schattiges Halbdunkel, aber die Wärme war durch die dünnen Bretterwände gekrochen und lastete wie ein schmieriger Film auf meiner Haut. Vorsichtig stemmte ich mich hoch. Zu meiner Überraschung ging es erstaunlich gut. Nicht einmal meine geprellten Rippen schmerzten noch.

»Sei vorsichtig«, sagte eine Stimme neben mir. Ich wandte den Blick, erkannte Shannon und sah ihn fragend an.

»Du bist in keinem guten Zustand«, sagte der junge Magier erklärend. »Du darfst nicht zu viel von deinem Körper verlangen. Er könnte sich rächen.«

»Ich fühle mich gut«, widersprach ich, aber Shannon machte nur eine unwillige Handbewegung.

»Ich habe die verborgenen Kräfte deines Körpers aktiviert«, sagte er. »Aber, diese Reserven reichen nicht lange. Also schone dich. Du wirst deine Kräfte noch dringend brauchen.«

Ich nickte, setzte mich – weitaus vorsichtiger – ganz auf und ließ die Beine vom Rand der wackeligen Liege baumeln, auf der ich erwacht war. In meinem Kopf war ein dumpfes Rauschen, wie eine noch nicht ganz überwundene Benommenheit, und als ich aufstehen wollte, zuckte ein dünner, aber tief gehender Stich durch meine Brust. Ich zog eine Grimasse und ließ mich wieder zurücksinken. Shannon hatte wohl Recht. Es hatte nicht allzu viel Sinn, den Helden zu spielen, nachdem man am Tage zuvor von einem Profi zusammengeschlagen worden war.

Shannon umrundete mein Bett, ließ sich auf einen freien Stuhl sinken und reichte mir einen zerbeulten Blechteller, auf dem eine undefinierbare braune Substanz lag.

»Was ist das?«, fragte ich, als er mir eine rostige Gabel mit verbogenen Zinken reichte.

Shannon lächelte flüchtig. »Willst du es erst wissen, oder willst du lieber erst essen?«

Ich starrte ihn an, aber ich war mehr als bloß hungrig, und so zog ich es vor, nicht über den Inhalt meines Tellers nachzudenken, sondern ihn zu verspeisen. Er schmeckte nicht halb so schlimm, wie er aussah.

»Worauf warten wir eigentlich?«, fragte ich, nachdem ich fertig war und hastig abgewunken hatte, als Shannon fragend auf meinen Teller deutete.

»Auf die Nacht«, antwortete er. »Es wäre nicht gut, bei hellem Tageslicht von hier fortzugehen. Tergards Leute sind nicht dumm. Sie werden die Augen offen halten.«

»Was weißt du über Tergard?«, fragte ich.

Shannon zuckte mit den Achseln. »Nicht viel mehr, als dass er da ist und mit Dagon zusammenarbeitet.«

»Er ist ein Templer«, sagte ich.

Shannon nickte. Er wirkte nicht besonders überrascht.

»Ein *Master* des Templerordens«, fuhr ich fort. »Du kennst diese Männer?«

»Nein«, erwiderte Shannon. »Aber ich habe von ihnen gehört. Sie und Necron sind ... keine Freunde.« Ich hatte das sichere Gefühl, dass er in Wahrheit etwas ganz anderes hatte sagen wollen, hakte jedoch nicht nach, sondern blickte noch einmal zum Fenster und sah dann wieder zu Shannon auf.

»Wir haben Zeit«, sagte ich. »Warum erzählst du mir nicht alles? Wie kommst du hierher, Shannon? Zwei Jahre in die Vergangenheit?«

»Auf dem gleichen Wege wie du«, antwortete Shannon. »Necron beherrscht die *Tore,* zumindest zu einem geringen Teil.«

»Das ist keine Antwort«, sagte ich. »Gestern Abend hast du gesagt, dass du geflohen bist. Warum ausgerechnet hierher?«

»Weil ich wusste, dass ich dich hier finden würde«, antwortete Shannon.

»Woher?«

»Auf Krakatau befindet sich das zweite SIEGEL«, sagte Shannon, als wäre dies Antwort genug. Mir jedenfalls reichte es nicht. Ich stellte eine entsprechende Frage.

Shannon schwieg eine Weile, aber er schien zu begreifen, dass ich mich diesmal nicht mehr mit Ausflüchten zufriedengeben würde. Schließlich nickte er, griff unter seinen Rock und förderte einen kleinen, in ein braunes Stück Kattun eingeschlagenen Gegenstand zutage.

»Das hier habe ich Necron gestohlen, ehe ich geflohen bin«, sagte er. »Ich, ... kann es dir nicht genau erklären, denn nicht einmal Necron selbst weiß wirklich, auf welche Weise es funktioniert, aber es ist eine Art ...« Er zögerte, suchte einen Moment sichtlich nach Worten und fuhr mit einem unsicheren Lächeln fort: »... eine Art Kompass, wenn du so willst. Ein Kompass, der nur einem einzigen Zweck dient – die SIEGEL zu finden. Wer ihn besitzt und ein *Tor* benutzt, wird in die Nähe eines SIEGELS gebracht. Frage mich jetzt nicht, wieso oder woher Necron ihn hat, ich weiß es nämlich nicht. Ich weiß nur, dass es so ist. Necron gedachte ihn zu benutzen, um die sechs anderen SIEGEL aufzuspüren.«

Verstört blickte ich auf die kaum münzgroße Metallscheibe in meinen Händen herab. Sie war vollkommen glatt und fühlte sich kalt wie Eis an. Einen Moment lang wunderte ich mich, keinerlei Anzeichen von Magie zu spüren, denn auch das war etwas, das ich in den letzten Jahren fast gegen meinen Willen gelernt hatte. Erst nach Sekunden kam mir wieder zu Bewusstsein, dass meine magischen Kräfte nach der Begegnung mit Tergard ungefähr so stark entwickelt waren wie die einer Kellerassel. Enttäuscht reichte ich Shannon den Kompass zurück.

»Das erklärt, warum du hier bist«, sagte ich. »Aber nicht, was mich hierher verschlagen hat.«

Shannon steckte die Metallscheibe weg, nachdem er sie sorgfältig wieder eingewickelt hatte. »Du bist ein Magier wie ich«, sagte er schließlich. »Möglicherweise ist deine angeborene Begabung sogar stärker. Vielleicht stärker als die Necrons.«

»Unsinn«, widersprach ich, aber Shannon beharrte auf seiner Meinung.

»Necron hat Angst vor dir, Robert«, sagte er plötzlich. »Ist dir das klar?«

»Angst? Vor mir?« Ich versuchte zu lachen, aber es gelang nicht ganz. »Du machst Witze.«

»Keineswegs«, sagte Shannon ernst. »Er hasst dich, weil er dich fürchtet, Robert. Er hat Angst vor dir, weil er ahnt, dass du ihn vernichten könntest, irgendwann einmal. Es ist der gleiche Grund, aus dem er mich getötet hätte, wäre ich nicht geflohen. Der Grund, aus dem er das Mädchen gefangen hält.«

Ich fuhr auf, wie von einem Schlag getroffen.

»Das Mädchen?!« Ich schrie fast. »Welches Mädchen, Shannon?«

Shannon antwortete nicht, sondern blickte mich nur mit einer Mischung aus Schrecken und allmählich aufkeimendem Mitleid an, und ich begriff, dass er etwas gesagt hatte, was er ganz und gar nicht hatte sagen wollen.

Das Mädchen …

»Priscylla«, murmelte ich. »Dann … dann lebt sie? Sie … sie ist … ist am Leben, Shannon? Sie lebt noch?« Plötzlich begann meine Stimme zu zittern, und in meiner Brust erwachte ein neuer, grausamer Schmerz, der nichts mit meinen Verletzungen zu tun hatte und den keine Magie der Welt zu lindern imstande war. Ich hatte gehofft, ihn durch Vergessen abtöten zu können, aber Shannons Worte hatten mir bewiesen, dass auch das nicht ging. Er war noch da, grausam und quälend wie am ersten Tag.

»Pri«, murmelte ich erneut. Ein harter, schmerzhafter Kloß saß plötzlich in meiner Kehle. »Hast du … hast du sie gesehen?«

Shannon nickte.

»Sie lebt«, bestätigte Shannon. »Aber sie ist …« Er sprach nicht weiter, und mit einem Male – eigentlich zum allerersten Male, seit ich ihn kennen gelernt hatte – konnte er meinem Blick nicht mehr standhalten und starrte beinahe betreten zu Boden. »Es tut mir leid, Robert«, sagte er. »Ich wollte nicht darüber reden. Es war ein Fehler, der dir nur wehgetan hat. Verzeih.«

»Sie lebt?«, beharrte ich. Ich fühlte mich wie in Trance. Meine Gefühle waren aufgewühlt, als wäre am Grunde meiner Seele ein Vulkan aufgebrochen. Meine Hände zitterten.

Shannon nickte, aber die Bewegung war so sacht, dass ich sie kaum sah. »Sie lebt, aber Necron hat sie in Schlaf versetzt, Robert. Einen magischen Schlaf, aus dem nur er sie wieder erwecken kann.« Plötzlich hob er den Kopf und sah mir mit neu gewonnener Festigkeit in die Augen. »Vergiss sie, Robert«, sagte er sanft. »Selbst wenn sie wieder erwachen sollte, wird sie nicht mehr –«

Er kam nicht dazu, den Satz zu Ende zu bringen. Mit einem Sprung war ich auf den Füßen und bei ihm, riss ihn an den Jackenaufschlägen in die Höhe und ballte die Faust unter seinem Gesicht.

»Sag so etwas nie wieder, Shannon!«, schrie ich. »Nie, hörst du? Sag nie wieder, dass ich sie vergessen soll!«

Shannon blickte mich an, schüttelte traurig den Kopf und drückte meine Hände mit einer beinahe sanften Geste zur Seite. Meine Wut verrauchte so schnell, wie sie gekommen war, und mit einem Male fühlte ich mich nur noch elend. Mir war im wahrsten Sinne des Wortes zum Heulen zumute.

»Entschuldige, Shannon«, sagte ich. »Ich … habe die Beherrschung verloren. Ich wollte das nicht.«

»Wir haben beide Fehler gemacht«, sagte Shannon sanft. »Warum vergessen wir sie nicht auch beide.« Er schwieg einen Moment, lächelte traurig und fügte mit noch leiserer Stimme hinzu: »Bedeutet dir dieses Mädchen so viel? Nach all der Zeit?«

Ich antwortete nicht, denn ich konnte es nicht. Bei Gott – wie oft hatte ich mir das Hirn zermartert, um selbst eine Antwort auf diese Frage zu finden? Ich liebte sie, ja, mehr als alles andere auf der Welt, aber – war es wirklich Liebe? Ich hatte sie ja kaum gekannt. Die wenigen Tage, die ich zusammen mit ihr in London verbracht hatte, hatten ja nicht einmal ausgereicht, sie wirklich kennen zu lernen, und die Jahre danach ...

»Ich weiß es nicht«, gestand ich, ohne Shannon anzublicken.

»Du hattest kaum Zeit, sie wirklich zu lieben«, sagte Shannon, fast, als hätte er meine Gedanken gelesen. »Du hast zwei Jahre neben einer Kranken gelebt, Robert. Einem Mädchen, das nicht Herr ihrer selbst war. Vielleicht ist es nur Mitleid!«

Ich sah auf, atmete hörbar ein und blickte ihn fest an. »Hast du jemals geliebt, Shannon?«, fragte ich.

Es dauerte lange, bis Shannon antwortete, fast, als müsse er erst gründlich über meine Frage nachdenken. Dann schüttelte er den Kopf. »Du hast Recht«, sagte er. »Man sollte nicht über etwas reden, was man niemals kennen gelernt hat.« Plötzlich lächelte er und sprach mit veränderter Stimme weiter: »Und so, wie die Dinge liegen, kommen wir im Moment ohnehin nicht zu einer Lösung. Ich verspreche dir, dass ich dir helfen werde, sie zu befreien. Wenn das alles hier vorüber ist.«

»Befreien? Ich weiß ja nicht einmal, wo sie ist. Und für dich wäre es Selbstmord, auch nur in Necrons Nähe zu kommen. Er wird nicht sehr erbaut davon sein, dass du ihm dieses *Ding* gestohlen hast!« Ich deutete auf die Tasche, in der er den magischen Kompass trug. »Außerdem hast du vollkommen Recht – im Augenblick gibt es Wichtigeres zu tun. Hast du schon einen Plan?«

Shannon lachte befreit auf. »Ich dachte schon, du würdest mich nie fragen«, sagte er. »Hör zu ...«

Der große Platz inmitten des Gefangenenlagers wirkte wie ausgestorben. Die Türen der hufeisenförmig angelegten Baracken waren ausnahmslos geschlossen, die Läden vorgelegt, und auch das normalerweise niemals abreißende Hin und Her der Wachen auf den Wehrgängen jenseits des doppelten Stacheldrahtverhaues hatte aufgehört. Selbst in den warmen Hauch des Krakatau, der vom Gipfel des Vulkans herabtrieb und aus der Erde drang, hatte sich etwas wie Kälte gemischt.

Tergard fröstelte. Die Sonne stand hoch am Himmel, und es hätte unerträglich warm sein müssen. Aber wenn er die Augen schloss, dann glaubte er Schnee und Eis zu spüren.

Trotzdem war er in Schweiß gebadet. Er hatte die Hände unter den Stoff seines weißen Zeremonienmantels geschoben, damit Roosfeld und die anderen nicht sahen, wie stark seine Finger zitterten.

»Er kommt«, sagte Roosfeld plötzlich. Er sah aus, ab wäre er mit knapper Not einem Fleischwolf entsprungen. Zu seinem verbundenen, verrenkten Arm trug er einen passenden Mullverband um die blau glänzende Stirn.

Tergard nickte, drehte sich mit bewusst langsamen Bewegungen herum und blickte auf die lang gestreckte Baracke, die den Abschluss des freien Platzes bildete, der zwischen den anderen Gebäuden des Gefangenenlagers lag. Ihre Tür stand offen, und erst vor Minuten hatte Roosfeld auch die innere, aus Metall gefertigte Tür aufgeschlossen, sodass die rote Glut der Lava aus dem Gebäude leuchtete. Es sah aus, als brenne das Haus. Für einen Moment schloss Tergard die Augen und versuchte, das Chaos hinter seiner Stirn zu beruhigen. Er hatte Angst und er gestand es sich selbst gegenüber ein. Ein Fehler, ein falsches Wort, ja, eine falsche Betonung und er war verloren.

Aber der Preis, der ihm winkte, wenn er Erfolg hatte, war den Einsatz wert. Wenn er obsiegte, dachte er mit einem raschen, warmen Gefühl vorweggenommenen Triumphes, dann waren seine Tage auf diesem gottverlassenen Eiland am Ende der Welt gezählt. Dann würde er die Robe des Großmeisters tragen. Vielleicht mehr.

Unter der offen stehenden Tür erschien eine Gestalt, und Tergard rief sich innerlich zur Ordnung. Seinen Sieg konnte er feiern, wenn er ihn errungen hatte. Nicht eher.

»Ihr bleibt hier«, sagte er, als Roosfeld und zwei der anderen ihm folgen wollten. »Ich rede allein mit ihm.«

Roosfeld widersprach nicht, sondern wich beinahe hastig drei, vier Schritte zurück, sichtbar froh, ihm nicht folgen zu müssen. Tergard beschloss in Gedanken, sich bald nach einem neuen Mann umzusehen, der Roosfelds Stelle einnehmen konnte. Er war zweimal hintereinander geschlagen worden, und wie alle Männer, die im Grunde ihres Herzens feige waren, war eine einzige Niederlage für ihn schon zu viel. Wenn er das nächste Mal in eine gefährliche Situation kam, würde Roosfeld versagen, das wusste er.

Langsam näherte sich der Tempelritter der Baracke und der schlanken Gestalt, die aus ihrer Tür getreten war, blieb in zwei Schritten Abstand stehen und deutete mit der linken Hand auf die zweite Gestalt, die hinter der ersten aufgetaucht war, einem Wesen wie aus Horn und erstarrter Nacht, ohne Gesicht, ohne Leben, ohne Seele. Seine andere Hand lag verborgen unter dem Mantel auf dem Schwertgriff; eine Geste, die ihm sicherlich keinen Schutz gab gegen diese Wesen, die ihn aber beruhigte.

»Schicke diese Kreatur fort«, sagte er kalt.

»Du hast hier nichts zu befehlen«, entgegnete der Mann, dem er gegenüberstand. Seine faustgroßen Fischaugen musterten Tergard kalt. »Du –«

»Dieses Wesen ist eine Kreatur der Hölle«, unterbrach ihn Tergard. »Schicke es fort, oder ich gehe wieder. Du wolltest mit mir sprechen, und ich bin hier, um mit dir zu reden. Aber nur mit dir.«

Dagon starrte ihn an und presste wütend die Lippen aufeinander. Dann fuhr er mit einem Ruck herum, machte eine befehlende Geste und gab einen zischenden Laut von sich. Der Gesichtslose verschwand lautlos im Haus und löste sich in der lodernden Glut hinter seiner Tür auf.

»Jetzt können wir reden«, sagte Tergard. »Du hast mich gerufen?«

»Spiele nicht den Narren, Mensch!«, fauchte Dagon. »Du weißt sehr wohl, aus welchem Grund ich dich herbefohlen habe. Hast du unser Abkommen vergessen?«

»Keineswegs«, antwortete Tergard mit einem flüchtigen, fast abfällig wirkenden Lächeln. »Ich halte es, so gut ich kann.«

»Du hältst es?« Dagon schrie beinahe. »Versuche nicht, mich zum Narren zu machen, Tergard! Du hast versprochen, mir Sklaven zu schicken, aber meine –«

»Das habe ich getan«, unterbrach ihn Tergard. »Hunderte, Dagon, in den letzten zwei Jahren. Meine Männer bringen so viele, wie sie nur können.«

»Nicht genug!«, fauchte Dagon. »Ich brauche mehr, Tergard, weit mehr. Noch heute.«

»Das ist unmöglich«, sagte Tergard bedauernd. »Sieh dich um. Das Lager ist leer. Du hast alle Männer bekommen, die ich dir geben kann.« Plötzlich wurde seine Stimme schärfer, nur eine Spur, aber doch so, dass Dagon die Drohung darin nicht überhören konnte. »Was verlangst du? Meine Männer haben Schiffe geentert und dir ihre Passagiere gebracht. Wir haben das Gerücht ausgestreut, dass es Gold und edle Metalle auf Krakatau gibt, um Abenteurer und anderes Gesindel anzulocken, und wir haben dir die Fischer gebracht, die allein auf das Meer hinausfuhren. Was verlangst du noch? Soll ich meine Männer die Städte überfallen und dir ihre Einwohner bringen lassen? Ich habe dir zahllose Opfer gebracht!«

»Es sind zu wenige!«, beharrte Dagon. »Ihr Hunger ist unersättlich, und der Moment rückt heran, da –«

»Ich kann dir nicht helfen«, unterbrach ihn Tergard kalt. »Es ist niemand mehr da, den ich dir bringen könnte. Ich habe schon mehr getan, als ich dürfte. Man beginnt bereits zu reden, Dagon. Es fällt auf, wenn auf einer Insel wie Krakatau Hunderte von Menschen verschwinden. Sie werden kommen und nachsehen, wenn wir nicht vorsichtig sind.«

»Bis dahin ist es zu spät!«, sagte Dagon heftig. »Noch wenige Tage und es ist vollbracht, Tergard. Dann können sie mit einer Armee kommen, und wir werden ihnen widerstehen. Aber ich brauche Opfer. Lebende Opfer.«

»Ich kann sie dir nicht geben«, beharrte Tergard. »Es tut mir leid.«

»Du betrügst mich!«, behauptete Dagon.

»Dich? Einen *Gott?«* Tergards Stimme troff geradezu vor Hohn.

»Ich warne dich, Tergard«, sagte Dagon leise. »Versuche, mich zu hintergehen, und meine Rache wird furchtbar sein.«

Tergard zog die linke Augenbraue hoch. »So?«, fragte er lauernd. »Ich glaube nicht, dass du irgendetwas gegen mich unternehmen wirst, Dagon. Ich habe meinen Teil der Abmachung gehalten, so gut es mir möglich war. Und ich glaube auch nicht, dass du mir wirklich drohen solltest.«

»Ich kann dich vernichten.«

»Das könntest du«, korrigierte Tergard. »Wenn du die Zeit dazu hättest. Und wenn es einen Mann namens Robert Craven nicht gäbe.« Er lachte leise. »Ich nehme an, er ist dir entkommen.«

Dagon antwortete nicht, sondern starrte ihn nur aus vor Hass lodernden Augen an, und nach einer Weile fuhr Tergard fort.

»Es tut mir leid, Dagon. Ich bin nicht in der Lage, dir zu helfen. Wenn du Futter für die Ungeheuer brauchst, die du dort unten züchtest, so musst du es dir schon selbst besorgen. Und ich würde dir raten, es rasch zu tun. Bald wird die Sonne untergehen, und du hast es selbst gesagt: Ihr Hunger ist unersättlich. Sie werden sich holen, was du ihnen nicht freiwillig gibst.«

»Dann brichst du unser Abkommen?«

Tergard schüttelte den Kopf. »Nein. Ich halte es, Dagon. Ich habe niemals versprochen, deine Arbeit zu tun, erinnere dich. Niemand wird diese Insel betreten oder verlassen, bis nicht der nächste Vollmond herangekommen ist, dafür garantiere ich. Mehr kann ich nicht tun.« Er starrte Dagon einen Moment lang herablassend an und machte dann eine spöttische Verbeugung. »Und nun entschuldige mich, Dagon«, sagte er. »Ich habe zu tun. Ich muss den Mann fangen, der dir und deinen Kreaturen entkommen ist. Und diesmal werde ich ihn selbst töten.«

Damit wandte er sich um und ging, ohne der Gestalt des Fischgottes auch nur noch einen einzigen Blick zu widmen.

Roosfelds Gesicht war grau vor Furcht, als er zu ihm zurückkam. »Nun?«, fragte der Leutnant. »Was ... was hat er gesagt?«

»Er hat mir gedroht«, antwortete Tergard, »aber damit habe ich gerechnet.«

»Aber er glaubt Ihnen?«

Tergard zuckte mit den Schultern. »Ich weiß es nicht«, gestand er. »Aber so, wie die Dinge liegen, hat er kaum genügend Zeit, herauszufinden, ob ich ihn belüge oder nicht.« Plötzlich lachte er. »Wir werden siegen, Roosfeld. Dieser Craven war jeden einzelnen Hieb wert, den er dir versetzt hat.«

Roosfelds Gesicht verdüsterte sich bei Tergards Worten, was diesen zu einem noch zufriedeneren Lächeln veranlasste. »Vergiss es, Roosfeld«, sagte er. »Du hast diesen Mann unterschätzt und du hast dafür bezahlt.«

»Ich werde ihn umbringen!«, versprach Roosfeld. »Wenn ich ihn das nächste Mal in die Finger bekomme –«

»Wirst du ihn schön in Ruhe lassen«, unterbrach ihn Tergard. »Ich brauche ihn noch; mehr, als dieser Narr auch nur ahnt. Und nun komm. Die Zeit wird knapp. Wir müssen Craven finden, ehe Dagon es tut.«

Der Ort lag unter uns, nicht mehr als vier oder allerhöchstem fünf Meilen entfernt, aber der Dschungel hatte seine Lichter schon nach wenigen Schritten verschlungen, und seit die Sonne untergegangen war hatte ich das Gefühl, durch eine Welt zu marschieren – genauer gesagt, mich hindurchzutasten – die nur noch aus Dunkelheit und wechselweise reißenden wie schlagenden oder stolpern lassenden Schatten bestand. Shannon hatte mir ein halbes Dutzend Mal aufhelfen müssen, weil ich gestürzt war, und einmal war ich geradewegs vor einen Baum gerannt und hatte mir den Schädel blutig geschlagen. Wie Shannon das Kunststück fertigbrachte, bei der herrschenden Dunkelheit nicht die Orientierung zu verlieren, war mir ein Rätsel.

»Sie kommen«, erklang die Stimme des jungen Magiers links von mir, und ich schrak abrupt aus meinen düsteren Überlegungen hoch. Vorsichtig richtete ich mich hinter dem stacheligen Busch auf, den ich mir sinnigerweise als Deckung auserkoren hatte und der mir seit einer Viertelstunde das Gesicht und die Hände zerkratzte, und lugte aus zusammengekniffenen Augen über die Lichtung.

Ich sah absolut nichts, aber das war auch nicht weiter verwunderlich: Was Shannon in einem Anfall von mir unverständlichem Humor als *Lichtung* bezeichnet hatte, war nichts als ein runder Platz von vielleicht dreißig Schritten Durchmesser, auf dem keine Bäume und kaum Unterholz wuchsen; was die Urwaldriesen nicht daran hinderte, ihre Kronen über unseren Köpfen wie laubbewachsene Finger ineinander zu krallen, sodass es hier unten so pechschwarz war wie im eigentlichen Dschungel.

Nun, zumindest wusste ich, worauf wir warteten. Shannon hatte mir seinen Plan erklärt. Und er war so einfach wie verzweifelt. Wir beide allein hätten in hundert Jahren keine vernünftige Chance, Dagon aufzuhalten, geschweige denn, ihn zu besiegen. Wir brauchten Unterstützung. Und die einzige Hilfe, auf die wir hoffen konnten, waren die Eingeborenen Krakataus. Das hieß, wenn sie uns nicht kurzerhand die Köpfe abschnitten oder andere unerfreuliche Dinge mit uns taten.

Auf der anderen Seite der Lichtung raschelte etwas im Unterholz, und einen Moment später glaubte ich einen kleinen, gedrungenen Körper zu erkennen, der sich behutsam durch das Dornengestrüpp schob. Instinktiv senkte ich die Hand zum Gürtel und umklammerte den Griff des Buschmessers, das ich in Eldekerks Haus gefunden und mitgenommen hatte.

»Das würde ich nicht tun, Robert«, sagte Shannon ruhig. »Sie sind sehr misstrauisch. Du darfst sie nicht reizen.«

»Sie sehen es ja nicht«, knurrte ich.

Shannon lachte ganz leise. »Warum wirfst du nicht einen Blick nach hinten, ehe du weitersprichst?«, fragte er.

Ich gehorchte – und zog die Hand so rasch vom Griff des Buschmessers, als hätte ich sie mir verbrannt.

Um uns herum herrschte beinahe undurchdringliche Finsternis. Aber so dunkel die Nacht war, reichte das bisschen verbliebene Helligkeit doch aus, die vier kleinwüchsigen Gestalten zu erkennen, die mich in kaum einem Meter Abstand umringten. Zwei von ihnen zielten mit Bögen auf mich, die ein gutes Stück größer waren als ihre Besitzer.

»Sie beobachten uns schon seit einer halben Stunde«, sagte Shannon ruhig. »Keine Sorge. Wenn Sie uns umbringen wollten, wären wir längst tot. Aber sei vorsichtig, wenn du aufstehst.«

Ich bedankte mich für seinen guten Rat mit einem gifttriefenden Blick, hob vorsichtig die Arme in Schulterhöhe und stand ungeschickt auf. Die beiden Bögen folgten meiner Bewegung mit der Sturheit lauernder Schlangen.

Shannon trat langsam an meine Seite, und hinter ihm wuchs ein weiteres halbes Dutzend Majunde-Krieger aus der Nacht. »Lass mich reden« wisperte Shannon. »Ich spreche ihre Sprache.«

»Gibt es irgendetwas, was du nicht kannst?«, fragte ich.

»Ja«, antwortete Shannon ernsthaft. »Kochen.« Er grinste, wurde übergangslos wieder ernst und trat dem vordersten Eingeborenen einen halben Schritt entgegen, blieb aber sofort wieder stehen, als dieser drohend seinen Bogen hob.

»Tiagunge«, begann Shannon »Owagi chai –«

»Brechen Sie sich nicht die Zunge ab, Mister«, sagte einer der Eingeborenen. »Ich spreche Ihre Sprache.«

Shannon brach verblüfft ab. »Wer sind Sie?«, fragte er, an den Mann gewandt, der zwischen den anderen hervorgetreten war. Er war der Einzige, der keine Waffen trug, wie mir jetzt auffiel.

»Mein Name ist Yo Mai«, antwortete der Majunde. »Sind Sie Shannon?«

Shannon nickte. Auf seinem Gesicht machte sich ein deutlicher Ausdruck von Erleichterung breit. »Sie haben mit Eldekerk gesprochen?«

Yo Mai nickte und kam einen Schritt näher, sodass ich sein Gesicht erkennen konnte. Er war klein und schmalschultrig, wie auch die anderen Männer, und seine Haut war – soweit ich das bei der miserablen Beleuchtung erkennen konnte – von der Farbe dunkel gewordenen Kupfers. Sein Gesicht wies einen stark asiatischen Einschlag auf, aber seine Lippen waren wulstig wie die eines afrikanischen Negers. Wie die anderen Majunde war er nackt, sah man von seinem barbarischen Halsschmuck und der bunten Feder ab, die er sich durch das linke Ohr gestochen hatte. Und er sprach beinahe besser Englisch als ich.

»Wer ist er?«, fragte Yo Mai, während er mit der Hand auf mich deutete.

»Ein Freund«, sagte Shannon hastig. »Wir sind gekommen, um –«

»Ich weiß, weshalb Sie hier sind«, unterbrach ihn Yo Mai. »Eldekerk hat es uns gesagt. Wir werden darüber reden, doch nicht hier. Gebt eure Waffen.«

Er streckte befehlend die Hand aus. Vorsichtig zog ich das Buschmesser aus dem Gürtel und reichte es ihm, während Shannon, der wie üblich genug Mordinstrumente mit sich herumschleppte, um eine kleine Armee auszurüsten, seine Waffensammlung an einen der anderen Majunde aushändigte. Yo Mai drehte mein Messer ein paar Mal in den Händen, schürzte verächtlich die Lippen und schleuderte die Waffe achtlos in den Busch.

»Gehen wir«, sagte er.

Es war sehr still geworden in der Höhle. Das Zischen und Brodeln des verflüssigten Steines klang gedämpft, und gleichzeitig hatte sich etwas körperloses Drohendes, Finsteres über die gewaltige Halle tief unter dem flammengekrönten Haupt des Krakatau ausgebreitet.

Dagons Blick hing wie gebannt an der faustgroßen Kugel aus wasserklarem Kristall, die unmittelbar vor ihm lag. Das Gebilde schwebte eine Hand breit über einem mächtigen, mit verwirrenden Linien und Symbolen bedeckten Block aus schwarzem Basalt, und manchmal glaubte Dagon ein rasches Huschen und Wogen wie von Nebeln oder kleinen, faserigen Gebilden in ihrem Inneren zu gewahren, das jedoch immer wieder verschwand, ehe er es wirklich erkennen konnte.

Der Anblick machte ihm Angst.

Nicht nur diese Kugel oder der schwarze Altarstein erfüllten ihn mit Furcht, sondern dieser ganze Raum, das Herz des Vulkanes, zwei Meilen unter seinem Gipfel und hunderte von Yards unter dem Meeresspiegel gelegen. Er gehörte nicht mehr ganz zu dieser Welt, das spürte er, aber auch noch nicht zu der anderen, aus der seine Schöpfer stammten.

Es war das zweite Mal, seit er hierhergekommen war, dass er diesen Raum betrat, und wie beim ersten Mal erschütterte ihn der Anblick bis in die tiefsten Gründe seiner Seele.

Die Halle war riesig, eine Kuppel aus schwarzer Lava, deren Zenit sich gute hundert Meter über seinem Kopf spannte, und wie der größte Teil des gewaltigen Labyrinthes, das den Krakatau durchzog, war sie vom blutigen roten Licht der Lava erfüllt; Licht und Hitze, die aus zahllosen Rissen und Klüften im Boden oder den Wänden drängen. In ihrem hinteren Drittel, direkt unter dem einzigen Eingang, sodass jeder Sterbliche, der es wagen sollte, hierher zu kommen, unweigerlich hineinstürzen und elendiglich verbrennen musste, war der Boden geschmolzen und zu einem brodelnden Teich geworden, und von ihrer Südwand rieselte ein brennender Wasserfall aus Lava.

Die gegenüberliegende Wand bestand aus Wasser.

Der Anblick erschreckte ihn jetzt so wie beim ersten Mal. Wo massiver Fels sein sollte, erhob sich eine spiegelnde Wand aus schwarzem Wasser, erstarrt zur Festigkeit von Eis oder Stahl. Dagon hatte versucht, ihr Geheimnis mit Hilfe seiner magischen Kräfte zu erkunden, aber es war ihm nicht gelungen. Der Zauber, der das Meer davon abhielt, ins Innere des Krakatau zu stürzen, war zu stark.

Aber er wusste, dass es die Kugel war, sie und der Block aus Licht schluckendem schwarzem Basalt, die den magischen Bann aufrecht erhielten. Das SIEGEL ...

Dagon atmete hörbar ein und erhob sich aus der knienden, demütigen Haltung, in der er die letzte halbe Stunde vor dem Altar und dem SIEGEL gehockt hatte. Angst und Ratlosigkeit hatten ihn hier heruntergetrieben, sie und die verzweifelte Hoffnung, eine Antwort auf die drängenden Fragen zu finden, die ihn quälten. Aber das SIEGEL hatte geschwiegen, und seine Furcht war eher noch schlimmer geworden.

Ihm blieb nicht mehr viel Zeit. Bald würde die Mitternacht herankommen und mit ihr die Boten der *Mächtigen.* Die *Ssaddit* würden hungrig sein, hungriger denn je, und wenn er nichts hatte, ihre Gier zu stillen ...

Dagon schauderte. Gleichzeitig verspürte er eine heiße Woge mörderischer, hilfloser Wut, als er an Tergard dachte. Er hatte geahnt, dass dieser Mann ihn betrügen würde, früher oder später, und war darauf vorbereitet gewesen. Womit er nicht gerechnet hatte, war der Zeitpunkt. Nur wenige Tage!, dachte er voller Zorn. Nur wenige Tage noch und er wäre am Ziel gewesen, fünftausend Jahre voller Angst und Flucht, fünf Millennien des Versteckens und Davonlaufens beendet. Er dachte an alles, was er getan hatte, seit er das *Zeittor* an Bord der DAGON geöffnet und um fast ein Jahrzehnt zurück in die Vergangenheit geflohen war, die einzige Richtung, in der er seine Spur wenigstens für eine Weile zu verwischen hoffte, all seine sorgfältigen Vorbereitungen, sein Planen und vorsichtiges Handeln, und sein Zorn wuchs erneut. All das sollte vergebens sein, nur wegen eines armseligen, machtgierigen Menschen? Die jahrhundertelangen Vorbereitungen, die ungeheure Anstrengung, die es gekostet hatte, die Falle ...

Dagon zwang sich mit aller Macht, den Gedanken nicht zu Ende zu denken. Er durfte es nicht, nicht hier, nicht einmal oben, wo er nur in der Nähe der geistlosen *Ssaddit* und ihrer gefräßigen Jungen war.

Mit einem entschlossenen Ruck wandte sich Dagon um und verließ die Höhle. Die Zeit wurde knapp, und er musste handeln, wollte er eine Katastrophe verhindern. Später würde Zeit genug sein, sich mit Tergard zu beschäftigen.

Dagon freute sich bereits darauf. Dieser Narr würde begreifen, was es hieß, einen Gott betrügen zu wollen!

Das Lager der Majunde lag nur wenige Meilen von der Küste entfernt, aber so gut verborgen im Dschungel Krakataus, dass es ebenso gut auf dem Mond hätte liegen können. Wir waren eine weitere halbe Stunde durch den Wald gestolpert, als der Dschungel plötzlich wie abgeschnitten endete und sich eine halbkreisförmige, eine gute Viertelmeile messende Lichtung vor uns auftat.

An die dreißig runde, mit spitzen Blätterdächern versehene Hütten gruppierten sich im Halbkreis um einen flachen See herum, dessen Wasser im Mondlicht wie geschmolzenes Pech schimmerte. Ein gewaltiges Lagerfeuer loderte im Zentrum des Eingeborenendorfes. Schattenhafte Gestalten bewegten sich davor, und die Nacht trug Fetzen eines fremdartig klingenden, aber sehr melodischen Gesanges heran.

Yo Mai gebot uns mit Gesten stehen zu bleiben, als wir die Lichtung zur Hälfte überquert hatten, und verschwand rasch in der Dunkelheit. Die anderen Majunde-Krieger umringten Shannon und mich weiter, und das ungute Gefühl in mir nahm weiter zu; jetzt, als ich sie im hellen Mondlicht erkennen konnte.

Selbst der größte von ihnen reichte mir gerade bis zur Schulter, und ich bin, obgleich nicht gerade klein, so doch auch alles andere als ein Riese. Aber was ihnen an Größe fehlte, das machten sie an Wildheit wieder wett. Ihre Gesichter waren anders als das Yo Mais – mit bunten Farben bemalt, was ihnen ein Schrecken erregendes Äußeres gab, und die Bögen in ihren Händen erweckten nicht gerade den Eindruck, als ob sie damit nur auf Paradiesvögel zu schießen gewohnt waren. Ein leiser Schauer überlief mich, als ich daran dachte, dass der Kannibalismus in diesem Teil der Welt nicht unbedingt so ungewöhnlich war wie in England.

Nach einer schieren Ewigkeit kam Yo Mai zurück. »Unser Ältester erwartet euch«, sagte er. Shannon nickte und wollte losgehen, aber Yo Mai hielt ihn mit einer fast hastigen Geste noch einmal zurück.

»Behandele ihn respektvoll«, sagte er warnend. »Und denke immer daran, dass ihr nur noch lebt, weil Eldekerk für euch gesprochen hat. Unsere Gastfreundschaft kennt Grenzen.«

Shannon nickte abermals, warf mir einen auffordernden Blick zu und ging weiter. Ich folgte ihm.

Mit einer Mischung aus Neugier und Unbehagen sah ich mich um, als wir das Majunde-Dorf durchquerten. Trotz unserer misslichen Lage schlug mich das Bild auf sonderbare Weise in seinen Bann.

Es war wie eine Reise in die Vergangenheit der Vergangenheit. Nur wenige Stunden hinter uns gab es eine Stadt, die, wenngleich über die Maßen ärmlich, so doch eindeutig zum neunzehnten Jahrhundert gehörte, und noch nicht einmal eine Woche zurück war ich auf einem Schiff gewesen, das die Weltmeere mit der Kraft von hundert Elefanten kreuzte, aber dieses kleine Dorf hier schien geradewegs in die Steinzeit zu gehören.

Die Hütten waren aus Bast und Stroh und großen, fingerartigen Blättern gefertigt und ausnahmslos rund. Es gab keine Fenster, sondern nur eine niedrige, halbrunde Tür, durch die man wohl eher in ihr Inneres kriechen musste, als man gehen konnte, und einem Rauchabzug im Dach, aber alles war von einer erstaunlichen Reinlichkeit. Verglichen mit dem Majunde-Dorf war Eldekerks Haus unten in der Stadt schlichtweg ein Saustall. Von der *Van Helsing* gar nicht erst zu reden.

Und auch die Majunde selbst kamen mir auf sonderbare Weise – obgleich behangen – zivilisiert vor. Ihre Gesichter waren voller Misstrauen, und in so manchem Blick, der Shannon und mich traf, las ich einen tiefen, in endlosen Jahren der Feindschaft gewachsenen Groll; aber nirgendwo Falschheit.

»Gefällt große Massa, was weiße Massa sehen?«, fragte Yo Mai plötzlich.

Ich wandte den Blick und sah ihn einen Moment an, bis ich begriff, was sein absichtliches Radebrechen bedeutete. Ein heftiger Ärger ergriff von mir Besitz.

»Ihr Zynismus ist fehl am Platze, mein Freund«, sagte ich. »Ich gestehe, dass ich überrascht bin. Angenehm überrascht.«

Yo Mai lächelte entschuldigend. »Verzeihen Sie, Mister Craven. Ich wollte Sie nicht beleidigen.«

»Das haben Sie aber«, sagte ich patzig.

Ich sah, wie er unter meinen Worten zusammenfuhr, und sie taten mir fast im gleichen Moment wieder leid. »Ich bin ein wenig gereizt«, sagte ich erklärend. »Es macht mich nervös, wenn jemand mit einem Bogen auf mich zielt.«

Yo Mai nickte. »Das kann ich verstehen«, sagte er. »Mir geht es ähnlich. Bei Gewehren.«

»Sie haben schlechte Erfahrungen mit Weißen gemacht«, vermute ich.

Yo Mai schnaubte. »Schlechte Erfahrungen? Ich habe fünf Jahre unter Ihresgleichen gelebt, Mister Craven. Ich brauche keine Erfahrungen mehr zu machen.«

So, wie er das Wort *Erfahrungen* aussprach, klang es nach einer Obszönität, aber wir hatten mittlerweile das Zentrum des Platzes und das flackernde Lagerfeuer erreicht, sodass ich der unangenehmen Pflicht enthoben war, ihn zu fragen, wie er seine Worte gemeint hatte. Yo Mai hob die Hand, um uns zu bedeuten, dass wir stehen zu bleiben hatten, umrundete das Feuer und verschwand in einer Hütte. Wenige Augenblicke später kam er zurück, begleitet von dem mit Abstand ältesten Menschen, dem ich jemals begegnet war.

Der Majunde musste weit über hundert Jahre alt sein. Seine Schultern waren gebeugt, als schleppe er eine unsichtbare Zentnerlast mit sich, und sein Gesicht glich einer verwirrenden Landschaft aus Falten und Runzeln, in die ein Paar kleiner, vom Alter trübe gewordener Augen eingebettet waren. Er hatte nicht mehr die Kraft, allein zu gehen; ein Mann, der ihn begleitete, musste ihn stützen. Plötzlich begriff ich, warum Yo Mai uns befohlen hatte, diesen Alten respektvoll zu behandeln.

Mühsam umrundete er das Feuer, blieb auf Armeslänge vor Shannon und mir stehen und sah uns beide nacheinander und sehr ausgiebig an. Es war schwer, auf seinem faltenzerfurchten Gesicht irgendeine Regung abzulesen, aber als ich ihn von Nahem sah, korrigierte ich meine Schätzung sein Alter betreffend noch einmal um einige Jahre. Nach oben.

Schließlich begann er zu sprechen. Seine Stimme war so dünn, dass sie fast im Prasseln des Feuers unterging, und ich sah an der Reaktion auf Shannons Gesicht, dass er einen Dialekt sprach, von dem er keinen Ton verstand. Gottlob war Yo Mai da, der seine Worte übersetzte, kaum dass er geendet hatte.

»Ihr seid die weißen Teufel, die uns um Hilfe bitten«, sagte der junge Majunde. »Ich biete Euch Gastfreundschaft für die Dauer dieses Gespräches und meinen Schutz. Sprecht, und sprecht schnell, denn unsere Geduld ist fast so kurz wie die eure.«

Die Formulierung gefiel mir nicht besonders, aber ich war klug genug, den Mund zu halten und Shannon reden zu lassen.

»Sage deinem Ältesten«, wandte er sich an Yo Mai, »dass wir ihm für seinen Schutz und seine Gastfreundschaft danken. Und dass wir nicht hier sind, um eure Hilfe zu erbitten, sondern um euch vor einer großen Gefahr zu warnen, die uns allen droht, gleich ob weißen Männern oder dem tapferen Volk der Majunde.«

Yo Mai stutzte, übersetzte aber gehorsam Shannons Worte. Der Alte hörte mit unbewegtem Gesicht zu und schwieg länger als fünf Minuten, ehe er antwortete.

Yo Mai übersetzte: »Wir fürchten keine Gefahr, weißer Mann, denn unsere Götter schützen uns.«

Der Alte hob den Arm und deutete mit einer von der Gicht verkrümmten Hand zum Krater des Krakatau hinauf, der anderthalb Meilen über dem Eingeborenendorf Flammen gegen den Himmel spie. »Der große Gott Krakatau hält seine Hand über seine Kinder, wie er es seit Anbeginn der Welt getan hat. Wir vertrauen auf ihn. Die Gefahr mag die weißen Teufel vernichten, doch wir wissen, dass Krakatau uns schützen wird.«

»Gegen die ostindische Gesellschaft hat er euch wenig genutzt«, knurrte ich. Shannon warf mir einen raschen, fast erschrockenen

Blick zu, aber Yo Mai hatte meine Worte verstanden und übersetzte sie.

Seltsamerweise reagierte der Alte ganz anders, als ich erwartet hatte. Einen Moment lang starrte er mich an, dann lachte er, leise und auf eine Art, die mich an das Meckern einer Ziege erinnerte, und Yo Mai übersetzte: »Du hast Recht, weißer Teufel. Doch der weiße Mann ist gekommen und wieder gegangen und die Majunde und Krakatau sind geblieben.«

»Tergard und seine Bande sind noch da«, erinnerte ich, Shannons verzweifeltes Grimassenschneiden ignorierend.

»Du hast Recht, weißer Mann«, wiederholte der Alte. »Die weißen Hunde, die im Zeichen des Kreuzes töten, sind noch da. Doch wir fürchten sie nicht. Der Wald schützt uns, und unser Gott wird sie vernichten. Wir spüren sein Zürnen schon seit langer Zeit. Seine Geduld ist groß, doch bald wird die Zeit der weißen Mörder abgelaufen sein.«

»Es geht nicht nur um sie«, sagte Shannon. Er hob die Hände und machte eine fast verzweifelte Geste. »Yo Mai, erkläre ihm, dass wir nicht wegen dieser Baphomet-Anbeter hier sind. Ich glaube euch, dass euer Gott das Volk der Majunde schützt. Doch es sind fremde Götter gekommen, Götter, die mächtiger und böser sind als die der weißen Männer. Mächtiger als euer Gott.«

»Hüte deine Zunge, du weißer Hund!«, sagte eine Stimme hinter ihm. »Niemand beleidigt ungestraft unsere Götter!«

Shannon und ich fuhren beinahe im gleichen Moment herum. Der gesamte Stamm schien zusammengekommen zu sein und bildete einen weit gespannten, aber auch dicht geschlossenen Halbkreis um uns, das Feuer und den Alten. Jetzt hatte sich dieser Halbkreis geteilt, um einem hochgewachsenen Mann Platz zu machen, der einen bunt bestickten Mantel und eine hölzerne Maske vor dem Gesicht trug. Seiner Aufmachung nach zu schließen, musste er so etwas wie der Medizinmann oder Magier des Stammes sein. Natürlich, dachte ich wütend. Irgendeiner musste immer stänkern.

Shannon deutete eine Verbeugung an.

»Es lag mir fern, euren Gott zu beleidigen«, sagte er mit einer Stimme, die vor Kälte beinahe knisterte. »Doch ich weiß, wovon ich spreche. Euer Gott mag mächtig und gut sein, doch sie, vor denen zu warnen wir gekommen sind, sind mächtig und böse. Sie sind es, denen eure Brüder und Schwestern geopfert wurden, deren Tod ihr beklagt, und sie werden noch mehr töten.«

»Du lügst!«, behauptete der Maskierte. Seine Stimme klang nur dumpf unter der hölzernen Maske hervor, und ihr verzerrtes Echo ließ mich schaudern. Und ich spürte, dass ich nicht der Einzige war, der urplötzlich Furcht vor diesem Mann empfand. Der Abstand, den die Eingeborenen zu ihm hielten, die schüchternen Blicke und verborgenen Gesten, waren kein Respekt. Wenn die Majunde für diesen Mann irgendetwas empfanden, dann Angst.

Plötzlich trat er einen Schritt zurück, hob den linken Arm und schob den anderen unter den Mantel. Seine freie Hand deutete auf mich.

»Diese beiden sind gekommen, um uns mit ihren Lügen zu täuschen!«, behauptete er. »Aber der mächtige Gott der Majunde lässt sich nicht täuschen. Seht, was er denen tut, die seine Kinder zu belügen versuchen!«

Ein furchtbarer Schmerz schoss durch meine Brust, so plötzlich, als hätte jemand einen glühenden Dolch direkt in mein Herz gestoßen. Ich keuchte, taumelte einen Schritt zurück und brach in die Knie. Ein vielstimmiger Schrei drang aus der Reihe der Majunde, aber ich hörte ihn kaum, sondern kämpfte mit verzweifelter Kraft darum, atmen zu können. Der Schmerz wurde immer stärker, steigerte sich zu purer Agonie und ließ das Lager vor meinen Augen hinter einem Vorhang aus wabernden roten Schemen verschwimmen.

»Hör auf!« Yo Mais Stimme übersetzte die Worte des Alten, so laut und in einem derart befehlenden, herrischen Tonfall, dass der Maskierte unwillkürlich den Blick hob. Seine rechte Hand kroch unter dem Umhang hervor und im gleichen Moment erlosch der fürchterliche Schmerz in meiner Brust.

Mit einem erleichterten Keuchen sank ich nach vorne, fiel auf das Gesicht und rang würgend nach Atem. Der glühende Dolch war aus meiner Brust verschwunden, aber allein die Erinnerung an den Schmerz ließ mich weiter stöhnen und mich wie einen getretenen Wurm winden. Ich atmete, aber ich hatte noch immer das Gefühl, keine Luft zu bekommen; in meiner Kehle schien flüssige Lava zu sein, und eine unsichtbare Hand presste mein Herz zusammen. Mein Pulsschlag war unregelmäßig und rasend und tat weh.

Erst als Shannon neben mir niederkniete und die Hand auf mein Herz legte, ließen Schmerz und Atemnot allmählich nach. Aber es dauerte lange, und ich fühlte, wie schwer es dem jungen Magier fiel, das zu tun, was er mit *die geheimen Kräfte meines Körpers mobilisieren* meinte. Erst nach endlosen Minuten war ich wieder so weit, mich zu erheben und kraftlos auf Shannons Arm gestützt auf Yo Mai und den Alten zuzuwanken.

»Verzeiht unserem Magier«, übersetzte Yo Mai die Worte des Ältesten. »Er ist unbeherrscht und jung; und er hasst die weißen Teufel, denn sie haben seine Familie verschleppt und getötet.« Yo Mais Stimme klang dabei warm und voll ehrlichem Bedauern, aber ich hörte auch die Worte des Alten, die der junge Majunde übersetzte. In ihnen war nichts von dem ehrlichen Zorn, den Yo Mai empfand.

»Um all dem ein Ende zu bereiten, sind wir hier«, sagte Shannon. »Ich flehe dich an, Yo Mai – mach eurem Ältesten klar, dass wir es ehrlich meinen.«

»Wann hat es ein weißer Teufel jemals ehrlich gemeint?«, fauchte der Magier. Wütend trat er zwischen Shannon und den Alten und machte eine herrische Geste mit der Hand. »Ich respektiere deinen Befehl, Ältester«, sagte er zornig. »Doch ich warne dich – die weißen Teufel werden Tod und Unheil über das Volk der Majunde bringen, wie sie es immer getan haben. Sie reden mit den Zungen von Engeln, doch in ihren Herzen sind sie Teufel.«

»Idiot«, sagte ich, wohlweislich aber so leise, dass außer Shannon niemand das Wort verstehen konnte. Dabei konnte ich den Mann durchaus begreifen, bei allem Zorn, den seine Worte in mir auslösten. Bis vor ein paar Tagen hatte ich nicht einmal gewusst, dass es diese Insel gab, und bis vor wenigen Stunden gar hätte ich mir unter Majunde wahrscheinlich ein exotisches Gericht vorgestellt. Aber ich musste dieses Volk auch nicht kennen, um mir seine Geschichte vorstellen zu können. Es war immer dasselbe, überall. Wo die sogenannten zivilisierten Nationen auf Urvölker trafen, gingen diese unter, früher oder später. Meist früher.

»Genug jetzt!«, übersetzte Yo Mai die Worte, des Alten. »Die beiden Weißen mögen warten. Der Ältestenrat wird entscheiden, was mit ihnen zu geschehen hat.«

»Entscheiden?«, keuchte ich. »Aber ihr ... ihr wisst ja noch gar nicht, was wir von euch wollen.«

»Wir wissen genug«, sagte Yo Mai. »Geht in jene Hütte dort und wartet. Ich werde zu euch kommen, sobald die Ältesten entschieden haben.«

Tergard stand hoch aufgerichtet auf der Klippe und sah auf das nachtschwarze Meer hinab. Der Wind war verstummt, und im gleichen Moment, in dem die bleiche Scheibe des Mondes hinter den Wolken hervorgekommen war, waren die Lichter über dem Meer erschienen; kurz darauf die Schiffe.

Wenn es Schiffe waren, und nicht irgendetwas anderes.

Der schlanke *Master* des Templer-Ordens schauderte. Er sollte Triumph empfinden, denn die Dinge entwickelten sich ganz genau so, wie er es vorausgesehen und gehofft hatte. Dagon schäumte vor Wut und verbrachte wahrscheinlich den größten Teil seiner Zeit damit, Rachepläne zu schmieden, aber er würde nicht mehr die Zeit haben, sie auszuführen. Von Osten her kamen die Schiffe, und sie brachten eine Fracht, die keinen Aufschub duldete. Dagon war in Zeitdruck, und er, Tergard, würde dafür sorgen, dass sich dieser Zustand nicht änderte, ehe es nicht zu spät war.

Und trotzdem fühlte er sich alles andere als wohl. Die Schiffe dort unten irritierten ihn. Er hatte gewusst, mit welchen Mächten er sich einließ, und er hatte vom ersten Tag an gewusst, dass es ein Spiel mit dem Feuer war, in einer gleich doppelten Bedeutung des Wortes. Aber er hatte sie nie gesehen.

»Das ist ... unheimlich«, murmelte Roosfeld neben ihm. Seine Stimme bebte vor Angst. »Was sind das für ... für Wesen?«

»Die Boten des Satans«, antwortete Tergard, und die Stille fing seine Worte auf und schien ihnen einen neuen, Angst machenden Inhalt zu verleihen. »Teufelswerk, Roosfeld«, sagte er.

»Das ist alles nicht richtig«, sagte Roosfeld nach einer Weile.

Tergard wandte den Kopf und blickte ihn scharf an. »Was willst du damit sagen?«

»Nichts«, versicherte Roosfeld heftig. »Es ist nur ...«

»Ja?« Tergards Stimme klang lauernd, und Roosfeld registrierte ihren veränderten Klang sehr wohl.

»Wir kämpfen im Namen Gottes«, sagte er unsicher. »Es ist nicht richtig, wenn wir mit dem Teufel gemeinsame Sache machen.«

»Wir machen keine gemeinsame Sache mit ihm«, belehrte ihn Tergard, laut und in sehr scharfem Ton. »Wir benutzen das Böse, um es am Ende gegen sich selbst zu richten, Roosfeld. Es wird sich selber zerstören. Das ist das Wesen des Bösen. Es vernichtet sich immer selbst.«

Roosfeld antwortete nicht, aber wieder schien es Tergard, als antworte statt seiner die Stille auf seine Worte.

Und er war fast sicher, ein ganz leises, aber sehr, sehr böses Lachen durch die Nacht wehen zu hören.

Die Hütte war weitaus geräumiger, als ihr Äußeres hatte vermuten lassen, und die Majunde waren um ein Gutteil gastfreundlicher, als ihr barbarisches Aussehen erwarten ließ. Yo Mai und die vier Männer, die uns zu dem kleinen Rundbau am Ufer des Sees begleiteten, ließen keinen Zweifel daran, dass wir Gefangene waren und uns als solche zu benehmen hatten, aber wir wurden trotzdem mit großer Freundlichkeit behandelt, und nach einer Weile kam sogar eine Majunde-Frau und brachte uns Wasser und zu essen, beides in geschickt gefalteten Palmblättern.

Danach sahen wir für gute zwei Stunden niemanden mehr, bis auf die beiden Wachen natürlich, die mit steinerner Miene und untergeschlagenen Beinen auf der anderen Seite der Hütte hockten und das Kunststück fertigbrachten, uns unentwegt anzustarren und dabei so zu tun, als gäbe es uns gar nicht.

Wovon wir keine Spur sahen, war Eldekerk. Ich wandte mich mit einer entsprechenden Frage an Shannon, aber er zuckte nur mit den Schultern.

»Wahrscheinlich hat er das Weite gesucht, bei der ersten Gelegenheit«, sagte er. »Ich kann es ihm nicht verdenken. Die Majunde kennen ihn – er ist einer der wenigen Weißen, die hierherkommen können, ohne sofort umgebracht zu werden. Aber er ist kein tapferer Mann.«

»Oh«, sagte ich mit einem schiefen Lächeln. »Das bin ich auch nicht. Es gibt Dinge, die es einem abgewöhnen können, tapfer –«

»Still!«

Shannon richtete sich kerzengerade auf, hob warnend die Hand und starrte zum Ausgang hinüber, und aus den Augenwinkeln sah ich, wie auch die beiden Majunde aus ihrer geschauspielerten Gleichgültigkeit auffuhren und wechselweise Shannon und den Ausgang anstarrten.

»Was ist los?«, fragte ich. Aber ich bekam auch diesmal keine Antwort. Shannon stand auf und ging auf den Ausgang zu. Einer der beiden Majunde vertrat ihm den Weg, während der andere warnend nach seinem Messer griff.

Shannon begann wie wild zu gestikulieren. »Ich muss hinaus!«, sagte er. »Etwas geschieht. Ihr ... holt Yo Mai. Schnell!

Natürlich verstanden ihn die beiden nicht, aber zumindest schienen sie den Namen Yo Mai zu verstehen, denn der, der Shannon zurückgehalten hatte, nickte plötzlich und bedeutete ihm mit einer befehlenden Geste, sich wieder zu setzen, während sein Kamerad geduckt aus der Hütte lief.

»Zum Teufel, was ist los?«, fauchte ich. Shannon starrte mich an und runzelte die Stirn. »Ich weiß es nicht«, gestand er. »Aber es ist ... Irgendetwas geht vor, Robert. Spürst du es nicht?«

Beinahe verzweifelt schüttelte ich den Kopf. Tergards Bann lähmte mein magisches Erbe noch immer, und ich spürte erst jetzt, wie hilflos und blind ich im Grunde war. Das Erbe meines Vaters war stärker in mir gewesen, als ich mir bewusst gewesen war, aber ich begann dies erst jetzt zu begreifen, nachdem ich es verloren hatte.

»Tergard?«, murmelte ich.

Shannon schüttelte den Kopf und setzte zu einer Antwort an. Im gleichen Moment zerriss ein gellender Schrei die Stille der Nacht.

Shannon, ich selbst und der Majunde fuhren in einer einzigen, erschrockenen Bewegung herum. Der Eingeborene rief ein Wort in seiner Muttersprache und begann mit seinem Messer zu fuchteln, als Shannon erneut zum Ausgang stürzen wollte, eine halbe Sekunde später hockte er auf dem Boden und starrte verblüfft seine leeren Hände an, während Shannon bereits an ihm vorbei war und aus der Hütte stürmte. Ich folgte ihm, so schnell ich nur konnte.

Als ich auf den Platz hinausstürzte, erscholl ein zweiter Schrei.

Und dann brach im wahrsten Sinne des Wortes die Hölle los.

Ein grelles, beinahe schmerzhaft intensives Licht ließ das Lagerfeuer im Zentrum des Dorfes verblassen. Die Erde begann zu zittern, und durch den Chor gellender Schreie, der mit einem Male losbrüllte, drang ein tiefes, mahlendes Stöhnen, ein Laut, der direkt aus der Erde hervorbrach, als winde sich die Insel wie ein gewaltiges leidendes Tier. Ein greller, weißorangefarbener Blitz zerriss die Nacht.

Im ersten Moment glaubte ich ernsthaft, einen Ausbruch des Krakatau zu erleben, aber dann ergriff Shannon meine Hand und riss mich herum, und als ich zum Nordrand des Eingeborenendorfes blickte, erkannte ich, was es wirklich war.

Dicht vor dem Waldrand, einer willkürlich gezackten Linie folgend, war der Erdboden aufgebrochen. Hitze und rotes Licht und Flammen, prasselnd und so hoch wie die gewaltigen Urwaldriesen dahinter, schossen aus der klaffenden Wunde im Erdreich, und noch während ich versuchte, den furchtbaren Anblick zu verarbeiten, bebte der Boden erneut, und der Riss verbreiterte sich, wurde zu einer zehn Yard breiten, lodernden Spalte, in der Lava wie grellrotes Blut emporstieg. Ein peitschender Ton erscholl, und der Riss im Boden wuchs, wurde von einer spinnenfingrigen Linie zu einem gewaltigen, feurigen Halbkreis, der das Dorf zum Dschungel hin abschloss und die Nacht mit Flammen und unglaublich intensivem Licht durchwob. Der ganze schreckliche Vorgang dauerte nicht länger als wenige Sekunden, aber ich sah alles mit einer fast übernatürlichen Klarheit.

Unter den Majundes brach eine Panik aus. Der Boden zuckte und bebte immer stärker, und aus dem Riss loderten gewaltige Flammen, die wie mit feurigen Händen nach den fliehenden Eingeborenen griffen. Ich sah, wie einer der Männer von dem Gluthauch gestreift und zu Boden geworfen wurde, sich vier-, fünfmal überschlug und verzweifelt wieder auf die Beine zu kommen versuchte.

Er führte die Bewegung nie zu Ende.

Plötzlich schien eine unsichtbare Hand eine dünne, grellweiße Linie auf den Boden rings um ihn herum zu malen, einen unregelmäßigen Kreis von gut zwei Yards Durchmesser, der sich schneller schloss, als das Auge der Bewegung folgen konnte. Aus der bleistiftdünnen weißen Linie wurde ein Spalt, der gezackte rote Blitze ins Innere des Kreises sandte, und plötzlich schossen Flammen aus der Erde, vereinigten sich zu einem tödlichen Kreis um den unglückseligen Majunde herum – und dann brach der Boden ein.

Es ging so schnell, als täte sich eine Fallgrube unter dem Mann auf. Der Boden zerbrach zu Hunderten kleinerer Brocken, zwischen denen zähflüssige Lava emporquoll, und mit einem Male war die Gestalt des Majunde verschwunden. Wo der Eingeborene gelegen hatte, gähnte ein zwei Yards messender, weißglühender Teich aus zischender Lava.

Lava, in deren Zentrum sich etwas *bewegte!*

Für einen winzigen Moment hatte ich den Eindruck eines großen wurmartigen Leibes, massig und in zahllose hell- und dunkelrot glühende Segmente gegliedert; ein Gigant, der sich in der glühenden Lava wand, ehe er wieder versank, eine gewaltige Stichflamme gegen den Himmel schleudernd.

»Mein Gott!«, keuchte Shannon. »Was ist das?«

»Dagon!«, antwortete ich. »Das sind Dagons Geschöpfe, Shannon! Er … er greift an!«

Shannon fuhr herum. Sein Gesicht war schreckensbleich, aber seine Antwort ging im neuerlichen, urgewaltigen Brüllen der Flammen unter, als die Erde gleich an einem Dutzend anderer Stellen aufbrach, Lava und Hitze und grauenhafte Wurmgeschöpfe ausstoßend. Plötzlich meinte ich auch am Grunde des Risses drüben am Waldrand lodernde rote Bewegung wahrzunehmen.

Es war die Hölle. Männer, Frauen und Kinder rannten ziellos und schreiend durcheinander, und mehr als ein Eingeborener versank lautlos in rot glühender Lava. Zwei, drei der aus trockenem Geäst erbauten Hütten fingen Feuer; Gestalten rannten kreischend an uns vorüber, und ein kleines Grüppchen beherzter Männer versuchte gar, sich den höllischen Kreaturen entgegenzuwerfen und begann mit Bögen auf die zehn Yards langen Ungeheuer zu schießen.

Die schlanken Holzpfeile fingen Feuer, lange ehe sie die glühenden Leiber der *Ssaddit* überhaupt erreichten, aber die Kreaturen schienen instinktiv zu spüren, dass sie angegriffen wurden, denn sie hielten für einen Moment in ihrem stummen Vormarsch inne – und wandten sich den Majundes zu, die auf sie geschossen hatten!

Es war ein Bild wie aus einem Albtraum. Die bronzefarbenen Krieger wichen Schritt für Schritt vor der unsichtbaren Hitzewoge zurück, die den Ungeheuern vorauseilte, und obgleich sie erkennen mussten, wie sinnlos ihr Tun war, schossen sie Pfeil auf Pfeil auf die Bestien ab, ohne sie indes auch nur verletzen zu können. Mit zuckenden Bewegungen krochen die Kreaturen heran, eine Spur aus geschmolzener Erde und brennenden Steinen hinterlassend. Es waren vier, angeführt von einem besonders großen Exemplar, dessen vorderes, augenloses Ende sich immer wieder wie der Kopf eines blinden Wurmes in die Höhe erhob und witternd hierhin und dorthin stieß.

Der Anblick schlug mich so stark in seinen Bann, dass Shannon mich grob an der Schulter packen und herumreißen musste, um mich aus meiner Starre zu wecken.

»Zum See!«, brüllte er über das Prasseln der Flammen und das Schreien der Majunde hinweg. »Schnell!«

Wie von Furien gehetzt rannten wir los. Der See war nur wenige Dutzend Schritte entfernt, aber die Majundes reagierten in ihrer Panik wie erschrockene Tiere – nämlich genau richtig – und suchten wie wir instinktiv im Wasser Schutz vor der Hitze und den heranrückenden Höllenkreaturen.

Die flache Böschung, die den etwas höher gelegenen See vom Ort trennte, war gleich von Dutzenden fliehender Männer und Frauen blockiert, und unmittelbar vor meinen entsetzt aufgerissenen Augen stürzte eine alte Frau zu Boden und wurde von den Nachdrängenden zu Tode getrampelt. Etwas traf mich in die Rippen und ließ mich vor Schmerz aufstöhnen, und für einen ganz kurzen Moment erkannte ich eine hochgewachsene, in einen bunten Mantel gehüllte Gestalt zwischen den flüchtenden Majundes, deren Gesicht hinter einer hölzernen Maske verborgen war. Eine Hitzewelle folgte uns. Die Luft stank so nach Rauch und brennender Erde, dass ich kaum mehr zu atmen vermochte.

Mit letzter Kraft stolperte ich den geröllübersäten Hang hinauf, kämpfte mich mit Händen und Ellbogen zwischen den Majundes hindurch und taumelte ins Wasser. Mein Rücken schien in Flammen zu stehen; ich bildete mir ein, meine Haare in der Hitze knistern zu hören und der Himmel über dem Dorf strahlte im Widerschein der Lava, als hätte das Firmament selbst Feuer gefangen.

Erst als ich fast bis zur Hüfte ins Wasser gewatet war, wagte ich es, stehen zu bleiben und mich umzudrehen.

Der gesamte Ort stand in Flammen. Und längst nicht alle Eingeborenen waren in den See geflohen. Es mussten noch Dutzende sein, die in kopfloser Panik zwischen den brennenden Hütten umherliefen, verzweifelt auf der Flucht vor den riesigen brennenden Wurmungeheuern und den Rissen, die in der Erde klafften. Ein ganzer Teil des Ortes war abgeschnitten, an allen Seiten umgeben von breiten Schluchten voller rot glühender Lava, und überall zwischen den brennenden Gebäuden war der Boden aufgebrochen, *Ssaddit* in allen nur denkbaren Größen ausspeiend.

»Das ist der Fluch der weißen Teufel!«, gellte eine Stimme hinter mir. »Ich habe es euch gesagt! Sie haben den Tod gebracht! Sie sprachen von Hilfe – und jetzt seht, was sie euch getan haben!«

Mit einem Fluch fuhr ich herum. Die Gestalt des Magiers stand hoch aufgerichtet auf der Uferböschung, vom Widerschein des brennenden Dorfes in ein unheimliches Licht getaucht. Seine Stimme überschlug sich beinahe, als er nacheinander auf Shannon und mich deutete.

»Es ist ihre Schuld!«, kreischte er. »Sie waren es, die die fremden Dämonen zu uns geführt haben! Vernichtet sie!«

Ein wütender Aufschrei ging durch die Menge der Eingeborenen. Fäuste wurden geschüttelt, und mit einem Male blitzten Messer und

Pfeilspitzen in der Nacht. Sieben, acht Majunde-Krieger drangen auf Shannon und mich ein.

Ich duckte mich unter einem Messerstich hinweg, packte den Burschen am Arm und tauchte ihn so kräftig unter, dass er seine Waffe fallen ließ; beinahe gleichzeitig stieß ich einem zweiten die flache Hand vor die Brust, dass er mit wild rudernden Armen nach hinten kippte und ins Wasser klatschte.

Aber es war ein Kampf ohne die geringste Chance. Das hüfthohe Wasser behinderte mich und selbst wenn es anders gewesen wäre – Shannon und ich standen einer fast fünfzigfachen Übermacht gegenüber. Selbst für zwei so hochtrainierte Kämpfer wie uns ein wenig zu viel. Binnen weniger Augenblicke waren wir von Dutzenden von Männern und Frauen umringt, die mit Keulen, Messern und bloßen Fäusten auf uns eindrangen.

Ich wehrte mich so gut es ging; boxte, schlug und trat um mich, aber für jeden Majunde, den ich wegstieß, drängten zehn andere heran, und der Zauberer peitschte die Menge mit gellenden Schreien zu immer größerer Wut an. Die Situation war geradezu absurd – nicht einmal zwanzig Yards hinter diesen Männern und Frauen starben ihre Brüder; und sie hatten nichts anderes zu tun, als uns umzubringen!

Plötzlich schrie Shannon auf und riss die Arme in die Höhe. Ich war vollkommen sicher, dass er die Männer vor sich dabei nicht berührt hatte; trotzdem wurden zwei von ihnen wie von Faustschlägen getroffen zurückgeschleudert, und auch die anderen prallten zurück. Mehr als einer verlor das Gleichgewicht und versank gurgelnd im Wasser.

Und dann spürte ich es auch.

Es war wie eine körperlose Woge der Furcht, die aus dem Nichts heranraste und meine Gedanken wie ein Tornado traf. Ich schrie auf, taumelte zur Seite und fiel. Für Sekunden geriet ich unter Wasser.

Als ich wieder auftauchte, bot sich mir ein vollkommen verändertes Bild. Der aufgepeitschte Mob, der uns noch vor Sekunden nach dem Leben getrachtet hatte, hatte sich in einen Haufen panikerfüllter Menschen verwandelt, die schreiend vor Shannon und mir zurückwichen, gepackt von einem Entsetzen, das mit Worten nicht zu beschreiben war.

Und auch ich spürte die Furcht. Ich ahnte, dass das, was ich empfand, nur ein schwaches Echo dessen sein konnte, was Shannon in die

Gehirne der Majundes projizierte, und trotzdem krümmte ich mich vor Furcht und Grauen.

Das Gefühl war unbeschreiblich. Es war Angst, bloße, vollkommen unbegründete und gerade daher um so schlimmere Angst, die jegliche Abwehr durchbrach und die tiefsten Abgründe meiner Seele berührte, die Urangst jeglicher lebender Kreatur, erweckt zu lodernder Wut.

Dann hörte es auf. Shannon taumelte vor Erschöpfung, fing sich im letzten Moment wieder und deutete zornig auf den Majunde-Zauberer, der noch immer hoch aufgerichtet auf der Böschung stand.

»Du verdammter Narr!«, schrie er. »Um euch vor dieser Gefahr zu warnen, sind wir hier! Es sind nicht unsere Dämonen, sondern eure und unsere Feinde, die eure Brüder töten!«

»Du lügst!«, keuchte der Magier. »Du bist ein Weißer, und alle Weißen sind Teufel! Du lügst, um auch uns noch zu verderben. Aber ich werde dir beweisen, dass unsere Götter stärker sind als die euren. Ich werde die Dämonen vernichten! Sieh her!«

Damit wandte er sich um und sprang mit weit ausgebreiteten Armen von der Böschung herab, um in das brennende Dorf zurückzulaufen.

»Dieser Idiot!«, keuchte Shannon. »Er wird ...« Er brach ab, ballte eine halbe Sekunde lang in stummer Wut die Fäuste und watete dann ebenfalls los, zurück zum Ufer. Diesmal wichen die Eingeborenen beinahe panikerfüllt vor uns zurück. Niemand machte auch nur noch den Versuch, uns anzugreifen.

Die Hitze traf mein Gesicht wie eine glühende Hand, und meine Augen begannen zu tränen, als ich versuchte, auf den brennenden Ort herabzublicken. Das Gebiet vom See bis zum Dschungel herab hatte sich in ein Muster aus flammenden Tümpeln und gezackten, weiß- und rotglühenden Rissen und Spalten verwandelt, zwischen und in denen sich glühende Leiber wanden. Es mussten Hunderte sein; *Ssaddit* in allen nur denkbaren Größen. Dagon musste den größten Teil seiner Armee aufgeboten haben, um das Majunde-Dorf zu überfallen.

Shannon ergriff mich am Arm und deutete mit der anderen Hand auf den Zauberer, der lauthals schreiend und die Arme zu einer beschwörenden Geste erhoben, auf den vordersten Höllenwurm zurannte. »Dieser Narr!«, keuchte er. »Er wird sich umbringen!«

Sein Griff verstärkte sich so sehr, dass ich aufstöhnte – und plötzlich machte irgendetwas ganz deutlich Klick hinter meiner Stirn.

Die Welt veränderte sich. Licht und Finsternis kippten um; aus hell wurde dunkel, aus dunkel hell, die Farben verschwanden, und ich sah alles nur noch wie in einer monochromen, noch dazu ins Negative verkehrten fotografischen Aufnahme.

Es war nicht das erste Mal, dass ich durch Shannons Augen sah.

Der Nachthimmel war zu einer weißen, sonderbar bleichen Fläche geworden, die brennenden Risse und Klüfte im Boden zu finsteren Schächten, die Dunkelheit wie übles Pestlicht verstrahlten, die *Ssaddit* zu schwarzen Kreaturen der Hölle, die Spuren aus vernichtender Dunkelheit hinterließen, wo sie über den hellen Erdboden krochen.

Dann spürte ich, wie etwas Unsichtbares, unglaublich Kaltes aus Shannon herauskroch und einen verborgenen Teil meiner Seele berührte, und mit einem Male hatte ich das Gefühl, ausgesaugt zu werden, binnen Sekundenbruchteilen jeglicher Kraft beraubt und leer. Ich taumelte. Wäre Shannons Hand nicht gewesen, wäre ich gestürzt.

Plötzlich schrie Shannon auf, riss den Arm in die Höhe und deutete mit Zeigefinger und Ringfinger auf den Riesenwurm, auf den der Zauberer zurannte. Etwas Schwarzes, körperlos Böses brach wie ein finsterer Blitz aus seinen Fingern, jagte an der rennenden Gestalt vorbei und traf den *Ssaddit.*

Der Wurm explodierte.

Ein Keim tiefschwarzer Finsternis glomm in seinem Körper auf, fraß das mattere Schwarz, in dem ich ihn in der bizarren Unicolor-Welt sah, die ich durch Shannons Augen erblickte, und zerriss seinen Körper.

Shannon deutete auf einen zweiten *Ssaddit* und schleuderte noch einmal einen Blitz purer, destruktiver Macht auf die Höllenkreatur.

Doch diesmal blieb die erhoffte Wirkung aus. Ich sah, wie sich die Bestie wie unter einem Stromschlag aufbäumte und sich in wilder Agonie zu winden begann, aber die lautlose Explosion, auf die ich wartete, kam nicht, und als ich mich zu Shannon umwandte, war sein Gesicht eine Maske aus Erschöpfung und Schrecken geworden. Keuchend ließ er meine Hand los, und die Welt schnappte mit einem fast schmerzhaften Ruck in die Normalität zurück.

»Ich schaffe es nicht!«, stöhnte Shannon. »Sie sind zu stark. Irgendetwas schützt sie.«

»Aber du musst sie aufhalten!«, keuchte ich. »Sie werden uns umbringen, Shannon. Alle!«

Shannon nickte. Nervös fuhr er sich mit der Zungenspitze über die Lippen, starrte einen Moment an mir vorbei auf das chaotische Bild und nickte abgehackt »Es gibt eine Möglichkeit«, sagte er. »Aber es ist riskant.« Er sah mich an. »Lauf und hol diesen verdammten Trottel da unten zurück, Robert. Wir brauchen ihn. Und beeil dich!«

Ich zögerte. Allein der Gedanke, in den lichterloh brennenden Ort zurücklaufen zu sollen, schien irgendetwas in mir zum Erstarren zu bringen. Aber Shannon hatte Recht – wenn der Majunde-Magier starb, hatten wir keine Chance mehr, das Vertrauen der Eingeborenen zu gewinnen. Ich raffte allen Mut zusammen, hob schützend die Hände vor das Gesicht und rannte los.

Die Hitze spottete jeder Beschreibung. Ich bekam keine Luft mehr; meine Haare und Brauen und Wimpern schienen zu brennen. Halb blind von dem gleißenden Licht, das aus der geborstenen Erde drang, torkelte ich die Böschung hinab, setzte über eine brennende Erdspalte hinweg und versuchte die Gestalt des Magiers vor mir auszumachen. Es gelang mir, und er war nicht einmal sehr weit entfernt, kaum zwanzig Schritte, aber es waren zwanzig Schritte in die Hölle hinein.

Als ich die Hälfte der Entfernung überwunden hatte, brach die Erde vor mir auf. Mit einem peitschenden Knall riss der Boden auseinander, Steinsplitter und Spritzer rotglühender Lava trafen mich. Etwas Großes, Helles bewegte sich in dem klaffenden Riss.

Ich dachte in diesem Moment nicht mehr, sondern reagierte rein instinktiv. Statt zurückzuprallen und so wahrscheinlich das Gleichgewicht zu verlieren und zu stürzen, was einem Todesurteil gleichgekommen wäre, warf ich mich nach vorne und stieß mich mit aller Kraft ab.

Es dauerte nur eine Sekunde, aber für mich verging eine Ewigkeit, und ich sah jedes noch so winzige Detail des Geschehens mit grausamer Klarheit. Der Riss weitete sich wie ein gierig schnappendes steinernes Maul, und ein ungeheuerliches weißglühendes Scheusal stieß seinen gesichtslosen Kopf aus der brodelnden Lava, gigantisch und heiß wie die Hölle und sich aufbäumend wie eine angreifende Kobra. Sein riesiges zahn- und lippenloses Maul schnappte nach meinen Beinen und verfehlte sie um Haaresbreite, während ich mit einem verzweifelten Hechtsprung über die Kluft hinwegsetzte. Die Hitze ließ meine Kleider aufflammen.

Ich fiel, rollte mich instinktiv zur Seite und stieß mich mit einer

Kraft ab, die ich unter normalen Umständen nicht zu einem Zehntel aufgebracht hätte. Hinter mir erklang ein grässlicher, zischender Laut. Die Erde bebte, als der weiß glühende Leib des *Ssaddit* wie ein brennender Fels dort niederkrachte, wo ich vor Bruchteilen von Sekunden noch gelegen hatte.

Wie von Sinnen sprang ich auf, setzte über ein kaum handlanges Exemplar von Dagons Höllenkreaturen hinweg und rannte im Zickzack auf den Majunde-Zauberer zu. Der Mann war gestürzt, als Shannon den *Ssaddit* zum Explodieren gebracht hatte, und er musste verletzt sein, denn als ich näher kam und er mich erkannte, versuchte er sich auf Händen und Knien hochzustemmen, fiel aber mit einem wimmernden Laut wieder zurück und blieb verkrümmt liegen.

Ich vergeudete keine Zeit damit ihn anzusprechen, sondern riss ihn an den Schultern in die Höhe.

Um ein Haar wäre es meine letzte Bewegung gewesen. In den Händen des Majunde blitzten plötzlich fünf Zoll rasiermesserscharf geschliffener Stahl, und zu den zahllosen brennenden Schmerzen gesellte sich ein weiterer, als der Dolch meine Kehle verfehlte und mir einen gehörigen Schmiss in der Wange zufügte.

»Hund!«, kreischte er. »Du Teufel! Du hast die Dämonen, gerufen und dafür werde ich dich töten!«

Mein Geduldsfaden riss endgültig.

Als er das nächste Mal mit dem Dolch nach mir ausholte, verdrehte ich ihm das Handgelenk, bis er die Waffe fallen ließ, packte ihn grob mit der Linken und knallte ihm eine, dass seine Holzmaske in hohem Bogen davonflog. Dahinter kam ein schmales, erstaunlich junges Gesicht zum Vorschein. Ich lud mir seinen plötzlich erschlafften Körper wie eine leblose Last auf die Schulter und wandte mich um, um zum See zurückzulaufen.

Wenigstens wollte ich es.

Aber da, wo vor Augenblicken noch fester Boden gewesen war, brodelte plötzlich ein Teich aus kochender Lava. Ich drehte mich mit meiner leblosen Last herum – und erstarrte.

Auch hinter mir war der Boden gerissen und erbrach Lava und die Glut der Hölle! Weißes Licht drang aus dem gezackten Riss und stach wie mit glühenden Nadeln in meine Augen, und die ätzenden Dämpfe, die aus der Erde quollen, verbrannten mir schier die Lungen.

Verzweifelt drehte ich mich einmal um meine Achse, aber das Bild war überall gleich. Ich war gefangen. Gefangen in einem kaum zehn

Schritte messenden Kreis aus Glut und waberndem roten Licht. Und ich begann bereits zu spüren, wie der Boden unter meinen Füßen zitterte. Haarfeine Risse bildeten sich, und mit einem Male drang ein unheimlicher roter Schein aus der Erde, auf der ich stand.

»Robert! Pass auf!«

Shannons Schrei ging beinahe im Prasseln der hochschießenden Flammen unter. Keuchend drehte ich mich um und versuchte seine Gestalt hinter der Wand aus Glut zu erkennen.

Er stand noch immer an der gleichen Stelle, an der er zurückgeblieben war, wenn auch in sonderbar verkrampfter Haltung nach vorne gebeugt und erstarrt, als schiebe er eine unsichtbare, unglaublich schwere Last von sich.

Dann ...

Für den Bruchteil einer Sekunde glaubte ich ein Licht zu sehen, einen grellen, unglaublich blendenden Schein, der aus dem Nichts kam und wie eine lodernde Zwergensonne direkt über Shannons Gestalt erstrahlte. Plötzlich stieß Shannon einen Schrei aus und machte eine Bewegung mit der Hand, und der feurige Ball wurde zu einem Blitz, der wenige Schritte neben ihm in den Boden fuhr.

Die Uferböschung barst in einer lautlosen Explosion ungeheuerlicher Gewalten auseinander, und Wasser ergoss sich schäumend und sprudelnd in das Dorf. Ich sah, wie Shannon wie von einer Riesenfaust gepackt in die Höhe geschleudert wurde, dann erreichte die sprudelnde Woge die Lavafront.

Und die Welt ging unter.

Es war wie das Aufeinanderprallen zweier urgewaltiger Götter. Feuer und Wasser vereinigten sich in einer ungeheuerlichen, brüllenden Explosion aus Dampf und himmelhoch spritzendem Schaum und explodierender Erde. Ein Hammerschlag der Götter traf den Boden, riss mich von den Füßen und ließ mich hilflos davonrollen, geradewegs auf den lavagefüllten Graben zu, aber das Wasser war schneller.

Plötzlich ergriff mich eine unsichtbare Hand, riss mich in die Höhe und schleuderte mich wie einen Spielball davon. Ich schluckte Wasser, drehte mich wie ein Kreisel in der irrsinnigen Strömung und sah Licht und brodelndes Wasser und heißen Schaum, als ich wieder auftauchte. Wenige Meter neben mir schoss eine Wand aus kochendem Dampf in die Höhe, fünfzig oder mehr Yards senkrecht gegen den Himmel und durchwoben von Fetzen rot glühender Lava, und darunter, unter dem sprudelnden Wasser nur als verschwommener Schatten zu erkennen, wand sich der gigantische Wurm im Todeskampf.

Das Wasser riss mich weiter, schleuderte mich auf die Reste einer Hütte zu, die brennend auf dem Wasser trieb und unter meinem Anprall zerbrach. Wie in einer schrecklichen Vision sah ich den Waldrand und den bodenlosen, selbst unter dem Wasser noch von weißglühender Lava und sich windenden Wurmleibern erfüllten Riss auf mich zurasen, griff in blinder Panik um mich und bekam irgendetwas zu fassen, aber nur, um gleich wieder herumgeschleudert und unter Wasser gedrückt zu werden.

Als ich wieder nach oben kam, sah ich den Waldrand auf mich zurasen, dann einen einzelnen, mehr als dreifach mannsdicken verkrusteten Stamm, dessen unteres Drittel in Flammen stand und der wie ein heranrasendes Rammschiff auf mich zielte.

Den Anprall spürte ich schon nicht mehr.

Aus einer Entfernung von zwei Meilen betrachtet, sah es aus, als wäre ein neuer Krater auf der Flanke des Krakatau ausgebrochen, dort, wo das Dorf der Eingeborenen gelegen hatte. Der Widerschein der Flammen hatte den Himmel selbst in Brand gesetzt, und selbst jetzt, wo das Feuer erloschen war, drang noch ein unheimliches Glühen und Lodern aus der Erde, denn das Wasser hatte sich seinen Weg gesucht und dabei nicht alle Wunden gelöscht, die die finstere Magie des Fischgottes der Erde geschlagen hatte.

Tergard setzte das Fernglas ab, rieb sich mit Daumen und Zeigefinger über die vom langen Starren in die weiße Glut brennenden Augen und seufzte tief. Die Nacht war kalt, wie es tropische Nächte sehr oft sind. Er fror. Und er war müde; es war die zweite Nacht, in der er seinem Körper keinen Schlaf hatte gönnen können. Und er wusste, dass noch sehr viel Zeit vergehen würde, ehe er sich wieder ein paar Stunden Schlaf stehlen konnte. Die nächsten Stunden – vielleicht Tage – waren zu wichtig, um sie mit etwas so Banalem wie Schlaf zu vertun.

Das Geräusch leiser Schritte ließ ihn aus seinen Gedanken hochfahren. Mit einer beinahe erschrockenen Bewegung wandte er sich um, wechselte das Fernglas in die Linke und legte die frei gewordene Hand auf den Schwertgriff.

Aber es war nur Roosfeld, der aus dem Unterholz trat. Tergard schalt sich in Gedanken einen Narren. Er hatte mehr als genug getan, um sicher zu sein. Seine Feinde – all seine Feinde, auch die, die noch gar nicht wussten, dass er sie dazu deklariert hatte, dachte er voller boshafter Befriedigung – hatten im Augenblick alle Hände voll zu tun, am Leben zu bleiben. Aber sein Erschrecken war auch ein deutliches Warnzeichen für den Grad seiner Erschöpfung. Tergard nahm sich vor, deutlicher auf solche Warnungen zu achten. Es wäre fatal, im entscheidenden Moment einen Fehler zu machen, nur weil er vielleicht zu müde war, um noch klar zu denken. Vielleicht würde er sich doch einige Stunden Schlaf gönnen müssen.

»Hat er gesprochen?«, fragte er.

Roosfeld schüttelte den Kopf. »Nicht mehr, als wir schon wussten«, antwortete er. »Er weiß nicht, wer dieser Fremde ist. Aber er hat Angst vor ihm.«

»Bist du sicher, dass er die Wahrheit gesagt hat?«, fragte Tergard.

»Bisher hat mich noch keiner belogen, wenn ich ihn wirklich ernsthaft verhört habe«, antwortete Roosfeld beleidigt. Tergard musterte ihn einen Moment, und als er näher an den Leutnant herantrat, sah er, dass seine Hände voller Blut waren. Seine Verachtung für Roosfeld stieg. Tergard verabscheute Gewalt, wo sie nicht nötig war. Sein Entschluss, sich von Roosfeld zu trennen, sobald er jemanden gefunden hatte, der seinen Platz einnehmen konnte, festigte sich.

»Ich werde ihn selbst noch einmal fragen«, sagte er. »Sicher ist sicher.«

»Er weiß nichts«, sagte Roosfeld.

»Aber du gestattest, dass ich mich selbst davon überzeuge?«, schnappte Tergard. Roosfeld nickte hastig, und Tergard reichte ihm mit einer groben Bewegung das Fernglas und ging an ihm vorbei.

Eldekerk lag auf der Erde, das Gesicht im weichen Boden vergraben und die Hände gegen den Leib gepresst. Die beiden Soldaten, die ihn bewachten, wichen Tergards Blick aus, als er sie ansah.

Langsam kniete der *Master* des Templer-Ordens neben dem Holländer nieder, drehte ihn auf den Rücken und betrachtete sein blutüberströmtes Gesicht. Eldekerk würde sterben, das sah man sofort. Die Verletzungen, die Roosfeld ihm zugefügt hatte, waren zu schlimm.

Beinahe behutsam berührte Tergard Eldekerks Stirn und sandte beruhigende Impulse in seinen Geist. Nach wenigen Augenblicken schon begann sich Eldekerks keuchender Atem zu beruhigen. Seine

Hände hörten auf zu zittern, und nach einer weiteren Minute hatte er sogar die Kraft, die Augen zu öffnen.

Aber in seinem Blick war nur Entsetzen und Angst, als er Tergard ansah.

»Keine Sorge, mein Freund«, sagte Tergard. »Es ist vorbei. Niemand wird Ihnen mehr wehtun.« Er unterstützte seine Worte mit einer Woge suggestiver Impulse, gegen die Eldekerks erlöschendes Bewusstsein machtlos war. Sekundenlang starrte ihn der Holländer weiter mit diesem Ausdruck grenzenlosen Entsetzens an, dann glätteten sich seine Züge, und die Andeutung eines Lächelns erschien auf seinen blutverkrusteten Lippen.

»Ich werde Ihnen helfen«, fuhr Tergard fort. »Aber sie müssen mir die Wahrheit sagen. Was haben Craven und Shannon vor?«

Natürlich antwortete Eldekerk nicht.

Er konnte es nicht mehr. Sein geschundener Körper besaß kaum noch genug Kraft, sein Herz schlagen zu lassen. Aber Tergard las die Antwort auf seine Frage im Bewusstsein des Sterbenden, so deutlich, als hätte er gesprochen.

Mit einem zufriedenen Nicken richtete er sich wieder auf und wandte sich an Roosfeld. »Du hattest Recht«, sagte er. »Er weiß wirklich nichts. Aber es ist nicht schwer zu erraten, was sie vorhaben.« Er schwieg einen Moment, und als er weitersprach, schwang ein Tonfall in seiner Stimme mit, den Roosfeld falsch deutete und der fast amüsiert klang. »Wer weiß, Roosfeld«, sagte er. »Vielleicht bekommst du doch noch Gelegenheit zu einer Revanche, was Robert Craven betrifft. Wenn dieser Shannon wirklich der Mann ist, an den sich Craven erinnerte, brauchen wir diesen englischen Hund nicht mehr.«

Er wandte sich mit einem Ruck um und ging, blieb aber dann noch einmal stehen und deutete auf Eldekerk hinab. »Er ist nutzlos geworden«, sagte er. »Tötet ihn.«

Das Dorf war nicht zerstört. Ich hatte Schlimmes erwartet, nachdem ich aufgestanden und zum Waldrand zurückgegangen war, Bilder, wie sie in der Phantasie der Menschen mit dem Wort Vernichtung gepaart sind – verbrannte Häuser, zerborstene Erde, Leichen, die Spuren von Bränden ...

Nichts von alledem war zu sehen.

Der Ort war nicht zerstört.

Er war einfach nicht mehr da.

Was das Feuer und Dagons Höllenkreaturen übrig gelassen hatten, hatte das Wasser weggeschwemmt. Das ovale Areal zwischen dem Dschungel und dem See hatte sich in eine schlammige Fläche verwandelt, einem Sumpf gleich, in dessen erst halb erstarrter, brauner Oberfläche dunkle formlose Dinge eingebettet waren, durchzogen von gezackten Rissen und Klüften, zum Teil mit blasig erstarrter Lava, zum Teil mit Wasser gefüllt.

Noch immer lag ein Hauch von unwirklicher Wärme über der Lichtung, und von Zeit zu Zeit glaubte ich ein ganz leises, mahlendes Grollen zu hören, ein Geräusch, das anders war als der Pulsschlag des Krakatau, der in fast regelmäßigen Abständen erklang und tief unter meinen Füßen entstand. Tief im Leib der Erde, die vielleicht eine Wunde davongetragen hatte, die viel tiefer war, als wir jetzt schon ahnen mochten.

Ich muss wohl zehn Minuten oder länger wie versteinert dagestanden und das grauenhafte Bild angestarrt haben, unfähig, wirklich zu begreifen, was hier geschehen war. Obwohl ich das Chaos so unmittelbar erlebt hatte, wie es nur möglich war, weigerte sich etwas in mir, die Erinnerung an die schrecklichen Sekunden freizugeben.

Eine Hand berührte mich an der Schulter, und ich wusste, dass es Shannon war, ohne dass ich mich umdrehen musste. Ich hatte gespürt, dass er kam. Meine magischen Kräfte begannen wieder zu erwachen, sehr langsam und zögernd noch, sodass es Tage, wenn nicht Wochen währen mochte, bis sie mir in gewohnter Stärke wieder zur Verfügung standen. Aber sie regten sich. Vielleicht war es der Schock gewesen, der Tergards Bann gebrochen hatte. Für Sekunden war ich fest davon überzeugt gewesen, zu sterben.

»Es ist fürchterlich, nicht?«, sagte Shannon. »Ich war nicht sicher, ob es mir gelingen würde.«

Ich sah ihn noch immer nicht an, sondern versuchte das Chaos hinter meiner Stirn zu beruhigen. Ich war den Rest der Nacht ohne Bewusstsein gewesen, und als ich endlich erwachte, hatte Shannon neben mir gesessen, und seine Hand hatte meine Stirn berührt, was die Frage beantwortete, warum ich so lange ohne Bewusstsein gewesen war.

Trotzdem fühlte ich mich noch immer wie in Trance. Dies alles hier war so unwirklich, dass ich mich fragte, ob es wirklich passiert war.

Mein Blick blieb auf einem finsteren, verkrümmten Ding haften, das halb in den braunen Schlamm eingesunken war, der die Lichtung bedeckte.

Im ersten Moment dachte ich, einem verkohlten Baumstamm gegenüberzustehen, dann erkannte ich die regelmäßige Struktur seiner Oberfläche. Es war ein *Ssaddit,* einer von Dagons Höllenwürmern, vom Wasser zu schwarzer Schlacke verbrannt, wie ein lebendes Wesen in dem Element verbrannt wäre, in dem es normalerweise existierte. Seltsamerweise erweckte der Anblick keinen Triumph in mir; nicht einmal Zufriedenheit. Nur Schrecken.

»Sind sie alle tot?«, fragte ich.

»Alle, die hier waren«, bestätigte Shannon. »Aber ich fürchte, es werden noch mehr da sein. Trotzdem haben wir Dagon einen gehörigen Schlag versetzt.«

Ich trat zur Seite, sodass seine Hand von meiner Schulter herabglitt, und starrte ihn aus brennenden Augen an. »Ist das alles, was dir dazu einfällt?«, fragte ich, schärfer, als ich eigentlich beabsichtigt hatte. »Beinahe dreißig Majunde sind tot, Shannon. Und wir ...« Ich brach ab, rang einen Moment hörbar nach Atem und deutete mit einer zornigen Bewegung auf die Lichtung hinaus. »Wir hätten diese ganze verdammte Insel in die Luft sprengen können, ist dir das klar? Wenn das Wasser tief genug in den Berg gedrungen wäre, um eine große Lavaader zu erreichen –«

»Das ist es aber nicht«, unterbrach mich Shannon. »Das Risiko war mir klar, Robert. Aber ich hatte keine Wahl. Dagons Haustierchen hätten uns alle umgebracht, wenn ich sie nicht vernichtet hätte. Wir haben ihn nicht geschlagen, aber wir haben wenigstens etwas Zeit herausgeschunden. Er wird Tage brauchen, um sich davon zu erholen. Wenn nicht Wochen.«

Wieder dauerte es lange, bis ich antwortete, und als ich es tat, überlegte ich mir jedes einzelne Wort sehr genau. Ich war gereizt, und das furchtbare Geschehen – und mehr noch der Gedanke an das, was hätte geschehen können – wühlte mein Innerstes auf. Shannon hatte keine Wahl gehabt. Nicht in den wenigen Sekundenbruchteilen, die ihm geblieben waren, sich zu entscheiden. Es hatte wenig Sinn, wenn wir stritten.

»Ich begreife den Sinn dieses ganzen Überfalles nicht ganz«, sagte ich, eigentlich nur, um auf ein anderes Thema zu kommen.

»Er konnte nicht ahnen, dass wir ihn so vernichtend schlagen würden«, antwortete Shannon.

Ich schüttelte den Kopf. »Trotzdem ergibt es keinen Sinn«, sagte ich. »Es war auf jeden Fall ein Risiko. Und ich kenne Dagon. Man kann ihm eine Menge nachsagen, aber er ist nicht dumm.«

»Vielleicht finden wir die Antwort«, sagte Shannon. »Der Zauberer ist erwacht. Ich dachte mir, dass du dabei sein willst, wenn ich mit ihm rede.«

»Natürlich.« Ich nickte, obwohl ich im Moment alles andere als Lust hatte, mit einem Mann zu reden, der mir noch vor wenigen Stunden seine Lebensrettung mit einem Messerstich gedankt hatte. Aber ich war noch immer wie erschlagen. Vielleicht war es das Klügste, wenn ich irgendetwas tat, um meine Gedanken abzulenken.

Die Eingeborenen lagerten unweit des Waldrandes. Nachdem das Feuer erloschen war, hatten sie vorsichtig den See verlassen und den Rest der Nacht damit verbracht, nach Überlebenden des Gemetzels zu suchen. Sie hatten keine gefunden.

Aber es waren auch keine Leichen gefunden worden. Die *Ssaddit* hatten jede Spur von Leben aus dem Dorf getilgt, lange ehe das Wasser kam und sie tötete.

Als ich auf das hastig von Unterholz befreite Waldstück hinaustrat, auf dem das knappe Hundert überlebender Majunde lagerte, glaubte ich die dumpfe Verzweiflung, die von den Eingeborenen Besitz ergriffen hatte, geradezu körperlich zu spüren. Niemand sprach. Ein Kind weinte, aber das war der einzige Laut, den die annähernd einhundert Menschen von sich gaben, und plötzlich begriff ich, dass ihr Entsetzen noch viel tiefer sein musste, als ich bisher angenommen hatte.

Ich war beinahe froh, an Shannons Seite neben den Magier des Majunde-Stammes treten und meine Gedanken mit anderen Dingen beschäftigen zu können.

Das Gesicht des Mannes war auf der linken Seite geschwollen, wo ihn meine Faust getroffen hatte. Er konnte nur ein Auge öffnen, aber damit starrte er mich mit einem solchen Hass an, dass mir ein eisiger Schauer den Rücken hinablief. Ich begriff den Grund dieses Gefühles nicht. Was ich sah, war weit mehr als der Groll, den man dem Angehörigen eines verhassten Volkes entgegenbrachte. Es war ein Hass, der mir ganz persönlich galt.

Shannon kniete neben dem Eingeborenen nieder, blickte ihm einen Moment fest in die Augen und sagte: »Wir müssen mit dir reden. Wirst du uns einige Fragen beantworten?«

Der Magier spuckte ihn an.

Eine Sekunde lang blieb Shannon wie versteinert sitzen, dann hob er ganz langsam den Arm, wischte sich das Gesicht sauber und legte dem Mann in der gleichen Bewegung die Hand auf die Schulter.

»Was haben wir dir getan?«, fragte er. »Warum hasst du uns so? Wir stehen auf deiner Seite.«

Der Majunde schnaubte, hob die Hand, um Shannons Arm beiseite zu schlagen, und erstarrte. Der Glanz seiner Augen erlosch. Seine Züge erschlafften, während sich Shannons Finger so tief in seine Schulter gruben, dass er eigentlich vor Schmerz hätte aufschreien müssen. Aber er regte sich nicht, sondern blieb weiter stumm und wie erstarrt sitzen.

»Was tut er da?«

Ich drehte mich herum, als ich Yo Mais Stimme erkannte. Der kleinwüchsige Majunde war so leise hinter mich getreten, dass ich seine Schritte nicht einmal gehört hatte, und ganz offensichtlich stand er schon eine ganze Weile da und beobachtete uns.

»Nichts, was dir Grund zur Angst gäbe«, sagte ich hastig. »Er ... versucht die Wahrheit herauszubekommen.« Ich deutete auf den Majunde-Zauberer. »Euer Magier hasst uns. Wir wollen wissen, warum.«

»Die Wahrheit?« Yo Mai blickte irritiert auf Shannon und den Magier herab. »Ist er ... ein Zauberer?«

»Man könnte es so nennen«, sagte ich nach kurzem Überlegen. »Ja. Das Wort mag für den Augenblick genügen. Aber du brauchst keine Angst zu haben.«

»Angst?« Yo Mai starrte mich an, als hätte ich ihn gefragt, ob er an den Weihnachtsmann glaubte. »Angst?«, wiederholte er. »Ich habe keine Angst, weißer Mann. Keiner von uns hat noch Angst, nach der vergangenen Nacht.«

Das verstand ich nicht, aber Yo Mai redete weiter, ohne mir Gelegenheit zu einer Zwischenfrage zu geben: »Die Götter haben uns gewarnt, weißer Mann. Vor euch. Sie haben gesagt, dass eines Tages ein Weißer kommen wird, der großes Unheil und Leid über das Volk der Majunde bringt. Die alten Prophezeiungen haben vorausgesagt, dass dies geschehen wird. Wir hatten Angst; schon vorher. Jetzt, da es geschehen ist, haben wir keine Angst mehr.« Er brach ab, blickte einen Moment lang an mir vorbei auf die Reihen der stumm dasitzenden Eingeborenen und fügte mit sehr leiser, beinahe tonloser Stimme hinzu: »Wir wissen, dass wir sterben werden.«

Bei jedem anderen und in jeder anderen Situation hätte ich vermutlich über diese Worte gelacht.

Jetzt nicht. Yo Mais Worte waren von einem solchen Ernst, dass ich abermals einen raschen, eisigen Schauer spürte. Trotzdem widersprach ich ihm.

»Niemand spricht vom Sterben, Yo Mai«, sagte ich. »Ihr habt –«

Yo Mai unterbrach mich. »Du weißt nicht die ganze Prophezeiung, weißer Mann«, sagte er. »Die alten Lieder sagen, dass der große Gott selbst sich erheben und seine Feinde verschlingen wird, zusammen mit seinen Kindern. Wir wissen, dass es geschehen wird.«

Es dauerte einen Moment, bis ich begriff. Der große Gott selbst ...

Der Krakatau.

Der gewaltige Vulkan, dessen waldbedeckte Flanken diese Insel bildeten. Unwillkürlich hob ich den Blick und blinzelte zum schwarzen Gipfel des Berges hinauf, der selbst jetzt, im hellen Licht des Tages, noch von einer Krone aus lodernder roter Glast gekrönt war.

Yo Mai lächelte, als er meinen Blick bemerkte. »Du glaubst mir nicht«, sagte er. »Ich habe das erwartet. Aber du wirst es erleben. Es wird nicht mehr lange dauern.«

»Das ... das da oben ist kein Gott«, widersprach ich ihm. »Es ist ein Vulkan, Yo Mai, nicht mehr und nicht weniger.« Meine Stimme wurde fast flehend, als ich sein verzeihendes Lächeln sah. »Yo Mai, du bist ein gebildeter Mann!«, fuhr ich fort. »Du sprichst unsere Sprache und hast unter uns gelebt. Eurem Zauberer und dem alten Mann sehe ich es nach, aber du solltest wissen, dass dieser Berg nichts mit irgendwelchen Göttern oder Dämonen zu tun hat.«

»Sollte ich das?«, fragte Yo Mai. »Es mag sein, dass ich ein gebildeter Mann bin, wenn das Erlernen einer fremden Zunge und ein paar Bücher schon Bildung sind, Robert Craven. Doch ich bin auch ein Majunde, und wir wissen, dass es mehr Dinge auf der Welt gibt, als in euren Büchern stehen. Was die Alten sagen, wird eintreffen. Ihr Weißen glaubt, alles erklären zu müssen. Dinge, die ihr nicht versteht, leugnet ihr weg, und die alten Werte gelten euch nichts. Aber ihr täuscht euch. Du wirst es erleben. Bist du nicht selbst hergekommen, um uns um Beistand zu bitten, Beistand in einem Kampf gegen Wesen, deren Existenz auch Männer deines Volkes verleugnen?«

»Das ist etwas anderes«, widersprach ich, in dem sicheren Bewusstsein, dass es ganz und gar nichts anderes war. Warum fiel es mir plötzlich so schwer, die richtigen Worte zu finden? Die Tatsache, dass es dieser einfache Majunde-Krieger fertiggebracht hatte, mich mit wenigen Worten aus der Fassung zu bringen, irritierte mich.

Yo Mai wollte antworten, aber in diesem Moment erklang neben uns ein leises Stöhnen, und als ich zu Shannon hinabsah, sah ich gerade noch, wie der Magier erschlaffte und in seinen Armen zusammensank. Behutsam legte Shannon ihn zu Boden, richtete sich auf und sah erst Yo Mai, dann mich mit deutlicher Sorge an.

»Was ist?«, fragte ich. »Was hast du erfahren?«

»Eine Menge«, antwortete Shannon. »Und nichts davon gefällt mir, Robert.« Er deutete auf den Majunde, der mit offenen Augen, aber reglos und wie erstarrt auf dem Boden lag. Sein Atem ging sehr langsam. »Er hatte einen guten Grund, uns zu hassen, Robert. Es war kein Zufall, dass diese Kreaturen angegriffen haben. Und ich fürchte, das heute Nacht war erst der Anfang.«

Ich verstand überhaupt nichts mehr, und ich sagte es ihm.

»Tergard«, sagte Shannon. »Hinter allem steckt dieser machtgierige Baphomet-Anbeter.«

Es war das zweite Mal, dass Shannon die Tempelherren mit diesem Namen bedachte, aber wie beim ersten Male kam ich nicht dazu, ihn danach zu fragen, wie seine Worte gemeint waren, denn Shannon fuhr, nun deutlich erregt, fort: »Tergard hat ihm erzählt, dass du die Ungeheuer mitgebracht hast. Er denkt, diese Bestien wären unsere Diener.«

»Und das glaubt er wirklich?«

Shannon schnaubte. »Tergard hat Mittel und Wege, seinen Worten Nachdruck zu verleihen, das solltest du wissen. Erinnerst du dich an das, was Tergard mit dir getan hat, Robert?«

Das war eine reichlich überflüssige Frage, aber sie war auch wohl rein rhetorischer Natur, denn Shannon sprach rasch weiter, ehe ich auch nur Zeit zu einem Kopfschütteln gefunden hatte: »Dieser Mann weiß jetzt alles über dich, Robert. Er weiß alles, was du über Dagon weißt, über die *Thul Saduun ...«* Er machte eine flatternde Handbewegung. »Du hast ihm die Augen geöffnet. Er weiß jetzt, dass Dagon alles andere als ein Gott ist, sondern nur ein kleiner Zauberer, der durch Zufall ein paar außergewöhnliche Tricks gelernt hat.«

Das war die Untertreibung des Jahres, aber ich begriff, worauf Shannon hinaus wollte. Ich hatte weit mehr getan, als Tergard gegen meinen Willen ein paar Informationen zu geben. Trotz allem war der Templer ein intelligenter Mann; er würde aus dem, was er in meinen Gedanken gelesen hatte, die richtigen Schlüsse ziehen.

»Du glaubst, er versucht Dagon aufs Kreuz zu legen?«

Shannon lächelte. »Ich hätte es anders formuliert, aber es läuft darauf hinaus, ja. Du hast das Lager gesehen, in das er seine Gefangenen verschleppen lässt, um sie Dagon und seinen widerlichen Kreaturen zu opfern. Es existiert seit Jahren. Er hat schon Hunderte von Menschen auf diese Weise verschwinden lassen.«

»Und jetzt ...«

»Tut er es nicht mehr«, führte Shannon den Satz mit einem grimmigen Nicken zu Ende. »Ganz recht. Mit dem Wissen, das er von dir hat, glaubt er sich Dagon überlegen.«

Ich schauderte, als mir die Konsequenzen aus Shannons Worten klar wurden. Wenn Shannon mit seiner Vermutung recht hatte, dann machte der nächtliche Überfall der *Ssaddit* mit einem Male Sinn. Dagon hatte gar keine andere Wahl gehabt, als seine Höllenkreaturen auf die Eingeborenen loszulassen, wenn Tergard ihm den Nachschub an Opfern für seine grässlichen Zeremonien entzog. Die *Ssaddit* verlangten ihre Opfer, lebende Opfer, und Dagon musste sie ihnen geben, wollte er nicht Gefahr laufen, von den Ungeheuern vernichtet zu werden, die er gerufen hatte!

»Mein Gott!«, stöhnte ich. »Dann ... dann werden sie wiederkommen.«

Shannon nickte. »Ich fürchte es. Der Angriff heute Nacht war nicht der letzte. Sie werden wiederkommen.«

»Aber wir werden nicht mehr da sein.« Shannon und ich wandten uns gleichzeitig um und sahen Yo Mai an. Der Majunde war unserem Gespräch mit unbewegtem Gesicht gefolgt, aber der entschlossene, harte Ausdruck, in seinem Blick hatte noch an Intensität gewonnen.

»Natürlich werdet ihr nicht mehr da sein«, sagte Shannon unwillig, der Yo Mais Worte falsch deutete. »Ihr müsst fort. Das Beste wird sein, wenn ihr eure Frauen und Kinder an einen sicheren Ort bringt und –«

»Du verstehst nicht, was er meint«, unterbrach ich ihn, ohne den Blick von Yo Mais Gesicht zu nehmen.

Shannon starrte mich an. »Was soll das bedeuten?«

»Das, was dein Freund richtig erkannt hat, weißer Mann«, entgegnete Yo Mai. »Wir werden zu unserem Gott gehen.« Er wies mit einer Kopfbewegung hinauf zum Gipfel des Krakatau. »Dort oben, in den heiligen Höhlen unseres Volkes, werden wir die Entscheidung der Götter abwarten, weißer Mann.«

»Dort oben?«, keuchte Shannon. »Aber das ist Wahnsinn! Ihr lauft Dagon ja geradezu in die Arme. Er wird euch alle umbringen.«

»Wenn es der Wille der Götter ist, wird das geschehen. Wenn nicht, nicht«, antwortete Yo Mai. Shannon wollte abermals auffahren, aber der junge Majunde hob rasch die Hand, und Shannon schien zu begreifen, dass es sinnlos wäre, dem Eingeborenen widersprechen zu wollen.

»Der Wille des mächtigen Gottes Krakatau wird geschehen«, sagte Yo Mai entschieden. »In den heiligen Höhlen wird sich entscheiden, ob das Volk der Majunde leben oder untergehen wird. Es liegt nicht in unserer Hand, irgendetwas daran zu ändern.«

»Das ist Wahnsinn«, murmelte Shannon, aber es war kein echter Widerspruch mehr, sondern weitaus mehr Ausdruck seiner Hilflosigkeit.

Und Wut.

Einen Moment lang versuchte ich mir einzureden, dass ich mich täuschte, aber der Ausdruck auf Shannons Gesicht war zu deutlich. Shannon war wütend. Aber worüber? Etwa über die Tatsache, dass sich seine Hoffnung nicht erfüllte und die Majunde uns die Waffenhilfe verweigerten, die wir uns von ihnen erhofft hatten?

Yo Mai hielt Shannons Blick noch einen Moment lang stand, dann drehte er sich mit einem sonderbar traurigen Lächeln um und ging zu seinen Leuten zurück.

Shannon starrte ihm wütend nach. »Dieser Narr!«, keuchte er. »Diese hirnverbrannten Idioten! Sie werden Dagons Kreaturen direkt in die Mäuler laufen, wenn sie wirklich dorthinauf gehen!« Zornig ballte er die Fäuste. In seinen Augen blitzte es. Dann bemerkte er, dass ich ihn anstarrte, und erschrak sichtbar. Der Ausdruck von Wut verschwand von seinen Zügen und machte dem einer tiefen, schuldbewussten Betroffenheit Platz.

»Entschuldige, Robert«, murmelte er. »Ich ... habe die Beherrschung verloren. Es tut mir leid.«

»Schon gut«, sagte ich, obwohl in Wahrheit absolut nichts *schon gut* war. Die Wut, die ich in Shannons Augen gelesen hatte, hatte mich erschüttert. Es war einfach nicht fair, dass alles, was er empfand, während er dem Todesurteil eines ganzen Volkes lauschte, Wut war.

Dann wurde ich mir der Tatsache bewusst, dass meine Gedanken auch alles andere als fair waren. Shannon war der mit Abstand begabteste und wohl auch stärkste Mann, dem ich jemals begegnet war, aber das bedeutete nicht, dass ich in irgendeiner Form das Recht hatte, ihm menschliche Schwächen abzusprechen.

Auch für ihn musste das, was wir erlebt und durchgemacht hatten, bis an die Grenzen seiner Kräfte gegangen sein. War es da ein Wunder, dass auch er anders als gewohnt und vielleicht sogar falsch reagierte?

Eigentlich nur, um die Peinlichkeit, die der Moment für uns beide gewonnen hatte, zu überwinden, drehte ich mich um und beugte mich zu den Majunde-Magier herab, der noch immer reglos und stumm dasaß und Shannon und mich aus weit gewordenen Augen anstarrte.

»Geht es dir besser?«, fragte ich.

Sein Blick schien geradewegs durch mich hindurchzugehen, und als er sprach, war seine Stimme kaum mehr als ein heiseres Flüstern.

»Ist es wahr, was dein Freund gesagt hat?«, murmelte er.

»Was? Die Sache mit Tergard und Dagon?«

»Er hat mich belogen«, murmelte der Majunde. »Er hat mit der Stimme der Götter gesprochen, und der große Gott Krakatau selbst hat –«

»Ich weiß nicht, was Tergard dir gesagt hat«, unterbrach ihn Shannon kühl, »und auf welche Weise. Aber ich gebe dir mein Wort, dass er so wenig mit deinen Göttern zu tun hat wie wir. Tergard ist ein Meister der Lüge, wie alle seine Brüder.«

»Aber er hat mit der Stimme der Götter gesprochen!«, begehrte der Magier auf. Seine Stimme kippte fast über, und seine Augen schienen vor Entsetzen schier aus den Höhlen quellen zu wollen. Ich hatte keine Ahnung, was diese Stimme der Götter war, aber was immer sich hinter diesem Wort verbarg; der bloße Gedanke daran, dass sie gelogen hatte, musste den Majunde beinahe um den Verstand bringen.

»Tergard ist ein gefährlicher Mann«, sagte ich rasch, ehe Shannon auf seine wenig diplomatische Art vielleicht noch mehr Schaden anrichten konnte. »Er hat dich getäuscht, Magier, wie so viele. Er hat alle belogen. Selbst die, mit denen er sich verbündet hat.« Ich schwieg einen Moment, tauschte einen raschen Blick mit Shannon und fuhr mir nervös mit der Zunge über die Lippen. Ich war mir klar darüber, wie sinnlos meine nächsten Worte waren; aber ich musste es wenigstens versuchen. »Ihr dürft nicht dorthinauf gehen«, sagte ich mit einer Geste auf den Krakatau. »Es wäre der Untergang für dein Volk, Zauberer.«

Wie ich es erwartet hatte, reagierte der Magier gar nicht auf meine Worte, sondern starrte mich nur weiter an. Seine Lippen bebten.

»Die Stimme der Götter«, murmelte er. »Gelogen. Dieser weiße Teufel hat die Stimme der Götter missbraucht.« Plötzlich veränderte sich etwas in seinem Blick. »Ich hätte dich töten sollen, weißer Mann«, sagte er. »Ich hätte dich töten sollen. Alle Weißen sind Teufel. Ich hätte tun sollen, was die Stimme der Götter befohlen hat.«

»Du irrst dich«, sagte ich eindringlich. »Tergard hat euch hintergangen, so wie er alle belogen hat, selbst Dagon. Umso wichtiger ist es, dass euer Volk jetzt weiterlebt. Ihr müsst fliehen.«

Es war sinnlos. Der Blick des Majunde-Magiers verschleierte sich wieder, und plötzlich begann er Worte in seiner Muttersprache zu stammeln, die ich nicht verstand. Seine schlanken Hände öffneten und schlossen sich unentwegt, als wolle er etwas packen und zermalmen.

»Das hat keinen Zweck mehr, Robert«, sagte Shannon leise.

Ich nickte, richtete mich widerstrebend auf und starrte an ihm vorbei auf den Flammen speienden Gipfel des Krakatau. Sein Glühen schien plötzlich etwas Unheimliches und Drohendes zu haben.

Und trotzdem fror ich plötzlich.

Der Hauch des Todes lag über der Lichtung. Menschen waren hier gestorben, eines unnatürlichen, gewaltsamen Todes, und ihr Sterben hatte Spuren hinterlassen, unsichtbar, aber trotzdem zu fühlen für den, der die geheimen Zeichen der Natur zu deuten wusste.

Tergard war bis zur Mitte des halb erstarrten Sumpfes gegangen, der sich dort erstreckte, wo noch am Abend zuvor das Majunde-Dorf gestanden hatte. Er hatte den Kampf beobachtet, aus sicherer Entfernung heraus zwar, aber doch nahe genug, um sich ein Bild dessen machen zu können, was sich abgespielt hatte. Und trotzdem erschreckte ihn der furchtbare Anblick.

Langsam drehte er sich um, machte einen Schritt auf einen gewaltigen, halb im Schlamm vergrabenen dunklen Körper zu und blieb abrupt wieder stehen, als er erkannte, was da vor ihm lag.

Der Leib des Höllenwurmes war geborsten wie trockene Holzkohle, wie von einem Hammerschlag in drei Teile zersprengt und noch im Tode auf schier unmögliche Weise verdreht und verzerrt. Selbst jetzt, als es nichts mehr war als ein Stock verbrannter Schlacke, strahlte das

Wesen etwas Unheimliches aus. Es war ein Geschöpf Satans, dessen war sich Tergard sicher, ganz gleich, mit welchen Namen die anderen Dagon und seine Kreaturen bedachten.

Eine sonderbare Mischung aus Stolz und Furcht ergriff von Tergard Besitz, als er diesen Gedanken dachte, und plötzlich breitete sich eine fast hysterische Belustigung in ihm aus. Balestrano hatte ihn bisher auf diese Insel am Ende der Welt verbannt, damit er sich bewähren konnte, als Strafe für das, was Tergard als seine Pflicht und Balestrano als Fehler bezeichnet hatte.

Und er, ausgerechnet er, Tergard, der verstoßene *Master,* der Mann, der in Ungnade gefallen war und dessen Name selbst der geringste Knappe mit Verachtung in der Stimme aussprach, ausgerechnet er würde es sein, der die entscheidende Schlacht schlug, der das Armageddon herbeiführte und zu Gunsten des wahren Herrn entschied!

Wäre er nicht so müde gewesen, hätte er lauthals gelacht, als ihm die hintergründige Ironie dieses Gedankens voll zu Bewusstsein kam. Wie sagte Balestrano immer – *Die Wege des Herrn sind voller Rätsel.*

Ja, dachte er zufrieden. Das sind sie wirklich. Und voller Überraschungen, insbesondere und vor allem für einen senilen alten Trottel, der auf seinem Thron in Paris saß und sich für den Nabel der Welt hielt. Balestrano würde der Erste sein, den er vernichtete, wenn er erst einmal die Macht ergriffen hatte.

Tergard drehte sich um, um zum Waldrand zurückzugehen, verhielt aber dann plötzlich mitten im Schritt und blickte auf einen kleinen, halb im Schlamm versunkenen Gegenstand herab. Eine Sekunde lang zögerte er, dann ließ er sich in die Hocke sinken, hob seinen Fund auf und wischte mit einem Zipfel seines Mantels den gröbsten Schmutz ab.

Ein überraschtes Stirnrunzeln zog seine Brauen zusammen, als er erkannte, was er da gefunden hatte. Aber dann lächelte er erneut. »Die Wege des Herrn sind wirklich rätselhaft«, sagte er, während er aufstand, seinen Fund sorgfältig in eine Tasche seines Mantels schob und mit schnellen Schritten zum Waldrand und den wartenden Soldaten zurückging.

Mit dem Tag war die Stille gekommen. Nichts hatte sich an der Höhle geändert: Das rote, düstere Licht war wie immer, das Zischen der Lava erfüllte die labyrinthischen Gänge und Stollen wie ein Chor unheilvoll wispernder böser Stimmen, und von Zeit zu Zeit bebte der Berg unter seinen Füßen, als wolle der Geist des Krakatau Dagon daran erinnern, dass er keineswegs der unumschränkte Herrscher dieser Insel war. Und doch war es stiller geworden, wenngleich es eine Stille jenseits des Hörbaren war, ein Schweigen, das düster und schwer auf seiner Seele lastete und eine unausgesprochene Drohung mit sich führte.

Dagon starrte mit einer Mischung aus Verzweiflung und hilfloser Wut auf das wimmelnde Rot unter sich herab. Hier und da war die Oberfläche des Lavasees zu schwarzen zerborstenen Eisschollen erstarrt, und die Hitze, die es normalerweise selbst ihm verbot, länger als wenige Augenblicke hier zu stehen, hatte merklich abgenommen. Nur manchmal bewegte sich etwas in der lodernden Glut tief unter ihm. Aus dem gewaltigen Heer flammengeborener *Ssaddit* war ein armseliger Haufen geworden, wenige Dutzend, wo am Abend zuvor noch Hunderte seiner Diener gewesen waren.

Der zweite Fehler, dachte er. Es war das zweite Mal gewesen, dass er Robert Craven unterschätzt hatte, und wie beim ersten Mal hatte er um ein Haar mit dem Verlust all dessen, was er in Jahren geduldig aufgebaut hatte, bezahlt. Aus der gewaltigen Armee unbesiegbarer *Ssaddit,* mit deren Hilfe er die Ankunft der *Thul Saduun* vorbereiten wollte, war ein armseliger Haufen geworden, eine Hand voll, wo Hunderte vonnöten gewesen wären.

Es war nicht die Zahl seiner Diener, die er verloren hatte, die ihn so hart traf, sondern die Tatsache, dass es die größten und stärksten der Höllenwürmer gewesen waren. Ihre Zahl spielte keine Rolle. Wenn die Nacht kam, würden ihre Diener aus dem Meer kommen und neue *Ssaddit* bringen, Hunderte, wenn er es wünschte, Tausende, die seine brennende Armee rasch wieder auffüllen würden.

Aber er hatte keine Möglichkeit mehr, sie wieder zu dem zu machen, was sie gewesen war. Dagon befand sich in der Lage eines Feldherren, der über eine unbegrenzte Zahl von Kriegern gebieten konnte – und nicht die Möglichkeit hatte, sein Heer auch nur einen Tag zu ernähren. Die Schatten aus dem Meer würden die Dämoneneier bringen, die *jene in der Tiefe* durch die Abgründe der Zeit sandten, aber es würde nichts als eine gewaltige Zahl gefräßiger kleiner Monster sein, Ungeheuer, die Dagon selbst und seine Diener vernichten würden, wenn er ihnen kein anderes Opfer anbieten konnte.

Nun, dachte er grimmig, was das anging, so hatte er noch Mittel und Wege, sich Opfer für die *Ssaddit* zu beschaffen, wenn ihm auch der Gedanke nicht gefiel, denn er würde Aufsehen erregen, und Dagon hatte es vorgezogen, sein Tun so lange wie nur möglich geheim zu halten.

Dagon hob die Hand und machte eine befehlende Geste.

Die Bewegung blieb ohne die geringste sichtbare Reaktion, aber weit draußen, in den lichtlosen Tiefen des Ozeans, begannen sich Tentakel zu regen, erhoben sich bizarre, aufgedunsene Körper aus dem sandigen Grund.

Der achtarmige Tod erwachte.

Das Lager war verlassen, wie wir es erwartet hatten. Das Haupttor stand offen, und wo bei meiner ersten Ankunft in Tergards teuflischem Gefangenenlager noch schwer bewaffnete Wachen gestanden hatten, spielte nun nur noch der Wind mit Abfällen und abgestorbenem Geäst. Wie die meisten Gebäude, die von ihren Bewohnern verlassen worden waren, machte die Anlage einen unheimlichen Eindruck.

Aber vielleicht war es auch nur die Erinnerung an das, was ich hier erlebt hatte, die mich erneut schaudern ließ, als ich neben Shannon durch das zweite, innere Tor trat und stehen blieb. Vielleicht auch die Angst vor dem, was wir tun würden.

Mein Blick suchte das niedrige, quer stehende Gebäude am Ende der doppelten Reihen einfacher Baracken, die den inneren Teil des Lagers bildeten. Seine Türen standen offen, und ein unheimlicher roter Schein fiel auf den festgestampften Lehm des Bodens hinaus. Ich glaubte die Hitze zu spüren, die aus dem Schacht drang, der sich dahinter verbarg.

»Du kannst es dir noch überlegen«, sagte Shannon leise. »Ich würde es verstehen, wenn du nicht mitkommst.«

Ich blickte ihn an und versuchte zu lachen, aber es wurde eher ein hysterisches Kreischen daraus. »Willst du wirklich eine Antwort darauf haben?«, fragte ich.

Shannon nickte. »Ich meine es ernst, Robert. Du wärest mir ohnehin keine große Hilfe. Nicht, solange du nicht im Vollbesitz deiner Kräfte bist.«

»Sie kehren zurück«, sagte ich heftig. »Tergard hat sie nur gelähmt, mehr nicht.«

»Das weiß ich«, antwortete Shannon. »Aber es kann Tage dauern, ehe du dich völlig erholt hast. So viel Zeit bleibt uns nicht.«

»Deshalb komme ich ja auch gleich mit«, sagte ich und fügte in bewusst ärgerlichem Tonfall hinzu: »Gib dir keine Mühe, Shannon. Ich werde ganz bestimmt nicht hierbleiben und die Wolken zählen, während du dorthinunter gehst und dich ganz allein mit Dagon und seinen Bestien herumschlägst. Ich komme mit.«

Shannon sah wohl ein, wie sinnlos es war, mich umstimmen zu wollen, und beschränkte sich auf ein resignierendes Seufzen.

Ich konnte mir lebhaft vorstellen, wie es in seinem Inneren aussah – wenig anders als in meinem. Das Schlimme war nicht einmal die Furcht davor, ein zweites Mal in Dagons unterirdisches Reich hinabsteigen zu sollen. Nein, das Schlimme war, dass weder Shannon noch ich auch nur die geringste Ahnung hatten, was wir dort unten antreffen würden.

Geschweige denn, was wir überhaupt dort wollten.

Unser ganzer Plan bestand darin, Dagon aufzuhalten. Irgendwie.

Seufzend wandte sich Shannon um und deutete mit einer Kopfbewegung auf den vorderen Teil des Lagers. Der Platz hinter dem inneren Tor war von den Überlebenden des Majunde-Stammes bevölkert, an die hundert Männer, Frauen und Kinder, die in kleinen Gruppen oder auch allein auf dem nackten Boden saßen. Es war ein bizarres Bild – das Lager war von seinen legitimen Besitzern verlassen, und es gab genug Räumlichkeiten, auch eine weit größere Zahl von Menschen aufzunehmen, als es Yo Mais Stamm darstellte, aber nicht ein einziger Eingeborener hatte eines der Gebäude betreten. Die Majundes mussten so hungrig und durstig sein wie ich – und ich hätte im Moment ein halbes Pferd verspeisen können – aber es war, als hielte sie irgendetwas davon zurück, den Steinbauten auch nur nahe zu kommen. Viele ihrer Stammesbrüder hatten hier ihr Leben lassen müssen. Es hatte Shannon und mich unsere ganze Überredungskunst gekostet, die Majundes allein dazu zu überreden, das Lager zu betreten, um eine Rast einzulegen.

Wir gingen zwischen den stumm dahockenden Eingeborenen hindurch und näherten uns dem größten der rechteckigen Steinbauten, die den Festungsteil des Lagers bildeten. Ich hatte noch mehrere Male versucht, die Majundes von ihrem Vorhaben abzubringen, zum Gipfel des Krakatau hinaufzugehen und dort die Entscheidung ihrer Götter abzuwarten, aber das Ergebnis war jedes Mal das Gleiche gewesen. Schließlich hatten Shannon und ich uns entschieden, ihnen ein Stück weit zu folgen, denn der Weg, den die Majundes nahmen, um zu ihren heiligen Höhlen zu gelangen, führte direkt an Tergards Lager vorbei.

Von hier ab würden sich unsere Wege trennen, denn während Yo Mai und seine Leute einem ungewissen Schicksal und dem Gipfel des Vulkanes entgegengingen, würden Shannon und ich die entgegengesetzte Richtung nehmen: lotrecht in die Erde hinab, hinunter zu Dagon und seinen *Ssaddit.* Und dem, was wir sonst noch dort finden mochten.

Ich vertrieb den Gedanken, schloss mit raschen Schritten zu Shannon auf und trat hinter ihm ins Innere des Hauptgebäudes. Dunkelheit und der unangenehme Geruch von abgestandenem Tabaksqualm und zu vielen Menschen, die zu lange auf zu engem Raum zusammengelebt hatten, schlugen uns entgegen. Rasch und ohne ein überflüssig Wort durchsuchten wir das Gebäude. Das Haus machte den Eindruck eines Gebäudes, das von seinen Bewohnern in höchster Eile verlassen worden war – Möbel waren umgestoßen und achtlos liegen gelassen worden, auf den Tischen standen Teller mit nur halb verzehrten Mahlzeiten, Türen standen offen.

Schließlich fanden wir, wonach wir suchten – die Küche. Nach den Erfahrungen, die ich mit Shannons Kochkunst gemacht hatte, schüttelte ich rasch den Kopf, als er sich anbot, eine Mahlzeit zuzubereiten, und erklärte, dass ein wenig kaltes Fleisch und Brot ihren Dienst taten. Nach neuerlichem, kurzen Suchen fanden wir die Speisekammer, und ich trug Brot und Pökelfleisch und ein Stück gesalzenen Schinken auf einem Tisch gleich neben der Tür auf, während Shannon das Feuer im Herd zu neuer Glut entfachte und Kaffee kochte.

Die nächste halbe Stunde verbrachten wir mit Essen. Shannons Kaffee schmeckte noch scheußlicher als sein Essen, aber er vertrieb wenigstens die bleierne Müdigkeit, die von mir Besitz ergriffen hatte. Im Grunde war diese Mahlzeit überflüssig. Es spielte keine besondere Rolle, ob wir mit knurrenden Mägen oder satt in Dagons unterirdisches Reich hinunterstiegen; wahrscheinlich würden wir ohnehin nicht mehr lange genug leben, um wirklichen Hunger zu bekommen. Es war nur ein Vorwand gewesen, den wir beide mit Freuden ergriffen hatten, das Unausweichliche noch einmal hinauszuschieben, und sei es nur für eine halbe Stunde.

Als wir fertig waren, wollte Shannon aufstehen, aber ich machte eine rasche Geste, sitzen zu bleiben.

»Warte noch«, bat ich. »Ich ... habe noch ein paar Fragen.«

Shannon sah mich an, und – es war verrückt, aber ich war absolut sicher – für einen Moment spiegelte sein Gesicht den gleichen Ärger, den ich schon einmal an ihm bemerkt hatte, am Morgen, als er mit Yo Mai sprach. Aber ich schob das Gefühl, wie schon einmal, auf den desolaten Zustand, in dem sich seine Nerven befinden mussten.

»Was ... was geschieht, wenn wir Erfolg haben?«, fragte ich.

Shannon legte den Kopf auf die Seite und sah mich misstrauisch an. »Wie meinst du das?«, fragte er.

»Wie ich es sage«, antwortete ich gereizt. »Was wirst du tun, wenn wir Dagon wirklich besiegen sollten?«

Shannon schwieg einige Sekunden, dann nickte er. »Ich verstehe«, sagte er. »Necron.«

»Necron«, bestätigte ich. »Du wirst zu ihm zurückkehren?«

Shannon nickte. »Ja. Aber aus anderen Gründen, als er ahnt.«

»Ich werde dich begleiten«, sagte ich.

Shannon lachte. »Du bist verrückt«, sagte er. »Glaube mir, Robert, du würdest seiner Drachenburg nicht einmal nahe genug kommen, um sie zu sehen. Ich weiß nicht einmal, ob es mir gelingt.«

»Trotzdem werde ich dich begleiten«, beharrte ich. »Necron wird nicht aufgeben, nur weil du ihm entkommen bist und ihm seinen magischen Kompass gestohlen hast.«

»Wenn wir das hier überleben«, sagte Shannon überzeugt, »hat er keinen Grund mehr, dich zu jagen, Robert.«

»Wie meinst du das?«, fragte ich verwirrt.

Shannon lächelte flüchtig und wurde sofort wieder ernst. »Es gibt nur einen Weg, Dagon aufzuhalten«, sage er. »Das weißt du so gut wie ich. Wir müssen das SIEGEL in unsere Hand bekommen, denn das ist es, woher er seine Kräfte nimmt. Ohne das SIEGEL DER MACHT ist er nichts weiter als ein kleiner Zauberlehrling, der nicht einmal mir gewachsen ist. Er ist ein Nichts, Robert, ein Mann, der von geliehener Kraft zehrt und es nicht einmal weiß.«

»Du weißt eine Menge über einen Mann, über den du nichts weißt«, sagte ich.

Shannon überging meinen Einwurf. »Wenn wir das SIEGEL in unsere Hand bekommen, ist nicht nur Dagon besiegt«, sagte er, »sondern auch Necron.«

Diesmal war ich ehrlich überrascht, und Shannon schwieg eine ganze Weile, als genösse er es, sich an meiner Verwirrung zu weiden. »Ich werde es dir erklären«, sagte er schließlich, »schon, damit du begreifst, wie wichtig es ist, dass wir Erfolg haben. Es geht hier um mehr als diese Insel, Robert. Dagon ist im Besitz der ersten beiden SIEGEL gewesen, aber er ahnt nicht einmal, welche Macht in seinen Händen liegt, glaube mir. Necron weiß es sehr wohl, und er wird seine Diener in Scharen schicken, sobald er herausgefunden hat, wo sich das zweite SIEGEL befindet!« Seine Miene verdüsterte sich. »Und ich fürchte, es wird nicht mehr lange dauern. Aber sie werden zu spät kommen.«

»Du willst es zerstören?«, vermutete ich.

Shannon nickte. »Wenn es mir gelingt. Aber es muss gelingen. Ohne dieses SIEGEL sind die anderen wertlos für Necron.«

»Wieso?«

»Es sind sieben, Robert«, erklärte Shannon. »SIEBEN SIEGEL DER MACHT, geschaffen von den ÄLTEREN GÖTTERN. SIEBEN SIEGEL, die die GROSSEN ALTEN selbst jetzt noch bannen und verhindern, dass sie Besitz von dieser Welt ergreifen. Du hast mir erzählt, dass du dabei warst, als dreizehn von ihnen in die Gegenwart gekommen sind, aber du kennst nur einen Teil der Wahrheit. Sie haben den Abgrund der Zeit überwunden, aber die, die sie vor Jahrmilliarden besiegten, sahen selbst diese Möglichkeit voraus. Sie schufen die SIEBEN SIEGEL DER MACHT, sieben magische Siegel, die die wahre Macht der GROSSEN ALTEN bannen. Sie sind Ungeheuer, furchtbare, schreckliche Dämonen, Robert, aber ihre wahre Macht können sie erst entfalten, wenn auch das siebente SIEGEL erbrochen wurde. Und sie müssen *alle* geöffnet werden, begreifst du? Es nutzt Necron überhaupt nichts, nur fünf oder meinetwegen auch sechs SIEGEL in seinem Besitz zu haben. Das Spiel heißt alles oder nichts. Wenn es mir gelingt, dieses eine SIEGEL zu zerstören, das sich in Dagons Besitz befindet, ist Necron erledigt. *Shub-Niggurath* wird ihn töten, wenn er auch diesmal versagt.«

Ich wollte antworten, aber in diesem Moment schoss ein dünner, heftiger Schmerz durch meine Brust. Hastig hob ich meine Tasse mit kalt gewordenem Kaffee und versuchte, mich dahinter zu verkriechen. Shannon musste nicht sehen, in welch schlechtem Zustand ich mich noch immer befand. Er war dazu fähig, auf eigene Faust loszugehen und mich zurückzulassen.

»Und wie willst du es tun?«, fragte ich gepresst.

»Was? Das SIEGEL vernichten?«

Ich nickte, und Shannon antwortete: »Es ist leicht, Robert. Magie hat es geschaffen, und Magie wird es wieder zerstören.«

»Gerade hast du das Gegenteil behauptet«, antwortete ich. Es fiel mir schwer zu sprechen. Der dünne Schmerz in meiner Brust nahm nicht ab, sondern im Gegenteil zu. Mein Herz begann schneller zu schlagen. Was zum Teufel geschah mit mir?

»Es ist leicht, es zu vernichten, verglichen mit der Mühe, die es kosten würde, es zu brechen«, antwortete Shannon. »Auch Necrons Macht reicht längst nicht dazu aus, Robert. Er ist nur ein Werkzeug. Wenn er alle sieben SIEGEL in seinem Besitz hat, dann –«

Der Schmerz in meiner Brust explodierte. Ein weißglühender Draht schien sich direkt in mein Herz zu bohren. Ich fuhr wie unter einem Peitschenhieb zusammen, versuchte zu schreien und bekam nur eine Stöhnen heraus. Die Kaffeetasse fiel aus meiner Hand und polterte zu Boden.

»Stell dich nicht so an«, sagte Shannon scherzhaft. »So schlecht ist mein Kaffee nun auch wieder nicht.«

Seine Gestalt begann vor meinen Augen zu verschwimmen. Ich keuchte, sackte haltlos zur Seite und fiel zu Boden, von Qualen geschüttelt und noch immer unfähig, auch nur den geringsten Laut hervorzubringen.

Ich hörte, wie Shannon ein erschrockenes Keuchen ausstieß und so heftig aufsprang, dass sein Stuhl umfiel, fühlte mich plötzlich an der Schulter gepackt und herumgerissen, aber vor meinen Augen waren nichts als wogende rote Schemen, und der glühende Draht, der in meinem Herzen wühlte, wurde zu einer weißglühenden Schwertklinge. Ein neues Gefühl gesellte sich zu dem Schmerz: ein Druck, der wuchs und wuchs und wuchs, bis ich glaubte, mein Herz wäre eine stählerne Feder, die bis zum Zerreißen gespannt war. Ich bekam noch immer keine Luft.

Shannon fiel neben mir auf die Knie, packte mich beim Kragen und schüttelte mich wild. »Robert!«, schrie er. »Was ist los?«

Ich versuchte zu sprechen, aber ich konnte es nicht. Verzweifelt hob ich die Hände, klammerte mich wie ein Ertrinkender an Shannon fest und stieß erstickte Laute aus.

»Ma ... gier«, krächzte ich. Woher ich die Kraft nahm, überhaupt zu sprechen, begriff ich selbst nicht. Der Druck auf mein Herz stieg noch immer an. »Majunde. Der ... der Zauberer ...«

Und endlich begriff Shannon. Hastig hob er mich in die Höhe, setzte mich wie eine Puppe auf den Stuhl zurück, presste die linke Hand auf meine Stirn und legte die andere mit weit gespreizten Fingern auf meine Brust, als wolle er mein Herz umfassen.

Der Schmerz erlosch, aber nicht sofort, wie die Male zuvor, als ich die unheimliche heilende Macht von Shannons Händen gespürt hatte, sondern nur langsam, zögernd und widerwillig, als würde in meinem Inneren ein verbissener Kampf ausgefochten. Ich sah, wie sich Shannons Gesicht vor Anstrengung verzerrte und Schweiß auf seine Stirn trat.

Die unsichtbare Feder in meiner Brust spannte sich weiter – und war verschwunden.

Mit einem erleichterten Keuchen sank ich nach vorne, prallte mit dem Gesicht auf die Tischplatte und rang nach Atem. Mein Herz hämmerte, und jeder einzelne Pulsschlag tat weh, unglaublich weh. Aber der glühende Draht war aus meinem Herzen verschwunden.

»Der Magier«, stöhnte ich. »Er ... er bringt mich um, Shannon. Er tötet mich.«

Shannon antwortete, aber ich verstand seine Worte nicht, denn in meinen Ohren war plötzlich ein dumpfes, an- und abschwellendes Rauschen, das ich erst nach endlosen Sekunden als das Geräusch meines eigenen Blutes identifizierte.

Erst als mich Shannon reichlich unsanft in die Höhe riss und mich zwang, ihn anzusehen, zerriss der erstickende Schleier, der sich um meine Gedanken gelegt hatte. Mühsam schob ich seine Hände beiseite, hielt mich an der Tischkante fest und presste die Hand auf die Brust. Shannons Gestalt begann sich vor meinen Augen zu verbiegen und verdrehen, als betrachte ich sie durch einen Zerrspiegel. Der Geschmack nach salzigem Blut war in meinem Mund. Ich hatte mir auf die Zunge gebissen, ohne es überhaupt zu merken.

»Was hast du damit gemeint – der Magier?«, fragte Shannon.

»Er hat versucht, mich umzubringen, Shannon«, murmelte ich. Was war los mit ihm? Er hätte den magischen Angriff so deutlich spüren müssen wie ich, schließlich waren seine Kräfte nicht durch einen Bann gelähmt. Aber ich war noch viel zu verstört, um den Gedanken konsequent zu Ende zu verfolgen. »Ich weiß nicht, was er tut, aber es war ... es war das Gleiche wie gestern Nacht.«

Einen Moment lang blickte mich Shannon unsicher an, dann

wandte er sich um und wollte aus dem Zimmer stürmen. Ich hielt ihn zurück.

»Ich komme mit dir.« Der Gedanke, allein hier zurückzubleiben und womöglich einem zweiten Angriff des Majunde-Zauberers hilflos ausgeliefert zu sein, ließ mich innerlich frösteln.

Shannon lachte. »Red keinen Unsinn«, sagte er. »Du kannst doch kaum stehen. Du wartest hier, bis ich zurück bin. Ich werde mir den Burschen vorknöpfen.«

»Ich begleite dich!«, sagte ich entschieden. »Schließlich hat er mich angegriffen, nicht dich.«

Diesmal widersprach Shannon nicht mehr.

Das Lager hatte sich verändert, als wir aus dem Haus stürmten. Die Majundes hatten sich zu kleinen Gruppen zusammengefunden und Feuer entzündet, über denen sie mitgebrachte Lebensmittel erhitzten, und hier und da hatte sich einer auf dem nackten Boden ausgestreckt und schlief.

Shannon deutete auf Yo Mai, der zusammen mit einer Hand voll Majunde-Krieger am Tor stand und ganz offensichtlich in eine erregte Diskussion verstrickt war. Wir eilten zu ihnen, und Shannon riss den Majunde grob an der Schulter herum, ohne auf die drohenden Blicke der anderen zu achten.

»Wo ist euer Magier?«, schnauzte er.

Yo Mai blickte ihn einen Moment unverstehend an. »Unser Magier?«, wiederholte er. »Warum? Was willst du von ihm?«

»Nichts«, fauchte Shannon. »Aber ich habe das Gefühl, er will etwas von uns.« Zornig deutete er auf mich. »Um ein Haar hätte er meinen Freund hier umgebracht, Wilder! Wo ist er?«

»Ich ... weiß es nicht«, gestand Yo Mai verwirrt. »Ich werde ihn suchen.« Er wandte sich an die Männer, die im Halbkreis um uns standen, und wechselte ein paar rasche Worte im Dialekt des Stammes mit ihnen. Sie entfernten sich. Dann drehte er sich wieder zu Shannon um. Die Verwirrung war aus seinen Zügen gewichen und hatte allmählich aufkeimendem Zorn Platz gemacht. »Was bedeutet das alles?«, fragte er. »Ihr habt unser Wort, dass wir uns nicht in eure Dinge mischen.«

»Deines vielleicht«, sagte Shannon wütend. »Aber euer Hinterhofzauberer schert sich einen Dreck darum. Wäre ich nicht dabei gewesen, wäre Robert jetzt tot.«

Yo Mai erschrak sichtlich, sah mich einen Moment verunsichert an und schüttelte ein paar Mal den Kopf, als könne er nicht glauben, was er hörte.

Nach einer Weile kamen die Eingeborenen zurück, die er weggeschickt hatte, um nach dem Magier zu suchen. Und sie kamen allein. Es war nicht schwer, den Ausdruck auf ihren exotisch geschnittenen Gesichtern zu deuten.

»Er ... ist nicht mehr da«, sagte Yo Mai stockend, nachdem er mit seinen Leuten gesprochen hatte. »Ich verstehe das nicht.«

»Was soll das heißen, nicht mehr da?«, schnappte Shannon. Seine Wut – die ich noch immer nicht verstand – war keineswegs besänftigt, sondern schien durch die Worte des Majunde eher noch weiter angestachelt zu werden.

»Er ist ... nicht im Lager«, gestand Yo Mai, wobei er Shannons Blick auswich. »Ein paar Männer haben gesehen, wie er weggegangen ist, kurz ehe wir hierherkamen.«

»Wohin?«, fauchte Shannon.

Yo Mai sah auf, aber er blickte mich an, nicht Shannon. Dann hob er die Hand und deutete auf den Gipfel des Krakatau. »Dorthin«, sagte er. »Zu den heiligen Höhlen unseres Volkes.«

Ich wollte antworten, aber ich kam nicht dazu, denn in diesem Moment flammte ein neuer, quälender Schmerz in meiner Brust auf.

Es war längst nicht so schlimm wie der erste Angriff, eigentlich nur ein dünner, tief gehender Stich, eher lästig als wirklich schmerzhaft. Aber er blieb.

Die Wärme des Vulkans machte sich hier oben, näher an seinem Krater als an der Küste und dem Meeresspiegel, unangenehm bemerkbar. Trotz des hellen Sonnenlichtes schien der Himmel unmittelbar über dem wie abgeschnitten wirkenden Gipfel des Berges in düsterem Rot zu glühen, und in fast regelmäßigen Abständen ertönte ein dumpfes, knirschendes Grollen, manchmal gefolgt von einer Säule feuriger Lava, die aus der Caldera des Vulkans emporschoss und fauchend wieder zurücksank.

»Der Berg ist unruhig«, sagte Roosfeld. –

Tergard zog eine Grimasse. »Eine ungemein intelligente Feststellung, Roosfeld«, murmelte er. »Was würde ich nur ohne dich tun?«

Roosfeld schluckte, senkte den Blick und konzentrierte sich ganz darauf, neben Tergard den abschüssigen Hang hinaufzusteigen, ohne auf dem losen Geröll das Gleichgewicht zu verlieren. Tergard war gereizt, und Roosfeld wusste nur zu gut, wie unberechenbar der Templer sein konnte, wenn er schlechter Laune war.

Schweigend stiegen sie weiter, überwanden den Hang und drangen wieder in den Dschungel ein, der hier oben nicht ganz so undurchdringlich war wie weiter unten an der Küste. Trotzdem würden sie den Krater nicht vor Sonnenuntergang erreichen, das wusste Roosfeld. Und seit der vergangenen Nacht hatte er Angst, nach Dunkelwerden hier zu sein. Er wusste, dass die Feuerwürmer wiederkommen würden. Tergard mochte ihn als Idioten betrachten, aber so dumm, sich nicht auszurechnen, dass Dagon sie mit aller Macht verfolgen würde, war er nun auch wieder nicht.

Tergard blieb stehen, als sie einige Schritte in den Wald eingedrungen waren. Ein angespannter Ausdruck lag mit einem Male auf seinem Gesicht. Roosfeld sah, dass seine Rechte unter dem Mantel zum Schwert kroch.

»Was ist?«, fragte er alarmiert.

Tergard machte eine rasche, ungeduldige Geste, zu schweigen, und sah sich aufmerksam um. Auch Roosfeld lauschte, aber er hörte nichts außer dem mühsamen Hämmern seines eigenen Herzens und den natürlichen Geräuschen des Waldes, in die sich das Grollen des Berges wie düsterer Trommelschlag gemischt hatte.

Die Bäume vereinigten ihre Kronen fünfzig Meter über ihren Köpfen zu einem beinahe völlig geschlossenen Blätterdach, das nur wenig Licht hindurch ließ, sodass sie in schattigem Halbdunkel standen, in dem die Schatten zu furchtbarem eigenen Leben zu erwachen schienen.

»Irgendetwas ist hier nicht in Ordnung«, murmelte Tergard. Plötzlich drehte er sich herum, hob den Arm und bedeutete den Soldaten, die ihnen in wenigen Schritten Abstand gefolgt waren, mit ungeduldigen Gesten, aufzuschließen. Die Männer gehorchten und bildeten einen weit gespannten Kreis um Tergard und Roosfeld.

Es war ein beinahe bizarrer Anblick. Wie Tergard selbst und auch Roosfeld hatten die Soldaten ihre niederländischen Marineuniformen gegen die zeremoniellen Gewänder der Tempelherrn getauscht – schwarze Hosen und Stiefel, Kettenhemden und darüber ein hüftlanges, weißes Gewand mit einem aufgestickten roten Kreuz. Bisher hatte Roosfeld immer einen Hauch von Ehrfurcht verspürt, wenn er diese

Gewänder sah. Hier, inmitten des tropischen Dschungels und im Angesicht des Flammen speienden Giganten über ihren Köpfen, kamen sie ihm albern vor.

»Irgendjemand belauert uns«, murmelte Tergard. »Ich spüre es. Wir –«

Der Rest seines Satzes ging in einem peitschenden Laut und dem gellenden Schrei eines der Templer unter. Roosfeld hatte einen flüchtigen Eindruck eines lang gestreckten, schlanken Schattens, der aus dem Unterholz herausflog, und beinahe im gleichen Augenblick griff sich einer der Soldaten an den Hals und brach in die Knie, beide Hände um den Schaft des Pfeiles gekrallt, der plötzlich aus seiner Kehle ragte.

»Das ist ein Überfall!«, brüllte Tergard. »In Deckung!«

Aber wenn die Männer seine Worte überhaupt verstanden, so blieb ihnen keine Zeit, darauf zu reagieren. Plötzlich sirrten ein zweiter und dritter Pfeil heran, und ein weiterer Tempelherr brach getroffen zusammen.

Aber der Augenblick der Überraschung währte nicht lange. Auf Tergards befehlenden Schrei hin zogen sich die Männer zu einem engen, Schulter an Schulter geschlossenen Kreis zusammen, lösten die großen dreieckigen Schilde von den Rücken und knieten dahinter nieder, eine lebende Schutzmauer um Tergard und Roosfeld bildend.

Der nächste Pfeilhagel prallte harmlos von den schweren Eichenschilden ab.

»Da sind sie!« Tergard deutete auf eine Stelle im Unterholz, an der sich die Schatten bewegt hatten. »Greift an!«

Die Männer gehorchten. Während die Hälfte von ihnen zurückblieb, um ihren *Master* zu beschützen, sprangen die anderen auf und rannten, die Schilde schützend erhoben und die Schwerter gezückt, los. Rücksichtslos brachen sie durch das Unterholz und waren verschwunden. Wenige Augenblicke später erscholl ein ganzer Chor gellender Schreie – und dann hörte Roosfeld Kampflärm.

Er sah die Bewegung im letzten Augenblick, aber seine Reaktion kam zu spät. Ein kleiner, bronzebraun gebrannter Körper stürzte auf ihn herab, riss ihn mit dem ungestümen Schwung seines Anpralles nach hinten und schwang ein fast armlanges Messer. Roosfeld wich einem wütenden Stich aus und packte das Handgelenk des Eingeborenen. Rechts und links von ihm erschienen weitere Majundes, stürzten aus den Ästen der Bäume herab oder erschienen wie aus dem Boden gewachsen hinter Unterholz und Geäst, um sich mit verbissener Wut auf die kleine Templerarmee zu stürzen.

Roosfeld kämpfte wie ein Besessener. Er war viel stärker als der Majunde, der ihn angefallen hatte, aber der Eingeborene kämpfte mit der Wut und Schnelligkeit einer Wildkatze, und Roosfeld wurde durch seinen verbundenen Arm stark behindert.

In Todesangst bäumte er sich auf, stieß den Majunde von seiner Brust und versuchte abermals, seinen Arm zu packen. Seine Bewegung war nicht schnell genug; er verfehlte den Arm des braungebrannten Kriegers, und die Messerklinge fuhr in seine Hand.

Roosfeld taumelte zurück und brach in die Knie. Der Majunde wirbelte herum, schlug ihm mit dem Ellbogen ins Gesicht und stieß ihm den Dolch in den Leib.

Es tat nicht einmal besonders weh, aber es war, als wiche von einem Sekundenbruchteil auf den anderen jegliche Energie aus Roosfelds Körper. Der weiße Stoff seines Templergewandes begann sich dunkel zu färben.

Roosfeld kippte nach vorne, aber seine Arme hatten nicht mehr die Kraft, das Gewicht seines Körpers zu tragen. Ein stechender Schmerz durchzuckte seine Brust, dann wurde ihm schwarz vor Augen.

Er erwachte aus seiner Ohnmacht, als ihn eine Hand an der Schulter berührte und ihn auf den Rücken drehte. Über seinem Gesicht erschien ein verschwommener Fleck, den er erst nach Sekunden als Tergards Antlitz identifizierte. Der *Master* des Templerordens war verletzt: Über seinem Auge klaffte ein blutender Schnitt, und es sah aus, als hätte man ihm ein Büschel Haare ausgerissen. Aber keine dieser Verletzungen war ernsthaft.

»Steh auf, Roosfeld«, begann er ungeduldig. »Sie sind geflohen. Wir müssen weiter.« Er stockte, als sein Blick an Roosfelds Leib herabglitt und er den allmählich größer werdenden, dunklen Fleck auf seinem Gewand gewahrte, aus dessen Mitte der lederumwickelte Griff des Messers ragte.

»Helfen ... Sie mir«, stöhnte Roosfeld. Die Schwäche in seinen Gliedern wurde immer schlimmer, und hinter seinen Gedanken begann sich etwas Dunkles zusammenzuballen.

»Helfen?« In Tergards Blick war kein Mitleid, als er den Kopf schüttelte. »Wie soll ich dir helfen, du Narr?«, fragte er. »Wir sind meilenweit von der Garnison entfernt. Ich kann nichts für dich tun.«

Er stand auf, schob sein Schwert in den Gürtel zurück und wies mit einer herrischen Geste nach Westen, zum Gipfel des Krakatau. »Weiter!«, befahl er. »Wir müssen vor Sonnenuntergang oben sein.«

Gehorsam wandten sich die Templer um und gingen – und nach einem letzten, mitleidlosen Blick auf Roosfeld herab drehte sich auch Tergard selbst um.

»Helfen Sie mir!«, flehte Roosfeld. »Sie ... Sie können mich doch nicht einfach hier zurücklassen.«

Beinahe war er überrascht, als Tergard tatsächlich noch einmal stehen blieb und zu ihm zurücksah. Aber plötzlich lächelte der Tempelherr; ein dünnes, grausames Lächeln, das Roosfeld beinahe mehr traf als der Schmerz, der nun allmählich in seinem Leib emporkroch.

»Doch, Roosfeld«, sagte Tergard leise. »Ich kann.«

Vor einer Stunde war der Dschungel hinter uns zurückgeblieben, und die letzte Meile der Strecke zum Gipfel hinauf waren wir durch eine Landschaft aus Felsen und scharfkantigen Lavatrümmern und jäh aufklaffenden Spalten geirrt, wie sie bizarrer kaum auf der Oberfläche eines fremden Sternes sein konnte.

Die Luft schmeckte scharf und brannte beim Atmen in den Lungen, und vom Himmel strahlte der blutig rote Widerschein der Lava auf uns herab.

Ich vermochte kaum noch zu gehen. Immer wieder verschwamm der Gipfel vor meinen Augen, und wäre Shannon nicht gewesen, der mich von Zeit zu Zeit sanft an der Stirn berührte und mir neue Kraft gab, wäre ich wahrscheinlich schon nach der Hälfte des Weges zusammengebrochen. Die Schmerzen kamen jetzt in Schüben, wie ein Bombardement kleiner, glühender Nadeln, die sich tief in meine Brust bohrten und sich meinem Herzen jedes Mal ein Stückchen weiter näherten, und wenngleich sie noch immer nicht so heftig waren, dass ich nicht mehr hätte weitergehen können, zehrten sie doch an meinen Kräften.

Das Schlimme war, dass mir Shannon diesmal nicht helfen konnte. Er hatte es getan, unten im Lager, und den Schmerz vertrieben, aber es kostete ihn jedes Mal große Anstrengung, es zu tun. Und er konnte mich nicht ununterbrochen bewachen, während unser geheimnisvoller Feind nach Gutdünken zuschlagen konnte.

Das hieß – so geheimnisvoll war unser Gegner gar nicht. Weder Yo

Mai noch ich hatten eine Erklärung dafür gefunden, warum er mich nach allem, was er gesehen und gehört hatte, noch immer angriff, aber der wühlende, immer schlimmer werdende Schmerz in meiner Brust bewies mir, dass er es tat. Vielleicht war Tergards hypnotischer Bann doch stärker gewesen, als wir angenommen hatten, oder der Hass auf alle Weißen war so stark in ihm, dass er keinen Unterschied mehr zwischen uns und Tergards Mörderbande machte. Vielleicht hatte er auch schlichtweg den Verstand verloren – was ihn nicht daran hindern würde, mich umzubringen, wenn wir ihn nicht rechtzeitig fanden. Unsere einzige Hoffnung war, dass Yo Mai und eine Hand voll seiner Leute uns begleitet hatten, um uns den Weg zu den heiligen Höhlen ihres Volkes zu zeigen.

Im Moment allerdings zweifelte ich ernsthaft daran, dass wir diese Höhlen überhaupt noch erreichen würden. Der Hang wurde immer steiler, und auch das letzte Zeichen von Leben war längst hinter uns zurückgeblieben; wir stolperten über eine verbrannte, geborstene Landschaft, über die nach Schwefel stinkende Dämpfe trieben und von deren Himmel es manchmal Feuer regnete.

Obwohl die Sonne sank und unten im Tal längst die Dämmerung hereingebrochen sein musste, war es hier oben noch immer taghell. Aber es war ein hartes, rotes Licht, das nicht vom Himmel, sondern aus dem Schlund des Vulkankraters vor uns kam, und es brachte eine erstickende Hitze mit sich.

Beides würde noch schlimmer werden, sobald wir den Grat überstiegen hatten, denn der Eingang der heiligen Höhlen lag auf der Innenseite des Kraters.

Die Sonne ging vollends unter, als wir den Grat überschritten und die Caldera des Krakatau unter uns lag – ein gigantisches, weit über eine Meile messendes Oval, dessen jäh in die Tiefe stürzende Flanken aus schwarz verbrannter, wie poliertes Glas schimmernder Lava bestanden und das von flüssigem Feuer erfüllt war.

Der höllische See tief unter uns war von brodelnder Bewegung erfüllt. Gewaltige, träge Blasen stiegen in dem geschmolzenen Stein hoch und zerplatzten, und manchmal schossen feurige Geysire hundert und mehr Yards steil in die Höhe und ließen Feuer und brennende Lavatropfen vom Himmel regnen. Ein dumpfes unablässiges Grollen schlug uns entgegen, ein Laut, der mich an das zornige Fauchen eines gewaltigen steinernen Ungeheuers erinnerte, das uns verschlingen würde, wenn wir ihm zu nahe kamen.

Plötzlich verstand ich, warum dieser Flammen speiende Berg für die Majundes ein Gott war. In gewisser Beziehung war er es wohl wirklich.

»Wo sind diese Höhlen?«, wandte sich Shannon an Yo Mai, der dicht hinter uns den Hang hinaufgestiegen und zwischen Shannon und mir stehen geblieben war, um keuchend nach Atem zu ringen. Es erfüllte mich mit einer absurden Zufriedenheit, dass auch die anderen unter dem Biss der schwefelgesättigten Luft litten.

Yo Mai deutete nach rechts unten. »Dort«, sagte er. »Nicht sehr weit. Aber der Weg ist gefährlich. Lasst mich vorausgehen.«

Er machte einen Schritt, aber Shannon griff blitzschnell zu und hielt ihn zurück, mit einem so festen Griff, dass sich das Gesicht des jungen Majunde für Sekunden vor Schmerz verzerrte.

»Keine Tricks, Eingeborener«, sagte Shannon kalt. »Wenn du versuchst, uns zu hintergehen, endest du dort unten.« Er wies mit einer Kopfbewegung auf den See aus brennender Lava und stieß Yo Mai von sich, so heftig, dass dieser um ein Haar das Gleichgewicht verloren hätte.

Yo Mai starrte ihn eine Sekunde lang mit unverhohlenem Hass an. »Du täuschst dich, weißer Mann«, sagte er zornig. »Ich habe euch nicht begleitet, um euch zu helfen. Was unser Magier getan hat, hat unsere Ehre beschmutzt. Er hat die angegriffen, die unter unserem Schutz stehen, und unsere Gastfreundschaft gebrochen. Dafür werde ich ihn bestrafen. Ihr interessiert mich nicht.« Damit wandte er sich um und lief weiter, und Shannon und ich folgten ihm.

»Warum bist du so feindselig?«, fragte ich. »Er meint es ehrlich.«

»Feindselig?« Einen Moment lang starrte mich Shannon wütend an, dann blickte er zu Boden, zuckte mit den Achseln und seufzte. »Du hast Recht«, sagte er. »Entschuldige. Aber es wird ... es wird alles zu viel. Verdammt, als ob es nicht genug wäre, gleichzeitig gegen Tergard und diesen irrsinnigen Fischanbeter zu kämpfen. Meine Nerven sind einfach nicht mehr die besten.«

»Vielleicht wirst du alt«, vermutete ich scherzhaft.

»Das hoffe ich«, antwortete Shannon. »Uralt sogar. Ich habe vor, im Bett zu sterben. Irgendwann in der zweiten Hälfte des zwanzigsten Jahrhunderts.« Er lachte und nach einigen Sekunden stimmte auch ich – wenn auch etwas gequält – in sein Lachen ein. Wir waren wohl beide überanstrengt und dadurch reizbarer, als gut war.

Eine Sekunde später hörte ich auf zu lachen und griff Halt suchend nach Shannons Hand, als ein neuer, greller Schmerz durch meine Brust schoss. Shannon fluchte, hielt mich mit der linken Hand aufrecht und fummelte mit der anderen an meinem Hals herum. Eine Sekunde später erlosch der Schmerz wie abgeschnitten. Keuchend rang ich um Atem. Diesmal war es schlimmer gewesen als zuvor. Noch zwei, drei solcher Attacken, dachte ich schaudernd, und es war aus.

»Geht es wieder?«, fragte Shannon besorgt.

Ich nickte, schob seine Hand zur Seite und machte einen vorsichtigen Schritt. »Alles in Ordnung«, murmelte ich, mit einer Stimme, die meine Worte Lügen strafte. »Was ist das, Shannon? Welche Art von Magie benutzt er?«

Shannon runzelte die Stirn. »Eine, die er gar nicht kennen dürfte«, sagte er stockend. »Ich ... habe davon gehört. Voodoo.«

»Was?«, fragte ich.

Shannon lächelte flüchtig. »Ein Kult«, erklärte er. »Und eine Methode, sich seiner Gegner zu entledigen, ohne sie auch nur zu berühren. Es ist sogar ziemlich weit verbreitet, allerdings nicht in diesem Teil der Welt. Ich vermute, Tergard hat ihm diesen kleinen schmutzigen Trick beigebracht. Aber es ist auch unsere einzige Hoffnung.«

»Oh«, sagte ich sarkastisch. »Das beruhigt mich ungemein.«

»Wenn ich Recht habe«, murmelte Shannon unbeirrt, »dann bleibt uns noch etwas Zeit. Der Schmerz, den du spürst, ist das, was er der Voodoo-Puppe antut, die er von dir gemacht hat. Aber ein Voodoo-Zauber braucht Zeit, um zu wirken. Wenn wir ihn rechtzeitig genug finden und ihm die Puppe abnehmen, hat er keine Macht mehr über dich.«

»Wenn das so ist, sollten wir uns beeilen«, murmelte ich mit einer Kopfbewegung auf Yo Mai, der schon ein gutes Stück Vorsprung gewonnen hatte. »Ich habe keine besondere Lust, herauszufinden, ob dieser Bubu-Kram wirklich funktioniert.«

»Voodoo«, lächelte Shannon. »Und er funktioniert, mein Wort darauf.«

Wir gingen weiter, dem flammenden See aus Hitze am Grunde des Kraters und dem Eingang der heiligen Majunde-Höhlen entgegen. Die erstarrte Lava unter unseren Füßen wurde so heiß, dass ich es selbst durch die dicken Sohlen meiner Schuhe hindurch unangenehm zu spüren begann. Wie Yo Mai und seine Begleiter barfüßig die Hitze ertrugen, war mir ein Rätsel.

Schließlich erreichten wir den Eingang der Höhlen.

Nach allem, was ich darüber gehört hatte, war ich beinahe enttäuscht, als ich dicht hinter Shannon geduckt durch den niedrigen Eingang trat. Die Höhle war nicht einmal hoch genug, um aufrecht darin stehen zu können, und von düsterem, flackerndem, rotem Licht erfüllt, und aus einem schmalen, dreieckigen Gang, der tiefer in den Leib des Berges hineinführte, drang ein Schwall erstickend warmer, trockener Luft.

»Er ist hier«, sagte Shannon plötzlich.

Yo Mai und ich sahen ihn gleichzeitig verwirrt an.

»Woher willst du das wissen?«, fragte ich.

»Ich spüre es«, murmelte Shannon. Seine Stimme klang gepresst. Irgendetwas schien ihn zu verunsichern. »Aber da ist noch etwas. Ich ...« Er brach ab, schwieg einen Moment und sah Yo Mai an. »Wohin führt dieser Gang?«, fragte er, während er auf den Tunnel am Ende der Höhle deutete.

»Tiefer in den Berg hinein«, sagte Yo Mai. »Zu den eigentlichen Höhlen. Aber es ist Fremden verboten, sie zu betreten. Ihr werdet hier warten. Meine Brüder und ich werden gehen und den Zauberer suchen.«

»Und wir bleiben hier?« Shannon ließ ein leises, hässliches Lachen ertönen. »Du bist verrückt, wenn du das wirklich glaubst, Wilder.«

»Ihr bleibt!«, beharrte Yo Mai. Drohend trat er einen Schritt auf Shannon zu und starrte ihn herausfordernd an. Dass der junge Drachenkrieger beinahe zwei Köpfe größer als er und sehr viel kräftiger war, schien ihn nicht im mindesten zu beeindrucken.

»Kein weißer Mann wird jemals die heiligen Höhlen betreten, so spricht das uralte Gesetz des großen Gottes Krakatau«, sagte er.

»Und du willst mich daran hindern?«, fragte Shannon spöttisch.

Yo Mai nickte ernst. »Du wirst mich töten müssen, wenn du in diesen Gang gehen willst«, sagte er. »Und meine Brüder auch.«

Wie um seine Worte zu unterstreichen, traten die drei Majunde-Krieger, die uns begleitet hatten, hinter Yo Mai und legten die Hände auf ihre Waffen. Shannons Lächeln wurde noch eine Spur spöttischer. Ich sah, wie er ganz leicht die Beine spreizte und auf dem rauen Boden nach festem Stand suchte.

»Seid ihr verrückt geworden?«, keuchte ich. »Shannon! Yo Mai – was ist in euch gefahren? Wir sind nicht hergekommen, um uns zu streiten!«

Shannon brachte mich mit einer herrischen Geste zum Verstummen. »Halt den Mund, Robert!«, fauchte er. »Ich werde das klären, und zwar gleich. Dieser verdammte Magier ist dort drinnen und ich werde hineingehen und ihn holen. Versuche mich aufzuhalten, wenn du es wagst, Majunde!«

Die letzten Worte waren an Yo Mai gerichtet gewesen, der noch immer mit erhobenen Armen vor dem Stollen stand und Shannon den Weg verwehrte. Ich war sehr sicher, dass er nicht weichen würde.

»Shannon!«, sagte ich verzweifelt. »Was in drei Teufels Namen ist in dich gefahren? Was geschieht mit dir?«

Shannons Antwort ging in einem peitschenden Knall unter, der von der verwirrenden Akustik der Höhle noch verstärkt und tausendfach gebrochen wurde. Yo Mai keuchte, machte einen unsicheren Schritt nach vorne – und brach in die Knie.

Aus seinem Rücken ragte der zitternde Schaft eines Pfeiles ...

Shannon reagierte, noch ehe ich den Anblick wirklich zur Kenntnis genommen hatte. Mit einem Schrei stieß er mich beiseite, sprang vor und warf sich mit weit ausgebreiteten Armen auf die drei Majunde-Krieger, um sie zu Boden zu reißen.

Keine Sekunde zu früh. Ein zweiter Pfeil zischte aus dem Gang und zerbrach am Fels, dort, wo ich gerade noch gestanden hatte. Shannon sprang mit einer unglaublich schnellen Bewegung auf die Füße und rannte los, direkt auf den Stollen zu!

Den dritten Pfeil fing er auf.

Ich weiß, dass es unmöglich ist. Nicht einmal die überzüchteten Reflexe eines Drachenkriegers konnten schnell genug sein, einen aus allernächster Nähe abgeschossenen Pfeil im Fluge zu fangen, aber er tat es, zerbrach das Geschoss mit einem wütenden Schrei und rannte weiter, um in die Schwärze jenseits des Höhleneinganges einzutauchen. Sekunden später erscholl ein dumpfer Laut – und dann war Stille.

Vorsichtig stemmte ich mich in die Höhe, näherte mich dem Stollen und versuchte, irgendetwas zu erkennen. Er war nicht sehr lang, und die Höhle, in der er endete, war von düsterem rotem Licht erfüllt. Shannon stand wenige Schritte jenseits des Gangendes, breitbeinig und leicht über eine reglose Gestalt gebeugt, die vor seinen Füßen lag. In seinen Händen hielt er einen mannsgroßen Majunde-Bogen, den er in zwei Teile zerbrach, als ich hinter ihm aus dem Gang trat.

Verwirrt blickte ich mich um.

Die Höhle war gigantisch, ein Dom aus Lava, in dem ich mir winzig und verloren vorkam, aber schon wenige Schritte vor uns brach der Boden entlang einer messerscharf gezogenen Kante jäh ab. Dahinter – und gut hundert Yards tiefer – loderte die brennende Lava des Krakatau. Eine schmale, geländerlose Steinbrücke führte direkt vor uns über den brennenden Abgrund. Allein der Gedanke, sie betreten zu sollen, ließ mich schaudern. Und plötzlich spürte ich, dass es vielleicht besser gewesen wäre, Yo Mais Warnung ernst zu nehmen. Es war etwas Unheimliches an diesem Ort. Kein Weißer sollte hier sein. Dies war ein Reich von Kräften, mit denen uns zu messen weder Shannon noch ich stark genug waren.

Aber solcherlei Überlegungen kamen wohl zu spät. Ich hörte Schritte hinter mir und wusste, dass es die drei Majundes waren, und auch ohne mich umzudrehen wusste ich, dass sie ihre Waffen gehoben und auf Shannon und mich angelegt hatten.

Ohne ein weiteres Wort trat ich an Shannon vorbei und beugte mich über den Eingeborenen, den er niedergeschlagen hatte. Ich war nicht überrascht, als ich feststellte, dass er tot war. Nur schockiert.

»Warum hast du ihn umgebracht?«, fragte ich leise.

In Shannons Augen blitzte es trotzig auf. »Er wollte uns töten«, antwortete er. Wütend warf er mir den zerbrochenen Bogen vor die Füße. »Damit. Hast du das schon vergessen?«

»Du hättest ihn nicht töten müssen«, sagte ich matt. »Mein Gott, Shannon – was ist los mit dir? Was hat dieser Teufel Necron mit dir gemacht? Du ... du bist nicht mehr der Mann, den ich gekannt habe.«

Shannon schürzte abfällig die Lippen. »Vielleicht hast du mich niemals richtig gekannt, kleiner Hexer«, sagte er böse. »Vielleicht wäre es auch besser gewesen, wenn ich nicht gekommen wäre, um dich zu retten.« Er brach ab, blickte einen Moment wortlos auf einen Punkt irgendwo hinter mir und fuhr in veränderter Tonlage fort: »So wie es aussieht, spielt das keine Rolle mehr. Schau hinter dich.«

Gehorsam drehte ich mich um.

Die Gestalt war wie ein Schatten aus dem Nichts erschienen. Die Flammen der brennenden Lava zeichneten huschende Schatten und verwirrende Lichtreflexe auf die hölzerne Tiermaske, die ihre Züge verbarg. Es war der Magier, der Zauberer des Majunde-Stammes, der mir den Tod geschworen hatte. In seinen Händen lag eine kleine, roh gefertigte Stoffpuppe, und hinter ihm bewegten sich weitere Schatten. Ich schätzte, dass wir einem knappen Dutzend Eingeborener gegenüberstanden. Die drei nicht einmal mitgerechnet, die uns den Rückweg verwehrten. Selbst ohne die gespannten Bögen in den Händen der Krieger kein sehr gutes Verhältnis.

»Ihr weißen Teufel!«, zischte er. »Ihr wagt es, selbst das Heiligtum unseres Volkes zu entweihen. Ich werde euch vernichten. Der große Gott Krakatau selbst wird sich an euch rächen, an euch und eurem ganzen Volk.«

»Du täuschst dich, Magier«, sagte Shannon kalt. »Nicht wir sind deine Feinde. Deine eigene Dummheit wird dich umbringen.«

Der Magier nahm die Beleidigung ohne die geringste sichtbare Reaktion hin. Nur die Krieger, die in seiner Begleitung waren, rückten ein Stück näher. Nervös sah ich mich nach einem Fluchtweg um, aber die einzige Richtung, die uns blieb, war die steinerne Brücke, die über den Abgrund führte. Ich vergaß den Gedanken an eine Flucht sehr rasch wieder. Eine bessere Zielscheibe als einen Mann, der über diesen kaum armbreiten Steg balancierte, konnten sich die Eingeborenen gar nicht wünschen.

»Rühr dich nicht«, flüsterte Shannon plötzlich. »Und bleib ganz dicht bei mir, gleich, was geschieht.« Laut und an den Zauberer gewandt, fuhr er fort: »Du selbst hast diesen Ort entweiht, Magier, denn du hast einen deiner Brüder ermorden lassen, hier, in den heiligen Höhlen deines Volkes, in denen das Blut keines Majunde jemals vergossen werden darf.«

»Lüge!«, kreischte der Magier. Seine Finger krallten sich zornig um die kleine Stoffpuppe, und ich hob instinktiv die Hand an die Brust. Aber der Schmerz, auf den ich wartete, kam nicht. Noch nicht.

»Yo Mai war ein Verräter!«, fuhr der Magier erregt fort. »Er hat die heiligen Höhlen entweiht, nicht ich. Er hätte euch nie hierher bringen dürfen. Er hat den Tod verdient. So wie ihr.«

»Aber sicher«, sagte Shannon ruhig. »Trotzdem schlage ich vor, dass wir uns später darüber streiten. Warum legst du nicht die Puppe zu Boden und kommst her? Und ihr anderen werft eure Waffen weg – bitte.«

Die Eingeborenen gehorchten.

Langsam, als hielte er eine kostbare Last aus zerbrechlichem Glas, legte der Magier die Voodoo-Puppe vor sich auf den Fels, während seine Krieger ihre Bögen entspannten und nacheinander in den Abgrund warfen.

Sekundenlang starrte ich fassungslos auf das unglaubliche Bild. Dann begriff ich. Shannon hatte nichts anderes getan, als das, was auch ich versucht hatte, wäre ich noch im Vollbesitz meiner geistigen Kräfte gewesen – die Majunde-Krieger und ihr Stammeszauberer standen unter seinem hypnotischen Bann. Und wahrscheinlich merkten sie es nicht einmal.

»Und jetzt komm her«, sagte Shannon. Seine Stimme klang kalt und so schneidend wie Stahl, aber ich schob es auf die enorme Konzentration, die es ihm abverlangen musste, mehr als ein Dutzend Männer gleichzeitig unter Kontrolle zu behalten. Ich fragte mich, wie lange Shannon diese Anstrengung durchhalten würde.

Gehorsam kam der Magier näher, blieb in zwei Schritten Abstand vor uns stehen und nahm seine Zeremonienmaske ab, als Shannon die Hand hob. Das Gesicht des Majunde war so starr wie die Maske. Der Glanz seiner Augen war erloschen.

»Du wirst jetzt gehen«, sagte Shannon. Seine Stimme bebte, ganz sachte nur, aber doch hörbar. »Du wirst gehen und deine Krieger mitnehmen, hast du das verstanden? Ihr werdet uns nicht mehr angreifen.«

»Das wird auch gar nicht mehr nötig sein«, sagte eine Stimme hinter ihm. »Es wäre ziemlich dumm, einen toten Mann anzugreifen, oder?«

Wie von der Tarantel gestochen fuhr ich herum – und erstarrte.

Die Gestalt in der weißen Templerrobe stand wie ein Dämon aus einer anderen Welt hinter uns, dicht am Rande des Abgrundes, sodass das rote Licht der Lava ihr Gesicht beschien und zu einer schrecklichen Dämonenfratze machte,

Auch Shannon war herumgefahren, und ich hörte, wie die Majundes hinter uns aus ihrer Starre erwachten, als sein hypnotischer Bann brach. Erschrockene, wütende Schreie wurden laut und rissen bizarre Echos aus der Weite der Lavahöhle. Dann klirrte Metall hinter uns auf den Stein. Ich sah über die Schulter zurück und erkannte weitere Männer in den weißen Roben der Templer, die die Majundes umringt hatten und mit ihren Waffen in Schach hielten.

»Tergard!«, murmelte Shannon.

Der Templer nickte. »Ganz recht. Und Sie müssen Shannon sein. Ich habe von Ihnen gehört, mein Freund.« Er seufzte. »Aber ich fürchte, leider nichts Gutes.« Ein dünnes, böses Lächeln huschte über seine Züge, als er auf den Krieger hinab sah, den Shannon getötet hatte. »Ich hoffe doch, dass ich nicht zu spät gekommen bin, um den interessanten Teil der Vorstellung zu verpassen«, sagte er hämisch. »Wie ich sehe, haben Sie sich mit meinen kleinen braunen Freunden schon bekannt gemacht. Das vereinfacht die Sache.«

Ich wollte antworten, aber in diesem Moment stieß der Majunde-Zauberer Shannon mit einem Schrei beiseite und sprang auf Tergard zu. »Du Teufel!«, kreischte er. »Weißer Hund! Du sprichst mit gespaltener Zunge und entweihst unser Heiligtum! Die Götter werden dich strafen!«

Tergard sah ihm scheinbar ungerührt entgegen. Reglos wartete er, bis der Zauberer ihn beinahe erreicht hatte, sprang mit einer blitzschnellen Bewegung zur Seite und hob den Arm.

Der Magier schrie auf, taumelte wie vom Blitz getroffen zurück und krallte die Hände über der Brust in den Stoff seines Gewandes. Das bunt gefärbte Leinen begann sich dunkel zu färben, und im roten Licht der Lava sah ich eine winzige Messerklinge in Tergards Händen blitzen. Der Majunde taumelte, brach in die Knie und fiel auf die Seite.

»Mörder«, murmelte ich. »Sie verdammter Mörder! Ist das die Art, auf die Sie die Regeln ihres Ordens schützen?«

Tergard lächelte kalt, steckte seine Waffe weg und zog einen handgroßen Gegenstand unter dem weißen Gewand hervor. Ich konnte nicht erkennen, was es war, aber Tergards Lächeln wurde noch breiter, und Shannon stieß einen überraschten Laut aus.

»Wissen Sie, Craven«, sagte Tergard beinahe gelangweilt, »Sie beginnen mir auf die Nerven zu gehen, Craven. Aber ich weiß ein gutes Mittel dagegen.« Damit griff er abermals unter sein Gewand und zog eine lange, glitzernde Nadel hervor, um sie tief in den sackähnlichen kleinen Gegenstand zu stoßen, den er in der Rechten trug.

Ein Schwerthieb traf mein Herz.

Ich brach in die Knie, krümmte mich und krallte die Hände in die Brust. Flüssiges Feuer füllte meine Lunge, und mein ganzer Körper bestand nur noch aus Qual. Ich schrie, fiel nach vorne und riss mir das Gesicht an der scharfkantigen Lava auf.

Plötzlich war der Schmerz fort, so schnell, wie er gekommen war, aber ich blieb weiter keuchend liegen, unfähig, mich zu rühren oder auch nur einen klaren Gedanken zu fassen. Wie von weit, weit her hörte ich Shannons Stimme irgendetwas schreien, ohne die Worte zu verstehen, dann ertönte ein dumpfer, klatschender Laut und Shannon brach neben mir in die Knie.

Der Templer, dar ihn mit der Breitseite seines Schwertes niedergeschlagen hatte, versetzte ihm noch einen Tritt und trat zurück, um Platz für Tergard zu machen. Ein höhnisches Lächeln verzerrte die Züge des *Masters,* als er sich vor mir in die Hocke sinken ließ und die rechte Hand ausstreckte.

»Sie sind ein intelligenter Mann, Robert«, sagte er. »Und trotzdem haben Sie sich wie ein Narr benommen. Sie haben die ganze Zeit den falschen Mann verfolgt, wissen Sie das?«

Stöhnend richtete ich mich auf, blinzelte die Schleier weg, die vor meinen Augen wogten, und starrte auf Tergards Hand.

In seinen Fingern lag eine Puppe.

Eine kleine, grob zusammengenähte Voodoo-Puppe, auf deren Kopf jemand mit ungelenken Strichen eine hässliche Karikatur meiner Züge gemalt hatte. In ihrem Strohhaar schimmerte eine weiße Strähne.

»Sehen Sie?«, lachte Tergard. »Dieser idiotische Eingeborene hatte die Güte, sie zu verlieren, und ich habe mir erlaubt, sie aufzuheben. Man soll nichts verkommen lassen, nicht wahr?«

»Sie ... Sie sind ja wahnsinnig!«, stöhnte ich.

Tergard lächelte, hob die Nadel, die er in der anderen Hand trug – und trieb sie mit einem Ruck tief in den Kopf der Stoffpuppe.

Als ich wieder zu Bewusstsein kam, lag ich auf dem Rücken. Blut lief über mein Gesicht, und der Schmerz in meinem Schädel war unerträglich.

Einer von Tergards Männern riss mich in die Höhe und zwang mich, den Tempelherrn anzusehen. Das Lächeln in Tergards Augen war erloschen und hatte einem grausamen, entschlossenen Ausdruck Platz gemacht.

»Sie werden jetzt sterben, Mister Craven«, sagte er. »Es tut mir zwar leid, dass mir nicht mehr Zeit bleibt, mich mit Ihnen zu befassen, aber ich bin sicher, Sie wissen die Mühe zu würdigen, die ich mir gemacht habe. Das hier –«, er hob die Voodoo-Puppe und hielt sie mir ganz dicht vor die Augen, »– ist jedenfalls ein angemesseneres Ende für den Sohn eines Hexers, als von einem hirnlosen Idioten wie Roosfeld zu Tode geprügelt zu werden, nicht wahr?«

»Gehen Sie ... zum ... Teufel«, krächzte ich.

Tergard lachte. »Ich fürchte, dorthin werden erst Sie gehen, mein Freund. Ich wünsche Ihnen eine gute Reise. Und wer weiß – vielleicht sehen wir uns ja ba –«

Er brach mitten im Wort ab. Seine Augen weiteten sich, und plötzlich, vollkommen warnungslos, verzerrte sich sein Gesicht zu einer Grimasse. Tergard schrie auf, taumelte zurück und rutschte an der Wand entlang zu Boden. Die Voodoo-Puppe entglitt seinen Fingern und fiel auf den Fels.

Der Schlag betäubte mich fast.

»Der Magier!«, kreischte Tergard. »Der Majunde! Tötet ihn! Bringt ihn um!« Seine Stimme kippte über, wurde zu einem hysterischen Kreischen.

Mühsam drehte ich mich herum.

Der Stammeszauberer war zurückgekrochen und hatte sich auf Hände und Knie erhoben. Sein Gesicht war schmerzverzerrt, und die Wunde in seiner Brust blutete stärker. Trotzdem brachte er die Kraft auf, sich noch einmal zu erheben und auf den Abgrund zuzutaumeln. In seinen Händen lag ein kleiner, dunkler Gegenstand.

»Erschießt ihn!«, schrie Tergard. »Sofort!«

Ein Bogensehne sirrte. Der Magier bäumte sich auf, gleichzeitig von drei, vier Pfeilen getroffen. Dann brach er in die Knie, stemmte sich noch einmal hoch und wankte weiter auf den Abgrund zu.

Der nächste Pfeil zischte heran. Der Majunde taumelte, drehte sich einmal um seine Achse und fiel, von zwei weiteren Pfeilen getroffen, nach hinten.

Direkt in den Abgrund hinein.

Tief unter uns erscholl ein dunkles Klatschen, als der Leichnam des Zauberers in die geschmolzene Lava stürzte.

Im gleichen Augenblick verwandelte sich Tergard in eine lebende Fackel.

Es ging unglaublich schnell. Mit einem Male züngelten Flammen aus seinen Kleidern und Haaren, griffen blitzartig auf seine ganze Gestalt über und hüllten ihn in einen Mantel aus wabernder Hitze. Binnen einer Sekunde zerfiel der *Master* des Templer-Ordens vor meinen Augen zu Asche.

So schnell, wie ein menschlicher Körper zerfällt, der in tausend Grad heiße Lava geschleudert wird.

Und plötzlich war die Höhle voller Schreie, ringenden Gestalten und den Geräuschen des Kampfes, der entbrannte, als sich die Majundes auf die Tempelritter stürzten. Die weiß gekleideten Krieger leisteten kaum Widerstand, jetzt, da sie ohne Führer und Tergards geistigem Einfluss entkommen waren.

Ich bekam von dem Kampf kaum etwas mit. Selbst als sich Shannon neben mir stöhnend erhob, sich das Blut aus dem Gesicht wischte und sich umdrehte, um den Eingeborenen zu Hilfe zu eilen, blieb ich reglos auf den Knien hocken und betrachtete die kleine, schmuddelige Stoffpuppe, die Tergards Händen entglitten war.

Eine Puppe mit meinem Gesicht und meinem Haar.

Aber eigentlich sah ich sie gar nicht. Vor meinem inneren Auge stand das Bild einer zweiten, gleichartigen Voodoo-Puppe. Eine Puppe, auf deren Schädel ein Büschel ausgerissener Menschenhaare geklebt und auf deren Brust ein gleichschenkeliges rotes Balkenkreuz gemalt gewesen war.

Ich hatte sie nur eine knappe Sekunde lang wirklich gesehen, im gleichen Augenblick, in dem sie auch Tergard erblickt und die Wahrheit erkannt hatte.

Eine Voodoo-Puppe mit seinem eigenen Gesicht.

Die Puppe, die der Majunde-Zauberer in den Händen gehalten hatte, als er in die Tiefe stürzte ...

ENDE

In der Geschichte aller großen Abenteuer waren die Goblins bislang nichts als eine Fußnote. Bis jetzt ...

Jim C. Hines
DIE GOBLINS
Roman
352 Seiten
ISBN 978-3-404-28512-9

Die GOBLINS ist das gefährlichste Abenteuer, das ein hilfloser Goblin je erleben sollte ...
Jig ist ein Goblin. Ein kleiner, schwächlicher Goblin. Wenn er eines nicht sein will, dann ein Held. Eines Tages jedoch fällt er einigen Abenteurern in die Hände, die in seine Heimat eindringen. Sie verlangen, dass er sie zu einem magischen Artefakt führt. Dumm nur, dass sich das Artefakt in den Tiefen eines höchst gefährlichen Höhlensystems befindet, in den Klauen eines Drachen. Um dieser misslichen Lage zu entfliehen, bleibt dem bibbernden Jig nur eine Wahl: Er muss zum Helden werden ... irgendwie.

Bastei Lübbe Taschenbuch

»Wolfgang Hohlbein. Der Name für das Unbegreifliche.«

FAZ

Wolfgang Hohlbein
DER SEELENFRESSER
Roman
704 Seiten
ISBN 978-3-404-28505-1

Eine Nachricht seines Freundes Howard führt Robert nach Arkham, wo er an der Miscatonic-Universität seine Kräfte schulen soll. Doch Robert hat mächtige Feinde: Necron, ein uralter finsterer Magier, entsendet einen seiner berüchtigten Drachenkrieger, um Robert zu töten. Doch der Krieger freundet sich mit Robert an, ohne zu wissen, dass es sich um den Mann handelt, den er töten soll. Robert hingegen ahnt nicht, dass er längst zu einem Spielball ihm unbekannter Mächte geworden ist und dass sein neuer Freund zugleich sein potenzieller Mörder ist. Im Strudel dämonischer Einflüsse beginnt ein tödliches Spiel …

Bastei Lübbe Taschenbuch